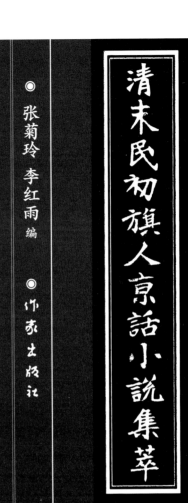

清末民初旗人京話小說集萃

第一册

◎ 张菊玲 李红雨 编

◎ 作家出版社

张菊玲

江苏南京人。1960年毕业于北京大学中文系，后为北京大学中文系古典文学研究生，师从吴组缃教授。中央民族大学教授、研究员。曾参与游国恩主编《中国文学史》明清部分章节的写作，出版《明清章回小说研究资料》。20世纪80年代以来致力于满族文学研究，主要学术著作包括《纳兰词新解》（合作）、《清代满族作家诗词选》（合作）、《清代满族作家文学概论》《旷代才女顾太清》，发表《清代满族作家在中国小说史上的贡献》等学术论文数十篇。

李红雨

满族，出生于宁夏银川市。中央民族大学期刊社编审，中央民族大学中国少数民族文学研究所研究员，中央民族大学满学研究所研究员。多年来从事满族文学文化的研究，独立与合作编撰《中国古代休闲娱乐》《纳兰词新解》《清代满族作家诗词选》《清代满族诗学精华》《中国当代少数民族文学史》《中华地域文化集成》等多部著作，发表《纳兰性德的词学主张与审美倾向》等学术论文数十篇。

上图: 1912年2月13日《京师公报》清帝退位号外。

下图: 1904年《京话日报》连载白话小说《猪仔记》,开报纸刊载小说之先河。

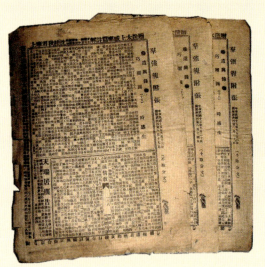

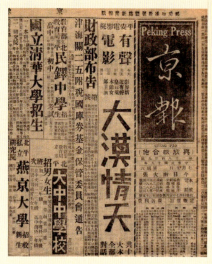

左图: 1926 年《群强报》附张连载关紫
　　　绂（时感生）小说《巧团圆》。

右图: 晚清，邸报逐渐演变成为民间的
　　　《京报》。

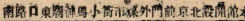

本館開設京北前門外煤市街小市神祠廳東口路南

正宗愛國報

大清宣統三年三月初十日 第一千五百四十七號

北京

西歷一千九百十一年四月八號 星期六

電話南局九十三號

◀本報價目▶

◀代派處▶

本館職任 發行兼編輯 李對年

1911 年 4 月《正宗爱国报》。

上图: 清末邸钞《京报》。

下图: 1912 年 1 月 1 日《申报》。

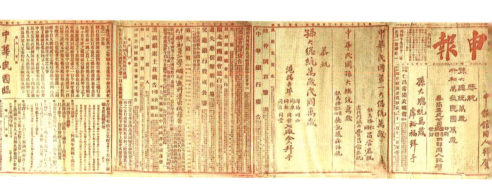

上图：1930 年好好小说社印行绘图
《春阿氏》封面（第四版）。

中图：《春阿氏》剧本。

下图：绘图《春阿氏》附照，1930
年好好小说社印行。

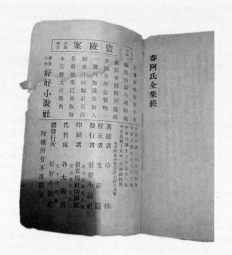

上图: 绘图《春阿氏》版权页，
　　 1930 年好好小说社印行。

下图: 1904 年《京话日报》。

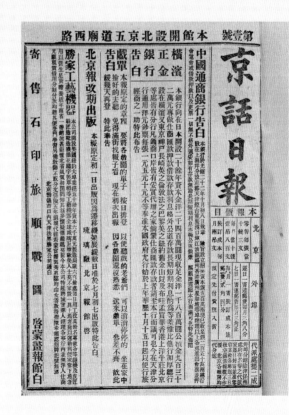

歷史小說　慈禧軼事

市隱文實權著　二

光緒帝入繼承大統
孝哲后赫拉殂先王

第一回

四方盜匪張狂　李闖謀亂自稱王　崇禎煤山命喪
入關力主朝堂　南七北六定家邦　漸現·平景兄
英法入寇中央　巡幸熱河帝命亡　西后大權執掌
若非慈禧計劃良　大局何堪設想

前明氣數將盡
滿清應運而起
傳至咸豐皇帝
三奸密謀篡逆
敗壞國法倫常

幾句流口轍的書詞道盡，接著這就說書，此說部既命名慈禧軼事，當然淨記載西太后的事實。太后聰明介知識，可稱是位女中的魁首。不過就是喜奉承，受脊小的蠱惑，以致將承嗣一事辦錯，斷送了一位賢孝的國母性命，這些閒言碎後，只說還位慈禧皇太后，本是位不甘雌伏的女君主，專一效法呂武，彼一生只想握定最高主權。其餘非所顧也。當同治皇帝病在垂危的時候，按說西太后總該是母子運心。必有一番的悲痛，豈知大謬不然。是咔逢不顧皇帝的生死。便先召集羣臣商議皇帝的後事

上图: 1918 年大华书局印行文实权小说《慈禧轶事》。

下图: 1914 年《爱国白话报》。

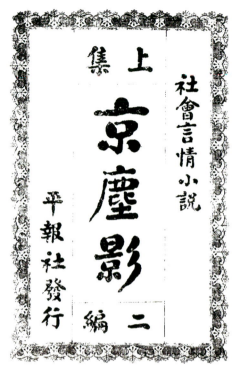

上图: 李啸天小说《京尘影》单行本，1927年平报社印行。

中图: 管翼贤《新闻学集成》，中华新闻学院1943年印行。

下图: 1931年《平报》。

编订说明

一、本套丛集所选取的作家，执定为清末民初时期亦即中国现代新文学肇始时期的旗籍报人京话小说家，但其中有的作家创作生涯历时较长，一直持续至 20 世纪中叶。

二、在作家简介中，经整理所列出的作品名录，凡在报纸连载中跨年度的，除个别情形有注明外，所标示的年代均为原作始刊之年。

三、丛集中的部分作品，使用的底本为原报纸刊载或当时印行之单行本的影印件，底本无标点、段落，或只以逗号分句。其修订后的标点、段落，由本编者编加。

四、凡底本为繁体字者，均转为简体字。

五、部分作品的底本由于印刷影印等原因，有的字迹模糊不辨，均以"□"代替。

六、原作品中出现的异体字，均改换为通用规范字。

七、原作品中所出现的错别字，为保留当时的原有的书写风致和行文习惯，在不致产生歧义的情况下，尽量保持原貌。对于可能引致误解的错别字，则在其后加"〔　〕"列出正确字。

八、丛集中的部分作品，先前已有学者修订过，为本丛集的编订提供了良好的基础。

目　录

前　言

I

王冷佛简介

I

王冷佛作品

春阿氏

7

前言

一、清末民初的旗籍报人小说家

清末民初是中国历史上一个风起云涌、鼎革巨变的时代。

自晚清始，随着民族危机的日益尖锐化，从皇帝到朝野上下各层人士，都纷纷卷入立宪救国的潮流之中。在晚清的维新变法运动中，黄遵宪、裘廷梁、陈子褒、梁启超等维新派人士认为，唯有开通民智，才能唤醒国民，改良群治，振兴国家，而要开通民智，首要之事便是须使人人通晓文字，遂大声疾呼："识字为智民，不识字为愚民。""愚天下之具，莫如文言；智天下之具，莫如白话。"（裘廷梁:《论白话为维新之本》，1898 年）力倡"大抵今日变法，以开民智为先，开民智莫如改革文言"。（陈荣衮:《论报章宜改用浅说》，1900 年）随之，一场轰轰烈烈、声势浩大的白话文运动也就应运而展开了。

在白话文运动中，白话报刊作为传播思想、启迪民众之利器，成为白话文传播的中坚力量。这一时期各种白话报刊纷纷面世，参差林立。据统计，仅清末民初的十年间出现的白话报刊，总数即在三百七十种以上。（胡全章:《被遮蔽的风景：清末民初北京白话报刊演说文》,《中国图书评论》2011 年第 8 期）当时白话报刊，南方以江浙和上海为中心，而北方则以北京为中心，声势并驱。而"事实上,《京话日报》于 1905 年在以北京为中心的北方地区打开局面之后，北京的白话报刊数量、发行量、社会影响力就远远超过了上海，加上《大公报》和《顺天时报》两张'文话'大报免费赠阅的白话附张对中上层社会产生的广泛影响，白话报刊和白话文运动的中心已悄然向北方转移"。（胡全章:《被遮蔽的风景：清末民初北京白话报刊演说文》）

光绪三十二年（1906）前后，仅半年多时间里，京师即新出报章十余种，遂使京中风气大开。在白话文运动的潮涌下，京师一批旗人知识分子也先后出来开学堂、办报纸，并成为北京报界的风云人物。据长白山人管翼贤《北京报纸小史》（载于《新闻学集成》第六辑，中华新闻学院民国三十二年版）、胡全章《清末民初白话报刊研究》、郎伦友《中国新闻事业编年纪事》等文献的记载，当时旗人先后办的白话报纸有:

《白话学报》，1901 年创办，文实权创办，每周一册。创办较早，为时既短，影响亦弱。

《公益报》,1905 年创办，社长文实权，编辑蔡友梅（损公）、白云祉（睡公）、文子龙（懒儒）、王咏湘（冷佛）。以普及教育为宗旨，每日一张。

《京师公报》，1905 年创办，社长文实权，编辑文子龙、杨曼青、黄佛舞、赵静宜。日出一张，与《国民公报》有紧密联络，主张君主立宪，报虽小，"实为旗族人士之言论机关"。

《京话官报》，1905 年创办，社长李仲悌（本名志恺，笔名仲悌、啸天），编辑斌小村等，日出一小张。

《进化报》，1907 年创办，社长蔡友梅，编辑杨曼青、乐缓卿、李问山，由于这些人皆为旗族，故其言论新闻，注意在八旗生计问题。

《北京官话时报》，1907 年创办，编辑人志仲悌、斌小村，以敷陈时事，修举时弊，唤起预备立宪时代国民为宗旨，分正附两张出版。

《大同白话报》，1908 年创办，社长恒钧（恒诗峰，满洲宗室），日出一大张，以变通旗制，融合满汉，改良风化，促进宪政为宗旨。（与杨度在日本东京所刊之《大同杂志》相呼应。）

《官话政报》，1908 年创办，社长李仲悌，编辑斌小村、刘省三、戴正一。日出一小张。主张实行君宪，与《京师公报》有密切联络。

《北京新报》，1908 年创办，杨曼青主持，发行兼编辑金辅臣、陆燕生、李毓如。以开通民智为宗旨，有《演说》《聊斋》《戏评》特色专栏。

《国民公报》，1910 创办，名誉社长孙伯兰，社长文实权，编辑徐佛苏、黄与之等，促进君主立宪，经常发表梁启超、黄远生等人的文章。1911 年移交徐佛苏个人主办。

《国华报》，民国初年创办，社长乌泽声，编辑穆都哩（辰公，别字儒丐）。日出两小张，为安福系（安福俱乐部）言论机关。

《群强报》，1912年创办，社长陆哀（慎斋，别字瘦郎），初为清末重臣端方之子继康（侯）所办，后归陆氏。经理戴正一，编辑王丹辰、杨曼青、勋荩臣。以提倡戏剧、报道戏业为营业之基本。

《燕都报》，1912年创办，社长文实权，编辑文子龙、白云祉、陈重光。以刊载小说著称，如《西太后外传》《梅福结婚记》，皆为文实权所编，以提倡旗族生计为目的。

《爱国白话报》，1913年创办，社长马太朴，主笔王冷佛、权益斋、杨曼青、谔谔声、秋蝉。

《白话国强报》，1917年创刊，经理一度为李茂亭，总经理蔡友梅，演说主笔谔谔声、泪痴等，小说主笔损公，《说聊斋》主笔耀亭。日刊小报，正附两张。

此外，还有旗人英敛之1902年在天津创办的文言《大公报》，其在北京设有分社，1905年起定期出版白话附张，随报免费赠阅，为京津的白话报刊张势。并且这些白话附张中的文字，基本都出自英敛之一人之手。

据统计，清末民初的十余年间，北京所创办的白话报刊即达八十余种。而旗人所办的上述白话报，大都知名而活跃，如《群强报》《爱国白话报》等，乃是京师重要的白话日报，孙中山逝世过程即是由《群强报》而率先报道。（姜小平：《最早报道

孙中山逝世过程的〈群强报〉》,《武汉文史资料》2015 年第 4 期）

　　这些京旗报人，以他们的身份、地位，自然最易接受梁启超改良群治的主张，因而所办报纸，持守君主立宪立场，排斥共和体制，呼吁社会改良，并关注时局下旗人的生计，同时，其言论也涉及广泛的领域。这些报人除了主持、编撰旗人报纸之外，还身兼其他知名报纸的主笔、撰稿人，引领舆论，呼唤风潮。如文实权、春治先、蔡友梅、王冷佛、杨曼青，等等，皆是京城各白话报最为知名的演说主笔，"是数人者，皆足以代表舆论，而促国家社会之改良者也"。（丁子瑜:《说演说》,《爱国白话报》1920 年 1 月 24 日）

　　戊戌变法失败之后，维新派领袖人物梁启超在倡导改良群治、唤醒国民的同时，明确提出了"史界革命""诗界革命""戏曲界革命"，旋即更是提出了"小说界革命"，大力提倡新小说的创作宣传，称："小说为文学之最上乘也！"疾呼："今日欲改良群治，必自小说界革命始，欲新民，必自新小说始。"（梁启超:《论小说与群治之关系》,《新小说》1902 年第一号）大力推崇新小说的社会作用，视其为影响民众、图存救亡的重要工具。而"小说界革命"口号一经提出，在文坛掀起的波澜即最为汹涌而持久的。小说界一呼百应，蔚然形成了一波意义广泛而影响深远的小说写作鼎革的潮涌。

　　当时，诸多白话报纸纷纷开设小说栏目，京旗报人在办报的同时，为扩大影响，吸引读者，亦身任小说家，以报纸为营地，创作了大量的小说，一时间影响卓著，声动京津及北方文坛。如文实权、蔡友梅、王冷佛、穆儒丐、徐剑胆、李啸天、勋茞臣、时感生（关紫绶）等人。

文实权，名耀，笔名市隐、燕市酒徒。曾为崇文门内方巾巷崇实中学校长，任《白话学报》《公益报》《京师公报》《燕都报》社长。其较早在《公益报》发表小说《米虎》（注：《公益报》刊载《米虎》，管翼贤《北京报纸小史》认为是北京报纸刊载小说之始，当是记忆之误，其实在《公益报》创刊前，《京话日报》已于1904年10月发表反映在英殖民者虐待下南非华工悲惨生活的小说《猪仔记》，配图画连载数日）。作小说《西太后外传》《梅福结婚记》《武圣传》《闺中宝》《毒药饼》等数十种，载于《燕都报》《爱国白话报》等报纸。

蔡友梅（1872—1921），本名蔡松龄，又名松友梅，笔名损、损公、退化、梅蒐、老梅、亦我。《进化报》社长，《公益报》编辑。担任《公益报》《白话国强报》《京话日报》《顺天时报》《益世报》等多家知名报纸的主笔。其创作颇丰，早先刊登于《京话日报》《公益报》《进化报》上的小说种目，由于资料多散佚，已难以考察。现今存世的作品有一百多部。其颇为知名的《小额》于1907年连载于《进化报》，多数小说分别载于《顺天时报》《益世报》《白话国强报》《京话日报》等报纸。后期在《京话日报》连载的《新鲜滋味》系列小说，有二十七种。《白话国强报》因"销路飞涨"聘请其担任小说主笔，发布启事称其为"报界著名巨子小说大家"，可知其当时之影响。

王冷佛（1888—1942以后），本名王绮，又名王咏湘，笔名佛、冷佛，《公益报》《爱国白话报》编辑。著长篇小说《未了缘》《金指环》《十年冤狱》等，载于《新民日报》《爱国白话报》。据市隐提供的材料著长篇小说《春阿氏》载于《爱国白话报》，轰动一时。后就职哈尔滨《大北新报》，并在《盛京时报》上连载小说。著有《珍珠楼》等长篇小说数部、中短篇小说五十余部。

徐剑胆，本名徐济，字仰宸（象宸），别号哑铃、亚铃、涤尘、自了生，长期担任《正宗爱国报》《爱国白话报》《天津白话报》《白话捷报》《京话日报》《小公报》《北京白话报》《实报》《实事白话报》等京津白话报纸小说等栏目主笔，据大略统计，其在诸多报刊上发表了四百种以上的小说（胡全章），创作时间达四十年之久，现今能见到的作品约两百部之多（刘云《早期北京话的新材料》）。管翼贤称其："三十年来在各报著小说，其数量不可计，堪称报界小说权威者。"石继昌称其："久居北京，在报界资格最老。"（石继昌：《春明旧事》，北京出版社，1996年版，212页）

李仲悌，本名志恺，笔名啸天。《京话官报》《官话政报》社长，曾任《平报》《实事白话报》编辑，其小说"发刊者数十种，以《京尘影》最著称"。

穆儒丐（1884—1961），名穆都哩，亦称穆辰公，号六田，别号半亩寄庐，后期用汉名宁裕之，《大同报》《国华报》编辑。长篇小说《梅兰芳》先后连载于《国华报》《群强报》《盛京时报》。1916年由北京至沈阳就职于《盛京时报》，继而任《盛京时报·神皋杂俎》主编，著《女优》《香粉夜叉》《笑里啼痕录》《同命鸳鸯》《徐生自传》《北京》《财色婚姻》《福昭创业记》《如梦令》等长篇小说及短篇小说多部，以特色鲜明的京话写作，对东北文坛产生重大影响。

勋苤臣（？—1925），本名勋锐，笔名尹簸明、湛引铭，《京都日报》《北京新报》《群强报》编辑，其先在《北京新报》上与庄耀亭（本名庄荫棠，笔名耀臣）写白话《聊斋》，后入《群强报》，专写《白话〈聊斋〉》栏目，历时约 15 年。这是"历史上规模最大、时间最长的一次《聊斋》白话传播活动"。讲评《聊斋》系列小说使用北京方言，通俗晓畅，幽默诙谐，大受欢迎，《群强报》文称："直攻［供］不上卖的，每天多印两万多张，还不够伙友们分哪！"（孟兆臣：《从书场献艺到报纸连载》）

然而，在当时办报以唤醒民心、振兴国家的追求下，各种大小报纸纷然而现的同时，也四下乱象丛生，借势而弄巧者大有人在，如当时戊午编译社《北京新闻界之因果录》一文所说："北京之新闻界，大率分为苦乐两界：属于经理者，则豪奴怒马、趾高气扬；而记者界则无日不在凄风苦雨中也。其间苦乐之悬殊，方之大地主之于劳动者犹突过之。""大凡北京报纸之为经理者，多受某方或某有力者之津贴而来"，"雇一编辑不过三四十元"。此种情形之下，一些报社不过编辑零星几人，每日报纸之出版即是编辑"手执大剪一把，将外埠报纸割裂无数，再斟酌前后而连属之，勾之以红笔，粘之以浆糊，不一时而两大张之日报成矣"（《民国日报》1919 年 1 月 9 日）。穆儒丐曾在民国初年的《国华报》当编辑，后来将自己在编辑部所见所闻写进小说《北京》，借主人公宁伯雍之口说"我皆因为饥饿所驱，才当了一名暗无天日的报社编辑"，而其报社编辑部的工作景象则是：

> 只见他们把通信社的稿子，往一块粘了粘，用朱笔乱抹一气，不够的，便拿了剪子，向交换报上去寻。不大工夫，新闻电报都算有了，交给馆役往印刷厂送。他们腾下手来，又作论说时评，还要来两首诗。伯雍在旁边看看，却很惊讶的，这样忙忙乱乱的，胡抓一气，居然也能出两大张报，却是不易了。

当时报界鱼龙混杂之景况，可见一斑。

清末民初的社会，时势变幻，新旧交替，而异军突起的报纸则是内容最新，信息更换最快，人们阅读最便利的读物，故而空前兴盛的五花八门的各种报纸风头大劲，人们每日看报成为一种时髦，上至官贵，下至平民无不关注报纸，就连妓女也每日捧报而读。那一时期全国各地还广泛开设了阅报社、讲报所，又使报纸的实际受众数量大为增加。当时即有《竹枝词》如此描绘：

> 各家画报售纷纷，销路争夸最出群。总是花丛不识字，亦持一纸说新闻。

　　　报纸于今最有功，能教民智渐开通。眼前报馆如

林立，不见"中央"有"大同"。（"中央""大同"均

为当时报纸名称）。

（《京华百二竹枝词》，1909 年）

　　在这种纷纭景象中，上述优异旗籍报人的所作所为则颇为
醒目。

　　管翼贤《北京报纸小史》指称，在辛亥革命之前，"北京
各报主张君主宪政者，实占大多数"。很明显，上述这批旗族人
士在大清王朝风雨飘摇之际，以辅助政府为肩负之天职，力图
通过报纸来开发民智，并以小说作为安邦谋治的手段。在宣统
预备立宪时，各省名流共同组织国会请愿团，八旗代表即是文
实权。当时亦有革命派报纸如《国风报》，与这些君宪主义报纸
笔墨交绥，各不相让。而在武昌起义、京师震动之际，文实权
等人还组成君主立宪维持会，恒诗峰等人组成君主立宪期成会，
试图挽狂澜于既倒。毕竟，时代潮流不可阻挡，随着清王朝的
倾覆，这批旗族人士有的退出了政治舞台，也有人见风使舵成
了新政府的议员政客，领着党部的津贴办报。而大多的报人小
说家，则淡出政治，致力于小说、杂俎等写作，敷演着以报栖
身，以文为稻粱谋的生涯。徐剑胆在《白话捷报》中说："鄙人
在本报上，担任小说，别号是哑铃，取义如同是个摇不响的铃
铛，其实并没有多大意味。"表露了其当时的心境。然而，这些
报人小说家依然在写作中针砭时弊、彰显世情、揭露黑暗、描

写民厄、呼唤良知、劝善斥恶，系意于教化民心、匡正世风，颇有醒世、警世之旨归。同时，由于这些人出生或久居北京，具有旗人的特殊身份，对于北京的社会风情、市井俗尚，以及旗人的社会生活，尤其是时代的变局中下层旗人流离悲惨的遭际，予以了深切而独特的描绘。其所运用的，则是纯熟而鲜活的京腔京话。这些人的写作，在当时的市民社会和文坛中影响巨大、声气呼应，有的写作则历时几十年之久，数量惊人，亦蜚声弥远。

在这个特定的历史阶段，这些旗籍报人和他们的数目颇丰、书写别具的小说创作，无疑是一个巨大的历史存在，然而，他们却长期寂然侧身于中国小说史研究者们的视线之外，这不能不说也是一个极大的现实遗憾。其原因大体是由于这些报载小说，虽然活跃一时，但却也稍纵即逝，随着报纸过期，即不再被人重读。其中只有不多的几部随报印成单行本，独立面世，而后来得以正式出版的，更是少数，如蔡友梅的《小额》，于光绪三十四年（1908）出版，并传到日本，至今仍有新版发行；王冷佛的《春阿氏》，于1914年出版，20世纪二三十年代曾一再出版，80年代也曾再版。而大多数的作品则未得到及时而有计划的整理，这些报纸文献因年代久远和相当部分的散佚，再难与人们谋面。另外，"五四"开启的轰轰烈烈的新文学运动，是当时文学革命的主潮，代表了中国文学发展的趋势和新方向，由之形成了新的文学观念。而这些旗人小说家的创作，却并未进入这一主潮之中，依然停留在小说革命、改良主义、开通民智、劝善惩恶的思想观念和价值取向上，有的人到了东北沈阳，还曾就职于伪满洲国的日系报纸，如穆儒丐、王冷佛，与日伪统治产生过某种联系，从而长期被主流意识形态所漠视和排斥。亦需要指出的是，这些报人小说家的写作方式是即写即登，难以精心研磨，导致不少作品并非佳作。由于这些原因等，他们和他们的写作长期被研究者避而不论，直至 20 世纪 80 年代，研究中国近世小说史的学者，方才对他们又开始有所提及。

改朝换代，政权更替，社会跌宕本是中国历史上常见现象，每当在此种历史转折时期，也总会出现一些心向故国、思念故土的作家、作品，史家对此往往予以肯定，尤其是对于宋末元初、明末清初之际的遗民文学，在近百年出现的中国文学史论著中，更是多冠之以"爱国主义"文学，十分推崇。

由于时代不同和社会变革性质的差异，也因为潜伏着在推翻君权专制中某种被放大的民族隔阂意识，在"五四"以来的新文学研究中，一反以往对于元末明初、明末清初遗民文学的一贯态度，对于清末民初经历历史巨变后，书写清末民初旗人生活和悲情遭际的"遗民文学"，诸多学者几乎均是视而不见、避而不谈，这其中依然浮现着未能直面历史存在和汉族中心主义的影子。即使现如今学界盛谈"重建文学史""重写文学史"的时候，也极少见有倡导者从中华多民族文学史观和少数民族文学的角度加以论述。

实际上，千百年来的民族融合，早已形成了中华民族文化的多样性，在新世纪文学史研究中，拓宽视野，正确阐述各民族的文学贡献，更应是不可或缺的。上述的旗籍报人小说家和一批满族知识分子，在清末民初国破家败之后，依靠卖文维生，艰难地走上了中国新文坛，他们继承本民族擅长小说创作的优秀传统，和着血与泪，在"驱除鞑虏"之后，在日渐实现的民族融合中，为中华民族留下了抹不掉的历史记忆。

中国小说史研究者们，在充分肯定从曹雪芹《红楼梦》到文康《儿女英雄传》到老舍《骆驼祥子》，这一由旗人作家用北京话写作小说的优秀传统时，曾有一种论断说，这一优秀传统，在清末民初之间出现过中断现象。然而，如果认真审视了这些旗籍报人的丰硕写作之后，便可知悉，此说与实际何等不符。旗籍报人小说家的笔墨，不仅浓重地留迹于当时的文坛，同时也为研究当时北京地区的社会潮流、市井文化、乡土生活、语言形态等留下了鲜活而珍稀的资料。一代又一代擅长运用北京话写作的旗人作家，实际从未中断过自己的辛勤劳动。这些人做出的成绩也许各不相同，作品也并非都是精品，但他们的努力和曾经产生的影响，却都是不能被忽视的。

二、乡土之韵的"京味"书写

清朝，满洲八旗、蒙古八旗、汉军八旗的在旗籍者，通常称之为"旗人""旗族""在旗"，北京以满洲八旗为主的旗人又称为"京旗"。

老一辈人都知道这样一个事实：旗人的北京话说得最地道、

最悦耳动听。胡适说:"旗人最会说话,前有《红楼梦》,后有《儿女英雄传》,都是绝好的记录,都是绝好的京语教科书。"(《儿女英雄传序》)周作人说:"《红楼梦》的描写与语言是顶漂亮的,《儿女英雄传》在用语这一点上可以相比,我想拿来放在一起,二者运用北京话都很纯熟,因为原来作者都是旗人。"(《小说的回忆》)被誉为语言大师的老舍,是位土生土长的北京旗人。他在其自传体小说《正红旗下》中,对"一个熟透了的旗人"福海二哥写下这样一段评说:

> 至于北京话呀,他说的是那么漂亮,以至使人认为他是这种高贵语言的创造者。即使这与历史不大相合,至少他也应该分享"京腔"创作者的一份儿荣誉。是的,他的前辈们不但把一些满文词儿收纳在汉语之中,而且创造了一种轻脆快当的腔调;到了他这一辈,这腔调有时候过于轻脆快当,以至有时候使外乡人听不大清楚。

老舍长期运用纯熟的北京话进行创作,对北京话有深入的体察,这一番对书中人物所说的话,亦是他对旗人与北京话之间深切关系的生动揭示。

几百年满族语言演变的历史,培养训练了满人的语言能力,他们从只会说满语,发展到能够满汉兼通,最后则变为只会说汉语,造就了其得天独厚的语言天分,先后出现了一个又一个优秀的满族作家，成功地运用自己时代新鲜活泼的北京话，创作出脍炙人口的长短篇白话小说。

他们卓越的成就具有双重意义：一方面，在中国文学史上，开拓着新的发展道路，推动了中国近现代白话文体的日趋成熟；另一方面，在中国语言发展史中，成为京语教科书，促进了近世纪北京话的形成以及现代中国标准语的创造。现代语言学家王力教授于 20 世纪 40 年代初，在抗战后方图片资料匮乏的情况下，仅靠一部《红楼梦》，钻研中国现代汉语语法，即撰写出在中国语言学史上富有创造性的《中国现代语法》。

北京旗人作家运用纯熟京话写作的特点和能力，在明末清初京旗小说家的笔墨中，一脉相承地鲜明表露出来。

杨曼青曾任《北京新报》演说主笔，他写过一篇《年景儿》的演说文：

> 早先北京的年景儿一进腊月就忙合起，腊八粥算是年景儿的催头。腊八粥□完，接连着就说扫房，讲究的主儿，摆佛手木瓜水仙，以及各种熏花儿，行常住户种些个麦子青蒜，大萝卜白菜头，听门口儿大嚷约干葱，红头绳儿山药钴子，松树枝儿芝麻秸儿，供花儿捡样儿挑。若赶到年前立春，左不是盒儿春饼，酸菜仿佛从此就要下桥子。封印之期，刻字铺儿也要揽多少号儿写门封的买卖，其余刻名戳儿印名片，代写春联，至到颜料铺的桐油，都要多卖的。到

了二十三祭竈，瓜儿饼儿，南糖□东糖，太平年头儿，竟鞭爆就响多半夜。三十儿夜里接神就更不用说了，所以火儿烛儿的，不免常有火警的事。

再说由腊月二十以后，置买年货的是屡屡不断。乡下人挑着挑子，一头儿是佛花老元宝，纸糊的竈王龛，下边是零七八碎，那一头挑着个灌水的大猪头，扁担头儿上还要挂着一捲木红纸的对字□儿。再是个半阴天儿的天气，就说是瑞雪兆丰年。前几年的老夫子，放了年学买对子，带着几个徒弟下街，写春条的，什么立春大士。后来老夫子一瞧，仿佛不像人话，因为没叠纸空儿，把吉字下的口字，给写到桌子上咧。中等人家供佛请供，南边礼讲究悬影，旗朋友贴白挂钱，请达子香，迎着堂屋供大佛，原为好看。要不如此，竟剩光杆儿大黑龛，可也真透憨蠢，必要有高大白亮点铜九字款儿的锡器提着（贫）才显着不穷。虽请不起八块底儿的蜜供，凑合一堂中方也将就的。其余成套的月饼（白的可是供祠堂），枝圆枣栗，鲜供无非是苹果橘子。若说在佛前供红萝卜山药，喝！我弥陀佛！我还没看见过那么一家儿呢！

满篇入味的口语京白，抑扬顿挫，有腔有调，诙谐幽默，俏皮活泼，趣味十足，充分显现出作者语言的京城风味和表达才能。

　　擅长运用北京话写作的旗人作家，一代又一代辛勤探索着北京话的文学表现力，传播着京语教科书式的影响。

　　1908年，北京的旗籍报人蔡友梅，曾以评书形式写过七万字的《小额》，内容是清末北京专放阎王账的旗人额少峰，因手下喽啰碎催与人打架吃了一场官司，生了一场病，最后改恶从善。小说不论是叙述语言，还是人物对话，一概用北京方言，并夹杂不少满语。

　　《小额》中描写善良的满族老人伊老者一家时，有一段家常小景这样描写道：

> 　　少奶奶这当儿先给老者倒了碗茶，说："阿玛，您歇歇儿吃饭哪？"老者端着这碗茶说："我不饿哪。"说："善全哪，你哥哥还没回来哪？"善全说："他不是见天四下儿钟下馆吗？横竖也快啦，您饿了一早晨啦，嫂子，您打点去吧，我还找补几个哪。"少奶奶说："包得了的煮饽饽，快当。"善全又问伊老者，说："您喝酒哇？我给您打去。"老者说："那们你打他二百钱的去，给我带点儿盒子菜来。"

　　各人的话语都透着相互关怀体贴的情意、尊老爱幼与"您""你"称呼的区分，都让人感到普通满人家庭的和睦温馨。言语之中，有满语称父亲为"阿玛"；更多的是北京土语："歇歇儿""见天""横竖""打点""找补""包得了""煮饽饽""快当"，等等，京味儿十足。

满人爱听评书。北京当时有不少能说评书的艺人名噪一时。蔡友梅为了投合北京读者的嗜好，以京话写作的同时，也将评书形式引入了《小额》。全书以说评书人口吻进行叙述，例如开始时这样写道："如今说一个故事儿，就是库界的事情。这可是真事，诸位别忙，听我慢慢儿的道来。西直门城根儿，住着一个姓额的，人都管他叫小额。"蔡友梅将评书形式发挥得最充分之处，是根据他惩恶劝善的立旨，在"评"字上下功夫。以往将评书艺人说的故事记录成书面小说时，并不全把说书人的评论话语写进来。而蔡友梅意在通过小说开通民智，对广大读者进行宣传教育，所以《小额》中常用作者的评议，故事叙述过程中，时常添枝加叶，有解释说明、批评议论、分析补充、接话搭茬、插科打诨、感慨叹息等多种内容，作者将这些内容用括号括住，能使读者分清正文与插叙评议。这些插叙评议，有的是对正文的说明补充，而更多的则是三言两语的评论慨叹，采用俗常的鲜活清脆的京白口语，令小说别添况味：

　　我先给他个照不销（您瞧瞧这德行有多们大）。

　　手里拿着一本书，闭着眼睛。（不知道是真睡是假睡。）

　　"您只当救我们一家子。"（说的可怜。）

　　立刻打了俩嚏吩（他那块绢准是皂角面子薰的。）

　　"别瞧大叔穷，不干那没骨头的事情。"（别打哈哈啦。）

　　"我要不信服你，我是个小狗子。"（你简直是狼
崽子。）

　　"这个可怕是个搭背？"（谁说不是呢。）

　　"让他带回话去就是啦。"（哈哈，让他带回钱去
就是啦。）

　　这种边说边议，全由作者即兴而发，或嬉笑怒骂，或冷嘲
热讽，小说的谐谑性与可读性也由之增加。

　　这时期的北京话，尚夹有不少满语，这在《小额》等小说
的语言中明显地反映出来。如称父亲为"阿玛"，称母亲为"奶
奶"，年轻的称上岁数儿的为"大大"。而清朝制度中的满语专
有名词，更是通篇皆有，如"拨什户""夸兰达""牛录""詹音"
等汉译满语名词是当时人们惯用的。而北京的满族人则说的是
一口漂亮的京片子，《小额》中外号叫票子联的人对善金说过这
样一段话：

　　　　老大，你别这们你我他三（萨，平声）的。听我
　　告诉你，咱们是本旗太固山（音赛），你阿玛我们都是
　　发小儿，我们一块儿喝茶的时候儿，那还没你呢……

　　这是一个地道的北京旗人，正以无赖的口吻训斥小辈。满
族人礼数大，十分敬老，小辈对长辈不能称"你"，应该用尊称

"您"。票子联说自己是伊老者自幼的朋友，善金是晚辈，不应对他称"你"。这位票子联确实是伊老者牛录上的，所以他又对善金说："咱们是本旗太固山"，意思是都是一个旗的自家人。而所说的"咱们""我们"则界限极分明，"咱们"包括了善金；"我们"只指他与伊老者两人。《小额》中人物的京腔、京韵，悦耳动听，不少鲜活上口的土音、土语跃然于字里行间。如土音有：他（音贪，北京称尊长之声）；拍闷（平声）啦；贼尾（音以）子；核（音壶）儿；疙瘩（音得）；闹的也熏（去声）啦，以及早已消亡的土音"啫""克"，等等，作者都用括号注上读音，使人一目了然，似乎像听到书中北京人讲话一样。至于北京土语，小说中出现得更多，如"提溜""出了蘑菇啦""不是岔儿""累恳""胡吃海塞""起家里来呀""还没家克哪""满世界求爷爷告奶奶""遇见吃生米的啦""给他一个颠儿核桃""揸黑儿""乌秃着""怵岔儿""拿捏""接接""吃了一顿憋子"，等等，真是多得不胜枚举，它们融在小说中，形成了便于传播的通俗性，也保存了一定历史条件下，北京人的民间生活情态，流动着让人琢磨不尽的北京韵味。

再如王冷佛小说《春阿氏》中，苏市隐的朋友原淡然和普二的你来我往一番对话：

普二道："这是那儿来的事？你这舌头底下，真要压死人。"淡然冷笑道："二弟你不要瞒我，听说那文爷的如夫人，外号叫做盖九城，不知这话可是真呀是假？"普二道："这个外号，却是有的。怎么你胡疑惑起我来呢？难道你看着兄弟就那们下三滥吗？"淡然陪笑道："二弟别着急。虽然无据，大概是事出有因。我记得盖九城姓范，原是个女混混儿。从前在东直门某胡同里，开设暗娼，你同着文爷常到他家里去。既同文爷有交情，同你交情也不浅。从良的事情，我听着风言风语的，有你一半主张，难道这些事，还能瞒得了我吗？"说罢，理着小胡子，哈哈大笑。闹得普二脸上一红一白，笑向市隐道："您瞧我这位哥哥，可叫我说什么！平白无故的，弄得我满身箭眼。这真是'杜康主动，四五子指使'的。"淡然道："你也不要口强，天下的事，没有不透风的篱笆。身子正，不怕影儿斜。现在你的名儿，跳在黄河里，也洗刷不清了。依着老哥哥劝你，这个嫌疑地方，不可常去。外人的言言语语，任凭怎么掂量，事情却小；若是文爷一起疑心，再闹点儿醋脾气，恐怕你吃不了兜着走。当着苏大哥，他也不是外人。好端端的，你认这个干女，是什么居心？"普二道："大哥你又来啦！我们是同旗同牛录，一个戬子吃饷，认一门子干亲，岂不更近乎了吗？"淡然捋须道："是了，是了，二弟如此嘴硬，我也不敢劝了。常言说的好：'认干亲，没好心。'恐怕这一句话，要应在二弟身上。"普二红脸道："大哥这句话，未免骂人太过了。这一些话要传到文爷耳朵里，我们弟兄交情，岂不闹生疏吗？"

对话人彼此往复，舌底生花，清脆快当的北京土语方言，如跳动在耳边，充满了京城特有的语言风致。

入关不到三百年时间内，满族人的语言由专说满语，逐渐变为满汉兼用的双语，最后又自动放弃满语而说出一口纯熟的北京话，并使这种经满语濡染过的北京话成为真正的地道的北京本土乡音，这是满汉民族文化相互交融、整合的全过程，是人类文化史上颇具意义的现象，值得人们深入探讨研究。清末民初旗人小说家诸多小说的书写，系满汉语言交融的最后阶段，为我们留下可贵的语言记录，有待后人重新认识与评说。

三、旧京风物与社会生活的真切描画

这些旗籍报人小说家，均出生或久居北京，其小说语言不但充满了京腔、京韵，也充分反映出北京的市井风情和最普通的平民百姓生活。他们独具特色的作品，丰富发展了京味文化，笔底墨间，既有响亮的"京片子"，也有令人痴迷的京戏艺术，有幽默生动的鼓词岔曲，更有北京人生活的酸甜苦辣、喜怒哀乐、离合悲欢，这一切均在中国新文学史上留下了深深的印记。

北京作为中国历史传承悠久的古都，其文化特色，在所有中国的古都中，最为深厚。此种具有丰富内涵的京味文化，是

与近三百年来满族旗人的贡献分不开的。他们在北京世代相传地生活下来，热爱北京的乡土之情最为真挚，应该说，有此深情，才能有真正的京味和京味文化。此种深情，不是遗老们对故国帝京的留恋，而是发自内心深处对故乡热土的铭心刻骨的爱，其血缘的遗传基因，既是同时期京派过客们所不具备的，也是后来又一代小说新人，仅从语言、民俗上模仿而无法学到的。

穆儒丐和王度庐、老舍都因外出谋生，长期离开过北京，他们的成名作，均是在外地写成的，但他们对北京的魂牵梦萦，最为感人，浓郁的乡情，溢于言表。1934年穆儒丐在沈阳创作小说《财色婚姻》时，写过下面极为深挚的话语：

　　天下人思乡的情绪，要以北京人最为浓挚了。北京人所以容易这样思乡，也就因为北京人所需要的事物，无论精神方面、物质方面，没有一种不美备。不但生在北京的土著，一日不愿离开北京，便是在北京住有相当岁月的中外人，一样也不愿离开北京。北京的衣食住，件件惹人情思，予人以不可言喻的舒适，自然不必说了；便是赏玩游览的名胜名物，也比旁的地方多，因为这个，人们都和她亲爱着，轻易不肯和她言别。但是，人们的壮志，以及冒险精神差不多也都被她消磨了。除非是别有见地，看穿了一切，而能以四海为家的，才能把北京割爱含着眼泪和她告别。

但是，乍别时的凄惶，睽离时的思慕，到底是排遣不
开，永远萦绕着。

在北京生长起来的王度庐，深受故乡民族文化的熏陶，十
分热爱自己的故乡。当流落到沦陷区的青岛，无奈之下开始进
行武侠小说创作时，就是以故都北京为背景，字里行间充满了
对北京的无限热爱，他曾通过书中人物之口，盛赞作为一朝帝
都的北京说："你瞧这街上有多么热闹呀！到底还是北京。我瞧
天底下的所有的地方，哪儿也没有北京好！"（《卧虎藏龙》）在
小说里，作者以浓墨重彩，尽情描绘老北京的胡同街市、风景
名胜的美景，不但写出最繁华的街道，俗呼为东单、西单、鼓
楼前成天有着熙攘的人群，还写到齐化门外护城河边，坐小船
悠悠地逛二闸的乐趣；在上元佳节看灯会上满街的花灯欢喧；去
东岳庙、妙峰山烧香的热闹，等等。而对京师旗人独有的旧俗
民情，不论是家庭的常态，应酬的方式，还是语言的问答，人
情的冷暖，包括婚丧嫁娶、红白喜事的仪式，全都一一有着精
彩的展现。

随便找一个他笔下的并非刻意描写的北京生活小场景，来
看一看：

春天北京城落着不断的细雨，把院子下得永远是
湿的，我又没有一双胶皮鞋，简直我索性除了上毛房，
连屋子也不出了。店门外就是一条狭窄的胡同，这一

下雨，不定多么湿，多么脏了，可是，清晨早起，便
有人用曼长的声音叫卖着："榆叶梅——花来，卖花！"

蔡友梅在小说《忠孝全》中，叙写满洲旗人领催福八聊的
日常生活，而当时的北京风物即极其谙熟地随之从笔下铺陈
出来：

　　福八聊见天上街，喝完了早茶，把早菜带回来，
习以为常。他家住在东直门，见天老上安定门西大院
儿喝茶，因为该处是上龙井的甜水（庚子之先，北京
甜水井很少，安定门外上龙、下龙二井，最为有名）。
那天岳魁有点不舒服，福八聊临要上街喝茶，问岳魁
想甚么吃，好给他带来。岳魁说是想肥酱肘子吃。福
八聊说："酱肘子最出名的是西城天福，不过离着太远。
东四牌楼普云楼也将就的，那么我今天就不上西大院
儿了。我上弘极得了，那里水虽差一点，离着普云楼
很近。"

稍晚一些的同是旗人的京味作家老舍在怀念北平时，曾深
情地说："我生在北平，那里的人、事、风景、味道，和卖酸梅
汤、杏儿茶的吆喝的声音，我全熟悉。一闭眼我的北平就完整
的，像一张彩色鲜明的图画浮立在我的心中。我敢放胆的描画
它。"而这些清末民初的京旗作家，在各自的小说中，同样表现

出这种对北京的深入肌理的稔熟。

在小说《花甲姻缘》中，蔡友梅如此描绘了年逾花甲的主人公结亲的场景：

> 硕卿那天非常的高兴，预备的酒席也很好。听说是八个压桌，鱼翅鸭果羹四大海，八个炒菜，两七寸六大碗，两道点心，要说寻常办事，这宗席面，也就很下得去了……那天来宾也都很尽欢。女来宾也不少。送亲太太一差，硕卿打算让容氏担任，又因为北京有宗老妈妈论，说姑不娶（姑母不给娶亲），姨不送（姨母不送亲），姊妹送了一身病，所以犹豫……那天嫁妆走后，功夫儿不大，花轿就到门。金钱豹有云，必须吹吹打打呀。谅之请的娶亲太太，是丁受之的夫人；六位娶亲的官客，也都是至亲的人了……午贞上了轿，这里请了六位送亲的官客。轿子出了街门，谅之进来谢亲，叩拜了岳父岳母的神主……真有跟着轿子走的。一冲着这宗义务送亲的，轿子到了韩家，门口人儿更多，轿子简直的过不去，您就知道有多少人啦！

将老北京的婚俗、讲究、场面一一写出，往日京城的人情世故、市井风情宛然在目。

清代的北京亦是戏曲之都，更是京腔的兴起与发展成熟之地，而这与清代上层集团的喜爱和八旗制度下京旗人士的闲在生活密切相关。北京人爱看戏，京城人称看戏为"听戏"，社会上下，纷而趋之，蔚然成风。清末民初之际，京城的大小戏园戏班众多，听戏赏曲之人日日熙攘。穆儒丐小说《北京》，即展现了主人公宁伯雍与戏曲伶人白牡丹的深切关系以及白牡丹的成名足迹。其中对于听戏场面，有这样的描写：

> 伯雍说："忙了这几天，也没听一次戏，我想听戏去。"子玖说："既是要听戏，何妨看看白牡丹去。那里有许多朋友，天天为他包桌子，捧得不得了。你若加入他们那个团体，他们一定欢迎。"
>
> ……
>
> 他们到了园子里面，场上正演《荷珠配》，都是本班的孩子，演得十分热闹。这时那几位捧牡丹的先生们，已然看见子玖，便点首招他往前去。他们拥挤了半天，才到前面，只见那几位，都是极洒落的青年，还有两位衣装朴雅的先生。子玖一一给伯雍介绍了，一位是陇西公子，一位是古越少年，一位是沛上逸民，一位是东山游客。彼此落座之后，免不了一番久仰的话，照旧静坐听戏。这时《荷珠配》已然收场了，下面应当是白牡丹的《小放牛》。他们有摩拳的，预备鼓掌的，有润喉的，预备叫好的。少时去牧童的先上场了，伯雍看时，便是那个三秃子。既而绣帘揭处，牡丹上场，他的秀目、他的长眉、他的纤腰、他的凤翘，

哪里像个男孩？便是极时髦的坤角，也无此扮相，好声早已起于四座。这出戏，虽然唱小曲，犹具古时歌舞之遗意。只见牡丹载歌载舞，惊鸿游龙，不足方其翩宛；穿花蛱蝶，不足比其轻盈。伯雍至此，亦不得不鼓掌击节，连连说好，暗道："他的本来面目，虽然很清俊的，若比起他的化装来——彼犹浊世佳公子，此已天上跨凤仙了！这样的孩子，是舞台的钱树，也是人间的祸水，将来不知颠倒多少众生，他也未必能有好结果。"不一会儿，《小放牛》演完，下面是小云的《别宫》。大轴是八岁红的《金钱豹》。

戏园子里，戏码轮流上演，十分热闹，白牡丹扮演的坤角儿，犹如惊鸿游龙，脱凡超众；场下看客拥塞，一干人极力捧场，真切描画出老北京戏园的风态。而宁伯雍对白牡丹暗自思忖："这样的孩子，是舞台的钱树，也是人间的祸水，将来不知颠倒多少众生，他也未必能有好结果。"也暗示出世道的难测和伶人从艺生涯的坎坷与乖舛。

蔡友梅将《小额》标之为"社会小说"，在小说开始时就宣称："既叫作社会小说，就得竟说社会上的事，既说社会上的事，就得把一切的腐败恶习、野蛮现象，都形容出来。"由于"北京城什么德行都有"，小说对于当时北京世态炎凉，世风日下的描写，也深入锋锐。作者认为，"既是社会小说，沾乎社会上的坏习气，不能不说说，也是警省人的意思"。围绕小额进监之后的各类人物活动，小说形象描绘出乌烟瘴气、浓得化不开的社会众生相。如写到小额手下的碎催惹是生非牵连他吃官司后，一个个都溜之乎也时，作者对此愤慨地评议道：

> 您猜这叫甚么，这就叫溜了边儿啦。大凡这类的小人，都讲究捧臭脚、抱粗腿、敬光棍、怕财主、贴靴并粘子、拜把兄弟、认干亲，平常没事的时候儿，奶奶长、阿玛短叫的震心，狐假虎威、狗仗人势，无非是跟嫖、看赌、白吃猴，从中的取事。赶到娄子一出来，您瞧吧，属狗的，打胜不打败，一个个儿躲躲闪闪，全不露面儿啦。在这几个碎催，转句文说吧，无非是其小焉者。您瞧那一班拜门墙、认假父、昏夜乞怜、钻营谄媚的大运动家，一瞧见大伞要落，立刻就择干净儿，真跟这把子碎催可以画一个等号儿。

继而，小说将社会各色人等乘小额打官司的机会而大捞一把的丑行，也都五光十色地一一呈现出来。清代末年，堪称首善之区的北京城，就是如此泛滥充斥着社会的腐朽沉渣。书中详尽的描述，也可谓淋漓尽致。作者认为"那一点儿说的不到家，就不够社会小说的程度"。

作为报人小说家，这些京旗文人虽然之后并未融入"五四"新文化、新文学的洪流之中，但与时代的转折、社会的沉浮、现实的万象无不声气相连，他们的笔触亦然会探入社会下层，探入民间，探入贫困群体冰冷而不堪的生活，为人们展示出那些困苦的京城人另一种生存状态的真实图像。穆儒丐小说《北京》，这样描绘京城的贫民居住区：

> 骡马市大街，贾家胡同紧里头，一个小庙里，和尚早已没有了。三间大殿，年久失修，已就圮毁，里面也不知供着什么神，门窗都锁着，灰尘和蛛丝，把那破窗棂都罩满了。檐下有几只灰鸽，自由巢在那里。廊子底下，堆着许多破烂东西，什么烂纸、散碎布屑、旧烂棉花，堆了好几堆。两边厢房，也都破烂不堪。却有许多换肥头子儿的、拣沟货的、挑水的，住在里面，俨然是个花子大院。北京没有一定的贫民窟，可是这种贫民聚居的所在，到处散见。什么废寺和公共所在，差不多都是我们的贫苦同胞自己经营的共同生活，如今穷人更多了，要打算照外国都市办法，划定一个特别区域，收容贫民，那实在是办不到，因为北京城全体，今日差不多成了一大贫民窟了。国家的首都，竟成了一个大贫民窟，也是世界一件奇闻，民国的光彩呀！

作者的悒郁之情溢于言表，情不自禁要为"我们的贫苦同胞"大声呼吁。而小说对于主人公探访被服厂的情形，则有如下的描绘：

> 伯雍不看则已，一看了做工的那些女工，他益发地烦闷起来。他们这工厂，是利用旧有仓房因陋就简改造的，光线和空气，皆感不足。两三千女工，一个个都是形同乞丐，褴褛不堪，还有怀里揣着乳儿，在那里做活计的。她们都在当地坐着，现在天气已觉寒了，她们都觉很瑟缩的。她们每人手里都拿着一件军警的制服，手不停针地在那里做，她们使她们的针线，非常灵活而且敏捷，但是她们那可怜的窘态，实在令人不忍长久地看着她们，所以伯雍看了一周，也就同着冯元甫出来了，仍到那间接待室里坐下。伯雍这时却想起经济学上的原理来了，他以为这些可怜妇女，所得的都是忍苦报酬，因为她们忍苦的程度很大，她们的报酬也一定很优的了。因问冯元甫道："她们每人每日能挣多少钱呢？"冯元甫很郑重地答道："铜元六枚。"
>
> 伯雍听他挺响亮地挺正确地说出"铜元六枚"四个字，很诧异地问道："她们只得六枚么？一小时是一天呢？"冯元甫道："中国哪有按时给工资的工厂！自然是每日六枚了，而且还得交出相当的工作，最低限度，是制服一套。"伯雍道："她们每日做几小时工，才能够上领工资的程度呢？"冯元甫道："至少得十二小时。"

　　作者对于这些冰冷现实的揭露,虽然未必有多么深厚的思想背景,但却是本着人道和良知准绳,以及对社会现状的真心关切,用心着意而为之,绝非顺手挥墨,从而深刻融会了作者对贫困人群的悲悯和对社会不公的愤懑。正如他在小说的《自序》中所自陈的:"小说者流,以文为货者也,乌见其有道理哉? 则见仁见智,又在读者。吾虽以是博微资,凡吾所言,亦未尝无物也。书中如述被服厂女士之惨状、教养院贫儿之不幸,以及下等娼窟之毫无人道,皆为历来作家所不屑寓目者,吾则以为此等社会状况,诚乃小说必需之材料,亦作家所宜注意者也。"也正是由于此,当时北京底层群体的生活情态,被其以文学的形式,真切记录下来。

　　发生于 1906—1908 年的旗人女子春阿氏的冤狱,当时震动京师,《白话报》等传媒不断有报道,引起舆论界及社会大众的轩然大波。文实权将张侦探对此案的调查加以整理,王冷佛根据这些材料,随即写出《春阿氏》纪实体小说,对于当时的社会黑暗、司法的昏聩贪腐、公堂牢狱的残忍奸诈以及包办婚姻的不幸等痛加揭露,其抄本流传于宣统三年(1911),初版印行于 1914 年。小说方一问世,即受到社会的广泛欢迎,春阿氏的名字,无人不知,家喻户晓。至今,台湾女作家林海音在《晓云》中还提到:"还记得她讲了一个旗人的故事,那个女主角叫春阿氏。她说,著书人写道,要把春阿氏的故事尽量地讲给人听,那么死去的春阿氏的灵魂,冥冥之中会在窗外感激你的。

所以每次讲这个故事时，我都不由得回头看看黑黑的窗外，仿佛那里立着一个梳两把头的女人，就像《四郎探母》里铁镜公主的打扮。"小说《春阿氏》是旗籍报人作家以公理和道义为旗帜，纵深探入社会现实，与时事、社会和读者密切互动的一个典型事例。

四、旗人形象的慨然存照

清末民初的新小说作家，不论是否排满志士，都不免在作品中带有一定的民族情绪，例如写官场里没有好人，而满官比汉官更昏庸，在社会上流行的笑话中，旗籍官员也是更为滑稽可笑。《负曝闲谈》第二十六回曾经这么说："满人里面，念书的太少，他们仗着有钱粮吃，仕途又来得比汉人宽，所以十成里头，倒有九成不念书的。"汉族作家这些说法，明显失之偏颇，于当时这是在所难免。自然在满族作家的作品里，是不会出现这种现象的。旗籍报人小说家将表现旗人的小说推向社会，他们的初衷并不愿意读者仅仅将它当成反映旗人生活的书来读，杨曼青在《小额》序中还特意指出："傥以旗人家政而目之，恐负良匠之苦心也。"可是，事实上，作为社会小说，《小额》揭示的社会种种怪现象，并不如《官场现形记》《二十年目睹之怪现状》成功，而作为反映满人生活的小说，《小额》等作品则具有不可取代的重要价值。它让后世人们看到了已经鲜为人知的这部分社会存在——清末京城里普普通通的满族人生活。即使在有清一代满族小说作家的作品中，这方面的内容也是不多见的。《小额》作为中篇小说，自然不可与《红楼梦》《儿女英雄传》鸿篇巨制相比，作者的立旨也与曹雪芹、文康不能同日而语，可是，《小额》展示了曹雪芹、文康所习焉不察的京城里普通满人的生活内容，写出他们有自己的活法、自己的价值观念、自己习惯的一套方式。我们认为，将这部小说目之为旗人家政，不仅没有降低，而且正好说明了《小额》的文学地位，它是满族作家对中国古代小说史做出的最终贡献。现代杰出的满族作家老舍，正是在它的基础上，迈向了反映北京满人生活的文学创作的光辉顶峰。

《小额》中的重要人物伊老者，是作者以极敬重的笔调成功描绘出的典型的善良忠厚的满族老人。伊老者名叫伊拉罕，是牛录的拨什户，在旗衙承办领催的差使，为人忠实耿直，通旗的人没有不佩服他，可是却挨了小额手下碎催的打。伊老者回到家直唉声叹气地不说话，直到来了世交老友谈起来才表示："我活了六十多岁，挨他俩嘴吧。我要跟他有完，我把伊字儿倒过来。"但是，当伊老者在王府里教书的大儿子善金，给王府写信，将小额抓起来之后，伊老者则说："这是作甚么，跟小人作那门子仇。"后来，明五爷出来为小额说情，伊老者登时就答应了，他认为："是了就是了，何必跟小人一死儿结仇呢。"这就是这位满族老人的脾气性格与待人处世的原则。他的老伴儿伊太太更老实怕事，一开始知道发生事情之后，"又怕儿子生气，又怕老头子窝心，心里好一阵子难过"。家里人议论时，她则说："咱们他合不着，好鞋不沾臭狗屎。只要是告了饶儿，明儿个有人带他来赔个不是，就跟得啦，赶明儿个，让你阿玛把差使辞啦，就得了。他这们大岁数儿也累不来啦，不用殴〔怄〕这个气啦。"真切地是一个满人中常见的既心软又怕惹事、和气善良的老太太。

他们的三个儿子：善金、善全、善合，都是读书识礼的年轻旗人，对付打父亲的地痞流氓，实在不是对手。二爷善全对付不了上门寻衅的二流子，只会回到房里气哼哼地说："这都没有的事情，真得儿可恶。简直的太不讲理啦，没是〔事〕生非吗？没骨头都到家啦。"被家里人一问，他竟然"哇"的一声哭了起来。像伊老者一家这种旗人中的老实角儿，只能干受气。还有伊家的朋友，如领催恒贵、头甲喇莫吉格王三、帮办领催楞祥子等人，也都是只能背后气得直骂，却无法以对。

《春阿氏》第二回里春英被杀，对文光去甲喇厅报案的情景这样写道：

迟了半日工夫，甲兵掀起竹帘，从外走进一人，穿一件稀烂破的两截褂儿，惊惊恐恐的进来。文光忙的站起，甲兵道："这是我们大老爷。有什么事，你径直说罢。"文光听了，忙的陪笑道："我们家里头有点儿逆事，没什么说的，又给地面儿上找点儿麻烦。"那人道："那儿的话哪，我们地面儿上当的是差使，管的着就得管。居家度日，都有个碟儿磕碗儿碰，要是怎么的话，很不必经官动府。这话对不对您哪？咱们是口里口外的街坊，我也是这里的娃娃，我姓德，官名叫德勒额。"甲兵亦喝道："大老爷的话是心直口快，听见了没有？要是怎么的话，不必经官。俗话说的好：'门前生贵草，好事不如无。'说句泄场的话：'衙门口向南开，有理没理拿钱来。'是不是，街坊？"文光听了此话，那里受得下去，因陪笑道："大老爷的意思，我很领情。但是无缘无故，家里不出逆事，谁也不肯经官。方才半夜里，我们儿媳妇把我儿子害了。难道谋害亲夫的事情，能不来报官吗？"德勒额不待说完，一听是人命重案，不由的捏了把汗，遂喝道："你的儿媳妇呢？可别叫他跑了。我们跟着你瞧一瞧去。"说着，跑至里间儿，先把凉带儿扣好，又戴上五品顶戴的破纬帽，拿了一根马棒，喝着甲兵道："讷子，哈子，咱们一块儿去。叫搭齐布醒一醒儿，正翼查队的老爷过来，叫他们赶紧去。"甲兵等连声答应，慌手忙脚的穿了号坎儿，点上铁丝儿灯笼，随向文光道："走罢，走罢！别楞着啦。"文光连连点头，随了德勒额、甲兵等一路而行。路上，德勒额先把文光的旗佐职业、并家中人口，一一问明。

半夜三更，儿子被杀，文光慌慌忙忙去甲喇厅报案，还不忘讲礼讲面，说些"又给地面儿上找点儿麻烦"之类的客套话。

甲兵与甲喇被叫醒，也还是实在人，先讲了番想息事宁人的大实话，等到一听是人命案，立刻赶紧就去查看。清末地方小吏穿着稀烂破的两截褂儿，戴着五品顶戴的破纬帽，窘态毕现，作者没有漫画式地丑化，更显真实。

《小额》没有直接描写官场，也没有正面涉及当权的满洲官吏，但帮助伊老者一家解困的明五爷，以及王府管家文紫山，都还公正守法，尤其是都具备北方民族耿直的性格。"明五爷为人极其的公正，心直口快，慷慨好施，外带着专一爱打个抱不平儿"。文管家则是："这位文紫山文管家，素常最爱交朋友，府里上上下下没有不说他好的，并且王爷也最信服他，真是说一不二。要按其理说，就应该借事招摇，揽权纳贿啦，这位文管家可拧啦，多一步儿也不走，奉公守法，谨慎小心，外带着非常的耿直。"应当说是作者相当准确地描绘了满族官吏中的正面形象和典型性格。

另如蔡友梅小说《一壶醋》，着重描绘了一位刚正不阿，秉持品行道义，与当时乌烟瘴气、腐败横行的官场格格不入的旗人官员的形象，这在当时的文学书写中十分难得，从而弥补了晚清小说史中汉族作家笔下满人官吏清一色的贪官污吏的缺憾。

《一壶醋》的主人公保子英生于官宦世家，家中的为官者皆为科甲出身，凭的是真才实学，从未利用官场中的亲友投书递信，为自己疏通关系，因此保子英乍入官场，便显得与根深蒂固的官场积习全然不合拍。小说对于新赴江西就任新昌知县的保子英这样描绘：

那天到了省城，找店住下。子英的令尊，是位两榜，作过山西知府，他是个少爷班子，新官到省，一切的手续，及谒见上宪的礼节，人家是门里出身，并不外行。在子英没起身的时候儿，就听见人说，江西这位大帅，天性乖谬，并且贪婪，很有人要给他湾转八行。子英是个耿直的脾气，又倚着自己是个拔贡出身，自己又随过任，州县的公事，又很熟悉，艺高人胆大，不以为然。他说我们家世代作官，并且都是科甲，就没用过八行。人家好意给他求信，倒听了他这们几句，真是拿猪头找不出庙门来啦，只好散了罢。及至到了省，禀到禀安禀见，大帅居然不见，子英也不以为然。

结果费了一番周折，保子英总算见到了江西巡抚，向自己履职的一省大员报了到，而这一过程却颇富戏剧性：

子英一瞧这位大帅，有六十来岁，白胖子，三角儿眼睛，胡子不多，说话是半京口，好贪的样子发于外表。子英递了履历，大帅把履历看了一遍，又把子英上下打量了一番，冷笑了两声，说：

"阁下还是个拔贡呢，是自己中的吗？"

子英是少爷班子素日性傲，一来到省大帅不见，蹲了这们些日子，心里就不痛快；二来听见王典史所谈大帅种种的缺德，更是恼上加恼。如今一听这宗轻薄话，气过脑门子八丈五，甚么叫属员上司呀，不管那些个闲事啦，当时说道：

"大帅怎见得卑职的拔贡不是自己中的？"

大帅说："我因为你们旗人里，有学问的很少，拔贡是不容易中的，所以我问问。"

子英说："怎见得旗人里有学问的少呢？往远里不用说，松文清、倭文端，不都是旗人吗？就拿现在的军机大臣恭邸说罢，学问比谁小哇！"

大帅哈哈大笑，说："恭邸学问大，不过你也是听人说，你也没见过他。"

子英一听，气往上撞，说："怎么没见过，卑职跟恭邸还是亲戚呢！"

子英不过是话挤话，一时生气，说跟恭邸是亲戚，话说出来也收不回去啦，自己很后悔。没想到老抚是个势利小人，吃硬不吃软。他听子英说话叫横，心说这家伙有两下子，他许跟恭亲王是亲戚。我见了多少属员，就是两司道府，我说甚么，他们都是唯唯诺诺，小小的县令，敢如此发横，莫非他吃了熊心豹胆，想必这个人来历不凡，趁早儿别惹他。想罢带笑开言，说：

"阁下到省之始，赶上兄弟公忙，想着要见你，

又因公出，实在对不住，好在在省城多历练几天也很
好。新昌这个缺，是个冲繁疲难的要缺，以阁下盘盘
大材，弥缝其间，定当措置裕如。阁下来了日子不少
啦，可以赴任罢。廉访是你们同乡，总该认识罢？"

　　子英答应了一个"是"字儿，又谈了两句闲话儿，
当时端茶，外头大喊送客。子英退了下来，心说："这
个老货敢情是吃硬的。"

　　正派而颇具才华的保子英到任后，"很办了几档子脆事，真
是属吏畏怀，绅商爱戴。到任数月，兴利除弊，政绩大有可
观"，受到百姓乡绅的拥戴。但他终究挣不脱盘根错节的官场昏
暗势力的围堵，因为秉公断案，不随波逐流，无法容忍官场的
败坏风气，从而得罪了自己的顶头上司、贪鄙成性的乐太守等
人，而乐太守"跟大帅是累代世谊"，结了些七七八八的干亲，
"是个连环套"，结果被借故调离本县。尽管县里的绅商学界推
举了十几名代表为保子英多番求情奔走，仍然于事无补。保子
英离任时，"各界欢送，非常的热闹，大有空巷之势，竟酒桌子
摆了有三里多地"。然而民意的向背丝毫抵御不了官场的丑恶，
保子英只能与众人"洒泪分别"，赴任他县。由于保子英对于
"这宗龌龊腐败的官场"深感失望，无心周旋，调任不久，就
辞官回京。回到京城后，保子英发现他的主要房产被亲戚变卖，
积蓄也很快被亲友蒙骗一空，但这位保子英"少爷出身，天性
慷慨"，并不深究，一味厚道待人。只是保子英虽然"向来心热

脸善"，却并不会持家理财，"好吃好花不会过"，夫人钟氏"也是世家的小姐，不会打算盘"，日子过得困顿潦倒不堪，直到遇到他为官时曾经救助过而后来做了高官的一位渔家子弟的接济，境遇才得以好转。

保子英的形象，他的满腹才学，洁身自好，刚直不阿，怜贫扶弱，与当时的官场的龌龊风气形成鲜明的反差，而他满洲旗人少爷慷慨大方，却又缺乏生活技能的习性，则也是旗人公子哥的普遍写照。

小说中的另一旗人形象——江西省的按察使、保子英的同乡，也颇具典型性："臬台是位旗人，好吃好穿好闹脾气，好骂人好唱二簧，心地虽不错，是个瞎摸海。"此人"会闻鼻烟，好玩个烟壶儿，射鹄子下大棋，哼哼二簧，能喝三斤绍酒，自己讲究下厨房亲手作点菜，能损人好玩笑，专骂底下人，可又专纵容底下人，拿钱不当钱，作了好几年司道，没有甚么积蓄。所好者心直口快，胸无城府，见了人很有外场，让人过的去"。这位臬台因与保子英"都是方字傍儿（旗人），非亲则友"，对子英多有照顾，但在官场是非中，又免不了和稀泥，"糊里糊涂的"。此臬台虽然好玩耍，不认真做官，但比起奸猾无耻的"大帅"、乐太守等贪官来，则要强得多。

清末民初以降，承袭了旗人小说家的创作脉络，以报人的身份从事写作，以隐伏的情怀呈现出所熟悉的旗人生活的小说家，还有出生及创作起始年代略晚一些的王度庐。王度庐在其"鹤－铁"系列小说的《卧虎藏龙》中，塑造出动人心魄的侠女玉娇龙的形象。玉娇龙曾自报家门："我是旗人！"这位在民国小说中难得见到的旗人姑娘，容貌美艳，却无女子的柔弱，其武艺高超，身怀奇技，又能诗会画擅书法，而其敢作敢为、任性斗气的秉性更是深具性格魅力。这一人物形象与清末满族作家《儿女英雄传》中的闯荡江湖、行侠仗义的旗人女子十三妹的形象一脉相承，是由旗人作家继续创作出的自唐传奇后小说领域中断已久的女侠形象。玉娇龙虽出身高贵，特立独行，心中却又深藏着难言的隐痛，她刻骨铭心地爱上了一个与她身份、地位完全不同的罗小虎，然而生在极重伦理的旗人家庭，在婚姻之事上她不能、也不愿违抗父母，于是这一段异于凡响、浪漫凄婉的爱情，铸成了一首人生慷慨昂壮的悲歌。王度庐能够给中国现代文学史，留下如此令读者心灵震颤的旗人女性形象，当然也是与自己民族文化传统积淀分不开的。

在"鹤—铁"系列小说的《宝剑金钗》中，王度庐还塑造了一个类似《小额》中的明五爷式的人物——德啸峰。德啸峰是正白旗满洲人，"生性慷慨好交"，他"赤胆热心"地一再救助侠士李慕白，为此遭陷害被发配到遥远的新疆。对此，"他不但不难过，反倒脸上现出笑容，仿佛十分欢喜"，认为"借此机会我可以到新疆去玩一趟"。这样乐观豪情的话语，只有旗人德啸峰才能说得出，这是一个在中国现代小说史上难得见到的具有慷慨义气的清代旗人的形象。而德啸峰在逆境中所具有的乐天精神，则透露出旗人善于苦中作乐的幽默天性，正如老舍笔下也曾充分展现出来的，这是"一种难言的苦趣"。（吴组缃:《《老舍幽默文集〉序》,《十月》1982 年第 5 期)相比之下，小说中热心直性的德啸峰的形象，却比主人公李慕白更为有血有肉、生动感人。

五、旗人生活的独特映现

这些旗人小说家在描绘出清朝末世旗人群像的同时，也真切描绘出旗人的生活氛围。这种特别的书写，在清末民初排满声浪高涨的形势下，以及此后漫长的时光中，并未获得较强烈的反响，然而却为后人留下了难得的有关这一历史时期旗人生活的文学记忆。

小说《小额》中对于晚清京城里满人的生活习俗，虽不曾特意铺陈，只是在叙述故事发展时，捎带几笔，却也能鲜明地勾勒出普通满族人家的日常起居图画。善良的伊老者一家，是最平常普通的旗人家庭，书中这样写他们的住家："伊老者住的是个四合房儿。伊老者带着善全、善合住上房的东间儿，伊太太带着姑娘住上房的西间儿，大爷大奶奶住东厢房，西厢房是厨房。南屋里没人住，白天，大奶奶跟姑娘在北屋里作活。老王是在厨房住。"这所典型的北京四合房，和和美美地住着伊老者一家人，他们长幼有序地生活在一起，十分地尊老爱幼，年轻人对老人更是体贴入微，极其尊重。连倒茶、吃包饺子、买盒子菜下酒等细节，书中也写得细致真实。一家人父子间、翁媳间、爷孙间、妯娌间、叔嫂间都洋溢着满族人家特有的温馨的亲情。

至于对晚清时满人的穿着打扮，书中极注重地加以详尽描绘，虽然称不上是人物描写的上乘佳作，却也为清末男女老少旗人形象留下了真实的记录。例如，给小额看病的几个大夫各有各的打扮：赶车出身的王先生，"身上穿一件春罗截褂，是托天扫地（不是借的，就是买现成的），两支倒倒子脚，外带着挺大，穿两只大紫蝙字履鞋，带一副茶碗大小的假墨镜，拿一把旧团扇，一步三摇，迈方步又迈不好"。而当了太医院乌布的徐先生，那一份举止可不一样，"要说岁数儿，有五十上下，白净子儿，大眼睛，戴着墨镜，长四方脸儿，小黑胡子儿，头戴纬帽，三品顶戴花翎，身穿黄葛纱袍儿，翡翠凉带儿，戳纱的活计，佩带着对儿表，脚下穿着武备院儿的缎儿靴。右手大拇指带着一个伽楠香的搬指，左手摇着一把团扇"。这一副派头，很有点儿京堂的气度。至于京城有名的外科高手金针刘，架子大得邪行，穿着打扮与徐吉春又不一样，"年纪有三十五六岁，高身量儿，长四方脸儿，白净子儿，重眉毛，大眼睛，带着一副浅茶镜，身穿牙色官纱大衫，上套紫纱坎肩儿，官纱套裤，缎儿靴，二纽儿上带着伽南香的十八子儿，左手大拇指上带着伽南香的搬指儿，摇着一把潮州扇儿，后头跟着一个小童儿。"三位不同身份的大夫，三种不同的行医治病的方法，作者对他们一一进行了不同程度的挖苦与嘲讽。

《小额》中的女性形象也有几个，除装神弄鬼骗人钱的王香头之外，其余都还是些老实本分的妇女。伊老者家中的伊太太、少奶奶、大姑娘等，自是十分忠厚贤德，即使是额家女眷，虽不尽相同，额大奶奶、小文子媳妇为人也还恭本。书中描写小文子媳妇的穿着打扮，是其他晚清小说难以见到的："细条的身材，瓜子儿脸，重眉毛，大眼睛，擦着挺重的脂粉，疏着大两把儿头（那时候还没兴拉翅儿呢），一脑袋翡翠的簪子，身上穿着浅色的竹布衫儿，脖子上围着一块三尖儿粉红的绢子，上头绣的是龙睛鱼（头二十年兴过一阵子龙睛鱼的花样，无论甚么上都讲究龙睛鱼），脚底下穿一双粉红色缎子的双脸儿鞋，是绿皮脸儿，有三寸多厚的底儿，举止倒很大气。"这就是19世纪末，京城满族有钱人家年轻媳妇的时髦装束，书中写她给长辈客人请一个蹲儿安，说一声："大爷您好哇！"真正是十足的活灵活现的旗人少妇。

对于旗装妇女形象，《春阿氏》中也还有相当出色的描写。《春阿氏》第十三回写旗装少女在闺房梳妆的情景：

　　　　这里丽格又忙着拿瓶子取梳头油，又替三蝶儿去温洗脸水，前忙后乱的闹个不了。三蝶儿放了木梳，笑吟吟的道："谢谢你费心。天儿这样热，我不擦粉了。"丽格执意不听，一手举着粉盒，笑眯眯的道："姐姐，你擦一点儿罢，不看老太太，又碎嘴子。"说着，挤身过来，帮他取了手镜，又帮他来缝燕尾儿。三蝶儿道："咳，小姑奶奶，你要忙死我！我的燕尾儿不用人家缝。"说着，接过丝线，自己背着镜子慢慢缝好。

丽格笑道："敢情你的头发好；我有这样头发也能叫它
光溜，不但没有跳丝儿，管保苍蝇落上都能滑倒了。"
说着，拿了粉扑儿，自己对着镜子匀了回粉，又把自
己的燕尾儿整了一回。

这部分特写，将旗人妇女独特发式——燕尾（音 yi，念上
声）儿梳理的方法作了详细说明，在梳两把头时，要将脑后头
发左右分开，下成两歧，梳成两尖角燕尾式扁髻，垂于脑后，
用丝线缝制，不使松散。三蝶儿头发好，不易松散，用不着别
人帮忙，自己就能梳得光溜、漂亮。这样的笔触在那时的小说
中实不多见。

清朝末年的北京，茶馆、戏园子九城林立，清闲自在的满
族人是这里的常客。

徐珂《清稗类钞》中说其："汉人少涉足，八旗人士，虽官
至三四品，亦厕身其间，并提鸟笼，曳长裾，就广坐，作茗憩，
与圉人走卒杂坐谈话，不以为忤也。"

去茶馆听戏、听评书、听唱子弟书，已经成为满族人不可
缺少的生活内容。这些末代王朝京城里的特殊子民，正以自己
的享受方式寻求着生活的乐趣。例如《小额》中写到，四月初
七、初八，河沿儿上通河轩有两天随缘乐，小额是必定要去听
玩意儿的。通河轩，是小额常去听书的茶馆，见天儿在那里听
书的，多数也是一把子书腻子。当时著名的说书艺人哈辅元、
双厚坪都常在通河轩说评书。书中详细描写额少峰到通河轩的

情形，详尽而又鲜活地展现了北京这种听书、听玩意儿的茶馆热热闹闹的景况：上书座儿的老听众、能说会道的跑堂儿伙计，他们之间的寒暄、对话、互相的客套礼数，还有贴在台前的海报以及茶票价钱，处处都透着北京茶馆文化背景下特有的京味儿，为读者提供了一幅真实的历史民俗图画。

对于小额来到什刹海通河轩听书，小说如此描绘：

那天书座儿上的还是真不少，天才一点多钟，人已经快满啦。可是生人很少，反正是那把子书腻子占多数。内中废员也有，现任职官也有，汉财主也有，长安路的也有，内府的老爷们也有。大家一瞧小额进来啦，真是一盆火儿似的。这个说："大兄弟才来呀。"那个说："少峰，老没见哪（小额的号叫少峰）。"喝，这个也招呼，那个也招呼，小额也都一一的周旋了一阵。原来小额每天听书，老是靠着西北的那张儿桌儿。跑堂儿的李四笑嘻嘻的说道："额老爷，您怎么老没来呀？"小额说："竟有事吗。"李四说："我知道您今天准来，您瞧茶壶都给您涮得了，这儿搁着呢。"小额微然的一笑，说："你倒会算。"这挡儿童儿拿出茶叶来，交过跑堂儿的，给小额又把水烟袋灌上水。李四又拿盅儿倒过碗漱口水来，又打了盆脸水。童儿拿出手巾来，拧了两把，小额擦完了脸，漱了漱口，站起来又到各桌儿上让了让，甚么"您喝这个吧"，又甚么"换

换吧"。大家伙儿说:"您喝吧。""您请吧。"小额让完
了人,来到自己的桌儿上。小童儿早斟出一碗茶来,
又点着了火纸捻儿,把水烟袋递过去。小额接过烟袋
来,一边儿抽,一边儿跟旁边桌儿上一个五十多岁的
老头儿说话,说:"您这两天常来呀?"那个老者说:
"啊,这两天我倒是见天来。昨儿个是哈辅元的末天
吗。过了这两天的随缘乐,还是双厚坪过来。要讲说
评书里头,真得数的着人家。"小额说:"那是自然哪。"
那个老者又说:"今天的玩艺儿也不错。您瞧见报子啦
没有?"小额说:"真个的,我还没瞧见呢。"说着,
走到台头啦一瞧,两边柱子上都挂着一个牌子,上头
贴着黄纸的报子,是:"本轩四月初七、八日两天,特
约子弟随缘乐,消遣:风流焰口、五圣朝天、别调岔
曲,别母乱箭。"左边儿,另飞了一个签子,是"外定
双子",右边儿写着是"每位茶票七百文"。

　　作者把旗人听书前的一整套讲礼讲面的礼节,如实录一般,
丝毫不嫌繁琐地记了下来。什刹海一带俗称河沿儿,是北京市
民游乐的热闹场所,有很出名的书茶馆。小说提到的说书艺人
双厚坪,亦是满族,在当时名贯京城。这一天来书茶馆唱玩意
儿的,是唱岔曲的艺人随缘乐。岔曲起源于八旗军中,清代宫
廷、民间一直十分欢迎,旗人最爱听。随缘乐登台献艺时期,
他改编的许多岔曲甚为流行。这天他前往通河轩献艺,那把书

腻子包括小额，全都是冲他来的。可以说，《小额》这部小说，将北京茶馆文化特有的八旗京味儿，表现得淋漓尽致了。

作为地道的北京旗人，穆儒丐本人即自幼爱听单弦、快书、大鼓一类"玩艺儿"，尤其喜欢单弦，他认为："单弦是北方曲调中最有价值的玩艺儿。""单弦的好处，能利用各种词牌、时调，演唱一件事情，很觉有味。""譬如随缘乐当初是自弹自唱，所以叫单弦。"（《说单弦》，《盛京时报·神皋杂俎》1923年7月12日、13日）他深谙民间曲艺，每每以艺术享受的兴致写听书后的书评：

> 昨往访东园，不值，便到至万泉河上，听谢大玉、广恩普、张小轩，人各一曲。是日凉风习习，异常快美，入夏以来，第一凉爽日也。如此清歌妙曲，悦耳怡身神，顷虑既消，不啻别一天地。
>
> 八时许，由凝香社出来，不忍便归，遂更如福找春茶社，恰值荣剑尘只《刺虎》甫上，此段在单弦中，为至有情值之杰作，加以荣剑尘嗓音流利、字句清晰，听之尤觉有味。最妙者，嬉笑怒骂，皆成文章，虽演明末一段哀史，大可为今日写照，此剑尘之曲词，所以不可不听。
>
> （《闻歌小记》，《盛京时报·神皋杂俎》1922年8月3日）

昨晚饭后，天气至为温暖，我口内衔着一支雪茄，乘着一钩新月，步至北市场青莲阁茶社，正赶上果老先生在那里唱单弦《高老庄》呢。他的字眼韵调清晰响亮，于苍老之中别有韵味，以故，一套唱罢，掌声四起，可见知音者，正是不少也。

（《前晚之青莲阁》，《盛京时报·神皋杂俎》1922 年 10 月 26 日）

七音大鼓，算是一场极好的玩艺儿，我听了多少次，牌子没有一回重过，足见他们的音乐造诣，是很深的了。本晚以《朝天子》一折最为庄重大雅。

赵翠卿的《独占花魁》，循规蹈矩，殊觉平善。

讷鉴泉，不愧滑稽大家，不第言谈微中，足以解颐；即其状貌，亦颇难得，盖虽滑稽，而不流于俗鄙，此所以为上选。一切笑话，皆能随机应变，决不墨守，内行谓之"活口"，非有天才，不易臻此。是夕，由谭伯如为之配手，演一段无赖平民笑史，闻者莫不绝倒。

刘小峰之《哭玉》，缠绵悱恻，能将书中韵味一一写出，自是老手。小峰有锦心而无锦貌，吾但取其歌，不以俗见而少之也。

广恩普之《李陵碑》，较之听叫天之《碰碑》尤觉有味，盖快书之辞藻，高出二黄不啻万倍，于抽象中，细细寻绎，当年情事，恍然在目；然非恩普之快书，亦不能引人入胜至于如此。

荣剑尘之《莲香》，一起便佳，"东邻坐梯妓戏弄桑生"一节，单弦中之妙品也。

（《青莲阁一夕记》，《盛京时报·神皋杂俎》1923 年 4 月 6 日）

这里之所以不惜篇幅，将几篇短文引录下来，是由于穆儒丐对曲艺佳妙之处的绘声绘色的评说，保留了当时说书艺术和曲目的珍贵记忆，并足可以作为这些旗人的小说中对旗人泡茶馆、听书赏曲情形书写的现实参照。

在《春阿氏》中，探兵当差、侦探破案，最常去的也是茶馆。如天津侦探张瑞珊到北京来办案，"亦不暇拜望戚友，先往各茶楼，博采舆论"。钰福等四个探兵领了侦查任务后，径直就去鼓楼东公泰茶社：

四人拣了座位，走堂的题壶泡茶。各桌的茶座儿，有与这四人相熟的，全都招呼让茶。有问钰福的道："老台你那红儿呢？怎么没题了来？"钰福道："咳，还题哪，昨儿我回去，洗笼子来着，稍一疏忽，猫就过来。您猜怎么着，啊呀，蹲忽一下子，就他妈给扑啦！我当时一有气，把食罐儿、水罐儿也给摔啦。可惜我那对罐儿，听我们老头儿说，那对瓷罐儿跟那副核桃，都是一年买的，两样儿东西，光景是五两多哪。"那人亦赞道："嘿，可惜！这是怎么说哪！听说塔爷那个黑儿，昨儿个也糙践啦。"连升接声道："富爷，您别题啦，小钰子的话，养活不了玩艺儿。打头他工夫不勤，没工夫儿溜，那就算结啦完啦。"

旗人提笼架鸟，这些养活的玩意儿，天天要带到茶馆来，什么"红儿""黑儿"，都是鸟名。经过训练，可以打弹、衔旗、叼纸片、咬核桃，等等，旗人把它们当作心肝宝贝似的。钰福说花五两多银子买的食罐儿、水罐儿，都是喂鸟用的，为了心爱的鸟儿，养活玩意儿的旗人是在所不惜；当猫一下子把鸟给扑了，钰福盛怒之下，把这么值钱的器件砸了，更是旗人的脾气。这种大茶馆里，闲话的内容，自然离不了玩意儿和传播新闻。有的在衙门附近的小茶馆，既可喝茶，也有些简单吃食，纯是用作议事的。例如《春阿氏》第七回写北衙门对面的小茶馆："这处茶馆也没有旁人来喝茶，左右是题署当差、营翼送案的官人，其余是监犯亲友来此探监的人；或是衙门里头有外看取保的案子，都在茶馆里头去说官事。"茶馆真是八旗社会经事练本领的所在，难怪《小额》中的碎催摆斜荣说过这番话："您都瞧我啦。这个兄弟的话呀，是才出萌儿，浑天地黑，茶馆儿短喝两回大茶，简直他全不懂的。"在这种茶馆里喝过茶，方才会世事洞明、人情练达，旗人社会与茶馆简直不能分开。

至于穆儒丐小说《北京》所涉及的八大胡同娼妓营业中，比班子差一级的茶室，名之为茶室，可绝非一般喝茶的地方，而是逛胡同的嫖客只需花一块钱就能与姑娘找乐的场所。清末民初这些旗籍作家的京话小说提供的北京茶馆的变异资料，使我们深刻意识到：20 世纪 50 年代，著名的满族作家老舍成功地撰写话剧《茶馆》，并且一直在北京舞台上演不衰，绝非偶然。

这批报人作家，十分熟悉北京城里旗人，因为自己就生活在他们中间，仅《小额》《春阿氏》中，所描写各色各样的市井旗人就有三四十人，《春阿氏》甚至把市隐（文实权）本人也写进书里，真是名副其实的写实小说。

蔡友梅等人花了不少笔墨详尽描绘了清末旗人社会的千奇百怪现象，他们都是通过清末民初，那个动荡时代，形形色色的人物故事，来揭示社会的腐败与黑暗。由于他们都是旗籍作家，因而不会如同当时的排满志士那样"穷形极相地绘出旗人"，不论是干过坏事后来又悔悟行善的额少峰，学识过人的翼尉乌珍，本分当差的探兵钰福，还是民国后当上议员的报社总理歆仁，这些旗人都绝非《二十年目睹之怪现状》中"十足的衣冠禽兽"的苟才（"狗才"）式的人物，他们的小说未加刻意夸张，而是较为如实地绘出了清末民初旗人的众生相。

令人遗憾的是，像《小额》《北京》《如梦令》《同命鸳鸯》这样的作品，其题材、人物是当时汉族新小说家们未曾涉及和详尽描绘过的，却没有收到强烈的反响。因为比《二十年目睹之怪现状》晚出，又正逢排满声浪逐渐高涨的形势和辛亥革命后的地覆天翻，其连轰动一时的效应也未曾有过，这些旗人的社会小说随之即被人们淡忘，连小说史家也不再提及了。长期以来，我们的文学研究界对中国近代文学的种种不乏皇皇高论，但主流话语却又将上述这些丰厚而特别的文学实绩置于视线之外，罔识罔觉，不能不说是一个极大的历史舛误。

六、旗人命运转折的悲歌

一百多年前清末的北京城，被旗人作家穆儒丐称为"北京土著的人民"的，是作为统治阶层的清朝旗人。自从1644年福临由沈阳启程，正式建都北京，原来在关外居住的"从龙入关"的旗人也一起拥入北京。在清代"首崇满洲"的政策下，旗人受到特殊待遇。八旗圈占城区房屋，汉人全部迁至外城，京师内城由八旗兵丁按指定方位居住。自皇帝至普通旗人，全在八旗这一独特的组织之中，他们的生活来源也全靠朝廷拨发钱粮。政治、经济、文化各方面都享有特权的大清王朝旗人，在北京整整居住了二百六十七年。据史料记载，到了清朝末年，北京内外城八旗人口近二十四万人，占全城人口总数七十余万的三分之一左右。1911年辛亥革命，推翻了清王朝，"驱除鞑虏，恢复中华"，北京这二十多万旗人随即陷入困顿之中。不过，在民国初年，宣布退位的宣统皇帝，仍然可以在紫禁城里享受优待，王公贵族们也能暂靠原有的丰厚资产维生，唯有广大的依靠钱粮生活的普通旗人，一下子断了生活来源，真正是国破家亡，无限辛酸。被卷入时代风云和动荡中的广大旗人民众，经历了空前的命运的颠覆和痛楚的遭际，这一民族、时代和社会的历史景象，在这些旗人小说家的笔下尤其真切地被反映出来。

在这个历史大转折的时代，前后十几年间，北京旗人的生活经历了天翻地覆的变化。清代全国各地都派满洲八旗兵驻防，他们享受着朝廷拨给旗地及俸饷以供八旗兵丁及家属生活之资的特权，这些满洲旗人按定制不准经营农、工、商，旗人居家生活的唯一来源，是靠朝廷发放饷银。帝师北京，是满人聚集最多的地方，在二百多年的太平岁月中，北京城里的满人，靠着这种"铁杆庄稼"的供养，已逐渐形成一种游手好闲、坐吃山空的浮嚣习气，到了清末，大清王朝与满洲民族的双重危机，早已暴露无遗。《小额》的故事就是由旗人到旗下衙门领钱粮写起的。

那一天，"又到钱粮头儿上啦"，人们都起早到衙门领饷，衙门口有好几百口人等着关钱粮，可堂官却迟迟不到署，大家都抱怨连天：

> 有一个老者，有五六十岁，左手架着个忽伯拉，右手拿着个大呸壶儿，一边儿喝一边儿说："咱们旗人是结啦！关这个豆儿大的钱粮，简直的不够喝凉水的。人家左翼倒多关点儿呀，咱们算丧透啦。一少比人家少一二钱。他们老爷们也太饿啦，耗一个月，关这点儿银子，还不痛痛快快儿的给你，又过平啦，过八儿的。这横又是月事没说好，弄这个假招子冤谁呢！旗人到了这步天地，他们真忍心哪。唉，唉！"

　　这位极有代表性的北京老旗人，一手架着鸟，一手提着小茶壶，一边喝着，一边用地道的京腔发着牢骚。他这一句"咱们旗人是结啦！"道出了处于末世的满族人内心的无限酸楚。每月仅靠这点儿钱粮，普通的旗丁是难以维持生活的，而当官的老爷们连这点儿钱也不痛痛快快地发下来，还要从中克扣，这位老旗人无可奈何地感叹道："旗人到了这步天地，他们真忍心哪！"一席话勾起聚在旗衙前众多旗人的自怜自叹。

　　在这样的境遇中，"老实角儿，是甘［干］受其苦。能抓钱的道儿，反正没有光明正大的事情"。因为不少旗人生活困难，等不到发饷银就揭不开锅了，只得去向放高利贷的账局预借，这种账有死钱，有活钱，有转子，有印子，名目繁多。《小额》主人公额少峰就是开账局的，"所放的账目，都是加一八分。要是一分马甲钱粮，在他手里借十五两银子，里折外扣，就能这辈子逃不出来"。这类专吸旗人脂膏，在旗下称霸的现象，清朝末世的北京城里到处都有。《春阿氏》中也有晚清旗人生活艰窘的描写，聂玉吉在父母亡后，坐吃山空，见天儿叫个打鼓担儿来，靠变卖东西过活。

　　辛亥革命推翻了腐朽的大清王朝，进入民国以后，满洲贵族靠原有的房地产和金银财富依旧能过寄生生活；一些官吏也可摇身一变成为民国大员，继续享受富贵荣华，而无数指望每月可怜的一点钱粮勉强维持生活的普通旗人，则一下子陷入无米下锅、无法维生的悲惨境地。社会小说《北京》极为详尽地写出了民国初年军阀统治时期北京旗人的苦难生活。旗人一旦没了钱粮，又身无一技之长，男人最容易干的职业就是去卖苦力，去拉洋车。小说第一章，就写了主人公宁伯雍在乘洋车去报社的路上与车夫的一段谈话：

> 此时伯雍在车上问那车夫道："你姓什么？"车夫道："我姓德。"伯雍道："你大概是个固赛呢亚拉玛。"车夫说："可不是，现在咱们不行了。我叫德三，当初在善扑营里吃一份饷，摔了几年跤，新街口一带，谁不知跛脚德三！"伯雍说："原先西城有个攀腿禄，你认得么？"德三说："怎不认得！我们都在当街庙摔过跤。如今只落得拉车了，惭愧得很。"伯雍说："你家里都有什么人？"德三说："有母亲，有妻子，孩子都小，不能挣钱，我今年四十多了，卖苦力气养活他们。"伯雍说："以汗赚钱，是世界头等好汉，有什么可耻？挣钱孝母，养活妻子，自要不辱家门，什么职业都可以作。从前的事，也就不必想了。"德三说："还敢想从前！想起从前，教人一日也不得活。好在我们一个当小兵儿的，无责可负，连庆王爷还腆着脸活着呢！"

人世沧桑，"从前的事，也就不必想了"，改朝换代后的旗人，不得已只能靠卖苦力维生，民国时期，北京马路上，不只有从前出名的摔跤手当车夫，连研究清史的学者，也是在车夫群中找到了著名满族词人纳兰性德的后代。张任政 1930 年作《纳兰性德年谱·自序》介绍说："先生后裔……今且执挽夫之役，贾劳力以自为活，短衣鬣面，奔走于通衢间。盖自改国以还，满族之贫乏而不能为生者，什之八九，固不独先生之后为然也。"康熙朝曾经红极一时的明珠、纳兰性德这样的贵族后裔都平民化了，那么，在生活水平线下挣扎的贫民，生活之艰难更是不堪想象。

对于辛亥革命前即聚集并长时间持续的排满情绪，穆儒丐在小说《徐生自传》中写到，在留日的中国留学生中：

> 在当时是最流行的，崇拜孙文、黄兴的人，谁不天天说两句"杀满奴"，嘴里头自要有"满奴"两个字，便算革命党人，在会馆里，也可以当一名干事。
> ……
> 他们误解满洲人都是有权力的，他们哪里知道，满洲人的不得志、抱着革命思想的，也很多。

对于不加区别满人不同群体的笼统的排满倾向，提出了严重质疑。

在辛亥革命"驱除鞑虏，恢复中华"之后，一时间，旗人不仅是汉族作家谴责小说中的反面形象，即使在北京街头，其往日优越荣耀的光彩也顿时一扫而光，甚至抬不起头来，不再敢承认自己是旗人。《北京》第九章描写了一幅发生在北京街头旗人受辱骂的场景：

　　这时只听那土棍模样的人，不干不净地问那个老人说："你是怎样？你到了没钱吗？你别不言语呀！你当初借钱时说什么来着，恨不得管我叫祖宗，如今真个装孙子来了。今天有钱则罢了，如若没钱，我碎了你这老忘八蛋造的！你当是还在前清呢，大钱粮大米吃着，如今你们旗人不行了，还敢抬眼皮吗？你看你这赖样子，骂着都不出一口气。你是有钱没钱哪？你今天再没章程，我便教我伙计送你一个地方去！"……这时伯雍在人圈外边，看了这个情形，他是气极了，暗道："便是要账，也不许这样暴横！何况无情无理的辱骂人。"他不由得气往上一撞，分开众人，进到圈里，向那光棍厉声问道："你是要账呢，你是骂人呢？他该你钱须不该你骂，何况你又把旗人都拉在里头！旗人现在虽然没有势力，你有权力可以任意辱骂么？"……伯雍回头又和那光棍道："你问他要钱，我固然管不着，但是你为什么涉及旗人呢？"光棍见伯雍这样一问，他把伯雍仔细一看，他心里已然起了狐疑，他连忙改口道："我并没说什么呀！我当初也是旗人。"伯雍道："你未必是旗人。你当初也不过认个干老，改个名，白吃一分钱粮的假旗人，如今钱粮没了，翻脸便要骂旗人……"

作者强烈的民族情绪溢于言表。小说主人公宁伯雍身上，打着作家自己鲜明的思想烙印；书中许多故事，也是依据作家本人在民国初年的一系列经历写出的。可以说，小说中宁伯雍这个清末民初旗人知识分子的形象，以其丰富复杂的心灵历程，成为处在清王朝覆灭、辛亥革命不彻底的转折时期中日趋衰败的旗人的一类典型。这是近代小说史上未曾有其他作家涉及的极其复杂的难题，中国文坛回避、遗忘这类小说与这类形象，已经超过了大半个世纪，我们将这类旗人形象介绍给今天的读者，是因为其值得被更深入地认识与探讨。

民国初年，政局动荡，军阀混战，当政者打着"五族共和"的旗号，其实民族间是不平等的，身为旗人的穆儒丐对此体会尤其深切，因而他的民族意识也极其强烈。他于 1925 年 8 月 17 日、18 日在《盛京时报》刊载短剧《两个讲公理的》，差不多是用纪实形式，呈现了当时北京政府的陆军总长与旗民代表的一次对话，其中有一段的内容是：

　　旗民代表质问陆军总长道："贵部有意要拍卖外三营旗房官产么？""拍卖之后，这几十万旗民应当到那里住去呢？旗民为五族共和之一，理应受国家保护；如今不加保护，也就够了，怎会由万劫旗民身上又敲起骨头来。""我们不要求你及行优待条件，只求你不要没收我们的房子。"

　　陆军总长答道："你们还想优待条件么？我们不杀
你们，不剐你们，也就算天高地厚之恩了！"

　　陆军总长要拍卖旗营官产，为的是能赚十几万中饱私囊。
面对旗民代表根据"五族共和"的主张向他提出保护国民的要
求，他竟然说"我们不杀你们，不剐你们，也就算天高地厚之
恩了"！这便是当时的现实，民族歧视、民族不平等，政府当
局不执行真正的"五族共和"政策，让北京旗民日渐陷入生活
窘境。

　　在军阀混战的五年中，"北京的政治，似乎一天比一天黑
暗，北京的社会，一天比一天腐败，北京的民生，一天比一天
困难"，穆儒丐因其所在的报社停刊，离开了乡土，跑到满洲民
族祖先的发祥地——故都盛京（沈阳），凭借曾留学东洋的背景
及自己思想主张的投合，进到了日本人办的《盛京时报》。

　　远在关外的穆儒丐，无时不思念着北京，"总想用小说的体
裁，把他于此五年中所见所闻和心理所感想的事，详细的现实
性出来"。1922 年、1923 年穆儒丐在他主持的《盛京时报·神皋
杂俎》上，连续发表了以北京旗人为主人公和以自身经历为素
材的三部长篇小说：《同命鸳鸯》《徐生自传》《北京》。其中，除
《徐生自传》有几篇为留学日本的故事之外，其他多数篇幅都
是描绘清末民初北京旗人的生活。

　　由于穆儒丐不论是在清朝，还是在民国，都未入仕途，与

普通百姓接触较为广泛；又因为在京郊旗营里生长，受过日本现代思想熏陶，力主维新改良，反对用革命手段解决社会问题，十分同情族民"陷于破产的悲境"，所以，在作品中，他始终将关注点落在北京广大旗人于民国初年悲惨生活方面，描绘出"许多悲哀无告的惨事"，借书中人物之口，无可奈何地叹息道："谁教赶上这国破家亡的末运呢！"

北京香山的健锐营，是穆儒丐出生的地方，这是曾为清王朝立过赫赫战功、被视为清军的精锐部队的驻扎营盘。清代末年的西山脚下，"四周山色，一派湖光，便是移在江南，也无逊色"。而位于此的宁静的八旗营地更是满目田园风光，《同命鸳鸯》第三章，描写营中琴姑娘家的小园道：

> 枣树下的野草花兀自红紫相开，展然欲笑，在晶莹的空气里面，受那太阳的温曝。还有一只一只小蝴蝶，穿花乱飞……每至一朵花上，都要落半天，尽情吸那花香。当院那株老槐，枝叶仍是浓密的很，不过不照夏天那样青翠葱茏，已然有些黑绿之色。槐花开得正茂，满地都是花瓣。

这一方作者认为"差不多是人间仙府"的地方，在民国之后短短数年之间，便在历史风云的扫荡下败落残破，"营子里拆毁的不像了，一条巷没有几间房子存着，其余的都成了一片荒丘"。曾经美丽的村落，此时完全是另一番景象：

那株老槐，已不见了，却被何三家的锯倒卖了。那枣林子也不如从前茂盛，差不多都作柴火烧了……

……

凄凄的北风，由山后吹来，树枝受风，乌乌的山响。天上的星月，都暗淡了，营子里除了风声，一点声响也没有。路上也没有行人，家家早都熄了灯。可怜那饿伤了的犬，在冷风里自卫他的残喘……在五年十年以前，此地尚可称为人间仙府，今日却变成了一个可畏的魔窟了！

健锐营正是一种象征，它见证过大清王朝的辉煌，如今正遭受着悲惨的痛楚，营子一天天残破，营子里的人生活无着。

这几处荒村，那里是什么村落，正是八座营坊。看官没看过《圣武记》么，乾隆年间，绥服金川一大武功，就是这营子里人民的祖先拿血换来的。乾隆十二年，诏建这个兵营，练习云梯火器，赐名"健锐"，成功以后，这营子里的人，便世世当兵，习尚武事，至于农商等事，却不屑去为，国家也不许他们别就，直至如今弄得这样零落，他们也不明白是辈辈当兵的结果。

最让作者心痛难平的是营子里的人走投无路，只靠去施粥
厂打粥勉强活下来。八旗营子里的人世世当兵，向无恒产，除
去当兵，没有别的出路。做八旗兵时，平日有旗饷，死了有恤
典。到了民国，营子里家家都没饭吃；在外当兵，才能给家里点
补贴，只是士兵是军阀混战的炮灰，一旦战死，平白地抛寡母
寡妻，无人赡养。小说第七章中说："咱们营子的人，这回死多
了，家家都有凶报""营子里的房子，都拆卖了"。小说的三位
主人公家里人，一个比一个凄惨：景福的伯父是一个本分善良的
典型老旗人，最后的情景却是：

> 细看这老人时，与以前大不相同了，发鬓雪白，
> 好似八九十岁的人，两只眼睛深陷在眼眶里，颧骨挺
> 高，下颚挺大，不但没有一点血色，一脸的肉都没了，
> 乍一看去，活像一个连皮带发的骷髅。这老头子平时
> 操劳家务，使心费力，已自伤了，近日北边一开战，
> 侄儿音信不通，加以每家时不常的有人来信说，他们
> 的人死了，留下寡妻，没有养赡，只供一供灵牌，便
> 往前走了。这老头子每见一家供灵牌，他的心便要碎，
> 已自好几十夜没睡觉，所以把老头子毁到这步田地。

从前一直游手好闲的琴姑娘的舅母何三家的，每日斗牌的
生活，早已不能够了，现今只是坐而仗着天天打粥活命，家里
是穷得不成样子："只见两张破桌子，缺足短腿，兀自在那里摆

着，想是他出阁时娘家的赔送，这几十年老朽了不堪了，但分能卖几毛钱，也要和这三间老屋告辞了。炕上的炕席，大窟窿小眼儿，露着精光的炕砖。"

《同命鸳鸯》"这篇小说的主人公，都是营子里的人"，讲的是健锐营镶蓝旗的养育兵景福、荫德和孤女琴姑娘间爱情、婚姻的悲剧故事，故事的编排并不算曲折，三角关系的爱情、婚姻悲剧的描写，也不算特别离奇。然而，值得注意的是，看似常见的爱情悲剧故事，实则是在那特定历史条件下，产生于特定环境中的性格悲剧，是清王朝被推翻、八旗制度崩溃的民族大悲剧中，无数旗人家庭的悲剧之一。其标明是"哀情小说"，旨在叙述民国以后年轻八旗子弟令人同情的哀情同时，更深地倾诉作者在时代的纷纭中对于本民族国破家亡的哀情。书中慨叹："那愁惨的景象，真是不可言喻，仿佛老天故意安排这老大一幕惨剧，作乱世末叶的一个点缀。"这样的书写，在中国现代文学史上倒还少见。

清朝完了，这是清朝统治者的覆灭，王朝倾倒后的旗人，只能自力更生，靠劳动汗水挣钱生活，其劳累辛苦是可想而知的。如果家中没有男劳力，旗籍妇女的命运就更为悲惨了。

在小说《北京》中，桂花的父亲"是一个旗下当差的，生了桂花一个闺女。革命以后，桂花的父亲死了，家里日月，本来不富裕，自丈夫去世，更是柴米无着了。娘儿两个，天天在穷愁里活着"。家中没有劳动力，简直没有活路。"北京的社会，也不许贫民清清白白地活着，非逼得你一点廉耻没有了"，桂花这一个十四五岁的女孩子，正还在"剪纸人玩"的天真烂漫年纪，就被迫进了妓院。桂花下窑子前，因母女二人生活无着，贪心爱财的姨母黄氏，如此挑唆桂花的娘，让送桂花到窑子里去：

　　黄氏见说，笑道："我说你傻，你真傻透了！你也不想想，如今是什么时候？如今是民国了，你别想咔嘣硬正的当你那分穷旗人了！如今是笑贫不笑娼的时代，有钱的忘八，都能大三辈，有人管他叫老祖宗……如今什么事都大翻个儿了，窑子里的生意，好不兴旺呢！好几百议员，天天都在窑子里议事，窑子便是他们的家，我看着别提多么眼馋了！"
　　……
　　桂花的娘说："那个地方，虽然有钱，岂是咱们所去的地方。"
　　……
　　桂花的娘说："咱们究竟是皇上家的世仆，当差根本人家，虽然受穷，廉耻不可不顾。"黄氏见说，把脸一沉，透着有点生气，咬一咬牙，指了桂花娘的脸一下，说："你呀你呀！可要把我呕死了。我问你，锅里能煮廉耻吗？身上能穿廉耻吗？什么都是假的，饿是真的！如今没有别的法子，先得治饿。你知道我的来意么？我实在不忍你们娘儿俩这样无着无落的，指引一条明路，日后发了财，我也好沾的光。谁知你还是这样不开通！别想再当旗人了。你只把桂花交给我，管保你坐在家里充老太太，使奴唤婢的。"

尚是十四五岁的小女孩，就这样被送进八大胡同的泉湘班。用书中人物妓女秀卿的话说："贫寒人家的女子，为什么一到了没饭吃，就得下窑子？仿佛这窑子专门是给贫寒的人开的一条生路，除了走这一条路，再找第二条路，实在没有了。"

书中末世悲剧中另一女性角色——秀卿，是一个八大胡同的妓女。妓女形象在过往的文学作品中并不少见，时代不同，作家不同，他们笔下的一个又一个被侮辱、被损害的妓女形象，都有着程度不同的崇高的人性光辉。民国初年八大胡同里的秀卿，自然不能与明代末年有胆有识、多才多艺的秦淮名妓李香君、柳如是相比。然而其独到之处在于，作者以强烈的民族情绪、深切的人道同情，写出了陷于污秽中的北妓秀卿与普普通通的妓女不一样的桀骜不驯的行为与思想。秀卿所在的妓院，人称"议员俱乐部"，秀卿具有血心热胆的气质，虽然没受过教育，却多少是个有思想的人，她冷眼看透了这些议员老爷的本质，不怕得罪他们：

他们来到这里，无论是山南海北的人，我没听他们说过一句仁义道德为国民的话，大概买收、阴谋、利用、条件这些话，老也没离开他们的嘴。我听说议

员是能救国的，我一见各大议员的言论风采，我虽然
是个妓女，对于他们诸位，也未免怪失望的，所以我
对于他们渐渐的冷淡起来。

在灯红酒绿、鬓光钗影中，秀卿不卑不亢地与客人周旋，
带着北方女子的豪气，并与宁伯雍成为萍水的知遇。一个妓女，
放着应时当令的议员不巴结，反倒垂青一个寒士，秀卿自己说：
"我若喜欢那样的人，我早当了一品的姨太太了。二十多岁了，
我还腆着脸混什么？不是我不愿意吗！"响当当的一席肺腑之
言，展示了有气骨、不与世俗苟同的秀卿所具有的独立自尊的
高尚人格。

社会将过于沉重的痛苦压在这个刚强的弱女子身上，而她
宁死也不愿出卖自己的情感、出卖自己的人格，于是黑暗的社
会、腐败的政治活活将一个不屈的生命扼杀了。临了，秀卿是
死不瞑目的，她不仅担忧遗下老母、幼弟，无法活下去；更为自
己死在一个无人道的地狱般的地方，周围还有一千余户贫弱无
告的可怜女子仍在叫苦呻吟，而悲愤不平。在托付宁伯雍照料
其母亲、兄弟之前，她有气无力地忍着咳喘，先讲出自己心中
的愤懑：

我在这里已然住了两三年，什么无人道悲惨的
事，都听着看着了。我本打算搬开，无奈房子是很难
找，他娘儿俩又没个住处，没法子只得将就着，不想

　　我还是死在这里了。你知道阴曹有地狱呀，这里大概就是地狱了。不过阴曹地狱，专收恶人，这里却专收无告贫弱的可怜女子，这却是教人不平的很！

　　秀卿的死，虽不像琴姑娘那样惨烈，却也如此充满悲辛，让人心里发颤。

　　在《春阿氏》中，青春美丽的三蝶儿，十分苦命，不幸的婚姻，使她在成为春阿氏之后，整日在痛苦中煎熬；表弟聂玉吉为救她而杀人酿下大祸，性情善良柔顺而内心十分坚强刚烈的她，为了执着坚贞的爱情，决心独自承担一切。于是，这位无辜的旗人少女，在狱中受到非人待遇，最终死于非命。她临死前的情景，令人惨不忍睹：

　　　　阿氏嗳哟了一声。细看牢门以外，不是外人，正是母亲德氏，凄凄惨惨在那里叫他小名儿，又央看牢的女牢头，开门进来。走近床前哭道："孩子，宝贝儿，都是为娘的不是，耽误了你，难为你受这样罪！"说着，扯住阿氏手，母女对哭。见阿氏浑身是疥，头部浮肿红烧；可怜那一双素手，连烧带疥，肿似琉璃瓶儿一般。揭起脏被一看，那雪白两弯玉臂俱是疥癣；所枕的半头砖以下，咕咕哝哝，成团论码的，俱是虱子臭虫。德氏看到此处，早哭得接不上气了。阿氏亦连哭带恸，昏迷了一会，复又醒过来。望见母亲这样，越加惨切。颤颤巍巍的道："奶奶放心。女儿今生今世不能尽孝的了！"说着，把眼一翻，要哭没有眼泪，哽哽咽咽的昏了过去。

一个如花似玉的女子，被折磨成这样，社会的黑暗，使人触目心惊。

旗籍女子在本民族有着比汉族妇女要高的地位，不只是由于民族的妇女观不同，还因在满洲民族发展史上，她们有着"巾帼不让须眉"的突出贡献。到了面临灭顶之灾的时候，她们承受的苦难也就更加沉重、悲惨。但她们也能在危难中，闪现出生命惨烈的光辉。健锐营的琴姑、八大胡同的秀卿、婚姻不幸的春阿氏，尽管生活环境不同，全能在艰难中保持人格的自尊，极力尽到自己的人生责任。王朝的覆灭、民族的灾难，本不应由秀卿们来负责、承当，可是，当"庆王爷还腆着脸活着"、退位的末代皇帝还在紫禁城里享乐之时，民初的社会却让广大旗籍贫民，特别是妇女，在没有活路、被逼走上绝路的关口，表现出"宁为玉碎，不为瓦全"的刚烈个性与共性。她们是现代文学史中尚未有过的女性形象，作者以自己的历史意识，在时代巨变的背景下，通过普通旗籍女子的悲剧，改变了人们习惯的思维定式与文学模式，在人道思想的关注中，提供了其他作家作品所未曾提供的新意，值得我们今天重新加以审视。

在此需要特别指出的是，清末民初的旗人小说家中，对于本民族命运和历史遭际的省思和悲叹，其自觉程度，穆儒丐达

到了十分突出的高度。众所周知，作为资产阶级民主革命的辛
亥革命并不彻底，其中也夹杂着诸多激进和偏颇。"驱除鞑虏，
恢复中华"的革命口号，虽具有一时的鼓动性，却远离了正确
的民族观，其直接强调的不是以新民主革命反对皇权专制，而
是汉满排斥对立，将清王朝政权与整个满族混为一谈，事实上
造成了新的民族歧视和压迫。穆儒丐作为朝廷派出留日的满族
学生，其与当时的汉族革命派留学生有所不同，思想倾向上自
然而然趋于保守的改良维新。辛亥以后，身为清朝遗民，他难
以认同当时激进的革命潮流，对民国存在的种种乱象和黑暗也
深怀忧痛，在前所未有的社会大变迁中，由于自身特殊的身份，
面对家国的倾覆和民族大众因此而蒙受的痛楚，一腔悠悠的根
脉情怀尤为深浓，从而凝注为对于本民族历史命运和时代遭遇
的深切顾视和省思。穆儒丐对本民族沉沦命运的悲戚书写，从
北京到东北沈阳，持续不辍，特别是在东北这一方满族的故土
上，更是尽情地抒发他心中的故园故都情思，创作了一部又一
部充满悲情的小说作品。当时穆儒丐处身于伪满洲国的日系报
纸，其文化身份和政治倾向绝不值得肯定，但作为一位文学翘
楚，他对满族历史尤其是满族普通百姓生存际遇的悉心关注和
悲情表达，在当时的伪满洲国文学和整个东北文学中，都是一
个十分独特而突出的文学现象。就穆儒丐的创作而言，他并非
亲日系作家，更非原居于东北的满族抗日革命系作家，只是在
特定的历史起落中，以一腔挥之不去的遗民情怀倾心抒写自己
民族的悲歌。

　　在中国历史上，每逢改朝换代，常有遗民文学出现，如宋末元初、明末清初的遗民文学，多以其怀有"忠义"之旨归，受到当世和后世的称许；然而像穆儒丐作品这样的清末民初的遗民文学，所逢境遇则不同。当时中国社会正处在空前的新时代大变局中，受激越的革命潮流（其中不乏笼统而偏激狭隘的排满情绪）的冲击，这种特殊的遗民情怀和相关写作，逢遇的更多是忽视和冷落。之后的研究界，对诸如王国维、罗振玉、郑孝胥等清末民初的汉族遗民文学也已有恰当的评介，然而由于穆儒丐写作内容和其身份的复杂性，其对于普通旗人民众在清朝灭亡前后悲情生存际遇的书写的价值，则长期被研究者回避、忽略，未能得到正视和确认。

　　应该看到，满族旗人作家对于本民族的书写，自穆儒丐以来，一直未曾中断过。比如王度庐，其内心深沉的民族意识，隐藏于表象之下，正是他在小说中的出色艺术描写，让清代北京旗人的生活显得十分精细明亮。他以自己深挚的民族悲情，改创了武侠小说的叙述风格，形成了新型悲情一派武侠小说。迨至 20 世纪 60 年代初期，杰出的满族作家老舍写作了《正红旗下》，更是以新的时代的眼光，用自传体小说的形式，对于时代巨变中满族的生活和命运，进行了精微的艺术描画和深刻的民族自省，从而达到了空前的思想与艺术高度。可惜，这部计划中的多卷巨著，最终竟亦是中断而成无人能续的绝唱。

　　本丛集将穆儒丐等人的作品，从历史的栅格中拣选出来，就是为当时满族普通百姓的曲折经历、生存面貌，立此存照，因为，随着时光流逝，一个时代、一个民族的那种复杂而悲情生活的书面资料，恐怕再也难以找寻了。

七、惶惶末世的精神晚唱

清朝的八旗制度，规定旗丁只能吃皇粮、享俸银，除了当兵打仗、守土卫国，不得经营他业，不得远离驻地。然而官方的兵额、钱粮有限，八旗人丁却随着时间的推移不断繁衍，僧多粥少，这一方面衍生了下层旗人严重的"八旗生计"问题，另一方面也使得大批的旗人在太平岁月中无所作为。依赖于"铁杆庄稼"的旗人除了吃皇粮外别无其他生存技能，无所事事的生存状态也导致他们的精神志向一步步趋于消磨靡萎，这种情景愈到晚清愈为突出。曾经铁骑纵横、气吞万里的八旗骁勇，在二百多年的安逸中，不少后人蜕变成终日游手好闲、玩物丧志的纨绔之流、浮浪之辈、闲混之徒，对于这种历史性的落差与嘲讽，这一时代的旗人小说家有着切近的认识和深入的揭示。

老舍曾在其后来的自传体小说《正红旗下》这样描述，"我"大姐的公公和大姐夫，都是旗人玩家中的一分子，他们的人生乐趣和生活中心除了玩儿，别无他事，而且除此之外，也别无他能。

以大姐的公公来说吧，他为官如何，和会不会冲锋陷阵，倒似乎都是次要的。他和他的亲友仿佛一致

认为他应当食王禄，唱快书，和养四只靛颏儿（一种
鸟儿）。同样地，大姐丈不仅满意他的"满天飞元宝"，
而且情愿随时为一只鸽子而牺牲了自己。是，不管他
去办多么要紧的公事或私事，他的眼睛总看着天空，
决不考虑可能撞倒一位老太太或自己的头上碰个大
包……是，他们老爷儿俩都有聪明、能力，细心，但
都用在从微不足道的事物中得到享受与刺激。他们在
蛐蛐罐子、鸽铃、干炸丸子，……等等上提高了文化，
可是对天下大事一无所知。他们的一生像作着个细巧
的、明白而有点糊涂的梦。

　　蔡友梅《小额》中的小额，则是泡茶馆、听书喝茶抽烟捧
角儿的惯客，"见天也上什么通河轩、福禄轩听听书去"，在茶
馆中有自己固定的座位。《一壶醋》中的旗人官员某省的臬台，
小说对其着墨虽然不多，却亦真切地映现出清末旗人官僚的普
遍习气。小说中的王典史这样叙说：

　　　　臬台是位旗人，好吃好穿好闹脾气，好骂人好唱
　　二簧，心地虽不错，是个瞎摸海。
　　　　……
　　　　本来他是翻译出身，学问有限，除去念阿额伊之
　　外，会闻鼻烟，好玩个烟壶儿，射鹁子下大棋，哼哼
　　二簧，能喝三斤绍酒，自己讲究下厨房亲手作点菜，

能损人好玩笑，专骂底下人，可又专纵容底下人，拿
钱不当钱，作了好几年司道，没有甚么积蓄。所好者
心直口快，胸无城府，见了人很有外场，让人过的去。
去年他的家丁闹了一回事，差一点儿没弄出大娄子来，
大帅因为他在旗，城里头又有把大伞，糊里糊涂的，
就算拉倒啦！

旗人特殊的生活境况和氛围，使得不少人沉湎为整日提笼
架鸟、种花弄草、养鸽子斗蟋蟀、听书哼曲、玩票唱戏、泡茶
馆捧戏园的玩家，其生活的重心也只是围绕着吃喝玩乐，排遣
光阴。

王朝末世的种种纷纭乱象，官场昏暗、社会积弊、丛生的
腐败、八旗制度的缺陷，也给旗人群体带来了深重的道德危机，
在整体的精神衰落中，呈现出可悲的道德塌陷，对此旗人小说
家有大量感同身受的描绘。

《小额》中的小额，以专向旗人放阎王账为业，这种"专吃
旗下"的高利贷盘剥，使得旗人一旦陷入，"就能这辈子逃不出
来"。其放账有各种阴损狠辣的手段名头，"反正没有杀孩子的
心，不用干这个"。手下围绕着一班"青皮"流氓混混，平日里
狗仗人势，动辄惹是生非，横行霸道。

当小额因手下滋事被官府关押后，手下的地痞碎催一哄而
散，小额家便想到求诸亲友，然而对于这些亲友，小说作者的
描绘却是：

要提他这几家儿高亲贵友都是谁呢？您等我说给您听听。新帘子胡同的阿三老爷，从先是本旗的印务，现任左翼某旗副都统，专能卖缺，外号儿叫阿大价儿，是一门拉胳膊扯腿的老姑舅亲。二龙坑的恩宅（是位老宗室，世袭奉恩将军，从先开宝局，是小额六扔多远的一个舅丈）。北新桥儿三条胡同泰都老爷（现任兵科给事中，皆因文理不通，永远没递过折子，是小额出了八服本族的一个爷爷）。酒醋局希四爷（刑部候补员外，神机营营务处的委员，素来以拉官司纤为生，无论谁，都讲使钱，沾手三分肥，六亲不认，有名儿的白脸儿希，是小额的一个口盟把弟）。王太监（是一个被革的首领，素来不安本分，插圈儿弄套儿、抢人、打群架，无所不为，是小额的一个联盟把弟）。前门外施家胡同的赵华臣（金店的东家，素日结交几位汉官，专拉官纤。他有一个专门的能耐，就会拿秧子，吃小哥儿，大烟得抽四两广土，久站前门西啦，跟额家是世交）。这是小额的几门子上样的亲友。听听这些位的历史，就知道这些位亲友的程度了。

旗人群体在皇朝末世的社会黑暗涣乱中，从上至下，其间的道德倾覆、精神沦丧的现象已屡见不鲜。尤为悲哀的是，诸种败德失范的不义行为，其直接殃及的对象常常是亲友。如《小额》中，小额被官府羁押后，家中谋求解脱他，被狐狗亲友趁机骗钱无数。《苦哥哥》中游手好闲的旗人子弟，其坑骗的对象是自己的亲哥哥，他吃喝嫖赌将家产挥霍殆尽，还将哥哥的那份钱粮也卖断给他人。《一壶醋》中的主人公保子英，慷慨大方，心地善良，外出做官时，房产却被托管的亲友变卖，辞官后，为了帮助"世交的大哥"等，家产变卖净尽，自己反落得一贫如洗，到街头卖芸豆。

随着清王朝的坍塌，背靠皇家"铁杆庄稼"吃皇粮的旗人顿时失去了生活来源，下层旗人生活无着，又别无一技之长，谋生乏术、一筹莫展的贫厄困顿之中，其精神的陷落，道德操守的滑坠，更是没有了底线。《如梦令》中的蓝老八，本有上辈的遗产，但他身染恶习，好吃懒做，又抽鸦片烟，败尽家资，为了果腹抽烟，竟将亲生女儿卖入娼家，女儿成为阔太太寻亲后，他依然劣性不改，挥霍贪占女儿钱财；他的两个儿子，也顽劣粗鄙，沦为市井混混，偷盗寻娼赊账，还谋计骗取姐姐更多的钱。这些人的品性已撕毁基本的家庭伦理，在钱物私利面前，全无廉耻之心，良知亲情泯灭。面对自己救助却"父母兄弟不作人"的这些家人，女儿玉夫人伤心失望之至，被逼忍痛与他们决裂：

北京我不能待了，我想走！围绕我的人，都跟石头一般，没法把他们温热。

……

自从我一有了知识，简直就没遇见好人。小时候遇了那样的父亲，由七岁到十七岁，生长在娼家，我真看见过不少的人，听见不少的言谈行事。据我看，也无问是大人物、小人物，简直谁也没作过一件正经事，无非是自私自利，同类相残……人还是这么坏，父母兄弟，以及我所使用的人，这样寒心骇怕，我花多少钱，不是白费吗？

……

他们若是惟有穷，那我还能这样寒心吗？无奈他们太难了，我若不及早把他们赶出去，我的名誉财产，全得丧在他们手里。

玉夫人所悲诉的，不只是她的父母兄弟，也包括这个令人寒心的人情世道。

再如《同命鸳鸯》中，琴姑娘的舅母，亦是个见利忘义之人。清政权垮台后，家乡健锐营日见破败，她家也潦倒穷困、家徒四壁，为了得到荫德的银子，她昧着良心，不择手段欺凌逼迫琴姑娘改嫁，终至于将琴姑娘逼上绝路。

处于历史转折时期的旗人小说家，多生活在城市底层，看尽世间百态，尝尽人间百味，因而笔下敷写出了末世病态社会的种种世态炎凉。由于这些报人作家的身份地位，不可能纵深揭示上层官僚的腐败统治，于是就自己的所见所闻，一方面突出描绘出旗人的社会生活情状，一方面也真切描述了当时种种官场污秽、吏治朽劣、社会昏暗的景象。如《春阿氏》以轰动一时的命案，折射出王朝末世政府的昏聩和衰败无能；《一壶醋》通过主人公出任地方知县的经历，将省、府、县一系列官吏的营私贪鄙行径淋漓尽致地昭示出来；《北京》以主人公的亲身见闻，揭示出工厂女工困苦悲惨的际遇；《七妻之议员》则对辛亥后的政界议员以钱买官、假代民意、招摇撞骗、贪鄙谋色的龌龊荒唐的行径，予以了深刻的揭露嘲讽。

在整体的时代沉沦中，末世社会的乱象，旗人群体命运的衰败，精神道德的病态，等等，均折射出彼时社会难以避免的必然崩溃的前景。

八、结语

沧海桑田，人世巨变，在清王朝倾覆距今一百余年的时间里，中国历史早已翻过好几页。满、汉融合的民族发展趋势，不可阻挡地将满族普通家庭在命运的跌落中曾经发生过的一切留在了历史深处。这些旗籍小说家在作品中的鲜见的描述，当然与我们在"五四"新文化运动后常见的汉族作家的眼光、进步者革命者的手笔，不尽相同；他们时常充斥于书中的不少议论，也不会完全被我们认同，更不用说去谈论这些作品能否具有史诗性了。但是，正像复杂、多元的历史本身一样，尽管这些小说家有的存在与时代潮流不合的思想倾向，甚至有些是错误、失败的，但因他们在进行文学创作时，采用的是写实白描的手法，着意跟踪展示北京满族民众生活景况，遂能在这些小说中，留下北京普通旗人民国以来日渐衰落生活的真实记录。同时，也因作品始终充满深切的人性关怀，遂使其强烈的民族悲情，具有一定的感染力和事实上的可读性。

清末民初旗籍小说家的这一系列作品，使我们得以了解到民国期间北京满族社会的变化，了解到当时特殊的历史情境与氛围，为这一段中华民族发展史，提供了可贵的资料。只是，在历史的偏颇中，这些作品长期被列入另类，不为广大读者所知悉。不过，历史的存在无论如何难以抹杀，应该相信，这一段历史转折期的悲剧，和悲剧中的角色，仍将在这一民族记忆的褶皱里不会逝去，因为它留给人类的是永远深层的警醒。

王冷佛简介

　　王冷佛（1888—1942 以后），本名王绮，又名王咏湘，笔名佛、冷佛，出生于北京内务府旗人官贵家庭。清末任《公益报》编辑，民国初年任《爱国白话报》编辑。1914 年曾在北京发起建立中央佛教公会和佛教会。所著《春阿氏》《未了缘》《金指环》《十年冤狱》等长篇小说载于《爱国白话报》《新民日报》。其据市隐提供的材料于清末之际所著的长篇纪实小说《春阿氏》面世后，轰动一时。20 世纪 20 代初就职于《盛京时报》报系设于哈尔滨的《大北新报》（该报于 1933 年脱离《盛京时报》而独立）担任编辑，其间曾担任《盛京时报》文艺副刊《紫陌》编辑。1928 年曾与马骏图在沈阳市开办三经街游艺园，园内有大戏、平戏合班演出，在当时颇有声名。其在《盛京时报》《大北新报》《滨江时报》上连载《珍珠楼》等多部长、中、短篇小说，此外，也著有大量的诗歌、戏曲、杂文、评论等，是东北文坛上堪与穆儒丐比肩的另一小说大家。

小说《春阿氏》系根据光绪年发生在北京内城镶黄旗驻防区域内一桩真实的冤情命案而写作。此案案发于光绪三十二年（1906）五月，于光绪三十四年（1908 年）三月结案，前后迁延两年之久，案件的审理引起巨大社会反响。当时《大公报》《京话日报》等都对此案的审理过程进行了报道，尤其是《京话日报》持续不断、连篇累牍地对此案进行追踪，并与大量的社会质疑、读者来函形成密切互动，舆情一时沸沸扬扬，耸动朝野。小说《春阿氏》于《爱国白话报》连载并结集发行后，即引起极大的社会关注，广为盛传，其犹如反映出清末民初社会政治腐败状况的一面镜子，显现出突出的社会意义。

就内容而言，《春阿氏》在揭示春阿氏的遭遇及社会积弊、讼狱黑暗、官员昏聩的同时，某些突出的叙写特点与蔡友梅的《小额》等很是相像。在对案情的描述中大量涉及了晚清京旗的生活样态，几乎通盘是满族故事，语言上采用"京片子"式的声腔口吻，晓畅纯熟而圆润，鲜明地彰显出旗人创作的特色。

据有关资料整理，已知王冷佛作品如下：

长篇小说

《春阿氏》（又名《冤怨缘》，1911 抄本，1913 排印）、《未了缘》（1914 结集）、《井里尸》（1914）、《金指环》、《十年冤狱》、《珍珠楼》（1922、1924）、《续水浒传》（1924—1926）、《桃花煞》（1926）、《恶社会》（1928）。

中篇小说

《奈何天》(1911)、《恶侦探》(1929)、《一封书》(1930)、《闺艳秦声》(1931)、《云英恨史》(1932)。

短篇小说集

《蓬窗志异》(1913,4卷82篇,1914结集)。

短篇小说

《金镖水》(1914)、《小红楼》(又名《隔梦园》,1922)、《爱欤仇欤》(1922)、《病人遗嘱》(1924)、《半张剩饼》(1924)、《骗中骗》(1925)、《清官判》(1925)、《一少年》(1925)、《一文钱》(1925)、《婚姻误》(1925)、《糊涂》(1925)、《风尘一少年》(1925)、《马桶店老人》(1925)、《和尚》(1925)、《少林裔》(1925)、《考砚》(1925)、《金氏妇》(1925)、《徐大宝》(1925)、《阿喜》(1925)、《李氏妇》(1925)、《赵姬》(1925)、《梦游》(1925)、《郁孝子》(1925)、《李节妇》(1925)、《节妇断臂》(1925)、《吴天麟》(1925)、《智妇报仇》(1925)、《翁公喜》(1925)、《蔡山立》(1925)、《兰龄寻夫》(1925)、《奇妇》(1925)、《洞房》(1925)、《仲季》(1925)、《碧桃缘》(1925)、《义婢平姐》(1925)、《叶秋声》(1925)、《结算年账》(1926)、《从军乐》(1926)、《心腹之谈》(1926)、《平叛记》(1927)、《甲乙问答》(1930)、《击匪》(1930)、《借体还魂》(1931)、《梁晓霞》(1931)、《可丑的教材》(1932)。

译著

《借尸还魂》(1914)。

戏曲

《吴桥狱》（4 卷 16 出，1915 排印）。

戏曲著述

《梨云影》。

戏剧评论

《戏剧建言》（1922）、《暑天谈戏》（1924）、《戏中人物谈》
（1924）、《看落子戏〈枪毙驼龙〉的感言》（1925）、《可哀的流
行戏》（1925）、《无聊谈戏》（1931）。

诗歌

《月》（1922）、《漫吟》（1922）、《送春》（1923）、《情天恨
海集》（1924）、《情天恨海集》（1931）、《新体诗》（1942）。

杂文

《说影卷》（1922）、《相声》（1922）、《你说好不好》（1923）、
《正月立春故典》（1924）、《答复邵丹甫的质问》（1925）、《两
位太太》（1925）、《新年杂感》（1926）、《上元灯节的点缀》
（1926）、《一产十胎》（1926）、《奉天的怪现象》（1926）、《不
要学我》（1926）、《俗语讨源》（1927）、《人心大变》（1927）、《说
秘密结社》（1927）、《一月的悲哀》（1927）、《端阳杂缀》（1927）、
《东三省之怪力乱神》（1927）、《中秋杂缀》（1927）、《说柳树
仙》（1927）、《告病假》（1928）、《再续奉天怪现象》（1928）、
《我的一个问题》（1928）、《文人赶市》（1928）、《奉天好现象》
（1928）、《奉天官场怪现象》（1929）、《奉天的新景运好现象也》
（1929）、《看白戏》（1929）、《可注意的惨案》（1930）、《再说

说重婚案》（1930）、《浪漫的生活》（1930）、《随便谈谈》（1930）、
《沈阳土音》（1930）、《隐庵随笔》（1931）、《新时代不开倒车》
（1931）、《幸福之连索》（1931）、《说匪》（1931）、《非分妄想》
（1931）、《救国危言》（1932）、《低级趣味》（1932）、《花会的
财迷》（1932）、《隐庵联话》（1932）、《随便谈谈》（1932）、《官
场如戏场》（1939）。

另有馆藏单行本如下：

国家图书馆馆藏

《未了缘》（民国铅印本）、《春阿氏全集》（1923，两叶书社，
缩微品）、《井里尸》（1915，《爱国白话报》，缩微品）、《续水浒
传》（1997，黑龙江人民出版社，以《盛京时报》之连载为底本）、
《滑稽诗文集》（出版项不详）。

首都图书馆馆藏

《全本春阿氏，又名冤怨缘》（1931，群强报印刷部）、《小
红楼》（十章）、《井里尸》（1函5册）、《蓬窗志异》（1914，爱
国白话报馆）、《众生相》（1915，爱国白话报馆）、《未了缘》
（1919，绮华书社）、《傅惜华藏古典戏曲珍本丛刊》（收录王冷
佛《吴桥狱传奇》，四卷十六出存首二卷八出，2010，学苑出版
社）。

天津图书馆馆藏

《未了缘》（爱国白话报馆）。

吉林省图书馆馆藏

《春阿氏》（1913，爱国白话报馆）、《井里尸》（1914）、《春阿氏全集：实事哀情绘图小说》（1930，世界报社）、《春阿氏全集：实事哀情绘图小说》（1934，启智书局）、《春阿氏》（1987，吉林文史出版社）。

钞本序言
弁言
题词
自序
马序

春阿氏

王冷佛作品

马　序

　　春阿氏一案，为近十年最大疑狱。京人知其事者，或以为贞，或以为淫；或视为不良，或代为不平，聚讼纷纭，莫明其真相也久矣。近阅市隐君所为日记，始知其人则可钦，可敬，可惊，可愕；其情则可以贯金石，泣鬼神；其理虽不出乎人情之中，而其事则实有出乎人人意料之外者。于是十年疑案，始得大白于世。爰嘱冷佛君编为小说，按日排登本报附页，以公同好。世之览是篇者，以之释疑团也可，以之资徽鉴也亦可。

　　　　　　　　　　　　　　中华民国二年十二月

自 序

　　秦镜不明，难照泥犁之狱；慈航未渡，谁生孽海之花。市虎杯蛇，翻成信谳；贞珉介石，转起疑团。所以抱终天之恨者，竟致感而飞夏月之霜欤？春阿氏淑称窈窕，性属贞闲，苦同鲍叶。悲夫之不良，节砺柏舟；叹母也天只，遂致歌诬。赤凤谗恶青蝇，可怜杞妇出心，尽作文姜之罪。虽固由法曹黑暗之所致，要亦婚礼结媾之所蘖也。余素哲奇冤，演为稗乘。一枝秃竹，敢作燃犀；数卷残蒲，缘矜哀鹄。俾世之阅斯篇者，知审判之不可不慎，婚嫁之不可不纯也云尔。

中华民国二年十月十六日冷佛序

题 词

（一）

黑暗难窥一线天，人间地狱倍堪怜；

诬将贞妇为淫妇，孽海谁能度大千？

五毒严加白玉身，曾为金谷堕楼人；

秋曹自是阎罗殿，莫把奇冤怨二亲。

无端冷佛发慈悲，铁案如山独抉疑；

一点心灯明暗室，特将信史作传奇。

倚剑倾醪阅此书，婚姻法律大糊涂；
愿将月老天缘簿，化作人间如意珠。

　　　　　　　　　　　　　　石君胜华

（二）

　　或问于天僧曰："《春阿氏》小说，作者为谁？"天僧曰："是冷佛，亦非冷佛。"

　　或问曰："《春阿氏》小说，既已明知其作者，确定为冷佛矣，何以又云亦非冷佛？"天僧曰："若无此春阿氏冤狱之事实，教冷佛纵有五千枝生花笔，如何能够凭空结撰，作出这样哀哀艳艳沉沉痛痛的小说来？吾故云作者亦非冷佛。"

　　或问曰："然则此《春阿氏》之小说作者将归之阿谁？"天僧曰："质而言之，非碧翁翁上之天公，果孰主宰？是吾读《春阿氏》小说，以是知造化小儿，播弄人类，颠倒之，祸福之，生死之；缧绁非罪之可怜虫，更不知有几许春阿氏！吾将欲痛哭，昂头一问，此苍苍者，底事无情乃尔，何苦多事乃尔！"

　　吾读《春阿氏》小说，始则为春阿氏不平，继反为春阿氏幸。

　　或问曰："汝何为而不平？又何为而代为之幸？"天僧曰："吾所以不平者，以其生前之遭遇舛迕也；吾所以代为之幸者，以其死后竟获此哓舌鼓唇、代鸣不平之热心小说家冷佛，为之一一宣写纸上也。"

　　禹域神州，大千世界，亘古亘今，过去现在未来，类春阿氏者多矣。惜乎其不遇我救苦救难佛菩萨之冷佛小说，一一为之表而出之也。

吾知佛菩萨冷佛，亦不欲天生春阿氏与春阿氏之境地，而竟罗搜其事实，成此令人不得增减一字之小说。

吾知佛、老、耶、回历历诸大宗教圣人之圣灵，在诸天上，必将皆大欢喜曰："春阿氏在泉下，亦当感激冷佛。"天僧自猜《春阿氏》小说既出，春阿氏亦当在黄泉感斯喜斯，泣而向此佛菩萨小说家冷佛崩角稽首，顶礼无算。

读者当寒风打窗，苦雪堕地，一灯如豆，惨绿凄红之迢迢长夜，聚一家人，老的、少的、男的、女的、村的、俏的，围不灰木小火炉，演述此小说，担忧流涕时，脑筋系中亦应仿佛有一弱女子，伶娉无主，春阿氏之鬼魂在窗外，向读者呜呜咽咽，如怨如诉，崩角稽首无算。

或又问曰："似此佛菩萨冷佛小说家，能再作得出多少种类似《春阿氏》的小说来？"天僧曰："是不可知。然吾宁愿冷佛永永不再作出此种好小说来；亦不愿天再生春阿氏及其冤狱。"

或又曰："苟无好题目，真事实，能作出好文章来否？"天僧曰："唯唯，否否，是必不能。"

请读者诸君读此《春阿氏》小说，而后乃知今天苟不生春阿氏与春阿氏之境地，市隐将何从造出此种事实？冷佛更何从而作此天造地设之小说？即不佞亦何从而得此天造地设之题辞？

或又曰："冷佛所作的《春阿氏》小说，谓为天造地设，犹可说也；天僧题辞，则未必不是剿袭圣叹外书故套。"天僧瞠目摇手，急急自辩曰："天乎冤哉！然则圣叹又从何处钞来？"

中华民国二年十二月

天僧关当世题于燕市曼殊寄庐

（三）

天地何心播老蚌，造物有意弄沧桑；

百年一对双鸳冢，千载欷歔叹未央。

风雨催花意倍伤，可怜碎玉并埋香；

韩冯未遂身先死，留得孤坟照夕阳。

一抔黄土掩骷髅，底事而今有几知？

阿母不情兄太狠，忍教鸾凤逐栖鸦。

醉渔

（四）

香埋玉葬几经秋，信谳偏从野史留；

贞魂有知当展笑，杀人平视助殷忧。

钞本《春阿氏》小像判词

弁 言

世之痴情儿女，因所志不遂，誓以生命殉之，以至横决溃裂，演为巨案者多矣，而尤莫奇于最近春阿氏一案。此案自发生之始，以至其终了，中间阅时甚久，法庭之研鞫，舆论之推测，耗尽多少心思，用尽多少力量，终无从窥其端绪。逮春阿氏瘐死狱底，而此中之真相，乃若随春阿氏遗蜕，玉葬香沉，永为殉物，终古无出现之一日矣，岂非最奇之事乎！

当此案之发现也，不佞曾应当事某公之托，以私人资格，数往调查；虽于此案情状得其概要，究以尚有许多疑点，未敢遽信其不谬。迨今春，偶与天津大侦探家张君谈及此案，岂料张君曾作此案侦探专员，驻京三月，费无量数脑浆，始获其中真相，报告上峰，而此案遂以终结。

据张君所述，其事之因因果果，虚虚实实，既足已使人惊愕不已，而其情之哀哀艳艳，沉沉痛痛，尤其足以使人悲悼，为之惋惜，终日不能去怀。盖此中情节离离奇奇，远出寻常人意料之外，苟非张君之大聪明大智慧，又安得窥其底蕴乎？

因将张君之言，笔之于册；本拟编为小说，公诸世人，因事忽忽未果。顷为《爱国白话报》社太璞、冷佛两君所见，为之拍案称奇。冷佛愿任编撰之劳，而太璞更以登报为请，遂举此册畀之。夫此案则既奇矣，乃沉沧桑十载，竟假不佞与张君、冷佛、太璞数人之力，发现而流布之。恍若春阿氏之贞魂艳魄，散为千万化身，与阅者一一睹面，垂涕泣而道之。使知此案真相之所在，斯诚奇之又奇者矣。

　　兹当出版之初，爰述数语，弁诸简端，以志不佞与此书这因缘云尔。

民国二年十二月市隐题

钞本序言

　　——此书虽系时事，然既演为小说，当认作小说体例观，莫责备编者。

　　——此书由市隐先生日记所出，年月日期及承审官吏，皆从小说例，随笔撰拟。

　　——此事已隔多年，春阿氏亦已死去，故从小说例，除重要人物记其真名外，余皆托以假名。

　　——此真凶虽经市隐先生侦明，而其中另有缘故，亦不得不隐真名，以存忠厚。

　　——盖九城之秽史不能详记，编者为矫正风俗起见，不能不力为贬斥。

　　——春英之死，春阿氏之死，死时之光景何如，心理何如，编者既未目睹，万难悬揣，故借旁边枝叶以描画之。

　　——书中之言，一切讯词口供，虽系实事，而编述小说者不能不略加渲染。

　　——春阿氏一案，然与事实抵牾者，不能不代为剖辨而已矣。

识者编

目录　　春阿氏　　王冷佛作品

正文　春阿氏　王冷佛作品

第一回　酌美酒侠士谈心　洗孝衣佳人弹泪

　　人世间事，最屈在不过的，就是冤狱；最苦恼不过的，就是恶婚姻。这两件事，若是凑到一齐，不必你身历其境，自己当局，每听见旁人述说，就能够毛骨悚然，伤心坠泪。在前清末季，京城安定门里，菊儿胡同，有春阿氏谋害亲夫一案，各处的传闻不一，各报纸的新闻，也有记载失实的地方。现经市隐先生把此案的前因后果，调查明确，并嘱余编作小说。余浣蔷读罢，始知这案中真相，实在可惊，可楞，可哭，可泣！兹特稍加点缀，编为说部，公诸社会，想阅者亦必骇楞称奇，伤心坠泪也。

　　话说东城方中巷，有一著名教育家，姓苏，名市隐，性慷慨，好交游。生平不乐仕进，惟以诗酒自娱，好作社会上不平之鸣。这一日，天气清和，要往地安门外访友。走至东西牌楼西马市地方，正欲雇车，忽然身背后有人唤道："市隐先生，往那里去？"市隐回头一看，正是至交的朋友原淡然。二人相见行礼，各道契阔。淡然道："今日苏老兄怎的这般闲在？这们热天，不在家中养静，要往那里去呀？"市隐道："我是无事穷忙。天气很长，在家里闷得很，要到后门外访文和尚去。不期于半路上遇见阁下，也没什么要紧的事。"淡然道："苏兄既然没事访友，我们相遇其巧。不必去了，请同到普云楼上，喝一点酒，也可以作个长谈。"说罢，拉了市隐，复往东行。

二人一面说话，来到酒楼之上。要了酒菜，题起世道人心，愈趋愈下，纳妾的风俗，近年亦极其盛兴。早先富贵人家，因为膝下无子，或是原配早亡，方才纳妾；今则无贫无富，以有妾为荣。闹的家庭理法，不能严重，这却如何是好。淡然道："大哥的议论，果然不差。我在旗下，有一个朋友，此人的姓名职业，姑且不题，现年已六十余岁。自己老不害臊，纳了一位小妾，年方一十六岁，闹得儿子儿媳妇，全部看不起父亲。自从这位如夫人入门以来，时常的挑三捡四，闹些口舌。我那一位朋友，老来的身子，本来不济，近自纳妾之后，腰也弯了，行动也不爽利了，只仗着红色补丸、自来血，以及日光铁九、人参牛乳等物，支持调养。不知那一时风儿一吹，就要呜呼不保了。这位如夫人，年纪既轻，心计又巧，既风流，且妖娆。您猜怎么着？我这位旗下朋友，公正了一辈子，如今把绿头巾一戴，还自认没有法子。你道这不是笑话儿吗！"

二人正说得高兴，只听楼梯乱响，走上一人。手题一个包袱，穿一件春罗两截大褂，足下两只云履，梳带一条松辫，年约三十左右。见了淡然在此，忙的请安问好。淡然亦忙还礼，让着请坐，又指着苏市隐引见道："这是苏市隐，这是我普二弟。二位都不是外人，就在一处坐罢。"那人一面陪笑，把手巾包袱，放在一旁桌上。市隐一面让坐，拱手笑问道："贵旗是那一旗？"普二道："敝旗镶黄满。"又问市隐道："大哥府上是？"市隐道："舍下在方巾巷。"淡然要了杯箸，一面让酒，笑指那桌上道："二弟那个包袱里，拿的是什么衣服？"普二道："我是好为人忙，这是给小菊儿胡同我们亲家那里，赁的孝衣。"淡然诧异道："哟，小菊儿胡同，不是你们领催文爷家么，怎么又是你亲家呢？"普二道："他的女儿，认我为义父，我们是干亲家。"淡然冷笑道："是的，是的，光景那位如夫人，是你的亲家儿罢？"普云红脸道："大哥休取笑，这是那儿的话呢？你这两盅酒，可真是喝不得。沾一点儿酒，就不是你了。"

市隐坐在一旁，不知何事，也不好参言陪笑，只好举杯让酒。又让着普二，脱了大衣服，省得出汗。普二道："这是那儿来的事？你这舌头底下，真要压死人。"淡然冷笑道："二弟你不要瞒我，听说那文爷的如夫人，外号叫做盖九城，不知这话可是真呀是假？"普二道："这个外号，却是有的。怎么你胡疑起来呢？难道你看着兄弟就那们下三滥吗？"淡然陪笑道："二弟别着急。虽然无据，大概是事出有因。我记得盖九城姓范，原是个女混混儿。从前在东直门某胡同里，开设暗娼。你同着文爷常到他家里去。既同文爷有交情，同你交情也不浅。从良的事情，我听着风言风语的，有你一半主张。难道这些事，还能瞒得了我吗？"说罢，理着小胡子，哈哈大笑，闹得普二脸上一红一白，笑向市隐道："瞧我们这位哥哥，可叫我说什么？平白无故的，弄得我满身箭眼。这真是'杜康主动，四五子指使'的。"淡然道："你也不要口强，天下的事，没有不透风的篱笆。身子正，不怕影儿斜。现在你的名儿，跳在黄河里，也洗刷不清了。依着老哥哥劝你，这个嫌疑地方，不可常去。外人的言言语语，任凭怎么掂量，事情却小；若是文爷一起疑心，再闹点儿醋脾气，恐怕你吃不了背着走。当着苏大哥，他也不是外人。好端端的，你认这个干女，是什么居心？"普二道："大哥你又来啦！我们是同旗同牛录，一个戥子吃饷，认一门子干亲，岂不更近乎了吗？"淡然捋须道："是了，是了，二弟如此嘴硬，我也不敢劝了。常言说的好：'认干亲，没好心。'恐怕这一句话，要应在二弟身上。"普二红脸道："大哥这句话，未免骂人太过了。这一些话若要传到文爷耳朵里，我们弟兄交情，岂不闹生疏吗？"

淡然笑道："说话凑趣，你不要认真。我同文大哥，许久没见。他三月里娶儿媳妇，也没得过去道喜。不知这位新媳妇，是那儿的娘家？"普二道："这个新媳妇，可实在不错，模样儿也好，活计也好。规矩礼行，尤其大方。只是过门以来，跟春英不甚对劲。虽不大致时常反目，然而里头很不和气。也是我们本旗的姑娘，娘家姓阿，今年才十九岁。论他的举止，很可趁个福晋格格。到了这儿半破子的人家，就算完啦！太太婆春秋已高，大婆婆又碎嘴子。娶了这些日子，我去了几次，总看他好皱眉毛。"淡然笑着道："苏老兄您听听，方才说了半天，家里一纳小妾，全都要毁。其实文大哥家里，我并不常去。据这们悬揣着，都是盖九城闹的。"

市隐听了半日，不知他二人所说，究竟是那里的事。遂陪笑答道："老弟所见，实在不差。其实这位文公，与我素不相识。若把盖九城弄回家去，可实在不稳当。轻者改变家俗，重一重便出事故。我说话忒口真，不知普二哥以为然不以为然？"普二道："这话倒是不错，不过盖九城那个人，还不至于如此。论他的聪明伶巧，实出于常人之上。人要是明白，就不至于出毛病了。"淡然待说完，接口笑着道："普二弟你不用说啦，你这一片话，满都是不打自招。你与他有何关系，替他这样辩护？"普二道："大哥你可不对，咱们这儿说闲话儿，你怎么挑字眼儿呀？"淡然放下酒盅，嗤嗤的笑个不住，对着市隐道："听话要听因儿，苏兄刚一说盖九城不好，他就忙着辩护，这不是无私有弊吗？"普二冷笑道："您说有事，我们就算有事。无论怎么说，我全都承认起来，又免得抬杠，又省得您不信，您道好不好？"

说罢，把脸色沉下，题起酒壶来斟酒，让着市隐道："咱们哥儿俩，先喝咱们的。我淡然大哥，爱说什么就说什么。咱们初次相会，市隐大哥，可不要过意。常言说得好，'人凭素行'。要说盖九城先前在家的时候，我的的确确常去，自从他跟了文爷，咱们是朋友相交。哥哥多么大，嫂子也多么大。再说句心腹话罢，若说这娘儿们没意，也是瞎话。而堂堂一个男子，行为上不分陇儿，要说外场的话，那还能交朋友吗？"市隐连口称是，又陪笑道："淡然是借酒撒疯，你不要专听他的。我们弟兄，虽说是初次见面，我一见您的人性，也不是那样人。"说罢，哈哈大笑，又让酒道："普二哥，也喝着，别跟他吵嘴了。"

普二一面喝酒，觉着坐卧不安，唤过走堂的伙计，要了火烧馄饨，手拿着芭蕉扇，嗯嗯啦啦的扇汗。市隐一面漱口，让着普二擦脸。三人揪住伙计，都掏出钱来要给酒资。普二扯住市隐，起誓发愿的不让给。淡然揪住伙计，给了两块洋钱，叫他拿下去再算。普二也不便再让，遂洗手漱口，忙着穿衣服。因为淡然说话，有些口重地方，不好在此久坐，遂拱手谢了淡然，笑对市隐道："二位如其有事，可以多坐一会儿。我这几件孝衣，他们是现在等穿，我也就不奉陪了。改天有工夫，赏兄弟一个信，咱们再聚会聚会。"说罢，就要下楼。市隐见此光景，不便挽留。少不得应酬几句，任其走去。

普云乘着酒气恍恍悠悠的出了酒楼，拐过马市，顺着街西的墙阴凉，直往菊儿胡同一路而来。到了文家门首，正欲进门，见里面走出一个小女孩儿来，见了普二，笑嘻嘻的叫了一声二叔，蹲身请了个安。正是文光之女二正。

普二道："你阿妈在家哪吗？"二正遂高声嚷道："奶奶，我二叔来啦！"普二笑笑嘻嘻，拉了二正的小手，一同走入。盖九城范氏，听见普二来了，忙的掀起竹帘，迎了出来，笑嚷道："你这嘴上没毛的人，真有点儿办事不牢，赁上几件孝衣，也值得这么费事！"普二陪笑道："天儿这们热，我这两个腿，也是肉长的。你们坐在家里，别拿人当舍哥儿。"一面说着，一面抢步而进。斜眼望着范氏，梳着两把头，穿一身东洋花布小裤褂，垂着湖色洋绘的绣花汗巾，白袜花鞋，极为瘦小；脸上不施脂粉，淡扫蛾眉，越显着花容月貌，加上十分标致。笑眯眯的道："这们一来，小大嫂子，更透着外场啦。"再欲说话时，忽听身背后，娇声细气的称道："二叔您受累了！"普二忙的回顾，正是春英媳妇阿氏。梳着两把头，穿一件拖地长的蓝夏布大褂。论其容貌，虽然艳如桃李；看其举止，却是凛若淡霜。见了普二回顾，深深的请了个安。普二忙的还礼，笑着道："那儿来的话呢？自己爷们，这都是应该的。"阿氏低着头，垂手侍立。文光的母亲瑞氏，文光的夫人托氏，亦从里屋迎出。普二挨次请安。托氏道："一点儿眼力儿没有，你把二叔的包袱，倒是接过来呀。"阿氏低头答应，接过包袱来，放于椅上，又忙着张罗茶水。

普二一面说话儿，手拿着把蕉叶儿扇子，呼呼的乱扇。范氏道："你把衣裳脱了罢，在这儿怕谁呀？常言说得好，暑热无君子。"普二撇嘴道："那可不能。人家规规矩矩，一死儿的老八板儿，那来的野叔公，这么样儿撒野呀！"范氏不容分说，抢过来便替解钮子。托氏道："二弟何用拘泥，你是他们的老家儿，怕他们作什么！"范氏接声道："他这个老家儿，可有点称不起。刨去两头儿，除了闰月拢到一块儿，就没有人啦。除去他辈数大，就剩下媚里媚气的那话儿——"说到此处，又缩住道："别麻烦了，快些儿脱罢。"普二脱了衣服，笑而不语。

托氏打开包袱，因见孝衣很脏，又恐怕长短尺寸不甚合式，遂叫过阿氏来，叫他趁着太阳，全都浆洗出来，好预备明天穿。又向普二道："这又叫二弟费心，我们家的事，都累恳您啦。"普二道："不要紧，不要紧，他们那儿没人，这两天有工夫，我还给熬夜去呢。"托氏道："哟，那可不得了！死鬼有什么好处，那样儿捣荡人。那么一来，我们更担不起啦！"普二一面陪笑，眯缝着两只眼睛，连嚷好热。范氏呼了一声道："你横竖喝了酒啦！半天晌午，就这们酒气喷人的。你可怎么好，你要觉着热，我们那水缸底下冰着两个香瓜儿哪，吃完了你躺一会儿酒也就过去啦。"托氏道："那可别计。夕照怪热的，还不如活动活动呢。"

普二连声答应，一手拿了扇子，掀起竹帘来嚷道："喝，好凉快！"说罢，站在窗外，望着院子花草。红石榴花开似火；玉簪等花含苞未放；只有洋杜鹃花儿，当着毒日之下，开得很是有趣。又见阿氏拥着一个大盆，蹲在墙阴之下，哗唧哗唧的低头洗衣，那两腮香汗，好似桃花遇雨，娇滴滴的红里套白，白里透红；又兼他挽起衣袖，露出雪白的玉腕，那双纤纤素手，伸在盆里真仿佛水葱儿一般。普二看了多时，阿氏头也不抬，只顾低头洗衣，一面扑簌簌的垂泪，好似有千愁万恨，郁郁不舒的神色。普二不知何事，忙唤范氏道："小嫂子你这儿来。"范氏应声而出，两人笑嘻嘻的，到了东房。范氏高声道："喝，这屋里正在夕照，都赛过蒸笼了。"普二道："我问你一句话。"又悄声道："这孩子因为什么，又这么眼泪婆娑的？"范氏隔窗一望，看着阿氏站起，一面擤鼻涕，一面擦泪，眼泡儿已经红肿，好似桃花一般。普二悄声道："春英这孩子，没有那么大福气。若换个像儿是我……"范氏听至此处，回手拍的一掌，打的普二嗳哟一声，吓得院中阿氏，不顾的搭衣服，屡向东房注目。范氏悄声道："是你又怎么样？你也不是好东西，连一点儿良心渣子，全都没有！"又怒着切齿道："你不用拉扯我了，喜欢怎么样，只要你不亏心，请随尊便就完啦。"普二悄声道："你过于糊涂，我看这孩子的神气，满是二两五挑护军，假不指着的劲儿。一共有三句好话，管保就得喜欢。只要他开了窍儿，咱们的闲话口舌亦自然就没啦。"

范氏不待说完，一手推开普二，赌气的咯咯跑出，问着阿氏道："二妞那儿去啦，你瞧见没有？"阿氏迟了半日，娇声细气的道："我二妹妹刚出去。这么好半天，我也没看见了。"又见东房普二，嘻眉笑眼的走出，赤袒胸背，左边胳肢窝底下夹着芭蕉叶的扇子，两手拿着甜瓜，站在范氏身后，胡乱往地上摔子儿。又装作女子声音道："哟，大姐您不用张罗，我这儿自取了。"引的范氏并屋内托氏等，全都大笑起来。托氏掀帘道："二兄弟真会招笑儿。毒华华的太阳，别在院里站着啦。"

正说着，外面走进一人，年约四十向外，两撇黑胡须，穿一件又短又肥的两截罗褂，一手题拉黄布小包袱，一手拿截白翎扇。普二在阳光之下，并未看清，走近一看，却是文光。普二放下辫子，忙的请安。文光笑嘻嘻的道："二弟什么时候来的？不是天儿热，我还要找你去呢。"阿氏放了衣袖，掀起竹帘，二人一面说话儿，走进上房。范氏与阿氏等张罗茶水。文光道："咱们扎爷家里闹得日月好紧，米跟银子，都在碓房里掏啦。他的侄子，也是个孤苦伶仃的苦孩子，送了回技勇兵，因为身量太小，验缺的时候，就没能拿上。扎爷是挺着急，找了我好几次，跟我借钱。又叫我给他侄子弄分儿小钱粮儿，他们好对付。你瞧这年月，可怎么好？你回去跟大哥题一声，我就不去啦。这都是积德的事。"普二笑道："你这当伯什户的，真会行事。你真能那们慈悲吗？"文光一面脱衣服，嘻嘻的笑道："嗽，咱们自己哥儿们，你别较真儿。"普二道："那可不行。干干脆脆，你请我听天戏，咱们大事全完。"文光点头答应，说请客是一定要请的。

　　普二摇着扇子，嘻嘻微笑。忽的外间屋里，拍的一声，接着又哗啷一声，仿佛什么器皿，掉在地下砸坏的声音。文光忙的回头，只听托氏嚷道："干点什么事，老不留神。幸亏没掉在脚上，不然这么热天，要烫着是玩艺儿吗？这么大人，作什么没有马力〔麻利〕脆，几件子孝衣，就洗了这么半天儿。亏得天长，要是十月的天，什么事也不用干了。"范氏也冷笑道："这么大人，连大正、二正全都不如。他们干什么，还知道仔细呢。你这是怎么了？"说的阿氏脸上，立刻红胀起来，弯身捡了碎茶碗，羞羞涩涩的，只去低头倒茶。二正在一旁笑道："哟，这们大人，还不懂得留神呢，哟！"说罢，拿小手指头，在脸上羞他。又叫着阿氏道："嫂子你瞧这个。"羞的阿氏脸上立时紫涨，一面挨次送茶，连大气也不敢出。文光叱二正道："这儿说你嫂子。碍着你什么啦？"又喝道："去给我拿烟袋去。"二正答应一声，笑嘻嘻的去了。

本来阿氏心里正因为洗衣着急，今又偶一失神，砸坏一个茶碗，若是两位婆婆因此责怪，尚不要紧，二正是小孩子脾气，又在父母跟前，撒娇显勤儿，亦要奚落两句。文光看不过去，所以申饬二正，叫他去取烟袋。但是阿氏为人，虽然温顺腼腆，性情可极刚强。遭了这场羞辱不由的扭过头去，暗暗坠泪。范氏怒叱道："说你是好话，腆着脸还哭哪！趁着太阳还不马力〔麻利〕洗去，难道说还等着黑哪？"阿氏连忙答应，用手擦着眼泪，俯首而去。托氏道："这么大人，连点儿羞臊也不知道。"普二忙劝道："得咧，大嫂子别碎发啦，挺好的姑娘，叫您这个嘴，就得委曲死。俗言说的好：'人有生死，物有毁坏。'这们点儿事，也值得这们样儿吗？"托氏陪笑道："二兄弟，你可不知道，我这分难处，没地方说去。十人见了，倒有九个人说。哟，您可有造化，儿子女儿儿媳妇，茶来伸手，饭来张口，那知道身历其境，我可就难死了。要说他们罢，是我作婆婆的厉害。这话是跟您说，咱们都不是外人。自从过门之后，他那扭头傍眼的地方多着哩。处处般般，没有我不张心的。当着我婆婆，也不是我夸嘴，我作媳妇时候，没有这样造化。我要是说罢，还说我碎嘴子。"普二不待说完，笑拦道："您别比您那时候，那是雄黄年间，如今是什么时候？俗语说的好，'后浪催前浪，今人换古人'，您作媳妇时候，难道那外国洋人，也进城了吗？"说的瑞氏、托氏连文光、范氏也都笑了。托氏道："二兄弟真会矫情。"普二道："嗳，不是我矫情，说话就得说理，别拿着有井那年的事，来比如今。现在这维新的年头儿，挑分破护军，都得打枪。什么事要比起老年来，那如何是行的事。瑞氏亦叹道："二爷的话实在不错。作老家儿的，没有法子，睁半只眼，合半只眼，事也就过去啦。年轻的人儿，都有点火性，尽着碎卿咕，他们小心眼儿里，也是不愿意。本来那位亲家太太，就是这么一个女儿，要让他知道，怪对不过他的。给的时候，就是勉强勉掖给的。娶着好媳妇，作婆婆的也得会调理，婆婆不会调理，怎么也不行。我那时候，若是这们说你，保管你的脸上，也显着下不来。是了也就是了。那孩子鲜花似的，像咱们这二半破的人家，终天际脚打脑勺子，起早睡晚，做菜帮饭的，就算是很好了。我说的这话，二爷想着是不是？"普二连连称是。托氏哼了一声道："像您这么着，更惯得上天了。"

文光听了此话，恐怕老太太有气，再说出什么话来，诸多不便，遂用话差过去。又告知范氏、托氏快些张罗饭，怪热的天，别净斗嘴儿。二正笑嘻嘻的，双手举着烟袋，送了过来。普二揪住道："我问你一句话，你嫂子作什么呢？"二正站在一旁，嘻嘻笑笑的，比作抹眼儿的神气，又咚咚的跑了。范氏擦了桌面，先令普二、文光二人喝酒，又与阿氏打点瑞氏、大正、二正等吃饭。阿氏两只眼睛，肿似桃儿一般，过来过去的，盛饭张罗。普二谦恭和气，把少奶奶三个字叫得振心；又称赞文光夫妇，娶了这样儿媳妇，皆算难得。一面夸赞，滴溜溜两只耗子眼，望着阿氏身上，瞧个不住。阿氏正着脸色，佯为不觉。

一时春英进来，望见普二在此，过来请安。周旋了两三句话，怒气冲冲的，望着阿氏说道："我那个白汗衫儿洗得了没有？"阿氏皱着眉头，慢慢的答道："方才洗孝衣来着。你若是不等着穿，后天再洗罢。明天大舅那里，奶奶还叫我去呢。"春英不容分说，张口便骂："浑蛋！你要跟着出门，我就砸折你腿。我不管孝衣不孝衣，非把我的汗褂洗出来不成。"托氏插言道："这孩子，你老是急性子。明天你大舅的事，他那能不去。是你的舅舅，也是他的舅舅。没有你这么张口骂人的。洗个小汗褂，算什么要紧的事，你若是等着穿，晚上得了工夫，就叫他洗出了。这算什么大事，也值得这样麻烦？"阿氏低着脑袋，不敢则声。托氏道："你也是不好，什么事都得人催，连点眼力事儿全都不长，怨得你们俩人，永远是吵翻呢。"阿氏连连答应，不敢分争。把众人晚饭伺候完毕，蹲在院子里，又把该洗衣服俱都拿了出来，一件一件的浆洗。由不得伤心坠泪，自叹命苦。

普二、文光二人过足了鸦片烟瘾，范氏、托氏等送了普二出来，嘱咐回去问好。文光道："二弟，你真是瞎摸海。从北新桥直到四牌楼，整整齐齐绕了个四方圈儿，难道这么热天，你那两条腿，不怕旅长途。"阿氏听说要走，也忙的站起，背着灯影儿，擦了面上眼泪，也随后相送。忽然春英站在屋内，大声的嚷道："天生的不是料儿，叫他妈的洗衣裳，立刻就六百多件凑在一块儿洗，这不是存心搅棒吗！"托氏急忙拦道："老爷子，你又是怎么了？怎么成天成夜的，不叫我省心哪。"春英道："我怎么叫您操心啦！像他这么混帐，难道也不许我说说？终日际愁眉不展，仿佛他心里惦记着野汉子呢，拿着他妈的我不当正经人。"

这一片话，气得院中阿氏浑身乱颤，欲待抢白两句，又恐怕因为此事，闹起风波来，遂蹲在地上，俯首不语，虽有一腔血泪，只是此时此刻，滴不出来。瑞氏、托氏反说了春英一遍，始各无话。文光又嚷道："二正，你叫你二妈去。"范氏站在门外，听了院中吵闹，并未介意。听得二正来唤，慢慢的走了进来，问着阿氏道："这又因为什么，这样的抹眼儿呀？按着老妈妈例儿说，平白无故，你要叹一口气，那水缸的水，都得下去三分。像你这每日溜蒿子，就得妨家。"阿氏低下头去，擤了回鼻涕，仍自无语。范氏哼了一声，气狠狠的自往上房去了。

文光道："嘿，你猜怎么着，敢则凉州土，也涨了价儿啦。方才在针王家人买了二两来，我掰开闻了闻，味儿倒不错。"范氏吸着烟卷儿，也歪身躯下道："早知道你去买土，就不叫你去啦。春季上熬得烟，拢总还不到半个月呢。我看缸子里，还有四两多些儿，若是多迟几天，等到钱粮上多买几两，岂不好吗。"说罢，喊叫阿氏过来沏茶。

阿氏的两眼此时业已红肿，慌忙着拧出衣裳，把手上污水略微擦净了。谁想到水泡半日，两手皆已浮肿，纤纤十指肿得琉璃瓶儿一般，又经粗布一摩，十分难过，随就着窗前亮处，自己看了一回。忽的上房中又急声嚷道："你倒是沏茶来呀！叫了半天，难道你七老八十，耳朵聋了不成？"阿氏连声答应，急忙跑至厨房，张罗茶水。托氏又嚷道："趁着凉风儿，你把二姐的被褥，先给铺上，浆得了衣裳，也别在院里晾着。一来有露水，再说大热的天，挤巧就得燥雨。"阿氏题着水壶，一面沏茶，一面连声答应，不慌不忙的，先把新茶送过，又把大正、二正的被褥铺好。正在院子里收拾衣服，春英也躺在屋里喊他搭铺。阿氏搭了汗褂，忙的跑来，安安稳稳，把春英的枕头席子一一放好。春英站起来，一把揪住道："明天大舅那里，我不准你去。"又伸作两个手指道："这一个又不是好主意。"阿氏道："这事也不能由我。你若不愿意，可以告诉奶奶，叫我去，我便去，不叫我去，我也不能去。作了你家人，还能由我自主吗？"说罢泪随声下，夺了手腕，用手擦抹眼泪，哽哽咽咽的哭个不住。

　　托氏又嚷道："洗完了衣裳，你把箱子打开，明天穿什么，预先都拿出来，省得明儿早晨，又尽着麻烦。"阿氏哑着声音，连连答应。打发春英睡下，慢慢的开了箱锁，把托氏、二正明天所穿的衣服一一拿出；又到瑞氏、范氏屋内，把床被铺好。范氏道："你这脸上怎么这样丧气？没黑间带白日，你总是抹眼儿，这不是诚心吗？"阿氏含泪道："这倒不是眼泪，今儿晌午，许是热着一点儿。"范氏道："你是半疯儿吗？这么热天，通天施地的，老穿长衣裳，岂有个不热之理。"阿氏答应一声是，扑簌簌掉下泪来。范氏道："你这孩子，永远不找人疼。难得你普二叔，还极力夸你，说你可怜呢！"说罢，又哼了两声。阿氏含着眼泪，不敢复语，转身走了出来，又到托氏屋里，装了两袋潮烟。托氏亦问道："你这两只手，是怎么肿的？"阿氏忙笑道："不要紧的，明儿就好了。"托氏道："这都没有的事，洗上两件子衣裳，也会肿手？当初我那时候，一天洗两绳子衣裳，半夜的工夫，要做三双袜子，还要衲两双鞋帮儿，也没像这么样儿过。"阿氏含着眼泪，俯首而出。托氏又嚷道："明儿早晨想着早些起来，别等着人催。别又因为一个脑袋，又麻烦到晌午。"阿氏连声答应，回到自己房中，一面卸装，一面思前想后，暗暗的坠泪。直瞪瞪两只杏眼，看着春英躺在床上，呼声如吼。一手拿着扇子，忽的翻身醒来。要知如何，且看下文分解。

第二回　劝孙妇委曲行情　死儿夫演成奇案

话说春英睡在朦胧之间，忽被跳蚤咬醒。翻身望见阿氏，在旁边一张桌上，一面卸头，一面泪珠乱滚。背着灯影儿一看，犹如两串明珠，颗颗下坠。春英假作睡熟，暗自窥其动作。阿氏端坐椅上，无言而泣。望了春英一回，又把镜子挪来，对镜而哭。呆了半天，自又自言自语的，长叹了一口气，仰身靠住椅背，似有无限伤心，合千愁万恨，搂到一处的一般。

忽听钟鼓楼上嗡嗡钟响，又听得附近邻家金鸡乱唱。眼看着东方发晓，天色将明。阿氏微开秀目，望着床上春英，尚自鼾睡，遂悄悄走去，自向厨房生火，洒扫庭除。春英是满腹牢骚，宣泄不出，一见阿氏走出，翻身起来，念念叨叨的骂个不住。阿氏亦知其睡醒，故作不闻。慢慢的将火生好，挪了个小凳，又拿了木梳篦拢，趁着天清气爽，坐在院里篦头。

一时瑞氏、托氏并大正、二正等俱各起来，阿氏忙的走入，拾掇一切。春英也披衣起来，赤着两只脚，拖拉着两只破鞋，一手挽着单裤，气呼呼出来道："龙王庙着火，他妈的慌了神儿啦！掂记什么呢？"又弯身题鞋道："我他妈着了凉，算是合该。"阿氏听了此话，不由得蛾眉愁锁，低下头来，忙跑至屋中央道："大清早起，你别找寻我，只当你是我祖宗。"又哽咽着哭道："难道还不成吗？"春英不容分说，拍的一声，把手中漱口盂摔得粉碎，高声怒骂："我找寻你！我找寻你？我他妈的找寻你！"吓得阿氏浑身乱抖，颤颤巍巍的央道："祖宗，祖宗，你没找寻我，是我又说错了。"春英伸了衣袖，扯开嗓子，把祖宗奶奶的骂个不住。阿氏低头忍气，不敢则声。托氏站在院内，唤着阿氏道："姑娘，姑娘，你梳你的头去，不用理他。这是昨天晚上，吃多了撑的。"范氏道："你倒不用怪他，一夜一夜的，不懂得睡觉，清早起来，看着男人凉着，也不知给他盖上，还能怨他骂吗！干点什么事情，没有个眼力见儿，也还罢了，处处般般，就会查寻我。幸亏我没有养汉，我要有点劣迹，被儿媳妇查着，那还了得！"

阿氏听了此话，不知是那里来的风，遂陪笑道："二妈说的，实在要把我屈枉死。二妈的事情，我那里敢查。"这一片话，阿氏原为告饶，谁想到范氏心多，听了不敢查三字，红着脸嚷道："那是你不敢查！那是你不敢查！打算查寻我，你先待待儿！把你太太婆打板儿高供，你爹你妈，也查不到我这儿来。就便你婆婆养汉，你也管不着！"春英听了此话，愈加十分气愤，也不问青红皂白，扯过阿氏来便欲撕打。幸有大正等在旁，因与阿氏素好，把手中老糯米扔下，忙的跑过来遮住。托氏亦喊道："清早起来，这是怎么说呢？"阿氏忙的躲闪，一面擦着眼泪，跑至瑞氏屋内。

瑞氏劝着道："好孩子，你不用委曲。大清早起，应该有点忌讳。横竖你二婆婆又有点儿肝火旺，吃的肥疯了。"阿氏揪住瑞氏，哽哽咽咽的道："二妈这么说，实在要冤枉死我。"说罢，泪如雨下。范氏隔着窗户，接声道："冤枉死你？冤枉死是便宜你。我告诉你说，你题防着就得了，早早晚晚，有你个乐子！你不用合我分证，等你妈妈来，我到底问问他，我们娶了媳妇，究竟是干什么的？"阿氏见话里有话，便欲答言，被瑞氏一声拦住，连把好孩子、好宝贝叫了十几声，又劝道："你二妈的脾气，你难道说还不知道？挤往了疵诋我时，我还装哑吧呢。你只顾了想委曲，回头你奶奶瞧见又不放心，若闹出口舌来，他们亲家姐儿俩，又得闹生分，那是图什么呢！是好是歹，你马力〔麻利〕梳上头，同你婆婆先走，什么事也就完全啦！不然，太阳一高，道儿上又热。"说着，又把好孩子叫了两声。阿氏擦着眼泪，连连答应。

梳洗已毕，忙乱着张罗早饭，并伺候托氏母女穿换衣服。范氏一面梳头，一面叨念阿氏种种不是的行为。阿氏低着头，只作未闻。二正是小儿性情，只惦穿上衣服，出门看热闹，不知阿氏心里是何等难过，扯着阿氏的手腕，摆弄手上的翠镯，又嫂子嫂子的催着快走。又问说:"嫂子的指甲,怎这么长啊?你指甲上的红印儿,也是指甲草儿染得吗?"阿氏口中答应,然后与瑞氏、范氏并文光等挨次请安。同了托氏母女,往堂舅德家前去吊丧,不在话下。

此时范氏因为清早起来,与阿氏呕点闲气,早饭也没能吃好。幸有文光劝解,说:"孩子岁数小,大人得原谅他,若尽着合他们生气,还要气死了呢。"范氏道:"你不用管我,若不是你们愿意,断不能取这菜货!张嘴说知根知底,亲上加亲,如今也睁眼瞧瞧,管保大馒头,也堵上嘴啦。打头他不爱进房,就是头一件逆事。难道咱们婆媳妇是为当摆设的吗?若说他年纪小,不懂的人事,怎么普二一来,他就贼眉鼠眼的查寻我呢?幸亏是自己人,你也知道我,不然我这婆婆,算是怎么回事呢!再说是穿衣打扮,原本是人之所好,喜爱穿什么,就可以穿什么。自从他进了门儿,横着挑鼻子,竖着挑眼睛,仿佛我年轻岁数小,事事得听他教训你,瞧瞧这还了得!"文光道:"得啦,你是婆婆,说他两句,也就完了。日后他多言多语,横竖我不信他的还不成了吗。我告诉你一个主意,你跟普二弟不但口敞,而且又好耍嘴皮子。他是老八板儿姑娘,到了咱们家里,如何看得下去?以后你收敛收敛,虽说是随随便便,不大要紧,若叫儿媳妇看着不稳重,真有点犯不上。"

范氏不待说完,口内咬着头发,呜咿着:"你说什么?八成你的耳朵,也有点软了罢?"又挽起头发道:"我问你一句话,这个娘儿们有什么别的没有?"文光此时,明知自己说错,故意的冷笑道："你不用瞒我，光棍眼睛里，不能揉沙子，一半明白，一半糊涂着，左右有是那么回事。早先你们的事情，我还不知道吗？"说罢，哈哈大笑。范氏剔着木梳，竖起眉毛道："这话不用说，必是这养汉老婆，背地里造做的。我告诉你说罢，不说到这里，我只可烂在心里，从此不题，他既是背地造作我，我可就不管好歹，要全都兜翻了。这孩子的事情，你知道不知道？"文光冷笑道："我知道什么？你不用费话了，放着踏实不踏实。照这么说起来，那还有完哪？他在背地里，没说过你的不字，这么点儿孩子，连出阁还害臊呢，他还能有别的。"范氏急声道："什么他是孩子？要像这样孩子，把这婆婆卖了，还不知那儿下车呢。别看他说话腼腆，举止端庄，道作行为，比我还机伶。那天普二爷没跟你说，一来这样朋友，二来叫春英听着，必要挂火儿。那天普二爷来时，那位贤德儿妇，对着普二爷屡屡的耍眼色，你想我这眼睛，什么事看不出来！我说他不是正经货，你还不信。幸亏是家里有德，普二也有交情，不然，要弄出笑话儿来，你看有多么憨蠢。"文光摇手道："你不用瞎造做，不但那孩子不敢如此，就是普二爷，也决无其事。即或属实，普二懂得外场，也不能对你说。居家过日子，大事不如化小，小事不如化无，像你们这宗琐碎事，不是闹口舌，就是挑是非，任是谁也受不下去的了。得了，你就坦实实的，不用言语了。"范氏道："怎么着，说了半天，还是我的不好？"因摔下木梳道："告诉你一声儿，日后有事出来，或被我查出情形，那时我再问你，你可不要反赖！"说罢，愤愤走去。

又口中叨念道："搁着他的，放着我的，横竖一辈子，没有不见秃子的。"

文光坐在屋里，不便答言，拿了现穿的衣服，要到德家送三去。被范氏拦住道："你忙的什么？无论怎么早，送三也得黑天，此时正在夕照，地方又小，棺材又薄，天又阴晴不定，热上又亚赛蒸锅，早去一时，也无非闻点味气。再说这位死鬼，活着就不大得人，死在这个时候，一定有味儿。你这么早去，难道要吃他不成？"文光道："大热的天，谁想去吃他。我想家里头也没事，乐得早去一会儿，岂不是人情吗！"瑞氏也过来拦道："不然，你先不用去呢，索性等太阳落了，天也就凉快啦。"文光穿着衣服，连说不怕。一手拿着毛扇儿，正欲走出，忽见春英走来，穿一身紫花色的裤褂，蟠着紧花儿的辫发，手题石锁，兴兴会会的自外走来。范氏道："看你这宗神气，怪不得你女人跟你吵嘴呢。"文光亦问道："怪热的天，没事扔质子，真可是吃饭撑的！"

春英放了石锁，笑嘻嘻的坐下道："这有什么，尚武的精神，是满洲固山的本等。越是天热，才越有意思呢。"文光皱着眉毛，瞭了春英一眼，怒而不言。又嘱咐范氏说："晚上留下稀饭，好预备回来吃。"范氏一面答应，又叫住文光道："你回来时，催着少奶奶，也一同回来，别叫他又住下。"春英拦着道："你叫他回来有什么要紧事？他住下就让住了，一辈子不回来，也不要紧！"范氏不待说完，恐怕文光出去没能听见，又追出嘱咐道："大舅的家里，地方太窄，无论怎么样，也叫他回来，那怕叫二正住下呢。"文光连连答应，恍恍摇摇的去了。

　　春英坐在椅上，口中叨念道："我二妈的气，横竖没有生够，离开儿媳妇，许是吃不下饭去，不然管他做什么？"瑞氏道："你别那么说，你二妈叫他回来，横竖有他的事，你们夫夫妻妻的，不可这样悖谬。常言说的好：'亲不过父子，近不过夫妇。'作什么仇深似海的，终日捣麻烦呢？我看他规规矩矩，老老实实，倒是怪可怜见儿的。若是婆婆说几句，倒不要紧，没有两口子，也闹吵翻的。"范氏道："老太太，您知道什么！扫帚戴帽子，都拿着当好人。"又冷笑两声道："这个年头儿，可不像先前了。"瑞氏道："你说的这话，我又有点儿不爱听。幸亏这孩子老实，若换一个旁人，因为你这一张嘴，就得窝心死。好好端端，这是图什么呢？总归一句话，这孩子心志过高，你们娘儿们在外面儿，他有些看不起。"范氏道："凭他这块臭骨头，也要看不起人？让他打听打听，我们家里头没那德行。"

　　这一句话，气得瑞氏心里不由发火。当时娘儿两个越说越急，春英挟在中间，也不好插口。范氏道："您不用袒护他，等着事情出来，您就堵嘴了。"瑞氏亦嚷道："你说什么？你不用横打鼻梁，自充好老婆尖儿！要说这孩子，我可以下脑袋。难道说婆婆养汉，娶了儿媳妇，也得随着养汉么？你心里的坏杂碎，一动一静，不用瞒我！狗肚子里，能出多少酥油！就是吃盐吃酱，也比你懂得多！"一面嚷着，连把刁老婆、臭老婆、天生下三滥的话，骂不绝口。范氏中了肺腑，又当着春英在旁，不由得羞恼成怒，天呀地呀，放声哭了起来。

春英也不好劝解，只把瑞氏搀出，一手扇着扇子，口中叨念道："这是图什么！为个臭老婆，你们娘儿俩，也值得拌嘴！这可是无事生非，放着心静不心静。人家出分子，坦坦实实的，我们在家里吵闹，您说有多么冤枉！"瑞氏道："我的两只眼睛，都要气蓝了。你们别昏着心，拿我当傻子。平常我不肯说话，原是容让你们，谁叫是我的儿女呢。我这里刚一张嘴，你们就哭啊喊的不答应。以后我该是哑吧，什么也不用说了，只由着你们性儿。那怕是反上天去呢，也不许我言语。"春英央告道："得了，太太，您少说几句罢。大热的天气，何必这么样起急呢。"范氏坐在上房，连哭带喊道："您不用排斥我，等他晚上回来，咱们再算帐！"春英忙拦道："您也别说啦，左右是他的不好。无缘无故的，翻翻什么？他若是常日如此，捶打他也就完啦，没事费什么唾沫。"一面说着，自己题了石锁，拿了芭蕉叶扇子，出门找了同志，跑到宽敞地方，抛掷一回。连出了几身透汗，直闹到日落西山，方才回来。

晚饭之后，春英身体较乏，躺在席子上，呼呼睡去。忽的门外头有人拍门，又有二正的声音，二妈二妈的乱嚷。范氏忙欲出迎，早见文光、二正从外进来，阿氏随在后面，紧锁着两道蛾眉。望见范氏出来，迎着请了个安，又道："大舅家里都给二妈道谢。"范氏瞪了一眼，不作一言，忙叫二正道："你把衣裳脱了罢。大热的天，不看捂出病来。"又喝着阿氏道："瞧瞧你们爷去，头朝里躺着，不看热着。把他叫起来，叫他搭铺去。"阿氏连声答应，看看范氏脸色，不知是那儿来的气，只好低头忍耐，惊惊恐恐的换了衣服，又倒茶温水的闹了半日，然后把春英唤起，到自己房中，打发春英睡下，不必细题。

此日是五月二十七。到了三更以后，凉风儿一吹，文光、范氏等俱已睡熟。瑞氏躺在上房，因白日文光去后，婆媳闹了点气，由不得忍前想后，怕是日后范氏因为今日的事，迁怒孙媳身上，所以心里头郁郁不舒。翻来覆去的，睡卧不宁。正自烦闷之际，忽听院子里，一路脚步声音，又听阿氏屋中哼哼一声，有如跌倒之状。瑞氏说声不好，恐怕月黑天气，夜里闹贼。伏枕细听，街门咚的一响，似有人出去的声音。瑞氏急嚷道："春英，你睡着了没有？"连嚷了两三遍，不见春英答应。又听院子里，登登的木头底儿声响。瑞氏忙问："是谁？"又听范氏的屋门，花啷一声，有文光、范氏的声音。瑞氏又问道："外头什么事？你们出来瞧瞧。"

话未说完，听见范氏嚷道："老太太不用问了，大馒头堵了嘴了。"又听文光出去，接着嗳呦了一声。瑞氏不知何事，忙的爬了起来，问说何事，急忙开了屋门，见范氏披头散发，手题油灯，文光挽着裤子，两人站在院内，各处逡巡。瑞氏惊问道："什么事这么惊慌？"范氏冷笑两声道："您不会瞧去吗？逆事是出来啦。"又看文光脸上，犹如土色一般，两眼落泪不止。因听厨房里，水缸声响，二人忙的跑过。范氏急嚷道："了不得，留个活口要紧。"瑞氏猛然一惊，看着孙媳阿氏，倒着身子，浸在水缸之内。文光切齿道："嗳呦，要我的命呕！"说着，急忙跑过，抱着阿氏之腿，急为捞救。范氏放下手灯，也来帮忙。

瑞氏不知何事，吓得失声哭了。范氏咬牙道："我看你就是这样吗？"急得文光跺脚道："嗳呦，不用说了！"说着，尽力一题，把阿氏倒身抱起，叫范氏扶着两肩，先行控水。闹得合家大小，全都闻声而起。

瑞氏站在一旁，想着孙子媳妇，因受二婆母之气，以致投缸寻死，料着救活过来，亦无生存之理，不由得嚎啕痛哭，把乖乖宝贝的喊个不住。又念道："孩子命苦，不该寻此短见。你若死了，可在鬼门关儿等我，我也跟你去。豁除这条老命，我也不活着了。"急得范氏嚷道："你瞧瞧应了我的话没有？您别瞎扯啦，早要依着我，何致于出此逆事！"一面说着，一面撷救阿氏。

只听哇哇的几声，阿氏把口中之水，俱已吐出。大正跑了过来，扶着阿氏之头，连把嫂子、嫂子的叫个不住。范氏亦嚷道："这事情怎么办？你不用装死儿。"瑞氏亦问道："孩子，你受了什么委曲，尽管说啵。"大正、二正也齐声哭道："嫂子醒一醒，你不管我们啦。"阿氏倒在地上，浑身乱抖，一面自口中吐水，又呜呜咽咽的哭了起来。范氏忙嚷道："先把他妈找来，打官司回头再说。"阿氏哭着道："你害苦了我了。"一面说着，呜呜的哭个不了。瑞氏擦泪道："谁害得你呀？宝贝儿，你告诉我说，我豁出这条命去，合他拼了。"范氏道："您不用夸嘴啦，到他们屋里，您也瞧瞧去。春英教他给害了！"说罢，用手抹泪，也放声哭了。引得瑞氏、文光并大正、二正等，都大哭起来。

瑞氏一面哭着，颤颤巍巍的自往西屋去瞧。范氏擦着眼泪，喝着阿氏道："你打算怎么样？快给我说，不然我抽你嘴巴。"阿氏哭着道："您叫我说什么！我的妈哟！"说罢，又呜呜咽咽的哭个不住。急的范氏过来，揪着要打。文光急嚷道："事已至此，你打他作甚么？这总是家里缺德，所以才出这样事。我先到甲喇上，报一个话儿去，等把他妈妈找来，咱们打官司就完了。"阿氏哭着道："二妈，二妈！您叫我怎么着，我便怎么着！您若忍心的伤天害理，那怕把我杀了呢，我也是情甘愿意了！"说罢，呜呜痛哭。范氏急嚷道："怎么着，我把你杀了？有心杀你，还怕脏了我的刀呢！咱们这时候，也不用斗口齿，究竟是怎么回事，到了衙门里，你也知道了。此时你不用发赖，难道杀了人，还不偿命吗。"阿氏哭着道："神天共鉴，若是我杀的人，我便抵命！"范氏听至此处，呸的一声，啐的阿氏满脸上都是唾沫，又哈哈两声道："不是你杀的，那们是谁？难道黑天半夜的，是我杀的不成？"文光急嚷道："嗳哟，都别说喽，你看看老太太去啵。"大正亦哭道："二妈，您瞧我罢。我嫂子这一身水，有多么冷啊。"

此时春英之弟春霖，亦自梦中惊起，帮着范氏，先把瑞氏搀出。瑞氏一面痛哭，一面数唠，什么家里无德咧，不干好事咧，哭哭喊喊的走了出来。文光打发春霖，先给托氏送信。并将阿氏之母一并接来，只说家里有事，不用说别的话。因又恐春霖胆小，又央了邻居某姓一同随去。

文光穿了袜子，慌手忙脚的，披了衣服，跑到甲喇厅上。惊慌失色的，道声辛苦。厅上的甲兵，正在打盹之际，听见有人，忙的爬了起来，一面伸懒腰，望着文光进来，点了点头，又笑着问道："什么事您啦？"文光叹了口气，坐在炕边上，慢声慢气的道："咱们是街坊，我在小菊儿胡同住家。我的儿媳妇，把我儿子砍了。"甲兵一面揉眼，听了"砍人"二字，忙的拦道："你这儿等一等儿，把我们老爷叫起来，有什么话，你再细说。"说罢，掀帘出去。又一个甲兵进来，问说贵姓，文光答道："姓文。"甲兵道："甚么时候砍的？有气儿没有哪？"文光一一答说。

迟了半日工夫，甲兵掀起竹帘，从外走进一人，穿一件稀烂破的两截褂儿，惊惊恐恐的进来。文光忙的站起，甲兵道："这是我们大老爷。有什么事，你径着说罢。"文光听了，忙的陪笑道："我们家里头有点儿逆事，没什么说的，又给地面儿上找点儿麻烦。"那人道："那儿的话哪，我们地面儿上当的是差使，管的着就得管。居家度日，都有个碟儿磕碗儿碰，要是怎么的话，很不必经官动府。这话对不对您哪？咱们是口里口外的街坊，我也是这里的娃娃。我姓德，官名叫德勒额。"甲兵亦喝道："大老爷的话是心直口快，听见了没有？要是怎么的话，不必经官。俗语说的好：'门前生贵草，好事不如无。'说句泄场的话，'衙门口向南开，有理没理拿钱来。'是不是，街坊？"

文光听了此话，那里受得下去，因陪笑道："大老爷的意思，我很领情。但是无缘无故，家里不出逆事，谁也不肯经官。方才半夜里，我们儿媳妇把我儿子害了。难道谋害亲夫的事情，能不来报官吗？"德勒额不待说完，一听是人命重案，不由的捏了把汗，遂喝道："你的儿媳妇呢？可别叫他跑了。我们跟着你瞧一瞧去。"说着，跑至里间儿，先把凉带儿扣好，又戴上五品顶戴的破纬帽，拿了一根马棒，喝着甲兵道："讷子，哈子，咱们一块儿去。叫塔齐布醒一醒儿，正翼查队的老爷过来，叫他们赶紧去。"甲兵等连声答应，慌手忙脚的穿了号坎儿，点上铁丝儿灯笼，随向文光道："走罢，走罢！别楞着啦！"文光连连点头，随了德勒额、甲兵等一路而行。

　　路上德勒额先把文光的旗佐职业、并家中人口，一一问明。来至文家门首，听见里面哭喊，原来是文光之妻托氏，并阿氏的母亲德氏，皆已闻信赶来。托氏是母子连心，听说一切情形，早哭得死去活来，不省人事。德氏见信，想着姑奶奶家中深夜来找，必是有何急事；又想着是天气炎热，必是中暑受瘟，得了阴阳霍乱，或是措手不及的病症，因此飞奔前来。推门而入，走进屋内一看，借着灯光之下，阿氏坐在地上，扶头掉泪，一旁有范氏守着，不知何事。望见德氏进来，范氏哼了一声，并不周旋见礼。德氏暗吃一惊，正欲与范氏说话，阿氏偶一抬头，望见德氏来到，好似小儿思乳，望见奶娘一般，哇的一声哭了。德氏忙问道："姑娘，你怎么了？"阿氏凄凄惨惨，扯住德氏的手，仿佛有千般委曲，一时说不出来的光景，抱住德氏的腿，娇声呖呖哭个不住。德氏不知何故，也弯身陪着坠泪，连把好孩子、姑奶奶叫了十数遍，阿氏头也不抬，手也不放，抱着德氏的两腿，死活乱哭。德氏擦着眼泪，望着范氏道："我女儿是怎么了，这样的哭喊。"范氏佯作不知，仰首望着星斗，哈哈了两声道："你们母女，可真会装傻。你到西屋里瞧一瞧去。"

德氏听了此话，吃了一大惊。托氏亦嚷道："冤家，你过来瞧瞧。"德氏擦了眼泪，用力推开阿氏，三步两步，跑至西厢房，走进一看，屋里头灯光惨淡，满地鲜血，春英倒在地上，业已气绝。吓得嗳哟一声，扑倒就地，复放声大哭起来。托氏亦陪着痛哭，连把冤家的喊个不住，惊得左右邻家不知何事。有胆大的男子，俱过来看热闹，想着阿氏年轻，平素又极其正派，断不致深夜无人，出此杀人之事。又见阿氏身上，并无血迹，坐在地上，那一分可哀可怜的光景，实令人伤心惨目，由不得疑起心来。又见范氏在旁，怒目横眉，披头散发，满脸的凶狠之气，令人生畏。遂皆摇头走出，聚在胡同里，交头接耳的，纷纷议论。本段的看街兵，亦闻声赶至，唤了堆上伙计，先把街门看住。

官厅德勒额同了文光来到，时已东方发晓。范氏急嚷道："什么话也不用说，带他们母女打官司去就得啦。"德勒额道："嗳，话是这么说呀，打官司呢，有你们官司在。究竟是怎么回事，我们地面上也得验验瞧瞧，我们好往上送。"又告甲兵道："你先回去，叫他们队上人，给正翼送信去，别尽耽误着。"甲兵答应而去。德勒额看看阿氏，又到西厢房，看了看春英的尸身，随嘱文光道："这屋里的东西，可千万别动。死尸挪了寸地，你们可得担罪名。"又问文光道："凶器是什么物件，究竟是刀是什么的？可也不准挪动。"文光一一答应。话犹未了，早有巡夜的技勇，扛枪的队兵，大灯笼小灯笼的，先后赶来。进门与德勒额相见，不容分说，掏出锁子来，要锁阿氏，又大声喝道："你用什么砍的，凶器现在那里？你要据实的说。"阿氏抹泪道："什么凶器，我那里知道。这宗冤枉，我那里诉去？"官人听了此话，又大声喝道："死在你屋里，你会不知道！这事你来蒙谁？"又问文光道："到底是怎么个情形，你也要实话实说，我们回去时，好禀报大人。"

文光叹了口气，眼泪婆娑的道："怎么害的，我却不知道，连春英的尸首，都是我们二奶奶现从床底下拉出来的。头上伤痕因为血迹模糊没能看清。总之这件事非问我们儿妇不可。"范氏听至此处，瞪着两只眼睛，过来插言道："事情也不用问，明明是谋害亲夫，还有什么事赖的呢！我睡着香香儿，听见嗳哟一声，我赶忙起来，跑到西屋一看，连个人影也没有。我往床底下一瞧，好，人敢情死啦。我拉出来一瞧，早就没气儿啦！你们老爷们说说，这不是谋害亲夫，那么是什么？"阿氏听至此处，呜呜的叫苦。德氏亦怒道："你在家里说话，怎么都行。我那孩子决不是那样人。凭他那小小年纪，砍死爷们，还坦坦然然放在床底下，这是断没有的事！"官人听了此话，亦很有理。看了看阿氏身上穿着漂白裤褂，并没有一丝痕迹，随亦纳起闷来。

眼看着天色大亮，有正翼的小队，匆匆的跑了回来，说是正翼乌大人回头就来，要亲在尸场里调查一切。德氏听了此话，忙向阿氏道："姑娘，是你不是你，你可要从实说。这宗事情，我也瞧出来啦。闹到那儿去，是不要紧！这话你听见没有？"

阿氏刚欲答言，被范氏拦住道："得啦！你们娘儿俩也不用嘀咕，把人都嘀咕死了，还说什么！"阿氏洒泪道："我不敢同你辩证，你儿子怎么死的，我并没有看见。要说我谋害亲夫，这话是从何说起？可是你一口咬住我，我也就无法了。"说罢呜呜的啼泣。范氏急嚷道："没工夫和你说话，是你不是你，等到衙门再说。"官人亦拦道："嘿！别说啦，这会儿说了也不中用。少时乌大人来了便明。俗语说：'法网难逃，见官如见神。'是谁害的，谁也跑不了，说什么废话呢！"

　　一语未了，有许多军警走入，又有几个官人，身穿镶红边儿的黄号衣，威威赫赫的走来，喊说乌大人快到了。要知以后如何，且看下回分解。

第三回　访案情乌公留意　听口供侠士生疑

　　话说左翼正翼尉，姓申，官名乌珍，表字恪谨，是正白旗汉军旗人。学识过人，处事公正，对于地方上极其热心。在前清末季，官至民政部侍郎，九门题督，是时在翼尉任内。因京城警察正在初创之时，便就着旧时捕务，斟酌损益，把翼下的技勇兵，编成队伍，打算渐次改良，以为扩充警察的预备。是日查夜回宅，忽有镶黄满官厅前来报称：该甲喇所属菊儿胡同内小菊儿胡同住户文姓家内，有儿媳阿氏不知所因何故，将伊子春英砍伤身死。乌公见报之后，忙的吩咐小队，将文家一干人证一并带翼，并传谕该甲喇，好好的看护尸场。队兵去后，即令备马，要亲往小菊儿胡同去检验一切。因为人命至重，又想着社会风俗极端鄙陋，事关重大，不能不确实访查。先把杀人的原委访明白后，然后再拘案鞠讯，方为妥当。

　　想到此处，忽想起至交的朋友苏市隐来。他平日交游极广，平居无事时，好作社会上不平之鸣，若是把他找来，他暗中帮助，细心访查，断没有屈枉无辜之理。因命小僮儿夏雨，挪过笔墨文具，亲手写了一封信，叫了一名仆人，送至方巾巷，交苏市隐先生亲展，要个回信来。仆人连连答应，奉了乌公之命，飞奔方巾巷前去投书。到了苏家门首，喊说回事，里面有仆人出来，问明来历，忙的回了进去。是时苏市隐正在檐下漱口，忽见仆人来回，说六条胡同乌大人送来一信，还候个回信呢。市隐放下漱盂，拆信一看，见上面写道：

　　市隐兄鉴：

　　　　夜间镶黄满五甲喇报称，安定门菊儿胡同内小菊儿胡同住户文光家儿媳阿氏，不知何故，于十二点钟前后将伊子春英砍伤身死。弟闻报后甚为惊异，诚恐人情诡诈，个中别有情节，拟即至尸场中检察一切。吾兄于社会风俗素极注意，望速命驾至小菊儿胡同，作一臂之助。是所盼祷。专此。顺颂

　　义祉！

　　　　　　　　　　　　　　　　　　　　弟珍顿上

　　市隐看罢，即命仆人耿忠，取出一纸名片，叫他付予来人，说是回头便去。耿忠连连答应，自去吩咐不题。

　　市隐是见义勇为，赶忙的穿好衣服，雇了一辆人力车飞也相似，直往小菊儿胡同一路而来。走至大佛寺北，路上有一人唤道："市隐，市隐，什么事你这样忙？"市隐回头一看，正是同学友闻秋水。此人有二旬左右，英英眉宇，戴一副金丝眼镜，穿一件蓝绸大褂，站在两路一旁，连声喊叫。市隐呼唤车夫，忙的止步，二人相见为礼，寒暄了几句。秋水道："天这般早，你要往那里去？"市隐道："嘿，告诉你一件新闻。昨儿夜里，小菊儿胡同有个谋害亲夫的。方才乌恪谨给我一封信，叫我帮着调查。你若没事，咱们一同去荡，不管别的，先瞧瞧热闹儿。"秋水摇手道："不行不行，我可是不能奉陪，今天学堂里还有两堂国文呢。当教习不能误人，咱们回头见吧。"市隐那里肯听，拉着秋水的衣袖便欲雇车。又向秋水道："你这义务教习，可真是诲人不倦。这样的热闹，你不去瞧？这件事情，于人心风俗大有关系，不可不去调查一下子。"秋水笑道："其实学堂里，并没有功课，只是过午有两堂国文。我们同去一荡，原没有什么要紧，你何必扯着我呢。"说着，雇了人力车，两人兴兴匆匆，到了菊儿胡同。

　　付了车资，二人一面说话儿，只见菊儿胡同，有许多男男女女，老老少少，站在文家门首，探头探脑的，望着院里观看。或三人聚在一堆，五人聚在一处，全都交头接耳的，纷纷谈论。市隐、秋水二人，挨身挤到一处，仔细一听，有的说："我说这家子，就没有好闹不是，成天论夜的，不是老公母俩吵嘴，就是小公母俩喊嚷，若不是小奶奶刁唆，何致如此呢？"市隐听至此处，凑至那人跟前，意欲探听。那人又转脸笑道："你瞧这个小老婆，是娶得是娶不得？"市隐亦笑道："是的是的，这话是一点不错。但不知这位如夫人，是死者什么人？"那人皱眉道："嗳，题起话儿长。咱们是路见不平，好说直话。"随将范氏的历史，说了一遍。又俯在市隐的耳边，欲将这真相说明，被旁边一人，推了那人一掌道："三叔，是非场儿里少说的为是。半夜三更的，谁知道是谁害的？咱们这多言多嘴，没有什么益处。俗语说：'天网恢恢，疏而不漏。'日后是非曲直，总有个水落石出。我们站在一旁，瞧着就完啦。"市隐正听得入神，一见那人拦阻，甚不乐意。后面有秋水过来，扯了市隐一把，悄向耳边道："我看这个阿氏，一定冤枉。据这里邻人谈论，说阿氏是新近过的门，今年才十九岁，平素是和平温顺，极其端正。所有他举止动作，那苟言苟笑的地方，一点儿没有。这么看起来，一定是别有缘故。"市隐听至此处，忙的摇手道："你不必细说了，这内中的情形，我已了然八九。那日在普云楼上，我听朋友题过。等回去时节，我再同你细谈。"秋水点了点头。

忽听有官人喝道："闲人闪开！闲人闪开！这个热闹儿，没什么可瞧的！"二人忙的躲过。只见巡官巡警，并左翼的枪队技勇，静路拦人，有一位长官到来，头戴珊瑚顶，孔雀花翎，穿一件蓝色纱袍，年在四十以外，面如满月，两撇儿黑胡子，随从的官办军警不记其数。市隐一看，正是左翼正翼尉乌恪谨君到了，随唤秋水道："咱们也进去看看。"二人挤了过来，走至文家门首，忽被一官兵拦道："别往里去了，这是什么地方，你们知道不知道？"市隐并不答言，仍往里走。官兵又喝道："嘿，大台，你听见没有？莫非你耳朵里头塞着棉花呢不成！"市隐忙陪笑道："烦你给回一声，我们要面见乌大人，有一点儿面谈的事。"那人瞪着两眼，把市隐、秋水二人上下打量了番，冷笑道："二位面见大人，总得宅里见去。大人到这里来，为的是察验尸场，不能会客。"正说着，里面走出一人，年约二十左右，头戴大红缨的万丝凉帽，穿一件灰色夏布褂，腰系凉带儿，类似从人模样。那守门的兵道："瑞爷，您瞧瞧这二位是谁，他们死乞白赖的要见大人。"瑞某抬头一看，原来是市隐、秋水二人，忙的请安问好，笑嘻嘻的道："我们大人，等您好半天啦。快，你请罢！"市隐点了点头。瑞某往前边引导，同了秋水二人，联袂走入。

见了乌公，彼此请安问好。寒暄已毕，乌公道："我看这个案子，出的很离奇。所以请出阁下帮个忙儿。"市隐道："您调查的怎么样啦？"乌公道："我方才进的门儿，全都没有看呢。敬烦你们二位，也帮着瞧瞧罢。"说着，传谕官人，把各屋的竹帘及房门隔扇一律打开，叫文光引着路，前往各房查看。

秋水取出铅笔，先将院内形势，记个大概。见北房三间，东西各有耳房，东西配房各三间。乌公问文光道："你住在那间屋里？"文光指着道："我带着贱内小女，住在上房东里间。小妾范氏，住在东厢房。我儿子儿媳妇，住在西厢房。东耳房是厨房。"乌公点了点头，同了市隐二人，往各屋察看。

文光的家内，虽不是大富大贵，亦是小康之家。屋中一切陈设俱极整洁。西厢房内，南屋是个暗间儿，外间是两间一通连儿的，靠着北山墙下设着一张独睡的木床，南里间内有一铺砖炕。春英的尸身躺在木床前面，床里床外，俱是鲜血。春英赤着脊梁，下身穿着单裤，颈脖右边有刀伤一处，目瞪口张，满身俱有血迹。秋水道："年少夫妻，有什么不解之冤，下这样的毒手！"乌公道："妇女的知识，俗言说，'狠毒不过妇人心'，就指着这宗事情，所发的议论。所谓人世间事，惟女子富于情，这一句话，我实在不敢深信。"说着，命文光引导，又至东耳房察看。将一进门，屋内嗡嗡的苍蝇异常肮脏，除去碗筷刀杓一切家具之外，有大小水缸两口，地上有许多水迹。乌公问文光道："你的儿媳妇投的是那一个水缸？"文光道："投的是这个大的。"乌公点了点头，谕令各兵弁细心看守，不许移动，官人连连答应。遂同着市隐二人，往上房屋内少坐。

官人预备茶水，市隐等喝了点茶。秋水道："杀夫的这个妇人，不知恪翁方才看见没有？"乌公道："兄弟来时，把阿氏他们已经带翼啦。二位得暇，请到翼里看去。"秋水点了点头，取出一只烟卷儿，一面说着，一面与市隐闲谈。乌公叫文光道："方才甲喇上报说，杀人的凶器是你藏起来的，这话可是情实？"文光听了此话，吓得浑身乱抖，迟了半日道："大人明鉴，杀人的凶器岂有藏起之理。刀是什么样儿，我并没有看见，只听官人喊嚷是从东厢房里搜出来的。"乌公道："杀人既在西屋，怎么杀人的凶器反在东屋呢？"文光答一声是，迟了半日，又颤巍巍的道："这个，那我就不知道了。"乌公纳闷道："这事可怪得很。"又回首向市隐道："回头你们二位，到舍下坐一会儿，这一案里有许多得研究的呢。"市隐、秋水二人，拱手称是。

乌公站起身来，向左右官人道："把甲喇上德老爷请来。"官人答一声"嗻"，登财把德勒额唤来，站在乌公面前，垂手侍立。乌公道："你带着他们在这里严加看守。一草一木都不许移动。"又告官人道："先把文光带翼，等明日验尸之后再听分派。"德勒额连忙答应。市隐、秋水二人也忙的站起，随了乌公出来。乌公拱手道："二位不必拘泥，兄弟先走一步，回头在舍下再谈。"秋水亦陪笑道："请便，请便，我们也少迟就去。"忽听哗哒一声，院内院外的枪队全都举枪致敬。

乌公去后，市隐、秋水二人又往各房内察看一回。有守护的官兵道："二位老爷，您看见没有，要据我瞧着，这内中一定有事。横竖这么说吧，这个凶手啊，出不了本院的人。"说罢哈哈大笑，引的秋水二人也都笑了。官兵又悄声道："这把菜刀哇，从东屋找出来，满刀的血，裹着一条绣花手绢儿，你说是怎么回事？"说着，又哈哈笑道："这话对不对，您哪？"市隐亦笑道："是的，是的。您就多累吧，我们要回去啦。"说着，又有几个官长急忙跑来道："怎么着，二位回去吗？嗻，我们也不远送啦。"市隐、秋水二人，忙的陪笑拦住，与弹压各官弁拱手而别。

出门雇了人力车，往六条胡同乌宅而来。到了门首，早有门房仆人回了进去，乌公也拱手出迎，让至书房里面，分宾主坐下。乌公一面让茶一面笑着道："春英这案很是离奇。适才种种情形，三处堂官也全都知道啦。二位也不用忙，回头在舍下用饭，我先把原凶问一问，就可以知其大概了。"秋水忙辞道："吃饭倒不必，敝学堂里过午有两堂国文，兄弟是一定得去的。"市隐道："你这是何苦。咱们一同来的，要一同走，即便在这里吃饭，也不是外人哪。"乌公亦笑道："秋翁是太拘泥，又嫌我这里厨子菜饭不能适口，所以才这样忙。"秋水红脸道："那儿来的事，兄弟是当真有事。不然，在这里吃饭，又有何妨呢。"市隐站起道："你们这宗地方，真是差点儿。办上正经事情，总得有点魄力才行。你今儿要走，我一定不能让你走。"说罢，取烟卷吸着。乌公笑着道："秋水，你这是图什么，招的他这样的着急。"说得秋水、市隐也都笑了。

　　一时酒饭齐备，三人一面让坐位，乌公道："方才在文光家内，也没得细说，据甲喇上报称，这案子很奇怪。当文光喊告的时节，甲喇上的人，即将阿氏、阿氏娘家的母亲阿德氏，一并带翼，当时那杀人的凶器并没找着。我听了很是纳闷，遂又着人去找，搜了半天，方才搜出来。是一把旧切菜刀，上有许多血迹，用一块粉红色洋绉绢包着。据甲喇上说，是从东厢房里桌子底下搜出来。我想这件事离奇得很，此中必别有缘故。"秋水坐下道："恪翁说到这里，我们也碍难缄默。适在文家门首，听见邻人谈论，说文姓家内时常打闹，想必此中必有别项情节了。"乌公皱眉道："这案子实在难办，这些个离离奇奇、闪闪烁烁的地方，使人在五里雾中，摸不清其中头脑。若说是谋害亲夫呢，又没有奸夫的影子；若说不是呢，缘何春阿氏又自投水缸呢？最可怪者，杀人是在西房，凶器反在东房。杀人凶手又到厨房里投缸寻死。据官人报说，杀机初起时，上房东房俱已关门睡熟，难道那把切菜刀是从门隙中飞进去的不成？据文光说，东厢房里睡的是范氏，那把菜刀既是从东厢房搜出来的，则范氏亦有嫌疑。若据瑞氏说，各房俱已睡熟，就是他自己没睡，先听是厨房里阿氏洗脸，后听着院内有人，又听门响，又有木底声音。这么上说，当是春阿氏藏有奸夫，两个人一同下的手了。然甲喇上报说，阿氏身上穿着是白色衣服，连一点血影血丝全部没有。阿氏又连声喊冤，又说他头上胁下全都有伤。你说这个案子奇也不奇？"秋水道："论说奇怪，我想也不甚奇怪，一定是因奸害命，毫无可疑。只在阿氏、范氏两人身上多为注意，再调查他们婆媳平日的品行若何，亦不难水落石出了。"市隐道："秋水所说很是近理，若调查其中原委，连阿氏、范氏的娘家也得调查。文光家中，时常来的戚友也得调查。"

说着斟酒布菜，三人一面吃酒一面叙话。乌公以豪饮著名，市隐也杯不离手。独秋水一人素不喝酒，口内吸着纸烟。见壁间有一副对联写道是：

放万丈眼光出去，收一腔心绪回来。

又见一幅立轴，上面写道是：

鬼谷子曰："抱薪趋火，燥者先燃。"此言内符之应外摩也。孔子曰："视其所以，观其所由，察其所安。"相人之术，体用兼赅，千古不易之法也。神奸巨猾，越圣矩贤，绳情矫性，若不遇大利大害，绝难揭骷髅而窥其野狐身也。然可饰者貌，不可饰者心。赤日当阳，阴霾自灭；震电吓怒，妖魅自惊。纵极力矜持，只愈形其鬼蜮耳。相人者，慎勿取其貌，而不抉其心焉可矣。

秋水看罢，笑问乌公道："壁上这幅字条，好像此案的祝词。全仗乌老兄'视其所以，观其所由'了。"说的乌公、市隐，也全都笑了。

用饭已毕，仆人伺候漱口。乌公一面擦脸，忽有仆人来回说："鹤大人、普大人，现在公所相候，等大人问案呢！"乌公点了点头，忙着换了官服，同着市隐二人，步行至左翼公所。早有小队官弁回了进去。副翼尉鹤春、委翼尉普泰全都身着公服，迎至阶下。乌公陪笑道："兄弟来迟，二位早到了？"鹤公陪笑道："不晚不晚，我也是刚进门儿。"乌公又指道："这二位是我的至友，对于社会上很是热心，我特意请了出来，给咱们帮忙的。"鹤、普二人听了，忙的陪笑请安，市隐等亦忙见礼，道了姓名，大家谦谦让让，来至堂中。

乌公升了公堂，鹤、普二公坐在左右两边，市隐、秋水二人坐了旁听的坐位。枪队弁兵等俱在两旁排列。乌公道："先带春阿氏。"左右亦接声道："带春阿氏。"只听院子里一片喧嚷，说先带春阿氏。不一时，竹帘掀起，有两个号衣的官人带春阿氏进来，手腕上带着手镯，脖项上锁着铁链儿。官人喝着道："跪下！"乌公道："这是何必。一个妇女，带着大刑具，有怎么用处？"吩咐一声道："撤下去！"官人连连答应，忙把手镯撤下。

只见春阿氏，年约十七八岁，眉清目秀，脸似梨花，乱发蓬松，跪在地上垂泪。乌公问道："你今年多大岁数？"阿氏低着头，悲悲切切的应道："今年十九岁。"乌公问道："你几时过的门？"阿氏擦着眼泪道："三月里。"乌公又问道："你娘家是那一旗？你父亲叫什么名字？"阿氏擦泪道："镶黄旗满洲，松昆佐领下人。我父亲叫阿洪阿。"乌公又问道："素日你的丈夫待你好不好？"阿氏擦着泪，哽哽咽咽的道："他待我，也没什么不好地方。只是我身子不好，时常有病，因为这个，他时常的骂我，我同他也没有计较过。"乌公又问道："既是没计较过，如今你因为什么又害死他呢？"阿氏听至此处，呜呜的大哭起来。乌公连问三遍，方哽哽咽咽的回道："如今我只求早死，不想着活了。"乌公道："调查种种证据，这件事情，其中关系你的地方很多，究竟下手行凶的是你不是，你可只管实说，于你自有益处。不要尽作糊涂想头，往死道儿里追求。"阿氏又哭道："我的丈夫，业已被人杀死。我又糊里糊涂，落了谋害亲夫的恶名。活着也没有意思了。"说罢，又呜呜的哭个不住。乌公又问道："你丈夫是怎么死的？你要实话实说。"阿氏擦泪道："现在我就求一死，大人也不必问了。"乌公听了，不由的皱眉道："你不必这样心窄。谁把你丈夫害的，你可以从实说说，好给你丈夫报仇。你若是死了，谁给他报仇呢？"

　　阿氏听到这里，迟了半晌，方慢慢的供道："昨天早起，我大舅家里接三，我跟着我婆婆、小姑子去行人情。晚间我公公也去了。送三之后，把我接回家去。那时我丈夫已经睡着了。我拆头之后去厨房洗脸，将一转身，背后来了一人，打了我一棍，我就不省人事了。及至明白之后，就听见有人说，我丈夫被人杀了。又见我母亲也来啦。随着有好些官人进去，把我带到这里来。至于我丈夫是被什么人害的，我一概不知道。"说罢，又呜呜的哭了。乌公道："你这些话，都是实话么？"阿氏带泪道："我已然是不愿意活的人了，何必不说实话呢。"说到此处，痛哭不止，似有万分难过，说不出来的神气。又哭着道："活活的冤屈死我。"说罢，颜色大变。

　　乌公叫左右官人暂将阿氏带下。回首鹤公、市隐等道："我看这阿氏，不像杀人的原凶。"鹤公亦皱眉道："我看着也不像。他心里这样难过，想来他的男人必是旁人害的。"乌公听了此话亦深以为然。随命左右再带阿德氏。官人答应一声，不大工夫，把阿氏之母阿德氏带到案前跪下。眼泪在眼眶里含着，望上叩头道："夸兰达恩典，替我们母女报仇。"乌公扶着公案，往下看一看，因问道："你是那一旗的人？"德氏道："我是镶黄旗满洲的。"又问道："你是那一牛录的？"德氏道："松昆佐领下人。"乌公道："你们没作亲之前，两下里认得不认得？"德氏道："我们是亲上作亲，原来认得。"乌公又问道："你女儿过门之后，同你女婿春英，他们和美不和美？"德氏道："很是和美。"乌公又问道："既是和美，为什么你女儿杀你女婿呢？"德氏洒泪道：

"和美是实在和美。我们姑爷，是被谁给杀的，我一概不知。夜里在家睡觉，我们亲家老爷遣人来接，说是家里有事，又说我女儿病得很厉害，我赶紧去。我跟着就去了。到我们亲家家里，才知道我们姑爷被人杀死。是谁杀的，我并不知道。若说我女儿杀的，我想着不能，连我女儿头上，还有打伤呢。"乌公道："你进门的时候，你女儿是什么光景？"德氏道："我进门的时候，我女儿在地下坐着呢。听我们亲家太太说，他跳了水缸了，是我们亲家老爷亲手给救上来的。"

乌公听到此处，点了点头。市隐坐在一旁，悄向秋水道："内中的情形，我已猜至八九。不知你的心里，是怎么揣测？"秋水道："一时半刻，我捉摸不出来。大概春阿氏，必不是原凶了。"市隐道："我看他轻轻年纪，连那举动容貌，都不似杀人的凶犯。大略这一案里，又要牵制出事来。"二人一面参详，又听乌公问道："以后怎么样呢？"德氏道："我们亲家太太不依不饶，跟我大闹一场。说是我同我女儿，把我们姑爷害了。我正要根究底细，官人就进来了，不问青红皂白，把我带到这里。究竟我们姑爷是谁给杀的，我是一概不知。夸兰达恩典，您想我那女儿今年才十九岁。"又哽哽咽咽的哭道："不但下不去手，而且他小两口儿，素日很是对劲，焉有无缘无故杀害男人的道理呢。"说罢，连连叩头，哭着央求道："要求夸兰达替我作主。"乌公道："你也不必如此。是非曲直，既然打了官司，自有公论。但人命关系至重，衙门里头一定要认真办理，自要你女儿说了真情实话，都有我给你做主呢。你下去劝劝他，若将实话招出，我自然设法救他；若是一味撒谎，恐怕堂上有神，此事难逃法网。你听见了没有？"因唤左右道："把他带下去，把文光给带上来！"

左右一声喝喊，先将德氏带下，把文光带上来，走至案前，向乌公请了个安。此人有五十余岁，赤红脸儿，两撇黑胡子，身穿两截大褂，规规矩矩的垂手站立。乌公道："你是那一旗的人？"文光道："领催是镶黄旗满洲，普津佐领下人。"市隐在一旁听了，悄向秋水道："这件事情，我了然八九了，回头我细同你说。大概杀机之起，必在文光之妾范氏身上，一定是无可疑议了。"秋水点了点头。又听乌公问道："你儿子有钱粮没有？"文光道："小儿春英是马甲钱粮。"乌公又问道："春英死的情形，你要据实的说。"文光叹口气道："我们亲戚家昨天有事，我们内人带着我儿妇女儿，去行人情。晚上回家，我已经睡着啦，忽的院子里，一阵脚步声，又听小妾嚷嚷说是有人啦。我仔细一听，院子里并无动静，就听我儿媳妇在厨房，哗啦哗啦的，好像是洗脸的声音。工夫不大，又听西房里，好像是两个人打架似的。那个时候，我恐怕他们打架，我就伏在枕上细听，又听院子里有脚步声音，厨房里叮当乱响，又是水声，又有水缸声。我问了半天，没人答应。大人想，我那能放心呢。我急忙起来，跑到厨房里一看，见我儿媳妇阿氏，脑袋向下，浸在水缸里正在挣命呢。我赶紧将水缸拉倒，大声的一喊，贱内范氏，也就赶着来了。七手八脚的，好容易撅活了，忙乱了好半天，因不见小儿春英，我忙叫内人去唤。我内人到西屋叫了好多时，没有人言语。我急躁的了不得，一到西房内，就是一愣，屋里黑洞洞的，没有人声。此时贱内拿过一个灯来，到得屋内一照，敢则是小儿春英……”说到这里，不由得眼泪直流。迟了一时，复又说道："小儿春英仰面躺在床底下，已经被人杀了。文光之子，死的太苦，望求大人作主。"说罢，眼泪婆娑的，哭个不住。

　　乌公道："你说的这些话，可都是实情么？"文光道："家中出此横祸，领催不敢撒谎。大人明镜高悬，请替领催作主。"乌公道："据你这么说法，仿佛杀人的凶犯没有下落了。"文光擦泪道："大人明鉴。半夜里小儿被害，屋里并无别人，不是我儿媳妇是谁？"乌公道："这事也不能断定。听你这前前后后的话，很是矛盾。你们两下里既然是亲上作亲，难道你儿媳妇的品行，你不知道吗？"文光道："人心隔肚皮。常言说的好，'知人知面不知心'，要论作亲的时候，我看这孩子，举止大方，品貌端正，素常是极其老实，似不至有这丑事，谁想他竟自如此呢。"说着，又不禁落泪。乌公道："究竟你儿子儿媳妇平素是和睦呢，还是不和睦呢？"文光道："论和睦，也不致不和睦，自幼的姐儿们，有什么不对劲的呢。"乌公道："既然是平日和睦，我想你那儿媳妇，安安静静的，也不致出此逆事，怎么你一味的咬他，莫非这其中有什么缘故吗？"文光道："缘故却没有，领催所说的俱是实情。小儿死的忒冤，要求大人作主。"乌公道："作主那却容易，但是你不说实话，一味撒谎，我可就不能办了。你是当差的人，你也明白，我这儿问你，为的是顾惜你。验尸之后，把你们送到衙门，一定要解送法部。你若是帮着掩护，你也要题些罪名的。"文光低着头，连连称是。鹤公亦问道："你不要撒谎，什么话尽管直说。"文光陪笑道："大人这样恩典，领催不敢撒谎。"乌公道："你要明白了，大凡谋害亲夫的案子，都是因为奸情的最多。既为奸情，不能不根究奸夫。按你所说的情形，好像是你儿媳妇行的凶。但有一层，一个十九岁的小媳妇，胆儿又小，品行又端正，又不是夫妇不和，怎能够半夜三更下这毒手呢！我想十九岁的小媳妇，无论如何，也没有男人力大，怎能够杀人之后，轻轻的挪到床下，人也不知，鬼也不觉呢？即便是煞神附体，当时长了他力气，我想他白白的衣服上，也该有血迹。今不但没血，连你儿媳妇头上，全都有伤，杀人的凶器，又是东厢房里翻出来的。"说着，又冷笑道："文光，你仔细想想，这件事合乎情理吗？"文光道："大人明鉴，实是有理。无奈小儿春英遭了这样惨害。半夜三更，没有旁人在家，不是我儿媳妇是谁？至于他如何起的意，领催也不知其详。求大人恩典，派人详细调查。领催有一字虚言，情甘认罪。"乌公道："那们你先下去，我若调查出来，你可不要赖抵。"文光连连称是，向上请了个安，转身下去。

乌公向鹤公道："这案里头一定有毛病。我看他闪闪烁烁，咬定是他儿媳妇，这话里就有了缘故了。"因回头道："市隐兄，你看看怎么样？"市隐忙站起道："恪翁问的话，实在入微。我想这案内人，都要挨次问问，方可以水落石出。"鹤公道："是极，是极，咱们先带范氏，看他是如何供认，再作研究。"普公亦连连称是，乌公向官人道："带范氏！"

　　左右答应一声，将文光之妾范氏带了进来。此人年纪在三十上下，虽然是徐娘半老，而妖娆轻佻，丰韵犹存。两道恶薹眉，一双圆杏眼，朱唇粉面，媚气迎人；挽着个蟠龙旗髻，梳着极大的燕尾，拖于颈后；穿一身东洋花布的裤褂，外罩浅月白竹布衫，一双瘦小的天足，敞着袜口儿，青缎双脸儿鞋，木底有三分余厚，袅袅娜娜的走来，双膝跪倒。乌公道："春英被杀的情形，你总该知道罢？"范氏道："春英被杀，小妇人不知道。"乌公怒道："胡说！春英之死，你会不知道？你的事情，方才你男子文光已经都实说了，你怎么还敢瞒着？"范氏道："我实在不知道。我爷们不知底细，他也是胡说。"乌公道："你儿子春英，孝顺你不孝顺你？"范氏道："春英很知道孝顺。"乌公道："春英他们夫妇和美不和美呢？"范氏道："他们不和美。自过门以后，时常打闹。"乌公冷笑道："你这嘴可真能撒谎。他们都说和美，独你说不和美，难道你的心思，害了儿子，还要害儿媳妇吗？"又拍案道："你实话实说，本翼尉慎重人命，铁面无私。你若一味狡展，可要掌嘴了。"范氏低下头去，冷笑着道："大人高明，小妇人不敢撒谎。春英他们夫妇，素常素往，实在是不和睦，昨儿早晨还打了一架呢。"乌公又问道："为什么打架呢？"范氏道："春英他大舅死啦，我姐姐要带着儿媳妇出门，春英不愿意，不让他媳妇去，所以两口子打起来了。"乌公又问道："春英不叫他去，是什么意思呢，你知道不知道？"范氏道："这件事很是难说。"乌公道："怎么会难说呢？"范氏道："当初做亲的时节，我就不大愿。风言风语，说这丫头野调，又有说不老成的。我姐姐不知底细，总说这孩子安稳，不致有毛病。谁想自过门之后，他扭头别膀的，不与春英合房。据我姐姐合他妈妈说，这孩子年轻，不懂得人间大道理，容再长几岁，也就好啦。大人明鉴，如今这个年月，十九岁还小吗，所以他们夫妇总是打吵了。我在暗地里也时常劝解，谁想他认定死扣儿，横竖心里头别有所属，说出油漆来，也不肯从。您想这件事，不是难办吗？"

乌公听到此处，点了点头。心中暗忖道：好个利口的妇人。这一片话，满是陷害儿媳妇，谋害亲夫的根据。若照他这样说来，定然春阿氏是有意谋害了。因问道："春英打他女人，不叫行人情去，又是什么道理呢？"范氏冷笑道："大人明鉴，深儿里的事情，您还不明白吗？我是个糊涂人，据我这么揣摩着，大人要知其底细，非问他娘家妈妈不能知道。"这一片话，把个公公正正的乌公，问了个瞪目结舌，无话可说。

普公忍不住气，遂厉声道："你不用花说柳说，阿氏头上的伤，是那里来的？杀人的凶器怎么在你屋子里藏着呢？"范氏迟了一会，冷笑着道："这谋害亲夫的事情，他都作得出来，那安伤栽赃的事情，难道还不会办吗？没有别的，就求着大人恩典，究问他们母女，给我们春英报仇，小妇人合家，就感激不尽了。"乌公道："你不用舌底压人，话里藏刀。这内中情形，本翼尉已经明白了。"因唤官人道："先把他带下去，把托氏、瑞氏带来。"左右答应一声，将范氏带下。不一会，将瑞氏、托氏并二正等，一齐带到。要知如何问讯，且看下文分解。

第四回　验尸场抚尸大恸　白话报闲话不平

　　话说左右官人，奉谕将范氏带下，将文光之母德瑞氏带上。有协尉福寿站在公案一旁，喝着道："跪下！有什么话，你要据实的说来。这儿大人，可以替你作主。"瑞氏颤颤巍巍，跪在公案以前，擦着眼泪回道："我那大孙子春英，死的可怜，望求大人作主，给我孙子报仇。"乌公道："你先把事情说说，这儿的大人，一定要给你作主。"瑞氏跪在地上颤颤巍巍的只顾擦泪。乌公在座上问道："你这么大年纪，不要尽着伤心。春英之死，究竟是谁杀的，你要据实说出，本翼尉给你作主。"瑞氏洒泪道："我孙子怎么死的，我不知道。死了好半天，我才瞧见的。"乌公道："那么你孙子媳妇浸了厨房水缸，你知道不知道？"瑞氏道："浸水缸我知道，至于他因为什么寻死，那我就不知道了。"

乌公道："这话有些不对，难道你孙子媳妇谋害亲夫，你连一点影响全都不知道吗？"瑞氏抹泪道："我那孙子媳妇，可不是害人的人，横竖这里头必有冤枉。昨天早晨，东直门小街他大舅家里接三，我们大媳妇，带着我孙子媳妇去到德家行情，晚上他们回来，工夫不大，就全部睡觉啦。我在上房里躺下没睡着，听见院子里有人直跑，又听街门一响，又听有木底的声音。先是我孙子媳妇，温水洗脸，后来又听着不像是他，越来越声音不对。我以为院里有贼，遂咳嗽两三声，又叫春英起来到院里瞧瞧，喊了半天，春英也没答言儿。听我们二媳妇屋里屋门乱响。又听我儿子出来，嚷说了不得。我当时疑惑是贼，也忙着出来看，不知什么时候，敢则我孙子媳妇，浸了水缸啦。听我们二媳妇说，春英已死。我到西屋一瞧，谁说不是呢。我这才明白过来，敢则出了逆事啦！后来有官人来到，把我们一齐带来。这是我所知的事情。望求大人作主，给我们报仇。"说罢，又滴滴堕泪。

乌公道："据你这么说，是你那孙子媳妇，谋害亲夫了。方才你说阿氏，断不致作出此事，怎么会三更半夜谋害亲夫呢。你若是为你孙子报仇，你那孙子媳妇，可就要凌迟抵命了。"瑞氏哭着道："如今他作出这事，无论我怎么疼他，也是管不及了。"说罢，泪如雨下，连叫了两声大人，又凄凄惨惨的道："是他不是他，我也没瞧见。望求大人作主，究情个水落石出，叫他招出实话来，给我们春英报仇。"说罢，又泪流满面。乌公道："你不用伤心，我全部明白了。"因唤左右道："把他先带下去。"福寿亦喝道："带下去！"左右答应一声，将瑞氏带下。

鹤公道："恪翁的见识，实在高明。据这瑞氏一说，这内中情形，实在是可疑了。"普公亦陪笑点头，回首问左右道："文光的孩子，带来了没有？"福寿回说道："文光是两儿两女。死的叫春英，是他大儿子；次子春霖，今年才十二岁。女儿叫大正、二正，已经都带来了。"普公道："那么文光家里，都有什么人呢？这个范氏，是春英的母亲么？"福寿笑回道："春英的生母，现在外面候审呢。范氏是文光的副室。"普公点了点头。乌公道："把二正带上来。"左右一声答应，立时将二正带上，官人要喝着跪下，福寿忙的过来，拉着二正的小手，俯在耳边道："你不用害怕，大人若问你什么话，你就照实说。"

二正羞羞涩涩，用手抹泪，撅着小嘴儿，慢慢的走至案前。乌公笑问道："你今年几岁？你们家里素日是谁最疼你？"乌公问了两遍，二正低着头，并不言语。鹤公、普公亦接声来问。二正道："我今年十岁。我太太疼我，我二妈也疼我。"乌公又问道："你哥哥嫂子，他们打架来着没有？"二正道："没有。"乌公道："那么素常素往，他们打架不打架？"二正道："素常也不打架。"乌公点了点头，又问道："那么你哥哥嫂子和睦不和睦呢？"二正迟了半日，翻起眼皮来，望着乌公道："和睦。"乌公听到此处，不由得皱起眉来，勉强着作出笑容，安慰二正一回，叫左右官人，将他先带下。回首向市隐道："这案里很麻烦。前前后后，驴唇不对马嘴。若真是谋害亲夫，必当有奸夫帮凶；若不是阿氏所害，可越发的得究情了。"市隐、秋水二人均陪笑答道："恪翁是慎重民命，推事详明。方才所问的话，都是极要紧地方。"鹤公亦回首道："我见这范氏脸上，很有不正之气。衣服打扮，又极其妖艳。此案若阿氏被冤，大概这个原凶，必在范氏身上，不然与这范氏，必有密切关系。"市隐听至此处，哈哈笑道："鹤松翁果然眼力不差。据小弟眼光看来，也是如此。"乌公摇首道："不然，不然。世间的事，不能以皮貌相人。"因告福寿道："把文光他们暂为看管，文托氏也不必问了。"福寿连连答应，左右官人亦闻声退下。

　　乌公的仆役瑞二，过来与各桌倒茶。乌公站起身来，约着市隐、秋水，并鹤公、普公等四人，去到宅里少坐，研究调查的法子；又谕告管档的官员，问问题督衙门，明日是何时验尸，再向法部里打听，明日是那一位司官前来检验。管档的连连答应。乌公与鹤公等，大家谦谦让让，随后有小队官人，一同回到乌宅。

　　乌公摘了帏帽，一面用手巾擦脸，陪笑向秋水道："今天大对不起，只顾着帮我的忙，耽误了一天功课，这是怎么说呢。"秋水亦笑道："功课倒不要紧，我不到堂，亦必有同人代替。只是我听见问案，闹得心里头颇不痛快。三位有什么妙法，把这案中原委，调查清楚了呢？"乌公道："调查倒容易，不过官家的力量，万来不及。今既将二位请出，务祈多为费心，详细给调查一回。我们翼里，选派精明侦探也四出探访。验尸之后，能把原凶访明，那可就省事多了。"鹤公亦笑道："二位要肯费心，不但我们几个感谢不尽，就是被害的人，灵魂也要感激

的。"市隐等慨然承诺，说："三位只管放心，只要我们俩人力量
所及的地方，必去实力调查，这也是应尽的义务，三位也不必
嘱咐了。"说着，起身告辞，与秋水二人，前往各处调查，不在
话下。

乌公将市隐等送出，又与鹤、普二公，议了回别项公事。
鹤、普二公走后，乌公呼唤瑞二，把协尉福寿请来，面谕道：
"春英这一案，情形复杂。我想由公所里出个传单，晓谕这各
门各队各甲喇兵弁，如有将春英一案调查明确，详为报告者，
给予不次之赏。你道这主意好不好？"福寿笑回道："大人明鉴，
这主意倒是很妙。少时协尉回去，晓谕他们就是了。"乌公点了
点头，又令福寿在正翼小队里，选派了十名侦探，俱都是精明
干练，见事则明的人物。内中有四个最著名的，一个叫神眼钰
福，一个叫妙手连升，一个叫耳报神润喜，一个叫花鼻梁儿德
树堂。这四个队兵都是久于捕务，破案最多的能手。在那前清末
季，虽然侦探学未见发明，而破案捕盗，亦极敏捷。若将这四位
的成绩编纂出小说来，大概也比福尔摩斯、包探案不在以下。

话休烦絮。这四个有名的探兵，久在乌公手下，效力当差，
此番见了堂谕，赶紧的跑到宅中，请示办法。乌公把所讯的供
词，述说一遍，叫他们即时出发，侦察文光家风，究竟是有无
规矩，范氏、阿氏平素是品行如何，全都详细报告，以便回了
堂宪，好彻底究办，以示慎重。四人领谕出来，钰福唤连升道：
"嘿，二哥，你摸头不摸头？我在北小街，有家儿亲戚，他也
是镶黄的人，八成儿跟阿德氏是个老姑舅亲，我上那儿去一荡，

倒可以卧卧底。回头的话，咱们在澡堂子见面。"连升摇头道："嘿，你不用瞎摸。这个文范氏的根儿底儿，都在我肚子里哪。久在街面上的话，不用细打听。"又回首叫德树堂道："嘿，黑德子，管保这个范氏你都知道。咱们这儿子，他还要乱扑呢。可惜他啊，还是这溜儿的娃娃哪。"说着，哈哈大笑。又叫润喜道："嘿，小润，咱们公泰茶馆了嘿。"钰福道："嘿，二哥，你老是不容说话。竟调查范氏，也是不能行的。别管怎么说，这是春阿氏谋害亲夫哇。"连升又笑道："嘿，小任子，不是二哥拍你，攒馅儿包子，你有点儿晚出屉。东城的男女混混儿，瞒不下哥哥我。这个文范氏，也是个女混混儿。刚才一照面儿，我就亮他。嘿，老台，走着，走着，到公泰的时候，我再细细的告诉你。"

四人一面说笑，到了鼓楼东公泰茶社。四人拣了座位，走堂的题壶泡茶，各桌的茶座儿，有与这四人相熟的，全都招呼让茶。有问钰福的道："老台你那红儿呢，怎么没题了来？"钰福道："咳，还题哪，昨儿我回去，洗笼子来着，稍一疏忽，猫就过来。您猜怎么着，啊呀，蹲忽一下子，就他妈给扑啦！我当时一有气，把食罐儿、水罐儿也给摔啦。可惜我那对罐儿，听我们老头儿说，那对瓷罐儿跟那副核桃，都是一年买的，两样儿东西，光景是五两多哪。"那人亦赞道："嘿，可惜！这是怎么说哪！听说塔爷那个黑儿，昨儿个也糟践啦。"连升接声道："富爷，您别题啦，小钰子的话，养活不了玩艺儿。打头他工夫不勤，没工夫儿溜，那就算结啦完啦。您瞧他那个打扮……"

说着题起钰福的辫发，笑哈哈的道："三把松的辫子，拖地长的辫檽儿，这么热天，他带着三条白领子。你瞧哇，啊嘿，简直是一个吗！"钰福道："得咧，你不用拣好的说。讲外面的话，你也不用逞英雄，早晚咱们那位，也得像小菊儿胡同一样，给你照方儿抓。"那人亦问道："嘿，你们几位，知道不知道，我们这小菊儿胡同出了新鲜事啦。"连升忙问道："什么事？我不知道。小钰子一说，倒闹我一怔。您说我听听。"那人道："就是那伯什户文家，他们是镶黄满的，那一个牛录，我可不知道。这位文爷家里很是可以的，有位小奶奶儿，外号叫什么盖九城。家里的话，横也是乱七八糟。昨儿家里，他新娶的儿媳妇，把他儿子给害啦。方才有一位喝茶的在小经厂住家。据他说，不是他媳妇害的，光景他这位小婆婆儿，不是好东西。"连升道："不错不错，这事真新鲜。这文家都有什么人，你知道不知道？"那人说："他家的人口大概我倒知道。文爷有个母亲，文爷是两位夫人，两儿两女。新近三月里，给大儿子办的事。这死鬼的小舅子，名叫常斌，跟我们那孩子都在左翼第二，一个学堂里念书。今时在学堂里告假，说是他姐姐被人给陷害啦。我这么碰岔儿一想，你猜怎么着？真许是盖九城给害的。咱们是那儿说那儿了，如今这洋报的访员，可来得厉害。"连升点了点头，悄同那人耳边唧咕了半日。那人也点头答应，说："是了，是了，咱们明儿早间，还在这儿见。我也到尸场瞧瞧，冲冲我的丧运气。"连升等会了茶资，又向面熟的茶座儿挨次告辞。

至次日清早，四人会在一处，仍往公泰轩一路而来。钰福于当日晚间，就把阿氏的底细调查了一个大略。因风言风语，俱说阿氏在家时有种种不正的行为。连升道："钰子，你不用说啦，这个小媳妇难道你没看见吗？又规矩，又稳重，不但是身上没血，连他的头部左胁，还有挺重的伤呢。这是那儿话呢？"四人一面说着，来到公泰茶社。早见昨日那人已经来到。五人坐在一处，一面品茶，一面说话。候至十点前后，估量着验尸官员已经来到，五人会了茶资，同往小菊儿胡同看这验尸的热闹。

早见有枪队巡警扎住尸场，由本地官厅预备下朱笔公案。甲喇达德勒额带着门甲步兵，亦在尸场伺候。不一会，协尉福寿也带官兵到来，说今日验尸官是法部一位司员，姓蔡字硕甫，原籍是浙江某县人；尚书戴鸿慈因为蔡硕甫最是慎重，所以委派前来，带着作作人等，检验春英的尸身。工夫不大，有官兵皂役在前喝道。本地看街兵亦接口嚷道："有冤的报冤，有仇的报仇。"又见左翼翼尉乌珍、副翼尉鹤春、委翼尉普泰，带着仆从官弁乘马而来。又见有一乘轿车，停驻于南巷口外，正是法部司员蔡君硕甫。见了乌珍等，彼此的见礼，谦谦让让的进了尸场。又见有官兵多人，围护着阿氏、范氏、德氏、瑞氏并文光、托氏等一干人证。官兵哄散闲人，钰福等五人，也随着众人跟入。

只见乌珍、鹤、普、福寿人等，陪着检察委员，升了公座。乌珍道："这案子很离奇，要求硕翁谕令作作等注意才好。"蔡硕甫点头道："自然，自然，兄弟的责任所在，不敢不细心。我先到动凶屋里看一看去。"说着，有乌公、鹤公等在后相随，往春英死事屋内看了看大概情形，又往厨房里查验一番。官人枪队，带着阿氏、范氏等，在院相候。阿氏哭着道："你们老爷们高抬贵手，我看看我的丈夫，究竟是怎么死的，那怕我凌迟偿命呢，死也瞑目哇！"说罢，放声大哭。德勒额喝道："你先别哭！是你害的与不是你害的，我们也管不着，这个工夫，你又想着叹丧啦？哈哈，得啦，你别委曲了。"阿氏一面擦泪，听见官人威喝，吓得浑身乱颤，连项上的大锁链，全都花花乱响，引得看热闹的闲人，俱为堕泪。乌公、鹤公等见此光景，忙令协尉福寿，暗暗的通告官人，不准威吓犯人。谁要去瞧，就把他们带去，他们哭喊，也不许官人拦管，好借此窥其动作。官人奉了此谕，谁不想送个人情，随令各犯人自由行动，把方才的严厉面孔换一副和容悦色神情，手内拉着犯锁，也显着松懈多了。德氏站在院内，眼望着西厢房里，呜呜的乱哭。瑞氏、文光并托氏、春霖、大正、二正等，亦皆掉泪，惟有范氏一人，圆睁杏眼，直竖蛾眉，恶狠狠望着阿氏，嗤嗤冷笑。阿氏站在一旁，已经鼻涕眼泪哭成泪人儿一般了。

忽见官人等，哄散闲人，蔡硕甫入了公座，协尉福寿，把法部送来的尸格呈于案上，又令官人等闪在一旁，好令部中忤作检验春英的尸首。所有检验用品，盆儿、筷子等类，已由看街兵备齐。

忤作挽了衣袖正欲下手，忽的官人等往前一拥，阿氏直着两眼，用手推着官人，急煎煎的奔了过来。望见春英尸身，噗的一声，跌倒就地。迟了一刻钟的工夫，方才缓过气来，失声哭了。乌公、鹤公等都直眼望着阿氏，不胜凄楚。仵作官人等，也都愣在一旁，看着阿氏神情，深为惨切。德氏也呜呜哭道："孩子，你不用哭了，是你不是你的，咱们先不用说了。"说罢，又呜呜的哭个不住。范氏厉声道："你们娘儿们，也不用老虎带数珠儿，充这道假慈悲！天网恢恢，疏而不漏，杀人的得偿命，欠帐的得还钱。当着堂官大人们，你们不用闹这一套，到了堂上，有什么话再说也不算晚。"文光顿足道："嗳哟，这时候，你们斗什么口齿呕。"说罢，走向案前，深深请了个安，凄凄切切抹着眼泪道："大老爷明鉴，小儿春英死的实在可惨，要求大老爷给我洗冤。"蔡硕甫点了点头。鹤公道："你先在一边候着，验完了尸身，看看是什么伤，有什么冤枉事，衙门里再说去。"乌公坐在案旁，亦唤福寿道："你叫阿氏的母亲把阿氏也劝开。尸场里不用诉委曲。"

福寿答应一声，唤过德氏，死说活说，劝了阿氏半日。谁知此时阿氏，因见了春英尸身受的这样重伤，死得这般可惨，早已闭过气去。德氏擦着眼泪，把姑娘、姑奶奶五字，叫不绝声，好容易鼻翅动颤，慢慢的苏醒过来。福寿亦劝道："此时也不用伤心了，有什么委曲，等到衙门里说去。"阿氏缓了口气，望见春英的尸身，复又失声哭了。引得文光、德氏并瑞氏、托氏等，亦皆坠泪。托氏亦挥泪劝道："你先起来，事到而今，什么话也不用说了，这都是我的不好。"说罢，又嚎啕哭个不住。德氏一面擦泪，死活把阿氏拽起，母女拉着手，泪眼模糊的望着死尸发怔。

仵作挽了衣袖，验了春英的上身，复又解去中衣，验了下部，随将竹筷放下，走至公案前请安报道："头顶上木棍伤一处，咽喉偏右金刃一处，横长二寸有余，食管气管断破，当时致命。"蔡公点了一点头，随即填了尸格，欲令尸亲等画押。话未说完，只见死尸之旁，阿氏忽的仆倒，抚着春英尸首嚎啕痛哭，声音细弱，那一派惨切的神情，真叫人闻之落泪，一时又昏了过去。德氏擦着眼泪，望着公案跪倒，哭着道："我女儿头上胁上，还有重伤呢。"福寿喝道："你先起来，把你女儿劝一劝。有伤自是有伤，没伤自是没伤。"

话犹未了，忽有带刀的巡警，并枪队官弁等数人，慌慌张张跑来，走至福寿跟前悄声回道："外面有几个人，要进来看热闹。"说着，取出几个名片，递与福寿道："这是他们的名片，是准他们进来，是不准他们进来，敬候夸兰达吩咐。"福寿接过一看，虽然名片上没有官衔，而姓名甚熟，一时又想不起谁来，随即案告乌公。乌公看了名片，点了点头，因告福寿道："这几位是探访局的，请他们进来看看，倒可以帮帮忙。"福寿连连称是，吩咐队官等优礼招待，准向各房中查看一切，不消细说。

此时阿氏已经昏过三次。仵作等验了活伤，报说："阿氏的头上、右胁，均有击伤一处。"德氏哭喊着道："大人们明鉴！若说我的女儿谋害亲夫，他头上、右胁打伤是那儿来的？"

蔡公见此光景，低声向乌公道："看阿氏这宗神色，实不像动凶的人。不知那件凶器，究竟由那屋里翻出来的？"福寿听了，忙将凶器呈过。蔡公一看，是一把常用的切菜刀，刀刃上缺了一块，似是砍人时折去似的，上面有血迹甚多，并有粉红色洋绉绣花的绢帕裹着刀把儿。蔡公道："这条手帕，是他们谁的物件？"福寿忙的回头，把文光唤来，喝着道："这条手巾是谁的东西？"文光答了声是，又回道："这是谁的手巾，领催也不甚知道。"因回首欲唤范氏。蔡公冷笑道："你家里的东西，你都认不得，你那平素的家法，也就可想而知了。"说罢，望着文光冷笑了两声。又见范氏过来，整着脸色道："那手巾是我们儿媳妇的，寻常他也不使，出门时才拿出来的。"鹤公道："知道了。这儿没问你，你不用乱答言。"又唤福寿道："把阿氏叫来，让他认一认。"阿氏低着头，哭的两只杏眼肿似红桃一般。乌公又叫过文光来问道："你儿媳妇投缸，你救出他来之后，给他换衣服没有？"文光道："没有。"复又问阿氏道："菜刀上这条手巾，是你的不是？"阿氏擦了泪眼，看了看手巾、菜刀，又呜呜的哭了。乌公连问数遍，才哽哽咽咽的答道："这条手巾……"说至此处，又哽咽了好半日，才细声细气道："是我的。"乌公恐怕情屈，又问道："是你的吗？若不是你的，可也要实说。"阿氏低着头，流泪不语。范氏接声道："是你的你就得认起来！既把男人害死，此时就不用后悔啦。好汉作事好汉当，又何用捣鬼呢！"说的阿氏眼泪簌簌的掉下来，凄凄惨惨的答道："手巾是我的，大人也不用问了。"

蔡公见此光景，心已明白八九，忙命文光、德氏等在尸格上画押。遂与乌公道："尸身已经检验，叫他们先行装殓，兄弟要告辞了。"乌公连连答应，因欲将可疑之点向蔡硕甫研究一回，随令协尉福寿等先将人犯带回，听候审讯。遂约着蔡公、鹤公、普公，并本地面的警官，同往东西厢房，及上房厨房等处查看一回。蔡公把可疑之点，细与乌公说明。又说刀上血迹，大小与伤口不符；阿氏的头上胁上，俱是木棍的击伤。恪翁有保障人民的责任，务要多为注意。乌公、鹤公等连连称是，普公亦紧皱双眉，想着纳闷。

探兵钰福等五人，已在院子里查看许久。候至检察官告辞先行，三位翼尉也相继回翼，这才随着众人慢慢的走出。连升道："嘿，老台，咱们的眼力如何，你佩服不佩服？也不是吹下子，牛下子，要专信你的话，全拧了杓子啦。"润喜亦赞道："二哥，真有你的。小钰子的话，到底是小两岁，不怨你薄他。俗语说的好：'缩子老米，他差着廒哪。'"钰福急辩道："嘿，润子，你不用损我。要说二哥的话，净瞧了外面皮儿啦，深儿福头的话，还不定怎么一葫芦醋呢。要听他们亲戚说，这事儿更悬虚啦。阿氏这娘儿们，自从十五岁，他就不安顿，外号儿叫小洋人儿。简断截说，过门的时候，就是个烂桃啦。"一面走着，又笑道："嘿，刚才验尸的时候，你们瞧见了没有，动凶的是谁？那探访局的人眼力倒不错，他姓什么，叫什么？我方才也问了，他是踩子蹄儿的朋友。你要是信我的话，咱们跟着就摸摸，不然叫探访局挑下去，或者那凶手躲了，你们可别后悔。"连升冷笑道："嘿，老台，你不用麻我。这个案子，要不是盖九城的话，我跟你赌脑袋。"

二人一面说话，同着润喜等二人，别了那茶友富某，四人说说笑笑到了北新桥天泰茶馆。四人落了座位，要了菜饭，钰福为阿氏的声名少不得辩论一番，又与连升等赌了回东儿。德树堂道："老台，你不用嘴强，反正这件事，也不能完呢。等到水落石出，倒瞧瞧谁的眼力好。你这眼神的外号儿，我是木头眼镜儿，有点儿瞧不透你。"说罢，哈哈大笑，气得神眼钰福，一手指着鼻梁儿，瞪着眼睛道："嘿，你不用天牌压地牌。咱们调查的话，也是有据有对。谁与春阿氏也没有挟嫌，也不犯偏向范氏。左右的话，杀人偿命，欠债的还钱。咱们是同事访案，犯的什么心呢？"说罢，把筷子一摔，扭过头去，呼呼的生气。德树堂冷笑道："有得两盅酒儿入肚，你跟我来上啦。"因指着鼻梁道："嘿，姓钰的，谁要二楞的话，对不起那股香。"钰福亦站起来道："那是呀！那是呀！"又拍着胸脯儿道："嘿，花鼻梁儿，你说怎么着吧？"两人越说越急，引得连升、润喜俱嗤嗤的笑个不住。润喜劝道："这里说的是闲话儿，着的是那一门子急呢！"一面说着，把两人按下。德树堂笑道："大爷你说说，这件事情碍的着我吗？我这儿闲说话，他跟我吵上啦。"钰福忍不住气，又欲答言，幸被连升一把按在凳上，叫过走堂的来，要了两壶酒，笑嘻嘻的道："老台，你不用生气，你的心思，我也明白啦。你在小街子住家，八成儿那盖九城的话，许同你有一腿罢。"一语未了，把个走堂的也引的笑了，因凑着笑道："你们几位说的，大概是小菊儿胡同那件事吧？"连升道："可不是吗。"走堂的道："洋报上头今儿都有了。怎么着，听说这个媳妇有个小婆婆，是不是您哪？"说着，又问酒问菜。

虽然走堂的是无心说话，而连升、钰福等却是有心探访。一面要了菜饭，又向走堂的借取日报，要看是怎么登的。走堂的去了半日，举着报纸过来，口里嘟嘟念念，向连升道："喝，这张报可了不得，自要是登出来，这家儿就了不了。打头人这样儿好哇，洋报上什么都敢说，那怕是王爷中堂呢。自要是有不好儿，他真敢往实里说。喝，好家伙，比都察院的御史还透着霸道呢。"说罢，又赞道："嘿，好吗！"

连升接了一看，果见报纸上本京新闻栏内有一条谋害亲夫的新闻，正是小菊儿胡同文光家内的事情。润喜、钰福二人也抢着要看，连升道："咳，别抢，我念给你们听罢。"说着，把报上话语坷坷坎坎的念了一遍。又向钰福道："嘿，怎么样？要是赌东儿的话，管保你输了罢。"钰福也满脸发火。因为报上新闻亦如此说，也不敢再三分辩了。四人胡乱着吃了早饭，又忙着洗手漱口，一同回翼，把所见所闻的事情当日回了协尉，由协尉福寿报告乌公。当日要缮具公文，解送题督衙门。要知题督衙门如何审讯，且看下回分解。

第五回　讯案由公堂饮恨　录实供外界指疵

话说乌公自验尸回宅之后，正在书房中阅看公牍，忽有瑞二进来，回说协尉福寿要见大人。乌公说了声请，瑞二答应出去。工夫不大，见协尉福寿带着探兵钰福等四人自外走来。乌公迎入屋中让说："请坐。"福寿唯唯而应，不敢就坐。乌公道："来到我家，倒不必拘泥，比不得公所里官事面子。"福寿满脸堆笑，连说不敢，又笑着回道："钰福他们已经回来了。"钰福等不待说完，忙的报名请安。乌公点了点头，钰福等规规矩矩，垂手侍立。福寿又回道："阿氏这一案，他们各有所闻，现在街谈巷议，其说不一。今天白话报上，也都登出来了。据钰福等报称，说阿氏在家内，就不甚规矩。他父亲阿洪阿，已经去世，只有他母亲德氏带着他一兄一弟在家度日。他哥哥叫常禄，现在外城巡警总厅充当巡警。阿氏有个外号儿，叫作小洋人。自此案发生之后，他娘家的左邻右舍都说是阿氏。连升调查，又听说文光家里，范氏很不务正。传闻这个范氏，曾于未嫁之先，作过丑业。既是他品行不正，对于春英之死，也不无嫌疑；而且那把菜刀，更是可疑之点。这是他们四人所调查的大概情形。"连升亦回道："据兵丁想着，此案的原因，就便是阿氏所为，也必不是一个人。"乌公点头道："这些事我倒明白。方才我告诉档房了，明天就解送题署。你们几个人还是确切侦察，随时报告。"福寿忙应道："是。"钰福、连升等亦答了几个是字，告假退出。

不一时，瑞二手拿着一封信，匆匆的一直跑至书房，见了乌公回道："闻大老爷遣人送了一封信来，请老爷赏个回信。"乌公忙的接过，拆信一看，正是闻秋水调查此案的详情。大略与探兵钰福述的相同，因即写了回信，请闻秋水于明日晚间过舍一谈。将信付与瑞二，交付送信的带回，不在话下。

乌公见了此信深为诧异。暗想这谋害亲夫的案子，俱是因为奸夫才有害夫的思想，莫非这阿氏杀害春英的时候，也有个奸夫动凶吗？想到此处，不由的犹疑莫决。胡乱着吃过晚饭，传唤套车，先到题督那中堂宅里，回了些别项官事，又将日报上所登阿氏之事，及委派官兵等如何调查的情形细述一遍。当奉题督口谕，令将阿氏等"作速解署，严行审讯"等语。乌公奉此口谕，告辞而出。到了副翼尉鹤公家里，先把秋水来信和堂宪交谕述说一回。鹤公道："此事我看着很奇。阿氏他年纪不大，人又安祥，如何能谋害亲夫呢？这真是人心隔肚皮，令人难测了。"乌公道："天下事最难悬揣。若按着秋水来函，跟钰福的报告，那么此案的原凶确是阿氏所为，决无疑义了。但是我的心里，还有些不大明白的地方，所以来同你研究。第一是阿氏寻死，既然杀了他男人，自己要寻死，为何不就着刀自刎，反又跑到厨房里投水缸去呢？这是头一宗可怪的地方。再说阿氏身上，也有击伤，若说是阿氏害的，那阿氏击伤又是谁动的手呢？这些事情我们都应当研究。"鹤公摇手道："恪谨，恪谨，你过于谨慎了，天下的事无奇不有。我中国的妇女，向来就没有教育。既无教育，无论什么事，都许行事出来。方才我上街打听，闻说这个阿氏，实在是不可靠。据我想着，此事先不必细追，等着送过案去，再去细为采访。如果是奸夫所害，我们有缉捕之责，严拿奸夫就是了，此时又何必犹疑呢？"乌公道："此时的办法固是应该如此。但我们眼光见到，也须要侦察详确，方为合理。"鹤公道："那是自然。我们调查真相，是我们应尽的天职，别说恪谨你还是个头座儿，就是地面甲喇达，也是应该的。今真相既已探出，万不要妄生疑惑，自相矛盾了。"

乌公陪笑道："此事也并非矛盾，可疑之点，就是那把凶器。以一个十九岁的少妇，杀了亲夫之后，能将杀人凶器藏在东房，而反又跑厨房去投水缸。谅他有天大胆量，我想杀人之后，也行不出来。"鹤公道："那可别说。既有杀人的胆量，就许有移祸于人的心肠。焉知他害人之时，不是奸夫的主动呢？"乌公道："这话也很有理，前天我跟市隐也曾这样说过。然据文光所供，二十六那天，他妻子托氏带着阿氏等去行人情，当晚阿氏回来，是同着文光一齐回来的。不但文光的供词是如此说，连瑞氏、二正，并范氏、阿氏，也都是这样说。不过他夫妇打架一节，是范氏一人说的，旁人却没有说过。据此看来，他们婆婆媳妇，必然是不和睦的了。"鹤公道："是呀，我亦是这样说呀！设若他婆媳和睦，那阿氏杀人之后，还不想移祸于人吗？"乌公道："你是这样说法，我想的那层理，就不是这样说了。"说着，又呼唤瑞二套车。鹤公道："你何用这么忙，此时也不过十点钟。"乌公道："不坐了，咱们明日晚间在我家里见面，光景闻秋水亦必到的。"鹤公答应道："是。"因为天色已晚，不便强留，遂送至门外而回。

次日上午，协尉福寿因奉了乌公交谕，带了公文，押着阿氏一干人犯，解送帽儿胡同步军统领衙门。沿途看热闹的人男男女女成千累万，皆因谋害亲夫的案子，要看看杀人的淫妇生的是何等面貌。但见头一辆车上，有两个官兵把守，阿氏坐在车内，乱发蓬松，低头垂泪，那一副惨淡的形容，真令人望之酸鼻。到了题督衙门，官兵等带着一干人犯进了西角门，协尉福寿同甲喇达德勒额，先到了大堂上投递公文，又到挂号房挂了号。然后档房的司员外郎先把阿氏等传唤过去，问了问大概口供与左翼送案的呈词，是否相合。据瑞氏、文光并托氏、范氏所供，皆与原呈无异。阿氏、德氏母女，都眼泪婆娑的，无话可回。堂上问了数遍，阿氏方才答言说："是我害的，我给抵命就是了。"德氏是模模糊糊，不知那行凶之犯究竟是谁；因为自己女儿既已承认抵偿，遂回道："我女儿作的事，我一概不知道。那天晚上，我们亲家老爷遣人找我，说有要紧的事，又说我女儿病得很厉害，叫我赶紧瞧去，我赶紧就去了。到我们姑奶奶家里一瞧，才知道我们姑爷是被人杀了。究竟是谁给杀的，我并不知道。若说我女儿杀的，我想着不能，连我女儿头上，还有打伤呢。"档房司员听了阿氏、德氏所供，皆与送案的原呈大致无异，遂令文光等取保听传，先将阿氏母女，收在监口，听候审讯。

当时协尉福寿并甲喇达德勒额等，把差事交代清楚，各自回翼。因翼尉乌公对于阿氏一案极为注意，遂忙去回报，述说题督衙门里收案情形。乌公点头道："这件事情，我们还要注意。虽然把案子送了，究竟春阿氏是否真凶，此时也不能料定。你叫钰福他们悉心踩访。"又向德勒额道："你下去也多多注意，倘于三五日内能够得其真相，当予重赏。"福寿等连声称是。乌公道："我见连升的报告，很有见识，你多多的嘱咐他，再把那范氏娘家，也细细的调查一回，好早期破案。"

话未说完，瑞二匆匆的进来回道："闻老爷来了。"乌公说了声请，只见竹帘启处，闻秋水走了进来。二人忙的见礼，福寿等随即退出，见了钰福等，把乌公口谕分咐一回，不在话下。

此时乌公与秋水坐定，笑说道："天这般热，实在分神的很。"秋水亦笑道："都是公益事，真叫我没有法子，只盼学堂里放了暑假，我也就消停了。"又问道："昨天我来的信，你见了没有？"乌公道："见了，多承你费心。今天把阿氏的案子已经解上去了。"随把送案的情形与派委探兵等调查的报告，细述一遍。秋水道："阿氏为人，我调查得很的确。方才与市隐吃饭时，我们抬了半天杠。据他说阿氏很冤，他说连街谈巷议，都说范氏可疑，闹得我此时心里也犯起犹疑来了，惟恐所访的各节不甚的确。我回去再打听打听，如有消息我必然赶紧来。"乌公称谢道："你就多分心罢，有了消息，你就给我信。我想这件事情也很可怪，我这里调查的，也是一个人一样儿话，究竟谁的的确，我也不敢说定。连日报纸上又这么一登载，越发的吵嚷动了。此事若敷衍官事，舆论上必要攻击。你既有妥靠人，再替我详细调查一回。若阿氏真有奸夫，万不可令其漏网；若果是范氏所害，也别教阿氏受冤。这件事我就托付你了。"

一面说着，一面让茶。秋水因有别事便欲告辞，乌公极力挽留，说："少时鹤松亭还来，你先不必忙。"秋水又坐下道："不是我忙，因为阿氏一案，闹得我很犹疑。市隐那么说，报纸上也那么说，我所听来的话未免太荒诞了。"乌公道："这也不然，人世间事无奇不有。若说是阿氏太冤，那么杀人之犯，又该是谁呢？我们所以生疑，所以纳闷的地方，就因为那把菜刀，又加着范氏过于妖媚。若指实是范氏所为，又无确实证据。那天阿氏的供词，又前前后后支支离离，乍一听去仿佛是冤，然杀人的凶手能够自投实供的又有多少呢？从昨日接你的信，我想了好半日。我们正堂那里，昨日有谕，叫我们先送衙门，我同鹤松亭商议许久，就按着文光所报给送过去的。我们要有所见闻，或将其奸夫访获，那时再解送题署也还不晚。常言说，'事缓则圆'，此时倒不必急了。"

　　说着，壁上的电话铃零零乱响。乌公摘下耳机听了听，原来是正堂宅里打来电话，请乌公赶紧到宅，有要紧的公事商议。乌公放了耳机，传唤备马，一面又穿靴戴帽忙着要走。秋水道："松亭来与不来，我也不等了。"说罢，起身便走。乌公道："题宪找我，大概也因为此事，阁下要得了信息，可赶紧给我信。"

　　二人一面说话，一面走出。乌公因正堂电请，必有要紧的公事，遂别了秋水，上马扬鞭，飞也相似跑至题督宅内。门上回了进去，见了正堂那题督，忙的请安，那公亦忙还礼。这位那题督，因为乌恪谨为官公正，于地方情形很为熟悉，一切公事深资臂助，因此待遇乌公极其优厚。此番因阿氏一案，报纸上啧有烦言，遂请乌公过来，讨论侦察的方法。笑嘻嘻的道："阿氏一案，你调查的怎么样了？"一面说着，一面让坐。乌公谦逊半日，方才斜身坐了，仆人等献上茶来。乌公把委派侦探，及托嘱市隐、秋水二人，如何调查的话，回了一遍。那公点头赞道："很好，很好，这件事也非此不可。现在报纸上这么攻击，若不把案情访明，彻底究治，实不足折服人心，洽乎舆论。方才与左司春绍之业已通了电去，以后凡阿氏诸人的供词，一概要登报宣布。阁下得了空闲，务要详细考查。第一是两宫阅报，若见了这类新闻，一定要问，我又差务太多，顾不及此。你务要多注意才好。"

　　乌公连连答应，随又回道："此案可疑之点甚多。翼尉与鹤春、普泰等，也曾讨论好几次了。若说是阿氏害夫，看他那容貌举动，跟他所供的供辞，实没有作恶的神色。他二婆婆范氏，倒非常妖冶，举止言语，显着很轻佻，而且那把凶器，又是由范氏屋里搜出来的，所以据翼尉想着，范氏也是嫌疑犯，不能不婉转调查，归案究治。"那公道："是极，是极。兄弟对于此事亦是这样想。但世俗人心变幻不测，若使原凶漏网，反将无辜的人拘获起来，我们心里也是不安，外间名誉也不甚好听。现在咱们衙门里正在剔除宿弊，极力整顿的时候，对于这宗案子，更应当格外小心才是。"乌公连连称是。因见天气已晚，遂起身告辞道："中堂所嘱，翼尉谨谨尊命。使将真相访明，即来续禀。天色已晚，翼尉也要告辞了。"那公站起道："何必这么忙。"说着一面相送，又把阿氏案子叮嘱一番。乌公一面应声道"是"，一面说请中堂留步。

那公送至二门，早有仆人喊说送客，一见乌公出来，一个个垂手侍立。有手持纱罩灯笼在前引导的，有手题纱灯在两旁伺候的。送至大门以外，早有左翼正翼的队兵，手题铁丝灯笼排班站立。一见乌公走出，慌忙呼喝道："乌大人下来了。"仆役瑞二拉过马来，乌公上马，自有那各官厅弁兵等喝道，威风凛凛。

不一会来到宅内，有门上仆人迎面回道："方才闻老爷来一封信。"说着把信呈上。乌公接过信来，暗喜道："秋水为人可真个实心任事，又爽快，又实诚。这么一会儿的工夫就调查出来了。"一面想着，来至书房。先把官服脱去，换了便服，门上人又来回道："方才鹤大人、普大人也都来了，说明天晚上还一同过来。"乌公一面点头，说声知道了，一面把来信拿来，见来信的封面上字迹很怪，写的是端正小楷，写的是"送至六条胡同，呈钦加二品衔赏戴花翎左翼翼尉乌大人钧阅"，下边写道是"闻庄谨禀"，又有小小图记，篆文是"秋水文章"四字。乌公尚未拆信，便心里纳闷道："可怪得很，莫非得罪他了不成？不然这信皮上面怎的这般写法？"随手拆了信皮儿，展开一看，上面写道是：

恪翁大人钧鉴：

　　所命事当即遵办。调查该氏，实非女真花只嫁一东风者。大人以皮相，竟欲置无罪而脱有罪。如此糊涂狱，弟实不敢再效牛马劳也。请辞。即肃钧安！

闻庄顿首

乌公看罢，诧异的了不得。暗想道："秋水为人怎么这般古怪？为这阿氏一案，我并没得罪过他，何致于如此负气呢？莫非因为我猜疑范氏，恐怕阿氏冤屈，他倒多疑了不成？"正自思想之际，忽听壁上电铃哗零零的乱响。乌公取了耳机，问是那里，原来苏市隐又为阿氏一案通了电话来。说方才闻秋水所说的意思，据兄弟调查，相差千里。阿氏为人又端庄，又沉静，决不似杀夫的妇人。那日范氏所供，既然极口攻击阿氏，其中必有可疑。阿氏口供，虽说是情愿抵偿，后来口供，又与前相反。他说是出门回头，他丈夫春英已经睡了。阿氏拆头之后，去到厨房洗脸，忽然背后来了一人，打了他一杠子，登时昏倒，不省人事了；及至他转醒过来，才知他丈夫被人杀了；又见他母亲也来了，官人也到了。据此一说，阿氏是被屈含冤，口难分诉，所以才抱屈承认，情愿抵偿。您想是不是这个道理？"乌公急嚷道："市隐，市隐，你先不用说了，我告诉你一件奇事。"随将闻秋水如何来信，信上如何口气，封皮上如何写法，一一说了。又问道："你说闻秋水这是怎么件事？是你得罪了他，还是他恼了我呢？"市隐在那边道："念书的人都有个乖谬脾气，怎么回事，我也摸不清。明天我访他一荡，问问是怎么件事，你道好不好？"乌公亦笑道："好极，好极。见了他你替我认罪。明天早间，请你到这里来，若能把秋水约来，那是最妙。"市隐连声答应。

　　乌公放下耳机，仍在椅子上对灯纳闷。想着秋水的事情非常可怪，猜不清他这封信是什么心理；又细想闻秋水临行景象，并没有疏忽失礼的地方，怎么一旦间这样决裂？即便是阿氏冤屈，亦不至于如此啊。越想越闷，直坐到东方发晓这才睡下。躺在床上，仍是翻来覆去睡卧不宁，想着阿氏根底，不知是当真怎样。市隐电话是那样说法，秋水调查又是那情形，钰福、连升也是各有所见，其说不一。这件事情，真要闷死人了。

　　当晚闷了一夜，至次日清晨起来，先令人到公所里把钰福、连升叫来，当面嘱咐一番，叫他们实力调查。如果调查的确，必有重赏；倘有调查不明，搪塞公事者，定予惩罚，决不宽贷。连升等应命而出。因听乌公口谕，有"不确则罚"字样，那钰福的心里，首先就打了鼓，一手理着辫发，笑嘻嘻道："二哥，这事可有些难办。前天我那个报告说的极实在，跟你们大家伙的可全部不同。将来要出了楼［娄］子，准得是我倒运。"连升冷笑道："本来你胡闹吗！十个人当差，偏你要独出己见么？俗语说，'一不扭众，百不随一'，谁叫你胡说白道，出这宗甑儿糕呢。"说的钰福心里也犹疑不定，随向各戚友家里及各茶社酒肆里，细细的询听一回不题。

此时文光，自取保出来之后，先将春英的尸首装殓起来。亲戚朋友皆来探望，并吊祭春英的亡魂。因为文光家里，范氏很是轻佻，故此也不多言多语，只向文光、托氏问问死时的情形，并左翼问的口供。文光、托氏因为痛子心切，也哭个不已。瑞氏亦悲痛孙儿，叹惜孙媳，不该行此拙事，自陷法网。范氏则摇头撇嘴，埋怨文光、托氏眼力不佳，不该娶这儿媳。春霖、大正等虽是幼弱孩童，因哭兄悼嫂，亦流泪不止。

这一日题署来人，传文光、托氏于次日正午到堂听审。文光与托氏商量道："堂上口供可非同小可。你这颠三倒四，嘴不跟腿的，不要胡说乱点头。前后口供无论闹到那里，务须要前后一律，万不可自己矛盾，把口供说错了。"范氏道："没什么可错的。事到而今，叫他抵偿就完啦。若堂上问长问短，你就说谋害亲夫该当何罪？送过刑部去也就完了。那时候，你可要咬定牙关往他身上推，不要到那时候又疼上外甥女儿了。"托氏听了此话，咳声叹气的，泪流不止，又纳闷顿足道："怎么这孩子行出了这事呢？"说罢，又大哭起来。范氏道："事到如今，还哭的什么。这是他家的德行，我们家该遭难。你相的儿媳妇，这一传扬出去，你瞧有多么好听啊！"托氏一面擦泪，无方可答。夫妇把供词说定。

　　次日清早，范氏忙着梳洗，到了某亲戚家里，托了一个人情，先把题署的下面疏通好了，免得文光进去，有扣押的事情。天交正午，文光同了托氏去到题署回话，直待到日落西山，并未得问。原来堂上问官，已将阿氏口供问了一次，此日又题出阿氏到堂审讯。阿氏出了监口，带着大铁锁、手镯脚镣，凄凄惨惨的跪倒堂前。堂上皂役，喊哦的喊起堂威，吓得春阿氏头不敢抬，俯而垂泪。堂上问官看了看公文，抬头问道："阿氏你因为什么情由把你丈夫杀死？你要详细说说。"阿氏低头哭道："我丈夫怎么死的，我一概不知。"问官冷笑道："这么问你，你是不说呀。"因喝站堂的道："掌嘴！"一语未了，皂役走上道："你实话实说罢，省得老爷生气。"因又向问官乞道："老爷宽恩，先恕他这一次，叫他说实话就是了。"问官的问道："你若说出实话，我可以设法救你，若一味的撒谎，那可是诚心找打。"阿氏跪在地下，泪流如洗，先听了"掌嘴"二字，早吓得魂不附体了，今听堂上问官又来追问，遂凄凄楚楚的回道："我丈夫的死，我实在不知道。"问官点头道："你丈夫死，你知道不知道，我先不问你。你过门之后，你的公公、婆婆，合你的太婆婆、二婆婆，疼你不疼？"阿氏迟了半日，滴下眼泪道："也疼我，也不疼我。"问官摇首道："这话有些不对。疼你就是疼你，不疼你就是不疼你，这模棱两可的话不能算话。究竟疼你呀，还是不疼你呢？"阿氏听了，哽咽回道："疼我。"问官道："这又不对，才说是又疼又不疼，怎么这一叮问，又说疼呢？"阿氏不等说完，呜呜的哭个不住。

　　问官迟了半天，容阿氏缓过气来，又问了两三遍，阿氏才回道："初过门时，家里都疼。后来我丈夫、我婆婆，都时常打骂。"问官听到此处，又追问道："你丈夫、婆婆，他们打你骂你，你恨他们不恨呢？"阿氏道："我婆婆好碎烦。我虽然挨打受气，也从未计较过。"问官道："你丈夫打你骂你，你难道也不有气吗？"阿氏一面洒泪，一面回道："是我命该如此，我恨他作什么。"说罢，又呜呜的哭了。问官道："你既是不恨他，他怎么会死了呢？"阿氏哭着道："我丈夫死，我不知道。如今我只求一死，大人就不便究问了。"问官听至此处，看了阿氏脸上并无畏罪的神色，低头跪在堂上只是乱哭，因此倒纳闷的了不得，遂问道："照你这么说法，你的丈夫又是谁害的呢？"阿氏道："大人也不便究了。若说我害的，我抵偿就是了。"问官道："你这话说的不对。你公公原告，说是你害的。若不是你害的，你也尽管说。"阿氏擦了眼泪，凄凄惨惨的道："我的公公，即与我父亲一样。父亲叫我死，我也就无法了。"问官道："你作了欺天犯法的事，自作孽，不可活，你的公公如何能害你呢？你想三更半夜，你们夫妇的住室，并无旁人，那么你的丈夫是谁杀的呢？不但你公公说是你，我想无论是谁也要疑你的。姑无论是你不是你，究竟是谁给杀的，你把他实说出来，本司与你做主，保你没事，给你那丈夫报仇，你想好哇不好？"站堂皂役等也接声劝道："你不用尽着哭，老爷有这样恩典，你还不据实的说。谁害的谁给抵偿，与你们母女毫无关系。为什么吞吞吐吐落一个谋害亲夫呢？"

阿氏迟了半晌，才回道："那天早起，我大舅家里接三，我跟我婆婆、小姑子去行人情，晚间我公公也去了。送三之后，把我接回家去，那时我丈夫已经睡了。我拆头之后，去到厨房洗脸，将一转身，背后来了一人，打了我一杠子，我当时昏倒在地，就不省人事了。及至醒来，就听见有人说，我丈夫被人杀了。又见我母亲也来了，好些个巡捕官人也都来了。不容分说，将我母女二人一齐锁上，带到一处衙门。问了我一回，硬说我公公告我，说我把我丈夫害了。我想官衙门里原是讲理的地方，还能屈枉人吗？"说至此处，又呜呜的哭了。问官道："你不用哭，只要你说出实话，衙门里必要设法子救你。你这岁数，也不是杀人的人，我也是替你抱屈。只是你不说实话，我也就无法救你了。"阿氏哭着道："我说的俱是实言。若伤天害理，我一定有报应的。"说罢又泪流满面，凄惨万分。问官摇首道："你不要瞒我，你所作所为的事情我都知道，只是我不好替你说。那一日去行人情，你遇见熟人没有？"阿氏听了此话，不由的一愣，又流泪道："熟人是有的，我大舅的亲友，差不多都是熟人，焉有不遇见的理呢。"说着，又低下头去，哭个不了。

问官是话里套话，设法诱供，因为他前言后语，大不相同，乃冷笑了两声道："这样问你，你还不实说，可是诚心找打！"因喝皂役道："掌嘴！"一语未了，皂役恶狠狠的上来，掌了二十个嘴巴。阿氏是两泪交流，哭不成声，登时把粉脸肿起，顺着口角流血。问官连问半日，方忍着痛楚，按照前供又细回了一遍。问官拍案道："你不要这样装屈，不动刑你也不肯实说。"因喝左右道："取麻辫子！"皂役应声嚷，立时将麻辫子取过，掷于阿氏身旁，喝着道："你快求老爷恩典罢！若把麻辫子别上，你可禁不起。"阿氏听了，吓得蛾眉紧锁，杏眼含悲，呜呜哝哝的回道："大人不必问了，我丈夫是我杀的。"问官摇首道："不对，不对，你的丈夫也不是你杀的。你说出凶手是谁，不干你事，你怎么这样糊涂啊。"说着，又婉为劝解。

阿氏垂泪道："自过门后，我丈夫时常打骂我，我两个婆婆，也是常说我。二十七日的前天，我洗孝衣的时候，因打了一个茶碗，我大婆婆、二婆婆说我一回，当时我并没计较。到晚我的丈夫，不教我跟随出门，又骂我一顿，我也没计较。次日清早，无缘无故的又要揪打。幸有我祖婆母，合小姑子等劝开。到我大舅家里，逢亲遇友，都夸我好。我婆婆当着人前，还说我不听话。晚间我公公去了，我婆婆说大舅家地方小，叫我公公带我们回去。我公公也说家里有事叫我回去。至送三之后，带我合我小姑子就回家了。后来我到厨房洗脸，不知被谁打了一杠子，我当时昏过去了。及至醒来，浑身都是水，才知道我丈夫被害了。大家都说是我给杀的，又见我母亲也来了。当时有官人走进，把我们母女一齐锁了。我的二婆婆站在院子里，跟我太婆婆、大婆婆并我母亲，四人拌嘴，我也不知何故。只得随到衙门。这就是那一天夜里实在的情形，绝没有一字虚假。"说着，泪流满面，又磕着响头道："我丈夫已经死了，我活着亦无味，乞求大人恩典，早赐一死。"说罢，呜呜的哭个不住。

问官见此情形，深为可惨，遂唤左右道："把他带下去，把阿德氏带来。"左右答应一声，吆呼阿氏起来。此时阿氏因跪了许久，两腿两膝皆已麻木，有皂役搀扶着，好容易忍痛站起，带回监去。官人把德氏带上，跪倒磕头，口口声声只说春英死的可惨，阿氏是被屈含冤，请求究治。问官听了此话，因为正堂有谕，要切实究讯，少不得一面解劝，一面引诱，又一面恫吓，一面威逼，变尽了审判方法，要从德氏口中套出实话。

阿德氏眼泪婆娑，摸不清其中头脑，只说："我女儿年幼，不是害人的人，至于他作出什么事来，我是一概不知。"问官听罢，心里犯了狐疑。阿德氏口供如此含混，可见阿氏所供，难免不无隐瞒之处。当时取了供词，令将德氏带下，将原告文光带堂问话。左右一声答应，将文光、托氏一齐带到。问官道："文光，你的儿媳妇素日品行如何？"文光道："素日他品行端正，并没有别的事情。今竟无缘无故将小儿杀死，其中有无别故，领催就不知道了。"问官点了点头，又问托氏道："你儿媳妇自过门以来，夫妇和睦不和睦？"托氏道："说和睦也和睦，居家度日，那有盆碗不磕的时候。偶然他夫妻反目，究竟也不算大事。"问官又点了点头，告诉文光夫妇下去听传。随后将供词缮妥，先给三堂打了禀贴，又把阿氏口供誊清了几份，送到各报馆宣布，好令各界人士详知内容。不想自把连日口供登报之后，惹起各界人士指出题督衙门种种的错谬来。要知是怎么错谬，且看下文分解。

第六回　春阿氏题署受刑　德树堂沿衔访案

　　话说题督衙门因问了德氏等口供，连日又改派问官熬审阿氏。阿氏是青年女子，因为受刑不过，只得抱屈招认。当时承审司员回了堂宪，说阿氏谋害亲夫，连日讯究已得实供，定日将阿氏全案送交刑部。不想各界人士听了这个消息，大为不平。秋水得了此信，却极口称快，当时写了封信，遣人与乌公送去，信上说阿氏在家时原不正经，此次杀夫，决定是阿氏所为，别无疑义。

　　乌公得了此信将信将疑，忙与市隐通电，笑着道："那日你不肯来，秋水调查此案，现在他得意已极。按他来信上说，简直是损我，你怎么袖手旁观，自不来此呢？"市隐隔着电话笑道："我并非不管。秋水为人原有些乖谬脾气，人家说白，他偏要说黑；众人说真，他口里偏要说假。我想这件事，不能鲁莽。题督衙门里，此次讯问阿氏也不无粗疏之处。近日白话报纸录出口供之后，里巷的议论皆为不平，纷纷与报馆投函，替阿氏声冤。大概报上的话您已经看见了。昨日在题督衙门里，刑讯阿氏，阿氏供说：'自从过门后，我丈夫春英无故就向我辱骂。'这两句话，可疑得很。若不是受刑不过，断无此言。记得那日翼里，除范氏一人回说阿氏夫妇素日不和外，其余文光等，及文光二女，供的是伊嫂过门后并无不和，这就是先后不符，可疑可怪的地方。"乌公道："是的，是的，但是这件事情，你又没工夫调查，依你说怎么办好呢？"市隐道："事缓则圆。据各处的议论，范氏的别号叫什么盖九城，又叫盖北城，平素的声名很坏。我往各处打听，他实在是暗娼出身。文光的朋友，有一个姓普的，号叫什么亭，是他们佐领之弟，与鄙友原淡然两人相好。就在此案出现的前一天，同在普云楼上喝过一回酒。我是各处穷忙，不暇及此。您再打发别人探听探听。如有其事，不妨将普某拘案，问他个水落石出，社会的舆论自然就平复了。"乌公连连称是，嘱托市隐道："明天您择个工夫，到我这儿谈谈。"市隐亦笑道："我有工夫便去。秋水那里，您先不用理他，等着案结之后，他也就明白了。"乌公答应声是，放下耳机。

　　正要呼唤瑞二，忽见竹帘一启，走进一人，正是协尉福寿，垂手向乌公回道："连升、德树堂两人有紧要公事要见大人。"乌公道："叫他们进来。"福寿答应一声，出去传唤。又见瑞二进来，回说："鹤大人、普大人来了。"乌公忙的迎出，只见鹤、普二人，一面说着话儿，自外走来。三人见礼毕，让至书房。鹤公坐下道："恪谨，你看见没有，白话报上把我们损苦了。硬说我们翼里不会办事。其实我们翼里那有审判的权力呀！"乌公道："您不用说了，若不是信你话的，断不致惹人讪笑。报上的议论与我所见的略同。我们调查的情形，原没敢指出实据。若都依你所说，春阿氏越发的冤了。"鹤公道："我调查的情形俱是实情，谁想此事之中还另有缘故呢。"乌公笑着道："你的眼光稍浅，当日若同你辩驳，你必不乐意。"

　　说着，福寿等进来，望见鹤、普二公在此，一一请安后，向乌公回道："连升、德树堂来了。"说着，门帘一启，连升、德树堂二人进来，见了乌公等报名请安。乌公叫连升道："我叫你探听的事，得了消息没有？"连升嗻了一声，笑着回道："大人交派的事我已经访明了。大抵钰福的报告还不的确。"乌公道："钰福的报告你且不必管。他的报告，虽然未必的确，你调查的情形也难保无错。"连升又嗻了一声道："范氏的绰号原叫盖北城，又叫盖九城。他跟大沙雁儿他们都是一路货，早先就倚着吃事。近来仓库两面儿也都结了完了，他跟着文光就算从良啦。文光的牛录普津，有个兄弟普云，此人有二十多岁，挑眉立目，很像个软须子。范氏在家的时候，普云也认识过他，他二人有无别情，连升可没法去调查。"这一句话，说的乌公、鹤公并普公、福寿等都嗤嗤的笑了。德树堂扭过头去，亦笑个不住。连升虽知说错，然而话已出口，驷不及舌，只得庄庄重重的接着回道："文光家里，普云常去。若按报上说，阿氏是屈枉已极。

若不是阿氏害夫，必是范氏所为，毫无疑义了。"乌公道："这事你调查的的确么？"连升道："确与不确，连升不敢说定。可是揣情度理，若不因为奸情，也决不至于动凶。我在文光家里查看情形，大概杀人的凶犯不止一人。不管是阿氏、范氏，总得有奸夫帮忙。"乌公听了此话，点了点头，随令福寿等，将普津、普云的住址记下，吩咐连升等挂桩跟着，勿令普云漏网。连升等连连答应，福寿亦随后退下。

乌公把瑞二唤来，令把近日的白话报纸按天拣出，递与鹤公道："这报上的话一点不错，所指的错误亦极有理。你细细的看看。"鹤公接了报纸，一面把帽子摘下，一面取出眼镜来戴上，看那报上，有疑心子的来函，题目是《春阿氏原供与乌翼尉访查不符》，一件一件的指出错误。上写着："昨天贵报上登载题督衙门春阿氏的供词。原供上说，自过门后，我男人无故向我打骂；又供说二十七日行人情回家，我男人无故又向我打骂。又供说在东屋洗脸的时候，自己打算寻死；又供说自己一阵心迷，才把男人杀了。"

鹤公把眼镜放下道："如此说来，春阿氏的口供已承认杀夫是实了。嗳呀，怪得很。"普公亦纳闷道："这事怪得很。怎么这些口供都被白话报访去了呢？"乌公笑道："你真糊涂，前几日正堂有谕，叫承审司员把讯问春阿氏的供词一律登报，免得外界妄生猜疑，你难道不知道吗？当初若不登还好，自登出报来，反成了笑话了。"鹤公道："谁说不是呢。这些口供与我们所讯口供大不相同。俗语说：'小孩儿嘴里讨实话。'那天二正说，伊嫂过门后，并无不和。二十七日他跟他嫂子回家，一会儿就睡了觉啦，死鬼春英并没有辱骂阿氏的话呀。"普公亦纳闷道："大概衙门里许是用刑给问出来的。我想这件事极为可怪。若说文光、范氏深夜睡熟，怎么听见动作就知是春英已死，阿氏跳水缸呢？若说是阿氏有意寻死，缘何洗脸时不去寻死，又跑到西房去用刀杀夫呢？杀夫之后，若真个有意寻死，为何不用刀自抹，反把切菜刀送在东房，又跑到厨房里去投水缸呢？"鹤公亦纳闷道："真是可怪，怪不得白话报纸这样指摘。这些口供，纯乎是受刑不过，诌出来的。"

乌公亦皱眉道："为这事不要紧，我得罪一个朋友。"鹤公忙问何故，乌公叹了口气，迟了半晌道："咱们的事本不该求人。我恐其不洽舆论，招人指摘，所以把苏市隐、闻秋水二人一同请出，求他们事外帮忙，我们也好作脸。谁想秋水来信……"说着，把来信取出，递与普公道："他说春阿氏不是好人，笑我们猜疑范氏，成了糊涂狱。信皮儿上面，称我大人，写我官衔，意思之中满是挖苦我。昨天又来了一信，依旧的满纸谩骂，楞说报上所说都是捉风捕影，一句亦信不得。你道这件事可笑不可笑？"鹤公道："那么苏市隐先生也没有来吗？"乌公道："方才苏市隐通了电来，他的事情很忙，近日与闻秋水也不常见面。据他调查，与白话报上所见略同，跟连升的报告也相差不远。"普公道："这么一说，这普云必是个嫌疑犯了。方才恪翁交派实在有理。"鹤公亦插口道："我想这件事不宜迟缓，急早把普云拘获，送交题署吧，不然，春阿氏就要屈打成招了。"乌公笑着道："你这个人可真会翻云覆雨。据你的意思，既说是阿氏所害，怎么又反过嘴来说他冤枉了呢？"鹤公急辩道："不是我一人说冤，人人为阿氏声冤，我何必悬揣谬断呢。"乌公笑指道："你真是好口齿，我说不过你。"说的普公亦笑了。

　　一时瑞二进来，回道："晚饭已齐。"鹤公忙着要走，乌公道："你这是何苦，在这里吃饭不是一样吗？"说着，厨役等安放桌凳，鹤公、普公也不便推辞，彼此谦逊半日，各自坐下。仆人等摆上酒菜，普公道："当我们这类差事真是受罪。你看那别的衙门，差不多的丞参员司，都是花天酒地，日夜揎呼，看看人家有多们乐呀。"乌公笑着道："你这话大不通了。世间苦乐并没有一定的标准。在你以为苦，在旁人就以为乐；你以为乐的，旁人就以为苦。一苦一乐，就是眼前境界，心念上的分别，又何必发这些牢骚呢。"鹤公道："我也要同你抬杠。苦子乐子本是两件事，如何说是一样呢？"乌公一面酌酒，一面笑道："你不要抬杠。你心里以为乐，就是乐了；你心里以为苦，就是苦了。《中庸》上说，喜怒哀乐之未发谓之中，发现出来，便可以为喜，为怒，为哀，为乐。在于未发之先，那喜怒哀乐还不是一个理吗。"鹤公一面喝酒，笑嘻嘻的道："咱们别抬杠。你说是苦乐一样，那么阿氏一案就不必深追了。反正屈也是不屈，不屈也是屈，屈不屈同是一理，咱们就不用究了。"这一句话，说得乌公、普公笑个不住。乌公把酒杯放下，笑的喘不过气来，嗳呀了一声，指着鹤公道："你要把我笑死。"普公亦笑道："鹤三哥的快言快语，真招人好笑。"鹤公一面喝酒，一面用筷子指道："你们不要笑，这不是正理吗。"说的乌、普二公又都笑了。乌公将饮了一口酒，亦笑得吐了，忙笑对鹤公道："阿氏屈不屈是法律上的事情，不能以哲理论断，我的话你没听明白，糊里糊涂，你说到那儿去了？"

　　鹤公正欲发言，忽的壁上电铃当当乱响。瑞二忙的跑过，摘下耳机来问是那里，又对着电机道：大人用饭呢，有什么事回头再说吧。"说着，挂了耳机。乌公忙喝道："什么事，这样说话！难道我吃饭时就不能当时说话了么？"说着，把糊涂混帐骂个不休。普公忙劝道："不要生气，告诉这一回，下回来了电话，不可以如此对待就是了。若遇了堂官打电，岂不是麻烦吗。"乌公站起道："若真是堂官还不要紧，若是秋水那人，因这一次电话就能恼我一生。知我的还能原谅，不知我的听了，这不是阔老恶习么！"瑞二站立一旁不敢则声，迟了一刻回道："方才的电话，是福寿福大老爷从公所打来的。若是别人，我当时就来回了。"乌公又喝道："更混蛋！翼里老爷们当的国家差事，论职分虽比我小，并不是我雇的工人。你们要这样胆大，岂不该死！"说的瑞二脸上万分难过，随又摘下耳机，叫了公所的号码儿，随又向乌公道："福老爷请您说话。"乌公放下筷子，来接耳机。

　　原来协尉福寿因在左翼公所接了题署电话，说春阿氏谋害亲夫业已讯得确供，定日要送交刑部，委翼派人的话。乌公道："那么春阿氏谋害亲夫，承认了没有呢？"福寿道："承认与未承认，大概报纸所说尽是实供。今天衙门来电，要传令文光到案，不知是什么缘故？"乌公道："既如此，就先传文光。"说罢，将耳机放下。鹤公、普公问说福寿来电为什么事情，乌公一面催饭，一面把题督衙门现已讯得确供，不日要送交刑部的话，细述一遍。鹤公道："这么一说，春阿氏谋害亲夫，是确而又确啦。"乌公亦皱眉道："这事我真是为难，闹的我张口结舌，也不敢说定了。"

话未说完，忽见门上来回，说队兵钰福要求见大人。乌公点头说："叫他进来。"家人答应而去，工夫不大，只见钰福掀帘进来，见了乌公等，挨次请安。乌公一面漱口，一面问道："你调查的怎么样了？"钰福笑道："回大人话，阿氏为人的确有不正经名儿。今天早间，队兵在澡堂子里听见人说，死鬼春英是个标就溜溜的样子，常在澡堂洗澡。有时他四肢朝天躺在凳子上睡觉，洗澡的人全部不爱近他，因为他两只大脚非常之臭。"说的鹤公、普公俱都笑了。乌公亦笑道："说了半天，我都没听明白，究竟此案的原凶还是春阿氏不是呢？"钰福道："现在报纸上一登，队兵倒不敢说了。"乌公一面要擦脸，一面向普公道："你们二位，也不知饱了没有？我这里粗茶淡饭，怠慢得很。"普公陪笑道："鹤三哥饱不饱我不知道，我是已经饱了。"

说着，梆锣声响，外面已经起更。仆人把杯盘撤去，按座送茶。乌公唤钰福道："你不要专看报纸，从来市井上没有真是非。我们当的差事，要想着如人之意，恐怕不能。古人说，'岂能尽如人意，但求无愧我心'，那真是有定力的话。若是一犬吠影，群犬吠声，那还有公理吗？"鹤公亦笑道："咱们是当官差，办官事。报馆的话，也可信可不信。你怎么调查的，你就照直的说。"钰福道："春阿氏的模样儿生的很漂亮，在家的时候，很有不正的名儿。过门之后，他一心一意的恋爱旧交，不肯与春英同床，所以他婆婆、丈夫全都不乐。"乌公道："范氏的为人如何，你调查了没有？"钰福又回道："范氏的外号儿，实在叫盖九城。自嫁文光之后，虽说是好穿好戴，嘴极能说，而庄庄重重，很透正派。连升所说的普津，原是个穷佐领，那佐领图记，还在外头署着呢。他兄弟普云虽不是正派一路人，而确是文光的小使。"因向乌公笑道："这旗下的事，您还不知道吗？没钱的穷牛录，惯与领催往来，接长补短，借上包儿钱粮，就是那们档子事。因此涎皮淡脸的，常在文家苟事，买买东西呀，扫扫院子呀，简断截说吧，没什么起色。"普公点头道："这一类人那能有起色。他既这样下贱，就难怪人说他与盖九城不清楚了。"钰福道："嗻，可不是吧。终日际捶腰捶腿，笑笑嘻嘻。阿氏过门后，那里看得上啊。一来春阿氏是个偷香国手，二来盖九城是个流猾妇人。婆媳两个那儿能对劲呢！"乌公点头道："你调查的很是详细，为什么杀人的凶器，又藏在范氏屋里呢？"钰福答应声嗻，顺着脑门子滴滴流汗，迟了半日回道："凶器是怎么件事，队兵倒没去调查。"乌公道："这就不对。调查案件，应从要紧地方先为着手。案件枝节很不必过于追求。若是大海寻针，不是难上加难吗！"钰福连连称是。乌公道："你再去打听，得了细底即来报告。"

　　钰福连连答应，退了出来，暗想此案的情形可真个奇怪。

阿氏是杀人凶犯，怎么混身上下并无血迹，反在头顶、胁下有了重伤呢？以一个青年女子，能把丈夫害死，还能将尸首移在床下，能令白色衣裳不染血痕，真是可怪的很。又纳闷道，杀夫之后，既打算自己寻死，为何不就用凶刀自刎，反把他送到东房，自己又到厨房去投水缸呢？一面想着，一面细问。又想着方才光景，乌公虽未申饬，那种问凶器的意思，就是不以为然。我若随声附和，改过口来再说范氏，一来与连升气不出，二来也说不下去。

正自思索，背后走来一人拍了钰福一掌。钰福忙的回头，那人又咚咚的跑了。钰福忙问道："谁这么打哈哈，吓了我一身汗。"连问数遍，左右无人。又嚷道："你再不言语，我可要骂了。"话未说完，只见有几人题灯自东跑来。又见有枪队数人拉马走来，西面有看街兵丁高声喊道："鹤大人、普大人，六条胡同往西咧。"钰福忙止脚步，一面将号衣大衫儿脱下折叠，望见乌公门首，鹤、普二公先后上马，乌公亦随后相送。有技勇枪队等，左右围护，拥着鹤公、普公，往西去了。钰福在墙阴之下，看得逼真，把拍肩的那人骂了半日，也没有问出是谁来。只得低头忍气，悻悻的回家。

这钰福家里也没有别人，只有母亲、媳妇，娘儿三个度日。到了门首，只见人山人海，围着看热闹，里面有妇人声音，高声骂道："街坊四邻，你们都听听，如今这年月，颠倒儿颠啦，媳妇是祖宗，婆婆是家奴，你们给评评，是我昏聩了，是他欺辱我？"又一人劝道："大姐，您家去罢，三更半夜，满街上嚷嚷什么！是了也就是了，就是怎么说呢！”那老妇又哭着道：
“嗳哟，姐姐们您可不知道啊，自从我们三灵儿补了口分之后，
喝，这位公主女，就上了天儿了！喝，福田造化啦！爷爷儿能
挣钱，什么薰鱼儿咧、灌肠咧，成天际乱填塞；我今儿喝点豆汁
儿，他就驴脸子瓜搭，立刻就给我个样儿。我这老婆子，岂不
是越活越冤吗！”一面数落，一面痛哭。有旁人劝道：“老太太，
不用说了，家家观世音，到处弥勒佛，谁家过日子都有本难念
的经。”说着，将老妇搀起，又劝解道：“三更半夜的，您进去歇
歇儿罢。”

这一片话，钰福站在一旁听了逼真，知是母亲与媳妇爱氏，
不定又因为什么，闹了些个闲气。遂用手分开众人，一面道着
借光，一面说：“街坊邻舍，这不是谋害亲夫，春阿氏害人呢。”
又向他母亲说道：“这么大年纪，您又怎么了？”众人亦劝道：
“得了，您家去歇着罢。”说着，拉拉扯扯，把张氏搀入。钰福
对着众人道说劳驾，又笑道：“无缘无故，又惹得街坊笑话。这
是怎么说呢？”众人皆陪笑道：“不要紧，不要紧。居家度日，
这是常有的事吗！俗语说，‘悖晦爷娘，不下雨的天’，您也不
用言语了。”说着，又向钰福打听春阿氏的消息。钰福道：“咳，
不用题了，总算春阿氏有点儿来历，不知他怎么弄的，居然白
话报上直替他伸冤，那山巷议论更不用细题了。”又有一人道：
“钰子，你看见没有？帽儿胡同西口，贴了些匿名揭帖，帖上
话语，骂是题督衙门。说承审司员，有个叫金某的，不问案由，
胆敢以非刑拷问，屈打成招。看的主儿，全都极其愤懑，很替

阿氏不平。你说北衙门里，有多么可恶。"又有一人道："你说的笑话儿还小。听说北衙门的司官，昨天在什刹海饭庄子要贿赂报馆的主笔。主笔不受，今天在白话报上，又给合盘托出了，你说有多么笑话呀！"钰福亦陪笑答道："衙门的官事，本来是瞎闹，报馆的新闻，也不可当作真事。告诉您几位说罢，阿氏的根底，满在我肚子里呢。我们的亲戚跟他娘家拉扯着是亲戚。深儿里的事，你就不用问了，天长日久，总有个水落石出。"

众人听了此话，皆欲再问，忽见钰福媳妇爱氏匆匆自门内走出，泪眼婆娑，拍了钰福一掌，凄凄切切的道："你家里来瞧瞧，德树堂大哥来了好半天啦。"又见有一人走出，赶向钰福道："嘿，老台，方才在六条胡同，实在是我的错。"说罢，请了个安。钰福亦忙着还礼，抬头一看，正是德树堂，不由得恍然大悟，遂对了德树堂道："嘿，花鼻梁儿，在黑糊影子里，没那么吓人的。"德树堂道："得咧，我拍你一巴掌，也没那么骂人的。"说着，两人都笑了。钰福与邻家众人道了费心，又说家里闲吵，叫老街坊见笑，手拉着德树堂一同走入。见母亲张氏，坐此炕上，犹自洒泪。钰福道："你这是何苦，因为豆儿大的事，吵烦什么，招惹一群人，有多么笑话儿呀。"一语未了，张氏又高声嚷道："呕，是了，你娶了媳妇不要妈了么？"一面说一面哭。德树堂忙的解劝，又叫着爱氏道："弟妹，你给老太太陪个不是。平白无故，这是怎么说呢？"爱氏亦一面擦泪，走来请安。德树堂道："太太，你瞧我了。"张氏一面擦泪，反倒扭过头来，呜呜哭道："我可受不起，灶王爷多么大，我们大奶奶多么大？叫他给我请安，不是折我寿么？将来他爷爷儿，还要供起他来呢。"钰福听了此话，满脸冒火，不容分说，揪过爱氏，按倒便打。德树堂嚷道："嘿，钰子，这是怎么说，这不是诚心敬意跟我不来吗！"说着，把钰福拉住。

爱氏倒在地上，又哭又喊，又用头撞地道："你宰了我啵，我不爱活着了。"钰福撒了爱氏，气还未息，不题防炕上张氏，又哭又喊的闹了起来。同院邻人又忙的跑过，一面把钰福劝住，将爱氏拉起，一面劝着张氏，先到别屋里坐着。大家你言我语，连德树堂等都过去请安，劝说老太太不用生气，又回来劝钰福道："居家度日，没这样打闹的。老太太年老糊涂，尚有可恕，好端端的你揪住弟妹就打，那还行了吗！老太太说他，你就别言语了。"钰福挽了辫发，粗脖红筋的道："咱们是外场的人，像这宗事情，能压的下去吗！饶这么着，还闹些闲排儿呢。"一面说，一面与德树堂斟茶，又唤爱氏道："嘿，你把炉子里添一点儿炭，再做一吊儿水去。"爱氏坐在一旁，装作未闻，一面用手巾擦泪，竟自不理。钰福说了两遍，并不答言。德树堂道："老台，你不用张罗，我也不喝了，正经你明天早起，同我出一荡城，一来为阿氏的案，二来天桥西边儿，新开了一座茶馆，也有酒坛子，代卖熟鸡子、咸花生等等，我请你个酒喝，咱们再详细谈谈。"

钰福一面说话，一面赌着气拿起茶壶来，自去檐下汆水。又叫德树堂道："嘿，德子，这阵儿院子很觉凉快，咱们在院里坐着罢。"德树堂道："弟妹，您也歇着罢。钰子的脾气，你难道不知道么？"说着，卷了长衣服，出来向钰福道："你不用煎水了，咱门明天见罢。"钰福放了辫子，随后相送。又打听连升、润喜今天在那里该班儿，德树堂道："他们摸普云去，还没有回来呢。大概今天晚上，总可以拘下来。连二也调查实啦，春英是范氏所害，有普云帮凶。你费了会子事，恐怕你要担不是。"钰福道："咳，味儿事，咱们哥儿们的话，当差也吃饭，不当差也吃饭，连二的话，咱门是好歹心里分啦。要说春阿氏的话，满在我肚子里呢。久日以后，你准得知道。现在的话，搁着他的，放着我的，井水不碍河水路，好汉作了好汉当。"德树堂赞道："嘿，得了，好朋友，说句怎么的话罢，这件事情，满听你的招呼，有时要外撇枝儿，向着连二的话，你尽管吐沫唾我。"说着去了。

至次日早起，德树堂来找钰福，欲往公泰轩茶社与那茶友祥某，探听文光家内出事的缘由。不想钰福因昨晚婆媳呕气，直闹至日出，亦未合眼。忽听德树堂在外呼唤，忙的出来道："喝，你倒早班儿。"一面说，一面让德树堂进去，好一同出去。德树堂再三不肯，说是天已不早，公泰轩里有祥爷等着呢。钰福不便再让，回去换了衣服，同着德树堂，迳往公泰轩一路而来。

钰福为着家事，懊恼已极，又因一夜未睡，一路上垂头丧气，闷闷不乐。德树堂道："家务事小，你不用挂在心上，平白无故，皱什么眉毛呢？"钰福道："我不是皱眉毛，因为我们家务事，我倒想起春英来了。居家度日，这些闲话口舌，最容易出事。阿氏的奸夫，虽未访明是谁，可是杀害春英时，也未必有人帮忙。不必说平素不和，就便是恩爱夫妻，也许有杀夫时候。"这一句话，说的德树堂笑个不住，扯着钰福道："嘿，老台，我同你并不玩笑，怎么着，我们弟妹，也要杀你吗？"钰福亦笑道："别打哈哈，我想夫妇之间，真有些难说难道。昨日我们那一位，哭个死去活来。若说老太太，也不是不糊涂，成日际闲话到晚，把我们那一位，所给闹急了，横竖他悖悖谬谬的，闹了几句，把老太太惹翻了。按说因为豆汁儿，很不值当。从你走后，老太太并没言语，我想着也就完了，谁想他连哭带闹，吵了一夜，连枕头笼布，全都哭湿啦。我想着背地教妻，劝劝就完啦，谁想到越劝越央，抓了剪子来，就往肚子上扎，吓得我连忙抢住。说句丢人的话罢，我直点儿央给他。你猜怎么着，不劝还好，劝了半天，他夺过剪子去，反要扎我，不然，就又哭又闹，要死在一处罢。你想我这心里，有多么难过。莫非那阿氏杀夫，也是这宗情形？"德树堂摇首道："不能，不能。若是阿氏所害，他的衣服上，必有血迹。现在他身上有伤，衣上没血，那能是他呢。"钰福道："嗳，那可别说。若是害人时，没穿着衣裳，又那能沾血呢？"德树堂道："你这混钻点子，也算有理，但是阿氏的伤，又是那里来的呢？"钰福道："你想这情理呀，昨天晚晌，那样蛮闹，我实在忍不住气，所以才捶他几拳。不因为捶他，也不能合我拼命。难道春英死时，就不许打人，净等着人砍么？"德树堂道："有理，有理，我不同你抬杠了，你真是自家窝儿摆酒，关上门访事。"说的钰福也笑了。

德树堂道："我告诉你说，家里的事，不用碎咕唧了，要比春阿氏的话，咱们家里头没那德行。"

二人一面说着，来至公泰茶社，祥某见了二人，站起让道："二位在那里喝呢，怎么这两天，总也没来？"德树堂一面洗碗，陪着笑道："那儿也没去，净跑了西大院儿了。"祥某道："那么菊儿胡同的事情怎么样了？"德树堂道："您没听说么，春阿氏满都认了。"祥某道："认是认了，无奈这件事情阿氏是被屈含冤，受刑不过呀。人家洋报上说的不错，一款一款的，全给指实啦。范氏的外号，叫做盖九城，平素就大不安分，因嫌阿氏碍眼，所以才下这毒着儿。我听朋友说，阿氏在家的时候，极为安稳，过门之后，因范氏不正经，儿媳妇时常撞见，又背前面后，常跟他丈夫题说。春英是粗卤汉儿，一肚子气愤，打算要替父捉奸，因此盖九城，积恨在心。您说阿氏那些口供，不是冤枉吗？"钰福在旁笑道："冤与不冤，尚在两可。我听旁人说，阿氏在家的时候也不大安分，不知这个议论，还是真哪是假呀？"祥某摇头道："这可是造谣言。我与文家本是胡同街坊，阿氏的胞弟与我们少爷同学，身儿里的事，还能瞒我吗！"又向德树堂道："题起话儿长，大概齐的话，德爷也知道。我们东屋街坊任家，有个本家的哥哥，现在吏部里当差，阿氏的家务，他知之最详。昨天晚上，我们谈论半天。他说白话报登的甚确，所说的话语也极其近理。他说阿氏行情，既是婆婆媳妇，带着小姑子去的，为什么送三之后，他公公文光，单单把儿媳妇接回。这一件事，就是可疑的地方。再者阿氏既打算自尽寻死，又供说心里一阵发迷，将夫杀死。杀夫之后，心里转又明白了，这都是亘古至今，从来未有的事情。既然是心明畏罪，手持切菜刀，何不自尽，岂有抛去菜刀，又跑到厨房里去投水缸的道理。既豁得出投水缸，就豁得出抹脖子，那有到寻死时，还挑三挑四，再找舒服的道理。我想这件事，阿氏是被屈含冤，无可疑义了。那白话报上，也登得有理。阿氏的原供，多有可疑之点。不信，你们二位，也仔细瞧瞧。"旁有一人道："你们二位，听说是怎么回事？"钰福一面喝茶，照着祥某所说，敷衍了一遍。又笑道："横竖这案里，总有猫儿溺，不然也不能吵嚷。"几人一面说着，德树堂道："大哥贵姓，府上在那里住家？"那人笑答道："贱姓李，在鼓楼后头住家。"答完了话，又与钰福道："我想这件事，也很纳闷。中国的官事，向来就不认真。俗语说，'屈死不告状'，真应了那句话了。若以公理而论，春英躺在床上，既被阿氏一刀砍在脖上，无论是什么好汉，亦没有腾身起来，骂完了才死的理。"祥某亦叹气道："嗳，是非真假，只要有银子，就能打阳面儿官司。当初小二韩，有句胆大的话，他说不怕官场中有天大的事，只要有地大的银子，就可能翻得过来。这句话虽是吹牛，仔细一想，颇有道理。如今阿氏母女，若比文光有钱，不信这官司不赢。慢说是一条人命，就便是百八十条，也怕是拿钱鼓捣。"

四人正谈得高兴，忽见有一人过来，先会了祥某茶资，说是今天晌午，春阿氏过部，约着祥、李二人，同去看热闹。要知是如何光景，且看下文分解。

第七回　盖九城请究陈案　乌翼尉拘获普云

话说钰福等正在谈得高兴，忽见一人走过，会了祥某的茶资，约同着去看热闹。德树堂听了此话，不胜惊疑，暗想阿氏过部，怎么这般快，莫非阿氏口供，已经确定了不成？因向神眼钰福丢个眼色。钰福会意，让了回同坐的茶资，同着德树堂走出茶馆。钰福道："啊，德子，你给我参谋一回，我不是爱犯财迷，莫非北衙门里，阿氏画供了吗？"德树堂道："若真定准了谋害亲夫，咱们的话，就算押宝押红啦。"德树堂道："狗咬尿泡，不用瞎喜欢。案子到部里，翻案的多着呢。如今的年月不像从先。早年营翼办案，满是一个套子，办案之先，先跟科房先生商量好了，临到过部，那部里科房，也是通同一气；定案之后，连兵部办保册的，都是一手。你说那个年头儿，有多么好办哪。如今你东奔西跑，费九牛二虎的火车劲，临完了的话，还不定怎么样呢。漫说这宗事，就是破出死命，拿获盗案的事，也许在部里翻供。及至于有了保举，也是官儿在头里，咱们得俩钱。究其实的话，你说是谁的功劳？"钰福道："我说的不是这个。我想阿氏一案，街市喧传，都是疑范氏所害，独我一人，偏说是春阿氏。别说旁人，就是乌翼尉全闹犹疑。如今北衙门里，业已问出口供，虽说是渺渺茫茫，未见的确，然而揣情度理，不是阿氏所害，那么是谁呢？若说盖九城的话，不过是穿饰打扮有些妖气，其实也没什么。"德树堂道："话不要这样说，一言出口，驷马难追，走错道回得来，说错话回不来。现在一万人中，足有九千九百九十九个人说是范氏，独有你我，按葫芦掏子儿，偏偏的犯死凿儿。要据我说，咱也得搂着来，不是别的，丢面子事小，保饭锅实大。我劝你不用题了，以后得了消息，随时报告。见了连二他们，也不必抬杠斗嘴，图什么为这个得罪朋友呢？"

二人一面说话，已来至帽儿胡同西口，望见翼里枪队，并甲喇达德勒额等，皆在衙门对面小茶馆的门首乘凉，见了钰福等，道说辛苦。钰福亦陪笑问道："天这般早，就这里候着里吗？"德勒额道："事没法子，昨天翼里头，传的是辰刻吗。"说着，有左翼小队带着文光、范氏等一干人证，进了角门儿。钰福道："今天得什么时候走？怎么的话，我得治饿去。"德树堂道："你忙什么，天没到晌午呢！"钰福摇首道："不成您那，昨天晚上我就没吃饭，为着不要紧的事闹了一夜；不但没吃，而且没睡。回头天桥的话，我可不奉陪了。"说着，进了茶馆。因为当差日久，常来北衙门送案，所以茶馆中人都极熟识。

这处茶馆也没有旁人喝茶，左右是题署当差、营翼送案的官人，其余是监犯亲友来此探监的人；或是衙门里头有外看取保的案子，都在茶馆里头去说官事。钰福、德树堂等，俱是熟人，将一进门，伙计就过来周旋，忙着沏茶，又打听阿氏的案子究竟是怎么回事。德树堂随声附和答了几句，忽见门皂常某同着几人进来，衣服打扮俱是乡人模样。进门要了壶茶，坐在一张桌上，左回右顾的，啾咕半日。钰福道："常爷，什么事这样忙呵？"常某转过头来，看见钰福在此，叫过伙计来，便让茶钱。钰福谦让一回，还是常某给了。钰福称谢道："爷们儿什么事，这样忙和？"常某见左右无人，走至钰福耳边，悄声道："这几位是东直门外的朋友，被贼所攀，先在东直汛收了半个月，昨天有朋友见我，讨保出来的。"因见德树堂在旁，又问起阿氏事来。钰福把前前后后述了一番，常某连连赞好，又道："少不了你，得下赏来的话，别忘了我。"说着答答讪讪，又向那桌上去了。钰福一面说话，已令伙计烙过饼来，与德树堂二人吃了。一时德勒额等自外进来，嚷说车已来齐，立时就要起身。钰福等忙的出来。

只见看热闹的，人山人海，你拥我挤，有如看会一般。少时把春阿氏带出来，见他梳着辫子，身穿白布裤褂，福字履鞋，带着手镯脚镣，粉颈之上带着极粗的锁链子，有枪队官兵等哄散闲人。先有一个官兵，上车卧底，随有官兵把阿氏搀上车去，阿氏之母，也随后拥出。那些看热闹的人，因见报纸所载，皆替阿氏不平，今见这般光景，纷纷议论。有说是盖九城害的，有疑是普云害的；更有那少妇长女，见春阿氏这般的惨，为这坠泪。那些官兵一个个狐假虎威，连呼带嚷；甲喇达德勒额等带着文光等一干人证，并有本旗佐领办事的官人，带着投呈保片随后相随。文光是赤红脸，两撇黑胡子，穿一件半旧的两截褂儿；瑞氏、托氏，俱是随常衣服；范氏是头挽旗髻，穿一身花布裤褂，标致异常，看那面上颜色，颇有得意之态。阿氏、德氏母女，车在前行，文光等坐车在后，定在刑部对面羊肉馆门外会齐。只见那官兵枪队威威武武的，喝道驱人，看热闹的鼻酸眼辣，观之不忍，一个个唉声叹气的道："中国官事这样残忍，不知何年何月才见青天！"更有忍不住气的人，语言激烈，开口就骂；有骂问官受贿的，有骂差役不仁的。钰福等跟随在后，听见这般议论，只好装作不闻。

　　走至大街，德树堂向钰福道："你听见没有？你我二人，也在挨骂之内。你说这宗议论，可怎么好呢？"钰福悄声道："世上的事左右是那么着，糊里巴涂，也就算完了。这宗议论，也不是有见识的人，他们只知其一，不知其二。若非是报纸起哄，就便把阿氏剐了，他们也不知其故，碰巧还拍掌称快，传作奇闻呢。"二人一面走路一面谈论，又探头探脑的细察阿氏神情，不在话下。

　　单说文光等随着左翼原办，到了刑部门首，候着官兵枪队，把阿氏母女送进衙门去，站在墙阴之下，扇扇乘凉，专等文书投到，传唤过堂。工夫不大，只见甲喇达德勒额自内出来，悄向文光道："这里您托了人没有？要不搭个天桥？恐怕报纸上一嘈嘈，就要翻案。那阿氏的口供，问着很难。昨在题督衙门，就是勉强着画的供。先前过堂时，阿氏至死不认。我听转子常说，好费手啦，跪锁上脑箍，刑法都用遍了，急的座上问官无法可问。遂将阿德氏带上，撇开了一收拾，好容易死说活说，才把女儿说好，对对敷敷的，把口供画了。如今过了刑部，您要不托人的话，可就完啦。"钰福也凑至跟前，唧唧哝哝的问道："订亲之时，您怎么不睁眼呢？"文光叹口气道："题起话儿长。事已至此，不怕你二位笑话，错非是亲上作亲，娶他那一天，也就成了词啦。一来他扭头别颈，不肯归房；二来风言风语，我听了好些个。我若不怕丢人，也早就休了。"钰福是有心探问，看了看左右无人，悄声道："事已至此，你也不用隐瞒。既知道阿氏不正，早该把奸夫指出。日子一久，奸夫可就走了。"文光皱眉道："话虽如此，我也指不出谁来，不过风言风语，说他不正，究竟同谁不清楚。谁帮他下得手，我是丝毫不知。那天夜里，若非小妾叫我，我还在梦中呢。"说至此处，忽见有官人走说："阿氏母女大概是收在北所，司务厅里传唤原告呢。"文光听了此话，向钰福一鞠躬，说是回头说话儿，遂同了德勒额，随从那官人进去。

　　到了一处院落，冷气森森，寂无人语，有皂隶高声喊道："带文光。"文光战战兢兢，走至公室以内，垂手侍立。公案之后，坐着位年约四十，面如古月，两撇黑胡须的官员，左右有书班皂隶。望见文光进来，高声喝道："你是那一旗那一牛录，细细报来！"文光道："旗人名叫文光，是镶黄旗满洲，普津佐领下的领催。"问官道："你儿媳阿氏，说亲是谁的媒人，你儿子春英，是谁给害的，死时是如何情形？你要据实供来。"文光答应声嘛，始将根由，按着以前所供的细回一遍。随有旗佐领的办事人，投了保结，带了文光下来，然后一起一起的，把瑞氏、范氏筹，挨次问过，查与送案口供并无不合之外，传告一干人证，下去听传。福寿、德勒额等，带领官兵枪队回去交差。钰福把沿路见闻也回去报告。

文光、范氏等恐怕原述的口供不能立时治罪，少不得日夜研究，托人弄枪，好令春阿氏凌迟处死。瑞氏是疼爱孙子，痛惜孙媳，又因报上记载，皆替阿氏声冤，街巷传闻，亦说范氏不正；老年人心实好气，不免于家庭之间闹些麻烦。托氏因儿子被害，儿媳投缸时，自己并未在场，未免也有些生疑，因此家庭骨肉之间，在默默无形中皆不和睦。那一些琐琐碎碎，闲话流言，不屑细说。

这日刑部已把此案分在山西司，行文本旗，传唤文光等到部听审。文光带了范氏并托氏、春霖等一齐到案。那刑部司员，因为报纸喧传，不能不加意慎重。分司之后，先把送案的原文细阅一过，然后才开庭审讯。这位承审司员，姓宫名礼，表字道仁，是恩科举人出身。为官清正，审判极明，不管甚么重案，一到宫道仁的司里，没有不即日问清的，因此尚书葛宝华、侍郎绍昌，皆极倚重。今因阿氏一案，外间报纸上颇有繁言，所以宫道仁更加注意。

当日升了公座，题取春阿氏过堂，先把阿氏上下打量一回。见他两道似蹙非蹙的笼烟眉，一双半醉半醒的秋水眼，腮如带愧，唇若含嗔，羞羞涩涩的，跪倒案前。宫道仁见此光景，心里好生疑惑，暗想我为官多年，所通谋害亲夫，或因奸致死本夫的案子，不知凡几，无论他如何凶悍，到了公堂之上，没有不露出几分形色的，怎么这个妇人，这样自如？莫非是被人陷害，屈打成招吗？因问道："你现在多大年岁？"皂隶亦喝道："你今年多大岁数？"阿氏低头道："十九岁。"宫道仁道："你把你丈夫怎么害的，你要据实说来！"阿氏迟了半晌，细声细气回道："那天我行情回来，忽然一阵迷糊，一心打算寻死。不想我丈夫醒了，我当时碰他一下，不想就碰死了。"宫道仁摇首道："不能，不能！你说的这样话，蒙不得人。无缘无故，你为什么寻死呢？"阿氏又回道："我想我活着无味，不如死了倒干净，所以那日晚上，决定要寻死。"宫道仁道："案到这里来，不比别处。你若说出实话，我可以设法救你；你若一味撒谎，或是胡拉乱扯，那'谋害亲夫'四个字，实在打不得。你若说出真话，谁把你丈夫害的，一定要谁给抵偿，把你脱出来，不干你事。一来你丈夫的仇，你也给报啦，二来你母亲，也免得着急。你放着'节孝'两字，不留个好名，偏要往谋害亲夫的罪名上说，这不是糊涂人吗？"皂隶亦劝道："老爷这样恩典，你还不实说吗？"阿氏听到此处，呜呜的哭了，迟了半日道："我是该死的人，此时只求一死，大人不必问了。"说罢，泪流不止。宫道仁再三询问，仍然不说，问到极处，只说是惟求一死，请毋深究，急的宫道仁无法可问。看他情形，实不似杀人凶犯；有心用刑，又有些不忍。随令左右皂隶，先将阿氏带下，将范氏带上。

宫道仁察言观色，看着范氏神情，颇不正经。遂问道："春英被害，你看见没有？"范氏道："春英被害时，我已经睡熟了。因听院子里有人的脚步声儿，当时我以为有贼，又听西屋里喊了一声，所以题灯出来，才知是春英被害。"宫道仁道："春英之死，你既然不知道，阿氏投水缸时，你总该知道了罢。"范氏道："阿氏跳缸，我也不知道。我从屋内出来，我丈夫文光亦随着出来了。他到西房去瞧，才知是出了逆事。当时我喊叫丈夫，先把阿氏救出，问他因为什么下此毒手。后来我丈夫报官，把阿氏的母亲德氏带官，这就是当日情形。"宫道仁道："你说的这宗情形，是真话是假话？"范氏道："家有这宗逆事，岂敢再说假话。"宫道仁冷笑两声道："我且问你，那日你闻声而起，怎不到上房去呢？偏偏你丈夫往西房去，你便往厨房去呢？想来是杀人之初，你必然知道，不然，怎这般凑巧？"范氏迟了半日，强答道："事有凑巧，横竖是春英被害，神差鬼使，领我们去的。"宫道仁哈哈大笑，望着范氏道："这些瞎话，你休得瞒我。你说的既这样巧，我问你，杀人凶器，你是怎么藏的？"范氏发怔道："凶器，凶器我如何知道？人不是我害的，虽说是从我屋里翻出来的，究竟是谁放的，连我也不知道。幸亏我睡的机警，不然那凶手进去，还想要害我呢。大概是我一咳嗽，把他吓跑，因此把凶器放下，亦未可知。"宫道仁道："你这样狡展，实在可恶。难道你儿媳阿氏为什么杀人，你也不知道么？"范氏道："杀人为什么，我那里知道。就请大老爷追问阿氏，阿氏不说，还有他母亲呢。素长素往，他们就鬼鬼祟祟不干好事。当初我们亲家，就是上吊死的。深里的事，我虽然不知道，揣度情理，定是阿德氏逼的。向来他们母女，专想着害人，我们家里，合该倒运就完了。"又说阿洪阿之死，并未经官，是亲友私合的；又说阿氏幼时，家里不知教育，女儿人家，终日际唱唱喝喝，不作正事，除去簪花涂粉，撒娇作态之外，一无所能。

这一席话，口齿伶俐，说的宫道仁也愣了，暗想这个妇人，可真个凶悍，他既把陈案勾出，便可以证明阿氏定然是谋害亲夫了。因笑道："你说的这样玄虚，莫非你儿媳养汉，被你看见了不成？"范氏冷笑道："看见做什么，自他过门以后，不肯与春英同房，那就是可疑之点。大老爷这般圣明，何用细问。"宫道仁道："好一个阴毒妇人！我这样原谅你，你竟敢一字不说，还任意的污蔑人，这真是诚心找打！"因喝皂隶道："掌嘴！"左右答应一声，走过便打。范氏冷笑着道："打也是这样说，难道杀人凶手，还赖在我身上么？反正这光天化日，总得讲理。"皂隶喝着道："快说！再若不说，可要掌嘴了！"范氏发狠道："到这说理地方，不能说理，我亦无法了。"宫道仁道："你怎么这般刁恶？再若不说，我连你一齐收下。"范氏道："收下便收下，难道儿媳妇谋杀本夫，还连带着婆婆一同治罪吗？"宫道仁道："我且问你，阿氏过门后，孝敬你不孝敬你？"范氏道：

"孝敬我也是面子上。我婆母、丈夫跟我姐姐，全是忠厚好人，我这眼睛里不揉沙子，论起理来，他岂肯孝敬我。过门以后，我们是面和心不和。我同他虽不理论，他见我知他底细，他如何不恨呢。"宫道仁道："你说的这般的确，阿氏的奸夫是谁，你能指出来么？俗语说，'捉奸捉双'，你既说阿氏不正，就该有凭据才行。"范氏道："这凭据我是没有。他若同谁有事，他岂肯告诉我呢。慢说是婆婆，就是生他的母亲，他也不肯实说呀。"宫道仁道："这是揣度的话，不足为凭。你指出证据来，便可以按法论罪，若无证据，你们全家老幼就皆在嫌疑之中，又不止阿氏一人了。"范氏道："老爷若问这节，须究问我姐姐。亲事是他的主意，外甥女是他的外甥女，是好是不好，我如何能知道？"宫道仁道："你既说根底好坏，你都知道，此时又翻过嘴来，往你姐姐身上推，显系信口撒谎，不招实供了。"因斥左右道："打！"范氏听一声"打"字，忙又辩道："我说的不实，您问我姐姐，便知是实是虚了。"宫道仁道："这一层也不必问，指不出奸夫来，定然是案中有你。"说着又喝道："打他！"皂隶答应一声。

因为范氏口供异常狡展，又兼他的像貌有些凶悍之气，先听了一声"打"字，一个个摩拳擦掌，恨不得七手八脚打他一阵，方出此不平之气；因碍着官事官差，不敢露出，今见座上司员这样生气，遂过来一声喝喊，拍拍拍拍的，掌起嘴来，打得范氏脸上立时肿起，顺着嘴角直流血沫，呜呜的说道："打也是这样说，谁叫是暗不见天呢！"宫道仁道："你不要口强，慢说你这刁妇不肯承认，就是滚了马的强盗，也是招供。"因喝左右道："带下去收了。"左右一声答应，登时带下。

座上又传带文光。工夫不大，只见领催文光自外走来，见了宫道仁，深深的请了一安。皂隶喝声跪下，文光低着头，规规矩矩的跪在堂上，先把姓名年岁，报了一遍，随又将亲上作亲，几时迎娶，并春英夫妇素日不和，以致二十七日夜内，出了谋害亲夫的事情，并于何时何处报了官厅的话，细回一遍。宫道仁道："你说的话，我已经明白了。但此案真像，全不是那么回事。你儿媳阿氏，本是清清白白的一个女子，你是为人父母的，乃竟敢隐瞒真情，庇护淫妾，勾引奸夫入室，杀死亲子，陷害儿媳。你这妄告不实的罪过，你晓得不晓？"文光听了，犹如凉水浇头的一般。迟了半日，方敢抬头回道："领催实不晓得是实是虚，是真是假。只就我目睹的状况，呈报的官厅。至于凶手是谁，我想三更半夜，只是他夫妇同室，小儿之死，不是阿氏害的是谁。至于其中是否有别的原故，还求大老爷明断，领催是一概不知的。"宫道仁拍案道："胡说！你说是阿氏所害，为什么那把切菜刀，可藏在范氏屋里呢？"文光道："领催不知，只求老爷公断。"宫道仁道："知与不知，却是小事。足见你管教不严，太没有家法了。"文光迟了半日，无话可答，料着方才范氏必定招出什么，所以座上有此一问；有心要探探口气，又不敢开口，只得将"乞求问官秉公裁断，务将原凶究出，好与春英报仇"的话敷衍几句。

宫道仁听了，纳闷的了不得。暗想春英之死，是不是范氏所害，连他丈夫文光也不知底细么？因问道："阿氏的奸夫，现在那里？你若指出名姓来，必予深究。若如此闪闪烁烁的，似实而虚，实在是不能断拟。"文光道："小儿住室，只有他夫妻两口，并无旁人。半夜里小儿被杀，若不是阿氏所害，他看见有人行凶，定要声嚷。既于出事前未见声嚷，乃于事后反去投水缸，若不是畏罪寻死，何能如此。老爷要仔细想情，替我报仇。"宫道仁道："你说的却也近理。但阿氏面上并没有杀人凶色，阿氏身上又没有杀人血迹。既是杀人时你没看见，那杀人凶器又没在阿氏手里，动凶的原犯焉能是他？即或是他，也必是有人虐待，把他逼出来的，或是另有奸夫胁迫出来的。不然，阿氏的击伤，又是谁打的呢？"文光道："未过门时，我见他端端正正，很有规矩，所以我极疼他。过门以后，我母亲也疼他。我们夫妇待他同女儿一样。谁想到用尽苦心，哄转不来，他终日哭哭啼啼，无病装病。独自坐在屋里，也是发愣，院里站着，也是发怔，还不如未作亲时到此间住，显着喜欢呢。此中缘故，我以为夫妇不投缘，以致如此。然察言观色，素常素往，并没有不和地方。只是过门后，小儿与阿氏两口儿并未合房。初以为春英愚蠢，好用工夫练武；后来内子斠问，敢情是两不能怨。虽说他没有劣迹，可是既将小儿杀死，他那素日的心思，亦就可想而知了。"宫道仁道："这些情形，文范氏知道不知道？"文光道："知道。"宫道仁冷笑道："他知道怎么不说？难道你一家人，夫妇还两样话吗？"文光听了一怔，不知方才范氏供的是什么话，因随口乱应道："这些事情，家里都知道，岂能说两样

话呢。领催有一字虚言，情甘领罪。"宫道仁道："是了，这句话
你要记下。"说着，反手一摆，皂隶喝道："下去听传罢。"文光
连忙站起，规规矩矩的退了出去。

　　宫道仁一面喝茶，看了看送案公文，正欲呼唤左右，唤托
氏回话，忽见有皂隶走来，回讲堂官来了。宫道仁不知何事，
暗想，这半天晌午，又不是堂期，堂官有甚么要事来署？一边
纳闷，忙着退了堂，整了整领帽袍褂，退入休息室中，跟随着
同寅司员，直上大堂。见尚书葛宝华童颜鹤发，满部白胡须，
穿一件蓝色葛纱袍，头戴纬帽，红灼灼的珊瑚顶，翠鲜鲜的孔
雀领，戴着极大眼镜，坐在堂上，一手拿着报纸，正在查阅新
闻呢。宫道仁站在一旁，静候葛尚书转过头来，方才走过作揖。
葛尚书忙的还礼，摘下眼镜来道："阿氏的案子问的怎么样了？"
宫道仁见问，忙把阿氏口供，并范氏的形色可疑，现已收押的
话，细回一遍。葛尚书点了点头，一手拿了报纸，递与宫道仁
道："你看，报纸这样嘈嘈，我也是不放心，所以到衙门来与诸
位研究。我们部里为全国司法机关，掌全国的刑罚权。似乎这
宗案子，若招出报馆指摘，言官说出话来，可未免不值。"宫道
仁亦陪笑道："司员也这样想。但此案中真像，非用侦探调查不
能明晰，若仅据阿氏口供，万难断拟。"葛尚书道："是极，是
极。我们掌刑的人，若把案子定错，实于阴骘上有亏。若据阁
下所说，我也就放心了。"宫道仁连连答应。

　　葛尚书一面喝茶，一面叫皂隶出去，请了堂上的司员来，
先与左右翼、内外城巡警总厅，并各处侦探局所，缮具公函，

求各机关帮助调查，以期水落石出。堂主事沈元清连连答应，又笑回道："昨天绍堂已经给各处机关发了函去，大人既欲写信，不如给各处行文，叫他们严密调查，以清案源。"葛尚书连连赞好，又嘱道："阁下就赶紧办稿，另叫各界人士指出错谬来，方为合法。如今朝廷上锐意图强，力除旧弊，倘书役皂隶们再有虐待犯人及受贿循私等情，必须查明究办，勿稍循隐。"沈元清连声答应，随即办了堂谕贴在壁上。又有各司的官员回了回各司案件。葛尚书挨次看过；又因阿氏一案，嘱咐宫道仁格外细心，然后才乘轿回宅。不在话下。

单说左翼翼尉乌珍，自阿氏过部后，因见报纸上屡屡指摘，一面与市隐、鹤公、普公、福寿等日夜研究，一面督饬探兵，秘为采访。这一日连升来回，说普津之弟普云，确与盖九城有些嫌疑，请即拘案等语。乌公闻了此信，正在思索，忽有苏市隐同着一个鬓发皆白的老人进来。此人有六旬以外，穿一件蓝纱大褂，足下两只云履，戴着深黑的墨镜，手拿一柄纨扇，掀帘走进。乌公站起来，忙与市隐见礼。市隐笑指道："这是我的至友原淡然先生，这就是乌恪谨先生。"二人彼此为礼，各道久仰。市隐道："阿氏一案，原大哥很给费心，他同普津、文光，俱都相好。"乌公称谢道："好极，好极。我们的差事，叫大哥费神了。"说着，分宾主让座。仆人送上茶来。市隐道："秋水没来么？"乌公道："自前次来信后，至今没来。春阿氏送部的那天，我特地去拜他一回，谁知他不忘旧恶，竟自挡驾没见，你说这个人这样悖谬，叫我怎么办呢？那日我请你来，你又功课很忙，不肯腾个工夫，给我说合说合，闹到而今，我也没有法儿了。"
淡然道："秋水是那一位？"市隐道："原大哥的记性可实在太坏。
那日我同你题过，我们同人，因为他这宗地方，常管他叫荒公，
又管他叫傻子。不管是什么事情，他发起晕头悖谬来，无法可
治。成年累月，拿出糟钱，设立学堂捐些个，办报馆赔些个；作
官他辱骂堂官，待下人他要讲平等；花天酒地里要逞豪华，到
了金尽囊空时，他还要恤人之贫，济人之急。那种种荒谬地方，
就不用题了。"淡然猛悟道："哎，是了，不错不错，他是小兄
弟，我们要格外原谅，不加计较才是。"乌公陪笑道："兄弟也未
尝计较。那日小菊儿胡同验尸，他同市隐哥一同去的，当日回
到舍下，还在本翼公所听了回口供。后来我托人调查，人人说
阿氏冤屈，范氏可疑，他给来一封信，说阿氏杀夫是真，笑我
们无故生疑，没有定见。信内信外刻薄了我两句，从此就没管。
兄弟的意思，因为疑点甚多，惟恐屈在好人，所以才托人调查。
据他一说，确乎是阿氏所害，无有疑义，可是原来函内并无证
据，淡翁想情，兄弟当如何处治呀！一来我们翼里对于这宗案
子，本是过路衙门；再说是审问裁判，都有刑部主持，冤与不冤
我们是没有力量的。你想秋水荒谬不荒谬？"淡然点头道："年
轻好胜的人大都如此。这阿氏一案，他只知其外，不知其内。
兄弟与文光、普云全都熟识，大概情形瞒不得我。上月兄弟与
市隐在普云楼上喝酒，因近日纳妾的陋习，很谈了一回。后来
那普云也去了，我打听文光的家事，他说的很详细。那日市隐
找我，说是你老先生对于阿氏一案极为认真，我才敢据实说出。

其实与文、普二家，并无嫌隙，不过是因友致友。看着报纸上这样嘈嘈，一个青年女子，蒙此不白之冤，不忍不说，不能不说了。"

说着，让了回茶，便将普云楼上如何遇着普二的话，并普二替赁孝衣，当日如何说笑的话，细述一遍。市隐亦接口道："普二的神情，很透恍惚，不知通电之后，恪谨哥调查了没有？"乌公正欲答言，忽见瑞二走来，回说："鹤、普二位大人并协尉福大老爷，现在公所相候，连升、润喜等已将小菊儿胡同杀害春英的凶手，捉获送翼了。"乌公听了此话，说声就去，连忙着穿衣戴帽，留着原、苏二人在此少候。市隐惊问道："原凶是谁，可以告诉我们不可？"乌公一面更衣，一面笑道："所获的就是普二。淡翁也不是外人，您陪着在此稍候，我去去便来。"说着，拿了团扇，带着仆人瑞二，竟往左翼公所一路而来。要知如何，且看下文分解。

第八回　验血迹普云入狱　行酒令秋水谈天

话说乌公带了仆人瑞二，到了左翼公所，早有枪兵回了进去，鹤、普二公并协尉福寿等全部迎至阶下。福寿把连升、润喜如何将普云拘获的话，回了一遍。乌公升了公座，先把连升、润喜等一齐叫来，问说："捕获普云，你们有何见证？"连升道："探兵连日探访，见普云的面色很是张惶。论他与文光的感情，很是亲近，此次文家事发，他该当每日前去，才是交友之道。不但他每日不去，自此次出事后，他连一荡也没敢去。大人想情，这不是无私有弊，可疑之点吗？"乌公点了点头，随命福寿等带过普云来。左右齐声嚷道："带上来。"

只见花鼻梁德树堂，还有几个穿号衣的官人，连拉带扯把普云带过来，喝声："跪下！"普云是嫌疑犯，项下带着铁锁，穿一件白夏布大褂，下面是白布裤子，两条腿上带有许多血迹，走到公案以前，低头跪下。乌公坐在正中，看了个逼真逼切，又见他腿上有血，暗想道："天网恢恢，真是疏而不漏。"随问道："你叫普云吗？"普云低着头，结结巴巴答了一声嗻，立时他浑身乱抖，现出畏罪的神情来。乌公道："你是那一旗那一牛录，同文光甚么交情？详细说来。"福寿亦喝道："你是那一旗那一牛录，同文光甚么交情？大人问你呢！"普二又结结巴巴的说道："我是镶黄旗满洲，普津佐领下人。"说到此处，想欲把差使说出，又恐怕销除旗档，打丢了钱粮，随口又接道："我可是闲散。"乌公道："你到底有钱粮没有，莫非你自己不知道吗？"普二道："没有。"乌公道："你同文光是甚么交情？"普二道："我们是本旗亲戚。"乌公又问道："是什么亲戚。"普云道："干亲。"这一句话，引得乌公等反倒笑了，随喝道："干亲算什么亲戚！究竟是亲戚不是？"普云道："不是。"福寿喝道："不是亲戚，你怎么说是亲戚？干亲家不算亲戚，你同他什么交情，怎么相厚，为什么认的干亲，你仔细向大人说说！"

普二迟了半晌，颤颤巍巍的回道："文光家的事，我可不知道。"福寿又喝道："没问你那个，问你与文光家里是什么交情？"普二又回道："洋报上竟胡说，我跟盖九城那能够有别的。"乌公拍案道："有没有我不知道，你几时到文家去的？"普二道："文光的女儿认我作干爹，我常到他家里去，穿房过屋的交情，不分彼此。"乌公点了点头，迟了一会，又问道："前几天你去了没有？"普二抬了抬头，望见乌公问他，又低下头说道：

"没去。"乌公拍案道："胡说！你实说倒是去了没有？"吓得普老二浑身乱战，迟了半日道："去过一次。"乌公冷笑道："一次两次，我倒不问。你说的这一次，是何日何时呢？"普二迟了半日，不敢答言，鹤公、普公并协尉福寿等连问数遍，又喊道："再若不说，可是找打。"普云迟了半日，颤巍巍的回道："上月二十六日，我们文大嫂子带着姑娘儿媳妇，往他大舅家里行人情去，是我给赁的孝衣，别的事我不知道。"乌公道："你不知道的，我也不问你。春英是怎么死的，你必知道。你若是实话实说，我必然设法救你；你若一味的装糊涂，可是自寻苦恼。"一面说，一手把团扇拿起，扇着问道："你的生死，就在乎你了。"

普云听了这一句，登时吓得大哭，结结巴巴的道："大人明鉴。春……春……春英……英死的时候，我……我……我没在场，怎么死……死……死的，我我那里知……知道啊！"乌公摇着团扇，冷笑两声道："这么问你，你如何肯说。"随喝令官人道："把他桡起来！"左右一声答应，挪过几块破砖、两根木棍来，又把麻辫子等物预备停妥，吓得普云魂飞魄散，面如银纸一般，口里把"大人"两字，叫得震耳，随口又百般央告。福寿道："你自己作的事，好汉子该当承认，干什么委委曲曲，哭这一鼻子呢！"鹤公亦喝道："若怕受罪，就赶紧说实话，别这么苦作情。世间的因因果果，丝毫不爽；不管你如何亏心，横竖天网难逃，神目如电。你不用瞎害怕，假着急。不是你害的，你要说；是你害的，你也要说！不怕我们翼里，听你的罪过重，再给你往轻里摘呢。反正是不说实话，叫作不行。"

普云一面抹眼，委委曲曲的哭道："大……大……大人，我是真冤枉。"说着伸出两手，捂眼擦泪，抬起头来道："春……春英被害，是缸儿里没我，盆儿里也没有我，把我带到这里，岂不是活……活活要我命吗！想……想……想不到啊！官衙门里，也爱听洋报的话。"说着，把那洋报馆骂个不休，又数数落落的道："大人……大人想情，必是我得罪人了，所以才乱给捏合。要按报上说，我成什么人了？大人是圣明，您给我分析分析。"

乌公摇摇头，叹口气道："我不打你，你是诚心敬意的同我装傻。"因指其血迹道："你也低头瞧瞧，杀人血迹，现在你身上带着，竟敢粉饰撒谎。欺负我不肯打你，真是可恶之至。"乃厉声道："桍起来！"左右一声答应，登时把麻辫备妥，一人站在身后，挺住普云脊骨，随把编成的麻辫，箍在普云脑上，那人站在身后，用力一拧，普云嗳哟一声，登时就昏了过去。那人把手一松，不一时，普云又明白过来，把"大人饶命，我说！"连声说个不住。

乌公坐在椅上，把扇子一抬，官人把麻辫放松。普云挺着脊背，直着两只胳臂，翻着眼睛，皱着眉毛，结结巴巴的道："杀人的事，我真正不亏心，实实在在的不知道。"乌公听了，不由大怒，正欲再令人桍起，普云口里百般央告道："大……大人饶命，容我细细的说。"福寿道："你那身上血是那里来的？快说！"普云道："血是那里来的，我也不知道。炎天暑日，不知在何处蹭的，或是鼻孔流的血，我因一时疏忽，没能看见，亦未可知。怎么大人说，一定是……是……是杀人的血呢？"乌公道："胡说！明明是一遍血迹，您不实认，还这样狡展！"普云低下头去，颤颤巍巍的不敢则声。乌公摇着扇子，冷笑了两声道："普云，你作的事情，我这里早有报告，你不肯认，也是不行的。不过受些刑罚，临完了还得说，你这是图什么？依我劝你，你实话实说，你与盖九城有什么拉拢？你二人谁的主谋，为什么害的春英？你把实话实说了吧。"普云一面抹泪道："大人说的话，都是街上谣言。我平日安分守己，多一步不敢走。文光家里我倒时常去，我那干嫂子待我如同亲兄弟一般，我有了坏杂碎，还对得过文光吗？"

乌公道："别的事我先不问，还告诉你一句话，你要记在心里。我这里问你，你说与不说倒无关紧要，反正这件事不能怨你。我看你公公正正，很是个又规矩又老实的人，错非盖九城那样吓呼你，你也行不出来。一来他嫌着碍眼；二来要一计害三贤，把春英夫妇一同害死，好出他羞恼之气。你的事也却不在你，你也是被逼无奈，上了了娘儿们的当了。你若是明白的，把前前后后，实话实说，满供在范氏身上，把你就洗刷清了。虽说杀人偿命，若按着律例上说，主动的凶手，造意的凶手，都算正凶；帮凶的吃点苦头，也没有抵偿罪过。像你这样话不说，一味撒谎，一直往正凶里巴结，我亦不能管了。"随唤官人道："来呀，先把他带下去，明天送衙门。冤与不冤，叫他到衙门说去。"

左右答应一声，正欲退下，普二连声嚷道："大……大人别生气，救命，救命！要这么一来，岂……岂不苦了我么？"鹤公道："你说实话呀！"普二磕头道："这件事，实在没有身里切近，我也摸不清。"乌公摇首道："仍然不说实话，明天解送题署，转送刑部定罪，你爱认不认。"说罢，喝令官人，带下暂押，普二也不敢再言，凄凄惨惨的退了下去。

乌公、鹤公等退入休息室内。乌公道："我着普二脸色，颇为可疑，又兼他身上有血，简直是确而确了。现在市隐、淡然皆在我家里等候，据他们说，也是普云。不知你们二位，眼光怎么样？"鹤公道："是也许是，无奈他身上血迹，不似是杀人溅的。过了这么多日，岂有那行凶衣服仍旧穿着呢？再说这么热天，那能不换衣服？"乌公道："我看那血迹像是疮血。不过他被了嫌疑，不能不根究到底，问他个水落石出。少时我问问市隐，等晚上凉快了，我再细问普云。"鹤公道："这办法也好，阁下先行一步，问问苏、原二公，有什么新奇事故，咱们到正堂宅里见面再说。"普公道："依我说，不必麻烦。今晚把文书办好，明日清早，先把普云掌上去，冤与不冤，叫他衙门说去。你们二公意见以为何如？"乌公沉吟半晌道："不妥，不妥。普云既已捉获，据我想，解不解的事小，只恐屈诬好人，倒是我们的错过了。"说着，拱了拱手，与鹤、普二公告辞，忙着回去。

此时那市隐二人，坐在乌公书房等候已久，因不见乌公回来，甚为烦闷。市隐靠近书案，一面与淡然闲谈，一面在破信皮上写了数字，递与淡然道："我这儿有一首诗，若赠与文范氏，非常切当。"淡然接过纸来，将看了第一句，忽见乌公回来，二人忙的站起。乌公道："好热好热，二位受等了。"说着，更换衣服，又连声道歉，说淡翁初次降临，偏你我这样忙乱，真是太不敬了。淡然亦笑道："恪翁说那里话来，我辈相交，不拘于形迹，随随便便，倒是很好。"市隐亦插言道："淡然不是外人，彼此皆不拘泥，才是道理。"说着，更向乌公打听普云的神色，是否此案原凶。乌公把公所情形，并所讯口供，身边的血迹，一一说了。市隐拍手道："快极，快极！普云被获，真是大快人心的事。"又向淡然道："你把我那首诗，也让恪翁看看。"乌公道："什么事这么高兴？"淡然忙的递过，二人一同看道："自为禽兽行，反兴儿女狱。杀子复杀媳，此心真酷毒。"

乌公道："这叫诗么？"市隐道："不是诗是什么，管保这二十个字，是那文范氏的定评。"乌公道："这事可不能仓卒，一生评论，非到盖棺时，不能论定。究竟这件事，尚无一定结果，你焉能速下断语。"市隐道："不是我一人这样说，您问淡然，那日普云楼上，我见过普云一面，看他那举止动作，听他那说话口气，决不是安分良民。记得喝酒时候，淡然好言劝他，他是极口辩证，死说是传闻失实，并没那宗事。其实是贼人胆虚，越掩论越真确，越粉饰越实在，连一丝一毫也欺不得人。"淡然亦连说不错，又说："普云为人，是个小无二鬼。家有当佐领的哥哥，他是任什么事也不管作，终日在文家起腻，买点儿东西，跑跑道儿，左右是义务小使。普云也最殷勤，不管什么事都往前伸脑袋，嘴儿又甘甜，脸上又透媚气，我想缠来缠去，早晚是一团乱丝，无法可解。我知道身临切近，所以极力劝他，衬早儿远避嫌疑，免得蜚言逆语，好说不好听。谁想他不肯承认，反说我血口喷人，不谈正事。如今有此案发现，旁人疑他，我也是不能无疑。不是我背地谈人，我见市隐对这件事非常注意，所以才出来帮忙，把平日所知的事情说个大略。究竟是普云与否，兄弟也不敢悬揣。"乌公愣然道："本来这件事是不能悬揣的，可疑的地方固然不少，似是而非的地方也实在很多。才我问普云，见他那脸上颜色，颇形惊恐。若依我们普大人的办法，不管他冤不冤，明天就解送题署。我想这件事，不能卤莽，还求你们二位，替给想个法子。"

淡然一手理须，正容而坐，市隐亦走来坐下，一面点着烟卷，笑哈哈的道："我想这件事，也是真该慎重。不必说你们贵翼名誉要紧，就是我们私人调查，也得细心研究，断不是胡闹的。"因指淡然道："淡然的心思细，趁此无事，请将先时口供，及连日的白话报、秋水的来函，并连升、润喜、钰福、德树堂的报告，一齐拿出，咱们好细细儿看看。"乌公连声说好，随令瑞二把协尉福寿，并连升、润喜二人先为唤来；又开了一个纸条，叫科房的书手把存案的供词报告一并检齐，送来查看。瑞二答应出去。

淡然摇手道："这些案卷，据兄弟看着，无非具文。翻阅几回，也未必有何疑点。我们讨论此事，要以尸场的情形为断。"因问市隐道："验尸那日，你去过没有？"市隐道："验尸前一日，我同着秋水、恪谨一同去的。"淡然又问道："厨房的水缸，是倒在地下还是未曾倒呢？"乌公愣然道："没倒。"淡然笑了笑道：

"那就是了。"又问道："阿氏的伤痕，究竟是真啊是假呢？"乌公道："伤是不错的，头顶、右胁，共有两处击伤，大概是木棍打的。我看阿氏形容，惨恸已极，验尸时哭的很恸，决不是满脸煞气，杀人不认的神色。"说着把阿氏口供，并连升、润喜的报告，一并令瑞二取出，三人围着冰桶，一面查看。

乌公与市隐说道："倒底是淡然见识与平常人不同，开口先问水缸，这就是要紧地方。我那日忙忙慌慌的，也没顾得细看，今被淡然题起，我才恍然大悟。"市隐亦连连称是。淡然道："别的事小，第一是出事之后，那文家的街门，是开着的，还是关着呢，须要根究明白，才有研究的价值。"市隐亦猛然省悟，连说："淡然大哥真是高见。我在这一层上，实在的疏忽了。"乌公道："我也是事情多，顾不及了。那日把文光拘来，我该当问问他，谁想问案的时候，我的脑筋不灵呢。"市隐道："如今不必后悔，好在这件事，也容易打听。"淡然亦笑道："事缓则圆，没有不露风的时候。普云的品行，我虽尽知，然是否是普云的原凶，我可不敢必。只要文光家内平素没有旁人，一定是普云所为，决没有第二个人。若是厨房水缸是倒着，是不倒着，内里也总有毛病。只要是街门开着，一定是另有奸夫，帮同谋害。若是街门关着，则动手的原凶，出不去院里人了。"

这一篇话，说的苏、乌二人，连连点头，赞说："原淡然的见解，实在高明，我们这么许多日子，并没研究到这一层上。合该是翼里露脸，明日普云解送题署，这一案就许有了头绪了。淡然兄所谈的几件可疑之点，我另委人查查，或者得出真情。"

说罢，呼唤仆人等，预备晚饭，要留着原、苏二人痛饮几杯。晚间在左翼公所，好看看普云的神色。

市隐是惦着学务，忙着要走，淡然因初次来访，诸多不便；又因秋水的事情，要约着乌、苏二人，明晚在余园饭庄聚会一日。乌公推辞着有差，又云正堂宅里明日有事，请着原淡然改订日期，乌公要自己备酒。市隐亦拦道："恪翁的差事忙，他既这样说，当然当真有事。依我的主意，明天余园饭局，不是改个地方？我有几位至友，都是巡警厅探访局的人，自此案发生后，他们也日夜研究，时常的找我。明早多备上几分帖，定一处清洁所在，咱们好联络联络，一来为热闹，二来也打听打听他们是怎么调查的。"乌公道："如此很好，二位既这样费心，容日我再为道谢。若能与闻秋水见面，请把兄弟的苦衷代为述明，那尤其圆满了。"说罢，拉着市隐仍欲留饭，又嗔市隐不该着不替挽留淡然。市隐道："他亦实在有事，留也是不能成的。"淡然亦亟力辞谢，急急忙忙同着市隐去了。乌公送至门外，拱手而回。

晚饭已毕，又到左翼公所审问普云一回。连打三次，普云是坚不承认，只认说二十六日上午，因为赁孝衣到过文家一次，自春英死后，至今未去；身上血迹，确是生疮的脓血。及致脱衣相验，那普云腿上，又的确有疮。闹得乌公心里也犹疑不定，只得告知科房，明日把嫌疑犯普云先行送署。又叫过连升来，问他是什么缘故。连升、润喜等张口结舌，不知所以，只说普云可疑，而又毫无证据。乌公不由的着了慌恐，一面叱令连升再去调查，一面与鹤、普公通了电话，说普云的口供不似杀人凶犯，身上血迹，却是疮疔的脓血，请向题宪禀明，至要至要。当晚又写了封信，把普云不似正凶的疑点告知市隐。

　　市隐见了此信，也纳闷的了不得。当日与淡然相见，又约了闻秋水等，晚间在煤市街三义馆相见。市隐与淡然二人先往等候，工夫不大，闻秋水匆匆进来，一手摘了眼镜，与淡然、市隐见礼。市隐一面笑吟吟的让坐，笑问道："你同恪谨，因为什么事这样生分？"秋水一面擦脸，一面笑着道："这事你不必打听。咱们是朋友相交，并没图他什么，像他那趾高气扬，拿腔作势的神气，我实在不敢巴结。再说我们是帮他的忙，他那宗神气，谁还敢近他呀。"市隐拦道："先生你不必犯牢骚，到底因为什么，你说给我听听。"秋水道："事情却不大，只是气儿难生。"说着抓一把白瓜子，一面嗑着道："因为阿氏一案，我东奔西跑，费了九牛二虎的劲，好容易查清了。那日同你散后，我恭恭敬敬跑到他府上去，同他研究。他说连街谈巷议都说阿氏冤，你有甚么证据，说阿氏不冤呢？我当时也没有抬杠。临完了，电铃一响，他说正堂宅里电话找他，他立时就要走。对我说，得了消息给他送信。你们二位想想，谁是他三辈家奴哇！我们不图名，不图利，按着朋友相交，给他帮忙，像这么对待我，下得去么？有堂官的电话，立时他得去；我小子白跑白忙，算是活该受累了。世界交朋友，有这么热心的吗？"一面说，一面有气，引得淡然、市隐反倒笑了。

　　淡然一面斟茶，一面笑道："快休如此。恪谨为人也不至如此，秋水老弟，未免错怪了。"市隐亦笑道："这是那里说起。恪谨若是那样人，我早就不理他了。非因他是翼尉，我才护他，想世间朋友相交，第一以知心为尚。像你这个小性，我实不敢谬赞。"说罢，哈哈大笑。闹得秋水面上不由的紫涨起来，心里是又急又恼，欲待分辩，又不能分辩，冷笑两声道："你说我小性儿，我就小性，你说好不好？"市隐又笑道："你不要心里不服，用那么大信套，写那么恭敬字，把'钦加二品衔，左翼翼尉'的字样抬起五六头来，不是损人吗？"说的秋水也笑了，淡然坐在一旁，亦拍掌大笑。忽有走堂的进来，回说："项老爷来了。"三人忙的站起，只见竹帘一起，走进一人，年在三十以外，英眉武目，气宇轩昂，穿一件竹灰官纱大衫，足下是武备官靴，见了苏市隐，忙的见礼。

市隐指荐道："这位是闻秋水，这位是原淡然。"又指那人道："这位是项慧甫。"又悄向秋水道："这就是探访局项慧甫。"秋水点头陪笑，三人忙的见礼，各道久仰，谦谦让让的坐了。然后有慧甫的同事何砺寰、黄增元等二人，先后来到。又有市隐的至友谢真卿随后赶到；此人是某科优贡，终日际流连诗酒，倚着祖上产业，不务生理，对于社会公益极其热心，向与苏市隐最为同心，恰与闻秋水是一样性情。

大家相见毕，通了姓氏。走堂的净了桌面，大家谦让半天，让着项慧甫坐了首坐，真卿次座，再次是原淡然、何砺寰、闻秋水、黄增元，市隐在主席相陪，谦着要酒。先要了几样冰碗，预备下酒。

　　市隐是饮量最大，等不得菜品上齐，先与首坐的慧甫猜起拳来。秋水是存不住话，先把阿氏名声如何不正的话告知众人，又把报纸上混淆黑白，不问是非的话，痛斥了一回。众人都默默不言，只说阿氏一案，现在无法，但看刑部里最后如何定拟了。淡然亦一面饮酒，把昨天翼里如何把普二捉获，如何他身上有血的话，细说一遍，众人皆惊得不已。惟项慧甫与闻秋水两人都面面相视，不作一语。市隐心里，本想是联络同志，调查阿氏、范氏，究竟是何等为人。不想有秋水在此，不能开口。今听闻秋水贬斥阿氏，又痛诋白话报种种不辨是非的地方，遂接口道："阿氏为人究竟怎么样，谁也说不定。现在左翼公所因为舆论攻击，无可如何，昨天将嫌疑犯普云业已拿获。因他身有血迹，常与文家往来，不能没有嫌疑，今日已解送题署了。想过部之后，当能水落石出，此时何苦饶舌。"

　　秋水笑了笑，假作不闻。增元道："秋水兄以为如何？"秋水冷笑道："此事实难料定。调查之初，不敢谓独具只眼，识其隐奸。而生在这一犬吠影，百犬吠声，没有真是非的时代，只可缄默不言，倒也罢了。"市隐笑道："秋水的说话忒伤众，难道庇阿氏的，都是狗了不成？"秋水也自惭失言，不由的面红耳热，遂笑道："我说是如今时代，并非辱骂世人。我们在坐的人，谁也不能挑眼。"真卿鼓掌道："好一张快嘴。我们是狗先生，惹不起你，好不好？"说罢，哈哈大笑，引的合座诸人俱都笑了。秋水面上，越发难过起来。增元解和道："猜拳猜拳。"说着，便向慧甫道："起这来。"淡然与市隐二人，亦三星四喜的喊叫起

来，惟真卿、秋水二人，素有书生习气，不乐拇战，因见市隐
等如此有趣，不免亦高起兴来。

真卿站起道："我有一个酒令，不知善饮诸君，赞成我否？"
市隐等忙的止拳，问说何令。淡然摇手道："你们不用问，凡行
酒令，没有不闷人的；为什么欢欢喜喜，不助点儿豪放气，偏
弄个酒令儿闷人呢。我不赞成。"增元亦笑道："我不赞成。"砺
寰道："赞成者请起立，按本章程第三条，以多数表决之法表决
之。"话未说完，引得慧甫、秋水等笑个不住。慧甫道："国会未
开，他把议事细则，先就规定了。"说的市隐等亦都笑了。大家
起立一看，除去原、黄二人，仍占多数。真卿道："多数表决，
我要发令了。"市隐道："别忙，我要阻令。令官下令，须要雅俗
共赏，不加闷人的令儿，方可通过，不然，本兄弟决不列席。"
砺寰道："今日聚会，不比往日。既为着阿氏一案，彼此研究，
务必要不失原题，才算有趣。"

秋水点了人数，笑着道："在座七人，可以七字为令，或是
飞花，或是顶针续麻，我想都好。"淡然道："我们是一不拗众，
勉强遵命。只要不难人，我们无不认可。"慧甫拍案道："飞花
好，飞花好。"真卿望着秋水，笑嘻嘻的道："飞花令，好是好，
只是便宜些。"又笑道："也罢，现在春英被害，我们以春英的
'春'字为令，飞至那里，说一句有'春'字的七言诗。'春'
字落在何处，何处喝酒，由喝酒者再飞花。诸位以为何如？"
众人俱各称善。随令走堂的催酒催菜。

真卿将手中一支筷子，穿了一纸条，当作花筹，端起酒杯

来饮了门杯，用手指点着道："一片花飞减却春。""春"字正落在慧甫身上，慧甫端起酒杯，一饮而尽，接过花筹来念道："东望望春春可怜。"增元亦念了一遍，因听是两个"春"字，遂嚷道："两个'春'字，该是谁喝酒呢？"真卿忙的站起，按字数了一回，随指道："第一个'春'字起令，第二个喝酒。"增元无话可好，连说好好，低头把酒喝了。砺寰接过花筹道："万紫千红总是春。"挨次指点，该到真卿。真卿喝了酒，指着秋水道："端起酒杯来。"随念道："客中不觉春深浅。"秋水摇头道："现编的不算。你能把下由说出，谁的诗，什么题，都要说明，我才服你。"真卿道："你不用赖，另换一句，也该是你喝酒。贾似道的《芍药》诗你可记得？"随念道："满堂留客春如画，对酒何妨鬓似丝。"随将手里花筹，递与秋水。秋水摇头道："不行，令官行令，应以第一句为准，请把第一句注出来。"真卿站起道："你不用撅我，我说你少见多怪，你不肯服，连湛道山的《荼蘼》诗，都没见过，还要蒙人。上句是'客中不觉春深浅'，下句是'开了荼蘼一架花'。这是讵的不是？"秋水无可再辩，只得把酒喝了。真卿道："别人不算，你也要随诗加注，否则无效。"秋水笑了笑道："那是自然。"随念道："花落掩关春欲暮，月圆欹枕梦初回。"真卿道："什么题？"秋水道："刘兼的《征妇怨》。再还你一句朱子诗：'幽居四畔只空林，啼鸟落花春意深。'"真卿点点头，把酒喝了。

增元道："这就是你们过闹，没我们事了。"真卿道："你别忙。"一手指着淡然，说了句："小楼一夜听春雨。"淡然接过花筹，说了句："诗随千里寻春路。"轮到市隐，市隐喝了酒，说了句："草木知春不久归。"轮到慧甫，慧甫喝了酒，想了半晌道："欲凭燕语留春住。"轮到淡然，淡然喝了酒道："这些便宜句子，都被你们占去了。"随念道："老尽名花春不管。"按次指点，数到增元，增元接了花筹，想了半日道："铁球浆子春不老。"一语未了，引得市隐等大笑起来。慧甫把口中酒，也笑得吐了。真卿笑问道："你这句诗，也得加注解。"增元一面数字，将手中花筹递与慧甫。慧甫一面摇手，仍自笑个不住。增元道："笑我不通文，你们才不知事物呢！连'保定府三宗宝，铁球、浆子、春不老'这句话……"大家没等他说完，早就大笑起来。

忽见走堂悄向市隐道："官座里有位平老爷，请你说话。"市隐不知是谁，随了走堂，来到六官，原来是平子言，要报告盖九城在家内历史。要知如何，且看下回再表。

第九回　项慧甫侦探女监　宫道仁调查例案

　　话说苏市隐等因为黄增元说的酒令儿，正在哄堂而笑，忽有走堂的进来，回说第六官座，有市隐的至友平子言平老爷来请。市隐忙的出来，到了六间官座，里面有五人在座，正在饮酒。望见市隐进来，一齐站起。平子言年有三十余岁，麻面无须，穿一身蓝绸裤褂，学士缎靴，离了座位，先与市隐见礼，又挨次与市隐介绍，谦逊让坐。走堂的添了匙箸，众人都举杯让酒。市隐以善饮著名，无法推辞，子言又极力奖誉，夸说市隐先生如何能饮，强令着先尽三杯。市隐一一喝了。子言道："市隐先生，怎么这般闲在？经年不见，面上越显得发福了。"市隐陪笑道："兄弟是无事忙。不为有事，轻易不肯出城的。"说着把阿氏的事情，当作新闻笑话说了一回。子言一面让酒，望着门外无人，笑向市隐道："难为你那样细心。那日在小菊儿胡同，见你与秋水二人帮着乌翼尉检察尸场。我想你们二位都是学界中人，如何在侦探学上也这么不辞辛苦呢？当时我没敢招呼，后来听朋友说，你们二位因受乌翼尉之托，很费研究，不知调查的怎么样了。"市隐听了此话，很为诧异，因问子言道："你是几时去的，听谁说的？"子言摇头道："这一层先不用问，请问春英一案，依照先生所见，凶手究竟是谁？"

市隐正欲答言，众人道："子言是喝醉了。昨天左翼公所已将普云拿住。现在满城风雨，都知是普云、盖九城所害，此时还有可疑义么？"子言摇头道："不然不然，当日尸场的情形，疑点甚多，不知市隐先生记下来没有？"市隐听了此话，追想尸场情形，历历在目，随笑道："记得记得，阁下有什么高见，倒要领教。"子言道："第一处可疑之点，是范氏屋中的凶器，及凶器上阿氏的手巾；第二是墙上的灰；第三是阿氏簪环，及厨房里脸盆水缸；第四是茅厕中有一条板凳。这宗地方，都是侦察资料。"众人听了此话，皆笑子言迂腐，惟有市隐一人深为佩服。暗想那日尸场，我与闻秋水那样详细，尚有未留心处，今被子言题起，这才恍然大悟，连声赞美。因为在坐人多，说着不便，遂邀平子言过那屋细谈。子言亦领会其意，惟因有慧甫等在坐，不乐意过去。论其心理，本想以私人资格，要调查此案原委，既不求鸣之官，亦不乐白诸人，好似有好奇之僻，欲借此惊奇故事，研究破闷似的。听市隐让他过去，甚不谓然，随笑道："先生请便，改日访得的确，再与慧甫诸君相见未晚。"市隐亦知其意，不便再让，当与告别。

回到原席，只见砺寰等酒令未完，正轮到黄增元喝酒，说了句"春风春月春光好"。众人一面笑，正问他此句的出处，逼他喝酒呢，一见市隐进来，大家齐笑道："市隐来了，咱们收令罢。"说着，催了菜饭，大家吃过。市隐把见着子言，所谈尸场的情形，细对慧甫诸人述了一遍。砺寰道："子言是半开眼儿的人，何足凭信。我告诉你说，此案的内容，我同慧甫、增元三人，已探得大概情形，只碍于没有证据，不敢指实。你要少安勿躁，等过十日之后，我必有详细报告。"市隐道："你说的固然很是，但此时我的心里非常纳闷，非把内中真相探得实在，我心里不能痛快。我终日东奔西跑，专为此事，你们既已知道，又何必严守秘密，不肯告诉人呢？"砺寰道："不是我不肯告诉人，方才于真卿先生业已谈过大略。真卿住家，最与刑部相近，部里情形，他知之最详。现真卿定于明日午后，真卿与慧甫二人，赴部调查，等他们回来报告，我便有把柄了。"市隐听了此话，很觉渺茫，细追问一切情形，砺寰不肯说。真卿含笑在旁，剔牙不语。闹得苏市隐犹疑不定，疑是方才出去时，慧甫等有何议论，或是慧甫等，已得其中真相，不肯与旁人说明，亦未可知。遂笑道："你们这鬼鬼祟祟，我实在不作情。肯得说明呢，就赶紧说明；不肯说明呢，就不必告诉我，又何必吞吞吐吐，叫人家发疑呢？"说的增元等也都笑了。慧甫亦笑道："不闷人不成笑话，你先少打听罢。"真卿漱了口，也凑近众人道："似我所见，春阿氏一案，实在冤枉。过部那一日，我已眼见其人，身量不甚高，圆合脸儿，大眼睛，面上一团严肃的颜色，绝不似杀人的女子。听说到刑部后，分在山西司承审。阿氏是收在北所，不令与家人相见，以免有串供的情弊。现在连过数堂，尚无口供，只认说一阵心迷，便要寻死，后来又一阵迷糊，将伊夫砍死，所以才畏罪投缸。您想这一片口供，能算得上是实供吗？后来又再三拷问，他说他丈夫既死，落了谋害亲夫的罪名，如今只求一死，情愿抵偿。问他婆婆如何，他也说好；问他丈夫如何，他也说好。我想这一件冤枉案子，若一旦定谳，必然依照律例，凌迟处死，死后便无日昭雪了。"

秋水冷笑道："你们这宗见解，都显无稽之谈。凡评论一件事，万不能仓卒草切，须把种种证据一一指明，方能把阿春氏证为好人呢。"淡然亦笑道："秋水卓见，诚可令人佩服。但昨日翼里已将普云拿获，今午解送题署，大概一两日内必然过部。是否为害人原犯，现尚难得定论，然若详细究问，必能得着内中真相。"秋水含笑道："不见得罢。"淡然亦急道："普二常在文家，焉能不知？"秋水摇头道："不见得，不见得。我凭空这么说，没有真实证据，你们绝不肯信。咱们设一个赌约，等他定谳后，倒看谁输谁赢。"说罢，与淡然击掌，以市隐作证人，将来输了时节，罚他五十人的东道，并捐助贫民院一百块洋钱。砺寰等连称很好，慌忙的净面穿衣，会了饭账，各自分头回家，不必细题。

次日项慧甫同了谢真卿二人，去到刑部北所，要侦察阿氏举动。不想事有凑巧，这日山西司题讯阿氏，文光与范氏诸人均在羊肉馆听传候审呢。真卿、慧甫等闻知，喜出非望。先到刑部里面，寻了相熟的牢头，引至北所，一面走路，一面与那牢头打听阿氏的举动。正步在西夹道内，忽见有一群小孩儿，围随一个女犯，年在十七八岁，梳着辫，穿一件蔚兰色竹布褂，慢慢的走来。真卿一看，却是阿氏，随在慧甫身后拍了一掌，慧甫亦忙的止步，闪在一边。见那一群小儿，一个个欢欢喜喜，呼唤姐姐，阿氏低着粉颈，头也不抬，消消停停的走过，那一种惨淡形容，真令人观不忍睹，任是铁石心肠，也不免伤心落泪。慧甫待其走远，向牢头打听，这一般小儿，是阿氏的什么人。牢头道："说来很奇，这都是附近住户的小儿。皆因春阿氏性情温婉，自入女监后，待人极好，不但监中囚犯全都爱他敬他，连女牢头梁张氏全都怜悯他。看他的言容举动，颇有大家风范，又安静，又沉稳，决不似杀夫的神气，所以合监女犯全都替他呼冤。这群小孩子，也因他待人极好，所以成群结队的呼他姐姐，有什么好吃的好玩的东西，也都争先恐后的送来。现在半个多月，已经成习惯了。"真卿叹口气道："这群小儿真个有趣。只是中国刑法暗无天日，像这样冤屈事，得何时昭雪呀？"说罢，叹息不止。牢头悄声道："二位到外边去，先不要说。昨天盖九城已经放出，大概是文光家里托了人情，不然也难于释放。"慧甫道："那么过堂时节，范氏是什么口供？"牢头摇首道："范氏口供，我们也打听不着。司里也下过谕，不准官差皂隶透出消息，倘外间有何议论，即以站堂的是问。像这么严紧，我们那能知道。"

　　三人一面说话，来到女监。先向女牢头梁张氏打听监内景象。听那梁张氏说，阿氏是极其沉稳，每天两饭一粥；若有官人进去，旁人都欢欢喜喜，有说有笑，惟有春阿氏安然静坐，绝没有轻狂之气。就像监里那样肮脏，阿氏也极其洁静，不但他衣服鞋袜一切照常，就是他所铺草帘，所盖的棉被，都比同床的干净。若说这样女子谋害亲夫，那么阳世人间，就没有好人了。梁张氏越说越气，连把淫妇盖九城，不该因奸杀子，污陷儿媳，痛骂了几十声，真卿等也听着痛快，仿佛那梁张氏一骂，便替春阿氏洗了冤枉似的。随又打听阿氏在监说过他家事没有，梁张氏道："没说过。"慧甫听了此话，谨记在心。因问阿氏过堂，能几时回来。牢头说："过堂没有时限，有跪锁拷问时，至早须三个时辰方能放出。"真卿又叹息半日。

　　慧甫把监内情形得了大概，俯在牢头耳旁，欲求牢头费神转向女牢头打听，可有阿氏娘家人来此探问没有。梁张氏道："上头有交派，阿氏家里人不准进来。"说着，又用手指道："您瞧，这就是他母亲德氏，由堂上下来了。"

　　慧甫等回头一看，果见东墙夹道，有管狱官人，带着个年近六旬，苍白头发的老妇，面带愁容，穿一件兰布褂，两只香色福履鞋，后面跟随官人，进了女监。慧甫把德氏上下打量一番，不由得紧皱眉头，暗中纳闷。看那德氏面貌，很是严肃，断不是不讲家教的举止。

　　慧甫看了一回，催促谢真卿赶紧回去，说狱中情形我已得着大概，等过了三五日，普云过部后，我们再来查看。当下与那男女牢头告别，分头而去。

　　慧甫把部中情形告知砺寰，问他有什么法子，可以调查真象。砺寰道："先生不必着急，兄弟自有妙法。"慧甫道："既有妙法，你我分头调查，如有所得，即行商议。"两人计议已定，又约会黄增元等，调查文光的亲友和阿氏的家事。又听说阿氏胞兄名叫常禄，现在外城警厅充当巡瞥。慧甫要委婉托人，交结常禄的同事，好探听阿氏为人，究竟品行若何。

　　不想光阴似箭，时序如流，转瞬之间，已经岭上梅开，小阳将近。刑部的消息，自把普云送部，一连着拷问数堂，没有承认的口供。验其血迹，确是疔疮脓血。虽在嫌疑之内，若指为原凶，又没有真实凭证，只不过报纸宣传，因为普云为人不甚务正，又常在文光家内，难免与盖九城有拉拢。不想拷问多次，依然无供，尚书葛宝华、左侍郎绍昌、右侍郎张仁黻，全都非常着急，诚恐一司承审，所见不公，又更调几回司口，改派几回问官，凡部中有名的司官，没有一个没审过。会审多次，都说普云、范氏不像正凶，禀明堂官，请予释放。堂官也无话可说，只得将普云、阿德氏先行释放，好改派问官，严讯阿氏。随将合署员司聚在一处，大家讨论此事，毕竟有什么方法，可以得着实供。众司员面面相视，毫无办法。

　　葛公道："此案若不得真象，如何定案？现在舆论是这样攻击，若不见水落石出，本部的名誉，自此扫地。昨日叫起儿，上头曾问此事，我当时无话可答，只好支吾搪塞，口奏了一回。至散门的时候，我同绍仁亭很是着急。仁亭要亲自题审，但能

有个要领，虽一时不能定案，也好变个方法，具奏请旨啊。不
然，因循日久，言官再一参奏，我们就没颜面了。"绍侍郎道：
"前日在景运门地坦，曾与那中堂景大人相见，谈及此事，据
题署左翼报告，俱说春英之死，确是阿氏所害，但不知帮凶的
为谁。诸公对于此案皆已审讯多次，若果是阿氏所害，我们居
心无愧，即可按律定拟，免得延缓日期。"问官宫道仁道："大
人如此高见，司员也不敢不说。本司题审阿氏，因见他举止言
容，皆极庄静，颇不似杀人凶犯，未敢用刑。后因他没有口供，
不说是情甘抵命，便说心迷误杀。后见其手上指甲，有似用刀
折伤的痕迹，当即以严刑拷问。据阿氏供说，一阵心迷，不知
如何折落。司员听此口供，分明是支吾之语，遂设法诱供，并
令女牢头梁张氏暗探其言谈举动之间，有什么破绽没有。不想
直至改调别司，仍无口供。据司员想着，阿氏在家中受气，意
欲自行抹脖，春英猛然惊醒，阿氏于惊慌失措之际，误将春英
砍伤，似亦在情理之中。"又一司员道："本司亦审过多次，但揣
情度理，所见与山西司稍有不同。日前与题署行文，将院邻德
珍等传案质问，诘以春阿氏平日是否正经，据德珍供说，阿氏
过门之后，未闻有不正名誉；诘以文范氏品行若何，皆云不知。
如此看来，则是否为阿氏所杀，尚在两可。"葛尚书听到此处，
随令各司员将屡次所讯供词一一调出，细与张、绍两侍郎翻复
查阅。

　　又一司员回道："阿氏在本司所供，皆与他司不同。原供
说，屡受春英辱骂，继又说素受夫妹欺负，后又说素受婆母斥

责。且杀死春英一节，原供说一时心内发迷，题刀向春英脖上尽力一抹；继又说，是日在家，题刀坐在床沿上，本欲自尽，不料春英挣起，揪住该氏手腕，以致一时情急，刀口误伤春英咽喉。其前后供词，屡经变易，殊难深信。当用严刑拷问，而阿氏一味支吾，迭次用刑，仍坚称委无他故。按其情节，原凶是春阿氏无疑。惟据文光、德氏、瑞氏、托氏并院邻德珍等供称，阿氏过门后，夫妇向无不和，阿氏亦没有丑名。据此看来，必系别有缘因。或为家中细故，偶与婆母小姑稍有不睦，一时思想不开，遂至情急寻死；抑或儿女缠绵，欲与丈夫同尽；或春英见其欲死，向前夺刀，以致误伤而死。这亦在情理之内，疑似之间的事。"

又一司官道："诸公所见，皆极近理。阿氏由本司承审，屡次所供皆与各司略同。惟最后供说，丈夫已死，不愿再生，请早赐一死，以了残生。其言惨痛，颇难形容其状，似有别项缘由，隐忍不能言的意思。后诘其奸夫为谁，彼则坚称愿死，别无可供。据此看来，则阿氏心目中，必有别项隐情，断非一时所能猜测的了。"

一语未了，把旁坐一位司官，名叫志诚的怒恼，冷笑两声道："今有堂宪在此，愿我同寅诸公，要以官常为重，莫被奸人所误才是。"说的那一司员，脸上发红。因为志诚以冷言激刺，仿佛指摘旁人，受过文光运动似的，因冷笑道："我辈以法人资格，谁肯循私呢？"说着，你言我语，纷纷争议，幸有郎中善佺、员外郎崇芳等婉为解说，为着公事，我们不要争意见，大家方才住口。

绍公把供词阅毕，听了各司所见，各持一说。当即指任善佺把各项卷宗，调查清楚，按该氏自认误杀属实的情形，移送大理院，详细推鞫；一面与葛尚书商议，再与题督衙门、巡警厅，并各处探访局所行文，烦请侦察名家，悉心踩访，如得有确实凭证，即行咨送大理院，以备参酌。葛公亦深以为然。

张侍郎道："古来疑狱，有'监候待质'之法，现在之现行例，强盗无自认口供，贼迹未明，盗伙又决无证明者，得引监候处决。则服制人命案件，其人已认死罪，虽未便遽行定谳，似可援监候处次之例，仿照办理。"葛公等亦深以为然。随令司员等先与侦察机关缮具公文，令其妥派侦探，细心踩访，并令宫道仁等查检旧时例案，有与此案相同者，好援例比拟，具奏请旨。嘱咐已毕，随即传唤搭轿，各自回宅，暂且不表。

单说那名家侦探，因为阿氏一案，皆极注意。其中有一位精细的侦察家，姓张名瑞珊，名号同一，常往来于京津一带。性情慷慨，极喜交游，能操五省方言，人人都称他福尔摩斯，是时在天津探访局，为高等侦探。因见刑部堂官，有约请各处侦探，帮同调查的公函，遂动了争名之念。暗想北京城中是藏龙卧虎，人文荟萃的地方，怎么阿氏一案就无人解决呢？随即携了银钱，不令众同事知其踪迹，暗赴老龙头车站，买了火车票，当日就乘车来京，住在煤市街万隆店。亦不暇拜望戚友，先往各茶楼，博采舆论。

有的说文光家里在刑部托了情，已将春阿氏问成死罪，不久即送大理院，请旨定案了；有的说文范氏手眼通天，未嫁文光以前，常与王公阔老交接来往，此次承审官员，皆与文范氏原有夙好，所以连奸夫普云皆各逍遥法外，无人敢惹。大家纷纷议论，所说不一，瑞珊也一一听明，记在心里。忽见眼前桌上，坐着个年少书生，衣服打扮，皆极华丽，对面有一老叟，童颜鹤发，戴着墨晶眼镜，手拿杆旱烟袋，口中吁着烟气，与那少年闲谈。

少年道："中国事没有真是非。若望真实里说，反难见信。近如春阿氏一案，明明是谋杀亲夫，偏说是受人陷害，竟闹得刑部堂官都不敢定案了。"那一老者叹道："人世间事，由来如此。若非报纸上这样辩护，早已就定案了。我前次承审此案，阿氏跪在堂上，我仔细一看，不必他自己供认，那脸上颜色，已然是承认了。后来到别司拷问，他只说情愿抵命，请早判死。只此一语，即可见害人是实了。虽不是阿氏下手，亦必是爱情圆满，不可思议的情人了。"说着，声音渐低，唧唧哝哝的，听不真切了。

瑞珊把茶资付过，得了这议论，心已打定主意。先往六条胡同拜见乌珍，把翼里口供、尸场情形，一一问明；婉转各界戚友，变尽侦探方法，先与文光交结，并探听阿氏的家事；又赴外城警厅，面见阿氏的胞兄。自从丁未年冬月到京，费了若干手续，方知春阿氏乳名三蝶儿，自幼聪明过人，父母都爱如掌珠。自从阿洪阿去世，只剩母亲德氏，带着他长兄常禄，少弟常斌，娘儿四个度日。德氏为人，本是拘谨朴厚，顽固老诚的一派人，言容郑重，举止凛然；在家教训子女，决不少假辞色；其对于亲戚故旧，也是冷气凌人，毫没有和霭气。以故那亲戚朋友，都笑他老八板儿，德氏亦并不介意。殆至丈夫死后，母子们困苦无依，遂迁在至亲家内，为是有些照顾。这家也不是旁人，正是德氏的从妹额氏家。妹丈姓聂，表字之先，现为某部员外，生有一子一女，男名玉吉，女名蕙儿。玉吉幼而聪敏，长而好学，气宇轩轩，不可一世；惟一受家庭拘束，年已十五岁，尤不许出外一步。额氏为人，也是拘谨庄重，向与德氏投缘，顽固气息，实相伯仲。额氏住在西院，德氏带着子女赁居东院，两家是一墙之隔，中有角门可通，以故东西两院，如同一家。玉吉比常禄小三岁，恰与三蝶儿同庚，比蕙儿长一岁。五个人年岁相仿，既是姨表兄弟，一院同住，所以耳鬓厮磨，每在一处玩耍，毫无拘禁。

德氏姊妹，是虚文假作的拘谨，从来于儿女性情、悲欢喜怒上，并不留心。德氏虽知爱女，不过于表面上注意，只教唯唯诺诺，见人规矩而已。后来三蝶儿年岁稍长，出脱得如花似玉，丽若天人，邻居左右，莫不惊其美艳。每当夕阳西下，德氏姊妹常带着子女们站在门前散闷。三蝶儿年方十五，梳一条油松辫子，穿一件浅兰竹布褂，对着那和风霁景，芳草绿茵，越显得风流秀蕙，光艳夺人，仿佛与天际晚霞，争华斗艳似的。过往见者，咸惊为神仙中人，以故媒媪往来，皆欲与三蝶儿题亲。谁知德氏姊妹，自从玉吉幼时，早就有联姻之意，不过儿女尚小，须待长成之后，始能题起。

　　这日有邻居张锷，是东直门草厂一带著名的恶少，因爱三蝶儿之美，托嘱媒婆贾氏，往德氏家内议婚。贾氏刚一进门，先将三蝶儿的针线赞个不了。三蝶儿是聪明过人，见他这般谄媚，厌烦之极，收了手中活计，便向西院去了。是时那玉吉、常禄两人正在外处读书，每日放学，教给三蝶儿识字。幸喜三蝶儿过目不忘，不到一年光景，已把眼前俗字认了许多，寻常的书帖、小说，也可以勉强认得。只苦于德氏教女，常以"女子无才便是德"一语为戒，所以三蝶儿识字，不肯使人知道，只在暗地里看看说部，习习写字；晚间无事，便令玉吉讲解，当作闲谈吹话儿。玉吉亦沉默向学，留心时事，每日下学回家，即与兄弟姊妹一处游戏；常禄的资质略笨，性又刚直，故与玉吉不同；常斌是年纪小；蕙儿是过于狡情，以故姊妹五人，只与蝶儿性投意合。小时有什么好玩物，皆与三蝶儿送去；有什么好吃的，也与三蝶儿留着。三蝶儿性情孤傲，亦好清洁，看着常斌、蕙儿等又龌龊又肮脏，心里十分厌恶，惟与聂玉吉脾胃相投，常于每日晚间，学经问字。到了年岁稍长，智识渐开，三蝶儿的思想明敏，体察着母亲心意，合姨夫姨妈的心理，显露了结亲之意，遂不免拘谨起来。每逢与玉吉见面，极力防嫌，连一举一动上，俱加小心。玉吉不知何故，总疑有什么得罪地方，欲待问他，又无从开口。

　　这一日学塾放假，独在上房里练习楷字，忽见三蝶儿走来，站在玻璃窗外。因见屋里无人，收住脚步，隔着玻璃问道："我姨妈往那儿去了，你怎么没上学呀？"玉吉放下笔管，笑嘻嘻的点手唤他。三蝶儿摇摇头，转身便走，后面一人扯住道：
"你上那儿去？我哥哥在家哩。"三蝶儿回头一看，正是蕙儿。
不容三蝶儿说话，死活往屋里乱扯。三蝶儿央道："好妹妹，别
揪我，我家里还有事呢。"蕙儿冷笑道："有事么，不搭棚？既
往这里来，就是没事。"说着，拉了三蝶儿的手，来到屋内。玉
吉也出来让坐，笑问道："姐姐这几日大门不出二门不迈，请你
吃饭，你都不肯来，莫非我们这里，谁得罪了姐姐？"三蝶儿
笑道："你真是没话找话儿。我若不肯来，焉能坐在这里？"说
的玉吉笑了。忽额氏自外走来，一见三蝶儿在此，便问他吃的
什么，又问他做什么活计。三蝶儿一面答应，一面与蕙儿拉着
手。蕙儿是年幼女孩，见了三蝶儿如见亲人一般，因额氏在此，
不敢放肆，遂坐在三蝶儿身边，两眼望着玉吉，暗捏三蝶的胳
膊，嗤嗤而笑。三蝶儿恼他淘气，因碍在额氏面前，不好说
话。不想被额氏看见，瞪了蕙儿一眼，厉声喝道："什么事这么
揉搓人？这么大丫头，不知学一点儿规矩礼行，竟这么疯子似
的，学讨人嫌么！"说着，把丫头长、丫头短的骂个不了。还
是三蝶儿劝着，方才住了。额氏道："你不用护着他，你们姐妹
们，都是一道号。半天晌午，为什么不做活计，竟满散逛，真
不给小孩儿留分了！"说的三蝶儿脸上，一红一白，放了蕙儿
手，又不敢久坐，又不敢便走。玉吉站在一旁，一见蕙儿挨说，
早吓得跑进屋内，不敢则声了。一面磨墨，又听见外间额氏申
饬三蝶儿，遂高声唤道："姐姐，你不要找寻了，猫从房顶上已
经回去了。"

　　三蝶儿会意，三步两步的走出。回到东院，原来那说媒的贾婆仍然没走，坐在里间屋里咕咕哝哝的，正与德氏说话。三蝶儿把脚步放重，自外走来，站在母亲身旁，又与贾婆、德氏，斟了回茶，返身回到屋内，无精打彩的，做些针线。不想那贾氏话多，坐到日到平西，仍在西里屋内刺刺不休，有听得真切的，有听着渺茫的，句句是说媒拉纤，自夸能事的话。又奖誉三蝶儿容貌，必得嫁与王公方才配合。三蝶儿听了半日，句句刺耳，因恐终身大事，母亲有何变故，遂把针线放下，静坐细听。

　　那贾婆道："告诉姐姐说，我管的闲事，没有包涵，你自管打听去，家业是家业，郎君是郎君。明天把门户帖儿……"说到此处，又隐隐的听不真了。三蝶儿不知何事，料定母亲心里禁不得贾婆愚弄，若有长舌妇来往蛊惑，实与家庭不利。想到这里，心里突突乱跳，身子也颤摇起来，便闷闷倒在枕上，暗暗思量，觉得千头万绪，十分烦闷。忽见贾婆进来，笑嘻嘻的道："姑娘大喜了！我保的这门亲事，管保门当户对，姑爷也如心。"三蝶儿听了这话，如同万箭攒心一般，正在不得主意，猛听西院里一片哭声，说是玉吉挨打，被聂之先当头一棒，打的昏过去了，当时一惊非小，三步两步跑了过去。果见聂玉吉躺在院里，之先拿着木棒，喘吁吁的站在一旁，有德氏、额氏姐妹，在旁求饶，蕙儿、常禄等亦跪地央告。之先怒目横眉，头也不顾抬，只望着玉吉发狠。众人再三央告，死也不听，抢步按住玉吉，欲下毒手。急得三蝶儿，嗳呀一声，仆倒就地。欲知如何，且听下回分解。

第十回　露隐情母女相劝　结深怨姊妹生仇

话说三蝶儿一见聂之先按住玉吉，吓得嗳呀一声，仆倒就地。本打算婉言央告，不想摔倒在地上，心里虽然明白，口里却说不出话来，急得呜呜的乱嚷。忽见德氏走来，唤着三蝶儿起来。三蝶儿一面哼哼，正在昏昏沉沉恍恍惚惚之际，猛听德氏唤他，遂长叹一口气，睁眼一看，仿佛身在房中，俯在床上发昏似的。又听德氏唤道："姑娘你醒一醒，管保是魇着了。"三蝶儿定了定神，敢是作了南柯一梦。只觉得头昏眼花，身子发懒，翻身坐了起来，一面揉眼，一面穿鞋下地。只听德氏叨念道："半天晌午，净知道睡觉，火也耽误灭了，卖油的过来也不打油去，贾大妈走了，也不知道送一送。这倒好，越大越没有调教了。"说的三蝶儿心里越发难过，一面理发，顾不得再想梦景，只推一阵头疼，不知什么工夫，竟睡去了。一边说，一边帮着做菜。吃过晚饭之后，觉身上懒懒的，不愿做活，遂歪身躺在屋内，昏昏睡去。

自此一连数日，如同有病的一般。早晨也懒得起来，晌午亦懒得做活，气得阿德氏终日唠叨，只催他出外活动活动，不要闹成痨病。三蝶儿答应着，心里却无主意。有心往西院里散散闷，又恐受姨妈教训，或是张长李短，讲些个迂腐陈言，实在无味。只得坐在屋里，扎挣做些活计。

这一日向晚无事，德氏、额氏带着常斌、蕙儿，俱在门外散心。三蝶儿不愿出去，独在院子里浇花。忽见玉吉走来，笑嘻嘻的作了一揖，咚咚的往外便跑。三蝶儿有多日不见，仿佛有成千累万的话要告诉他似的，不想他竟自跑去，也只得罢了。不一会，又见玉吉跑来，唤着三蝶儿道："姐姐你快来看热闹！"三蝶儿不知何事，因问道："有什么可瞧的，你这么张惶？"玉吉笑道："其实也没什么可瞧的，我怕姐姐闷得慌，要请姐姐出去散一散心，何苦一个人儿闷在家里呢？"三蝶儿道："叫你费心，任是什么热闹，我也不管瞧，你爱瞧只管瞧去。"说着，题了喷壶，仍去浇花。玉吉道："姐姐的病，我知道了。不是挨了姨妈的说，必是那贾大妈气的。"玉吉是无心说出，不想三蝶儿听了，满脸飞红，暗想道："贾大妈的事，他怎么也知道？莫非贾大妈的事，已经说妥了不成？"随忙着放下喷壶，摇手向玉吉道："你既知道，就不便说了。"玉吉不解其意，只当三蝶儿又受了什么样气，遂悄声问道："告诉我怕什么？决不向外人说去。"三蝶儿一面摇手，又蹙着眉道："告诉你做什么？反正是一天云雾散，终久你也知道。"玉吉听了此话，越不能解，遂携手问道："到底什么事，你这样着急？"三蝶儿叹了口气，眼泪扑簌的滴下，夺过手来道："你不要再问了。"说着，擦了眼泪，走进屋内，低头坐在椅上一语不发。玉吉也随后跟来，再三追问，连把好姐姐叫了几十声。又说天儿太热，不要闷在心里憋出病来。三蝶儿一面抹泪，一面跺脚，又红脸急道："你一定要问我，可是挤我寻死。"这一句话，吓得玉吉也怔了。想了半日，摸不清其中头脑，欲待问他，见他如此着急，也不敢再问了。

正在没个找寻处，忽见德氏、额氏等自外走来。德氏见三蝶儿流泪，怒问道："青天白日，你又是怎么了？"三蝶儿忙的站起，强作笑容道："我眼疼，光景是要长针眼。"一面说，一面以袖掩泪。玉吉也在旁遮掩，方把德氏拦住。不一会，常斌跑来说："西院我姨父又吐又泻，想必是热着了。"玉吉听了，连忙跑去，德氏亦随后追出。将走到上房门外，就听得之先连连嗳哟，又呕又吐。额氏在屋内嚷道："姐姐你快来，帮我一把手儿罢。"德氏答应一声，三步二步的赶入。之先坐在炕上，呜哇的乱吐，吐得满屋满地都是恶水。额氏站在身后，一手拿了顶针儿，替他刮脊梁。又叫仆妇梁妈，上街买药去。一时三蝶儿、蕙儿等，也自东院走来，忙着拿了笤帚，帮着扫地。忽之先嗳哟一声，嚷说腹痛，翻身倒在炕上，疼得乱滚。又要热物件，去温肚子。等至梁妈回来，服了"金衣去暑""六合定中"四丸子却暑药。不想服了之后，依然无效，又把痧药、"红灵丹"等药，闻了许多，连一个嚏喷俱不曾打。额氏等着急之至，忙叫玉吉、常禄去请大夫。

候至九点余钟，医生赶到。德氏等一面待茶，一面把病人情形说了个大概，又央着医生细细的诊诊脉。医生答应道："不用你嘱咐，错非与之先相好，我今天万不能来。方才傻王府请了三天，疝贝勒福晋，也病得挺厉害，我全辞了没去，赶紧就上这儿来啦。"说着，进屋诊脉。合上两只鼠目，一会点点头，一会儿皱皱眉毛，假作出细心模样来。之先一边嗳呦，一面给医生道劳，说："大哥恕罪，我可不起来了。"医生把二目睁开，说声："不要紧，这是白天受暑，晚上着凉。左右是一寒一火，冷热交凝，夏天的时令病。"说着，玉吉等拿了纸笔，请到外间屋里去立方。医生把眼镜取出，就着灯光之下，拂着一张红纸，一边拈着笔管，一面寻思。先把药味开好，然后又号上分量，告诉额氏说："晚间把纱窗放下，不可着凉。"额氏一一答应，又给医生请安，道了费心，玉吉、蕙儿等亦随着请安。额氏把马钱送过，医生满脸堆笑，不肯收受，还是德氏等再三说着，方才收了马钱，告辞而去。这里额氏等煎汤熬药，忙成一阵。

额氏等一夜不曾合眼，本想着一剂药下，即可大痊。不想鸡鸣以后，病势愈加凶险。急得额氏等不知如何是好，打发常斌、玉吉去请医生，又怕是痧子、霍乱，遂着梁妈出去，请一位扎针的大夫来。

合该是家门不幸。这位扎针大夫，本是卖假药的出身。扎针之后，常斌所请的医生亦已赶到。进门诊脉，业已四肢拘急，手足冰凉。医生摇了摇头，说："昨晚方剂已经错误。大凡霍乱的病症，总是食寒饮冷，外感风寒所致。人身的脾胃，全以消化为能。脾胃不能消化，在上脘则胃逆而吐，在下脘则脾陷而为泻。现在之先的病，吐泻并作，脉微欲绝，又兼着连扎十数针，气已大亏。我姑且开了一方子，吃下见好，赶紧给我信；如不见效，则另请高明，免得耽误。"额氏听了此话，一惊非小。一面擦泪，一面把医生送出。回房一看，之先躺在床上，牙关紧闭，面如白纸。额氏叫了两声，不见答应。又叫玉吉等伏枕来唤，急得常禄、常斌并三蝶儿、蕙儿等亦在旁边守着，爹娘姨父的乱嚷。梁妈把药剂买来，忙着煎药，因坐中不见德氏，遂问道："东院大太太什么工夫走了？"额氏亦左回右顾，不得主张，急得叫三蝶儿去找。又抱怨德氏道："好个狠心的姐姐，这里都急死了，他会没影儿啦。"三蝶儿亦一面抹泪，忙的三步两步来到东院，说是："我姨父已经不成了，你还不赶紧去呢！"德氏叹一口气，一语不发。三蝶儿倒吓一怔，不知此时母亲受了什么感触，这样生气，有心要问，又畏其词色严厉，不敢则声。一面以袖子抹泪，一面往外走。

德氏拍的一声，拍的桌子山响，怒嚷道："你姨父病了要紧，你妈妈病了，也不知问一问？"三蝶儿吓了一跳，不知何故，转身便跪在地下，凄凄恻恻的道："奶奶别生气，有什么不是，请当时责罚我。大热的天气，奶奶要气坏了，谁来疼我们呀。"说着，两泪交流，膝行在德氏跟前，扶膝坠泪。德氏把眼睛一瞥，赌气站起来道："不是因为你，我也不生气。这们大丫头，没心没肺，我嘱咐你的话，从不往心里搁一搁。天生的下流种，上不了高台儿吗？"说罢，把手中烟袋用力在地上一磕，恶狠狠的问道："你跟你玉兄弟，说什么来着？你学给我听听。"

三蝶儿一听，不知从何说起，吓得面如土色，颤巍巍的道："大夫来时，我在里间屋服侍姨父，并不曾说些什么。"德氏呸的一声，唾得三蝶儿脸上满脸吐沫。德氏道："看那药方子时候，你说什么来着？"三蝶儿想了半日，茫然不解。细想与玉吉二人，并不曾说过什么，有什么要紧话被母亲听去，这样有气。乃惨然流泪道："奶奶责我无心，诚是不假，说过的便忘了。"一面说，一面央告德氏，指明错处，好从此改悔。德氏装了一袋烟，怒气昂昂的，走向三蝶儿眼前，咬牙切齿道："你不用装糊涂！昨天你跟玉吉说，逼你寻死，谁逼你寻死来着，你说给我听听！"三蝶儿听到此处，知是昨晚说话未加检点，当时两颊微红，羞羞怯怯的。德氏呸呸的两声道："好丫头，我这一条老命，早早晚晚死在你的手里。我家门风，早早晚晚也败在你的手里。"说得三蝶儿脸上，愈加红涨，惟有低垂红颈，自怨自艾。德氏见其不语，愈加愤怒，乃忿然道："你说呀，你怎么不说呀？"三蝶儿一面抹泪，想着西院之先病在垂危，母亲这样的有气，实是梦想不到的事，因叹道："奶奶，奶奶，你叫我说什么？"说着，拂面大哭。德氏放了烟袋，顿足拍掌的道："说什么？你自己想想去罢。"说罢，倒在椅子上，哼哼的生气，一时又背过气去。

三蝶儿擦着眼泪，俯在德氏怀里，奶奶奶奶的乱叫。一时梁氏、蕙儿因三蝶儿来找德氏，半日不见回去，亦跑来呼唤。叫了半日，不见答应。又听上房里，连哭带喊，遂走来解劝。拉起三蝶儿，又把德氏唤醒，问说因为什么这么生气？三蝶儿背了德氏，偷向梁妈摇手。梁妈会意，死活拉了德氏，说西院我们太太急得要死，我们老爷已经不成了。三蝶儿亦随后跟去。

　　走至西院，忽听额氏说声不好，梁妈等抢步进去，原来聂之先已经绝气了。额氏等措手不及，只顾扶着枕头，呜哇乱哭。德氏、三蝶儿等也望着哭了。梁妈劝住额氏，先把箱子打开，说："制办寿衣业已来不及，难道叫老爷子光着走吗？"额氏一面擦泪，这才慌手忙脚开箱倒柜。三蝶儿也忙着收拾。大家七手八脚，先把之先装好，停在凳上，又叫常禄出去叫床。额氏、玉吉并德氏母女及梁妈、蕙儿等，复又大哭一场，大家凄凄惨惨的，商量事后办法。

　　额氏虽称能事，到了此时此际，亦觉没了主意。德氏因昨日一夜不曾合眼，又因与三蝶儿生气，经此一番变故，亦显得糊涂了。玉吉一面哭，跪在额氏面前，请求办法。三蝶儿擦着眼泪，先令梁妈出去，找两个帮忙的爷们来，先与各亲友家里送信。德氏一面擦泪，不知与额氏闹了什么口舌，坐了半日，只有擦泪流泪，对于后事办法，一语不发。额氏亦没了主意。玉吉、常禄二人虽是少年书生，心里颇有计划，二人商量着，先去看棺材，又叫三蝶儿等防着德氏姊妹，不要天热急坏了。三蝶儿点头答应，见母亲如此不语，又兼有方才申饬，亦不便多言多语，再去张罗了。一时德氏站起，推说头上发昏，自回东院去了。

额氏望着之先，仍是乱哭。一手挥了眼泪，擤了鼻涕，望见德氏走后，指给三蝶儿看道："你看你妈妈，我这么着急的事，他连哼也不哼。你爸爸死的时候，我可没有这样。什么叫手足？那叫骨肉？看起你妈妈来，真叫姐姐们的寒心。"说罢，放声大哭，闹得三蝶儿劝也不是，不劝也不是，又不知他们姊妹犯了什么心，今儿额氏一哭，不由得也哭了。蕙儿站在一旁，不知所以。虽说是小孩子家，不知世故，然父亲刚然咽气，母亲与姐姐俱这样哭，亦不禁放声哭了。

梁妈把雇来的爷们打发出去，烧完了倒头纸，听得额氏屋中这样乱哭，也不免随着哭了，闹得一家上下，你也哭我也哭。额氏、三蝶儿等越哭越惨。额氏是悼夫之亡，悯子之幼，又伤心同胞姊妹尚不如雇用仆妇这样尽心；又想着办理丧事，手下无钱；又虑着完事之后，只剩下母子三人，无依无靠，儿子虽已成丁，毕竟是幼年书生，不能顾全家计，越哭越恸，哭的死去活来，没法劝解。三蝶儿是心重得很，知道自己家事皆倚着姨父一人。姨父一死，不惟母女们失了照应，若日后母亲姐妹失和，如何能住在一起。既不能住在一起，则早日结亲之说，也必然无效了。虽我自己亲事不算大事，然母亲年老，侍奉需人，若聘与别姓人家，万不能如此由性。再说哥哥兄弟，又是朴厚老实、循规蹈矩的一路人，若使他守成家业，必能无忝祖德；然生于今之世，家计是百般艰窘，母亲又年近衰老，错非创业兴家，光耀门户的弟兄，必不能振起家声，显扬父母了。越思越苦，哭得倒在地上，有如泪人儿一般。一面擦泪，抬头望见死尸，又想起人生一世，无非一场春梦，做好梦也是梦，做恶梦也是梦，人在梦中颠颠倒倒的，不顾生死，那里知道，今天脱了鞋和袜，不知明日穿不穿，一刹那间三寸气断，把生前是是非非，也全都记不得了。想到此际，又哽哽咽咽的哭了，恨不得舍生一死，倒得个万缘皆静。

正哭得难解难分，有聂家亲友闻信来吊，少不得随着旁人又哭了一回。梁妈把来人劝住，随后额氏的从妹托氏、额氏的娘家德大舅爷等，先后来到。三蝶儿倒在地上，哭的闭住了气。大家七手八脚，一路乱忙。有嚷用草纸薰的，有说灌白糖水的。额氏掩住眼泪，也过来拉劝，连把乖乖宝贝儿的叫了半日，三蝶儿才渐渐的苏醒过来。蕙儿等在旁乱叫，三蝶儿嗳哟一声，哭了出来，大家才放了点儿心。额氏、托氏等连哭带劝，梁妈等用力搀起，掖在椅子上，轻轻的拍打着，又泡过碗白糖水来，三蝶儿呷了一口，两只杏眼，肿似红桃一般，尤自圆睁睁的望着死尸，潸潸堕泪。

额氏与德大舅爷等商议办事。德大爷久于办事，出去工夫不大，找着玉吉二人，看了寿木，买了孝衣布，先作孝衣。又着杠房来人先把幡杆立起，其一切搭棚事情，不肖细述。额氏把一切事项均托在德舅爷身上，允许着事后还钱。玉吉一面哭，一面给舅父磕头。因素日孝心极重，抹着眼泪道："外甥虽然没钱，情愿将父亲遗产，全作发丧之用。"德舅爷拭泪拉起，引得托氏、额氏并三蝶儿、常禄等，又都哭了。托氏、额氏等以事后的生计，劝了玉吉半日。玉吉一心孝父，哭道说："我父亲养我这么大，凭我作小买卖去，也可以养活母亲。日后的生计问题，此时先不必顾虑了。"一面说一面哭，闹的托氏、额氏愈加惨恸，无可奈何，只得依了。

德舅爷跑前跑后，又忙着印刷讣告，知会亲友；又忙着接三焰口，首七念经，以及破土出殡等事情。额氏见诸事已齐，想起德氏来，不免与托氏等哭了一回。托氏以姐妹情重，少不得安慰一回。又叫三蝶儿引着，安慰德氏去。三蝶儿因哭恸逾节，四肢浮肿起来，扎挣搀着托氏来到东院，不顾与母亲说话儿，遂躺在自己屋里朦胧睡去了。

这里德氏与托氏相见，也不及为礼，先为西院丧事哭成一阵。德氏为姐妹失和，少不得闲言淡语的说了一遍。托氏是来此安慰，不得不调解劝慰。又问说所因何事，竟闹到这步田地。德氏一面擦泪，叹了口气道："题起话儿长。你不常来，这内中情形，你也不知道。"说着，掀了帘子，问说："三蝶儿过来没有？"托氏摇摇手，德氏悄声道："这事瞒不了你。玉吉小时候，最与三蝶儿投缘，我因没话题话儿，曾向你二姐说过，将来我们两人，两姨结亲。这原是孩子时候姊妹凑趣的话。不想你二姐说话不知检点，如今这两孩子全知是真了。前天有贾大妈题亲来着，被你二姐知道了。原是姐妹情重，同他商量商量，叫他替我想个主意。就便我们结亲，也该当放定纳礼，开言吐语的说明了，才是正事。谁想他不哼不哈，不言语，不理我。我同他说了三遍，他说妹夫病着，带孩子就走了，当时给我下不来台。究竟是怎么办，你倒是说呀，倒底你二姐心里，是怎么个主意呢？难道我养活女儿的，应该巴结亲家，强求着作亲吗？"说罢，眼泪交流，说话声音也越来越重了。托氏恐三蝶儿听见，一面以别的话别了过去，一面悄声劝道："你们的事情，也不知同我商议。二姐是那样脾气，你又是这样秉性，论起来全不值当。俗语说，'爱亲儿作亲儿'，何必闹这宗无味的话呢？"说罢，装了一袋潮烟，听三蝶儿屋里没有动静，又悄声道："幸亏这两孩子全都老实，若是人大心大，那时可怎么好呢。依我说，事到这步田地，二姐夫是已经死了，你不看一个也当看一个。现在各家亲友皆已来到，惟独你不过去，未免太显鼻子不显眼了。"

　　说着，有梁妈等过来，嚷说："我们太太抽起肝病来了，请两位姨太太快些瞧瞧去罢！"这一句话，把托氏、德氏姐妹也吓得慌了，跑到西院一看，见众亲友左右围着，德舅爷、玉吉等一面哭，一面按着，常禄忙的跑出，请了位先生来。先生在里间诊脉，阴阳生在外间屋里开写旹榜，院里搭棚的棚匠，绳子竹竿子的乱嚷。又听门口外几声香尺响，转运的寿材已经来到门前，闹得院里院外，马仰人翻，乱成一阵。

　　玉吉、常禄等里外忙碌，德舅爷跑前跑后，又忙着送先生，又忙着灌药，乱乱腾腾，闹了两天两夜。直到接三之日，犹自忙忙碌碌，一起一起的接待亲友。玉吉见母亲病重，急的了不得。因恐西院人多，不得静养，遂同常禄等大家七手八脚，暂将额氏抬到东院，留下梁妈蕙儿专在东院伺候。玉吉在灵旁跪灵，德舅爷、常禄、常斌并托氏的丈夫文光，皆在棚里张罗。托氏与德氏姐妹，接待各家女宾。只有三蝶儿一人，自从姨父死时，哭痛过甚，又受了母亲痛斥，因此郁郁不舒，四肢浮肿起来，身上一回发烧，又一会作冷，头上也觉着混乱，眼睛也觉着迷离。后见蕙儿过来，说是额氏抽疯，病得很厉害，由不得动了点儿心。闹得一连两日，滴粒不曾入口，睡卧不宁，心里惊惊怯怯，行动亦觉恍惚了。后来有梁妈、蕙儿送了些水果西瓜来，三蝶儿把双眸微启，望见蕙儿在此，穿着白布孝衣，仿佛见了生人一般，想了半日，看不出是谁来。梁氏站在地上，连把姑娘姑娘的唤了数遍。三蝶儿合上二目，点头答应，忽又尽命爬起，问着梁妈道："你姓什么？你到我家里，挑什么是非来了。"梁氏吓了一跳，不知是那里的事。随笑道："嗳呀，我的姑娘，怎么迷迷糊糊的，连我也不认识了。"说的三蝶儿心里一惊而悟，自知是心里迷惑，说出什么关系话来，被他听去了。由不得两颊微红，倒身便躺下了。梁妈拉了床被替他盖好，悄声嘱咐道："渴时吃点儿西瓜，有什么事只管叫我。若能扎挣起来，活动活动，那尤其好了。天儿又热，屋里又透风，闹的热着了，那可不是儿戏的。本来我们大爷，就急得要死，姑娘若再病了，那还了得。"说着，拉了蕙儿手，又到西里间屋里服侍额氏去。

不想此时额氏，直挺挺躺在炕上，业已人事不知了。吓得梁氏、蕙儿面如土色，急忙与西院送信。惊得德氏、托氏、文光、玉吉等，全部赶紧过来。德氏进前一望，摸了摸四肢冰凉，圆睁两只眼睛，已经绝气了。文光等嚷说快抽，德氏就嚷说撅救，玉吉伏在枕上，连把奶奶、奶奶叫个不住。托氏亦着了慌，颤巍巍的摸了摸胸口嘴唇，眼泪在眼眶里含着，凄凄惨惨的叫声二姐，引得德氏、玉吉也都放声哭了。文光把玉吉拉起，问说："你奶奶的衣裳，放在那里呢？快些个着人取去。再迟一刻，就穿不上了。"托氏与德氏姐妹，只顾乱哭，玉吉亦没了主意，抢天呼天的跪倒地上。德舅爷亦哭个不住，勉强拉起玉吉，又见茶役回来，说："烧活、引路香已经齐备，和尚师傅们静等着送三呢。"急得德舅爷连连跺脚。众家亲友也有听见哭声，跑来劝慰的。玉吉把钥匙寻出，慌忙翻箱倒柜的去找衣裳。比那之先死时，更加十分忙乱。

大家把额氏衣服先行穿好，搭到西院上房，停在床上，又忙着西院送三。所来亲友，看了这般可惨，无不坠泪。大家一面哭，一面劝着玉吉，说："办事要紧，不要仅自着急。俗语说：'节哀尽孝。'为人子只要生尽其心，死尽其体，也就是了。难道不葬父母，儿子临时哭死，就算孝子么？"说的玉吉心里极为感激。当时忙乱送三，连那和尚、茶役及邻居看热闹的听了，全都眼辣鼻酸，替着玉吉兄妹难过起来。

大家凄凄惨惨送至长街，看着把车马焚了，然后散去。玉吉跪在街上，先与德舅爷磕头，哭哭啼啼的求着费心。又哭道："母亲多么大，娘舅多么大。母亲一死，外甥已没有疼顾了。"说着，泪如雨下。德舅爷忍泪搀扶，劝说："不必着急，你这两件大事都有舅舅承当，你就先回去罢。我带你常禄哥哥先瞧棺材去。"当时与玉吉告别，带了常禄，看了合式的一口棺木，并把接三前后的事情一律办妥；又邀着杠房的伙计，明日到聂家商议，好多预备一分官杠，言明价钱。其余的琐碎事情尽有常禄等分头忙乱，笔不多赘。

单言三蝶儿屋里，自闻额氏一死，犹如钢刀刺骨，万箭攒心的一般。只可怜当时天气，正在中元节后，斜月照窗，屋里孤灯一盏，半明半灭，独自躺在炕上，冷冷清清，凄凄切切，哭得死去活来，无人过问。幸有茶役过来，收拾厨房家俱，忽听屋子里隐隐哭声，仿佛魇着了似的，当即跑至西院告知玉吉，说："东院屋里，有人闭住气了，你赶快瞧瞧去罢！"玉吉不待说完，知是三蝶儿有病，今因姨母一死，急上添急，必是哭痛过甚，闭住气了。当时跑了过来，掀帘一看，见屋里静悄悄无动静，只有三蝶儿一人将头捂在枕下，斜搭一幅红被，正自悲悲咽咽的哭呢。玉吉把蜡烛移过，探头往里一望，见三蝶儿面上有如银纸一般，口张眼闭，娇喘吁吁，一派惨淡形容，殊觉怆楚。玉吉也不顾唤人，轻轻的拍他两下，颤颤巍巍的叫声："姐姐！"刚欲说话，三蝶儿便翻身坐起，玉吉倒吓一跳，几乎把蜡烛失手；往后一退，却被三蝶儿一把紧紧挽住手腕，两眼望着玉吉，又复悲悲咽咽的，低头哭了。玉吉不解其意，只道能够起来，便无妨碍，随将手灯放下，坐在一旁，见他如此凄惨，亦随着哭了。

三蝶儿自觉忘情，本有一肚子委曲，此时见了玉吉，仿佛一部史书，千头万绪，不知从何说起了。一面擦泪，放了玉吉的手道："你我两人，是姨父姨妈的宝贝。自今以后，我们便没人疼了。"说罢，抚面大哭。玉吉扎挣劝道："姐姐不要心窄，你若急出好歹，岂不叫姨妈着急么。"一面说一面用孝衣擦泪，又悲悲切切道："你尽管放心，我横竖急不死。"三蝶儿听了此话，知道自己的心，玉吉全都知道，很觉感激，但恐他人听去，有些不便，遂叹口气道："我不为别的，姨父姨妈一死，你家业零落了是小，连你的功名学业也自此便完了。"说着，自叹命苦。又说："你我此时，不如死了，倒也干净。等到来生来世……"说到此处，自觉失言，不禁红潮上颊。玉吉亦顿足道："姐姐疼我的心，我全都知道。只现在死丧在地，本来我姨妈就终日发怔，姐姐若再急坏了，叫我对得过谁呀？"说罢，两泪交流，引得三蝶儿亦呜呜哭了。

忽有常斌走来，说："德大舅已将诸事办妥，等你商量呢。"玉吉一面抹泪，来至西院，见座上僧人已经入座，铺排侍者，唤说本家跪灵。玉吉奠了回酒，赶忙到厢房里面去见德大舅。在座有许多亲友，玉吉也不及周旋，伏在地下，先给德舅爷磕头。众人亦即站起，因玉吉年纪不大，如此聪明沉稳，实不易得，只可惜幼年英俊，父母双亡，真是可怜的事情。随皆劝着道："夜已深沉了，少爷吃什么了没有？俗语说：'爹死娘亡，断不了食嗓。'现在父母大事，全部仗恃你了，倘若有了灾病，谁来替你？"说着，便叫厨子先给玉吉开饭。玉吉一面称谢，摇手连说不饿。德舅爷亦一面劝的，一面把所办的事情告诉明白。又说："方才阴阳先生未开殠榜，说未天日干有些不好，至多能搁上七天。若等着一同出殡，不但乍尸，还是闹火漆。依着我说，死了死了，就是多停几日，终久也须埋的。不如早些安葬，你父母的心里反倒安静了。方才与你姨妈已经商妥，索性给日子缩短，连你父亲三天经，全都不必念了。一来省心，二来省钱，留你们后手，还得过日子呢。自要是你有孝心，那怕是周年念经，冥寿念经呢。"说着，把杠房单子递与玉吉，说："原杠价银折成两分杠，仍是这些银子。把无用的红牌执事去了一半，连样车样马、小拿儿鼓手，一概减去。虽然憨蠢一点儿，然穷人不可富葬。这个年月，谁也不能笑话你。只要你心中要强，那就是孝敬父母。"玉吉连连答应，又伏在地上磕了个头。众人见玉吉脸上现不满意的颜色，遂齐声劝道："大少爷，大少爷，就那么办罢。大舅说的话都是实情。出殡之后，咱们把一切事情全都圆上脸，比什么体面都好。一来你父母死后，躺下没背着债；二来你们兄妹，还得烧钱化纸，争强要胜呢。若父母一死，把家业都花净了，以后叫亲亲友友谁不笑话。"玉吉听了此话，又刺心，又难过，无奈是一番好意，所以也不敢抢白，只得委委曲曲的低头应了。

当时把讣闻帖上加了一行小字："择于二十九日伴宿领帖。三十日辰刻发引。"仍着帮忙的几个人尽早分送。一面与德舅爷商量说："父母去世，本旗的佐领领催尚不知道，应当怎么报法，望大舅想个主意。"德舅爷沉吟半晌，皱皱眉毛道："说到这里，我还要问你呢。此时报不报原不要紧。你求你父亲的同寅多请十天假，无论如何，先把初二的俸银领到手里。至说你母亲病故，我想此一节，很不必报佐领。既然你没有钱粮，为什么便宜领催，不吃一分孀妇钱粮呢？"玉吉摇头道："这倒不必。堂堂的男子要一分空头钱粮，值得什么。搪不得饥，解不得困，对于国家费用，还落个冒领名义。我想拿他吃饭，终久总是靠不住。"说罢，连连摇首，只说不必。德舅爷道："孩子，你过于糊涂。旗下事情，你也摸不清。说句简截话罢，你若不吃，旗下也照旧支领。不但国家社会不知你的情，倒给领催老爷留下饭了。与其便宜旁人，何不自己吃呢。"玉吉听了此话，很觉诧异，德舅爷知其不信，随把旗下积弊细说了一遍，方把玉吉心里说得信了。

一时和尚下座，大家忙乱喝汤。玉吉在屋里院里，不得不周旋一回。然望着父亲金棺、母亲内寝，由不得抢天呼地，愈加哀痛。过了一日，又为母亲接三。不料天气太热，玉吉哭痛过节，晚间便躺在炕上，昏昏的睡去。要知端的，且看下文分解。

第十一回　贾婆子夸富题亲　三蝶儿怜贫恤弟

话说玉吉因为哭痛过甚，不待父母奄歼，先自病了，急得德氏、德舅爷都着了慌，劝了半日，玉吉才呷了口糖水。当时把医生请来，开方服药，闹到伴宿那天，方能举步。幸有德舅爷料理一切，玉吉躺在床上，皆不过问，惟遇用钱时节，只令梁妈、蕙儿开柜拿东西，交与德舅爷，拿向当铺里换钱使用。到了伴宿那日，虽有些亲戚朋友前来祭奠，然从来的世态炎凉，全是人在人情在的多。之先的同寅虽亦有来吊祭的，然人心险诈，奸巧百出。有为乘人之危，来买之先住房的；有为暗中算计，量着玉吉兄妹无人照管，要趁热入步的。有姓贾名仁义的劝道："少爷别着急，我们亲戚，有一家放帐的，只要有房契作押，对他个铺保水印，借几百两都可现成；但恐是利息过大，扣头太多。依我的主意，少爷不必惜钱，寻个合式的主儿，把这所住房暂且典出去，倒是个正当主义〔意〕。一来每月利钱免得着急，二来典个准期限，缓至大少爷官旺财旺，还许赎回呢。"这一类话，本是市侩小人暗算房产的奸计，玉吉是年少书生，听了这片议论，如何能晓得利害，只当是交友热诚，无上的美意呢。随与德舅爷商量："就托嘱贾仁义费心，将此一所住房速为典出，所得典价还了各处急债，犹可富裕。除孝之后，预备赁房居住，以免亏空。"德舅爷听了此话，亦无如何。自己跑前跑后闹了这么多的债务，虽思着暂且别典，然在急难之中，借钱是没处借去，铺保又没有近人，无可奈何，只得依了。晚间亲友散后，把自己经手帐目，记了清单，一件一件的，交与玉吉；因为送殡的车辆又向德氏商量，问说："甥女三蝶儿到底是去不去？"

话未说完，只见个人影自外走来，踏得月台上木板，支支乱响。玉吉忙的出来，问说："是谁？"借着灯光之下，只见来的那人，蓬松发辫，一手扶着墙，颤颤巍巍的自外走来。走进一看，原是三蝶儿。玉吉吓了一跳，嗳哟一声："姐姐不能动转，还过来作什么？"三蝶儿头也不抬，扑的一声跪倒，望着两口棺材哭了起来。梁妈、蕙儿等亦忙跑出，德氏拿了烟袋，亦自里屋出来，咬牙发狠的道："你姨父姨妈白疼了你啦！你怎么不随他们死了，我亦好省心哪！"这一句话，引得三蝶儿越发的号咷不止。玉吉一面抹泪，一面劝解。梁妈抢步走来，一面劝，一面用力撑起，蕙儿亦过来拉手。常禄在背后悄声道："妹妹你少哭吧，奶奶又有气呢。"三蝶儿擦着眼泪，复又跪倒灵前，行了回礼，哽哽咽咽的道："姨父姨妈，疼了我这们大，临到死了，我连哭也不曾哭，头也不过来磕，实在于心有亏。"一面说，一面滴泪，那一分凄惨声音好不哀恸。玉吉在灵后站着，先不过低头堕泪，感念三蝶儿的心。后见德氏生气，吓得止住脚步，亦不敢过去劝了。后听三蝶儿数落，说到于心有亏，不觉恸倒在地。试想三蝶儿的心里，因为他人父母，尚尔哀恸如此，像我这父兮生我，母兮鞠我，无父何怙，无母何恃呢？越想越恸，越想越亏心，此时此际，只恨人世上留此不孝儿子，有何用处。因此一痛而倒。正应了：读礼要知风木感，吟诗当起蓼莪悲。

　　众人劝解三蝶儿，猛听棺材后玉吉栽倒，吓得都着了慌，三蝶儿亦吓得一楞，一面挣扎站起，看是玉吉栽倒，反倒留着身分，不便过去了。玉吉哭恸一回，有德舅爷等百般劝慰，方才回到屋中坐下说话儿。蕙儿拉了三蝶儿随后进来。德氏劝玉吉道："你不用尽着哭。你姐姐半疯儿，没事惯流蒿子，他是吃多了撑的，跟他学什么！甜罢苦罢，就剩一晚上啦，咱们说点儿正事，倒是正经的。"随说着，又流泪道："孩子，我告诉你，你爹妈是死了，久日以后，我也疼顾不了你。俗语说：'亲戚远来香，街坊高打墙。'过了你们圆坟儿，好歹我找房搬家。你们典三卖四，几时搬到别处，我亦管不来了。"一面说，一面用手绢擦泪。

　　玉吉听了此话，急的乱哭。不知母亲、姨妈结下什么仇恨，竟至决绝如此。随哭道："姨妈搬家，我亦不敢拦。但日后姨妈不疼我，我活着亦无味了。"说着抚面大哭，好象有千般委曲，欲与姨妈剖解似的，只是此时此际，说不出来。德氏是粗心不懂话，顾不及玉吉话里别有深意，只道是小儿亲切，舍不得离开姨妈，故以手帕擦泪，想着姊妹一场，暗自伤心而已。谁想那三蝶儿在座，听着母亲说话，心如刀割，只望着玉吉发怔，哭也不敢哭，虽有万千言语，此时亦不敢声叙了。后听玉吉说，日后姨妈不疼顾，活着亦无味的话，真是一字一泪，句句刺心，只可怜母也不谅，偏以寻常见解，学了人在人情在的口吻。想到此处，不免伤心哭了。蕙儿是童子无知，解不得三蝶儿心里，俯在身边道："姐姐别伤心，你不愿意搬家，你让我姨妈、哥哥自行搬走，把你留在我家，过这一辈子，你道好不好？"蕙儿是无心说话，引得德舅爷等不觉笑了。德氏瞪着眼睛，怒视三蝶儿一回，蕙儿亦不敢言语了。玉吉哇的一声，吐出一口鲜血，登时昏在椅上。德舅爷嗔怨道："姐姐是图什么！没是没非，说这些话做什么？"一手把玉吉扶住，又叫常禄帮忙挽到炕上，回头又令梁妈跑去拿了水过来，冲了一碗糖水。德氏蹙起双眉，一面点灯，一面咳声叹气。常斌与蕙儿两人站在德氏面前，手里拈着孝带儿，四只小眼睛，滴溜滴溜的望着德氏，亦不敢出声儿。

三蝶儿见风头不顺，腾身而起，告诉德舅爷说："明天送殡，我在家里看家。姨父疼我一场，谁叫我有病呢？"说着去了。梁妈看此光景，很不放心，随后追出，用手揪住道："姑娘慢着些，黑洞洞的不看栽着。"三蝶儿头也不回，被眼前一张板凳，几乎栽倒，梁氏在后面紧追，吓得嗳哟一声。三蝶儿道："我怎不一下儿栽死呢？"梁妈道："嗳哟，阿弥陀佛，你可死不得呀。"说着，过来扶住，一直来到东院，吓得梁妈此时题心吊胆，不知怎么才好。一手掀起帘子，让着三蝶儿坐下，悄声的说道："'十里搭长棚，没有百年不散的筵席。'我是心直嘴快，有一句说一句的人，跟我们老爷太太，已经十三四年啦，好罢歹罢，也都换下心来啦。姑娘这一分心，谁也都知道。姨太太上了年纪，虽然颠三倒四，有点儿脾气，然天长日久，总可以想过味儿。俗言说的好：'背晦爷娘，犹如不下雨的天。'姑娘总受些委曲，终久有出阁日子，有个逃出来的时候。若大爷、二爷受委曲，难道抛了母亲不成？"说着把姑娘姑娘的叫了数遍，三蝶儿只去擦泪，并不答言。哽咽了好半日，猛然把纤手一挥，示意叫梁妈回去。梁妈不解其意，站起身来道："姑娘要我作怎么？"三蝶儿叹口气道："不作怎么，你就赶紧过去，看看你们大爷去罢。"梁妈答应道："我这就过去，姑娘也歇着吧。少时姨太太过来，你就别伤心了，图什么又招麻烦呢。"三蝶儿点点头，使性道："我都知道，你不用碎烦了。"梁妈答应着，转身走去。

走到穿堂，听见西院里又哭又喊，梁妈吓了一惊，恐怕德氏与德舅爷吵闹，遂三步两步上了台阶，隔着玻璃一望，常禄、常斌等跪在地上，德舅爷嚷道："我为的是你们！你们和不和与我什么相干！"德氏亦嚷道："那是你管不着！那是你管不着！你要排训我，就是不行。"常禄等央道："奶奶、大舅，全少说两句吧。"说着，连连磕头，碰在地上直响。蕙儿亦抚面乱哭。玉吉从炕上爬起，下地跪倒。梁妈赶着进来，先劝德氏坐下，又叫德舅爷出去，说："天已不早，差不多到嵌棺时候了。"

玉吉一面哭，一面央告道："此时外甥但凭着姨妈、大舅疼顾我们了。姨妈、大舅看着我父亲母亲吧。"说罢，连连叩头。德舅爷也不言语，气哼哼的出来道："好端端的，这不是欺负孩子吗！"德氏又欲说话，被玉吉一把推倒，伏在德氏怀内，大哭起来。常禄一面抹泪，一面站起，帮着德舅爷扫了棺材上土，又来劝告母亲，说："天已经快亮了，你上东院里略歇一歇罢，省得明天困倦。"德氏听了此话，头也不抬，只去气哼哼的抽烟点烟，吓得常禄、玉吉都不敢多言了。

当下一屋子人，你看着我，我看着你，连一个大声大气也没有了，急得德舅爷连连擦掌。因惦着送殡以前事情很多，家里也应当安置，外面也应当张罗，都为这一场闲吵，闹得忘了，随唤常禄等焚化鸡鸣纸钱，又叫玉吉过去，预备锣封尺封，并明日拆棚以后，各项应开的酒钱，一面又劝解道："你要往宽里想，将来的事情都有我呢。你姨妈的气，不为三蝶儿，也不是为你，这都是二位死鬼办的糊涂事。如今闹到这样，他们也放下不管了。"随说着，便欲坠泪。玉吉怕德氏听去，又怕德舅爷伤心，只得悄声答应，劝着："大舅放心，姨妈说什么，我断不往心里去，但盼着上天睁眼，别叫我姐姐随着受气，于我心便无愧了。"

正说着，梁妈进来，点手请德舅爷出去。德舅爷不知何事，忙的放下单子，随着出来。梁妈悄声道："你到东院里，说说姑娘去吧。不要姨太太看见，又是不心净。"说着，把手中钥匙递与德舅爷道："这是箱子柜子的钥匙，大爷交给我，叫我交给姑娘的。"德舅爷知是难办，接过钥匙来，赶至东院的窗前，听屋里常禄嚷道："你怎的这么谬啊！"又听三蝶儿哭道："是了，我谬！我谬！你不用管我，成不成啊！"德舅爷不问何事，接声嚷道："你们娘儿几个莫非疯了吗？"常禄见德舅爷过来，急脚走出，将欲掀帘，恰与德舅爷撞个满怀，吓得缩住脚步，先让德舅爷进来，又述说方才三蝶儿爹呀娘的直嚷，又要寻死，又要觅活，若叫我奶奶知道，岂不又是麻烦吗。三蝶儿亦闻声站起，靠着隔扇门擦抹眼泪，两只秀目，肿作红桃一般。德舅爷又气又恼，坐在一旁椅上，叹息不止。半晌把手中钥匙放于桌上，喝着三蝶儿道："这是钥匙，交你看家的。"三蝶儿哽咽答应。常禄亦不敢答言，惦着西院有事，又张罗厨房去了。三蝶儿擤了鼻涕，望见常禄已去，凄凄惨惨的道："舅舅不要交我，西院事我不能管了。"德舅爷道："你不管谁来管？不叫你送殡去倒也罢了，难道你在家看家，你奶奶也说你么？"三蝶儿哭着道："反正是难题。送殡也不是，看家也不是，莫如我什么也不管，倒也清静。挨说的事小，我姨父、姨娘既已去世，若把我奶奶气坏了，谁管我们呢！"说着，淌下泪来。德舅爷道："你不要多虑你奶奶说你，自有我呢。"三蝶儿道："大舅不知道，我哥没心眼儿。他想是姊妹兄弟，都是至亲，既在一处居住，更应像自己一样。那知我奶奶心里，可不是那样呢。"德舅爷道：

"那也不能。你奶奶闹生分，犹有可恕，你们姊妹兄弟，既如骨肉一般，何必跟老家儿学呢。你们越亲近，我看着越喜欢。若两姨弟兄，全是姨儿死了断亲，我就不管了。"

这一片话把三蝶儿说得无可辩论，料着话里深意，德舅爷也未能解透，所以说出这不相关的话来。此时要细陈委曲，无奈女孩儿家，不好出口，又怕德舅爷生了猜疑，尤为不便。偏生德舅爷性子爽快，说完话站起便走，三蝶儿亦不敢言，只得把钥匙收起，自己又回思一番："虽说是两姨兄弟，比我亲手足亲近，到底是有些分别。我亲爱同胞兄弟，何曾有过闲话。如今为亲爱玉吉惹得母亲心里这样有气，可见生为女子的，应当处处留心，不该放诞。见人亲近，则流言蜚语的，必要担量；待人或冷，则旁言旁语，嘲笑酸狂。难道女儿家，就不准见人了吗？"左思右想，又想起幼年事来："若非母亲指定，纵令女儿无知，亦不敢错行一步，缘何到了此时，母亲不认前识，反把样样错处都放在女儿身上。女儿虽愚，如何担当得起。现在亲亲友友，人所共知，母亲若变了卦，女儿的身份何在呢？"越想越伤感，也不顾晓夜风寒，秋窗露冷，独对着一盏残灯，悲悲切切的呜咽起来。正应了"珠沉玉碎无人识，絮果兰因只自知"。

三蝶儿自德舅爷去后，哭到天明，忽听西院里一片哭声，才知是有信起灵了。自己把钥匙带好，把母亲、哥哥应穿的孝衣衣服慢慢的预备出来，转身出了西院，无精打彩的祭奠一回。又把各处东西，查点一番。闻说此日看家，有德大舅母帮忙，心里便放下一半，随把一切事情，交与德大舅母，自己好省一点事。玉吉也不去过问，临起杠时，先与德大舅母、三蝶儿磕了回头。德氏也不问家事，自己穿起孝衣，先去上车。门外看热闹的人，拥挤不动，都因聂家出殡，前后两口棺材，很为奇特；又因玉吉兄妹年纪很小，不幸父母双亡，虽是闲看热闹，也不免动些伤感。当时鼓乐哀鸣，执事前导，杠前杠后，男女的哭声震天。三蝶儿亦送至门外，号哭不止，幸而德大舅母有着许多的事情，不能不收住眼泪，先理正事。眼望着灵柩去远，同着三蝶儿进去，娘儿俩查点一番。先把净宅的先生伺候完毕，然后又一起一起的，开发酒钱。

三蝶儿的身上有病，顾不得一切事情。哭了一会，一总把聂家事情交过德大舅母，便向东院里闷闷的睡去了。到晚德氏回来，三蝶儿扎挣起来，虽然不放心玉吉，而思前想后，亦不必过问了。只好洗心涤虑，去向厨房里作菜作饭，伺候母亲，把聂家的事情，一字不题，免使母亲生气。德氏亦追悔莫及，不该把额氏罪过托在女儿身上。随用好言安慰，把额氏在日姊妹所积之仇，述说一遍。

原来那德氏为人，生性孤僻，尤饶古风，行动以家法为重。对于亲生子女，从未少假颜色，因此与女儿心里很是隔阂。终日在规矩礼行上注意，把母女亲情丝毫都没有了。当那三蝶儿幼时，额氏向德氏说过，将来两姨作亲，把三蝶儿许与玉吉。不想当时德氏并未许可，因碍于姊妹分上，未便驳回，只推年纪尚小，长大了再说。岂知额氏心里似以为实，逢亲遇友，遍为传布。后传到德氏耳里，不禁震怒。本想待女儿长成，谋一乘龙佳婿，今被额氏之口造出种种言词，待再欲翻悔，亦翻悔不及了，因此与额氏犯心，结成深怨。德氏是因爱女心盛，自己决定主张，宁把亲生女儿锢死深闺，亦不愿与聂家为妇。迨至额氏已死，正好搁起前议，另换新题。这些前因后果，玉吉和三蝶儿二人如何能知道。这也是前生造定，合该如此。

　　德氏自额氏出殡后，找了几名瓦匠，先把家堂门砌墙堵死，两院好不通往来。一面又急着找房，赶着搬家，终日里忙忙乱乱，皆为迁移的事情。常禄见母亲如此，不敢多言，知道近来家道不似从前，只得把学房辞退，告诉母亲说，要谋个挣钱的事业。德氏亦不便拦管，知道常禄为人极为孝谨，出外作事，也不必德氏操心，所以常禄一说，便答应了。这日德氏出去，把某处房舍业已租妥，归家与常禄商议，急早搬家。三蝶儿见事已至此，不必多言多语，任是如何，但凭母亲去作，自己也不便管了。有时与玉吉见面，格外留心，既防母亲猜疑，又恐哥哥说话，又恐此时玉吉人大心大，生出意外思想来，反多不便。因此与玉吉兄妹日渐疏远，只有梁妈过来，尚可背着母亲询听一切。偏偏梁妈为人极其朴厚，额氏在日，曾把结亲的事对他说过；后见之先一死，额氏抱病，德氏与女儿闹气，翻悔前议，三蝶儿寻死觅活那样凄惨，心里十分难受。这日五七已过，德氏母子已经择定日期往别处搬家了。梁妈想着三蝶儿不知此时此际什么光景，正欲往东院里来，忽见玉吉走进，问他往那里去，遂把东院姨太太有日迁移的话说了一遍。玉吉听了，不由的一怔，半晌道："好极，好极。人生聚散本是常有的事。"

遂唤梁妈进屋，说有几件东西叫他带过去，免得搬家以后仍有纠葛。梁妈接过一看，却是一堆乱书，也有破笔残墨等物，共总捆了一捆，交给梁妈道："你问问姨太太，这院存的东西，尽管指明来取。"梁妈一面答应，出了西院街门。原来自不走穿堂后，两院是各走一门，拐过一个小湾，方才到了。

　　是日德氏母子有事外出，只有三蝶儿在家，正在房内做活。一见梁妈过来，拿着一捆乱书，随问道："半天晌午，你怎的这么闲在？"一面说，一面让他坐下，打听典房的事情怎么样了，大爷可在家么。梁妈请了个安，笑嘻嘻的道："大爷请姨太太安，问大爷、二爷并姑娘的好。叫我过来打听，姨太太几时搬家，我们过来帮忙。"说着，把一捆乱书放在桌上道："这是这里大爷在西院存的，大爷叫我拿来。还说西院儿有什么东西，请姨太太指明，我给送过来。搁了这么多年，我也记不清，大爷也都忘了。"三蝶儿听了此话，很为诧异，看了看一捆乱书，原无要紧物件，何苦这样生分呢？莫非听了搬家，玉吉气了？因问道："大爷想起什么来，这样细心，难道自今以后，不见面了不成？"随说把手中活计放在一旁，下地张罗茶水。又把书捆打开，翻腾一遍，皆是些乱书残纸。惟有一本仿本，是自己三四年前摹着写的。翻开一看，有当日灯下，玉吉写的对联，字迹模模糊糊，犹可辨认。写道是：

　　　　此生未种相思草，来世当为姊妹花。

三蝶儿触起伤感，回环看了两遍，不禁眼辣鼻酸，几乎掉下泪来。梁妈只顾饮茶，猜不明什么缘故，只见三蝶儿脸上，忽然一红，忽又一白，一会把仿本放下，一会又拾了起来，仿佛有无限伤心，受了什么感动似的。有心要劝解两句，又想三蝶儿心里不乐意听，只得说些闲话，差了过去。又看了回三蝶儿的活计，三蝶儿冷冷的，很有不高兴的样子。忽问梁妈道："到底你们大爷什么意思，你要实告我说。若这么骂人，姨太太虽不明白，我却不糊涂。"梁妈听了此话，不知是那里的事，又不知从何说起，因陪笑道："姑娘错怪了，我们大爷可不是那样人。"三蝶儿点头道："我也知道，但是我心里……"说到这里，自悔失言，不由得脸色一红，便缩口不言了。梁妈道："姑娘放心，送来这些个东西，原是我们大爷的好意，恐怕二爷念书有用得着的，所以叫我送来，并非有什么意思。难道大爷为人，姑娘还不知道么？"三蝶儿点了点头，想着也是。又想玉吉人品最为浑厚，断不是满腹机械的可比，随用别的话粉饰一番，免使梁妈心里别生疑惑。一时德氏、常禄先后回来，梁妈说了会儿话，也就去了。

那晚德氏熟睡，三蝶儿无精打彩的，卸了残妆。常禄等素知三蝶儿性情，时常的无事闷坐，不是皱眉，便是长叹，且好端端的，不知因为什么常常坠泪。先时还背着母亲暗去劝解，后来成天论月常常如此，也都不理论了。这日独对残灯，洒了回泪，把仿本打开，一手在桌上画着，研究那对联的意思；一会合上仿本，默想当日的景象，又自伤感一番，不消细题。

德氏将住房租妥，订日迁移。常禄亦挑了巡警，自去任差。一切繁文细事，亦不多表。

光阴如驶，时序如流，转瞬之间，德氏与玉吉分居，过了一个年头儿了。是时玉吉的家业已经败落。玉吉是好学的书生，作不得别项营业，日间无事，只靠着读书破闷。厨中无米，自己也不知筹划，临到无如何时，便令梁妈出去叫个打鼓担儿来，先卖无用的器皿，后卖顶箱竖柜。常言说"坐吃山空"，真是一点儿不假。卖来卖去，连破书残帖也卖尽了，每日为早晚两餐急得满屋转磨。看看这件东西，又看看那件东西，看了半日，亦没有能值几文的了。幸而这玉吉心里极其开畅，梁妈也深明大义，看着玉吉如此，不忍辞去，反倒一心一意的帮着玉吉兄妹过起日子来。

这日在门外散闷，要叫个打鼓担儿过来卖些东西，好去买米，忽见有一婆子走来，唤着梁妈道："梁妈好哇！"梁妈猛然一惊，回头一看，不是旁人，原来是旧日街坊惯于说媒的贾婆。梁妈请了安，让他进去坐着，说："家里没别人，我们大爷和姑娘你也都认得，为什么不进去呢？"贾婆摇着头直是不肯，二人在墙阴之下，就叙起陈话儿来。贾婆道："大爷的亲事怎么样了？"梁妈道："还说呢！我们老爷太太一去世，家业是花净了，亲事亦不能题了。"随把玉吉景况，并现在已与德氏断绝往来的话细说一遍。贾婆道："哟，怪不得呢，有几天我见了阿大姐，他说姑娘大了，叫我有合式的人家，给他题着。我想他们当初既有成议，怎么又另找人家儿呢。记得前年夏天，我碰过阿大姐的钉子。那时有挺好的人家，他不肯吐口话儿，他说跟西院玉吉已经有人说着呢，此时又急着说婆家，叫我可那儿说去哪。"一面说，又问现在玉吉于此事怎么样。梁妈听了此话，犹如一个霹雷，打到头顶上来了。本想忍耐几年，等着玉吉除服，德氏有回心转意，成全了美满姻缘，岂不是一件好事。今听贾婆一说，前途已经绝望。登时不好发作，只好一答一和，探听德氏消息，其实心里早已替着玉吉灰了一半。说话间，脸上变颜变色的，好不难过。贾婆不知其详，听着梁妈语气颇不喜欢，随即告别。又让说："梁妈你闲着，到我们那儿坐着去呀。"梁妈答应着，便扭头进去了。

贾婆看此光景，料着此时玉吉既没有求亲之望，德氏又不乐意作亲，正好借此机会，想个生财之道。记得前年恶少张锷，曾许我三百两银子，叫我去说三蝶儿，何不趁此说亲，得他几个钱呢。主意已定，先到张锷家来报个喜信，次日清早，便到德氏家里来与三蝶儿说亲。

偏巧这一日正是各旗放饷。德氏早起去到衙门领饷，并未在家，只有三蝶儿一人在屋里梳头呢。一见贾婆进来，心里轰的火起，如见仇敌一般，半晌没得说话。倒是贾婆和气，问了回好，又问："老太太上那里去了？大爷的差事好啊？"三蝶儿放下木梳，坐在一旁，迟了好半日，方才说出话来。知道自己气盛，不该不答理，此时倒很是后悔，随叹了口气道："我也是该死了，梳了回头，就会接不上气了。"贾婆笑道："哟，这是怎么说。清晨早起，怎么死啊活的说呢！管保是刚一扭身岔了气了。"随说着，答讪着走来，细看三蝶儿的头发，又夸赞道："姑娘的头发真是又黑又长，怪不得不好通呢。"三蝶儿也不答言，低头笑了笑，一手把青丝挽起，过来斟茶。贾婆笑眯眯的没话找话，说："有人问姑娘的好，姑娘你猜猜是谁？"三蝶儿见了贾婆，本不欢喜，又见他面目可憎，语言无味，越发的厌烦了，随冷笑两声道："大妈说话，真是可笑。大妈遇见的人，我如何猜得着。再说亲戚朋友，外间多得很．凭空一想，叫我猜谁去。"这一片话，说得贾婆脸上好不难过。暗想三蝶儿为人，可真个厉害，这么一句话，就惹得他这样挑剔，我若不指出他毛病来，他那知我的厉害。因笑道："不是别人，是姑娘心里最合意的人。"说罢，拍掌大笑。

　　三蝶儿倒吃了一惊，不知贾婆所见究竟是谁。正欲追问，忽的房门一响，德氏叨唠着自外走来。一面与贾婆见礼，口里还喊嚷道："好可恶的奸商，每月领银子，银子落价，买点儿荤油、猪肉，连肉也涨钱，这是什么年月。"又向贾婆道："你说这个年头，可怎么好？一斤杂合面，全都要四五百钱，我长怎么大，真没经过。"说着，又问贾婆："今日怎这么闲在？"三蝶儿趁此工夫躲了出来。暗想方才贾婆所说意中人，很是有因，莫非旁言旁语，有人说我什么不成？越想越可怪，坐在外间屋，一手支颐纳起闷来。忽听德氏哼哼两声道："这么半天，还没下梳妆台呢。贾大妈你看看，这要到人家，行不行啊？一来就说我碎烦，若叫我看过眼儿去，我何尝爱这们劳神。"贾婆陪笑道："姐姐别说啦，这么半天都是我耽误的，不然早梳完了。"

说着，又花言巧语夸赞三蝶儿不已。德氏道："这是大妈夸奖，我同我们姑娘，许是前房女儿继母娘，不必说大过节儿，就是他一举一动，我连一星也看不上，只盼个瞎眼婆婆，把他相看中了，我就算逃出来了。"贾婆嗤嗤笑道："喝，叫姐姐一说，真把我们姑娘要给屈枉死。"随手掀了软帘，唤言道："姑娘，姑娘，你麻利梳头罢。"叫了半日不见答应，出至外间一看，并无人影儿。转身又进来道："姐姐的心高，如今这个年月，那能比先前。像你我做姑娘时候，要同现在比较，岂不是枉然吗。是了也就是了，停个一年半载，姑娘出了阁，少爷娶了亲，我看你消消停停，倒是造化。"说着，把自己家事说了一回。又说道："姐姐是没经过，外娶的媳妇，决不如亲生女儿。我们大媳妇是个家贼，时常偷粮盗米，往他们家搬运。我家的日子，姐姐是知道的，若非仗你侄女省吃减用，常常背着姑爷，给我点儿体己钱，你说我家的日子可怎么过呀。告诉姐姐说，到底亲是亲，疏是疏，外娶的媳妇，究竟不如女儿。"德氏听到此处，不觉好笑，贾婆脸也红了。不想翻复这一比较，反把自己为人，陷在其内了。随又改口道："我们姑爷待人浑厚，只是他公公婆婆嫌贫爱富，叫我好看不起。"

德氏是精明妇人，听了这段言词，心里好笑，反把与三蝶儿的气亦笑得忘了。当时又张罗茶，又催着三蝶儿做饭，弄得贾婆子坐卧不安。想道方才的话颇欠斟酌，不禁脸又红了。后见德氏母女这样款待，以为方才德氏并未理会得，反陡起雌胆，信口胡云起来。三蝶儿本极厌烦，梳完了头，抓着做饭工夫，便自去了。

　　贾婆高高兴兴题起草厂张家，少爷名叫张锷，学业怎么好，人品怎么高；又夸他房产怎么多，陈设怎么阔绰；说的津津有味，犹如非洲土人，游过一荡巴黎，回家开唠似的。自以为话里透话，打动德氏心意，岂知德氏为人，更是沉稳老练，主张坚定的人，任你怎样说，就是说得天花乱坠，他也是哼呵答应，并不动念的。急得贾婆无法，吃过早饭，犹自恋恋不走，背着三蝶儿，又向德氏道："俗语说：'是婚姻棒打不回。'记得前年春天，我同姐姐题过，所说的那家，就是张家的这位少爷。你瞧年纪也配合，相貌也配合，合该是婚姻不是呀？"德氏冷笑道："我却记不得了。现在我们姑娘，约有五六处都给题婆婆家呢。如果都不合式，再求贾大妈费心，过后儿给题一题。"贾婆又做态道："这不是应该的么，你还用托咐作什么。告诉你说吧，这门亲若是作定了，管保你这一辈子也是吃着不尽的。"德氏听了微然的一笑。贾婆道："大姐怎么笑哇，养儿得济，养女也能得济，难道白养他这么大吗？"刚说着，只见三蝶儿进来，贾婆便不言语了。坐了一会儿，起身告辞。自此常常来往，一心要与三蝶儿题亲。并欲以金钱富贵，打动德氏。三蝶儿见贾婆常来，必无善意，又因那日贾婆说遇见合意的人，心里着实懊恼。一日贾婆来此闲坐，便在德氏面前，把那日遇见梁妈，及近日玉吉如何艰窘的话，细述一遍。德氏听了，并未理会。三蝶儿有无限伤感，背着母亲常常落泪。

　　这日德大舅的生辰，每年德氏必遣儿子女儿前去祝寿。今年因常禄有差，常斌上学，若是母女同去，又无人看家。欲令三蝶儿前去，又不愿他与玉吉再见。正自犹豫莫决，忽的德大舅亲自来接，并告德氏说："要留外甥女多住几日。"德氏也不好阻拦，当日便去了。

三蝶儿为人，于寻常应酬本不乐意。此次舅舅来接，料定生辰之日，或可与玉吉相见，亦未可知。遂同了舅舅欢欢喜喜的去了。谁想玉吉兄妹，均未曾至。三蝶儿盼望两日，慢说是人，就是祝寿的礼物，亦未送来。满屋的亲亲友友，团聚说笑，惟有三蝶儿一人吃不下，喝不下，坐在屋里头，怔怔痴痴的好生烦闷。幸有德大舅母的胞妹跟前的个女孩子，乳名丽格，年纪相貌均与蕙儿相仿，因见三蝶儿烦闷，走过拉了手，说："今日药王庙异常热闹，何不告知舅母，我们姊妹二人前去逛庙呢。"三蝶儿是无聊已极，听了此话，很是称意，但恐出去之后，那玉吉兄弟来了，不得相见，遂又懒懒的坐下了。丽格那里肯舍，用力挽着三蝶儿，告知德大舅，说是去去就回，一直出了大门，径往药王庙而来。

丽格一路说笑，又打趣三蝶儿道："姐姐有什么烦闷事，这样懊恼？难道你怕老太太给你说婆婆不成？"三蝶儿听了，如同傻子一般，没明他说的什么，随口笑了两声，并未答言。丽格指引道："姐姐你瞧瞧，大概这个胡同，就是我玉哥哥蕙儿妹妹那里。"三蝶儿不由一怔。丽格又笑道："你不爱上药王庙，咱们上玉哥哥那儿去，你道好不好？"三蝶儿听了，正合心意，随令丽格引路，一答一和的打听玉吉的近况。走至半途，丽格忽的止步，连说："去不得，去不得，我想起来了。"三蝶儿惊问道："怎么去不得？"丽格道："玉哥哥心多。今日我姨父生日，他人也没去，礼也没去，少时见了我们反倒没意思，不如还是去逛庙。"说着，拉了三蝶儿复往回走。要知如何，且看下文分解。

第十二回　讲孝思病中慰母　论门第暗里题亲

话说三蝶儿心心念念去看玉吉，不想走至中途，丽格怕玉吉心多，掖着三蝶儿的手，想欲回去。三蝶儿也站着犯犹疑，既不言去，又不言不去。丽格催了半日，三蝶儿直着眼睛，只管出神。丽格催促道："尽着站在这里，徘徊什么？不然与玉哥哥遇见，反倒不便。"一语未了，自西走过一人，穿一件破青布夹袄，囚首垢面的走来。望见三蝶儿在此，反倒止住脚步。丽格笑嚷道："那不是玉哥哥么。"那人惊得一怔，迟了半晌，没答出什么话来。丽格抱怨三蝶道："我说什么，果然遇见了不是！"三蝶儿轰的一下，脸便红了，半晌没得话说，只觉心里头突突乱跳。玉吉却低头过来，恭恭敬敬请了个安。三蝶儿也不及还礼，仿佛见了仇人，无处藏躲的一般。玉吉也不说什么，只让丽格道："妹妹既到这里来，何不到家里坐着，莫非怕肮脏吗？"
丽格道："那儿的话呢。我们要去，因为不认得门儿。既遇了你，
你就带个道儿罢。"玉吉只顾犯呆，眼望三蝶儿，想不到今生今
世还能相见，真是出人意外的事情。三蝶儿亦低头不语，面色
绯红。丽格道："走哇。"两人倒吓一惊。

　　玉吉在前，三蝶儿、丽格在后，只见路北门楼满墙荒草，
院里有破屋数椽。玉吉先唤梁妈，说有贵客来了，还不出迎。
丽格道："谁是贵客，你这样挖苦人？"说着，开了屋门，抢步
先进去了。三蝶儿犹在院里，痴痴呆呆的懒得迈步。梁妈出来
道："姑娘请啊！"蕙儿亦笑着出来，揪住三蝶儿道："姐姐也梳
上头啦。哟，更透着现花了。"三蝶儿点点头，仍然不语。进屋
坐在凳上，看着屋中景象，除去两张破椅，桌上有几本破书，
一把黑眉乌嘴儿的破瓷茶壶，炕上的铺盖褥垫亦不整齐。那一
种潮湿气味好不难闻。靠墙有一架煤炉，炉口周围围着些薰焦
了的剩吃食。三蝶儿见此光景，焉能不伤心惨目。想起幼年姊
弟同在一处玩耍，两家父母都是爱如珍宝一般；怎么福命不齐，
玉吉兄弟竟受了这般委曲呢。越想越苦，越想越伤心，由不得
眼泪汪汪，望着玉吉兄弟看得呆了。

　　梁妈把茶壶洗净，一面与丽格说话，一面做水。玉吉亦无
限伤惨，低头滚下泪来。因恐三蝶儿看见，惹他难受，转身便
出去了。三蝶儿亦无限伤心，望着玉吉出去，扭头以手帕擦泪。
因恐丽格看破，遂揉眼道："眼里好疼，多管是沙子迷了。"说
着，只见两只杏眼，立时红肿。蕙儿道："许是眉毛倒了，你看

你这鼻涕。"三蝶儿一面擦泪，又搌了鼻涕，哑着嗓音道："梁妈，咱们几年没见了。"说罢，哽咽起来，把蕙儿、丽格等都闹得慌了，惟有梁妈心里略明其意，随笑道："姑娘是记错了。常在一处的人，若偶然离了，就像许久不见似的。其实才一年多的光景。"蕙儿道："姐姐是贵人健忘。年前我哥哥还叫梁妈去过呢，难得［道］就忘了么？"三蝶儿擦了眼泪，悲悲切切的道："我的眼睛，一定要害起来。"丽格道："你别揉他啦，越揉越肿，回头再着了风，可不是玩的。"

　　梁妈倒了碗茶，用手递给丽格，打听大舅爷生日都是谁去了，又说："我们大爷运气实在不佳，不然舅老爷生日总要去的。"蕙儿亦红脸道："哥哥短礼，我也没衣裳，出不得门。我们成年论月竟同打鼓挑子捣麻烦呢。"说着，落下泪来。丽格饮了口水，听了蕙儿的话着实惨切，随向三蝶儿丢个眼色，要他赶紧告辞，免令蕙儿伤感。不想此时三蝶儿两眼直勾勾望着墙壁，心却没在这里，丽格与梁妈说话儿并未听见。一手挪过茶壶，正欲倒茶，不意哗的一响，倒得满了碗，连桌上都是水了。梁妈嗳呦一声，走来擦水，三蝶儿亦不甚介意，只见茶碗里满是茶叶末子，端起碗来，一饮而尽。蕙儿嚷一声道："姐姐是傻子不成，怎么连茶叶亦咽了？"三蝶儿恍然醒悟，忙用手巾角擦抹嘴唇，引得梁妈、丽格大笑不止。玉吉亦自外走来，欲留三蝶儿等在此吃饭。三蝶儿痴痴怔怔，没得话说。丽格决意不肯，推说："回去忒晚了，我姨儿不放心。再说我们出来，家里并不知道。再若晚回去，更不放心了。"说着，拉定了三蝶儿往外走。蕙儿却扯住丽格，不令出去。倒是梁妈解事，悄向三蝶儿道："姑娘是一人来的，还是与姨太太一同来的？"三蝶儿未能听真，只道梁妈说他，不如一人来呢，随扭过头来嚷道："热咚咚的，你要说什么？"梁妈不知何故，只得笑了。丽格忙着夺了蕙儿的手，笑嘻嘻的道："改日给姐姐请安，我们回去了。"三蝶儿亦惨然道："不是上大舅家去，恐怕这辈子，也不能……"说到也不能三字，两眼泪珠扑的掉下。幸亏丽格等不曾看见。玉吉道："是了，姐姐家里事，我是知道的，姐姐不必说了。"三蝶儿点点头，回首把眼泪擦干，惨然而去。玉吉送至门外，转身而回。倒是蕙儿年幼，犹自恋恋不舍，揪住丽格手叮问几时还来。三蝶儿背过脸去，皆未听真，心里恍恍惚惚的，如在梦中一般。半晌又止住脚步，扯着丽格道："你放心，至死亦不能改悔。"吓得丽格一跳，惊问道："嗳呀，我的妈呀，你是中了邪了吧！"三蝶儿亦猛然醒悟，自知失言，不由脸色绯红。抬头一望，只见斜阳在山，和风吹柳，路上男男女女，俱是由药王庙回家的光景。有一个年近五旬的老妇，擦着满脸怪粉，抹着两道黑眉，嘴唇上点着胭脂，借着日光一照，闪作金紫颜色。三蝶儿不觉好笑，因向丽格道："你道我中了邪，你看这一位，才真是中了邪呢！"说的丽格亦笑了。

二人说着话，拐入一条小巷。丽格是聪明伶俐的人，本想与三蝶儿二人仍到药王庙散一散心；不想行至途中，见三蝶儿这般光景，心里好生纳闷。看看三蝶儿眼睛，断不是沙子迷了的样子；又想他方才景象，凄惨异常，见了玉吉兄妹，并没说什么话，想必是因他困苦，很是酸心，所以伤心起来，亦未可知。因见左右无人，悄声劝道："姐姐的心事，瞒不得我。方才那个光景，我已经明白了。必是……"刚说"必是"两字，吓得三蝶儿一怔，随问道："必是什么？"丽格道："必是因为他们这样贫苦，姐姐看得惨了，才有那样伤心。"三蝶儿道："可不是呢。他们兄妹本来没受过苦楚，如今这般光景，教人看着那有不伤心的。像你玉哥哥为人，品行那样好，志向那样高，论学问论才干，皆不至受这苦处。何以天道不公，竟使他运数机会如此迟滞呢？"丽格听了，亦慨叹不已。正欲说话，三蝶儿又问道："你看你玉哥哥气宇，有些福气没有？"丽格含笑道："这亦奇了。这样家运，讲什么福气不福气？我看他品行性情，总是老气横秋，天生的小顽固老儿。所以每逢见面，从来也不答理他。张嘴他就讲道学，真比七八十的人还透顽固。轮到如今年月，讲的是机灵活变，像他那老八板的兄弟，据我看没什么起色，不信你尽管瞧着。"三蝶儿摇首道："这不然。我听书上说：'天将降大任于斯人也，必先苦其心志，劳其筋骨，饿其体肤，空乏其身，行拂乱其所为。'所以耐心忍性，正是增其历练，发其智慧呢。"丽格不待说完，嘻嘻笑个不住。

　　拐过小巷，已至德家门首。三蝶儿一路走，仍自哓哓不休，题起古来之人家境的苦处来。丽格道："不必说了，咬文嚼字，我也听不懂。说了半天，好像对驴子抚琴一般。"说罢，掩口而笑，让着三蝶儿道："到了家还不进去么？"三蝶儿不由一怔，只见一群小孩子嘻嘻自里面迎了，扯着三蝶儿等，姐姐姐姐的叫个振心。丽格扶着门框，狂笑不止。三蝶儿亦自觉发愧，引着一群小孩子，抢步进去，见的众亲友并不周旋，仍向一间房里独坐发呆。

丽格却站在院里，指手画脚的，比说三蝶的景像。又说一路上几乎吓死人，管保是受了风邪了。德大舅闻言，吓了一跳。德大舅母说："后院有大仙姑，有时冲撞了，必要缠人。必是昨晚上，三姑娘不留神，一时冒犯了。"众人一闻此言，皆至屋里去看。果见三蝶儿脸色，犹如银纸一般，圆睁着两只杏眼，口里吁吁气喘，果然像中邪一般。随即买了纸马，先到财神楼烧一回香，又叫丽格替着祷告一回。

闹到晚饭以后，亲友散去，只剩至近的亲友并几个小孩子，在此住下。大家不放心三蝶儿，一齐拥到屋里，观看三蝶儿的举动。三蝶儿一时明白，一时又糊涂起来，嘴唇也白了，眼睛也大了，急得德大舅连跺脚，因恐病在这里，对不住姐姐。随令德大舅母好生守护，自己点了灯笼，三更半夜请了个医生来。诊脉一看，果然是中了邪气。只见他倒在炕上，口吐白沫，精神恍惚，四肢颤成一处，抖擞不止；一时闭过气去，一时又苏醒过来，面上气色或黄或红，屡屡改变。医生立了药方，告辞而去，急得德大舅无可如何，反倒抱怨丽格，不该无缘无故引他出去。丽格亦害怕起来，因为三蝶儿路上谆谆嘱咐，两人上玉吉家去，不叫他回来说，故亦目定口呆，不敢言语了。

德大舅看了药方，因方上之药皆极贵重，不由暗自皱眉。若不去买，又恐治不了病。看药方上写着：犀角二钱，羚羊二

钱，龙齿二钱，虎威骨二钱，牡蛎二钱，鹿角霜二钱，人参二
钱，黄耆二钱。其余药味，尚不在数。据医生说，各药共为细
末，要用羊肉半斤，煎取浓汁一盏，要一次服下去，立时就好。
看了半日，又盘算得用若干钱，当时带了钱钞，先去给德氏送
信；又到药铺一问，共该银四两八钱有零。当时也心疼不来，只
可嘱告药铺，研为细末，明日早间来取。

至次日德氏来接，看着女儿如此，不知是什么病。大家纷
纷议论，又把一夜情形告知德氏一回，德氏也着了慌。等到德
大舅回家，三蝶儿饮下药去，方才渐渐好了。德氏爱女心盛，
赶紧雇了辆车，接了回去。丽格是恋着三蝶儿，又惦着三蝶儿
回去，无人服侍，又知德氏有脾气，家中种种限制，不得自由，
本想随着德氏，前去住几天，又一想，实在有种种不便，只得
罢了。

不想三蝶儿之病，本不是医药可治的。自此冰肌瘦减，精
神恍惚，满脑如针刺一般，忽忽乱跳，德氏亦不得安心。

一日深夜无人，母女躺着谈心。德氏把近来市面，家中景
况，种种的艰难困苦，先述一通；说来说去，说到三蝶儿身上。
先劝了三蝶儿半日，又流泪道："养你们这么大，我还这样操劳，
不知何年月日，才得逃生？那日贾婆子来，因为你的亲事，闹
了我好几天，吃不下喝不下的。我想他说的那家儿，倒也不错，
凭咱们这样人家儿，难道还妄想攀高，聘一个王孙公子不成？
谁想你哥哥不依不饶，死活的不答应。他说男子家业，都是小
事，只求人儿好，比什么都强。照他那一说，莫非我愿你出了

笸箩，陷到火坑里去不成？这也好，以后说不说的，我也不管了。并非娘母子不办正事，这是你哥哥的主意，以后可别瞒怨我。"德氏一面说一面垂泪。三蝶儿早听得怔了，先听论婚的话，吓得一惊，后听有哥哥阻挠，好像一块石头落在平地一般，心里倒觉得痛快了。然思前想后，母亲又这样伤心，不免哽咽伏在枕上流泪，唏嘘劝道："女儿的事，可望母亲放心。母亲百年后，女儿寻个庙宇削发为尼去就是了。"说罢，哽哽咽咽哭个不住。德氏亦伤起心来，拍着枕头道："孩子，你的心我亦未不知道。但是男大当婚，女大当配，我今年五十多岁，作出事来，活着要对得着儿女，死后要对得起祖先。自要你们听话，就算孝顺了。"说罢，也呜呜哭了。

三蝶儿一面哭，一面劝解母亲。病久的人，那禁得这样动心，母女说话声音越来越低，哭得声音也越来越惨。哭到东方大亮，常斌都醒了，因听里间屋有人哭泣，暗吃一惊，随问："屋里头是谁哭呢？"连问数遍，屋里并无动静。半晌三蝶儿道："你该上学啦，奶奶刚睡着，你安顿一些，教奶奶歇会儿罢。"说着，开门出来洒扫院宇。常斌也穿衣爬起，忙着上学。

这日常禄正是休息之期，一手题着包袱，咯支咯支的皮靴底响，自外走来。进门问三蝶儿道："奶奶怎么这时还不起来？"三蝶儿眉头一皱，因恐常禄着急，随答道："没怎么，昨天许睡得晚了。"常禄把包袱放下，一面脱衣服，瞧着三蝶儿脸上带有泪痕，问道："你又怎么了？必是奶奶有病，你不肯告诉我。"说着，抢步进去，扶着德氏枕头，奶奶、奶奶的叫个不住。三蝶儿亦随了去，揪往常禄袖子，又向他摇手，不叫他言语。常禄掀了被褥，看着母亲睡熟，这才放心。三蝶儿道："那有这样冒失的！就是病，也不该这样卤莽啊。"常禄把皮靴脱了，换上破鞋，拿了茶壶茶碗，帮着三蝶儿擦洗。又问："早间吃什么？好上街去买。"三蝶把油罐醋瓶、买菜筐子拿出，一一交与常禄。常禄是读书出身，虽充巡警，仍有读书的呆气。当时洗完了脸，穿上长大衣服，才缓步出来。

　　迎面遇着一人，年在四十上下，面色微黄，两撇胡须，穿一件灰布大褂，青缎福履鞋。看见常禄出来，忙招呼道："老弟上那儿去？这两天正要找你，怕你差事忙，又不知几日休息。今日相遇，真是巧极啦！"常禄抬头一看，不是别个，正是素好的朋友，此人姓普名津，号叫焕亭。常禄忙的见礼，普津还了个安，笑嘻嘻的问了回好，又说："那天家去，我给老太太请了回安。因为敝旗的文爷，有位少爷，我要给妹妹题亲，惹得二太太一脑门子气，叫我见了你，同你再商量呢。你想这件事情，题得题不得。"常禄恍惚之间，听说"文爷"二字，忙问："文爷是谁？"普津道："就是我们领催。"常禄又闷了半晌，想不起是谁来。普津道："你的记性，可真是有限。文爷同你的姨儿家，是个亲戚，你怎么就忘了呢？"常禄猛然想起说："哦，是了，他同姨母家也不是近亲戚。文爷的夫人，我也称呼姨儿，向同我们老太太很是投缘。怎么老太太说，叫你问我呢？这也奇了。"普津道："这也难怪。那天老太太说，家里事情都仗着妹妹分心，一来离不开，二来就这么一个女儿，总要个四水相合，门当户对。你们哥儿们，全都愿了意，然后才可以聘呢。"常禄道："事情固是如此，但是前两天有一件麻烦事。旧日我们街坊有个贾婆，日前跟老太太题说，要给我妹妹题人家儿。那头儿在草厂住家，此人名叫张锷。新近我打听过一回，此人是吃喝嫖赌，不务正业。虽然他家里很阔，只是他原有媳妇，这明是贿赂媒婆，要说我妹妹作二房。我跟老太太一说，老太太不肯信，你想我能够愿意吗？一来以慎重为是，二是名儿姓儿，我家的家风，都是要紧的事。大哥总不常去，大约我妹妹性情，你不致不知道。他本是安详老实，性情温厚的人，若聘与一个荡子，就算给耽误了。虽然是女大当配，今年我妹妹才十八岁，多迟一二年，尚不致晚。"

一面说，掖着普津便往回走。普津执意不肯，说是："有事在身，不能久延，改天有了工夫必来找你。"又问道："我到总厅里那儿找你去呀？"常禄道："你到兵马司一打听就行，我在司法处当差。"普津听了点点头，回头便走。常禄追着问道："这位文爷，大概是花梢人儿罢。我听旁人说，新近在胡同里，安了一分外家，不知道这件事，是真是假？"普津皱眉道："我却不知道。花梢人儿确不假，如今已不下四十，要往五十上数啦。大约这类事情必不能有。眼前头大约儿子都要定亲啦，岂有半百的公公，还闹外家呢。大概没有罢，你许是听错了。"常禄也知得不详，听了普津的话信以为真。当时别了普津，买菜回家，心心念念只想着妹妹亲事，必须选一个美满姻缘方才称心。

暗表德氏是爱女心盛，因为贾婆子题亲，大儿子不甚乐意，又想贾婆子诚不可靠，遂与女儿谈心时，一五一十的说了。三蝶儿是忧心如焚，惟恐母亲、哥哥背地里作事。遂察言观色，屡屡的探听，得了题目，便说把人世间事已经看空，情愿等母亲下世后，自己削发为尼，断不想人世繁华虚荣富贵了。德氏听了这些伤心的话，因此背前面后，常恐三蝶儿所说的是反话，不免又添些忧虑，暗自伤起心来。而察看女儿举止，并无不是的地方。每日黎明即起，洒扫庭院，礼佛烧香，亦极诚笃。常时他口口声声，祝延母寿，盼着哥哥兄弟立业兴家，仿佛花花世界上无可系念。日长无事，或在窗前刺绣，或往院里浇花，无虑无愁，无忧无喜。梳装衣服，只爱个清洁雅淡，不着铅华。德氏是时常叨念，说是女儿家不着红绿不成规矩，强逼女儿敷粉涂脂。其实那三蝶儿容貌本是冰雪为神玉为骨，芙蓉如画柳如眉的美女，一被那脂污粉腻，反把丽人本色倒衬得丑了许多。

　　这日常禄回家，把路上遇见普津，如何与三蝶儿题亲的话，暗自禀告母亲。德氏叹了口气，想着文光家里是个掌事伯什户，因亲致亲，今有普津作媒，料无差错。随同常禄道："这事也不是忙的，等着因话题话，我同你妹妹商量商量，打听他那宗性情。若这么早说人家儿，恐怕好犯恼撞。"常禄道："我妹妹很明白，应该也不致恼撞。难道女儿人家在家一辈子不成？他说他的，什么事情，须要母亲作主，方合道理。"德氏道："主意我可不作，合式不合式，将来他瞒怨我。你妹妹心里，我已经看破了，只是我不能由他，不能够任他的性儿。这话你明白不明白？"常禄唯唯答应，看着母亲词色颇有不耐烦的地方，因笑道："这也奇了。我妹妹大门不出，二门不迈，自幼儿安闲淑静，那能有什么心事。这实是奶奶的气话，我也不敢说了。奶奶阿妈生我三个人，就这么一个妹妹。他若有何心事，不妨投他的意，也是应该的。"说着，语音渐低，凄怆不止。德氏亦咳声叹气，拿过烟袋来吸烟，扭过头去，不言语了。

常禄道："据普大哥说，文家这个小人儿，近来出息很是不错。家产我们不图，只要门当户对，两人站在一处，体貌相合，我们就可以作得。"说着，三蝶儿走来，望着母亲、哥哥在此，临掀帘时，听见"作得"二字，往下不言语了。三蝶儿迟了一会，审视常禄语气，一见自己进来，缩口不言，料定是背我的事情在此闲谈呢。当时懊悔已极，不该掀帘而入，不顾自己身分。越想越悔，连羞带臊的低下头去。偷看母亲颜色，着实凄惨。料定昨晚所说，今日必发泄了。随向八仙桌上斟了半盏凉茶，借此为由，转身走了出来，看了回地上草花，揣度母亲、哥哥近来的意向。正在闷闷的不得头脑，站在西墙角下，只听西院邻家，三弦弹起，婉转歌喉，娇声细气的，有人唱曲。曲文好坏虽未留心细听，偶然有两句，唱的明明白白，清清楚楚，吹到三蝶儿耳内，一字不落。原来是：

　　夜深香露散宫处，帘幕东风静。拜罢也，斜将曲槛凭，长叹了两三声。剔团圞明月如圆镜，又不见轻云薄雾。都只是香烟人气，两股儿风，氤氲得不分明。

　　三蝶儿听了，倒也十分感慨缠绵，便止步侧耳一听，又唱道是：

　　　　月环溶溶夜，花阴寂寂春。如何临皓魄，不见月
中人。

　　听了这四句，不觉点头自叹，心里暗想："原来词曲上也有这样无望的事。可惜世界上人只知唱曲，未能领略编曲的深意。"想毕，又后悔不止，不该胡思乱想，耽误了听曲子。正在后悔，又听得唱道"狠毒娘，志诚种"六字；再听时恰唱到"对别人巧语花言，背地里愁眉泪眼"，三蝶儿听了这两句，不觉心动神摇。又听道"从今后我相会少，你见面难。月暗西厢，便如凤去秦楼，云敛巫山，早寻个酒阑人散"等句，不由得如醉如痴，站立不住了。一蹲身，坐在一块砧石上，细研究"早寻个酒阑人散"的滋味。忽又想起当日事来，记得玉吉仿本，写过"此生莫种相思草，来世当为姊妹花"两句，大约他的意思，亦是"早寻个酒阑人散"的思想。又想词句上种种与自己合的地方甚多，当时千头万绪聚在一处，仔细忖度，不觉心痛神驰，眼中落泪。

　　正在没个开交，忽觉身背后有人击他一下，三蝶儿猛吃一惊。不知拍者是谁，且看下文分解。

第十三回　没奈何存心尽孝　不得已饮泪吞声

　　话说三蝶儿正自情思萦逗，缠绵固结之时，忽有人背后走来，拍的一声，拍了三蝶儿一掌，笑吟吟的道："你在这里作什么呢？"三蝶儿吓一跳，回头看时，不是别人，却是丽格。三蝶儿道："你这孩子，吓我一跳。你这会自那里来？"丽格请个安道："我跟我姨儿一同来的，来了这么好半天，总没见你。大哥哥说许是出去了，他慌手忙脚，便出去找你去了。谁想被花儿遮着，你在这儿发怔呢。"一面说，一面拉着三蝶儿的手，回到屋里。果见德大舅母与德氏坐在一处，唧唧嚷嚷说话儿呢。三蝶儿请了个安，问了回好，拉着丽格手坐在一旁，谈讲些扎拉扣绣、一切针黹的话，一会又回到屋里，看了回三蝶儿的活计。丽格要剪个鞋样，三蝶儿拿了剪子，慢慢的替他剪。忽德氏掀帘道："姑娘，你回头收拾收拾，同你舅母一齐走，你大舅想你了，叫你去住几天呢。"三蝶儿答应声是，想着家里没人，母亲怎这么开放，莫非与哥哥议定，有什么事情不成？忙的放了样子，出至外间，笑道："舅母接我，我本该去，只是我奶奶近日一寒一暖的，有些不舒服。索兴等我奶奶好了，不用舅母来接，叫我兄弟送我去，我再多住几天，你想好不好？"德大舅母未及答言，丽格插口道："那可不行，去也得去，不去也得去。"说罢，不容分说，拉了三蝶儿进去，强令他梳头。德大舅母道："这么大姑娘，别不听话，赶紧归着归着，差不多就该走了。"说罢，与德氏二人，又至外间屋说话去了。

这里丽格又忙着拿瓶子取梳头油，又替三蝶儿去温洗脸水，前忙后乱的闹个不了。三蝶儿放了木梳，笑吟吟的道："谢谢你费心，天儿这样热，我不擦粉了。"丽格执意不听，一手举着粉盒，笑眯眯的道："姐姐，你擦一点儿罢，不看老太太，又碎嘴子。"说着挤身过来，帮他取了手镜，又帮他来缝燕尾儿。三蝶儿道："咳，小姑奶奶，你要忙死我！我的燕尾儿不用人家缝。"说着，接过丝线，自己背着镜子慢慢缝好。丽格笑道："敢情你的头发好，我有这样头发也能叫它光溜，不但没有跳丝儿，管保苍蝇落上都能滑倒了。"说着，拿了粉扑儿，自己对着镜子匀了回粉，又把自己的燕尾儿整了一回。等着三蝶儿梳完，又催促他换衣裳，两人在屋里乱成一阵。

半晌，见德氏进来，问三蝶儿道："什么事这样麻烦，你舅母都等急啦！"三蝶儿红着脸道："你瞧他这分忙，忙得我抓不着头绪了。"丽格笑道："您还说我哩，不是这样忙，管保这时候连头也不能梳定。怪不得大姑妈说你，日后若有了婆婆，瞧你受气的罢。"三蝶听了那里肯依，过来便要捶他。德氏拦住道："别闹啦，快些走罢。"丽格见势不好，亦笑着跑了。

三蝶儿把手使木梳、零星物件包了一个包袱，站在桌子一旁，蹙着两道蛾眉，带有万分为难的神气。德氏道："这么大丫头，你是怎么了？"三蝶儿把眼圈一红，赶着背过脸儿去，假意去整理头发。德氏又问道："到底是怎么了？"三蝶儿把眉头一皱，拿出手帕来擦了眼泪，凄凄惨惨叫了两声奶奶。德氏不知何事，气得坐在椅上咬牙的发狠道："又怎么了？"三蝶儿含着眼泪，呜呜哝哝的道："奶奶作事，不要背着女儿。"德氏怒嚷道："有什么瞒心昧己事背你办了？"吓得三蝶儿一跳，疾忙跑过来站在德氏面前，噙泪央告道："奶奶别生气，女儿说的话句句是实。叫女儿站着死，我不敢坐着死。"一面说，一面吁吁喘气，着实伤惨。德氏三焦火起，推了一掌道："不能由着你。"说罢，顿足走出。

德大舅母、丽格皆在院内相候，不知房里何事，疾忙跑来，见三蝶儿背着脸坐在炕沿上，斜倚着炕桌儿哭个不住。德大舅母道："姑娘，又怎么了，难道是不愿意去吗？"丽格亦抢步过来，掖着三蝶儿手腕替他擦泪，连声叹道："都是我的不好，又叫姐姐挨说。"三蝶儿低下头去，擤了鼻涕，哽哽咽咽的道："舅母，走……舅母走吧，外甥女不去了。"刚到说此，德氏又自外进来，气昂昂的嚷道："你爱去不去，牛见不喝水，不能强按头。"说着，摔下烟袋，坐在椅子上一面生气，只听拍拍两声，自己在自己脸上抽了两掌，又要摔下陈设。吓得德大舅母慌了，过来把住手腕，按住桌上家伙道："姐姐怎么了，这不是叫我为难，叫我着急吗？去与不去，但凭他的心。他大舅接他，因为想他。姐姐因此生气，岂不给我娘儿俩不得下台吗！"德氏哼哼气喘，气得话亦说不出来。三蝶儿亦惊慌失色，连忙跪在地下，扶着德氏两膝，哭喊求饶。丽格更不得主张，犹以为方才说笑，德氏气了呢，一手拉起三蝶儿便与德氏请安，连把大姑姑叫了数十声，口口声声的道："我姐姐没有不是，都是我闹的。"又向三蝶儿道："姐姐不去，是给我没脸。"说着，请下安去。三蝶儿掩泪还礼，口里呜呜哝哝，话亦说不清了。忽被德大舅母一把拉了出去，丽格亦随出劝解，连连与三蝶儿陪错，笑吟吟的道："刚擦的粉，眼泪又给洗了。"说着，接过包袱，掖着三蝶儿便走。又向屋内笑道："大姑姑别有气了，改日再给你请安罢。"说着，竟自走出。三蝶儿夺了袖子，转身又回里屋，劝告母亲道："女儿再不敢了。"随说着，眼泪簌簌滴下，请了个安。德氏只顾生气，连正眼亦不瞧。德大舅母无法，只得劝解一番，请安告别。德氏沉着脸道："到家都问好，我也不送了。"三蝶儿把眼泪擦净，跟随舅母走出。一面走，丽格与德大舅母极力排解，无奈三蝶儿心事旁人不知其详。丽格与德大舅母劝解皆是好意，三蝶儿一面答应，又极口遮饰，只说母亲脾气，叫人为难的话，丽格当作实话，亦只过去了。

　　傍晚到了德家，吃过晚饭，德大舅高高兴兴叫了两个瞎子来，唱了半夜的曲儿。三蝶儿心中有事，无心去听。后唱到《蓝桥会》伤心的地方，不觉心神动摇，坐卧不稳。想起昨日在家，所听《西厢记》来，愈加十分伤感，转身回到屋里，躺在炕上垂泪。丽格亦追了进来，笑问道："姐姐你困了么？"三蝶儿也不答言，头向里只去装睡。丽格亦卸妆净面，揣度三蝶儿心里必是因为呕气，想着伤心，乃劝道："今天的事，都是我招来的。论来你也不好，说你一声婆婆，你也值得那样，莫非你的婆婆我就说不得吗？"三蝶儿啐道："你还说呢，若不是你，何致那样呢。"丽格陪笑道："好好的，为什么要打我？莫非因我说你，动了你心尖不成？"三蝶儿呸了一声道："我告诉舅母去，你这么跟我上讪，可是不行。"说着，穿鞋下地往外便走。丽格不知要怎么样，心下也慌了，忙扯住三蝶儿道："好姐姐，我一时走了嘴，再也不说了，你别告诉去。我再敢说这样话，叫我嘴上长疔。不然，就烂了舌头。"正说着，只见德大舅母进来催他姐妹睡觉。说趁着凉快，明儿好早些起来。丽格一面答应，一面嗤嗤的笑。

三蝶卸了头，坐在椅上发怔，一会又抹抹眼泪，一会又醒回鼻涕。丽格躺在炕上，又是好笑，又是纳闷，又恐三蝶儿恼他，随笑道："姐姐你不用恼我，你心里事，满在我心里呢。"三蝶儿冒然一听，心中暗吃一惊，随笑道："我眼睛不好，白天怕风吹，黑夜怕灯亮儿。"随说，又用手巾擦眼。丽格冷笑道："我知道，八成是要起针眼。记得去年，你在玉哥哥家里就是这样吗。"说得三蝶儿又一怔，迟了半日道："我几时要长针眼，被你知道了？"丽格道："你每遇哭时，就说要长针眼，我怎的不知道。"三蝶儿听了此话，连腮带耳俱都红了。丽格又坐起笑道："你看我记性好不好？"三蝶儿点点头，想着自己心事，大约瞒不过去，随笑道："你是昏天黑地，只知说笑凑趣，那知人世间有为难事呀。"说着，把眼圈一红，又欲掉泪。丽格恐其伤心太过，下地劝了一回，两人到四鼓以后方才睡下。三蝶儿背过脸去，犹自伤心，直到东方大亮，亦未合眼。

　　话休烦絮。这日德氏母子自从三蝶儿走后，去向舅舅家住着，已把他的亲事说成八九。这日常禄休息，约定冰人普津在家相见。母子商议半日，知道三蝶儿性情，倘若知道此事必闹麻烦，不如与普津见面，要过八字帖儿来先去合婚。好在男女两头儿，彼此都认得，不必重来相看。正好是先放小定儿，将来通信过礼，再放定礼不晚。

　　当时把事情议妥，及至普津到来，亦是满口应承，极力担保，许着将来通信，必要个鲜明荣耀，男家是开通人，合婚不合婚，倒是末节。德氏道："那可使不得，合婚是要紧的。虽然他大像相合，倘若有点儿波澜儿，两家都不好。将来有口舌，你也得落瞒怨。"说着，把生辰八字帖递给普津。普津笑着接过，又把男的八字帖递与德氏，笑着道："婶娘高见，这倒是很好的事。"当下三言五语把亲事说定，约着十日后，来取八字帖儿，合得上就放定纳彩，合不上则作为毋庸议。

　　这也是三蝶儿命里合该如此，男家合婚说是两无妨害；德氏合了婚，又细与男女两人课了回生辰八字儿，俱说是上等婚姻，夫妇能白头到老，享寿百年；男的是当朝一品，女的是诰命夫人；一个是天河水命，一个是霹雳火命，两个人水火相济，可望兴家。这一套油滑口吻，说的德氏好不高兴。想起经年算命，自己奔忙一世，应靠女儿福气才能享福，如此说来真个不假。即日把合婚相配的话告知普津；又令儿子常禄，去小菊儿胡同一带打听女婿的行为，以免过门后女儿受气。常禄又探听多日，回来报告母亲，说："春英为人极其朴厚，外间因其朴厚，笑他憨傻。我想这门亲事，却可以作得。"德氏点点头，本来为慎重婚姻起见，今听常禄一说，更觉放了心。次日即令常禄告知普津，又把这件事告知同族人等，并几家至近戚友，大家均极赞成，德氏更觉喜欢。

这日中秋已近，屈指算着三蝶儿已在德大舅家住了一月有余，正欲去接，忽有德大舅母送来，丽格亦随了回来，又在德氏家住了几十日，然后去了。从此常来常往，有时德大舅母来接三蝶儿，丽格亦来回住着。

光阴荏苒，时序如流。不知不觉间，转过一个年头来。正是新年正月，文光家里因张罗娶儿媳妇，托嘱冰人普津来往撮合，定于元宵节后通信纳采。三蝶儿一概不知。是时因为逛灯，正在德大舅家闲住，忽见母亲来接，德大舅母亦催他回去。想其来时本说多住几天，今忽来接，三蝶儿很是纳闷，又见德大舅母面带笑容，不免狐疑起来。以为母亲来意必为自己事情，有人相看，心下不由一酸，眼圈亦立刻红了。丽格冷笑道："姐姐回去罢，明天我还去呢。一来给姐姐道……"说到此处，德

氏瞧他一眼，丽格拍手而笑，往下便不言语了。三蝶儿看此光
景，知是有事，遂歪身坐在椅上，一声大气也不敢出，低头摆
弄衣襟，眼泪滴滴掉下，犹如断线明珠双双失坠的一般。

德氏催他梳洗，三蝶儿怔了半日，仍是使性生气不愿回去，
急得德大舅母连连跺脚，明知放定，而当在德氏面前又不敢说。
丽格是天真烂漫，心里存不住话，叫了德大舅母出去问明所以，
又进来笑道："姐姐走罢，过后儿我来接你。你不回去，岂不叫
大姑姑生气吗。"三蝶儿低着头，装作未闻，揭起衣襟擦抹眼
泪，一时衣襟衣袖俱都湿了。德氏与德大舅母赌气走出，只说
道："赶紧收拾，天可不早啦。"丽格答应一声，仿佛哄小儿的一
般来哄三蝶儿，连把好姊姊叫了好几声，又笑道："我陪你一同
回去，你看如何？"三蝶儿把头一扭，反倒呜呜哭了。丽格扯
着手腕，一手取了手帕替他擦泪，费了好半日口舌，方才劝住。

一时德氏来催，丽格连说带凑，帮着三蝶儿先把包袱包好，
又劝他擦净眼睛，不哭丧着脸。三蝶儿也不答言，两眼直勾勾，
犹如傻子一般，随着德氏去了。这里德大舅母甚不放心，次日
便带了丽格去看三蝶儿，又好帮着德氏预备放定的事。

德氏把女儿接回，本想是欢欢喜喜，好预备明天喜事。不
想三蝶儿回家，两眼直瞪瞪楞了一夜。德氏睡在一旁，一夜不
曾合眼，暗想女儿心里，必为着聘与别家心里不乐。此时若说
他几句，恐怕越羞越恼，急出疯病来，如何是好。越想越为难，
深悔一时气忿，不该因为小节错过婚姻。然事已至此，追悔莫
及，只有变个方法瞒哄一时，别叫他中了迷症，寻出短见来才

好。主意已定，催着三蝶儿起来，张罗梳洗。三蝶儿迷迷瞪瞪，高声答应一声，下地便走。德氏一把揪住，按在一张椅上道："你不在这里梳头，要往那里跑？"三蝶儿听了此话，抬手便去拆头。德氏见此光景，不胜着急之至，又是酸心又是后悔，当时万感交集，揪住三蝶儿胳膊，凄凄惨惨的叫声宝贝儿，随着便心肝儿肉的哭了起来。三蝶儿愣在椅上，半晌无言。常斌听了哭声，赶急跑过来，不知母亲何故这样伤感。一时常禄也回来了，两人劝住母亲。一见三蝶儿如此，不由亦着了慌。常斌说去接舅母，常禄说："先去接婶娘。"德氏亦急得发楞，不知怎样才好。

眼看着天将正午，新亲放定的人不久来到，三蝶儿坐在屋里仍自发楞，急得德氏、常禄，来回转磨。忽见德大舅母带着丽格进来，常禄忙的迎出，顾不及请安问候，先把妹妹发迷，大约是佯狂疯病的话述说一遍。德大舅母吓了一楞，不顾与德氏道喜，先到屋里来瞧，丽格亦跟着进去。因恐新亲来到，措手不及，先嚷说快给梳头。丽格亦脱了长衣，打了一盆温水，按着三蝶儿头发叫他洗脸。三蝶儿胡乱洗过，丽格又替他敷粉。德氏站在地上，一面学说，一面流泪，急得德大舅母手足失措，忙了扫地，又忙着抹桌子。常禄与常斌二人，约了两个帮忙的厨子伺候早饭，大家胡乱吃过，静候新亲到门。

三蝶儿把衣服换好，仍是痴痴憨憨的，坐着发楞。丽格也不知何故，纳闷不止。后见德大舅母唤了德氏出去，姑嫂坐在外间唧唧哝哝的咕噜半日。德氏哭着道："事到如今，我倒没有骨肉义气了。谁想这孩子，这样认真呢。"说到此，声音渐细，丽格亦听不清了。半晌，德大舅母道："我不敢抱怨姊姊，当初你就想错了。那有吐出口话来，再又变卦的。幸亏两个好孩子，不然生出缘故……"说着，亦声音低下，听不真切了。德氏掀了帘子望着丽格点手，丽格忙的出来，德氏悄声道："你不要言语，好歹把今天的事瞒哄过去，过后见我细细跟你说。少时新亲到来，千千万万别题你姐姐的病。"丽格一听此话，不知何事，只得点头答应。德大舅母道："这么办罢，你歇歇儿去，我有法子。"说着，走进屋去。丽格不解其意，也要随着进去，德氏连连摇手，丽格只得站住，看着德氏面孔这样惊慌，不知三蝶儿之病从何而起，随向德氏探问道："到底我姐姐是什么病？"德氏听了，不知怎样回答，由不得眼辣鼻酸，滴下泪来，扯着丽格袖子道："题起话长。大概你也许知道。"说道，拉了丽格手，去向别屋坐着。

不想天已正午，一起一起的来些亲友，急不能说，丽格已猜明八九。只想着事太离奇，那有女儿家这样想不开，这样死心眼儿的，放着阔婆家不愿意，嫁个穷汉子，有什么希图呢？想到这里，忽把当日三蝶儿见了玉吉的光景想了起来，心里跳了一回，又纳闷一回，以玉吉那样穷，三蝶儿还这样诚实，真是令人钦佩。转又一想道："三蝶儿为人，不至有这样思想。必是孝敬母亲，疼兄爱弟，不忍离别骨肉的伤感。"左想右想，越想越怪，想来这样情景，必有极痛心的事了。

正自纳闷，忽见常斌进来，同了一群女眷，德氏亦陪了进

来，一一与丽格引见道："这是九姑姑，这是十姨，这是八舅姥
姥，这是三姐，那是二妹。"丽格挨次请安，初次相见，认不清
谁是谁，只是胡乱坐下，让烟让茶。

工夫不大，只听门口外鹅声乱叫，新亲已到门了。亲友的
孩子来回乱跑，有的说"鹅声乱叫，主新郎好"；有的说"馒头
齐整，主家室和谐"的。大家乱乱哄哄，齐出迎接，只见一抬
一抬的往院里抬彩礼，小孩们爬头爬脑，又说又笑。两位放定
的女眷自外走来，这里亲友女眷按着雁行排列，由街门直至上
房，左右分为两翼，按次接见新亲，从着满洲旧风，皆以握手
为礼。普津在前面导引，先与德氏请安道喜。德氏是举止大方，
酬对戚友们向极周到，此日因三蝶儿闹得话亦说不出来了。普
津道："大娘是见事则迷，难道连新亲家太太也不认得了吗？"
大家听了此话，俱都掩口笑了。原来放定的女眷不是别个，一
位是新郎的婶母邹氏，一位是新郎之母、文光之妻，前文表过
的托氏。邹氏在前，托氏在后，挨次与众人见礼，蜂拥入房。
先在外间暂坐，众人左右相陪，谈论这门亲事，实是天缘凑巧，
前生造下的婚姻。有认识文家的随口便夸赞新郎，又赞美三蝶
儿的容貌及其针黹。只有德大舅母一人皱着两道眉毛，来回乱
跑，送过来两碗糖水，勉作笑容道："这是向例的俗礼，两位亲
家太太漱一漱口罢。"说着，普津、常禄二人，自外进来。普津
在前，捧着一柄如意；常禄在后，托着首饰匣子。两人把物件放
下，请过德氏来过目。托氏刚欲说话，普津道："我替您说罢。
这是我大哥大姐给这里我妹妹打的粗首饰，合样不合样，时兴

不时兴，等着过门后，自己再变换去。"说着，把匣盖揭开一一指点，又向常禄道："你倒是替替我，把衣服拿过来呀。"常禄把衣服送过，又去打发喜钱，不在话下。

这里德氏等看了过礼物件，丽格等揭起门帘请了邹氏、托氏等进去，一屋子烟气腾腾，并无旁人，只有三蝶儿一人静悄悄坐在炕上，目不转睛的呆呆楞着，望着众人进来，并不羞涩，仍自扬着脸望着邹氏痴笑。邹氏不知底细，很觉纳闷，只可与嫂子托氏谦逊一回，按着行聘成规，安放如意。托氏也不知其故，只道是女大心大，不顾羞臊了，当时用四字成语说了几句吉祥话儿，什么"吉祥如意"咧、"福寿绵长"咧。邹氏亦一答一和的说道："吉庆有余，白头偕老。"一面说，拉过三蝶儿手腕，带了镯子，又笑着夸赞道："这姑娘模样好，手也这样秀嫩。瞧瞧这手上指甲有多么长啊。"说着，把礼节交过，同了嫂子托氏仍然归坐。德氏心中有所感，此时千头万绪聚结一处。见了女儿如此，亦觉后悔，由不得眼中垂泪，坐在一旁哭了。丽格亦因姊妹情重，看着三蝶儿疯痴，很觉难过，当时亦眼辣鼻酸起来。众人见德氏一哭，想着慈母之心，自幼儿娇生惯养，到得女儿长成，只要聘礼一到，就属别姓家的人了，俗语说"娶妇的添人进口，嫁女的人去财空"，想到此处，亦各伤心流泪。此时满屋的人，你也哭，我也哭，把个良辰喜事，繁华热闹之场，闹得悲悲泣泣，成了举目生烦的日子了。只剩德大舅母尚能扎挣得住，一面陪着新亲，一面叫常禄、常斌并亲友家几个小孩子，把那龙凤呈祥的贴匣安放一处，把那喜酒馒头收拾起来。忽一人扎撒两只手，自外走来道："常大弟，你再给我几个钱，门外念喜歌儿的又来了两个。"常禄一面灌酒，掏了几个钱，那人拿着跑去了。

普津把贴匣接过，拿出个红纸条来，劝着德氏道："大娘不用伤心。俗语说：'男大当婚，女大当配。'谁家有姑娘，谁也不能在家过老，况你亲家，准保疼爱媳妇如同女儿一样。你乃一时想了，你就乃时去接。"邹氏插言道："姐姐放心，我们两下里如同一家子人。今后做了亲，越发要近乎了。普大哥说的好，你乃一时想了，你就乃时去接。"德氏抹着泪，连连点头，托氏亦接口劝解，好容易才劝住了。

普津把手中字帖递于德氏，笑着道："这是梳头上轿的方向时刻，要仔细，不可忘了。"德氏颤颤巍巍，一手接过道："大爷费心，你这么跑前跑后，我实不落忍。素日大妈待侄儿们有什么好处哇。"说着，把帖儿收起，正欲与普津道穷，忽见托氏站起，告辞要走。大家一齐站起，随后相送。普津笑着道："我也回去。今天桥儿上有个约会儿。"说着，随着众人咚咚跑去。常禄随后便追，死活叫他吃完饭再走，普津执意不肯。这里德大舅母等归束一切，顾不得三蝶儿怎么样，只去酬应亲友，催着摆晚饭。德氏见女儿如此，不便声说，只好等亲友走后再作计较。当下把常禄唤来，母子开箱倒柜，先把定礼衣服收藏起来，直闹到日已沉西，所来的亲亲友友一起一起走了，才得休息。

晚间，与德大舅母商量说："三蝶儿的病啊，可有什么治法呢？"德大舅母叹道："这也难说，究竟什么病，我也看不出来。

虽姐姐那样说，我终究也不能信。我想这孩子并不糊涂，若说他心高性傲倒是不假。去年他大舅生日，他跟我谈过心。依他的心思，总想给哥哥兄弟好歹先娶了亲，无论怎么不贤，母亲也有人服侍了。论理这孩子说话很有见识，姐姐很该应允才是道理。一来是孩子孝心，二来孩子出阁，姐姐也有人服侍，乐得不多等二年，何苦这么早，逼迫孩子呢？"德氏听到此处，叹了口气道："嗳，我的心事，你那儿知道。"说着，眼泪婆婆，叹息不止。德大舅母劝道："姐姐不必着急，我看着不要紧。十成占九成是冲撞什么了。去年他大舅生日不就是这样儿吗？"

　　正说着，丽格进来，说三蝶儿吃下药去，已经睡了。德氏惊问道："吃的什么药，能够这样？"丽格红脸道："实告您说吧，我向来存不住话。您早晨告诉我，别和我哥哥题。我看我姐姐很难过，找出去年的方子叫我哥哥出去抓了一剂药来。"德氏听到此处，嗳呀一声道："什么方子？药可不是胡吃的。"德大舅母听了，亦惊慌不止，不顾与丽格说话，三步两步的出来，唤了常禄，取了药方一看，脉案是："久病肝郁，外感时邪，宜用分解之剂。"因问常禄道："你看这方子上药，你妹妹可吃的吗？"常禄又细看药味，上有枇杷叶、知母、甘草等类药，一面念着道："这药倒不要紧。方才药铺说，好人病人全可吃得，大概是有益无损。"德大舅母道："这是什么话，你怎么也胡闹呢！"说着，又埋怨丽格，不该浑出主意。德氏亦惊慌失色，跑至屋里来瞧，三蝶儿盖着红被，香睡正浓。听其呼吸，或长或短，有时长出口气，口里唧唧哝哝，嘴唇乱动，吓得德氏、德大舅母俱着了慌。丽格见此光景，亦吓得怔了。

　　不想这一件事，却也奇怪，三蝶儿服下药去，浓睡了一夜，屋子又热，盖得又重，出了一身透汗，渐渐好了。次日稍进饮食，觉得身子发倦，头上发昏来。问他昨日的事，一概不知，德氏只得瞒起，姑且不题。后听院里鹅声呱呱乱叫，三蝶儿躺在枕上亦渐渐明白了。无奈事已至此，只得顺从母命，将养自己身体，免致母亲着急。常禄又请了医生，开方服药，不上五日光景，已见大痊，丽格方才放心。只是姊姊情重，一时舍不得别去，又住了十数日，方与德大舅母一同去了。

　　这里三蝶儿病愈，德氏把嫁女的事情忙个不了，今日买箱笼，明日买脂粉，每日催促三蝶儿做些鞋袜衣服，预备填箱陪送。谁想三蝶儿心里全不为然，终日叨叨念念，劝告母亲道："不要这样白花钱。陪送多少，终久也是人家的，母亲着这样急，女儿实在不忍。"说话时非常诚恳，声容惨切。德氏不待说完，早已滴下泪来。自己思前想后，似有无限伤心。三蝶儿亦放声大哭，把近年家里景况述说一番。又说年月怎么难，哥哥兄弟怎么苦，母亲若聘了女儿，不顾事后的事，叫女儿如何能忍。越说越惨，德氏眼泪婆娑，见女儿这样孝顺，那爱惜女儿之心益觉坚固了。自己决定主张，任凭他怎么说，只这一个女儿，断不忍辜负他，无论怎么样，偏要个鲜明荣耀；生前疼爱儿女，死后也对得过丈夫。一来自丈夫死后，此是经手第一件大事，总要亲亲友友看得过去；二来常禄、常斌尚未定亲，此时若嫁女太刻，必受他人指摘，将来儿子亲事亦不好张罗了。这是德氏心里一种疼爱儿女的苦衷。

至于常禄心里，亦合他母亲一样，想着父亲已死，妹妹出嫁，是我母子们第一件要紧事，若不从丰置备，惟恐委曲了妹妹。心想我兄弟三人，仅有一个妹妹，设有父亲在世，岂不比今日风光些。虽今日这样为难，毕竟没了父亲，终是委曲的。想到此处，那孝母爱妹之心不能稍减，自己拼除一切，只以妹妹于归当一件至要至重的事，时闲常向母亲说道："父亲遗产都该是妹妹一人的。我等生为男子，不必倚靠祖业，好歹要挣衣挣饭，奉养母亲。今日无论如何，请勿以破产为念，豁除钱粮米去，连儿子厅里薪水，也爽快借些钱财，全数聘了妹妹。日后的事自有儿子担负，不要母亲着急。"这一片话，说得德氏心里益觉难过。起初怕儿子不愿意，故多留一分心，此时常禄兄弟，反倒瞒怨母亲不肯为嫁妆花钱，所置的木器箱笼，常禄亦面前面后嗔怪不好，簪盒粉罐亦怨说不细致，闹得此时德氏反倒为上难了。

眼看着春深三月，节过清明，先去坟上祭扫一回，然后与常禄计议，母子分头办事。又挨门按户敦请戚友，预备二十四日三蝶儿的喜事了。不想喜棚搭起，诸事已经齐备，三蝶儿的容消玉损，连日不进饮食了，比着前两次的痴傻益觉沉重。不过有时明白，有时糊涂；有时说说笑笑，一若平常；有时哭哭啼啼，若临大难。所来的亲友，除去德大舅母、丽格尚可攀谈，其余的亲友女眷，三蝶儿是一概不见。

至日，喜轿到门，院里喜乐喧天，非常热闹，独有三蝶儿心里突突乱跳，仿佛身在云雾中，不由自主的一般。扯住德氏哭道："奶奶，奶奶，你怎这样的狠心哪！"说罢，哽咽半日，往后一仰。不知后文如何，且看下回分解。

第十四回　宴新亲各萌意见　表侠义致起波澜

　　话说花轿到门，三蝶儿坐在屋里嚎啕大哭，所来戚友俱各闻声堕泪。三蝶儿揪着母亲叫了两声奶奶，往后一仰，德大舅母等忙的扶住。德氏听了，如同摘了心肝一般，抹着眼泪道："我的儿，都是为娘的不是，害得你这样苦。事到如今，你该当听我的话，才是孝顺呢。"说着，把心肝肉的叫个不住。德大舅母在旁劝道："姐姐不必悲痛。你若尽是哭，更叫孩子心里割离不开了。不如赶着上轿，不可误了吉时。"说着，把德大舅叫过来，又劝三蝶儿道："姑娘别哭了，多哭不吉利，反叫你奶奶伤心。"说罢，罩了盖头，忙向德大舅丢个眼色。德大舅会意，两手抱起三蝶儿，便往轿里放。三蝶儿哇的一声，犹如杀人的一般，坐在轿子里仍是大哭。德氏等忍着眼泪，帮着德大舅母放了轿中扶手，又劝他端正坐稳。只听抬轿的轿夫嚷声"搭轿"，门外鼓乐齐作。新亲告辞声，陪客相送声，茶役赞礼声，儿童笑语声，连着门首鼓乐、轿里哭声，闹闹哄哄，杂成一处。

德氏倚着屋门，洒泪不止。忽见棚中亲友一齐站起，门外走进一人，穿着四品武职公服，正是普津。后面跟随一人，年约二旬上下，面色绯红，头戴七品礼帽，足下缎靴，身穿枣红色宁绸袍子，上罩燕尾青簇新补褂，低头自外走来。普津拿了红毡，笑嘻嘻的道："大娘请坐，这是你养女儿赚的。"德氏一看，见是新郎官来此谢亲，连忙陪进屋去，先令其向上叩头，拜见先岳，自己抹着眼泪亦坐下受了礼。常禄与普津见礼，随后与新郎相见。普津把礼节交过，即时告辞。只见棚中戚友纷纷起立，大家唧唧哝哝，自去背地谈论。按下不表。

次日清晨梳洗，德氏与德大舅母去吃喜酒。先向亲家太太声述女儿糊涂，日后要求着婆婆多加疼爱的话，按次又会见亲友。托氏指引道："姐姐不认识，这是我妹妹。"德氏听了一楞，只见引见的那人年在二十以外，媚气迎人，梳着两把旗头，穿一件簇新衣服，过来向德氏拉手，口称亲家太太。德氏不知是谁，正欲细问，忽见普津进来，请着德氏进房，笑吟吟的道："看看我妹妹去吧，怎么这么大年纪还像小孩子儿似的。这里我文大哥头生头养的儿子，娶了媳妇来，必比自己女儿还要疼爱，大娘先劝劝他去。"

刚说完，忽见一群女眷拥着新人出迎。只见三蝶儿头上，满排宫花，戴着珠翠钿子，身着八团绣褂，项挂朝珠，脸上的香脂铅粉带有流泪的痕迹。望见德氏姑嫂自外走来，低头请了个安，转身便走。德氏见此光景，好生难过，当在新亲面前，不便落泪，只得勉强扎住，同了德大舅母走进新房。三蝶儿扯住母亲，先自呜呜的哭个不住，德氏忍着眼泪婉言开导。三蝶儿不言不语，一味啼哭，问他什么话，三蝶儿并不答言，仍是抹泪，急得德大舅母满身发燥，急忙与德氏出来，向托氏道："没什么说的，孩子岁数小，又无能又老实，还得求亲家太太多疼他，我姐姐就放心了。"托氏道："好亲家太太，姑娘的脾气性格样样都好。就是他不听话，我心里不痛快。不怕姐姐过意，养儿子不容易，养女儿也不容易，久日以后，就盼他夫妻和睦，咱们两下里就全都喜欢了。"说着，酒筵齐备，请着德氏坐了席。德大舅母不放心，恐怕两造里要闹口舌，随向坐陪的女客悄悄说道："一对新人都是小孩子，按这样年月说，总算难得。"说的那一女眷不觉笑了。

一时有普津过来，带领新郎官跪地敬酒。德氏坐了一会，望着方才托氏引见的那人，越想越眼生，不知在何处见过面，究竟是什么亲家，遂一面起席，悄悄与旁人打听。旁人都掩口而笑，当在托氏面前不好直说。托氏亦看出光景，叹了口气道："亲家太太不用问，这是您亲家老爷老不成气，背我在外间娶的。娘家姓范，还有个好绰号叫什么盖九城。因为三月里要娶儿媳妇，不得不早早归家，省得儿媳妇过门耻笑。"说着，向德氏使眼色道："您瞧这块骨头，孟良怎么盗来着！"德氏扭项一看，见范氏站在一旁，同一个少年男客指手画脚的，又说又笑。

德氏哼哼两声，又向托氏说一声"好"。托氏闹了一楞，诚恐因为此事，不肯答应冰人，随向左右女眷俯耳唧咕一回。众人皆各点头，先陪着德氏起席，进到屋内笑道："亲家太太尽管放心。姑娘这里决不能受气。"瑞氏亦插言道："什么受气，孩子挺好的，谁敢给他受气，我豁除老命去合他挤了。"说罢，气昂昂坐在一旁，看那光景，好像因娶范氏很透生气似的。揪住德氏道："亲家太太，我怎样疼孙子，怎样的疼孙子媳妇。难道你的女孩儿，不是我的孙女儿吗？"一面说，一面吁吁直喘。德氏笑了笑道："果然这样，我那能不放心。不瞒老太太说，我寡妇失倚的，养他这么大真不容易。"说着双眉竖起，语音渐高。德大舅母一听，好生害怕，惟恐诸事已过，再因小小枝节生出恶感，随以别的话差了过去，叮问托氏几日回门的话。

忽见范氏进来唤了托氏出去，悄悄问道："姐姐这样懦弱，太不像话。日后有人家说的，没我们说的。难道您这么大岁数，只听新亲的下马威，我们就没话问他吗？"托氏摇摇手道："嗳，你不用小心，凡事都有我呢。孩子腼腆，自幼儿怕见生人，所以他才这样。"范氏道："这可是您说的。既是这样，我就不管了。"说罢，赌气去了。托氏一听此话，不由冒火，惟碍于新亲之前不便争吵，遂与德氏商量，四天回门，第五日要上坟拜祖。德氏点头答应，起身告辞。

到了回门之前，常斌备了轿车接取三蝶儿，常禄备了轿车来接新郎。三蝶儿刚一进门，拉住德氏臂膊放声大哭。德氏亦不禁落泪。想着娇生惯养的女儿一旦离了亲娘，去作媳妇，实是一件苦事。随用婉言开导说："太婆疼爱，公公婆婆也疼爱，姑爷又那样老实，人生一世，享福也不过如此。虽有个小叔小姑，毕竟年纪尚小，还让头生头长为长嫂的拔尖儿。常言说：'出了门的媳妇不如闺女。'刚进门儿的人，自然显得生疏。等着熟悉几天，也就好了。"说着，又打听他公公婆婆有无脾气，大婆婆小婆婆是否和睦。三蝶儿一面落坐，只去擦抹眼泪，并不答言，一时把胸上衣襟全都湿了。丽格与德大舅母一面解劝，一面酸心。德氏与常斌母子，亦为滴泪。

工夫不大，常禄陪着新郎自外进来。众人擦了眼泪，迎出阶下。按着通俗礼节，请了作陪的亲友周旋说话儿。一会酒筵摆齐，让着新郎新妇并肩而坐，男女陪客即在左右相陪。德氏疼爱女儿，连带亦疼爱女婿。看他一双夫妇坐在一齐，想着养女一场，盼到与女婿回门，实是喜事。可惜女儿心里有些固执，不然燕尔新婚的女子不知要怎样的喜欢哩。想到此处不禁滚下泪来，一面布菜，颤颤巍巍的道："你们多多和气，白头偕老。"三蝶儿低着头，洒泪不语。德大舅母道："姑娘吃一点儿，取个吉利。"常禄亦劝道："妹丈喝点儿酒。"德大舅亦过来道："富贵有余的，你么吃一片鱼。"说着，把碗里鱼片挟了一箸子，叫新郎拿过碟儿来。新郎红着脖子，死也不肯抬头，引得丽格等全都笑了。德氏道："得了，交过规矩，别这样腆皮了。"当下把酒筵撤下，新郎也不知漱口，慌着带了帽子，嘴里唧唧哝哝不知说些什么，放下一个喜封儿，便向德氏等挨次请安，告辞而去。德氏等送至门外，看着上了车，然后进来。忽屋内丽格嚷道："姊姊你是怎么了，怎的这么拙呀！"说着，花拉一声，不知倒了什么。德氏等忙的跑入，见丽格按着三蝶儿，两手向怀里乱夺，桌上的茶壶茶碗摔在地上粉碎。德氏等近前一看，只见三蝶儿手里拿着一把剪子。丽格咬着牙，夺了过去。德氏嗳哟一声，登时倒在地上，背过气去。常斌、德大舅母忙着跑来，大家七手八脚扶起三蝶儿，过来又赶救德氏。丽格楞在一旁，伸出手来一看，连指上指甲全都折了。德大舅道："你们娘儿俩这是怎么回事呢？"丽格摇摇手，咳声叹气道："嗳哟，老爷子您不用问。"说着，指那剪子道："您瞧瞧，若非我没有出去，事情就出来啦。"说罢，扭过头去，滴下泪来。半天又哽咽着道："想也想不到，我姊姊这样糊涂。"德舅爷道："这都是那儿说起？千想万想，想不到你这么拙？"三蝶儿坐在炕上浑身乱颤，头上钿子连珠翠宫花等物散落一炕。德大舅母道："姑娘，你换口气，有什么过不去的事，尽管说出。平日你最为孝顺，怎么这时候倒糊涂了呢？"一面说，一面抹泪。看着三蝶儿脸上已如银纸一般，吓得德大舅等目瞪口呆，半晌说不出话来。

　　大家把德氏拉过来，劝着呷了口糖水。三蝶儿亦长叹一声，渐渐苏醒过来。丽格含着眼泪，走过向三蝶儿道："姐姐这样心窄，岂不叫姑姑着急吗！"当下你言我语，闹得马仰人翻。问了三蝶儿半日，死活也不肯言事。德氏叹气道："这是我的命里该着这样急。好容易盼星星盼月亮，盼到儿女长成人，我好享福哇。好，越大越糊涂。出了门子的女儿家，倒反不听话了。不听呢，也罢了，有什么不如心的，至于寻死！是人家儿对不

起你呀，是嫁妆对不起你？是妈妈不疼你，对不起你，是哥哥
兄弟不睦，对不起你？"说着，泪流满面，自己又叹惜命苦，
哭了回丈夫，又哭起爹娘来。数数落落的道："抛下这苦老婆子，
没有人管。儿女这么大，谁又心疼母亲，问问母亲的心，问问
母亲的难处呢？"哭得德大舅爷等无不堕泪。一面排解，一面
又规劝三蝶儿，叫他赶着收拾，回去要紧。

　　丽格俯在炕上收拾珠翠，抬头向德大舅母蹙眉，问说："这
宫花钿子，可怎么收拾好？"德大舅母道："不要紧的，拿去叫
你哥哥到街上弄去罢。"说着，三把两把，急将珠翠宫花等物
拿到外间，点手又唤常斌，悄悄嘱咐一番。又叫德氏请出，好
再安慰三蝶儿，别叫他回到家去，再行拙事。德氏亦领会其
意，随即躲出。不想此时三蝶儿心里又后悔又害怕。悔的是自
己无知，不该这样糊涂；倘真那时死了，岂不把母亲兄弟一齐
坑死了吗。事出之后，婆家必不答应，因此成讼，必要刷尸相
验，到那时节，岂不把祖上德行、父母家风，全都扫地了吗。
越想越后悔，千不该万不该这们心窄，忘了自己身分。怕的是，
自今以后，若把母亲气坏，谁来侍奉？哥哥有差事，兄弟年纪
小，虽不致同时急病，想来自今以后，为我必不放心。既不放
心，必要常常惦念。我已是出嫁的人，若令母亲惦念，弟兄不
放心，自己又居心何忍？倘若今日之事一被婆婆知道，必向母
亲究问。及致不问，日久天长也必能知道的。那时若知道此事，
岂不与两家父母勾出生分来了么！此时越想越怕，越想越后悔，
身上得得乱颤，欲向母亲声述，连嘴唇舌头俱不听用了。后见

常斌走来，要请母亲出去，急嚷一声道："奶奶，别走！"伸手抱住德氏呜呜的哭个不住。德氏推了两掌，问他有什么话，只管明说。三蝶儿哽哽咽咽说不上来。两手把前胸乱挠，急着嚷道："奶奶，奶奶，女儿自今以后决不使母亲着急，再这样胡闹了。"德氏抹着眼泪，少不得谈今虑后，劝解一回。

一时常禄回来，说："姑爷回到家去，很是喜欢，亲家阿妈、亲家额娘等，都问奶奶的好。"又夸赞大正、二正怎样机伶，春霖在学堂念书怎样进步，一面说，一面见三蝶儿的钿子坏了，又见德氏等肿着眼睛，因问："什么事这样伤心？"德氏叹了口气，想着这样麻烦不便叫儿子着急，随说："不为什么，你不用又着急。你妹妹家来，不放心你们合我。他一伤心不要紧，引得一家子全都哭了。"常禄听了此话信以为真，亦不再去问了，只催着三蝶儿梳洗，说："现在天已不早，赶着回去要紧。才听亲家额娘说，今日如回去得早，还要借着戴钿子，先拜两家儿客呢。"说着，帮着德大舅母收拾宫花钿子等物，催着三蝶儿戴好，又忙着叫母亲换衣裳，笑着嘱咐道："见了那个娘儿们，您不用多闲话。俗语说看佛敬僧，好罢歹罢，已就是这样亲戚，还有什么可说呢。一来给我妹妹作脸，二来儿女亲家，总是越和睦越好，图什么闹些生分，犯些口舌呢？"德大舅母道："这事也不怨你奶奶，说亲时候，你也欠慎重。家有这样婆婆，决难有好儿。"常禄叹口气道："事到而今也就不用说喽。当初说的时候，不知我亲家阿妈有这样事。当时也询听过几回，连我普津哥哥都不知道。听说这个娘儿们叫什么盖九城，娘家姓范，虽不致怎么瞎猜，也是女混混出身，手拉手儿来的。听说在东直门、后海地方，我这位亲家阿妈看人家放过风筝，不知怎么个缘由……"说到此处，看看母亲脸色，又笑道："好在我妹妹也是出了阁的人了，说也不要紧。横竖这么说罢，常时有普津引线，搭上之后，安排一处地方，就过上日子啦。今因儿媳妇过门，不能不归到家里去。方才我普大哥说，这们进门之后，倒很是安本分，只是他言语举动有些轻佻，外场其实是精明强干。按着新话儿说，是位极开通极时派的一流人。说话是干干脆脆，极其响亮，行事是样样儿不落场，事事要露露头角。简断截说，就是有点抓尖儿卖快。舅母你想想，咱们是爱亲作亲，当初作亲的时节，望的就是小人，谁管他婆婆好歹呢。"一面说，一面叫三蝶儿挂珠子，紧催着德氏走。随将所备的礼物送至车上，打发德氏母女上车去了。

这里德大舅母、丽格等临别哭了一回。又商议单九、双九、十二天亲友瞧看的事情。从此两造亲友互相往来，左不是居家琐碎，不足细述繁文。

到了一个月后，三蝶儿回来往家，各处亲友皆来瞧看。三蝶儿唧唧哝哝，偷向母亲哭道："起初一过门时，并不见小婆婆怎样。那天他回来说，方自外间回来，撞见二妈，气色很透惊慌，屋里又跑出一个人来，看着后影好似……"说着，向耳边悄悄的说了，又大声道："依着他的意思，恨不得即时下手，以雪此耻。当时我吓得直抖擞，好容易好说歹说，死活给拦住了。您瞧有这件事，叫我心里头如何受得下。"说着，抚面大哭，气

得德氏半晌说不出话来。当时咬牙切齿，连哭带气的咒骂范氏
一番。因恐常禄知道要闹麻烦，不如权且忍耐，劝着女儿留心，
莫令姑老爷生出事来，一为保全名誉，二来儿子儿媳管不得母
亲闲事。事已至此，只好平心静气、坦坦实实的看着。虽然他
外面风流，显着招摇一些，究实事迹上，也未必果然这样。"你
们心里平素就看他不尊重，所以处处起疑，亦是常有的事情，
何苦这么操心，管这没影儿的瞎事？"一面说，又将今比古，
引证些新闻故典，比较与女儿听，免得他忧心害怕，伤了自己
身子，弄出家庭笑话来。这一片话，足见德氏苦心，不但疼顾
女儿，又恐女儿家里闹出事故来，所以变着方法安慰女儿说，
无稽之谈，意气用事，断断是靠不住的。心想这样劝解，以
女儿如此颖慧，必可以醒悟的，回到家去，必能规戒丈夫，不
致再闹事了。

谁想三月二十七日，正是前文所说托氏的堂兄家里接三之
日。阿氏坐了一夜，不曾合眼。早间与丈夫春英呕些闲气，早
饭以后，随着大婆母托氏，带同小姑子前往堂舅家里去行人情。
托氏是好谈好论的人，是日与戚友相会少不得张长李短，说些
琐屑故典。阿氏是未满百日的新妇，既随婆母行情，在座又都
是长辈，不能不讲些规矩，重些礼节；抑且阿氏为人极其温厚，
言容举动又极沉稳，所有在座亲友人都好好。有的道："大姐真
有眼睛，怎的这么好的姑娘被大姐选上了。"有的道："哥哥嫂嫂
都有造化，椿树似的儿子，娶了鲜花似的媳妇，再过个一年二
载，不愁抱孙孙了。将来老太太得见四辈重孙，在他老人心里

还不定怎样喜欢哩。"有的道："婆媳妇难得十全，似乎托大姐的儿妇，又机伶，又稳重，长的好，活计又好，可谓之四德兼全了。"当时你言我语，人都赞美不置。惟托氏听着，因是婆婆身分，虽旁人这样夸赞，然当在自己面前，不能不自作谦辞。俗语说："自己的女儿贤，人家媳妇好。"凡是当婆婆的，都有这宗心理。此时托氏于无心之中说出几句屈心话，什么不听话咧、起的晚咧、作活计太慢咧、做事太慢咧。这一些话，说是谦逊之意，本是作婆婆苦心，欲在戚友面前施展当人训子的手段。殊不知这宗谶诮，最容易屈枉人，慢说春阿氏，就便是寻常女子，听着也要发火，当时脸色红晕，羞涩得不敢抬头。忽的背后一人唤着阿氏出去。阿氏一面抹泪，正好借此机会暂为避去。

　　出至门外一看，此人全身素服，并非别个，正是玉吉。刚刚欲问他从何处来，玉吉请过安道："姐姐家里人，怎的这般混帐！"说话时声音很高，吓得阿氏惊慌失色，连连摇手，乃惨然流泪道："兄弟呀，姐姐的命反正是不能久了，这亦是我前生造定的，今生今世才遇见这些磨难。你拿我只当个已死的人罢，千万不要生这愚气。"说到这里，咬定牙根，仰着头，瞪着眼，把热泪忍住。玉吉轻轻顿足道："姐姐这般懦弱，家里外头都不得安生，还有什么趣味？"阿氏道："什么趣味不趣味，姐姐人虽活着，心是早已死了。"说罢，面色灰白。玉吉怔了半晌，忽然眉竖眼圆，冷笑一声道："姐姐待我的心，我此时粉身碎骨亦难答报，姐姐这口气我一定要给出的。"阿氏听到这里忙着摆手，恐怕有人听见，诸多不便。忽见身旁走过一人，只得慌忙躲进屋去，打算等亲友散后劝劝玉吉，不叫他多管闲事。谁知事有天定，不由人力。阿氏留了半日神，竟无玉吉的踪影，只得随着婆母坐了晚席。忽见公公进来，一手拉着二正，悄向托氏道："天气很热，这里又没地方，回头叫他嫂子跟我回去罢。"托氏道："说是呢，我正想没个人送回，你来亦好。"因向二正道："少时和你嫂子，跟你阿妈一同回去。舅舅伴宿，咱们再来。"

说着话，已到送三时候，文光带着儿媳女儿告辞回家。工夫不大，车行至菊儿胡同内，三人下了车，文光拉着二正在前，阿氏题着包袱在后。到了门首，二正猛然一推，扑的栽倒，原来门是虚掩着呢。文光忙把二正扶起，问他碰着没有。二正站起来，口里叫声二妈，往里便跑。此时天已不早，瑞氏等欲睡未睡，前文已经叙过，兹不多表。

阿氏把诸事料理已毕，要到厨房里温水洗脸。将走至厨房门内，觉得身后有脚步声音，忙回头一看，只见一人在门外点手儿唤他出去，不觉吓了一跳。赶紧走出屋外看是何人。此时那人已经转过脸去，蹑足往西屋便跑。见他穿一身青色衣裳，后影好像玉吉模样，猛然触起白日的情景，知道此事有些不妙，忙着三步作两步向前赶去。将进屋门，早见玉吉站在春英前，手举菜刀往下便砍，吓得阿氏魂飞天外，嚷亦嚷不出来，奔上前去揪住玉吉手腕，狠着命往下夺刀。玉吉力量太猛，回手拍的一声，刀柄碰在阿氏额上。阿氏心里只拼一死，那顾疼痛，还是咬定牙根，死不放手。玉吉看他这样，把二目一睁，又以刀背击了阿氏左胁一下。阿氏觉得心里一阵迷糊，两手一松，身躯往后一仰，耳听得噗的一声，玉吉手起刀落，砍在春英咽喉之上，登时气绝。阿氏已吓得倒在地上，玉吉忙把春英尸体移在床下，扯起阿氏道："姐姐所事非偶，冤仇已报！姐姐能随我去，小弟情愿奉养一生。"阿氏怔了半天，并未听明，看见菜刀在旁，狠命扑去。玉吉连忙抬起，随后抓起一块绢帕擦了擦手，扯住阿氏，往外便掖。掖至院内，玉吉道："还有那淫妇呢？"随把阿氏抛下，往东屋便跑。阿氏心慌已乱，欲要声张，又恐玉吉本是义气，反变成杀人的原凶，自己亦背着极大嫌疑；欲待和他回去，无奈他是谁，我是谁，黑夜杀了丈夫，携手脱逃，这事成何体统。当时把芳心一横，趁着玉吉不在此处，自己往厨房便跑，扑咚一声，奋然投入水缸。正是：一死拼偿冤业债，众生慎勿造因来。

　　玉吉把春英杀死，欲与阿氏潜逃，实出于姊妹情重，看着阿氏受气怀抱不平。想着这样女子人世不可多得，缘何母亲不谅，许了这样蠢子，终日受人欺辱，这真是天道不公，人心不能平的事情。越想越愤懑，恨不得把大千世界上凡此不平等的恶婚姻一刀雪净，方解心头之恨。

　　当时即把阿氏推开来杀范氏。刚走至里屋门外，听得院里阿氏木底乱响，又听范氏屋里问说："是谁？"上房文光亦连声咳嗽，吓得玉吉也慌了，站在屋子里楞了一会，想着阿氏为人极为懦弱，若不偕其俱逃，一被旁人拘获，必罹重难。想到此处，随手把菜刀放下，出来要寻阿氏一同逃走。不想脚步略重，范氏连连问："谁？"随声便趿鞋下地。上房文光并东房瑞氏母子亦全都醒了。玉吉无处可藏，跑至屋角茅厕，两手攀墙而上。不想墙高足滑，使尽生平气力欲上不得。又听文光夫妇正在院内喧嚷，玉吉心更慌了，反身又往回跑。合该他命中有救，望见茅厕墙外立有板凳一条，随手搬进茅厕，挺身而上，两手攀住墙头，踊身而过，只觉心里突突乱跳，浑身发颤，不知此时此际如何是好。又不放心阿氏，想着姊妹一场，不该草草用事，虽然是一片好心，此时反给阿氏惹了大祸。当时懊恼已极，站在门外犹疑半天，不知此时阿氏那里去了。

正在纳闷，猛听街门一响，里面走出人来，吓得玉吉也慌了，开腿往北边便跑。恰巧时当深夜，路上静悄悄并无行人，不知不觉已至自家门首。扣了半天门，里面无人答应，心里连急带怕，不觉头昏眼花，坐在一块石上呆呆发楞。忽见一人过来，弯身问道："你是从那里来的？快要说明。"玉吉抬头一看，见是一个僧人，容貌甚奇，身穿一件破烂僧衲，笑吟吟的问道："你是那里来的？"玉吉坐在石上，觉得心里头渺渺茫茫，不知如何答对。僧人又问道："你既不知道来从何处来，难道你去往何方，自己也没个打算么？你以为你作的事情没人知道？难道惹了大祸，从此就消灭了不成？"玉吉听到这里，吓了一跳，迟了半天，心里方觉明白。细想如今自己犯下杀人重罪，以后天地虽大，并无容身之处了。越想越后悔，越想越害怕，当时悔惧交加。细看那一僧人，站在自己身旁微微点头，似有叹息之意。玉吉知他是个异人，随即跪在地下，拉着僧人的袍襟，凄凄惨惨的道："事已至此，要求老和尚搭救。"说着，以袖抹泪哭泣不止。僧人弯着身子细把玉吉上下看了一会，见他这样哀求，乃长叹一声道："前生来世，回果分明。昔是今非，业缘纠结。你合那个女子，但有朋友之缘，并无夫妇之分。他既出嫁于人，便算前缘已了，彼此清清白白，有什么割弃不下的？谁知你不明因果，妄与命数相争。你自以为替那女子报仇，那知正是给那女子闯祸；你自以为出于一片侠心，那知正是造下无边恶孽。若不急早悔忏，恐怕不但因果牵缠，来生受报，就是今生今世亦恐你难逃法网啊！"说到此处，声色俱厉。玉吉听了，犹如凉水浇头一般，心里这才醒悟，遂连连叩头，乞求解脱之法。僧人冷笑道："你自蔽光明，自作恶孽，谁为解脱？"说罢，抖袖欲去。玉吉知是高僧，揪住僧人破衲死也不放。僧人呵呵笑道："善哉善哉。自迷不见自心，谁来搭救？"说罢，飘然而去，倏忽不见。

玉吉定了定神，如同梦醒一般，暗想这一高僧必是佛菩萨化身前来度我，忙的跪倒地上望空遥拜，心内虔虔诚诚，暗发宏愿。正在虔祈默祷之际，忽见梁妈出来，扯住自己手道："少爷是怎么了，这样磕头？"玉吉迟了一会，仰见满天星斗，四静无人，自己跪在地上不知何故。梁妈唤了数遍，方才明白过来，细想方才所见，心里轰的一惊，浑身乱颤起来。一手扯着梁妈，连说好怕，转又一溜烟的跑进门去。

蕙儿不知何事，听是玉吉声音，忙亦移灯出来。看他神色仓皇，脸上颜色如同白纸一般，坐在石阶上口张眼闭，吁吁气喘。蕙儿吓了一跳，摸摸脑门上，俱是冰冷冷的凉汗。随把手灯放下，问他所因何故，这样抖擞，一手又摸着他手，手亦凉了。当时手忙脚乱赶紧搀进屋去，梁妈也着了慌，忙着笼火，又忙着找白糖，冲了一碗滚汤糖水给他喝下，方觉安顿些。此时梁妈心里，只当是半夜回家路上受了惊吓，以致如此，不想他忽然坐起，口内嘟嘟囔囔不知说些什么。一时又咳声叹气，发起昏来，直闹到早饭以后，始行安顿睡下。梁妈看此光景，知他素日性情有些胆小，这宗病况，必是半夜回家受了惊吓。随着就延医服药，闹了一日。

次日早起，玉吉坐了起来，唤过蕙儿来哭道："哥哥对不起你。父母去世，本当兴家立业，等妹妹终身大事有了倚靠，然后再死。不想因事所迫，死期已近了。"说着，呜呜咽咽的哭个不住。蕙儿亦伤心落泪，不知玉吉的话从何说起，只得以好言安慰。玉吉擦了眼泪，当着蕙儿面前叫过梁妈来，仿佛人之将死托嘱后事一般。自己拿定主意，想着杀人该当偿命，若使最亲爱的姐姐无辜受累，自己于心何安。主意已定，安住蕙儿主仆，不叫他话外生疑。出得门来，雇了一乘人力车，随着看热闹的众人直奔小菊儿胡同春英尸场。

恰巧这日上午，正是刑部司员蔡硕甫前来验尸。有左翼翼尉乌珍、副翼尉鹤春、委翼尉普泰，并内城巡警厅所派委员、本区警察长官，还有各家侦探，一院里乱乱腾腾，好不热闹。玉吉挤在人群内，想着今日好巧，不知阿氏被拘，所供是什么言词。倘若他受了委曲，不肯说明，我便在此时自首，把我堂堂正正替人不平的事情说给官众听听。大概人同此心，心同此理，大丈夫做事，要个正大光明，磊磊落落。主意已定，见有一群官人带着文光、范氏并德氏、阿氏等进来，听着文光供说，阿氏杀人之后投了水缸，由不得敬爱之心益觉坚固，当时又懊悔又惨切。看着范氏那里指手画脚，由不得怒从心起，深悔昨日晚上不该留此淫妇，叫他血口喷人。正自摩拳擦掌，抑郁难平之际，忽见阿氏仆倒，抚尸恸哭。玉吉吓得一怔，脸上变颜变色，心说好生害怕。要知端的，且看下文分解。

第十五回　聂玉吉树底哭亲　王长山旅中慰友

话说聂玉吉看到阿氏恸哭，心里好生害怕。想欲自首，自己又出首不得。一来是阿氏母家的人，我们是自幼姊妹；二来听旁人说，他为着婚姻一事，发了几回疯。迎娶之日，欲在轿上寻死，回门之日，要在家中自尽。这样看起来，我若不避嫌疑，慨然自首，倘若官场黑暗，他再一时糊涂，受刑不过，认成别样情节，这便如何是好。想到此处，站在人群中，不寒而栗，当时站立不住，急忙走出，心中暗暗祝告道："神天有鉴，不是玉吉不义，作事不光明。我若出头投案，死何惜足，但恐牵连姐姐，落个不贞不淑之名，陷入同谋杀夫之罪。但愿神天默佑，由始而终，那么叫姐姐抵了偿，好歹保存住了名誉。我便即时死了，也是乐的。"祝告已毕，站在文家门内，泪在眼眶内含了许多，此时方才滴下。迟了一会，心里悠悠荡荡，不知去往何方才是正路。

正疑念间，忽想起昨日高僧点悟的几句话，不觉于人世红尘，顿为灰冷。转身便出了胡同，迷迷离离走出安定门外。抬头一看，见有一片松林，正是自家坟墓。玉吉本来至孝，今又有无限伤心的事，回想父母在日如何疼爱，不免走入松林，抚着父母坟墓恸嚎起来。正哭得死去活来，没个劝解，后面有人拍打，连说："大少爷不要伤心，这是从那里来呀？"玉吉止泪一看，是自家看坟的，奴随主姓，名叫聂生，一手掖着玉吉，死活往家里劝解。玉吉也不谦逊，收住眼泪，到了看坟的家中，只说偶尔出城，心里很不痛快，要上坟地里住十几日。

聂生听了此话，极为欢喜，随着就沽酒作菜，殷勤款待，口口声声只怕玉吉委曲。说老爷太太在日，少爷怎样享福，到了奴才家中，就是自己家，有什么不合式的，视奴才力之所及，尽管说话。将来少爷作了官，奴才一家子还要享福呢。玉吉点了点头，看着聂生意思，出于志诚，随即在他家内住了数日，把自己心里事家事，一字不题。料着聂生为人极其诚朴，梁妈、蕙儿一时也不能来找，乐得多住几日，避避灾祸呢。主意已定，就在此处暂避，并不远出。有时叫聂生出去，找几本破书来，闲着破闷。有时也绕着坟茔，看看庄稼。直至中秋将近，并不见有个人来打听踪迹。

这日聂生进城，听来一件新闻，说："锣鼓巷小菊儿胡同有个谋害亲夫的，此人才十九岁，娘家姓阿。外间传说，不是他自己害的，因为他婆婆不正，劝着儿媳妇随着下混水。媳妇不肯答应，婆婆是羞恼成怒，使出野汉子来，暗把儿子杀死，打算一箭双雕，诬赖儿媳妇谋害亲夫，就把旁人耳目全都掩住了。不想神差鬼使，露了马脚，凶手把行凶的菜刀，放在他婆婆屋里了，你说是合该不合该？"玉吉听了此话，蓦的一惊，当在众人面前不好酸心落泪，只随声赞叹，说："现在人心鬼蜮，不可悬揣。将来定案，必有个水落石出。"一面说，心里啾啾咕咕，甚不安静。本想等阿氏完案，或生或死，自己放心之后，好寻个方外地方，按着高僧指引，削发为僧，谁知过了三月，得了这宗消息。由不得伤感起来，背着聂生，自在暗地里流了回泪。

到了次日清早，决计要进城探询。先到自己家里，探望一番。刚一进门，遇见梁妈出来，惊问道："大爷你那里去了，叫我们这样急？"玉吉叹了口气，未及答言，自己先滴下泪来，蕙儿亦流泪迎出，述说："哥哥走后，急得我要去寻死。逢亲按友，已经都找寻遍了，恐怕你疯疯癫癫，不顾东南西北，没有下落了。"说着，泪随声下，凄凄惨惨的哭个不住。玉吉亦大哭一场，连说："哥哥糊涂，不该抛了妹妹，一去三月。如今回来，真是无颜相对。"说着，又要流泪。蕙儿亦叹息道："你说这些话，惹我酸心，你心里的事，若不实告我说，便是对不过我。"随说着，叫过梁妈，取出两个名片来，递与玉吉道："这两个人，你认得不认得？"玉吉听了一楞，接过名片一看，一个姓何的，号叫砺寰，一个姓项的，号叫慧甫。玉吉想了半日，很为诧异，当时想不起是谁来，随放下道："这两个人是谁？我不认得。"

蕙儿道："你走之后，隔了一个多月，姓项的那人便来找你。你同他什么交情，我那里知道？"玉吉想了想，仍不知项某是谁，因问蕙儿道："此人什么模样，那类打扮，找我为什么事，你没问问吗？"蕙儿道："两人找你，都为一桩事。姓项的那人，年约三十以外，虎背熊腰，面上有麻子，说话声音很亮，听着很爽快。我说你中了疯魔，出外已久。他问你往那里去了，说吏部衙门有极要紧极要紧的事前来找你。"玉吉听到此处，连声吸气，怪问道："这事怪得很，这人我并不认得，吏部里我也没事，这真是突乎其来。"说着，又问姓何的什么模样，蕙儿说了一遍。玉吉闷了半天，仍不认得。蕙儿道："来的人说是三蝶儿姐姐从法部带来的信，叫他面见你来，又说你若不去，叫我去一荡。我想空去一荡也是枉然。后又跟人打听，都说南衙门北所规矩很严，姐姐在监里收着，谁也不能见面。你若在家呢，还可以去瞧瞧，那时你又不在家，我去作什么去呢？当时我跟梁妈商量半天，他说这个何某必是你的至友。咱们亲友里没这么个姓何的。后来又过了几天，有一个姓钰的，还有个姓黄的，前来找你。他说在左翼当差，推门就进来啦。我说你没在家，他们不肯信，进屋坐了半天，直眉瞪眼，问你现在何处。"蕙儿说到此处，惊惧万分，望了望院内无人，悄声道："他说小菊儿胡同春英，是你同姐姐害的。他在翼里闻知，特来送信，叫你千万躲避。又拿话来试我，怕我知道下落不肯实说。临行那姓黄的说，你要这几日回来，叫你别出去，死活在家里等他。我问你，这些事都是怎么闹的？父亲死后，本想跟哥哥享福，你怎么这样胡闹，难道把爹妈的遗言也都忘了不成？"说着，掩面大哭，吓得玉吉浑身乱颤，半晌答不出来。

梁妈道："姑娘不用哭，大爷三姑娘断不是杀人的人，必是文光家里花钱走动的。你没见洋报上说，三姑娘太冤枉吗？"刚说着，玉吉往前一扑，梁妈一手搊住，幸未栽倒，只听哇的一声，吐了一口血沫，吓得梁妈惊慌失色道："姑娘别哭了，大爷又犯起陈病了，这是怎么说呢！"蕙儿擦着眼泪过来相扶，一面仍惨惨切切的问道："你把实话告诉我，你惹下祸，打算远走高飞，也要告明了所去的地方，然后再走。你别的不顾，难道同胞骨肉，你连一句实话都不肯说吗？"梁妈听了此话，嗳哟一声，连向蕙儿摇手，又扶起玉吉头来，细看脸上颜色，已如银纸一般，嘴皮嘴唇颤成一处。蕙儿看此光景，吓得没有主意，随手把玉吉放倒，自己坐在一旁直直楞着。梁妈亦手忙脚乱，有意抱怨蕙儿，却又不肯，忙着热了一壶开水，冲了一碗白糖，悄向玉吉道："起来喝一点儿水，定定神就好了。大爷这个病根儿实在要命。"说着，眼辣鼻酸，一手端着碗，一手抹着眼。

玉吉昏沉半日，睁开眼睛一看，蕙儿、梁妈两人俱在一旁抹泪，当时心头如刀割一般。只得爬起来，呷了口水。蕙儿百般劝解，梁妈亦没得话说，只问："三月之久，大爷往那里去了？怎么大舅太太道谢来，说你晃了一晃，就家来了呢？莫非道儿上遇什么邪魔外祟，纠缠住了？不然，怎么一日一夜，天亮你才回来呢？"玉吉叹了一口气，因恐蕙儿着急，不敢实说，只好胡诌乱扯，说了一片假话。心里打定主意，但能把蕙儿劝住，然后把一切事情告明梁妈，明日我到官投案，也就完了。当下以闲言散语遮饰一遍。

到底蕙儿心里知识无多，又兼玉吉为人极其诚笃，素常素往，并没有半句谎语，所以蕙儿听了深信不疑。不过骨肉情重，倒用些开心话语来劝玉吉，惟恐与三蝶儿相厚，今遭此不白之冤，哥哥一动怒，难免出事。梁妈亦婉言劝解，说："年头不济，衙门里使脏钱。虽说不干我事，究竟也得躲避。倘若牵连在内，事情一出来，很是难办。再者文光家里有的是银钱，好歹托托弄弄，就许把大爷饶上，图什么担名不担利，闹这宗麻烦呢。咱们以忍事为妙，大爷的运气低，千万以小心为是。"说完便向蕙儿筹划，明日玉吉往那里躲藏的好。

玉吉踌躇半晌，想着有人来访必非好意，定然是阿氏过部后，因为受刑不过，供出实话来了。虽说是阿氏情屈，然自己思前想后，又经高僧点悟，早把一段痴情抛在九霄云外去了。此时只恼恨阿氏不该把实话吐出。"若把我拘去抵偿，原不要紧，士为知己者死，死亦无恨，只可怜你的名节，从此丧尽，教我如何能忍。"这是玉吉心里怜惜阿氏名誉，不肯自投的苦哀。那知此时阿氏，收在北所女监，情极可悯。每逢题审的日子，不是受非刑，就是跪铁锁。堂上讯诘，只合他索问奸情，倒底他姓甚名谁，那里住家，用尽了诸般权变，诱取供词，怎奈他情深义重，受尽无数非刑，跪了百数余堂锁，始终连一字一声均不吐露。问到极处，只说："我清白一世，如今落个谋害亲夫的罪名，情甘一死。"有时因受刑太过，时常扑倒堂前，昏迷不醒；有时因跪锁的次数多了，两膝的骨肉碎烂，每遇题讯日子，必须以筐笤搭上。到堂之后，由上午问至日落，总不见有何口供。闹得承审司员无法可施，传了德氏来，一同苦打，一齐下狱。因为阿氏纯孝，好叫他痛母伤心，招出实话来，了结此案。不想连行数次，仍无口供。

德氏为受刑不过，自己困于囹圄，看着女儿如此，实觉伤心，常劝女儿说："有何情节，只管招认。若是范氏、普云两人所害，你尤其要实说了。我看你日日受刑，委实难忍。你哥哥兄弟听见，也要伤心，不如以早认的为是。难道你孝顺母亲，还忍令年老母亲同你受罪吗？"阿氏哭天抹泪，投入母怀，告诉母亲道："女儿只有一死，别无话说，若认出一个人来，女儿的贞节何在，孝又何在？女儿的事小，以女儿一人，败坏家声事大。"说罢，大哭不止，引得监中难友，俱各泪下。这是当时阿氏狱中的惨状。有时亦想起玉吉来，不知此时此刻，究竟是生是死，因此长吁短叹。或在黑夜里独醒暗泣："可怜你绝顶聪明，怎么就做这傻事！那里是敬我爱我，分是前生冤孽，该下你的性命，到了今生今世，惹下这么大祸，叫我还债吗。你若是有情有义，怎不早行设法，偏等着大事已去，你才出头。我若是忘情负义，扯你到案，何致你姨妈合我这样受屈。因想你前程远大，来日方长，总是我母亲作错了，才至如此。可怜我这片心，纵然死于刑下，你也不知道。可见我的心，一时一刻受的这样委屈，全都是顾全你，你的行为，都不是顾全我了。"

其实玉吉心里也是这个意思，不过与梁妈、蕙儿等不能实
说。看来，人在两处，心是一样设想，较这寻常儿女的爱情大
有不同。那玉吉心中，又想着："我不管怎么样，俱无不可，只
要姐姐如了心，那才是姊妹情意呢。"阿氏心里，又想着："你不
负我，只管破除死命为我出气，那知道气不能出，反给我添了
祸。我若是糊涂女子，供出你来，岂不反负了你。"如此看来，
两人是姊妹情重，断不是有何私见，像是无知儿女那等痴情。
合算比痴情儿女的伤心尤觉惨切。难得这两个人，自幼儿朝夕
聚首，耳鬓厮磨；成年时候，又有两家父母戏为夫妇，而竟能发
乎情止乎礼，不陷于两小无猜之嫌。这样知己，若非爱情真切、
道德高尚的人，万难作到。一个是父母死后，原议已消，恐怕
阿氏心里伤心难过，所以处处般般极力疏远，一以免姨母猜疑，
二可使阿氏灰心，免得违背母命，落个不孝之名。心里头虔祈
默祝，看自己品学才貌，无一处可配阿氏，只盼阿氏出阁，遇
着个品学兼优，像貌出众，和乐且耽的快婿，再能够衣食无缺，
安享荣华，这才快意。岂知向日所望都成梦想，请问他的心里，
焉得不愤，焉得不怒。慢说是平素敬爱、最亲切、最关心的妹
妹，就是寻常人偶步街头，遇见个丑夫美妻、劣男才妇的事
情，还要暗里不平呢，何况幼年儿女，父母曾有过婚姻之议。

　　如今往事如烟，既不能抗违母命，又不能忘却夙好，事到
无可如何，只可怨天由命，存心忍受而已。[阿氏]过门之后，
常自心香暗祝，盼着终身至死不与玉吉相见。自己心里事更不
愿玉吉知道，以免惹他烦恼。谁知事有凑巧，竟闹出场天大事

来。此时自己只有隐住原凶，殉夫一死。想不到心心相印的人，坐在家里并不知道。

且说玉吉听着梁妈所劝，教他暂为躲避的话，很是有理。次日别了妹妹，带了几件衣服，不敢往坟茔再住，只好远走一遭，先往天津暂住，避避风气。当日登上火车，只听汽笛呜呜乱响，定睛细看，已至老龙头车站。因想着客囊羞涩，不敢往客栈去住，寻路至北营门地方，觅了一处小店。

时光紧促，岁月如流，转瞬之间，除夕将近。自己所带钱财早已花净，亏他还能写一笔好字，店主人怜其文弱，常给他介绍生意，聊以糊口。到了次年春日，听说春阿氏在狱绝食，每遇审讯时节，仍一口咬定，说自己正欲寻死，忽然丈夫醒了，因此一阵心迷，扑在丈夫身上，以致碰伤身死。据着报纸上登载情形，阿氏过部之后良实可怜。玉吉闻知此信，焉有不痛心的道理。当时吐了口血，由此就寝食俱废，一病不起。急得店主人十分着慌。玉吉又没钱服药，每日店钱食物都要主人供给。以一个小店主人，如何供应得起。万不得已，只有典衣卖物供给玉吉。玉吉躺在床上，过意不去，含泪向主人道："东家这样待我，我没齿不能忘。只是病到这样，谅无生理，想着今生今世，不能图报了。"说罢，泪如雨下。店主人一面安慰一面抹泪。玉吉长叹一声，凄凄惨惨的道："我有一封信，明日早晨，求你给我送去，我在你店里是生是死，你就不必管了。"店主人不知何事，凄然答应。

晚间命了笔墨，叫玉吉写了信，以便送去。接过信来一看，皮面上写着"面呈天津县正堂公展"。吓得店主人一楞，知是玉吉在此没有官亲，何事与本县县台公然通信？既然通信，必当熟识，岂有不知其姓字的道理。转又一想，这事很怪，莫非他因病所魔，死后要告什么阴状不成？越想越怪，自己回到帐房，想了半天，背着柜上伙计，私自把信皮拆去，看见里面信纸，注着玉吉的籍贯、年岁，自认是命案凶犯，潜逃在此，因为店主人待我太厚，此生无以为报，情愿叫本地公差把我解押进京，免得累及店主的话。后面有几行草字，注着来此养病，费钱若干，店钱若干，饭钱若干。大约原凶被获，京里必有赏，所有奖赏，县台如不爱小，务将所欠各款一律清还的话。店主人看了一半，吓得浑身起粟。暗想玉吉为人，本是文弱学士，岂像是杀人的人呢，这必是病中胡话了。急忙把原信怀起来问玉吉。

　　玉吉躺在床上，正自昏沉恶睡，店主人拍着枕头，慢慢唤醒，问他写信之意，所因何故，莫非是病缠的不成？玉吉听了此话，点了点头。知道店主人恩深义重，不忍送去，长叹一口气，自又思忖半晌，含着眼泪道："东家不忍送去，倒也罢了。只是我玉吉真是杀人凶犯，纵令你不忍，然天网恢恢，终久也不能遗漏的。"说罢，合眼睡去。店主人想着如此好人，断不会作出灭理的事来，且听他这宗说话，更不似杀人的人，今一见他这般景况，越发惨了。从此逢人便说，先夸赞玉吉的为人，后谈论前番的怪信，虽然是一片好意，奖誉其人，不想一传十，十传百，传到隔壁店中，有一个姓王名长山的耳朵内。

　　此人久在天津，素以作小贩为业，年在三十上下，性极慷慨。因听店主人夸赞玉吉，次日便过来拜访。见过店主人，问他在那里，店主人一面赞叹，随把玉吉原信递了过来。长山看了一过，夸赞的了不得，连说笔底有神，此人虽在病中，写字还能这样好，实在难得，阁下要极力保存，不可撕毁。店主人点头称是，随又引见玉吉。说近日玉吉吃了几次丸药。病已见好。店主人欢欢喜喜引进房中，唤着玉吉道："玉吉老弟醒一醒，隔壁王先生特来看你。"玉吉微开二目，不知来者是谁，只得点了点头，复又合目睡了。长山道："不要惊动。我辈相见，即是有缘，将来交情不知到什么地方呢。"说着，便向怀中取了两块洋钱，递与店主人道："请阁下代为收下。我本欲将此洋钱购些食物，然不知病人口味。阁下必知之最深，即请代为购买。四海之内，皆为兄弟，聂兄这个朋友，我实在愿意。"说罢，作了个揖，闹得店主人无言可答，只好接过钱来，替着道谢。长山道："老兄说那里话来，我们都是朋友。应该如此。"说着，又托嘱店家细心照料，他还要时常过来，帮着服侍。又劝着店主人，须把繁文客气一律免掉。店主人听了，千恩万谢，替着聂玉吉感激不尽。

这也是玉吉命中合该有救。从此王长山逢寒遇暖的常来问讯，每日与店主人煎汤熬药，不上三月工夫，玉吉的病体已经大愈。看见报纸所载，普云与范氏二人现皆被拘，每日在大理院中严刑拷问，大概阿氏一案已有转机。玉吉得了此信，更觉放心，由不得喜形于色，振起精神来笑道："天下的事，无奇不有，那里有真是真非呀！"说罢，哈哈大笑。不想这一句话说的很冒失，长山与店主人不知何故，随问道："你说的话很难明白。若没有真是真非，还成得世界？"玉吉摇首笑道："二位不知，我是心有此感，出之于口，不知不觉的，犯了两句牢骚话，二位倒不必介意。"长山道："谁介意来着，我想你为人诚恳，听见不平事必要动怒。大概你看那报纸有感于怀，莫非那阿氏家里同你认识吗？"玉吉听了此话，蓦的一惊，迟了半晌道："认识却认识，可怜他那为人，又温顺，又安娴，遇着那样婆家，焉得不欲行短见哪！"说着，自己不觉眼泪含在眼中，滴溜乱转。

长山笑道："这也奇了，你真好替人担忧。咱们既不沾亲，又不带故，屈在不屈在，碍着谁筋疼呢？咱们以正事要紧，一二日内，我打算进京访友，前天有敝友来信，嘱我荐个师爷，他家有一儿一女，年纪都不甚大，我想你很是相当。何妨你暂为俯就，等着时来运转，再谋好事。虽然他束脩无几，毕竟也强如没事。且待我料理料理，咱们一同进京，不知你意下如何？"玉吉摇手道："不行不行。我今年不过二十岁，这么早便为人师，这就是第一个不行。再者北城里污秽不堪，我既离了京城，纵终身不再进京，亦不为憾。王兄美意，我实在辜负了。"说罢，隐几而卧，太息不止。长山道："不能由你。我与店主人硬捏鹅脖，你乐意去，也得随我去，不乐意去，亦不能由你。"说着，又向店主人道，"主人翁，这事你作得主否？"店主人嘻嘻而笑，知道聂玉吉性情高傲，有些特别，又知王长山确是好意，随笑道："他不肯去，都有我呢。你尽管料理一切，收拾行装，临行之日，我可以强他上车。"说的长山、玉吉全都笑了。

长山叮问道:"一言既出, 驷不及舌。"店主道:"快马一鞭, 只要我说了, 一定办得好。不但叫他去, 我还要进京呢!"长山道:"怎么店主人也要进京吗? 好极好极, 只是这个买卖, 主人交给谁呢? "店主人道:"题起来话儿长。这个买卖, 我是新近倒的, 昨天京里来信, 有朋友叫我回去。二位进京时住在那个店里, 留个地名儿, 等我把经手事情办完, 我随后就找了去。"长山与玉吉二人连说很好很好, 当下把日期订妥, 长山去料理一切。定于后日清早, 同着玉吉起身, 往虎坊桥谦安栈。

到了是日, 别过店主人, 叙了回到京复会的话。玉吉洒泪道:"人生聚散, 原属常事。惟此日生离, 即如死别。"说罢, 泪如雨下。长山道:"这是何苦。等不到三五日, 必能见面, 图什么这样伤心呢? "玉吉道:"王兄不知, 日前我在病中交与店家的书信确是实事。此番到了北京, 必罹奇祸。二公要怜我爱我, 知道我的苦衷, 千万把我的肺腑述告报馆。及至横死, 我也可瞑目了。"说着, 脸如白纸, 浑身乱颤。长山害怕道:"这还了得。你既这样为难, 就不必进京了, 何苦往虎口里去呢。"店家亦劝道:"不去也好, 乐得不躲静求安, 逍遥法外呢。"玉吉道:"话不是这样说。我作的事, 从未向二公题过, 一来恐二公错疑了我的身分, 二来也难为外人言。"刚说到此处, 长山插口道:"不用你说, 我早已猜到了。"玉吉惊问道:"你猜到什么事, 倒要请教。"长山道:"此事也不必细说。你肯于进京, 咱们赶快走; 不愿进京, 即请留步。眼看着天已过午, 火车都要开了, 容日有了工夫, 我们再细讲吧。"说着, 便欲起身。玉吉是极温柔极随和的一路人，听了这样话，不忍改变宗旨，只得随了长山，别了店东，一同出了店门，直奔车站。

书要简断。是时正三月天气，不寒不暖，一路上花明柳媚，看不尽艳阳烟景。只听汽笛呜呜乱吼，转眼之间，车已行过了杨村。玉吉道："王兄说话，有些可疑。临行之时，你说我的事情全都知道，究竟你知道什么事，请你说给我听听。"长山道："说也不难，只是在火车上，不是讲话之所，等到栈房里，我再细说你听。我不止只知一件，连你的家乡住处，都可以猜个大概。"玉吉摇首道："这话我却不信，除非你是神仙，能够算的出来。"

刚说到此，旁坐两个闲谈的道："大哥长在京里住着，没听说京城的事吗？"那人道："京城什么事情，我也没听见说。"那人道："听说京城里封了两个报馆，把办报的杭辛齐、彭翼仲全都给发配，这话是真呀是假？这么样一来，恐怕春阿氏一案，又要翻案了。"那人无心说话，玉吉是关系最近的人，正与长山闲谈，冒然听了此话，吓得一个寒战，登时毛骨悚然，把要说未说的话也都咽住了。又听那一人答道："谁说不是呢。自从彭先生走后，白话报纸上也没人敢说话啦。昨天在别的报上看了一段新闻，说现在春阿氏已经定案，报上有大理院原奏的折子。前天我留下一篇，现在这里。"说着，取出来递与那人。两人一面看着，一面赞叹。长山向玉吉道："天下事无奇不有。古今谋杀案子，不止数千百件，那一件都有原因，决不像这么新奇。你也常看报纸，对于此案真像，你有什么见解，说我听听。"玉吉听到这里，忽然一楞，半晌方才答道："人心鬼蜮难测，毕竟是春阿氏本人所杀，还是旁人所杀，抑为春阿氏有关系人所杀，现在尚难推测。审讯这么二年，皆无结果。今日你猛然一问，叫我回答，我那里能知道哇。"长山大笑道："本来你不知道，我是故意问你。"说着，向旁坐那人借了报纸，二人倚往车窗翻阅一遍，上面有法部原奏，及左翼翼尉乌珍调查此案的报告。

玉吉关心最重，看了一回，翻过头来又要再看。那时脸上颜色，红了又白，白了又红，一时皱皱眉，一时翻翻眼，现出种种的神色，很为可怪。旁人见他这样，皆以为用心看报，所以如此，独有长山在座，心下明白，扯过报纸来道："老弟，老弟，你只顾看报纸，你看到那里了？"玉吉吓了一惊，抬头一看，车到马家堡小站，转眼就是前门车站了。到底人有亏心，心里两样，随手把报纸放下，扭住长山道："你我患难之交，天津托的话，你不要忘了才好。"长山发笑道："岂有此理！难道离了天津，咽不下米去吗？"说罢，把所看报纸，还与那人。大家忙忙乱乱，取箱笼的取箱笼，取行李的取行李，工夫不大，汽笛儿蓦的一吼，再注目时，已到正阳门东车站了。长山、玉吉两人下车，雇了两辆人力车，直往虎坊桥谦安客栈而来。

一路上人烟稠密，车马辚辚。虽然繁华富丽，玉吉也无心观看。到了谦安客栈，寻了客房，长山把行李铺盖安置已毕，随命店伙计倒茶打水，忙乱一阵。玉吉则坐在一旁，呆呆发楞。看着店中伙计，皆与长山熟识，想必是时常来往，店中熟客了，因此也毫不为意。只看长山此来这样辛苦，心里过意不去，随

问道："刚一进门，何要这样忙累，为什么不歇一歇呢？"长山
笑着道："老弟你不知道，负贩谋生的人，光阴要紧，耽延一刻，
即少赚一刻金钱，不惟少赚，还苦多亏哩。"说罢，哈哈大笑。
叫过店伙计来道："聂老爷不是外人，是我至近的朋友。我们这
次来京，不能就走，你们要好好伺候。"说的店伙计连连陪笑。
玉吉道："这样交派他，你要往那里去？"长山一面发笑，打开
一个包袱，换了一件簇新的衣服，笑嘻嘻道："老弟的记性，真
是有限。请问你随我来京，作什么事情来了？"玉吉楞了半晌，
忽想起荐馆的事来，随笑道："事也不必忙，何用一进门，就先出
去呢。"长山亦不答言，嘱告店伙计留心伺候，转身便出去了。

　　剩下玉吉一人，异常烦闷。随令店伙计，倒了壶茶，盘膝
坐在炕上，由不得抚今思昔，心如乱丝一般，面壁吁叹，无限
感慨。一会又劝慰自己道："既然案已判决，此次进京来，堪保
无事，专盼遇了机缘，去到法部监狱，拜别姐姐一回，免他终
身怀念，也就完了。自今以后，我已万缘皆静，从此皈依三宝，
就算此生的归宿。"一面思虑，一面翻拾行李，打算找卷书来，
看着破闷。翻拾半天，一卷也没能找着。只见一个皮包很觉希
奇，打开一看，里面并无他物，竟是一色乱纸，俱是王长山来往
的信件，以及电报等物。玉吉纳闷道："长山本一商贩，怎么来往
书札，却这样多？"一面惊异，想起王长山的言容，并方才所换
的衣裳来，心下益觉诧异，随手便取出信来，逐件翻阅。忽于
杂乱纸中检出个电文来，电码之下，注着译出来的文字，一目
可以了然。上写道：

> 长山兄鉴：前报告闻已由天津达部。上宪悯其情，
> 不忍追究。昨犯已绝粒，所事速解至要。

下面注写着"项何等叩"。玉吉瞧了半天，不解其意。又见有一张电报上面是：

> 王长山君鉴：案已判结，定监禁。公等费神，部
> 院尽知。惟因情可悯，未出犯人口，不忍拘耳。

下面注写着"卿叩"。玉吉翻来复去，诵读了两三遍。正在搔头纳闷之时，又见皮包里放有一匣名片。拿过一看，匣里名片很多，一半是"张瑞珊"三字，下注"顺天霸县人"，一半是"王长山"三字，并无住址。玉吉看到这里，恍然大悟，料想着王长山必是侦探大家，怪不得与吾交好，邀我进京来呢。这样手段，真是令人难测。一面想，一面把乱纸倒出，逐件审阅。又见有一张呈底，满注着是自己事情。看毕，这一惊非小。要知如何投案，且看下文分解。

第十六回　阅判词伤心坠泪　闻噩耗觅迹寻踪

　　说起玉吉拾起一张草底来，正是王长山访案的原报告。自己从头至尾看了一遍，由不得心惊肉跳，战栗不止。又见有一本细册，翻开一看，正是大理院结案二次复奏的原折。玉吉纳闷道："怪得很，怎么长山手眼这样灵活，探访这样确呢。"一面惊异，一面翻开细看。见上面写道：

　　　大理院谨奏：为审讯杀死夫亲犯妇，事无证佐，谨就现供，酌拟办法，由咨改奏，恭折仰祈圣鉴事。准步军统领衙门咨送文光报称，伊子春英被伊儿媳春阿氏砍伤身死一案，当将人犯解部审讯。春阿氏初则赖称伊夫春英，因撞见文光之妾范氏与普云通奸，被文范氏谋杀毙命，迫题同环质，审系虚诬，始据供认自寻短见，以致误伤春英身死。法部恐案情不实，未及讯结，移交到院。臣定成等督饬进派谳员，详慎讯鞫。春阿氏始犹藉词狡赖。当查照法部卷宗，严行驳诘，复自认误杀属实。臣院曾于上月十六日，沥陈前后讯供情形，并声明严饬承审各员，予限讯鞫，如有别情发觉，自当据实推求。如春阿氏始终坚执一词，亦当酌取现供，会同法部拟议具奏等因。

奏奉谕旨：知道了。钦此。钦遵在案。

玉吉看到此处，不禁眼辣鼻酸，流泪不止。暗暗咒怨自己，不该蓦地生事，陷害自幼的姊妹。幸亏他明白大体，不然若供出我来，岂不把两人名誉一齐都抹煞了吗。因又往下看：

阿氏坚认委因在家受气，欲自行抹脖，以致刀口误碰伤春英身死，并无别情。当饬取具现供，臣等详加查阅。据春阿氏供，系镶黄旗满洲松昆佐领下阿洪阿之女，伊父早年病故，有兄常禄充当巡警。光绪三十二年三月间，由伊母阿德氏主婚，将伊嫁给本旗普津佐领下马甲春英为妻。过门后夫妇和睦，夫翁文光系领催，祖婆母德瑞氏，二婆母文范氏，及夫弟春霖，夫妹大正、二正，均待伊素好。大婆母文托氏，系春英亲母，平日管束较严。家内早晚两餐，俱由伊做饭。自祖婆母以下衣服，皆由伊浆洗。伊平素做事迟慢，每早梳头稍迟，即被大婆母斥骂，间逢家内诸人脱换衣服，浆洗过多不能早完，亦屡经大婆母斥责，因此常怀愁急。是年五月二十日后，大婆母因母家堂伯病故，定期接三，当给伊孝衣数件，嘱令浆洗，至晚尚未洗完，大婆母严加责詈。伊自思过门不及百日，屡被谴责，嗣后何以过度，不如乘间寻死，免得日后受气。二十七日早饭后，大婆母带同伊及大正至堂舅家吊丧，会见各门亲戚，以伊系属新妇，同声夸好。大婆母声称做事无能，有何好处，伊愈加气闷。傍晚时夫翁走至，接三事毕，大婆母因天气炎热，堂舅家房屋过窄，商令夫翁将伊带回，伊随同夫翁坐车回归。至九点钟后，伊在厨房收拾家具，瞥见菜刀一把，触此寻死情由，念不如自行抹脖，较为干净。将刀携回自己屋内，掖在铺褥底下。移时春英回房，搭铺睡宿。上房堂屋门亦已关闭，伊仍在厨房温水洗脸。完后回至屋内，见春英侧身向里睡熟。维时约近十二点钟，全家及院邻均已睡静。伊将菜刀取出，题在手内，走近春英床边，向之愁叹。忽见春英翻身转动，伊心内发慌，站立不稳，扑在春英身上，以致刀口碰伤其咽喉左近。春英哼喊一声，滚跌床下。伊见其颈脖冒血，慌急无措，赶即跑出，将刀搁置外间桌上。复闻上屋祖婆声喊，伊情急走至厨房，投入食水缸内，致头上

扁方，磕伤左额角。后伊夫翁等将伊救醒，听闻春英
业已身死。文范氏嚷称须留活口，伊心怀忿恨。时伊
母阿德氏闻信前来，询问杀死春英情由，伊声称情愿
与之抵命。当由夫翁报案，将伊带至厅上。眼同相验
后，解交步军统领衙门送部移交过院。

　　今蒙讯问，伊夫春英咽喉受伤身死，实因伊自寻
短见，以致误行碰伤，伊情急投入缸内，委无别故。
伊身穿血衣，委系由步军统领衙门送案时，伊母阿德
氏携回家内洗濯，以致血迹不甚明显。至伊前供春英
撞见文范氏与普云通奸，致被文范氏谋杀，将伊投入
水缸各节，委因听闻文范氏须留活口之言，心中怀恨。
又因普云当日，代夫翁赁取孝衣来家，故捏造春英对
伊声说，撞见文范氏与普云通奸，希冀死无对证，藉
图抵制，其实并无其事等语。

　　玉吉看到此处，正在惊心动魄之际，忽的房门一响，长山
自外面走来，笑嘻嘻的道："了不得，了不得，福尔摩斯的文牍，
竟被你给侦查着了。"说着，把玉吉所看的原册，一手按住，笑
吟吟的道："我问你一句话，然后再瞧。"玉吉猛吓一跳，当时也
说不出什么来，随把原折放下道："王兄你过于疏远我了。既有
这样事，何不早为说明。"说着把皮包挪过，要将原物收起，又
陪笑道："小弟无品，不该趁人出去，检查人的东西。"说罢，挺
身站起，坐在一旁。长山道："老弟不须瞒怨，听我把原委说明，

省得你疑团不解。"玉吉道："疑念我却没有，难为你这样细心，怎么就知道案里有我呢。我尝读西洋小说，深服那福尔摩斯是个名探，不想中国人里，居然有高过福尔摩斯的。"长山发笑道："话休过奖。既然我的信件被你看了，此时倒不妨说明，免你害怕。"玉吉道："我倒没什么害怕的，你打算怎么样我，自管直说。虽然你侦明是我，但恐杀人的缘由，你尚有误会。先请你说我听听。"

长山道："司法人员因为你的事情煞费苦心。连先后堂官戴鸿慈、葛宝华，并绍昌、王立坤诸公，都费过多少研究。因看阿氏可怜，未忍追究。虽然法律上不能袒护被罪人，而此案被罪人情有可悯。以旧时律例考求，因奸致伤本夫，或因奸故杀本夫的案子，样样儿查来比较，俱没有此案奇特。阿氏在堂上的神色颇为可怪。审查情形，又决不是因奸致伤本夫，犯妇于事发后袒护奸夫的神色。阿氏又日夜叫苦，自谓一辈子清清白白，可见他素日庄重，必非与行凶原犯……"刚说到此，玉吉以衣袖挥泪，拦住长山道："请问长山兄，这几位承审司员，姓甚名谁？这样的体察至微，听讼如神的人，实在难得。"

长山道："题起话儿长。验尸官姓蔡，号叫硕甫。验尸之后，已将尸场情形，报知部里，当时部里不甚注意。后因此案头绪十分复杂，部里向蔡君要个主意。据蔡君说，若研究出此案真像，很是费手。以尸场情形论，阿氏昏倒，必是春英死时，夫妇未在一处。按心理来揣摩，必是见了尸身，方才触动悲感。以春英的伤痕而论，决定是谋杀无疑。然既非范氏，又非普云，阿氏的口供总说是情愿领罪，这宗话里颇耐寻味。若根究此案原凶，宜从这句话里入手。当时那部里司员俱以此话为然，也都是这样研究。问到归期，始终也不得头绪，急得那郎中善佺，并各司承审过此案的人员，全部日夜发闷。后从种种方面把阿氏的家事调查清楚，又在女监里体察阿氏的动作，这才知道阿氏是个有情有义，纯心孝母，节烈可风的女子。"说到此处，玉吉又滚下泪来道："吾不意今日中国，还有这样明事人。"一面说，一面抹泪。

长山斟了碗茶，递与玉吉道："老弟且不必伤心。你的为人我是极其佩服，错非是看你们可惨，那里还有今日！可怜这'情'之一字，不知古往今来，害了多少痴男怨女。"说着，太息不止。又把原折打开递与玉吉。玉吉点头感叹，顾不得再看什么，叹了口气道："王兄，王兄，小弟为人，叫旁人好看不起。不知真像的人，岂不说是妒奸杀人吗？"长山发笑道："你的隐情休得瞒我。不独我明白，大半官场之中，见过春阿氏的人全都明白。错非知其内幕，亦不肯如此定案。你且喝一口水，静一静气，看看这大理院原奏，究竟是屈与不屈。"

玉吉接过原折，看了一会，因想着事情可怪，遂问道："此折看不看，却不要紧。想我心里事，止有我两人知道。虽然我在外多年，却从未向人题过，你如何知道的这样肯切，我到要请教请教。"长山笑道："此时你不必打听，等你把折子看完，咱们吃过晚饭，我再细细的告诉你。"玉吉无法，只可拿了原折，续瞧着：

　　臣等详究供情，春阿氏以幼年妇女，过门甫及百日，何至因婆母责骂细故，遽尔轻生？若既自愿寻死，春英即在床动转，何至心慌扑跌？检阅原验尸格，春英咽喉右面一伤，横长二寸余，深至气嗓破，显系乘其睡熟，用刀猛砍，岂得以要害部位深重伤痕，诿为误碰？至碰伤以后，刀犹在手，尽可自抹，何以复走至厨房，投入水缸？且即自寻短见一节，原供谓因屡受春英辱骂，继又供系夫妹欺凌，前则归之于婆母斥责；其碰伤春英一节，原供谓一时心内发迷，遂持刀将春英脖项用刀一抹，继又供伊题刃坐在炕沿，春英挣起，将其脖项碰伤，后则归之于心慌足滑，扑跌身上，致刀口误伤其咽喉。前后供词屡经变易，殊难深信。当饬逐层驳诘，春阿氏一味支吾，迭加严刑，仍坚称委无他故。

　　揆其情节，春英之被杀，非挟有嫌恨，即或别有同谋下手之人。屡饬传同文光家属及院邻人等质讯，诘以春阿氏夫妇平日是否和好。文光等供称未见不睦情形。诘以春阿氏平日是否正经，则供称未闻丑声扬布。诘以春英被杀之夜，曾否有他人来家，则供称并未见有别人。诘以春英身死，何以初报官厅，即实指为春阿氏砍伤，则供称春英黄夜死在春阿氏房内，非春阿氏动手，更有何人。酌以春阿氏杀死春英，是否别有缘因，则供称时属夜深，全家俱已睡静，并未知春英何故被杀，事后探听亦无消息。诘以春阿氏是否被逼难堪，自甘寻死，文托氏供称，自春阿氏过门，合家格外疼惜，间因做事迟慢，被伊斥责，亦属管教儿媳常情，从未加以恶声厉色，何至便寻短见。诘以春英被杀之夜，何人首先听闻，德瑞氏供称，伊因老病，每晚睡宿较迟，是晚十二点钟，伊听见西厢房春阿氏屋内响动，伊恐系窃贼，呼唤春英未应，复闻掀帘声响，并有人跑东屋脚步声音，伊遂唤醒文光等，点灯走至西屋，见春英躺在地上流血，业已气绝，春阿氏不在房内。至找东屋厨房，始见春阿氏倒身插入水缸，当由文光等救起拯活。至春阿氏因何杀死春英，伊等均无从知晓。质之院邻德珍等，供亦相同，并称金称伊等走入文光家院内，已在春阿氏投缸之后，实不知春英何时被杀，春阿氏何时下手。查核各供，俱无实据。此春阿氏一案，不能遽行按律定罪之实在情形也。

臣等查向来办理命案，非有自认供词，则必有尸亲或旁人为之质证，而后承审者可以层层追究，即本犯亦不得不一一供明。独此案死系亲夫，而时当深夜，地属闺房，尸亲既未悉其缘由，旁人复无可为之证佐。事后屡饬，多方探讨，亦无别项形迹可以推寻。而犯系年轻妇女，尤未便加以刑讯。以伤痕而论，则颇近于谋，从未得嫌疑之迹；以供情而论，则实出于误，而尚在疑信之间。且世情变幻无常，往往有非意料所及者。设令现讯供词之外，别有缘因，则罪名之出入滋虞，尤不可不格外慎重。此案已经一年有余，由步军统领衙门及部院司员更番承审，佥称疑窦尚多，碍难论决。查古来疑狱，固有监候待质之法。现行例，强盗无自认口供，赃迹未明，伙盗已决无证者，得引监候处决。则服制人命案件，其人既已认至死罪，虽未便遽行定谳，似可援监候处决之例，仿照办理。案经再四推酌，应即据现供酌量拟结。

查春阿氏夤夜将伊夫春英杀死，据供系因屡受婆母斥骂，自愿抹脖毕命，携刀走向春英炕前愁叹，适春英睡熟转动，一时心慌足滑，扑跌春英身上，以致刀口碰伤其咽喉近右身死。查核所供情节，系属误伤，尚非有心干犯。按照律例，得由妻殴夫至死斩决本罪，声请照章改为绞刑。惟供词诸多不实，若遽拟罪名，一入朝审服制册内，势必照章声叙，免其予勾，迟至三年，由实改缓，如逢恩诏查办，转得逞其狡避之计。且万一定案以后，别经发觉隐情，或别有起衅缘因，亦势难追改成狱。臣等再四斟酌，拟请援强盗伙决无证，一时难于定谳之例，将该犯妇春阿氏，改为监禁，仍由臣等随时详细访查，倘日后发露真情，或另出有凭证，仍可据实定断。如始终无人发觉，即将该犯妇永远监禁，遇赦不赦，似于服制人命重案，更昭郑重。尸棺即饬尸亲抬埋，凶刀案结存库。再此案因未定拟罪名，照章毋庸法部会衔，合并声明。所有杀死亲夫犯妇，他亲无证佐，仅就现供，酌拟办法缘由。是否有当，谨恭折具奏请旨。光绪三十四年三月二十三日具奏。

　　奉旨：依议。钦此。

　　玉吉把折子看完，心里怦怦然，不由自主。因为判决词句极为清楚，定罪亦极为公道，不住连连点头，深为叹服。长山道："你只顾看折子，横竖把饿也忘了。"玉吉听了此话，猛孤丁的闹了一怔。看见满桌上放着杯盘菜碗，才知是已经开饭了。又见店伙计送汤送饭的来回伺候，遂向长山道："你先吃你的，此时我吃不下去，等一会饿了再说。"长山笑着道："无论什么事，也不至不吃饭呀。我已经等半天，菜饭已经凉了。虽然天热，毕竟吃了凉的，必要受病，乐得的不趁热吃呢。"说着，提了酒壶，便与玉吉斟酒。又笑道："酒要少吃，事要别急。好在已经是定案了，你就坦坦实实的养静，管保什么事也没有。"玉吉道："我不是不吃，实在是吃不下去。"说着，把折子揭开，翻复着细看一遍，转身问长山道："折子是谁拟的，这样巧妙。闹了二三年的麻烦，他以'世情变幻，往往有人不可测'数字，包括了结，真是好文章。"长山道："你知道作者是谁？就是修订法律大臣沈家本。法部大理院因为这件案子，无法拟罪，久悬未决，大不像事。冒然定罪，也不像事。如今永远监禁，合算把此案存疑。容把案情访实，再行定拟。"玉吉点头道："是了。"随把折本放下，坐在一旁发怔。长山也不来顾理他，只去喝酒。

玉吉直着两眼，脸上白了一阵黄了一阵，问不得此时此际，有何等伤心了。直待王长山吃过晚饭，方才扭过头来问道："此时我没了主意，王兄有什么高见，替我出个办法。"长山道："这也奇了。事已至此，叫我出什么主意？我是作什么的，你难道还不知道吗？"玉吉听到此处，吓得发了慌。想着定案原奏，本是姑且存疑，容待探访的意思，今长山约我进京，必是送我到部了。想到此处，由不得嗳呀一声道："王兄，你是我知己的朋友，我与春阿氏实在情形，但恐你知道不清。我死了原不要紧，可怜那阿氏名节，从此扫地了。"长山冷笑道："别的不说，究竟此案原凶，是你不是？"玉吉道："是呀！"长山道："既是你，便不算屈。俗语说'杀人偿命，欠债还钱'，只要我访的确，就不算屈在人。"玉吉听到此处，更是慌了，忙说道："是我却是我，只是我的心不是那样，你可知道不知道？"长山拍掌笑道："你不要起急，我说的都是玩儿话。其实你的心里，我都知道。说一句简截话，我若不知道你，不怜悯这件事，我在天津地方，就把你送官了。"说着，把自己报告拿出来，笑嘻嘻道："实在对你说，方才我出去，本来没事。算着我出去，你必闷得慌，故意把皮包忘下，叫你解闷。说一句放心的，如今法部里决不深究了。你与阿氏情形，人人都知道，人人都知道可怜。错非那样，还不能如此定案哩。这事你还不放心吗？"玉吉道：

"不是我不放心，倒底你姓甚名谁，如今我还知道不清呢。我辈既称知己，何不以真实姓名示我，叫我打闷葫芦呢？"长山笑道："这事没什么。"说着，把名片取出，递与玉吉。玉吉接过一看，就是方才那"张瑞珊"三字。玉吉道："你既姓张，自今以后，我就不称你王兄了。"说罢，站起身来，深作一揖道："活我之恩，生生世世不能忘报。大哥不弃，情愿永结为异姓兄弟，倘有行事乖谬地方，愿受大哥的责罚。"说毕，就要下拜。瑞珊忙的搀扶，连说不敢。又听他说话的声音，很为凄惨，随又安慰一番，劝他吃了点东西，然后睡下。

次日清晨，忽有店伙计进来，回说有人来找。请进一看，此人是仆役打扮，见了张、聂二人，请了个安，献上一个请帖，一个知单来。瑞珊打开一看，却是项慧甫、何砺寰二人请客，同坐有左翼几位侦探，定于次日酉刻，假座元兴堂便章候驾。瑞珊看了一遍，先向店伙计要了笔砚，随在知单上，写了"知"字，笑问来人道："我在这里住着，昨日才来的，怎么何大老爷、项三老爷却知道这么清？"来人陪笑道："上头遣派我来，我也不甚知道。"瑞珊点了点头，暗想慧甫等手眼这样灵敏，诚可钦佩，随取名片一纸，交付来人，允许明日必去。来人答应着去了。

这里瑞珊心里本想为春阿氏一案，自己很为露脸，虽费了一年工夫，然能把极难解决的疑案访明白了，自然是扬眉吐气，兴兴头头。惟想着何砺寰等，虽为侦探，毕竟于侦探学上尚欠研究，果真要独具只眼，岂有本京本地出了这宗疑案，不去下手的道理。倒底是程度低微，合该我姓张的享名，出人头地。

想到此处，心里愈发的高兴起来。到了次日下午，慌忙着换了衣服，留着玉吉看家，自己雇了人力车，直向元兴堂一路而来。

是时项慧甫、何砺寰、黄增元等皆已来到，望见瑞珊进来，齐起欢迎，各道契阔。又赞美张瑞珊聪明睿智，足与福尔摩斯名姓同传。说着，早有堂倌过来，回说谢老爷来了。众人回头一看，此人有三旬以外，面色微黄，端架着眼镜，穿一件竹色灰官纱大衫，足下两只官缎靴，进门见了众人，挨次见礼。砺寰道："二位不认识罢？"那人听了此话，望着瑞珊发楞。慧甫道："这就是大立人儿家张瑞珊，这是大律学家谢真卿。"两人相顾失笑，彼此请了个安，各道久仰。真卿笑道："什么叫立人儿家？慧甫可真会取笑。"说的增元等亦都笑了。砺寰道："作我们这行儿的，若真是呆如木鸡，可不同立人儿一样么？"这一句话引得瑞珊等越发笑了。大家一面凑趣，彼此让坐。堂倌把桌面儿换好，安放杯箸，随着便接二连三摆上菜来。砺寰题起酒壶，先向瑞珊斟酒，笑嘻嘻的道："我们一为洗尘，二为叨教。请把调查玉吉种种手续细细的对我们说明，我们增些学问，长些阅历。"瑞珊不待说完，站起陪笑道："砺寰哥，你若当着众人这样奚落，我可未免下不去。"慧甫道："砺寰也不是打趣，我们为着此案很费研究，虽知是玉吉所害，可是连玉吉的踪影都没找着。那日我在局子里听说你的报告，很以为奇。昨天车站上又有报告，说是你老先生同着个年纪很轻，面色很白的一个书生，一同下了火车，住了栈房了。我想你来京所住，没有别处，一定是谦安栈，所以才下帖请你。不管这案子定了没定，所为跟你打听打听，毕竟这个玉吉是个何等人物，春阿氏这样庇护他。"增元亦笑道："你们先喝酒。若我们长篇大套的一说，饭也就不用吃了。"

说着，斟酒布菜，大家又要了些随意的菜品，一面喝酒一面说话儿。瑞珊把天津探访种种的手续，述说一遍。砺寰道："别的不说，请问这内中情形，你怎么调查得这样的确？我们只知玉吉因为妒奸而起，又听外人说，阿氏在家里时候很不正经，外号叫什么小洋人儿。如今听你一说，居然春阿氏是个贞节可风、既殉情又殉夫的奇女子了。"瑞珊道："谁说不是。当时那小洋人的别号，也有原因。因为草厂住户，有个纨绔子，名叫张锷的。此人淫佚无度，放荡已极，家里三房五妾，犹不足兴。一日由阿氏门前经过，看见阿氏很美，曾托贾姓媒婆前去题亲。阿氏之母知道张锷的为人，执意不给。贾婆儿是贪了酬谢，无以复命，一日与玉吉家的梁妈相过于途，谈起两家的事来。他是贼人心多，想着当初玉吉既与春阿氏同院居住，必是春阿氏素日不正，灯前月下，与玉吉有了毛病。想到此处，正好用这些话回复张锷。所以自春英一死，出了无数谣言。小弟揣情度理，未始不由于此。"众人听了此话，俱各鼓掌，说瑞珊兄真个神圣，这样细致，怎么调查来着。慧甫道："这事我又不明白，既然春阿氏、玉吉都是正人，杀机又由何而起呢？"瑞珊道："告诉诸位说，我为这件事用心很大。中国风俗习惯，男女之间缚于圣贤遗训，除去夫妇之外，无论是如何至亲，男女亦不许有情爱。平居无事，则隔绝壅遏，不使相知，其实又隔绝不了。比如某家男人爱慕某家女子或某家女子，爱慕某家男子，则戚友非之，乡里以为不耻。春阿氏一案，就坏在此处了。玉吉因阿氏已嫁，心里的希望早已消灭，只盼阿氏出嫁，遇个得意的丈夫，谁想他所事非偶，所受种种苦楚，恰与玉吉心里素日心香盼祷的成个反面儿，你想玉吉心里那能忍受得住。慢说是玉吉为人那等朴厚，就是路见不平的人，也是难受呕。"说着，连连吁叹，真卿、砺寰等也都赞息不止。

黄增元道："得了。你们真有点猫儿哭耗子。"慧甫道："别乱吵，先请张老兄说点儿要紧的。究竟大理院定案，你老兄以为公不公？"瑞珊道："有什么不公。这样疑案，舍去监禁候质之外，有什么法子呢。总之中国习惯，侦案不过是缉捕盗贼，要作截判佐证，是万万兴不开的。"砺寰点头称赞道："是极，是极。我们因为此案费了很多手续，日夜研究。张兄所调查的张锷、梁妈、贾婆子等等，我们也调查过，只不如张兄这样详细。一来是学识不足，二来也扫了点儿兴，上司对于此事不甚注意，我们也实在没工夫，不然，无论如何，也可以帮点儿忙啊。"真卿嗑着瓜子，笑嘻嘻道："这们半天，我没敢说话。咱们空费精神，没见过玉吉什么神气。虽然法部里不欲深究，我们借瑞翁的光，倒是开开眼界呀。"一句话题醒了慧甫，立逼着瑞珊写信，打发轿车去接。瑞珊以天晚为辞，慧甫那里肯听，不容分说，自己便替着写了。谁知去了半天，车夫独自回来。回说谦安栈中，连玉吉的踪影全都不见。瑞珊等听罢，这一惊非小。要知如何寻觅，且听下文分解。

第十七回　避弋鸟世外求仙　薄命人狱中绝食

话说项慧甫打发车夫走后，仍与瑞珊闲谈。说起尸场里，当日是如何光景来。瑞珊向真卿道："大哥在法部当差，住家又离着很近，阿氏的容貌如何，举动如何，大约必然知道。像这样奇女子，我深以没见过为恨。真翁不弃，可以略示梗概。"真卿道："阿氏住在监里，着实可惨。前年与项慧甫看过一次。后来由审录司审讯，我又看过一次。那时正在九月底，阿氏穿着蓝布棉袄，一双福履鞋，乱发蓬松，形容枯槁，比上前次看时相差太远了。起初部里司狱，有个姓福的，因见阿氏情景实在可惨，跟提牢姓何名叫奏篪的，二人大发慈悲，每天以两饭一粥送给阿氏。监里头的女牢头也待他极好。山西司承审时，也很替他辩护。直至三十三年，归了大理院全都没受什么罪孽。

一来他为人和厚，二来这案子里很冤屈，所以连法部带大理院没有一个人不庇护他的。过院之后，正卿沈家本、少卿刘若曾，全极注意。后来把范氏、普云二人补传到院，拷问了三四个月，均无口供。还是阿氏上堂，证明他们二人此案无罪，然后才取保释放的。当时堂上问他说：'你把他们保出去，没有他们的事，那么杀人的凶手究竟是谁呢？' 阿氏回说是：'丈夫已死，我亦不愿活着，只求一死。'连问了多少次，都是这话。急得沈正卿亲自题审，问到归期，始终也都是这话。沈正卿无可如何，只得暂且下狱听候审讯，一面与法部堂官绍仁亭等商量，再给各侦探家去信，调查此案的原委。此案前连带后，自光绪三十二年直到于今，部院里审讯阿氏皆极为严密，除有他母亲德氏常往监里送钱，其余的阿氏戚友一概都不许见面。好在前些日子定案，把阿氏送部，永远监禁了。闻说现在阿氏已经混上伙计了，大概如今景况，还须好些，若像当初北所，虱子臭虫那样多，犯人疥癣那样烈害，恐怕那如花似玉的美人，早已就熬煎死了。"说着蹙眉裂嘴，很替阿氏难过。瑞珊亦点头赞叹，太息不止。

慧甫道："倒底官场人偏向着官场说话，他真给法部贴靴。"说罢，嗤嗤而笑。众人都不解何事。慧甫道："你们没听说么？他说南衙门监狱自改名法部后，很是干净，这不是瞪眼冤人吗！"一句引得瑞珊等全部笑了。真卿道："不是我遮饰。现在监狱里实在好多了，比起从先监狱，强有百倍，如何你说得贴靴？"慧甫摇手道："得了，得了，你是知其外，不察其内。你又没坐过狱，如何知道不肮脏？"两人越说越拧，慧甫道："你不用抬死杠，过日你细去看看，如果不肮脏，你叫我怎样，我便怎么样。"两人说话声音越来越高。增元拿着筷子，只顾与瑞珊说话，不提防旁边慧甫猛然一拍桌子，拍的一声，把增元手中筷子碰掉地上。增元吓了一跳，回头见慧甫、真卿两人，还是你争我论，那里吵嘴呢，引得砺寰等俱各失笑。

增元叫了堂倌，换了筷子，忽见车夫回来，回说谦安栈里聂老爷没在家。栈房里找了半天，不知上那里去了。慧甫忙问道："没叫他们别处找找去吗？"车夫回道："别处也找了。伙计说，聂老爷出去，没有准地方，及至有个地方，店里也不甚知道。所以我赶着回来了。"瑞珊听了此话，哈哈笑道："果不出我之所料。你们也不用见了，大概也见不着了。"众人惊问道："什么事见不着了？"瑞珊道："诸位不知道。"随把昨日出去，如何把皮包放下，故意使他看见，今日有事出来，故意给他个工夫，叫他远走的话，细述一遍。众人都点头称赞，佩服瑞珊的高见。

砺寰道："瑞哥的高见，我倒钦佩之至。只是案子也完了，何苦又让他远走？走不走的，有什么关系呢？"瑞珊道："诸位不知，我有我的道理。以京城人物说，除去你们几位，是我素所钦仰佩服之至的，至于别的机关，我简直没看起。当日此案发现，我到京里来调查的时候，看见报纸揭载，听了社会的舆论，那时我的心里十分的不明白，当时没敢说话。拜了回乌翼尉，见了回宫道仁，探明玉吉逃走，我赶紧就走了。"慧甫道："这也奇怪。玉吉逃走，先生有何先知，知道他必在天津？"

瑞珊道:"这件事极容易明白。你要知道玉吉为人,是个有情有义的男子。慢说是姐妹情重,以致杀死春英,就是妒奸行凶的人,他与春阿氏既然有情,临到弃凶逃走时,那一缕情丝也是不能断的,一定在交通便利的地方,探听阿氏消息,以定行止。所以调查已毕,即知玉吉出去,不在通州保定,便在天津,不然就在京城附近,决意不肯远去。当时我出安定门,到过玉吉家的茔地……"说到此处,自己斟了盅茶,砺寰与增元诸人全都点头称赞,叹服瑞珊的细心,真卿亦听得楞了。瑞珊道:"聂家看坟茔的人,名叫聂生,此人有四十来岁,貌极忠厚。据他说玉吉在他家里除去念书,便是写书。那时我记他写过两句诗,句句都沉痛,另外又有两句十四字凑成的联,大概是最得意的句子,字字都对得很工。上句是'此生莫种相思草',下句是'来世当为姊妹花'。像这样清而且丽的句子,足可见他与阿氏两人纯乎是姊妹之情,决没有不清的地方。当时我佩服之至,恨不得即时就见了此人,方才痛快。谁想到天助成功,居然在天津地方见了一幅对联,写的是一笔王字,对文是'欲残秋蝶浑无梦,抵死春蚕尚有丝',下款落的是'忏庵主人'。当时我纳闷的了不得,何故这忏庵主人专写这宗对文呢?寻来寻去,此人就住在隔壁,恰是玉吉,你道这事情奇不奇?"说着,穿好衣服又对众人道:"明日上午,我打算约着慧甫,先到乌翼尉家里,问他探访的什么情形,咱们几下里合在一起,若果情形相同,我们打一报告,省得疑案久悬,致使外国人看我们不起。"众人又极口称赞道:"很好,很好。二位若明天去,我们后天晚上仍在这里见面。"砺寰道："不妨多约几个人，我们热闹一天。别管案定的怎么样，我们侦探了会子，大家听明原委，心里也痛快痛快。"说着，走出元兴堂。真卿的轿车已在门前等候。大家拱手而散，约准明日上午，瑞珊与慧甫二人去拜乌翼尉。

瑞珊回到栈房，知道聂玉吉已无踪迹，问了问店伙计："聂老爷什么时候走的？"店伙计回道："约有七八点钟便出去了，临行并未留话。伙计一瞧，门儿敞着，赶忙的给销上了。"瑞珊点点头，不甚为意。想着玉吉为人极其古怪，虽未留话，想必在屋里案上留下信简，或在墙壁上留几行字，断不能飘然而去的。不想进到屋里，寻找半日，慢说字帖儿，就是一丝痕迹全都没有，遂不免纳闷道："事也奇怪，莫非他并未远走，寻个清僻地方寻死去了不成？"此时欲待寻去，又无方法，有心求慧甫帮忙访一访，却又不好开口。自己想了半天，转又自慰道："我既放了他，何苦又去追寻。及至找回来，不但无益，反而多事，不如放他远去，或者他殉情死了，倒也干净。"想到这里，不免替着玉吉反倒为难起来。因此一夜工夫不曾安睡。

次日清晨早起，出院散步，忽有店伙计来回，说："门外有人来访，此人有三十以外，相貌魁梧，说话声音很亮，现在柜房里打听你老呢。"瑞珊听了，不知是谁，正欲出去接待，又见一店伙计陪进一个人来，果然是身材雄壮，声音很亮，远望着瑞珊嚷道："瑞珊哥，你一夜没睡罢？"瑞珊仔细一看，却是市隐。随着见礼问好，又陪笑答道："果然一夜没睡。你老先生何以这么高眼，莫非要学学福尔摩斯吗？"两人一面说笑，进屋落坐。瑞珊道："昨日你也睡得好晚，如何却起得这般早？"市隐惊异道："怪得很，我睡的早晚，你怎么知道的？"瑞珊笑道："阁下将一进门，先以冷言刺我，我不得不以此作答。昨夕你若睡得不晚，不能与慧甫见面；不见慧甫，你焉能来到我这里？我是据理推测，究实确否，倒请你说给我听听。"市隐点头称道："果然不错，倒底是侦探学家，别具只眼。"说着，取出纸烟，两人吸着。

市隐把昨日晚上如何遇见慧甫，听说你到京，已将玉吉访明的话，细述一遍。又打听如今玉吉往那里去了，又问项慧甫什么时候来的，瑞珊一一答对。市隐道："西洋侦探到底比中国强。此事在外国境界，早已就访明啦，岂有因一件事搁起好几年的。幸亏遇见了你，不然一辈子糊涂案。只知春阿氏冤，不知为什么冤。只知盖九城有嫌疑，究不清有什么嫌疑。你这么一来，合算把三四年来的疑窦，满给剖解明白了，真是功德不小。"瑞珊笑道："论功我不敢居，像这样希奇古怪的事，倒可以长点知识。不过这场事情，若与普通一般人说，他们未必了然。按着中国习俗，一男一女从来就不许有感情，除去夫妇之外，若男子爱女子，女子爱男子，就算越礼。其实'爱'字亦有区别，像这玉吉、阿氏之爱，那'爱'字是出于志诚，断不是寻常男妇所讲的爱情可比。不可不知此中真像，你老先生知不知道？"

市隐道："我知道得不甚详细，今听你这么一说，我已经了然啦。早先我很是纳闷，看着阿氏神色很是可怪，虽不是杀人原凶，一定是知情不举。当日与慧甫、淡然并秋水、谢真卿诸人，我们时常研究。若说普云与范氏所害，我想被阿氏看见，一定要声嚷起来；若说在厨房里，先把阿氏打倒，抬入水缸，然后才害的春英，这话有些不对。一来工夫很大，阿氏在水缸里不能不死；二来文光醒来，亦决不致不知道。若果真是范氏害的，阿氏万不肯自认。这都是可疑之点。今听你这么一说，阿氏头上胁下的伤痕，原来是玉吉打的；凶器所在，原来是凶手放的；茅厕的板凳，原来是凶手挪的。这么看起来，你费的这份心，可实在不小。那么起祸的根由，又始于何日呢？"

瑞珊太息道："说来话儿很长。若论起祸的根由，就在阿氏的母亲。但此事谁也不能知道，等到知道的时候，事情已经完了。"市隐怪问道："何以见得呢？"瑞珊道："阿氏用剪子寻死的故事，你知道不知道？"市隐道："知道，知道。我听过一个人说，阿氏出阁的那天，暗在轿子里带着一把剪子，大概没死的原因，就因为娶的那日，没同玉吉见着。后来回家，见了玉吉，大概还麻烦一回。以后情形，我就不得而知了。"瑞珊摇首道："不对，不对，依阁下这么说，玉吉、阿氏二人还是因奸不愤，谋死本夫了。"市隐道："那么起祸之前，用剪子寻死又在何日呢？"瑞珊道："起祸在玉吉父母未死之前。自从德氏悔婚，祸根子就算种下了。可怜这十七岁的女子，又要顾名，又要顾义，母亲之命又不敢违，兄弟之情又不敢忘，你道那阿氏心里如何难过。不过中国风俗，在家庭父母之间很是奇怪。若真能依照古礼，限制男女交际，亦还罢了，偏偏我国风俗，都是贼走了关门的多。小时候无猜无忌，任着儿女们一处游嬉，还不要紧，到得十五六岁，儿女智识已开，就应该加点限制，才算合礼。而中国限制法，不过限制外人，于亲戚故旧里面，从不小心。父母心里，只合《红楼梦》上那邢、王两夫人一样，以为至近子女，不是外人，讵知袭人有话，'人大心大'，保不定有点意思。按理像这宗家法，既然是始而不慎，演成宝玉与黛玉的情魔，就应该察其心理，成其恩爱，才合道理。一来林黛玉不至于死，二来贾宝玉也不至当和尚。像这样绝好的姻缘，作父母的何妨成全成全呢。偏偏中国礼法不是那样，向来以意气用事的多，不顾轻重，不顾利害，大半以王熙凤的主张为然。看儿女这样心意，未免有悖礼教，遂不免大发雷霆，日加束缚。其实那相思种子早种在儿女心里，再欲拔除，已是不容易的事了。怎么办呢，只得以使性子，动压力，心里存一个反对的念头，早早儿给个婆家，草草了却为父母的责任，这就是普通人民，父母对于儿女的办法。遇着温顺女子，只得信命由天，听从父母之命，落一个哭一阵喊一阵，勉强到了婆家，就算完了。若遇这婆家阔绰，一切如心，或是女婿才貌果与向日所望相差不远，犹可以转移脑筋，徐徐的改变；若遇个蠢笨愚顽、丑陋不堪的男子，婆家再没个后成，举目一看，正与向日所望成了反面，请问这女子心里如何禁受得住。轻者要抑郁成病，逼出胃病肝疯来，重一重就许闹是非。果能像阿氏这样清洁，这样的崇礼尚礼，我恐其很难得罢。"说着，赞叹不已。又把玉吉所写的字画诗句拿了出来，两人一面赏玩，一面夸奖。

正在折卷之际，猛听窗棂外一人喊道："你们只顾说话，把吃饭也忘了。"说着，启门而入。二人猛吓一跳，回头一看，却是项慧甫。二人忙的让坐，唤人倒茶。慧甫道："倒茶不倒茶倒是末节，天已经晌午歪了，咱们吃点什么，进城访乌恪谨，倒是要紧的事。"说着便令伙计出去叫饭。三人把早饭吃过，看看身边时计，大针指到两点，三人雇了人力车，迳往东四牌楼六条胡同而来。顺着马路两旁的槐风柳影，不大工夫已来到乌宅门首。

三人投了名刺，仆人进去回了，站在二门内说一声请，三人谦逊一回，款步而入。只见跟班的瑞二迎出来笑道："三位老爷驾到，我们门房里拦了驾么？"慧甫等听了此话，不解何故，更不知怎么答对。市隐笑答道："门房那里敢拦，横竖你们老爷又问来着罢？"瑞二答应声嚜，走近三人面前深深的请了安，闹得慧甫、瑞珊很是惊异。市隐道："你们不知道，向来这宅里规矩，凡属至亲至友来到，不准门房阻拦。自要是交情深厚些，便可以直到书房，然后门房再回话去。这是乌恪谨待人优厚，惟恐仆人们得罪亲友的法令，你们倒不必多疑。"

刚说到此，乌珍亦迎出来，彼此见礼，各道契阔。乌珍道："三位光降，何必等请呢。我们这样交情，断不用虚理［礼］客套。"瑞珊等一面走着，见乌珍这样正直，交友这样真切，不禁肃然起敬。四人来到书房，谦逊让坐。市隐一面让坐，惟恐乌珍心里看着厌烦，随笑道："咱们倒不必拘泥，恪谨是最怕客套的。"瑞珊亦笑道："我们于礼节也是疏忽的，这样倒好。"说着，瑞二倒上茶来，叙了会别的闲话。乌珍道："阿氏杀夫一案，已经入奏了，不知瑞珊、慧甫两兄，看见没有？"瑞珊等笑道：

"看见了，案定的也还正当。只是内中情形，不知恪翁调查了没有？我们今日来拜，正欲向阁下请教，闻得贵翼侦探颇称得手，不知如何始得确情？"乌珍听了此话，知是瑞珊等已把案情访明，来此要奚落自己，乃笑道："二位是有名侦探家，访得案中情形必当详细。我们翼里兵丁，一来没学问，二来没见识，焉能称为侦探，焉能算是得手呢？小弟访查此案，只知范氏、普云本来不正，阿氏在家的时候，亦不正派，所以案发之后，事情是难办极啦。我听市隐兄说，二位因着此事，很费脑力，费了一年多工夫，调查的必极详确，何妨把内中情形，指教指教呢。"慧甫道："恪翁说那里话来，我们调查此案，大略与贵翼相同，今日与瑞珊来拜，正欲向阁下叨教，代我们设一方法，别叫法部里久悬着这案。"市隐亦插言道："瑞珊的心很细，称得起一等侦探，头把交椅的福尔摩斯。如今在天津地方，他已将原凶玉吉访明拿获，解到城里头来了。"

乌珍道："哦，玉吉是什么人，他与这案里又有什么关系，我怎么不知道呢？"瑞珊听了此话，知道乌珍必不知道，登时在眉目间现出得意之色，笑了两声道："不怪恪翁不知道，大约除我之外，没有第二人知道。"于是把前年进京，如何在各处采访，如何与梁妈、蕙儿相见，如何向丽格、张锷并贾婆等搜问的话，详述一遍。

市隐道："这不足奇，要紧把玉吉的事情细同恪翁说说。你们有责任的人，彼此同了意，也好报告法部，免得秃头文章，永没有定谳的日子。"乌珍亦笑道："你把玉吉的相貌及当日起祸的缘由告诉告诉我，我也开开眼界。"说着，便叫瑞二张罗茶水。四人凑在一张桌上，或吸烟，或饮茶，瑞珊把天津店里访准玉吉踪迹，如何隔店居住，如何与他交结的话，从头至尾，及如何进京，如何把玉吉放走的话，又述一遍。

乌珍道："既是把玉吉带来，何必又放他走呢？大料这玉吉一走，万无生理，你没去访访去吗？"瑞珊道："访也无益。慢说一去无踪，就是访出踪迹来，又该当怎么办呢？"乌珍道："这又奇了。既说是合在一处，去向法部声明，难道报告上去，有失了正凶的理么？"这一句话问的瑞珊等目定口呆，半晌答不出言来。市隐道："是呀，如此该怎么办呢？"瑞珊搔首道："这也不难，只要法部里尊重人道，不忍再追原凶。"乌珍笑着摇头道："断无此理。果然法部里不追原凶，不另定案，我们上此报告又能什么用处呢？若依兄弟的拙见，此案结果最好不过如此。我们既尊重人道，安见得这样定拟，不是法部人员尊重人道呢？我们有若多不肯，难道法部承审人员就没有碍难吗？再者天下的事情，若论法按律，就没有讲道德与不道德的解说。若对聂玉吉尊重人道主义，不忍按奸夫说拟，莫非春英之死，就算是该死了吗？此案定案时，兄弟倒知道八九，当时定大人、沈大人、绍大人、戴大人以及善芝樵、崇秋圃、蔡硕甫、宫道仁，并律学馆诸人，全都因为此案很费研究。不但过部后这般人看到这样，就是教衙门承审过此案的钟彦三诸公，也都知是怪异。不过阿氏到官，供认是自己所杀不讳，此事就无法可办了。后来报纸上很说闲话，看着司法衙门如此黑暗，一件疑案居然费这么大周折，又不公开审判，又不采取舆论，每遇审案时，用刑跪锁，异常严谨，不叫外处人知道消息，这不是暗无天日吗。岂知审案人员，于审判经验上，不见得毫无见识。犯人到堂，差不多总露马脚，一来是人怕亏心，通俗说'当堂有神'，就便是杀人凶犯、滚了马的强盗，自要是一朝犯案，到了公堂，不用他嘴里招供，从他气色上就可以考查出来。大概审过案的全都明白这种道理。此案见阿氏到堂，很是慌恐，问他五句，只答一句，不说是自己误杀，便说受婆母气，不然便是眼泪婆娑，自叹命苦，再不然，说是此生此世清清白白，既然丈夫已死，自己也不愿活了。今请三公明鉴，似乎这一些话，虽然坐在座上没有侦探报告，试问承审人员，心里明白不明白？不必调查，只从这几句话里就可以揣明情形了。"

市隐道："这也不然。当初你审问此案时，我曾在座。不仅是我一人，还有闻秋水并鹤、普二公，协尉福君等都在座。怎么那时一见阿氏到堂都说他冤枉呢？"乌珍笑了笑道："那是你说他冤枉。那时我只知调查，不敢公然为阿氏冤。我问你一件事，你能记得么？"说着，走向案前，翻了本日记来，随手递给市隐，又笑着道："我为这件事受了无数闲气，当时也不敢辩正，及至辩正，也仿佛无甚滋味，不如等到水落石出，人人都明白了，然后再说。你瞧瞧这几项。"随手便揭开日记，一一指与市隐看，张、项二人，亦凑近观看。上面一行一行都是春阿氏案子，乌珍亲笔记载的，也有探兵钰福等报告此案的原禀，也有往来文牍，亦均有乌珍注语，句句都可哀可恸，全是伤心风俗，婚嫁不良，致生种种患害的话。又翻一页，上写着"聂玉吉"三字，下有玉吉父母姓氏，以及前后迁移的地址。瑞珊看了不胜惊异。又看下注数字："聂者孽也。"瑞珊看到此处，方知乌珍早把此案原凶调查清晰了。因问道："你可有些下不去。我们把此案查明，诚心敬意来报告，你如何明知玉吉，却又隐瞒不说呢？"乌珍陪笑道："瑞翁不要见怪，我恐其所探不实，所以未敢吐露，今听你这么一说，原来几方面的结果都是这样，我才敢拿来现丑。"说罢，哈哈大笑，闹得瑞珊脸上很是难过。可见为人作事，不可不详慎，更不可自矜自信，心存看不起人的思想。

此时张瑞珊不言不笑，自己瞒怨自己，悔不该扬扬得意，先向乌翼尉夸口。幸亏都是故友，不拘形迹的交情，倘若外人在此，岂不令人窃笑。孔子说："德不孤必有邻。"真应了俗谚所说"能人背后有能人"了。因又责问道："恪翁这真是你的不对。你怎么早不说？"市隐亦惊异道："这事很奇怪。恪翁你听谁说的？我看这日记上很是详细，怎么我时常到这里来，你从来未题一字？"乌珍道："题这有什么用处？好罢歹罢，案子已经完了。法部大理院，连提督衙门跟本翼，都明明知是玉吉，只是犯妇口里不认有其人，更不认有其事，受尽了多少刑罚，他只说情愿抵命，咱们又有什么法子。可惜这个女子，因为母亲不谅，闹到这步光景，如今有满腹冤枉无处分诉，还不如春英死后，投入水缸里，那时就死了呢。如今受了这二年罪，生不得生，死不得死，你说他那心里，该当怎么难受哇！"一面说，一面嗟叹不已。太息中国陋俗，不该于儿女婚姻这般操切。

瑞珊亦叹道："此类事情没有法子，天生是一对可怜虫，不能不生生世世叫人怜惜他。若真是美满姻缘，双双的白头到老，我想倒是平平常常，没有什么滋味了。"说着，又题起玉吉当日在天津店里，如何发牢骚，偶然给旁人写副对字，都是太常斋的滋味。

市隐道："这也不能怪他，言为心之声，不平则鸣，也是世间常事。但不知玉吉心里，究竟于阿氏身上，还是姊妹的关系，还是夫妇的关系呢？依照瑞珊所说，玉吉为人，竟是个多情男子；照恪翁所说，阿氏亦可谓痴情女子了。"瑞珊道："这却不然。玉吉的心事，虽然他没同我说，然看其平素，决不是恣情放荡的男子，相貌沉静，语言正直。我敢一言断定与阿氏两人，一定是姊妹关系，决没有意外之想。"市隐刚欲再说，慧甫先摇头道："这话我有些不信。他若是姊妹情重，何以他胞妹蕙儿，他竟自置不顾呢？他若是姊妹情重，如今又犯什么牢骚呢？简断截说，一言以蔽之，就是婚姻的仇愤。"

瑞珊道："不然，不然，你见识还是普通一般人的议论。要论这两人感情，非具远大眼光，认明这两个冤家都是非常人，细想他设身处地，都是什么情景，再去体验他平素品行合交际上的道义，然后才可以论定。若被你一言抹煞，这对可怜虫真是冤之枉哉。"慧甫道："你真会替人遮饰。依你这么议论，玉吉合阿氏两人都是绝对的好人，仿佛他母亲德氏，倒是个起祸的根苗了。"

　　瑞珊道："这也不然。德氏为人极为耿直，在家教育儿女又极严厉，按理这宗事情原不能有。这也是不巧不成书。偏偏阿氏过门，遇见个蠢男子，杂乱家庭。但凡他忍得下去，我想春阿氏那样孝母，那样的温柔和顺，别管怎么样，也就该认命听天啦！玉吉也不致动气，事情也闹不出来，将来再生儿育女，更把以前的奢望抛在九霄云外，慢说他母亲不知道，春英不知道，就是春阿氏心里，也不过自怨自艾，念念那'此生未种相思草，来世当为姊妹花'的句子罢咧。别不说，你看《红楼梦》花袭人出嫁蒋玉函，种种不得已的地方，还不是榜样么。不过那么一来，也没有这种事，也没有这种案，阿氏、玉吉两人也都是平常人，不值得这么调查了。"

　　慧甫再欲将话说下去，忽见瑞二进来，站在乌珍面前，悄声回道："福大老爷求见。"乌珍说一声请，忽又听电铃儿叮当乱响，乌珍摘下耳机，说了几句话，福寿已掀帘进来，与大众见礼。乌珍放下耳机，问福寿有甚事情，福寿回道："方才得了消息，说春阿氏在狱里，现染了一身潮疥，又因时令不正，狱里闹瘟疫，阿氏亦得了传染病。至今四五天的工夫，水米俱不曾进，大概要不永于人世了。"旁人听了此说，并无关系，在座诸人都是因为此案煞费苦心的人，听说春阿氏在监患病，现已绝粒不食，不久要常辞人世的话，不由的闹了一愣。要如何设法，且看下回分解。

第十八回　述案由归功翼尉　慰幽魂别筑佳城

　　话说福寿将春阿氏现染瘟疫不久将死的话回毕退去，众人吓了一怔。瑞珊道："可惜这件事，如今玉吉也走了，阿氏又在狱要死，我这么南奔北跑，费力伤财，算是为什么许的呢？"慧甫道："你只知道你自己，不知道旁人。那么市隐合我，又算作什么许的呢？"市隐道："你们不用寒心，反正这一切事情我都知道。及至春阿氏死在监狱里，我也把前前后后，果果因因，一件一件的记在日记，容日有了工夫，托嘱闻秋水编为说部，把内中苦绪幽情，跟种种可疑之点，详细的分解一回，作一个错误婚姻的警鉴，你们意下如何？"

　　三人正自议论，乌公转过面来道："事已如此，大既瑞珊的报告已经无效。我们翼里的报告也就算白白的报告了。方才电话，有法部人告诉我说，该部堂宪都因为内中琐碎，全是婚姻不良，以致如此，既是犯妇口里并未供出谁来，也就不便深究了。实告瑞珊兄说，此案的原原本本我都知道。起初玉吉一走，住在他家的茔地，本翼访明之后，即往侦察。适值聂玉吉已经远遁，兄弟又派人追赶，始知玉吉下落，住在天津北营门客店里头。其所以不能捕获的原因，也合瑞珊哥都是一样。不过报告上头，比着瑞珊哥有些把握。饶那么的确，法部还不忍办呢，何况你一点证据也没有，原犯又已经放走，事情还有什么可办的呢？”

瑞珊听了此话，惊异得了不得。回想在天津店里，除我一人之外并无侦探，难道我疏忽失神，被他们翼里侦探走在头里了不成？越想越纳闷。乌珍坐在椅上说得津津有味，瑞珊也无心去听，只恨自己疏神，不该叫他人探了去。不过事已至此，在津左翼侦探我应该认识才对，岂有大名鼎鼎的福尔摩斯，事迹被旁人窥破，自己倒入了闷葫芦的道理。越想越愧悔，当时把脸上颜色红晕了半天。

听市隐鼓掌道：“恪谨，真难为了你。年余不见，我以为案过法部，你就不管了哪。”乌珍道：“我的地面，岂有不管之理。可笑京城地方，只知新衙门好，旧衙门腐败，那知道事在人为。有我在提署一天，就叫这些官人实力办事，亦不必仿照外洋，讲究浮面儿，先从骨子里下手，没什么办不到的事。再说西洋侦探，也不过细心调查，能够一见则明就是了。究实那调查手续，并不是纸上文章可以形容的。我以为中国侦探，只可惜没人作小说，果真要编出书来，一定比西洋侦探案不在少处。"

慧甫道："那是诚然，中国事没有真是非，调查的怎么详细，也有些办不到的地方。因着办不到，谁也就不爱调查了。就拿这一案说罢，恪谨、瑞珊两兄费了这么些事，归期该怎么样，不过自己为难自己知道。我同何砺寰、黄增元诸人还算白饶，市隐与原淡然、闻秋水，也算白跑。事情是实在情形，不过在座的人我们知道。"

瑞珊嗤嗤而笑，不作一语。想着玉吉此去形迹可怪，又想天津店里并无侦探踪迹，此次玉吉出来，必被翼里侦探拿获带翼去了，不然，乌恪谨不能知道这么详细。因问恪谨道："恪谨哥不要瞒我，我想此时玉吉必在贵翼里收存着呢。恪哥若肯其明说，不妨把一切事实全对我说说，这样交情，你还隐讳什么？难道我们几个人，还去争功不成？"乌公道："不是那样说。我们素称知己，什么事亦不隐瞒。玉吉现在踪迹我实在不知情。瑞珊要多心想我，那就不是交情了。我所知的玉吉踪迹，并非把玉吉拿获审问来的，实在是特派侦探调查来的。瑞珊哥不肯见信，你想天津店里，有人侦探你没有，你便明白了。"

瑞珊想了半天，想不出来。因笑道："恪谨哥不要瞒我，大概我的眼力，差不多的侦探瞒不过去。照你这样说，我成了废物了。这们大的人，暗中有侦探我，我会不知道，你真拿我傻子待？"乌公道："我不是以傻子待你，你实在是傻子吗！我同你打听一个人，你若知他名姓，便算不傻。"瑞珊笑道："除非不认识的人，我不知他的姓；要相熟的人，岂有不知他姓名的道理。"乌公道："此人极熟，你就是不知姓名。"瑞珊道："何以见得呢？"

两人说话声音越来越重，引得市隐、慧甫也都笑个不住。忽见门帘一响，走进一人，年在三十左右，相貌魁梧，穿一件湖色春罗两截大褂，足下两只缎靴，望见市隐在此，过来见礼。市隐问慧甫道："二位没见过吗？"慧甫道："没见过。"瑞珊笑道："必是这里，哥。"说着，凑近见礼。乌公向慧甫道："这是我们舍弟。"市隐道："他们彼此都知名，只是并没见过。"瑞珊道："久仰得很，兄弟是疏亲慢友，常到京里来，我们真少亲近。"说着，彼此让坐，照旧攀谈。述起玉吉事来，静轩又打听一回，不稍多赘。

瑞珊问乌公道："方才静轩进来，我们说了半个语子话，倒底你所说这人，究竟是谁？"乌公笑道："你不要忙，今晚在舍下小酌，我细告诉你。论你疏神的事，不止一件。"瑞珊道："倒底是谁？"乌公微微而笑，不作一语，半晌向静轩笑道："张瑞珊兄因为春阿氏一案很费研究，调查的种种情形皆极详细。"静轩笑道："我是听市隐常常称赞。"慧甫道："恪翁不必留饭，我们有点小事，少时就得回去。你把所说那人先说给瑞珊听听，省得回到店里又犯死凿儿。"市隐亦笑道："你说的是谁，你就赶紧说，何苦又叫他着急呢？"

乌公摇摇头，仍是不肯说。还是慧甫等再三讥劝，方才微微笑道："我说瑞珊傻，瑞珊总不信。我先问他一件事，他要答上来，便算他不傻。"因问道："请问你天津北营门采访玉吉的下落，可知那玉吉所住的店，店主人姓甚名谁？"瑞珊踌躇半晌，想了好半天，果然一时间想不起来了，随笑道："知道是知道，只是一时半刻想不出来。"乌公笑道："你不用瞒我，当初你没问过，如今你那能想去。慢说你不知道，大约合店的人，也不知道。这话我说到这里，你明白不明白？"

瑞珊不待说完，先拍掌笑起来。慧甫道："什么事这样笑？"瑞珊道："你们不知道，恪谨的心思学问，我实不如。"市隐发怔道："什么事你佩服到这样？"瑞珊道："果然是名不虚传。我们费尽苦心，所得的详细情形，初以为除我之外没人知道。那知道恪谨所知，比我还详细。"因拱手向乌公道："说到这里，你还得详细指教，店主人现在何处，求你给介绍一回，我们也亲近亲近。"市隐道："你们别说哑谜，究竟是怎么回事，说给我们大家听听。"乌公道："你们诸位别忙，我先问问瑞珊，倒底是颠预不是？是傻不是？"瑞珊点了点头："果然是我失神，只是你这样隐瞒着，未免对人不起。"乌公道："我却不是隐瞒。向来这类事情，别管办的怎么样，反正把职务尽到了，心也尽到了。既不居功，亦不逞能。这是咱们闲谈，若与外人相见，我是决不肯题的。"说着，便令瑞二等传唤厨役，预备教席酒饭，又备了两三分请帖，去请鹤、普二公，定于晚间在自家里晚酌。

市隐等迟迟怔着，既见乌恪谨这般至诚，不便拘泥，只得与静轩凑着说话。慧甫等不大常来，听说要预备晚饭，立刻就忙着要走。市隐笑拦道："你们别学闻秋水，恪谨也不是外人，这样至诚，咱们就不必拘泥。"静轩亦拦道："二位轻易不来，乐得不多说一会话儿呢。"当下三言五语，闹得瑞珊等无话可说，只得住了。

　　一时酒菜齐备，让着瑞珊、慧甫二人坐了上座，市隐在次座相陪，乌公与静轩兄弟坐了末坐，大家一面喝酒，一面叙些闲话儿。瑞珊是有事心急，因为玉吉一案，总愿意乌公说明，方才痛快，因笑道："恪谨哥这样见外，闹得此时兄弟有话也不敢说了。来的时候，本想与阁下讨教。不想来到府上只以酒食待我，真正要紧的话偏自半吞半吐，不来指教，叫我倒十分难受。"一面说着一面拦住乌珍，不叫斟酒，笑嘻嘻的道："请把店主人的姓名就告诉了我，我便吃酒，不然喝下酒去，亦要醉心。"乌珍笑道："你总是这样忙。实告诉你说，现在这案不必深题了，空说半天，案子也变不了。反正凶手也走了，案子也定了。市隐说的好，咱们这片苦心，只好把闻秋水约来，叫他作一部实事小说，替我发挥发挥，也就完了。"瑞珊道："小说作不作我倒不在乎。只要我心里明白，立时能够痛快。你说些半语子话，我真难过。"

　　乌珍把酒壶放下道："你不要急。北营门的店主人是这里探兵德树堂的至亲，名叫程全。他在北营门地方很是熟识。德树堂去了两次，托嘱他极力帮忙，偏巧聂玉吉到津就住在店内。别的光景并无可疑，惟因他笔迹相貌颇与所说相似，故此多留了一分心。后来把德树堂约去瞧了瞧，果然是他，当时便求着他写了四幅屏条，带到京来。你虽是那样细心，此处你并未留神。我知道天津地方出不去你的掌握，特意叫德树堂前去探听。

谁想他们糊涂，并没见着什么，只说隔壁店里头住着个王长山，很与玉吉相近。当时我听了这话，就知道是你在那里。后来玉吉患病，你又那样至诚，又叫店主人留起玉吉的原信。闻报之后，我更知道是你了。你想那店主人有几个慈心仗义的君子呀，错非我设法供给，他岂肯那样热心，即有热心，他的力量也恐其来不及呀。"说着，提壶斟酒，笑对瑞珊道："这事你死心坦地，该当喝酒了吧？"

瑞珊点头微笑，回想在津所见果然与乌公所说前后相符，直仿佛霹雳一声，云雾尽散，把心里的一段疑团，豁然醒悟。在座慧甫等也把前前后后全都听明白了。原来左翼乌珍对于这件事情如此细心，不禁拍案叫绝。市隐提起酒壶，便与乌公斟酒，说道："你这一场劳累实在不小。错非你今天说明，外边的人还以为翼里办理此案，因循了事呢！"慧甫亦笑道："人不说不知。改日得了机会，借着恪谨哥的面子，定要与贵翼侦探诸君亲近亲近。"静轩道："那个容易。只是这一般人举动粗俗，说话也不会转文，其实若办上正事，倒真有特别的地方。"

说着斟酒敬菜，几人一面说话儿，议论后天下午仍在这里晚饭，好与鹤、普二公及协尉福寿、闻秋水、原淡然、德树堂诸人相见的话。不一时瑞珊等吃过晚饭，洗手漱口已毕，告辞而回。定于后天晚上全在乌公处聚会。这且不表。

单言此时阿氏，自从大理院奏结之后，移交法部监狱，永远监禁。阿氏住在监里，不进饮食者数日。此时正值瘟疫流行，狱内的犯人不是生疮生疥的，便是疔疮腐烂，臭味难闻的。又遇着天旱物燥，冷暖无常，一间房内，多至二十口人犯，对面是两张大床，床上铺着草帘子，每人有一件官被，大家乱挤着睡觉，那一分肮脏气味，不必说久日常住，就是偶然间闻一鼻子，也得受病。你望床上一看，黑洞洞乱摇乱动，如同蚂蚁打仗的一般，近看乃是虮子臭虫，成团树垒，摆阵练操。嗳呀呀，什么叫地狱，这就是人世间的活地狱！所有狱中人犯生疮生疥的也有，上吐下泻的也有，疟疾痢疾的也有，正应了："欲知前世因，今生受者是；欲知后世因，今生作者是。"可怜那如花似玉、甘为情殇的阿氏，因为母也不谅，自己又福命不齐，堕入狱中，难白于世。入狱之后，先生了满身湿疥。过无多日，因为时疫流行，染了头晕眼花、上吐下泻之症。每日昏昏沉沉，躺在臭虫虮子的床上，盖一领极脏极臭的官被。此时要求个亲人来此问讯的，全部没有。

这日春阿氏病得很重，忽于迷离之际，梦见个金身女子，唤他近前道："孽缘已满，今当归去。"说着，扯了阿氏便往外跑。阿氏见他如此，知是个异怪人，随央道："弟子的纠缠未清，母亲兄弟之情实难割弃。"金身女子笑道："孽障，孽障，你不肯去，你看那面是谁？"阿氏回头一看，只见聂玉吉穿着圆领僧服，立在自己面前，合掌微笑。阿氏有千般委曲，万种离愁，见了玉吉在此，惊异的了不得，仿佛有万千句话，一时想不出来。正欲问时，见那金身女子把手一指，玉吉的足下生了两朵金莲，托着聂玉吉飞向空中去了。转眼之间，那金身女子也忽然不见了。

　　阿氏正惊楞之际，觉远处有人唤他乳名儿，声音惨切，连哭带痛。定睛一看，只见牢门外站着一人，白发苍苍，流泪不止，床侧有同居犯人唤道："大妹妹，大妹妹，你醒一醒！瞧一瞧，大妈来瞧你来了。"阿氏嗳哟一声，细看牢门以外，不是外人，正是母亲德氏，凄凄惨惨在那里叫他小名儿，又央看牢的女牢头，开门进来，走近床前哭道："孩子，宝贝儿，都是为娘的不是，耽误了你，难为你受这样罪。"说着，扯住阿氏手，母女对哭。见阿氏浑身是疥，头部浮肿红烧，可怜那一双素手，连烧带疥，肿似琉璃瓶儿一般。揭起脏被一看，雪白两弯玉臂俱是疥癣，所枕的半头砖以下，咕咕咙咙，成团论码的，俱是虱子臭虫。德氏看到此处，早哭得接不上气了。阿氏亦连哭带恸，昏迷了一会，复又醒转过来。望见母亲这样，越加惨切，颤颤巍巍的道："奶奶放心，女儿今生今世不能尽孝的了。"说着，把眼一翻，要哭没有眼泪，哽哽咽咽的昏了过去。德氏哭道："我的儿，怎么得这样冤业病啊！"阿氏微开杏目，娇喘吁吁，摇头抹了眼泪，仿佛告知母亲病不要紧似的。德氏止泪劝道："孩子，你对付将养着，月初关了米，我还来瞧你呢。"阿氏点了点头，合目睡去。

　　德氏把带来的几吊钱交与牢头，一面哭，一面托咐求他变个法子给女儿买点菜，倘能好了，我母女不能忘报。说着，洒泪不止。闹得全狱中人俱都酸心。大家齐劝道："老太太您回去，您的姐妹禁在一处，都是难友儿。大妹妹岁数小，蒙此不白之冤，横竖神天有鉴，总有昭雪日子。他是好清好洁，收到这里来，肮脏不惯……"刚说着，阿氏嘴唇一动，哦的一声，唾出一口腥水来，顺着嘴角儿，流至粉颈，阿氏在迷惘昏沉中并不知道。德氏忙的过来，抹了眼泪，取出袖中手帕替他擦抹。阿氏忽又醒来，翻眼向德氏道："我随你出家去，倒也清静。"半晌又蹙眉道："只是我奶奶、兄弟，叫我如何弃舍呢？"德氏唤道："孩子，你醒一醒，梦见什么了，这样吓人？"阿氏点了头，闭了眼睛，打了一个冷战道："没什么，你不用叫我，我去了。"德氏听了半日，知是一些胡话，又见阿氏两手向空里乱摸，半晌又似拈线做活一般，吓得德氏更慌了，随向女牢头请安礼拜，再四的托嘱。众犯人说道："老太太放心，病并不要紧，这都是邪火烧的，只要出点儿汗退一退烧，管保就好了。"德氏凄凄楚楚不忍离别，看着这样又不放心，无奈留连一刻，母女也不得说话，反惹他难受酸心，倒不如不见也罢。想到此处，由不得留着阿氏，滴了几点伤心眼泪，叨叨絮絮，又托咐众人一回，然后去了。

那知阿氏的病症很是凶险，自从德氏去后，熬煎了四五日，忽于一日夜内，唤着女难友哭道："大姐大姐，妹妹清白一世，落到这步田地，也是命该如此。妹妹死后，望求众位姐妹怜悯，告诉我母亲、哥哥说，埋一个清洁幽静地方，妹妹就感激不尽了。"说着，眼泡塌下，说话声音亦不似从先清楚了，吓得难友们说声"不好"，忙的叫醒牢头，点上油灯一照，见阿氏圆睁秀目，貌似出水芙蓉一般，连一点病形儿反都没有了。用手一摸，身上已经冰冷，抚着朱唇一探，呼吸已经断了。正是：

生殉九幽缘怨了，他年应化蝶飞来。

惊得女牢头披衣起来，念在同居多日，替他整理衣服，不待天明，急去报告狱官。提牢何奏簏、司狱福瑞赶紧的报司回堂，传唤尸亲文光，赴部具领。

文光得了此信，很是皱眉。范氏道："怎么衙门里这么糊涂！杀了我们家的人，即是我们的仇人，岂有把谋害亲夫的淫妇领回来殡葬的？错传我们了！"瑞氏哭着道："嗳，事到而今，你还这么咕唧呢。不因着你，何致这样！依我说孩子怪苦的，临到从牢眼儿一拉，更显得可怜了。究竟怎么件事，始终我心里糊涂。你叫正儿他爸想法子领去，别管怎么样，那怕是当卖借押呢，好歹给买口棺材，埋到坟地边儿上。就算得了。"说着，凄凄惨惨哭个不住。把托氏、春霖并大正、二正等思想嫂子的心，亦都勾惹起来，闹得合屋的老少，你也哭，我也哭，文光、范氏亦楞着不敢言语了。

文光顿了顿脚，拿了扇子出来，找个至近亲戚去向法部里去探听，正问在宫道仁手里。文光说："阿氏虽死，他是谋杀本夫的犯罪人。不管他谋杀也罢，误杀也罢，既定为监禁之罪，即是情实。如今他死在狱里，没有叫被害之家具领的道理。"宫道仁笑道："说得亦有理，但是部院里定案原奏，你没看见么？你以为阿氏杀人已属情实，然以令郎的伤痕、令媳的口供而论，是谋是误，尚在疑似之中。既没有尸亲指说，又没有旁人质证，安见得令媳阿氏就是罪人呢！部院的堂宪因此再三研究，内中疑窦甚多，不能速为定判，所以仿照监候待质之法，收在狱里存疑，预备以后发露真情，或出了别的证据，然后再据实定断。如始终无从发觉，那么令媳阿氏就未必是杀人凶犯了。既不是杀人凶犯，就不是令郎仇人；既不是令郎仇人，就算是你家的贤媳妇；既是你家贤媳妇，优待之尚恐不及，若永远监禁在狱，试问你居心何忍？"

文光听到此处，良心发现。本来儿媳妇是个端庄淑静的女子，只因半夜三更儿子被害，不能不疑是媳妇。若以他言容举动而论，又未免有些情屈。想到此处，由不得眼辣鼻酸，想起儿子被害的冤来，呜呜哭了。宫道仁劝道："你不要想着伤心。既不忍叫他受罪，如今疑案久悬，他死在狱里，你应该心疼他了。"这一句话说的文光越发哭了。宫道仁道："无论怎么样，你先回去赶紧备口棺木，通知你亲家个信儿，或是同了他来，具个领纸。天气这般热，衙门里那能久留，你赶快的就去吧。"

文光只得答应，顾不得与亲朋计较，急忙回到家中，先忙着买棺材，又要给阿德氏送信。范氏拦道："送信作什么？我们因为忍气才去领尸，不然因为这件事，我们就是一场官司。"文光听了此话，里外为难，送信也不好，不送信也不好，踌躇半天道："依你该怎么办？"范氏道："依着我呀，依着我呀，依我还不至于这样呢！这都是你们家的德行，你们家风水！明儿把浪老婆再埋在你们坟地里，后辈儿孙还不定怎么现眼呢！"一面说一面嚷，闹得文光此时反倒没了主意。想着儿子春英冤仇未雪，阿氏儿媳今又死在狱里，这些个为难着急，俱临在自己头上，由不得顿足捶胸，哭了一回。范氏是得理不让人，翻来复去，总是嗔怪文光不该听托氏的话，娶这样养汉老婆。

正闹得不可开交，托氏、大正等亦过来了。文光见着托氏，又恐老太太听见又要多管，忙的躲了出来，自己变着方法买了棺木，雇了四名杠夫，从狱里把阿氏尸身拉出，就往义地乱冢里去一埋，以免瑞氏知道为此伤心，又免得夫妇三人因此惹气。

文光是敷衍了事的主意。不想那母女连心，德氏是爱女心盛，阿氏是孝母之心，出于至诚，自从探监之后，德氏见女儿染病，回去亦急得病了。亏得常禄等日夜服侍，延医服药，方才好了。一日梦见阿氏披着头发，貌似女头陀的打扮，笑容可掬，手执拂尘，跪在德氏面前磕了个头，从着个金身女子一同去了。乃至醒来，却是南柯一梦。本来德氏心里正想女儿监里得了瘟气病，万难望好，今作此梦，由不得肉跳心惊，算得阿氏病势必然不好。急忙把常斌唤醒，叫他到学堂告一天假，去到兵马司巡警总厅找回他哥哥常禄来，细把梦中景象说了一遍，叫他换个班次，或者告一天假，去到南衙门打听打听，看你妹妹好未好。

常禄听了此话，急得连连顿脚。当日到法部一问，谁说不是，果然春阿氏死在狱里，已经文光领去，找地方抬埋了。细打听埋在何处，人人都说不知道。常禄无法，回来向母亲哭道："都是为儿的不好，把妹妹送入火坑，屈死在狱里，又没有人情势力去给洗白，活着有什么滋味！"一面说，一面寻死觅活的，闹个不了。德氏倒忍住眼泪，反来劝解道："事已至此，你倒不必伤心，谁叫你妹妹命苦呢？虽然他受了些罪，也不是出于你心。如今你哭会子也是不济于事。你若急的寻死，作妈妈的又当怎么样呢！不如事缓则圆，从那里来的，还从那里去。少时你找找普焕亭，问他该怎么办。生前的委曲，我们也一概不究，既把你妹妹给了春英，活是他们家的人，死了是他们家的鬼，按说我们娘家不必过问，谁让冤家路儿狭，出了这逆事呢！他若是埋在茔地，咱们一天云雾散，什么话也不说，不给娘家信我们认了；他若是草草了局，拿着我们家人当作谋杀亲夫的凶犯，我们有我们的官司在。别看是奏结的案子，只要他们家里指出你妹妹劣迹，证出你妹妹奸夫来，就算我养女儿的没有教育。不然，他儿子死是他们家缺德，他们家害的，与我们毫无牵掣。我女儿受屈也罢，受罪也罢，甚么话我也不说，好好端端，花棺彩木，叫他小婆婆儿出来，顶丧架灵，咱们万事全休；否则没什么话说的，连普大、普二一齐都给滚出来，咱们是一场官司。"说着，指天划地的，把小老婆、小娼妇的骂个不了。吓得常禄也不敢哭，劝了母亲，慌手忙脚的去找普焕亭。

将一出门，看见常斌在后提着个木棍出来，嘴里叨叨念念，要找姓文的替姐姐拼命去。常禄一把拦住，问他作什么这样愤愤。常斌流泪道："你敢情不着急，我姐姐死了，你知道不知道？"常禄道："我怎么不知道！你念你的书去，家里事不用你管。"常斌不待说完，发狠顿足道："我不管谁管？这都是你跟奶奶办的好事！"常禄听了此话觉着刺心，不由的流泪央道："好兄弟，你回去瞧奶奶去，不看他老人家有些想不开，谁叫是我作错了呢！好歹你瞧着老太太，我去找姓普的去，听他是怎么回事，咱们再说。"一面说，一面把好兄弟叫了几十声。两人站在一处，流泪眼看流泪眼，凄凄切切的哭个不住。好容易把常斌劝住，常禄才慢慢去了。

这里常斌过来，坐在母亲身旁仍是乱哭。又劝着母亲出头，别等哥哥办事，输给文家。德氏一面擦泪，听了常斌的话很是有理，令他在家看家，不待常禄回来，自己雇了辆车去到法部门口，等着尚书来到拦舆喊冤。时有凑巧，正遇着部里散值，门前皂隶威哦的乱喊，里面走出一辆车，正是左侍郎绍昌。德氏哭着跪倒，连声叫冤。皂隶等认得德氏，过来问道："什么事这样叫冤？"绍公止住问道："这不是春阿氏的母亲吗？"皂隶答应声是。绍公道："问他什么事？"皂隶未及答应，德氏便哭道："大人明鉴，我女儿死在狱里，文光领尸出去，没给阿德氏信，也不知埋在何处，求大人恩典，收我们打官司！"绍公道："你来打官司，有呈状么？"德氏哭道："阿德氏不会写字，听说我女儿死，连急带气，没顾得写呈子。"刚说到此，只见看热闹的忽的一散，常禄自外跑来，连哭带喊，随着德氏跪倒。绍公道："你是什么人？"常禄厉声道："我来给妹妹报仇，你问我做什么？"皂隶威喝道："胡说！大人在这儿哪，还敢这样撒野！"说着，七手八脚过来把常禄按住。绍公道："不用威吓他，什么话叫他说。"德氏颤巍巍的，看看常禄这样，必是受了气来，随哭道："大人就叫我们打官司，请看我儿子这样儿，都是他们气的。"说着，泪流不止。绍公命守门皂隶、站门的巡警，把德氏母子二人一齐带入。

自己回至署内，早有审录司的司员善佺、宫道仁道，听说德氏喊冤，忙来打听。绍公把德氏情由述说一遍，即命由本部备文，行知该旗都统，传令文光到案，问他领出阿氏为什么不和平埋葬，又闹得不能了结；询问之后，叫他们调楚说合，切莫为不要紧的小节又闹得大了。善佺、宫道仁连连答应，伺候绍公走后，先把德氏母子询问一遍，然后行文该旗，传令文光到案。

次日入署，宫道仁升了公堂，先把别的案件问了一回，然后把文光带上来问道："文光，你这么大岁数，怎么这样糊涂。人死了案子也完了，为什么领尸之后，你又不告诉他娘家呢？"文光道："夸兰达明鉴。阿氏死在狱里，论理不该当我领。我既领了，就算对得起他了。"宫道仁不待说完，拍案喝道："不该你领，该当谁领？"这一句话，吓得文光脸上如同土色，战战兢兢的辩道："夸兰达想情，他把小儿害死，小儿的冤枉还未曾雪呢。我再发丧他，岂不是太难了吗？"宫道仁道："胡说！我同你那么说，始终你没有明白！你说你儿媳妇谋杀亲夫，你有什么凭据？知他为什么起的意，同谋的奸夫是谁？"说着，连声恫吓，吓得文光也慌了。本来没有凭据，只知道深夜闺房除他夫妇之外没有别人，所以才一口咬定，那知道内中隐情却不干阿氏的事呢。当时张口结舌，一句话也答不出来。宫道仁问道："你把你儿媳妇埋在那里了？是与你儿子春英一齐并葬的呀，还是另一块地呢？"文光道："另一块地。"宫道仁道："地在那里？"文光道："在顺治门外，西边儿的义地里。"

宫道仁听到此处，点点头道："是了，你先下去。"说着，把文光带去，带上德氏来劝道："阿德氏，你们的官司是愿意早完哪，还愿意永远污涂着？"德氏哭道："愿意早完。只是他不叫我出气儿，也就没有法子了。"宫道仁道："我看你这们大年岁，你养女不容易，人家养儿的也不容易，不能说一面儿理。要说你女儿没罪，我们也知他没罪，只是他亲口承认说是自己害的，旁人又有什么法子呢？现在他死在狱里，倒也很好，一来省得受罪，二来你若大年纪，省得惦念他。再说这监禁待质之法，本不算阿氏犯罪，即使而今死了，也总算是嫌疑人犯。虽然你亲家文光没给你信，然既把你女儿领去，就算是他家的人了，于你们家门名誉不倒也很好。方才我问他，他说凶死的人不入茔地，春英和你女儿现在两下里埋着哩。你意思是怎么样，可以说明，我给你作个主。"

阿德氏回道："老爷既这样说，阿德氏有两个办法。我女儿嫁在他家，没犯了十大恶，他不能死后休妻，替儿嫌妇。若与春英合了葬，阿德氏什么话也不说了。这是头一个办法。第二个办法，如果他领出尸去，不与合葬，须在他坟地附近，幽幽静静找个地方，阿德氏就没话了。总之我女儿活着是他们家的人，死了是他们家的鬼。若说我女儿不贞不淑，害了他的儿子，他得有确实凭据，不然我女儿虽然死了，我亦是不答应。"

宫道仁刚欲说话，又沉吟半晌道："话我是听明白了。我把文光叫上来，你们当堂商议，我给作主。"说着，喊喝衙役，复把文光带来。因德氏在此，文光头也不肯抬，望座上请了个安道："夸兰达怎么交派，领催怎么遵命。"说罢，低头下气，听着宫道仁吩咐道："春阿氏是阿德氏的女儿，是你文光的儿媳妇。虽然你儿子被害，究竟那原凶是谁，现在尚未发露。部院里监禁阿氏，无非为永久待质，姑且存疑。既然是嫌疑人犯，说是文光的家里人也可，说是阿德氏家里人也无不可。若让文光领去，居然与春英合葬，未免差一点儿；若令阿德氏领去，算是被罪女犯，亦与情理不合。两下里一分争，全部有一面儿理。依着本司判断，遵照大理院奏结原折，还是姑且存疑。春阿氏尸身既经文光领去，应和阿德氏商酌，设法安葬，儿女亲家应该原归凫好，谁叫这一案并没有真情发现呢。惟现在阿德氏来部控告，文光于领尸之前并未通知娘家，殊属于理不合。然前案已经奏结，断不能因此末节，勾起前案来。你们亲家两个还要原归凫好，找出几家亲友来调楚说合，两家出几个钱，找个清静幽僻的地方，好好把阿氏一埋，事情就算完了。怎么说呢，春阿氏生前死后，论起那一件事来，全都怪可怜的。"这一片话，说得阿德氏嚎恸不止，文光亦洒泪哭了。当时在堂上具了结，叫两人画押完案。

德氏凄凄惨惨，同着儿子常禄回到家中，找了媒人普津，母子计议一回。不愿与文光家里再去麻烦，知会几家戚友，即在安定门外地坛东北角上，借了块幽雅地方，择日由顺治门外义地起灵。

至日厚备装殓，阿德氏母子三人，同着德大舅母、丽格，并几家至近亲友一齐来到义地。找了半天，有义地看管人指道：
"这块新土就是。"于是叫土人刨掘。将铲了一下土，土人嗳呦
一声，只见那块新土陷了一片。德氏哭道："你看他的婆家多么
心狠，用这么薄的棺木，一经下雨，焉能不陷。"说着，土人等
七手八脚掘出棺木，只见阿氏尸身活鲜鲜躺在那里，穿一件破
夏布褂，下面光着两只脚，棺材板已经散了。阿德氏见此光景，
嗳呦一声，仆倒就地。常禄与众家亲友亦都嚎恸起来。慌的德
大舅母扶住德氏，又忙告知土人："不用刨了，不看碰了肉。"一
面凄凄惨惨走至坑边，一边抹着眼泪，来看阿氏。丽格亦随着
过来，揪着德大舅母袖子呜呜咻咻的哭个不住。

　　土人问常禄道："死的是您什么人？"常禄擦着眼泪，细把
阿氏历史述说一遍。引得看热闹的人围住德氏，叹惜不止，有
听着伤心，看着惨目，帮着掉泪的。土人道："怪不得这样凄惨，
死的这么苦，在稍有仁心的人，谁都不忍。那天春阿氏埋后，
来了个半疯的人，打听了阿氏的埋所，他打了一包纸来，跪在
当地下焚化，哭了许久，不知是死鬼什么人。听说当日晚上，
那人在西南角上柳树上吊死了。后来巡警查知，报了总厅，第
二天县里验尸，招领五六天，因是无名男子，第七日就给抬埋
了。你看世界上什么事没有！"常禄道："这人的模样年岁你可
记得？"土人道："岁数不大，长得模样儿很俊，看他举止很是
不俗。咋据街面上谈论，说是个天津人，新近来京的，不半疯
儿，也许有点痰迷。"常禄听到这里，料着是病魔寻死，与事
无关的，因亦不再打听，只催土人等着装殓，不看天忒晚了赶

来不及。

土人一面掘土，常斌下到坑里，帮着抬杠的撮尸。阿德氏坐在就地，哭得死去活来，不能动转。丽格前仰后合，亦哭得不成声了。土人问德大舅母道："昨天有个老太太来此烧纸，那是死鬼的什么人哪？"德大舅母听了，一时想不出是谁来，因问道："来者是什么模样？"土人道："此人是蛮装打扮，年在五十以外。"德大舅母想了半天，不知是谁。正欲细问，只听警尺一响，阿德氏与丽格等又都哭了，因不顾再问细情。扶起阿德氏来，搀着上车。常禄兄弟站在灵柩以前，穿着粗布孝衣，引路而行。丽格与众家亲友坐车在后。一路看热闹的人成千累万，看着棺上灵幡飘飘荡荡，写着阿氏的姓氏，无不酸鼻坠泪。

是日安葬已毕，有悼惜阿氏生前哀史的人，特在地坛东北角阿氏坟冢上，铭以碣云：

造物是何心，播此孽缘种？
触尘生恶因，随鸦怜彩凤。
鸳心寒旧盟，鼠牙起冤讼。
我今勒贞珉，志汝幽明痛。

李
啸
天
简
介

　　李啸天，即李仲悌，本名志恺，笔名啸天。1905 年创办《京话官报》，任社长，日出一小张。1908 年创办《官话正报》，任社长，日出一小张。并曾任《平报》《实事白话报》小说编辑，其小说"发刊者数十种，以《京尘影》最著称"（管翼贤：《北京报纸之小说、戏剧与社会事业》，《新闻学集成》第六辑，中华新闻学院民国三十二年版）。其生平资料及作品多佚亡，目前只发现其长、中篇小说《京尘影》《挚爱的姊姊》《风流地狱》几种。

　　李啸天小说馆藏单行本如下：
　　首都图书馆馆藏
　　《京尘影》（上、中、下集，1927—1929，平报社）、《挚爱的姊姊》（《实事白话报》）。

天津图书馆馆藏

《京尘影》（上、中、下集，1927—1929，平报社）。

吉林省图书馆馆藏

《风流地狱》（1933，平报发行部）、《挚爱的姊姊》（1931，实事白话报印刷部）。

李啸天作品

京尘影（节选）

目录

李啸天作品

京尘影（节选）

正文

第十回　扮家人倾诚拯难女　阻匪乱错误种情缘

却说季文龙藕池一行虽经失望，又以那舍身相救的雏尼慕莲尚在难中，极想赴河南省城一行，替他请兵求救。幸喜苗雨轩作伴，当在藕池店中宿了一夜。次日即行结伴启程，匆匆赶路。真是披星即起，戴月始宿。共止四天的工夫，足足走了五百里地。

这天到了省城，进入开封西门，在六府街打店住下，先一打听这位知府的官声政绩。果都一口同音，说这位虽是旗籍人员，确属精明干练，为守兼优，所以一转儿就升了首府。文龙听了，心中已自高了兴，又一打听这首府的家世履历，敢则还是一位老世叔。在京里时候，和老人家系属同寅，交谊很厚，彼此来往的也很亲热。

　　书中暗表，这首府双名兆良，号次贤，京旗满洲人氏。由进士分发工部，升到一品员外郎，保了一等。系在两年以前，遇缺简放的卫辉府知府。当在部曹供职，就是著名的干员，简放了卫辉府。在接印任事的头一年内，就把本府各项官事清理得头头是道。所属各县吏治整顿得耳目一新。尤且善于听断民情，革除积弊，凡属辖各县遇有纠纷难办的讼争案件，一经提讯，至多过个三五堂，无不水落石出，绅民交颂，迭经抚藩臬许为阖省中第一干员。因之一任下来，就保了卓异，破格提升了首府，在省城内更兼有各项优差。就只一样美中不足：年过四旬，尚在没有子嗣。夫人安氏只生有一位姑娘，名唤漱芳。生得姿容富丽，性质明敏。自幼略读诗书，长大专工绘画，年已十九，尚未觅定快婿。安氏夫人为着求子起见，也曾给老爷立有侧室，无奈也是屡孕不育。兆次贤年届五旬，对于子嗣这节自知无望，便也不去强求，只看着爱女漱芳，一年大似一年。原立意招一可心的养老女婿，所以在京时高不成低不就，一经放了外任，更就耽误住了。他的夫人安氏，疼爱女儿自不消说，可是盼子的心比次贤还正加倍。因此平日常劝着老爷，办事不要苛刻过分，一来给属下留些余地，二来也为本身造些后福。次贤经夫人苦口劝说，近一年来，颇能以宽济猛，政简刑轻，因而更得了优好的声望。可巧他的如夫人年前又受了孕，在最近的前两个月，居然安安稳稳生了一位公子。据说连本地的绅民每一谈论起来，都替着府太尊欢喜不尽哩。

　　文龙当日探明一切底细，和苗雨轩一提说："料定此次不致白来，那慕莲的事一定可以办得到的。"

雨轩也替着高兴，只嘱咐："千万赶快晋谒府尊，只要得了允许，不妨由我在这里代办此事。老弟你须克日北上，晋京省亲，防着匪势闹大发了，真个的道路不通起来。才我还听人说，那号为义和拳，一般乌合的土匪，近来公然倡言仇教灭洋，并且逐渐的蔓延到了京西。老弟你明天去见府尊，别专忙那一件事，对京门一带情形也须当面询问一番，以定你的行止。因为官场中例有官报，比外间仗着空口打听来的必然真着的多。"

文龙点头答应，忙着备了世愚侄的大片子，忽然想起身边没有公服，立又为了难。雨轩笑道："你又不是属员参谒，也不同本地士绅求见，何况又是一位老世叔，就行装前去原无不可。倒是没有仆从，却不合宜，待我扮作个跟班的就是。"

文龙忙道："笑谈笑谈！"

雨轩正色道："并非笑谈，俗语说，'阎王好见，小鬼难搪'，老弟你不晓得外官派头，并且远来拜谒，更得绷个场面。再说你们利在速办，要为这小节，由门上先瞧不起，给挡了驾，那不因小失大了吗！"

文龙想了想道："话虽如此，也没有那们办的！"

雨轩笑道："你很不用疑虑，这不过一时的逢场作戏，在外省向所常有，反正求其于咱们的事体有济就完咧！还告诉你说，你须换穿上漂亮阔绰的衣履，好好叫来一乘轿子，我去打顶马，执帖回事。你就叫我苗顺，管保露不了馅儿！"

雨轩这们再三说着，文龙便先深深作了一个揖道："既承这样破说，谨当遵从台命，可是老兄太受屈了！"

雨轩低笑道："你是不知道，外官班内，由盟兄内戚们跟班执役的多得很呢！"

文龙听他这话，倏的有些感触，长叹了两三声，躺到一旁去发怔。

雨轩略一参详，凑到对面躺好，唤道："秀豪我们虽是族兄妹，他却和我是无话不说。实说了吧，自从我这妹妹晓得你识破了他的行藏，对他生了情感，他就叫我替在外边侦查你的行动。当咱们在易州水神庙内相见，彼时我早晓得你的情意，要没有我在暗中报告，他如何在半途上换去你的联对呢！就由保定伴至洛阳，又由藕池镇伴到此地，也是奉有舍妹的嘱托。总之舍妹对你业已钟情不变，只苦于家训的束缚，不敢显有违背罢了。你们既是两地知心，我劝你不必这们自苦，不可因此耽误了青年正事。咱们今天说开了，我对你呢，在外边尽力将护，你对我呢，一些也不必客气。好在我是个闲身子，几时送你回到京城，我再去另作他事不晚！"

文龙听他这片话，细一推想前此种种经过情形，这才恍然大悟。当晚两人痛谈了一两个更次，才各收拾睡去。

次日早起，就依照头天的计划，由苗雨轩扮作跟班的，来到首府衙门拜谒。苗雨轩递了拜帖，附着说了许多话。文龙听他"我们三爷"长"三爷"短的，暗自好笑，面上还得极力逞着。那门上听着雨轩的话儿，又向文龙上下略为打量，然后进去回事，约有三四分钟的工夫，跑出来高举名片，说一声请，转身在头前引路。雨轩一手提了带套的水烟袋，紧跟着来到花厅，就见从厅上走下一个极精神的老头儿，嘴上两撇黑胡子，春风满面，降阶相迎。文龙认得是兆次贤，紧走了几步，口尊世叔，深深请下安去。兆次贤双手挽起，笑着道："几年没见，老贤侄不但身量长成，而且一表非俗了。"

便执手往屋里让，文龙谦逊着进入花厅，问了叔婶的好，欠身告了坐，仆人献茶已毕，兆次贤开言问道："老三这是从那里来，要到何处去？"又问："你阿玛怎放心叫你轻车减从的，跑出这们远来？"

文龙回道："侄儿这次出京，原只为老人家求取眼药……"

刚说了这两句，兆次贤就接口道："是呀，我那二哥的眼病到底怎们样了？"

文龙道："在京里请遍了医家，百无一效，甚且越治倒越厉害，几乎不透三光了。本年正月底，侄儿因听亲友谈论，曾到京西一处庙里，请谒一位有道行善治眼疾的高僧，偏他又向别处云游去了，扑了个空。幸得遇着一位侠客，赠给一种专方灵药，侄儿阿玛服用不足一月，居然二目重明。后因药已服尽，病只好了八成，侄儿遂又二次出京，访侠求药，不想这位侠客于前月南入洛阳，侄儿也是上月内跟踪到的洛阳。"

次贤点头道："好，难为你这种孝心。但是又往东来，可有甚么公干呢？"

文龙听他岔问到此，乐得简截着说，便趁势回道："侄儿曾在洛阳地面听说叔父荣升了首府，又知叔父注重吏治，专意为民除害，特此赶到治下，一来给叔婶请请安，二来有件事情面禀。"

次贤哦哦着道："甚么事呢，且说来我听一听。"

一面喊声来人看茶，一面叫道："老贤侄，你喝碗再谈，这可不是普通送客礼。"

文龙陪了一笑，喝了两口茶，先郑重说道："这是侄儿亲身阅历的事。虽不在叔父治下，但是这个落难的人，据说和叔父系属世交。侄儿彼时不但没有救他的力量，实在还是仗他救护，才能获得安全。可是这人现下还在难中，所以侄儿没顾得赶回京去，特来禀见叔父，请个示下。"

兆次贤点着头道："好，好，这正见你知恩报恩。如果能有办法，我乐得成人之美，治下不治下，那倒没大要紧，你不必这们拘谨，先说说这人是谁。"

文龙因早打定主见，当就应声一气说道："此人姓何，名允中，江苏清江人，据说在先官居内阁中书，叔父可晓得么？"

说罢偷眼向对面察看神色。就见次贤沉吟着道："不错，我有这们一个朋友，在京时彼此还很好。只于他在二年前，业已告了亲老，辞去官职，携眷回南去了。那时节我正在卫辉任内，他经过卫辉境，还在我署内住过三天呢。"说着抬头问道："老贤侄你别多心，我问问这人的年貌如何？"

文龙听他自言自语的那片话，晓得慕莲所说不虚，遂不加考虑，冲口答道："这位已不在了，侄儿并没得见着他的颜面。"

次贤惊道："他比我还小几岁呢，故在那里，你是怎样晓得的？莫非他的夫人流落异乡了么？"

文龙凄然答道:"他二老夫妇都下世去了。"

次贤又问道:"这一说更玄了,他夫妻并无子嗣,只有一女。难道,你是听他……"说到这里,突然把话咽住,摇着头道:"这里怕有原故,你且往下说来。"

文龙到了此际,更不隐瞒,便将自己单骑到仙崖岭上,寻幽探胜,遇雨误扣尼庵的种种情形,一字不漏,直说到慕莲偷放自己出庙为止。并说:"侄儿敢信此女并未失贞。小侄若不蒙他舍脸相救,决难脱离那淫尼的香粉地狱。因此前来冒渎尊颜吁恳俯如所请,救出此女,俾小侄得遂以德报德的私心。再则应请咨行河南府堂,派兵勇查抄该庙,严办淫尼,惩一儆百,为地方革除此等弊俗恶行。在无形中,也可救下不少的青年过客。实属公私两便,造福未来。"

说罢起身近前,二次恭恭敬敬请了个安。

当文龙滔滔不断的叙说中间,兆次贤时而摇头,时而点头,时而向对面察言观色,时而扬着脸儿度理揣情。这时急将文龙挽住,正视着道:"这一说,真难为你了!就那慕莲也颇令人可爱可敬!但是何挚甫夫妇何以落在那里?此女是不是挚甫的令爱,恐怕还不一定,贤侄你可还另有所闻么?"

文龙忙道:"仓猝邂逅,彼此严自防闲,那敢多谈多道。凡是小侄所晓得的业已据实禀明,以外请叔父将来面讯此女,自然就明白了。但不知叔父大人可否俯允所请?"

兆次贤道:"办是应办,只是隔着关儿,未免费手。"随问道:"你现住在甚么地方?"

文龙道："就是临湖的一家旅店里。"

兆次贤道："我意欲留你多住些日子，不知你还另有甚么公干没有？"

文龙回道："事却没有了，就只出来两个多月，防着老人家不放心。急想回去，偏又有这件事，不能不候着叔父的示下，一俟此案有了头绪，即当束装北上。只不晓得叔父对于此案何时着手办理？"

兆次贤笑道："这事我已有了办法，临时还得借重于你呢。我想你不妨搬到我这里来，咱们爷儿俩也有时常接头。还有一层，昨天得到情报，围着京门现出了成片大群的教匪，主剿主抚，朝廷还没妥定方略，道路上一定不会安稳。我和你阿玛这样交情，那能叫你冒险北上呢。贤侄不必犹豫！"便喊了声："叫葛顺来！"

廊下一声答应，少时近［进］来一个四十上下的仆人，在一旁垂手侍立。兆次贤也不问文龙愿意不愿意，就吩咐葛顺："随同李三少爷跟班的，到店中把所有行李立即搬到那院内书房去。"

文龙不便驳回，又苦于不能和雨轩过话，只向次贤说道："好在小侄的行旅无多，既蒙叔父抬爱，自当一切遵命。就只内书房里，恐怕不大便当。"

次贤笑道："有甚么不便当的，平日才得谈呢。"说罢伸手挽住文龙，说声："走，跟我见见你婶娘和你姐姐去！"

文龙见兆次贤这们亲热，只得随同出了花厅，装模作样的叫道："苗顺！"

雨轩"嗻"了声，赶前半步，问："爷有何吩咐？"

文龙道："才这边大人所交派的话，你听见了？"

雨轩回道："奴才都听明白了。"

文龙点头道："那就同着这管家去吧！"

雨轩"是是"连声，和那叫葛顺的往外走去。次贤笑道："到底咱们旗门儿规矩好。贤侄你可不晓得一般汉外官里，他们主仆中间那份儿糟呢！"

文龙听着，暗中好笑。

当下曲曲弯弯折到内宅的里院。早有下人抢着去回说，次贤又在院中喊道："这不是外人，是京里西城季二哥跟前三侄儿，叫姑娘也见一见！"

这时应声由上房走出一位旗装太太，年在四十多岁，不满五十，家常打扮，脸上很精神。文龙还认得是安氏夫人，赶着紧走两步，尊声婶娘。请安见过礼，一路问着好，进到屋中。还没落座，帘儿启处，从里屋出来一位心广体胖的大姑娘，生得舒眉展眼，粉颊朱唇，梳着抿顶拉翅儿头，穿着微露花盆底儿的品月绸衫，扶着个十三四岁小丫头，面含微笑，另有一种富丽娇贵的气度。次贤忙给引着道："这是你文龙三弟！"又转面说了句："这是你漱芳大姐。"

文龙赶紧规规矩矩请了安，说声："姐姐请坐！"

漱芳大大方方的双手接着安道："三兄弟许不认得姐姐了吧！"因转脸叫声奶奶，笑着道："却也难怪，二年多没见，三兄弟的身量这们高了，要在别处见着，我也不敢认哩！"

安氏笑道："真是的，要不是你阿玛说着，才我也猛住了。"

次贤道："都坐下，好说话儿。"

文龙告了坐，没容张嘴，他母女就一迭连声问着家里老少众人的好。安氏夫人又笑着问道："三侄儿想必办过事了，少奶奶可是那儿的娘家？"

文龙听这一问，微微红着脸道："回禀婶娘说，侄儿还没定亲呢。"

漱芳呦了一声，忙又改口道："真的吗，三兄弟别是害臊不说吧！"

安氏夫人笑道："也许不假，你二大爷向来最疼他，大半是挑选得太厉害，耽搁住了。"

文龙忙道："那倒不是，是因侄儿阿玛的眼病，特向老人家回禀明白，过几年再行定亲。"

次贤接口道："这往后可以提了，等赶明儿我替你张罗着！"随唤声："太太，真难得他这份儿心，跑出多们远寻人找药。现在已把他阿玛的眼睛治好了八九成，照常的上衙门了。"便把文龙这次奔到河南的原委，学着并说了，说："太太你看，似这样的好子弟，季二爷怎们不高兴！至于他前来找我，还另有一桩可惊可叹的事。等回头不当着姑娘，我再和你说。"

漱芳听了将脸一沉，忽的站起来道："有甚么可避忌我的！既这样，我就躲开！"便叫声瓶儿道："走，你跟我上书房去！"

安氏夫人急一把揪住道："姑娘别走啊，你阿玛不过那们说，你这三兄弟又不是外人，我们有甚么可背你的话，快坐下吧！"

漱芳扭转身子道："我不坐着了，省得你二老说话碍口！"

安氏夫人扯着道："没有的话！"

次贤也陪持着道："都是作阿玛的不会说话，招姑娘生了气！其实并不是要背着你。告诉你说吧，我已把你三兄弟留下，打算让他住在内书房里，怕是姑娘有个不乐意，当面叫人下不来台，特意这们说，回头好叫你奶奶另跟你商量去。"

这话没能说完，漱芳就抢着说道："老人家别瞎掰子，我当是甚么大事呢！就说在京里时候，我没短到季二大爷那里去，并且还住着过呢。虽说彼此现有两年不见了，不是都因为老人家放到外任来了么。您老哥儿俩那样交情，我们也就跟亲姊弟差不多少。他大远的来到这里，正应当这们办才显着亲热呢，我怎能够不乐意啊！叫你说的我不成为扰屎棍子了吗！我请问，你这女儿几时那们糊涂来着！"

次贤哈哈笑道："姑娘说得是，我想得背宫了！坐下吧，省得叫你这兄弟陪同站着。"

安氏夫人又说了几句好话，漱芳这才回嗔作喜，让着文龙二次落坐，一面笑问着道："三兄弟，你道姐姐我说得是不是？"

文龙见这情况，知他二老把女儿养活得太娇惯。听这一问，勉强应了两个是字，并想着话儿回问道："姐姐的画法，近来想更佳妙了。"

漱芳笑道："我也不过随意涂抹。只于出京以后，旧日的姐妹弟兄全见不着。我既没个亲手足说句笑话，一个府太尊的千金小姐，又轻易没地方可去，只可多临几天画谱，自己解闷儿。不过我因不爱山水，只学了一笔花卉草虫，难得兄弟你还记得。现在天也热了，明儿由我阿玛好好送你把扇子，我来给画上一画，可好么？"

文龙忙请着安道："我先谢谢姊姊。"

漱芳笑道："三兄弟不像从前那们板滞了，嘴儿也甜甘，腿儿也软和啦！"随向着次贤道："我三兄弟的行李，此刻想已搬运过来？"

次贤点头道："大概差不多了。"

漱芳道："那们，就同去看看好不好？"

次贤说声好。安氏夫人道："趁这工夫，我叫厨房添菜预备酒。"

漱芳道："奶奶可吩咐他们，弄得了菜，得叫人能吃。"

说罢护让文龙一同出了上房，穿着游廊，折入一个东小院儿。

将一进入院门，就是打着鼻子的香气。来到院中看时，围墙三面都有花池。迎着屋门的十字甬路上，另有一个山石样式带座子的木头架子，上下左右，高矮参差，安放着各色花盆，盆内种着各色鲜花。刚正看着，瓶儿喊了声："如意姐姐，打帘子！"

就见由北屋跑出个大点儿的丫头，高挑帘栊，尊声："三少爷请！"

文龙看了他一眼，走上台阶，见横匾上刻着四个绿字，是"爱莲书室"。脱口笑道："这院里花草很多，何以莲花反少呢？"

次贤答道："从东穿堂儿绕过去，便是座莲花池。这院原是花园地址，因为你姊姊爱这三间屋子，又离着正院很近，才划成一个小院，改作内书房。"

说着先后走入。文龙向四下一看，两明一暗，装修很是精致，就是书画古玩太多。桌上许多□花盆，地铺绿色栽绒毯子，隔扇心儿玻璃挡儿等等，全是少色绫罗。所有铺垫也是大红云缎，陈设配置的未免过于浓丽。心说很好的一座书室，给堆垛的五光十色，这大概都是耍阔的毛病所致。漱芳却很得意的指着道："这是我的画案琴桌，那是我们爷儿俩的文几书案。"说到这里，转向他阿玛说道："这架书案由今儿起，是作我们姊弟的书桌子，还是让给您老爷儿俩，把我除开呢？"

次贤没能答话，文龙先笑道："谁敢把姊姊除开呀！"

漱芳笑了笑没有作声，那如意趁势进前儿说道："请三少爷的安！"又转身道："回老爷的话，这位三少爷的行李才已由管事的送进来，现放在里间儿，听候吩咐。"

文龙听了，暗道："怪得呢，这丫头却很机灵。"

次贤略一点头，让着进入里间，漱芳向床上一看，笑问着道："怎么，你就这一个褥套吗？"

文龙应道："是的，因为一路骑马而行，不能多带行李。其实呢，一头是被褥，一头是衣物，路上也颇敷用。"

次贤吩咐如意道："我那边甚么都不用动，你把姑娘这份铺盖，收拾起去。"

文龙忙道："那有游僧撵住持的，我还在外书房住去吧！"

漱芳拦道："全不必，这份床帐铺盖满不用动，你爷儿俩调换就得了！"

次贤道："也好，就这样办了。"

当下分着落坐，吸烟品茗，随便闲谈。后来次贤提说："我听在花厅儿那片言谈，贤侄在官事上必很通达。此时既先不能回京，自管安心住在这儿，得便和众师爷都见一下了。白天你出去练习着办点笔墨，晚间回到这边，咱们随便说话儿，索兴等着路上消停了，再回去不晚。"

漱芳喜道："这一说，三兄弟一时半会儿不能走了！那们，我在书画上就多了一个伴儿！"因向文龙笑道："以后你可不许和我瞎闹礼数，我是最喜欢随随便便的。"

说着安氏夫人打发婆子过来，请示姑娘何时开饭。漱芳瞧了瞧墙上的挂钟，不禁呦了声道："我说肚子里显着饿了呢，说话儿不理会，赶则都快一点了！"遂道："快开饭！"

随就约着文龙和他阿玛折回上房，又因座位让了半天。最后还是漱芳的首座，文龙次座，他老夫妇左右相陪。姨奶奶也来见过，站在旁边，与丫头婆子们同伺候着斟酒盛饭。席间提到前在卫辉衙内住过三天的那位何中书，次贤向妻女问那何小姐的年龄名字。他母女想了半天，齐说他名叫书媛，那年正在十七岁，算来恰和漱芳同庚。兆次贤听了，向文龙看了一眼，因怕女儿斟问，赶就用话岔开。文龙心想那年岁不对，果然又另有枝节，也因碍着漱芳在座，没敢往下动问。

饭后□着次贤出去办公，随同前去见过众幕友。大家见是东家的老世侄，当晚就约请次贤作陪，在外面开了一回公宴。更见文龙的言谈文雅，酒量又好，极力一一交欢酬应。这一席直到二更天后才散，仍由次贤陪同回到内书房。据如意回说，漱芳因等了个不耐烦，已自回去歇觉。文龙知他今晚不再来了，才向次贤提说："午饭听婶娘说那何小姐的年岁，似乎自己所身遇的那一案，果应了世叔的话，必定还有别情。"并探问次贤究竟肯办不肯办，次贤笑道："你万安，我已有了打算。那慕莲虽非何小姐，想也与何家必有瓜葛，不然，决不能说得这们真切。再说凭他那份苦心孤诣，我既知道了，就得去救一救，何况还有老贤侄你这一层呢。"

文龙赶又请安称谢，因见对面床上都已放好了衾枕，他叔侄全带有几分酒气，略谈了几句，兆次贤先支持不住了。吩咐如意退去，向文龙说了句客气话，就匆匆收拾睡下。

文龙出去一趟，回来带上房门，进屋一看，次贤业已有了呼声。自己也想就睡，回手刚解着衣襟纽扣，忽想起多日未发家信。前此虽发过几次信，都因没有准住脚儿，家中无从给来回信。别人还好办，银妹妹分外情重，这许多日子不见去信，他又不能来一个字，并且围着京门子，一个不安靖，岂不更让他心悬两地，有苦楚没人可说么。

想到这里，便打迭着精神，将灯拿到外间书案上。一时的感情用事，心眼儿也没了，找出信纸信封打开墨盒，取了管笔，先写了上父母的安禀，随给珍姑娘银妹妹，或详或略分别写了两封信。恰好有得是现成浆糊，又拉开抽屉寻出一个皮封筒来，将三封信一起装入封好。这次因防着银妹妹被珍姑娘留着久住，拿定主意，照直寄至京内家里，签上标明交由季宅三姑娘查收，下款注清楚由河南开封府衙缄寄字样。

将一清手，就听屋里那个挂钟，当当当，足足打了十二下。失声道："不想磨烦到这早晚了。"跟着一连两个呵欠，再也振作不来。忙一手拿了信，一手拿着灯，踅入里间。算是放稳了灯支，捻下光亮，把信向桌上一搁，转身奔到床前，放下半边帐子。为着解乏起见，解脱了衣服，钻入被中。头一着枕，便昏然入了梦乡。

他一路劳乏，当天更起早睡晚，把精神用过了度。这一觉，直睡了通宵达旦，及至睁眼醒来，只觉得枕上衾枕阵阵泛着胭粉气味。心中倏的一惊，知是错睡了床帐铺盖，忙的披衣坐起向对面看去，床帐衾褥都已收拾齐整。可见不但次贤起够多时，那大丫头如意必也进来不止一趟了。自己初次住在这里，起得这们晚已然不像一回事，又错盖了漱芳姐姐的被褥，还是脱了大睡，被他的父亲和丫环看得明白清楚，这成个甚么事体呢！再一传到漱芳耳里，凭那份娇贵十足，回头万一说出不受听的话来，自己受个误尔〔会〕难明，还算小节，岂不要耽误了老辈的交情。何况他再要任性不加体谅，当面不留情分，自己立刻就是进退两难。

他这一前思后想，怔了许久才想了个老主意。好在是次贤先睡的，回头就给他一退六二五，装作不知不识。遂急急穿衣系绔，忙着登鞋下地。

　　这工夫软帘一动，如意半探着粉面，笑问道："三少爷下了地啦！"

　　文龙被这一笑，脸又发起烧来，不提防如意紧接着说道："我们姑娘来了好大半天，净等着和您说话儿哪！"

　　文龙一听，心里扑咚乱跳，暗道："要糟！"外面儿可又不能不逞着点儿，顺口说了句："那们姊姊你不早叫我！"

　　如意呦了声，握着嘴笑道："我们可不敢当这们称呼，您姐姐在外间屋呢！"

　　就听漱芳接声问道："他说甚么？"随问好像随往这边走。如意把话一学说，接手钩起帘子，漱芳吃吃笑了两声，随着低头大闪身儿，走进来道："你几天没得觉睡了，会困的这个样了？"

　　按说道并不是着恼的神情口气，凭文龙素来机警，不至于看不出来。无奈人怕心里有成见，他此刻绕着个扣子，总觉得是来问罪。于是左手系着衣襟纽扣，垂下右手，深深请了个安，站起尊声姐姐："兄弟错了，请您多多原谅！"

　　漱芳反倒怔怔儿问道："这是作甚么呀！"又转问如意道："到底是怎们回事，闹得我们糊里糊涂的。"

　　如意原最得脸，见问只一味嘻嘻着道："当面锣，对面鼓，姑娘不会问吗？"

　　漱芳用手指道："搁着你这刁丫头的！"

　　便又回身来问。文龙心中正自捣鬼，更添上错会了如意的语意，自己暗恨着自己，吃吃笑着说："姐姐别恼，更别错怪如意姑娘，这实在是兄弟的错处，总怪我不细心没留神。姐姐一定要问，我只好自行检举吧！"

漱芳听了，气道："越说我越糊涂，我是个急脾气，不惯猜闷儿打隐语！"

说着往里一推被窝，往旁一撩帐子，回身坐下，催令快说。漱芳越问得紧，文龙越迟顿着说不出口，如意是越在一边拾笑儿。这工夫一声痰嗽，次贤自外走入，向如意说道："这们大的丫头，总是爱嘻嘻，不用说，又哄逗着姑娘哩！"

如意往旁一闪身儿，说是："您瞧这个！"

次贤应声一看，文龙红着个脸儿站在地下，漱芳可坐在床前，在那里急扯白脸的问话。忙举步走入，笑问着道："姑娘这是怎们了，你三兄弟才来到咱们这儿，就有甚么不对的，也别这们挤兑他呀！"

漱芳站起笑道："老爷子，您也不辨个青红皂白，张嘴就派女儿的不是。现有如意为证，您问一问，倒是谁挤兑谁来？"

次贤听了，左顾右盼了半天，向文龙笑道："老贤侄倒是怎们回事？"

文龙见次贤一来，先更加了份儿急，后一察言观色才算得了主意，开口说道："那不是你老人家，昨晚也没掉换床铺先自睡了，我又赶着写了封家信……"

漱芳插言道："我早瞧见了，你给三妹妹写了封很厚的信。"因向次贤笑道："也就是他，要别人私自动我的纸笔墨……"

次贤忙道："先让他说。"

文龙道："我写完了信，迷迷糊糊的，直睡到此时才醒。"

说着向床里一指道:"赶则闹了这大错儿,没法子!累如意姑娘传句话,叫婆子们拆洗一回吧!"

次贤没得搭言,漱芳早噗哧笑道:"我以为何等大事呢,就这个呀!好兄弟,姐姐很没放在心上,你快去漱口洗脸,我已吩咐厨房,回头在这院开饭,让你爷儿俩多喝几盅。"

次贤听罢哈哈笑道:"还是姑娘爽快,老贤侄别瞎起毛了!"

文龙一听,乐着跑出屋去。二次回来,如意已将被褥叠起,索兴把那褥套移过这边床上。

文龙洗完了脸,漱芳又叫瓶儿取来梳头家俱,亲手给打辫子。文龙虽是不过意,又没法子不由着他。次贤顺手取过信皮看着道:"老贤侄你的字很有功夫,明儿给我写两幅对子。"

漱芳接口道:"还要对子哪,扇子给预备了么?"

次贤应声道:"回头就命人置办去。"

漱芳点了点头,一面向如意道:"你去传饭,在外屋圆桌上摆。"

说着打完了辫子,文龙请安道过累,漱芳只道:"瞧你这个频[贫]。"

忽听葛顺在窗外回话,说是三少爷跟班的,请爷到外边有话回禀。文龙刚一应声往外就走,漱芳嘱咐:"快进来,等你喝酒呢!"

文龙答应着,跟同葛顺到了外书房。苗雨轩赶了过来,等葛顺退去,文龙赶向雨轩道歉。雨轩笑道:"没甚么!"低言问道:"你大约一时不能走了?我打算回去看一看,你还得遮盖着说,好便我再来看视。"

　　文龙极力相谢，又凄然说道："见了剑侬姐姐，替着致意问候，就说我文龙祝他安好。"

　　雨轩点头道："你不说，我到家也得有个回报，倒是你千万得要自爱，不要自误。"

　　文龙还想再说句话，葛顺拉门走入，催请进内用饭。两人遂又打了一回官话，雨轩嗫是连声的退去。

　　文龙折回内书房来，外屋圆桌上业已摆了三份匙箸杯筷，上了压桌酒菜。潄芳问道："一个底下人，有甚么可说的，耽误这半天？"

　　说着一手执了壶，满斟了三杯酒，让令次贤居中，他自己占在上首，指令文龙在下首坐。

　　次贤笑道："不管世交怎们近，你姐弟怎们好，究竟远来是客。"

　　潄芳急道："今儿总得依着我，谁叫新得的弟弟太小呢，我就拿他当作亲兄弟看待！"因笑向文龙道："你坐下，不用听老爷子的！"

　　次贤他道："好，好！"

　　遂一齐落坐。潄芳将酒壶交给如意，命他伺候斟酒，又说："你爷儿俩只管尽量，我这杯可得慢慢滋润着。"

　　席间文龙提到求寄家信一节，潄芳道："你只管交给老爷子，发文书时就手寄去，准保比信局子妥当。"

　　次贤叫文龙住在内书房里，本具有一番深意，今见女儿对他这们亲热关切，心中分外痛快，于是推杯换盏，狂饮不休。潄芳也陪着饮了三四杯，酒都到了八九成儿，彼此多少吃了点儿蒸食，找补半碗稀粥，就先后起席闲谈。次贤忽想起件应办的公事，奔了出去，少时命葛顺交进两把折扇。漱芳正借着酒兴和文龙琐琐谈论，探究问他到底定了亲事没定，听说葛顺奉命送进扇子，由如意手里接过，打开纸匣细看。一把是十六根细湘竹股子，一是三十二根檀香木的细股子，边股上都雕刻着精细的字画，单放着两个真绢素面儿。如意笑道："管事的叫替回说，老爷挑了又挑，才叫拿进这两把来，如果姑娘还嫌不好，只可等到京里另办去。"

漱芳道："将就了，叫他去吧！"

遂放下两个纸匣，将那女扇面儿递给文龙道："累你给我写一写，回头咱们两手换！"

文龙道："我可不惯写那蝇头小楷。"

漱芳道："由你吧，可也得交代的下去！"

并吩咐瓶儿在旁边伺候着，他便拿了那个扇面，走向画案里首，坐在椅子上，歪着脖颈打腹稿。等如意给设摆好了颜色碟儿、净水碗儿，漂洗了一回笔，也就自由着下笔绘画。约有一点来钟的工夫，漱芳掷下画笔，过来一看，文龙才写了多一半儿。当下也没细看，出屋去活动一刻，又在院中看了会子花儿。踅来看时，文龙恰恰写到末尾，是默临麻姑仙坛记几个小字。遂等候落了款，取在手中看着道："很好，真光润，也齐整。难为弟弟你了，可带有图章么？"

文龙道："倒是带着一两个，可得容我现找。"

漱芳道："不忙，你先去瞧瞧我画的怎么样，我可没题款呢！"

如意见说，赶紧给送了过来。文龙接过，见画的是鹭鸶卧莲，笔法不但清秀，且很活动，忙赞道："真好，这才是闺秀的画品哩！"又看了看道："为甚么只画一只白鹭？"

漱芳并没答言，文龙□是胸无主见，又动问着道："姐姐怎不理我呀？"

漱芳望了一眼道："我不能画两个吗，要画两个，有其就画鹭……"

底下那几个字，没能说得清楚，他脸上好像讪不搭的，□口问道："这麻姑仙坛记，我仿佛见过，怎不记得了呢！"又道："这文意可不错，不过我可不敢当！"

文龙本是无心写的，听漱芳这们一说，心中轰的一声，后悔不迭。又一想到他那句没说清楚的话，再一揣测他这话意，心说不好，自今以后，可真得要诸处留神，别在此地自找烦恼。想罢抬起眼皮，见漱芳还在注视着扇面，嘴里像是念那篇仙坛记呢。趁势进入里间，解开褥套，找出一方小小图章，拿到外间，要过扇面，将图章打好，笑说："我算交代官儿了。"

漱芳道："你不用拿话咬吃我，我是等老爷子给题款呢！"

文龙忙道："兄弟不敢。"

漱芳道："不问你敢不敢，我要这们说么。"

文龙也笑道："谁叫您是姐姐呢，那就请说啵。要不然我出去请叔父进来一趟，好不好？"

漱芳微微点了点头。

文龙借这口风儿，蹓达着到外面一问。恰好次贤正同着刑名师爷谈论公事，遂找向别位师爷，足谈了一个后半天儿。耗到晚饭时节，被葛顺催着请了两次，始行回到内书房来。一进屋门，漱芳迎头哼了一声道："你这孩子真能怄人，一去就是半天儿，请着还不知道快来，光景是不饿吧！"

文龙听这口吻，以为必是生了真气，及至偷眼一看，却是面带笑容，心里未免又一颠量。次贤怕文龙有个不乐意，又不肯拦说女儿，忙岔话道："才那把扇子，贤侄果然写得不错！"

文龙陪笑道："过承叔父夸奖，其实还不如我姐姐的画法。"

次贤笑道："都好都好！"

漱芳哼了声道："还腆脸说呢，老爷子早给题完了款！你这请人的，末了还是三请诸葛亮似的，才这们羽扇纶巾的走了进来。我告诉你，要和姐姐要少爷脾气，那可不行！"

次贤真听不过了，笑拦道："说两句也就是了，入坐吧，酒都凉了。"

文龙笑道："没要紧的，本是作兄弟的不是，得让我姐姐出一出气。"

漱芳笑了笑，催令照旧入座饮酒吃饭。少时饭罢，文龙要看所题的款，漱芳道："我叫人粘去了，明儿再瞧还晚么？"

文龙又想起自己的图章，赶向画案上遍找没有，要问又不敢问，只望着漱芳纳闷。漱芳只作为没瞧见，最后还是次贤问道："老贤侄，想是找那块水晶图章？"

文龙忙道："叔父看见了么？"

次贤点头道："不知是何人给你刻的？"

文龙道："是毓聘之刻的，他是侄儿的大师哥。"

次贤道："这人听着很耳熟。"

文龙道："他在宗室里可算得一个名士，经学湛深，诗文都好，写得一笔好黄字，侄儿在诗学上，很得这位师哥的益处呢。就只一样，家道太已贫苦，他本人的性情又古怪，现只以教读为生，可说是个走厄运的文人哩。"

次贤也叹息着道："庸人多厚福，文人多厄运，真乃世间极不平的两件事。"

文龙道："岂但于此呢，类如美人多薄命，豪侠不逢时，历来书史所载，和埋没于草野间的还不知有多少，又岂非大大的不平事呢！"

漱芳听他叔侄忽然谈今论古，语多扫兴，叫过瓶儿，起身说道："你们爷儿俩谈吧！"又向文龙道："图章我收起来了，咱们明儿再见！"

说罢扶了瓶儿自去。次贤又和文龙谈说诗文、评论学术，后更询问京中各知交的状况，文龙各举所知，一一回答。有这一晚间的谈话，那次贤爱惜文龙的心情，也不在他女儿漱芳以下。当晚叔侄两个直谈到三更向尽，因见如意一旁直打瞌睡，叫他退去，叔侄们也便分头就了寝。

次日早起，文龙因话提话，先问慕莲那案怎个办法。次贤道："正在筹办中，日内有回文到署再和你细说。"

文龙遂改口打听京门匪乱的近情，并说："昨天向众师老访问，都说不大明了，叔父可又得有确信了么？"

次贤沉吟一会，说是："我这就上抚辕去，回来想必有个分晓。"又道："无论怎么，贤侄是暂难北上呢。"

文龙顿了顿道："可要这们闲居终日的，光阴也似乎可惜。现打算遵照前谕，随众学习些个公事，应请叔父明白交代一下子才好。"

次贤不知文龙另有心事，只说："不必忙，你只管到各房里闲坐，看着那一项公事对你的略数，咱爷儿俩再商量。"

说罢叫如意传话备轿，自回正院更换公服去了。

文龙到院中赏玩了一刻花儿，想着次贤既有这话，乐得看势作事。慢慢移了出去，因向一个粗使婆子道："房里没人，你多留分神，我到外边瞧瞧去。"

一言未了，如意迈步进了院门，哼了声道："这又要上那儿？"

文龙道："找师爷们说话儿去。"

如意招手道："先请这儿来，有话告诉您。"

文龙见这如意人极机灵，长得秀气，心里颇欢喜他，又知他在次贤父女跟前很为得脸，更不好驳这面子。转来跟进屋内，问："有甚么话说？"

如意道："倒有件事先不能说，只说此刻的事吧。现在才八点来钟，众师爷们早间向没公事可办，又多爱吃个鸦片烟，谁也不见得起的来。要觉着闷得慌，不如叫管事的跟着，到各处去逛一逛。只有一节，我们姑娘要问时，可别把我给告下来。"

文龙被他一言提醒，说声："很好！"又说："不能不能！"

于是奔入里间，从褥套里取了银钱褡裢，带上表绢，换了一件绸衫。如意给扣着大襟钮子，一面说道："可倒好，刚打了两三天的流连，就受了传染啦，瞧这分儿毛腾似火的！"又笑道："可也得忙，不忙就许走□开了。"

文龙忙道："这可没有的话！"

心中却暗暗连说："可人，可人！"含笑走出，谁知到了外边一问，葛顺刚在次贤临出门，时派有外差走了。文龙也不多言，信步出了府衙，由六府街至南门大街，沿着湖边足足玩赏了好久。随便在小饭铺里吃过了便饭，还想往北游行，不防备将一出这饭铺，正撞上次贤的轿子迎面走来。次贤先已看得清楚，用脚一登轿底，立时落了平，掀着轿帘问道："老贤侄怎们单身走出？快同我回去，我正有要紧的话和你说呢！"

遂叫跟人腾出一匹马，让给文龙骑坐回转衙内。要知兆知府有何话讲，且待下回交代。

第十一回　逃婚归故土目断燕山　种树忏痴情魂消芳冢

话说兆首府由街上截回了文龙，在二堂前面先后下了轿马。
爷儿俩携着手儿转进内宅，照直奔到内书房里。漱芳见他叔侄
一同回来，问明原委，向文龙嗔怪不休。次贤由如意伺候着换
过便衣，喝了碗茶，吸了两袋水烟，长叹一声道："不说这小节
了，现在朝廷的大局都糟得不可问啦！"

漱芳、文龙二人，一齐惊问何故。次贤又叹息着道："就是
义和拳匪的事罢咧！简截着说吧，两宫受了查办大臣的蒙混，
降旨奖励该匪等为义民。拳匪已奉旨入京，昌言仇教，烧杀教
堂教民，并有董福祥等奉调入京，以保护使馆为名，将东交民
巷实行围困，预备攻打呢。"

漱芳嗳呦着道："这成了甚么事体呀！"

文龙哼咳两声道："固然哪，近些年来，我们所受外国的气苦，应该自己具一份耻辱心，有一番振作气，可也得揣时度势呀！就凭那黄巾红巾贼式样的义和拳，不过一群乌合之众，能当得了甚么大事！两宫曾经过发捻两役，削平大难，怎会不明白这个大势。并且五六年前的小日本儿还那们猖獗，我们到底落了个割地赔款，订约求和。如今硬要向各国挑战，外带着关门打使馆，这不成了我们小孩子打架，胡来一回吗！"

次贤道："别看贤侄你岁数不大，这话很有点儿见解。如今京中就看荣中堂的，外面就看张香帅的。并说两湖张香帅已经联合两江刘岘帅、山东袁抚台、本省松抚台，会同各封疆大吏，联衔入奏，极力陈说利害，吁请尊重国交，严予剿匪，以安大局。如不得请，即行联合电告，保障东南，以为日后对外的地步。只是两宫所受的蒙蔽太深，据报连荣中堂都不能回转圣意了。"

文龙接言道："大势既难挽回，那们无论如何，京城内外一定要遭劫了。"说着就愁眉苦脸，紧搓着两双手道："偏自己远行在外，这可怎样是好！"

漱芳一见，急奔过拉住他手道："好弟弟，先别这们着急，再说空急会子也没用处。"

次贤也道："好在辇毂之下，还不是那山高皇帝远、没有王法的地方。地面儿上一时半刻总不至于有何变动。"

文龙道："若不然，请叔父借派几名兵勇，送侄儿回去吧！"

漱芳急道："这如何使得！"

次贤叹道："我本不愿意把这话告诉你，因晓得你是天性中人。但是我知道不说，又未免对不住你。现在事已至此，空急无益，走更不行了。你且安心耐时。在里边要显闷呢，就到花厅儿和众师爷谈谈去，在外边腻了，再进来和你姐姐说话儿。得了工夫，我还另有件事和你商量。"

说罢，站起奔了内院。这里漱芳仍是紧握着手儿苦苦的劝。一会儿叫瓶儿倒茶装烟，一会儿叫如意打手巾、拿点心，并说："你不信问问这两个丫头，姐姐我对谁下过这个气儿？别瞧才那们和你起急，嘴上只管嚷，心里真说不出怎们疼得慌呢！"

如意从旁笑道："听听这个老姐姐的。"

漱芳叱道："不用你一边儿净气人，气急了我，回头是撕你的嘴！"

文龙经他主仆连劝带逗，也因实在无法可想，慢慢有了说笑，究竟心心念念惦记着京门一带情形，不知父母当怎样盼想游子，更不知银妹妹对自己如何悬念，他本人有无痛苦。这种感想时时的兜在心窝，以致饮食不甘，魂神不稳。由此一连多少日子，虽经漱芳耐着心烦，耳鬓撕〔厮〕磨的谆谆劝导，不但隔靴搔痒，说不到他的心上，而且反给多添了一桩心病。他父女莫明其妙，只道他是思虑家事，因而对京中的景况竟是绝口不谈，任他百般苦问，总是随口敷衍。就旁人也都嘱咐过了，谁也不再提说。这一来，文龙越发闷苦的没了精神。后来漱芳依着如意的条陈，派令葛顺跟着出去，在城内外各处名胜地方由性去尽情游览，回来爷儿三个再一谈讲故事，居然排出不少的忧闷。

这天次贤早到抚院去随班参谒，文龙也出来的很早。在外面随意喝点儿酒，吃完了饭，同定葛顺特去瞻仰北宋大内的遗址。后来走上十几丈高的龙亭台上，手扶着遍刻龙纹的石栏放眼四顾，又上了东北角上十三层琉璃古塔近观远眺。始而豁开眼界，豪气连云，继而一想，由北宋至今，已在八百年来，还能留有这种壮阔坚固的建筑物，饱经世变，阅历沧桑，来作我们后人凭吊的资料，兴感的纪念。但不知现在的北京，在兵匪的劫掠烧杀之下，可曾摧毁了若干古迹，作践了多少文物啊！再一引领北望，看那黄河缭绕，远岭蜿蜒，虽然沃野烟村，具见中原富庶的景气，但一经心驰京国，总觉得目断燕云。当时触景生情，胸怀抑郁，也曾吟得几联哀感顽艳的诗句，只苦出来的仓猝，忘却携带笔墨。归来恰值漱芳带着如意出门去行人情未回，次贤也没在这里。略歇了歇，由瓶儿伺候了一遍烟茶，乘着余兴在怀，走向书案里首坐定，想着足成八首七律。取了纸笔，打开墨盒，在纸边上先写了"感怀八律"，又注了"用杜陵秋兴八首原韵"几个字。略一停笔凝思，忽的次贤一步跨入，没容文龙站起，就坐到书案外首，低头一看，笑问道："老贤侄今天到那里去来，竟引动了这大的诗兴？"

文龙回道："不过是偶尔感触，抒写情怀罢了，那配当诗兴二字。"随将在龙亭铁塔上情怀略略述说一遍。

次贤道："这一定必有好诗了，回头腾〔誊〕写出来，我还可以帮你推敲一下。可是你先不要忙，因我有件心事，这们些日子总没得说，今儿趁着小女没在家，正好细谈一谈。"

说着一回头，将瓶儿打发出去，吩咐听唤再来。

文龙听次贤将你姐姐的口头语儿改称小女，又这们回避耳目，早已猜到一二，忙自暗作打算。就听次贤唤声老贤侄，开言说道："按说这话不应该同你觌面说，可谁叫时势挤到这儿呢。好在你也将近弱冠的人了，我把话说出，你也不必害羞，也不用推托，给我只个明白回话就得了。"随低声问道："我想把小女许配于你，大约你不至于不愿意吧？"

文龙将才筹算了半天，以为他必郑重申明，或是婉转说出，不想却是这宗简捷的问法。沉吟了一会，侧身答道："文龙在这一向承我姐姐爱同亲弟，叔父视如犹子，这话实在无法答对。"

次贤笑道："你不用跟我打官话，我就问这一句话，究竟你是愿意不愿意？"

文龙想了想道："凭叔父和我姐姐这们疼顾，小侄那有别的话说。但这婚姻大事须由父母作主。"

次贤将一摆手，文龙忙道："这并不是门面话，假如京中这几个月内，已然说定有人，将来又当怎样呢？"

次贤道："据我想着，你既没有在家，就便有人提说，也决不能定规。只要贤侄你愿意，我再给京里去信不迟。还有一节，如果你对那何慕莲不肯负心呢，等把他救出，我一定另有成全你们的办法。"

文龙一听，站起正色言道："我们暗室青天，两心无愧，只想以德报德将他救出，旁的心一概没有，前已再三言明，怎老叔还这们不相谅呢？"又道："以后这话，应请格外慎重，因为小侄的品行事小，人家的名节甚大！"

次贤哈哈笑道："那更好了！"

文龙还要申说，院中一声喊道："姑娘回来了！"

向外一看，果见漱芳扶着如意，有瓶儿跑到头里打起帘栊。次贤迎着问道："姑娘回来半天了么？"

如意抢着答道："这不是刚进门儿吗？"

漱芳笑着道："我自己也不知怎们回事，照直的就奔到这边来了。"说着向文龙问道："你也将回来吧，今儿没有不舒服啊？"

文龙答应着回问安好，次贤向书案指道："他这里正在用功哩！"

漱芳进前一看，呦了声道："刚好了些个，何苦又自找累心！"

遂叫如意将纸笔墨都给收去。文龙虽满心不乐意，外面却没肯露。漱芳略坐了坐起身前去更衣，次贤也不再接续前文，自到签押房去核发公事。剩下文龙一人，静坐着前思后想，总觉得漱芳的一种娇贵气，无论如何将久决难相侔相处，只盼着京中家信，或是银妹妹有封信来，好便回去。

谁想辗转过了六月天气，始终没接到北京一信，慕莲的事体也不见次贤提说。每一提起话来，总是漱芳那事当先，并说所有一切妆奁均已置备完备，文龙仍以未得父命为名，暂为搪塞。耽延着度过中元节，次贤竟是得着工夫就相催问，后来索兴把话揭破，说是漱芳业已晓得了，他仰体着我二老的意思，怎办怎好。话都说明，事在必办，我们两家这样多年世交，你阿玛决没个不愿意。莫若先由我请出大宾，择定吉期，就以这屋作为贰室，先行从权招赘，也省你两人互避嫌疑，彼此不便。文龙答以自家姐弟没疑可避，至于婚姻大事，若不面承父母的慈命，文龙决不敢在外边私擅应承。

次贤见文龙执意的不从，可是对他父女处处的尽礼尽情，十分亲近，并没露有何等不乐意的痕迹。偏是八国联军业经逼进京门，既没法和京中通信，又不好于此刻补向文龙声说，一面也极喜欢他能遵守家教，以礼自持，只得随时斟酌情形，再作计较。

又过了几天，忽向文龙提到慕莲的事。说是前经咨行河南府，请我代为查究，新近才得回文。据说那个尼僧，突于六月初间，着了一把天火，烧得片瓦无存，现已无从查办。当取出河南府咨复的公文，交由文龙瞧看属实。文龙不禁叹道："这真是火灾昆岗玉石俱焚了啊！"

次贤尽力安慰了一遍，随又提到漱芳，说："你们这次聚首，前后两月有余，小女对你确是万分痴情，你对他也有相当的情意。我呢，只有此女，不忍叫他失了望。今天咱们爷俩把话说明，好在你那块水晶图章还在他的手内，就作为你的定礼。你一个离家在外的人，我也不向你求全责备，明后天请出大宾来操持此事，你家里有何为难，将来由我面见你阿玛替你声说。"并说："你如果再事推托，我便认你是憎嫌小女了。"

文龙听听这口吻，料这回不大好措辞了，略一沉思，正色说道："文龙过蒙抬爱，请容二日工夫，再作正式回答。"

一面声说为着避嫌起见，暂且移到外书房去住。次贤听了，认是一种答应的先声，便说："好，好，我都依得。"

遂由他搬到外书房去，另派书童伺候。

文龙是每到午饭以后，就叫人备了自己那匹马，照旧出去游玩，至晚方回，仍由次贤出来相陪，一连说了三晚晌的话儿。在最后这天晚间，次贤又一叮问，文龙却也露些可以从权的口话，但请待明天午后再作商洽。次贤认他是书生见解，自作身分，说笑一回，进内自去安歇。文龙等到夜深时分赶着写了一封信，说明感谢他父女的深情至意。声说不敢草率承命，防着误己误人，特此回京请示，一俟到京得请，必来飞报。措辞简明恳切，不卑不抗〔元〕。写完封信，外面标明留呈字样，压在□盛盘下，赶将自己的褡套打开，检取要紧衣物和随带的银钱，一一贴身带好。其余不便携带的铺盖衣物连同褡套，依然放在明处。熄灭了灯，和衣忍了一觉，天明起床，一切安然照常。吃了早点，叫人备好马匹，说是出去游玩，留下话回来吃午饭，一个人也没带，上马出离了这座府衙。门上的人因是连日见惯了，谁也没有在意。

文龙撒马绕到午朝门大街，回首一声长叹，暗道了句未免对他父女不住。随即自行镇摄，一紧丝缰，斜牵着奔到北门大街，出了北城。跑了一程，便是下河南的南岸。也是他的一时幸运，恰好有只民船预备开行。这些过节，来时业经那苗雨轩指示过了。当下一一和船家说好，带马上船。渡过北岸后没敢休息，骑上马直向西北奔走。在掌灯时分，赶到卫辉府东门，赶办了一份行李，打店住下。次日黎明赶路，仗着天气正长，沿路不敢耽延。行李简单,路上也还顺利,于是第二天晚晌,就出了河南省界,宿在南直隶边界的丰乐镇上。

心下略为安定,忙向店家探问北京的局势,才晓得都城在七八天前已被八国联军攻破,所有义和拳匪和那包庇拳匪的王大臣们,早经鸟飞兽散。两宫在城破的头天夜间,蒙尘西狩。又细一打听,原来董军实行攻打使馆,兵匪们把德使克林德,日使馆书记官杉山彬,或枪杀,或刀砍毙命,以致八国联军推德国瓦得西大将为联军总司令,日本福岛中将为副司令,由日本军队打前敌,自天津海口上岸。聂士成战死,马玉昆败退,李秉衡兵溃通州,投河尽节。都城被陷的那几天,据说瓦得西为图报复,意在下令屠城。又有说虽没实行屠城,可是京门内外殉节殉难的人不知死有多少。并有说八国联军就属德法俄三国的军纪最坏,兵士极为蛮恶,再有各当地的土匪游民一架弄,凡是他们所过所驻的地方,奸淫抢掠,杀人如草,以致城镇乡的绅民男妇人等死走逃亡,惨苦不堪言状。英日美三国的将弁军队虽说较为文明,可也不短有扰害情形。据由京里逃下来或围着京门子的难民,辗转传说,这场浩劫实在不轻。有年老人议论起来,都说比咸丰末年英法两国攻入北京时,加有好几倍的惨苦哩。

文龙听了这些话语,惊为闻所未闻。想到次贤急欲逼迫为婚,大约也是怕自己知道京中实况急于要走,特为先事羁縻。嗐,那可真是打算错了,就便婚事可办,我文龙岂是贪恋儿女私情,不顾家中急难的人哪!想到这里,一时念着老父的眼疾将将好了八成，再一受这惊恐，大是可虑。母亲是位慈善优柔的老太太，连同弱妹，家里招着意外的急，再一惦念在外的游子，更不定怎们难过。更推想道，银妹妹如能在京还好，设若已回到他们崔村，就不免要受颠连困苦。这一前思后想，极力的自怨自艾，不该甘受次贤父女的软闲。设如早要回到京中，自己一个未及岁的书生，自然谈不到为国为民，就有那心，也没那力，但是多少总能卫顾家人，替父母分一分忧啊。当下恨不能身生双翼飞到京中。无奈已将夜半，只可躺下养一养神，预备天明赶路。遂不管天气怎们燥热，用力闭上眼睛，忍了又忍。

将一朦胧，耳边忽然有人叹道："嗳，你可往回走了，好在二老爷二太太三姑娘，全都平安无事。"文龙听这清脆柔婉的语声，分明是银妹妹。急一睁眼，屋里并没一个人影。翻身坐起，定了定神儿，不禁吟着李义山的诗句道："身无彩凤双飞翼，心有灵犀一点通。"来回吟了两遍，二次躺下，再也忍不着了。大睁两眼，细一揣想各地的土匪游民，架着外国兵，到处蹂躏扰害的种种情况，又是苦恼，又是气愤。重新坐起咬着牙道："可恨那一群昏瞆的大老、无能的武人和糊涂乱闹的民众，无故的包庇匪党，轻向外人启衅，及至弄到国破家亡。好的不过一死塞责，坏的挟着民脂民膏一跑了事。下愚暴戾的匪类，反去架外人，荼毒本乡本土。这大多数的小百姓，得几个死儿呀！"又叹道："那日俄德法的兵士，任便怎样蛮横凶残，总说是外国人，人家既是抓住理得了胜，我们自然没法和他讲理抵拒了。要说到官吏土匪，不都一样是中国人吗，为甚么不知抵御外侮，反来趁势架秧子，苦害自己人哪！”又嗐了声道：“就说没了王法，谁还没个人心吗？可见得‘兵凶战危’、‘覆巢之下无完卵’和‘宁为太平犬，不作乱世人’，以及西人那‘有强权无公理’的种种成语，真正是阅历有得，最沉痛不过的话了！”

他这一叹想气苦，直颠倒到了天明，听满店里有的声息，下地开门，喊来店伙，一打听北上的道路，店伙迟疑着道：“由这儿往北，就得说越走越不好走，可我们也耳闻，没有眼见，最好遇有北上的客商，彼此先就个伴儿。”又上下打量着道：“不是我爱多说话，凭爷这穿章打扮，又是单人匹马，真怕不大稳便。”

文龙听了，忙道：“这话是极了，无奈我有万急的事，随身并没旁的衣服，伙计你既这们提补于我，还得累你替想个稳便主意！”

那店伙笑道：“这个容易，费不了几个钱就可以办上一份，只怕爷台穿着不惯哩。”

文龙笑道：“人得随乡入乡，那能一定。就累你给我办一份，用多少钱都不拘的。”

店伙应道：“这个好办。”

问了问衣履的尺码儿，笑嘻嘻的走去，少时拿来一身蓝夏布裤褂、一双布鞋，都是半旧六成新，说是：“这就凑合了，太糙旧的，怕你老穿上倒不像个样儿。”

文龙一瞧道：“很好，很好！”因问：“怎这们现成，可要多少钱？”

店伙道：“事有凑巧，昨天有位过客，因是缺多盘费，托给变卖点儿衣物，这工夫你老叫人，不怎们将才我说好办哩。至于价钱，那客人要卖二两头，你老看着可用呢，给他凑个路费就行了，那个不是行好呢。"

文龙遂取了块银子，约摸在二两上下，店伙道："倒试一试长短大小啊。"

文龙道："你先给送去，让人家好赶路，如果不合式，回头我再另买。"

店伙啧啧着道："世界上那有这样好人，就凭这份存心，我包管你老是一路平安。"

说着拿了银两走去。回来时节，文龙已在换上衣履，店伙道："这人也太生性，依我想给二位拉个面儿，那知他算清店账，扛起行李就走了。"

文龙道："想必人家有急事在身，好在这衣物都还合用，鞋略大些，也能将就。"遂也收拾收拾，骑上马离了这座丰乐镇，向北疾驰。

在邯郸宿了一夜，所有耳闻眼见全是些离乱情形。并听说一到保府，沿路就有洋兵放哨，查探拳匪的踪迹。再往北去，各冲要的村落，不差甚么多是逃走一空。文龙心里轰的一声，暗自叫苦道："这一说，那临近长辛店崔村里的邵家，真不定怎们样呢。就说邵福为着自己，实在不容易，他那场大病，再遇着这一层急，还不要了老命啊！"因想反正得从那里经过，莫若先去探望一下。

仗着换了衣服，沿路上只有些小磨难，没遇着大变故。又见铁路往南展长了不少。到站上一问，恰好火车就到，不过全由外国人管理开行。文龙单身行路，有那匹马得自己照顾着，便打了到长辛店的三等车票。

上了火车，到太阳平西时分，在辛店站下车。跨上了马，两腿一持力，不过几分钟飞奔到崔村邵家。下马上前拍门，不想拍打好久，才有三十多岁的小伙子将两扇门开了一个缝子，探着头儿问有何事。向他一问邵家，他说村里有头有脸儿的住户因怕洋人，全奔到山里儿去了。问他邵家奔的是那个山里，离此多远，小地名儿叫甚么，去的都是甚么人，他只回了句"俺知不道"，一退身儿咕咚将门关上。文龙叹了口气，拉马出村，找到刘家酒馆，也是关着门儿。在附近找人问了问，也说是逃往山里儿。再问时，照样是知不道三个字。文龙又是气又是闷，心想邵家也许奔向黑玉子他们家去。当下倚着马腹，向西呆望，自言自语道："不用说那里自己不便去，就想奔了去，今儿也来不及了。眼见这无情的太阳，已是压了山儿，再多耽误着，今晚可向那儿投宿去？"于是自己劝着自己，扳鞍上了马，向那西山深处狠狠的望了几眼，这才拨转马头，纵辔向东北急驰飞跑，一径奔向芦沟桥来。

到得桥边，半天上还有余霞照耀。心里将一踏实，突然见有两个白脸深目蓝眼高鼻子，足登皮靴，腰系皮带的外国兵，在桥翅上来回的盘旋瞭望。文龙也不晓得他是那国兵士，看那形象，和在火车上的闻见一比较，猜着许是法国人。好在道上还有些个中国人，赶自镇定了心气，坦坦然然儿，策马上了铁桥，任那两个外国兵向这边望看，文龙只自得得走过铁桥，上了石桥。到黄亭子一旁照样有两个外国兵，照样注目望了望，并没上前拦问。文龙莫名其妙，顺路进到街里再看，铺家却是照常交易。有几家都掌上了灯，街面上也不显着寂寞，一时又觉着纳罕。慢慢找到那座泰来店，翻身下来。店家见有客来，忙着来打招呼，接过马去，文龙一看，正是和邵福熟习那个店伙，试着叫了声李伙计，他便陪笑问道："爷台怎晓得贱姓？"

文龙拿着褥套笑道："你是不认得我了，我在今春正月底曾在这店里住过一次。"

李伙计道："怪不得才一照面儿，我总觉眼熟呢。"

说着引入一间屋内，来往张罗茶水，很是勤快。文龙嘱咐马得好溜，李伙计应道："是了，一遭生，两遭熟，这还用多嘱咐么。"随就张罗酒饭。

饭后文龙见店里不大忙碌，趁他打来脸水，问他街面儿上怎还这们热闹。李伙计道："人家外国人很讲理，别处不晓得，我们这里就关了一天的门。街上虽有些土棍，架着外国人搜索一回，并没十分扰害。第二天就有外国兵官儿约着本地商绅出头，维持地面，所以第三天就开了市，街面上还很风光，就只过往客商显着稀少点儿。爷台这是由那儿回来，路上怎样？"

文龙大略说了说，李伙计听了一吐舌头道："在这个时候儿单人匹马，千数多里地，可真□非容易。"

文龙叹道："行路本是闯大运，我又真有急事。"

李伙计接道："爷台真是好时运，净我们听说那可惊可怕的事。"说着改口道:"我也说顺嘴儿了,爷台可别见怪。"

文龙笑道:"不要紧的,我们年轻的人没有那些忌讳。我且问你,这左近各乡村儿听说很逃了不少,不知前些日子,可有甚么乱事吗?"

李伙计道:"大乱子却没有,左不是有钱的主儿和有大姑娘小媳妇的家家儿,自己害怕乱遮腾。"又道:"这一回却是由大城里起的头儿。"

文龙惊问道:"怎们说?"

李伙计道:"就由二十一二,京里大宅门儿,逃奔乡下的,便陆续不断。二十三四那两天更多,因此人心都慌乱了。其实在那几天,咱们这一带,连个鬼子毛儿□没瞧见呢。直到二十五,才见有英法两国的兵往这们来。也曾有些滋扰作践,到了第二天后半晌就安静了。"

文龙在邵家既扑个空,这又听说由城里逃下的人很多,不知家里究竟怎样。真要也有个移动,自己可往那里扑去?一边想着一边拿着小手巾直擦汗。李伙计不知所以,笑了笑道:"也没今年这们热的,过了八月都这些天了,爷台这一身夏布衣裳,头上还直发汗!"

说着用水壶浇了浇手巾,文龙接来擦着汗问道:"这们一说,前些日子,你们这一行儿,都作好买卖了?"

李伙计道:"好甚么呀,净瞧热闹儿了!因为多是急忙过路儿的,除非大家主儿,打店歇上一歇。"

文龙想了想道:"我和你打听一个人。"

李伙计笑道："爷台请说。"

文龙道："在崔村住的老邵二，他从你们店里经过没有？"

李伙计忙道："这邵二爷我却晓得，那一年不得上来下去好几趟啊！他在京里西城季宅管事多年，我们熟的很哪，就是可惜！"

文龙忙问："可惜甚么？"

李伙计道："他在头五月节，得了一场大病。盼着病好了，又一闹义和拳，听说为了一件意外为难的事，生生把老头子给急死了！"

文龙听了，不由得一跺脚，眼泪随就流下。又不知他果因何事为难，拭着泪往下斟问。李伙伍了伍，反问道："爷台和邵家沾亲么？"

文龙听这一问，非常的扎心，吃吃着道："那还没有，我是受人之托，找他有件要紧事。因为到他家里扑了空，天色又晚了，赶不及细打听。只听说逃到山里去，也不知是那个山。今天赶到这里投宿，明早还得去细打听。伙计你既知道，对我说了，岂不又省些周折？"

李伙计道："我虽和邵家隔着一个村子，可因整年在外头作买卖，知道的并不详细。好在邵二爷的岳家离此不远。爷台既有要事，到西南上吕村许家一问，就全打听着了。还告诉你老说，吕村就是一家姓许的，最好找不过。"

文龙见他往外直推，料是还有别情，再问也是白费话，遂道："也好。"又自言自语的道："好在离自家的坟地很近，明天就耽误住了，还不至于没有宿处。"

想罢抬头一看，李伙计早自溜了。听了听，外面沉静多了，无奈心烦的睡下，又被那沉猛的浑河声响吵得不能安枕。左想想家里，不知究竟逃出京来没有，右想想银妹妹，究竟和家里在一处，还是随着许氏住姥姥家呢？末后想道："家里如果往外逃，头一处自然就是坟地阳宅里，此一行或者全都见着也未可定。"有这一想，心神略为安贴，慢慢忍着睡了。

一觉醒来，早就天光明亮。起来忙着洗脸漱口，喝茶吃点心。找出一件绸衫换上，喊李伙计算还店饭账。核计着与春天并没大差往来，暗自点头道："经过这场乱事，街面上既不萧疏，物价也没见增涨，可见外乡的人心朴厚，作买卖的还有些个良心。"遂在小账以外，多给了两吊酒钱。李伙计喜笑言开的，帮同打了褡套，喊人拉过马来，送出店外，指着说道："那里离此就说八里，若照城里儿的里数，足够十二里。往西南去瞧见了镇冈塔，再往西走上不远儿就是吕村。"

文龙道："我在这条路径却还熟习。"

说声回来见，飞身上马。因怕法兵看着多心，直到下了铁桥才放辔快走。一路思念着老邵福，心说像他那样耿直、忠正的人实在少有，总是自己对他不住，以后只好在银妹妹母女身上多多尽情尽义罢了。

一路在马上感叹着，忽一抬头，远远已看见一座土山上头围着一段红墙，晓得绕过这座土山便是吕村了。定了定神儿，转到村口，将一跳下马来，恰巧和坟丁王四撞遇。向他一问，上边没人下来，也都安全。又一打听许家，原来就在坟地背面的一座山后。自言道："早知要从西北抄着前来，岂不又近了许多。"当下并不多言，抹头就走。

找到许家，见是一所石片瓦房，门口也还齐整。上前一叫门，跑出一个长工来，文龙告以姓氏住址，说明要面见邵家的奶奶。那长工跑进去，工夫不大跑出来道："你老里面坐。"

另一人接过马去，那长工替拿行李，跑在前面。文龙三步五步进了院门，折入一个小院，就见许氏头戴白簪，脚着白鞋，身穿灰色布褂，脸上焦黄精瘦。嗳呦一声迎住说道："我的爷几时回来的，真还惦记着我这苦老婆子！"

说着泪珠儿就往下滚。文龙本就心中难过，这一眼见耳闻，奔着唤了一声："妈妈！"说声："想不到我们爷俩会见不着了！"说着两泪交流，哎声叹气，直说："都是我的不好！"

其时追来瞧看的男妇老幼，争着扒头看脑，不知来的果是甚么人。许氏倒不好意思的，叫长工先把褥套送进屋去，抹了抹眼泪，扯着让道："屋里说话儿吧！"

文龙见是两间东房，举步上了台阶，赶着左右瞧看，嘴里将问出一个"银"字，许氏又哭了，说是请到屋里再说。进到里间再看，绝不像有银妹妹的卧室，急又问道："他他他，是在城里住着哪吗？"

许氏哽咽着道："他住的并不远，爷定急于见他，待一会儿我同着前去就是了。"又问道："爷这样子，必还没进城到宅里去，只是怎会找到这儿来？"

文龙满心里惊疑不定，急急说道："我才由河南跑回来，昨晚在长辛店下的火车，到崔村扑了个空，赶回了芦沟桥。经泰来店伙计的指说，才奔到这里，急于见他父女一面。现下故去的是已见不着了，我银妹妹既没在京里，怎又不同妈妈住在一起？别处我去着怕不便当，我们也不得说话儿。妈妈赶紧去把他接来吧！"

许氏流着泪道："我上那儿接他去呀！"

文龙接言道："怎们说！"便一把揪住，急扯白脸的问道："莫非他他他也，也有甚么意外了么！"

许氏一见，嗐了声道："是我把话说紧了，爷先别这们起急，请坐一坐，容我草草说过，再一同瞧他去还不成吗？"

文龙只催令快说，不肯放手。许氏此刻哭不敢哭，说不敢说，只说："爷先坐下缓缓气儿！"

文龙已看出情形不对，急说："我不累，要怕累，还不赶奔这里来呢！到底他现在在那里，能来不能来，他不能来，我能去不能？妈妈你给我句痛快话吧，我的心都要蹦出来了！"

那长工响来开水，倒了茶，看着情形可怪，一旁怔怔儿插言道："娘儿俩坐下再说啵，这位大远来的，也先喝碗水。"

许氏忙道："没那些说的，你去把招弟儿给我叫来！"

长工答应出去。许氏低声道："好三爷，请放手落坐，要这样着急，甚么话我都不敢说了。"

文龙只得放了手，可仍站着催问，许氏点点头落着泪道："我不该说，你们二位真也不是那世的冤业！先见不着爷的信，他整天际愁眉皱眼，就说他爸爸病回来那几天，可把我为难着了。他当着他爸爸总是笑脸儿，还替爷圆谎，背后可总是泪眼模糊，吃喝不下，要不是爷从店里专人送来那封信，竟愁也早愁坏了！"

文龙拦道："先不说那些，只说他现在在那里？"

许氏道："别忙呕，这就说到啦！"又接言道："爷的信到了，姑娘又派人来接，他于第三天……"说着自言说："我想想，那是四月几儿来着？"

文龙道："不用想了，倒是去了没有？"

许氏道："上头那们赏脸，又是车马人儿，又是加赏的东西，那能不去呢。告诉爷说，到宅里头一天，就承二老爷、二太太认作干女儿，大家都别提怎们待敬了。过了五月节，我还去瞧了他一趟，二太太赶着我总叫亲家，闹的我倒怪不得的。"

说到这里，偷眼向对面看了看，文龙已换了笑容儿，自在炕上落座道："那有甚么的！"又问："莫非他现在还住在城里啦么？"

许氏叹了声道："好不大样儿的，又闹甚么义和团，他不能不回到家来瞧看。"便连嗐了两声，流着泪道："谁想由此竟闹出事故由子来，他爸爸也因此急病死啦！"顿了顿又注视着道："三爷啊，可叫我这苦老婆子说甚么呢！归总一句话，是他没造化，我们老两口子命该如此罢了！"

文龙一听，猛可的又站起问道："此话又怎讲？"

许氏一来再也忍耐不住，二则也真说不下去了，便哭着道："我索性说了吧，他爸爸就是因为他急死的！三爷啊，再休想见你银妹妹的面儿了！"

这话将一说完，文龙的两眼就直了，两腿一软，紧接着一个大坐墩儿。许氏本在留着神呢，赶紧抢进扶住，俯耳劝叫。少时文龙长叹口气，那眼泪便如雨下，哭着道："谁苦呀，我才苦哩！"

许氏见他哭了出来，也哭着道："这他总算死得值，不枉他情愿埋在你家坟地边儿上。"

文龙听说这话，忙问："当真么？"

许氏道："我不早就说一同瞧他去吗！"

文龙说声好，拭了拭泪，站起就走。许氏一把揪住道："等一等，活动活动，还是一同去的好。我今儿痛哭他一场，从此也就断了这条肠子啦！"

说罢自去揪来招弟儿，按令看着屋子，戳着他的脑门子，发恨道："你要有姐姐的一零儿，我也多省点儿心啦！"

招弟儿翻了文龙一眼，撅着小嘴儿道：

"谁愿意呀，我还少个人疼哩！"

许氏也不理他，回手拿上块手巾，跟同文龙出了许家，脚底下砸夯似的，顺着山路往南直走。不一会儿，咚咚下了山坡，叫声："我的爷！"立即泪眼婆娑，伸手指道："那跨栏西首，泊岸北角上，不是有新种的五棵大松树么，中间立着块石碣子，那底下便是你银妹妹的卧房所在。"

话言未了，一声"肉哇"，扯起嗓子，长嚎短哭着奔向前去。文龙急伸臂架住，哭着道："妈呀——"

底下可没有话，只深一脚浅一脚，扶掖着来到石碣前面。抹着泪一看，见迎面是"未婚媳贞烈邵女银姑之墓"九［十一］个字。认得是自己父亲的笔迹，喊了声："苦命的银妹妹呀，愚兄一步来迟，你竟饮恨泉下了么！"

许氏被这一嗓子震住，用手扶定石碣，张看泪眼，见他泪如泉涌，意切情真，更勾起他的悲肠，便拍打着石碣道："你知道这哭的果是谁吗！"数数唠唠放声恸哭。

他两人一倡一和，哭了个力竭声嘶，四面围了一大群人。后来坟丁王四，看明白扶树长嚎的原就是才到的上头三爷，赶忙招呼他家里的，分着上前一路□劝。文龙此刻腿已软的立不起来，在黄土地上，半坐半跪的，冲着石碣发怔。王四叫人拿来水壶茶碗，劝着都喝了碗水，许氏先开言道："得啦，你也不算对不起他，我的爷，请起吧！"

王四两口子挥退闲人，将少主人掖起，扶着在四周绕了两个湾儿。文龙看见碑阴还刻着许多字，进前去，拿手绢抽了抽土，细一瞧看，这才明白"贞烈"两个字的意义和得以埋香此地的大略原因。又喊了声："可叹可哀的银妹妹！"

二次哭了一阵。末了还是由许氏苦口劝住，扶令到阳宅里休息。许氏又因不能放心，陪着在上房西间里闲谈。王四见天已近午，请示预备甚么饭，文龙摇头道："一些也不饿。"又道："才我也是昏了，你拿上垫子，我还没得叩谒祖墓哩。"

叩谒礼毕，又到五棵松下巡视。许氏劝道："是了就是了，可别再哭啦！"

　　文龙也自觉两眼枯干，欲哭无泪。巡视了一遍，回去好歹喝碗粥。许氏带人取来行李，送来铺盖，让令躺下，给他盖好，文龙就昏昏沉沉睡了个半天儿一夜。天到黎明醒来，命王四赶到街上，办来祭品烧纸，运到杏李梨桃树木三十余棵，亲手选了两棵杏树，在石碑两旁和泪种好，其余指令众人各种四周。随后供上果品，翻身跪下，喊令王四执壶，眼抛情泪，跪奠了三杯清酒。众人都看得点头叹息，许氏更不知作何感慨了。

　　奠酒焚纸已毕，许氏扶他回到阳宅，从头说起银姑娘死事的前因后果。要知细情如何，且代［待］下回交代。

第十二回　遘奇变吞金全志节　郁愤怀醉酒逐倭奴

　　却说季文龙来到许家，乍一听说银姑娘香消玉殒，总以为自己羁迟在外，失了三个月的信约，叫他失望成愁，辗转病殁。又联想到河洛一行，不但奢望难偿，反以失却意中佳偶，所以一见了他的芳冢，直哭得力竭声嘶，心中还有余恨。及至看明碑文，才知格外遇着变故，他竟视死如归，舍生取义，更又增加一种哀怨爱敬的痴心。于是植树志哀，屈膝告奠。

　　他这从真情至性中发现出来的动作，绝不是普通失恋悼亡的种种做作所能比拟。更不是一般冷性薄情的人们所能梦见。只是编述的这枝秃笔不能一一替着描写尽致，未免有些遗憾，且并还得腾出笔来，把银姑娘死事的原委追叙一番。不敢说发挥潜德的幽光，总可以醒醒眉目。

　　原来银姑娘自经季二太太认为义女，提高了他的身分，所有一切待遇全和珍姑娘一般无二。他晓得自己与文龙私愿，已是安然可以作得到了，倒怕在这时彼此见面。一过了五月节，屡次想回去看望老父。怎奈季二太太母女始终不放，连东院的泰姑娘，一同作活说话写字习书的习惯下来，听说银姐姐一要回家，立就闷闷不乐。珍姑娘更加意体贴，派人接来许氏，一住几天，叫他母女团聚。这一来银姑娘更不好定要回家了。后来义和团围着京门子，大张旗鼓的喧闹起来，京西南尤为拳匪所屯集的地方，人数众多，声势浩大，扬言神灵附体，闹得鸡犬不宁。老邵福既不敢向宅里来露一面，许氏也不便常来瞧看女儿。此刻的银姑娘身在季宅，心在乡下，每日里坐不安立不稳。后来许氏又打发外甥群子一再来接。季二太太和珍姑娘一商量，现在话虽说通，还没实行聘定，不能明说就是自家的人，硬按着不放回去未免的不近情理。遂和季二爷说知，派令两名男仆，骑马跟随，女仆里仍派张妈，套车送他回乡。银姑娘得了允许，又见派令多人护送，在他临走时节，倒真仿佛回娘家的样子，心里说不出是羞是喜，和珍姑娘脉脉含情的彼此分了手。

　　及至出离京城，沿路观瞧，一切倒还照旧。就是所过的村镇上，遇见好几拨儿裹着红黄色头巾腰巾，手捧着铁片儿刀，凶神似的各处游行搜索，车马还得让着他们的神路。又见住家铺家门外，多扔有摔碎了的煤油灯，偶尔有些撕扯成片的洋板书。并见有三五家被烧的房子，还看见两个被砍没人管的死尸。平日只是耳闻，此刻一经眼见，他那颗芳心里不住的突突乱跳。

好容易盼着到了家，又惊动了许多不开眼的人们，追逐着争来瞧看。银姑娘由张妈搀着下车，连眼皮儿没抬一抬，急急走入门内。许氏听说奔出，迎到外院，簇拥着进入二门。邵福也追出相迎。银姑娘见老父步履轻快，神色复了原儿，赶着亲亲切切唤一声爹，双手扶膝，端端正正请了个蹲儿安。邵福带笑搀住道："姑娘你真会请得这们好的安！"

张妈搭言道："说也怪，并没人教导，到京的晚半天儿就会请安了！"

许氏笑道："要不人就说不是一家人，不进一家门了。"

邵福赶向许氏瞪了一眼，拉住女儿问话。银姑娘也在殷勤问候。张妈笑道："老爷儿俩，就这们当院站着说话么？"

一言提醒，大家陆续进了上房。许氏在外间周旋着张妈，邵福半搀半扶，搀着女儿进了西间，一面让张大妹妹屋里坐，一面向女儿细细打量。见他双耳垂着碧绿的艾叶钳子，身穿娃娃脸儿的春纱衫儿，套着元青面粉秋罗里的夹衫大坎肩，襟上挂着支套红金表，配着挂珊瑚手串，系一条湖色春纱撒□脚儿中衣，里边另有粉色趁裤。下露着一双大红缎子绣鞋，平金裤腿儿，手中拿着把檀香细股儿折扇，指上套着两个戒指，一个金的，一个翠的，一对金指甲套儿，灼灼放光，不禁叹了声道："这都是上赏的东西呀？"

银姑娘点头道："不是女儿喜爱奢华，谁叫我干阿玛干奶奶和三妹妹都加倍的疼顾，怎能不穿戴着回来呀！"

张妈走进笑道："不是我说，姑娘太太们真没拿这位当外人，处处和三姑娘一般一配,大奶奶简直比不上!现在赶着给料理皮衣服呢,没别得说的,我就等着道大喜了!"

许氏笑道:"不是我老王卖瓜,自卖自夸。就说这个气度儿,谁一见了不得说是大宅门儿的小姐啊!"说着扑过来亲着脸儿,向邵福说道:"你瞧咱们闺女这个肉皮儿,越发光润细腻的爱人儿了,不怪……"

银姑娘不忍得撅揉爹妈,又怕他妈再说出太显露的话来,忙陪笑道:"容我换换衣裳,得张罗饭了。这两个多月,把我张大婶子可累着了。今儿来到家里,还饿着人家吗?外面还有车把式和顶马跟骡上,共是三位呢。"

邵福道:"怎跟来这多人啊!"

张妈道:"人少了谁放心啊!您这里很不用忙饭,三姑娘全加赏了饭钱,来回都不准耽误,叫回头到桥上找补着吃,不怎们路上没打尖呢!"

邵福见说,赶着出去张罗茶水,许氏便和张妈说起:"这义和团原本都是些老乡亲,不遭害本地人。自从有信儿奉旨进京,这一下子可得了意啦,不是烧,就是杀,不□这儿,就勒索那儿!凭我们这个门户,前后捐助十几口袋粮食。我们群子外甥幸是哥儿一个,要不价也早被拉去胡烧乱砍哩!刚才新听说,又有甚么红灯照,都是些个小媳妇大姑娘。不瞒大妹妹说,这回到上头接他去,才他爹很后悔呢!"

说着邵福踅了进来,向许氏道:"你可真嘴里存不着话。上边要一听说,都该不放心了。"

张妈忙道："我回去不说就是了。"

邵福道："那好极了！我因有这一节，本打算叫他待一待，仍旧原班回去。怎奈见了面时，又舍不得催他就走。再说离家两个多月，他今儿也必不肯回去。这们办，至多由他住个三五天的，只要路上平稳，我亲自送上去。"

许氏接口道："你那能够去呀！"

邵福道："现在不是都说破了吗？"

银姑娘这时换了一身竹布裤褂，胸前系了他那件蓝布油大襟，提来开水。张妈忙道："哟，姑娘，怎张罗起我来！要叫三姑娘知道，我该挨说了！"

银姑娘笑道："我不说，谁知道。"又道："人得到那儿说那儿，各群儿各论！"

张妈笑道："姑娘也真行，就说这个打扮，和刚才又是一样神情。"

银姑娘笑了笑，转面说道："爹先不用上去，反正三爷快回来了，索性多等上几天，还是你们爷俩一同回去的是。至于我这一层，待两天斟着情形再看。遇巧过不上几天儿，三姑娘又让张大婶子来接呢。"

张妈笑道："这话算姑娘猜着了。"

说着喝了碗茶，匆匆告辞，原班车马赶回京中去了。

这里爷儿四个欢欢喜喜吃过饭，随后挑选带来的食品，由许氏亲给他姑妈送去，说明等地面安顿再去瞧看。他父女又谈了一会儿闲情，银姑娘便趁亮儿归着［置］屋子。将所有什物连同原存的文具衣物全都查点清楚，只少了自己平日的铺盖。等母亲回来一问，许氏笑道："我于昨晚拆的，被褥里子还在盆里泡着，没得抽洗呢，今儿万赶不及。本来连你爹都没承望你就能回来。没得说的，先盖用他那一份儿吧。"随岔话说道："才听来一件新闻，赶则坛上大师兄们常在外边儿胡作非为。那叫作红灯照的，多不是安分妇女，刚立了不两天儿，就闹的好说不好听。"

银姑娘忙道："我的老太太，别往下说了。"

许氏道："我不是爱说他们那些臭事，可笑真有捧臭脚的，硬说甚么女英雄，其实都是他妈的滥沟货狗男女！"

银姑娘道："直说别说了呢，怎索兴撒起村来啦！"

许氏道："还有好些话，我是不能当着姑娘你说。倒有一句话叫你放心。你姑妈不但没挑礼还直嘱咐不叫你出街门儿呢。"

银姑娘点头道："是了，别唠叨了，我爹已然睡着。咱娘儿三个也抢早睡吧。"

许氏道："真是的，你就别拾翻了。"便上炕去，把那份铺盖连抖露带拂拭，铺放齐整，将他肩膀儿一拍道："可别想事了，就睡吧。"说罢掀帘走去。

银姑娘坐到炕边上，想着京中那娘儿俩和家里的爹妈，各有各的亲热劲儿。将来再有那一天，更当有一种细腻慰贴的情趣了。只是又这多日子，他怎没有信来？一边设想一边换了睡鞋，把明早应换的家常鞋子等物掖入褥边底下。一眼看清这份绿地红花闪缎被面和铺地福儿锦的褥面，与在京里住着三妹妹给自己预备的那一份，所有大缎边儿、绣缎腰结以及花样颜色，恰是一般无二。暗自叹道："但不知那位侠女，将来处到一起时怎个情景。"又望着那幅对联很出了会子神儿。耗到真乏困的支持不住，始行宽衣睡下。

次早起床以后，照常操作。过了两天，除是悬盼文龙的信件，别无感触。

到第三天上，忽有村副邹子和来找邵福。约同出去多半天儿，直到掌灯时分，邵福愁眉气苦的自外归来。银姑娘赶上前儿，问饭不吃，问茶不喝，急得他张着木铃铛似的眼睛，极力哄逗慰问。邵福只是哼咳不语。许氏急道："这又怎们了，满嘴里疼□了，怎他这们低心下气的，你竟一声不响？"说着将闺女拢到怀里，安慰着道："他既不说，你就不用问了，想必又被四五子支使的。"

这话把邵福说急了，咳了声道："那不都为的是他！"

又怕这句话叫女儿伤心，急一拉他的手道："好孩子，爸爸可不曾和你呕气，你别又听着不好受。"

银姑娘滴着泪道："老爷子，只要您高高兴兴的，比甚么都强，女儿有甚么不好受的！不过我从旁看着，好像你老人家心里必有为难的事。"

邵福叹道："事却有，就是不能和你说。好姑娘，好心尖子，你别问了，等把这事过去，爸爸送你进城就是了。"

银姑娘听这口气，不便再叫老亲伤心，含混着劝了几句，自去回屋猜想。

隔了一宵，刚喝过早粥，村正副都来找，另外还有一人。邵福一听，气哼哼奔了出去。银姑娘猜着事机紧急，赶将母亲拉到屋内□问。许氏怔怔儿道："好孩子你不用问了，等你爹回来再看。"

银姑娘道："这可奇怪，妈妈女儿还有不能说的话吗？"

许氏仍是不语，后来经闺女再三逼问，两眼红红儿的道："你爹原定规今儿或明儿送你进城，这样子今儿怕来不及。反正头出家门以前，必把这事和你说明。凭你这聪明儿还想不到吗？"

这工夫，又听外面有车声站住。娘儿俩急往外瞧看，见是黑玉子带着一个女做活的，一路走入。大家见过礼儿，黑玉子直然说道："我妈听说这一带很乱哄，叫接我表妹去躲避些日子。"又说："姨妈你是不知道，我今儿起了个四更头，我们山里儿，可安闲□得呢！"说着回头向外望了望道："刚才眼见我姨夫同着三个人随说随往东走，还有两位大师兄给迎住，折往南边前村去。不又是要柴火捐米麦啊？"

许氏忙道："可不是么，捐了好几回啦，这回可不定又有甚么勾当。"说着向闺女看了一眼道："他能不能去，得你姨夫回来再走。"

银姑娘一面张罗茶水，一面搭言道："道儿上这们乱，我至死也不离家！"说着心中一酸，落了两行泪。

许氏忙道："你这又想起那一出来！"

银姑娘道："我早知道，不定又是谁要算计我呢！哼哼，我就一个老主意，给他们个死尸不离寸地！"

许氏急伸手指［捂］住女儿的嘴道："□甚么这们死呀死呀的，也不嫌个忌讳！"

银姑娘这话多是冲着黑玉子说的，遂又闪着脖项，一手扶定隔扇，急气说道："甚么叫忌讳呀，我也知道，几时我拼命儿一死，诸事都算定了！"

许氏不肯紧自捂盖闺女，便将黑玉子拉入东间嘀咕了好半天。后来黑玉子连说："好吧，娘儿俩一言为定！"出来喝了碗茶，说声："表妹既不乐意去，我也不等姨夫了，好使抢早赶回。"遂带定女做活儿的出门上车走了。

许氏送至门外，瞥见几个义和团打扮的在西村口来回直打转儿，吓得转进院子跑到屋内，也没敢告诉闺女。娘儿俩对怔了一刻，因见天气近午，赶着吃了饭。银姑娘很亲切的叫了两声妈，又一婉言斟问。许氏道："有事多咱瞒着过你，我是怕你伤心生气。不管怎么着，天塌有大汉支着！外边的事，横竖有你爸爸去搪。你放心，我也不怕你恼，你是有人家的人了，不管怎样，决不能叫你不如心！"

话言未了，邵福自外面跟跄而入，见了女儿，哇的一口鲜血。银姑娘失声哭道："老爷子，怎竟急苦到这份儿上！"

急急搀到屋里，娘儿俩一个倒漱口水，一个沏白糖水，又是槌腰又是劝慰，忙得手脚口都不得拾闲儿。

邵福脸色雪白，靠着板壁喘息了片刻，流着老泪向女儿道："爸爸不能再疼顾你了！"

银姑娘哭道："爹呀，有话径管对女儿说了，我也这们大了，甚么事还看不出来！"

邵福摇了摇头，喘息着道："事到如今，我也不必说了，归总一句话，要我老命使唤就是了！"

许氏哭道："你别这们认死扣子呀，明天一早清儿，送他到宅里去，不就完了吗？"

邵福哼声道："我原这们打算，所以好歹忍着口气。谁思回来一瞧，村口上早都把上人了。那小子非要克日办事不可，我们想走也走不开了。"喘了喘又道："反正我也活不了啦，你是他的亲妈妈，能护庇到甚么分儿，酌量着办吧，不用管我了！"

许氏没能搭言，银姑娘伸手擦干了眼泪，接言道："闹了这两天，为得是我一个人儿呀！爹妈都不用着急，我有个最好法子！"

许氏道："那就快说！"

银姑娘道："那得二位老人家，把始末原由全告诉我，然后把他们要紧的人找到家来。我豁出不害羞了，亲自跟他们去说。再要勉强的时节，我就死给他们瞧，自然就□下去了！"

邵福连连摆手道："不成呕，那小子是个亡命徒！他家里现立着坛，不顺着他，硬指为二毛子，一家子没大带小，谁也不用想活！他就听这一手儿啦！简直说吧，他们早唱明了，明儿午前，就要连纳聘带搭人呢！"

银姑娘怔了怔，把心一横，接言道："这样也好！"

邵福问道："此话怎说，你忘了，你是有了家的人么？"

银姑娘哼了声道："谁说的，请问二老，可曾受过谁的聘来？咱们爷儿俩一言一句，在这时候只就是爹妈亲！为救了老父，叫我受一辈子的罪我都干！爹爹好好将养身体，不用为难，更不用着急。明儿他们来时，我跟着一走就是。过上几天不还得由我住家来吗？"

邵福听了这片话，擦着老泪向女儿脸上细一注视，见他此刻一些眼泪也没有了，不禁怪问道："你当真不管不顾了吗？"

银姑娘毅然回道："才没说吗，这时刻就是爹妈亲！别人哪，我实在的管不了！"

邵福咳了声道："就便能救了我这条老命，事后不还得饶上一条小命儿吗！"

银姑娘道："只要有爹妈一天，忍辱受气我全办得到，决不去求死！"

邵福道："不是呦，我说的是另一个人！"

银姑娘道："还有谁呀？"

邵福道："谁，就是三爷！你想想，你要落到那个地步，他竟气也气死了！"

银姑娘听了，掉转脸儿道："没有的话！一个粘连不上的兄妹罢了，他犯得上生那们大的气！"

许氏听他父女这们一问一答，不知搭言的好还是不搭言的好，便想去沏茶冲糖水。不防招弟儿一声：

"妈呀，快瞧门外头真热闹哩！"

许氏气得迎出去就是一掌，喝声："住口！"

招弟儿吃这一掌，捂着脸扯嗓子就哭，许氏喝道："我瞧你哭，哭，我还打！"

一言未了，长工跑来嚷说道："邹子和又带着人来了，他说老当家的不在家，非见内当家的不可！要不是拦的紧，就撞进来了！"

许氏没能搭言，邵福微睁两眼，说声："罢了，罢了！"

那两眼便直注到女儿身上，眼珠儿一动也不动。他母女哭叫多时，不能应声。细一查看，竟已气绝身亡了。

许氏急得扯开嗓子，发狂也似的长嚎短叫。银姑娘抹了抹泪，喊住他妈，说是："净哭行吗！"

许氏哭道："我也快没脉了！"

银姑娘道："那不成啊，就叫他老人家这们待着吗！"

许氏道："该怎们着，得你出主意！"

便赶到老头子背后，尽力抱住，不让他躺下。银姑娘发恨道："这我倒有办法！"瞥见长工二次跑来，便问："外面怎们样子？"

长工回说："众人听是老当家的不大好，多是散去。只邹子和同着一人还在外面。"

银姑娘不再多言，立将姓邹的和那人一同让进，迎面磕了丧头，引到屋内看视。邹子和不免探了一回丧。银姑娘拦道："连我都不哭了，现有几句话，请您回去交代。事情我都晓得！我爹现虽暴病身亡，可也说不上不算来，就是明天万不能办！无论怎样，得容我将老人家入了土，以后听凭老叔和我妈作主，那时我是无不依从。最好还请老叔帮着办理这场事。赶到这个时光，诸事也没法子讲究。我打算至多办上七天，老叔请看怎们样？"

邹子和听他这片侃侃而谈，一个字没能还出。应了声好办，拉着那人走去。

银姑娘赶叫长工找来群子表兄和左右邻的婶子大妈，帮同将父亲装裹齐备，停放在外间屋内，他才退后半步，一扶灵床，跪倒放声大哭。许氏应声儿更一呼天喊地。这娘儿俩一场哀号，直哭得院中屋内的男女人等无不心酸落泪。招弟儿虽也跟着哭了一阵，究竟年岁小，心里不搁事，还没有白天挨那一掌哭得恸呢。有人一拉一哄，就算没他的事了。

此刻陆续来了不少亲友，村正副也都来了。大家你一言我一语，好半天将许氏劝住。银姑娘经许氏和他姑妈费尽唇舌，劝了又劝，慢慢止住悲声，强打着精神，赶办各事。许氏等亲友们散后，外面指定照料值更的人，打发招弟儿睡去，便向大闺女哭道："此刻只你姑妈和群子表兄。事情闹到这个份儿上，你还心里作事么？"

银姑娘向外看了看，低声道："我爸爸活着呢，甚么气苦我都能忍受。现在呀，还能让老人家死不瞑目吗？"

许氏问道："白天既对姓邹的那们说法，过了事又当怎样啊？"

银姑娘道："这个都先不必说，我真托不住了！"

许氏见群子母子不肯发问，仍旧叮问着道："你总得说一说，妈我好放心！"

银姑娘叹了声道："明早一定说。"随叫声："表兄，明天一早，累你进趟城，替禀报一声儿。我还有给宅里三姑娘的信，另有句要紧话，临时再说。"

说罢瞧着他的死爸爸，落了一回泪。许氏点了点头，暂时不再叮问。扶他进了西间，替放了被褥，银姑娘当就和衣而卧。许氏抹着眼泪，求他姑妈给闺女就伴，他本人自去伴灵。有群子就着伴儿，倒替着守灵床。

到了后半夜，群子听西间有些动静，从帘缝儿偷向屋里一看，见银妹妹在炕里盘膝而坐，当时没有在意。耗到天气微明，又一偷看，他仍旧坐在那里，脖项可是低歪到一边儿去。吃了一惊，赶紧唤醒舅妈，先后奔进去。群子燃亮了油灯，许氏喊了两声不见答应，连滚带爬跑到炕里，伸手一摸，又一扶他粉颈，嗳哟一声道："这可真要了我的命啦！"随就双手抱住，扯嗓子哭喊道："好狠心的孩子，你真不管妈妈我了！"

群子急嚷道："舅妈先慢哭！"

许氏那里肯听。这一哭嚷，旁边酣睡的才被吓醒，院外帮忙值更的，现跑来打听，那屋里的招弟儿也哭喊起来。群子急得跺脚嚷道："大家都压音，先得看看，倒是怎们回事！"

他妈经这一提醒，急跑向跟前，和许氏嚷道："你等一等再嚎丧，先瞧清楚孩子要紧！"

许氏和他闺女脸挨着脸儿哭道："肉虽没很凉，气儿早就没了，这还用瞧吗！他是我身上掉下来的心头肉，我还能胡说吗！"说着又哭。

群子急道:"舅妈真正急糊涂了,我表妹纵然死就了,也得明白他是怎们死的呀?不是另外还有麻烦吗!"

众人齐声随着一说,许氏始行忍住眼泪。细一查看,除是眉头紧紧凝着,眼睛微微瞪着,此外一些寻死痕迹也没有。遂又哭着道:"叫姑妈瞧瞧,这孩子够多奇怪,他自己也真会安排。这旁靠着炕琴儿,那边倚着被褥和大枕头,背后靠着墙。这不是活摘我的心吗!"又哭道:"怪得昨晚晌我那样问,他只说明早再说哪!"因又挨到脸上哭问着道:"现在倒是第二天早晨了,你怎不和我说一说?"

大家见这位银姑娘真正面色如生,十分怪异。可是看那皱眉瞪眼的情形,一定是痛苦而死的。群子叫声舅妈,问说:"我还上城里去不去了?"

连问两三遍,许氏才说:"这更得去了。你们瞧瞧,他这由头至脚那一样不是上赏的东西!也不都是甚么时候换上的。旁边还睡着一位,外屋又有咱们娘儿俩倒换醒着,会没人听见动静。你们说这孩子够多细心。"

群子道:"后半夜儿,我倒偷着看了两回,还以为是睡不着,坐定养神儿呢,谁知却是这们回事!"又嗐了声道:"既是还得进城,昨晚不是说有封信么,请在身上怀里给找一找。天已亮了,我就得走了!"

许氏见说,抹了把泪,由群子他妈给扶定脖项,他向闺女怀里一摸,没有甚么,不想一拉右手,就由袖内落出封信。急取了递给群子道:"你瞧瞧,也就你多少还认得字。"

　　群子接来一看，一写"飞呈三姑娘亲启"，一写"留呈秀豪三爷玉展"。当两封信一错，中间又落下一个纸条儿，拾起看道："舅妈这是给你老留下的！"

　　许氏便叫快念。群子结结巴巴的念道："妈呀，你女儿再不能孝顺你了！诸事请往宽了想，不用心疼这苦命不孝的女儿了。要紧听宅里三姑娘示下，最好求将女儿埋到他家坟地边上。这屋所有的衣物书籍全都封存，留以有待，此外别无所求。我爹既死，女儿无法报仇。自问势难保全贞节，所以一死了事。妈呀，别怪女儿心狠，实在的全顾不来了。葬了我爹，你带着小妹度日吧，我也不能疼他了。苦命不孝的闺女银铃泣血留禀。当夜一时。"旁边另写着："女儿系吞金自毙，可别救我。救我反是害我，千万千万！"

　　群子好歹念完了，登时哭了一屋子。群子抹着泪道："我拿信先走了，回来再说吧！"便抹头挤着出去。

　　许氏仍旧拉着手，张着泪眼道："怪得这脸上透着青虚虚的呢。可是那里来的金子，要了你的命啊！"说着一抬女儿的右手道："这胳臂一些也不僵直，足见断气的时候并不大！"

　　因觉得他手上带着指甲套，低头一看，何尝不是，就只第四指上戴着一个绿戒指，并没有那个金煌煌的，这才想到是吞下金戒指了。又向他姑妈哭道："他这穿的戴的，原是暗先下聘的礼物，不想却作这们用了！"说了又哭，二次回手抱住，叨唠着道："你可真狠心哪，那东西到肚里够多们疼痛，任谁都得折腾哼唧！你因怕人知道，始终咬定牙关，端坐不动……"

群子的妈劝道："嫂子你别折腾他了！"

许氏哭道："只当他没死，我们娘儿俩多亲香会子吧！"

群子的妈道："趁他手脚还软和着，叫床停在他爹一旁，让他舒坦舒坦吧！要不价，回头手脚一僵上来，那可是个麻烦。再说你把眼泪都落在孩子身上……"

许氏道："这有甚么的。告诉姑妈说，我知道他等着城里的回信，身上决不会僵的！"

群子的妈急道："别胡说啦，大热的天，又这远道儿，那能等得了！这叫疼孩子么？"遂下地忙去叫这个，喊那个，硬给操持各事。

一时人也来了，床也来了，哭的哭，忙的忙，赞叹的赞叹。许氏仍是抱着死闺女不放手，一定非等群子回来不可。经他小姑子硬作主意，暂用所铺的褥子，搭到外间，在他爹下首停好。许氏忽然想起文龙所寄来的珠子，找来一颗，用红袖包好，亲给闺女含在口内。先将邵福入了殓，任那院中搭棚搭座搭灶等项，以及闻讯吊问和查看的人里外忙乱一片，许氏满都不问不管，只怔着两眼看守着死闺女，连窝儿都不动。

耗到午后三点多钟，群子同着季宅新管事的王顺，满头是汗，携来大小两个包裹。当时交给许氏，说是："二太太三姑娘见了信，都哭得言不的语不的。二老爷对信内的话，全都答应了。"

许氏便回头望着女儿哭道："你听见了，闭上眼睛吧！"

群子拦道："还有要紧话呢。宅里的茔地，赶则就在吕村？"

许氏点头道:"我也听你舅舅说过。"

群子道:"派这位王大叔来,就为赶办开坑种树的事,赶明儿还立统碑哩!"

许氏又回头道:"你听见啦?"

群子忙又指着两个包裹道:"这小包儿是二百五十两现银,内有五十两是东院大老爷的恩典。这大包袱是三姑娘给赶办的装裹。吩咐要是穿戴不合式,务必全给装了去。"又低声道:"这里面是冠子裙子袍子褂子,和衾单大小锦褥等项。[缺"棺"字]材呢因时候赶不及,叫由咱们拣好的办,该多少钱另开账。明儿还派那位张大婶子下来呢。"又道:"二老爷还说,将久不能任他成为一座孤坟。"

许氏听了哭道:"总是这孩子的感应儿,怎偏出这逆事呢!"

群子的妈催道:"该办的,该穿戴的,这还不给孩子忙一忙哪?"

许氏遂央群子去办棺材,说是越好越不嫌好。他妈从旁说道:"你就去吧,越快越不嫌快,至迟掌灯就得到。"

群子答应着,同王顺到院里略歇了歇,分头各去办事。这里许氏和老姑奶奶一商量,因怕东西多外人看着扎眼,再一传到那强梁霸道的大师兄耳里又得另生枝节。直等到掌灯入殓时节,暗将各物给装了去,临时把文龙的褥子抽撤出来,说是免得压住他的运气。

第二天,那张妈奉派前来,代替着三姑娘,给银姐姐奠酒供饭。两边各加放了一台焰口,并且住在邵家。等埋葬邵福的第二天，另给银姑娘正式发殡。外面一个王顺，里面一个张妈，一同伴送着，到了吕村的季宅茔地。在西南上成立了这座芳冢，立好了这统碑碣，他们才取了账单，回京交差而去。

张妈在临走时，和许氏附耳说了几句话，嘱咐千万可别忘了。由此许氏的心目中间，反倒很怕和文龙见面。过了邵福的圆坟儿，收拾一切，辞去长工，将住房典给别家。留下话，有人来找就说躲到山里去了，他便带着招弟儿，在娘家这个跨院里一住。所为离着银姑娘的坟墓相近，想起来就跑过去哭上一场。对于外事简直的不闻不问。后来洋兵进城下乡，也没来到吕村方近。

一恍儿两个多月，许氏总没见文龙一来。先还在心中咀念，又过了些日子，索兴对着银姑娘的坟墓，把甚么"他早忘了你，我〔你〕死的太冤了"这些话头儿叨念着非止一次。及见文龙单骑找来，连家还没顾得回，顿然想起张妈所嘱咐的话来，处处细一留神。直到再也忍不住了，才同到墓前痛哭。又眼见文龙这一植树告奠，悲感欲绝，闹得他倒不敢再哭。等到告奠已毕，亲自扶令回到阳宅休息。文龙苦苦究问死事详情，许氏一想，既是不说不行，莫若详细说出，让他再尽情一哭，然后催令回京，就省得自己担着这份心了。想罢叹了声道："总是我们两口子，不该催他回家！好爷的话……"

文龙接言道："怎还这们称呼？现在别的话不能说。你女儿既是为我死的，我便是你的女儿。妈呀，我将来决不让你失了望，你现在别跟我再客气了！"

许氏听了，拉文龙他的手道："就是吧！可有一节，我把他的事要都说了，你可别尽自伤心！"

文龙点头道："妈你就快说吧！"

许氏这才和泪一诉说。文龙听说先要忍辱救父的话，插言叹道："那时还不如依了他这主意，我们相许还能见上几面呢！"

许氏诧问道："难说你愿意他那们办么？"

文龙道："自然是不愿意！可要真到那个地步，我不但能原谅他，还特别哀敬他呢！"

许氏叹道："要论你们俩的心思举动，原是天生来的一对儿。偏偏的老天又不作美，这也不是那儿的原故！"

叹息一会子，接着往下哭到死后情景。文龙失声哭道："事先那们从容慎重，临时那们坚苦卓绝，竟是能人之所不能！我那国士无双的银……"

底下的话没容出口，就倒在炕上昏晕过去。慌得许氏喊来多人，帮同獗救。容他缓醒明白，抱住劝道："你要这们伤心，有话我还敢说么？"

文龙叹道："我这是情不自禁。妈你不用管，往下说吧。"

许氏略停了停，说出群子送信，带回装裹，明珠含口，特备棺木；二老爷并应许着，将来不叫他成为孤坟的种种情节。文龙一问那信，许氏假说："都被三姑娘要去收存，回京自会看见。我只将他遗下各物另作存起，回头全数给你送来。你歇上一两天，我叫人把群子找来，伴送赶紧回宅。以后若惦记着我这苦老婆子呢，得便下乡来趟，我就直当见着他了！"

说罢，相向着哽咽了不已。忽见文龙的眼睛又在发了直，急又自行强忍着，俯耳连叫带劝。好半天，文龙才又明白过来，接着一声长叹，两泪交流，一头扎在许氏怀内，仿佛个小孩子似的，妈呀妈呀的，不知说甚么是好。许氏知他伤心到了极处，便也双手抱住，劝了哄，哄了又劝，把那坟丁王四两口子看得点头咂嘴。

王四家的是个乡下蠢人，不知轻重，冲口说道："没能过门的姑爷丈母娘这样的亲热，要是姑娘在着过了门，老太太你该多大造化呀！"

许氏叹道："可不是么，都是叫我造化催的！"一面推令文龙坐起，悄悄的道："别招他们笑话了。"随叫王四家的响来开水，替他擦了把脸，劝令喝了点儿稀粥，在地下活动一刻。天气又要黑了，许氏叹息说道："扔下你一个人儿，我是真不放心！有那招弟儿赘着手，我又不便住在这边。你要不嫌污秽窄憋，搬到那边去住两夜吧。"

文龙点着头儿，叫人就搬铺盖。许氏拦道："不用这们反手合手的，还有你先那一份在着呢！再说这份也不像他当初给你预备的呀！"

文龙叹道："这里边还另有个原故。"遂将由开封逃婚出走的情节一说。许氏连声道："好，足见你们俩，人远心不远了。"

便叫王四给拿上几件要紧衣物，一同绕过山坡，转到许家小跨院内。

文龙安心住在这里，跟同着许氏，查点银姑娘的所有遗物。

直到三更向尽，始行就寝。天光将亮，许氏陡被哼声惊醒。翻过看时，见文龙两颧似火，鼻息发粗，口中说着谵语。用力推了两把，不见应声。心里轰的一声，自言自语道："似他这般情重，如何是好！"低头又一瞧看，悔不该把闺女停尸用过的褥子给他铺用，一定是胡梦颠倒来着。真要着了迷，可上那儿抓好大夫去！急得他没了法子，好歹收拾下了地。开了房门，忽听一声姐姐，惊得转回屋来，见招弟儿抱住文龙，一迭连声的直喊。这一下子，更把许氏给吓坏了。上前呵叱着招弟儿，拉令下地出去。再看文龙虽然昏睡如故，嘴中却已不说梦话了。当下坐在他的身旁，想了好久没有主意。

正在满心为难，动转不得，猛听窗外一声舅妈。抬头隔着玻璃望去，见来的正是外甥群子。赶紧出屋迎住，低声把文龙怎样找到这里，如何种种悲苦，因□致病的情事大略说过。然后说道："你来的正好，快帮舅妈想个办法，要由他这个样儿，可不成个事体！"

群子道："却也难怪，这才对得起那一死呢！只不该让着住到这里。"

许氏又把自己不放心的意思说了，并说："你瞧这肮脏的屋子，窄小的炕，他还一点不嫌刺。昨晚晌，上心敬意的清理遗物，拿一件，怔一怔，瞧一样，哭一哭，后半天儿才睡。又是哼咳，又是胡话，你说够多们让人心疼！"又把招弟儿醒后那件事也告诉群子，说是："当时我也没细问，硬给轰到那院玩耍去了。这半天睡的虽算安稳，可总是昏昏沉沉，叫我起心里怕得慌。"

群子进屋看了看，仍旧退到外间，摇着头道："甚么都是合该！前天我要在家也好，偏我进了趟大城。昨天回来听人说，就猜着许是这位爷。因是天太晚了，没能追来查问……"

忽听屋里一声："妈呀！"群子刚然一怔，许氏连忙答应跑去，问声："醒了？心里身上都觉着怎们样？"

又听是文龙回道："不怎样。妈你跟谁说话儿呢，是我银妹妹在外屋哪吗？"

群子听了，心说："不得，这简直的要成疯魔！"便不管那些个，一步跨入。见文龙穿着一身白裤褂，怔怔呵呵，上半身儿靠到自己舅妈怀里。许氏跨坐到炕沿上，回着身儿，半扶半抱，极口的劝说抚慰。群子见这情景暗自叹息，忽然心中一动，照直向前，正色尊声："三爷！"

文龙抬眼望了望，向许氏问道："这是我银妹妹的群子表兄吗？"

群子接言道："爷还认得，这就好办！"因扬声问道："可知道我是由那来，来此有甚么事？"

文龙忽的笑道："我怎们不知道，你是瞧银妹妹来了。"

群子应声道："他已死了这多日子，我就想着瞧看也是白搭呀！"

文龙似明白不明白的道："怎们说，他死了？"便哈哈大笑道："好，好，死了倒干净，人谁没个死呢！"又咳叹着道："早知如此，悔不当初！"遂又落泪不止。

　　许氏忙挤鼻皱眼，不叫往下说。群子装作没看见，想了想道：

　　"当初［怎］么样？当初爷不是为着二老爷的眼药，才跑出离京门子这们远么？"

　　文龙哦哦两声，直眼望着没有话说。群子趁势说道："实说了吧，我由京城赶了来的，宅里二老爷二太太很不放心三爷。算计着爷不是不惦记着老亲的人，也该回来了，所以特地派我前来打探一下。"说着偷眼看去，见他脸上渐渐变了颜色。因又接着言道："不想爷倒是回来了，却不知道赶紧回宅去瞧看老亲。银妹妹要活着，只怕他也必说爷的不是。这是和银妹妹好么？叫外人提说起来，他都要跟着担声气呢！"

　　文龙本是个至性灵敏的人，群子这些话语，说得虽不怎们透彻，却已能点醒了他。只见他满头是汗，嗳呀一声吐出口浓痰来，张着一双泪眼，连连点头道："你说得是，你说得是！不亏你，我就成为不孝之子。对于重义轻生的银妹妹，也不免误引他于不义之地了。真是该死该打！"说罢，从许氏怀中挣脱了身体，居然跳下炕来，冲着群子长揖说道："十室之邑，必有忠信。我季文龙多承指教了！"

　　群子急忙侧身扶住道："快请坐，招呼腿软摔着！"又回手向他舅妈问道："我表妹给爷留的那封信呢？"

　　许氏吃吃着道："这两天还不够我悬心的，还敢给他那信瞧吗？"

　　文龙忙道："我明白了！妈给我看一看，我就死了心啦！"

　　许氏因被群子说破，没奈何从一只箱内取出一个纸包。文龙接来打开，信筒并没封口儿。取出信笺，瞥见"笺首"二字，点了点头，往下看去。上面写得是：

龙郎明鉴：

　　妾命薄，现遭奇变，再不能留此身以报知己。郎为性情中人，妾所深知。今后请务其大者远者，一本孝养初心，承欢二老，万不可徒以妾为念，自陷不义。洛阳一行能得意，极好，即不然，名门自多淑女，应请及时择配，莫令二老失望。百行孝为先，妾决不敢怨郎忘情也，但能他年得分祭余，死且不朽。若一味痴心情爱，恋恋于死者，非真见爱也，妾自亦将不能瞑矣。老母孤苦，必承推情照拂，兹不多哀。

　　已矣，郎其自爱，缘结来生可矣！

　　　　　　　　　　　　　　妾银铃邵氏绝笔

　　文龙和泪看完。说是别看这们寥寥几行字，真是语重心长，立言得体。又长叹着道："他说得固然很好，我可从那儿再找红颜知己呢！"遂哽咽唏嘘的把信中语意向许氏解说一遍。许氏叹道："在亲亲友友里，真没见过这们明白的孩子。你们好了会子，他这话你听不听呢？"

　　文龙垂泪道："怎忍得不听从呢？明早我再哭他一场，暂先赶回京去。"

许氏道:“这才是正办,那就别拿眼泪洗脸了。”于是催令漱口洗脸,又给打了辫子。群子赶给弄得早饭,随提到城里这回大抢当铺,各商家被累,歇业很多。虽是这样,也不过洋兵乍到的那几天,现在各处全照旧的风光起来,可见到底北京的地面儿厚了。文龙又迫问京中住户状况,群子道:“先我目睹耳闻,京中各大宅门儿向四外逃奔很多。前天去这一趟,您猜怎们着,是逃的家里全糟了。”

文龙道:“这些事我妈还不知道呢。”

许氏赶着一问,群子述说大概。并说:“洋兵进城的那天清晨,老佛爷同着皇上出的西直门。听说道儿上很苦。各王公府第和大小宅门子住户惨死的人可海了!”随向文龙说道:“幸喜宅里没有变动。就是二老爷的眼疾又稍显着厉害点儿,却也不大碍事。就是时常念叨三爷。还有件事,听说三姑娘的亲事快定规了,详情我可不晓得。两院的人口却都平安。大爷近来也着家了,和东院四爷,弟兄俩在巷口上开了一处买卖。”

许氏搀问道:“这倒是件新闻。”

群子笑道:“很不算个希希罕罕!自从各铺户被抢,多有人货一空,倒锁门儿的。遇那铺东房东有人在京里的,或是左近住户,就着空铺子给下了板儿,置备些个日用必需的货物,本东本伙随时随地开作杂项买卖的很多很多。至于小门小户,临街挖墙洞开小铺儿的,更不在少处。还有挑挑儿下街的,不过作法不同。有闲着没事,借作消遣的;有弄些资本,趁势儿当个营业小作的;有家里富足,借此遮掩身子的;有穷的没落子,不得不舍脸谋生养家的。那天听人说，有位副都统跨筐儿沿路卖臭豆腐；还有位大侍郎，开了小饭铺儿，亲身系上油裙掌灶。至于王公子弟、缙绅老先生，被洋人捉去当苦力，或倒从洋人手中买回自家珠宝珍玩，买蹲卖蹲儿的，很有得是。像宅里头仅只丢了两匹马一辆车，并没大变动，人口上也都平安，这就得说是老爷太太们的福气。"

许氏一吐舌头道："真有这事？"

群子道："这就算了。那全家殉难，大姑娘、小媳妇为着保身全节投河觅井，甚至有失了身体丢了脸面，终归羞愤一死，葬身无地，收尸无人的，多直豁的咧！像银妹妹这个死法，论那一面儿他都对得起，就在那一面儿，也都对得起他。这不是在天堂上么！况且他那封信内，也劝爷以老亲为重。三爷要看这遗言值重呢，还是赶紧回宅的是！"

文龙叹道："我原打算明早就走。你若肯跟了我去，咱们就今天赶到桥上，明儿黑早进城。"

群子回道："我情愿伺候爷去。"遂由许氏给借来一头骨力驴儿，群子便去备好了马。文龙向许氏说道："他的遗物，我先带走几样，其余仍旧由妈给收着。这里还敷〔富〕余三十两银子，我也没地方花，妈你留着用。咱娘儿俩过些日子再见。"

许氏流着泪点了点头，陪着先到五棵松下又哭了一回。王四闻声前来，文龙嘱令："好生留心这座新坟树，别断了水。不定那一天，我还下来查看呢。"随又望着碑碣，连叹了两口气，跺了跺脚，回身和许氏作别。走出坟地基址，搬鞍上了马。群子搭好褥套，骑上驴儿，紧紧跟在后面，劝道："爷赶路吧，别紧自回头了。"

文龙叹道："这一手儿我是万也想不到的！告诉你说，要不是上有老亲，我就得哭死在这里！"

群子也叹道："像爷这们情深的，真也少有，是了就是了！"

主仆二人随走随说，直到回头望不见那座坟墓形影，文龙这才拨马而走。

群子骑的那头驴儿脚程也不慢，太阳刚压山儿就赶到桥上，依旧住在泰来店里。次早天光一亮，他主仆出离店门。文龙陡然想起来本年春间，在桥上望月的情景，又发生许多感触。

一路上神魂颠倒，直到进了北京。精神上受了一番新刺激，头脑颤然惊醒。可是眼望着沿路来往荷枪的洋兵、提棒的巡捕，心里另有说不出来的忿愤。堵气一纵辔头，策马疾走。少时进了西城，一口气儿转入自家住的这条巷口。群子追着指告道："这座修理钟表带卖杂粮的铺子，就是大爷四爷开办的。"

文龙听了，反将头一低，纵马向西直跑。转眼到了门首，□马下来，转□□群子喊报，随就撒了马扯手，转进大门洞儿。略一张望，斜向着垂花门连步疾走。门房里问了两声谁，回身一看，叫声："王顺！"说了句："是我。"那王顺呵呵两声，进前请安，又想问候，又要往上禀报。文龙嘱咐道："你先叫人到门外帮同照看，不用往里通报。回头你出其不意的一嚷，不定就许惊着谁。"

王顺应声喊人出去，一边赶到头里，说是："这比不得往常，倒得去通报一声！"随就向里面喊道："张奶奶李奶奶，回禀姑娘太太，三爷回宅来了！"

文龙只得紧走几步。将一进了西月亮门，就见张妈李妈，一个向外张望，一个高声嚷道："可不是三爷吗！"张妈更忘其所以，上前搀架着道："爷慢走，二老爷正在这屋！"

文龙转进上屋呢，扑到父母跟前，翻前跪倒，连说："儿子文龙，擅自远离膝下，久劳阿玛奶奶倚闾悬盼，实在不孝已极了！"

当时泪随声下，不敢抬头。这二老夫妇惊喜之下，也自老泪横流。二太太一时不知说甚么是好，紧紧握住双手，俯身连问着道："你好哇……"

二老爷道："龙儿难为你了，你且起来！"

季二太太接声道："对呀，好孩子，快起来别哭了！"嘴里虽这样说，却也不稍松了手。珍姑娘从旁说道："奶奶是喜欢得背晦了。倒是松开手哇！"

二太太听了才算明白过来。文龙回手站起，重新向父母跪了安，兄妹垂泪相见。二老爷屋里的两个姨奶奶也都赶来问候。文龙向他们连作了两道长揖，他二人一齐敛衽回拜。接着婆子丫头们争来见礼，文龙将在一一点首。耳边一声："兄弟回来了！"赶向人群里一找，见是那位又矮又拉沓的大嫂子，手里还扣着胸襟钮扣。见过了礼，东拉西扯，有的没的乱问，气得珍姑娘道："阿玛奶奶还都没能问话呢！大嫂子你先瞧孩子去，听听，光景又在炕上撒泼呢！"

元大奶奶一听，歪扛着个卷子式的两把儿头，步履蹒跚转出上屋，嘴里叨唠着道："这孩子索兴离不开奶，这们一点工夫都不容！"及至进了他所住的厢房，又听他喊道："宝贝儿，奶奶来了！"

这里二老夫妇一齐皱了皱眉。二太太叹口气道："谁叫看得中的偏不长寿呢！"

文龙见说，赶紧转过脸去，向老父问视眼疾。他爷儿俩正在叙谈着，群子安置好了行李，来到上房门口，声称叩见主人。文龙趁此禀明自己从京南经过，带他前来，意欲作个长随。二老爷叹道："很好，谁叫他舅舅没儿子呢。也很机灵，又懂规矩。"随就提到银姑娘身上。珍姑娘泪盈盈的问到那座坟墓。文龙含着眼泪，把种树告奠情事，大大方方的倾诚说出，并说："老人家这们疼顾，三妹妹那们照拂，总是他没有造化。"

三姑娘道："话也不能这们说。实在怨我粗心，按说银姐姐决不像个短命的！"

文龙因见大家多在神情凄恻，父母和三妹妹尤且显着动心，赶命群子退去，改说住在开封各事，并斟问自己的安禀和赵〔兆〕次贤世叔所来的信。季二老爷听说这话，用眼一看女儿，珍姑娘忙道："三哥到河南以后的住址，家里始终没接有准信，更没有自开封来的信，不知是几时发的？"

文龙想了想道："大约是五月十四发的。"

珍姑娘道："这就怪不得了！义和团是五月十二进的城，接着就没一天安靖，必是邮递不便，不定在那儿耽误住了。"

　　文龙一想也好，倒是省去一番枝节。遂把在洛阳开封两地的情景，择要述说了个大概。随由珍姑娘伴同着到东院去了一趟，回来在上屋一同吃过饭，接续前文又说一刻话儿，文龙始退到西小院来随便歇息。珍姑娘带着喜儿香儿，随后来到叙谈。他兄妹细一提说银姑娘各事，相向着伤了会子心。改转话头，叙说拳匪在各处烧杀，联军破城抢掠，并德俄法三国人在他们占定驻扎的区域以内，恣意奸淫，逼死妇女种种情事。并说："这并不只是耳闻，在咱们亲友里边，受害的就有好几家。"

　　这一番谈话，自然比群子说的真确痛切。文龙直听得气愤填胸，不禁骂道："他们不是说中国野蛮吗，似这有强权无公理，纵兵为匪的举动，不更加倍的野蛮了吗！只可恨朝中无人，纵容内乱，招出外侮，叫一般无告的人民白白的跟着受这涂炭！现在一个堂堂中国的首都，硬变成八国的临时殖民地，由着他们蹂躏。官面儿暂不能提，难说就没有地方绅士出头，给大家作点儿事苏点儿困么？"

　　珍姑娘道："现在倒是立了几处安民公所，每公所里添设了许多洋巡捕。其中办事人员，都是约请出来的当地官绅。虽说在那一国军队的驻扎管理之下，他们作将领的，全具有一种太上权衡，可总算有了代理民词的处所。外人还很认真讲理，对绅士很是尊重，对商民也颇有体谅，不像前几日那们野蛮，因此地面上颇显着安靖多了。"

　　文龙叹道："这只可说是慰情良胜无了！不知咱们伯父，可在那局中不在？"

珍姑娘道："乍一商办时节，曾有个自称美国翰林的亲来拜访。他用的是中国式的大红名片，我还记得名叫李佳白。虽是外国人，却是中国人打扮。满口的中国话，说得也很清楚，而且很转了几句文。又有个英国武官，他那名字很绕嘴，我记忆不清了。前后面见敦请。伯父因他们用的安民名义，不肯出去。后来又有廷用宾、文济沧等跑来邀请，伯父也都谢却了，只说将来改成工巡局时，必定勉去帮忙。咱们家里这回总算没有大失闪。洋兵虽来过两次，不过要去了几块时表，百十来块洋钱，算不了甚么。就是在当铺里很丢了些个东西。"

文龙问道："都是几时当的？"

珍姑娘道："倒不是特意当的，是封在箱子里，放在那里收存。别的还不要紧，三哥你倒知道阿玛的那个玻璃砖的匣子啊，里面都不是老人家手存的零件红货吗。抢当铺的那一天，有人眼见被两个日本兵抱着走了。老爷子听说一动心，眼睛才又坏了几成。要不然，就得说好到九成九啦。现在只好等着剑侬姐姐的信吧。"

文龙听了又怒骂道："外国人里就是那些倭奴，太□的不开眼！"

珍姑娘叹道："谁叫人家是战胜国呢。其实就历史上考查，他们连人种都是中国的根儿，再不用说政治文化了。既有了甲午那一场，现又在八国联军里打前敌，首先攻进了北京。顶可笑可怜的，上月二十七那天早晨，街面上都吵嚷白团到了呢，直到过了晌午，才晓得原是那些倭奴。三哥你说咱们中国人，怎会糊涂到这个份儿上！"

文龙发着恨道："将来我不得志便罢，只要有那一天，非先拿他们出气不可！"

珍姑娘劝慰着道："这时很不必自生这迂气。再说国运如此，我们只好先以持家孝亲，尽这为人子女的责任吧！"

文龙微微点头，仍自生着暗气。忽然问道："我听说大哥居然作起买卖来，又跟四爷和到一起，这倒让父母省了点心。"

珍姑娘笑道："我四哥倒很难为他。整天在那铺子里，和几个伙计听说处得很好，会没闹那少爷脾气。大哥呢就说也不错，不过还是拿买卖作个影身草儿，免致终日在家，上而爷儿俩，下而他们公母俩，呕气吵嘴就结了。"

文龙叹道："妹妹倒别这们说，总比那钻烟馆打游飞的强啊。"因站起来道："我还没见着大哥呢！就此到他那铺子里瞧瞧去，回来再到妹妹屋里去。"

珍姑娘也站起身形，一手指着香儿道："这丫头原是因为银姐姐，在四月里新买来的，银姊姊很喜欢他。后来四妹妹和我要过两回，我都没答应。我是想把他拨到这屋来。他虽才十二岁，却很机灵当用。"

文龙点头道："谢谢贤妹这番用意。"随将香儿叫到跟前，拉着手儿看道："眉眼儿倒不粗俗，才听他说话儿也很甜甘。"当吩咐着道："这屋并没多余事情，好好听话，银姑娘怎样疼你，我也会怎样疼你。"说着心中一酸，撒了他的手，抹头要走。忽见帘儿启处，泰姑娘闪身走入，说声："瞧喊，我将找到这里，打听银姐姐的后事。三哥这又要上那儿去？"

文龙凄然答道："四妹妹，你姊妹先在这里谈着，我找大哥四弟去，这就回来。"因叫香儿看茶拿水烟袋，说声："回头见！"转到外院，带上群子，出街门往东。

走出没有多远，路北一座门外，有两个英国兵提枪站立，又有些个头带红绸帽手提马棒的中国人来往出入。群子低声告述道："这就是个公所，那些下役们人称洋巡捕，据说仿照上□天津的，专管指挥缉捕等事。才听说也多是左近的老街坊旧邻居。"

文龙略一举目，仍就往东走去。奔到铺内，一进门儿，就听有划拳让酒声音。没容看柜的徒弟问话，当先喊了声："四兄弟！"

文钰闻声探望，忙从后院跑来回叫一声："三哥！"问是几时回到家来，一面请下安去。文龙双手扶起，说是："你的精神很好，大哥呢？"

文钰道："大哥被人找走了，午后就没来。今儿是格外犒劳众伙友。将入坐，给大哥空着个坐位，三哥正好补缺。有的是酒，这真得痛痛喝一下子！"

大家听了都跑来相见，七嘴八舌让到后院入座。有说借花献佛的，有说借酒撒风的，你一杯我一杯，交相劝让。文龙一来自恃素有酒量，二来也想浇一浇胸中的块磊，遂就酒到杯空，毫不介意。文钰因弟兄久没一处饮酒，今见三哥喝的十分痛快，亲去取来两瓶。他一旁只管斟，文龙端起只管喝。群子站在背后，明知三爷满心里的悲苦气愤，这要一喝多了，一定是个麻烦。可又不敢上前拦阻，便跑回宅去报告，好另派人来请。

　　文龙这里越喝越起劲儿，偏又连输了好几拳，心里一挂火儿，酒气往上直涌。这工夫街上一阵喧哗吵嚷，文龙一耳朵听说"你这外国人太不讲理啦"，登时火高三丈，站起跑到门外查看。又恰巧是两个日本人和一个卖果子的老头儿指手画脚的捣乱，一个趁势往衣袖内偷藏果子。他就大声喝道："好倭奴，休来欺负老实人！"

　　那一个偷果子的虽然敛了手，捣乱的可赶向这边直打量，嘴里也不知说些甚么。其时天气已在斜阳西坠，铺内徒弟拿着幌枝子将要摘取帘子。文龙正气得二目圆睁，劈手将幌枝夺过，猛向那个捣乱的头上刺去。两个□□儿，一见文龙凶神似的，赶则他也不□惹。仗是矮小灵便，回身往西就跑。文龙连骂倭奴，随后就追。

　　众人因是事出仓猝，拦阻不及。只有文钰赶在后面，连嚷："三哥站住，这可使不得！"

　　两旁看热闹的人，有高呼痛快的，有替捏着把汗的。那公所里的巡捕，闻声跑出十数名来，放过日本人，横排着将文龙截住。

　　要知后事如何，且看下回分解。

　　　　　　（原载平报社发行"社会言情小说"《京尘影》）

◉ 张菊玲 李红雨 编

◉ 作家出版社

第二册

清末民初旗人京話小說集萃

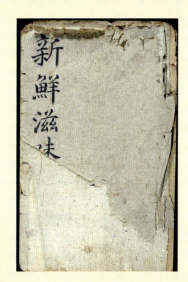

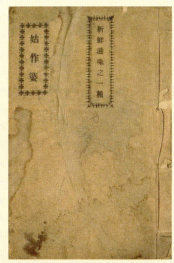

上图：1921 年京话日报社印行蔡友梅小说《新鲜滋味》之
　　　二十五种侦探小说《酒之害》单行本。

下图：京话日报社印行蔡友梅小说《新鲜滋味》之一种《姑
　　　作婆》单行本。

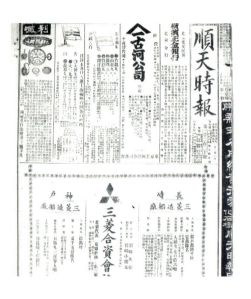

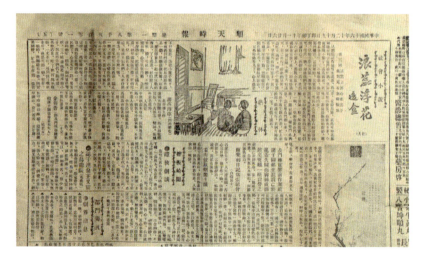

上图: 1912 年《顺天时报》广告版。

下图: 1927 年《顺天时报》小说版。

上图: 1939 年《北京益世报》。

下图: 1925 年《白话国强报》。

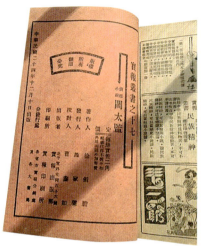

左图：1935 年实报社印行徐剑胆小说《阔太监》单行本。

右图：实报社印行徐剑胆小说《阔太监》单行本版权页。

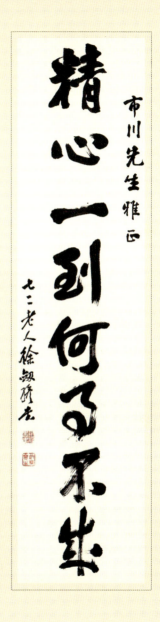

左图：徐剑胆小说《花国饭店》单行本。

右图：徐剑胆书法。

上图： 《北京小公报》连载徐剑
胆小说《七妻之议员》影
印本。

左下图：1918 年《爱国白话报》印
行徐剑胆小说《金钱李二》
单行本。

右下图：白话捷报社印行徐剑胆小
说《康小八》影印本。

目　录

蔡
友
梅
简
介

蔡友梅（1872—1921），本名蔡松龄，又名松友梅，笔名损、损公、退化、梅蒐、老梅、遍生、亦我、瞎公。汉军旗人。蔡家是清代世族，先祖蔡士英是清初名臣，官至漕运总督加兵部尚书。蔡士英之子蔡毓荣曾任湖广总督加兵部尚书、云贵总督，平叛治滇功绩卓著。蔡友梅外祖父姓金，号静安，乃满洲爱新觉罗氏族，祖母出生于中医世家。蔡友梅父亲承袭轻车都尉世职，以绿营（汉军八旗）参将之职赴任山东。

蔡友梅是清末民初的著名旗籍报人、小说家，在1907年创办《进化报》任社长前后，曾担任《公益报》《白话国强报》《京话日报》《顺天时报》《益世报》等多家知名报纸的主笔，创作颇丰，其小说多刊登于《京话日报》《顺天时报》《进化报》《白话国强报》《益世报》，现今存世的作品约一百多部，其他的相关资料则多有散佚。蔡友梅是当时小说界的领军人物之一，《白话国强报》因报纸"销路飞涨"而特聘请蔡友梅担任小说栏目主笔时，发布启事广而告之，称其为"报界著名巨子小说大家"，可见其当时影响力之著。

据有关资料整理，蔡友梅的生平大致如下：

1872 年，出生于北京汉军旗人家庭，是"敬畏堂蔡家"。其旧居在北城炮局胡同中间路北大门，后有小园约二亩许，花木很多。

1877 年，六岁接受旧式教育，十四岁时读完《五经》。

1887 年，受祖母家传之影响，十六岁学医，后曾与叔父蔡君邻一道行医，颇有声名。

1890 年，十九岁时，随父亲蔡绥宸赴山东曹州府上任。

1894 年，在神机营营务处充当委员。

1899 年，于京师大学堂肄业。

1900 年后，庚子之后，联合同仁组织过阅报处、宣讲所、学堂、工厂、戒烟会、演说会，当过教师、振华中学校长。

1904—1906 年，任《京话日报》和《公益报》编辑。

1906 年，《京话日报》和《公益报》相继被查封后，蔡友梅倾尽财力创办《进化报》。

1907 年，在《进化报》连载小说《小额》，未几报社倒闭，欠债累累。

1908—1910 年，到归绥投奔时任绥远城将军的把兄信勤，做了两三年的幕僚，任禁烟局帮办，兼任法政讲习所总办，曾赴蒙古地区查烟。

1912 年，与钱愚儒、王淑渊组织正俗振乐新剧社。

1913—1919 年，任《顺天时报》主笔，以"损""损公""退化"等笔名在《顺天时报》《京话日报》《白话国强报》《益世报》（北京）、《爱国白话报》发表连载小说以及杂文随笔、演说文等。

1914—1915 年，在河南、湖北、江西等地劝办印花储蓄公债。

1915 年，父亲蔡绥宸于当年阴历九月二十六日去世。

1916—1921 年，就职于《益世报》（北京），初期任编辑主任，后长期担任小说主笔，并曾任《大西北日报》《卫生报》编辑。1916 年底，任教育部模范讲习所讲员，每星期一晚间赴讲习所演讲。

1918—1921 年在《京话日报》和《白话国强报》连载小说。

1919—1921 年，在《益世报》开设《益世余谭》时事评说专栏，署名"梅蒐"，以京味儿口语写作，经常是每天一篇，每篇五百字左右。

1920 年 9 月，丧偶，《益世报》于 9 月 11 日登出启事："蔡友梅先生现遭丧事，所有小说《双料义务》及《益世余谭》暂停。此启。"

1921 年 11 月初，因病去世，最后一部小说《鬼社会》尚未完成，享年 49 岁。当时家住北京东城颂年胡同 31 号。

蔡友梅生长于北京，对北京的人情世态、方言土语极为熟悉，他的笔触，深入到社会现实当中，尤其是北京中下层市民的生活中，擅长以纯熟的北京方言，描写北京的人物、风尚，以及京城旗人的市井人生，是当时较早出现的一位风格鲜明、京味特色浓郁的旗人小说家。

作为清末民初改良派的报人兼小说家，面对晚清中国社会的弊病丛生、风气败坏、道德失序，落后愚昧，蔡友梅表现出深切的忧国忧民情怀，希冀能开通民智、唤醒人心，移风易俗，提振国家，将小说视为安邦定国的利器，表现出积极的创作倾向。其作品内容紧贴社会现实，尤其大量反映了旗人的生活，在当时的文坛上独树一帜。

其曾声名鹊起的《小额》，于 1907 年连载于《进化报》，1908 年再由和记排印局发行《小额》的单行本。《小额》全书七万余字，反映清末北京旗人独特的社会生活。主人公小额（额少峰）是京旗库兵出身，专在旗人中放昧心的阎王账，因为手下人在旗下衙门打架惹祸，吃了一场官司，家人为救他屡遭不良之辈蒙骗，出狱后又生病险些送命，受尽病痛折磨，最终幡然悔悟，改恶从善。松友梅将《小额》标之为"社会小说"，在小说开始时就宣称："既叫作社会小说，就得竟说社会上的事，既说社会上的事，就得把一切的腐败恶习、野蛮现象，都形容出来。"

在《小额》发行单行本时，漠南德泃少泉在《序言》中，详细谈到了《小额》写作的缘由："丁未春北京进化报社创立。友梅先生以博学鸿才，任该馆总务。尝与二三良友曰：'比年社会之怪现象于斯极矣。魑魅魍魉，无奇不有。势日蹙而风俗日偷，国愈危而人心愈坏，将何以与列强相颉颃哉？报社以辅助政府为天职，开通民智为宗旨，质诸兄有何旋转之能力，定世道之方针？捷径奚由，利器何具？'是时，曼青诸先生俱在坐，因慨然曰：'欲引人心之趋向，启教育之萌芽，破迷信之根株，跻进化之方域，莫小说若！莫小说若！'于是友梅先生以报余副页，逐日笔述小说数语，穷年累日，集成一轴。"

《小额》是蔡友梅以小说济世以及京味写作的代表作，杨曼青曾在此书的序言中如此高度评价《小额》："松君友梅，编辑此书，乃数年前小额之实事也。其中头绪之纷繁，人情之冷暖，语言之问答，应酬之款式，家庭之常态，世事之虚浮，俾观者闭目一思，如身临其境，闻其声而见其人。写声绘影之妙，于斯备矣。"

《小额》尤为突出地展示了曹雪芹、文康这些满族作家所习焉不察的京城里普通旗人的生活景象，反映出他们自己的生活方式、人情世态、价值观念，等等。如果将这部反映清末社会现实的小说目为反映旗人家政之小说，不仅没有降低，而且正好说明了《小额》的文学地位，它也是旗人作家对中国古代小说史做出的最终贡献。现代杰出的满族作家老舍，正是在它的基础上，迈向了反映北京旗人生活的文学创作的光辉顶峰。

蔡友梅于 1918 开始，在《京话日报》上连载的《新鲜滋味》系列小说，有二十七种之多。一时影响颇著。

1919 年，蔡友梅在《益世报》（北京）上开设《益世余谭》栏目，这是一个用京味儿口语评说时事的专栏，在近两年零两

个月的时间中，常常是每天一篇，每篇五百左右字。这些时评
涉及北京上至军阀政客，下至地痞流氓、妓女乞丐，以及警察
士兵、商人演员、教师医生、旗人乡民、和尚道士，小贩车夫
等芸芸众生，以及骗局赌局、饭局游艺、市井风气、学生运动、
慈善活动、方言俚语等，纷纭百态，京味儿十足，展现了一段
在一般历史书上看不到的真实的历史。

　　据有关资料整理，蔡友梅在各报发表的现存作品有一百余
部，兹列举如下：

《进化报》

　　1907 年连载小说《小额》。

《顺天时报》

　　1913 年至 1919 年间，蔡友梅以"损""损公""退化""老
梅"等笔名连载了数十部小说，包括：《新侦探》（1912）、《营
中赴会》（1913）、《二十世纪新现象》（1913）、《新侦探》、《孝
子寻亲记》（1913）、《脑筋病》（1914）、《感应篇》（1914）、《张
军门》（1914）、《家庭魔鬼》（1914）、《潘老丈》（1914）、《伶
人热心》（1915）、《海公子》（1915）、《汪大头》（1915）、《大
劈棺》（1916）、《大小骗》（1916）、《姚三楞》（1916）、《苦儿
女》（1916）、《刘瘸子》（1916）、《贺新春》（1917）、《金永年》
（1917）、《两捆钱》（1917）、《奉教张》（1917）、《王小六》
（1917）、《苏造肉》（1917）、《王善人》（1917）、《骗中骗》
（1917）、《钱串子》（1917）、《粉罗成》（1918）、《小世界》

（1918）、自由女（1920）。

《益世报》（北京）

1915 年《益世报》于天津创刊，次年增刊北京版。蔡友梅以"梅蒐""老梅""亦我"等笔名发表的小说包括：《高明远》（1917）、《张和尚》（1917）、《怪现状》（1917）、《过新年》（1918）、《回头岸》（1918）、《土匪学生》（1918）、《八戒常》（1918）、《王有道》（1918）、《大车杨》（1918）、《苦家庭》（1919）、《恶社会》（1919）、《贾万能》（1919）、《刘阿英》（1919）、《中国魂》（1919）、《蠖屈太守》（1920）、《大兴王》（1920）、《谢大娘》（1920）、《和尚寻亲》（1920）、《双料义务》（1920）、《势利鬼》（1920）、《店中美人》（1920）、《以德报怨》（1921）、《刘三怕》（1921）、《王翻译》（1921）、《美人首》（1921）。

1919—1921 年，在《益世报》（北京）的《益世余谭》栏目刊出杂文三百余篇。

《京话日报》

1919 年 7 月至 1921 年 10 月间，蔡友梅共连载了《新鲜滋味》系列小说二十七种，目前所见到的有二十六种：《姑作婆》（第一种）、《苦哥哥》（第二种）、《理学周》（第三种）、《麻花刘》（第四种）、《库缎眼》（第五种）、《刘军门》（第六种）、《苦鸳鸯》（第七种）、《张二奎》（第八种）、《一壶醋》（第九种）、《铁王三》（第十种）、《花甲姻缘》（第十一种）、《鬼吹灯》（第十二种）、《赵三黑》（第十三种）、《张文斌》（第十四种）、《搜救孤》（第十五

种）、《王遁世》（第十六种）、《小蝎子》（第十七种）、《曹二更》
（第十八种）、《董新心》（第十九种）、《非慈论》（第二十种）、《贞
魂义魄》（第二十一种）、《回头岸》（第二十二种）、《方圆头》（第
二十四种）、《酒之害》（第二十五种）、《五人义》（第二十六种）
和《鬼社会》（第二十七种）。

《白话国强报》

蔡友梅晚年在《国强报》连载了不少作品，包括：《人人
乐》（1920）、《红颜薄命》（1920）、《贾克里》（1920）《忠孝
全》（1920）、《二家败》（1920）、《鞭子常》（1920）、《赛刘海》
（1920）、《山东马》（1920）、《路三宝》（1920）、《胶皮车》
（1920）、《黑锅底》（1920）、《白公鸡》（1920）、《五百万》
（1920）、《骗中王》（1924）、《瞎松子》、《韩二刁》、《连环套》、
《郭孝妇》、《驴肉红》、《新侠女》、《郑秃子》、《大樱桃》。

另有馆藏单行本和报纸剪贴本如下：

国家图书馆馆藏

《双料义务》（报纸剪贴本）、《店中美人》（报纸剪贴本）、《瞎
松子》（国强报刊社）、《姑作婆》（京话日报社）、《新鲜滋味》（六
册，第二种至第七种，京话日报社）、《小额》（2011，世界图书
出版公司）。

首都图书馆馆藏

《大樱桃》（国强报社）、《驴肉红》（国强报社）、《忠孝全》
（国强报社）、《郑秃子》（国强报社）、《郭孝妇》（国强报社）、《赛

刘海》（国强报社）、《白公鸡》（国强报社）、《新鲜滋味》（1函14册，京话日报馆）、《新鲜滋味：十三种》（1函13册）、《人人乐》（国强报社）、《库缎眼》（京话日报社）、《赵三黑》（京话日报社）、《回头岸》（京话日报社）、《麻花刘》（京话日报社）、《非慈论》（京话日报社）、《连环套》（国强报）、《胶皮车》（国强报社）、《理学周 / 川路风潮记》（损公 / 徐剑胆，京话日报社）、《二家败》（国强报社）、《小额》（2011，世界图书出版公司）。

北京师范大学图书馆馆藏

《小额》（1913，京华新报馆）。

天津图书馆馆藏

《搜救孤》（1921，京话日报社）、《张文斌》（1921，京话日报社）、《赵三黑》（1921，京话日报社）、《鬼吹灯》（1921，京话日报社）、《一壶醋》（1921，京话日报社）、《苦鸳鸯》（1921，京话日报社）、《王遁世》（1921，京话日报社）、《库缎眼》（1921，京话日报社）、《曹二更》（1921，京话日报社）、《苦哥哥》（1921，京话日报社）、《鬼社会》（1921，京话日报社）、《五人义》（1921，京话日报社）、《酒之害》（1921，京话日报社）、《方圆头》（1921，京话日报社）、《董新心》（1921，京话日报社）、《小额》（2011，世界图书出版公司）。

蔡友梅作品

小额

序一
序二
题辞

序 一

松君友梅，编辑此书，乃数年前小额之实事也。其中头绪之纷繁，人情之冷暖，语言之问答，应酬之款式，家庭之常态，世事之虚浮，俾观者闭目一思，如身临其境，闻其声而见其人，写声绘影之妙，于斯备矣。松君初欲以文话译出，因碍于报格，不得已仍用平浅文字登于小说一栏，每信笔一篇，无暇更计工拙。是书将次告成，松君欲重加点缀，复因阅报诸君，屡次来函诘问，必欲一窥全豹，乃草草附［付］诸印工，非敢云以餍阅者之目，聊以报诸君早睹为快之心耳。然此书之大意，以赏善罚恶为宗旨，有皮里春秋之遗风，傥以旗人家政而目之，恐负良匠之苦心也。

时光绪三十四［年］六月二十三日。

杨曼青序于补梦斋

序 二

丁未春北京进化报社创立，友梅先生以博学鸿才，任该馆总务，尝与二三良友曰："比年社会之怪现象于斯极矣。魑魅魍魉，无奇不有。势日蹙而风俗日偷，国愈危而而［按：此字为衍文］人心愈坏，将何以与列强相颉颃哉？报社以辅助政府为天职，开通民智为宗旨，质诸兄有何旋转之能力，定世道之方针？捷径奚由，利器何具？"是时，曼青诸先生俱在坐，因慨然曰："欲引人心之趋向，启教育之萌芽，破迷信之根株，跻进化之方域，莫小说若！莫小说若！"于是友梅先生以报余副页，逐日笔述小说数语，穷年累日，集成一轴，书就，命予序首。鄙不学而荒，每于社会状态与进化之关系三致意焉，今得先生全豹而读之，无任击节，观其中缀人事之直曲，叙世态之炎凉，先生非徒事酸刻也，殆有深意存焉。昔哲有言，撰史之职，在述叙国民之生活与社会自然之事实，为比较进化之资料，以便确定其究竟法则。斯数语，可咏先生社会小说之真相矣。是为序。

时龙飞光绪三十有四年仲夏。

漠南德洵少泉谨识

题 辞

大清一统大帝国，地广民稠真难得。

北京社会人物全，良莠贤愚难尽识。

有一小额号少峰，能使善良皆目侧。

横行霸道家财丰，实为土豪之特色。

不习弓马不临池，专吸旗人之膏脂。

重利盘剥放大账，更比碓房盛一时。

秤盘摆动戥星摇，朝朝暮暮胜元宵。

钱粮包子无其数，争似为官赴早朝。

持筹握算无间暇，白日匆匆继以夜。

手下碎催数十人，人人都是胆包身。

摆鞋荣及花鞋德，假宗室与小头春，

按月关饷到旗署，气死山东拨什户。

那管天理与良心，吃尽孀妇与孤女。

青皮小连气如云，大闹旗衙真罕闻。

擅打伊老如破竹，两个嘴吧兼一足。

旁观多少不平人，不敢公然论直曲。

伊老回家闷气生，公子闻知说不行。

一函书信难中止，恰似加紧六百里。

果然书到便成功，也是小额自寻死。

锁环脖项提署收，身系囹圄难出头。

至今后悔亦何及，回思往事泪空流。

狱牢黑暗风萧索，怎比拥炉坐暖阁。

鸦片烟瘾最难捱，遍体冰凉觉衣薄。

严行拷问臀痕青，此时此际难为情。

不见高亲与贵友，但闻囚犯哀号声。

额氏夫人善驾驭，分遣仆从各家去。

东西南北觅良谋，一天走有七八处。

指望能怜范叔衣，谁知全学苏秦归。

昔日亲朋与故旧，今日竟似残秋柳。

深闺终日锁双眉，脂粉慵施泪暗垂。

春来开库关俸日，秋季札仓领米时。

门庭冷冷生荒草，满院灰尘无人扫。

一心只恨青皮连，不合无端打伊老。

独对银灯思悄然，想子思夫减夜眠。

离愁一日增一日，破镜何时飞上天。

结发夫妻情义重，知心话儿向谁共。

流光转瞬已经年，仿佛一出黄粱梦。

可恨额家众宾客，狗友狐朋穷落魄。

幸灾乐祸起贪心，自己登门不用觅。

骗人手段速如电，百计千方都使遍。

银钱到手大分肥，黄鹤一去不复见。

明五恩德重如山，排难解纷指顾间。

一言不令风潮起，完案归来见妻子。

特邀伊老到饭庄，请安叩头赔不是。

遣怀听戏出城厢，偏遇冤家听不成。

一腔抑郁难发作，不寒而栗突心惊。

望家加步走徘徊，身着罗衣尽解开。

盘大痈疽生脊背，呼童快请大夫来。

大鼓锣架真轻举，不读医书将文舞。

一瓯汤药未服完，疙瘩疼得泪如雨。

回头又请香头王，怪语妖言太渺茫。

弄鬼装神信口说，不过胡黄白柳长。

御医徐公在何处，车去车来起尘雾。

到底不如金针刘，真能手到病除去。

病除如执蒲葵扇，胜得明珠与翠钿。

一旦猛省改前非，土匪之中亦罕见。

最羡松君绝妙辞，社会情形无不知。

婆心苦口将人劝，直笔一枝堪救时。

寄语同胞当爱众，损人利己如折枝。

大家努力尚实业，国富民丰定可期。

恭读松君友梅社会小说，敬题七古一章，用《长恨歌》原韵。
即希哂正。

绿棠吟馆拜稿

蔡友梅作品

小额

正文

庚子以前，北京城的现象，除了黑暗，就是顽固，除了腐败，就是野蛮，千奇百怪，称得起甚么德行都有。老实角儿是甘〔干〕受其苦，能抓钱的道儿，反正没有光明正大的事情。顶可恶的三样儿，就是仓、库、局。要说这三样儿害处，诸位也都知道，如今说一个故事儿，就是库界的事情，这可是真事，诸位别忙，听我慢慢儿的道来。

西直门城根儿住着一个姓额的，人都管他叫小额。从先他爸爸放阎王账，专吃旗下，外带着开小押儿，认得几个吃事的宗室，交了两个北衙门站堂的，喝，那字号可就大啦。要说他的财主，每月的钱粮包儿，真进个一千包儿、两千包儿的。后来给他儿子办了一份库兵，花了五千五百多两银子。后手啦，老头子死啦。小额当了三年的库兵，算是好，没出多大的吵子（贼星发旺），家里的钱是挣足啦。把小押儿也倒出去啦。自己看着这点儿账目，心满意足。又有些个不开眼的人这们一捧臭脚，小额可就自己疑惑的了不得啦，胡这们一穿，混这们一架弄，冬天也闹一顶染貂皮帽子带带，也闹一个狐狸皮马褂儿穿穿。见天也上甚么通河轩啦、福禄轩啦听听书去。后头也跟着一个童儿，提溜一根仙鹤腿的水烟袋，大摇大摆，学着迈方步又迈不好（何苦！），没事也带副墨镜。要是不摸底的，真疑惑他是卸了任的府道。到了茶馆、饭馆儿，都称呼他额老爷（洋绉眼），他自己也以额老爷自居。

单说他所放的账目，都是加一八分。要是一分马甲钱粮，在他手里借十五两银子，里折外扣，就能这辈子逃不出来。他那个账局子，就在他外书房。每月钱粮头儿上，喝，手下的碎催可忙啦，一人一个小绿布口袋儿（许是作帽子剩下的布），一个油纸摺子，拿着对牌（借账的把钱粮由领催手里，对过跑账的，立一个木头牌子，一劈俩瓣儿，跑账的拿一瓣儿，领催拿一瓣儿，每月凭这个牌子取银子），往旗下衙门、护军营衙门，这们一取钱粮包儿。

要说放账、使账的这门科学，在下也没研究过，大概听说有死钱，有活钱，有转子，有印子，名目很多。反正没有杀孩子的心，不用干这个。（实话！）

那一天又到钱粮头儿上啦，说句迷信话吧，也是小额活该倒运，他手下有个跑账的小连，外号儿叫青皮连，没事竟耍青皮，有二十多岁，小辫顶儿大反骨，有几个小麻子儿，尖鼻子，闻点儿鼻烟儿，两个小颧骨儿，说话发头卖项，凭他一张嘴，就欠扛俩月枷，借着小额的势力，很在外头欺负人。那些个账户儿，没有一个不怕他的。到了旗、营关钱粮，变着法子跟人家要骨头。

那一天是四月初五，青皮连晃晃悠悠，来到旗下衙门。可巧那天是堂官过平（瞧事），定的是辰时到署。天已经十钟多啦，堂官也没来。就瞧门口儿等着关钱粮的人，真有好几百口子。大家抱怨声天，这个说：

"德子，你没作活吗？"

那个说："这两天没活，我们牛录上有一个拨什户缺（就是领催），大概这两天夸兰达验缺，我也得练练箭哪。"

这个说："练甚么吧，脑油。咱们这样儿的，还得的了哇。"

那个说："咳，这就是瞎猫碰死耗子，那有准儿的事呀。"

这个又问那个，说："嘿，小常，你还等着是怎么着？上回说过平，就闹了一个晌午歪。瞧这方向，又不定多早晚儿呢。我是不等啦，晚上到拨什户家里关去得啦。"

那个说："你走你的吧，我是非等着不可。一到他们手里，是又剥一层皮。反正在这儿，多花几百，吃在我肚子里。"

又有一个山东儿，刁着个大烟袋锅子，直拍一个穷人。（大概也是为账目。）又有老少两位堂客，都挽着阉［鬏］儿，在那里闲谈。上岁数儿的问那个年轻的，说：

"大奶奶，怎么你关钱粮来啦？"

年轻的说："二大大，您不知道吗？您侄儿上南苑啦。（准当神机营。）您瞧快晌午啦，说过平可又不来，这不是招说吗？"

又有几个卖烧饼、油炸果（音鬼）的，有一个卖炒肝儿的，又有一个卖干烧酒的，乱乱烘烘，直点儿的吆喝。有一个老者，有五六十岁，左手架着个忽伯拉（鸟名，本名叫虎伯劳），右手拿着个大咂壶儿，一边儿喝一边儿说，说：

"咱们旗人是结啦！（谁说不是呢！）关这个豆儿大的钱粮，简直的不够喝凉水的。人家左翼倒多关点儿呀（也不尽然。按现在说，还有不到一两六的呢），咱们算丧透啦。一少比人家少一二钱。他们老爷们也太饿啦，耗一个月，关这点儿银子，还不痛痛快快儿的给你，又过平啦，过八儿的。这横又是月事没说好（月事是句行话，就是每月给堂官的钱，照例由兵饷里头克扣），弄这个假招子冤谁呢！旗人到了这步天地，他们真忍心哪。唉，唉！"

老者这们一犯酒糟儿，招了一大圈子人，点头咂嘴儿的，很表同情。

青皮连瞧了会子，知道是还没放呢，就进了衙门，走在头甲喇院子里，遇见一个熟人，姓春，说：

"小连，你来啦。早著得呢。"

青皮连说："我知道。早晚他得先给我。"

说着话儿，就进了头甲喇的屋子啦，一瞧掌事的领催们都在那儿坐着闲谈呢，银匣子都包着呢。青皮连说：

"辛苦您哪，怎么还不放啊？"

大伙儿说："等着过平呢。"

青皮连说："过平，我们等不了。"

说着，掏出一个油纸摺子来，又拿出几个对牌来，冲着一个上岁数儿的领催说：

"来吧。您把文子、德子、小阿、小乌的这几包儿都给我吧。"

这位上岁数儿的领催原来姓伊，名叫伊拉罕，跟前三个儿子。大儿子姓善（旗人指名为姓），名叫善金，是个文举人，在某王府里教书。二儿子、三儿子也都念书，家里很够过的。当着这个承办领催的差使，为的是操练身子，人家原不指着这个。再说这位伊公，素日人很公平，惟独他牛录上的钱粮，分外的比别人分两足，又搭着年长几岁，说话耿直，一块儿当差使的人，没有不佩服他的，所以都管他叫伊老头儿。这位伊老头儿，最嫌的是放账的，更嫌这把子跑账的，一听青皮连要钱粮，心里就有三分不耐烦，说：

"老二，您将就着等一等儿吧。没过平呢。"

青皮连说："怎么着？等一等儿，不给我是怎么着？"

伊老头儿说："你够多们糊涂。没告诉你等着堂官过平哪吗？要是一给你，大家伙儿全这们一要，回头堂官来，平就不用过啦。"

青皮连一听，把小眼睛一翻，说：

"听我告诉你，爱过不过！碍得儿不着我（此之谓青皮），干甚吗这们横啊，倚老卖老是怎么着？"

大家伙儿一瞧，这个事要岔，赶紧直劝，说：

"得啦，小连，你先溜达溜达去，回头再来。大概这也快啦。"

青皮连说："不是。您听见他这一套啦没有？拍上我啦。姓连的没受过这个。"

紧跟着，又说了些个三青子的话。伊老者是真忍不住啦，说："诸位不用拦他，我瞧他有甚么像儿。"

青皮连一冷笑，说："甚么像儿都有。依着你，怎么样？"

伊老者说："依着我，要管教管教你。"

说的这块儿，伊老者可就站起来啦。青皮连往前就奔，这档儿有一个姓保的，保领催，一揪青皮连，没揪住。伊老者打算撞他一羊头，青皮连手急眼快，往傍边儿一闪，拍拍就给伊老者两个嘴吧。伊老者还要揪他的脖领儿，让小连刁住了腕子，往后一推，伊老者可就闹了一个豆蹲儿。

那位瞧书的说啦："你编的这个小说，简直的没理。你说伊老者素常得人，为甚么青皮连跟他打架，旁边儿的人会不管劝劝呢？眼瞧着让他们打上。世界上岂有此理？"

诸位有所不知，他们正要打架的时候儿，正赶上堂官来啦，里里外外一阵的大乱。那些位领催老爷们竟顾啦自己张罗自己的银匣子啦，伊老者可就吃了亏啦。

青皮连把老者推倒，他还直不依不饶。这个时候儿，大家伙儿把老者搀起来，可全都气儿啦，说：

"小连，你太过分啦！伊爷那们大的岁数儿，你打了人家俩嘴吧，你还把人推躺下。大伙儿劝着你，你还不答应，你要反哪是怎么着？"

小连还要叫横，有一位帮办领催姓祥，是个摔私跤出身，外号儿叫楞祥子，一瞧青皮连这分儿不说理，真气急啦，说：

"小连，咱们俩外头说去。"

青皮连说:"外头也不含糊哇。"

就在这当儿,可巧他们那一把子碎催,甚么摆斜荣啦、花鞋德子啦、小脑袋儿春子啦、假宗室小富啦,(听听这把子的外号儿,那一个不欠二年半的徒罪。)晃晃悠悠的全到啦。一瞧青皮连要得(音歹)苦子,喝,七言八语的全来啦,一闹这个鸡屎派,甚么他的话啦,我的话啦,第老的年轻啦,老哥儿们都瞧我啦,伊老者这个时候儿,是气的连话都说不上来啦。大家伙儿一瞧伊老者不言语啦,乐得的多一事不如少一事,谁跟谁关心哪? 也就全不言语啦。

倒是楞祥子有点儿热血,对着这一群土匪,指手画脚的把刚才青皮连怎么道不去,怎么打伊老者俩嘴吧,一切的情形,说了一遍。摆斜荣说:

"得啦,祥哥,您都瞧我啦。这个兄弟的话呀,是才出萌儿,浑天地黑,茶馆儿短喝两回大茶,简直他全不懂的。祥哥也别生气啦。"

说着,又过伊老者跟前儿来,说:

"老大爷,没气着您哪? 我给您请安啦。真个的,您还恕不过他去吗? 您家的孙子都比他大,无知的孩子,您跟他一般见识干甚么?"

正这儿说着,小脑袋儿春子也过来啦,说:

"得啦,老大爷,都瞧我啦,只当是小孩子跟您撒个娇儿完啦。明儿个我们哥儿几个必带他到您府上给您请安去。钱粮明儿个再说吧。老大爷您别生气啦。"

　　伊老者让这块料这们一软白子，简直更说不出甚么来啦。这当儿假宗室小富、花鞋德子两个人早把青皮连给拉了走啦。摆斜荣跟小脑袋儿春子又给大家伙儿请了个罗圈儿安，说：

　　"老哥儿们多分心啦，我们走啦，一半天见。"

　　说完了，摇头晃脑的去了。

　　这个时候儿，堂官叫头甲喇过平，伊老者说：

　　"你们几位干你们的吧，这差使我是不当啦。回头叫到我这儿，不论那位给我拿上去过一过得啦。我这就走。"

　　大家伙儿说："您这是何必呀？跟他说跟他的，犯不上不当差呀？"

　　楞祥子说："伊大爷，您这不是瞎闹吗？反正饶不了他。您饶他，我还不饶他呢。"

　　正这儿说着，就见莫吉格小李起外头跑进来说：

　　"放吧，不过啦，出了蘑菇啦。"

　　大伙儿说："怎么回事情？"

　　小李说："三甲喇全斌佐领下兵，因为上回挑缺没传他，跪了堂官啦。刚才大人告诉福夸兰达说，让各甲喇放吧。"（因为兵丁跪堂官，倒是瞎事，碰巧啦，月事说合了盖儿啦。）

　　大家伙儿一听说不过平啦，对着伊老者说：

　　"您也放吧。有甚么话，明天再说吧。"

　　伊老者说："反正我饶不了他就是啦。"

　　这当儿关钱粮的，你出来我进去，一阵乱烘，这个岔儿也就揭过去啦，天有两点多钟，钱粮放的也八成完啦，堂官是早走啦，夸兰达也散啦。各甲喇的人也陆续着走啦。大家又劝了伊老者会子，楞祥子说：

"老大爷，我送您家去罢。"

伊老者说："不用，不用，您几位请您的吧。"

正这儿说着，就瞧起外边荒荒张张的跑进一个人来。大家伙儿一瞧，都吓了一跳。您猜进来的这个人是谁？正是伊老者的二少爷善全。因为天不早啦，伊老者老没回家，不放心，所以来接来啦。进了门儿，善全给那大叔、凤大爷、祥大哥、文三哥等等请了一路安，然后又问伊老者说：

"阿玛，您还不走吗？今儿个怎么这早晚儿呀？"

老者说："晚啦怎么着？提溜着匣子，头里走吧。"

大家伙儿说："您也走吧。二爷搀着点儿你阿玛。"

善全一瞧这个神像儿，知道是有甚么事，也没敢细问。伊老者又问善全说：

"家里吃饭啦吗？"

善全说："吃煮饽饽。家里都吃啦，给您留着哪。"

楞祥子说："得啦，老大爷，您家里吃煮饽饽去吧。"

说的这儿，大伙儿也都乐啦。伊老者也稍微带点笑容儿，说：

"那们我们走啦。"

楞祥子说："明儿个，那俩小子要不带他给您磕头去，我是找他不答应去。"

说着，大家出了衙门，彼此的分手，说：

"早晚儿见，早晚儿见。"

单说善全听见刚才这套话，不知道是那壶芦里的药，心里一想，必是阿玛受了委屈啦，可又不敢问。老者走着道儿上，是咳声叹气。功夫不大，早到了自己的家门。

原来伊老者家中一共是八口人，老伴儿、三个儿子、一个姑娘、大儿媳妇，还有一个五岁的孙子，叫秃儿。二儿子新定的亲，姑娘二十啦，也有了人家儿啦，一半年娶。使唤着一个老婆子。

伊老者一进街门，正赶上少大奶奶在院子里哄孩子哪。小秃儿瞧见爷爷回来啦，赶紧跑过来，拉住伊老者的手说：

"爷爷，您回来啦？"

伊老者也没言语。少奶奶说：

"秃儿呀，别跟爷爷闹哇，让爷爷歇歇儿呀。"又对伊老者说：

"阿玛，您回来啦。"

老者长叹了一声，一直的就进屋里去了。少奶奶一瞧，知道不是岔儿。这位少奶奶素常人很精明，娘家姓倭，他父亲当二等侍卫，跟伊府上是亲上作亲，今天瞧见公公不喜欢，心里犯想说，每天老头儿回来，瞧见孙子，必要斗〔逗〕会子。今儿个准是跟人殴〔怄〕了气啦。赶紧把孩子带到南屋里去啦，说：

"你别闹啦，爷爷生气啦，找姑姑玩儿去吧。"

大姑娘正在南屋里作活，瞧见嫂子把秃儿带来啦，说：

"阿玛回来啦吗？"

少奶奶说："回来啦，一脑门子的气。秃儿叫他（音贪，北京称尊长之声），也没理。您给哄哄孩子，我给打点饭去。"

姑娘说："你瞧，偏巧今儿个奶奶［旗人称"妈妈"为"奶奶"（nē ne）］带老王跟三爷出门儿啦。秃儿跟我来，让你奶奶给爷爷弄饭去吧。"

少奶奶这当儿先给老者倒了碗茶，说："阿玛，您歇歇儿吃饭哪？"

老者端着这碗茶说："我不饿哪。"说："善全哪，你哥哥还没回来哪？"

善全说："他不是见天四下儿钟下馆吗？横竖也快啦。您饿了一早晨啦，嫂子，您打点去吧，我还找补几个哪。"

少奶奶说："包得了的煮饽饽，快当。"

善全又问伊老者说："您喝酒哇？我给您打去。"

老者说："那们你打他二百钱的去。给我带点儿盒子菜来。"

善全答应着来到西屋里厨房取酒壶。少奶奶就问，说：

"二爷，老爷子是跟谁怄气啦？"

善全说："我还不知道呢。"

正这儿说着，就听上屋里伊老者叫，说：

"善全走啦吗？这儿来，我跟你有话。"

善二爷赶紧来到上屋里，一瞧原来是世交的一位大叔来了。此人姓恒，名贵。赶紧请了一个安。这位恒贵恒爷，也是本牛录上的领催，素日帮着伊老者办事（就是帮办拨什户）。伊老者说：

"善全，多打点酒，你恒大叔也没吃哪。"

恒爷说："您别费事，我倒不饿哪。"

善全出去打酒，恒爷就说：

"我给他们送殡，送到德胜门脸儿。我赶紧跑到衙门，人都散啦。听说怎么着，小额那个跑账的青皮连还招您生了股子气？"

伊老者说："咳，别提啦。"

就把刚才衙门的事说了一遍，说：

"我活了六十多岁，挨他俩嘴吧。我要跟他有完，我把伊字儿倒过来。"

恒爷说："大哥，别生气。这事也犯不上跟青皮连怄气，反正斗斗姓额的。"

正这儿说着，酒出来啦，菜也来啦。少奶奶给恒爷请了个安。恒爷说："大奶奶，这又累恳你。"

少奶奶说："这有甚么的。您吃饱着点儿。"

伊老者同着恒爷这儿喝酒吃饭，这当儿伊太太带着三儿子善合跟老王也回来啦。

原来伊太太是给本甲喇骁骑校扎二老爷家里作满月去啦。伊老者这回事在棚就听见说啦。因为是不放心，没等坐晚席就回来啦。伊太太来到上屋里，一瞧，老头儿同恒爷这儿吃饭哪，这才稍微的放点儿心。恒爷说：

"大姐，您回来啦？我这儿吃煮饽饽啦。"

伊太太说："您请吃吧。"

善合给恒爷请了个安。少奶奶给婆婆请安，张罗着换衣裳、装烟、倒茶、打脸水。

老王说："大奶奶，您多累啦。"

少奶奶说："您瞧瞧火克吧，刚煮上。"

秃儿听见太太回来啦，一死儿非过上屋来不行。大姑娘把他带过来啦，见了伊太太说：

"奶奶，您回来啦？"

伊太太说："回来啦。你们看家啦。我的秃小子今儿个没闹哇？"

姑娘说："告诉太太说，今儿个我们很安顿。"

伊太太一边儿拉着秃儿，低声巧语的问姑娘说：

"你阿玛回来没说甚么呀？"

姑娘说："我竟在南屋哄孩子来着，大概听说是跟谁殴[怄]气啦。"

伊太太就把刚才棚里听见的话告诉了姑娘一遍。这当儿，连善全带少奶奶才都明白。

正这儿说着，就听东屋里伊老者说：

"老王啊，倒漱口水来。"

少奶奶赶紧过去张罗。恒爷说：

"大奶奶，偏您饭啦。"

少奶奶说："您用的当啦？"

伊老者说："把秃儿给我带来。"

三爷[应为"二爷"]善全早把秃儿拉过来啦。恒爷说：

"这个秃小子，够多们有玩艺儿，赶明儿个必有点儿福气。大哥的造化是真不小哇。"

伊老者说："咳，甚么造化呀，混个热闹就是啦。"

恒爷掏了一把钱（可不是铜子儿，那当儿还没兴呢），说：

"秃小子，给你几个大。"

伊老者说："恒爷爷来了就给钱。大奶奶，你们倒是张罗茶呀。"

恒爷说："我也不坐着啦。大哥，您也别生气啦。姓额的这小子，您交过我啦。我有法子治他。"

伊老者说："兄弟，你忙忙儿的，不用管啦，反正有主意得啦。"

恒爷说："那们我走啦。"

伊老者说："恒大叔走啦。"

伊太太、少奶奶全过来啦。恒爷说：

"累恳大奶奶半天。"

伊太太跟少奶奶一齐说道："您也不是吃饱啦没有？"

恒爷说："不吃饱了还不走呢。"

说的大家一笑。伊老者正往外送恒爷，这当儿大爷善金正起外头进来。

原来善金在王府教馆，虽然离家不远，可是府门头儿的规矩，照例教读的老夫子，要是不下榻，见天是车接车送。偏巧今天学生告早假，善大爷告诉伺候书房的说："不用套车啦，我今天溜达着回去。"一出府门口儿，走了几步儿，就遇见本旗头甲喇莫吉格王三啦。这位王三，有六十多岁，是本旗的一个老陈人儿，旗下那本老账，人家算吃透啦。夸兰达们有甚么办不了的事情，都跟他要主意。（夸兰达的程度可知。）各部里是挺熟，有甚么了不了、挠头的事情，王三一出来，就得活。本旗的老爷们，都跟他呼兄唤弟，还有叫王三叔、王三大爷的。并且王三人也和气，家里钱也挣足啦。（也不都是谁的钱，怎么挣来的，我要打听打听。）

善金一见王三，赶紧请了个大安，说：

"三大爷，您上那里去？"

王三说："大爷，你上那儿去？你瞧你们老爷子，想不到生了这们一股子气。"

善金说："甚么事呀？"

王三说："我早晨也没上衙门，我上扎二老爷那里出分子去啦。听见人讲究。"

就把青皮连打伊老者的事情说了一遍。善金听说，微然的一楞。王三说：

"你不知道哇？回家劝劝你阿玛，不用生气。我这两天没有功夫，一半天我必有一个章程。"

善金说："三大爷，您这们大岁数儿，不敢劳动哪。一半天我给小额赔不是去就得啦。"王三还要交代两句，善金早已走过去啦，说：

"三大爷，咱们爷儿俩一半天见吧，我还有事哪。"

常言说"事不关心，关心者乱"，善金善大爷每步加三分，一直的奔家，道儿上遇见几个熟人，也都没得很周旋。

来到自己家里，正赶上伊老者往外送恒爷。善金给恒爷请安，说：

"大叔，您坐着。"

恒爷说:"我不坐着啦。大爷,你才回来呀?"

善金说:"喏〔zhē,满语,是〕。"

善金又问伊老者说:"阿玛,您吃饭啦?"

伊老者说:"吃啦。"

恒爷说:"老爷儿俩请回吧。过两天见。"

恒爷走后,爷儿两个来到家中。伊太太知道自己的大儿子脾气暴,恐怕大家伙儿告诉他这回事,猛孤丁的一听见,怕他生气,就冲少奶奶跟姑娘使了个眼色儿,又叫三爷善合,说:

"你带秃儿门口儿玩会儿去。"

善金说:"奶奶早回来啦?"

伊太太说:"我也是刚回来。"又对少奶奶跟老王说:

"你们打点饭去吧,我们回头一块儿吃。"

善金说:"奶奶,您没坐晚席呀?"

伊太太说:"没有。"

善金又问善全说:"二爷,你早晨没跟阿玛上衙门去吗?"

善全说:"没有。"

善金说:"你为甚么不跟了去呢?"

善全说:"我不是抓会去了吗?"

善大爷又问伊老者说:"我恒大叔早晚〔此为衍字〕晨也没去呀?"

伊老者说:"他今儿早晨没去。他给他们本院儿街房送殡去啦。"

伊太太一瞧善金问的邪行,并且脸上也不是颜色儿,就知道这回事必是他知道啦，又怕儿子生气，又怕老头子窝心，心里好一阵难过。这当儿，饭也得啦。伊太太说：

"大哥儿呀，你跟二哥儿、跟你妹妹，你们先吃吧。"

善金说："我今儿在馆上，点心吃的多，我不饿哪。奶奶，您带他们先吃吧。"

伊太太说："那们你先等等儿。少奶奶呀，你给他煮出来搁着，回头那会儿饿啦，炸着吃得啦。"

伊太太吃了两三个儿，也就饱啦。善全跟姑娘吃了几个儿，也就是点景而已。三爷善合带着秃儿，且外头买了一大捧樱桃来，跟伊太太要钱。伊太太说：

"这就吃饭啦，老是胡吃海塞的。让你奶奶先给收起来，回头吃完了饭再吃吧。"

正这儿说着，就听门口儿门环子拍拍拍拍的烂响。又听的有人叫，说：

"伊大爷，伊大爷。"

外头这一叫门不要紧，伊太太心里先有三分的害怕，赶紧说：

"老王啊，瞧门克。"王妈答应着就往外走。大爷善金说：

"我去吧。"

伊太太说："你不用出去，让他去吧。"

王妈出去，功夫不大，就听说：

"太太，有人来啦。祥大爷来啦。"

就听楞祥子说："王妈，你可给我瞧着点儿狗。上回我就让他给咬了一下子。"

王妈说："您走吧，不碍的。"

伊老者跟善金兄弟们早迎接出来。伊老者跟祥子是早晨已经见过啦，善金等跟祥子彼此请完了安，楞祥子又见过了伊太太跟少奶奶。伊老者说：

"院子凉快，院子坐着吧。"

这当儿王妈跟善全早把二人凳、机凳儿都搬出来啦。大家落了坐，楞祥子说：

"大大，您早回来啦吧？"

伊太太说："早回来啦，你们老太太也家克啦吧？"

祥子说："还没家克哪。我扎二婶儿再三的直留，晚上在那儿听玩艺儿。"

伊太太说："你们大奶奶怎么没跟克呀？"

楞祥子说："他那儿动的了身呢？打头有您孙子孙女儿们。"

伊太太说："难为大奶奶。小三儿还没断奶哪？"

楞祥子说："没哪。"

伊太太又叫老王："倒茶呀。"

少奶奶说："倒来啦。"

伊太太说："你大哥不是外人，你吃你的饭去吧。"

少奶奶说："我吃完啦。老王那儿吃哪。"赶紧说：

"大哥，您喝茶呀。"

楞祥子说："您坐着吧，大妹妹。"

伊老者说："大爷，你起家里来呀？"

楞祥子说："可不是吗。刚才他们那一党找我克啦，打算明儿个给您赔不是来，让我先央求央求您来。教我把他们拍了一顿。我说，你们错翻了眼皮啦，硬打软熟和是怎么着？要打算赔不是，那是你们自己去，我认得你们是谁呀？率料子活，我简直的伺候不着！"

善金说："我告诉您，祥大哥，这回事，您没应他们很好。早晨的事，我全听见说啦。大哥，您可别恼，这回事，谁出来也不行。他打听打听，我们爷儿们是干甚么的！这把子匪徒太可恶啦。"（是教书匠的口吻。）

楞祥子说："我恼甚么？我不但不管说合，我可不是挑事，您要跟他有完，我还跟他没完呢。还告诉您一句话，要斗，也犯不上跟碎催斗，非把姓额的这小子给治了不行。这群小子们，是狗仗人事。小额这二年也足的受不得，上回也是，因为要账，他手下的也不是那一个狗腿子，楞给人家堂客一个耳瓜子，临完了，还要攒人打人家爷们。遇见人家老实角儿，不敢惹事，有我们街房鸡屎张给了的，倒带着挨打的，到他门上给赔了个不是。小额还对着大会［伙］儿放光说：'别管他是谁，概尔不论，姓额的放得就是阎王账，不服自管告我去！营城司坊、南北衙门，我全接着。'嘿，大兄弟，您听听，够多们亡道！简直他这不是要反吗？"

善金说："很好，很好，不用让他忙，叫他接着我的得啦。"

伊太太说："大哥儿呀，咱们他合不着，好鞋不沾臭狗屎。只要是告了饶儿，明儿个有人带他来赔个不是，就跟得啦。赶明儿个，让你阿玛把差使辞啦，就得了。他这们大岁数儿也累不来啦，不用殴〔怄〕这个气啦。"

善金说："老太太，您不知道这个，都这们完得啦，明儿个咱们这溜儿就不用混啦。通旗的人，谁不知道这回事？不用说他一个小额，就是十个小额也不怕他。"

楞祥子说："我还告诉您，明儿个一早晨，他们是一准苦央告来。"

善金说："他们来，我见他们，反正我有准主意得啦。"

说话的这功夫儿，天已经是黑啦，楞祥子说：

"我也不坐着啦。"

伊太太说："大爷，你回家呀？"

祥子说："不回家，我到我扎二叔那里再张罗张罗，等着跟我奶奶一块儿回家。"

楞祥子怎么走，伊老者父子怎么送，这些个俗套子也不用细说。

伊太太又劝了善金半天，无非是不让惹气的话。善金说：

"您不用管啦。"

这当儿孩子也睡啦，少奶奶说：

"你吃不吃呢？"

善金说："你不论怎么着，给我弄热了几个就得啦。"

伊太太说："大奶奶，你给他炸炸，就得啦。"

少奶奶又问伊老者说："阿玛，您还吃不吃啦？"

伊老者说："我可不吃啦，我是两顿并了一顿啦。你给我弄点儿茶得啦。"

原来伊老者住的是个四合房儿。伊老者带着善全、善合住上房的东间儿，伊太太带着姑娘住上房的西间儿，大爷大奶奶住东厢房，西厢房是厨房。南屋里没人住，白天，大奶奶跟姑娘在北屋里作活。老王是在厨房住。

却说大爷善金吃完了炸煮饽饽，拿了张八行书在西屋里桌儿上写信。写完了信，告诉二爷善全说：

"你明儿个一早，别等他们车来，你先把这封信给送的府里去，交过文紫山文管家大人，就得啦。"

善全说："是甚么事呀？"

善金说："你管哪！横竖你给送去得啦。"

善全也没敢往下再问，伊老者是以经睡啦。善金说：

"奶奶也歇着吧。"

伊太太说："天不早啦，大家会儿都睡吧。"

说评书的有话，一宿无辞。

到了第二天早晨，老早的善全就先起来送信去啦。紧跟着少奶奶、伊老者跟伊太太全都起来啦。倒是善金大爷后起来的，皆因是心里有事，前半夜所没睡。伊太太知道小额那一党回头必来，又知道儿子脾气暴，老怕闹出什么吵子来，心里是七上八下的，又知道善金今天不上馆，干着急没法子。又瞧老头子，起昨儿回来透着没神儿，又怕窝作出病来，左难右难，忽然想到说，我先把老头子支了走，回头再说别的。想到这儿，就对着伊老者说：

"善合他们老师病啦，放了三天学。平常也不能溜达溜达，今儿个天儿也好，你带他逛一荡万寿寺去，好不好？"

伊老者本来心里有点儿发闷，听伊太太一提逛万寿寺，赶紧说道：

"对啦，这两天正在是万寿寺呦，我们三小子还没逛过哪吧？"

善合一听，正对啦劲啦，说："您带我去吧。"

"那不行。"

"人家好容易放学啦。上回放学，您说带我听戏，归齐那天挑缺，说去又没去。咱们爷儿俩今儿去吧。"

善金也说："阿玛，您就带他去吧。这档子事倒不要紧。您不用惦记着。您放心，我决不能跟他们打架。我自有主意就是啦。"

伊老者说："那们去就去吧。"

善合这当儿可乐啦，就叫嫂子，说：

"您给我梳头。"又叫姐姐，说："您给我换衣裳。"

简断捷说，老爷儿俩修饰完啦。伊老者穿一件青洋绉大衫儿，套一件蓝夹纱坎肩儿，青洋绉套裤，青缎子双脸儿鞋，拿一把黑面金字的扇子。善合是穿一件浅竹布衫儿，套着紫葊本缎坎肩儿，回子绒双脸儿鞋，库金口，拿一把十六根南矾面儿的扇子。爷儿俩都拿着旱伞，大摇大摆的去了。

这当儿，老王问伊太太说：

"太太，咱们今儿个吃甚么呀？"

伊太太说："吃芝麻酱拌面吧。"

正这儿说着话儿呢，二爷善全起外头回来啦。手里拿着一封回信，对着大爷善金说：

"文管家大人给您请安。这儿有一封回信。"

善大爷接过信来说："你见着紫山啦吗？"

善二爷说："见着啦。他说，今天王爷还让您去哪。您瞧信就知道啦。"

善大爷刚要拆信，就听门口儿一阵叫门的声音，来的很邪，可不知道又是甚么人来到。

伊太太听见叫门，赶紧叫二爷善全，说：

"你快去瞧瞧去。"

善二爷连声的答应，出去了半天，老没见进来。就听得门口儿嚷嚷成一个人阵似的，可也听不出是甚么事来。大爷善金站起来，就要往外走，伊太太说：

"你干甚么呀？你不用出去。"

赶紧直喊老王，说："王妈，王妈，老王，瞧门克。"

少奶奶在厨房答了岔儿啦，说：

"老太太，老王买东西没回来呢。"

大爷善金又要出去，伊太太说：

"不用你出去，我瞧瞧克得啦。"

话没说完，就瞧二爷善全气哼哼的起外头进来，说：

"这都没的事情，真得儿可恶。简直的太不讲理啦，没是〔事〕生非吗？没骨头都到家啦。"

就听门口儿是直嚷：

"伊爷，伊爷，不敢出来是怎么着？"

善金真气极啦，充〔冲〕着善全说：

"你出去半天，回到家里，说不清道不明，倒是甚么事呀？"

善全本是个学生出身，向来没经过甚么事情，在门口儿本就生了一股子气，到家里哥哥又这们一抱怨，两气夹攻，心里一难受，哇的一下子就哭啦。伊太太说：

"你有甚么话，说呀，哭的是甚么！"

少奶奶正在厨房弄饭，听见上屋里直捣乱，又听见门口儿乱嚷嚷，知道不是甚么好事，赶紧来到上屋啦。就瞧二爷善全直哭，大爷那儿直数落他，也不敢多说话。正在这当儿，就瞧老王提溜着买菜的筐子，起外头进来，说：

"门口儿有人找呢。"

伊太太说："是谁呀？"

老王说："就是那个姓连的。"

善金一听姓连的两个字，不由得气往上撞，说：

"我倒瞧瞧这个姓连的是怎么个字号朋友。"

这时候，伊太太拦可也拦不住啦，赶紧说：

"善全，跟着你哥哥点儿。"

善金兄弟两人出去，伊太太不放心，也就跟出去啦。秃儿要跟着太太出去，大奶奶说：

"你别闹啦，你听门口儿拍花的要小孩子哪。"

到底是小孩儿好哄，秃子也就不敢出去啦。这当儿，大奶奶跟姑娘也都不放心，拉着孩子站的门洞儿里头往外偷着瞧。

原来门口儿麻烦的这两个人，是伊老者牛录上一个当马甲的，姓联，叫联志，外号儿叫票子联。从先年轻的时候儿，专

一竟使假票子，后来闹的也熏（去声）啦。眼时在西直门外头
开了一个小烟馆儿。（这可说的是那时候儿，如今可不行啦。）
这个票子联，向来是个无赖之徒，坑绷拐骗，无所不为。他女
人是让他气死啦（必是有心胸的），略［撇］下一个孩子，今年
十六啦。喝，他这位少爷比他还亡道，真是神偷一支梅（真正
的遗传性），那一溜儿街房都让他偷的怕怕儿的，外带着是谎皮
流儿，连他爹都教他冤的大头蚊子似的，所以那一带的街房，
有房都不敢租给他们。光棍子爷儿俩眼时在烟馆里忍着哪。他
这个孩子，叫群儿，长的老老不疼、舅舅不爱，整天的竟讨人
嫌，那一溜儿街房送了他一个外号儿，叫狗头群儿。初五那天，
票子联关完了钱粮，回到烟馆，叫狗头群儿拿着这包儿钱粮，
出前门买烟土去。狗头群儿闹了个眼光着儿，了起一小块儿银
子来，有二钱多，烟土也没买成。回来跟票子联一说，楞说这
月的钱粮关少啦。票子联本来就是个无赖之徒，没事还要找点
儿事呢，他这个孩子，虽然是非偷则摸，他可拿着当宝贝一个
样，心里明知道是孩子闹的诡，他偏不那们说。（下流社会的人
把孩子养活坏了，都是犯这一个毛病。）父子爷俩打算找伊老者
来麻烦麻烦，讹个三千两吊的。（听听这块骨头。）善全善二爷，
本来心里嘴里全没有，外场又一点儿不通，让票子联这们一拍，
简直的气糊涂啦。

　　善大爷刚才听见老王说"还是那个姓连的"，是以为是青皮
连哪，所以气往上撞，打算出去，揪着他，就是场儿官司。赶
到出门口儿一瞧，原来是这老少两块料。上次因为挑小缺儿（就

是养育兵）就麻烦过两回，善大爷也认得他们。票子联一瞧，善金善大爷出来啦，说：

"老大，你在家哪？好极啦，咱们爷俩说说吧。"

善大爷本就一脑门子气，又听他一排老腔儿，气更邪啦，说：

"大清早晨的，甚么事情？你满门口儿这们嚷嚷啊？"

票子联这们一冷笑，说："老大，你别这们你我他三（萨，平声）的。听我告诉你，咱们是本旗太固山（音赛），你阿玛我们都是发小儿，我们一块儿喝茶的时候儿，那还没你呢，知道啦？我还告诉你，别瞧大叔穷，不干那个没骨头的事情。（别打哈哈啦！）今儿个找到你们府上来，一来不是寻钱，二来也不是告帮，知道啦？干甚吗这们拧眉毛瞪眼睛的？"

善大爷生来没听见过这一套，气的浑身上的肉乱跳，说话也结巴啦，说：

"你、你、你别费话，倒是甚么事情？"

票子联微然的一笑，说："少大爷，你要问甚事呀？哈哈，事儿可不大，按说值不得。一来交情过的多，可是有一样儿，我又不能不来。告诉你说吧，这不是这包儿钱粮，我也拿来啦，啊，一少比人家少二钱多，瞧我们爷儿们老斋是怎么着？"

善大爷一听，这才知道是为钱粮少啦。明知道是又犯不体面，给个三千两吊，一准的完事，可是又怕开了例，他老人家常来，心里正这儿犹豫哪，票子联可就跟伊太太答了话啦，说：

"老太太，您贵姓啊？"

伊太太说："我姓伊，这是我跟前的大儿子。"

票子联说:"敢情是大姐呀,我这儿给您请安啦。大哥没在家吗?"

伊太太说:"没有。"

票子联就叫:"群儿呀,过来给伊大大请安。"

狗头群儿真就给伊太太请个安。伊太太一瞧,原来是一个十六七岁的孩子,一身土黄布裤子、汗衫儿,散着裤脚儿(搁在这时候儿总算维新),长的前廊后厦的这们一个脑袋,太阳上两块大疤癞,两只母狗眼儿,俩个扇风耳朵,瞧那样儿就不像好孩子。票子联说:

"告诉大大说,这是个苦孩子,九岁上他奶奶就死啦,眼时我带着他看着这个小买卖儿。昨儿个让他出城买土去啦,这才知道钱粮短了二钱多。话您可听明白啦。可不是说大哥克扣啦。他(音贪)的官事忙,也许有个平错了甚的,按说可算不要紧。"

伊太太本来是个心软的人,又恐怕惹事,赶紧说:

"这不要紧的事情,谁都有个错儿。善全哪,你给拿三吊钱克。"

善全因为刚才让票子联拍了一顿,听见说他奶奶叫他拿钱,心里很不愿意。伊太太连叫了他两回,善金说:

"老太太,您老是这们着,往后啦,得着甜头儿还爱来呢。"

票子联说:"您瞧,自己爷们儿,你怎么损起我来啦?大叔不至于那们没根基呀。"

正这儿说着,一瞧老王给拿出三吊钱来。原来门口儿这儿捣乱，少奶奶跟姑娘在门儿里头全听见啦。先头啦，听见票子联要骨头，恐怕善金脾气暴，跟他打起来。后手啦，听见伊太太让善全拿三吊钱，又瞧善全没进来，赶紧自己进去，拿了三吊，让老王给拿出去。这也是善大奶奶的一分机伶，常言说的好，家有贤妻，男儿不遭横事。这虽是两句俗话，可是确有至理。

　　说到这儿，在下想起一个故事儿来，就是前几年的事情，可是真事，决不是瞎聊。北城某胡同儿住着一个赶大车的，姓王，他的夫人儿是个著名的泼妇，外号儿叫黑老婆儿，从先在娘家的时候儿就厉害的出名。他娘家妈是个背私酒的，外带着在仓上扫米，（您听听这出身就不错），后来嫁了大车王为妻，跟前三四个孩子，一个个的都跟小反叛儿似的，整天的滚车辙，竟跟那一溜儿街房家孩子打架。黑老婆儿是专一的护犊子，竟为孩子跟人捣乱，街房都没那们大功夫理他。他可就得了美啦，并且最爱调唆爷们，跟人家殴〔怄〕气。大车王是最听女人的话，为这个常会儿得罪街房。有一天，他们孩子把某宗室家的小姑娘儿给打啦，让人家说了两句。孩子回来一学舌，黑老婆儿立刻就要找人家不答应去，让街房给拦住啦。晚上大车王卸了车回家，黑老婆儿这们一调唆，甚么成心赶罗咱们啦吧，又甚么总得斗斗他们啦吧，这溜儿又住不住啦吧。大车王本是个浑人，又喝了两盅酒儿，那禁得住他女人这几句话，登时抓了把青字儿（就是刀），跑到人家门口儿一骂。人家并没出来，骂了会子，出来几个人，把他劝回来啦。喝，黑老婆儿这一下儿可足啦，以为人家不敢惹啦。没想到第二天一清早，刚一出被窝儿，包封票就下来啦，不容分说，就把大车王给抓了走啦。到了北衙门，一进门儿就是开锅儿烂（就是挨打），打完了一收，俄罗斯打官司，一点照应没有。（这可说的是从先，要是到了如今，俄罗斯要是打官司，比咱们的照应还大呢。哈哈。）

过完了这堂，黑不提白不提，就把大车王给攒起来了。他家里是一天一现在，车一闲着，就没饭吃。黑老婆儿先前还要找人家拼命去，后手啦，人家吹出风来，他要是敢去，人家是照方儿抓。这一下儿，黑老婆儿可接不住啦，满世界求爷爷告奶奶，请安磕头，连哭带喊，求人说合。那一溜儿都叫他给得罪透啦，谁也不管，好容易出来几个善人给说合。完了，大车王出来，来人儿带着，给人家登门磕头，让人家教训大儿子似的数落了一顿，算是完事。自从打这场儿官司，黑老婆儿稍微的好点儿，待了没有一个月，哈哈，故态复作，又来了劲儿啦。（狗改不了吃屎。）

那一天，孩子又跟街房家打上啦，黑老婆出来叫横，这个街房也真亡道，一死儿的要打黑老婆儿。（遇见吃生米的啦。）有人拦着，算是没打上。晚上，大车王回家，黑老婆儿跟他这们一哭，你猜大车王怎么样？（管保是又找人家去啦。）哈哈，一声儿没言语，揪住他女人，拳踢脚打管教了一顿好的，（奇！）打的爹妈乱叫，嚷的声儿都岔啦。过来好几个街房，才给劝开。一问是为甚么，大车王说：

"我告诉您诸位，我皆因听这个悚女人的话，这场儿官司把我小子给惩治苦啦。他今儿个又调唆我来啦。我要是再听他的话，我可就永远监禁啦。我先管教他一顿。且这儿，他一说这些个事情，我就打他。"

街房听着，也都乐啦。您猜怎么着？也真怪，黑老婆儿从这儿真把这个毛病儿改啦，也不听孩子话啦，也不跟街房打架啦，也不调唆他男人啦，抽冷子大车王要跟人殴［怄］气，他倒连拦带劝的。（也算难得。）现如今日子过的挺好，永远也不跟人打架拌嘴啦。就这件事上看起来，家有贤妻的这两句话，是确有至理的了。

闲话少叙，咱们是书归正传。（又来了评书的套子啦。）当时老王拿出三吊钱，伊太太说：

"你交过联爷得啦。"

登时票子联接过钱来，笑嘻嘻的说道："不用啦，不用啦，（你是干甚么来啦？）这们一来，倒仿佛我竟认得钱不认得交情啦。"（别闹假事啦！）

伊太太说："拿着吧。"

票子联把钱包好，说："我们走啦，大姐请回克吧。"又冲善大爷、善二爷说：

"老大、老二，你们哥儿俩没事出城的时候儿，到我那里喝茶去。"（您别费心了。）

哥儿俩个连言语都没言语（气就气傻啦），就瞧票子联带着狗头群儿，晃晃悠悠的去了。

这当儿，伊太太带着善金、善全回到家里头。善大爷这个气，就不用提啦。稍微待了会儿，饭也得啦，大家吃完了早饭，天也就在十一点多钟。善大爷忽然想起，对着善全说：

"二爷，刚才那封信搁在那儿啦？我还没瞧哪。"

善二爷说："那不是在果盘里哪吗？刚才你搁的。"

善大爷拿起信来，将拆，就听门口儿直嚷，说：

"回事呀，回事呀。"

善大爷说："这必是府里头车来接我来啦。"

善二爷要出去，大爷说：

"不用，我去瞧瞧克得啦。"

赶紧来到门口儿，这们一瞧，哈哈，拧啦，原来不是府里头车接来啦，敢情来了一群土匪。善大爷不瞧则可，一瞧分外的动火，才要发作，心里一想说，不可，一来在我的门口儿，二来他们人多，倘或来个不说理的，岂不是得一个眼前的苦子吗？我且听他们说些甚么。想到这儿，才要说话，就瞧一个小脑袋儿尖鼻子的人对着善大爷说：

"大哥贵姓？"

善大爷说："我姓善。您贵姓啊？"

这个人说："我姓春。"又指着那几个碎催说：

"这位姓德，这位姓荣，这位姓富，这位姓玉，这位姓连，这位姓文，我们哥儿几个的话呀，今儿个是特意给伊老大爷请请安。伊老大爷是您的甚么人哪？"

善大爷说："那是我阿玛。"

春子说："原来是大哥呀，来吧，给你们哥儿几个见见吧。这是善大哥。"

　　大家会﹝伙﹞儿这当儿这们一给善大爷请安，善大爷也都还个安，说：

　　"诸位，有甚么话说吗？"

　　大会﹝伙﹞儿说："到没甚么要紧的事情。老爷子没在家吗？"（嘴倒真乖。）

　　善大爷说："没在家，我也不让诸位进来坐着啦。"

　　摆斜荣说："大哥，他（音贪）没在家，跟您说说吧。大概齐这回事您也知道啦。皆因是昨儿个的话呀，我们连大兄弟跟您家里的老爷子，他们老爷儿俩抬了两句杠。后来老爷子生了气啦，要管教他。他拿手这们一搪，碰了他（音贪）一下儿，后来他倒吓的了不得。（真是官司口。）我们哥儿几个昨儿个在衙门，已然在老爷子跟前央求过一回啦。小连的话呀，我们哥儿几个也问明白了他啦。他实在是无心中碰了老爷子一下儿，要说他打爷子的话呀，他魂也不敢。这不是小连今儿个也来啦。这位文大兄弟，是我们局子里的少掌柜的（就是小额的儿子）。我们掌柜的也知道这回事啦，很不答应小连，今儿个要不是有事，我们掌柜的还来呢。老爷子要在家的话，赏我们个脸呢，我们哥儿几个带着小连进去，让小连给他（音贪）磕个头，我们哥儿几个也给他（音贪）磕个头。要是不赏我们脸的话，把他老人家请出来，就在您门口儿，让小连给他（音贪）磕个头。"

　　正说的这儿，花鞋德子又答了岔儿啦，说：

　　"善哥，这不是荣大兄弟已竟交代啦吗，就是这们着啦。再说咱们哥儿俩，您是不认得我啦！从先石驸马大街火器营宫六爷教弓的时候儿，咱们哥儿俩在一个弓房儿拉弓，您忘啦？称得起是自家哥儿们。老爷子要是在家的话，您给言语一声儿得啦。"

善大爷才待要答话，喝，就瞧这把子碎催鸡一嘴鸭一嘴，乱乱烘烘这们一路山跳动，闹的善大爷张口结舌，要说，直会说不出一句来。后来，小脑袋儿春子一瞧善大爷不言语啦，以为是让他们给拍闷（平声）啦呢，赶紧对着大家伙儿说：

"老哥儿们别乱，我拦诸位清谈。我请问您哪，善哥，倒是怎么着？老大爷倒是在家没在家？我们哥儿几个既然来啦，是为你们两造里好，难道就让我们这们回去吗？再说天下人管天下事，常言说的好，席头儿盖上，都有一个了。您知道啦，我们哥儿几个是为好，别说这点儿事，不怕您过意的话，三头六臂，红黄带子，霹雷立闪的事情，这个兄弟都了过。赏脸不赏脸的话，给我们一句干脆的话。了的了，我们了，了不了，送佛归殿，有你们的。事在好，善哥的话，就说这件事，跟您说句外话，黄雀儿的母子，很算不了麻儿。"

喝，小脑袋儿春子这一套大握大盖，连拍带咬，把一位老实角儿的善大爷气的目瞪口呆，浑身的肉乱颤，张口结舌，结巴了半天说：

"很好，很好，说的很好！这回事，你们几位不用管了，我们不定闹的那儿去哪。"

原来门口儿这们一路嚷嚷，伊太太等大家都在门儿里头听着呢。先头啦，听见要给磕头赔不是，伊太太倒很愿意。后来又听见姓春的这们一拍，善大爷这们一说气话，很有点担心，恐怕打起架来，小声对着姑娘说：

"你哥哥就是这种脾气。人家来赔不是就得啦，他老是犯这道牛脖子。"

正这儿说着，就瞧一个穿青洋绉衫儿的说道：

"众位老哥儿们，人家既不让管，你们诸位也不用讨虎脸啦。众位有公的治公，有事的治事。人家说啦，不定闹的那儿去哪。诸位请着，有甚么事，我姓文的接着，决计的含糊不了。"

说的这儿，大家伙儿说："第老的说得有理，老弟兄们走着，老弟兄们走着。"

大家伙儿说完了，连善大爷然也没然，摇头晃脑的得意洋洋的去了。

善大爷气的站在门口儿发楞，伊太太说：

"你进来吧，瞎生气干甚么？"

善大爷气哼哼的来到家中，说："这把子小子们，可真要把我气死。"

刚这儿说着，就听门口儿又嚷：

"回事。"

老王赶紧出去一瞧，这回可真是府里接来啦。善大爷说：

"咳，倒了一早晨乱，让这些个东西们把我也气糊涂啦。到了儿这封信我也没瞧。"

这当儿，善全把刚才那封信递给了善大爷。大爷拆开细瞧了两便［遍］，说：

"很好，很好。"

赶紧让二爷拿信纸，又写一封回信，余外拿了一个片子，把信封好，拿着信来到门口儿，一瞧，原来是赶车的王二。王二给善大爷请了个安，说：

"你吃饭啦。今天老爷（府里的口气，要是有少爷，本府称呼王爷为老爷）请客，说是请师老爷作陪。"

善大爷说："王二呀，我今天可不能去。回去见了文管家大人，让他见了王爷，替我请安得啦。你告他，早晨来的信，我已然知道啦，求他多多的分心。这儿有一封信，还有一个片子，你一并交过他，就说明天再放一天学，我后儿个上学就是啦。"

王二接过信来说："师老爷，您没有别的话啦？"

善大爷说："没有啦。"王二说："那们我回去啦。"

王二走后，善大爷回家不提。

您猜头天晚上善大爷给府里文管家去的那封信是甚么事情，原来就说得是小额素日怎么重利盘剥，怎么竟欺负人，手下的狗腿子怎么打伊老者，一五一十的合盘托出，求他给想个主意。这位文紫山文管家，素常最爱交朋友，府里上上下下没有不说他好的，并且王爷也最信服他，真是说一不二。要按其理说，就应该借事招摇、揽权纳贿啦，这位文管家可拧啦，多一步儿也不走，奉公守法，谨慎小心，外带着非常的耿直，阖府里当差使的，没有不爱他的，可是没有不怕他的。他跟伊府上，是个老姑舅亲，跟善大爷可是个平辈，两个人也很对劲，这个馆就是他荐的。早晨接着善大爷这封信，就气的了不得。赶巧王爷叫上克问话，文管家就把善大爷今天放学，并且因为甚么事情，都回明了王爷啦。王爷听见也很生气，告诉文管家，让他给善大爷写信，说后半天儿请客，请善大［缺"爷"字］作陪，并且告诉他这事不要紧，明天进里头，告诉提督祥大人一声儿，让他给办得啦。所以文紫山登时写了回信，就交善二爷带回来啦。善大爷家里捣了半天儿的乱，始终没得瞧这封信。刚才车来的这个功夫儿，才想起瞧信来，这才知道一切的事情，赶紧又给文紫山写了一封信，是求他跟王爷说说，专治小额，害不着别人的事情。这真应了话啦，安好了炉啦，竟等着收拾人哪。

小额在家里，是作梦也不知有这档子事呀。要说青皮连打伊老者的这回事，他可知道，皆因艺高人胆大，自己所疑惑啦，以为打一个乏拨什户算甚么的。（哈哈，这个乏拨什户，可打的岗子上啦。）他手下有一个管账的先生，姓孙，有四十来岁，近视眼，大颏拉嗦，未曾说话先乐，那一肚子坏就不用提啦。该账的没有一个不怕他的。大家送了他一个外号儿，叫胎里坏。素日他知道伊老者爷儿们有点儿来历，决不能就这们忍啦，所以方才那一群催把儿，同着小额的儿子到伊府上赔不是来，都是胎里坏的主意。后来事情说僵啦，大家伙儿回来一说，小额说：

"不要紧，这件事情溜肩膀儿，不吃劲。"

胎里坏说："掌柜的，你别大意呀。"

小额说："咳，料其他们飞不了多高儿，迸［蹦］不了多远儿。你们放吧心。味儿事。"

这一群碎催，向来是狗仗人事，一瞧掌柜的叫横，立刻大伙儿就拔俑子，胡这们一捧场，小额是更不知道怎么好啦。当时天也不早啦，碎催散去。

第二天是四月初七，河沿儿上通河轩是初七初八两天的随缘乐。小额吃完了早饭儿，带着一个童儿，得意扬扬的够奔十刹海而来。小额穿的是汤绸大衫儿，夹纱坎肩儿，二钮儿上挂着伽蓝香的十八子儿，摇着一把潮州扇儿，翡翠的搬指儿，四镶云儿紫宁绸的蝈子履鞋，蛋青串绸的套裤，打着把旱伞。小童儿有十六七岁，新竹布衫儿，抓地虎儿青布靴子，提溜一根长水烟袋。那一份的足劲，真是给一个知县都不换。

来到通河轩门口儿，童儿掏出一把布掸子来，小额掸了掸鞋，把伞交给了童儿。那天书座儿上的还是真不少，天才一点多钟，人已经快满啦。可是生人很少，反正是那把子书腻子占多数，内中废员也有，现任职官也有，汉财主也有，长安路的也有，内府的老爷们也有。大家一瞧小额进来啦，真是一盆火儿似的。这个说："大兄弟才来呀。"那个说："少峰，老没见哪（小额的号叫少峰）。"喝，这个也招呼，那个也招呼，小额也都一一的周旋了一阵。

原来小额每天听书，老是靠着西北的那张儿桌儿。跑堂儿的李四笑嘻嘻的说道：

"额老爷，您怎么老没来呀？"

小额说："竟有事吗。"

李四说："我知道您今天准来，您瞧，茶壶都给您涮得了，这儿搁着呢。"

小额微然的一笑，说："你倒会算。"

这档儿童儿拿出茶叶来，交过跑堂儿的，给小额又把水烟袋灌上水。李四又拿盅儿倒过碗漱口水来，又打了盆脸水，童儿拿出手巾来，拧了两把。小额擦完了脸，漱了漱口，站起来又到各桌儿上让了让，甚么"您喝这个吧"，又甚么"换换吧"。大家伙儿说："您喝吧。""您请吧。"

小额让完了人，来到自己的桌儿上。小童儿早斟出一碗茶来，又点着了火纸捻儿，把水烟袋递过去。小额接过烟袋来，一边儿抽，一边儿跟旁边桌儿上一个五十多岁的老头儿说话，说：

"您这两天常来呀？"

那个老者说："啊。这两天我倒是见天来。昨儿个是哈辅元的末天吗。（哈辅元是个说评书的，能说《济公传》跟《永庆升平》。）过了这两天随缘乐，还是双厚坪过来。要讲说评书里头，真得数着人家。（要让反对新政伤风败俗，还属的着他呢。）

小额说："那是自然哪。"

那个老者又说："今天的玩艺儿也不错。您瞧见报子啦没有？"

小额说："真个的，我还没瞧见呢。"

说着，走到台头啦一瞧，两边柱子上都挂着一个牌子，上头贴着黄纸的报子，是：

本轩四月初七、八日两天

特约子弟随缘乐

消遣：

风流焰口

五圣朝天

别调咤［岔］曲

别母乱箭

左边儿另飞了一个签子，是"外定双子"，右边儿写着是"每位茶票七百文"。小额瞧完了，回到自己的桌儿上，刚要坐下，就瞧由东边儿过来一个人，一把将小额抓住，说：

"这看你往那儿跑。"

登时小额吓了一跳，细瞧这个人，有四十来岁，黑胖子，重眉毛，大眼睛，扁鼻子，大下吧，小辫顶儿大反骨，身穿着洋绉大衫儿，青洋绉套裤，两支青绸子乌拉盖儿的鞋，瞧着很透着眼生，说：

"兄弟，你先撒开我，有甚么话，咱们俩好说。"

就瞧这个人哈哈的一笑，把小额立刻撒开，说：

"你听我告诉你，撒开你，你也跑不了那儿去。"

小额说："我也犯不上跑。请问阁下贵姓呀？"

那个黑胖子又一冷笑："你连我都不认得啦，哈哈，你们老爷们可真可以的。告诉你说，我找了你不是一天啦，月里头你同着希四爷坐着车出前门，我这个叫你劲儿的，装听不见。真有你们的。我先问问你，有这们回事情没有？"

小额说："同着希四兄弟出前门，倒是有这们回事，实在的没瞧见兄弟，失照，失照。我瞧见兄弟您很眼熟，仿佛在那儿见过似的，一时可就想不起来啦，千万的要恕乎我。兄弟倒是贵姓？"

这个黑胖子哈哈的一笑，说："额哥，您真是贵人多忘事，您忘了黑脸儿李逯小赵六儿啦。（凭这个外号儿，真欠一年半徒罪。）哥哥上库的时候儿，我还跨过车沿呢。"（当过刀架子。）

小额一听，忽然的想起，说："兄弟，你可真得恕我的眼拙，你多早晚儿回来的？"

赵六说："回来俩多月啦。"

原来赵六从先在小额这块儿当过俩多月的碎催，后来因为群架打死人，闹了十年的军罪，新近回来的。小额问了会子赵六的事情，捧了他两句。赵六也直给小额贴靴。（贴靴是句土话，就是捧场的意思。）

他们俩捣乱的功夫，双子早上了场啦。（双子是给随缘乐引场的，外带弹弦子。）唱了一个咤［岔］曲儿，又说了一个笑话儿，这当儿随缘乐可就上了场啦。就在这个功夫儿，就瞧起外头进来一个人，两只眼睛离鸡似的，进了门儿，东张西望。小额早瞧见是他外甥大拴子，赶紧就叫，说：

"拴子，我在这儿哪。"

大拴子来到小额的桌儿上，也没请安，气喘嘘嘘的说：

"大舅，要干。"

小额一瞧他这个样儿，知道必有甚么急事，说：

"你有话说吧。"

大拴子喝了碗茶，说："我刚才上我三爹那儿去啦。我三爹听府里张内监说的，小连打的那个姓伊的，他儿子敢情在府里教书。伊老头子挨嘴吧这回事，王爷都知道啦。夜里进里头，王爷跟提督说啦，非把这个放账的治了不可。后来我又遇见北衙门站堂的小孙啦，他说堂官向来没事不上衙门，今儿个正堂起里头出来，就上了衙门啦，告诉德老爷赶紧办甚么包封，说是右翼的事情。大舅您听这事悬不悬？"

小额听了大拴子这套话，微然的一楞，说：

"拴子，这话当真吗？"

大拴子说："我还冤您吗？我先到了家里，说您听书来啦，我才追到这儿，您赶紧想主意吧，我再去打听打听去。"

说完了，毛毛腾腾的站起来就走啦。小额还要跟他说话，大拴子早没了影儿啦。他们爷儿俩说话的这功夫儿，赵六儿早溜之乎也啦。（真够朋友。）

小额这当儿心里头这一份着急，就不用提啦。忽然想到这话也许不真，可是我外甥还能够冤我吗？我是回家好呢，是找个相好的地方儿躲躲儿好呢？正这儿犯犹豫哪，就瞧起外头又进来一个人，一直的够奔小额的桌上，说：

"额老爷，您这儿听玩艺儿哪。"

小额一瞧，原来是他们本段儿看街的瞎王。小额一瞧，心里一动，说：

"你有甚么事情？"

瞎王说："外头有人请您说话哪。"

小额知道事情不妥，可是久走外场的，事情到了脑袋上，可也说不上不算来。虽然这们说，脸上颜色儿立刻转啦，说：

"是啦，我这就出去。"

小额这当儿赶紧把茶座儿钱给啦，叫童儿拿着烟袋、旱伞，也顾不得招呼旁人啦，来到门口儿一瞧，就瞧过来几个人，都是翼里当差使的，还有两个熟脸儿，说：

"额爷，屈尊屈尊您吧。这是官差，没法子。"

小额才要交待两句，锁链已竟套的脖子上啦。

门口儿这们一拿人，茶馆儿里头也是一阵大乱，都知道小额让人给抓了去啦。原来是右翼恒翼尉接着包封，赶紧带着翼里的兵丁，先要奔小额的家里。有一个当领催的，叫长海，跟小额是街房，长海的钱粮包儿，眼时还在小额的手里哪。他把小额恨的牙有八丈长，今天遇着这档子事，真要把他给乐飞啦。仗着素日恒翼尉是最信服他，他偷偷儿的跟恒翼尉说：

"不用上他家去，今天通河轩有随缘乐，小额一定听玩艺儿去，去了准得着。"

所以让看街的瞎王先探了一回，随后恒翼尉带着人才去的。

当时恒翼尉带着众官人，押解着小额，出的是一溜儿胡同，够奔帽儿胡同。街上瞧热闹的，真跟人山人海一个样。再说，认得小额的居多，大家伙儿七言八语的一路乱讲究。这个说："本来他们爷儿们，这二年也足的厉害，不给他这们一下儿，可也真不行。"那个说："瞧这方向儿，准是得罪人啦。人家那头儿氅儿准不小。"这个又说："额少峰倒没甚么得罪人的地方儿，都是他手底下那把子催把儿给惹的事。"你一言我一语，就有向灯的，就有向火的。内中就有两个人，是一老一少，一个直哭，一个直乐。您猜这一老一少是谁？原来一老是楞祥子的叔叔，托云保托爷；一少是小额的童儿来升。

托爷跟伊老者是发小儿的交情，真是吃喝不分。伊老者在衙门挨打，托爷生了两天的气，今儿个心里闷的荒，所以听随缘乐来啦。可巧遇见包封票拿小额，玩艺儿也吵啦。托爷心里这个乐，就不用提啦，心里一想，说："我瞧瞧伊大哥去，就手儿给他送这个信，让他听着喜欢喜欢。"这是托爷的意思。小童儿呢，眼瞧着家主儿让人给锁啦去了，乡下小孩子，心眼儿实，心里又害怕又难受，哭了个言不得语不得，心里说，我赶紧回家，给太太跟少大爷送信去要紧。

您说这一老一少，当时心里的滋味儿，真是各有不同。可是托爷要给伊老者送信去，来升要给他们家里送信去，作小说的，一枝笔难写两家的事情，您说先写谁好？那位说啦，伊老者带着善合逛万寿寺去了，也没回来，我们真不放心，你先说说托爷上伊老者那儿去要紧。那们就听您的，咱们先说托爷。

托爷溜溜达达来到伊老者的门口儿叫门，善合出来一瞧，认得是托大叔，请完了安，就往里让。善合高声嚷道，说：

"托大叔来啦。"

可巧伊老者在家。托爷跟伊府上是至交，向来是姑娘、少奶奶都见。说完了几句套子话，托爷就问伊老者说：

"大哥，小额这回事，您听见说啦？"

伊老者说："我刚听见说。咳，这都是您侄儿。我昨天是带着三儿，逛了一天万寿寺，黑了才回来。你大侄儿也不怎么给府里写的信，弄的这回事。我说这是作甚么，跟小人作那门子仇。"

托爷说："大哥，这话可不是这们说。我告诉您，前儿个我听见祥山回家一说，气的我连饭都没吃。这小子非这们惩治不行。该！该！我刚才瞧见官人一锁他，不用提我心里够多们痛快啦。"

伊太太说："您瞧，大兄弟，他这也怨不上谁来。本来您大哥平常的老实，您是知道的，您说他招的着谁？这不是赶尽杀绝吗？"

托爷说："可不是吗？"

这当儿，老王给倒过茶来，托爷说：

"我不喝茶啦，我也不坐着啦，我还要到北衙门打听打听去哪。我非听见小额挨打，我心里才痛快呢。"

说完了，站起来就告辞，招的伊府上阖家大小全乐啦。

伊老者往外送托爷，暂且不提。单说小童儿来升，提留着水烟袋，挟着两把旱伞，一边儿哭，一边儿跑，一直跑到门口儿，正遇见摆斜荣从门儿里头出来。原来小额的儿子小文子儿今天并没在家，一清早同着花鞋德子、小脑头〔袋〕儿春子、假宗室小富出前门溜达去啦。刚才大拴子一给小额送信，小额没在家，见着小额的夫人儿啦。大拴子说话又少头无尾，闹的额大奶奶很不得主意。可巧胎里坏孙先生又没在家，这才赶紧打发人把摆斜荣找来，让他给打听打听去。摆斜荣说：

"奶奶，您不用着急。（这把子碎催都跟小文子儿是换帖，所以管小额的夫人儿叫奶奶。）您自管放心，没事。谁还敢动我们爷儿们是怎么着？"

一边儿说着，一边儿往外走。刚一出门儿，就瞧见小童儿来升跑的一脑袋瓜子汗，眼泪汪汪的。摆斜荣一瞧这个神气，心里说，要干（谁说不是呢），赶紧问道说：

"来升，你怎么啦？"

小童儿就把刚才的事情说了一遍。摆斜荣一听，也楞啦。您猜他楞的是甚么？他有他的鬼胎，心里说，我那天同大家伙儿还上人家姓伊的门口儿拍了人家一顿，掌柜的都让人家抓进去啦，我们这样儿的还有多大远限是怎么着？一月闹个三两五两的，陪着干场儿官司，可真犯不上。平常贴靴捧场，就是那个事。动了真章儿啦，谁管谁呀？趁早儿别往里扑，反正没好儿。我先给他个照不销。（您瞧瞧这德行有多们大。）摆斜荣想到这块儿，说：

"来升，你快告诉太太克得啦。我还有事去哪。"

摆斜荣起这儿就算躲啦。

来升进去，跟额大奶奶这们一哭一说。原来这位额大奶奶是后续的，倒是一位大家子出身，十二三岁上，父母双亡，跟着舅舅度日，有一点儿家当儿，都让他舅舅给花光啦。后来有人给小额一提，他舅舅贪图小额有钱，就把外甥女儿给人家啦。（这块骨头也不错呀。）道了过门以后，看着额府上的风俗举动，样样儿不顺眼，可是既到了人家啦，也就没法子啦。小额的种种行为，额大奶奶也劝过他，小额那里肯听？所以时常的提心吊胆，老怕出甚么事情。今天听见来升回来这们一说，已

然吓的动不了窝儿啦。家里有一个使唤老婆子老张，是一个多
年的陈人儿，在额家也很出过点儿力，平常是主意多、爱说话，
今天听见老爷遭了事啦，又瞧见太太干害怕没主意，他老先生
就开了演说啦，说：

"太太，这事您也别瞎着急，想法子托人情要紧。再说啦，
先得在底面儿安置安置，别让老爷在里头受罪。"

额大奶奶含着眼泪儿说道："我是见事则迷，一点儿主意没
有。我已然叫小荣打听去啦，等着他回来，听听怎么回事情再
说吧。"

正这儿说着，就听底下人说：

"拴大爷来啦。"

就瞧大拴子起外头跑进来，嘘嘘的带喘说：

"大舅母，您听见说啦？这档子事情真不好办。我刚才给我
大舅送完了信，在街上吃了点儿东西，赶到北衙门一打听，我
大舅就拿进去啦。听说那头儿人情太大，跟人打听了打听，敢
情包封票没下来，就派下承审的来了。派的是主事玉老爷，外
号儿叫铁脸儿玉，向来不吃人情，这案又是王爷的上交。简直
的说，花钱买个舒服儿都不行，进去就过堂。上了堂，没容我
大舅说话，就打了二百嘴吧，打的顺嘴流血，还掉了俩牙，任
话没说，就收了四间〔监〕啦。玉老爷的交派，说是奉堂谕，
无论甚么人，不准进去瞧看，衙门里头的人，有敢使一个钱的，
要是查出来，立刻的交刑部黑发。您瞧这不是一面儿官司吗？"

大拴子说完了，额大奶奶所傻啦。素常又有个肝疯的毛病

儿，一经着急生气就犯。今天赶上这档子事情，连急代气、代怕，肝疯又有点儿来劲儿，要跟大拴子说话，说也说不上来了，眼瞧着嘴歪。老婆子们是经过的，大家说："不好，太太又要犯病。"话没说完，就听呕的一声就抽起来了，眼睛也翻上去啦，两支手也攥上拳头啦，满炕上这们一翻饼，翡翠扁方儿也碎啦。老婆子们登时忙啦，这个按着胳膊，那个按着腿，这个给拆头，那个给抅婆〔摩挲〕心口。这功夫儿天就掌灯啦。大拴子是又打听去啦。

原来小额的儿子，早就成家啦，娶的是仓上的身后王大狗子的女儿，（方以类聚，物以群分），正赶上住娘家，没在家。刚才额大奶奶一抽疯的时候儿，老张就出主意，打发车上娘家接去啦。东西城的，道儿是挺远，一时也不能回来，家里头是没人。可巧隔壁儿有一个街房，姓怀，住的是额家的房子，他跟额家底下人说：

"你们还不打主意哪？回头一会儿是准抄家来。我刚才听见人说啦。"

喝，这几句话不要紧，可就乱了营啦，里里外外阵一〔一阵〕的大乱。这当儿，额大奶奶稍微缓过点儿来，这话又不敢告诉他。天已然二更多啦，老张跟大伙儿抱怨说：

"你瞧，小荣小荣也不回来啦，少大爷少大爷也不回来啦，孙先生又有事，你说这事怎么好？"

正这儿说着呢，没想到又出了一件逆事。您猜是甚么事情？原来是小脑袋儿春子起外头荒荒张张的跑进来啦。小额这回事，他还不知道呢。一进门儿，遇见额家打杂儿的李顺，春子说：

"李大兄弟，老爷在家里哪吗？"

李顺说："老爷呀，入了北衙门啦。"

春子听见一楞，说："别打哈哈啦。"

李顺说："谁跟你打哈哈？"

就把小额被拿的事情说了一遍。春子说：

"真的吗？"

李顺说："我还告诉你一个喜信儿，回头碰巧啦还许抄家呢。"

春子一听，心里说，这事可是蘑菇。李顺又问，说：

"你们不是同着少大爷出城啦吗？怎么你一个人儿回来啦？"

春子说："咳，简直的这事情是糟心，简断捷说吧，我们在广德楼听戏来着。因为争坐儿，少大爷给了人家一个耳瓜子。打完了，他还直道字号。（青皮连打人俩嘴吧，小文子儿打人一个耳瓜子，真是遥遥相应。）敢情这个挨打的，是巡视南城赵都老爷的外甥。（哈哈，说句迷信话，额家是走字儿哪！）打完了，人家勾兵去啦，我们傻瓜是的，还坐的那儿听呢。后来南城的官人下来啦，这是咱们俩人说，我瞧见事情不好，尿遁里我就溜啦。大盖［概］连德子带小富，是全了进去啦。"

李顺一听，说："好哇，你真够朋友！一块儿走，出了事，你溜啦。"

春子说："不是呀。我要再进去……"

刚说的这块儿，就听一个老婆子在二门里头直叫，说：

"李爷，李爷，太太叫你有话哪。"

李顺说："春爷，您跟我一块儿见太太去得啦。"

春子说："您去您的吧。您见了太太，把这档子事情说了得啦，我还有要紧的事呢。"

李顺还要跟他说话，春子已竟出去啦。

你猜这叫甚么，这就叫溜了边儿啦。大凡这类的小人，都讲究捧臭脚、抱粗腿、敬光棍、怕财主、贴靴并粘子、拜把兄弟、认干亲，平常没事的时候儿，奶奶长、阿玛短叫的震心，狐假虎威、狗仗人事〔势〕，无非是跟嫖、看赌、白吃猴，从中的取事。赶到楼〔娄〕子一出来，您瞧吧，属狗的，打胜不打败，一个个儿躲躲闪闪，全不露面儿啦。在这几个碎催，转句文说吧，无非是其小焉者。您瞧那一班拜门墙、认假父、昏夜乞怜、钻营谄媚的大运动家，一瞧见大伞要落，立刻就择干净儿，真跟这把子碎催可以画一个等号儿。（有过之无不及。）

费话少提，单说额大奶奶缓过这口气来，天也就有小三更子啦。喝了碗糖水，定了定神，就问老张有甚么信没有。老张说：

"小荣也没回来，少爷也没回来，拴大爷一去没回头。您瞧也不是怎么回事情？"

额大奶奶说："你把李顺叫来，我有话问他。"

李顺进来，说："太太，您好啦？"

额大奶奶说："少爷还没回来哪？"

李顺说："我告诉您，您可别着急呀。"

额大奶奶说："倒是怎么回事情？你说吧。"

　　李顺就把春子刚才说的那套话，一五一十又说了一遍。额大奶奶一听，心里又是一堵，刚要跟李顺说话，又听老婆子说："亲家太太送少奶奶回来啦。"

　　这位王亲家太太是个大外场，虽然厉害，可是懂里懂面儿，说话倒很爽快，在院子就嚷起来啦，说：

　　"这都是没有的事情。亲家太太好点儿啦没有？我没说吗，都是今年你们这个大门改坏啦，才竟出这些个事情呢。"

　　小文子儿的媳妇听见自己当头人也进了衙门啦，心里一难受，回到自己的屋子里，数数落落的就哭起来了。一边儿哭，一边儿骂小脑袋儿春子。他这一哭不要紧，招的额大奶奶也哭起来了。（同是一哭，宗旨各有不同。）王亲家太太一瞧婆媳彼此这们一哭，可真急啦，劝完了婆婆，又到西厢房劝媳妇儿，好容易才都给劝住，说：

　　"你们成心为难我是怎么着？事情已竟已竟啦，想法子盗洞去，这们一点儿事都架不住，那还成啦？头二十年，我遇见的那些个事情，要是搁在你们娘儿们身上，那就不用活着啦。那一年，我们老爷子，教南门仓的韩三寿给打了个腿折胳膊烂。第二天他父亲（这是指着他女儿说）就让大兴县给抓了去啦。那当儿，家里有谁呀？不是竟仗着我一个人儿，满世界托人弄情、求亲赖友去吗？反正事缓则圆，哭会子当不了甚么。天也不早啦，有甚么话，明儿早晨再说。"

　　当时额家的婆媳，被王亲家太太这们一劝，也无可如何，自好先打点睡觉，明儿个再打主意。

　　到了第二天早晨，额大奶奶跟老张商量，给至近的几家儿亲友送信。您道小额的家里头，虽然是匪类出身，可还有三家儿半上样的亲友，可都是他上赶着跟人家走的。三节两寿，也真迪往，所为的是，有一个头疼脑热、闪腰岔气的事情，好有个护身皮儿。这是小额的心工儿。在这些家儿亲友呢，是另有一份用意啦。您猜他这家儿上样的亲友，跟他走的挺亲热是怎么回事情？反正朝的是他有钱，图点儿小便宜儿。简直的说吧，彼此都没安着好心。

　　要提他这几家儿高亲贵友都是谁呢？您等我说给您听听。新帘子胡同的阿三老爷，从先是本旗的印务，现任左翼某旗副都统，专能卖缺，外号儿叫阿大价儿，是一门拉胳膊扯腿的老姑舅亲。二龙坑的恩宅（是位老宗室，世袭奉恩将军，从先开宝局，是小额六扔多远的一个舅丈）。北新桥儿三条胡同泰都老爷（现任兵科给事中，皆因文理不通，永远没递过折子，是小额出了八服本族的一个爷爷）。酒醋局希四爷（刑部候补员外，神机营营务处的委员，素来以拉官司纤为生，无论谁，都讲使钱，沾手三分肥，六亲不认，有名儿的白脸儿希，是小额的一个口盟把弟）。王太监（是一个被革的首领，素来不安本分，插圈儿弄套儿、抢人、打群架，无所不为，是小额的一个联盟把弟）。前门外施家胡同的赵华臣（金店的东家，素日结交几位汉官，专拉官纤。他有一个专门的能耐，就会拿秧子，吃小哥儿，大烟得抽四两广土，久站前门西啦，跟额家是世交）。这是小额的几门子上样的亲友。听听这些位的历史，就知道这些位亲友的程度了。(真正高亲贵友,他也不配认得。)可是小额平常拿这几家儿亲友、本家,喝,真当作金山似的,现在是出了逆事啦,所以额大奶奶想起给这几家儿高亲贵友送个信儿去,想着素来走动的都不错,必然是设法为力的。登时把三个打杂儿的、一个赶车的叫到上房,告诉了他们一套话,让他们赶紧分往各处,每一个人给了四吊赏钱,让他们快去快来。使唤人答应着去了。

这当儿,来升回禀额大奶奶说:

"孙先生回来啦,现在外书房,要求见太太呢。"

额大奶奶送信说:"你快请去,说我有要紧的话。"

原来这位孙先生,是一个老童生,下了七百六十回秀才场,也老没中。后来在宛平县当代书,皆因搂了一笔官司钱,知县要拿他,老先生就开了腿啦,在保定府开一个小药铺儿,外带着行医,朦的倒挺圆全。在那里待了二三年,后来给人包治打胎来着,打死了一口子,本家儿倒没不答应,他自己起了贼尾(音以)子啦,收拾了收拾,半夜里就起了黑票啦,二次又逃回北京。他有一个表弟,在德胜门外头开烟馆,他找了去啦,后来才荐到小额这里写账。因为他又会瞧病,又会算卦,又会画两笔画儿,又会圆光扶鸾(倒是普通科学),又能谄媚又能拍,所以把小额家里上上下下全给朦背啦,大家敬的他真如同圣人一般。(伏地儿的。)要问他那份儿坏,前两天也说过,简直的不用提啦。真是杂碎掏出来,狗都不吃。

胎里坏孙先生来到上房,见了额大奶奶,说:

"这回事情您不用着急，不要紧的。我有两个把弟，都在北衙门理刑科，一个当经承，一个写供，在那衙门里都很能拿点儿主意。就是总办抽冷子有挠头的事情，也常跟他们要主意。再说，这俩人跟我都是吃喝不分，还有一样儿，别人求他们，外带着小行，我去了，对对付付的还行。可是有一样儿告诉您说，这个，这个，他是这个……"

胎里坏说了三个"这个"，额大奶奶就明白啦，说：

"告诉您，大兄弟．您不用为难。你们哥儿俩这样儿的交情，他遭了这档子事情，您听见不着急吗？"

胎里坏说："是，是，我今天一听见，到如今心里还堵的荒哪。"（屈心，胡说，他。）

额大奶奶又说："有甚么意思，您自管作主意，不怕花多少钱，只要您大哥赶紧出来，别的都不要紧。"

胎里坏说："那是呀。还告诉您一样儿，这档子官司，我也都听明白啦，虽然不是奏案，可也是王爷的上交，并且又分的是铁脸儿玉的手里。一说儿就出来，可真不容易。（这叫两头儿麻。）头一样儿，里头得铺垫好啦，先买个舒服是真的，然后慢慢儿再想法子。您想是不是？"（拉官司纤的老手。）

额大奶奶说："是这们着。您瞧这回事，可就指着您啦。小荣昨儿个我让他打听去，一去也没回头。您侄儿跟小富德子也在南城打官司呢。春子也不露面儿啦。起事的祸头是小连，他也不见啦。您瞧这把子人，够多们有良心！"

胎里坏说："咳，小连哪，您不用提他说。说起来可笑，刚才我在西直门脸儿上问［此为衍字］碰见他啦，扛着个包袱，拿着把雨伞，两只眼睛直勾勾的走了个挺忙。我问他上那儿去，他说出城瞧亲戚去，大盖「概」他是躲啦。唉！告诉您说，家贫出孝子，国乱显忠臣，要不遇见事情，也分不出谁好谁歹来。我还是这就走。"

额大奶奶说："那们您就请吧，我也不说甚么啦。有甚么事，您千万别拘泥，该怎么花钱，听您一句话。"

胎里坏说："是啦，是啦。"

孙先生刚走，大拴子起外头慌慌张张的跑进来啦，见了额大奶奶说：

"大舅母，我告诉您一句要紧的话，我昨儿个起您这儿走，又到了北衙门，也没遇见熟人。今儿早晨我又去啦，可巧见着站堂的小张啦。我跟他一打听，他说你来了，好极啦，你大舅求我给他们家里带一句话，说里头已然有人给铺垫好啦，到没有多大的罪受，让他们家赶紧给甚么阿家，还有甚么希家送信去，求他们转托甚么公爷，说是一提，家里就知道啦。我问他，里头谁给安置的。他说是东城仓上的王爷。大概准是王亲家爹那块儿。"

额大奶奶一听，心里还稍微的定归点儿。王亲家太太听说，喝，又开了话匣子啦，张不长李不短又说了一大套。这当儿，早饭已得，额家这里吃早饭不提。

单说胎里坏孙先生，一听说小额遭啦官司，地宫里就没安着好心，原就打算吃一下子。额大奶奶撒开了这们一求他，哈哈，胎里坏是更得了意啦。

再说这位王亲家，也是属凤凰的，无宝不落，素日瞧着额家有钱，总想法子要吃一口，（好亲家！），好容易遇见这档子俏事啦，真是肥猪拱门。原来王大狗子认得北衙门一个理刑科的田先生，还认得一个张头儿。头天晚上，王大狗子一听见这个信，赶紧告诉他老婆子到额家搂览［揽］这回事。

第二天，天刚一亮，大狗子就找田先生去啦。见着田先生，宛转周折的这们一说，田先生说：

"官司可不敢说，买个舒服倒行。他是干甚么的，他家里怎么回事情，王大哥，你们是亲戚，我也不用说啦，衙门里头谁不知道他是放阎王账的，又是库兵出身，这不是抬了钱柜来啦吗？这回事情，亏了是你找我，要是别人，简直的没价儿。咱们俩这们说吧，这里头的事情，也瞒不了你。要打算让姓额的一点儿罪不受，你都交过我啦，干脆一包在内，衙门钱没有五十两银子（就是五百两），不用打算办。还告诉你说，动一个小钱边儿，就算吹啦。让他们爱找谁，找谁去。"

王大狗子跟田先生俩人，素常又过玩笑，死说活说的，算是四百五十两答应啦，还得先过二百银。田生生说：

"咱们可是一言为定，我这就上衙门去。"

王大狗子又托付了一回，定的是一半天见。王大狗子走后，田先生上衙门不提。

单说小额进了门儿，就闹了一个开锅儿烂，后来收了四间［监］，跟人家这们一搞交情，甚么必有朋友见你们几位来吧，又甚么咱们都相好啦吧，胡这们一跳动，人家当时也没那们很理他，面子上也并没为难他。晚上要抽大烟，哈哈，人家说："不行，上头交派的紧。"晚上一个没抽着大烟，又搭着这百嘴吧，监里头那种味气，小额平常如何受过这样儿罪孽，立刻鼻涕眼泪，哼哼唉呦，简直的要死。算是站堂的小孙、小张素日倒都有点儿交情．稍微的给布置了布置，夜里给了小额一口烟抽。到了第二天早晨，田先生上衙门，这才都说好啦。小额托小张给他家里送信，可巧遇见大拴子来打听，小张这才告诉大拴子一切的事情。

再说王大狗子辞别了田先生，赶紧到了额家。额大奶奶给王亲家这们一道谢，说：

"让亲家老爷分心受累。"

大狗子说："这算甚么！告诉亲家太太说，要亲戚是作甚么的。可是有一句话不能不跟亲家太太说，亲家这档子事情，可实在的难办。官司怎么样，先不用说，就说底面儿花钱，买个舒服，没有两三千银子，简直的不行。亲家有钱的名儿，是人所共知。算是我求的这个朋友，跟我是吃喝不分，我跟他一说，他直推辞，好容易我央求他，让他在里头给铺垫铺垫，算是搞明白了一千三百两银子，人家给了去。您可听明白啦，人家可毫无沾染，人家也不指着这个。还有一样儿，总得先过五百银，空口说白话不行。我当时很着急，可胆大作了个主意，从相好的那块儿，浮摘了四百两，先交给人家了事去啦。这回事情，亲家太太可要细想想，事到如今啦，可也真没法子。是人要紧哪，是钱要紧哪？"

额大奶奶本来是见事则迷，又没有个正经人给出主意，又恐怕当头人在里头受罪，再说家里又有钱，听见王大狗子这一套鬼话，赶紧说：

"亲家，您这话起那儿说起。您这样儿的分心，我就很过意不去啦。只要您亲家在里头不受罪，花钱那不是小事吗？"

正这儿说着，王亲家太太搭了话啦，说：

"你知道不知哇？姑爷在南城打官司哪。你求求魏第老的去（不是奎第老的呀），给想个法子好不好啊？"

王大狗子说："姑爷的事情，我也听说啦。我回头就去。我也不坐着啦，我还有个约会儿呢。"

说着站起来就要走，额大奶奶说：

"亲家老爷累了一早晨啦，也不是吃了早饭没有？"

王大狗子说："我在外头吃啦。亲家太太，听明白啦？"

额大奶奶说："我都听明白啦。今儿个晚上，我把银子预备齐啦，明儿个一早，打发人给您送到府上去。"

王大狗子说："倒是不忙。我明儿个还来呢。"说完了，告辞起身不提。

单说胎里坏孙先生，一瞧小额遭这场儿官司，准知道够打的，再说，要到了下月初几儿，官司一个不完，这些个账多一半儿得吹台。心里一想，干他一头子，给他一个颠儿核桃（北京土话，当走啦、跑啦讲），就是这个主意。刚才虽然在额大奶奶跟前说了个天花乱坠，搂了个满盘子满碗的，可是要说他真有甚么拿手，是一点儿拿手没有。他就认得一个北衙门已革的经承，姓冯，叫冯大嗓儿（听这个外号儿，其饿也可知），又叫饿膈冯，平常他这份儿德行，就不用提啦，可着衙门里头，没有不骂他的，就有一位老爷，跟他是秘密。您猜是谁？此人姓秀，名子叫秀沾，号叫爱桐，外号儿叫钱锈，是本衙门一个主事，是某大人的叔伯兄弟。从前进这衙门，就是人情货来的，满汉不通，官事不懂（有好哥哥就得），简直的连一句正经话都不会说。他可有五样儿出众的能耐，总算是他的专门学。头一样儿，专会玩笑。无论谁，没有不跟他过哈哈的。玩上笑下贱极啦，满嘴里胡说白道，七个八个混数，气死抬杠的，不让车豁子。同衙门的伙计，稍正派一点儿的，都不爱理他。第二样儿，专爱嫖。前门西啦一带，不认识他的真少少儿的。整天的在那里起腻，妓者大家又送了他一个外号儿，叫小秀儿，第三样儿，专会吃人。无论你多们谨慎的，他变着法子要吃你。同着朋友吃饭、听戏，永辈子没掉过楚（掉楚是句江湖坎儿，就是花钱）。第四样儿，专一的能卖官司。除去盗案他没法子，命案分的他手里，都要想法子使钱。要是钱财、细故、斗殴、喧闹那更不用提啦。第五样儿，是认钱不认人。不怕是至亲至友，多好的交情，有事遇的他手里，有理无情拿钱来。您瞧他这五样儿能耐，够多们大德行，够多们有出洗［息］。

这个饿膈冯，就是钱锈的一个狼狈，两个人一手一式，不用提，吃的够多们口啦。后来有一档子官司，是一个肥事，饿膈冯使了三百多两银子，钱锈才使着六十两，偏巧又叫钱锈给打听出来啦。喝，这一恨非小，钱锈跟总办又是亲戚，待了几个月的功夫，借着一件公事，使了个捻子，把冯先生就给革啦。饿膈冯也不是个省油灯，跪了一回提督，见了一回总办，闹了个马仰人翻的。后来吹出风来，跟钱锈要拼命。钱锈又悚啦（这块料！），倒托出人来一说合。饿膈冯倒殃啦，说："我跟他闭了眼啦。他有能为，把我发啦。我有能耐，砍完了他，我给他抵偿。"后来，大家伙儿作好作歹的，让钱锈给了他一百银（倒赔出四十两去），算是完事。饿膈冯缺底也倒出去啦，剩了几个钱儿，心里一懊，撒开了这们一荒唐，后来闹了一身大疮，几几乎没把老先生烂死。后来，有一位专门外科的金针刘，算是给治好了。老先生也没甚么啦，在德胜门外关里头开了一个烟馆，人都叫冯家烟馆。

胎里坏一直的出了德胜门，够奔冯家烟馆。这个烟馆，一共是五间房子，外头是三间，里头有一个小院儿，单有两间。一进门儿，有一个木头影壁，拐过影壁来，里头有两铺炕、一个床，横躺竖卧的，有七八个人喷云吐雾，抽了个兴高采烈的。也有骨瘦如柴的，也有头发多长的，所谈的无非是土妓馆调查、宝局教科书，外带着造谣言大全。那一份特别的味气，真能薰死几口子。胎里坏进门一瞧，有一个掌戥儿的小催在那里邀烟呢，说：

"辛苦您哪，掌柜的在家哪吗？"

小催一瞧，是胎里坏，说：

"少见哪，孙先生，怎么老没来呀？掌柜的还直念叨你哪。"

胎里坏说："他在家哪吗？"

小催说："在后头屋里抽烟哪。"

胎里坏满心欢喜，来到后头屋里一瞧，炕上摆着烟盘子，点着烟灯，饿膈冯头冲里躺着，手里拿着一本书，闭着眼睛。（不知道是真睡，是假睡。）胎里坏大声嚷道，说：

"书着啦，书着啦！"

饿膈冯这才睁开眼睛，打了一个哈欠，伸了伸懒腰，这才站起来说：

"兄弟，你起那儿来？"

胎里坏说："今天没事，找您谈天儿来啦。"

饿膈冯微微的冷笑，说："不能这们闲在吧？你先闹一口，咱们俩再聊。"

胎里坏躺下，饿膈冯也就躺下啦。于是乎两个人，一边儿抽，一边儿聊。先说了几句淡话，饿膈冯忽然问道说：

"真个的，你们东家那档子事情，现在怎么样啦？"

胎里坏说："甚么事呀？"

饿膈冯哈哈大笑，说："你不用跟我装傻。你要不为他那档子事情，你还不来呢。"说的胎里坏扑吃儿的一声，也乐了，说：

"冯大嗓儿，罢了，真有你的！（一对儿狼狈！）既然如此，咱们哥儿俩，爽得亮盒子摇。"

就把怎么想法子，借着托官司干他一下子，一颠儿核桃的话，一五一十，细说了一遍。冯先生说：

"可是这们着，咱们俩先搞明白啦，吃他一下子，容易，都交过我啦，哥哥有法子。可是有一样儿，咱们俩可是二一添作五。哥哥这两个月，也有点儿事体夹脚。你想怎么样？"

胎里坏说："咱们俩还有甚么不好说的吗？可是有一样儿，空口说白话，就跟人家要钱，那可不行，多少总得露一个面儿，咱们也好跟人家说。"

饿膈冯说："听着吧，老二，比你懂的。哥哥今儿个不是拍你。别瞧你也在六扇门儿里头待过，要说办这些个事的话，火纸捻儿比号筒——你差的粗呢。"

胎里坏说："得了，你爱怎么说怎么说，您就想法子去吧。"

饿膈冯说："我抽完了这口就去。你先别走呢，咱们回头见。"

说完了，又烧了一口抽。胎里坏又催他。冯先生说：

"你忙甚么？"

抽完了烟，叫伙计打脸水，又擦了擦脸。擦完了脸，又换袜子，抓起水烟袋来，又抽了几袋水烟。这一份儿苦麻烦，急的胎里坏是起火冒油。好容易自由够啦，他老先生才动身。孙先生心里直念弥陀佛，说这小子可走啦。走了功夫不大，又回来啦。胎里坏一瞧饿膈冯又回来了，心里这个腻，就不用提啦，说：

"你怎么这们麻烦哪？"

饿膈冯微然的一笑，说："我还没嫌麻烦呢，你嫌麻烦啦？怪热的天，我不拿旱伞行吗？"说完了，找着了旱伞，说：

"老弟，你抽你的，回头见。"

冯先生去后，胎里坏得着便宜烟了，撒开往饱了这们一抽。抽足了，又烧了几个泡儿，带到小扁盒子儿里头。（这点儿来历。)猛然一抬头，瞧见桌子上，搁着几个带盖儿的磁缸子。每一个缸子上头，贴着一个红帖儿，是云膏、广膏、西膏等等。胎里坏搂搂〔瞜瞜〕〔土话管瞧瞧叫（瞜瞜）〕，嗳，心里说，这两天正没烟哪，了他点儿，高不高。(不高，低微透啦。)拿了一个烟铲儿，掏出自己的一个铜盒子来，打开广膏的烟缸子，恶恶实实的，了啦一下子。(这块骨头，称得起狼吃狼，冷不妨。)胎里坏烟也抽足了(也偷足了)，等了个无奈心烦，饿膈冯也没回来。忽然一阵的困倦，心里说，我先乐他一觉，回头再说新鲜的。

孙先生这块儿睡觉不提，单说额家这几个底下人，奉了额大奶奶之命，分往各亲友家送信。小额这几家儿得意的亲友，先头啦也说过，没有一家儿够程度的。素日跟额家走的亲热，没为别的（为甚么？），就为节咧、年咧，有个大事小情儿的，贪图他进点儿贡，涮点儿水，平常吹了个咿嘟嘟唔嘟嘟的，有甚么事都有我呢，所以小额平常真拿这几家儿亲友当作护身佛一个样。今天往各家儿这们一送信，真能够把谁寒死。您等我说说这各家儿的情形给您听听。

李顺是往二龙坑恩宅、新帘子胡同阿宅。先到了恩宅，底下人往上一回，待了好大半天，出来话，叫李顺进去。李顺进去一瞧，这位宗室恩在书房同着三家儿斗纸牌呢。李顺请了个安，一说这回事情，宗室恩说：

"这回事我知道啦。你回去告诉你带〔此为衍字〕们太太不用着急(套子话)，我这两天痔疮又犯啦，不能出门儿。过两天，我必想法子就是啦。"

李顺由恩家出来，又奔新帘子胡同阿家。正赶上这位阿三老爷在家里懊的要死。您猜是为甚么，因为他管的那一旗出了一个公中佐领的缺，正堂请着病假呢，让他拣选。这当儿，他有个姨奶奶的兄弟，叫小刘三，在他宅里管事，应了一号儿买卖，四百银把打四的拿了拟正啦（要说那时候佐领的价值比如今还公道），打头的倒闹了个拟陪。后来打头的跪了正堂啦，现在正麻烦这回事，正堂要递摺子呢。您说阿三老爷家里，现在出了这档子逆事，人家自然是不能管喽。李顺由阿家回去不提。

单说打杂儿的孙升，够奔北新桥儿三条胡同泰都老爷那里。先头里也说过，这位泰都老爷，斗大的字认得一口袋半，胆子比鸡胆子还小，一听见小额这档子官司，内里头又有王爷的上交，吓的连北都不认得啦，告诉孙升说：

"打杂儿的，你回去告诉你们大奶奶，就说这件事情，我管不了。"

孙升回去暂且也不提。

再说打杂儿的赵福，是够奔酒醋局希四爷那里。正赶上希四爷在家，倒是挺好的面子，告诉赵福儿：

"你回去说，让你们太太放心，北衙门我很有几个至交，这事不要紧，我给托人就是啦。一切的细话，等着我见了你们太太再说吧。"（瞧方向，也是要吃一嘴。）

赵福回去也不提。

再说赶车的小周，竟找王太监，找了半天儿，也没找着。

后来才打听出来，说是王太监给人管闲事来着，因为地亩的事情，大概是假地契，还有好些个勾七套八的事情，老先生开下去了。后来，小周又到了施家胡同赵华臣那里，赶上赵华臣没在家。一问他家里，说是元兴堂有饭局。小周赶到元兴堂，饭局已然散了，可巧遇见赵家的赶车的烂眼儿朱，跟他一打听，说是上石头胡同翠云家去啦。小周道是死心眼儿，一直的又追到翠云家，算是见着了。一提这些个事情，小周也爱说话，连小文子儿南城的官司都这们一说。赵华臣说：

"北衙门我不大很熟，让他们转求别人。你回去告诉，南城少大爷这档子事情，交过我啦。"

简断捷说，小额这些家儿亲友，有事的有事，不拉车的不拉车，就是希四爷跟赵华臣两个人答应着管，可也是都要吃一嘴。这些个底下人回家，把各家儿的情形回禀他们大奶奶，暂且不提。

单说胎里坏孙先生，在饿膈冯的烟馆里头一直等了个揸黑儿，冯大嗓儿才回来。胎里坏一问他，饿膈冯说：

"这件事情，成可是成啦，吃算吃准了他啦，就是一层难处，里头已然有人给他铺垫好啦，是他们一个亲戚，仓上的王大狗子托的田少云田先生，前三抢儿已经让人家给抄了去啦。咱们捞稠的吧。"

胎里坏说："甚么稠的？"

冯先生说："给他托官司，让他出来呀。"

胎里坏说："嘿，这个官司谁弄的了哇？"

冯先生说:"可了儿你唉。你还要吃这个呢,你别骂我啦。你听我告诉你。"

饿膈冯说到这里,凑到胎里坏的跟前,低言巧语,说了几句秘密的要言。胎里坏哈哈大笑说:

"哥哥,我要不信服你,我是个小狗子。"(你简直是狼崽子。)当时天也晚啦,饿膈冯留下胎里坏吃的晚饭,就在烟馆忍了。第二天一清早,胎里坏起来,又叮咛了饿膈冯一番,告辞进城,够奔额家。

单说额大奶奶听见各底下人回来这们一说,这些家儿亲友的现象,心里很不痛快。幸亏有希四爷、赵华臣两家儿答应着管,心里还稍微的好点儿。忽然想起应下给王亲家送银子去,还没送呢。可巧大拴子来了,赶紧拿了一千两银票,让大拴子同着李顺给王亲家送去。大拴子刚走,这当儿底下人回禀说,酒醋局希四老爷来啦。额大奶奶说:"快请!"底下人出去,功夫不大,就瞧希四爷摇摇摆摆踱了进来。

要说希四的打扮儿,可真够个部属司员的派头儿,有四十来岁,白净子儿,小颧骨儿,尖鼻子儿,新留的几根黄狗蝇胡子,两只小三角儿眼睛,[好孩子核(音壶)儿],戴着一副墨镜,身穿月白洋绉大衫儿,套着蓝纱的坎肩儿,穿着一双武备院儿的官靴,手里摇着一把团扇,来到上房。额大奶奶早在廊檐底下迎接。希四爷给额大奶奶深深的请了一个安,说:

"姐姐,这项 [向] 好?"

额大奶奶说:"好。兄弟家里都好?"

希四爷说："喏。承姐姐问。"

书要简决为妙。希四来到上房坐下，额大奶奶说：

"您哥哥这回事情……"

希四未从开言，先咳了一声，说："我告诉您，我一听见这个信儿，昨天简直的一夜没睡（你若睡了，怎么能想法子吃人呢），我今天衙门堂期都没去，所以先到这儿瞧瞧姐姐。姐姐不用着急，这件事都有兄弟呢。"

额大奶奶说："谁让你们哥儿俩有交情呢。我也不会说甚么，反正兄弟尽心就是啦。不瞒兄弟说，我这里可也托着人呢。还没见回信呢。"

希四一听，微然的愣了一会儿，说："好，好。告诉姐姐说，您可别辞退人家。这件事情，本来的麻烦，竟指着一颗树儿也不行。知道人家人情重在那一面呢。还有一句话，我要跟姐姐说，您可别多心。哥哥这场儿官司，谁也想不到的事情。着急、破财，那算准啦。您可千万别心疼钱，人要紧。如今的事情，您要说空口说白话，那可不行。打官司打的就是钱，再说，哥哥素日的事由儿，谁不知道？这场儿事又是个上交。告诉姐姐说，不差甚么的，胆子小的人不用说敢管，他要敢上府上来，我算信服他。还告诉您说，这档子官司真得抓早儿想主意，可不是我吓唬〔唬〕您。要是一个弄老啦，定了案，铁准是永远监禁，不用打算出来啦。"

喝，希四这一路瞎聊不要紧，招的额大奶奶放声的大哭。

希四一瞧，心里说："这事有边儿。"（诸位瞧见啦没有？这是口

盟的把兄弟！）假妆的又劝，（如今社会上，一来就换帖，两来
就口盟。平常是呼兄唤弟，蜜里调油，亚赛一个妈妈养的。及
至患难的时候，不但不赴汤投火，外带着是下井投石。这类的
情形，很多很多，岂但一个希四呢！）说：

"姐姐，您别着急呀。打头又是病身子，急坏啦也是麻烦。
我刚才没告诉您吗，凡事都有我呢。我也不坐着啦。一半天我
还来哪。"

额大奶奶拿绢子擦了擦眼泪说："兄弟，多分心吧。您只当
救我们一家子（说的可怜），钱财的事情听您一句话。只要您哥
哥出来，不怕倾家破产。砸铜卖铁都不要紧的。"

希四说："是啦，姐姐，您自管万安吧。"希四告辞不提。

单说胎里坏孙先生，希四进来的时候，他就来了，在书房
坐着呢。听说希四在上屋跟额大奶奶说话儿哪，他心里就直打
鼓，皆因希四是久惯出名拉官司纤的，他也知道，并且三月里
小额的生日上，胎里坏管账，希四在账房儿抽烟，他们也见过，
并且还谈了会子。希四的德行，他也知道，心里说："这号儿买
卖，要让姓希的端了去，那才是冤孽梆子呢。"又一转想说："不
碍，反正老娘儿们好说话呢。凡事有一个先来后到儿。"胎里坏
正这儿胡思乱想，就听书房外头有人说话，说：

"孙先生在屋里哪吗？太太请你有话说哪。"

胎里坏来到书房外头一瞧，原来是老张，说：

"张大嫂子吃饭啦？"

老张说："没呢。太太知道你回来啦。请你有话说呢。"

孙先生跟着老张，赶紧来到上房。见了额大奶奶，胎里坏一路苦造谣言，甚么费了多少话啦，怎么又托了几个人啦，月底官司就可以完了吧，说了个天花乱坠。额大奶奶一瞧，心里倒很喜欢，说：

"您就多分心吧。"

胎里坏说："这是应当尽心的。您就不用托付啦。可有一节，我先头啦也跟您说过，他是这个，我先头啦也跟您说过。"

额大奶奶一听，知道说的是钱，赶紧说：

"我已然跟您说明白啦，那会儿用钱，那会儿自管言语。"

胎里坏说："您瞧，我告诉您，这跟别的可是两经。就说这类的官司，就买个浮面儿，求个舒服，没有个一千八百的，您不用打算行。您要说是居然让这场官司完啦，您想想，得费多大劲啊。再说，那里头的事情，我跟您说，您也不知道，反正人家应啦可是应啦，官司完，是准算是完啦，少啦可是不行。这件事情，无论您求谁，我告诉您说，没个万儿八千的不成。这个人家靠着好几面儿交情呢。"

额大奶奶说："是啦，这个事就仗着您了。用多少钱，您说吧。"

胎里坏说："这也先不要哪，您多咱听见东家有信出来啦，再过钱不迟。"

额大奶奶说："用多少，您先拿点儿去。"

胎里坏说："嗳，我告诉您，惟独我这人办事死心眼儿，（得亏你是死心眼儿。要是活心眼儿，可就了不得啦！）您听信就得啦。"

"甚么话哪，办事吗！"

喝，胎里坏这一片鬼言鬼语，稳稳当当的五千银子就朦在手里。

您猜胎里坏跟饿膀冯两个人编的是甚么套子，告诉您哈哈大啦。本来胎里坏是一点儿章程没有，就指着饿膀冯。这位冯大嗓儿，衙门是薰（去声）透啦，又搭着是个已革的人，也没有甚么准拿手。这回胎里坏一找他，两个人打算搭窝，要吃小额一嘴。饿膀冯想了一个法子。您猜是甚么法子？哼，德行大啦。他有一个干儿子，姓红，叫小红儿，从先是个架铜仙鹤的出身（就是卖水烟的），随后改行当小绺，竟在前三门一带混混。后手啦，应〔因〕为吃人家表，在广德楼门口儿，挨了一顿臭打，又洗手不干啦。有人把他荐在宝局当碎催，饿膀冯原是个宝魔，小红儿常给买东到西的，饿膀冯瞧他倒挺机伶的，很爱惜他，他就认饿膀冯作干爹啦。后来就把他引在北衙门，四监有个刘永刘头儿，看着他不错，他就跟刘头儿当小使，混混了几年。刘头儿死啦，他就当上头儿啦。这是小红儿的历史。（好历史，可称出身高贵。）小红儿虽然是个下流出身，还算有点良心，跟饿膀冯倒还不错，所以饿膀冯想起找他来啦。那天胎里坏上烟馆去，冯先生出去找人去，就找的是小红儿，让小红儿在里头吹风，说是小额的官司有信完啦，小额要是听见，必给家里带信，然后好借着这个跟额家要钱。跟小红儿说明白啦，事情妥啦，给他一百五十两银子。那天饿膀冯跟胎里坏在烟馆低言巧语，说的就是这回事情。

书要简决为妙。小红儿在监里头一洒这个薰（去声）香，楞说："听见信啦。小额这个官司有信要完。"可又说了个影影响响，似真非真的。单说小额，虽然在里头没受多大罪，本来是舒服惯了的人，就这几天的折磨，已竟是受不了啦，又怕家里不放心，听见这们一个信，恨不得立刻官司完了出来才好。头天额大奶奶又给带进一个信来，说已竟托希四跟孙先生啦。今天听见小红这个谣言，自以为是人情响了哪。可巧大拴子又给送衣裳去啦。当时求人带出一个信来，让大拴子告诉家里，说是官司有点动静儿，让赶紧再催催人情。额大奶奶得着这个信，也恨不得当头人一时出来。这们一来不要紧，可给胎里坏跟希四作了饭啦。

饿膈冯一告诉胎里坏说："咱们的法子算是应验了。你赶紧的催水要紧。"胎里坏满心的欢喜。原来胎里坏这两天晚上，竟在饿膈冯的烟馆住着哪。听见那个信，第二天一黑早，赶紧的进城。刚一到额家门口儿，正赶上李顺出来，说：

"孙先生，真早班儿呀。太太正让我找你哪。"

胎里坏微然的一笑说："甚么事呀？"

李顺说："横竖为老爷官司的事情。"

胎里坏跟着李顺来到上房。额大奶奶见了孙先生，先这们一道谢，怎么分心等等的话。随后又告诉他，怎么小额给家里带话，官司怎么有信完，一五一十的说了一遍。胎里坏一听，那分儿乐，就不用提啦，心里说："这个拍网子算打上了。"紧跟着就这们一路胡造谣言，这官司怎么难啦吧，您问不得费多少事啦，事情怎么说好啦，（您猜甚么事情？钱！）怎么十五前后就可以出来啦吧，简断捷说，撒开了这们一催水。额大奶奶原是一位忠厚老实的堂客，再说当头人在监牢狱里头，焉有不着急的道理。今儿个听见胎里坏这们一说，知道官司是准有信完啦，先头啦也说过，官司有信，就得过钱，赶紧就对孙先生说：

"您这份受累（劳您驾），等到您大哥出来，再给您到（道）乏。上回让您拿钱，您说不忙，眼下官司是有信完啦，（哈哈，钱有信完啦），应该多少的话，您只管说吧。"

胎里坏听说，乐的心要进出来，说："是，是，那是自然的。可是有一样儿，我不好跟您说。"

额大奶奶说："您只管说吧。您这样儿的分心，有甚么难说的？"

胎里坏假装了半天着急的样儿，说："不是别的，跟您说，怕您嫌钱多。"

额大奶奶说："咳，您太多心了。我先头啦也跟您说过，不怕砸铜卖铁，只要您大哥出来，比甚么都要紧。"

胎里坏一听，心里说："有劲儿哪。"赶紧的说道：

"您这话高明极啦。反正事已至此，告诉您说吧，总得衙门钱五百两银子。"

这句话，额大奶奶倒懂得，说："五千两银子啊。您这们为难，我当是几万哪。五千银子还凑的出来，回头让李顺同着您到亨通当铺里提去得啦。您大哥在那里存着六千哪。一存的时候儿就说明白啦，多会儿用，多会儿取去。"

胎里坏一听这套话，心里说："干啦，我又要漏啦。"（这块骨头！）赶紧就说：

"既是这们着，很好。回头您就告诉李管家，跟我取去得啦。赶快给人家拿过去也好。"

额大奶奶说："就是这们着啦。"

立刻把李顺叫来，嘱咐了一片话，拿了取银子的摺子。胎里坏告辞，额大奶奶又说了些个好话。胎里坏连说，应当尽心，同着李顺笑嘻嘻的去了。胎里坏这一去，应了一句俗语儿啦，真是羊肉包子打狗，从此就永不回头了。

胎里坏走后，额大奶奶刚要叫底下人找大拴子去。就这们个功夫，就听院子里喊道说：

"希四老爷来啦。"（好劲！这样儿的多来几个，额家就快啦！）

您道希四是干甚么来啦？原来希四的宗旨，更比胎里坏还亡道。他准知道小额这场儿官司厉害，一时半会儿够出来的。可是在额大奶奶头啦，应了个老满儿，打算是瞧事作事，遇机会下嘴。听说额家也托着别人呢，希四心眼儿一转，想了一个主意。您要问他这个主意，久拉官司纤的常有这宗德行，准知道打官司的这家托着别人呢，又一求他，他也并不推辞。等到人家的人情响啦，他也出来啦。不但是拉官司纤的，有这宗德行，就是拉官缺纤的，也常有这宗德行。

原来希四自从额大奶奶求他以后，是见天打发底下人，早晚三遍，上额家打听来。他那个意思，是多咱听见官司有信啦，他立刻就出头，算是他的力量。你要是老没信，跟你这们乌秃着。头天晚上，底下人回去一说，怎么小额带出话来，官司怎么有信完，怎么托的孙先生，一五一十的说了一遍。希四一听，心里说："这是一个机会，我明天得去。"所以希四一早就跑了来啦。见了额大奶奶，这们一路花说柳说。额大奶奶原是个没有主意的人又搭着盼着爷们出来的心盛，又让希四给朦了几百银子去（倒眉），心里还说呢，"虽然前后花了几千银子，究竟是官司有信完哪。"

额大奶奶从这天起，一天好几遍，打发大拴子，上北衙门打听去。待了两天，也没见甚么动静儿。胎里坏也不露面儿啦。（他有话，干他一头子，一颠儿核桃，还露面儿作甚么。）赶紧打发人，满世界一找孙先生。找了两天，也没找着。额大奶奶心里可就有点儿疑惑，又一转想说："孙先生不是干荒唐事的人哪。"又等了一天，也没见甚么信。又打发人一找希四，希四也没露，连去了两荡，他家里说，希四上了天津啦。额大奶奶这一急可非小，那一天早晨，正是十六，额大奶奶叫赶车的套车，打算到荡北城，上三条胡同泰都老爷那里，再求一求去。车已经套齐啦，带着老张刚要走，李顺回话说：

"前门外头赵大老爷来啦。"

额大奶奶说："请上屋里坐吧。"

赵华臣有四十来岁，高身量，白胖子，黄胡子，两支大近视眼，老戴着镜子，鲜红的一个酒糟儿鼻子，穿一件酱色洋绉大衫，套一件纱马褂儿，青缎子皂鞋（可不是上海式。那当儿还没兴呢），大拇指上戴着一个大翡翠搬指儿，说话是条糖嗓儿。要说他那一份虚假，真比是人都大。诸位，您猜赵华臣干甚么来啦？告诉您说，真是无巧不成书。上回赶车的小周给他送信去的时候，他正拉一档子官缺纤呢，元兴堂饭局就是为这回事情。要是这档子事成啦，有个万儿八千的闹头，所以小额这回事情，他没瞧在眼里，说北衙门不熟，那也是个推辞的话儿。小文子儿这档子事情，他虽然应了，也就是带口之言儿的事情。后来他拉的这档子官纤，已然有九成停当啦，哈哈，这位官儿迷大爷丁了忧啦。赵华臣这注子财，算是黄啦。

那天，赵华臣同着俩个朋友在致美斋吃饭，就瞧对面儿的桌儿上，坐着一老一少，一边儿喝酒一边儿苦讲究。就听那个上岁数儿的说：

"小王也有信出来啦吧？"

年轻的说："岂但小王出来呢。大概那几档子都可以出来。活该就结啦。这个乡下老儿一上吊，倒救了他们啦。"

老者说："这件事情，满宅汉宅都知道了吧（俗常管满汉巡城的御史叫作满宅汉宅）。"

年轻的说："那是自然哪。"

赵华臣一听，心里一动说："这件事来岔儿呀。"赶紧跟人家一递嘻和儿，跟着这们一打听。这位年轻的这们一开演说，原来是一个乡下老儿，为地租子的事情，让某宅在南城给送下来啦，过了两堂，挨了好儿通儿打。乡下人胆子小，十四的晚上，在里头上吊死啦。这两天南城衙门正捣麻烦呢。满汉都老爷商量，是不要紧的官司，打算一半天一齐开释。（大约小文子儿跟花鞋德子、假宗室小富，也必可以出来。）

赵华臣一听见这个信儿，心里说："这都是肥猪拱门的事情。"所以第二天一清早，叫烂眼儿朱套车，一直的够奔额家而来。见了额大奶奶，说了些个短礼缺情的套子话，又问了问小额的事情。额大奶奶把小额事情怎么长怎么短，述说了一遍。赵华臣跟小额原是世交，先头里也说过，论着比小额长一倍〔辈〕，当时劝了额大奶奶几句，甚么大奶奶你别着急啦，事缓则圆啦，又说了些个费话。正这儿说呢，就瞧老张起外头进来，给赵华臣请了个安，说：

"我们少奶奶来给您请安来啦。"

话没说完，小文子儿的媳妇儿跟着也就进来啦。

要说小文子儿的媳妇，虽然是仓花户的女儿、库兵的儿媳妇，打扮的倒还恭本，细条的身材，瓜子儿脸，重眉毛，大眼睛，擦着挺重的脂粉，疏着大两把儿头（那时候还没兴拉翅儿呢），一脑袋翡翠的簪子，身上穿着浅色的竹布衫儿，脖子上围着一块三尖儿粉红的绢子，上头绣的是龙睛鱼（头二十年兴过一阵子龙睛鱼的花样，无论甚么上都讲究龙睛鱼），脚底下穿一双粉红色缎子的双脸儿鞋，是绿皮脸儿，有三寸多厚的底儿，举止倒很大气，进了上屋里，给赵华臣深深的请了一个蹲儿安。（说大爷爷，您好哇！）

列位，赵华臣今天来，小文子儿的媳妇想起甚么又出来见来呢？这里头有一个缘故。自从额家父子遭了官司，额大奶奶是竟顾了老头子啦，儿子的官司可就搁在九霄云外啦。小文子儿的媳妇儿心里着急，又不好跟婆婆说，娘儿俩很犯了点儿拧儿。王大狗子虽然答应着给姑爷托人情，南城他很不熟，无非是瞎吹。后来小额这档子官司，钱是朦到手啦，原打算再扑这档子，没想到他们仓上，因为打黑档子米，闹了一个廷寄，正身儿的花户，小韩三儿跟林五儿，全都进了部啦，他老先生也躲啦，这回事也就搁下啦。后来听见赵华臣管给小文子儿托官司，偷着让李顺上赵华臣家里还去过一荡，李顺就棍打腿，说他有个相好的在南城当衙役，花俩钱儿可以先买个舒服，还朦了十五两银子去。（额家算全遇见好人啦！）今天听见赵华臣来啦，正赶上王亲家太太在这儿住着呢，老张又一献殷勤说："少奶奶，您不见见赵大老爷去吗？"王亲家太太又一说："人家为姑爷的事情分心，姑娘，你见见去吧。"赵华臣又是一个世交的爷爷公，所以小文子儿的媳妇儿才出来见赵华臣来。

闲言少叙。单说赵华臣，看见小文子的媳妇儿给他请安，赶紧把眼镜儿一摘，还了一个揖，说：

"少奶奶请起罢。"

小文子儿的媳妇儿说："您孙子的事情，还让大爷爷分心。"

赵华臣说："这样儿世交，应当尽心的。"

额大奶奶一听，瞪了儿媳妇儿一眼，赶紧的说道：

"大叔，瞧我们这步家运怎么好？他们爷儿俩一遭这个事情，闹的我都糊涂啦。文祥这个事情（小文子儿的名子叫文祥），可是就仗着大爷爷啦。"

赵华臣一听说:"咳,大奶奶说那儿的话。这不是自家的事情一个样吗?少大爷这回事情,真麻烦。都老爷是一死儿的咬牙,我为这回事,真着大了急啦。好容易这才说好啦,为这档子事,我还得罪了俩个朋友。细话也不用说啦,今天给你们娘儿俩送个喜信儿吧,一半天少大爷准出来。告诉大奶奶说,我这个人办事,可就是有点死心眼儿,既受人之托,总要给人办妥啦。"

额大奶奶婆媳一听这套白花蛇,赶紧都给赵华臣这们一请安。眼镜儿赵说:

"咳,这是怎么啦?我刚才没说吗,这跟自己家里的事情一个样。还告诉你们娘儿俩说,这件事情,我还胆大,小小儿的作了点儿主意。这个年月,托人情就得钱,可是有限的事情,我先给垫上啦。按说提不到,这是话说的这块儿啦。"

额大奶奶说:"那儿有这们着的呢。大爷爷分心,还管垫钱。多少,您告诉我们,明天打发人给您送了去。"

赵华臣说:"咳,忙甚么呀,笼共四百银子的事情(不多,不多!),我还垫不了是怎么着。"

正在说话中间,李顺且外头跑进来啦,说:

"太太,了不得啦。北城的六老太爷来啦。"

额大奶奶一听,登时一阵的发楞。

原来这位六老太爷,是小额出五服的这们一个老祖儿,今年有六十多岁,年轻的时候儿,捧过几年的私跤,后来在神机营当一份马队,在南苑喝醉了骂帮操,让人家给驳啦,差一点儿没把底饷闹丢啦。素日为人，极其的不说理，有小额的阿玛在世，就常来讹钱，倚仗着是老长辈儿，谁也不敢惹他，要十吊不敢给八吊。小额他阿玛死的时候儿，这位六老太爷，因

为送信儿送晚啦，接三的那天，大这们一闹丧，躺的月台头啦，不让送三。好些个亲友，怎么劝怎么不答应，闹的小额真急啦，过来一往起挽他，喝，他老人家可讹住了，楞说小额打他啦，翻滚不落架儿，非让小额打死他不成。后来有人说着，应下给四百吊钱，两个皮袄，才算完事。今年小额的生日上，他老先生来了一荡，吃了三天，临走要借五两银子，小额没敢驳回。起那们就老没来，今天忽然来到，额大奶奶所以的一惊，赶紧跟李顺说：

"你告诉六老太爷，先请书房里坐吧。"

赵华臣一听，赶紧的站起身来，说："我也不坐着啦。"

额大奶奶说："大叔，您忙甚么的。您垫的那笔钱，明天给您送去。"

赵华臣说："这们着吧。三义家那笔钱，不是应下六月归吗？由那笔钱上扣得啦。"

额大奶奶说："就是那们着啦。您多分心吧。"

婆媳又这们一请安，赵华臣抱拳陪笑说：

"大奶奶跟少奶奶，何必如此的多礼。"

说罢就告辞去了。

赵华臣没走的时候儿，李顺一带出话去，一请六老太爷书房里坐，喝，立刻就炸啦，说了一大套闲话。李顺说：

"老爷子，您别生气。不是不让您里头院儿坐着，现在赵大老爷在上屋里坐着呢。"

六老太爷一听，说："甚么？赵大老爷？刘大老爷我也不论。"

李顺一瞧，这位六老太爷喝了个酒气喷人，舌头都短啦，知道是又碰的酒幌子上啦，赶紧说：

"老爷子，您这儿坐着，我给您倒茶去。"

李顺出来，赵华臣就走啦。额大奶奶赶紧问李顺说：

"六老太爷呢？"

李顺说："在书房里哪。"

额大奶奶说："请他（音贪）上屋里坐吧。"

李顺答应着，来到书房一瞧，六老太爷呼声如雷，睡了个挺香。李顺进去一回禀，额大奶奶说：

"别惊动他老人家啦。今天我也不出门啦，告诉回房开饭吧。"

李顺答应不提。

简短捷说，吃完早饭，天就有一点多钟的时候啦，就听外头一阵大乱，可不知又是甚么祸事到了。额大奶奶刚要叫人出去瞧瞧去，就瞧小文子儿，同着假宗室富［应为"小富"］跟花鞋德子三个人打外头进来啦。要说这三个人，自打一遭官司，就老没提到他们，皆因小额这档子事情，头绪太麻烦，所以老没说到。他们三个人。进去的那天，一个人就干了一百嘴吧。（可倒好，开锅儿烂。）打完了，就这们一收，算是便宜。有一个蓝头儿，跟小文子儿有点儿认识，后来两个人一搞，搞出一个联盟来。这个蓝头儿，人真不错，最爱交朋友，很照应他们，所以三个人在里头，并没受多大罪。要说小文子儿平常交的朋友也很不少，（朋友虽然不少，没有一个够朋友的。）联盟的啦，换帖的啦，那一类狗党羊群，张哥王哥罗老哥，应当来瞧瞧他才是哪。哈哈，您猜怎么样？连条狗都没来。皆因外头嚷嚷，小额要抄家。是小额的余党，全要严拿。所以全捂了辫顶儿啦。（世态炎凉，可为浩叹。）后来出了这档子上吊的事情，算是得了个巧当儿，把他们放出来啦。

当时小文子儿回家，母子夫妻，彼此的哭了会子。额大奶奶把小额的官司，怎么托的人，怎么花的钱，怎么老没信出来的话，跟小文子儿说了一遍。究竟的情分，小文子儿听了，心里也是难受。这档儿，小文子儿媳妇瞧见爷们回来啦，心里是非常的高兴喜欢，皆因公公官司没完，外面又不敢透喜欢的样儿来。额大奶奶看见儿子回来，想起老头子来啦，心里好一阵难受，可是难受在心里，又不好说出来。这当儿，德子跟小富各自回家，六老太爷吃完了晚饭，又借了四两银子，六吊现钱，醉薰薰的去了。

又待了两天，小额的官司也还没信，大奶奶这才明白，希四跟孙先生全是吃事，又打发人找希四，希四说是上天津，老没回来啦。孙先生是没地方儿找去，正在着急没法子的时候儿，忽然有位救命星儿到了。您说这档子事情，叙的仿佛麻烦似的，这里头有一个理，既叫作社会小说，就得竟说社会上的事。既说社会上的事，就得把一切的腐败恶习、野蛮现象，都形容出来。那一点儿说的不到家，就不够社会小说的程度。您知道从先街面儿上，有一个说评书的吴辅亭呀，他专说《永庆升平》，说的虽然土一点儿，可是真有兴味，把土地文章他算揣摩透啦。一档子山东马三吃白德（研究过《永庆升平》教科书的，都知道这个节目），他真能够吃他两个月，虽然是有枝儿添叶业〔此为衍字〕儿，可都是社会上实有的情形，决一点儿外道天魔没有。论道我们这档子社会小说，虽然以小额为主，可是借着小额，要发挥好些个事情呢，所以不能不磨烦点儿。小额这档子官司，倒是个引子，热闹扣子，都在小额瞧病上呢。如今咱们把小额的官司，干脆让他完了，等到小额瞧病的时候，咱们再细写，您瞧好不好？（那位说啦，好。）

闲话少说，接续前稿，您猜这位救命星儿是谁？是小额一个老表叔。此人姓明，当护军参领，人都称呼他明保明五爷，住家在西直门沟沿儿。家里是一个世家出身，明五爷的老人家当过一任热河儿的都统，很有几个钱。明五爷为人极其的公正，心直口快，慷慨好施，外带着专一爱打个抱不平儿。在这短篇社会小说里头，总算是第一的人物啦。（也得出来一个好人啦。这些日子所叙的，类如青皮连、胎里坏等辈，真没有一个够人格的。临完啦，再要不出来一个好人，也真不像话啦。）皆因性情耿直，永远不懂得应酬钻干，所以一个护军参领，就老了隐啦，不然副都统早当俗啦。（唉，听着令人可叹。）跟额家虽然是一门远亲，从先走的挺亲热，后来见小额所行所为，很不是那们回事情，老头子撒开了这们一劝，很说了些个直话，无奈小额不听，反倒跟明五爷恼啦。老头子一生气，也就不那们爱理他们了。虽然亲戚没断，也就是过一个分子跟拜年就是啦。小额先头啦那个夫人儿，还是明五爷的媒人哪。

　　要说明五爷今天想起甚么上额家来了呢？小额这档子官司，明五早知道啦，皆因十四日那天，出西直门喝茶去啦，碰见小额的外甥大拴子啦，提起额家事情来啦。大拴子一说怎么他大舅母竟哭，怎么托了好些个人，花了好些个钱，官司可老没信完，说了个挺苦情。明五爷一听，忽然想起小额的阿玛临死的时候儿，怎么托付照应小额的话，不由恻隐的感情，心中一动，所以明五爷今天到小额家里看看。明五爷这一发现，小额的官司，可就有信完啦。

　　原来这位明五爷跟伊老者是一个茶友儿，二位还是真说的来。当时明五爷见了额大奶奶这们一提，怎么这官司非求伊老者那儿松嘴完不了，怎么去求伊老者去，别管怎么着，总想法子让小额出来的话，如此若彼的说了一遍。额家母子是千恩万谢，请安磕头，撒了这们一栽培。明五爷满口里应承，连找了伊老者两荡，都没见着。第三荡算是见着啦。明五爷再三的哀求，并且说小额出来，必然让他磕头赔礼。伊老者原是个忠厚人，登时就答应啦。家里跟大爷善金一说，善大爷先头啦还不认可，后来伊老者说："是了就是了，何必跟小人一死儿结仇呢。"（是忠厚人的口吻。）善大爷自好谨遵父命吧。

　　可巧第二天，文紫山文管家大人请善大爷吃饭，善大爷反倒给小额这们一求情儿，让文紫山给想主意。文紫山说："既然老伯跟大兄弟打算积这份德，我想法子让他出来就是啦。"善金回家跟伊老者一说，登时晚上，善大爷写了一封信。内里说的是怎么让小额出来的话，出的是伊老者的名子，打发二爷善全给明五爷送去。（小额遭官司就是善大爷一封信，小额官司完也是善大爷一封信，又是遥遥相应。）

书要简决为妙，明五爷是个性急的人，接信之后，立刻到额家一提，额家母子那一份的感激下忱就不用提啦。第二天，这个信儿一传出去，喝，碎催又全都露了面儿啦，甚么摆斜荣啦，小脑袋儿春子啦，借着瞧文子儿为名，算是全出了世啦。五月二十一那天，北衙门开释的小额，玉老爷当堂大申饬了一顿，说是："以后你再有重利盘剥、倚势欺人的事情，或是有人控告，或是别经发觉，一定是送交刑部，从重的治罪！这次是格外的从宽。"小额唯唯的答应，甚么"夸兰达恩典啦吧，旗人不敢啦"吧，说了个一大啰［络］车。当时具结完案，暗中交代，底面儿又花了不少的钱。这档子官司，算是完事。

那一天，这把子碎催，又约了点子鸡头鱼刺，弄了些辆车，把小额接出来。原来明五爷早都说好啦，在伊老者住家的口儿外头，有一个同福堂饭庄子，让小额先去，然后明五爷又约了几位恭本人，拿车把伊老者接了去，让小额给伊老者磕头赔礼，敬酒三盅。那天伊老者没肯去，善大爷去的。这群碎催一见善大爷，个个儿紧毛，全都有点儿怵岔儿，谁也没敢道解。（不是在人家门口儿，拍人家的时候儿啦。）这几位恭本人，也不很会跳动，倒是明五爷说了几句大实话，说：

"得了，额啦大呀，谁让你错了呢，赔个不是吧。"

小额原是个土匪出身，到了儿能道解两句，说：

"善大兄弟，这回事，我算受了人家的害啦。前场的话呀，招老大爷生气，一百不好，是我的不好。这回事的话呀，有我们明五叔在头里，你们老爷儿们算是高抬贵手。大兄弟，我这儿给您磕头啦。"

善大爷是一瞧见小额，气就往上撞，又当着明五爷，不好说甚么，听了小额这一套，任甚么也没还出来，楞了会子，就说了一句：

"得了，甚么也不用说啦。"

当时，大家让小额给善大爷斟酒，善大爷也没喝，待了一会儿，就告辞啦。小额又给善大爷请了几个安，说：

"我一半天到府上给老爷子磕头去。"

善大爷也没言语。这当儿明五爷同着几位恭本人，拿车把善大爷送回家去不提。

这把子碎催又捧了会子小额，甚么这场儿官司难为您啦吧，又甚么这不算憨蠢啦吧，改日还要给您压惊啦吧，说了些个淡话。额家父子爷儿俩个，又彼此的掉了几个眼泪。大家坐着车，护送小额回家。那天小额手下的那一把子狗党羊群，算是全露了面儿啦。内中就有俩人，算是照不销啦。您猜是哪两块料？就是胎里坏孙先生跟青皮小连。

您猜青皮连那儿完 [玩] 儿鹞鹰去啦？他一瞧小额遭官司，他自己疑惑着准跑不了他，敛吧敛吧，硪房借了二十两银子，了人家一个驴，老先生就开下去了。先上了一荡天津，后来在天津听见一个谣言，说小额的余党全进了衙门，并且都定了罪啦。小额定的是绞监候，手下的余党定的是永军不回。（这群人要是这们定罪，可也不算屈。）青皮连一想，真得远走高飞，不然要是被拿，罪过儿碰巧比别人还重（倒有自知之明），所以在天津没站住脚儿，老先生就出了口啦。后来入了马贼一党，就不明下落啦。有说是死了的，有说是在东三省犯案被杀的。这是青皮连的原因结果，也就不必管他了。

　　要说胎里坏的下场，更可笑啦。虽然朦了额家好几千银子，饿膈冯跟他一瞪眼，说："非使三千五百两银子不行。小红儿还得使个三百二百的。"胎里坏不答应，饿膈冯说："你不答应，咱们就是官司。不然我这儿有一把刀，是你砍我，是我砍你，随你挑吧。"胎里坏不了啦。这回事情，算是给饿膈冯作了饭啦，人家吃肉，他喝汤，实落到手里一千多两银子。在土妓馆弄了一个从良的妓者，他有一个远亲，在山东德州开店，老先生就奔那在去了，又开了一个小药铺儿，买卖还是很发达。随后老先生，又一卖这个打胎丸，哈哈，可卖的岗子上啦。本处有一个某绅士，家中出了点儿暗昧的事情，老生生给人家这们一包治，讲下的一百两银子，有一个船上的伙计小沈，给拉的纤。药吃下去，胎没下来，人死啦。某绅士家在州里，把他老兄就刷下来了。登时拿到当堂，打了二百嘴吧，就给收起来了。小沈一害怕，想了一个主意，到胎里坏家中，对着他这位从良夫人儿，这们一胡造谣言，说："州里要拿他的家眷呢。外带着抄家。"这位堂客一听也就毛啦，直跟小沈要主意。小沈说："没别的主意，就是一跑儿。我也得跑。"这位堂客说："那们我就跟你走得啦。"小沈也没家眷，于是乎两个人敛吧敛吧，连东西带钱，横竖有个一千多银子的事由儿，二公就起了黑票啦。胎里坏在监里头，连着急带难受，加着大烟瘾，他这位亲戚又一给他送这个喜信儿，连急带气带窝心，得了一场夹气伤寒，就呜呼的里头啦。这是青皮连跟胎里坏二位先生的下场。这是原因结果，可不是迷信家讲的因果报应。

闲话少提，单说小额。有这把子碎催，把他送到家中，夫妻见了面，无非是哭吧会子，说吧会子，赶紧剃头、洗澡、换衣裳。额大奶奶一跟他说，怎么胎里坏跟希四给他托官司，怎么蒙了多儿钱，一五一十的细说了一遍。小额还算想的开，说：

"得啦，大奶奶。你也不用说啦。总算姓额的交朋友，没长眼珠儿。我出来比甚么都值的多。这当子事情，我算任〔认〕了命啦。搁着他们的，放着我的。后会有期就是了。"

自且小额一出来，接连着好几天，不是这个来瞧，就是那个来看，乱烘了两天。小额带着小文子给明五爷登门磕头，道了回谢。众碎催又给小额压了两回惊，至于王亲家跟赵华臣使的那点儿手彩儿，小额也明白啦，无奈一个是儿女姻亲，一个是世交，并且常有求赵华臣的事情，所以不但得装糊涂，反倒得登门给人家道谢去。

小额官司完后，忙了几天，心里越想越难受，越想越窝心，在家中闷闷无聊，茶饭懒进。额大奶奶是百般的相劝，让小额出去溜达溜达去。小额因为刚打完了官司，上书馆儿茶馆儿遇见熟人，有点儿嫌憨蠢。（虽是小人，良心尚在。）额大奶奶是怕小额窝作出病来，强令着让小额带着小文子跟小富、德子上阜成园听戏去。（没遇见赵都老爷的外甥啊！一笑。）

那天他们买的是下场大墙，哈哈，真是无巧不成书。正唱的第四出戏上．黄三的审李七带长亭，头里坐桌儿上忽然来了五位戏座儿。您猜这五位是谁？哈哈，真正的冤孽梆子，原来是明五爷跟善家兄弟三位，还有一位是文紫山文管家大人，原来那天是善大爷请客。小额一瞧，登时似披虱袄，如坐针毡，走不好，不走不好，那一份子难受，真是有地缝儿都要钻了下去。

小额正在难受之际，明五爷早瞧见他啦，说：

"额老大呀，你们爷儿几个早来啦。"

小额没法子，赶紧给明五爷请了个安，说："五叔，您听戏来啦。"

小文子儿也给请了个安。善大爷原没理会小额，一听明五爷叫额老大，这才瞧见小额。善大爷一瞧小额，善二爷、善三爷也都一瞧，招得文紫山也这们一瞧。究竟小额是个久走外场的人，赶紧就给善大爷请了个安，说：

"大兄弟，这两天好，我还没过去给老爷子请安去呢。"

善大爷立刻还了个安，说："岂敢，岂敢。"

善大爷原是个僵棒儿，虽然嘴里这们说着，脑筋立刻可就绷起来啦。小额说：

"回头都让我吧。"

明五爷说："那不行。今天都得让我。"

后来还是善大爷说："彼此都两便了吧。"这才彼此的坐下。

这当儿小额这份不舒服，真是说不出来的难过，心里说："我姓额的，今年是走字儿呢，怎么会这们巧，单遇见他们，这真是邪怪的事情。"越想越难受。《水浒》上有话，暗中只叫得苦。三爷善合，素来最机伶，一瞧这个方向，早就明白这个是小额啦，登时不顾了听戏，两只眼睛不住的是竟瞧小额，瞧完了小额，在二爷善全耳朵上低咕低咕。后来善二爷推了他一把，他这才不低咕啦。可是两只眼睛还直瞧小额，闹的小额脸也红啦，坐着不是，站着不是，可又不好站起来就走。正在难解难分的时候，花鞋德子早瞧出小额一谱儿来啦，赶紧说道：

"阿玛，您还是有点儿不舒服吧？您要是不得劲儿，要不咱们走吧。不用听啦。"

小额正在进退两难，忽然得了这个台阶儿，焉有不顺坡儿下的道理，立刻说：

"我真是要走啦，你们要听，听你们的吧。"

三个人说："我们也不听啦。"

于是乎，小额跟明五爷、善大爷告辞，又虚让了会子，荒荒忙忙的去了。

小额一出戏馆子，忽然打了一个寒颤，登时四肢发背，颜色也转啦，脊梁上跟背着冰一个样，直嚷："好冷，好冷。"大家一问，说："您怎么啦？"小额是直摇脑袋，于是乎，小文子儿众人把小额挽上车去。一路无话。

来到家中，额大奶奶一瞧，心里说："怎么刚去功夫不大就回来了呢？"又一瞧小额，有点儿不是颜色儿，一问大家，这才知道小额病啦。小额回到家中，直点儿的嚷冷，一头扎的炕里头就睡啦，直睡到三点多钟方才睡醒。

额大奶奶赶紧让老婆子倒漱口水，跟着就问小额说：

"你心里觉乎着怎么样？"

小额说："冷的倒好点儿。打昨儿晚上，脊梁上有点儿痒痒，眼时不但痒痒，觉乎着疼的厉害。"

登时额大奶奶让小额脱下衣裳来一瞧，正在脊背当中，起了一个疙瘩，有栗子大小，周围红肿。当中颜色有一点儿黑，用手按了按，小额直嚷，说：

"别按啦！好疼，好疼！"

额大奶奶也毛啦，说："这个可怕是个搭背？"（谁说不是呢。）

小额说："咱们家有独脚莲膏药，你先给我烤一贴，我贴上吧。"

这当儿额大奶奶找膏药，小额是嗳呦黄天，乱成一阵。对付着贴完了膏药，额大奶奶跟小额商量说：

"让少大爷把王先生给你请来瞧瞧吧。"

小额点了点头。登时小文子儿前去请大夫去不提。

单说这位王先生，就在小额的房后头住，原先是个赶车的出身（有轮子行儿卒业的文凭），给北京出名的医家存先生赶车，常听存先生讲究，甚么浮沉迟数啦，甚么这个汤头啦，那个药性啦，他就很爱惜。后来挣了几个钱，老先生就把轮子行儿搁下啦。他跟存先生学了几手儿扎针，记了两个暑湿门儿的汤头。

可巧那年霍乱盛行，老先生就这们一大扎其扎，真攦也好了几个。喝，这就有人出来捧场，那一溜儿街坊，送了他两块匾，一块是"神针妙手"（"赶车妙手"），一块是"妙手回春"（"妙手执鞭"）。且这儿他老先生就弄了块牌，居然的出上马啦，堂号儿是"怀德堂"。（"坏德堂"。）喝，这个牌上写了个挺热闹的。您要问他这个牌上写的都是甚么，您等我细写出来，您诸位瞧瞧。他这块牌上写的是：

师傅

怀德堂王伯甫

精理

男妇老幼内外两科大小方脉

八法神针十三鬼针

包治疗毒恶疮

善治疑难大症

虽然他这块牌上写的这们热闹，要说他的学问，简直的是一点儿没有。药方子带开白字。霍乱季儿，打了一阵子快杓子。过了霍乱季儿，一闹冬瘟，老先生就抓啦，很给人治错了几回，也很出了几档子麻烦，大家送了他一个外号儿，叫大鼓锣架。这个外号儿怎么讲呢？因为谁家要是一请他，门口儿就快搁大鼓锣架啦。（如今大鼓锣架很多。）可是单有一拨儿爱找他瞧的（大半都是活腻了的），抽冷子也真有给人家朦好了的时候儿。

因为他门脉是六百钱，比别人贱点儿。（图贱买老牛。）从先，小文子儿闹过一回转筋，就是他给治好了的。从来胎里坏一在额家管账，有病都是胎里坏包治，所以他这号儿买卖断啦。

如今小文子儿到他家里一请，正赶上王先生自己出来，笑嘻嘻的对着小文子儿说：

"老爷事情完了倒好，我可短请安。怎么他（音贪）不舒服啦？我也不让大爷家里坐啦。大爷先头里请，我随后就到。"

小文子儿回家，功夫不大，就瞧李顺上来回话，说：

"王先生来啦。"

额大奶奶说："请上屋里坐吧。"

要说王先生的骨格尊容，跟他的穿章儿打扮儿，咱们得细说说。身量儿不很高，有五十来岁，赤红脸儿，小黄胡子儿，左眼睛有个牛子，小尖鼻子儿，一张薄片子嘴，一嘴的黄牙板子，外带着挺臭。脑袋上头发有限，勒着一个假辫子（可不是留学生。好孩子核儿），身上穿一件春罗截褂，是托天扫地（不是借的，就是买现成的），两支倒倒子脚，外带着挺大，穿两只大紫蝠子履鞋，带一副茶碗大小的假墨镜，拿一把旧团扇，一步三摇，迈方步又迈不好。

当时，王先生来到上房门口，见了额大奶奶，把眼镜一摘，深深的作了个揖，满脸的笑容，说道：

"太太，这项［向］好？"（还是赶车的口气。）

额大奶奶也给他还了个安，说道："这又劳动您哪。"

王先生连连的说道："应当，应当。"（回头两吊四百马钱，也是应当。）

及至进了上房，刚在外间屋子里坐下，就听东屋里小额说道："保儿呀（小文子儿的小名儿叫保儿），请你王大爷屋里坐吧。"

王先生登时来到东屋，见了小额，拱了拱手，说：

"少峰大老爷，我可短礼的很哪。"

小额说："岂敢，岂敢。我可不能下地啦。"

彼此又说些个套子话。小额就把怎么冷，怎么恶心，怎么脊梁上起疙瘩，从头至尾说了一遍。王先生一听，说：

"嗳呀呀，您这个病，来派可不善哪。我先给您诊诊脉吧。"

原来东间屋的炕上，小桌儿、小枕头儿、笔、砚、八行书，全预备好啦。这当儿，老张倒过一碗茶来。王先生说："回头再喝茶，我先看脉吧。"于是乎给小额这们一诊脉。

王先生虽然能奈［耐］有限，作派的倒不错。把眉毛一绉，把脑袋一歪，三个指头（欠剁了去）左往上按按，右往下按按，摇摇脑袋，翻翻眼睛，闹了半天的瞎事，对着小额说道：

"您这个寸脉洪大，关脉弦，两尺沉大，心肺两经的火太盛，肝经有急热。这病是由一口闷气所得（费话。刚遭完了官司，自然有闷气），两胁膨胀，吃东西不香，心里发堵，嘴里发苦，脑袋发晕，眼睛发努，一阵冷一阵热，一阵舒服，一阵难过。（倒是挺好的流口辙。）嗳呀呀，您这个病可不轻呀。我说的对不对呀？"

小额点了点头。随后又看了看疙瘩。要说外科，王先生简直的不懂得，随嘴儿说到：

"不要紧，不要紧。这个疙瘩倒不要紧。您这个病，可怕是热病的来派，赶紧治要紧。"

额大奶奶说："您看不是搭背呀？"

王先生一昕，把脑袋摇的车轮相似，连声的说道："不是，不是，实在的不是。"（哈哈，实在的是。）

于是乎拿起笔来，作派了会子，开了一个方子。您要问他这个方子，称得起是杂乱无章，一点儿准宗旨没有。并且还开了几句脉案。好在作脸，还没有白字。您等我写出来您瞧瞧：

诊得寸脉洪大，左关弦细，两尺沉大。症乃热病加气。用透表散气药品调治之。

麻黄二钱玉金三钱青皮三钱

荆芥三钱防风二钱紫苏二钱

木香一钱煨牛旁［蒡］二钱白术二钱

伍月初一日，引用生姜三片。

要说他这个脉案，已然是不通，他这个药位［味］，尤其的可笑。王先生把方子开完啦，说是：

"今天先吃一剂，明天见好，再赏兄弟信就是啦。"

额大奶奶说："您瞧您兄弟这个，忌甚么不忌呀？"

王先生说道："就忌生冷酸辣，别的全不忌。"

当时王先生告辞。小额说：

"我可不送啦。"

王先生说："别拘，别拘。请坐，请坐。"

额大奶奶说："少大爷，送送你王大爷。"

小文子儿把王先生送到门口儿，递过一个红纸包儿，里头是两吊票儿，四百大钱，说：

"王大爷，您带着这个吧。"

王先生说："这样儿交情，那里有这们着的呢？"

随说着可把纸包儿接过去啦，跟小文子拱了拱手，说道：

"请回，请回。"笑盈盈的去了。

王先生走后，额大奶奶赶紧打发人抓药去，天有五点多钟，小额吃完了头煎，一阵恶心，又全吐出来啦。稍微的忍了会儿，晚上的二煎，也没吃多少。要说小额这个疙瘩，可实在的上讲究，他原长的是个中发背，由于火毒伤肝所成，并且里热太盛，两三天没见大外，小额又是个阴亏的底子，王先生这个方子，虽然杂乱无章，可还没有多大的坏处，再说吃的也不多。

到了夜里，小额不但发冷，冷完了而且发烧，疙瘩也一阵比一阵疼，溜溜儿的折腾了一夜。天刚一亮，就让请王先生去。打杂儿的去了一荡，没叫开门。后来小文子儿又去了一荡，算是给请来啦。

王先生问小额：

"吃了药，怎么样？"

小额说："没见怎么样。昨天的药也吐啦。就是这个疙瘩，比昨天疼的厉害。"

王先生诊了诊脉，又瞧了瞧疙瘩。额大奶奶说：

"您看他这个疙瘩，犯点儿讲究吧？"

王先生一听，楞了会儿，说："唉，谁说不是犯讲究呢（不是不要紧吗），昨天我就瞧出来啦。我是怕他（音贪）着急，所以说这个疙瘩不要紧。您想又是热病，又是搭背，总是先治热病要紧哪。"

王先生这们一路胡搞，好在额家都是力把儿杓子，听他这话，就深信不疑。又开了个方子，比昨天的还乱。额大奶奶又问，说：

"您看他上点儿甚么药好哇？"

王先生想了一想，拿起笔来，又开了一个面子药的方子，上写着"如意金黄散，二百文，用陈醋调上"。写完了，又交代了几句，告辞而去。至于小文子怎么送，怎么给马钱，套言不叙。

简短捷说，小额一连气儿吃了大鼓锣架三剂药，不但没见效，是一天比一天厉害，疙瘩也一天比一天大。（总算发达。）大鼓锣架一瞧这个方向，知道症候有点儿闹手，朦了三四荡马钱，也没敢贪功，就算推啦。喝！王先生一推，额家可乱了营啦。又赶上钱粮头儿，胎里坏一走，没有人管账，摆斜荣荐了一个老西儿来，姓张，叫转心张，从前在某王府轿屋子里宝局上管账，竟往腰柜里顺钱，让人家给辞出来啦，跟小荣是个联盟。当时小额因为局子里没人，也就算认可啦。

小额因为遭了这场儿官司，恐怕这月的账麻烦，再三的嘱咐小文子儿跟那一群碎催："千万缓着办，别闹出甚么事来。"（一次经蛇咬，三年怕井绳。小额总算是知进知退。）偏巧有一个该账的姓春，叫毛春子，素日最不说理，从先就闹过好几次吵子，这天跟小文子儿又说岔了，登时有人给劝开啦。到了晚上，毛春子喝了个马是得，弄了把白条子，堵着门口儿，这们一大骂陈友谅。依着小文子儿，就要叫人出去打他一顿。额大奶奶是横拦着小文子儿，不让他出去。小额是干着急，下不了地，直拿拳头捶炕砖，嘴内嚷道说：

"保儿呀，别惹事啦。咱们爷儿这个时气儿，忍着点儿吧。"

小文子嚷道说："您听见他门口骂啦没有？"（让他爹听骂，没教育之极。）

小额说："骂让他骂去吧。"

喝，额家这一阵大乱，门口儿毛春子骂的声儿，大伙儿劝架的声儿，狗咬的声儿，小额嗳呦哼哼的声儿，小文子儿要出去，连急带嚷的声儿，额大奶奶跟老张、李顺拦小文子儿的声儿，真是室如鼎沸。（好热闹！）后手啦，算是有人把毛春子劝走啦。小额本来病就加紧，又经这回事情，连急带气，又加了三成病，整嗳呦了一夜。到了第二天早晨，额大奶奶一看小额的病加紧，所不得主意，不知道请谁瞧好啦。后来还是小额说：

"要不，还是请太医院徐吉春给瞧瞧吧。我那年闹黄病，不是他瞧好了的吗？"

额大奶奶说："那们就打发人请去吧。"

小额说："打发人不成。人家这当儿是堂官的乌布啦，大概也不出马啦。让保儿拿我一个片子，套车接去得啦。"

于是乎，告诉赶车的套车，小文子儿拿了小额一个片子，去请太医院徐吉春去不提。

　　小额的疙瘩，早半天儿还好点儿，一过晌午，疼的是一阵儿比一阵儿加紧，额大奶奶是十分的着急。老张偷偷儿的跟额大奶奶说：

　　"我瞧老爷这个疙瘩，是个阴症，竟吃药不行。我有一个干妹妹，姓王，是个香头，顶的是老仙爷。（堂客顶香，必是顶老仙爷。爷们顶香，必然顶仙姑，这都是不可解的事情。）他们在东直门住。这位老仙爷，灵着得呢，好几处大门头儿、府门头儿，都常请。他家那个匾，多啦。去年某公爷长砍头疮，十几个大夫都没瞧好，后来我这位妹妹，去了十几荡，就给瞧好啦。您跟老爷商量商量，要是愿意，我这就去。今儿个我住的他们那儿，明儿个一早，我跟他坐车一块儿来，您想怎么样？"

　　额大奶奶原是个没有主意的人，一听老张说了个天花乱坠，赶紧说道：

　　"那们着，你就请吧。回头我再告诉老爷。"

　　当时额大奶奶给了老张几吊钱车钱，老张收拾了收拾，就去请他干妹妹去了。

　　小额是直盼徐吉春。天到两点多钟，小文子儿也没回来。额大奶奶把老张请他干妹妹去的话，跟小额一说，小额是得病乱投医，说：

　　"很好，很好。"

　　天有三下儿多钟，小文子儿才回来。小文子儿为甚么回来的这们晚呢？原来这位徐吉春，新得的太医院右堂，是个江苏人，差使当的还是挺红。今天小文子儿去请去，正赶上徐吉春上衙门去啦，门上的说是晌午歪才回来呢。小文子儿把片子搁在门房儿啦，车也搁在门口儿啦，街上吃的早饭。二反回来，又等了会子，徐吉春才回来。门上的拿着小额的片子上去一回，待了半天带出话来，说是"这两天没功夫，让转请高明吧"。小文子儿又一央求门上的，说是"今天不能去，求他（音贪）明天不拘早晚，去一荡才好呢"。门上的又上去半天，算是答应了明天准去，可不定早晚。小文子儿又给门上的请了俩安，这才回来，把这些个话跟小额一说。小额是盼大夫心盛，告诉小文子儿说：

"明天再去一荡。"

小文子答应说："是，明天清早就去。"

小额这个疙瘩比昨天更大一号，又直闹了一夜。

第二天一清早，天有五点多钟，小文子坐车就走啦。天有八点多钟，就瞧老张且外头笑嘻嘻的进来啦，后头跟着一位堂客，来到上房。正赶上小文子儿的媳妇儿且上房出来，老张给文子儿的媳妇儿请个安，说：

"太太在屋里哪吗？"

小文子儿的媳妇说："别嚷，别嚷，老爷整闹了一夜，刚睡着。太太也是刚忍一忍儿。"

说话这个功夫儿，就听西屋里的额大奶奶低声儿的说道：

"少奶奶呀，甚么事呀？"

小文子儿的媳妇说："太太醒啦，你去吧。"

老张带着王香头，来到西屋。老张先给额大奶奶请了个安，又告诉王香头说：

"这是我们太太。"

王香头也请了个安。额大奶奶说：

"这又劳动您啦。"

王香头说："这有甚么的。"

额大奶奶一细瞧，这位王香头有四十多岁，身量是挺高，大柿饼子脸，一脸酱色麻子，脑袋上挽着一个道冠儿不道冠儿、阄〔鬏〕儿不阄〔鬏〕儿，脑袋周围勒着黄布包头，（也就那时候儿，要是如今，走在街上，巡警所得干涉），带着一朵红石榴花儿，竹布裤褂儿，是个汉装，两只抹子脚，横着量有四寸，说话粘牙倒齿，很有点儿妖啦妖气的。额大奶奶让他上坐，香头王也不谦让，居然的上岗儿上一坐。额大奶奶这们一哀求他，老张在旁边儿又这们一捧场，喝，王香头大开演说，一叙他给人治病的历史，某处的水臌是他给人治好了的，某处的噎膈也是他治好了的，老仙爷这们灵，老仙爷那们灵，说了个津津有味。当时老婆子打点早饭，额大奶奶说：

"也不为您费事，您随便的吃点儿，回头好请您给我们老爷治治。"

当时额大奶奶陪着王香头吃完了早饭。王香头问老张说：

"都预备好啦吗？"

老张说："都预备好啦。"

原来这档子仪注，老张是以资熟手，早打发人都备办齐啦，是一份钱粮,一股高香,三碟儿炉食饽饽,一块新白布手巾,温了一盆净水,在东间儿屋子里都设摆好啦。王香头又抽了几袋水烟,喝了两碗茶,瞧那个样子,自在腔儿大极啦。这档儿天有一下儿多钟,小额疙瘩又疼上啦。倒是老张直催,说:

"求你先请老仙爷给我们老爷瞧瞧吧。"

王香头说道:"没到时候儿哪。你不知道,老仙爷早半天儿在皇城里有差使。(大概当的是御前差使,一笑。)非得两下儿钟才有功夫呢。"

额大奶奶说:"你别催呀。"

赶紧又让倒茶。王香头盘腿四角儿,在炕上一坐,抱着根水烟袋呼噜呼噜的竟抽。又待了一会儿,就听外头屋的挂钟当当交了两下儿,老张说:

"这到了时候儿啦吧?"

王香头说:"你忙甚么?"

说着,这才慢慢儿的下地,又问老张,说:

"干净水温了吗?"

老张说:"都预备好啦。"

王香头大摇大摆的来到东屋里。额家的这些个底下人,向来是没上没下的,一点儿的规矩没有。今儿个听见王香头要下神治病,都要瞧瞧这个热闹儿,没男没女的,外间屋子里全都站满啦。

要说王香头下神的这段现象,真要把谁乐坏啦。王香头来到东间儿屋内,小额正疼的嗳呦黄天,是爹妈的乱叫,浑身直点儿的出汗。额大奶奶说：

"得啦，回头老仙爷给你一瞧就好啦。"

就瞧靠着东墙儿的八仙桌儿上，香烛、纸马、香炉等等设摆得挺齐，炉食饽饽也都供上啦。铜盆架子上一盆干净脸水，盆上铺着一块新手巾。王香头不荒不忙，先洗了洗手，然后把香烧上，磕了三个头，嘴里祷念了会子，一庇股就坐在八仙旁边儿的椅子上啦，把眼睛一闭，由袖口儿里头掏出一块青绢子来，拿绢子一捂鼻子，啊嚏啊嚏立刻打了俩嚏吩。（他那块绢准是皂角面子薰的。）打完了嚏吩，就瞧鼻翅儿这们一缩缩，功夫儿不大，又打了两个呵欠，把眼睛一睁，喝，老声老气拉着长声儿就唱起活儿来了（真难为他变别嗓音）。唱得是：

"今天我来的不算晚呦，皆因我差使刚当完呀。香头喊——"

老张赶紧跟额大奶奶说："您还不给老仙爷磕头呢。"

额大奶奶立刻没等找垫子，跪下就冲着王香头磕了好几个响头，嘴里还说：

"求老仙爷可怜可怜我们吧。"

又听王香头唱道："大奶奶你起来呦，有话咱们好说呦。"

唱完了，哈哈哈哈又这们一阵乐。这一乐不要紧，招得外头屋的底下人，没男代女全乐啦。老张绷着颏啦嗦说道：

"你们别起哄啊，这乐甚么？"

又听王香头唱道："你们家本姓额呦（费话），今天请我瞧疙瘩（音得）呦，是不是呦？"

老张说："你瞧老仙爷有多们灵。他（音贪）会知道啦。"（别捧场啦，费话。老仙爷不知道，你干妹妹还不知道吗。)

唱的这块儿，炕上躺的小额答了岔儿啦，说：

"老仙爷，老仙爷，您积德修好，救一救我啵。我真疼的要死喽，我这儿给您磕头啦。"

真在炕上冲着王香头，闹了三个头。又听王香头唱道：

"你这个病啊，真不轻啊，这场儿官司打的凶啊，额少峰啊（倒是中东辙），你这个病啊，我给你瞧哇，我给瞧的准把牢哇，我给你瞧的准得好哇。"（又改了姚条辙啦。)

他这一唱不要紧，连小文子儿的媳妇儿都绷不住啦，又不敢乐出来，拿手巾捂着嘴，就跑到外头屋去啦。老张对着额大奶奶说：

"太太，您快给老仙爷磕头，求他（音贪）赏方子赏药吧。"

正在这个时候儿，小文子儿且外头毛毛腾腾的就进来啦。一瞧，外头屋里好些个底下人，说：

"你们都在这儿干甚么呢？外头一个人儿没有。里头屋谁唱呢？"

小文子儿的媳妇儿赶紧拉了他一把，低言巧语的一告诉他这回事情，小文子儿虽然没念过多少书，可是向来不信服这些个（总算不迷信），又是个爆竹脾气，立刻说道：

"老爱弄这个瞎事。这不是妖……"

"妖言惑众"没说出来，小文子儿的媳妇儿连推带瞪，说：

"徐先生来了没有？你告诉奶奶去吧。"

小文子儿这才来到东屋，额大奶奶刚磕完了头，小文子儿说：

"奶奶啊，徐先生明儿个……"

"明儿个一早"没说出来，额大奶奶是怕老仙爷知道请大夫挑眼，赶紧说道：

"回头再说吧。你也给老仙爷磕个头吧。"

老张也说："少大爷也给老仙爷磕个头吧，好让老仙爷赏药。"

小文子儿满心不愿意，没有法子，捏着鼻子磕了三个头。又听王香头说道：

"我要说药味啦，你们可记下来。"

小额说："保儿呀，你给写写吧。"

小文子儿没法子，拿了管笔，拿了两张八行书，搁在炕桌儿上，竟等着记药味。就听王香头大声儿的说道：

"马蜂窝一个，要槐树底下的。"

这个马蜂窝的窝字儿，小文子儿就抓了瞎啦，干转笔写不上来。王香头说：

"写完了没有？"

小文子儿说："您别忙，我写不上来。我找张先生去吧。"

小文子儿出去找转心张。小额说：

"哼，可了儿花啦这些个钱，念了好几年的书，连个药味都写不上来，怎么好？"

额大奶奶说："你就别抱怨他啦。"

正这儿说着，小文子儿把张先生找来啦。

来到屋里，张先生跟额大奶奶打了个横儿，又问了问小额：

"好点儿啦没有？"

小额说："累您，给写写药味吧。"

张先牛说："是，是。"

老张说："老仙爷，您说药味吧。"

于是，王香头又说了些个药味。王香头随说，转心张随写。您要问都是甚么药味？称得起是不伦不类、古怪希奇，甚么十个羊粪蛋儿啦，五根白猫的胡子啦，七个秋稽库儿啦，简直的是胡造谣言。这些个药味，让拿阴阳瓦焙啦，香油挑上。又开了一个吃药的方子，是七个红枣儿，七个藕节儿，俩秋梨，十个草节儿，一两白糖，两包炉药（炉药就是香灰），匀两回吃。转心张一一的记下。说完了药味，又唱了会子，拿绢子一捂鼻子，又闹了俩嚏吩，打了俩哈欠，就把眼睛闭上啦。

老张说：

"老爷子要走啦。"

额大奶奶又给磕了三个头。待了一会儿，王香头把眼睛一睁，说：

"好乏，好乏，刚才老仙爷说甚么来着？"（别闹假着子啦。说甚么，你还不知道是怎么着？）

老张说："老仙爷说不碍的。他（音贲）管给治好啦。"

王香头说："我弥陀佛，他（音贲）管给治就得。"

于是把钱粮烧啦。额大奶奶说：

"您请那屋里歇歇儿去吧。"

老张说："让他上我那屋歇着，倒随便。"（你们俩好搭窝憋坏。)

额大奶奶说:"那有那们着的呢。"

王香头说:"都不是外人,太太,您别张罗。"

老张同王香头上耳房去不提。

额大奶奶要打发人办药去。这些个药味,虽然没有值钱的,还是很难寻找,让底下人去,又不放心,又怕小文子儿不愿意去,正这儿为难,可巧大拴子来啦。额大奶奶说:"得啦,你辛苦一荡吧,拴大爷。"大拴子是个实心任事的人,额大奶奶准知道交给他没有错儿。当时给了他十几吊钱药钱,余外又给了他四吊钱。大拴子非常的欢喜。

但是这些个药味,奇巧古怪,很难搜寻,真难为大拴子,满世界这们一瞎扑,到了掌灯的时候儿,居然把药味都办齐啦,真难为他。气喘吁吁的来到额家,把这些个药味交给额大奶奶,说:

"我告诉您,大舅母,就是这几根白猫的胡子,我可费了事啦。好容易我才想起来,我们碓房有一个白猫,带了把小剪子儿,我就去啦。可巧这个猫在窗户台儿上爬〔趴〕着呢。我就过去,楞下剪子,差一点没把我手抓啦。宋掌柜的还直跟我嚷。您瞧难为我不难为我?"

大拴子一说这套傻话,招的额大奶奶也乐啦,说:

"真难为我们拴大爷。等着你大舅好啦,好好儿的请请儿你。你快吃饭去吧。"

当时傻大拴子把剩下的钱交给了额大奶奶,笑嘻嘻的吃饭去不提。

小额是直点儿的催药。额大奶奶带着老张，亲身这们一炮制这个药，您算算，羊粪、猫胡子、马掌、马蜂窝、干猪苦胆，这些个玩艺儿，拿阴阳瓦在火上这们一焙，嗐，这种气味简直的味压江南，气死花露水，不让麝香油（比香獐子粪还亡道），真能熏死几口子，招的厨房里这些个人，没有一个不恶心的。额大奶奶把药焙好了，赶紧搁在一个磁盒子盖儿上，拿香油霍〔和〕好了，给小额这们一上，一边儿上药，一边儿还说呢：

"求老仙爷多保佑吧，等到好了，给老仙爷贴报恩单儿。"（活画出迷信人的状态。）

药刚上完，老张说："汤药也给他（音贪）煎得啦。"

小额哆哩哆嗦的说道："拿来我这就吃。"（的是病人恨病夫吃药的形状。）

额大奶奶说："你忙甚么？到是晾晾儿呀。"

小额把汤药也吃下去，功〔缺"夫"字〕儿不大，居然的睡啦。要说小额这两天，简直的黑夜白日折腾，连眼睛都不能闭一闭，今天也搭着困大发啦，吃完了药，也不怎么就睡着啦。

嗐！小额这一睡不要紧，老张立刻长三成虚子，直给老仙爷这们一贴靴。额大奶奶是向来的迷信，一瞧小额吃下药去，直仿佛有点儿效验似的，又一听老张捧场，立刻是深信不疑，赶紧让老张跟王香头说，留他多在这儿住两天，等着老爷好了再走。

老张来到耳房，可不知道说了些个甚么。待了一会儿，王香头同着老张到上屋啦。老张说：

"刚才太太不是说让我留他多住两天吗？他说他明天就要走，他家里还有好些个事呢。"

额大奶奶才要说话，王香头说：

"告诉您，太太，我可不是拿捏。（你不是拿捏，是甚么，哈哈。）一来，我们当家的，他也病着哪。（为甚么不求老仙爷给治治呢。）再说，东府里三姨奶奶的肝气，粤海刘宅四少爷的出花儿，都瞧着半截儿没好呢。家里我也没留下钱（要紧在这句）。太太，您可别多心，我明天一早就走。一半天，您也不用找我，我自己来。"

老张说："我留了他半天，他一死儿的要走。"（碰巧啦，还是你们俩编的活局子呢。）

额大奶奶一听，立刻慌啦，说："别加［介］呀。你瞧老仙爷刚给治的好点儿（皆因是治的好点，才要走呢），这是怎么说？千万可别走，您要行好，行到了儿。"

额大奶奶撒开了这们一挽留，老张说："既然我们太太这样儿的留你，你就待两天再走。"

王香头沉音［吟］了会子，说："这们着罢，明天大概我们大小子来，让他带回话去就是啦。"（哈哈，让他带回钱去就是啦。）

当时，算是把王香头又留下啦。（由根儿就没打算真走。）

王香头回到耳房，额大奶奶跟老张咬了咬耳朵说：

"留下人家在这儿住着，人家老头子还病着呢，家里又没钱，再说耽误人家别处瞧病，咱们心里也不忍哪。"

说着，打开匣子，拿出一张四两的银票来，递给老张说：

"你先给他这个，就说是我给老仙爷烧香的钱。"

老张说："太太，您这是怎么啦？您别瞧我这位妹妹，他穷可是穷（不为穷，还不招这宗说呢），他不竟在钱上（竟在银子上），他当的是神差（好，比鬼使强），回头我一给他，碰巧啦，他许恼。"（据我说，碰巧啦许乐。）

额大奶奶说："你别告诉是给他的呀，就说专为给老仙爷烧香的得啦。"

老张又假让了会子，这才拿走，待了一会儿，又来到上屋里。额大奶奶说：

"收下啦？"

老张说："您别提啦，我费了好些个话，他才接过去。（可别屈心。）他说既是太太给老仙爷烧香的钱，你替我说，我也不道谢啦。"（说的好听，是干这个的。）

这当儿天也不早啦，额大奶奶告诉老张说：

"你把二煎药给老爷煎出来，回头老爷醒了好吃。"

老张答应着煎药去，就在这个功夫儿，就听小额抽冷子大喊了一声，说：

"疼死我喽！"

喝，这一声不要紧，倒把额大奶奶吓了一跳，赶紧来到东屋。小额是爹妈乱叫，额大奶奶说：

"你这当儿又疼起来了是怎么着？"

小额说："疼的厉害。你把药给我洗了去吧。"

额大奶奶说："那可别洗。你吃二煎药吧。"

于是把二煎药吃完，小额是连嗳呦带哼哼，外带着是叨叨念念，其么姓额的没害过人啦（没害过人，可放过阎王账），怎么会得这个症候呢！（那问你哪。）其么老佛爷收了我去吧！（老佛爷不要你这样儿的。）一声挨一声，一声赶一声，额大奶奶立刻又慌啦，赶紧让老张把王香头请到上屋来，问问他是怎么回事。王香头说：

"不碍的。那个药是拔毒的，乍一上上，不能不疼。"

小额直闹了一夜，闹的上上下下都是一夜没睡。第二天一清早，额大奶奶又让老张跟王香头说，再请老仙爷给瞧一瞧。王香头一瞧这个事情有点儿闹手，早就想了一个主意，于是又照着昨天似的下了一回神，一切的现象，再说也就腻啦。唱吧了会子，说是小额的这个疙瘩，是点儿冤孽，在阴间受罪呢（据我说在阳间活受罪呢），竟吃药、上药不行，非得设坛祷告不成。额大奶奶是直磕响头，问老仙爷怎么祷告。老仙爷说（就是王香头说），让王香头回家设坛祷告去，得烧四十八炉檀香，得上五道供，老仙爷上阴间给求情去，你们要是愿意，就这们办，不愿意就散。额大奶奶一听，那里还有个不愿意呀？登时又磕了几个头说：

"就求老仙爷可怜吧。"

当时王香头下了座，老张对着王香头说：

"刚才老仙爷说，我们老爷这个症候是点儿冤孽。他（音贪）

管上阴间求情去，让你在家里设坛祷告去，还得烧四十八炉檀香，上九道供。你回头就走吧，赶紧回家好预备呀。"

王香头说："是啦，我回头就走。我有一句话要跟太太说，太太可别多心。我来到这儿，太太拿我也没当外人，这点儿檀香供献的小意思儿，您千万可别给钱，算我的事情啦。"（简直比要钱还亡道。）

额大奶奶说："那可使不得。这我就过意不去啦。"

王香头登时要走，额大奶奶赶紧让套车，又交过老张十两银子，让交给王香头，买檀香供献的钱。老张说：

"刚才他说啦，是他的事情啦。太太干甚么还给钱呀？"

额大奶奶说："没有那们办的。"

话要简决为妙，王香头闹了十四两银子（初等学堂的教习，上一个月的堂才挣十四两银子。人家上两堂老仙爷，就闹十四两，真比当教习的强的多），坐车回家吃香东西去了。

王香头走后，又有摆斜荣那一群碎催，接连不断的瞧小额来。这个给买一包饽饽，那个又给买了些个果子，这个就问："阿玛好点儿没有？"那个又问："老爷子吃药怎么样？"很乱烘了会子。

小额是直盼徐先生。额大奶奶又斟问了小文子一回。小文子儿说：

"昨儿个说妥啦，说今天一早来吗！"

小额又要叫小文子儿拿车接去，正在磨烦的时候儿，天也就在一点多钟，就听门口儿直嚷"回事"，底下人跑上来说：

"徐老爷来啦。"

额大奶奶说:"先请在书房坐吧。"

小额说:"不用啦,就让在上屋来吧。"

小文子儿赶紧出去迎接。功夫儿不大,就瞧徐先生大摇大摆、迈着方步就进来啦。那一份举止动作,跟王先生可不一样,很有点儿京堂的气度。

要说徐吉春的相貌打扮儿,咱们也得说说。要说岁数儿,有五十上下,白净子儿,大眼睛,戴着墨镜,长四方脸儿,小黑胡子儿,头戴纬帽,三品顶戴花翎,身穿黄葛纱袍儿,翡翠凉带儿,戳纱的活计,佩带着对儿表,脚下穿着武备院儿的缎儿靴。右手大拇指带着一个伽楠香的搬指,左手摇着一把团扇。瞧那个方向,不知肚子里头有多大学问似的,其实更是那个事。

当时徐吉春来到上房,额大奶奶给请了个安,徐吉春也还了一礼,底下人献茶。额大奶奶说:

"这又劳动老爷。"(大夫称老爷,收生婆称老老,称得起是一副绝对儿。)

就听徐吉春说:"似(是),似(是)。"说话微有点儿南方口音。

额大奶奶说:"您漱漱口。"

徐吉春端起茶碗来,让了让,喝了口茶,说:

"昨天就要来的,因为恩中堂那里跟西府里有两处症候,所以无有功夫。今天是衙门堂期,来的稍晚一点。怎么少峰又有点欠安么?"

额大奶奶说："可不是吗，这两天病的很厉害。"

徐吉春说："那们看看吧。"

登时徐吉春来到东屋里。小额说：

"您救救儿我哦。我盼了您好几天啦。上回我这条命不是您救的吗！"

说着，爬在炕上，就给徐吉春闹了一个头。徐吉春说：

"喊呀，少峰呀，这是怎么啦？咱们是老交情，不要这样子客气的。"

当时先给小额诊了诊脉。要说小额这个症候，原本不轻，按痈疽门里讲的，是五善七恶。小额自得病以来，恶心、发冷、饮食不香，昼轻夜重。疙瘩是平陷不起，六脉沉细，简直的七恶都占全啦。

要说长疙瘩，原是火热的症候啦，怎么会六脉沉细呢？这里头有一个缘故。因为这类的症候，大半由忧思郁闷所得，火毒内郁，阳极似阴，六脉虽见沉细，可跟虚寒那一路大不相同。要是一个弄拧啦，按着虚寒一治，哈哈，那外号儿叫火上浇油。虽然不死，应了俗话啦，也得脱一层皮。（头几年，在下有一个远亲，害了一场热病，七八天的功夫，汗也没出，大外也没见，昏昏沉沉的，六脉沉闭。请了一位某大夫来，楞说是虚症，用温补的药，就这们一招呼，二煎吃下去，这个人倒不昏沉啦，哈哈，改了阳狂啦，满炕上这们一翻饼，玻璃也撞碎啦，炕席也挠破啦，一夜的功夫，吃了有一方多冰。到了第二天早晨，鼻子嘴里，往外一喷这个紫血块子，没到晌午，魏铁嘴有话，就登登啦。哈哈，您瞧庸医杀人可怕不可怕。）

闲言少叙，单说徐吉春，诊完了两脉，对着小额说道：

"嗳呀，老兄呀，你这个嗔（身）子虚绕（弱）的很哪。"

小额说："您瞧我一阵阵的竟发冷，也不是怎么回事情。"

徐吉春说："少峰老兄呀，我说话你可不要恼的。你似（是）个阴寒的底子。"

小额说："您再瞧瞧我这个疙瘩。"

徐吉春又瞧了瞧小额的疙瘩。要说小额这个疙瘩，这两天是很见进步。要论面积，真有五寸碟子大小，四周围挺硬，当中塌陷，颜色有点儿黑紫。徐吉春用手按了按，小额疼的直咧嘴，登时看完了，徐吉春对着小额说道：

"少峰呀，你这个镇（症）候，阔（可）似（是）不轻哪，非吃点补药，是不心（行）的呀。"

小额说："就求您救我这条命吧。"

徐吉春："似（是），似（是）。"

当时拿起笔来，并没照大鼓锣架那们作派（比大鼓锣架程度高，够上起脊棚的资格啦，哈哈），一挥而就，刷啦一个方子。您要问里头的药味，您等我说给您听听。这个方子上，横排着的九位，是高丽参、肉桂、附子、黄芪、干姜、白术、云苓、甘草、乳香，引子用的两位，倒还将就的，是赤芍、银花。小额问：

"上甚么药不上？"

徐吉春说："不用，不用。你这个疙瘩似（是）非溃不阔

（可）的。"

这个溃字，又把小额给溃住啦，赶紧又问徐吉春说：

"跟您请教，甚么叫溃呀？"

徐吉春哈哈的一笑，说："少峰呀，这过（个）溃字，就当破字讲呀。不用混上药的，我家中有膏药，打发人取去得了。这个单子（南边人管药方子叫药单子），阔（可）以连服两付。明天，吾是无有功夫的。"

说罢，站起来告辞。小额爬在炕上，又给徐吉春闹了一个头，说：

"我好了，一块儿给您请安去。"（就是病好了，一块儿到谢。）

徐吉春说："那里，那里。吾这个车夫，千万不要赏他钱的。"（真是干这个的，简直比要钱还亡道。）

徐吉春要是不说，额家真把这手儿活忘啦。额大奶奶一听，说：

"没有那们着的。您先请坐，喝碗茶。"

赶紧拿了票儿，交给老张，让给赶车的送去。徐吉春又微坐了一会儿，约计着本家儿把钱交给赶车的啦，二反告辞起身。（这块德行。）

按说这位徐吉春先生，总是堂官的乌布啦，不应该有这宗恶习啦。唉，告诉您说，这叫作狗改不了吃屎。（当了堂官，尚然如此，从前那一份恶也可知。）要说当大夫里头，那一份种种的怪现像，真是一言难尽。（品学兼优的高明老先生们可别挑眼。）头一样儿，讲究拉荡儿，应该五荡好，总想着多拉人两荡。(您听听这种心术。)第两样儿，是一见好，就讲拿捏，总要耗到晌午歪，才肯出马。病人家里盼大夫，盼的眼穿，他也不管那些个闲事。(可称济世活人。)赶到了病人家，喝，您听吧，不是刚且王中堂那里来，就是还上李尚书那里去呢，反正竟捡好听的说，仿佛他忙了个受不得似的。(其实在家里闲了六天啦。)第三样儿，是吓嚇〔唬〕人。不要紧的病，他总要说成你是个大病。你怕听甚么，他拿甚么吓嚇〔唬〕你(这种心术，说句迷信话吧，真欠天诛地灭)，反正把你吓嚇〔唬〕住啦，好多请他两荡。至于瞧上病，怎么探口话儿，怎么胡朦事，那些个内容，也不便细说。(你要都说啦，他们吃甚么。)顶可恶的，是有一路大夫，专一给人配药，行话叫叶里藏花。越是大门子，越能上这宗当。你要瞧他开的那个方子，狗宝、牛黄、麝香、冰片，都是些个贵重的药味，不信拿到药铺打一打去，也真得个好几十两。开完了方子，他也不说他给您配，他跟您念子曰，甚么这些个药味要紧啦，您找熟药铺得啦，招呼不用，真药啦，一闹这个江湖套子。你们一听，自然就要求他配啦，赶到您一求他配，他又该扛起来了，甚么我们不愿意给人家配药啦，又甚么都让生意人给闹坏了吧。(这就叫作生意口。)您还得请安磕头，说些个好话，他才管配呢。其实您猜怎么着，他也是拿到药铺里配去，甚至于还有买现成丸药的哪。几吊钱的东西，就能卖您几两、几十两的。诸位不信，我说一个故事儿，您听听。

　　在下有一个亲戚，是一个阴虚肝气的底子，请了一位某大夫，给他们一瞧，一荡六吊四马钱，闹了五十多荡。（三百多吊钱。）病倒算给治好啦（虽然花了三百多吊钱，能把病治好了，还算不错），后手啦，这位先生说："你这个病虽然是好啦，阴分还是太亏，非吃滋阴的丸药不行。"本家儿就求他开丸药方子，喝、海马、鹿茸、於术、人参，胡这们一搞，当时本家儿就要求他配，他说："您先在药铺打一打好。"本家拿这个方子到同仁堂一打，您猜配一料多儿钱？哈哈，不多，才四十多两银子。后来再再的这们一求他配，他又拿捏了半天，这才管配，说明了二十五两银子，他先给垫上，配得了药再给钱。喝，本家一听，是千恩万谢。那一天，在下去瞧我们这个亲戚去啦。他这们一告诉我，某大夫怎么给配药，一料多少钱，怎么人家先给垫钱，药来了才要钱呢。这件事情，在下登时也没很理会。可巧第二天，在下在一个熟识的药铺里闲坐，就瞧给我们亲戚治病的那位先生来啦，跟药铺里的人到都很熟，当时他买了十二两知柏地黄丸，拿着就走啦。我认得他，他却不认得我。他走后，药铺里的人就说："哼，这小子不定又把谁家朦上啦。十二两知柏地黄丸，拢共三吊来钱，他不定卖人家几十两呢。"在下一瞧光景，就疑惑这位先生买的这十二两知柏地黄丸，是给我们那位亲戚预备的。在下那当儿也淘气，赶紧回家，写了一个字儿，打发人就给我们亲戚送了去啦。字儿上写的是："阁下病体初好，前言某先生给配丸药，未知配得否？弟现听友人说，知柏地黄丸最能滋阴平肝，正对阁下之病症，吃十二两准好。某先生来时，可以向他请问，可服不可服。"云云。哈哈，您猜我这封信怎么样，敢情阴透啦。过了两天，就听我们亲戚家的人说，写信的第二天，某先生就给送药去啦。说了一大套生意话，甚么所没功夫啦，好容易才配得啦（可别屈心），后来我们这位亲戚，一问他知柏地黄丸吃的吃不的，喝，老先生一听，傻啦（必以为是人家知道了），楞了一会，他对着我们亲戚说："谁告诉您吃知柏地黄丸来着？"我们亲戚说："是一个相好的说的。他说吃十二两准好。"（这句更要命。）喝，这位先生一听"十二两"三字，脸立刻红啦。（心里有病不是。）又楞了会子，他问我们亲戚说："倒是谁告诉您的？"（短命鬼儿告诉的。）我们亲戚说："您不用打听啦。就问问您，吃的吃不的得啦。"这位先生登时把脑袋摇的车轮相似，嘴里说到："吃不的，吃不的，简直的吃不的。我给您配的这个药，比知柏地黄丸胜强百倍。"（据我说一个样。）当时我们这位亲戚给了他二十五两银子，老先生还谦让了会子，这才笑嘻嘻的拿了去啦。（三吊多钱的本儿，卖二十五两银子，真是好买卖。）后来我们这位亲戚，因为这位先生一听知柏地黄丸很透像儿，也照了影子啦，把我找了去，直追问这回事。后来，我倒没实说，含含糊糊的，算是把我这位亲戚给支应过去啦。（您要知道，我可不是藏奸，因为知柏地黄丸这种药，倒是正对我们亲戚这路病。准知道他吃了，必要见效，所以也就不便跟他说啦。您不信，我要告诉他吃知柏地黄丸，他决不肯吃。哈哈，认假不认真，此之谓也。）

　　您要说当大夫的恶习，千奇百怪，且今天说到我们停版（一来就说停版，真不怕丧气）也说不完。无非既是社会小说，沾乎社会上的坏习气，不能不说说，也是警省人的意思。论到在下，从先也造过几年的孽，这种习气不敢说没有，少就是啦（别打哈哈啦）。要说配药这档子德行，我也给人家配过，说不赚人钱，那是瞎说（这话还有良心），可决不敢拿三吊钱的知柏地黄丸卖人家二十五两。（别捡好听的说啦，你要没干过，还说不了这们详细呢。）

这位徐吉春先生当了太医院的堂官啦，因为给赶车的要钱，成心耗着不走，仿佛恶习太大似的。哈哈，您不知道么，比他爵位大的人，犯这种恶习的很多很多呀。记得从先有一位大员，他的轿夫人等，出名的善于讹钱。他所管的各衙门，只要是他去一荡，轿夫人等就得要百十多吊钱饭钱。要是派上阅兵、武场验放、拣选官缺等等的差使，喝，这把子轿夫更算喝了蜜啦。

听说有一回，他的轿夫头儿因为要饭钱，嫌少，一死儿的不答应，把某旗的一位夸兰达挤对的咧着嘴直哭。（吃亏那当儿没有画报，要是有画报，把这段现象搞的上头，那才好看呢。）您说这个事情，够多们可笑。听说这位大员，他的轿夫讹钱，他很知道。他不但不禁止，他反倒纵容。（可恶在此。）

听说有一年，仰山洼大操。这位大员，正是阅兵大臣。操演都完啦，某大员正在帐房里坐着呢。喝，帐房后头就搞上啦，连嚷带闹，后手啦，简直的骂上啦。您猜是怎么回事？敢情就是轿夫争饭钱呢。他有一个轿夫头儿，姓王，叫快腿儿王。这个人素日开宝局、弄烟馆、打群架，无所不为，并且是张嘴儿就骂人。某大员所管的各处，没有一个不怕他的。那天阅兵，他非要五百吊钱票儿不行，还得老票儿，现钱条子外带着不成。（您说够多们可恶。）人家直央求他，说给他三百吊。喝，快腿儿王当时炸啦，先是一路大拍，拍着拍着，可就骂起来了。您算，就在帐房后头，隔着一层布，连嚷带骂，某大员有听不见的吗？他居然会装听不见（实在够大员的程度），竟跟几位章京瞎聊别的，甚么今天不算很冷啦吧（喏），又甚么操演的还齐集啦吧（是），没话儿他这们找话儿。（这点儿起色！）后来越嚷嚷的越邪行啦，连他都听不过眼儿去啦，说："詹音们派人瞧瞧去（詹音是句满语，就是章京），甚么人这们喧哗？"（就是你手下的恶奴。）这几位章京心里也都明白，又不好实说，赶紧的出来两位，假装瞧了瞧，回禀某大员说："詹音瞧啦，是兵丁们买吃食，算错了账啦。詹音已然告诉他们，让他们压声音啦。"这当儿，某大员又跟几位章京这们一找话儿说。您猜这位大员阅完了兵，老不走，竟跟大伙儿瞎聊，他是甚么心意？原来这位大员，他很知道帐房外头嚷闹，是他的轿夫争饭钱，故意的跟几位章京瞎聊，所为是耗功夫儿，好让他们把钱哟〔弄〕到手。（您听听，这是大员的举动，有多们好哇。）后来又瞎聊吧了会子，帐房外头的声音也消停啦。（钱到了手啦，还嚷嚷甚么。）有一个跟班儿的，拿长杆儿烟袋，装了一锅子烟，往上一递，这位大员一摆手，烟也没抽，立刻的起身上轿而去。您猜这是怎么回事情？敢情这是素日研究好了的（也是一门科学呢），外头都说好啦，钱到手啦，跟班儿的一递这袋烟，是个暗令子，就如同告诉说，饭钱说好啦，您起身吧。哈哈，您瞧这位大员，够多大程度。

要说这位徐吉春先生成心耗着不走，等着额家给赶车的钱，跟这位大员是一个套子不是呀？闲言少叙（叙了三天啦，还少叙哪），徐吉春走后，额家赶紧派人抓药，又派人上徐吉春家里取膏药去，当时忙乱了一阵。

药还没抓来呢，这当儿赵华臣来到。进了门儿，见了额大奶奶，闹了会子套子话，说：

"我给少峰谢步来啦。他这几天好哇？"

额大奶奶说："告诉大叔说，您侄儿他病着呢，脊梁上长了一个疙瘩，这两天闹的还是挺厉害。"

赵华臣一听，假装的一跺脚，说："咳，这是怎么说？没请个人儿瞧瞧吗？"

额大奶奶就把怎么请大鼓锣架，怎么请瞧香的，现在怎么请徐吉春给瞧着的话，细说了一遍。赵华臣听罢说：

"吉春瞧的原是不错的喽，可是他的内科很有点拿手，我们是知道的。要说他的外科么，好像稍差一点，并且他也爱用热药。这们着吧，先吃他的药看啵，要是见好的话，很好喽，要是作甚么的，我有一个相好的，姓刘，人称金针刘，世传八倍［辈］儿专门的外科［比八倍（辈）儿五没根基强的多］，就是难请点儿。我要是约他，还不至于不出来。您想怎么样？"

额大奶奶说："大叔分心很好啦，等着吃完了徐先生的药瞧吧，要是不见效的话，让您孙子给您送信去。"

赵华臣说："我先瞧瞧少峰。"

于是来到里头屋，小额见了赵华臣，说：

"大叔，您瞧我受这份罪孽，嗳呀，您救一救儿我吧。"

赵华臣拉着小额的手，假装着急心疼，咳声叹气，闹了会子假客气。（俗话是假榤子。）额大奶奶对着小额说道：

"刚才大叔说啦，他（音贪）认识一位刘先生。要是吃徐吉春的药不见效，他（音贪）给请刘先生。"

小额说："我都听见啦。一半天要是不见效的话，就求大叔分心得啦。"

赵华臣说："就是那们着啦。你好好儿养济着吧。我一半天还来瞧你来哪。"

赵华臣告辞不提。

这档儿，底下人把药也抓回来啦。煎得了头煎，天也就有四点多钟，小额是恨病吃药，头煎吃了一大茶盅。您算徐吉春这个方子上，除了附子、肉桂，就是白术、人参，小额是个火毒内郁的症候，再说小额虽然是个阴亏的底子，身子还不算十分的虚，又搭着七天没见大外啦，哈哈，这剂药吃下去，真不亚如火上浇油。到了揸黑儿时候儿，小额又催着煎二煎，于是二煎药又吃下去啦。喝，吃下二煎药去，待了会子，天也就有八点多钟，老先生就吃不住劲啦，疙瘩也疼，心里也闹的慌，浑身也发上烧啦，口干舌燥，直点儿的想冰吃。小额这一闹不要紧，额大奶奶可真毛啦。这当儿，李顺起徐吉春那儿把膏药给取回来啦。把膏药贴上，小额的疙瘩是更疼的厉害啦。

话不可重叙，这一夜的功夫儿，小额发了两阵昏，额家上上下下又是一夜没睡。到了第二天早晨，小额微然的好点儿。额大奶奶瞧这个方向，又有赵华臣昨天说的徐吉春外科差点儿那句话，知道这剂药有点儿拧岔儿，赶紧跟小额商量，让小文子儿找赵华臣，求他请金针刘去。小额虽然闹了一夜，心里还明白，嗳呦哼哼的说道：

"快去啵，快去啵，我要死喽，我活不了喽。徐吉春哟，你这剂药害苦了我喽。"

一边儿说一边儿直骂徐吉春。额大奶奶说：

"你就别着急啦。"赶紧告诉赶车的套车，又告诉小文子儿说：

"你见你赵大爷爷，务必的把金针刘请来才好。"

小文子儿答应，立刻坐车去找赵华臣去不提。

要说这位金针刘，可真有点儿拿手。他原是祖传的外科，后来又跟施医院外国阿大夫学了点儿西医，上讲究的疗毒恶疮，经人家治好的多啦。再说好膏药、好药水儿、好膏子药、面子药，真有点儿独门儿的方子。虽不敢说华佗复生，也总算是外科中的一位名手。可就是有点儿小毛病儿，您猜是甚么毛病？哈哈，就是饿的厉害。这二年，钱也弄足啦，脾气也长啦，架子也大啦，一时半会儿，谁也请不动他。真有至相好的，再再的约请，他才出来呢。不论远近，一动身儿是马钱四两，车钱八吊，药钱单说。

要说这事也真凑巧，一来小额该好，二来是金针刘活该发财。小文子儿一找赵华臣，正赶上赵华臣在家，登时没耽误功夫，就一同找金针刘去啦。这位刘先生住家在大纱帽胡同（好地方儿），偏巧西直门里头某宅，有一个奶疮的症候，正是他给瞧着哪。赵华臣跟他再再的一说，小文子儿又给他请了好几个安，金针刘因为反正也是往那们去，所以并没拿捏，当时慨然的应允，说是午后准到。

　　两个人由金针刘家里出来，赵华臣又嘱咐小文子儿预备马钱、车钱，并且说，是用他的药，当时给钱。小文子儿一一的答应，赶紧辞别了赵华臣，坐车回家。到家天还不到晌午，正赶上小额刚睡着，就把请金针刘的事情跟额大奶奶一说，立刻预备下四两银票，用红封套儿封好，又预备下八吊票儿的车钱。这时候儿，额家接连不断的又来了几家儿亲友，都是探病来的。额大奶奶自然有一番接待，也不用细表。

　　天到十二点多钟，小额疙瘩又疼醒啦，连哭带喊、爹妈一阵乱叫，额大奶奶又着了荒啦。小额问：

　　"保儿回来了没有？"

　　额大奶奶说："他早回来啦。刘先生一会儿就来。"

　　小额说："快来啵，快来啵。"

　　正在这儿倒乱，就瞧李顺跑了进来，说：

　　"刘先生来啦。"

　　喝，这一声不要紧，真如同天神下降的一个样。（病人家盼大夫，真有这类的情形，所以当大夫的，要是成心拿捏人家，真是罪该万死！）

　　当时小文子儿出去迎接。待了一会儿，就瞧金针刘起外头摇摇摆摆的进来啦。诸位，要说金针刘这个穿章打扮儿，可又跟徐吉春不一个样啦。年纪有三十五六岁，高身量儿，长四方脸儿，白净子儿，重眉毛，大眼睛，带着一副浅茶镜，身穿牙色官纱大衫，上套紫纱坎肩儿，官纱套裤，缎儿靴，二钮儿上带着伽南香的十八子儿，左手大拇指上带着伽南香的搬指儿，摇着一把潮州扇儿。后头跟着一个小童儿，也就在十四五岁，长的又机伶又白净，穿着一件浅色竹布衫，腰系凉带儿，脚底下是青布抓地虎儿靴子，手里提着一个小楠木匣子儿。暗中交带，里头是面子药等等跟治外科的家伙。

来到上房廊檐底下，金针刘对着小童儿说：

"你在这儿等着得啦。"

小童儿答应了一声"喏"。额大奶奶早迎接出来啦，小文子说：

"这是我奶奶。"

额大奶奶给金针刘请了一个安，金针刘大大咧咧的还了一个揖，进了上房坐下，自然是老婆子倒茶、送水烟袋，不便细说。

额大奶奶又说些个谦虚话儿，金针刘淡淡如水的答应了两声，就说那个架子简直的大得邪行。随后额大奶奶刚一说小额病源，金针刘说：

"我拦您清谈。您请我们来，我们自己会瞧。您要一说，我们就不用瞧啦。"（真够大夫的恶习。）

金针刘这们一拦不要紧，闹的额大奶奶脸也红啦。这当儿里头屋的小额答了岔儿啦，说：

"快请他（音贪）给我瞧瞧啵。"

小文子儿说："请您到屋里，给我阿玛瞧瞧吧。"

金针刘说："您忙的是甚么？定一定神，不然脉是候不准的。"

小文子儿一听，也没敢再言语。（娘儿两个不偏不向，都吃了一顿憋子。）稍微的坐了一会儿，喝了两口茶，金针刘这才说道：

"病人在那屋呢？"

额大奶奶赶紧说："在东屋哪。请您东屋里坐罢。"

金针刘来到东屋，小额这当儿正在疼的难受，也顾不的说别的话啦，直点儿的嚷救命。金针刘给小额看了看脉，又瞧了瞧疙瘩。额大奶奶又把大鼓锣架跟徐吉春的药方子，交过小文子儿，递给金针刘看看。刘先生瞧完了几个方子，摇了摇脑袋说：

"糟啦，糟啦。头一位的方子，是个外行啊。药太乱的厉害，好在还没有甚么大妨碍。后一位的方子，脉案开的倒不错，实在是中发背，方子太难啦。一概用的是辛热温补的药品，跟这个症候是相反，吃下去是一定要闹的。后这个方子，吃了几剂呀？"

额大奶奶说："就吃了一剂。"

金针刘说："还好，还好。"

小额说："您瞧我死不了哇？"

金针刘说："你老先生不用着急，症候是极重喽，可是我兄弟既敢给治，就能设法给您治好啦。"

小额听到这块儿，对着额大奶奶跟小文子儿说："你们娘儿俩快给老先生请安罢。"

于是额大奶奶跟小文子儿娘儿俩给金针刘这们一请大安，金针刘说：

"�，这是怎么啦？"

当时笔、砚、八行书是预备好啦。金针刘提笔一挥，开了个方子，用的是加减内疏黄连汤。开完了方子，说是这个方子先吃一剂。额大奶奶说：

"您看上点儿甚么药好？"

金针刘说："药是得上的。您要是现配，钱财多少，倒是小事，一来也赶办不及，二来药铺里也配不出真药来。再说，现成的膏子药、面子药是万靠不住的。我今天倒带了点儿药来。"

小额说："您有药，好极了。您这也是为救人。药钱多少的话，您自管说。只要我好啦的话，加倍的必有人心。"

金针刘说："这倒提不到。"于是向着小文子儿说道：

"劳大爷的驾，把我跟人提溜的那个匣子，您给拿进来。"

小文子儿连连的答应，就把匣子给拿进来啦。原来是一个硬木高庄儿的匣子，头里有一扇门儿，当中有一个暗锁。金针刘掏出一把小钥匙来，把匣子门儿打开，里头是各样的膏子药跟面子药。金针刘拿出一小酒盅儿膏子药来，随后取出一个小乳钵儿来，拿出一个小瓶子儿来，倒了点儿红面子药，又拿出一个小瓶子儿来，是白面子药，也往乳钵里倒了点儿，又研了研，然后包上，对着小额说道：

"这个汤药方子，回头赶紧抓去。头、二煎今天都吃啦。您这疙瘩，用花椒泔水先洗洗，然后用这个膏子药和面子药上在四围，当中贴这个膏药。膏药我是白送（尽义务啦），这点儿膏子药跟面子药，有华臣在头里，按说提不着钱。"

额大奶奶说："没有那们着的。多少钱，您说吧。您这分尽心，我们就很感激不尽啦。"

金针刘说："要论这点儿药怎么贵重，我也不用跟您说啦。要是别人用，总得二十两银子。您这儿也不是外人，收您个半价得啦。"

小额说："我这儿谢谢您啦。"

额大奶奶赶紧拿了一个十两的银票，连马钱带车钱，让小文子儿给送的车上去啦。余外又给了金针刘的童儿四吊的赏钱。金针刘把药匣子锁好，小文子儿又把匣子交给了童儿，刘先生起身告辞，说是吃了这剂药，夜间必要见大便的。明天要找我，可是千万要早给我信，后半天儿，我必到。额家夫妻父子连连的称是。

金针刘去后，立刻派人抓药，熬花椒水，上药，贴膏药，忙成一阵。自打上上药，可也真作脸，居然疼的就好点儿。天有三点多钟，小额把头煎药吃下去，心里觉着闹了一阵。闹过去，可又觉着舒服点儿，紧跟着出了几个虚恭。五点多钟，又把二煎吃下去。肚子里响了一阵，觉乎着要出大恭似的。到了晚上，算是见了大便啦。拉了点儿燥粪，心里透着点儿发空，有点儿想东西吃的样儿，直跟额大奶奶要吃的。

小额起打一病，好几天没正经吃东西。今天一要吃的，额

大奶奶是喜出往 [望] 外，有新熬得的粥，盛了一碗，还有馒头、饽饽等等，都给小额拿过去啦。小额登时喝了一碗粥，吃了一个馒头。夜间疼的也比头天好一点。

第二天刚一亮，就催着小文子儿就请金针刘去了。天有一点多钟，金针刘来到，又诊了诊脉，瞧了瞧疙瘩，说是燥粪虽然见啦，胃口还不大开。常言说的好，饱养恶疮，非多吃不行。于是又开了一个方子，留下一小瓶儿药水儿，是洗药，又留下一小酒盅儿膏子药、一包儿面子药、两贴膏药。膏药还是白送，药水儿等等一共是十七两银子，连马钱算上，二十多两又干了走啦。（要是放出去，又可以闹一包儿钱粮。）小额吃了这剂药，胃口所开啦，就是疙瘩还疼。

第三天金针刘来到，看完了脉，瞧完了疙瘩，说是您这两天胃口也开啦，正气也缓过点儿来啦。你可得卖点儿力气。小额说：

"卖甚么力气呀？"

金针刘说："你这个疙瘩，按说还得个三五天破，这两天正窝脓，可是不能不疼。早破一天，可是少疼一天。要打算让他快破，您得豁出大疼一阵去。我这儿有点儿药，今天晚间上上，明天早晨准破。上上可得大疼一阵，你要是不豁出这通儿疼去，这两天的罪可就够你受的。"

小额一听，咬着牙说道："得了，受一通儿罪，比零碎受罪强。"

当时金针刘又拿出两贴膏药、一盅儿膏子药、一小包儿红面子药来，说是上，先拿膏子药调这个药，别管怎么疼，也别管他。等到破了以后，赶紧把药洗去，贴上膏药，脓塞子可先不能出来呢。明天我来了再说。随说着，又开了一个汤药方子，告辞去了。又闹了二十多两银子去。

书要简决为妙。小额晚上一上这个药，喝，这一份疼，真比那天疼的都加倍，鬼号似的喊了一夜。第二天太阳出来的时候儿，这个疙瘩也真听话，居然的破了。花红脓真流不少，有一个大脓塞子在疮口当中含着，赶紧遵照金针刘的话，把药洗去，把膏药贴上。小额自打疙瘩破了以后，疼的可就好多了。稍微吃了点儿东西，可就睡啦。直睡到金针刘来，还没醒呢。喝，金针刘这一说到那儿应到那儿，可真把额家给拿上啦。他这一来到，真如同敬天神一个样。

金针刘一进门儿，就问：

"疙瘩破了没有？"

额大奶奶跟小文子儿一齐的说道："真应了您的话啦。今天早晨破的。"

金针刘点了点头。这当儿小额醒啦，赶紧请金针刘又给小额一看，小额说了些个千恩万谢、套交情的话。金针刘说：

"这个脓塞子可是不出来不行。要让他出来，有善恶俩法子。恶法子，得下捻子，动刀子、镊子，可是来的快点儿。善法子，是吃药，起里头托，外头再加着上药。可是慢一点儿。您想怎么着？"

小额说："慢就慢吧。您可千万别动家伙，也别下捻子。"

金针刘说："既然这们着，那就拿药治吧。反正三五天，这个脓塞子是准出来的。"

当时留了点儿药，二十多两又闹到手里去了。

简短捷说，待了两天，这个脓塞子真出来啦，又流了好些个脓。小额这个疙瘩，自打脓塞子出来以后，疼的可就好多了，吃东西也吃的多了。金针刘是一天一荡，每一荡，连马钱带药钱，总干个十两二十两的。

一晃儿就是半个多月。小额这个疙瘩，虽然不大疼啦，疮口有茶盅大小，挺深，老流脓搭水的，里头是鲜红的肉。小额是盼着收口儿。又待了两天，那天金针刘来的晚点儿，小额留他吃的晚饭，自己陪着。正吃饭的时候儿，小额就跟金针刘说：

"兄弟呀，你救我这条命，我真是感念不尽。我有一句话，兄弟你可别多心，您瞧我这个疙瘩，还得多少日子才能收口儿呢？"

金针刘一听，说："少峰，你打算让他收口儿，容易。有一包药，两天就让他收口儿。可是有一样儿，毒气要是不净，再出别的缘故，你可是另请高明，我可就不管啦。"（专门包治外科的，遇见有钱的主儿，长甚么砍头疮咧，搭背咧，这些个症候，真能够吃个三个月五个月的。不怕疙瘩要收口儿，他能够给你上点儿药，让他烂呢，为的是好多吃些日子。从先有个出名治外科的估家王，就常用这宗手段。）

小额一听，喝，登时荒啦，说："兄弟你瞧，我瞎打听打听（别打听啦，下宝是报的），你别生气呀。"当时说了些个别的，这个岔儿就揭过去啦。

金针刘走后，额大奶奶直抱怨小额，说：

"人家已然治的到这个分儿上啦，你刚才说的那个话，人家差一点没恼啦。人家要是不管治，那不是麻烦吗？"

小额说："不是呀，这个悚疙瘩老不收口儿，我真有点儿着急。"

额大奶奶说："得了，你别不知足啦。你忘啦吃徐吉春的药，满炕上折腾的时候儿啦。"说的小额也乐啦。

又待了两天，赵华臣来到，见了小额，说：

"我可短瞧。我皆因给人家了啦一档子事，惦记着瞧你来，所以没得功夫儿。"

小额夫妻自然说了些个感谢的套子话，也不便细说。

"昨天，"赵华臣说，"我昨天晚上见着刘小亭啦（金针刘，号叫小亭），一切的事情，我都知道啦。他说，你也不用吃汤药啦，他再来一两荡，他也不来啦。他说，给你配点儿生肌长肉的药，几天儿的功夫儿准能收口儿。到了月底二十七八，管保你溜溜达达的能上荡护国寺。可是这点儿收口儿的药，贵的厉害，没个百十多两银子不成。他让我跟你商量商量，少峰，你想怎么着？"

您想，小额还能有个不愿意吗，当时是连连的答应。

话不可重叙，第二天金针刘来到，真给拿了一大盅儿膏子药、一大包面子药来，说是七八天准保收口儿。又开了一个代茶饮的方子，爱吃几剂吃几剂，说是我可不来啦。小额阖家是千恩万谢。额大奶奶跟小文子儿是直请大安,小额应下大好了之后,是登门磕头,一定要挂匾的,金针刘也并没拦阻。要说金针刘末这一荡,连药钱带马钱,一共干了一百二十四两银子去。

您说这事也真怪,小额自从上上这个药,就瞧疮口里头直长肉珠儿,真是一天比一天浅,四五天的功夫,居然就快长平啦。小额拄着根棍子,也能在屋里溜达啦。到了二十七晚上,疮口居然的长平,落了小小儿的一个疤癞。小额疙瘩一收口儿,心里这个乐,就不用提啦。二十八那天,真带着小文子儿、大拴子,还有花鞋德子跟着,爷儿几个坐着车,闹了一荡护国寺。

亲友知道小额病好啦,大家都要给小额起病。小额因为病刚好,精神没大十分复元儿,都一一的辞啦。又过了些日子,觉着所大好啦,额大奶奶跟小额商量,是他病着的时候儿来瞧的各家儿亲友,让小额按着家儿都请了请安,又因应下给金针刘挂匾、到乏,跟赵华臣一商量,赵华臣说:

"少峰,你这份意思很好啦,要说小亭给你治这个病,也真不容易。求人写匾这回事,你交过我啦。我们舍亲跟王祖光是至好的,连编文儿带写字,都求他老先生得啦。"

当时小额就把求人写字的事情托付了赵华臣啦。

常言说的好,说书的嘴,唱戏的腿,说快就快。匾也作得啦,四个字,是"外科独步",写的是真有精神。匾的上下款,无非是"小亭刘老先生雅正,愚弟额某率子文祥顿首拜"。要说这块匾,五尺五长,二尺六宽,黑漆地的金字,真够一块匾的程度。（要说大夫挂匾这档子德行，里头的故故典儿可多啦。有自己拿钱做匾，出假名字的，有满世界磕头请安求匾的，有给人家治好了病，楞派着让人家挂的。要是能够运动两块某王爷、某大人的匾，往门口儿一悬，这个大夫立刻就能红起来。请大夫的人家儿，有这们一宗毛病，不管大夫的能耐怎么样，专找门口儿匾多的请，哈哈！）匾一得，额家可忙啦，赶紧预备一切。随匾的匾敬，预备了一百两银票，格外备了几色礼，是袍褂料、燕果席、靴、帽、荷包。送匾的是二十四个鼓手，都穿的是绿架衣，剃头，穿靴子，一架黄亭子（匾搁在亭子里头），旗锣伞扇，执事鲜明，又请了四位送匾的老爷，无非是泰都老爷、阿三老爷、宗室恩等等。定的是六月初三日。

那天送匾，小额跟小文子儿父子都是靴帽袍套，小额闹了一个六品顶戴，小文子儿也拧了一个金楚子，喝，那一天好不热闹。金针刘家里也是高搭席棚，预备酒席，知会亲友。（借着这个，他算撒了一个网。）赵华臣那天在棚里，是足张罗一气。至于匾到了的时候儿，金针刘怎么拜匾、挂匾，额家父子怎么磕头致谢，刘家怎么接待，一切的细情，也不便细说。小额这一通儿挂匾，共花了三百五十多两。过了两天，又给赵华臣到了一回乏，又花了三四十两。（反正害众成家来的钱，非这们花也不行。）

后来额大奶奶跟小额商量，说：

"徐吉春虽然没给治好，究竟人家瞧了会子，也总给他到个乏，别得罪人家。"（得罪人得罪怕啦。）

　　小额一想也是，又开了个八两的果席票，打发小文子儿给送了去啦。徐吉春倒是无可儿无不可儿的，笑嘻嘻的收下啦。（这块！）

　　又过了几天，小额特请金针刘吃饭，约的陪客是赵华臣，又再再的把明五爷约上啦。因为官司完了的时候儿，给明五爷送礼，明五爷没收的原故。（明五爷到了儿够资格。）把大拴子也带了去啦。（也真得请请大拴子，不但小额得请他，编小说的还要请他，因为一没落子，大拴子就出了世啦。临完了，不请请儿他下得去吗。）

　　那天定的是庆和堂楼上，请的是五点钟的晚局。明五爷跟赵华臣先到的，六点多钟，金针刘才来。见了面儿，说了些个套子话，然后要酒要菜、划拳行令，到是很尽欢。那天小额多喝了两盅儿，先讲究了会子他那场儿官司，后来赵华臣拦道说：

　　"咱们酒席筵前可不准提懊事。"

　　小额又跟金针刘讲究他这个疙瘩，说：

　　"兄弟，咱们都是自家，我说，你也决不能挑眼。你猜我长这个疙瘩，起打您给我治算起，您猜我花了多少钱？"（是透点儿醉话。）

　　金针刘说："不知道。"

　　小额说："我一共花了一千一百多两银子。"

　　金针刘听罢，微然的一笑，说："不多，不多。治病得分家当儿。你这个病，要是换到一位王爷、公爷、中堂大人的身上，告诉你说，没个三千五千的，不用打算治好啦。（好亡道家伙！）

还告诉你说，少峰，你这个病，要是个任落子没有的穷人害，哈哈，十吊大钱，我管保他好。"

小额一听，登时就进〔蹦〕起来啦，说："小亭，你可真害苦了我啦。"

金针刘说："少峰大哥，你没听俗语儿说吗？穷汉子吃药，富汉子还钱，我挣你这几个钱，我可没都肥己，你不信到我家瞧瞧去，膏子药、面子药、膏药我配出好些个来啦。我竟等着遇见买不起药的主儿，白送给他呢。告诉你说，我拿你这个钱行好，我这是给你免罪呢。"

小额一听，微然的一愣，登时恍然大悟（放下屠刀，立地成佛），心里有万语千言，嘴里可说不出一句话来，直点儿低头犯想。赵华臣以为是小额恼了呢，说：

"少峰，你别听刘小亭的，他打哈哈呢。"

小额说："不是，不是。我想别的事呢。"

明五爷瞧这个方向，怕闹僵啦，说："天也不早啦，别喝啦，咱们该吃啦。"

当时大家要点心的要点心，要饭的要饭，吃喝已毕，小额庆和堂原有账，登时告诉柜上写上啦。金针刘等大家起身告辞，给小额到了个谢，各人回家不提。

单说小额这个人，本来是个聪明人，皆因没念过多少书，又没受过家庭好教育，后来一当库兵，一放账，才酿成这种恶习，所以他遭的这些个事情，实在是原因结果。自从打了这场儿官司，心里头就有后悔的意思，后来又一长疙瘩，自己所知道所作所为，实在的不合天理。正在病重的那两天，心里就暗暗的祷念说："我姓额的要是好啦，把账局子一收，从此改邪归正，作一个安善的良民，决不再干这些个伤天害理的事情。"后来在庆和堂又听金针刘这套话，如同凉水浇头一个样，忽然天理良心一发现（一转念之间，真有人禽之分，所以古人说过，愧悔二字是起凡人圣之门，起死回生之路，这话是确而不移之论），自己一跺脚一横心，说："咳，我借着这个机会，要不回头，等待何时？"主意拿定，也没跟人商量，就把账局子一收，门口儿贴了几个大字，上头写的是：

"凡欠本局的账目，由七月起，一概不要了。"

喝，小额这们一办，这些个该钱的账主儿，又是喜欢又是诧异，纷纷的议论，其说不一，这也就不必管他们了。所有管账的、跑账的，每人送了十两银子，让他各干各自的去了。

当时小额这个举动，额大奶奶跟小文子儿都不知是那壶芦药，也不敢问。后来小额对着自己的妻子，掰开揉碎这们一说，额大奶奶倒很以为然，小文子儿也就无可如何了。后来，小额给小文子儿挑了一份差使，临任差的那天，小额把他叫到跟前，说是：

"你要听我的话呢，好好儿的安分当差，永远不准惹事。你要是不听我的话呢，拿着你的钱粮，带着你的媳妇，自己混去。咱们爷儿俩是谁别管谁。"

小文子这个人，原来心地也不大坏，皆因有受了些个无形的教育（可不是好教育），耳闻目染，竟是些个野蛮的事情，所以把挺好的孩子给闹坏啦。自打他们家一经这场儿事情，也很有回转的意思，今天一听他爸爸这通儿教训（他爷爷要早有教训，他爸爸还不遭这场儿事呢），他倒很以为然（认可啦），登时连连的答应，说：

"是，阿玛自管放心，从此我恭本当差就是了。"

且这儿，小文子儿一当差，那一群狐朋狗友也就都远啦。小额一瞧自己的儿子很安分，心里也很喜欢。虽然家里遭了这场儿事，要说家当儿，也还够过个一辈子半辈子的。自己没事，不是上茶馆儿听书去，就是上棋局里下棋去，倒很逍遥自在。很配了点子治霍乱、治跌打损伤的药，在家中施送。冬天也弄几百件棉袄施送穷人，粥厂里，一年也捐个一百两、二百两的。（总算难得，老先生如今要活着，必肯提倡地方自治，学堂、报社也必肯捐钱，哈哈！）

后手啦，他那个把弟希四，因为衙门闹乱子，让堂官给奏参革职啦，神机营也搁下啦，家里又丢了两通儿（灾祸齐来），混的所不成啦，找小额来借钱。额大奶奶记念前仇，打算一文不给。倒是额少峰说："不可，不可，人家到这步光景，那咱们不是见小啦吗？"登时给了二十两银子。（难得。）后来希四时常的前来寻钱（善门难开，此之谓也），额少峰是三两、五两、十吊、八吊的周济，那一回也没空过。额家的亲友、本家、街房等等，因为额君不念旧恶，都很佩服的了不得，不但不提额君从先的过恶，反倒极力的这们一夸奖。这样看起来，人要是改恶从善，是一件好事不是呀！

　　那位说啦，你这个小说上，小额长小额短，怎么临完啦，又称起额少峰、额君来了？诸位有所不知，从先小额为恶，所以称他为小额。现在小额能够改恶，并且能够不念旧恶，所为称他额少峰、额君。虽然是小说，可是一贬一褒，也隐含着一点儿书法的意思。按额君这件事，仿佛没有甚么关系似的，其实关系的很大。一切的要旨，杨曼青、德少泉二位先生的序上说的十分详细，这里也不便再费话啦。就是有一样儿，这部小说原没有宿稿，从先按日登报，就是当时提笔现凑，所以不完全的地方很多。现经同人怂恿出版，在下事忙鲜暇，又没有功夫修饰，一切缺点，还求阅书诸君多多的原谅为幸。

　　　　　　　　　　　　　　　松友梅识

蔡友梅作品　苦哥哥　正文

在下稍通医理，又负讲演虚名。上台最爱说卫生，免受传染诸症。

劝人不能自劝，缺乏克己之功。昨天我去赶人情，见了肉不要命。

热茶又对汽水，豆汁喝罢食冰。到晚归家肚子疼，得了霍乱急症。

若非针灸速快，几乎正寝寿终。可叹能说不能行，口头之禅没用。

这首《西江月》，看着好像笑谈，其实是在下的写真。在下头几天，真得了一场霍乱。按"霍乱"两个字出于《内经》，因为阳不升阴不降，内部挥霍变乱，所以叫作霍乱，俗称阴霍乱阳霍乱。按学理说，是干霍乱湿霍乱。不吐不泻干肚子疼的，

叫作干霍乱，上吐下泻的叫作湿霍乱。我这个霍乱是半干半湿
（得病都别致），幸喜家里有好药（可不是宝丹），又请人扎了
一回针（我自己倒会扎，就是下不去手）。连扎带灸带吃药，才
把小命儿（也四十多奔五十啦）保住。平日我常劝人，怎么讲
卫生，饮食起居怎么留神，到了自己身上，一点儿检点没有，
实在惭愧的烈害。可是话又说回来啦，现在中国人，全是能说
不能行（得说现在中国人，从先中国人，不至于这宗德行），岂
止我一个人呢，然而也就很可叹了。

　　闲话取消，干脆开书。单说前清中叶，东直门小街儿，有
一个姓吴的，是个汉军旗人，名字叫吴福。跟前有两个儿子，
大的叫吴禄，二的叫吴寿。（幸亏没有三儿子，有三儿子就该叫
吴禧啦！父子的名字，倒是排着起的。）吴福好喝酒，人都管他
叫醉吴。醉吴四十岁断弦，带着两个儿子住庙，自己有份钱粮，
又有份窝子行儿的手艺（窝子行儿就是厨行），在那个年月，也
很够过的。有人劝他续弦，醉吴说：“散了罢，大小子已然十七
啦，二小子也十四啦，他们都得了钱粮，给他们娶上女人，我
心愿就算完了，不弄这个前一窝后一块的事情啦！”醉吴虽是
俗人，这个见解倒很对，每见有一宗人，岁数儿也过了景啦，
儿子二十多了，他不给儿子成家，他自己可续弦，或者组织一
个晚婚，弄的家翻宅乱，糟心万端。你细打听他还是个念书当
差的哪，据我瞧还不及这个不念书的俗人呢。

　　吴禄念了几年书，笔底下倒还将就，后来得了一份马甲钱
粮。吴寿念了半年书，《三字经》并没毕业，十六岁上，算是也

得了一分（份）钱粮。后来有人给吴禄为媒，说的是马家姑娘，三十六岁。（倒没穿红袄大甩袖。）爷儿三个由庙里搬出来，租了几间小房儿，定马氏的第二天，醉吴栽了一个跟头，得了一个痰［瘫］痪症（本名是中风），一时虽不能死，可也好不了。吴禄向醉吴说道：

"这个媳妇儿，我打算不要啦！明天把媒人找来，追回定礼，断绝关系得了！"

醉吴舌头不俐罗，秃秃噜噜的说道："你是怎么个意思呢？"

吴禄说："头天放定，第二天爸爸就得这个症候儿，岂不是他妨的！"

醉吴说："你别弄穷迷信啦！人的天灾病孽，那是造定了的，谁妨谁呀（其实醉吴也是迷信，不过比妨克的迷信高一点）千万不要胡说！"

吴禄连连的答应。醉吴说：

"我这个病死不了，你不用着急，慢慢的将养，还能好的了。就是我好不了，你媳妇儿过门，你也不准跟人家说什么！"

吴禄唯唯遵命。过了两天，醉吴吃了两剂药，病稍见轻。可巧有人给吴禄荐事，在某局所管庶务，每月六两银子，还吃两顿饭。在几十年前，这就算是阔事。（记者于二十年前在某管当委员，每月挣四两银子。家里不要，自己拿着当盘川，又吃又逛又交朋友，四两银子能花出神来！现在拧了，每月二十块钱，不敢胡来，将够我花的。每天出来，净车钱就得好几吊，再遇见个朋友，随便走走，就得好几块！固然是百物较前昂贵，叫真儿说，也是奢华的程度，比从先太高了。）吴禄因为老父有病，不愿意离开膝下。醉吴说：

"好容易有这个机会，你只管去你的，我这个病已然见好。你能多挣几个钱，我心里是喜欢的，自然我就好的快当。"

吴禄一想，老父既然喜欢，顺从亲心，即是养志，当时认可答应，嘱咐兄弟吴寿好好的侍奉老人家，于是赴局任事。

这个局子在西城，原应该住局，吴禄跟局子总办沥陈下情，晚晌回家侍奉父亲，次日清早再来。赶上这位总办也是个最孝的人，当时允准。吴禄在局子办完了公事，晚晌赶回家中。您想东西城距离八九里地，吴禄也不坐车，赶回家中走的浑身是汗，还要给醉吴带点特别的吃食，醉吴倒也很喜欢。头一个月的薪水，吴禄全数交给了醉吴。醉吴见了银子哈哈大笑，说："有了银子，我这病就好了。"（不得，要唱《朱砂痣》。）当时捏了一块，足有二两多，给吴禄当盘费，吴禄倒接过来啦。这二两多银子，吴禄自己一个钱也没花，零碎全给醉吴买了吃食啦。（好吴禄！）晚晌回到家中，必要寻两个笑话儿，说给醉吴听。服侍醉吴睡下，自己还要写会子公事，一点多才睡。天亮起来，赶紧往回赶，习以为常，他倒不觉甚累。醉吴心里一痛快，病又好几成，自己拄着根棍子，可以活动。吴寿是起来就走，吃早饭时候儿回来。他不但不服侍他爸爸，他爸爸带着病，还得给他预备饭。醉吴有时咒骂他，他虽不敢还言，嘴里也是不依不饶。

吴禄有一天晚晌回家，彼时正是九月初间，糖炒栗子将下来，吴禄买了半斤将炒得的栗子，恐怕凉了，揣在怀内，忙忙的往家里飞跑，及至到了家，但见老头子在炕上躺着，直点儿的哼哼。吴禄吓了一跳，说：

"爸爸您怎么啦？"

醉吴叹了一气，说："你回来啦！寿儿这孩子要气死我！他偷了我两吊钱，我骂他，他跟我还言，我要打他，他推了我一个跟头！我晚饭也没吃，哼哼！他气死我啦！"

吴禄说："老爷子别生气啦，我管他就是啦！我给您带了栗子来啦，您吃罢。"

说着把老头子扶起，掏出栗子来，还挺热的哪。吴禄给剥了几个栗子，醉吴一边儿吃着说道：

"我跟你商量回事，我打算跟马家说说，择个日子，把你媳妇儿娶过来。你要不在家，也有个人弄饭，你想怎么样？"

吴禄因为家里没人，早有此意，自己不好出口。老头子一提倡，吴禄很赞成。

求媒人跟马家一说，马家也倒认可。当时收拾了一间屋子，知会了几家儿至近的亲友，预备了几桌酒席，草草的就把人搭过来啦。马氏人很贤淑，服侍公公，诸处尽心，吴禄倒也心慰。醉吴本来痰气没大好，又被吴寿推了这下子，病势日见加重。吴禄告了几天假，在家中守着竟哭，请了几个大夫，都说病不能好，谁也不开方子啦，吴禄只好预备后事罢。好在老头子积蓄了几十两银子，对付着够办事的。

那天醉吴发了一阵昏，吴禄跟马氏叫了半天，老头子才过来。马氏跟吴禄商量，给老头子把装裹穿好。醉吴气喘嘘嘘的，向吴禄说道：

"你是个孝顺孩子，你媳妇新来乍到也算不错，你兄弟是个混账东西！我死之后，你把他轰出去，简直的不必管他。我一生没作过缺德的事情，积下这们一个子弟，实在心里难过，我死也是不瞑目的。"

越说舌头越短，力尽声嘶，眼睛一翻，下巴一抖，两腿一登，居然那世去了。

醉吴一死，吴禄呼天抢地大哭之下，马氏也哭了一场，赶紧求街坊找吴寿。谁知吴寿正在踢球场踢的高兴，街坊一叫他，让他赶紧回去。吴寿听说爸爸死啦，居然行所无事，说：

"我知道了（倒没钦此），我踢完了这脚就回去。这脚倒往南哪！"

一块儿踢球的说道："二吴你丁了忧啦，你还不回去哪！"

吴寿说："别瞎掰了！现在作官的，都没有丁了忧啦，我踢球的丁那门子忧哇！"

大伙儿说："你踢罢，我们不踢了！"

当时一哄而散，吴禄〔应为"吴寿"〕无法这才回家，看见醉吴停在那里，只得也哭了两声，吴禄也倒没说他甚么。

简断捷说。白事办过，吴禄再三的劝了吴寿一回，甚至于痛哭流涕，说：

"兄弟，你要当差，我给你想法子托人。你要作买卖，我给你凑本钱。你要全不爱干，你也只管言语，你照料照料家务，你可就别耍钱啦！哥哥挣一碗粥，准分给你半碗儿，当着太阳决不含糊！"吴寿说："要当着月亮呢？"（耍骨头！）

吴大爷说："兄弟你这就不对了，我跟你说的全是正经话，你怎么跟我打哈哈呢？"

吴寿说："正经话歪经话罢，我都听明白了，当差使我不成，我不够哥哥那宗资格，坐吃山空啃哥哥，我居心也不忍，我打算作个小买卖儿。"

吴大爷说："你愿意作买卖也很好啦，你打算作甚么买卖呢？"

吴寿说："金店当铺咱们没有那们大本钱，反正是小买卖儿。"

吴大爷说："我给你一百吊钱作本怎么样？"

吴寿说："也行了，反正是无尽无休的事情。"

吴大爷又劝了他一回，第二天真给了他一百吊钱，据他说跟人搭伙摆果摊子，当日晚晌就没回家。吴大爷已然把钱交给他啦，由他去罢。

有醉吴在世，吴大爷是见天回家，现在局子又很忙，自然不能常回家啦。那天吴大爷正在局内办公，局夫进来回话，说是外头有人找吴先生。吴大爷出去一瞧，不是别人，正是他胞弟吴寿，穿着一条破裤子，光着脊梁，光着脚，穿着破鞋，两只手抱着肩儿，在门口儿一蹲。吴大爷一瞧登时心血荡漾，神经淆乱，肺管子几乎没有气裂。有心过去打他一顿，忽然想起老人家临终说的话，心中老大的不忍，只好又把气压下，说：

"二爷，你不是摆果摊子来着吗？"

吴寿说："摆果摊子赔啦。"

吴大爷说："你的衣裳哪？"

吴寿翻了翻白眼儿，说："我的衣裳啊，告诉你罢，耍输了，让人留下啦！"

吴大爷一听，气的要得结胸，说："兄弟，我劝你甚么来着？"

吴寿说："山河容易改，秉性最难移，你劝不了我。"

吴大爷气的乱哆嗦，说："你这不是憨蠢我吗？"

吴寿一阵冷笑，说："你怕憨蠢，我不怕憨蠢，你给我二十吊钱我赎衣裳去，别的话没有！"

吴大爷让他所气傻啦，当时痴若木鸡，站在那里发愣。彼时已然围了一圈子人，吴寿说：

"诸位亲友们听明白了，他是我哥哥，我爸爸死了，家当儿都归了他啦，他把我轰出来，推出门不管换，好心术啦！这叫手足？这简直的是冤家嘛！"

一群瞧热闹儿的人，不知底细，当时点头咂嘴儿，大家的视线，一齐注射吴大爷，甚至于还有嘀嘀咕咕的。吴大爷满心里的话说不出来，简直的要吐血，好在吴大爷在局当差人缘儿很好，当时有本局几个同事，出来作好作歹，先把吴大爷劝入局内，给了吴寿十吊钱，吴寿一死儿的不要，躺在地下一撒泼，非见他哥哥不可。后来又给他添了五吊，他给大家作了个罗圈揖，说了吴大爷一套万恶，又哭了一鼻子（这块骨头！），拿着十五吊钱，抱抱怨怨的去了。吴大爷回到局子，气的自己抽了一路嘴吧。大家劝了会子，吴大爷谢了大家，晚饭也没吃，咳声叹气一夜没睡。

　　过了两天，吴大爷回家一瞧，马氏大奶奶在屋里直哭，有几个街坊家的堂客，七言八语在那里直劝。原来是吴寿头天回家，把吴大爷的皮袄给抄走啦，第二天又要当大奶奶的镯子，大奶奶不给，吴寿敬了大奶奶几个嘴巴，愣把镯子给抢跑啦。吴大爷早要回来一步儿，哥儿俩就遇见啦。众街坊说："得了，大爷回来啦，大奶奶也就别生气啦！"吴大爷给众街坊道了劳驾，大家散去。

　　吴大爷问明了情由，劝了大奶奶一番，又把吴寿到局子要钱的情形向马氏说了一遍，马氏也劝了大爷一回。遇见这宗兄弟，叫作任法子没有。

　　第二天清早，吴大爷提着筐子要上街买菜，将走到院子，吴寿由外头进来啦，弟兄俩撞了个满怀。吴寿抹头要走，吴大爷说：

　　"二爷你回来，我跟你有话！"

　　吴寿不好不回来啦，忸忸怩怩的，给吴大爷请了一个安。吴大爷看见他这宗样子，大动手足之情，过去一揪他手，吴寿以为要打他呢，举起拳头来要招架。吴大爷掉了两点眼泪，说：

　　"兄弟，我又不打你，你作甚么这个样子？进屋来我跟你有话。"

　　吴寿只得跟着哥哥来到屋中。吴大爷痛哭流涕的，又劝了他一回，马氏旁边儿也直劝。吴寿没眼泪拿手假装擦，说：

　　"哥哥嫂子，甚么话也不用说了。我一时糊涂，血迷了心眼子啦！我从此改良就是了。"（别弄新名词啦！）

吴大爷说："你要能改悔，我是很乐的。"

吴寿说："我也得想个抓钱的道儿啦，帮着哥哥掖这份苦日子。这们大个子，吃哥哥还害哥哥，那算甚么东西！"（听这几句倒像人话。）

吴大爷说："我也不盼你抓钱，你只要回心转意，安分守己不要钱，哥哥我就很喜欢。"

吴寿说："一句话了，您瞧兄弟的啦！"

说着抓起了筐子，说："哥哥您给我钱，我买菜去，嫂子咱们吃甚么呀？"

吴大爷一瞧这宗神气，嗳（爱上声），有点意思，打算要试探试探他，登时掏出一张四两银票来，让他换钱买菜。吴寿去了工夫儿不大，打的酒买的菜，找的票子，还扛了几串现钱回来，走的嘘嘘带喘，一脑门子臭汗。回来一一的报账，剩了几个钱零儿，还交给哥哥。吴大爷看着他，倒怪可怜的，吃饭的时候儿，吴大爷破釜沉舟的又苦劝了一回。吴寿说：

"哥哥您不用说了，您说我心里难受。"

吴大爷说："你要能够从此改了，我还说你作甚么，我疼你还疼不来呢！"

吃完了早饭，吴寿就帮着嫂子洗家伙，跟着就扫院子。可巧那天马氏买了一挑子柴火，扫完了院子，这就劈柴火。到了晚晌，关门叫狗挡鸡窝，这分殷勤，就不用提啦！吴大爷看他这宗样子，暗暗的欢喜。

第二天吴大爷没走，故意的又瞧了他一天，不用提多好啦！第三天临回局子的时候儿，还给了他几吊钱，他还直不要，闹得吴大爷心里倒怪不忍的。

后来回到局子，待了些时。那天一清早，有一个街坊来找，说是大奶奶带话，让赶快回家，有要紧的事情，街坊说完了就走啦。吴大爷摸不清甚么事，忙忙的回到家中，原来头天夜内闹贼，丢了不老少东西，吴大爷的皮袄棉袄全没了，还有些个零碎东西。吴大爷要报官，大奶奶拦着不让报官，吴寿指手画脚的，也很透着急。吴大爷查点了一回，写了一个失单，报明地面。彼时没设巡警，本地面步军校带着官人验了一回盗。

吴大爷共住三间正房，两间南房。吴寿住南房，吴大爷住正房，大爷不在家，正房就是大奶奶一个人儿住。正房屋门是端下来的，由街门走的。前院儿有个茅厕，没有后院儿，两边儿墙上，都没有甚么痕迹。这位步军校也是个老差使，说：

"府上养活狗没有？"

吴寿说："有狗怎么样，没狗怎么样？"

步军校说："我们不过是问一问。"

吴大爷说："家里倒是有狗。"

步军校说："那就是了。"

当时说了几句安慰的话，应下给办案拿人，临走的时候儿，前后又瞧了一番。

步军校去后，吴寿直抱怨，说：

"有狗没狗你问的着吗？"

吴大爷说："这你也难怪，人家也是应该问的。"

吴寿说："偏巧昨天我又睡的死，嫂子大概也睡沉啦，哥哥没在家，出这个事情，实在对不起哥哥！"

吴大爷说："这也是应该伤财，怎么能怪兄弟！"

吴寿说："哥哥您回来好极了，我今天晚晌还得给一个朋友家熬夜去。"

吴大爷说："老二呀，交朋友哥哥不拦着你，你也得长住了眼睛，万不可以滥交。"

吴寿说："哥哥说的很对，这是我一个新近口盟的把弟，人是极好，家里老太太病了，求到我这里不能不去。哥哥只管放心，我就是给人熬夜，决不要钱。"

吴大爷听他说不要钱，倒也喜欢。到了晚晌，吴大爷问马氏说：

"照例失盗得报官，你怎么不让我报官呢？"

马氏说："要是一报官，有好大的不合式。"

吴大爷说："有甚么不合式的呢？"

马氏说："已然你也报了官啦，也就不用说了！"

吴大爷听马氏话中有因，往下追问，马氏又不肯说。吴大爷叮问再三，马氏才说。

原来夜内闹贼，并不是外人，是吴二先生看守自盗，大约外头还有人作接手。吴寿端上屋门，马氏就醒啦，他怎么往外运东西，马氏全知道。后来他溜入马氏屋中要开匣子，马氏咳嗽了一声，他算饶啦。您想家贼偷东西，家里的狗如何能咬？

马氏对吴大爷一说，吴大爷不大信，公母俩因为这个还抬了几句杠，这个岔儿就揭过去啦。吴寿两天没回来。吴大爷也有点犹豫，心说："这阵子看他很好哇，说话很是仁义道德，不至于还行这宗事呀！"（现在可专有这们一宗人，您要听他说上话，真够颜渊孟子的资格。要说他那宗行为，按法律真够无期徒刑，甚至于可以枪毙！这宗口是心非的人，最要不的。）吴大爷正在犯疑，忽然有人给送来一个喜信，敢情是吴寿掉下去啦。（北京土话，犯案被官人抓获，叫作掉下去。）

原来有一个叫鸡屎张四的，跟吴寿是赌友，这次吴二盗家，特约张四给他帮忙，应下三七账。后来吴二爬房，破的烂的，给了张四点儿，连一九账都不到，张四怀恨在心。那天张四输急了，大天白日溜门子来着，让翼里给抓啦。照例翼里审贼，是甚么非刑都有，就任你是铁打的汉子，挺刑是不用打算。张四过了一堂，倒是实话实说，不招老爷生气，把吴寿这档子也刁〔叼〕出来啦！

吴大爷听见这档子事，气的吐了几口血。吴寿到了翼里，倒是真横，一死儿的不认。偏巧张四得了场霍乱，死在里头了，吴寿更不认账了，待了些时，居然出来啦！回到家中，抱着吴大爷这们一哭，把吴大爷哭的又心软啦。吴寿起誓发愿，从此学好，要挑分差使当当。吴大爷掰开揉碎又劝了一回，说：

"兄弟，我这是最后的劝告，听也在你，不听也在你，我作哥哥的是任法子没有了。"

吴寿说："哥哥放心，这回我是真正改良！我要再没出息，您把我活埋了，不算您埋者无德，总算我不要强。哥哥要不凭信，我今天留个纪念，我把手指头剁下一个来，您瞧好不好！"说着就要抓刀。吴大爷是个忠厚人，给个棒捶就认针，当时过去把吴寿抱住，说：

"兄弟，手足，你这一句话就有了！"

吴寿原是腥活，吴大爷一拦也就散了。

简断捷说，吴大爷求人给他弄了分差使，是在某处听差（彼时听差，就管送公事，不管别的。如今各机关雇工人氏，都叫听差的），每月三两多银子，让他自己拿着，吴大爷管吃管穿，每月还贴补他二十吊钱。按说这个作哥哥的，也就算很不错了。（敢情是，我就遇不见这样的哥哥！碰巧许遇见吴寿那样，散了我不说了。）

吴寿乍一得差使，俩礼拜之内，倒是挨步旧班〔按部就班〕，大有敛才就范之势。吴大爷一瞧兄弟改良，喜欢的了不得，打算再瞧他二年，性情所稳住了，给他说个家小儿。偏巧吴大爷有个把兄，现在天津税捐局有事，约吴大爷去帮忙，每月的酬劳很丰。吴大爷只得把局子的差使辞了，连马氏大奶奶也一同带走。起身的头一天，又嘱咐了吴寿有六万多句话，让他看家，院子南屋，又招了一家儿街坊，还是个远亲，并且应下每月给他带钱。

吴大爷临走时候儿，吴寿倒也送了一程。临分手的时候儿，吴大爷揪着吴寿的手，掉了几点眼泪，说：

"兄弟，哥哥说的话，你要多多的注意。"

吴寿说："哥哥但请放心，兄弟从此改良维新，自强进化（新名词倒不少），要作个完全人啦！您瞧罢，将来这个兄弟，还要作点出奇的事情呢！"

吴大爷说："兄弟真能如此，我还有甚么可说的！"

不提吴大爷上天津，单说吴寿，自从哥哥走了，又有点恢复原状，把差使也辞啦，家里的那点东西，他可以奉明文大卖了，用不着偷了。始而还是竟赌，现在又加上嫖啦，街坊一瞧不是事，人家赌气子搬啦。

吴寿把东西卖净，那天正在没落子，可巧吴大爷给他带了十两银子来，吴寿花了没有几天，早已完了。一时摘借无门，急中生巧，指着他那分马甲钱粮，借了十五两银子。（还是那个年月，搁在如今，一分［缺"马"字］甲钱粮，也就借上十块钱，这辈子就算逃不出来了。）

彼时放旗账，讲究笸箩儿扣。甚么叫笸箩儿扣呢？比方说，旗下当承办领催的（就是掌事百什户），或是护军营甲喇档子，以及各等处办饷的人们，他们放账，专放给一般兵丁，到了月头关钱粮，坐地他就给扣下啦，这叫作笸箩儿扣。飞不了迸［蹦］不了，决没有秃尾巴鹰的毛病。

吴大爷一走，两分钱粮都归吴寿关了。吴寿把自己那分钱粮，掏了十几两银子，连嫖带赌，花了没有几天，又叫作完了。家里的东西，是快请保举啦！怎么说快请了保举了呢？已然一律肃清啦，所以说快请保举啦！自己的钱粮也借了钱啦，外头是摘借无门，新近把大烟又弄上啦，瘾上的还是很快。房钱欠着人家好几个月的（倒是我的朋友），好在房东跟吴大爷有交情，倒没十分催。

吴寿穷极无聊，嫖赌两门，没钱可以不去，芙蓉大瘾，比甚么都烈害！好容易给人磕头请安，赊了一分儿臭皮膏子（从先大烟真往里对皮膏子。十杀［什刹］海就有一个局子，字号是永庆和，整天整夜熬肉皮，三里地外头都是臭的），点上一个破烟灯，自己一边抽着想主意。反正没有好主意，不是研究坑人，就是琢磨犯没根基的事情。反正有根基的人，决不抽大烟。（实话。）

吴寿这一分臭皮膏子，直哄了一夜，来回砸［咂］灰，砸［咂］了有六十五遍，这分烟简直的抽出魂来啦。后来憋了一个俏主意，自己非常的高兴。到了天亮，家里搜寻了半天，搜出一双套裤来。彼时还有小押儿（在前些年，北京宝局林立，每逢宝局左近，必有一处小押，要输了脱下衣裳来就可以押，甚么他都要，几个月就死。那宗买卖，简直的是文明路劫稳健的明火。并且他们是专给贼大爷销赃，外带着是小押儿越多穷人越多。庚子以后那宗买卖就算完了。听说新近有人禀请设立，被警察厅给批驳啦。驳的很对，那宗买卖是万万要不得的！），吴寿把套裤押了一吊大钱。自己一瞧不够，回家又拿了一个铁锅，一顶旧皮帽子（真是裤子掺帽子一块儿当），再找别的，任甚么也没有了。一共又押了几个钱，量了几尺粗洋布，回到家中，叠了一根孝带子，往腰里一系，把眼睛揉了个挺红，先奔东直门大街各铺户，进了门儿就给人请安。人家一瞧他系着孝带子，必要问他穿着谁的孝呀。他揉着眼睛装哭，向人家说道：

"我哥哥上天津日子不多，事情搁下了，得了一场病，打算回家，走在通州过去了。我嫂子也病着哪，昨天给我打来的信，我得接灵去，现在我是一个钱没有。"

醉吴在东直门混了会子，人缘儿很好，吴大爷又忠厚老实，大家一听，都很心疼，吴寿虽然不是东西，人家朝着死鬼，谁也没朝着他。登时这家儿给三吊，那家儿给两吊，还有多给的，至不能的给一吊钱，一转湾的功夫，就是好几百吊。吴寿又约了一个无来由的孩子，给他帮忙。这个孩子小名儿叫泡儿，他这个名儿，您可别误会，因为他爸爸那年卖烟泡儿生的孩子，所以就叫泡儿。帮着吴寿攒官吊，吴寿自然得分他几个钱，这些个事不必说。

吴寿后来一想，一不作二不休，各铺户已然弄了一个大官吊，亲友本家爽得大弄一下子。可巧泡儿会写信，他求泡儿给他写了封假信，出的是大奶奶马氏的口气，说吴大爷死在天津啦，让他接灵去。吴寿系着根孝带子，拿着这封信，又把眼睛揉了个挺红，亲友本家等处，又绕了一个大湾子。搭着吴寿也真能聊，见甚么人他能说甚么话，你吃那套，他有那套，所以全让他蒙住了。这也就算是能为本式，您别瞧坑崩拐骗，插圈弄套儿的事情，也是一门学问呢！同是一样的事情，他去了花说柳说，就能撞出来，你去了就许让人给扣下，甚至于喊了巡警啦！一来说诈欺取财，谈何容易！

话不絮烦。吴寿破了两天功夫，又弄了二百多吊钱，十几两银子，这两天是足乐一气。那天晚晌，吴寿抽着烟，忽然心里一动，说我真是精明一世糊涂一时，已经是已经了，打破了脑袋拿扇子扇，上坟的羊豁出去了，反正是卖哥哥肉啦，爽得大来气，就这们办罢！究竟怎么办呢，他又想一个特别的主意。

上回书也说过，他的那分钱粮是已然借了钱啦，还有吴大爷那分钱粮，他又给想了一个婆家。第二天一清早，他就找百什户去啦。他们本佐领下，这位掌事百什户，姓海，外号儿叫瞎摸海，祖祖辈辈当承办领催（克扣军饷有世袭毕业的文凭）。彼时满关钱粮米，又有米银子，当掌事百什户的，都很阔很阔。至于里头的弊病，是一言难尽。光绪十一二年，他们勾着户部，领过双分饷。阎文介（敬铭）正当户部尚书，查过一下子。那件事要是办真了，简直的不得了，竟百什户就得死几百。可是话又说回来了，百什户既然是死罪，该管的长官参佐领们，也不能没事呀！不必说通同舞弊（作什么不必说呀，简直的是吗），闹一个失于觉察，就受不了。再一说，部里司官经承们，也受不了呀。以阎文介那们烈害，都会办不下去啦，模模糊糊的就算完了。

旗下旧弊是过去的事了，不必细提，如今把新弊病，略跟诸位说一说。现在旗下要较比从前，可是苦多了。苦多了这句话是句广义的话，里头很有文章，由堂官说起至到当兵的，是无一不苦。第一没有俸银俸米，第二兵丁没米，这就差多了。再一说各旗堂官们，专指着卖缺。佐领总在四五百，参领总在七八百，骁骑校都得二百多银子，这是通大路的事情，人人皆知。要说是当堂官的主儿都卖缺，也未免过火，反正卖的主儿很占多数。从先洋钱不时兴，讲究的是银子，至于官缺的价值，各旗贵贱不同（因为没有商会，所以价值不能画一）。从先专有给旗下拉官缺纤的，从中使点介绍费。现在某部有一位当科长的，从先就是著名拉官缺纤的，现在人家也改了行啦，也无须宣布姓名。自打一共和，买卖可就糟心啦，谁都不肯花钱买啦，总然有犯官迷的，也不出那们大价儿了。去年听说某旗佐领缺，才卖了二百块钱，一百五十块现洋，还有五十块中交票，其中闹了好些个笑话儿，咱们也不便细说。要是细说，敢说有凭有据。人家到这步天地，何必呢？可是较比从先的价值，总算格外克己啦！再一说，旗员们一不关俸，各旗俸饷房苦多了。从先使银块的时候儿，二八月俸季儿，那里头很有点道理，以库亏剪耗为名，沙子腊油真往里揉，其中的事故由子多了。后来一改放洋钱，他们就傻了，如今更傻了。再一说，从先兵饷也放银块，那里头很有说章儿，巧立个名目，就能扣几分，每包儿一个五分，聚少成多，可就有了钱啦！后来一放洋钱，可就差多了，反正那点钱零儿上取齐。比方说罢，马甲应关三两，按七成放（从先放十成，后来改八成又改七成），三七二两一，这个捐项那个扣项，满算净了，还可以落个一两八九，两块票合一两四钱多，剩下给铜元。

　　这里头有点说法儿，各旗开放钱零儿数目，又各有不同，可是不能大差离格儿。再一说兵丁一不关米，这里头又差好大事。万总归一，一言抄百总。现在旗下老爷们，较比从先是苦多了。（这可净说的是老爷们，没提兵丁，兵丁爱苦不苦管不着！）表面瞧着是很苦了，谁知道却又不然，如今人家更有特别的道理。据个中人说，现在各旗专讲吃爬下的。甚么叫爬下的呀，就是死鬼。现在各旗的空头，非常的发达，从先每月总要挑缺，现在三个月五个月的不挑缺，偶然弄俩缺挑挑，不过是敷衍面子。所有这些个空头，他们是大小股儿人头分儿，利益均沾。正堂每月有一百五的还有二百的，至少一百元，副堂每月有一百的有八十的，等等不一。一旗一个办法，由印务夸兰达，直到掌事领催，反正是大家分肥。从先还偷偷摸摸，现在所闹明了，大家奉明文吃空头。话又说回来了，没俸没米，饿着肚子当差，谁也受不的。弄这点儿私弊，可也不为之过。要说这一分钱粮，到一个兵身上，两块多票纸，不够干甚么的。凑个十分二十分，三十分五十分，归到一个人儿，倒够养活一家子的。好在政府拿出这笔钱来，就为接济市面儿的，你们爱怎么办怎么办，人家简直不过问。这手儿活比甚么都阴。再一说，旗下老哥儿们，也真可叹，就会杀家达子，别的能为是一点儿也没有。人家伟人巨子，政客名流，有势力的军阀，办一件事情，就能弄几万，那不是民脂民膏吗？人家总算有那分能耐，就指着掏苦同胞的嗓子眼儿，这类人也就很可怜了。

闲话不提。单说吴寿那天去找瞎摸海，他跟瞎摸海商量，要借四十两银子。瞎摸海问他甚事，他说上天津，接吴大爷的灵去，这四十两银子，以吴大爷的钱粮为代价。质言之，就是卖死儿，以后这分钱粮，永归瞎摸海吃着。在旗下的习惯，人死了不报缺，俗话叫压着（压缺不报之义），跟百什户研究好了，两下里吃，不定吃多少年。还有穷旗人死了没落子，由百什户发送，这分钱粮就算归他的了。这里千奇百怪的事情很多，彼时那个年月，一分马甲钱粮，四季儿的米，还有米折银子，年终还有半个月赏，要说四十两银子，有一年多，本就回来了，以后全是赚的，瞎摸海焉有不愿意之理。

吴寿使了四十两银子，算是把他哥哥给卖了。您想这宗钱到手，还不是胡花混花呀！几天的功夫儿，把卖哥哥的钱又花了一个罄净，长了一身的灾患儿。房东撵他搬家，好在他一身之外，别无长物，说搬就搬，一身一口，又一身的贵恙，谁收留他呀，只好住鸡毛客栈去罢！甚么叫鸡毛客栈呢，就是火房子小店儿。住这宗店，讲究三个钱鸡毛热烘烘，连铺带盖。吴寿到了火房子，几乎没有烂死，先让他在那里烂着，不必管他。

单说吴大爷给他带了两回信，也没见他回信，心里很惦念，借着一件公事，要到家里瞧瞧。头天住在前门店里啦，第二天一清早进城，可巧那天正是初二，恰好是放钱粮的日子。（旧日旗营习惯，左翼是初二放钱粮，右翼是初三放钱粮。）吴大爷回家，正由本旗衙门经过，心里一想，老二也许关钱粮来，他就是不来，我顺便把钱粮关了，也还没甚么。

他原是四甲喇的人（每一旗是五个甲喇，一甲喇又管多少佐领，旗署里头，各甲喇另有办事的地方儿），当时一直的奔往本甲喇。那天天气很早，各甲喇上银子都平好了，专等堂官过平。在从先，各旗饷银是由着性儿克扣，堂官是概不过问，反正月间有他的月事就完了（月事是句行话，就是旗下孝敬堂官的陋规），抽冷子又甚么说不好的事情，或是要增长陋规，或新堂官到任，借着过平催水。

那天堂官还没到呢，瞎摸海托着根水烟袋，脸儿朝里正跟人家瞎聊呢，吴大爷由后头叫了一声，说：

"海大哥您早来啦！"

瞎摸海猛听人叫，回头一瞧，当时就是一个冷战儿，小辫儿差一点儿没立起来，说：

"兄弟，咱们可无冤无仇！你你你是托兆哇，是小显哪？你快请罢！"

吴大爷摸不清头脑，说："大哥我跟你有话。"

吴大爷往前一奔，瞎摸海毛啦，直嚷：

"打鬼打鬼，救人哪救人！"

吴大爷说："这是那里来的事情，我怎么会是鬼呢？"

旁边有一个跟吴大爷熟识的，说："吴爷，听说您出了外啦？"

吴大爷说："我昨天才回来的！"

瞎摸海一听，有点不对岔儿，说："大兄弟，你没怎么样呀？"

吴大爷说："我一天吃两顿饭，任怎么样不怎么样，这是由那儿说的起来？"

瞎摸海说："得了，我明白啦，这个事糟心！"当时委托一个帮办领催照料钱粮，说：

"兄弟，咱们到小茶馆儿，我跟你有话说！"

吴大爷是莫明其妙，只好跟他走罢。

这个小茶馆儿，正在衙门的南边儿，每到钱粮头上，一清早喝茶的，大半都是等着关钱粮的人。吴大爷的亲友，本旗的人很多，吴寿一攒官吊，都知道吴大爷死了。今天吴大爷一进茶馆儿，熟人总有十分之七，登时全毛啦，这个说可了不的了，活见鬼！那个说，吴大爷显魂来了！瞎摸海说：

"诸位别乱，诸位别乱！吴大爷没死，全是他们老二造的谣言！"

吴大爷一听，心里这才明白，大家也就了然啦。这当儿外头有人嚷，说：

"堂官不来了，各甲喇都放了！"

大家也就不能管吴大爷啦，登时全关钱粮去了。瞎摸海跟吴大爷，沏了两碗茶，彼此喝了碗茶，瞎摸海这才把一切的事情，对着吴大爷说了一遍。吴大爷不听则可，一听直气得浑身上的肉跳，要搁在戏上，真得用个，气椅儿。

瞎摸海说："大兄弟你先别着急，咱们得商量一个办法。"

吴大爷叹了一口气，说："大哥，我遇见这宗手足，让我有甚么法子！我还您四十两银子。他使四十两银子，把我卖死儿，我花四十两银子，自己再买个活得了。"

瞎摸海倒也认可，又劝了吴大爷几句，人家办公事去了。吴大爷坐在茶馆儿，思前想后，心里好一阵难受，闷坐了会子，会了茶钱将要走，由外头进来一个人。吴大爷一瞧，正是他本家的兄弟吴九儿。论起吴九儿这个家伙来，也不是个好货，开烟馆弄宝局，甚么事都干，不过人家能抓钱，吴寿是能攘钱。表面上是吴九儿比吴寿够资格，叫真儿说，同一不够资格。

吴九儿一见吴大爷，直往后倒退。吴大爷说：

"老九你坐下，我是活人，你不用害怕。"

吴九儿给吴大爷请了一个安，这才坐下。

简断捷说，吴九儿把吴寿在各铺子攒官吊，在亲友家告帮，家里如何一律肃清，合盘托出，对大爷说了一遍。吴大爷一听，倒没有气了，跟吴九儿打听吴寿的下落。吴九儿说："头两天有人说，在齐化门外小店儿哪，大约还长了一身的症候。"吴大爷听罢，竟剩了点头啦。吴九儿冠冕堂皇的劝了两句，人家要账去了。吴大爷一想，他所作所为，固然不对，现在总算受罪哪。再一说，我们是真正地道的亲同胞，在四万万同胞里头，我们总算最近。他不好，我得原谅他，实在是他糊涂。他现在受罪，我要不管他，未免的对不起"亲同胞"三个字。跟亲同胞要是没点热心，对于四万万同胞，那还提甚么热心哪！（这话可别说，在下就见过这宗人，在家里不孝不弟［悌］，简直的忤逆，到了社会上，一嘴的名词，合群长保种短。四万万同胞，那是他的口头禅！您说也真怪，也真有让他虎住的，真是妖孽时代，无奇不有！）

吴大爷本是天性孝友，富于感情的人，想了会子，把怨恨吴寿的心，抛在九霄云外，竟剩了怜悯他的心了。当时随便吃了点儿东西，雇了一辆车，拉到齐化门脸儿下车，要够奔小店儿，探望兄弟，又不知道小店儿那里，只好跟人打听。过泊渡走了不远儿，但见墙上大书特书：张家小店儿，李家小店儿。可又不知他准在那个店里，只得打听罢。转过来但见一家小店儿的门首，坐着一个花子，鸠形鹄面，满脸的滋泥，披着个破小夹袄儿，没有右边儿的袖子，光着两只脚，一边儿哼哼唧唧的，拿着一枝洋烟卷儿，在那里吸溜。吴大爷一瞧，暗暗的叹息，心说落到没落子住火房儿，他还要抽洋烟卷（这并不足为奇，去年在前门，看见一个花子，人家给了他两枚铜元，转脸儿在洋烟摊子上，就买了一枝小吕宋，您说有多们该死），这宗人也太没出息了。（老先生绕着了，有出息能住火房子吗！）跟他打听吴寿，他说不认识，连打听两处，都说不知道。

后来到了一处，吴大爷进去了，这宗气味，真能薰死几口子。再一瞧内容，简直的是活地狱。店里掌柜的姓李，这回倒打听着了。吴寿在这个店里住了二十多天，浑身烂的不得了，有人给了他一个偏方儿，吃下去略微好点儿。头两天他说没大活头儿啦，要寻死觅活，大家直劝他，前天早晨走的，到如今也没回来。

吴大爷一听，登时一跺脚，放声大哭，掌柜的当时直劝。问了吴大爷姓名，才知是吴寿的哥哥。住店的里头，有知道一切情形的，很赞叹吴大爷这分义气，抱怨吴寿不对，所行所为对不起哥哥。吴大爷以为吴寿寻死啦，哭的言不得语不得，大家好容易才劝住。内中有一个人叫小常的，是个宗室，跟吴寿是个赌友，吴寿进火房儿，还是小常的介绍呢。

小常虽是个下流社会，倒是心直口快，当时说道：

"大哥，您请回去罢，不用哭了！二爷他决没个死，他跟我说了，他的病好了打算要干点正经的呢。他说寻死觅活，那全是腥架子！告诉您说，上吊抹脖子，那全是乏人，心里活动点的人，没有那个寻死！（实话！）他死了我抵偿，您瞧好不好！"

吴大爷一听，也倒有理，当时托付大家，吴寿要是回店，千万赏一个信，有信寄在东直门北新仓马家。吴大爷因为现在京中无家，所以暂以大奶奶娘家为通信处。

书要干脆。吴大爷心里烦闷，在北京也没待住，还了瞎摸海四十两银子，忙忙的回天津去了。见了大奶奶一提，大奶奶又劝了会子，这个岔儿，慢慢的也就揭过去了。后来吴大爷因事进京，又到小店儿打听了一回，人家说他并没有回去。又到各处访问了一回，渺无下落。吴大爷虽然想念兄弟，但是生死不知，无处寻找，也就没法子啦。

一恍儿就是好几年，马氏大奶奶跟前两个小子。吴大爷在天津当了几年差使，积蓄了几个钱，在北京置了一处小房儿。后来因为同人不和，吴大爷是耿直人，赌气子辞差回京，自己有这处房，省吃俭用的，也够过的了。孩子也都念书啦，大奶奶也很能过日子，按说很是舒服了。无奈吴大爷是个天性孝友的人，时时刻刻，总是想念兄弟。要搁在寻常人，这宗兄弟，是甚么好货，你想他作甚么！越走越远，瞧不见他才好，死了更好，省得现眼！他就是不死，还要活埋他呢！（这话并不假，前些年便门儿外头，就有一档子活埋兄弟的，可不知道为甚么事。大约那个兄弟，也好了去啦！）何况他自己走啦，一了百了，够多们干净呀。再一说，你等他再卖你二回呢！

吴大爷并不这们想，他是另有个心理。他想着父母留下，就是他们两个人，兄弟不够资格，总是作哥哥的失于管教。再一说，还是自己感化力小，感化力要是大，也就感化过来了。现在他漂流在外，死生未卜，不必说真死啦，就是没死，在外头受罪，将来九泉之下，也对不住死去的老父。（这类地方儿，不能说是迷信。要把这个迷信都破了，那就无所不为了。）

吴大爷朝思暮想，得了一宗郁结的症候，按旧学理说，叫作郁闷不舒，按新学理说，就叫作精神病。马氏大奶奶，百般的劝解，但是这宗精神病，竟凭人劝，是不行的。精神卫生学上有云，精神之病，当以精神治之。第一得换易，第二得矫正，第三得克制，第四得涵养。就说这四样子，要是细说，两天也说不完，尽着往下一搞，那不像《苦哥哥》小说啦，那成了精神卫生学讲义啦。

闲话取消。单说吴大爷，本来是不甚迷信的人，如今因为思想兄弟，倒变成迷信了。这类情形，不但是吴大爷，就是比吴大爷高超的主儿，也短不了这宗毛病。人到困难万分无可奈何的时候儿，往往就弄迷信的事情。在下新近有两句诗："生逢乱世乐观少，人到穷途迷信多。"就是这个意思。吴大爷为兄弟，各处求签问卜，其说不一：有说活着的，有说死了的；有说得了好事的，有说现在受罪的；有说东南方去找的，有说西北方去寻的；有说非寻找他不回来的，有说不必寻找他自己能回来的。言语悬殊，莫衷一是，把吴大爷也闹糊涂啦！可巧正赶上四月开妙峰山的时候儿，吴大爷跟马氏商量，要上荡妙峰山给老娘娘烧香。马氏大奶奶，因为吴大爷脑筋透乱，一个人儿上山不放心，拦又拦不住，只得求了个街坊跟随，一半就是保护的意思。

彼时妙峰山，正在全盛时代，真有几百地以外奔了来朝顶的，听说南斐洲都有来拜香的。（不，南宫冀州。南斐洲那太邪了。）就说由四月初一开山说起，直到十五半个月，上山烧香的善男信女，说是有四万万，那叫瞎聊，反正有几百万。彼时很有些个迷信谣言，愣说在山上要瞧堂客，脖子歪了，能回不过来，非得烧香许愿才好的了呢。诸如此类的谣言，不一而足。到了如今，每年虽然也开山，比较从先，虽不至一落千丈，也够一落五百丈的资格。可并不是共和之后，人民程度增高，要是人民程度增高，东直门外头的小庙儿，怎么会闹的那么欢呢！妙峰山所以衰败的原因，就因为庚子那年下雪，听说那年冻死的善男信女，虽没有几万，也有几千。一秉虔诚，会殉了难啦，老娘娘够多们不说理！要说是冻死的都不是好人，难道说每年上山的，都是好人吗，偏巧那年不好人全上了山啦？要说冻死的也有好人，老娘娘为什么不保佑呢。要说命中造定，老娘娘不能操其权，又何必给他烧香呢！怎么研究怎么没有理。所以自打那年一下雪，稍明白一点的人，全都省悟啦！现在每年开山，虽然也有些个人，那都是涂糊了透的人，无足一谈。有人算过，半个月妙峰山的经费够练海军的。这话似乎有点儿过火，要说立两处中学校，是绰绰有余。听说妙峰山那个和尚，一季儿香钱真能见个八万多吊，一年胡花都花不了的。现在这个和尚，听说很守清规，除去抽大烟有外家之外，倒没有别的。

（这就够瞧的了！）外家倒是不多，听说才四五分，这群傻迷
信的同胞们，那里是给老娘娘烧香呢，简直的是给和尚凑钱，
好让他养活外家，您说这分儿冤跟谁说去！

闲言少叙（快一版啦），单说吴大爷一秉虔诚，为兄弟许下
拜香。（吴大爷虽然迷信，然而可敬。）那年走的是北道，吴大
爷由响子墙茶棚拜起，一直拜到山顶。别的是假的，这点工夫
气力是真的。朝下顶来，吴大爷有点儿宝玉儿耍双石头，接不
住啦！好在有街坊跟着，连搀带扶，对付着算是下了山。吴大
爷所走不动啦，算是雇了一辆快骡儿车，回到家中，一瞧门口
儿，站着两个当兵的，都拉着马。吴大爷一愣儿，心说我向来
不跟军界联络，谁上我家来了。当时来到里面，就听屋中有人
大谈，声音很熟。彼时正是四月（费话，开妙峰山没有正月的），
正房挂着竹帘，还没到上房门首，就听马氏在屋中说道：

"您哥哥回来啦！"

吴大爷将要掀帘子，就瞧一个人由屋里进［蹦］将出来，
把帘子也碰倒了，当时把吴大爷抱着，说：

"我的哥哥，我的苦哥哥！"抽搭抽搭的，哭起活儿来。

吴大爷一瞧，才知道是兄弟吴寿。吴大爷心里也一阵难受，说：

"兄弟你想死我啦！"

弟兄俩抱持着一哭，两个孩子也哭起来了。大奶奶再三的
相劝，哥儿俩这才止住悲声。

吴大爷细瞧吴寿，穿着马褂儿战裙，薄底儿靴子，帽筒上
放着呢帽，上头是个四品戴顶，气不忿儿的翎子。再往脸上一

瞧，比从先又黑又胖，还留了几根小胡子儿。吴寿一瞧吴大爷，手巾包着脑袋，鬓边插着点香草，跨着个香囊，也没穿长衣裳。〔桃木棍子跟麦秸（莛）的小草帽儿都在车上哪，自有旁人拿进来，咱们别落场。〕吴寿说：

"哥哥怎么这样打扮？"

吴大爷说："我由山上回来，我为兄弟你许的拜山。"（拜山可不带盗钩。）

吴寿说："我的哥哥呀，兄弟罪该万死！"当时跪倒在地。

吴大爷连忙往起就揪，说："兄弟你快起来，我有话问你！"

吴大爷揪了半天，才把他揪起来。后来问他这几年的状况，吴寿擦了擦眼泪，这才一五一十，历叙别后的情形。

这段倒插笔，细说又得六回，就是细叙，也没有甚么多大关系，如今咱们简单截说，反正叙明白了就算完了。吴大爷找吴寿的时候儿，吴二爷（倒不是因为他作了官，称他吴二爷，那未免的太势力啦，实在是因为他改邪归正）正在火房子哪。他准知道哥哥要来找他，因为没脸相见（知道要脸，所以能改过），他告诉大家，吴大爷要是找他，就说走啦。后来他梅毒大痊，自己立志，烟也不抽啦，也不要啦，跟人上了天津，赶上小站招兵，他就当了老总啦。差操很勤慎，长官见喜，几天的功夫，就得了队目。跟着开到河南，一打土匪，居然得了哨长，跟着就升哨官。现在已得马队帮带（就是如今的营副）保的候补都司。如今是因公进京。

吴大爷一听，当时哈哈大笑，说：

"兄弟你作了官了，待哥哥我谢天谢地！"

马氏在旁边儿帮腔，说："当谢天谢地！"（这也不是那一出！）

吴大爷说："老二呀，你怎么不给我来封信？"

吴二爷说："哥哥，我所作所为的事情，对不起哥哥！"

吴大爷说："已往之事云过天空，不要提他了！"

吴二爷说："我是真拉不下脸来给哥哥写信。还有一件事情，事先没能禀知哥嫂，实在有罪！"

马氏说："兄弟你成过家了？"

吴二爷说："正是此事！同事的人都有家眷，他们再三给我提亲，却之不可，娶了已然二年多了。"

吴大爷说："不孝有三，无后为大，这也不算兄弟的不是。"

马氏说："这位弟妹娘家姓甚么呀？"

吴二爷说："姓牛。"（吴家有牛有马，日子倒好过了。）

马氏说："弟妹跟前有甚么没有？"

吴二爷说："娶了二年多，任甚么也没有。好在哥哥屋有孩子了，我有没有的不吃劲，将才我看见两个侄子都挺好。"

吴大爷说："一个叫恩子，一个叫德子，官名字叫吴恩吴德。（好，大概是由《永庆升平》上偷的名字。）老二你现在住在那里呀？"

吴二爷说："现在住在延寿寺。"

吴大爷说："你在家里住两天好不好？"

吴二爷说："将才我跟我嫂子也提过了，这次我们老板也来了（旧日军队管带叫作老板），这两天还有公事哪，过两天我必家里住两天来。"

吴大爷说："你住在那个延寿寺呀，我明天瞧你去。"

吴二爷说："哥哥您千万别去，我们这两天很忙，我也这就走了。恩子跟德子哪，我给你们几个钱！"

当时掏了两张票子，递给了每人一张。马氏说："二爹（北京旗人称呼叔叔为爹爹）何必给他们钱呀！"

吴二爷说："有限的几个钱，我跟哥哥嫂子告假了！"

当时戴上了帽子（细！），请了两个安。吴大爷夫妇一齐说道："多咱来呀？"

吴二爷说："三五天后准来！"

门口儿有好几个兵，大奶奶不便相送，大爷把他送至门外，几个马兵都一立正。吴二爷说："给你们见见，这是大老爷！"

几个当兵的当时大请营安（从先请安分好几路，部院司官们，是一个请法；旗下老哥儿们，是一个请法；步营太爷们，是一个请法；善扑营老弟兄们，是一个请法；内务府老爷们，是一个请法；长安路先生们，是一个请法；军队上弟兄们，是一个请法。一瞧他请安，就知道是那一路的英雄），嘴里喊道："请大老爷安！"

"安"字儿拉了挺长的声儿。吴大爷也还了一礼，说："老总们请起请起！"

吴二爷不敢上马，等吴大爷进去，这才上马而去。吴大爷回到家中，这分欢喜，就不必提了！两个孩子，把得的票子早交给了马氏，原来是二十两一张的两张，一共是四十两。（大概这是还卖哥哥的那笔钱哪！）

话不烦叙。吴二爷过了几天，倒真来家住了两天，弟兄之欢聚不必细说，临走的时候儿，给吴大爷留下二百银。吴大爷不要，二爷如何答应！后来吴二爷升到管带，事情虽然如心，究竟思念哥哥（作官还能惦记哥哥，如今少有），赌气子辞职回家，兄弟怡怡，家庭之乐可知，牛马妯娌二人，也极和美。

吴二爷受过花柳之毒，到底无子，跟哥哥商量，把侄子吴德过继自己的名下。

听说吴大爷百年之后，吴二爷如丧考妣。及至葬，四方来观之，颜色之戚，哭泣之哀，吊者大悦。（没让您背《孟子》。）说到此处，《苦哥哥》就算演完。

（《京话日报》社会小说《新鲜滋味》之二种）

蔡友梅作品

一壶醋

正文

阳历新年早过，快到阴历年关。腊八一过二十三，糖瓜糖饼发现。

回忆儿时风味，一心盼过新年。得吧点子压岁钱，逛灯逛庙足反。

转眼四十余载，年月不似从先。夹板套脖苦难言。往前掖着得干。

既无庙房卧地，现抓实在真难。那堪债累积如山，三十晚急死算！

这几句苦况，是记者的写真，不但是我一人的写真，大概跟我表同情的也不少。

费话一概删免，咱们是干脆开书。今天这段小说，是数十年前，记者至亲家的一回实事。诸位要听明白了，并不是记者没词啦，拿至亲编上小说了。告诉您说，记者生来具有小说的脑子，敢说是材料丰富，三年五载，不必说瞎诌，竟实事都说不清，何必单拿亲戚编小说呢？因为是本家儿特烦，让我给编，辞不获已，我这才总动笔。这段小说，猛一看好像没甚么意思，内中很有些个关系，一切的要点，非得煞尾子才能露布，老早的一说，就犯了□啦！您别瞧小说这们〔门〕，也跟六八股子一个样，起承转合，一切层次是最要紧的，遇见截搭题，有时还得用钓渡挽的法子。虽然是个小道，您可别把他瞧易了。

　　今天这段小说的主人翁，就是一位八股儿匠，金张门第，世代作官。此公姓保，号叫子英，夫人儿钟氏，满洲人也。子英二十来岁就中了拔贡，在某部当笔帖式，还兼着内廷方略馆的差使。赶上大办方略，保了一个无论双单月遇缺即选的知县，赴部投了一年多供，赶上江西新昌县出缺，正应他选。子英家里也没老亲，报喜之后，公私事了清，这就拜客辞行。本住的房子，在东单牌楼苏州胡同，教给亲戚照料，置办行装，领凭携眷起身。一路之上，可叙的事情很少。

　　那天到了省城，找店住下。子英的令尊，是位两榜，作过山西知府，他是个少爷班子，新官到省，一切的手续，及谒见上宪的礼节，人家是门里出身，并不外行。在子英没起身的时候儿，就听见人说，江西这位大帅，天性乖谬，并且贪婪，很有人要给他湾转八行。子英是个耿直的脾气，又倚着自己是个拔贡出身，自己又随过任，州县的公事，又很熟悉，艺高人胆大，不以为然。他说我们家世代作官，并且都是科甲，就没用过八行。人家好意给他求信，倒听了他这们几句，真是拿猪头找不出庙门来啦，只好散了罢。及至到了省，禀到禀安禀见，大帅居然不见，子英也不以为然。那天跟钟氏谈起话来，钟氏说：

"老爷你总是这宗脾气，打起要是有八行，大帅何至于不见！"

子英说："反正他得见我，难道说，他老不见我就算完了吗！"

没想到待了没有两天，大帅阅边因公出省，他老先生，就算蹲起来了。好在臬台是个旗人，虽没有交情，总算是个近同乡。子英那天禀见臬台，廉访看着同乡的面子，倒是很优待。谈了会子，廉访说道：

"老乡长这次出京，大帅那里没有两封信吗？"

子英说："卑职这是跟大人回，临出京的时候儿，倒是有人提过这节，卑职没甚注意。"

廉访说："老乡长，咱们都是方字傍儿（旗人），非亲则友。我跟你说实话罢，老头子（称上宪为老头子，早已就有这个风气）这个人，是专吃八行。你要有恭邸的一封信，你试试，出不了三个月，许调你首县。不必说恭邸，就是有宝佩老（名鋆字佩衡，彼时恭邸宝相当国）的一封信，你瞧瞧甚么精神。你这个缺虽不甚阔，也还将就的，现在这个署缺的，是老头子一个近人，署了才三四个月。老头子不见你的原因，一来他要阅边，公事太忙；二来他等你的信哪。昨天方伯还提到老兄这节，大概老头子回来的也快，明天我跟方伯说说，给老乡长设法就是了。"

又谈了会子，廉访端茶送客，子英退了出来，回到店中，闷闷不乐。

诸位要知道，子英这个闷闷不乐，里头有两层道理。往不够资格上说，是没见大帅不能到任，所以闷闷不乐。虽然说不够资格，这也是人之恒情，凭甚么人家由部里选出来，到这里不见人家，干瞧着不能上任，闻香不到口。早上两天任，下忙的钱粮，还□□弄□手，这一耽误，让署缺的干了去啦！作官为的是什么，不为搂钱，为出来招这道说？子英不是这宗心理，他所以闷闷不乐者，是可叹官场这宗德行。一省的大帅，这宗不够人格，这一省还好的了哇？

子英好在带的盘川多，耗个三个月五个月还行。店里久住着不合式，在南街租了几间公馆，里院儿九间房，归子英占领，外院儿有三间房，住着一个候补王典史，新由分宜署缺回来。子英搬进去，还没拜街坊，他就弄了个手本，穿上一个四方马褂儿，先来拜谒。子英让家人把手本璧回，说是不敢当，王典史一定用手本，子英也没法子啦。

见面之后，堂翁长大老爷短，自称是卑职晚生，这分足恭就不用提啦！子英也回拜了他一回，既住在一个院子里，还短的了闲说话儿吗？王典史虽然狗啦狗气的，那是他佐杂的本分，要说这个人，心直口快，在戴尖纱帽翅儿界内，还算第一流人物。那天他跟子英谈起抚台的德行来，他说：

"这个老头子，非常之贪，爱财如命，文武两面儿，一切的差缺，没有不卖的。武面儿是中军参将拉纤，文面儿是首府拉纤。藩台是位名士书呆子，作诗饮酒之外，不理公事。臬台是位旗人，好吃好穿好闹脾气，好骂人好唱二簧，心地虽不错，是个瞎摸海。首道是位陕西人，胆子极小，不管闲事。首府以下都是大帅的走狗，所以这位大帅为所欲为。本厅有几个在籍的大绅，都跟他联络一气。北京也有奥援，地位是稳如泰山。候补人员得差得缺，那是非花钱不可！就是部选出来的，有两封硬信那还成，没人没信的，干不让你上任！堂翁没见首府曹太尊罢？"

子英说："倒是见了一回，没大很谈。"

王典史说："堂翁要跟首府说一说，求他想个法子，马上就能发生效力。"

子英一听，少爷的脾气又上来了，说："这还了得，这不是暗无天日吗！"

王典史哈哈大笑，说："堂翁一向在京供职，没在外官场待过，外官场就是这宗德行！这一省是如此，别的省也强不了许多，既要在官场混就没有法子！大帅也快回来啦，堂翁倒是设个法才好哇！"

子英说："老兄这样挂心，我很感激，兄弟是有怀必吐，日前禀见廉访，他老先生应下给我吹嘘！"

王典史把嘴一撇，说："趁早儿别听他的，他老人家是能说不能行！我说堂翁可别恼，他可是堂翁的老同乡。本来他是翻译出身，学问有限，除去念阿额伊（十二头字）之外，会闻鼻烟，好玩个烟壶儿，射鹄子下大棋，哼哼二簧，能喝三斤绍酒，自己讲究下厨房亲手作点菜，能损人好玩笑，专骂底下人，可又专纵容底下人，拿钱不当钱，作了好几年司道，没有甚么积蓄。所好者心直口快，胸无城府，见了人很有外场，让人过的去。（活画一个旧日在旗的官僚。）去年他的家丁闹了一回事，差一点儿没弄出大楼〔娄〕子来，大帅因为他在旗，城里头又有把大伞，糊里糊涂的，就算拉倒啦！他说甚么话，大帅也是不听的！"

子英说："廉访说了，见了方伯提一提，二位一齐给兄弟设法。"

王典史说："那或者许行。方伯是个御史出身，两榜的底子，虽然不管闲事，老头子也还怕他。他说一句话，比廉访说十句都强。晚生昨天听见院上的人说，大帅也快回来啦，堂翁也得接一接呀！"

子英说："我禀到禀安禀见，他都没见我，那有功夫去接他。"

王典史点了点头，还有好些个话，往下也就不说了。

过了两天，大帅已然回省，子英也没接。过了一天，正是十五照例赶衙门的日子，子英不能不去呀。没想到这回倒见啦。

子英一瞧这位大帅，有六十来岁，白胖子，三角儿眼睛，胡子不多，说话是半京口，好贪的样子发于外表。子英递了履历，大帅把履历看了一遍，又把子英上下打量了一番，冷笑了两声，说：

"阁下还是个拔贡呢，是自己中的吗？"（不像话！）

子英是少爷班子素日性傲，一来到省大帅不见，蹩了这们些日子，心里就不痛快；二来听见王典史所谈大帅种种的缺德，更是恼上加恼。如今一听这宗轻薄话，气过脑门子八丈五，甚么叫属员上司呀，不管那些个闲事啦，当时说道：

"大帅怎见得卑职的拔贡不是自己中的？"

大帅说："我因为你们旗人里，有学问的很少，拔贡是不容易中的，所以我问问。"

子英说："怎见得旗人里有学问的少呢？往远里不用说，松文清、倭文端，不都是旗人吗？就拿现在的军机大臣恭邸说罢，学问比谁小哇！"

大帅哈哈大笑，说："恭邸学问大，不过你也是听人说，你也没见过他。"

子英一听，气往上撞，说："怎么没见过，卑职跟恭邸还是亲戚呢！"

子英不过是话挤话，一时生气，说跟恭邸是亲戚，话说出来也收不回去啦，自己很后悔。没想到老抚是个势利小人，吃硬不吃软。他听子英说话叫横，心说这家伙有两下子，他许跟恭亲王是亲戚。我见了多少属员，就是两司道府，我说甚么，他们都是唯唯诺诺（那是一群狗爷），小小的县令，敢如此发横，莫非他吃了熊心豹胆，（老抚要唱《霸王庄》），想必这个人来历不凡，趁早儿别惹他。想罢带笑开言，说：

"阁下到省之始，赶上兄弟公忙，想着要见你，又因公出，实在对不住，好在在省城多历练几天也很好。新昌这个缺，是个冲繁疲难的要缺，以阁下盘盘大材，弥缝其间，定当措置裕如。阁下来了日子不少啦，可以赴任罢。廉访是你们同乡，总该认识罢？"

子英答应了一个"是"字儿，又谈了两句闲话儿，当时端茶，外头大喊送客。子英退了下来，心说："这个老货敢情是吃硬的。"

当时回到公馆，王典史在院子里等候，迎头问道：

"堂翁今天见着大帅怎么样？"

子英把一切的情形说了一遍，王典史说："这就对了，他吃这个！我先给堂翁叩喜，明天一定挂出牌来！"

子英说："我今天顶撞了他，不把我请回去就是便宜。"

王典史说："没有的事情，堂翁请歇息罢！"

子英见了钟氏，又把谒见抚台的话说了一遍，钟氏说：

"老爷这样冒犯他，恐怕有些个不便。"

子英哈哈大笑，说："不便就不便，革了我知县，还能革了我拔贡吗？马上回去，咱们也有饭吃。不作官都使的，不能受他的轻薄。"（有骨头！）

过了一天，藩台衙门挂出牌来，居然饬赴本任，奉到委札。王典史先来叩喜，子英忙了，这就得禀谢禀安禀见。大帅没见，方伯廉访都见了，子英谢了吹嘘之力，臬台看着同乡的面子，格外优待，还请子英吃了回饭。同城拜罢，这就禀辞起身。临走之先，自然有人荐师爷荐家人，这都是照例的俗套子，一切不必细说。

单说这个新昌县，属瑞州府管，是个疲难的中缺。大帅那天对子英说，是冲繁疲难的要缺，他是记错了，也许，诚心那们说。旧日瑞州府隶于瑞袁临道（就是首道），在省西一百二十里地，新昌县又在府西七十里。本管的道台是见过了，先得奔府谒见太尊。好在道路很近，要搁在北方坐车，也就是一站的道儿，一天准到。无如人家不兴坐车，都讲坐轿子，可是两天也准到。

那天到了府城，找着公馆住下，彼时天色已晚，不便赴府，第二天前去禀见，居然挡驾。子英心说："怎么都是这个骨头呀！临走的时候儿，王典史可说过，本府乐太尊，是大帅的近人，脾气最狗，外带着是狗而且贪。（竟狗不贪还有可取，又狗又贪就不成东西啦。）老王说让我送他点礼物，这小子最好小便宜儿，按我的本意说，我可犯不上狗事，如今我倒送他几样，瞧瞧他是怎么个德行。"

当时捡了四色礼，是一枝花翎，这枝花翎，是人送给子英的，在那个年月，得五十两银子，耍线真好；一付三品补服，时兴堆花加金，上绣孔雀，乐太尊正是三品花翎，这倒真巧啦；格外配了一大匣口蘑，一大匣五香佛手芥。您就说这四色礼，配合的怎么样，要说送礼咱们总不外行。

子英写了礼单，差人拿手本前去送礼，倒是全收下啦（那有不收的），还赏了两吊钱小礼儿，带回一个片子来，上写着："谨领多珍。"子英心说："这小子收下礼物就好办啦！"

第二天前去禀见，手本拿上去，里头就嚷请，并且把仪门开了，以客礼相待。（你瞧翎子有多大效力！）子英跟随执帖的来到客厅，乐太尊早降阶相迎，满面带笑，喜欢的发于外表。（这块骨头！）进得屋中，行礼已毕，子英递上履历，乐太尊放在一边，送茶让座，笑嘻嘻的说道：

"前天老哥来，对不住的很哪，兄弟是有点头疼。唉呀！我还忘了一件事，费心的很哪，哦，谢谢谢谢！"

说着连作了几个大揖。子英说：

"区区土仪，聊申芹献，辱蒙大人齿及，实增卑职颜汗！"

乐太尊说："嗳呀呀，太谦的很啦！几时到的省？"

子英说："到省快两个月了。"

乐太尊说："是呀，赶上老头儿阅边，耽误了几天。臬台你们是同乡啊，人很有意思，好说好笑，好哄好闹，没有脾气，兄弟没得缺的时候儿，他止作首道，我们都是吃喝不分，朝夕盘桓。老哥跟他都是至好罢？"

子英说："倒也没甚么交情，不过八旗的人，提起来还都知道。"

乐太守点了点头，说："老哥明天可以赴任罢。"

子英说："卑职可以伺候大人三天。"（照例应当赶三天衙门。）

乐太守说："不必不必，咱们都是至好，把那些俗套子免了罢！（纯是翎子说话。）你要是不嫌简略，今天下午我请你吃便饭。我也不预备多少菜，咱们随随便便，约上县里老丁，也是你们直隶人，还有营里老文，也是你们八旗同乡，吃亏他上省啦，不然也可以谈一谈。咱们说住了，兄弟可就不下帖啦！"

子英连声答应："是，是，"说，"大人赏饭，卑职一定早过来伺候。"

又说了些个闲篇，这才端茶送客。临走的时候儿，见大闪仪门，子英不敢走，老乐送至大堂以外，一定看着子英上轿，方才回去。要说一个本管的上司待遇属员，面子也就算很足啦，细想起来，还是翎子的作用。

子英又拜了一回同城，这才回去。跟着同城回拜，乐太守也亲自回拜，挡驾挡不住，一定下轿进来，很谈了会子，让家人拿帖，还给太太请了请安，这分周道就不用提了。乐太守去后，子英心里说："这四色礼物，会发生如此的效力，这外官场可真了不的！"到了下午六点钟，子英一想，一个宪台请客，别等他催请，我就去得了。正打点要走，催请的已到，子英当时起身奔往府衙门。

那天请客，是子英的首座，陪客有本县丁大令，前后学的老师，还有本署两位师爷。那天预备的是海参三大件儿，乐太守说：

"仓卒之间，海菜是来不及了，没预备甚么菜，抱歉的厉害。"

子英说："大人太费事啦！"

这原是照例的套子，主人不怕预备燕菜代［带］烧烤，也要说没甚么菜。客人这方面呢，不怕主人预备一碗豆腐渣（可也不能呀），也要说菜太多了，这是法定的话语。记者当过官场混子，我就怕请客。平行的还好，老宪台请吃饭，比下地狱还难受，真没有二三知己吃个锅贴铺舒服。（实情！）

那天乐太守倒是周旋，虽然是个便饭，菜蔬倒很得滋味。

乐太守喝了两盅酒，得意扬扬的，向子英说道：

"老哥临禀辞的时候儿，老头子没说甚么？"

子英说："大帅倒是没提甚么。"

乐太守说："兄弟跟大帅是累代世谊。院上的二姨太太，那是兄弟的义母，内人又是三姨太太的干女儿，大帅的二少爷，又是先严的义子。我们这个干亲，是个连环套。（也不是带盗钩不带。）兄弟这个缺不见很好，老头子应下给我调阔缺，他竟米汤我！"说罢哈哈大笑。

子英心说："这些个肮脏的事情，当着属员他就大说之下，自己还得意，真是寡廉鲜耻已达极点！"

那天，乐太守很说了些无耻的谈话，子英是个少爷班子，豪爽的脾气，见不的这宗无耻的人，当时深滋不悦，不愿意的神色形诸表面，好在乐太守正在兴高彩烈，也没理会。酒阑席散，子英回到公馆，想起乐太守说的那宗无耻之谈，又可乐又可笑，心说："这样不够资格的东西，居然为一郡之主，实在骇人听闻的事情。给他当属员，真有点儿窝窝！但是既然处在这里，也就叫作无法啦！"

子英赶了一天衙门，乐太守传话："请保大老爷赶紧上任罢！"子英就坡儿下，登时就禀辞。乐太守送了子英两瓶茶叶，两盒子本地的点心，子英上手本又叩了一回谢，心说："这小子是日本人说睡语，跟我勾钢哪！勾也是瞎勾，我先送你那四色礼，我是瞧瞧你甚么变的，以后咱们是长虫摘嚼子，少套拉笼！"

书要干脆。子英辞了一回同城，起身赴任，将到新昌，早有本县右堂及县队人等迎接，本县两学汛官及绅学各界，也都出城迎接，署任是差帖迎接，衙门是署任占着呢，公馆暂预备在书院。子英到了公馆，歇息了歇息，天已不早。次日起来就拜同城，同城又来拜谒，算清了交代。署任起身，子英搬入衙门，接印任事。

上回书说过，子英自幼儿随任，帮着老太爷办公事，刑名钱谷的事情，非常的熟悉。他又是拔贡出身，笔底下是好的，并且少年好名心盛（作官好名，在从先还有人责备，搁在如今，实在是凤毛麟角，不可多得了），一下马很办了几档子脆事，真是属吏畏怀，绅商爱戴。到任数月，兴利除弊，政绩大有可观。本县绅商提倡，要公送牌匾旗伞。（旗子是红的，可不是白的，上头也没写"恋栈不去"等等字样。）子英听见这个信，备了一席酒，特请本城几位绅士。送酒已毕，子英带笑向大家说道：

"兄弟到任以来，自愧才疏德薄，力与心违，未能与地方谋何等幸福，扪心自问，抱歉良深。听说诸兄提倡，要与兄弟送旗送伞，实不敢当！诸位先生盛意，兄弟心领就是了，千万不要举行！"

子英言还未尽，内中有一个土绅士起立发言，说：

"老父台下车以来，除暴安民，绅民受惠甚深，实在是一县福星，万家生佛，区区微忱，出于民意（这个民意可不是制造的！），老父台请勿过谦！"

子英辞不获已，也就没法子啦！至于挂匾的那天，好不热闹，子英设酒款待，不必细提。

那年冬天，城北有个命案，子英下乡相验，因为天晚，住在一个村庄庙里。这个村子，地名叫北张里，就有十几户人家，大半以打鱼种稻为生。子英住在庙里，吃完了晚饭，忽听有读书的声音。子英心里很纳闷儿，一个穷僻的地方儿，晚晌还有人念书，也就很可敬了。

彼时万籁俱寂，一轮明月当空，子英一时高兴，出离了屋子，在院内闲步，原来声音就在隔壁。当时站住细听，虽然口音听不甚清，大致是念文章的声儿。那位□了，念文章怎么听的出来？告诉你说，念诗念文念赋，行家一听就听的出来。古文是古文的声儿，时文是时文的调儿，外行听不出来，瞒不过行家的耳朵。子英听他念的津津有味，当时命当差的过去询问，是甚么人念文章。当差的错会了意啦，以为子英怕吵呢，当时过去一路大拍，说：

"你这个穷酸，放着觉儿不睡，唱的是那们〔门〕子昆腔吵的这店里举子老爷们，全睡不着啦！"（要串《连升三级》！）

原来隔壁这个念文章的，正是打鱼张阿保的二儿子，叫作张仲文，念了几年书，非常聪明，今年十七岁，已然开笔作文。张阿保因为家贫，不让念书了，让孩子帮着他打鱼。仲文白天打鱼，晚晌他母亲灯下织鱼网，他在一边念文章，张阿保是已入醉乡。差人过去一路大嚷，说："你一个打鱼的儿子还念文章哪，惊了大老爷的驾，是你担的起呀，是我担的起呀？趁早儿不准念了，再念我把你锁走，见大老爷去！"

差人在隔壁虎事，子英听了个挺真，心说："这群东西们，实在混账！"当时又命家人：

"快把念文章的人请来，不准难为于他！"

少时家人把张仲文带到，乡下孩子战战兢兢，给子英磕了一个头，起来在一旁站立，也不懂得说甚么。子英借着灯光，看这个孩子，有十七八岁，乡下打扮，还光着两只脚（打鱼家的孩子吗）。望脸上瞧，五官端正，眉目倒还清秀。问了他姓名职业年岁（要仲表是怎么着？），张仲文对答如流，子英很觉喜欢，当时让他坐下。张仲文那里敢坐，子英说：

"你只管坐下，我有话问你。"

张仲文又作了一个揖，这才坐下。子英问他：

"方才念甚么文章呢？"

张下［应为"仲"］文脸一红，说："念《仁在堂》呢。"（我从先的熟读。）

子英点了点头，问他下过小考没有，张仲文脸又一红，说：

"小的皆因家寒，见天随同家父打鱼，不过晚晌得工夫念念文章，那里敢报考。"

子英点了点头，说："你既念文章，必然有作过的窗课，取来本县看看。"

张仲文当时由怀里掏出一本窗课来（他要再回家取去，他也费事，我也费事），双手递给子英。子英接过来，看了两个半篇，笔底下倒还清通，说：

"似乎你这文章，也可以下小考啦。"

张仲文低头不语，眼泪在眼圈儿里乱转。子英说：

"我明白了，你一定是愿意报考，你父亲不愿意。再说有好些个廪结卷费等等，你家也拿不起，我说的是也不是？"

子英话没说完，张仲文早掉下泪来。仲文一哭，子英心里一阵难受，几几乎也掉下泪来心说："我从先是个少爷班子，请着两个进士□读，下场的时候儿，两三个底下人送场。头一次没进学，我还哭了一鼻子，老爷子怕我窝作出病来，百般的劝我，说□头一次是逛场，完全交卷，就算不错，带着我还听了两天戏。第二次进了学，老爷子乐的了不得，家里请了两天客，还叫了一档子变戏法儿的。彼时老祖母还在世，进了一个乏秀才，如同中了状元一个样，一家子直乐了一个多月。有钱之家，就是那个样子，像他贫寒人家，就是这个样子。唉，好伤感人也！"

子英心里一难过，差点儿没了出几句快板来，待了一会儿，向张仲文说道：

"你向来从谁用功？"

张仲文说："东村儿有位刘先生，是个秀才，现在教着几个学生。老师倒是待小的很好，如今一打鱼，也不能常去啦。"

子英点了点头，当时命家人取出二十两银子来，递给了张仲文，仲文不敢接，子英说：

"这是我俸薪□廉积攒的，并不是贪□来的钱，你且收下，我有话说。"

张仲文只得接银在手，子英说：

"回去告诉你父亲，可以觅一人帮着打鱼，你照旧从刘先生用功，这几两银子权当膏火之资，明年小考，你只管去报考，一切花费都在我的身上。你要好好用功，还要多尽孝道。"

张仲文见大老爷如此优待，当时感激涕零，跪倒磕头。子英亲手把他搀起，又勉励了一番，张仲文告辞回家，子英也就歇息啦。

第二天临要上轿，张阿保带着儿子仲文前来叩谢，原来是个五十多岁的老实人，语言朴讷，心里感激，也说不出所以然来，就说了一句叩谢大老爷天恩。（这才是真感激呢，满嘴花言巧语，那全是米汤！）子英又劝了他一回，不过说仲文很有资格，不必让他打鱼，从此照旧用功，以备明年下场云云。张阿保连连的答应，带着儿子在轿子头里磕了几个头，一直送出村外，看着轿子没了影儿，父子才回去。

不提张家父子，单说子英回到县城，将进北门，有一个老年的妇人拦舆喊冤。子英一到任的时候儿，就吩咐过，如果有拦舆喊冤的，不准差役人等刁难，如有呈子，登时接过来就瞧，该准的就准，该驳的就驳，轿子里搁着笔墨，甚至于立刻就批，永远没麻烦过，所以商民感戴。可是话又说回来啦，一来子英尽心民事，二来手笔好公事明白。换个别人，谁也办不到。

话不烦叙，子英接过呈子来一瞧，告状人是曹常氏，控告乡绅耿鸣玉侵占地亩强买房屋，还把他儿子曹虎儿打伤甚重云云。子英最恼绅士以势欺人，一看这□呈子，勃然大怒，后来一想，一个举人能干这宗事吗？当时传曹常氏轿前问话，说：

"你的儿子现在何处？"

曹常氏磕头说道："小妇人的儿子，被耿鸣玉打的堪堪待死，昨天来县喊冤，正赶上大老爷公出，现在把他抬到大老爷的大堂，趁着他还有活口，大老爷可以问问他。小妇人居孀半世，就是跟前这们一个儿子，眼看着是活不了啦，望乞大老爷替小妇人作主！"

说罢放声大哭，十分惨切。子英说：

"曹常氏不必啼哭，据呈已悉，曹常氏控告耿鸣玉倚势殴伤亲子曹虎儿，自应饬传究查以凭核办，仰候公断可也。"（嘴里就批上呈子啦。）

曹常氏又磕了一个头说："恳求大老爷天断！"

子英说："木〔应为"本"〕县自有办法。"

书要干脆。子英到了大堂，但见大堂底下，放着一个筐箩，不用说是曹虎儿啦。老先生比我性子还急，下了轿子，不入内宅，这就传伺候坐大堂，要验活伤。书差忙作全抓了，说这位太爷，怎么这们急战哪！

简断捷说，子英立刻升堂，验了曹虎儿一回活伤，浑身上下有木棍伤多处，还有金刃伤三五处，好在都没致命，对付着还能说话，打的可也实在不轻。子英又问了曹常氏一回，安慰了几句，让他先回去，听候传讯，当时退堂，来到签押房，这就出票子传耿鸣玉。

单说这个耿鸣玉是本处著名的乡绅，家里有钱有功名，素日那点势力，真不在武文华之下。差役接过这张票来，腿就乱哆嗦，心说："我传他老人家，这不是打哈哈吗，高兴把我骂出来，不高兴关上门许打我一顿，这不是送死去吗？"有心要不去，知道子英的脾气，马上真许闹一百小板儿，这是个眼前的苦子，莫若去就去啵，反正是两头挨打就完了！

不提差役为难，单说子英，回到内宅歇息了会子，吃了点东西，二反来到签押房，看了两件公事，家人拿上一个手本来，是右堂侯典史禀见。这个侯典史，是个书办出身，人极卑微，外号儿叫侯三儿。旧日外县称呼典史为三老爷，县丞是左堂，典史是右堂，所以称呼典史为三老爷，凑上那个姓，所以叫侯三儿。子英因为是自己堂属，就请他在签押房相见。

侯三儿见了子英，行礼已毕，先谈了几句淡话，随后说道："耿绅士鸣玉，给堂翁请安。"

子英一听，就知道他是给耿鸣玉运动来了，当时装作不知，说：

"耿鸣玉给兄弟请安作甚么？"

侯三儿说："堂翁也知道，耿鸣玉是本处大绅，很钦佩堂翁，还要来禀见。"

子英一听气往上撞，说："他是大绅，就该安分居乡，不该倚势欺人！他不用见我，我已然传他去啦，少不得他要见我！"

侯三儿一听，心说："这事儿不行啊，他这是假公正，这一定是要菜，我先拿利挑他一下子。"当时说道：

"那个曹常氏控告耿鸣玉，全是捏造之辞，伊子曹虎儿的伤痕，全是自己作的。耿鸣玉向来居乡最和，断没有打人的事情。堂翁若肯把曹常氏的呈子批驳，耿鸣玉必有一分人心献上。"

侯三儿话没说完，子英恼啦，说：

"老兄，你不必往下说了，我已然下票传他，他要不到，我就要下拘票拿他了！甚么叫人心，兄弟一概不懂！"

侯三儿一听，心说："好呀，他跟我打官话，我吓嚇〔唬〕他一下子。"当时说道：

"虽然这们说，他是个大绅，堂翁也得给他留点面子，他跟府里乐太尊，走动的都很好，堂翁可要斟酌一下子。"

子英一听，登时大炸，说："侯典史，你是个管狱官，监狱是你的专责。你结交劣绅，代人关说，未免的太不安分了！你拿太尊恫吓我，告诉你说，他就是跟抚台大帅至好，本县也不怕他！本县出仕以来，就知道秉公办事，不畏势力，你可不要往下说了，再说别的，可是自干不便！"说着就端茶碗。

侯三儿闹了一个没面子，只好告辞罢。子英居然没送，心里这个气真不打一处来。到了晚晌，稿案门上来，又替耿鸣玉关说，被子英大骂了一顿，登时给轰了。原派的差人报告，耿鸣玉因病不能到案，子英大怒，登时下拘票抓拿，这当儿又出了本城几位绅士，给耿鸣玉讲情。原来耿鸣玉向来最不得人，本城的绅士，跟他感情也很恶，不过他求了会子，不能不出来敷衍一下子。明是给他说情，暗含着给他直砸，外话叫倒托儿，倒把他的劣迹说了说。足见素日不为人，遇见事情也是麻烦。

第二天算是把耿鸣玉的侄子耿顺传到，这小子立而不跪。子英问他为甚么不跪，他说：

"俺上跪天子下跪父母，岂跪你这区区的小县！"（捉放的来派。)

子英大怒，当时打了一百小板儿。原来这小子是贱骨头，一百小板儿挨上了，他一舒服又跪下了。殴打曹虎儿，他倒承认不讳，霸占田产的事情，他是坚而不认。子英又打了他一百小板儿，这小子属磕头虫儿的，他会装死儿。子英还要打，旁边有一个老书吏，跪倒磕头，说：

"回禀大老爷，刘公道打不得了，打死刘公道，就没有活口啦！"（老书吏跟我一样，也犯戏迷。）

子英吩咐，把耿顺暂且看押，当时退堂。

这当儿接着上高县李大令一封信，是本月二十六日，乐太尊五十大庆，由李大令提倡，各县公送寿礼八色，是日都得亲往贺寿。人家是一分好意，礼物人家都给备办了，大家都去，子英也不好不去。

那天由本县起身，一天的工夫儿，早到了瑞州，上高县的李大令也到了。第二天就是预祝，第三天是乐太守的正寿，礼物早送上去啦。那天太守衙门悬灯结彩，好不热闹，并且还唱戏。各属员拜寿，乐太守一一的招待，早晨是寿面，吃完面听戏，晚晌是鱼翅四大件儿的酒席，到了坐晚席的时候儿，乐太守送酒让坐，俗套子不必细说。

上次子英禀到的时候儿，乐太守那分欢迎（那是欢迎翎子哪），上回书也叙过，如今不必再提。这次上来拜寿，虽然也敷衍周旋，较比上次很觉冷淡，可是对待李大令，跟本县丁大令，极表欢迎。子英也不大理会。喝了会子酒，乐太守忽向子英说道：

"贵县有个绅士耿鸣玉呀，他新近被刁民控告，他有个侄子叫作这个，你瞧，我这个记性！"

子英说："叫耿顺。"

乐太守说："是呀，听说老兄把耿顺押起来了，这事可是有的么？"

子英说："是有的。"

乐太守哈哈大笑，说："子翁，这个耿鸣玉人还正派，兄弟跟他虽没交情，有人跟他至好，昨天直跟兄弟说。兄弟要给你写信，我想离着贱辰已近，老兄必要赏脸的。你把他侄子开释了，也就完了。至于是谁告他呀，设法敷衍敷衍就完了。他这里民气刁悍，最讲控告官绅，此风也万不可长，子翁你听明白了没有！"

子英说："卑职倒是听明白了，不过有一样儿，要跟大人回。曹常氏控告耿鸣玉，霸占地亩，勒买房产。卑职明查暗访，情形不假，并且曹常氏之子曹虎儿，被耿鸣玉打的遍体重伤，堪堪待死。耿顺当堂已然承认，是他叔父耿鸣玉喝令打的。耿鸣玉显系倚势欺人，武断乡曲。似此劣绅，早应惩办，大人怎么还说他是正派人呢。"

子英这几句话不要紧，乐太守闹了个长虫吃扁担，老先生直啦，同席的人，也都不好答岔儿。愣了一会儿，乐太守又说道：

"这话是这们说呀，我们在外头作官，仗着乡绅们维持，不能很得罪绅士。太认真了，与自己好大的不便。"（不像人话！）

子英一听，少爷的脾气又犯上来了，说：

"按照大人所说，不能得罪绅士，可以得罪乡民喽？卑职作官，全凭良心维持，这宗劣绅，卑职不希罕他维持！"

子英这几句话，老乐真有点吊死鬼诈尸，挂不住啦！人家说这话理由充足，人面子上，自己很觉难受。不过他是老官场油子，自己能拉皮子，当时没乐挤乐，干笑了两声，说：

"子翁你老是这宗脾气，咱们是一家人哪，我说也是好话，耿鸣玉我也不认识他，不过昨天有人跟我说了一句，内情我也不甚知。你该当怎么办，兄弟也不能干预。"说着眼望李大令说道：

"老兄你想是不是？"

李大令不好不答岔儿了，说："大人所谈甚是，本地民风可也真刁，乡绅们偶然倚点势力，也是有的，太认真不好，不认真又不好，这类事各县常有，往往让人为难，斟酌着办理就是了！"（八面不伤圆滑之极，非老官场没有这宗口吻！）

丁大令接着又谈别的，把这个岔儿就揭去了。乐太守心里虽恨子英，表面还是假说假笑，好像毫不介意的样子。子英是个直筒的脾气，表里如一，心里不愿意，脸上很透像儿。这宗人虽然是好人，可是自己吃亏，处官场自然是不行了，处甚么事也叫作不成。在前几十年已竟如此，搁在现今这个妖孽世界魍魉社会，更不行了！现在总得一嘴的仁义道德，一心的男（男甚么），男女平权，没敢说别的，那才行呢。心里憋着要害你，表面还跟你假联络，把你卖了，你都不知道那里下车，那叫作英雄豪杰，真能足抖一气。稍有点人性，稍存点良心，简单言之，稍微顾点儿廉耻，你就等着狗嚼罢！不必说坐牛狗车，拉胶皮车都得受人欺负。你要以我这话为过苛，您就慢慢的考查去！

闲话取消。那天酒阑席散，乐太守还要留他们听夜戏，各县都有职守在身，当时禀辞。乐太守当面谢了一回，当时送客，各回寓所。

子英回到寓所，一心的闷气，这当儿李大令来访，先谈了几句闲话儿，随后老李直劝子英，说：

"方才老兄顶撞太尊，我直替你着急！老兄不知道太尊跟大帅是至好吗？"

子英哈哈一笑，说："他说的话不对，兄弟就要驳他，不管他跟大帅好不好。他就是跟皇上相好，兄弟也不怕他呀！"

李大令说："老兄你这话太言重了，咱们出来作官，为的是甚么，何苦得罪上司。有一件事我要问老兄，太尊这次寿日，老兄孝敬多少？"

子英说："不是咱们大家公送了八色礼吗，还送甚么呀？"

李大令说："老兄除公分之外，没有特别的孝敬呀？"

子英说："有甚么特别的孝敬呀？"

李大令说："这也是照例的事情（这条儿例那儿查去？），我以为老兄知道呢。我们都是格外二百银，门敬都是十两呢。"

子英冷笑了两声，说："这条儿例也不是谁开的，兄弟没有这个钱送他。"

李大令见他净说外行话，也就不便再谈了，当时告辞起身。少时乐太守差帖送行到谢。

第二天由府起身，回到本县，正赶上来了两个委员，是特奉省委调查沙滩淤地的。两个委员，一个姓勾，一个姓石，照例省委下来，本县得招待，吃喝不算，临走了还要带几两，其名谓之叫程仪。从先各省，大半都是这个样子。子英把两位委员留在东花厅居住，特派专人伺候。两个人都是候补县，石委员虽然讨厌，是位新出手儿，恶习还浅，勾委员是个官场老油子，语言无味面目可憎，烟瘾挺大。子英瞧他们这宗样子，心里憎嫌，不过是个上差，不能不周旋，见天是早晚点心，两顿饭是四盘四碗，正式的还请了回翅子席。勾委员还跟县里要大烟，子英就很不愿意。

那天晚晌，勾石两个人特访子英闲谈，给耿鸣玉疏通官司，被子英干了一顿，很不□面子，暗中交代，是右堂侯三的运动。临走的头一天，子英又备了一席酒，给两个人送行。勾委员说：

"老兄呀，我们这荡是极苦的苦差，你是作缺的人，不晓得我们候补的难处。兄弟自打厘金□下来，又闲了二年多了，剩了几个钱，也都垫办完了，现在又当上当了。老兄这次程仪，总要格外丰余才好。"

子英看着他状态可厌，又因为他们给耿家疏通官司，起心里上气，当时也没跟他费话。

第二天每人送了十两程仪，打发家人送到花厅。勾委员嫌少，向家人说道：

"管家，你跟贵上说说，没有他不圣明的。我们这们大远的出来，为的是甚么，明白人不用细讲，光棍怕掉过儿。（整本大套的生意口，真给委员现透了。）要说十两银子不少，别屈财神爷的心，我们只当多讹他点儿，管家替我们说句好话，让他老先生再回一回手儿。"

石委员又接着说道："是呀，不错不错！他老先生现在是作缺的，我们是苦力碎催，他老人家越花越有，挣的来花的去，真个的跟我们苦小子打甚么算盘。"（这块料更泄气，要上饭啦！）

家人上去一学说，子英又是气又是乐，每人又添了二两。石委员也倒认可，勾委员不答应。子英恼啦，告诉家人，他们要嫌少，全拿回来得了。家人过去一说，勾委员又收下啦，子英差帖送行，也没见他们。两块料在这里住了七八天，搅的子英甚么也没得办。

过了两天，子英接着王典史一封密信，原来乐太守会同道台，把他揭禀，说他性情固执，不洽舆情，闹了一个调省察看，委了一个姓倪的前□署缺。子英接着这封信，付了一笑而已。钟氏再再的相劝，说：

"我就说过，老爷的脾气，是不够作官的资格，老爷还不信，如今怎么样？据我说，家里有吃有喝，俭省度日，下半世还吃着不尽，何必在宦海里受这宗痛苦。"（钟氏够资格，比我女人强的多，我女人竟盼着我升官发财，他好逛新世界去。）

子英哈哈大笑，说："卿言正合我意。"

　　子英告诉师爷们，这就预备交代。本城绅商学界，也得着信啦，开了一回联合会，公议挽留，举了十几个代表，连夜奔往省城。先赴大帅衙门求见，大帅不见，又奔藩台衙门，藩台也没见，又奔臬台衙门，臬台倒是见了，说了些外场话，很是面子，应下见了大帅代大家转达，请代表暂回寓所，听候消息，代表们只好暂回寓所听信罢。臬台当时奔往院上禀见。

　　原来勾、石两委员，因为勒索程仪未能满意，回省见了大帅，给子英撒开了这们一端，愣说他嗜好甚深，日不离床，纵容家丁，怨声载道。大帅因为他是旗人，上次听他说跟王爷是亲戚，别管真的假的，还有三分的惧意□。可是该管道府既然揭禀，乐太守是他近人，又来了封私函，又有两个委员报告，不能不把他撤差。调省察看，还是面子，打算待些时，给他调署个别的缺，也就算敷衍了。从先官场上宪跟属员不和，照例是谁小谁得吃亏，公理是不能讲的。这位大帅，虽说不够资格，还算不错，调署他缺，总比奏参革职强。可是知道人有点奥援，又不敢居然奏参，双方都不敢很得罪，反正小得让大，弱得让强，这也是天演的公例，把谁撤了，总得给谁想个法子，见了面儿还得足灌米汤一气。不但从先如此，现在更亡道，给一个某威将军，还得说一片好话，派八个人疏通，高兴他认可，不高兴他还撒娇儿犯牢骚，听他一套闲话，您想这是找谁的？

　　闲话不提。臬台跟大帅一说，大帅说：

　　"保令这个人也倒还行，不过他们府县不和，有好些个窒碍，兄弟把他调省察看，不过是一句话，并不入奏。既是这样子，昨天方伯说，现在分宜出缺，我把他调署分宜就是了。老哥告诉该县各界代表，保令暂调他缺，不久仍回本任，敷衍敷衍他们，也就完了。"

臬台说："他们一定问何时回任呢？"

大帅哈哈大笑，说："老兄，我说句话你可别恼，你也京外服官多年，怎么这样方啊！他们代表罢，请愿罢，不过是三分钟的热心。（他说的更损！）你要太强硬了，落一个压制民气的声名，弄出大吵子来，还说是办理不善。现在这个事情，民气所起来了，怎么才叫善，我真没有法子，就是给他个因循延宕带敷衍。（好主意！）请见十回，八回不见他，所没法子啦，让秘书先搪他一水，搪走了就完了，搪不走，咱们再见，假哭假笑假安慰，说甚么都答应着他，干答应不办，他是一点儿法子没有。等着他热气也耗过去了，他们内容，自己跟自己，一定起冲突。中国人没有两个人的团体（实话！），盘川也花净了，也就漫散了。我告诉你，这是不传的妙诀，我今天是泄漏不传之秘，老兄要牢牢谨记。"

臬台连连点头，说："大帅的高论，司里当铭座书绅，佩为弦韦。"

臬台回到衙门，新昌县各界代表又来求见。老臬受了大帅的传受，跟大家一灌米汤，说是抚台因为子英听断很好，现在分宜县有几件难办的事情，非治繁理剧之才，不足以资治理，所以将他调署是缺，事情办理清楚，将来还可以仍回本任。前些年的人脑筋简单，当时信以为真，大家只好回去罢。

　　子英已然奉到公事，是调省另有差委，并没有查看的字样，署任也到了，交代清楚，这就起身回省，各界欢送，非常的热闹，大有空巷之势，竟酒桌子（旧日作地方官，与民间要有好处，临走的时候儿，各界讲究摆酒桌子饯行）摆了有三里多地。到了一个酒桌子，多少总得喝一点酒，作官一场，临走有这们点感情，总算不错。绅商里头，很有坠泪的，大家这点举动，并非是拍马屁，实在是恋恋不舍的意思。大家恋恋不舍，比较送白旗子大书"恋栈不去"，相差可就太多了。各界直送了好几里地，子英再再的相拦，这才洒泪分别。

　　新任王大令到任之后，就把耿顺开释了，耿鸣玉运动着，还要办曹常氏一个诬告。王大令还有良心，觌面劝了耿鸣玉一回，本地又出来几个人一说合，含含糊糊算是完了。曹常氏的房子，倒底归了耿家啦，不过给了几个钱，曹虎儿的伤痕算是好了，这些个事，且不提他。

　　子英到了省城，原打算不干啦。后来禀见大帅，面子非常之足，先说了些个抱歉的话，随后又说，分宜县民风怎么刁，事情怎么难办，非阁下去不行，旁人去不放心，阁下盘盘大材，将来借重的地方儿很多，省会首席（就是首县），将来还要屈尊老兄。

　　大帅稠米汤这们一灌，闹的子英也没法子啦，满心里不愿意，还得叩谢宪台。又禀见各宪，面子都还不错，老枭又劝了一回。王典史现在筹款局当委员，还请子英吃了回饭，子英因为他人尚不错，送了他几十两银子，王典史再三推辞，这才收下。

　　子英摒挡了几天，赴各宪衙门禀辞，二次由省城起身。这个分宜县，旧日隶于袁州府，是个简缺，距省四百多里地不到五百地，距离袁州整八十里地。由省城起身，乘坐火轮奔往漳树镇，由漳树镇改搭民船，是个上水，河窄沙多，非常的难走。我知道阅报诸君谁到过江西呀，您没到过不提，假令您到过，叙的这点地理，管保让您点头咂嘴儿，玩艺儿是假的，地理是真的。这宗小说，跟评书是两经，说评书是信嘴儿胡聊。某人说《永庆升平》，山东马跟马孟泰，在四川某茶馆儿里，要炒肉拉皮子，闹四个家常饼。他也不打听，人家那个地方儿，有这个吃食没有。（那许是北京人开的。）惟独记者的小说，别的长处没有，说甚么得像甚么，就是叙五大洲的风俗地理民情，到过的主儿，所得让您点头，有这们回事情，绝没有外道天魔，也没有硬山搁檩。那位说了，难道说你都知道吗？告诉您说，我有一个主意，弄不清的地方儿，我不细叙，这是藏拙的老主意。不知强为知，胡造谣言，未免为识者所笑。

　　闲话不提。子英到了漳树，换坐民船，先得奔往袁州（如今府治取消，改为宜春县）。书要简捷，那天到了宜春，参见了太尊。这位夏太尊，科甲出身，是个道学先生，一去就见了，子英也没送他翎子（没那们些翎子），他倒留着子英吃了顿饭，也没预备翅子海参，随便四盘四碗一个大海，也没有外客，就是约了本署一个师爷作陪。这个师爷姓黄，六十多岁，衣履俭朴，说话诚实，没有就馆游幕的恶习，夏太守也没动官场客套，送酒让坐，一概没有，说：

"子翁往里,今天没有外人,我也没预备多少菜,实在抱歉的厉害。"

子英又说了几句谦恭的客套,不必细述。后来谈到新昌的事情,子英一肚子牢骚,无处发泄,如今跟夏太守一见如故,知道他是位道德君子,当时把一切的情形说了一遍。夏太守点了点头,说:

"子翁老兄,现在州县班子里,照你这宗作事的,实在是吉光片羽,不可多得的了。"

子英说:"大人过饰褒辞,实增卑职颜汗!"

夏太守说:"不然,兄弟这是实话。瑞州府乐太尊,我们作过同城,兄弟那年署吉安,他正坐县缺,那个人奸贪已极,最爱小便宜,他跟大帅大半还是个远亲。现在官场的事情,不能说了,兄弟家里是寒士,已然入了这途,就叫作没法子。到省七八年,署了半年吉安,偏偏赶上出原故,这个缺署了有一年,兄弟就仗着省吃俭用,不贪非分之财,只要够我喝碗粥的,我就要学陶渊明了。这宗龌龊腐败的官场,处着也真难受,兄弟常说,做官比下十八层地狱还亡道,可是还有以下地狱为乐的,足见人之见解各有不同了。"

说罢,哈哈大笑。子英说:

"大人高论,卑职饮佩莫名。卑职经此次波折,也很有引退之意。"

夏太守说:"那使不的,你正在年力富强,大可以有为,兄弟是腐败不堪的人了!"

说罢□又哈哈大笑。

那天预备的菜虽不多，还都精致可口。子英偷观这三间书房，图书四壁，很有几幅名人字画。主宾尽欢，欣然醉饱。夏太守说：

"子翁吃完了不要走，我们黄老夫子善于抚琴，回头烦他弹一曲，请你老哥听听。"

子英说："黄老夫子如此高雅，我们是要聆一聆古音的。"

夏太守命人烹茗焚香，黄师爷先弹了一个《良宵引》，随后又弹了一曲《归去来辞》，古调铿然，襟怀为之一畅。夏太守把自己临的魏碑大字拿出来又请子英看了一回。忽然有客拜会，子英这才告辞。

那天倒是非常痛快，心说夏太守跟黄师爷这两个人，可称古香古色（不是记者自夸，咱们这段夏太守请客，叙的也是古香古色），宦场中不可多得之人。听他那话牢骚感慨，好些个不合时宜。本来这宗龌龊官场混着也实没意思。子英本来就萌退志，那天跟夏太守谈了一回，退志愈坚。不过既然来到此地，不能不到任敷衍敷衍。

话不烦叙。子英第二天赴府禀辞，夏太守请他进去，很谈了会子。子英又辞了回同城，当时起身奔往分宜。到任一切的套子，从先叙过，如今不必再说。

要说分宜民风，较比新昌，稍透难治（出严嵩的地方儿吗），可是子英到任半年，与民间兴利除害，商民也倒十分爱戴。那天忽然得着一个信息，本府夏太守被抚台参了八个字考语，是

"性情乖谬，不谙吏治"，闹了一个勒令休致。子英不胜浩叹，心说："夏太守这样好人，居然勒令休致，时事可知矣！可是他老先生，正想着不干呢，这一来乐赋遂初，他老先生算逃出来了，我也得打正经主意啦！"赶紧让师爷办禀帖，禀请交卸。公事批准，后任到来，算清了交代。

子英原打算奔荡宜春，没想到夏太守已然走了。瑞州府的老乐调署宜春。子英心说："好哇，亏了我禀请交卸，这位老恩上一来，我不走也是麻烦。"子英起身回省，一路无话，到省就请了三个月假，说是赴津就医，那还有批不准的。子英在省也没耽误，这就起身北上，宦海阅历这一场，心里很冷。

回到北京，房子让亲戚给租出去啦，一时不能腾房，预先他又没来信，好在北京亲友多，借几间房暂住，也还容易。后来听说，他这处本房，被亲戚给卖了，木器东西，也都给卖了。这位亲戚很够资格，他把子英的房子东西卖了，捐了一个县丞，分发广东去了。（好德行！）事已如此，也没法子呀。子英是个慷慨大道的人，这些个事，也不往心里去，好在他还有两处房，也都租给人啦。这两处房，另有本族经营，倒是没卖。后来苏州胡同那处房，腾出来了，子英搬入其内。

北京的风俗，大凡是外任官回京，无论文武大小，也无论缺分如何，这群穷亲破友，不够资格的，家□属□肉的，大家能把他踪上，借贷告帮带寻钱，反正是三个字的考语，"没根基"。（不但北京如此，到处里都是这样。）子英向来心热脸善（这四个字就是受坑的张本，要打算存财，非心冷脸硬不可。记者从先就受这宗大害，近来挨坑挨怕了，我也有点儿改变宗旨。可是后改变的究竟不行，一阵一阵的还犯本性），无论亲族人等借贷，他打一个黄布匾的名辞，是有求必应。后来有人劝他改省，子英说："宦场我是混够了，那一省也是他（这倒是实话），我一定是告病不干啦！"亲友知道他又犯了少爷的脾气啦，也就不劝他了。

　　子英统共署了不到二年缺，他又不会想钱，回到京里，剩钱原不多。大住房是让人给卖了，东西物件也没了，又这们一安家，宦囊所余有限。好在家里还有几处房，外头存着还有几个钱，前门外头还有一处买卖。家里人口简单，要是敛才就范的，一过小日子儿，半生也吃着不尽。无奈子英是个少爷出身，天性慷慨，大家瞧他，简直的是个秧子，于是群起而吃之。从先还好点儿，就因为他这处房被人卖了，他没怎么样，这原是他的厚道处。他这一厚道不要紧，敢情倒招出楼［娄］子来啦！您就说社会这宗人心，有多们要不的，前几十年已竟是如此，现在更不用提了！起初，子英要跟看房的亲戚来场儿官司，不但房子许打过来，别人也就不敢吃他了。子英一个不忍，慈心倒招出魔鬼来了，您说那儿讲理去。

　　单说他有一个世交的大哥，此人姓国，名叫国文（地理他哥哥），是一个落地的世家，现当某部的主事。彼时国史馆正开保，那天国文来了，一个说帖儿，请子英在龙源楼吃饭。（如今改斌升楼，挂五色旗以后，才下饭馆儿的人，跟他提，他不知道。）子英因为是世兄弟，既请吃饭，没有辞的必要啦。

是日到了龙源楼，彼此见面，国文是非常的恭维，说说笑笑，要酒想菜不必细说。子英向来酒量颇豪，饭馆子的酒，能喝五个中索儿，就说一个不到十四两，也总有四斤多酒。国文殷勤劝酒，子英已然有八成醉意，国文忽然跪倒，给子英磕了一个头，倒把子英吓了一跳，说：

"大哥你是醉了可是疯了，快起来！"

国文说："你应我一件事，我才起来！"

子英说："只要我办的到，我就应你！"

国文又磕了一个头，这才起来，说：

"兄弟，这件事非你办不了，馆上现在要开保，我要买个保举，没有一千银不成，你得帮哥哥一个忙！"

子英说："就这个事情啊，也值得磕头礼拜，我应你就是了！"

国文说："我要保了直隶州，将来到任之后，还你钱不算，我每月给你带一百银来！"

子英说："那个稀罕你带银子，事情我算应你了，我问问你，当直隶州有甚么好处？"

国文把嘴一撇，说："你在外官场混了会子，你还有不知道的，告诉你说，阔缺直隶州，不在知府之下，一年就是好几万，怎么不好！谁像你放着县太爷不当，告病辞官，在家里充名士。你可别打哈哈，醉话应了我，明天又不算了！"

子英哈哈大笑，说："岂有失信之保子英乎！不提这个，咱们还是喝酒呀！"

那天子英大醉而归，第二天醒来一想，应下国文的一千银子，家里那有现货呀，又怕国文这两天就来，一时无法，急战卖了一处房子，给了国文一千银，还剩了几百两。又有一个远亲张四，要开粮食店，资本不够，磕头请安，又跟他借了五百去。简断捷说，这群亲友一打快勺子，保子英是不大得了。

书要干脆。子英被大家软吃硬诈，自己又好吃好花不会过，钟氏也是世家的小姐，不会打算盘，八下里一凑合，几年的工夫，房子全出去啦，买卖也完了，就剩了阜康银号里还存着几个钱。那年偏巧银号倒闭，坑的人可不少，别瞧几十万几百万，人家搁的住坑，子英存钱虽不多，他就剩了这点死水儿啦，这下子可害苦了人啦，算是宣告破产一律肃清。简断捷说罢，身底下这处房也卖了，没落子只好当卖罢，除去跟当铺联络感情，就是跟打鼓儿的互换知识。

要说打鼓儿的这行，讲究卖起卖落，要是遇见败家产，他们算是喝了蜜啦，跟底下人一勾手，简直的没完。见了本家儿大爷，足捧一气，捧着你冤你，起先堵着门口儿，潮银子首饰来卖，珠石来□宝石来卖。后来所熟了，愣往院子里挑，有底下人跟底下人先捏合好了，混到底下人都散了，跟本家儿直接交涉（比交涉国际联盟强的多）更好办了。大爷没钱，他能够先借你几块，表面透好心，内容掏混账。您想既跟打鼓儿的借钱使，还能还的了吗？拿东西折罢，康熙五彩的一对花瓶，他愣说给您两块罢，甚么两块零五吊罢、零六吊罢（的确是打鼓儿的口吻），忙忙叨叨的，假装生气，往外就跑。只要东西有秀气（土话管有便宜叫作有秀气），不用理他，回来准添。你要真等钱使，没法子也得卖给他。要是掏着家败的窝子，他们是成群结党，一来老是两三个，一个作好一个作歹，跟山东儿要账一个样。他们说话咱们不懂得，多少钱是甚么比，小浑比是一吊，老浑比是十吊，个个都长了一个瞥宝的眼睛，可是抽冷子也有打眼的时候儿，串胡同儿行话叫作下方。这里头的事，细说真得八年。记者是败家子儿，跟他们联络过感情，让他们真啃过，所以知之最悉。大凡世家旧族，一叫打鼓儿的，这家子是瞎子磨刀，简直的快了。

　　话不烦叙。子英家里是当卖一空，在骑河楼地方，租了三间南房，连自己住带教学，对付糊口，旧日的亲友本族，谁也不露了。按说人口简单，容易过活，但是子英好馋，离开酒肉不成。好在贴上学报子，居然有十几个学生，四吊一个，每月就是好几十吊，钟氏又给人作点针黹，对付着混罢。夫妻二人，一位是阔少爷班子，一位是世家小姐，谁干过这个事情，这就是捆上挨打挤着挨饿，英雄末路，没有法子的事情。子英虽然好馋，如今被境遇逼迫，也差的多了。从先家里作菜，没有料酒白酱油不行，酱油还得吃铁门儿的（讲究地道吗），自打一受穷，全都将就了。从先离开肉吃不下饭去，如今有点肉也就行了，可是窝窝头还是咽不下去。一恍儿就是三四年，学生是越来越多，虽无赢余，还能凑合糊口。

　　那年放年学，正赶上钟氏生产，居然添了一个小子，子英也倒喜欢。不过一来坐月子，二来过年，用钱的地方儿很多，家里是一文皆无。钟氏娘家有个哥哥，叫作钟社，在山西作官，现在回京。钟氏跟子英商量，让子英瞧他一荡，顺便跟他借几个钱。子英说：

"这个事我办不到，人家跟我借钱行了，让我跟人借钱，我张不开嘴。"

钟氏说："一个至亲又不是外人。"

子英说："唉，外人还将就的，至亲我更张不开嘴了。"

钟氏说："这们办罢，您写封信请他来罢，我跟他面谈，您不用管好不好？"

子英无法，当时给钟社写了封信，求人寄去。

待了两天，钟社到来了，戴着顶破帽子，穿着件破皮袄，进了门儿就抱穷，说：

"告诉妹丈妹妹说，我是要着饭回来的。署了一任缺，赶上闹蝗虫，得了一回税差，又赶上闹土匪，运气算到了家了！"

说罢咳声不止，子英给他倒了碗茶，倒没说甚么。钟社喝了碗茶，又向子英说道：

"妹丈你教这个学倒是很好，倒遮掩人的耳目，不然都疑惑你有钱。这一来人家也就说了，但分手里有钱，谁肯教这个散学。常言说的好，'家有一日粮，不作小儿王'，这必是真穷了。妹丈你这个主意真好，这们一来你手里窝着点，谁也就不能疑惑了。"

子英听他这话，心里点儿冒火，说：

"大哥，我真是穷的教书呀！我现在就指着这个，我箱儿里篓儿里也没窝着！"

钟社哈哈一笑，说："妹丈啊，咱们是至亲，你是谁我是谁！咱们不过这个，你冤别人行了，你跟我怎么也闹起腥活来了，你不该呀，你真该罚就结了！（人家倒该罚了！）不谈这个了，咱们说点正经的。"

钟社这套话，气的子英两眼发直。钟氏听钟社这套议论，也有点儿生气，心说："我这个哥哥，从先不这个德行呀，官场混了会子，怎么会脱骨换了胎啦！怨得人说，好孩子别入官场！"（实话！）子英气的那里直哆嗦，钟氏向钟社说道：

"哥哥，您方才说这话，你是不知道我们的内容，现在我们这个年就难过。今天我把你找来，没有别的，我打算跟你暂借几两以度年关。"

钟氏话没说完，钟社哈哈大笑，说：

"姑奶奶，你别穷人打哈哈啦，我还打算跟你们要借几两呢！咱们亲的热的，怎么过起这个来了。你要说你们这二年不及前二年，这话我倒信，要说年关难过，这话是冤谁呢！"

钟氏说："这是真话并不是冤你呀！"

钟社把脸一绷，说："真话呀？我没钱，我这两天还扑钱哪，我也不坐着了！"说着告辞起身。钟氏气的也直哆嗦。子英虽然心里生气，究竟是个大方人，还把钟社送至门外，说：

"大哥没事来呀！"

钟社含含糊糊的答应了两声，说了一声"磕头"，登车而去。

子英回到里面，钟氏在那里大哭之下，说：

"好呀，这叫手足，这叫娘家，他丧尽了天良啦！我从此没他这们一个哥哥，我跟他断绝关系！"

子英说："大奶奶，你好想不开呀，虽然是亲戚，借是人情，不借是本分，犯不上为这个伤了至亲的义气。再一说，亲戚本家不及朋友，朋友是义合，不对劲交不上，亲戚本家是法定的，对劲也是他，不对劲也是他，俗话有云，就是那个事情，你何必生这宗气哪！"

劝了半天，钟氏虽然不哭了，心里这股子气，无处发作，越想越难过，本就在月子里，又着了点凉，于是闹了一场产后的夹气伤寒。子英抓了，当时请了一个大夫，吃了两剂药，并不见效。后来有个街坊，过来探病，说是西城有个半大夫，治伤寒最出名，就是架子大难请一点。子英是得病乱投医，赶紧就求街访去请，街坊倒是很热心，马上就走啦。钟氏一病，孩子没奶，呱呱的竟哭，子英这分儿糟心大了，又得服侍大人，又得对付孩子，泡了一块糕干，一喂孩子，差一点儿没把孩子给填死。本来他多咱干过这个！好在□院儿住着位孟老太太，人极慈善，看着可怜，过来帮着招呼孩子，子英倒是感激不尽。

请大夫的街坊，回来报告，说是牛先生今天很忙，明天过午准到，把堂号拿来了，马钱是二十四吊。要说子英手底下，不必说二十四吊，两吊四他那里有呀，找了半天，找出一件旧皮马褂儿来，求街坊给当，只写一两五钱银子，又添了一件棉袄，算是当了二两五钱银子。彼时钱盘儿，合不到四十吊钱。

要说钟氏的症候，起初是太阳经，要是治的得法，也就好了。头一个大夫，没认出症候来，现在又传了阳明经啦。燥渴谵语，舌生芒刺，二便不通，脉见洪大，真正是胃与大肠的实热，加减承气汤准好。记者不通医道，我这是拾人余唾记问之学，说的对与不对，还求诸公原谅。

第二天马钱备妥，笔墨八行预备停当，直候到下午一点，也没见牛先生大驾光临。病人是竟说谵语，子英是直着急，出来进去直转磨。孟老太太说：

"大爷你不用着急，昨天不是傻佟给请的吗，都是好街坊，还叫他去一荡得了。"

正这儿说着，傻佟可巧来了。这个傻佟有四十多岁，为人忠厚，说话耿直，专给街坊家帮忙，实心任事，两腿如飞，任劳任怨，并不赚钱。（这十六个字□语，够最优等帮忙资格。）他也是打听先生来了没有。孟老太太说：

"保大爷这里直着急，傻佟你再辛苦一荡，催催先生去。"

傻佟连说："我去，我去！"抹头就要走。子英说：

"大哥您回来！"

傻佟说："大爷你还带甚么东西吗？"

子英说："挺远的您带几个车钱呀！"

傻佟说："大爷你别捣乱啦，坐车还没我走着舒服哪！"说着话忙忙的去了。钟氏这当儿直想冷水喝，爬起卧倒，折腾了半天。天到两点半，傻佟回来啦，吁吁带喘，一脑门子汗，说：

"先生出了马啦，今天五六处呢，大概早晚准到！"

子英说："累着了您啦，您快喝碗茶罢！"

傻佟说："不累，不累！"

正这儿说着，外头直喊回事，原来是牛先生来到。傻佟往外跑，子英也往外相迎。子英给他请了一个安，牛先生似接非还，点头伸手，略微哈了哈腰。子英细瞧这位牛先生，有四十多岁，高身量，戴着墨镜，反穿水獭马褂儿，紫宁绸火狐皮袄，足登缎靴，暗中交代，是毡里子的暖靴，戴着染貂的皮帽子，气焰架子，实在大的邪行。子英让他外间屋暂坐，傻佟就给倒茶，牛先生拿着傻佟当了底下人啦，说：

"昨天你们这位尊管去了，我说今天准来。"

子英怕傻佟挑眼，说："这位是我们街坊的大哥，在兄弟这里帮忙。"

牛先生呕了一声，随后说道："今天实在是太忙，礼王府三侧福晋的肝气，磨盘院淞家又瞧了一处，回头起这里还奔兵马司宝宅，今天是忙的很了。"

说话那分神气烘烘，简直的欠枪排。子英请他到里间屋看病，可巧钟氏这当儿略微清醒。牛大夫切了六脉，摇头恍脑儿闭眼睛，犯了半天假客礼。子英说：

"他还没过满月呢，老爷给细诊一诊（旧日北京城称医生为老爷）。"牛大夫把两只牛眼一瞪，冷笑了两声，说：

"瞧病自然要细诊，这原不是粗糙事呀。"

子英算是吃了这个□子。

牛大夫又看了看舌苔，点了点头，登时来到外间屋，子英说：

"老爷看着怎么样？"

牛大夫摇了摇头，说是危险的厉害，产后本就气血亏，又得这宗外感的症候，好难办了，不过还能治，沉着底气说道：

"吃过旁人的药没有？"

子英说："倒是吃过。"

当时把前医的方子呈上，牛大夫接过来，大致看了一看，又摇了摇脑袋，说：

"这个先生，可是出马的呢，可是相好有交情呢？"

子英说："倒是位出马的大夫。"

牛大夫说："我们是见到了就要说，这个方子荒谬的厉害，产后那能用凉药，把热给激到心里头啦，糟了糟了！"（照例大夫是贬前医的方子，对也是不对，不对更不用说了。千人一面，已成一宗案臼，决没有夸奖前医的方子的。说他用药辩症都对，他高明我不是东西，您还请他罢，满打心里是这们回事，嘴里也不肯这们说。既然伸手接钱，就算生意。生意人永远讲究谁给谁端，又甚么慈善性质啦，又甚么医生有割股之心啦，满没听提。不能说是当大夫的，都是这样子，大概这样儿的也很多。）

子英一听，心里很着急，当时给牛大夫请了一个安，说：

"老爷您就是救他吧，救一命就是两命！"

牛大夫伸了伸手，说："我给设法就是了。"

当时提笔一挥，刷了一个方子，说：

"这个方子是尽力而为，吃下去见好，明天赏我信，不见好是另请高明。"

子英又给他请了个安，牛大夫点了点头（连手都不伸啦），告辞起身，二十四吊马钱，子英早求傻佟交于车上。子英把他送至门外，牛大夫拱了拱手，进［蹦］上车去，说：

"可是忌生冷啊！"

子英连连的答应，回到家中，拿这个方子一瞧，脉案上倒有两个别字。药品分量虽不大，大半补气血的药居多。子英虽不深通医道，也看过两天《本草备要》，拿着这个方单，倒犹豫起来，后来一想，人家既然出马，这们大名气，必然高超，用药跟俗手不同，这里头必有深意，古人云"疑则不用，用则不疑"，好歹吃他一剂瞧瞧。当时求傻佟把药抓回，赶紧煎得，就给钟氏吃了。

书要简捷。这剂药吃下去，病势不但没减，反倒增剧，也不敢再请牛大夫了。子英很着急，孟老太太说：

"我有个叔伯外甥姓华，他可是不出马，亲友有病常找他瞧，脉气很好。有人劝他挂牌，他说治病一道，就是济世活人，暗中短不了造孽（实话），不接人钱，心里还坦然一点，以行医为业，挣钱养家，那跟当屠户一样，简直的是血盆子钱，将来一定下地狱，当大夫没有三辈子财主，不是绝户，就出浪荡子弟，所以他宁可受穷不挂牌行医。亲友请他，他倒是热心尽义务，越穷的主儿，一叫就到，决不拿捏。病瞧好了，给他道个空乏，他倒喜欢。你要是给他买东西送礼物，蒲包儿料斗儿不必说，给他送果席票袍褂料，他也是给你璧回去，因此大家都管他叫华疯子。"（如此好人，会落疯子外号，令人可叹！）

子英一听，这个人高的多呀！不必提他医道，就说品行见解，跟世俗之辈就大不相同。再一说，医道也决含糊不了。当时就求孟老太太介绍。老太太慨然应允，打发人带了个信去，后半天儿居然来了。

此公有三十来岁，像貌不俗，人极敦谨，子英表示欢迎，不必细说。华疯子给孟老太太请了安。孟老太太说：

"你给这位大嫂子看看罢！"

华疯子唯唯连声，当时给钟氏诊了诊脉，看了看舌苔，说：

"这是伤寒病，已传阳明经，里热太盛，非下不可。"

看了看两位前医的方单，也没说甚么。（有学问。）子英问他可治不可治，华疯子说：

"虽系产后，这类病是治实不治虚（这话就行家），现在治还不晚，再过两天就费手啦！"

当时开了个加减小承气汤。子英听他说得有理，十分的佩服。

简断捷说。吃下药去，晚晌就见了燥粪啦。第二天，微透清醒，华疯子连瞧了三四荡，钟氏的病症，居然大见奇效。又吃了两付药，胃口也开了，乳食也有啦，子英是非常的欢喜。过了灯节儿，钟氏已然杖而能行，孩子也满了月啦。子英感念华疯子救治之恩，给孩子起了个乳名儿，叫作华生。后来要给华先生道乏，孟老太太再再的相拦。要办礼物，可也真办不动，只得道了个空乏，两个人从此订交，颇称知己。

钟氏病体虽愈，家境大糟，贫无立锥，室如悬罄，往俗里说，简直的吃上顿没有下顿啦！因为家里一闹病，放了一个多月学，二次开学召集学生，就来了三五个，子英心里一懊，也教不下去啦，这几个学生赌气子也走啦。

简断捷说，有一天早晨，睁开眼睛，任落子没有，公母俩起来对楞着。子英掉了几个眼泪，叹了一声说道：

"我保子英一生慷慨，重义气轻金钱，不敢说救人之急，可也没乘人之危，怎么会落到这步天地！唉，真真的没有天理！"

要说子英为人，向来忠厚和平，没说过这宗过激派的话，这也是饥寒交迫，受环境的激刺，所以才犯这宗牢骚，这也是人情之常。要说贫而无怨，惟贤人能之，说着容易行着难。

子英一犯激烈，把大奶奶牢骚也勾起来啦，说：

"大爷，这话不是这们说，你说你重义气轻金钱，这就是受穷的张本！（实话！）你瞧是有钱主儿，那一个不是重金钱轻义气。咱们要是以金钱为重，以义气为轻，何至有今日之下。再一说如今的天道，专跟好心眼儿的人作对。（好俊天道！）俗话有云：'修桥补路双瞎眼，杀人放火儿女多。'你逆天而行，焉得而不挨饿，自作自受，也就不用怨天尤人啦！"

子英说："话虽如此，难道我保子英就这们饿死吗？"

公母俩屋里说话，街坊孟老太太听见啦，可巧老太太留亲戚吃煮饽饽，亲戚没吃，老太太知道他们没章程，捞了两盘子煮饽饽给送过来啦。公母俩倒闹得好不得劲，羞答答的把煮饽饽收下，谢了老太太。人家孟老太太，更有心眼儿，恐怕他们害羞，把煮饽饽放下，人家就走啦。

子英瞧着煮饽饽，一对儿一对儿掉眼泪。本来有钱的时候儿，真是座上客常满，樽中酒不空，整天有人啃他。就是园馆居楼，无论多少人坐下，一横鼻梁儿，吃多少钱，都是他的事儿。如今揭不开锅，街坊老太太给送两盘子煮饽饽来，可也是心里难受。他是两层难受，一层是可叹自己的境遇，一层是感激老太太的好意，这真叫作感激涕零。

钟氏说："老大大（北京呼伯母为大大）给你送来，你就吃罢。"

子英擦了擦眼泪，说："咱们一同吃罢。"

钟氏说："你先吃罢。"

子英悄声说道："你给我拿个碗，倒点醋，淋点儿香油。"（你听，混到这步地位，吃东西还离不开全作料儿，也就无怪乎受穷了。）

钟氏说："家里那有醋呀！"

子英说："吃煮饽饽那有不蘸醋的，你把醋罐儿给我，给我一个钱，我打醋去。"

钟氏说："那有一个钱呀。"

子英长叹了一声，说："我保子英真算水尽山穷，连一壶醋我都打不起了，此天灭我也。"

钟氏说："你嚷什么呀！"

正这儿说着，孟老太太又给送过一个醋碗儿来，至于他们公母俩研究醋的问题，老太太是听见啦，是没听见，暂且不提。

单说子英，向来饮馔十分讲究，三鲜馅儿的角［饺］子，不搁好料酒高酱油，他都嫌不得滋味儿。今天孟老太太送的煮饽饽，真正少油缺酱肉不多，整本大套的菜篓儿，搁在平常，简直的咽不下去，如今他会□了个挺香。如此看来，"饥者甘食"

这句话，是一点不错的。子英吃了一盘子，钟氏也吃了几个，还给子英留了十几个，偏巧街坊傻佟，又给送过一锅豆汁饭来（用剩饭熬的豆汁儿叫作豆汁儿饭），晚晌的落子，对付着有了。

傻佟现在卖芸豆，一天很赚个三四吊钱，他劝子英，也趸几斤芸豆卖。子英始而不认可，后来饿不起啦，卖就卖罢。跟孟老太太借了几个钱作本，傻佟又借给他一个筐子，带管传习他蒸芸豆，这总算遇见好街坊啦。芸豆蒸熟啦，又不会吆喝，傻佟又教给他吆喝。子英说：

"兄弟你这分好意，哥哥领情，我还是拉不下脸来吆喝。我是做过知县的人，让我卖芸豆，这不是改人吗。"

傻佟说："我的老先生，现在讲不的那个了，世袭公爷侯爷，都入了胶皮团啦，员外主事还有满街上寻钱的哪，作小买卖儿，总比寻钱追褡裢儿好看，谁笑话让他笑话去，治饿要紧。"

子英说："话虽如此，我就是不能吆喝，我打梆子行不行？"

傻佟说："我的大爷，您别起哄啦，您又不是卖香油，打那门子梆子！"

子英犹豫了会子，把心一横，干，卖东村，卖芸豆总比卖国体面，豁出去了！当时背起了筐子，出了门口儿，连头都不敢抬，脸上是飞红。后来自己一想，既要卖头朝外，不吆喝谁买呀，乍着胆子吆喝了一声，这个难听，就不用提啦。头天开张，芸豆倒是卖完了，晚晌一算，才赚了两吊来钱。因为他比别人给的多，少了自己先拿不出手去，一来二去所创开脸啦。

那天正在吆喝："蒸烂来芸豆！"身后有人直叫老爷，子英回头一瞧，正是旧日跟班儿的赵顺，子英连说惭愧。赵顺请了个安，说：

"老爷怎么落到这般光景？"

子英无法，把大致的情形说了一遍。赵顺问明住址，说是一半天到宅里请安。（别要菜啦，还宅里哪。）第二天清早，赵顺真来了，给老爷太太请了安，自称现在某宅门房儿，孝敬了五两银子。子英那里肯要，赵顺说：

"家人伺候老爷好几年，沐恩托福，很沾过老爷的光，现在这们点意思，是家人一分孝心，自家主仆，还求老爷太太赏收！"

说着连连的请安。子英见他说的恳切，不由的一阵心酸，当时大哭之下。子英一哭，招得赵顺也直掉眼泪，钟氏悲切切的说道：

"大爷你就不用哭了，顺儿既然有这分意思，别辜负他的好心，你就收下罢。"

子英点了点头，把五两银子收下。赵顺说：

"现在有一件事情报告老爷，现在国文国大爷非常之阔，现在东四牌楼灯草胡同，买了一处大房，在广西署了一年直隶州，得了一年土税统捐局的总办，钱是搂足了。现在该省闹土匪，他借着修墓，请假回京，在家里纳福哪，竟姨奶奶三四个，新近把个四姨奶奶也跑了（那是常有之事，就是不跑，安分的也很少），他没上老爷这里来吗？"

子英说："还是他到省之后，给我来过一回信，后来总未通信，他如今居然如此之阔，真是那里瞧人去。"

赵顺说:"从先他受过老爷的好处,家人尽知,现在老爷这分景况,为何不找他一荡去呢?"

子英说:"我倒把他忘却了,我先写封信,烦你顺便给他送去,我这信一到,马上他就得来!"(先慢吹!)说罢哈哈大笑,提笔一挥,来了个急三腔,把信写完,交给了赵顺,让他顺便送去。赵顺说:

"家人回头就去。"

当时请安告辞,子英还把他送至门外。

回来见了钟氏,是欢天喜地,说:

"这可好了,国文兄弟,他从先说过,得意之后,每月送我一百银子。如今一见我这封信,知道我困难,故人之情,一定不能漠视。"

钟氏说:"大爷先别喜欢,此事不定怎么样,他要有此心,也就早来了,何必还等给他写信。"

子英说:"这话也不然,交朋友你得原谅,一来他乍到北京,二来他也不知我如此穷困,少不得他要来的。"

钟氏说:"现在人心险诈,世态炎凉,连我一母同胞的哥哥,居然都变心,何况朋友。"

子英说:"这话可不然,我常说亲戚本族不及朋友,亲戚本族是法定的,朋友是以义相合,到了患难,才见出交情来哪。"

那天夫妻二人,虽没起冲突,暗含就算小抬着。子英还要蒸芸豆,预备下午去卖,钟氏说:

"现在有这几个钱,不至于等米下锅,你休息一天好不好?"

子英说:"《吊金龟》上有云:'常将有日思无日,莫待无时盼有时。'今天没事,我还是卖上前去。"

钟氏说:"明天你可就不必卖了。"

子英说:"却是为何?"

钟氏说:"明天国大兄弟要来,你不在家也不合式。再一说,他看见你卖芸豆,是何景像!"

子英说:"这也说得是,爽得我歇两天再说。"

话不烦叙。子英连歇了两天,也没见国文到来,自己心里好难过,也不好对钟氏说甚么。那天晚响,赵顺到了,请完了安,在一旁站着,撅着个嘴直生气。子英说:

"我让你送信之事,怎么样了?"

赵顺说:"哦呵呵,老爷,真正的气死人也。家人到国宅,正赶上国大爷出门,家人面递老爷的信件。他看了看信,问了问老爷的状况,冷笑了两声,他说他公私甚忙,不能来看老爷。"

子英说:"往下怎么样?"

赵顺说:"嗳呀,老爷呀,往下所说的话,家人不敢说,恐招老爷生气。"

子英说:"你且讲来,我不生气就是了。"

赵顺说:"他说老爷有钱不会过,自找其穷,如今他自顾不暇,空有周济老爷之心,而无周济老爷之力。给老爷带话,让老爷发奋自强,将来运转时来,自有发达之日,人生万不可有依赖性质。他就是有钱,也不能周济老爷,恐长老爷依赖之性。"

赵顺话没说完,子英当时来一个僵死,钟氏赶紧就扶,赵顺就叫，说：

"老爷醒来！"

叫了半天，子英才缓过来，要唱倒板，把辞儿忘了，当时
跺脚说道：

"世界之上，竟有这样忘恩负义之人，气杀我也！"

赵顺说："不怨老爷生气，家人也气的要死，一时气忿，我
骂了他几句！"

子英说："骂得好，你骂他甚么言辞！"

赵顺说："家人说他：'要不是我家主人借给你钱，焉有今日，
你真正人面兽心，形同鸮獍！'"

子英说："骂得好，骂得好！他便怎样？"

赵顺说："骂得小子跺脚大炸，叫家人要送我，我借着乱际
儿就回跑来了。"

说着掏出一个包儿来，里头是一两多银子，递给子英，说：

"这是厨子张二孝敬老爷太太的。"

子英说："张二会有这样孝心，你在那里遇见他啦？"

赵顺说："家人在四牌楼迤南遇见他了，他现在总理衙门帮厨，
知道老爷的景况，让家人先带这一两银子来，改日他还要来呢。"

子英点了点头，叹息了两声，又冷笑了两声，赵顺又劝了
会子才走。

子英吹了个挺满，甚么亲戚不如朋友啦，朋友又以义合啦，
如今真是大馒首堵嘴，心里万分难过，嘴里干说不出来。钟氏
知道他这分意思，也不好十分相劝。过了两天，厨子张二又给

送了几十吊钱来。子英心里不痛快，芸豆歇了两天工，赵顺又给送了二十吊钱来。后来子英一想："亲友本家，都靠不住了，竟指着旧口家人供给，也不是长事。再一说，他们也没有多少钱，偶然是个意思，再送来我也不要啦，还是卖我的芸豆去者。"

二反芸豆又一开张，见天赚个三四吊钱，倒是对付能以糊口。

那天卖完芸豆回家，将搁下筐子，忽听门外头喊回事，街坊家一个小孩儿跑进来啦，说是仍（人）家找姓保的哪。子英赶紧跑出去一瞧，但见一个跟班儿的，拿着一个片子，说是拜保老爷的，你给回一声儿得了。本来子英这身衣裳，就像个油厨子，跟班儿的拿他当了家人啦。子英接过片子来一瞧，是个官衔片子，一行小字儿，是花翎三品衔候补知府张仲文。子英看着张仲文三个字，好像很熟，一时想不起来，拿着片子正在犹豫，跟班儿的说：

"保老爷倒是在家没在家呀？"

子英说："我就姓保。"

跟班儿的心说："这位就是老爷？好德行样儿呀。"这当儿车上的客已然下来啦，奔过来叫了一声"恩人老父台"，深深的请了个大安（按外官场规矩，不到屋里不能行礼。现在既非官场，北京又兴请安，子英又是旗人，所以人家行这个礼）："你老人家还认得我吗？"

子英一瞧这个人，有二十多岁，不到三十岁，衣冠齐楚，相貌轩昂，当时一楞。这人又说道：

"老父台还记得江西新昌县北张里，打鱼之子张仲文么？"

子英一听，猛然想起。现在人家是知府啦，自己从前是知县，自然得称人家大人啦，说：

"原来是大人驾到，卑职眼拙，望乞恕罪！"

张仲文说："老恩师（越叫越亲！），不要这样称呼，门生到里面，再给老恩师磕头。"

跟班儿的一瞧，心说："干了，方才我拿人家当了厨子啦，敢情是老爷！"赶紧过来闹了一夹剪，说：

"请大老爷安！"

子英一想，既然是他，我也不怕他笑话啦！

当时让到里面，张仲文跪下就行大礼，子英还礼不必提。张仲文一定要见师母，钟氏连个整布衫儿没有，挠着个头也没戴钳子，只好见啵。子英让张仲文坐下，彼此互谈别后的情形，子英是合盘托出，并不隐瞒，连现在卖芸豆都说了。张仲文掉了几点眼泪，说：

"老师一寒至此，门生之罪也！门生蒙老师大恩，那年就进了学，转年本省乡试，中在第三，房师吴太尊十分优待。后来吴太尊被山东张朗帅，调赴河工充当总办，吴太尊把门生带去，派充办料委员，历保今职。门生屡欲给恩师通禀，因不详住址，以致信禀久疏。这次因公晋京，打听了三日，才寻着恩师的寓所。门生来迟，罪该万死！"

子英一听，心里一痛快，不由的哈哈大笑，乐完了又掉了几点眼泪。彼此谈了会子，张仲文掏出一个红纸封套儿来，说：

"区区一点孝心，望乞老恩师赏收！"

子英三辞而后受之。张仲文说是今天还有事，暂且告辞，改日再来禀安。子英把他送至门外，要看着他上车，张仲文一定请子英进去，才登车而去。

子英回到屋中，一瞧这个封套儿，上写："束脩五百两，门生某名顿首百拜谨缄。"子英拿着这个封套儿，又是欢喜，又是难过，把从先的事情，又对钟氏说了一遍，钟氏也叹息不已。

后来张仲文又孝敬了子英一千两，还要约子英同赴山东。子英看破官场，再再的力辞。后来张仲文得了实缺，逢节按年一带银子就是几百两。子英虽不卖芸豆了，可也不敢那们浪费金钱了。华疯子、孟老太太、傻佟，三处都有酬谢，不必细提。国文、钟社，听说子英又阔了，要来也不好来了，子英倒把赵顺张二仍就叫回，格外优待。

现在俗论，都说旗人不够资格，又说南省人不可交，这话实在一言抹煞。似乎子英这个旗人，张仲文这个南省人，够资格不够资格，可交不可交？如今若有其人，我当买丝绣之！

书说至此，明天另换新题。

（《京话日报》社会小说《新鲜滋味》之九种）

蔡友梅作品

搜救孤

正文

仲蔚甘逃世，渊明乐隐居。

蓬蒿常满径，松菊自为庐。

尚志能辞诏，耕余复读书。

我今怀二子，更欲事樵渔。

石榻容高卧，瓜棚纳晚凉。

微风消暑气，清趣似秋光。

高树月初上，短篱花自香。

即时逢妙景，愁极不妨狂。

　　两首近作，妄拟杜体。虽然西望长安，聊且稍抒积闷。记者原不能诗，不过拿他当引场辞罢了。近日小说惯例，每逢另换新题，都要作一首《西江月》，这宗现抓的《西江月》，瞧着容易，其实更难，第一得应时对景，叙点时事，您说现在这宗时事，怎么个叙法儿，从那儿下嘴起？是论是非呢，是论成败呢？这跟欧洲大战又不同，那是外人跟外人战争，这是自己跟自己打仗。那个可以说公理战胜强权，这个说甚么呢？至于开战之后，北京的状况，人所共知，两个字的考语——"受罪"！也无须乎说，也不忍的说。您说现抓的《西江月》，要不发挥点时事，竟弄点风花雪月，春夏秋冬的套子景儿，又没有甚么意思。所以弄两首近作，聊以塞责，工拙在所不计也。

闲话蠲免，即刻开书。且说北京东城，有一个旧家，金张门第，世代簪缨。老官儿当过将军，已然故去。少弟兄三个同居，大爷叫爱明，号叫伯英，现任某旗副都统（旗人）；二爷叫爱绅，号叫仲英，是个荫生郎中；三爷叫爱仁，号叫季英，是个翻译举人内阁中书。北京的俗话，差使地儿总都算不含糊罢。大奶奶管氏，娘家是个汉财主；二奶奶成氏，娘家是内务府差使；三奶奶文氏，娘家也是世宦。老官故去，很留下几个钱，弟兄三个同居度日。大爷跟前没甚么；二爷跟前一个儿子，叫作常保；三爷也跟前一个儿子，叫作常山。常保六岁，常山五岁，都是看妈妈看护。大爷屋里有个丫头，叫作春莺，是朋友送的。因为这个朋友，在天津候补，故于差次，贫不能归，五六口家眷，困在那里挨饿。伯英得着这个信，特派老家人伊罕（伊罕是句满语，译言就是牛。因为他小名叫牛儿，所以给他起个满语名字。旧日满洲世家，多有给仆人起满洲名字的）带了几百银子，前往天津，把朋友的灵柩家眷一同搬取（搬取二字可是戏辞儿上学的），剩了六七十两银子，一并送与朋友的家眷，作为养赡之费。朋友家无以答报，把春莺丫头送与伯英，一来他家里也可以省嚼用，二来也是分人情。大奶奶管氏，因为自己竟小产，总要给伯英立妾。有这个意思，还没得跟伯英发表，可巧春莺来到。管氏一瞧春莺，品貌端庄，举止典雅（作丫头的要得这八个字考语，将来必有起色），不像小家子出身。问了他几句话，对答详明，有条不紊。细问他家世出身（倒没要履历），原来也是宦裔。管氏暗暗的点头，心说怨得他举止大方呢，有根基人家的儿女，倒底与众不同。问他今年多大岁数儿，春莺说十六岁，管氏点了点头。本来正与伯英物色小星，这正是买金遇见卖金的了，虽然有意，可没跟伯英提议，一来春莺年龄尚幼，二来不知他性质如何，要看他些日子再说。当时对于春莺，待遇倒是不错。春莺来到这里，一切谨慎，克尽作婢的道理。不但管氏喜欢，伯英也倒很欢迎。

单说伯英昆仲，虽然同居，各人有各人的院子，三个屋里，各有男女仆人。从先有老官儿在世，是一个大厨房，后来各人屋里单有厨房，公共这点财产，归当家的执掌，出入有帐。从先是管氏当家，后来竟犯肝气病（跟我女人一样），有点办事竭蹶，难膺繁剧（要调简缺），把当家一席辞退。三奶奶文氏，是个脑筋简单心地糊涂的人，几吊钱的帐，他都算不清楚，可是为人又黑又贪便宜，分不出贤愚，辨不出好歹来，并且耳软心活，专一受人蛊惑。二奶奶成氏，娘家爸爸作过粤海，放过织造，自幼儿随任，书倒念了不少，能写能算，能说能道，长的是高身量大颧骨，四露白的眼睛，说话声音带煞，脑筋敏捷，

手腕灵活。（搁在如今政界，是一把好手。）管氏一辞职，伯英
召集家庭会议，就要让成氏组阁，阖家也都认可。文氏向来最
拍成氏的马屁，那天起立发言，说：

"大哥之言甚是。咱们家这点事情，非二嫂子办理不行。大
嫂子虽然行，身子又不作主。要是让我办，两天就要把我乱死。"

仲英是个书呆子，向来最听女人的。（十个书呆子，九个惧
内，这都是怪事。）季英是个毛毛腾腾的人，无所可否。大哥大
嫂子既然赞成，这个议案，就算表决通过。二奶奶成氏，把帐
目接过来，于是就走马上任。

在管氏当家的时候儿，公中的款项进来，类如房租、地租、
铺子的红利等等，共分五股：三个屋内各分一股，其余两股，一
股作为存款，以备冠婚丧祭的事情；那一股支配公共的事情，类
如人情应酬修理房屋，以及周济亲族之用。此外个人的进项，
是个人拿着。成氏对于财政一席，素抱野心，现在达其目的，
非常的高兴。

本来这一家子，脑筋手段，谁也干不过他。大爷是个浩浩
落落的人，大奶奶是温柔忠厚的人，二爷是书呆子带财迷，三
爷是个毛包花脸，心里没甚么，三奶奶是极乏的一个人，他满
不放在心上。就是有一位出阁的姑奶奶，他还惧怕三分。这位
姑奶奶，原是伯英的堂姊。伯英的母亲，因为没有女儿，所以
过继到名下。后来嫁了一个候补知县姓保，分发到山东。这位
姑奶奶，原先就行四，所以都称他四姑奶奶。现在四姑奶奶没
在城里头，成氏是为所欲为，肆无忌惮。不过百分之一，还有

点怕伯英。一来伯英为人公正，二来是现任的副都统，又兼着御前的侍卫，圣眷还很好，高兴就许放将军。倘或要放福州将军呢，也得跟着沾光呀。这宗势利之见，到处皆然。记者常说，大地球就是个势利地球，而家庭之势利尤甚。妇女们心窄量小性情一偏，就说小小的有点学问，也犯这宗毛病，没学问的更不用说了。

先是管氏有孕，到了五六个月，受了点伤损，居然又小产啦（足见小产不是一回了），还是一个小子。成氏过去探望，管氏直哭，自称怕要绝后。彼时成氏跟前的常保，已然两岁，成氏早憋了一个主意，打算把常保过继长房，将来他还许有儿子哪。既便说就这一个儿子啦，让他兼祧长次两房，反正是一句话的事情，长房的产业，也就归他的了。他可是这宗野心，他不直说，他跟管氏绕湾子。那天管氏一哭，他劝了几句，随后说道：

"嫂子何必着急！我瞧你这个身子，也虚弱透啦，就便再有孕也很危险。莫若您给哥哥趁早儿立一个人，有了孩子还不是您的儿女吗？"

在他的意思，以为一提立人，大奶奶一定反对，然后就棍打腿，他再提过继的事情。主意是很不错了，他这就是以小人之心度君子，心想作妇人的，有几个不吃醋的，听见老爷要买姨奶奶，真有寻死觅活的。谁知道管氏不是那宗人，他久有此意，老没发表，今天成氏一提，正中下怀，说：

"二妹妹的意思，正跟我相同，我打算要给你哥哥立个人，但是没有合式的。我想着寻个根本人家儿的姑娘，下流社会，我是不愿意的。"

成氏一听，心说，这个娘儿们可真别致，人家怕当头人立妾，他要给当头人立妾，其性与人殊，真正的反常为妖。人家作奶奶太太的，最怕当头人置姨奶奶，听见当头人要立妾，能够哭三天吵八夜，他偏愿意。我瞧他是言不由衷，故意的捽簧，良心主张，未定准愿意。等我慢慢的再探探他。想罢说道：

"嫂子这分贤德，我是很佩服了。不过择妾一道，也是极困难的事情。根本人家的儿女，谁肯给人当姨奶奶。肯给人当姨奶奶的，出身都有限，不怎么竟出现像呢。这宗不够资格的人，即或有了孩子，受他的传染教育，还好的了哇！"

管氏说："二妹妹这话，未免一言抹倒。照你这们一说，庶出的就没有好孩子啦？总在乎他妈妈出身怎么样。"

成氏说："还是那句话呀，总得讲出身哪。倒底正途差的多。劳绩损纳两项，我就不欢迎。"

管氏说："你别费话了。"

成氏说："大娘爱我们常保不爱？"

管氏说："自己的孩子，我有不爱的？"

成氏就棒打腿，说道："大娘要爱常保，把他过继您名下就完了。"

管氏说："你们屋里就是一个儿，等着再有了小子，过继我就是了。"

当时这个岔儿也就揭过去了。从此成氏就让常保叫管氏母亲，管氏再三的谢绝。简单言之，是这面儿认可，人家没认可。

后来春莺一到，管氏让婆子带着，叩见二奶奶、三奶奶。三奶奶文氏，倒没说甚么。成氏一瞧这个丫头，目如秋水，眉似远山，真是冰雪为肌玉为骨，芙蓉如面柳如眉，说话这分理明辞畅，举止那分落落大方，不必说在丫头界内少有，就是在小姐界内，也是不可多得的人员，当时一楞，心说："这个丫头可是尤物，我见犹怜，何况男子。大奶奶的意思，我明白了，这是个预备班哪，他这是诚心跟我呕气。这一收房，还短的了生儿养女呀，过继这一层算歇了。再说此风一开，就许受传染。我们那口子，他久有此意，不过有我在头里，他不敢就是了，哥哥一立人，还禁止的了兄弟吗。总然我能禁止他，也短不了捣乱，从此就能多事。这个丫头，简直是祸水厉阶，趁着没收房，我先把他破坏了，等到收房可就难办了。成氏主意已定，想了半天，一时没有法子，只好相机而行吧。

单说管氏，随时留心，看了春莺几天，孩子实在不错。那天跟大爷伯英提议，原来伯英也有此意，不好出口，管氏一提，正中下怀，当时哈哈大笑，说："大奶奶认可，我是无不赞成。"表面虽然如此说，心里这分高兴就不用提了。您想，一个聪明俊俏的丫头，大奶奶提倡，要让他收房，这不是太阳由北边出来的事吗。要是别位大奶奶，有这宗特色的丫头，他就不能容留，即或容留，大爷多看一眼，都是麻烦，他还能提倡让你收房，没那个事情！以上所说，不过是一般普通世俗的妇人，要是深明大义的贤明妇人，以宗祧为重，决没有醋海生波的事情。

伯英本有此意，不好出口。大奶奶先说出来了，伯英是又惊又喜又感激。

友人汪莘说过，妻贤妾美，总得三世修来，有一世的修行都不成。（别迷信了。）伯英喜的心花欲放，带笑向管氏说道：

"有两件事，我还要跟你商量。第一得给四姑奶奶写封信去，告诉此事。"

管氏说："那是当然的。"

伯英说："第二，我虽然居长，弟兄妯娌我都得告诉一声儿呀。"

管氏说："那也倒可以。有一节要紧的事，你没有想到，族长七太爷那里，你倒得回明一声。那一关通不过是麻烦。"

伯英说："这话倒对。"

旧日旗族的人，最重族长。本家有甚么事情，族长最拿大权，况且他们这位族长，跟别人又不相同。此人姓官（旗人指名为姓），名达，人都管他叫官大。（也不是有脸没有。）这个人是个老佐领，五十来岁，赤红脸儿，酒糟儿鼻子，几根黄胡子，闻点鼻烟儿，说话咬文咂字，不通文又要转。一嘴的和群保种，一心的卖国求荣，说话讨厌，见人假狂。为一个黄毛儿，他就能起革命，给他一枝马掌烟，他能叫好听的。邻里憎嫌，亲族厌恶，说句新名词罢，简直的不成东西。虽然这们说，本族还都不了他，因为他辈数儿极大。伯英弟兄，在本族中辈数儿就不小，他比伯英还大两辈，称呼他七老爷子。有伯英的父亲在世，留下的老例，逢节按年，对于他都得有分孝敬，他还是老不够，时常打发孩子，前来借贷，那一回可也没空过。

伯英那天叩谒七老爷子，把要立小星的话，回禀了一回。官大闻听，把三角儿眼睛一瞪，说：

"老大，你这是破坏祖宗成法，违背先人遗训（你听，开口就是四六句子），万也使不的。咱们家的宪法（他们家还有宪法呢，也不是有约法没有），四十五岁以上无子，方准立妾，你今年还不到四十岁，差着年分的，这事是万办不到的！"

伯英说："这节事情，我也知道，今天不过跟七老爷子研究研究。"

七老爷子把刺猬眼睛一瞪，七个八个不成。伯英后来急了，许下酬劳，七老太爷当时又改了嘴啦，说：

"这话又说回来了。古人云：'不孝有三，无后为大。'祖宗成法，固然得遵守，有时也得改良。泥古鲜通，顽固不化，处在这个时代，是不行的。（你听，全由着他说。）我是一族之长，我认可，谁也不敢不认可。就是老二老三，他们要不愿意，全有我呢。人瞧妥了没有呢？"

伯英说："就是家里那个丫头春莺。"

七老太爷说："就是上次我在你屋里吃饭，给我打扇的那个丫头吗？"

伯英说："正是他。"

七老太爷呵呵大笑，说："那个丫头倒是不错，据我看很有宜男之相。（还会相法。）不错不错！等着到了吉期，我是要喝你个喜酒的。"

伯英说:"一定请七老爷子喝酒的。"

话不烦叙。伯英回到家中,把七老爷子认可的话,对着管氏说了。那天家庭又开了一回会议,旁人都还认可,就是成氏反对。后来一想,大伯子屋里要立妾,我作弟妇的,一定反对,让人家一说,我这不是吃叔伯醋吗。(也不是有堂叔伯两姨醋没有?)这件事大概反对也不成,莫若赞成认可,慢慢收拾他就完了。主意拿定,当时表示赞成。家庭这个议案,也算通过。

诸事停妥,管氏这才把春莺叫到跟前,把这件事情,跟春莺一提,春莺始而不愿意,管氏跟他说之再三,他才含泪认可。

那位说了,春莺认可就完了,含泪作甚么?再一说,作丫头的,道路很窄,也就是这一个升途,有这层乌布,将来还能达到掌印的目的。(也不是主稿不主?)太太不在了,由姨奶奶扶正的,很多很多,可是由丫头扶正的,就没有听见说过,所以说这是一个最要紧的阶级。作丫头的,对于这件事情,是最希望的,他应当欢喜才对,落的是那门子泪呢?诸位要知道,春莺这个女孩儿,跟普通作丫头的不同,生来的品格高上,既然作了使婢,自己没有主权,在他的本心,这一步他真不愿意高升。管氏跟他说之至再,后来一转想,大爷大奶奶,素日相待甚优,大奶奶真当自己的女儿疼爱,虽然不愿意,这点感情,都不能太却,所以认可。后来一想自己的身世,父母双亡,又没有兄弟,拿着宦裔小姐,落到这般结果,非常的伤感,所以落泪。管氏又安慰了一番,择了一个吉期,把春莺收房。

那天还备了几桌酒席,至近的亲族,请了三五家,不用说,那位七老太爷是头一名。暗中交代，头几天伯英给他送了几色礼，还有五十两银子，这节事，别人都不知道。七老太爷那天到了，进了门儿就喜欢。后来春莺给他一磕头，他见春莺，穿着一件新竹布衫儿，举止稳练，一点轻狂的意思没有，七老太爷哈哈大笑，掏了一对荷包，给了春莺。这对荷包，是堆花红缎子的，颜色可都黄了，黄穗子全白了，再一说全抽抽了。七老太爷礼物虽微，语吧儿很多，说：

"春莺姑娘，我这里有对荷包给你，你们和和气气的。我这荷包里，装的是莲子（没装锞子），取其贵子连生的意思。"说罢哈哈大笑。（简直是五十两说话哪吗。）那天在这里吃了一天，倒是很喜欢。

春莺自当选之后（也不是运动了多少票），诸事谨慎小心，克尽作妾之道。伯英之得意，管氏之怜爱，一切不必细说。成氏气的要死，时时刻刻惦记着把春莺铲除，可又没有甚么高明法子。他屋里有个婆子姓焦，是成氏的嬷嬷姐姐，后来又担任陪房老婆子。这个家伙有三十多岁，高身量儿，大眼睛，高颧骨，说话先呦，声音很娇，挤鼻子弄眼儿，耍神儿耍像儿，大有扫边小花脸贾多才的状况。就凭这个脑袋核儿，其为人也可知。成氏是非常信服他，有甚么密秘的事情，都跟他研究，参谋顾问带咨议，差使都让他一个人儿当了。这家伙还是真有两下子。那天花园子牡丹盛开，成氏前去赏花，让老焦跟着，主仆二人说了会子，来到太湖石畔歇息。

成氏原非雅人，那里懂得赏花，不过借着赏花为名，把老焦调到花园子，跟他讨论事情。成氏的宗旨，早跟老焦说过，今天也不必再提，干脆研究要害春莺。老焦说：

"这个丫头，鬼灵精儿似的，狐狸崽子相仿，大爷正在高兴，大奶奶也让他迷惑住了，这个时候儿，您打算破坏可不容易。"

成氏说："那们就罢了不成？大奶奶是不用打算生养啦，大爷手里很厚，要把常保过继他名下，两口子百年之后，他那点私产，也就过来啦。没想到他们又弄这个事。他真要跟前一个小子，我这个计画就算歇了，想个甚么法子，把他除了才好。"

焦氏说："我的二奶奶，您是树林儿里放风筝——绕住了。您就把春莺除了，人家会弄秋燕，去了穿红的还有穿绿的，徒生恶感，毫无效力。（你听，新名词还不少呢。）我问您，您跟春莺原是无冤无仇，就怕他有孩子，这话对不对？"

成氏说："是呀！"

老焦说："既然如此，就别除春莺，拿他当幌子，想个特别的法子，不让他生养就完了。他既不能生养，他又能迷惑大爷，大爷再立人是休想，慢慢的就算绝了。您再跟他提议，把大哥儿过继他那屋，那不就是一句话吗。您想这个主意怎么样？"

成氏说："这个主意很高。不过一样儿，有甚么法子让春莺不生养呢？"

焦氏说："自然是有法子呀。给他点药吃，就能让他不生养。"

成氏说："那里卖这个药呀？"

老焦说："这个药没有地方儿卖，还得求人现配。"

成氏说："求谁配去呀？"

焦氏说："您就不用管了，您花钱我就能找人配去，反正他短不了头疼脑热。您作为好心，您听过《对银杯》呀？您就去那个送药的大娘，吃下去不知不觉，从此他就不用打算添孩子啦。人不知鬼不晓，这个法子怎么样？"

成氏说："倒是不错，倘或要不发生效力哪？"

老焦说："要不发生效力，我还有特别的法子。"

成氏说："有甚么特别法子呢？"

老焦说："这个法子今天不能宣布，到了时候儿，我自有妙计。"

主仆二人正在谈话，忽然由山子石后，转过一个人来，倒把主仆吓了一跳。来者不是别人，正是三奶奶文氏屋中的丫头。这个丫头姓穆，有三十多岁，一脸的酱色麻子，高身量，没头发，两只半大不小旗汉之间的脚。虽然这宗德行，三爷三奶奶都很喜欢他。第一他力气大能作事；第二不馋不懒，最能服从。其实他心里很有数儿，不过表面长的傻头傻脑呢，因为［此］都管他叫傻麻子，又叫麻穆子。（也不是唱《架子花》不唱。）成氏一瞧，麻穆子拿着一捧红凤仙花（俗名指甲草），笑嘻嘻的，给成氏请了一个安，说：

"二奶奶，您这儿说甚么呢？"

成氏脸一红，说："我没说甚么呀！"

麻穆子把嘴一撇，说："得了，您当我们没听见哪，我们全听见了。"

其实麻穆子甚么也没听见，他这不过是戳事。成氏心里有鬼胎，当时抓了，说：

"好孩子，你先把花儿搁下，你掐这个指甲草儿作甚么？"

麻穆子说："我染指甲呀！"

成氏说："孩子你饶了我罢，你别要我的命啦，你还染指甲哪！"

麻穆子把嘴一撇，把眼睛一楞，说："您瞧不起我们不是？我们是黄连擦粉——苦捣扯。"

成氏说："你们瞧这个傻孩子，还有这些个歇后语呢，你坐下我问你话。"

麻穆子说："呦！我的二奶奶，您在这里，那有我丫头的坐位呀！"

成氏说："你坐下罢孩子，我有话跟你说。"

麻穆子请了一个安，在一旁坐下。成氏说：

"方才我说的话，你可别跟外人提呀。"

麻穆子说："我的二奶奶，您只管打听，惟独我这个丫头，我是腮梆子上站岗！"

成氏说："呦，这句话怎么讲呀？"

麻穆子说："我们嘴上能戒严，苏秦打手式。"

成氏说："这话又怎么讲呀？"

麻穆子说："能说我们都装哑吧。"

成氏说："你瞧这孩子，那儿趸的这些个歇后语。这件事既然你听见啦，也不瞒你，我还要借重你，你要帮我个忙儿，我必有酬劳。"

麻穆子说："我是应尽的义务,您倒别提酬劳,有甚么差遣的事情,您就任命罢!"

成氏说："我先问问你,春莺那孩子,你恨他不恨他?"

麻穆子说："我为甚么不恨他呀,他长的甚么模样儿,我甚么模样儿?我们两个人一比上,他像天仙,我像活鬼,我怎么不恨他呀,有了他就显不出我来啦!"

老焦说："你别要菜啦,就是没他,也显不出你来。"

麻穆子说："这个焦大婶子,竟损人家孩子。"

成氏说："先别打哈哈,我有几句要紧的话。你既然帮我的忙,你就是我的心腹人。你们三奶奶,那是个走道儿打哈欠——乏人,甚么话你也不用跟他提。咱们协力同心,要把春莺铲除了,我必要特别的照应你。现在你就先给我作个侦探,春莺有甚么举动,随时报告于我。"

麻穆子说："您交给我啦,侦探咱们行,咱们是福尔摩斯的徒弟。"

成氏说："你别要话啦。"

说着掏出一个小锞子儿来,递给了麻穆子,说:

"孩子,我这儿有点小意思儿,买饭不饱,买酒不醉,你闹包耗子药吃罢。"(《翠屏山》的底子。)

麻穆子说："这是多少?"

好在成氏倒没说一分刨八厘。麻穆子千恩万谢,成氏又嘱咐了几句话,麻穆子连连答应,拿着指甲草儿(细),告辞而去。成氏跟老焦,坐了会子也就回去啦。

　　不提成氏，单说麻穆子回去见了文氏一面。文氏娘家的妹妹，正在这里住着，还有两个老婆子，四家儿正在斗牌，两个小丫头，在地下伺候着。麻穆子张罗了一番，声称脑袋疼，跟文氏告半天儿假。文氏说："你就歇着去罢。"麻穆子请了一个安，回到自己房中，把这个小锞子儿收起，躺在炕上自己寻思。心说这个家伙，原来没安着好心，他要害春莺姨奶奶，把儿子过继大爷屋中，垄断人家的财产，约我给他帮忙，事成之后，还要特别照应我。他有甚么特别照应我的，给我这们一个一两的锞子，就打算收买我入他那党，未免把我太瞧小啦。真给我弄个顾问，或是挂个咨议，至无能为。在经济调查委员会里，给我弄个干馆，月间拿个三百二百的，让我给你当碎催，我得卖的着。一两二两的，不够招说的钱，我就伺候不着。可是现在他当权得地，威权之下，又不能反抗他。有主意了，暂时我答应他，慢慢的瞧事作事。春莺这个人，我虽跟他没谈过，那个人倒是不错，见了旧日姊妹，也没有甚么架子。再一说，大爷跟大奶奶，待人也很忠厚，屋里也没有个孩子，大奶奶是个肝气身子，春莺真要养个一儿半女的，也好接续香烟哪。人家跟他无冤无仇，他一定要害人家，这个心术也就太坏了！我借着这个机会，倒可以保护春莺。反正他有甚么消息，我得先得信。就是这个主意。今天请这半天病假，也没有甚么事情，我给大奶奶请请安，就便瞧瞧春莺，看事作事，报告这个消息。想罢来到管氏院中。

　　有一个婆子老王，正在院子换花瓶的水呢。麻穆子说：

"大婶子，您作甚么呢？"

老王说："麻姑娘，你怎么这们闲在？"

麻穆子说："大奶奶在屋哪？"

老王说："大奶奶在姨奶奶屋里哪，跟姨奶奶学下棋哪。大爷也在那屋哪！"

原来伯英会下围棋，家里有一份棋子，连棋盘原在书房放着。那天晚晌提起话儿来，春莺敢情也会下棋，伯英很喜欢，当时命人把棋子儿取来，要跟春莺摆一摆。春莺自然是抓黑笸箩儿啦（棋界的行话，叫作黑笸箩白笸箩），当时摆了九个黑子。伯英笑嘻嘻的说道：

"恐怕让不动罢，码五个子得了。"

春莺微然一笑，说："这我还不定行不行呢。"

伯英也不在意，心想一个女孩子人家，还有多高的棋呀。一下手儿，走了十几着，伯英就是一机伶，心说："他有两下子，我还真得留神。"

简断捷说，头一盘伯英赢了三着，又下第二盘。伯英说：

"这可真让不动，摆五个子罢。"

这盘棋伯英输了一着。后来平摆，伯英赢了十几着，于是才知道春莺是个国手。大奶奶管氏虽然认识字，可不会下棋，如今看着伯英跟春莺下棋很有个意思，也打算要学学。诸位要知道，管氏学下围棋，一来是好学，二来是高兴，里头可并没有醋意。往往作大奶奶的，他老跟姨奶奶比着，姨奶奶怎么样他怎么样，不怕姨奶奶病了，他也装病。那宗堂客，是讨厌万分。管氏跟春莺学了几天，居然能摆，甚么叫马步儿呀，那又叫小肩哪，扭羊头是怎么回事，二鬼把又是怎么回事，何为倒包儿，那叫接不接儿，倒都明白啦。春莺让他九个子，对付着能摆。那天管氏跟春莺下棋，伯英在旁边参观。要说这乐个子，总算不小。

麻穆子进得屋中，人家那里下棋。他也不懂，就便懂，他也不敢上前，只得在一旁站着。就听伯英说道：

"大奶奶，你得打这个劫，不打这个劫，你这块肋子可就完了。"

麻穆子也不知道说的是甚么。站了一会儿，这盘棋下完。

伯英猛一回头，看见了麻穆子，说：

"原来麻姑娘来了，我们也不知道，实在的失迎。"

麻穆子给大爷大奶奶请了安，随后又给春莺请安，春莺还了一礼。本来春莺也是丫头出身，如今虽然高升，见了旧日的伙计，还是客客气气的。这便是春莺的学问。常见一宗人，一步登天，居然高仰脸，那宗人不但没学问，简直的没德行。管氏爱听麻穆子瞎聊，一定让他坐下。麻穆子又请了一回安，这才坐下。伯英说：

"麻姑娘你这儿坐着，我可不陪你。"

麻穆子说："呦，我的大爷，您说这话我可不敢当。您请治公罢。"

伯英去后，管氏听他聊了会子，也就出去了。

管氏大奶奶走后，麻穆子跟春莺又说了会子闲话儿，春莺送了他一个戒指，一对耳环，留他吃的点心。这分优待，麻穆子是谢了又谢。又说了会子话儿，这才告辞起身。

书要简捷。自此以后，麻穆子时常儿到春莺屋中闲坐，两个人很是投缘对劲，后来推心置腹，无话不过。麻穆子把成氏一切的密谋，慢慢的全都告知春莺，让春莺随时小心，诸处留神。春莺十分的感激，说：

"姐姐你得想法子救我。"

麻穆子说："姨奶奶您自管放心，不要紧，全有我呢。他让我当侦探，他算是瞎了眼啦。他就是那个襄阳王，我就是那个小诸葛沈中元。俗语说'吃王莽的饭给刘秀办事'，就应在我啦。咱们给他一个计上加计。"

春莺说："何为计上加计？"

麻穆子说："他那里的策士，就是老焦。听说他新近配得了一宗断产的药，预备着要唱《对银杯》，竟等着姨奶奶有病，他们好来献药。这宗献药的差使，一定必得委派我。莫若趁着这个时候儿，姨奶奶你就装起病来。"

春莺说："我的姐姐，我给人家作姨奶奶，已然是很下贱的了。这宗下贱的营生，我可是办不到。"

麻穆子说："您怎么啦，作姨奶奶的，讲究一哭二病三睡觉，四铰头发五上吊，那才够资格呢，难到你不知道吗？你要不会装病，大爷怎么能给你打金镯子带呀！"

春莺说："姐姐你别打哈哈啦，我真是不会。"

麻穆子说："装病没有个不会的，这有甚么为难呢，你就说你脑袋疼得了。你一装病，我就赶紧上他那里报告他去。他听说你病了，必然亲身来瞧你，然后一定派我给你送药来。把药诓了过来，就告诉他吃了，他也就放了心啦。把这个药留着，将来事情发觉，拿他作个证据。你就听我的，决没有错儿。"

春莺听他说的这些个话，也很觉有理，当时认可。第二天果然就装起病来。

赶上伯英正在内廷驻班，管氏大奶奶，平日最疼爱春莺，今听春莺有病，这就赶紧张罗请大夫。本来春莺没有病，楞说脑袋疼。（许是作小说累的。）请了一个大夫来，看了看脉，说是肝热上攻，热极生风，久患头风，必伤眼目。（你听听，《内经》倒很熟。）开了一个方子，无非是些个散风清热平肝的药品，用了三钱上羚羊，二钱暹逻角。就说这一剂药，要搁到如今，没有二十块大洋决计下不来。其实治病也不在乎药之贵贱，贵药也未必准能治病，贱药也未必准不能治病。古人有云："用当通神。"可是现在的年月，认假不认真。富贵人家，总得给他开贵药，几个子的药，他说是起哄。这宗人他是前辈该药的，你要替他省钱，连你的买卖也歇了，明天他就许不请你了。这些个事情，记者从先也都说过，如今不必多赘。管氏这就派人抓药，药铺有折子，这剂药原是十五两，折子上写了十八两，这三两是管家的，行话叫作倒扒沟。这些个事情，原是天下通行，无足一谈。

春莺原没病，药煎得了，管氏看着让他吃，他闭眼睛装睡。老婆子冯姐，也能给春莺贴靴，说：

"姨奶奶一夜没睡啦，先把药盖上，回头给他热热再吃罢。"

管氏嘱咐冯姐小心伺候，才要起身，成氏到了，给管氏请了安，管氏还礼。成氏说：

"我听说姨奶奶病了，急的了不得，早晨就要过来瞧瞧，老没有功夫。姨奶奶怎么了？"

春莺本来没困，成氏说话是一条喇叭嗓子，有困也给吵醒了，当时要站起来。成氏说：

"姨奶奶，你可别站起来，你怎么了？"

春莺说："脑袋疼的很厉害。"

成氏说："那可了不的。那是头风，闹大发了能死。前年我闹过一回脑袋疼，三舅爷给找寻过一匣子药，我吃了半匣就好了，现在还有半匣，回头我打发人给你送来，你只管吃，准保好，外带除根儿。"

春莺心说："除不了根儿还断不了根儿吗？"心里虽然那们想，表面还得道谢。

成氏说："你可别不吃呀！"

春莺说："我一定吃的。"

成氏说："你歇着罢，我到大奶奶屋里坐着去。"

话不烦叙，成氏由春莺屋里出来，管氏往自己屋里让。成氏说：

"我不去了，嫂子，东城三姨太太，回头说还来呢。"

管氏也就不让了。成氏又请了一个安，带着一个小丫头，也就回去啦。

老冯这里把药又热上了，说：

"姨奶奶您吃不吃？"

春莺说："我闻见汤药就恶心，吃丸药我倒行。大奶奶要问，你就告诉我吃了得啦。"

冯姐说："姨奶奶，您把这碗药赏给我吃行不行？"

春莺说："你可倒好，白吃毒药都是甜酸儿的。"

冯姐说："我脑袋连着牙都疼，大概也是点肝气。"

春莺说："你就吃罢。"

冯姐把剂药吃了三煎，居然大好。本来他是个生肚子，永辈子没吃过药，犀角羚羊往下一招呼，岂有不见效之理。所以乡下人吃药，见效见的快，就是这个道理。富贵人整天吃汤药如同喝凉水，拿丸药当槟榔吃，肚子里都挂了药锈啦，吃药等于没吃，那还见甚么效呀！

闲话不提，单说成氏回到自己院中，麻穆子正在那里。成氏要派老焦给春莺送药，麻穆子说：

"这荡送药的差使，我告个奋勇。凭我三寸不烂之舌，管保让他把药吃了。"

成氏说："你准行呀。"

麻穆子说："您听好儿的罢。"

书要干脆，麻穆子把这半匣药交给春莺，原来是桐子大的小蜜丸子，瞧神气好像归芍地黄丸子的样子。麻穆子脑筋很敏捷，当时出了一个主意，让春莺把匣子里的药收起，买四两归芍地黄，搁在里头，预料着成氏必还要来，来了必要盘问吃药了没有。当着他吃一下子，他也就不疑惑了。春莺说：

"归芍地黄我吃的吗？"

麻穆子说："那是妇科的好药哇。三奶奶去年月经不调，就是吃这药好的。"

春莺就如法办理。第二天成氏果然来了。春莺当着他，吃了一把药，成氏深信不疑。

过了两天，春莺的病也就好了。（本来没病吗。）春莺起打吃了归芍地黄，心里很痛快，四两都吃完啦，月经居然调和。待了一个多月，有点恶心呕逆。管氏盼孩子心盛，请了一位著名妇科的医家，给春莺诊视。说是喜脉，管氏乐的了不得。医家走后，春莺把婆子支出，当时把成氏设计，麻穆子泄机，一切的情形，说了一遍。管氏一听，气的浑身乱哆嗦，说：

"好行为，好心术，我找他去，我跟他讲讲理去。这宗妇人，实在万恶！"

春莺说："奶奶先别生气，您要一找他去，这事倒糟了。您就装作不知。就是喜脉这节，也先不必声张，以免他又生奸计。"

管氏点头，很以为然。

正在说话儿，麻穆子来到。管氏给麻穆子道了谢，又委托他探听成氏的消息。麻穆子心说，我倒成了旧国会的人了，在南边儿当议员，在北边儿又挂个咨议，人家两头儿吃，倒享两头儿吃的权利呀，我这算找谁的，当这宗义务汉奸。后来又一想，大爷大奶奶人很忠厚，待我也很好，姨奶奶春莺尤其不错，二奶奶这宗狠毒手段，我不搭救谁搭救，我不心疼谁心疼，（古人词倒熟)，救人要救到底！想到其间，热血又往上一涌，说：

"大奶奶跟姨奶奶只管放心，全有我呢。反正他那里有甚么计策，也得跟我研究。我这关不通过，他不敢施行。但是有一样，姨奶奶这次喜脉，先不用声张，临期再说。我还有特别的主意。"

管氏又奖励了他一番，掏出两个小元宝儿来，递给了麻穆子，说：

"你买枝花儿带罢。"

麻穆子把元宝接在手内，攥了个挺结实，说："大奶奶何必又赏钱？您拿回去罢。"

说拿回去，他可不撒手。管氏说：

"你就拿着罢。"

麻穆子当时道谢。那天在这里吃的点心，临走的时候儿，春莺又送了他一对镯子。麻穆子是又吃又喝，饱载而归。

这些个事且不提。单说成氏，亲眼看见春莺吃药，深信不疑。老焦又一贴靴，说："这个药是灵丹妙药(倒不是李野霭制造的)，百发百中。"成氏配这料药，还花了八两银子。其实山价才六吊五，老焦倒赚了七两多。成氏心满意足，以为伯英是准绝户啦，将来把常保一过继，财产就到了手啦。管氏肝气身子，活不了多少年，伯英好喝酒爱闹湿气，又是个胖子，将来是个痰[瘫]痪。两口子一死，提溜拐子把春莺一卖，就凭那个小模样儿，怎么也卖几百银，长房就算一律肃清啦。越想自己越高兴，春莺有喜这节，他是连影儿也不知。

伯英那天生日，春莺过来拜寿。成氏揪着春莺的手，说了半天话儿。彼时春莺，已然是四五个月的身孕，成氏也没理会，后来就老没见。

那天管氏大犯肝气，抽了半天肝疯。成氏过去探病，春莺已然是七八个月的身孕。成氏看着他肚腹庞然，很觉诧异，斟问是怎么回事情。春莺说是月经数月未见，早晚发烧，肚腹发胀，夜内咳嗽。成氏一听，简直是痨病的底子，不是痨病，就是单腹胀，瞧神气是没个好儿啦。心说这倒干脆，当时也不甚注意。管氏抽了一天肝疯，也就好了。

过了些时，成氏娘家的叔叔死了，成氏委托文氏代理家务，自己屋中派老焦为留守，带着常保，在娘家住了几天。那天回到家中，老焦请了一个安，撅着个嘴，也不言语。成氏说：

"家里没有甚么事呀？"

老焦哼了一声。成氏说：

"你瞧你这个神气，倒底怎么回事情？"

老焦说："怎么回事情啊，糟了心啦。我先给您道个喜罢，您得了侄子啦。"

成氏一听，心血乱跳，说："谁添了孩子啦？莫不成三奶奶添了孩子啦？"

焦氏说："三奶奶怎么像呢？告诉您罢，春莺添了个小子！"

成氏一听，登时一惊，说："这个话当真。"

老焦说："我还冤您。"

成氏说："这真是没有的事情。你不是说那个药最灵吗，吃了就断产吗？我瞧不是断产的药，简直成了养血安胎的药了。"

焦氏说："您先别抱怨我，药不含糊，他也得吃呀！"

成氏连连的摇头，说："他当着我吃的，那还错的了吗。"

老焦说："那可没准章程的事情。"

成氏说："你说这个药百发百中，你敢情是传真方儿卖假药呀，你冤透了我啦！"

老焦说："您别着急，一计不成，我还有二计。"

成氏说："你这个头计不好，二计未见准高明。"

正这儿说着，麻穆子来到。成氏说：

"心腹人到了（这个心腹人，成了《殷家堡》的李五啦），大家商量罢。"

老焦说："事到如今，没有别的法子，得手把孩子给他害了就完了。"

这里研究害人，暂且不提。单说春莺，自生产之后，母子皆安，伯英夫妇乐的都闭不上嘴。洗三那天，来了不少亲友，成氏也前来添盆。但见这个孩子，又胖又大，啼声洪亮，实在是个英物，本家亲友都很喜欢。惟有成氏表面虽然假喜欢，心里这个气，真不打一处来，恨不能抓起来给摔死才好，他又不敢。麻穆子把成氏的毒计，暗中告知管氏春莺，人家是随时防备。成氏假装爱孩子，时常过来瞧着，人家这里看了个挺严，简直的不能下手。

伯英给孩子起了个名字，叫作常明。本来家里有钱，自己又是二品大员，四十多岁，别的没有缺欠的，就缺一个儿子。

如今居然得子，岂有不高兴之理，跟管氏商量，要撒帖子大办满月。管氏不甚赞成，还没有决定办法，可巧四姑奶奶进京，听说伯英得了儿子，十分喜欢。那天来到这里，乐的了不得。伯英把要办满月的事情，跟四姑奶奶一提，四姑奶奶赞成认可。管氏虽然不愿意，也就没法子啦。成氏一听四姑奶奶到了，威风减去了八成，心说这个家伙就是我的对头，有甚么法子，暂时都不能进行。他这一来不要紧，倒是这个小冤家的造化，可以多活两天。

话不烦叙，伯英这就撒帖子请客。转眼弥月之期已到，搭棚预备酒席，那是照例的事情，不必细提。伯英原是某旗的副都统，本旗的人员，因为伯英管旗，还不十分犯饿，对待属员感情也不错。大家因为副堂得儿子，极力要好，送了一台大戏，是三庆班的箱底，外串票友名角儿。就说这台戏好几百银。这也就是那个年月，旗下有粥，可以办的动，要搁在如今，旗下老爷们，不必说粥，喝凉水都费事啦，还送戏哪，连耍耗子的也送不起啦。再一说，副都统得儿子，也办不起满月了，碰巧许送了养生堂啦。伯英再三的推辞，人家出于至诚，辞不获已，只好认可罢。满月那天，高朋满座，百辆盈门，这分热闹不必细提。

过了满月，四姑奶奶在这里住着，因为跟管氏对劲，就住在管氏屋中。春莺病了两天，乳食缺少，四姑奶奶给荐了一个奶妈子，是陈老婆子朱姐的女儿，人很忠厚。言明每月二两银子，四季衣服，由宅里预备。一进门儿就是一头白首饰，一头黄首饰，一年之后打金首饰，三年之后打白金首饰。（没听见说过。）早晚点心，见天饭食，跟上头一样。三节是每节四两，普通的零钱，他也分一分（去声）儿。大奶奶跟姨奶奶，还不短掖给他钱。在那个年月，当奶子的，混着这样事，总算是不错了。单说这个奶妈子，娘家姓魏，婆家姓赵，今年二十六岁。高身量，白胖子，是个旗装，为人端庄正派，忠厚老实。（当乳母的，要得这八个字考语，很不容易。孩子吃他的奶，一定有起色。所以古人说过："欲求乳母，必择淑慎。"）对于孩子，十分尽心。伯英夫妇非常喜欢，春莺跟他也很对劲。上下人等，都称他为哥儿妈，偶然也叫他赵姐。

四姑奶奶在这里住了些时，很爱惜春莺，更爱孩子。临走的时候儿，千叮咛万嘱咐，让好好的对付这个孩子。成氏心说，你不用嘱咐，你走了我就许动手。说是动手，他可也不敢楞掐死，也就是慢慢的想坏法子罢。

春莺跟赵姐相处甚好，所换下心来啦，于是把成氏这点狼心狗肺，也告诉了赵姐啦，让他加意防范。春莺还不放心，看着老管家伊罕，人很忠厚，颇有赤心，将来借重他的地方很多，于是对于伊罕格外优待，让赵姐把这层意思，也透给他了。伊罕一听这个事情，义愤填膺，登时差一点没气死，气的直甩胡子（这也不是那一出？），让赵姐带话，告诉姨奶奶，只管放心，保护小主人，是我伊罕的责任。

话不烦叙，外头有麻穆子，这里有赵姐伊罕，管氏跟春莺也随时注意。人家防守的挺严，成氏有甚么计策，简直的施展不了。到了五六个月上，常明出息的白而且胖，一逗就乐，别提多有意思啦。赵姐有时把他抱出来，伊罕总跟着。春莺屋中，还有一个老婆子，叫作大脚李，也是个忠心抱［报］国的人。这层意思，他也知道啦，见天也随时保护。

这孩子也真怪，每逢见了成氏，咧嘴就哭，如同见了鬼怪一个样。成氏要抱一抱他，那更是休想啦。心说这个孩子，真正的邪怪，莫不成我们真是冤孽？再一说，我每次到这里来，他们好像很有防备，莫不成我这点缺德，他们知道啦？这事也未定，我素日恶名在外，人所共和［知］，说好话人都要防备我，与进行上诸多窒碍。三奶奶是个出名的乏好人（乏好人比滥好人还厉害！），谁也不防备他。我跟他游说游说，让他帮我个忙，人家也不防备他。就是这个主意。这个人胆子小，好贪小便宜儿。（这两样都不是好毛病。）我以利害动之，或者他可以帮忙。

成氏宗旨已定，登时到了文氏院中，因话提话，微露了一点儿意思。文氏说：

"我的二嫂子，这个事情办的吗？"

成氏说："这事怎么办不的？你要肯帮我的忙，咱们是利益均沾。"

文氏说："我严守中立行不行？"

成氏说："你要严守中立也行。事情不发觉便罢，事情要是发觉，我就说是你的主谋。"

文氏说："我的嫂子，那可不行！您等我思索思索，一半天您听我的信行不行？"

成氏说:"我现［限］你三十六点钟答复。过时不答复,你就算默许啦。你思索你的罢,我也不坐着了。"

成氏去后,文氏坐在那里发楞,自己不得主意。忽然想起,大丫头麻穆子素日很有主意,跟他讨论讨论。当时把麻穆子叫到跟前,把成氏说的话对麻穆子说了,跟麻穆子要主意。麻穆子说:

"三奶奶打算怎么着呢?"

文氏说:"我向来没主意,你是知道的。你摸摸我的手都凉了(乏人照例如此),你快给我想个主意罢!"

麻穆子说:"事到如今,我把实话也告诉您罢。"

当时把已往的事情,说了一遍。文氏说:

"好孩子,你胆子可真不小,有这些个事,你怎么不跟我提呀!"

麻穆子说:"我这跟您提不晚哪。"

文氏说:"我要帮他办,我没那个胆子,再一说我也不忍心下这宗毒手。我不帮他办,我真怕他。这可怎么好呢?"

麻穆子说:"照您们一说,成了老母猪钻篱笆了——进退两难。"

文氏说:"孩子你先别拿我打哈哈,你给我出个主意罢。"

麻穆子说:"这算甚么难事。您就先答应他,表面答应,实际上不帮忙。我把您这分意思,转答大奶奶那院,这叫作两头儿不伤。您看这个主意怎么样?"

文氏说:"这个主意倒是不错。二奶奶还听信哪,怎么告诉他呀？"

麻穆子说："您就不用管了，我给您作代表。"

文氏说："好孩子，你就多分心罢。"

话不烦叙，麻穆子先报告成氏，说是文氏对于这件事，情愿帮忙。随后又到伯英院中，又替文氏代诉苦衷。管氏因为麻穆子暗中保护维持，厥功甚伟，赏了他一对镯子，格外还有两个小金锞子儿，春莺又送了他不少东西。麻穆子回去报告文氏，说：

"三奶奶只管放心，无论如何，这里头决没有您的事情。"

文氏说："好孩子，全仗着你啦。"

登时赏了他二两银子，一个小表儿也给他了。成氏又赏了他不少东西。他们三下里一捣乱，麻穆子算得了饱哉啦。

过了两天，伯英得了一个赐奠的美使。在前清时代，蒙古亲王故去，总要特派大员前往赐奠。虽然不算调差，总算是体面的事情。俗语有云，"王命在身，不能久停"，但是蒙古地方非常的寒冷，一切行装等等，都得特别的预备。偏赶上二爷仲英，又放了杀虎口的监督。偏巧三爷季英在黄寺赛跑马，坠了骑啦，搭回家来，昏迷不醒。好容易明白过来，腿疼的要死。请了好几个接骨匠，都说是齐折，整夜的哼哼噯哟。伯英跟仲英，眼看着都要出外，兄弟要死要活，如何能放心，老哥儿俩一天过来要瞧好几荡。季英那天略微的好点，说："大哥跟二哥，请放宽心，赶紧荣行起身罢。我倒是见好啦。"哥儿俩又嘱咐了一番，无非是安心调养，不必着急。这两天家中人来客去，车马总不离门，这分热闹不必细提。伯英临走的时候儿，再三的嘱咐管氏，好好的照顾常明，又嘱咐了春莺一回。兄弟二人分途起程，不必细说。

伯英去后，管氏因为这些时劳神，大犯肝气。每次犯肝气吃几付药，随后吃几丸子舒肝丸，也就好啦。大凡有病根子的人，时常犯病，都闹俗气了，谁也就不理会啦。没想到这次的病越来越沉重，过午发烧，夜里添喘，四肢酸懒，饮食不进。简单言之，就算入了痨症啦。成氏一天过来一荡，心里这个喜欢，就不用提啦。心说大爷是走啦，大奶奶再一死，这就高了。剩下这个小老婆，有甚么能力？连娘带崽儿，给他个一齐铲除，就是这个主意。他见天过来探病，明是探病，暗是催死。揪着管氏的手，总要哭一鼻子。管氏虽然忠厚，心里并不傻，明知道成氏是犯坏，可又没法子，只好拿感情动他罢。成氏一哭，管氏也掉了几个眼泪，叫了一声：

"妹妹，我有几句要紧的话跟你说。"

成氏说："嫂子你就说罢。"

管氏说："你哥哥是走了，我的病是好不了啦。"

成氏哭着说道："谁说好的了呦，你瘦的成了鬼喽。"

管氏说："我一死原没要紧，姨奶奶岁数儿小，常明是你哥哥一点儿骨血，你哥哥跟前，又没有三个又没有两个，妹妹你要多疼顾多照应。不瞧孩子瞧大人，不瞧大人看在老祖宗分上，你千万要心疼这个孩子，我死在九泉，也要感念你的好处的。"

管氏这几句话，真比昭烈帝白帝城托孤，说的还沉痛，要搁在稍有人心的人，总得动心。无奈成氏这个人，险狠性成，良心已死，你就是说甚么，他也不动心。表面上可闹猫儿哭耗子，一边儿擦着眼泪说道：

"我的姐姐，您放心罢，没有错儿，我怎么疼常保，一定怎么疼常明。我要有点屈心，咱们亲妯娌，不过起誓的。"

管氏说："但愿如此。"

成氏还要往下交代，管氏因为说话多了，有点伤神，闭上眼睛直喘。春莺说：

"请二奶奶那屋坐罢。"

成氏故意大声说道："这个人不成了！大爷也没在家，装裹齐不齐呀？"

春莺说："寿衣倒是都有了。"

成氏点了点头，说："瞧这个样子，也就在一半天了。"

正这儿说着，婆子上来回话，说是王大夫来到。这位王大夫，是这里的门庄大夫。甚么叫门庄大夫呢，就是包月的熟主顾，有病就找他，外带是一叫儿就来，三个院子有病全都找他。见了面儿，先说两个笑话儿，把您招乐啦，随后再看脉。这个家伙，有三样儿好处，腿软嘴乖脑筋快。见了人就深深的请安，这是腿软；奶奶太太真称呼，这是嘴乖；说话能迎□主人的心理，顺着你的竿儿爬，这是脑筋快。他就指着这三手儿活拿人，要问真能为，就是那个事情。这个大门儿里头，上上下下有病，反正离不开他。他跟底下人都呼兄唤弟。因为他身量儿矮，都管他叫小王儿。

成氏听说大夫来了，以为是生人哪，后来听说是王大夫，也无须乎回避啦。小王儿进得屋中，给成氏请了一个安，叫了一声二奶奶。回头又给春莺请了一个安，叫了一声姨奶奶。春莺还了一礼。小王儿说：

"晚生配的那个肥儿丸，小哥儿吃着怎么样？"

春莺说："倒是不错。"

小王儿说："让哥儿妈总得帮着吃点儿呀。饭后吃，好往奶里行。"

成氏说："王先生你先别费话。"

小王儿说："没敢费话呀，我的二奶奶！"

成氏说："你先给大奶奶看看罢。"

小王儿连声答应，来到套间儿，给管氏看了一回。后来到了外屋，向成氏说道："脉象不好，三五天可还不碍，反正是好不了啦。不过晚生既来了，好歹立一个方子，吃也好，不吃也好；吃也不好，不吃也不好。"

成氏说："王先生你这是怎么说话哪？"（我家里要有这宗大夫，我是把他打出去。）

小王儿说："这话不错呀，跟二奶奶回话（家人的口吻）敢错罢！跟您简单说罢，吃药不过就是敷衍了。"

成氏说："你看倒底得几天死呢？"

小王儿说："这您可难住我啦。要按脉象说，嗳呀，今天是初八，决过不去十五罢。"

成氏跟王先生这里谈话，春莺已然哭的泪人相似。正在这个时候儿，就听院子里老婆子说道：

"二舅爷来了，请二舅爷安。"

成氏向春莺说道："我不见了。"

当时进了西层，西套间儿有一个门儿，可以出去。来者正是管氏的兄弟管二。这个人从先念过书，后来营商，刻下在家赋闲，有些个产业，弟兄俩同居另过。头两天来了一荡，知道管氏病，今天还请了一位义务大夫来，是管二的把兄，因为是近视眼，人称郭瞎子。管二因为姐姐家不是外人，居然同着郭瞎子就进来啦。

春莺见了二舅爷，小王儿打算回避，也来不及了。他跟管二也认识，当时请了一个安，说：

"二舅爷这向好。"

管二还了一礼，又给郭、王二位介绍，彼此各道仰慕，不必细提。管二向小王儿说道：

"王先生给看过了，今天的病怎么样？"

小王儿说："以脉象论，不见大好。"

话不烦叙，郭大夫又给管氏看了看。据他说尺脉有根，并且没见代脉，病虽不轻，还不妨事。立了一个方子，说是照方吃三剂，告辞而去。小王儿也就走啦。

管二爷看着抓药，亲自煎了，看着管氏吃下。夜间稍好一点。第二天早晨，又看着吃了二煎。托付春莺，好好的看护，人家回家不提。

管氏这天精神还不错。后半天成氏又过来了，先哭了一鼻子，拉不断扯不断说了些个讨厌的话。管氏连劳神带生气。成氏走后，发了一阵昏，越来越紧乎。

春莺竟剩了哭啦。大脚李说：

"姨奶奶您先别哭，大奶奶是不行了，快把二奶奶三奶奶请过来罢。"

春莺说："你们就照料哥儿要紧。"

大脚李说："您交给我啦。"

少时成氏跟文氏来到，管氏已然不成啦。装裹穿完了，已然断气。

文氏倒是真哭有眼泪，成氏也干号了一阵。春莺哭的死去活来。成氏说：

"散了罢，不用哭啦。不能帮着办事，别扰局，再哭一边儿哭去！"

成氏今天对待春莺，居然另一个神气，春莺也就不敢哭了。成氏让老婆子把管事的王顺叫到。成氏说：

"老太太过去的时候儿，你还记得不记得？"

王顺说："老太太的事情，还有奴才父亲活着呢，奴才还小呢。（原来是世袭罔替管事。）倒是有账，将才奴才也瞧了。"

成氏说："比照老太太的事情，缩小一点就是了。"

王顺说："老太太的时候儿，是六十四人杠。"

成氏说："这个用四十八人杠就是了，棺材破三百银子还不成吗？其余你就瞧着办去罢。"

王顺答应退了下来。

管氏这档子白事，在本文里没甚么关系，不必细叙。

彼时常明不到三岁。接三那天，成氏一定让孩子跪灵。春莺说：

"孩子太小，昨天夜里又直发烧。等到头七起经的时候儿，再让他跪罢。"

成氏把怪眼一瞪，说："你懂得甚么！我们世代作官诗礼人家，这些个规矩，是不能错的。他要没这个儿子，也就散了，谁让他有这个儿子呢！"

春莺还没答岔儿，大脚李答了话啦，说："现在大热的天，再一穿粗布孝，还不热坏了呀！"

成氏说："你一个作奴才的，用不着你说话，怎么这们没规矩。现在大爷二爷没在家，都得听我的，我说甚么就得是甚么！"

管二爷正在棚里，当时说道："二姐说的固然对，不过外甥太小，天气又热，把孩子热着也值的多。他也不会跪灵，亲友既来也没有外人，谁还能挑这宗眼，二姐请想是不是？"

当时有几家亲友，也都直劝。成氏迫于众议，也就没法子啦，只得作为罢论。

要说成氏这点心术，管二爷也听管氏说过，还不深信，以为世界之上，决没有那宗狠心的人。今天一瞧成氏这宗举动，可又有点犹豫。不过管二爷是个大海茫茫的人，忙乱之际，也不甚注意。

成氏的意思，起初打算趁着办白事这两天，把孩子给害了。后来一想，忽变方针，莫若先来个放任，等到过了白事，反正伯英没在家，大奶奶也死啦，就剩了春莺，还有多大能力，慢慢的设法，连春莺带孩子一齐铲除。就是伯英回来，一瞧妻妾孩子全完了，心里一急，一定有病。只要他有病，不死我也得让他死，就是这个主意。这两天他又一充假善人，当着亲友，又张罗春莺，又张罗孩子，很说了些个仁义道德的话。大家不知他这肚子混账，很有些个人佩服他。虽然有几个人，素日知道他厉害，不过说他这是盖面儿一摔簧，所为让人夸好，这也就算到了家啦。至于他那点狼心狗肺，谁也摸不清。

过了发引，成氏召集老焦、麻穆子，开了一个秘密会议，打算积极进行。麻穆子说：

"我倒有个干脆的主意，等到六十天烧船桥的时候儿，必然来几家至近的亲友。我常到那院去，孩子也跟我很熟，他们也不疑惑我。借着忙乱之际，我带着孩子由后门儿溜出去，我们就出城，把他掐死扔在护城河里，也就完啦，那里察消耗儿去？"

成氏说："你有此胆量？"

麻穆子说："这算甚么，管保干净俐罗，决不能露马脚。"

成氏说："好孩子你就干去罢！"

麻穆子说："可是有一节，我以奴害主，背着一个剐罪，少了我可不干。咱们娘儿俩，得有个条件。"

成氏说："你还要求条件呢？"

麻穆子说："甚么话呢？这个事情有关系呀。"

成氏说："甚么条件你说罢！"

麻穆子说："第一，您得给我五百银，没有五百银，值五百银的东西也成；第二，您得具给我一张甘结；第三，我把孩子带走啦，他们不能不知道，回头要是不答应我，我是瞪眼不认账，楞说孩子我没带走，您可得给我接着。"

成氏说："这第一件，你要的太多，我也还一个价儿。我有一对金镯子，总值二百多银。我给你这副镯子，格外还给你五十两银子，也就行了罢。"

麻穆子说："我也倒将就了。"

成氏说："第三件没有问题。他们要是不答应你，全有我哪。这第二件具你一张结，这件可办不到。反正事情发觉，全有我呢，也就完了。你要不放心，让老焦作保行不行？"

麻穆子说："焦大妈要是作保，空口说白话，可是不行，他得具给我一张结。"

老焦说："这件事可不行。你得赏犒，我具甘结，这可办不到。"

麻穆子说："不白让你具结，我就要这对镯子，五十两银子给你行不行？"

老焦一听五十两银子，当时有点儿活动。成氏说："我再给你五十两干不干？"

老焦一听，得一百两银子，当时利令智昏，说："干！我具给你一张结。这张结怎么写呢？"

麻穆子说："这张结很简单，就用十个字：'以后出事，老焦一面承管。'你可得按个斗记。"

老焦说："这是要我手摸脚印呀，这可不行！我画个十字儿怎么样？"

麻穆子说："便宜便宜你，画个十字儿，我也将就了。咱们今天一言为定，过两天咱们把手续办清，竟等着积极进行。"（好多新名词。）

成氏说："还有一节，你把孩子扔河里也罢，扔井里也罢，有甚么证据呢？"

麻穆子说："咱们既是一党的人，还要甚么凭据？您要是不信任我，趁早儿另请高明。"

成氏说："你别多心，这件差使，非你不行。"

麻穆子说："我还给您出个主意，大奶奶六十天正是七月十五，您就说，大奶奶给您托兆，让您糊一个法船，超度孤魂给大奶奶免罪。您花个三两五两的，瞧个热闹儿。那天是烧船桥带法船，瞧热闹的，一定多的。借乱里乱，我也好下手。您想这个主意怎么样？"

成氏说："此计甚妙，就这们办了！"

麻穆子说："这阵子我还得常过去，一半探消息，一半我跟他们假联络，你瞧怎么样？"

成氏说："反正这件事交给你啦。你爱怎么办怎么办罢。"

那天这个秘密会议，算是表决通过。

第二天麻穆子早把这件事情报告春莺。春莺跟他要主意，麻穆子又给画策，先把这件事通知管二爷，是日让伊罕在半路儿等着，把常明交给伊罕，送到管二爷家中。春莺说：

"孩子离不开哥儿妈，怎么办呢？"

麻穆子说："这容易办哪。哥儿一走，您就辞哥儿妈，让哥儿妈上管家去就完了。我把哥儿一带走，您可得有点作派，别让他瞧出破绽来。这出戏唱完了，跟着还有二出，他必要把您开消了，您别等他开消您就走。"

春莺说："我上那儿去呀？"

麻穆子说："我的傻姨奶奶，您也得上管家去呀！有这些天工夫，细软东西，先往那们运着，您听我的没错儿。"

正这儿说着，可巧管二奶奶前来瞧看。这位管二奶奶，也是由姨界出身，后来升的主任，人很热心，跟春莺既是同道，又很对劲。麻穆子告诉春莺，趁着机会，赶紧就跟管二奶奶说罢，春莺点头。那天跟管二奶奶一说，管二奶奶慨然应允。

转眼就是五七。北京的习惯，讲究五七烧伞，六十天烧船桥。成氏把大奶奶托梦，要烧法船的话，对大家说了一遍。现在他是一家之主，这些个没关系的事情，谁能驳他？

转眼就是七月十五，也来了几家亲友。那天金桥银桥之外，另糊了一只大法船，斜对大门就是一个空大院儿，天然的焚化场。吃完了早饭，这就烧船。那天瞧热闹的人也很多，乱成一阵。及至法船烧完了，就瞧哥儿妈小赵儿，急的直嚷，说：

"三哥儿怎么没有了？"

春莺说："你不是带着他来着吗？"

小赵儿说："是我带他来着，麻姑娘一定要拉着他，后来就不见了。"

春莺说："你是管干甚么的，你让他拉着孩子作甚么！"

成氏说："先别着急，慢慢的找，还丢的了吗，作甚么这们大惊小怪的？"

　　春莺是直哭，小赵儿也直哭，大脚李也急的直嚷。这出戏倒是作了个挺严。成氏心里这分喜欢，就不用提了。

　　大脚李一定说麻穆子把常明带走啦。成氏说：

　　"你这叫瞎说。我派麻穆子有事去了，他如何能把孩子带走？赶紧找就是了。"

　　当时派了十几个底下人，各处寻找，那里有影儿，直乱了大半天。

　　后来麻穆子露了面，大脚李跟他要常明，麻穆子说：

　　"我那里瞧见三哥儿啦？忙乱之间，一定是让拍花的给拍了去啦。"

　　春莺还是直哭，小赵儿也直哭。成氏又过来啦。平常成氏叫他姨奶奶，今天居然大呼其名，说：

　　"春莺你听，我告诉你，孩子是丢了啦，又不是谁给害啦。大爷又没在家，你整天的哭，有多们丧气呀！你先别哭，我跟你商量回事。孩子是没了，还要奶妈子作甚么，趁早儿让赵姐走罢。"

　　小赵儿一听，倒是正中下怀，当时就告长假，临走还哭了一鼻子。

　　成氏又向春莺说道：

　　"你也不用哭啦，我撒下人找去了。报也登啦，告白也贴了，警区也报了。七天之内要是不见信，孩子一定完了。到那个时候儿，咱们再打主意。现在你这院里人少，我派麻穆子过来，给你作个伴儿好不好？"

春莺一听，岂有不愿意之理。在成氏的意思，原是派麻穆子前来监督，谁知派了一个里应外合的人儿来，心理更合了式啦。

成氏见天总要过来一荡。那天向春莺说道：

"今天早晨，我接着一封信，大爷在外头得了一个暴病儿，大概是凶多吉少。现在孩子也没了，你这个岁数儿，守到多咱为一站哪？我替你想，莫若打一个正经主意，别耽误你的青春，这话你要再思再想。"

春莺明知道成氏是造谣言。伯英得病这节，满没有那们一回事，不过表面总得有点作派，好让他深信不疑，说：

"这封信是从那里寄来的？"

成氏还没防备他有这一问，说："这个……这封信……唉，你就不用打听了。"

春莺说："我看看这封信行不行？"

成氏说："这封信不能让你瞧。我就问你罢，你是愿意守着呢，还是愿意走呢？"

春莺说："孩子虽然丢了，总是盼着找回来；大爷得病，也未见确实，我岂有不守着的理。说个不幸的话，就是孩子真丢了，大爷真死啦，我至死也不能改嫁的。"

成氏"呦呦"两声，说："还不错呢！可是有一节，要守就得像个守着的，半路途中要是爬拉了（又不是在理的），你的名节不要紧，我们门风还要紧呢！"

麻穆子说："二奶奶不必提这个了，姨奶奶也少发言。"

说着向成氏努了努嘴儿，挤咕了挤咕眼睛，说：

"二奶奶先请回，有甚么话一半天再说。"

原来麻穆子那天，把常明带走，定妥了地方儿，伊罕早在半路儿等候。麻穆子把常明交给伊罕，主仆二人雇了一辆车，避往管府不提。麻穆子逛了会子东岳庙，回来见成氏，造了一路谣言，楞说把孩子扔在护城河里啦。成氏也是利令智昏，当时深信不疑。本来麻穆子这个作派法，真有点催眠术的能力，谁听见都得迷信，也难怪成氏了。今天麻穆子冲成氏挤鼻子弄眼儿，成氏知道他必有特别的着儿，当时答讪着也就走了。

麻穆子跟春莺，自有一番研究计画，不必细说。

第二天麻穆子报告成氏，说：

"我已然把春莺劝好啦，情愿改嫁。"

成氏说："急不如快，就给找主儿呀！"

麻穆子说："现在我有一个表兄在前门作买卖。昨天听我舅母说，他有个朋友，要上南京作事，打算在城里头娶个女人，带着出京。他就破二百两银子，说妥了就拿车拉走，马上就起身，您瞧这事巧不巧？"

成氏说："二百银可未免的少点。要说春莺那孩子，身量儿蠢个儿模样儿，不值一千也值八百。"

麻穆子说："您就是能卖一千，马上不能就成功不是？这虽然价钱少，一句话就拉走啦，比甚么不干脆呀！再一说，不是就为把他除了吗，谁指着他发财呀。"

成氏点了点头，说："大奶奶咽气之后，我忘了一件事，他那里的不动产，我应当察封一下子。忙乱之际，我也忘了这手儿活啦，有些个好东西，春莺还不拿了去呀！"

麻穆子说："这层倒没有。大奶奶屋的箱柜也都锁上啦，有老婆子们看着，倒是没错。"

成氏说："这件事就这们办了。急不如快，你就告知前途，拿二百银子来，明天就拉人。还有一节，你告诉春莺，他的簪环首饰，四季衣服，准他带走，其余一概不准带。临走我还要搜检一回。"

麻穆子说："这们办好不好，明天一早，我把人给他送了去，把二百银带回，您瞧干脆不干脆？"

成氏说："这件事情，好像差一点。"

麻穆子说："咱们娘儿俩，我给您办了这些日子事，您还不放心我吗？这们办，我把这对金镯子放在您这里作押账，您看怎么样？"

成氏说："这对镯子原是我的呀！"

麻穆子说："虽然是您的，您不是赏给我了吗。"

老焦说："二奶奶您放心罢，麻姑娘没有错儿。"

成氏说："我也知道他没错儿，我这是诚心跟他打哈哈呢！"

当时研究已定，麻穆子说："还有一节，这件事好像也得跟三爷三奶奶商量一下子罢？"

成氏冷笑了两声，说："三爷也病着，三奶奶是个不中用的乏人，没有跟他们商量的必要。就是二爷在家，也得听我的。好事多魔〔磨〕，迟则生变，一不作二不休，这档子事爽得由你一个人儿包办。事完之后，我是重礼相谢。急不如快，这就把他送了走罢，货到钱回！"老焦说："他那院还有几个底下人？"

麻穆子说："大脚李也走啦，还有两个老婆子，其余的就是伊罕，还有伊罕的儿子七十儿。"

成氏说："一概满轰，咱们这就接收哇！"

简断捷说，成氏带着三四个婆子，还有四五个打杂儿的，一同来到伯英院中，立逼春莺起身。春莺就带了两包袱衣裳，打开都给成氏瞧了。让打杂儿的雇了一辆车，言明雇到前门。春莺临走，还给成氏请了一个安。成氏说：

"大爷也没在家，这可不是我逼你走的，是你自己愿意走的，这你倒是得一条生路。去罢！"

春莺含泪上车，麻穆子跨车沿儿。阖宅人等，瞧着这宗情形，没有不惨的。表面虽不敢说甚么，心里没有不骂的。

按说成氏应时当今，独掌大权，贴靴还贴不来呢，谁还能骂他？这件事也是两个说法，一来威权之下，不敢反对；二来仰仗他的努力，不能不贴。可是偶然良心发现，看他所作所为，实在不对，一时发于义愤，不能不骂。可是嘴里不敢骂，只好腹诽而已。足见"公道自在人心"这句话，是一点不错的。

春莺走后，这就驱逐底下人。两个婆子，没有甚么能力，哭哭啼啼的走了。临走的时候儿，都搜检了一回。其实成氏是假机伶，重要的东西，人家早运走啦，所剩的不过是些个衣裳木器等等，也到有几百现银子。这次查讨祸首家产，也就是这宗情形。

成氏往外一轰伊罕，伊罕炸啦，说：

"奴才在这府上四十多年了，宣力有年（自己直下考语），大爷二爷都是我抱大了的，您轰我不得！"

成氏一阵冷笑，说："你不用费话，我今年才三十五岁，你来的时候儿还没有我呢！你抱过大爷二爷我管不着，现在我是主人，你是奴才。我免你的职，你就得赶紧走，不准逗留！"

七十儿在旁边儿听不过去啦，说："二奶奶，你办事太不对了！大爷没在家，你把姨奶奶逼走了，这是你家的事情，我们作奴才的管不着。我父亲在你家出过大力，大爷应下养老，现在你就不能轰！"

成氏没想到有这一场，当时气的脸也白啦，说：

"好奴才崽子，你要革命呀！来呀！你们把他给我捆上，打完了他给我送官。"

两边儿打杂儿的，干答应不上手。伊罕一想，也就很够他受的了，跟他来个前倨后恭罢！当时给成氏请了一个安，说：

"二奶奶息怒，奴才的儿子不会说话，您看在奴才面上饶恕于他，奴才赶紧走就是了。"

成氏也倒见坡儿就下，说："马力〔麻利〕给我滚着。"

伊罕父子往外搬铺盖，成氏督饬底下人又检察了一回，跟着就查封东西。

伯英原是世家，跟随老太爷随任多年，又作了好几年副都统，得过右翼监督、崇文门奏委，银子是不少，好东西也很多。照例有钱的阔人儿，有银子都讲存在外头，如今自然是外国银行啦，从先不过是汇兑庄大银号。所以阜康家一跑，坑了个稀啦花啦的。伯英有两个存钱的折子，春莺早收起来了。有点子绿货珍珠钻石金首饰，也都运走啦。家里所剩下的，无非是衣裳木器，还有点子古玩字画等等，现银子有几百两。成氏亲自察了一回，很觉纳闷，心说，他手里好东西也很多呀，怎么全不见了，这里头有原故。当时又没有甚么办法儿，只得把一切的东西物件，暂时封好，派人看守，等着麻穆子回来再说罢。

直到晚晌，麻穆子才回来。上回书也说过，麻穆子同春莺，雇了一辆轿车儿，原雇的是前门，半路儿他们又倒了一辆车，直近〔够〕奔管府，大脚李也投奔去啦。母子主仆相见，悲喜交集，不必细说。管府极为优待，人家房屋是多的，另择了一处院落，让春莺居住。后来伊罕父子也去啦。人家管府收容春莺，纯是感情义气，每天不但不要五百块钱，人家还许赔两块。不过成氏不知道，要是知道，一定要求引渡。

闲话不提。麻穆子在那里吃的晚饭，应下不时的还来瞧看。当晚回去见了成氏消差，成氏说：

"我且问你，人是送去了，二百银怎么样呢？"

麻穆子说："我没说吗，没有二百银，有我那对镯子作抵就完了。"

成氏说："这也罢了。我且问你，大爷屋里，有些个细软的东西，怎么全没了？大约还有存钱的折子，怎么也找不着了？"

麻穆子说："这节事情您可问不着我。我就担任害孩子卖大人，钱财物件，您也没委托我，我也管不着。"

成氏说："这也先不提啦。大爷不久也快回来了，想一个甚么法子，让大爷回来，一口气就气死，那才好呢！"

麻穆子说："这我可没法子，您另请高明罢！"

老焦说："大爷回家，一瞧人财两空，不死也得疯。等他病了，勾上小王儿，给他闹两付错药就完了。"

成氏连连的拍手，说此计甚妙。

成氏这里定计，暂且不提。单说大爷伯英，这次是赴伊克昭盟赐奠。那日差竣回京，预先给家里来信，说是十五前后，准可以到家。伊罕是久惯出外的人，得着这个信，准知道飞不开清河镇。头两天雇了头驴，迳〔够〕奔清河，找店住下。第二天早晨，出离镇街，顺着大道往北，走了一里多地，道旁有一个茶摊儿，伊罕就在那里一等。那天正是十四，等了半天儿，没见动静儿。第二天又去，天有十点多钟，忽见尘头起处，来了一帮车轿，原来正是伯英。伊罕赶上前去，报名请安。伯英点了点头，说：

"你这向好，就是你一个人儿来了么？"

伊罕说："就是奴才来了，有要紧的话面禀大爷。"

伯英说："有甚么话店里说去罢，后头有车。"

伊罕跨上车辕儿，一同来到店中。

书要简捷。伊罕把一切的事情，报告了一番。伯英一听，登时悲感交集，掉了几点眼泪。伊罕又劝了一番，伯英叹了口气，说：

"没想到我离家数月，竟出了这样的变故，实在难为于你。"

伊罕说："奴才没有甚么功劳，这件事全是麻姑娘一人之力。"

伯英又点了点头，说："你先回去罢，见了姨奶奶，就说我诸事平安，一切自有办法。"

伊罕又请了一个安，自回管府给春莺送信，不在话下。

单说成氏，早跟小王儿说妥，专等伯英回来，只要有病，一定请小王儿，若果把伯英害死，必有重谢。小王儿始而不敢答应，后来成氏说道：

"你要是认可，自有你的好处。你要是不认可，将来大爷死了，也脱不了你。"

小王儿知道成氏的厉害，只得满口里应承。后来一想，这件事如何办得？不办不行，办也不行，这真是应了俗语儿了："武大郎服毒——吃也死，不吃也死。"越想越心窄，好几夜没睡觉，又受了寒，得了一场夹气伤寒，自己又把药用错了，居然一命呜呼！本来他行医就是朦世，竟仗着两片子嘴花稍，生平害人无数。这也是原因结果，天理循还，这宗人应当有这宗报应。

这些个事且不提，单说成氏，听说小王儿死啦，心疼的了不得。那天召集老焦、麻穆子，又开密秘会议，说：

"小王儿一死，这不是麻烦吗！大爷这两天就回来啦，你们有甚么法子？"

老焦说："我没甚么法子。"

麻穆子说："我更没甚么法子。"

正在这个时候，就听外头一阵大乱，原来是伯英回来啦。

成氏虽然这们厉害，到了这个时候儿，心里也有点忐忑，表面还要扎挣，没乐强乐，向麻穆子说道：

"我得见见他去呀！"

麻穆子把嘴一撇，说："二奶奶，那可就随您啦，您爱见不见，有您的自由权。"

成氏说："麻姑娘，你怎么这们说话呀！"

正在这个时候儿，跑来一个婆子，说：

"大爷回来了，在书房里坐着呢。三奶奶都过去见去了，您还不过去吗？"

成氏一听，当时有点抓瞎，说：

"三奶奶可真不对，他不会同我，居然单独去见。这是买我一手儿，我也得去呀！"

当时让麻穆子搀着，近〔够〕奔伯英院中。有两个伺候伯英的跟班儿的，都给成氏请安。成氏点了点头，来到书房，正见三奶奶文氏，由书房出来，给成氏请了一个安。成氏嗔着他先过来，也没理他。进得书房，伯英就先站起来啦。成氏叫了一声"哥哥"，先请了一个安，伯英也还了半礼。成氏没委屈装委屈，说：

"哥哥不在家，嫂子也死啦，侄子也丢了！姨奶奶不能守着，一定要改嫁，我拦他也拦不住，您瞧这有多淹心！"说着用绢子挡着眼睛，大哭之下。成氏一哭，伯英哈哈大笑，说：

"二妹妹你倒不用伤心，你嫂子死了，是他的寿数！孩子丢了，还许找的回来。姨奶奶改嫁，也没甚么关系。这些个事，全都算不了甚么，我满不往心里去。我向来心宽，决不至于急出紧痰来。"

成氏一听，心说不好，听他话里有因，莫不成这些个事他全知道啦？当时回到自己屋中，越想这个岔儿越不对。

这两天伯英公事很忙，人来客去，非常的忙碌。成氏留心考查，倒也没见甚么动静。

忙了几天，可巧仲英因公进京，季英病也好啦，挂着拐杖也能下地。伯英特约全家人等议事。两个兄弟，两个兄弟媳妇儿，自然都得列席。别人都不理会，惟独成氏心里有病，总觉得忐忑不安。大家到齐，伯英才要发言，就听底下人嚷道：

"四姑奶奶来啦！"

伯英一听姑奶奶来了，心里是很喜欢，成氏可一哆嗦。

书要简捷。四姑奶奶跟大家相见，寒暄已毕，提起管氏大奶奶来，当时大哭之下。原来四姑奶奶头天进的京，听说管氏不在了，连晚饭都没吃，所以今天特来瞧看。又听说春莺母子不在，很觉诧异。

伯英说："姑奶奶来了，好极了！我今天特约兄弟妹妹，有一件事，要跟大家商量。现在有人，要送我一个妾，并且还带着一个孩子，我今天跟大家商量，可否把他留下。"伯英言还未尽，姑奶奶答了话啦，说：

"这件事我就不赞成。"

三爷季英接着说道："大哥是二品大员，既然要立妾，咱们有的是钱，挑着样儿拣选。我说句话可粗糙一点，何必单要剩

货？再一说随娘改嫁的孩子，有甚么起色？下等人家，常有办
这宗事的，咱们世宦人家，办这宗事情，岂不被人耻笑！"

伯英微然一笑，向仲英说道：

"二爷以为怎么样？"

仲英说："老三的话很对，我跟他表同情。"

伯英又向成氏跟文氏说道："二位弟妹以为怎么样呢？"

成氏一语不发，文氏笑而不言。伯英说：

"这件事情，我已然认可啦，在情面上难已推却。方才我打
发人接去了，大概也快来了。"

正这儿说着，就听底下人嚷道：

"姨奶奶回来啦！"

这□子不要紧，大家都觉一愣，成氏尤觉吃惊，心说不是
春莺呀？成氏正在寻思，早进来一个美人，原来不是别人，正
是春莺。跟着小赵儿抱着常明也进来了，大脚李也进来了。成
氏见事不好，打算要走，两条腿干动不了。当时似醉如痴，暗
暗的叫苦。这当儿屋里一阵大乱，原来是欢迎春莺母子。姑
奶奶揪着春莺的手，掉了几点眼泪，接过常明来，又抱了一
抱，说：

"你们母子怎么会到了一块儿啦？这件事离离奇奇，闪闪灼
灼，闹的我好不明白。倒底怎么回事情，我要细听一听。"

伯英说："姑奶奶要听这档子新闻，倒也容易。来呀，把麻
姑娘请了来！"

麻穆子在院子里答了岔儿啦，说：

"伺候大爷。"当时进得屋中。

伯英说:"麻姑娘,这件事,是瞒不了你的,你把一切的情形,一个字不准隐瞒,说与姑奶奶听听。"

麻穆子说了一声遵命,当时把一往的事情,源源本本,一五一十,细说了一遍。

仲英一听女人的行为,有点儿吊死鬼儿诈尸——挂不住了,借着乱际儿,溜之乎也。季英因为闹病,这些个事情,他是莫明其妙,今天这才了然。当时气的乱哆嗦,奔过去敬了文氏两个嘴吧,打的大家一楞儿。(讲究毛姜吗。)季英接着说道:

"你这宗女人,真正的万恶滔天。有这宗事情,你会不告诉我!"说着奔过去还要打。姑奶奶说:

"三爷,你是疯啦!你打他作甚么呀,有他甚么过恶呀?这里捣乱!"

成氏因为麻穆子摆布一切,又羞又臊,又急又气,当时有地缝儿,都要钻下去。心说好一个麻穆子,你算把我冤透了,没想到半世的英名,毁在你手里,我还有甚么脸活在世上。越想越难过,一时痰火上涌,来了一个跟头,口眼歪邪,浑身乱抽。老婆子直嚷,说:

"了不的啦!二奶奶得了痰[瘫]痪啦。"

姑奶奶说:"不用瞎嚷嚷了,把他给我搭出去!"

老婆子们往外搭成氏,暂且不提。文氏挨了两个嘴吧,打的直哭。姑奶奶说了季英一顿,又安慰了文氏一番,随后夸奖了麻穆子一回,当时化悲为喜。

伯英吩咐厨房，今天预备特别的嘉肴，欢迎姑奶奶，并约仲英、季英同食。仲英没好意思露面儿，季英倒是露了，又勾前场，讲究成氏怎样阴狠。伯英说：

"已过之事，云过天空，彼此不准提啦！"

姑奶奶说："我倒有一件事情，要跟大家提议。"

伯英说："妹妹有甚么话请说罢。"

姑奶奶说："我看姨奶奶端庄稳重，出身大家，并且跟前又有少爷。在你家中，又受过这些个患难。现在你主持中馈无人，依我的意思，不如把他扶了正，倒是一举而三善备焉，不知你的意下如何？"

伯英还未答言，季英连连的鼓掌，说：

"这件事我极端赞成，咱的哥你就认可罢。"

伯英说："这件事也得跟你二哥商量商量。"

姑奶奶说："何必跟他商量，他会听枕边之言。素日还讲理学呢，真对不起理学！告诉他一声儿得了，就这们办罢！"

这也是件大事，至近的亲友，总要知会知会的。姑奶奶本来跟春莺对劲，这回是非常的高兴，伯英只好听喝罢。春莺得着这个信，不必说，心里是喜欢。

话不烦叙，定妥吉期，这就下帖约请亲友，搭棚办事。

单说成氏那天搭回屋中，灌了两丸子药，吐了点子痰，心下略觉清醒。始而这件事，仲英连影儿也不知。虽说惧内，究竟是个念书的，这宗事他要知道，也一定不准办的。事到如今，闹的十分难过，告诉底下人，说："你们好好扶侍二奶奶。"弄了本古文，跑书房念文章去了。老焦一想，自己也在祸首之列，待着也没有好儿，敛把敛把，开了正步啦。

春莺扶正之后，举止大方，阖宅上下都很钦敬。伯英论功行赏，麻穆子功居第一，伯英为媒，给了伊罕之子，特赏妆奁银五百两。其余人等赏赉有差。成氏病了几个月，返驾瑶池。春莺还痛哭了一场。人人都说他厚道。

书说至此，《搜救孤》已完。明天另有新题贡献。

（《京话日报》社会小说《新鲜滋味》之十五种）

阶虫唧唧，瓶菊娟娟。正是夜阑人静，竹影上窗前。慨浮生若梦，转瞬百年。世味饱尝心愈冷，残书堆榻，聊结半生缘。

凄凉往事何堪忆，一刹那过眼云烟。布衾如铁不成眠，挑灯重读芸篇。扫不去闲愁旧恨，百感缠绵。独起徘徊看月色，浑不似往昔团圆。（《右调雁飞孤》）

日前记者携二三友人出东郭小步，正是菊花天气，秋景凄凉。友人思饮，因在野肆小酌。酒保殷勤招待，人极和蔼。问其姓名，自言曹姓行二，原籍山西人氏。记者一听他姓氏籍贯，忽有所感。

我问他："四十年前北城炮局，有一位治病的曹立泉先生，你认识不认识？"

曹二当时很觉诧异，说："你老先生贵姓？"

　　我告诉他姓氏。曹二说："炮局有个大门，敬畏堂蔡家，那是您的本家吗？"

　　我说："我就在蔡家大门住。"

　　曹二说："您是那位蔡大哥罢？三十多年不见，您也成了半大老头子了。"

　　我说："莫不成你乳名叫曹二格吗？"

　　他说："然也。"

　　我说："咱们有三十五六年没有见了，你头发也白了。"

　　他说彼此，我说一样，啊啊！哗哈哈哈！（这是那一出呀！）记者的乳名儿他也说出来了。那位说了："你的小名叫甚么？"（我叫刺猬。）

　　我问他："立泉那里还有甚么人了？"

　　他叹了一声，说："家伯母也死了（曹二是曹立泉的胞侄，曹三先生的哲嗣，曹三先生开过砖窑），是我大姐发送的。我二姐的事情提不的了（他既说提不的，我也就不必细说了），我三妹妹让我五叔带回山西去了。"

　　我说："三叔还在世吗？"

　　他说："大前年过去的，为窑上的买卖打了二年多官司，就算是气死了，事业算完了！我五叔倒是让我回老家，北京城待惯了，乡下饭吃不下去了（足见北京城是毁人炉），对付忍着罢！"

　　他还要往下说，旁边儿桌儿上直喊，说："小曹别聊了，来壶酒呀！"

　　曹二说："回头说话儿，蔡大哥今天可得让我。"

我说："不让。"

那天因为遇见曹二，忽然把曹立泉的事情想起来了，赶上这两天没有小说材料，这一遇见曹二，算是得了题目啦。按说多年老街坊，似乎不该拿着人家当报料儿，但是曹立泉的事情，那一溜儿陈人都知道，并不是我揭人阴私。再一说，借着他老先生劝人警世，也是件好事。闲话取消，正式开书。

单说北城炮局，在四十年前，虽然是东北一隅之地，胡同儿也很热闹，怎么叫作炮局？因为左翼四旗的炮位，在那里存储，一共四个炮局，余外有四十间官房，是看局兵的住处，因此这条胡同就叫作炮局。

炮局中间，旧日有一个杂货铺，一个煤铺，还有一个小木厂子儿，字号是德顺木厂。由炮局往东，地名四眼井，非常的热闹。听老年人说，北城四眼井地方，在五十年前（没有我呢）买卖繁盛。有茶馆饭铺，且有车口（停放轿车的地方，旧日叫车口子）。炮局正在四眼井之西，所以也很热闹。庚子之后现像已不如前，近日则冷落萧条。

记者旧居即在炮局中间路北大门，后有小园约二亩许，花木很多。今则故园属于他人，已卖拆货。回首当年不堪设想，每过旧址感慨系之。沧海桑田兴亡代谢本是常有之事，无须一提。单说炮局中间路南，有一个德顺木厂，掌柜的姓曹，人称老曹，山西榆次县人氏。自幼学的木匠手艺，家里也有三四十亩地，娶妻李氏。跟前三个儿子，是曹大、曹三、曹五（随着本家排行，俗称叫大排行）。老曹跟本家呕了口气，背着木匠家俱来到北京，在北城真武庙（四眼井之东）租了一间房子，见天背着筐子下街串胡同儿，俗所谓收拾桌椅板凳者是也。老曹手艺很好，人又和气，给人收拾活价钱又不大，所以人人欢迎。在那个年月，吃的又贱，听说白面才卖九个大钱一斤（不到两枚铜元），杂合面卖四个大钱一斤，猪肉五百钱一斤（五枚铜元），羊肉要卖到六百，那就说贵的邪乎了，如今六百钱买四两。一天两顿饭，早晨白面晚晌老米，一吊大钱（十枚铜元）花不了，您想日子够多们好过。如今没有那个年月了！老曹又俭省，每天挣个五吊六吊的，除去吃喝房钱水钱等等，总可以剩四吊钱。一年多的功夫，积蓄了一千多吊大钱。

有人劝他开个小木厂子儿。可巧炮局路南，煤铺东隔壁有一处闲房，临街三间，挺大的院子，后头还有三间南房。话不烦叙，老曹把房租过来了，给家乡写了封信，把曹大也叫来了。这个曹大念过两天书，虽不甚通，写算都成，也学过木匠手艺，于是小木厂子儿就开起来了。老曹向来得人，那溜儿街坊，不差么他都给作过活。大家攒了个公议儿，弄了两块红，送了四扇挑一付对子，还有一包茶叶。老曹也预备了一顿炒菜面，请大家吃了一顿。

他这个木厂子开在背巷，跟大木厂子性质不同。真正陵工城门楼子的工程，人家找兴隆恒和，找不到他这里。他这个木厂子也就是作点零碎活，自己作点小车儿呀，小饭桌子儿呀，随便发卖，有活他也应。

单说炮局迤南有一个龙王庙，住着一位行医的富二先生，医道很高，内外两科都行，尤以针灸出名，人称神针富二先生。老先生生平爱花（跟我一个样），尤其爱菊花。那天有人谢医，送了富二先生十盆菊花，都是些贵重的细品，并且带着细磁盆。（这就是外行，讲究养花，有钱也不使磁盆，因为他不能排泄水。）富二爷一高兴，要做几个盆架子。富二先生好奇，自己画样子，在家里看着作，找老曹来着，老曹没功夫，打发儿子曹大来了。富二先生看完了门脉，出马天还早，曹大那里作活，富二先生托着水烟袋跟他聊天儿。本来曹大长的很漂亮，嘴也真乖，管着富二先生就叫二叔。富二先生很爱惜他，问他念过书没有。曹大说："念过几年。"

问他娶过妻室没有，他说：

"娶过一房，强（前）娘（年）死的。"（老西儿说话，往下咱们可不学，就学这一句，竟学不但讨厌，而且麻烦。）

后来他问富二先生每天看病能挣多少钱，富二先生说：

"这是没准儿的买卖，今天就许瞧八个有七个票活，明天就许挣几十吊（彼时马钱不大，近道儿两吊四百钱，不像如今，至少都得开一块，所以如今穷人万别害病），每月合起来总挣个二三百吊钱。赶上传染瘟病季儿，大拨儿霍乱季儿，那没有考究。我这处房子，就是那年闹霍乱我置的。（可以说是霍乱房子。）就是票活人家儿，瞧好了也有送礼的。（我整天瞧票活，送礼的就少，您猜怎么回事，我全给人治拧了。）就说这十盆菊花，就是人家送我的，全是细秧儿。连这十个花盆，没有二十两银子下不来。我这根水烟袋，也是人送的，一年的礼物也见不少，靴帽果席、饽饽、茶叶票，简直的成刀。"（不像我，当票子成刀。）

富二先生一路大吹特吹，曹大眼睛都直了，说：

"二叔，你老这是瞎聊吧？"

富二先生说："实话呀！自己爷儿们，还有过瞎聊的。"

曹大说："当大夫有这们大来龙儿呢。"

富二先生说："可也不得一样，真得有两下子才行哪。"

曹大说："老爷子，我拜你为师，你收我这个徒弟怎么样？"

富二先生本来爱惜他，说："好哇。"曹大当时跪下就磕头。富二先生说："徒弟请起。"

曹大进屋里就给师娘磕头，富二太太也很喜欢他。富二先生把少爷丁儿叫过来参见师兄。曹大也真机伶，立这就老师师娘不离嘴。

富二先生说："我先问问你，你今年倒是多大岁数儿了？"

曹大说："徒弟今年二十三岁。"

富二先生说："你大名字叫甚么？"

曹大说："徒弟叫曹永江。"

富二先生说："你的八字五行缺水罢？"

曹永江说："就是你老。"

富二先生说："我送你一个号，就叫立泉，你看怎么样？"

曹大说："很好！很好！我再谢谢老师。"

富二先生说："这个事情你得跟你父亲商量商量。"

曹立泉说："那是一定的。"

当晚富二先生留他吃的炸酱面。曹立泉说："我还没孝敬老师呢，先吃上老师了。"

富二先生说："既是师生，你吃我是吃的着的，咱们爷儿们不在这一时呀。"

话不烦叙，曹立泉回到铺子对老曹一说，老曹十分赞成，第二天买了四色礼，爷儿俩提溜着，来到富二爷家中。这四色礼是甚么呢，原是五斤杏干儿、五斤乌梅、五斤陈醋、五斤山里红。（全酸到一块儿了。）老曹见了富二先生，磕头请安，说了一大套好话，说：

"富二哥，咱们是亲家了，我的儿子就是你的儿子，不好你只管说只管打，我写给你一张字儿，你瞧好不好。"

富二先生说："学大夫跟别的手艺不同，也不用写字儿，你买这个礼物就是瞎闹，你打算把谁酸死是怎么着？"

老曹说："二哥你取笑了，老西儿送礼就讲买酸东西，醋糟你给你老师磕头罢。"

富二先生说："谁叫醋糟呀？

老曹说："你徒弟小名儿就叫醋糟。"

富二先生说："散了罢，我牙都倒了，他昨天已然磕过头了，何必再磕呀。还告诉你说，他学大夫，甚么医书也不用买，我这里全有。盆架子也快做完了，一早一晚儿让他上我这里来，带手儿我教他。"

老曹说："就是那们办了。"

富二先生说："还有一回事，这十个盆架子连工带料一共多少钱，你说一句话。"

老曹说："富二老爷，你这话是笑话儿了，这点小意思，还提的到话下吗。"

富二先生说："那不成，常言说的好，'交情送匹马，买卖争分毫'，不要钱不行。"

老曹说："徒弟跟你儿子一个样，你儿子给作几个盆架子，难道说你还给钱吗？"

富二先生说："既然这样，我可就谢谢了。"

老曹说："提不到谢字儿。"

书要简捷。花盆架子作完，曹立泉见天就来，早晨管买菜，扫院子，外带管瞧门。富二先生倒是很爱惜他，富二太太也喜欢他。富二先生找出几套药书来，全给他了，让他念药性赋汤头歌儿，李世〔时〕珍的脉诀没事也给他讲讲。富二先生早晨给人看门脉，他在旁边真下心听，半年多的功夫，居然有点意思。曹立泉本来聪明，来京一年多，山西口居然没了，说的挺好的京话。诸位要知道，山西人要学京话比旁的省容易，不信您看干果子铺的学徒，上京三五年就能够撇京腔。

闲话不提。单说富二太太，有一个娘家的妹妹，嫁了一位佐领老爷，人称博二太太，素日人极开通。那天来看姐姐，曹立泉正在那里。富二太太一给介绍，师娘的妹妹自然得叫二姨母啦，北京的称呼，叫作二姨儿。曹立泉在富二先生这里待了这些时，京腔也会撇了，在旗的礼节，他也学会了，居然口呼二姨儿，给博二太太请了一个大安。博二太太见他人物漂亮，谦恭有礼，倒是非常的喜欢。富二太太款留妹妹吃饭，打发曹立泉上街换钱，叫锅子买菜。曹立泉跨上买菜的筐子，低着头就去了。博二太太看着他很不错，对着富二太太直夸，说：

"你们这个徒弟我瞧着倒不错，今年也不是多大了？"

富二太太说："他今年二十三了，去年断的弦，还没说上呢。"

博二太太一听，心说这倒巧啦，当时说道：

"他比你外甥女儿整大三岁。"

富二太太："妹妹要是愿意，我喝这碗东瓜汤。小孩儿脾气好，这里有他父亲，人也不错，小买卖儿也倒赚钱。如今跟你姐丈学医，你姐丈常夸他聪明，说他甚么闻一知十（老颜回师傅的）。这话是怎么句话，我也不懂的。我大外甥女儿要给了他，倒是天然配偶，一对璧人。不过就是有一样儿，咱们是满州〔洲〕旗人，他是个老西儿，让人家说拿着旗人家的姑娘嫁老西儿，似乎差一点儿。"

博二太太说："姐姐此言差矣。现在五族一家，世界大同，五大洲都可以结亲，还分甚么旗人老西儿。"（你听真无愧乎"开通"二字。）

富二太太说："你这们说行了，妹夫儿也得认可呀？"

博二太太说："他不认可，我跟他演说。"

富二太太说："你何必跟他演说，你一瞪眼他还不傻呀。"（大概博二老爷惧内。）

正这儿说着，曹立泉回来了，提溜着筐子，还背着几串大个儿钱，把筐子放下——的报帐："二两银子换了三十几吊，叫锅子两吊六百钱（如今锅子至贱的五吊八），买了二斤羊肉一吊三百八（如今够买半斤的）……"酸菜等等花了多少钱，还剩了多少钱，帐目还是很清楚。

博二太太连连的点头。少时锅子送到，姐妹俩说话的功夫儿，全都齐了，锅子也扇上啦。博二太太说：

"今天倒把外甥累着了。"

曹立泉说："不累的慌你老。"

话不烦叙，博二太太那天回到家中跟博二老爷一商量，博二老爷说：

"你这真是疯了，咱们是满州〔洲〕贵族，我又是四品官，我的女儿选秀女都有分。他要当了选，我就是国丈皇亲老泰山。上次有人给女儿提亲，世袭男爵你不给，如今你要给老西儿，这都是邪怪的事情！就说汉军旗人，因为他们作官的道路窄〔因为道路窄，所以汉军旗人有点能为的多，满州（洲）人作官道儿宽，倒把他们害了。到了如今，还没有汉军人道路宽呢〕，我们都不跟他们作亲，如今女儿真要给了老西儿，怎么见亲友哇，这事万万的不行。"

博二太太说："朝着你这宗思想，这宗议论，你就是亡国奴。现在还讲那个，告诉你说，我可是满洲旗人，酸满洲的习气，我就不赞成，把高等的满洲旗人打个板儿高供。我说这话人家也决不挑眼，像你这宗满洲旗人，你有甚么能为，有什么本式，有甚么学问？除去提笼架鸟下茶馆儿，造旱谣言，抽大烟喝烧酒，会赊猪头肉，玩笑要骨头，排个八角鼓儿；就说在衙门当差，旗下有甚么高超的公事？来行文无事片打到画稿，验缺下仓放钱粮，压个兵缺，吃两包儿空头饷，完了！有甚么警人的玩艺儿，你说我听听？"

博二老爷说："你都说了，我还说甚么，你真把我损苦了。别起急，有话慢慢的商量。你夸这个小老西儿好，女儿婚姻大事，我也得瞧瞧呀。"

博二太太说："你瞧瞧倒行，你上姐夫那儿去准遇见他，你一见准愿意。小人儿不用提多们好啦，自己又有买卖，现在又学大夫，将来一挂牌，吃不了花不了的。"

博二老爷说："你先不用夸，我明天看看再说。"

公母俩这里抬杠，大姑娘在一边听着，也不好搭岔儿。话不烦叙，第二天，博二老爷来到富二先生家中，正赶上富二爷在家。原来头天博二太太走后，富二先生就回来了，富二太太把要喝冬瓜汤的话对富二先生一提，富二先生很赞成。老夫妇跟曹立泉一提，曹立泉低头不语。怯人有个怯心眼儿，他自己一想，拿着他们满洲旗人把姑娘肯给老西儿，这事透怪，这个姑娘不定有多们憨蠢呢，要是好不能给我，师娘作媒又不好拒绝，这倒成了难题了。

富二太太见他寻思，说："傻小子你倒是愿意不愿意呀？"

曹立泉说："二位老人家这分美意，我小子还能不愿意吗，不过得跟我父亲商量商量。"

富二太太说："我这个外甥女儿你是没有见过，人才好不提，脾气还温和，并且多少还认识几个字。你回去跟你父亲先说一声儿。"

富二先生说:"你父亲要是愿意,我再亲身去正式说媒。"

曹立泉说:"就是你老。"

当晚曹立泉回到铺子,对老曹一提,老曹愿意。第二天曹立泉带回话来,富二先生夫妇十分欢喜,本打算吃完早饭,富二先生到博二老爷那里,没想到一清早博二老爷就来了。

曹立泉正在这里,富二先生一给引见,让他管博二老爷叫二姨父,老西儿真请大安。博二老爷细一瞧这个小老西儿,倒是很漂亮,真不像个老西儿,先有三分愿意。后来一听他说话,一点儿酸味儿没有,已然有六分愿意。后来曹立泉不在跟前,博二爷向富二先生夫妇说道:

"昨天您二妹妹回家跟我一提,我们俩还直抬杠,如今一看果然不错。我很愿意,就求姐夫姐姐分心,这件事就算妥了。但是一节,我是最疼你外甥女儿,过门之后,他要带到山西吃醋糟去,我可不愿意。"

富二太太说:"妹夫儿你别嚷,他小名儿……"往下的话没说出来。

富二先生说:"你怎么这们爱多说话。"富二太太笑了一笑也就不言语了。

富二先生说:"挺美满的事情,妹丈你就别犹豫啦,人家城里有买卖,暂时也不能回家。先说现在的,凡事虑不了许多。"

博二老爷说:"就这们办了。"

书要简捷。富二先生亲身到了荡德顺木厂,跟老曹一说,老曹欢喜之至，富二先生也很高兴。又到了荡博二爷府上，依着博二爷还要合一合婚，博二太太说：

"你又弄这个穷迷信不是，外国人不讲合婚，人家也没灭了种，趁早儿不用合。"

富二先生说："这话也倒很是，本来合婚是冤人的玩艺儿。"

博二老爷是个又没主意又惧内的人，只好听喝罢。放定过礼通信的事情，应有尽有，千人一面的玩艺事情，不必细说，转过年三月就娶。

上回书也说过，德顺木厂后头有三间南房，裱糊停妥作为洞房。老曹给曹立泉又作一身装新的衣裳，是茧绸袷袄，摹本缎马褂儿。给新人也作了一身上轿的裤袄，搭了一个布棚。喜轿是富二先生送的，锣九对儿满汉执事，轿子用的是满天星（跟我们家喝的茶叶一个样）。老曹素来很为人，方近的街坊都要赶分子道喜，老曹找厨子也预备了些桌酒席。一切琐屑事情无须细述，那天特请富二太太娶亲，富二先生在棚里当支［知］客，博家还陪送了二十四抬嫁妆。博家的亲友听说把姑娘给了山西人，大半不以为然，及至曹立泉来谢亲，大家一瞧，这位新姑爷非常漂亮，于是又有夸的。反正人嘴两层皮，翻过来掉过去，怎么说怎么有理就完了。那天博二太太送亲，见了老曹还交带了几句，无非是姑娘岁数儿小，亲家老爷诸多担待。老曹直给博二太太作揖，也说不出甚么来。

那天老曹早晚预备了十桌菜，早晨倒吃了十一桌，晚晌只得买肉暴作罢。富二太太在这里足张罗一气。新人当日下地，

参见公公。老曹坐在那里一受双礼，看着佳儿佳妇，乐的简直
闭不上嘴。这位博大姑娘，始而听说嫁与山西人，心里很不乐
意，及至过门之后，老公公也没有脾气，曹立泉也还是个人样
子，人口简单，诸事由性，也就自安义命了。

　　过了些时，老曹接着一封家信，原来家里有点地亩纠葛的
事情，请老曹回去。老曹求富二先生夫妇照料儿子媳妇，各街
坊家也都去了一荡，无非是托付照应，收拾行囊，当时起身。
富二先生还请老曹吃了回饭，算是送行。老曹去了两个多月，
把曹二〔应为"曹三"〕也带进京来啦，原来老伴儿也死了。曹
立泉听说妈妈死了，也倒哭了一场。博氏听说婆婆死了，立刻
也就换了素服啦。曹三在铺子住了些时，经人介绍，在东直门
外砖窑写帐，每月挣二两银子工钱，刨去自己花用，还交给老
曹一两。又过了一年，博氏跟前一个女儿，因为是冬月生日，
起名就叫冬儿。这些个事情都是纪实的事情，不能不略叙一叙。

　　单说曹立泉，从富二先生学二年医，倒是很有进步。富二
先生原是个热心人，自己那点能为是合盘托出。上回书也说过，
富二先生针法最出名，每逢给人扎针，总让曹立泉跟着。曹立
泉也真用心，偶然富二先生就让他下手给人扎。曹立泉手底下
还是很脆，反正是拿活人练手儿罢。简断捷说，富二先生那点
本式，他算满吃到肚子里去了。后来自己一想，能为本式是学
成了，自己要挂牌行医是绰绰有余，后来一想，虽然跟着富二
先生给人托过针，总算是跟着师傅溜，单人独骑没见过大敌，
一辈子不出马是个小军儿。富二先生有话，得拿活人练手儿。

（大夫都讲拿活人练手儿，您听悬不悬。）可是人家有病不找我，我也不能上赶着给人看病呀。俗语有云，"医不扣门"，可是我老不拿活人练，一来也不能得经验，二来也不能享名誉。那天他睡不着，正在盘算这些个事情。

忽然外头有人叫门，原来是西隔壁煤铺酸掌柜的，半夜里上吐下泄，肚子拧绳儿疼。依着伙计，要请神针富，酸掌柜的说：

"天这宗晚儿，富二先生那个岁数儿，他未定出来，把隔壁儿曹老大请过来罢。那天我听他瞎聊，倒有两下子，快去罢，我肚子疼的要死。"

活不烦叙，伙计把曹立泉请到。酸掌柜的说：

"曹老大我要干，老西儿要回宫降吉祥。"

曹立泉摸了摸脉，说："大叔您别着急，不要紧，死不了，我得给您扎两针。"

酸掌柜的说："这才是，打算要命拿了去，要想扎针万不能！"酸掌柜的一着急，来了两句謷儿词。

曹立泉说："您只管放心，我扎针决不疼。"

酸掌柜的说："你别冤仍（人）啦，扎针有不疼的？"

曹立泉说："现在已然过了子时啦，要是不扎，到了明天晌午准死，明天再想扎，扎成漏杓也不成了。"

酸掌柜的说："是呀，豁出去了，你给我扎啵，可是你行呀？这不是闹着玩儿的，你要是不行，还是把你师傅请来罢。"

曹立泉心说："散了罢，好容易拿你开张，请我师傅，你先得等一等儿罢，拿你练定了手儿了。"

想罢说道："我师傅一来眼色儿有限，二来近来手哆嗦，灯底下可透悬。"

酸掌柜的一想这话也对，当时一横心说："你扎罢伙计。"

曹立泉让伙计拿着灯，将要给他扎胳臂，酸掌柜的直嚷，说："我的爸爸你可别扎呀！我晕针�！"

曹立泉说："不扎你可活不到明儿早晨。"

酸掌柜说："我的祖宗！"〔这们伙（会）儿功夫又长了一辈。〕

书要干脆，曹立泉给他左右胳臂扎了六针，肚子上扎了三针，居然也不恶心啦，肚子也不疼啦。

酸掌柜的说："老大，你针法是可以的，吃点药不吃呢？"

曹立泉说："不用吃汤药，我那里有丸药，我给你取去。"

酸掌柜的说："劳你驾了，明天过去给你道乏。"

曹立泉说："自己爷儿们，您也不必给我道乏，好了给我传名就是了。"

曹立泉回到家中，找出一丸子藿香正气来，一丸子改了四丸子，团好了另换了一张纸包上，送到煤铺，告诉酸掌柜的，这是他自配的避暑丹，用姜汤送下。原来博氏那天嚷肚子疼，他给买了一丸子藿香正气，博氏肚子好了没吃，今天居然用着了。他为甚么又改药丸子呢，又为甚么另换一张纸包呢，这里头都很有用意。他要送人家一丸子藿香正气，人家答他四个大钱的人情（彼时藿香正气卖四个大钱一丸子），如今他一改丸子，说是他自己配的，这里就没有考究了。

单说煤铺酸掌柜的，本来身体结实，霍乱又不甚重，这几针扎下去就觉得精爽，又吃了藿香正气，一觉睡的天亮，居然其病脱然。清早来到隔壁木厂，给曹立泉道乏道谢，老曹说：

"酸大兄弟，咱们是同乡自己弟兄，你何必多这个礼。小孩子给你扎针我还提溜心，谁知你倒真好了，这真是吉人天相。"

曹立泉说："大叔你可少喝凉水。"

酸掌柜的说："我没喝水，我竟喝醋哪。老大你是真有两下子，你可称神针妙手针灸独步，无愧乎内扁外华，今之和缓。"（这叫口头挂匾。）

曹立泉说："大叔您太夸奖了。"

酸掌柜的说："我并非过奖，你实在医道真高，比富二先生都高。过两天我大好了，咱们爷儿俩得闹天戏。"

老曹说："你别瞎闹了，自己爷儿们还有那些个事哪。"

话不烦叙，过了两天，酸掌柜的真请曹立泉听了一天瑞胜和。那位说了，怎么不听四喜哪？您想老西儿听戏，能够不听梆子吗？晚晌吃了一顿茶馆儿。从此酸掌柜的给曹立泉一刷肉报子，见了谁告诉谁，他怎么得霍乱，曹立泉怎么给他扎针，还给他避暑丹，足这们一卖号外，一个传十个，都知道曹立泉脉气不错，这就很有人找他看病。治一个真好一个，一来二去所传扬开了。这一来不要紧，富二先生的买卖很受影响。富二先生是个忠厚人，还不大理会，富二太太有点吃味儿，那天向富二先生说道：

"立泉这孩子这两天也没来，听说他竟给人瞧病哪，听说瞧一个还是好一个，这一来他把咱们的财全截了，这孩子可真丧尽天良！"

富二先生说："你这话也不尽然，找他瞧的反正都是这溜儿的，远处也没人找他，我那儿家老主顾也找不到他。再一说，都知道他是我的徒弟，瞧一个好一个，不是我的名誉吗。"

正这儿说着，可巧曹立泉来到，给老师师娘请安。富二先生倒是还是照旧，富二太太鼻子脸子的，很透神气烘烘。曹立泉是个脑筋敏捷的人，早瞧出一谱儿来，当时装作不知，说："老太太早吃饭了？"

富二太太绷着脸哼了一声。曹立泉没话找话儿说了些个闲篇儿。富二太太说：

"你这两天忙罢，今天没出马吗？"

曹立泉笑着说道："我的老太太，我上那里出马去？"

富二太太说："你不是竟给人瞧病哪吗？"

曹立泉说："这都是酸掌柜的没事给我嚷嚷，有两个穷街坊，磕头请安的一定让我给他们瞧，我是没法子。瞧了几个，倒是没栽跟头。有几个生人找我看，我不敢给看，我全支到老爷子这里来了。昨天有一个抱小孩儿的，还有一个老太太，大概许来了吧？那就是我让他们来的。"

富二先生说："这话不错，昨天倒有一个抱小孩儿来的。"

您想富二先生一天看好几十号门脉，还能没有抱小孩儿来瞧的吗，他这叫整本大套的朦事。富二先生是个忠厚人，富二太太是妇人之见，架不住捧两句哄两句也就完了。

过了些时，富二先生给四眼井王家瞧了一个病，吃了两剂药没见效，后来又找曹立泉瞧，曹立泉很贬富二先生的方子，虽然没说治错了，很说方子杂乱。王家说：

"曹先生，你不是跟富二先生学的吗？"

曹立泉脸一红，说："我跟他老先生学的针法，至于内外两科，我是在山西跟人学的。"

原来王家请富二先生，是本院儿街坊小李给荐的，王家把这话又告诉小李啦，小李把这话又告诉富二先生了。富二先生一听这话，气的连晚饭都没吃，富二太太也直骂，说这孩子可真丧尽天良，当时就要找曹立泉去。富二先生直拦，说：

"他行他的，咱们行咱们的，你找去不合是〔适〕，又有亲戚这一层。你找去一闹，对不起外甥女儿。"

劝了半天才把富二太太劝住。曹立泉这两天也没来。富二先生因为生了气吃不下东西去，竟打气膈儿，那天又着了点儿凉，病势加重。富二太太急了，也没告诉富二先生，来到德顺木厂，进了门连哭带闹。老曹摸不清头脑，直给富二太太作揖，博氏也不知道甚么像儿，给富二太太请了一个安，富二太太哭着说道：

"好哇！血心待你们，你们丧尽天良。"

博氏说："大姨儿您别生气，您先请坐，有甚么话您说。"

老曹说："是呀，有甚么话二太太请说。"

富二太太一边儿哭着，把一切的情形说了一遍，越说越生气，就要往门框上撞头。博氏过去就抱，富二太太一挣命，把博氏推了个跟头。博氏一哭，富二太太头也不撞了。事又凑巧，博二太太提溜一个蒲包儿来瞧女儿，正赶上这档子热闹儿，一瞧姐姐也直哭，女儿也直哭，当时一路大劝。富二太太说：

"妹妹你来好极了。"当时又把一切的事情说了一遍。

博二太太说："姐姐这就是你的不对。"

富二太太说："怎么是我的不对啦？"

博二太太说："一来过耳之言不可深信，二来有话好说，问倒了比打倒了强。就说姑爷招了你啦，姑娘也没招着你，你来到这里撞头，算怎么回事情。"

富二太太说："好哇！你们算是亲戚啦，你不想想盐打那们咸，醋打那们酸，没有我们，你们就是亲戚啦？"

博二太太说："姐姐你这话都使不上，为甚么说甚么。"

这院里一捣乱，隔一堵墙儿就是煤铺，酸掌柜的一听吵闹，赶紧跑过来啦，好在都认识，这姐儿俩这里拌嘴，老曹跟酸掌柜的一边儿一个大作其揎。吃亏当时没有快镜，要是有快镜，照下一个像来倒是很有意思。

正在这个时候儿，曹立泉回来了。老曹说：

"你这个灰鬼孩子，招你师娘生气，还不给你师娘磕头！"

曹立泉真给富二太太下了一跪。

富二太太说："好孩子，你师傅开的方子不好，你不是跟你师傅学的？你师傅是让你气病了。"

曹立泉说："这是没有的事情，谁造的这个谣言，您总得告诉我这个主儿，屈透了我的心了！"曹立泉一路装哭装笑。

富二太太心又软了，说："孩子你先起来，我慢慢的告诉你。"

曹立泉说："师娘您先告诉我，我才起来哪。"

博二太太说："姑爷你就先起来，有甚么话慢慢再说。"

曹立泉是一个机伶鬼儿，有台阶就下，当时起来说道："您告诉我这个人，我非跟他玩儿命不可，他这是离间我们师徒的感情。老师疼我真跟疼亲儿子一个样，我要那们没良心，我还叫人啦，我非跟这个人见个死活不可，老西儿不活着了！"

说罢跺脚捶胸大哭之下，博二太太心说，他要真一玩儿命，我女儿不守了寡了吗。当时向富二太太说道：

"告诉您姐姐，散言碎语也听不的，谁跟谁不对就许给谁阴事。又道是眼见是实，耳听是虚，拉老婆掖舌头最不是好人，不用提了。"

在博二太太的意思，恐怕真说出主儿来，曹立泉找人家拼命去。其实曹立泉原是弄腥架子，博二太太心工儿他早明白啦，当时更哭的厉害了，说：

"师娘老太太，您总得说这个人，我不活着了！"

富二太太本是一脑门子气，如今见曹立泉痛哭流涕要死要活，又有点心软了，说："小子，你既没说，你也就不用打听这个人了，你师傅现在气病了，你这两天也没去，他还直念叨你哪。"

曹立泉说："我瞧瞧老师去。"

富二太太说："咱们一块儿走。"

曹立泉说："我搀着老太太。"

博二太太说："我回头还去哪。"

富二太太又向着博氏说道："孩子你别恼我，将才是气头儿上。"

老曹又直给富二太太作揖，说："亲家太太，你老就别生气啦。"

富二太太说："亲家老爷我可透着不对了，你别恼我就得了。"

老曹说："这样至清〔亲〕谁能恼谁呀。"

富二太太出了门儿应该往西走，他往东去。曹立泉说："我的老太太，您往东找谁呀，您是气糊涂了。"

富二太太一边儿擦着眼泪又乐了。老娘儿俩回到家中，富二爷那里直嚷，说：

"我不让去，必得要去，他丧良心，就不用理他了！"

富二太太说："得了，孩子也来啦，我问了他啦，他起誓发愿，不是他说的，我算计着他也不能说。你瞧瞧你老师罢！"

曹立泉给富二先生请了一个大安，富二先生揪着曹立泉的手，掉了几点眼泪，说：

"孩子，我待你可不含糊呀，你可真不该呀。"

富二太太说："你也就不用说了，这孩子他也不能那们没良心。"

正在这个时候儿，博二太太来到。本来博二太太能聊，掰开揉碎劝了一回，富二先生也就不好说甚么了。这件就算和平了结。

富二先生因为生了这一口气，心里总觉发满，从此饮食减少，渐入病症。自己弄了点子药，吃下去好两天歹两天。后来让曹立泉给他开方子，曹立泉受他传授，开的单子，反正跟他开的也差不了多少，吃下去也是他。曹立泉是见天来，富二太太劝着富二先生找别人看看，富二先生连连的摇头，说：

"这们大医家，有病找人家瞧，岂不是栽跟头。"（通医的自信甚深，照例如此，连我也犯这宗毛病。）

这两天门脉还是很多，富二先生不能亲看，就让曹立泉代看，这下子正中曹立泉的下怀。本来曹立泉蔫蔫的很能聊，学的又不错，倒是很有人欢迎。

单说富二先生的病症，日见加重，富二太太自然得预备后事。好在富二先生行了这些年医，有几个积蓄，办事倒是不至于着急。曹立泉日夜在这里扶侍。那天夜内，富二先生出了一身倒汗，自知不起，富二太太母子跟曹立泉都在跟前，富二先生眼望着曹立泉说道：

"咱们师徒一场，我的能为本式全教给你啦。我死之后，你可以继续挂牌，你师弟憨憨傻傻的没有甚么出息，没甚么说的，你得照应你师娘师弟。我瞧着你也行，你要是好好的干，连门脉带出马，每月掉不下五六百吊钱来，你提出十分之三来，也够他们娘儿俩吃的了。"

曹立泉说："老爷子您只管放心，老西儿不能丧了良心。岂但十分之三呢，我说都给我师娘师弟那是瞎说，二一添作五，平分疆土（老一字并肩王师傅的），我总办的到。"

富二先生强笑了一笑，说："敢情好了。你们给我口参汤喝。"

富二太太热参汤这个当口儿，富二先生叹了一声，眼睛往上一翻就要不得。丁儿就要哭。曹立泉说：

"师弟你先别哭。师娘快来，老师不行了！"

富二太太赶紧跑到，七手八脚这就给穿衣裳，衣裳穿齐，富二先生竟归道山去了。富二太太母子痛哭不必细提。曹立泉叫着老师，迸〔蹦〕起来大号了一阵，连醋糟味儿都带出来了。至于办白事这节，千人一面，陈陈相因，没有甚么可叙的。曹立泉身穿粗布重孝，跟亲儿子的孝也差不了许多。富二先生没有多少本家，曹立泉居然也跟跪灵，一充这个子弟丧家。除去讣闻上没有印他，送三送殡，他比丁儿哭的都痛。过事之后，他向富二太太商量，他说：

"老师一死，这两间脉房儿可以租个十吊八吊的，我可以挪到铺子瞧病去，您招一家街坊，也有个照应。"

富二太太一听也倒有理，当时认可。

曹立泉作了一个竖牌，上写"师傅曹立泉精理男妇老幼大小方脉"，两旁有八个小字是"八法神针，十三鬼针"，黑地金字。好在现成的木头，自己的手艺。那个年月是个人就可以挂牌，官家也不考，谁想当大夫谁当。挂牌之后买卖很兴旺，一天竟门脉，除去票活之外，总瞧个一二十号，午后出马，见天总有两家子。平匀起来，每月总有四五百吊。

始而曹立泉真给师娘送钱，虽不平分疆土，总在三成之上，富二太太稳坐着得钱也就很乐了。后来富二太太跟曹立泉商量，说：

"你师傅在世，就教你这们一个徒弟，现在你兄弟也不小啦。我打算着，见天让他上你那里去，你带手儿教教他。我说句分斤掰两的话，虽然你是他徒弟，究竟是外姓，让他跟你学学，也省得富氏门中失传，你想怎么样？”

曹立泉一听，心想："好哇！这是怕我以多报少，给□安一个内稽察员，老梆子心工真厉害。这件事我要不认可，一来透着我不对，二来他也决不愿意。我暂时应下，自有道理。"想罢说道：

"这是正理吗，您要不提我还要说呢。见天让我兄弟去罢。"

富二太太说："一清早让他去，有瞧病的，让他给你看个门倒个茶，没有瞧病的，你就教给他，吃饭的时候儿再让他回来。"

曹立泉说："我的老太太，您太心眼儿小啦，就让他在那里吃，不是一个样。清早您让他给您买荡东西，然后让他上我那里，晌午让他到家里瞧一瞧，有事给您办事，没事再回来。晚饭爱在我那里吃就吃，回家吃也行，亲的热的没有拘泥，您瞧好不好。"

富二太太说："搅扰你们那里，我心下何忍。"

曹立泉说："我的老娘，您这话越说越远，我那里有谁？我爸爸没有脾气，您外甥女儿，不跟您的亲女儿一个样吗？"

曹立泉说到这里，富二太太掉了几点眼泪，说："孩子，师娘如今才知道你是一个好人（里头挑出来的）。从先听了些个散言碎语，我说你没良心，找到你那里还闹过，如今一想，是我的不是。现在我们母子无依无靠，就仗着你疼我们了。你师傅无论如何待你有一点好处，你就看在死鬼你师傅的面上得了。"

曹立泉说："老妈（越叫越亲），您这话又拧了。我师傅疼我，您没疼过我吗。那回事情不必提，散言碎语听不的。还告诉您一句话，已后谁说甚么您也别听，这溜儿好人少。（就你是好人。）明天您就让我兄弟去罢。"

话不烦叙，第二天一早，丁儿真来了。曹立泉弄了本《内经》让他念，心说这辈子我要让你学的会才怪呢！您想丁儿一套四书没念完，也没开过讲，《内经》那宗古奥的文章，连字都有好些个不认识的，如何念的下来。丁儿问曹立泉字，曹立泉说：

"还念过书呢，连这个字你都不认得，那里有字典，自己察去。"（倒是跟如今小学教员一个样，这叫作自动。）

您想，书念的有限，字典也是察不清啊，急的这个孩子顺着脑袋流汗。察了一早晨，这个字也没察出来。后来真急了，说：

"师哥你告诉我罢，我察不出来。"

曹立泉说："先搁下罢，吃完饭再说得了。"

晌午不让他念《内经》了，又弄出一本《难经》来让他念，这简直是惩法［罚］活孩子。哄了几天，丁儿有点儿透腻，曹立泉给他几百钱，让他外头绕个湾儿再来。丁儿是满心的欢喜，同着一群孩子踢球撞钟，到了吃饭的时候儿回来吃饭。始而见天来还念念书，后来只要来了，曹立泉就给他几百钱让他玩儿去。有一天，丁儿在外踢球输了一吊多钱，没钱还人家，让人找到木厂子要钱。赶上曹立泉出马没在家，老曹给他把钱还了，说了他几句。后来曹立泉回来，老曹向曹立泉说：

"你师弟跟你学本式，你得严严的管他，那才对得起你师娘哪，竟让他满街上踢球去，那算怎么回事情？"

曹立泉说："我能整天看着他吗，我竟看着他不用干别的了。"

父子当时抬了两句杠，这个岔儿也就揭过去了。

第二天，曹立泉到了富二太太家中，富二太太问他丁儿学的怎么样，曹立泉哼了一声说：

"我教给他甚么他也不正经学，拿起书本来就绉眉，我又怕把他挤对坏了，给他几个钱让他绕一个弯儿去，谁知他竟跟人家撞钟踢球，您想我能老看着他吗？昨天我爸爸还骂了我一顿，嗔着我不管我兄弟了。您想我师傅又不在世啦，我怎么管他？您劝劝他得了。"

富二太太一听气得乱哆嗦，说："这孩子真要把我气死！我非打他一顿不行！"

曹立泉说："您也不必打他，还是劝劝他。"

富二太太说："这样儿孩子，还不及死了呢！我告诉你立泉，明天他要不听话，你是他师兄，你就严严的管他，你把他打个脚折胳膊烂我都不恼。"

曹立泉说："我也不能那们管他，反正一打两吓嚇〔唬〕，他要告妈妈状来，您可别听他的。"

富二太太说："没有那个事，这个孩子交给你了。"

曹立泉说："就这们办了。"

话不烦叙。第二天丁儿来到，曹立泉给了他一本《难经》，让他坐在那里念，他如何念的上来。本来孩子是跑野了，坐在那里贼眉鼠眼，竟憋着要走，曹立泉也不理他。后来有两个瞧病的，丁儿趁空儿走啦。少时回来，曹立泉问他上那里去啦，丁儿说：

"出恭去了。"

曹立泉说："你满嘴里胡说。"过去就是一个嘴吧，打得丁儿狼号儿鬼叫。

丁儿一哭，老曹也过来啦，博氏也出来了。老曹说：

"你怎么打人家孩子？"

曹立泉说："我师娘让我打他的。"

老曹说："让你打他，你也别真打他呀！"

博氏也直说曹立泉的不对，当时把丁儿拉到后边，再三的安慰，让丁儿吃饭丁儿也不吃。当晚丁儿回到家中，大哭之下，富二太太还骂了他一顿。第二天让他来，他一定不来了，富二太太亲自把他送到，一直的哭了一条街。到了这里，丁儿躺在地下翻滚，富二太太抽了一路嘴吧，酸掌柜的又过来一路大劝，说孩子还小哪，让他学大夫，这不是打哈哈吗，过二年再说罢。富二太太一生气，赌气子也就不让他学了。

曹立泉的买卖从此日见发达，他挣的钱日见其多，给富二太太的钱可是日见其少。富二太太始而不好意思跟他争，后来所不像话了，那天买了一包点心来瞧博氏，赶上曹立泉正在家，富二太太向曹立泉说道：

"我有一句话要跟你说，你可别恼。"

曹立泉说："有甚么话您说罢。"

富二太太说："你这俩月给我的钱越来越少，简直不够过日子的，你再多给我点行不行？"

曹立泉说："应该给您多少呢？"

富二太太说："这也没有一定的章程。"

曹立泉说："着哇！这个买卖本来是没准章程，现在又没有时令。您没听人说过吗，'过了九月九，大夫高抬手'。没人瞧病，我满街打锣去？"

富二太太说："你这孩子说这话，我听说你这买卖很不错，上月你才给我三十吊钱。你应下再给我二十，你还没给我哪，又到这个月了，这算怎么回事情？"

曹立泉嘿嘿儿一阵冷笑，说："老太太，您别当帐要，这跟现在旗饷一个样，这是一笔慈善经费，不能按准日子。"

富二太太说："你师傅临死的时候儿你怎么应许的？"

曹立泉说："我拿嘴应许的。告诉您说，皇室经费载在优待条件，一次还欠好几百万哪，就不用说口头契约。这年月照我这个作徒弟的，就算有良心，您还争多论少。哼，太作甚么了！"

富二太太说："好孩子，你真是丧尽天良，人心大变！"

曹立泉说："呦，呦，还不错呢！这里又没唱《翠屏山》，那里来的人心大变。"

富二太太当时站起来啦："好孩子你跟我耍怯骨头，老太太跟你有地方儿说去！"

曹立泉把眼一瞪，说："您那儿罢，我都陪着。"

富二太太说："好小子，老太太跟你是官司！"

正在这个时候儿，有一个人来请曹立泉。此人姓载，是个天潢一派，人称小载，虽够不上大字号朋友，在北套一带也算是个混混儿，为人能聊，善给人了事。小载得了回淋症，请曹立泉给瞧，曹立泉知道这个人有用处，一死儿的不要马钱。后来病好了，小载请曹立泉吃了顿饭，一定要跟曹立泉换帖。曹立泉求之不得，两个人搞了个很好。现在小载的女人病了，今天特来请曹立泉，正赶上这档子麻烦。

都是三步半的街坊，谁都认识谁。小载说：

"二大妈怎么回事啊？"

富二太太把一切情形说了一遍。小载说："原来这们回事情。二大妈您是不知道，小曹的买卖也是糟心，您别瞧一天瞧不少病，是票活多，见不着多少子儿。（那当儿还不行害人的铜子儿哪。）您先请回去，这个佅儿一出来，拆大改小必有个主意，准让您过的去就是了。老太太您先回府，我给您瞧辆车。"

富二太太说："这们远儿坐车作甚么，大爷我可听你的了。"

小载说："没错儿。"

富二太太去后，曹立泉说："给多少也不够，所没完了！"

小载说："好办的事情。兄弟你吃饭了没有？"

曹立泉说："没吃哪。"

小载说："走哇，上我吃去得了，我有话跟你说。"

曹立泉原打算跟师娘转心，富二太太今天这通儿吵，要跟他打官司，他又有点儿不了。后来小载一给他画策，说：

"这档子事情，你得想个一了百了的法子。藕断丝连，将来是麻烦。你豁出花一通儿，从此断绝葛藤，你想怎么样？"

曹立泉说："倒是不错呀！得花多少钱呢？"

小载说："三百吊钱满了事，从此他也找不着你啦，你想心净不心净。"

曹立泉说："干！但是我这时手里没那们些钱哪。"

小载说："短多少钱？我先给你垫上，咱们俩不是好说的事情吗。"

话不烦叙。小载到了富二太太家中，连虎带劝带哄。富二太太始而不认可，架不住小载真能聊，不容富二太太不认可，逼着富二太太还写了一张倒字儿，三百吊钱也送过来了，钱字两交完事大吉。曹立泉去了一块心病，很感激小载，老曹听见这回事，很跟曹立泉闹，说：

"是你师傅师娘待你不含糊，人家不教给你能为本式，你就挣钱了？就是挣了钱都给你师娘也不为之过，你怎么听外人的话，跟你师娘变心哪？"（老曹不错。）

曹立泉说："您老安好心，这年月安好心行吗？"

老曹说："咱们爷儿们一千多地来到北京城，仗着老天爷吃饭，心眼儿对不起老天爷还遭得了好报吗！"

曹立泉说："您别迷信了，老天爷管这些个闲事。"

老曹说："虽然这们说，有了富余钱，还是得给你师娘，别从此就不管了。"

曹立泉说："那是自然的，您别听我的，有了钱我还是多给。"

博氏听见这回事也很抱怨曹立泉。曹立泉说："你还护着他呢，你忘了他推你一个跟头了？"

博氏说:"那都是小事,从小儿真疼过我,看在我的面上,有钱你还得多孝顺他老人家。"(好博氏。)

曹立泉说:"我知道呀。"

那天博二太太来到,向曹立泉说道:"姑爷你这手儿活办的可不对,三百吊钱买死儿,从此断绝关系是怎么着?我姐丈姐姐可真疼过你,你可不该。昨天你师娘到我家,哭得言不得语不得,寡母孤儿怪可怜的,你还得多发善心。"(博二太太也不错。)

曹立泉说:"老太太您是不明白我的意思,这回我的办法就是拦道,不让他老人家常来。您想我见天应候门脉,他老人家来到这里哭哭啼啼的,算怎么回事情。有这一场也就不好常来了。我只要有钱,我有特别的人心就是了。"

博二太太一听也倒有理,谁知他甜言蜜语口是心非,从此就算完了。

那年春天赶上大拨儿春瘟,曹立泉买卖很冲,真是趁我十年运,有病早来医,治一个好一个。小载出头给他攒公议儿,那溜儿街坊凑了些个钱,弄了三块匾,一块是"治瘟妙手",一块是"著手成春",一块是"手到病除"。小载给他出主意,让他借着挂匾请一个分子,俗名叫作撒网,曹立泉很以为然。对过小金就是厨子,小金的女人产后瘟病,就是曹立泉治好了的,这次曹立泉找他研究厨房的事情,小金说:

"兄弟,你满交给我了,我给你请票活厨子,不要工钱,外带出分子。这两天肉也贱,昨天市上才卖五百四一斤(如今五百四买四两)。就预备八大碗四个加碟儿,一桌也就合上六七吊钱，还得让人吃，这回事我保你赚钱就是了。"

曹立泉满心里欢喜，棚铺小高，跟小载是口盟，白用材料儿，就开付工钱。小载又给他请了一档子玩艺儿，是双赵处的什不闲儿。

挂匾那天非常的热闹，街坊邻里不差甚么全去了。富二太太带着丁儿，买了一包茶叶也前来贺喜。那天曹立泉见了富二太太，表示欢迎，赶紧请安，说：

"老太太，我正要打发汽车接您去呢，您来了就是了，何必还花钱。大奶奶快攙着师娘姨母老太太！"

后来摆席的时候，给富二太太当中安设了一个独椅子，让富二太太正座儿。（正座儿得两分衬钱。）曹立泉亲自给富二太太斟酒。因为富二太太牙口不好，告诉厨房特别预备了几样可吃的菜，这分张罗不必细提。那天来宾人等，都很夸曹立泉。这个说：

"你看曹先生不错呀，待遇他师娘有多们好呀！"

那个说："小曹是个念书的人，受过富二先生的好处，那能待他师娘错了。"

大家纷纷议论，暂且不提。那天人情真来的不少，又有双赵处的什不闲，足热闹了一天一夜。过事之后曹立泉一抠帐，不但没赔，还赚了三百多吊。依着老曹的意思，让曹立泉给富二太太送一百吊钱去。曹立泉说：

"您这叫烧香引鬼，好容易他不来了，您还招他，您还怕他不来呀！"

老曹说:"他就是来,只要咱们有钱,也是应当给他的。"

曹立泉说:"您既然有这分好心,我也不能没有良心。把这一百吊钱存起来,专为打发他。来了可别多给,三吊两吊,够打发他几十回的。完了完,就破这一百吊钱,已后就不开例啦。"

老曹虽有慈心,无奈现在曹立泉执掌大权,只好也就听他的罢。

单说富二太太,手里原有几个积蓄,最后曹立泉又给了三百吊,又有两分钱粮,母子娘儿俩按说足吃足喝,很够过的。无如丁儿这孩子日就下流,始而是撞钟踢球,后来渐渐的学要钱,慢慢的吃喝嫖赌,四门科学完全毕业,并且由家里往外偷东西。富二太太存了二百多银子,全让他给偷了去啦。到五月节,门口儿来了不少要帐的,丁儿跑下去了,富二太太没法子哭了一场,设法给他还帐罢。

那天富二太太找了一回曹立泉,让曹立泉管教丁儿。曹立泉说:

"我的老太太,上回我管了他一回,他要跟我革命,弄那们大吵子。如今他人大心大胆子大,我如何管的了他。不必说我是他师哥,就是亲哥哥,我也叫作没着儿。您趁早儿另请高明,这个症候我治不了。"

富二太太说:"我上西城找他舅舅去,你给我几吊车钱行不行?"

曹立泉说:"那倒现成,您拿五吊去。"

富二太太羞答答的接了五吊钱，咳声叹气的去了。老曹看着富二太太可怜，有心要多给几吊，怕曹立泉不愿意，也不敢言语。后来富二太太走啦，老曹向曹立泉说道：

"你看你师娘那个样子，你多给几吊好不好？"

曹立泉说："您散了罢，上次要依着您的主意就干了，您瞧罢，这就短不了来啦！"

话不烦叙。丁儿这孩子胆子越来越大，楞把房契偷了出来，在外头借了一笔款，吃喝嫖赌。花了不到几天儿，一文皆无。家里的东西物件当卖一空，富二太太还送了他一回忤逆，无非是瞎捣乱的事情。后来房子也出去了，丁儿也跑啦，富二太太孤苦伶仃租了人家一间东厢房，只好苦度光阴罢。好在月间还有两分钱粮，一个人儿凑合着也行了。赶到初二一关钱粮，富二太太傻下去了，原来丁儿指着两分钱粮，借了四十两银子（也就是那个年月，如今两分钱粮连十块钱也借不了），钱粮归帐主子关了。富二太太哭了一场，自己一想，没有别的道儿，找曹立泉罢。

简断捷说，左三吊右五吊，回回儿倒是不空，反正有那一百吊存款。后来剩了十几吊钱了，富二太太又来要钱，曹立泉说：

"我的老太太，您还要钱哪，您也真拉的下脸来，前前后后多少钱啦，家有万贯还有个一时不便哪。"

富二太太说："好孩子你只当可怜我。"

曹立泉说："我可怜您，谁可怜我呀！"

正这儿说着，小载到了。富二太太一见小载觉着好不得劲，当时脸也红啦。本来上次打麻烦是小载给了的，三百吊钱断绝葛藤，·了百了，说明白不准再来了。如今遇见小载富二太太所以很抱愧。

小载说："二大妈，您又干甚么来了，这里还有您的字据哪，言不应点这就不对了。"

富二太太说："我的大爷，我也是万分出于无计奈。你兄弟丁儿把家产都花完了，他害苦了我啦！"

小载把眼睛一瞪，说："二大妈，丁儿害您，曹立泉没害您哪，人家这个作徒弟的总算不错了，您别魔害人家了，您这不是对不起我吗？"

富二太太说："得了，我就来这一次行不行？"

小载说："您别挤对他了，他这两天买卖也糟心。我这儿有十吊票儿，您拿去得了，您可别再来了。"说着把票子掏出来，递给了富二太太。博氏那天赶上住娘家。

老曹瞧着有点难过，由隔壁煤铺借了一串钱（六吊），递给了富二太太，说："亲家太太，你先拿这六吊钱花去罢。"

富二太太接钱在手说："谢谢亲家老爷。"又向小载说道："大爷劳你驾。"擦着眼泪，咳声叹气的去了。从此倒是老没来。

单说曹立泉，生意非常发达。他兄弟曹三在窑上写帐，也吃上股分了。老曹又应了两号阔买卖，这二年很积蓄了几个钱。偏巧有个砖窑要出倒，曹三跟一个姓陈的搭帮，把砖窑就倒过来了。曹五也进了京啦，帮着曹三在窑上作买卖，事由儿总算不错。后来博二老爷夫妇相继故去，本家没人，有点子东西也归了曹立泉啦。小载给他荐了一个买卖，是某公爷府的侧福晋肝气，曹立泉居然给治好啦。公爷给他挂了一块匾，从此声名大震，简直的抖起来了，每逢出门，也是墨镜缎儿靴等等。博氏又跟前两个姑娘，一个叫二换，一个叫三更。（倒不是半夜。）

那年赶上北京霍乱流行，这宗症候大半由于暑湿所得，白天受热夜里受寒，好食生冷，饮水过度所致。如今改名儿，楞管他叫虎列拉。

据西医老爷们一说，这个虎列拉可亡道了，要是得虎列拉的人所出的大恭，里头的微生虫可就多了，闻一鼻子就能传染。按说到了闹虎列拉的年头儿，掏茅厕捡粪的应当是无噍类矣，即或不能死绝了，也应当都闹场虎列拉呀，其实也未必尽然。也许他们臭界的先生们，都是石炭酸脱生来的，虎列拉虫不敢侵他们，究竟怎么回事也就说不清了。

曹立泉本来针法有两下子，赶上霍乱季儿，买卖算是来了。由一清早说起，就有人请他扎针，一直到半夜，简直的不歇台儿。始而他乍一挂牌，对于老街坊倒是很谦和，要不着的他也真尽义务。后来买卖一红，又有几个阔主顾，脾气大长。如今一闹霍乱，更扬气的邪行，门口贴了一个报子，是："本医清晨专候门诊，概不出马，如有急症必须上午出马，其马资面议。夜间亦不出马，如二更已后延请本医者，马钱加倍。本医秘制避暑丹，每付二丸，大钱六百文。"

他这宗避暑丹，并不是他配的，就是藿香正气改丸子。他自己又上一回朱砂衣子，一丸子改四丸子，加上朱衣，添上一个门票，一百钱买来，就可以卖一吊二百钱。刻了一块"避暑丹"的板，专雇了两个人给他揉药丸子刷板包药，每人一月是二十吊钱工钱，在他这里吃饭。

记者住家跟他是斜对门，我很记得，由一清早他门口儿人就满啦，也有上他这里瞧来的，也有拿车接他来的，他自己也有一辆包月车。（可是轿车儿，不是六个电灯的胶皮。）晌午也有来买药的，半夜里也有叫门请先生的，这分热闹就不用提了。

始而他晚晌还出马，后来晚晌就请不动了，将一黑人家请他，他说：

"天有二更了，不能出去了。"

人家再三的央求，他说过了二更马钱另议，因此大家管他叫"曹二更"。

有一天晚晌，记者跟随先祖母在门外纳凉，曹二更的木厂子已然关门，就瞧由东边来了一个人行步匆匆，打着一个纸灯笼，一下坡儿差点儿没栽了一个跟头。奔到木厂子门口儿，用手捶门，一边儿直喊：

"曹先生！曹先生救命呕！"

里头开门，曹立泉没出来，老曹出来了，就听这个人说道：

"老掌柜的，您心好啵，我们就在十根旗竿儿住。我兄弟得了霍乱啦，请曹先生给扎扎啵。"

老曹说："你等我给你问问去。"

老曹进出［应为"去"］半天没出来，这个人急的连跺脚带嚷，说："曹先生，曹老爷，爸爸老爷子，您快请出来罢！"

正这里嚷着，又追来一个堂客，气喘嘘嘘的直嚷，说："他肚子疼的要死，先生怎么还不出来呀！"

这当儿老曹出来了。这一男一女直给老曹请安，百般的央求。老曹急的咳声叹气说：

"您请别位罢，他今天累大发了。"

那个堂客直给老曹磕头，说："老爷子您给说句好话啵，我们家就指着这个人挣钱哟，这个人一死，我们家就饿死喽！先生不是您的少爷吗，您说句话让先生去得了。"

老曹叹了一口气说道："您是不知道呦，我要是会扎针，您一叫我就去了。"

那个男子说："我们知道先生的规矩，我们给他（音贪）双马钱行了。"

老曹又进去了会子，曹立泉这才出来，就听他说道："没有车呀，我的车是走啦！"

那个男子说："黑天没日，那里雇车去？"

曹立泉说："西边碾房就有车，我今天累的不得了，梁公府请我都没去。"

那个堂客当时爬［趴］在地下，登时给他磕了一个头，说："先生您就积德啵。"

那个男子这当儿，就奔西边儿碾房叫车去了，偏巧碾房车都没回来哪，那个堂客说："你搀着先生点儿罢。"

听话样好像公母俩。曹立泉抱抱怨怨，一边儿甩着闲话，摇着把团扇，同着一男一女往东而去。

先祖母最好行善，目睹这宗情形气的了不得，回到里头很骂曹立泉，说他拿捏人家不定造甚么孽哪。彼时记者也就十一二岁，在旁边儿说道：

“我将来要会瞧病，谁找我我就去。”

先祖母说：“你这小小的年纪，张口是愿，信意儿的胡说，将来办不到，那孽造的更大。”

乳母冯氏说道：“老太太别这们说，孙少爷将来要是会瞧病，决不能拿捏人家。”

这话一说整整三十八年。后来记者于十六岁学医，二十三岁那年北京又闹霍乱，时常有人请记者扎针。那年先祖母已然八十，精神尚健，每逢有人请我，先祖母就该说了，还不赶紧快去哪，等着跟曹立泉学呢。回忆当年音容宛在。先祖母弥留时，犹以此事谆谆为嘱，再一追思，曷胜悲感。

往事不提，单说曹立泉这个霍乱季，足打快杓子，不必说门脉马钱，就说霍香正气丸，一天准卖百十多丸子，一丸子准赚一吊多钱，一天就是一百多吊。老曹劝过曹立泉两回，说是：

“行医瞧病原是济世活人的事情，常言说的好，‘医生有割股之心’。金钱也要紧，德行也要紧，以活人之事害人，那就不对了。（别瞧老曹这几句话，真可以入格言。）有力之家挣他几个钱原没甚么，可是也不该拉荡儿。（如今不拉荡儿的又有几个？）无力之家，连窝窝头都吃不上，一荡一荡让他拿马钱，他如何受的了，该行方便的总得行方便。再一说，拿捏人也不对，病人家里急的要死，你这里诚心拿桥〔乔〕，造多大孽呀。那天晚晌人家磕头请安，你一死儿不去，我的心差一点没迸出来，以后可不准这个样子。还有一节，这个藿香正气改丸子，我就大不以为然。你就告诉他买藿香正气好不好，五个大钱就可以买一丸子。如今一丸子改四丸子，一赚就是一吊多，良心何在？"

老曹话没说完，曹立泉炸了，说："您算能给我泄底，您给我贴报子散传单好不好！这年头儿讲甚么良心？锅里不煮良心，竟讲良心饿死了。作大官大宦的都讲害人挣钱，您单瞧见我啦？您要怕造孽您别吃这碗饭！"

爷儿俩话不投机，越说越抅。老曹也真急了，登时要劈牌砸匾，伙计直劝也劝不住。后来煤铺掌柜的，对过儿的厨子小金，碾房的结巴吴掌柜的，全都过来啦，七言八语劝了半夜，才算完事。待了两天，老曹看着曹立泉所行所为满不打心里来，赌气子收拾行囊要回老家。博氏倒是直给老曹请安，街坊也直劝，老曹算是没走。又过了些时，有人请曹立泉扎针，曹立泉又拿桥〔乔〕，老曹说他不听，爷儿俩又抬了几句杠。第二天老曹一声儿没言语，一黑早起了黑票啦。曹立泉知道他爸爸走，并不拦阻。后来曹三到铺子瞧看，知道老曹走啦，弟兄俩抬了几句杠。曹三有点不放心，回到窑上让曹五赶紧起身追他爸爸。听说老曹回家之后，给曹三来信，并没提曹立泉一字，父子就算断绝关系。曹五跟着老曹在家经理地亩，也就不上来了。

这些个事且不提，自打老曹一走，木厂子也就歇了业啦。曹立泉这一个霍乱季儿，足剩了八千多吊钱。到了八月初间，霍乱也消停了，曹立泉怕的也好一点儿了。那天正是八月初九，曹立泉在魏家胡同看完了一家儿病，一时高兴要到隆福寺逛逛。那天曹立泉穿着蓝纺绸大衫儿，袷纱坎肩儿，武备院儿薄底儿缎靴，挂着副墨镜，戴着个纱帽头儿，八月初间天气还热，摇着把团扇，戴着伽楠香的搬指，二钮儿上挂着十八子儿，摇摇摆摆迈四方步。在那个时代，虽不像卸任府道，也像那个部院里的掌印主稿。在庙里绕了个湾子，喝了会儿茶，二反出来，走在灶温饭铺门口儿，忽听后头有人直叫：

"曹先生，曹老爷，你可怜可怜我啵！"

曹立泉回头一瞧，不由的一楞儿，但见一个五十多岁的穷老太太，挽着个旗阄〔鬏〕儿，穿着个破蓝布衫儿，愁眉泪眼，一脸的菜色。原来不是别人，正是他师娘富二太太。曹立泉知道没有甚么好事，当时四方步也不迈啦，连蹿带迸〔蹦〕往前飞跑，富二太太在后头直嚷，说：

"小曹你站住，我跟你有话说，你倒是站住哇！"

富二太太在后头直嚷，曹立泉头里直跑，偏巧那天逛庙的人多，拥途塞道又赶上叉车，曹立泉干挤也挤不过去，富二太太可就追上啦，过去一把将立泉揪住，说：

"孩子，你怎么躲我呀，你不瞧我，你还瞧你死鬼师傅哪。"

曹立泉说："你撒开我，那儿来的这们一个穷老婆子，撒开！"

富二太太说："好没良心的孩子，跟我说话你我他三（音撒）！我就问问你，你跟谁学的能耐？"

曹立泉说："这都是那里来的事情，撒手罢。"

富二太太哭着说道："师娘饿的要死，你就是养活我。"

曹立泉说："我养活你，还不错呢！"

富二太太哭着宣布一切的历史，当时有爱管闲事的，过来一路排解。这事要搁在如今，曹立泉穿的这分阔绰，富二太太这宗神气，大家总都要捧曹立泉，说穷老太太讹人。我说这话您总疑惑我嘴损，不信您考察，街上要有俩人捣乱，谁穿的阔巡警护着谁。上次我看见一个穿大氅的，大打拉洋车的，巡警让大氅虎住了，倒帮着穿大氅的，大虎这个拉洋车的，您说这年头儿有多们势力。四十年前古风犹存，人心还没大坏，所以公理尚在。

富二太太哭诉原因，大家听着很动公愤，曹立泉也走不了啦。当时有一个老者向曹立泉说道：

"曹先生，这是你甚么人？"

曹立泉一瞧这位老者，是炮局的陈街坊，当时说道："这是我师娘啊。"

老者说："师娘穷的这样儿，你不应该养活吗？"

曹立泉说："您是不知道，他老人家花我的钱可就多了，我师傅死都是我发送的。"

富二太太说："你满嘴里胡说！诸位可别听他的。你这小子丧尽了天良！他当大夫能耐本式都是跟我们老爷学的，在我家吃、喝，这都不算，他师傅是他气死的！他如今发了大财了，他不养活我，我不恼他，他见了我，不理我，我叫他，他跑，诸位瞧他这宗良心！"

富二太太一给他卖号外，曹立泉脸也红啦，真是有地缝都要钻下去。富二太太揪住他这把，简直的扣了环啦，说出血来也不撒手。曹立泉也真急了，使劲抢捽，富二太太闹了一个豆墩儿，把绸子大褂儿的袖子也给撕了。曹立泉心疼衣裳，举起拳头来要打。富二太太说：

"好孩子，你打我罢，老太太不要命啦！"

曹立泉要打可也不敢真打，这当儿人都围满啦。平常要是有这个现像，瞧热闹儿的人就不在少处，何况又是开庙的日子。他举拳要打富二太太，瞧热闹儿的大动公愤，说：

"这小子可真不对，他要打他师娘，拉躺下收拾收拾他。"

曹立泉也很机伶，光棍不吃眼前亏，说："诸位先慢动手，我念了会子书，血迷心也不敢打师娘啊。老太太您起来，有话好说。将才我也没躲您，我说有话口儿外头说去，这里乱乱哄哄的，您就把我揪住了。"

富二太太说："你不用跟我来软白子，咱们娘儿俩今天就是官司。"

曹立泉说："诸位听见了，善说也不行，这怎么好？"

当时有几个人出头了事，作好作歹，曹立泉带着二十多吊钱老票儿，都给了富二太太啦。

富二太太说："钱财倒是小事，他总得给我磕个头。"

大家说："姓曹的，你就磕罢。"

内中有一个外场人说道："不磕还是拉躺下收拾他！"

曹立泉无法，在聚珍堂书铺门口儿，真给富二太太跪下磕了一个头。富二太太一想，钱也到手啦，衣裳也给撕了，头也磕了，是了就是了。给大家道了一个劳驾，冲着曹立泉点了点头说：

"好孩子，你就行去罢！"老太太转身往西去了。

曹立泉应当也给大家道个劳驾，按社会的习惯，这才合乎手续。其实这点外场曹立泉倒有，无如那天他气糊涂了，也没理大家开步往东就走。大家说：

"好的，他不理咱们他就走啦，揪住还是收拾他！"

又有一群小孩子起哄，跟在后头嚷好儿，曹立泉没命的飞跑。一出隆福寺东口儿有一辆空车，正由南往北放，曹立泉听见后头小孩子还直哄，恨不能一步回到家中，看见这辆空车，当时问道：

"把式有买卖没有？"

赶车的说："那块儿？"

曹立泉是气糊涂了，说："拉我回山西罢。"

赶车的说："城里跑海的车，不拉出外。"

曹立泉说："我说错了，你拉我炮局罢。"

赶车的说："你给吊半钱罢。"

曹立泉也没还价儿，当时就进［蹦］上车去。这个赶车的也爱说话，说：

"您贵姓啊？"

曹立泉说:"我姓立。"

赶车的说:"您在炮局住哇?"

曹立泉说:"不错。"

赶车的说:"我是后门的车,我有个亲戚,在炮局后身住,新近得霍乱差一点没死。"

曹立泉说:"没请人扎扎吗?"

赶车的说:"不用提了,找曹二更给扎的。这小子混帐透了,扎针讲价儿,两吊钱一针,实在的混帐。他不是心好哪,他是造孽呢!我们亲戚说了,他将来一定回不去老家,太不是东西了,托过人去请他,一点面子也没有。瞧病拿捏人,就不是人生父母养的,您说该骂不该骂!"

赶车的外头骂,曹立泉气的乱哆嗦,上牙直打下牙,心说这才是冤孽哪,我今年是要走死运啦,这个逆事全让我遇见了。后来到了炮局,离着木厂子一箭多远,曹立泉说下了车啦,给了车钱,赶车的说:

"您瞧东边那个木厂子,就是曹立泉那小子的住家。"

曹立泉干生气还不出话来,今天这两通儿,可真要气疯了。恍恍悠悠回到铺中,博氏见他脸上的颜色也绿了,大褂儿袖子也撕了,知道出了逆事了。问他怎么回事情,曹立泉连连的摇头说"气死我啦",当时把一切的情形对着博氏说了一遍,博氏说:

"赶车的背地里骂人,不知者不作罪,似乎不必生气。要说姨母待你可不含糊,早就应当把他老人家接来,在这里奉养。"

曹立泉说:"按说待我倒是也不错,我这人不说屈心话。不过他混的这个样子，已然快成乞丐了，这路人招惹不的。不信你把他接来，他也不能在这里安分守己。苦人应该受苦，永远不招人心疼，能搅的你家翻宅乱。"

博氏说："我算计着不能，那位老太太不错。"

曹二更说："不错他会撕我的衣裳，你就别教训我啦。今天我本就受了两通儿气了，你就别拍我了！"

那天晚晌，曹立泉也没吃晚饭，一夜没睡觉。第二天一清早，起来就闹肚子，跟着就恶心。好在肚子不大疼，说话有点舌头发短，吃了两丸子藿香正气也不大管事。自己扎了两针，虽然不恶心啦，肚子还是不好。自己开了一个单子，吃了一剂，也不见甚么效。博氏十分的着急，偏巧曹三又回了家啦。曹立泉在城里头混了这些年，就交了小载一个朋友，现在小载出外取租子去了，此外就没朋友啦，亲戚更没有啦。倒是隔壁煤铺掌柜的过来瞧了两荡，博氏哭着向掌柜的说：

"您侄子病的这样，自己治也不见效，让他请别人看看，他也不愿意，您说这怎么办？大叔您劝劝他罢。"

煤铺掌柜的劝了他会子，曹立泉一死儿不认可。自己又胡乱开了一个方子，吃下去不但不见效，反倒添上谵语啦。好在铺子里有一个陈伙计，叫作傻张五，人颇忠诚，白天跑道儿带看门，晚晌帮着熬夜。博氏正在着急，曹三由山西回来啦，把他一个儿子也带上来啦，叫作曹二格。原来曹三的女人也死啦，所以把儿子带上来啦，为的是在窑上学买卖，曹二格那年也不过十二三岁。老曹自打气走樊城，跟曹立泉父子并没通信，这次曹三回家，曹立泉也不知道。由家里起身的时候儿，老曹让曹三给曹立泉带了几句话来，让他少贪金钱，多行方便，留点有余地步，以免遭报。曹三的意思，本打算不上曹立泉这里来，因为老曹让他带这几句话，不能不来。本打算也责备曹立泉几句，进了门儿一瞧，曹立泉病的成了鬼啦，满心的话也不能说了。

曹立泉一见兄弟，一阵伤心，泪如雨下。曹三一难受也掉了几点眼泪。曹立泉哭着说道：

"老爷子在家倒好哇？他老人家不辞而别，我实在对不起他（音贪）。你来的时候儿，他老人家提我了没有，大概许骂我罢？"（没有竟夸你哪。）

曹三擦着眼泪说道："你先养病罢，这些个事都不用提啦。"当时把二格叫过来，让他见见大伯。

曹立泉揪着二格的手，哭了个倒喂噎气，说："兄弟，你都有这们大儿子啦，哥哥没干好事（这句话倒对），我这病好不了啦。我这一死，干撂下三个丫头。这孩子很机伶，把他过继我罢。"

曹三说："这都是小事，你养病要紧。"

博氏说："他自己开方子，吃了老不见效，请别人他又不信服。"

这当儿煤铺掌柜的又过来啦，说："老三你来了好极了，总是请个别人给他看一看。常言说的好，'行医不自医'。"

曹三说："大叔这话有理。"又跟曹立泉一商量，曹立泉算是认可啦。

煤铺掌柜的说："箍筲胡同有个王先生，门口儿也有好几块匾，跟我们南柜上交买卖，我要请他，一请准来。"

博氏当时就给掌柜的请安，说："那们就劳您驾罢。"

话不烦叙，功夫儿不大，真把王先生请来了。这个王先生叫作王兴儿，从先是拉药斗子出身，后来挂牌行医，给内务府某宅治了一个阴寒，用了几味热药，朦事朦对了，人家给他挂了块匾，从此算是抖起来了。因为用热药叫的字号，从此无论甚么病，离不开附子、肉桂外带干姜，大家给他起了个外号，管他叫"热药王"又叫"阴阳王"。因为谁家要一请他，门口儿就快贴阴阳帖儿了。霍乱季儿也很忙了一阵子，跟曹立泉也有个认识儿，因为同道的关系，所以一请就到。

曹三跟博氏迎头给阴阳王请安，阴阳王说：

"彼此同道，这是我应尽的义务。"

阴阳王来到屋中，曹立泉说：

"嗳呀，王大哥，救一救我啵。"

阴阳王说："立泉你别着急，我给你想法子就是了。"

书要简捷。阴阳王看了看脉，又瞧了瞧舌苔，说："立泉，你是寒底子呀。"

曹立泉说："老同道，我说句话你可别恼，我脉见洪数，怎么能是寒底子呢？"

阴阳王把嘴一撇说："老同道，你寸关虽洪，尺脉微细，况且舌苔是白的，焉能不是寒底子。你是由泄转痢，并且还是白痢疾。"

博氏在旁说道："可不是吗，他竟走动白冻子。"

阴阳王说："是不是，我说的话决不会错的。"

曹立泉说："痢疾也是由于湿热凝结，不能竟是寒呀？"

博氏说："人家王大哥给你瞧，你别捣乱了。"

阴阳王说："不要紧的，既是同道，可以研究。"（跑这儿开医学研究会来了。）

当时提笔一挥，刷了一个单子，头三味就是附子、肉桂、干姜，跟着就是五味子、人参、於术等等。开得了单子，递给了曹立泉，笑嘻嘻的说道，说：

"老同道看看。"

曹立泉绉着眉说道："不太热一点呀？"

阴阳王说："一点也不热，这是《陈修园八百种》上的方子，（没听见说过。）照方儿吃两剂，一定见好的。"

又谈了两句闲话儿，当时告辞。

曹立泉说："兄弟好了给老同道请安去。"

阴阳王说："提不到，提不到。"

博氏跟曹三给阴阳王请安，不必细说。

曹三送至门外，递给了阴阳王一个包儿，里头是六吊票儿，还有四百大钱。（旧日的马钱讲究四吊八，六吊四，不像如今，一来就讲开一块，稍微远一点，就讲好几块。）王先生没来博氏就预备下了。你想人家是内行，这个场不能落。阴阳王连连的摆手，说这是不能要的，同道接马钱，这成了笑话儿了。曹三也没再让，又给阴阳王请了个安，说了几句感谢的话。

回到里面，但见曹立泉拿着药单子直摇脑袋。曹三说：

"赶紧抓药去罢。"

曹立泉说:"这个单子竟热药,简直吃不的。"

曹三说:"人家说的挺高明,你就吃一剂瞧瞧。"

曹立泉说:"要吃我也得改改。"

博氏说:"你趁早儿别胡改。"

煤铺掌柜的也直劝,曹立泉无法。自己又一想,或者我是有寒,干哪,吃他一剂瞧瞧。

简断捷说,曹立泉吃下这剂药去,泄痢倒是好了,心里起急发热,简直的要疯,一夜没睡,竟想冰吃,瞪着眼睛竟说胡话。越到晚晌越闹的厉害,一会儿跪在炕上叫老师,说:

"富老师,我屈心了,我对不起您。"急的自己抽嘴吧。

本来他一肚子热,又一吃这类热药,焉能不说胡话。博氏跟曹三不明这宗学理,以为是邪祟,楞说富二先生把他迷住了,其实全是精神作用。生来一个人,没有没良心的,不过惑于生色货利,昧其本来。可是清夜扪心,偶然也有天良发现的时候儿。自己知道所作所为不对,登时能够心跳耳热汗流浃背,这就叫作良心责问。旁人责问,都可以搪塞巧辩,屈着良心矫情,到了良心责问上,比甚么都亡道。不是别的,你所作所为旁人虽然知道,也知道的不详细,还可以抵赖,良心满托底,你楞说没那们回事,那像句话吗?再一说,旁人问你,你可以想法子躲着他,那都行的了,良心没法子躲,这玩艺儿要命!不用说庸众人,就是万恶滔天的人,有时良心也发现。不过天理敌不过人欲,他那宗良心发现好有一比,比作打闪,将一亮又黑了。再一说，天理的主张都是让人受苦，人欲的主张都是让人快乐，错非大有根基大有学问的人，谁肯把快乐抛了受苦去？岂知苦即是乐，乐即是苦，这点意思要细说三天也说不完。非研究过理学的，不明白这个意思，其实往俗浅里解释，人人也都明白。

就拿曹立泉说罢，富二先生待他如此之好，他待富二太太如此凉薄，自己也知道不对，清夜自思，也未尝不难过。不过理不胜欲，偶然一打闪又过去啦，可是脑海里总有这个影子。他也知道富二先生决不能饶，如今热药一烧，把心里的话全说出来了。其实那里有鬼呀，他自己心里的鬼，这个鬼比甚么鬼都亡道。博氏跟曹三都是俗人，那里明白这个意思，以为富二先生把他迷住了，其实他自己把他自己迷住了。

曹三当时跟博氏商量说："嫂子，他这病可有点邪，非请瞧香的不行。东直门外头有一个顶香的，顶的王奶奶，赶紧把他请来罢。"

博氏也没着儿了，当时认可。简断捷说，曹三把王奶奶请到，下了一回神，楞说有人在阴间把他告下来了，现在过了两堂，曹立泉的官司要输。他要是给疏通，官司还可以赢，他得焚多少黄钱，烧多少香，非一百吊钱不行。博氏盼好的心盛，当时认可。话不烦叙，王奶奶来了两荡，朦了二百吊钱，曹立泉更厉害了，哭说唱骂带自己抽嘴吧，闹了两天，气力越来越微。眼看着不好，博氏跟三个女儿哭的泪人相似。

曹三说："人已不成了，哭会子也无益，预备后事要紧。好在手里有钱，一切衣衾棺椁俱已齐备。"

那天正是八月十五，下午五点钟，没等着吃月饼，曹立泉就拂袖西归了。曹立泉一咽气，博氏哭的死去活来，曹三也痛哭了一场。煤铺掌柜的过来了，跺脚捶胸哭的很痛。别瞧这位煤铺掌柜的，人黑心不黑，想起那年得霍乱是曹立泉给扎好了的，这点恩德刻刻在心。如今心疼他这个岁数儿，又想起旧日的好处，所以大哭之下。

博氏想着，曹立泉活着挣了些个钱，死后别委屈他，一切衣衾棺椁俱都从厚。曹三跟博氏商量，说：

"曹立泉混了会子，老街旧邻都得送个信，知会知会。"

博氏说："那是自然的。"

接三那天晌午，将摆上大鼓，有一个请大夫的，直着眼睛就往里走，外头就响鼓。曹三以为是有客来了，这位请大夫的到了里头也楞了。曹三问他：

"找谁？"

他说："请先生。"

曹三说："先生死了。"

这个人说："您别打哈哈了，初九那天我在隆福寺还碰见先生啦，怎么说死就死啦！"

博氏跪在那里搭了话啦，说："不上隆福寺还死不了呢！"

这个人点了点头说："您把避暑丹卖给我两丸子罢。"

博氏向曹三说道："三爷你给拿四丸子，不用要钱了。"

这个人倒是千恩万谢，说："我给先生行个礼儿罢。"

当时磕了三个头，叹息而去。

原来藿香正气改避暑丹这些个事，曹三莫明其妙，彼时棚里也没有亲友，曹三问博氏说：

"这宗避暑丹是我哥哥配的吗？"

博氏把藿香正气改丸子的话，向曹三说了一遍，曹三连连的摇头。

博氏说："老爷子在城里的时候儿，很劝过他，我也劝过他，他一定不听。"

曹三说："这手儿活损透了，嫂子我劝你，可别卖这宗药了。"

博氏说："我既劝你哥哥，我还能卖吗。那里还有一百多丸子，把他舍了就完了，也给死鬼免免罪。"曹三也很赞成。

接三那天晚晌，也来了些个人，伴宿那天还念了一棚经，下午送库倒也热闹，送殡也有十几个街坊，较比从先挂匾来的人，可就相差悬殊了。诸位要知道，街坊邻里并不是人在人情在，因为曹立泉后来一抖，很有得罪人的地方，所以跟他感情都有点不好，还仗着博氏能维持街坊，有点人缘。如今来的这些个人，大半都是朝着博氏来的。曹二格顶丧驾灵摔盆子，不必细提。曹三在东直门外很熟，跟人借了一块地，暂行葬埋。

过事之后，曹三跟博氏商量，要把他母女送回山西原籍。博氏不愿意，本来在北京吃惯了花惯了，一旦下乡如何受的了。又要让他搬在东直门外，离着砖窑稍近，以便照应，博氏也不认可。

曹三说："回家你也不愿意，搬在城外头你也不愿意，我又不能常进城，我哥哥又不在啦，你们娘儿几个在这里，孤孤单单的那是个照应？"

博氏说："我自幼儿是这里生长大的，亲友也很多，再说街坊是好街坊，邻舍是好邻舍，很有照应。倒是有一节，二格这孩子我是很爱他，我要把他留在这里，给我作个伴儿，不知你意下如何？"

曹三说："大妈既爱他，就让他在这里得了。"

曹三在这里住了些时，临走的时候儿托付临近的街坊，照应博氏母女，回到窑上作买卖，暂且不提。

曹立泉行了几年医，除去发送他，还剩下几千吊钱，博氏母女要是带着孩子过日子，也还能凑合过些年。后来小载取租子回来，听见把弟死啦，来到木厂子假哭假笑，弄了会子腥架子。他知道博氏手里有几个钱，劝博氏放帐，每月可以进几个活钱，他替经理一切。博氏听他说的天花乱坠，一时没主意，就委托他代权子母。始而还不错，每月真进几个利钱，后来钱都放出去了，不但利钱进不来，本钱也归不回来。博氏找小载，小载竟转影壁。博氏上厅儿还告了一回小载，您想小载倚着他那根黄带子，在北套里就是一霸，博氏如何斗的了他，三千多吊钱就算忍了肚子疼啦。

大姑娘东〔冬〕儿已然十六岁了，煤铺掌柜的给他说了一个人家儿，小人儿姓存，家里人口也不多，有两处小房儿，又有分小差使儿，倒是很好。那天曹三前来探望，博氏跟他一商量，曹三很愿意，事情就算妥当了。博氏手里多少还有几个钱，姑娘出阁还凑合了八抬嫁妆。过事之后，又闹了一通儿贼，丢了不少东西。又赶上曹三跟人打官司，博氏有点度日艰难。煤铺掌柜的又给出主意，把个二姑娘换子，给人当童养媳妇儿去了。博氏带着三女更儿，归到女婿小存家中，小存后来搬到西城，就不知道下落了。

后来曹三由山西回来，还往炮局来过两回。据他说，博氏在小存家中，相处还不错。曹二格念了二年书，现在砖窑学买卖。随后曹三也不常进城了，以后的情形也就莫明其妙了。

记者比曹二格大一岁，斜对门的街坊，小时候常在一块儿玩耍。这话一说，是三十七八年前的事情。那天无意之中，在酒铺儿遇见曹二格，已然成了半大老头子啦。叙起话来，原来是故人，一往情深，感慨系之。那天他还直要候帐，颇有故旧的意思。过了两天，我又访了他一回，据酒铺儿掌柜的说，他跟人上了张家口啦。

记者因为遇见曹二格，才想起曹立泉的事情来。街坊里道的，拿他作了小说的材料，似乎不对。可是借着他劝人，也未尝不对。这段小说是记者目睹眼见，跟空中楼阁的小说不同，虽稍有点缀，大体一点也不错。至于用酸梅杏干送礼，以及曹立泉小名儿叫醋糟，煤铺掌柜的姓酸，那全是诙谐笔墨，引人兴会，却无伤大雅，跟伤风败俗的笔墨不同，明理的大道人决不挑眼。就拿戏上说罢，《打沙锅》何尝不是拿山西朋友打哈哈。那出戏的本意，原是刻薄糊涂知县，本意原不在刻薄山西人，谁又听见后台接过山西人来函责问呢。

　　戏剧小说都含着警戒人的意思。看书听戏得在大处着眼，明白人不挑无味的眼。再进一层说，小说以劝善惩恶为宗旨，官场腐败，社会龌龊，该描写地方不能不描写，要全都避忌，怕人挑眼，就不用作小说了。记者办《进化报》时，登过一段《小额》小说，内容系旗人小额专放旗帐，倚势打人。后来小额改恶从善，也是一段实事。后来接过一封来函，说放旗帐是一宗营业，法律所不禁（你听），放旗帐也有圣贤。（圣贤不干这个！）贵报挖苦放旗帐的，未免不对，你要再损放旗帐的，鄙人从此不瞧贵报云云。您想这个来函够多们新鲜，如今这个来函我还保存着呢，等着《进化报》复活的时候儿，我必把他登出来。

　　万总归一，都是人民程度的关系，至于这段小说，最要紧的地方，就是老曹嘱咐曹立泉几句话："行医一道，含有济世活人的性质，以活人者害人，未免不对。"又说："金钱也要紧，德性也要紧。"这些个话可称金石良言。老曹虽然没念过书，能说这几句话，足见是忠厚好人。但愿诸大国手，把老曹这几句话铭座书绅，引以为戒，则功德无量矣。

　　书说至此，明日另换新题。

　　（《京话日报》警世小说《新鲜滋味》之十八种）

蔡友梅作品

忠孝全

正文

连日东风送暖，转眼快到清明。遥看草色碧盈盈，最是一年好景。

绿柳才黄两岸，园林百鸟时鸣。郊原小步爱春晴，到眼皆饶诗兴。

极目远山如画，小溪流水溶溶。红腔紫韵卖花声，结伴闲游芳径。

我本烟霞有癖，谁能泉石无情。何须身外恋浮名，沽酒杖头数罄。

拙词念罢，《忠孝全》开幕。有人说了，这准是王振招兵，安泰投军必有段儿《得胜歌》。告诉您说，满不是那档子事。这档子玩艺儿是前二年的实事，寻常小说。那种空中楼阁的，且不必提，就是纪实的小说，也有五成敷衍。不必说小说，就是

历史纲鉴，也有好些个配活对水。（就是搀假。）孟子说过，尽
信书则不如无书。大凡动笔墨的玩艺儿，总都要加点花稍热闹，
惟独这档子《忠孝全》，其中奇巧古怪头绪大多是牛鬼蛇神，不
可思议，其实全是真事情，让您看看好像假的，竟真事都叙不
过来，无须乎再配活对水啦。这段玩艺儿，叙着很费脑筋，真
正是个大块儿戏，敢说是新彩新切，文武代打，特别出手，与
众不同，可不能一日演完，我没那宗能耐。这是个八本连台的
玩艺儿，细一叙真能搞半年，可是真要搞半年，也未免的讨厌。
如今咱们是干脆马前，该细叙的地方细叙，该简略的地方儿简
略，一个月也不准，两个月也不定，反正得把他叙完全啦。再
一说这段小说，是绅商烦演，自然得格外的卖力气。乍一起首
儿，好像平淡无味，热闹担子全在后头哪，虽不敢说引人入胜，
也决不能引人入败。（别费话了。）绪言已毕，书归正传。

　　且说前清庚子年间，北京大闹神拳，放火杀人，算是师兄
们行善。那个时代，杀一口子人，等于抹个臭虫。拳匪借着仇
教，随便害人。若果真是奉教，让他们杀了，虽说死的冤，究
竟他倒是奉教呀；那不是奉教的，因为跟拳匪有点儿挟嫌，拉
走就杀，愣说是奉教，死了是无处声冤。那年五月十七烧洋楼，
五月二十七，义和拳勾通土匪，在北城后海地方搜杀教民（该
处信奉希腊教的很多），一夜的功夫，杀了男女一百多口，真正
奉教的有七八成，不奉教的也有两三成。那两天北城附近一带
居民，胆子小的，简直不敢上街。彼时东直门草厂路北，有一
家住户姓福，满洲厢黄旗人氏，福某行八，为人善谈，人皆以

福八聊呼之（北京土语，管瞎说叫作聊），向充本旗掌事领催。跟前一位少爷，名叫岳魁，号叫荩臣，现年二十来岁。这个人是本小说中重要人物，所以他的骨格尊容，得略说一说。此人是中等身量白胖子，两只睡眼，一双鬼眉，鼻子准头倒不小，有点翻鼻孔。福八聊中年断弦，就跟前这么一个宝贝，那份溺爱邪疼，就不必说了。续娶张氏，人极和平，不但不给他气受，反倒常受他的气。岳魁念了几年书，虽不大通，拿起笔来，作个甚么，也还弄的明白。福八聊既当办领催，又放账目，家里倒是过得很好。岳魁娶妻何氏，是西城一个汉财主。何氏过门，在公婆跟前，虽不说十分尽孝，一切也还下的去。何氏是庚子三月过的门，四月就烧铁道，五月就烧洋楼。岳魁虽非世家子弟，养的很娇惯，拳匪外头一杀人，他不敢出街门。福八聊见天上街，喝完了早茶，把早菜带回来，习以为常。他住家在东直门，见天老上安定门西大院儿喝茶，因为该处是上龙井的甜水（庚子之先，北京甜水井很少，安定门外上龙、下龙二井，最为有名）。那天岳魁有点不舒服，福八聊临要上街喝茶，问岳魁想甚么吃，好给他带来。岳魁说是想肥酱肘子吃。福八聊说：

"酱肘子最出名的是西城天福，不过离着太远。东四牌楼普云楼也将就的，那么我今天就不上西大院儿啦。我上弘极得了，那里水虽差一点儿，离着普云楼很近。"

偏巧那天福八聊又遇见熟人啦，有名儿的聊匠，当时一路开扇（百灵春天大叫俗名谓之开扇）。竟顾了聊啦，把酱肘子也忘了。及至到了家中，岳魁说：

"您给我买酱肘子了吗？"

福八聊应了一声，搁下东西，磨头又跑啦。一气儿跑到四牌楼，赶上那里义和拳杀人。福八聊一跑，拳爷照了影子啦，揪着福八聊，一定说是二毛子。福八聊跟人家一路苦聊，人家不听那套，带到坛上去要焚表。好在福八聊眼皮儿杂，遇见两个熟朋友，算是给保下来啦。回到家中，岳魁正在那里暴跳如雷，福八聊一说这档子糟心，岳魁才不言语。第二天一清早，睁开眼睛，福八聊就走啦。到底给他买了两吊钱酱肘子来，跑的嘘嘘带喘，浑身是汗。岳魁还直抱抱怨怨，嗔着酱肘子瘦啦。张氏看不过眼啦，说：

"少爷，你将就吃啵。你阿玛昨天给你买酱肘子，差一点没阵亡，这也就很难为他了。"

岳魁炸啦，跟他后娘就要起打。福八聊直央及他，才算完事。酱肘子也没有吃，赌气子他喂了狗啦。（该死！）要是我有这宗孩子，我先把他捆上，打他个腿折胳膊烂。不然把他送教养局。可是话又说回来了，我家孩子，也不敢这样子。法皇拿破仑有云："小儿之习惯为父母所造。"这话真无愧格言。孩子不孝顺，大半由愚父母娇养而成，及至酿成了这宗习惯，再改可也就费事了。要说生来忤逆的，固然也有，不过占少数就是了。福八聊为给儿子买酱肘子，头天差点儿没殉难，第二天闹了一身汗。（倒合辙押韵。）他嫌酱肘子不肥，跟他后娘呕气，居然给喂了狗啦。最可怪的是，福八聊不但没气，反倒直哄他。岳魁倒殃啦。张氏说："你这孩子可也真不对啦。"岳魁是直嚷，老爷儿三个，正在这里捣乱，惊动了一位近邻的街坊。此人姓善，号叫子仁，是个老生员，现在教学，跟福八聊是一墙之隔。善子仁虽是个书呆子，向来好管闲事，说话也很耿直，每逢福八聊家里拌嘴打架，他是长任解劝。（比长任律师强。）这院里一嚷，老先生推门儿就进来了。福八聊说：

"兄弟，你来好极了，你侄子又犯脾气了。"

善子仁说："我将才听说是为酱肘子。"

福八聊说："不用提了。"当时把一切的情形，述说了一遍。

善子仁说："［缺"岂"字］有此理！八哥这就是你的不是。常言说的好，'棍头出孝子，娇养忤逆儿'，你素日把他惯下来了。（行路训子的底子。）告诉你一个老主意，从此不用理他，倒瞧他怎么样？有儿子也活着，没儿子也活着，有儿子不孝顺，还不及我这绝户哪。"

说着又向岳魁说道："老大，你也二十多了，多少也念过两天书，你这宗行为，自己想想，下的去下不去！由今天说起，可不准如此啦，听见了没有？"（是拍老腔儿的口吻。）

善子仁劝了一番，也就去了。岳魁心说："好小子，我忤逆不孝，碍着你啦，用你来管教我！小子，你接着太爷的吧。"岳魁心里虽然暗恨，见了善子仁，分外的谦恭，老远奔过去请安，口称大叔，恭敬的透邪乎。善子仁是个脑筋简单的人，倒很喜欢，以为岳魁是改良啦，谁知道他良心早没啦。

那年七月两宫西幸，联军进城，各分地段设立安民公所。岳魁有个同学，外号叫李泡儿，在安民公所当书记，颇得外国人的宠信。彼时安民公所，名目是安民，也是竟借端扰民，大贩烟土都没事，没人情的，自己家里抽大烟，抓了去就罚，愣说是烟馆。岳魁知道善子仁抽烟，当时告诉李泡儿啦，派了几个巡捕，前去查抄。偏巧善子仁家中，去了个朋友，也是黑籍一份子。两个人正抽在兴高彩烈，公所的巡捕闯入，连善子仁带朋友一同捉将官里，几几乎没有排枪，拘留了好几个月才放出来。只此一端，岳魁之心术，略见一斑，其余可以类推。

　　两宫回銮之后，赶上顺直赈捐开捐。那天碓房子四掌柜请福八聊吃饭，同席有个金店的老板姓李，提起如今捐官如何便宜，于四掌柜向福八聊说道："八爷给大少爷捐个功名，好不好？没钱我借给你。"福八聊一听，也很有意。当时跟李老板一打听，捐一个巡检，连捐监满算上，不到五百银子。福八聊一想，自己当这个掌事领催，虽然不少抠钱，究竟不算甚么高兴事。给儿子捐个佐杂，对了劲过班就是知县。一来改换门庭，光宗耀祖；二来自己就是老太爷啦。大八成的知县捐不起，捐个佐杂，颇有力量。主意拿定，回家跟岳魁一提，岳魁满心喜欢，这两天对待他爸爸，分外的和气，不叫好听的不说话，并且直跟他爸爸灌米汤，应下到任之后，接老爷子老太太同享荣华富贵。福八聊信以为真，当时乐不可支。捐官一切的手续，与本传没什么关系，不必细说。因为直隶有人，所以指捐直隶试用。岳魁携带妻子赴省，临起身的时候儿，给福八聊夫妇叩头辞行。福八聊揪着岳魁的手，眼含痛泪说：

　　"少爷，你这一走，我又放心又不放心。"

　　岳魁说："有甚么不放心的，朝您这一哭，就丧透了。"

　　福八聊说："要论你这点心工儿，以及言谈话语，混外官场，倒是够使的，就是你爱财爱的厉害，我有点儿不放心。咱们爷儿们还不至于等米下锅，就是补了缺，好好儿的办公事，有名自然有利，千万别眼皮子浅，贪小利一定受大害。你的毛病，我是知道的（既然知道就不该给他捐官，岳魁后来的糟心，固然是他自己闹的，溯本穷源，还是福八聊害的），你要改良才好。"

　　岳魁把羊眼儿一瞪，把蛤蟆嘴一撇，说："散了罢，又改良啦，别弄这个新名词啦！这些个话，我比您懂得。贪小利又受大害了，那么您克扣钱包子哪？（不克扣钱粮包子，就给你捐官了？）作甚么呀这是，这些个费话我不爱听，趁早儿少说。"

　　福八聊没教训他，倒让他也拍了一通儿，老福也就不敢言语了。要说福八聊，也是个外场出身，自幼儿走南闯北，小小的很有点字号。就说跟前就这么一个儿子，从小儿娇惯，也不至就这么怕他呀，这里头也有个缘故。福八聊向来就不安份，至到如今，还有两个份外家。有一次外家找到门前大骂，福八聊直会不敢出去，其中勾七套八好些个猫儿溺的事情。后来骂的所慼蠢啦，岳魁听不过去啦，出来连拍带虎，堂客如何能受。正在这个时候，有位某四门大人，是福八聊的一个亲戚，前来拜访。堂客一瞧，戴红顶儿的来了，有点儿不了局，当时挠了。岳魁居功，以为是让他给拍走啦，从此就长行市，父子之间，大有反串的意思。俗语有云："上梁不正底梁歪。"又说"娇养忤逆儿"，全应在他们家了。福八聊那天，预备的是芽韭羊肉馅儿的煮饽饽，给儿子送行。千叮咛万嘱咐，说是：

"你到省之后，务必给我来信。"

岳魁说："您这都是费话，我还能不给您来信吗？"

书要简捷。岳魁起身，福八聊送至前门外，在瓮圈儿老爷庙烧了一股高香，求了一签，偏巧这是个下下签。福八聊拿着这个签帖子，泪流满面，向岳魁说道：

"孩子，少爷，你可要多谨慎哪，这里的签灵着的呢。"

岳魁说："你别弄这宗穷迷信啦，签帖子都是人作的，趁早儿你回去罢。"

福八聊怕儿子生气，不敢违背，只得含着眼泪回家。

不提福八聊，单说岳魁，这次捐分直隶，也有一个道理。他有个表叔姓桂，号叫小峰，现任理事同知。从先上任的时候，盘川不够，使过福八聊六十两银子，现在差使当得很红，公保头里说一不二，藩臬道也都处的很好。这次奔直隶，就是朝着桂小峰去的。到谒见各宪不必细说，桂小峰格外欢迎招待，日子不多，就委了两次短局的差使。随后委他查办各县冬防，总算是个长差。每月二十几两薪水，每到各县，人家还要送三两银子程仪。遇见爱应酬的知县，还要请他吃顿饭，碰巧车钱人家也候了。按说新到任的佐杂班子，派上这种差使，就算不错，岳魁把家眷就安置在同知衙门，这是他一份取巧。他要另租公馆，自然得耗费，如今住在同知衙门，亲戚面子，人家自然得管吃儿。算盘总算让他抠绝了。话不烦叙。

岳魁领了札委，带了一个底下人，姓张叫张顺，主仆二人登时出发。没走之先，他跟一个候补典史汪某，讨教一切。汪某因为谋这个差使没谋上，当时就这么一阴他，说：

"老兄，你是个新出手儿。"

岳魁说："别玩笑，你才老混事的呢，这是怎么说话呢。"

汪典史说："哥儿俩不玩笑，说正经的，这个查冬防的差使，兄弟从先干过一年。到了各县，你就愣住在他衙门里，他不愿意也不用理他，车就赶在大堂头里，他不招待也不成。吃他喝他不用说，临走的程仪，他们是瞧人儿行事。像老兄这样儿的生虎子，至大给你个二三两银子，你可别拉不下脸来，你非争不行，外带着还得虎他们。明是查冬防，让他瞧着好像暗中还查别的事情，隐隐约约，闪闪灼灼，让他摸不清，临走程仪必然从丰。再一说，带去的爷们，照例还有一两银子小费。久吃长安路的，他们不敢朦，生手儿他们就许黑下。上头照样儿报账，他们就咽了底朦啦。这都是不谈之密，错过咱们这个交情我是决不传授。"

岳魁说："得了，老哥，赶明儿个我好好儿的请你。"

岳魁乍一出发，是满、宛、唐、望、曲阳、新落〔乐〕、定州七处。

那天到了满城，知县刘永伦，外号儿叫刘狗儿，也是佐杂出身。人很活动，见了人就乐，每逢委员下来，他是极力的要好，百般的应酬，所以回去都要给他说两句好话。那天把岳魁留在衙门，晚晌就请吃便饭。每天是四盘两盅儿，临走的时候儿，送了五两银子程仪，家人是二两，并且代找官车，人家发的车价，还说了好些个抱歉对不住的谦辞，岳魁十分的喜欢。到了宛县，本县潘大令，是个科甲班子老进士，跟道台又是同年，倚仗着底子硬又有奥援，所有委员下来，就是府县正印班子，一律海客遇之，佐杂班子他更看不起啦。岳魁是吃出甜头儿来了，还打算住衙门，人家就没留。岳魁苦跟人家一争，杂务给垫了一两银子。

　　书要干脆。岳魁查了七州县，很出了个笑话儿。临回来那天，在半道儿店里，要跟张顺均杵（均杵就是分钱）。张顺拢共得了十几两银子，他要分一半儿去。张顺如何能答应，主仆二人几乎起打，连店家带赶车的，才把他们劝好。后来他在清风镇集上（定州有清风、明月二镇）买了一个皮坐褥，让张顺先给垫三两银子。这三两银子，就算写在瓢底下啦。后来他又出发，不带底下人，他跟赶车的搭窝，让赶车的兼充家人，得了小礼儿，两个人四六账分钱。这些个缺德，暂且不提。单说他到省之后，就给福八聊去过一回信，得了差使，也没给去信。后来福八聊接着桂小峰的信，才知道他得了查办冬防的差使。后来福八聊给岳魁来信，该信中的意思，第一是听见他得差喜欢，第二是十月里要来第一荡，末后里嗔着他得差没去信，微露责备的意思。岳魁接着这封信，大恼之下向何氏说道：

　　"老头子快来了。"

　　何氏说："来了好哇。"

　　岳魁说："好什么呀，长了个旗下小拿儿的脑袋，人不出众貌不惊人（这是说他爸爸呢），贫嘴子恶舌，反正作不了脸．总是不来的为妙。"

何氏微然一笑，倒也没说什么。原来这个何氏，生来的阴险，城府极深，表面瞧不出不好来，心术简直不可问。自从过门，在公婆跟前，倒也和和平平的，亲友街邻也都很夸他，其实岳魁的不孝，多一半是他怂恿的。无形之中带口之言，他能挑唆爷们，临完他可又劝，他这份劝，比挑唆还亡道。这些个暂且不提。

是年十月底，岳魁差竣回省，到臬台衙门禀见销差（旧日藩臬两署，以及理事同知衙门都在保定，查办冬防是宗例差，照例由臬台下委），臬台还灌了他两句米汤，岳魁得意扬扬。将回到同知衙门，底下人飞跑了上来，说是老太爷来啦。按说久违膝下有亏定省，于人子事亲之道，就有点抱愧，如今他爸爸前来省子（儿子瞧爸爸叫作省亲，爸爸瞧儿子，可以说是省子），他应当距跃欢迎，好像才是人形（他也得是人形呀！），谁知他一听生身的爸爸到了，把鬼眉一皱，把羊眼一翻，叹了一口气说道："他倒底是来了。"有心不出去迎接，又觉着不大合式，只得慢慢的站了起来，一步一步的往外相迎。福八聊这当儿已然进来啦，岳魁上前请了一个安，福八聊说：

"少爷，你好呀！"

岳魁一瞧他爸爸，穿着一件灰色洋褡裢老羊皮袄，外套蓝毡子琵琶襟马褂儿，旧缎小帽儿，回子绒半旧的棉鞋，当差的提溜着一个锅子，还有两个蒲包儿。福八聊说：

"你桂大叔没在衙门哪。"

岳魁说:"上了天津啦,一半天就回来。"

福八聊说:"你在那屋住哪?"

岳魁说:"在东花厅儿,您就走罢。"

爷儿俩来到花厅,何氏出来给公公请了安,问了奶奶好。福八聊说:

"你奶奶都问你们好。"

大家来到屋中,岳魁放声大哭(奇),福八聊以为他是思亲落泪(怎么像呢?),说:

"小子,我来了你就不用哭了,你要舍不得我,我多住两天就得了,你哭我难受。"

岳魁止住泪痕说道:"您憨蠢透了我啦,您瞧您这个打扮儿,怎么够个老太爷的资格。"

说着就解钮子,把自己的二蓝洋绉皮袄脱下,说:"您快将衣裳更换吧。"(倒没吹小排子儿。)

福八聊说:"你知道哇,我家里还有个新皮袄呀,我想着上你这儿来,还架弄作甚。"

岳魁说:"您来到这里,就是老太爷的资格,瞧你这个神儿,老离不开承办百什户的拴像儿。"

福八聊说:"得了少爷,你让我换衣裳,我换就是了。"

当时福八聊把老羊皮袄脱了,换了二蓝洋绉皮袄,何氏又拿出一件紫宁绸皮袄来,给岳魁换上。何氏张罗给老头子沏茶打脸水,前三抢儿倒是不错。福八聊笑嘻嘻的,向岳魁说道:

"我带了一个好玩艺儿来,你喽喽〔瞜瞜〕。"

岳魁说："您带甚么来啦？"

福八聊说："我把咱们家那个锅子带来啦。"

岳魁说："您这个疯病，好几百地背上锅子来作甚么？这们大个保定府，还没有锅子。"

福八聊说："这里虽然也有锅子，没有咱们家那个灵，搁上炭不用扇就开。"

岳魁说："还不错呢，让您一说，这个锅子成了宝贝啦，有什么您拿到巴拿马赛会去好不好？"

福八聊听错了，以为他要吃萨其马哪，说："你早言语呀，我芙蓉糕都给你买来啦。"

岳魁一阵冷笑，说："我提的是巴拿马。"

福八聊说："你说的是八俊［骏］马那个烟壶儿呀，我送给你扎三叔啦。"

岳魁使鼻子乐了两声，也就不言语啦。福八聊说：

"我带来不少好吃的，我打开你喽喽［瞜瞜］。"

当时把蒲包儿打开，岳魁一瞧，丸子驴肉，肥嫩后腿儿羊肉，还有几块冻豆腐，一子儿腌韭菜，还有两棵酸菜。岳魁点了点头说：

"倒真买了个全。"

正这儿说着，家人回话，说：

"桂大爷过来啦。"

桂小峰是条尖嗓子，由外头就嚷了来啦，说："八哥，久违，久违！"

福八聊往外相迎，说："大弟你这向好哇，你不是上卫了吗？"

桂小峰一边儿请着安说道："我将回来，八哥也是将到的呀？"

福八聊又给桂小峰请安，谢其照应儿子。

桂小峰说："八哥，你又闹起客套来了，我这不是应当的吗。八哥，你来了好极啦，咱们得喝会子，这里有几样特别的吃食，香肠儿，烧鸡春不老，甜酱菜，你兴高不高？"

福八聊说："我一定要扰的，我也带了好吃儿来了，明天请你吃锅子，羊肉酸菜驴肉丸子，我全带来啦。"桂小峰说："好哇，我给你出个主意，你别单请我，这里有几位同乡，都是挺好的交情，我跟荩臣出名义，请他们吃一回，故乡风味儿，他们必然欢迎。"

福八聊说："那好极了。"

桂小峰说："八哥，你先歇着，我告假有点儿事，回头可在我那里吃饭。"

岳魁说："这里给我阿玛预备下啦。"

桂小峰说："大爷你就不用管啦。"

当晚福八聊在桂小峰那里吃的饭。桂小峰这就写知单，请了六位同乡，首座是保定城守尉德公，此外还有两位候补知县，一位管带，两位佐班，请的是次日下午五点，便章勿却。

第二天早晨，岳魁替他爸爸弄了顿炸酱面。（他爸爸给他预备上马饽饽，他给他爸爸预备下马面，算是不该。）晚晌这个请客，除去羊肉锅子之外，桂小峰又预备了些个菜。岳魁怕他爸爸露怯，跟他爸爸来了出演礼，福八聊倒是福至心灵，当日毕业即刻速成。岳魁又找到了一件四方马褂儿，让福八聊穿上，福八聊倒觉着很得意。岳魁说：

"人家要问您公喜欢那衙门行走，您说甚么呀？"

福八聊说："我说在本旗当领催呀。"

岳魁说："这就砸词儿，你那份腐败差使，就别施展啦。您就说您是候补员外郎得了。"

福八聊说："你别捣穷乱啦，我成了黄鼠狼了，人家问我那部，我说甚么？"

岳魁说："您脑子太简单啦，随便说一个得了，这又不是过堂写口供，说错了又不罚几块。"

福八聊说："随便瞎聊我行。"

爷儿俩正在研究，桂小峰差人来请，说：

"钟点快到了，已然催请啦，请老太爷跟老爷过去。"

福八聊说："走罢。"

岳魁说："您先请吧，我这就过去。"

福八聊说："一块儿走吧，你还有什么事吗？你又是个主人，回头客都来了，那算怎么回事情？"

岳魁无法，当时皱着眉头子，一同福八聊来到西花厅。究竟是怎么回事呢，原来岳魁新学的抽大烟，瘾上的还是很快，一天总得三遍。福八聊最恼大烟，岳魁吃完了早饭，烟瘾就没过足，又怕老头子知道，偷着抽了两口，心里很不合适，他打算把他爸爸支走，他好足抽一气。福八聊那里知道这些个事，一定让他一同过去，他又不好实说，只得捏着鼻子，来到西花厅。桂小峰说：

"今天都是同乡，咱们来个特别的，我让厨房作了几样京菜，都是故乡的风味，先喝酒，回头一吃涮羊肉。八哥这个锅子，我回头必表白表白。"

正这儿说着，当差的往里飞跑，说："德大人来了。"

桂小峰吩咐："快请！"

在这当儿，德爷已经进来了。桂小峰一给介绍，德爷倒是很外场，管福八聊就叫老伯，福八聊不敢当。桂小峰说：

"四哥你这又来了官场套子啦，朋亭（福八聊号叫朋亭）我们是两层亲戚，又是我表兄，又是我姐夫，咱们是口盟，荩臣当然是你的老贤侄。你这么一来又远啦，你们二位叙齿得啦。"

两个人当时一搞岁数儿，福八聊跟德爷同岁，德爷生日小，因此管福八聊就叫八哥。当时来宾陆续到齐，桂小峰说：

"今天没有外人，全都是方字旁儿，我们八哥，二百多地，背了一个锅子来，买的北京白魁家的肥嫩羊肉，回头咱们是涮锅子。"

德爷说："高极了，我先打听打听，有酸菜没有？"

桂小峰说："四哥，这可得罚你。"

德爷说："罚我坐首座怎么样？"

福八聊说："德哥，好样子。"

岳魁把羊眼儿一翻，直瞪他爸爸，嗔看他爸爸又说外场话啦。大家坐定，都是同乡，那天倒是很尽欢。后来提到抽大烟，德爷说：

"那天本府王太尊请吃饭，他那烟抽得才邪乎呢，早晚三遍，没有二两土不成。"

说到这里，福八聊答了话啦，说："兄弟家中，上辈就不抽烟，到了兄弟这辈，更是不抽。从先我还喝酒，现在一有门坎儿（俗语管在理叫有门坎儿），我连酒都不喝了。将来我留下遗言，子孙后代，都不准他们抽烟。"

福八聊说到这里，同席的人，也有乐的。也有不言语的。福八聊一回头，不见了岳魁，心说是了，怨得将才大家乐呢，嗔着他逃了席啦。我找他去。当时跟大家告了一个便，气哼哼的来到东花厅，迎头遇见张顺，福八聊说：

"大爷哪？"

张顺一乐儿，说："将进屋里去，也不是作甚么呢。"

原来岳魁瘾的受不了啦，所以不辞而别，回到屋中，大嚷点灯。何氏给他烧了一口，吃完了自己又烧，没想到老头子进去啦。福八聊一瞧，岳魁抱着短笛直吸溜，当时这个气，直不打一处来，说：

"好孩子，我将说完了嘴你就抽上烟啦，怨得人家乐我呢！爸爸一辈子最嫌抽大烟，莫不成你不知道吗？你不是我的儿子！"

岳魁把烟枪一扔，嘿嘿儿一乐，说："我不是您的儿子，那么是谁的，倒底请您说说。"

福八聊说："好孩子，我没嘱咐你不准抽大烟吗。"

岳魁说："说真的，您从先抽过没有？"

爷儿俩越说越拧，何氏赶紧给福八聊请安，说：

"阿玛，您别生气，您儿子原不抽烟，倒儿媳妇今天肚子痛，人家说抽口烟就好啦。儿媳妇又不会烧，所以让您儿子给儿媳妇烧一口，剩了半口，他说他尝尝味道。"

福八聊说："尝尝味道作甚么呀，好好再买呀？"

正这儿说着，听差的过来请，爷儿两也顾不得捣乱啦，忙忙的来到客厅。德爷说：

"怎么老爷儿俩都走啦？"

福八聊随便撒了个谎，岳魁没言语，也就过去啦。酒后席散，岳魁喝了两盅酒，爷儿俩勾起前场，继续起打。

书要干脆，福八聊住了四天，一天也没得心净，赌气子要回北京，又赶上快到钱粮头儿，就是不捣乱也得回去。岳魁还算好，居然把他爸爸送到车上，背来的锅子也不要了。及至桂小峰赶到，火车已开，算是送的庙后头了。福八聊回京，暂且不提。单说岳魁，自打福八聊走后，大烟更抽的欢啦。福八聊到京后倒先给他来了封信，他居然不答。何氏倒直劝他，说：

"无论如何，他老人家是老家儿，来了回子，真的罢假的吧，总算惦记着咱们，好歹你给答封信。大礼不可废，别让人笑话。"

岳魁最听女人的话，算是草草的答了封回信。

转过年来，岳魁接着封家信，是他继母张氏染病，福八聊手里没钱，跟他要十几两银子。岳魁正在抽烟，当时把封家信就着烟灯上烧了。何氏问他甚么事，岳魁说：

"老妈子病了，老头子跟我要钱，有钱我也不带。"

何氏说："多少带一点，老爷子说了会子。"

岳魁说："一个钱也不能带，车拦头辆，这个例开不得。"

何氏说："这话也倒有理，你得答封信，别说没有，也别说不带，就说现在筹划着呢，早晚寄去，一延宕就算吹啦，你瞧这个主意高不高？"

岳魁哈哈大笑，说："贤妻（这还贤妻哪，好家伙！）之言，正合我意。"

这封信发了，福八聊因为没事也没来信。那天岳魁正在一个朋友家打牌，忽然桂小峰差人把他找回，说是有要紧的事情。岳魁摸不清头脑，只得忙忙的回到同知衙门。桂小峰一见面儿，先给他道烦恼，岳魁就知道是妈妈死啦。原来福八聊来了两封信，一封给岳魁，一封给桂小峰，并且让岳魁赶紧回去。岳魁咳了一声，当时给桂小峰磕了个头，这就打点行装。至于呈报丁忧，一切的手续，不必细说。何氏自然是也得回去啦。桂小峰送了四两银子尊敬，格外还送了块帐子。岳魁磕头道谢，不必细说。

夫妻二人，这就买票登车，下了火车，又雇洋车，回到家中，天有四点多钟。那天正是接三，至近的亲友，来了不少，预备的是炒菜面（北京习惯，接三照例是炒菜面）。亲友正在坐席，岳魁一进衙门，叫了一声奶奶（旗人呼母亲为奶奶），放声干嚎！说：

"苦命的奶奶呦，你老人家太没造化喽，多活两天好不好呦，不等着享荣华富贵喽，难受死我喽！"

哭着往月台上一迸［蹦］，闹了一个飞脚，跟着来了一个壳子。亲友直嚷，说好哇，招呼！那位说了，这是《忠孝全》吗？（不，《白水滩》。）这个壳子正摔在拜垫上，腰倒没摔着，把左腿抻了筋啦，当时疼得直叫唤。福八聊赶紧过来啦，说：

"少爷，你奶奶已经死啦，你作甚么这么动心哪。"（胡说，那个动心的？）

岳魁一闹现象，亲友都过来啦。岳魁滋［龇］牙咧嘴，给大家磕了一路头，说：

"是不孝岳魁罪孽深重，不自殒灭，祸延显妣。"（讣闻套子倒挺熟。）

亲友给他道烦恼。岳魁爬到福八聊跟前抱着福八聊的腿，又哭起活儿来，把福八聊的委屈也招起来啦。当岳魁打飞脚的时候儿，何氏数数落落就哭，后来背过气去啦。有些个女眷连撅带劝，何氏竟哼哼，干缓不过气来，大家直叫。岳魁有个本家嫂子，说：

"老娘儿们，老姐儿们不用叫了，她这是挽住气啦，非拿秦椒面子薰不行。"

这句话没说完，何氏长出了一口气，算是苏醒过来。（打起就是腥架子。）福八聊早把孝衣给他们预备下啦，公母俩穿上孝衣，早有人给何氏围包头撂辫子（旗妇穿公婆孝，讲究撂辫子）。岳魁这就跪灵。福八聊说：

"少爷，你先歇一歇儿，喝点茶，饿不饿先吃点甚么，腿觉着怎么样？"

岳魁滋［齜］牙咧嘴的说道："有点儿疼，不要紧。"

这当儿外头响鼓，来了一个吊祭的亲友。行礼已毕，岳魁一瘸一点的站将起来，向福八聊说道：

"咱们是官宦人家，告诉鼓子上，得官吹呀（官吹是鸣鼓拉号）。"

福八聊说："可以，可以。"当时高声嚷道："鼓手头儿哪，大爷传话，让你们官吹。"（福八聊成了家人啦！）

要说福八聊素日好交，人情总有二百多号。彼时天色不早，亲友来宾，踵接而来。七点半和尚进棚，吹打三通儿，外头拿烧活。茶师傅喊道："老爷们外头点香啊！"那天来的人，还是真不少。茶房又喊道："外头齐了没有？齐了给他们一个野［嗻］。"那位说了，这是茶房吗？（这是小孩子起哄哪！）外头嚷香点齐了。茶房说："师傅们点鼓哇。"鼓还没响哪，岳魁大喊了一声："奶奶！"要跺脚因为腿疼得不敢跺，两个人搀着他，弯着个腰，咧着个虾蟆嘴，大号："苦命的奶奶！"您别瞧他唱篇儿不怎么样，作功儿有两下子。门口儿参观的人，真是携儿抱女，扶老搀幼，不亚如人山人海。当时有几个街坊家的贫老太太，点头咂嘴儿，直给岳魁贴靴，说他是个孝子。（孝子里挑出来的。）内中有知底的说："老太太，您别瞧他这个，这是腥架子，在京的时候儿翻了躺在地下就骂他奶奶，高兴连他阿玛一齐招呼。您别听他干嚷，您瞧他有眼泪吗？"

不提大家纷纷议论。单说岳魁，送三回来，腿疼得要死，嗳呦荒天不能下地。福八聊毛啦，当时要给他画一画。原来福八聊会祝油科，平日专用油给人画病。岳魁说："您散了吧，这宗妖言惑众的玩艺儿，我向来不信。"外头和尚念召请，屋里岳魁叫妈（他是疼的），这份热闹就不用提啦。第二天岳魁这条腿，肿的象腿一样，福八聊所抓啦，赶紧给他请接骨匠。后来听人说，岳魁这条腿，里头有段因果。既是警世小说，所为惩恶劝善，让人有所警戒。从先传说，既有这段因果，也可以说一说，反正以劝人为宗旨，有益无损。诸位要说我提倡迷信，那就把宗旨看错了。自打维新以来，人民进化，讲究破除迷信。记者从先，也主持破除迷信，可是破除迷信是句广义的话，没有范围，没界限。究竟何为迷信，那又不是迷信呢。一律都看成是迷信，也未免的不对，细说三天三夜也说不完，如今简单着解释解释。媚神求福烧香许愿，那不能说不是迷信；合婚择日阴阳风水等等，那更得说是迷信；至于原因结果循还报应，那是宗真理，不能说是迷信。俗语云："善恶到头终曰报，只争来早与来迟。"这两句话听着极俗极厌，其实是天经地义，万古不废的格言。地球不化一天，这话都有价值，都有效力。鬼神谁也没见过，阴间谁也没去过，渺渺冥冥的事情，咱们不提，说实话讲真理，害人的人没有不被人害的。所谓天道好还，如影随形者是也。别的迷信可破，要说原因结果都是老谣，循还报应都是汤儿事，害两条人命，只要手续办的严密，就能没事一大堆，不但没这宗理，也没有这宗事。创这宗议论的人，就是人群妖孽，世界蟊贼。这宗藩篱要是一破，非入于禽兽之域不可。现在人道还没有灭绝，就仗着有这点迷信维持着。下流社会，有些个不敢为非作歹者，他脑子里还有个因果报应。高一路儿的人，脑筋敏捷，这些个事情，他说是腐败，真正高尚的理由。别说他不懂，懂得他也不能行。又加着利欲薰心，神志昏聩，所以甚么事都干，甚么屎都拉。（就是不拉人屎。）古谚有云："只图眼前快乐，那管下狱升天。"地狱之设，正为此辈。

闲话打住。单说福八聊年轻的时候儿，很是个闹匠，不过对待父母，还不至于不孝。听说比岳魁强的多，就是他整天不安份，老公母俩为他着急，生生的愁死啦。要是叫真儿说，总也算是不孝啦。听说福八聊开过宝局，当时故故典子很多，也无须多叙。听说有个宝魔李二，闹了个大钉子，在福八聊门框上，把腮邦子钉上啦。福八聊扎过他两烟签子，正扎在左腿上。当时虽有人说合，李二这条腿烂了二年，后来倒底烂死啦。岳魁这回腿肿，正是左腿，当时相传，都说是福八聊扎李二的报应。是与不是，可就不得而知了。这个报应，还是小焉者，其中还套着一个报应，今天先不能发表。作小说跟作八股儿文章一个样，得慢慢的出题（出题是八股儿的行话），层次最要紧的。没到该说的地方儿，要是把他说了，后来倒不好办了。按八股儿的行话说，叫作犯下。连上犯下最是毛病，最好是照下而不犯下，真得有匣剑帷灯之妙（你听批语又来啦！）那才叫好文章哪。您别瞧信笔胡诌，小说不唎，谁不会作呀，反正花俏热闹，就得说着容易，作上可就难啦。您别瞧敢在报上用笔的，就有两下子，（我可是瞎抓！）非入过小说大学校不行。那位说了，你也入过小说大学校吗？（我入过瞎说大学校！）闲话咱们还是不提。岳魁这条腿，闹了有两个多月，慢慢的才好。

　　这段《忠孝全》小说，共分四段，由闹义和团起到岳魁丁忧内艰，这算是头一段。由这里说起，直到福八聊去世，岳魁在孟村巡检任，二次丁忧回京，这是第二段。由充当放米委员，运动昌平县知事，携眷上任，这是第三段。贪赃虐民，被控私逃，入狱监毙，这是第四段。事故由子，是非常之多，琐屑小事都要叙一叙，恐怕一年也叙不完。还是那句话，咱们竟说要点。日前记者接着某君来函，说是记者编述这段小说，与实事有稍稍不同之处。第一说岳魁原叫魁良，后来运动知县，才改的岳魁。这话是一点不错的，记者跟他是街坊，又是发小儿的弟兄，我会不知道他叫魁良。这段小说注重他运动知事，害人遭报，所以大书特书岳魁，魁良不魁良的没有关系。又说岳魁的丈人家姓马，并不姓何，住家东单牌楼，并非西城财主。这件事责备得更不对啦。岳魁成家的时候，还是记者娶的亲。别的话就不用说了，不但我知道姓何，历史营业我都知道。倒是老实安份人家儿，不过出阁这位姑奶奶（岳魁的妻子），稍厉害点儿。别管何家吧马家吧，有姑娘嫁了岳魁，就算家门不幸，再说这里头还加着因果，何必提真名实姓，又不给他家作年谱，又不算是本传。再一说，既不是甚么光彩的事情，没有宣布真姓名的必要。至于福八聊、岳魁是人所共知，可以不必隐讳。小说这宗玩艺儿，告诉您说，就是叙写实事，也得有三成敷衍，满跟真事一个样那就不成东西啦。岂但小说为然，就是《左传》《史记》里头也有粉饰。孟子说过，尽信书则不如无书，反正大纲不能错就完了。福八聊反正有这么个人哪，是白旗满洲掌事领催呀，岳魁是指捐直隶巡检哪，在王琴斋手内，买过昌平县知事呀，死在保定监狱里啦。这总都不假吧。再一说，岳魁素来不孝，人所共知，也决不是记者造谣言，这就算是真玩艺儿。您要一定犯四方脑袋，告诉您说，连五经四书那里头都有假，您就上齐化门外头瞧排人的法，那是真的，决没有障眼法儿。

闲话蠲免。单说福八聊这通儿白事，就是扎空枪办的，以为儿子回来，多少总有几个钱，谁知道一钱不名，腿还糟啦，整夜的竟叫唤。老福心疼儿子，又不好挤兑他，只得设法拟补亏空吧。有人给岳魁荐了一个接骨匠，治得倒还得法。按说福八聊当着掌事领催，彼时的年月，每月克扣军饷，总剩几十两银子，外头小小的又有点账目，人口又简单，就是遭一通儿白事，怎么凑合也不至于着急。无如福八聊是老不安份，好馋好花还不提，岳魁走了这二年，他又组织了一个姨奶奶。这段历史，细说又得两回，真没那宗余暇的笔墨去写。要是不描一笔，有知底的，又该说记者叙事遗漏啦。可是这段小说，要真按实事一写，事故由子也太多了。该简略的，没甚么大关系，咱们就从简，该细写的，可是不能简略。要说这位姨奶奶，人还老实，无如何氏看着不下，整天暗给人家气受，岳魁是竟骂赞儿。福八聊那天真急啦，抄起懒驴愁来，大打姨奶奶。岳魁夫妇相应不理，姨姐姐受刑不过，跑到东直门大街车铺忍了一夜。车铺掌柜的老郭，跟福八聊相好，倒是个交朋友的人。黑天半夜的，也不好往回送，又不好拒绝，只得让姨奶奶一个人在柜房儿住，自己带着徒弟，在后头厨房凑合了一夜，并且是和衣而卧。这段事实，记者知之最悉，现在车铺老郭还在着呢。本来人家是好人，姨奶奶也是受刑不过才逃命，其中并没有别的。这是段苦条子，咱们不能给人胡添彩，血口喷人，死了要下拔舌地狱的。本来吃这碗饭就没德行，再要缺德，那是罪上加罪。再说记者这门小说，别的不敢夸嘴，敢说干净俐罗，男女可观。虽然沉闷点，多少有点益处，除去爱损人是毛病，我既叫损公吃这碗损饭，不能不损；但是损的那不够资格的人，决不损好人，好人我还提倡哪。就拿这个老郭说吧，人总算不错，第二天一清早，把福八聊找到车铺，一说这回事情，福八聊跟奶奶抱头哭了一场，从此送到金太监寺，普三爷家里暂住。这位普三爷，跟福八聊至好，也是位热心的朋友。把姨奶奶收留在家，当把嫂敬奉。待了没有一年，姨奶奶得了痨病，居然驾返瑶池。这是后话，暂且不提。

单说岳魁这条腿，虽然见好，有几个钱干不拿出来。福八聊月间进俩钱，交给少奶奶何氏过日子。何氏苦这么一惩治老头子，见天早晚，除去看坟，就唱《黄金台》。福八聊是好眷惯了，窝窝头他如何吃的下去，挤兑的老头子，竟跑天寿轩吃烂肉面去。何氏过了半年多日子，多少又抠了几个钱，这就往娘家运东西。其运东西的手续，是每晚隔着墙儿，往外传递，外头另有接手。反正不是外人，自己的簪环首饰衣服以及岳魁的官私衣儿，运了一个罄净，家里的东西，带手儿也弄走了不少。

东西运完了，变着法子，挤兑老头子。福八聊真急了，那天提倡要分家，他们等的就是这句。夫妻二人一齐说道：

"阿玛这可是您说的要分家，可不是我们说的，分就分吧，房子您住，我们滚蛋就是了。"

福八聊眼泪汪汪的说道："你们搬到那里住去呀？"

岳魁说："那您就不用管啦，反正不能在树上住。"（这是跟他爸爸说话哪？）

福八聊哭哭啼啼的往外送，岳魁头也不回，何氏倒还敷衍面子，说："阿玛，您请回去罢，过两天给您请安来。"

分家以后，两边的事情，好像那得叙一下子，但是损公一枝秃笔，不能叙双方的事情。这段小说，既以岳魁为主体，就得先叙岳魁。原何氏早就跟娘家说好啦，自然是归到娘家暂住。要说何氏娘家，虽不算大财主，也很够过的，现银子虽没多少，外头有两处房子，值钱的东西家里不少。何老太太很老实，何氏的兄弟哥哥，也都不错，岳魁来到这里，自然是娇客的资格啦，人家是特别的优待。岳魁还犯假客礼，一定要自起火食，人家自然要拦，他老先生就认了实啦。见天早晚两遍酒，每顿饭要吃半斤肉，喝茶非一百二一包的小叶儿不喝（彼时一百二一包的小叶儿比如今二子儿一包的还强），手里有钱不往外拿，买大烟还跟人家借钱，闹得人家干着急没法子。岳魁在丈母娘家起腻，暂且不说。

单说福八聊，自打儿子搬出来，一个人儿孤孤单单，单单恻恻，心里好不凄惨。岳魁也没来一荡，何氏倒来过两趟。那天福八聊在澡堂子洗澡（福八聊整天爱在澡堂子起腻），有人给他提亲，说的是一个三十多岁的大姑娘。三言五语，就算停当啦。简断捷说，这就搭棚办事，岳魁夫妇，不能不露一下子。那天的笑话儿很多，一时说也说不尽。北京的习惯，娶媳妇未发轿之先讲究响房，在新房里打锣，还得是个至近的人打锣。福八聊让岳魁担负打锣的责任，当着亲友大众，岳魁不好拒绝，打了三下儿锣，蹦起来这么一哭，又玩了个跟头。本来坏腿将好，这下子拐子又坏啦，锣也撒了手啦，疼的直学油葫芦叫唤。何氏闻声赶到屋中，说：

"不让你来，你偏要来，我说今天日子不好你偏不信，咱们快回家罢！"

这句话不要紧，福八聊当时炸啦，说："这不是家吗？还回那个家呀？"

何氏说："阿玛，您别生气，我说错啦，我说回娘家。"

福八聊呕了一声，满心的话要说，又咽回去啦。这当儿正在发轿，乱乱哄哄的，有人把岳魁搀到车上，何氏跟着也就走啦。从此断绝关系。岳魁犯了几天腿疼，也就好啦。在丈母娘家住了半年多，吃了个吐天哇地，人家且心里腻烦，虽然没说什么，神气也很够瞧的。岳魁也觉着很不得劲，打算谋个短局的事情，一来承着服，二来也没有相当的。可巧有人给他荐了一个馆，岳魁正在赋闲，登时表示欢迎。馆东姓韩，在崇文门外住家，也算是个财主，馆谷虽不甚丰，早晚两饭，晚晌下榻，每月八两束脩，在那个时代，也就算说的下去。至于上馆的一切俗套，不必细提。岳魁虽不十分通，也弄过两天六八股儿，教个专馆，倒也凑合。馆东相待很优，宾主之间，处的也还浃洽。赶上韩家有位少奶奶长奶疮，延请中西名医调治，总不见效。岳魁一想，这倒是个机会，当时毛遂自荐，说他爸爸是专门祝油科，善治疗毒恶疮疑难大症，某人的搭背，某人的砍头疮，都是他爸爸治好的。韩家是得病乱投医，当时就请他转请，岳魁满应满许。放学回到家中（何家）跟大奶奶何氏一提。何氏也很喜欢，岳魁说：

"老头儿治这宗症候，倒是有两下子，他跟我泄过底，油醋酒三样，就能清血败毒，用这三样往疮疽上一画，就有效力。符咧咒咧，满是老谣的事情。不过好几个月，我没登门儿，如今我不好去。"

何氏说："这有甚么，你还作官呢，连这们点滑头你都没有，不能冤爸爸，怎么能冤黎民百姓啊。一灌米汤就完啦！再一说，老头子是老财迷，用利一晃他就成了。"

岳魁连连点头，说："多承贤妻指教。"

当时买了一蒲包儿点心，雇了辆人力车，近〔够〕奔东城草厂，找他爸爸。到了门口儿，心里有愧，也是不好意思进去。（足见至恶之人，也有良心。）后来一想，大丈夫只有向前，焉有退后之理，一瞧街门开着，往里就溜达。原来外院已租街坊，这位街坊姓达，跟福八聊也是个陈交情。达爷为人耿直，岳魁这份不孝，达爷知之最悉。那天岳魁一进外院儿，达爷托着根水烟袋，正在院子抽水烟，岳魁叫了一声大叔，过去深深请了一个安。达爷一瞅岳魁，气往上撞，说：

"大爷，久违呀，你作甚么来啦？"

岳魁说："我瞧我阿玛来啦。"

达爷一阵冷笑，说："你还惦记着你阿玛哪，老头子养活你一场，不容易呀，带着女人扔下就这么一走儿？你还作官呢，将来你也是天雷报的底子，你这小子简直是活禽兽！"

跟着四六句儿的大骂之下，骂的岳魁闭口无言。达爷的夫人儿出来直劝，岳魁请了一个安，达爷还直骂。达太太说：

"你这不是多管闲事吗！"

"怎么算多管闲事？乱臣贼子，人人得而诛之！"

公母俩这里抬杠，岳魁趁空儿溜之乎也。一进里院儿，福八聊正往外走，老爷儿俩走了个对头。达爷连嚷带骂，福八聊摸不清怎么回事，出来要瞧瞧，没想到正遇见儿子，福八聊倒觉一愣。岳魁叫了一声阿玛，又叫了一声老爷子，说：

"我请您请安磕头来了。"

福八聊满心的生气，见了儿子也说不出什么来啦，登时掉了几点眼泪，说："孩子，你还惦记着我呢，我以为今生今世，不能与你相见了。"

岳魁咧着虾蟆嘴，也哇哇的直哭。爷儿俩来到屋中，岳魁把点心放在一旁，双膝跪倒，叫道："阿玛，儿子一时糊涂，招惹阿玛生气，罪该万死，望乞老爷子饶恕儿子，容儿子尽孝补报。以后我要不孝顺您老人家，让我死在监牢狱里！"

福八聊坐在椅子上，抽搭抽搭的，还是直哭。岳魁说："老爷子，您先别哭，眼前有笔财您发不发？"

福八聊原是财迷，一听"发财"俩字，当时止住眼泪说："怎么回事？少爷你起来讲话。"

岳魁站将起来，这才把一切的来意跟福八聊说了一遍。老福破涕为笑，说：

"这们回事呀，这是咱们爷儿们手习的事情，你告诉他明天拿车接我来得了。"

岳魁说："您要去，这身行头可叫作不成。"

福八聊说："一个治病还要穿甚么，莫不成得穿蟒袍补褂，或是大礼服？"

岳魁说："那也不用，您总得捣扯捣扯，明天我给你送两件衣裳来。咱们这门户儿不见强，也不用让他拿车接，您自己雇辆骨力点儿的车去，让韩家开车钱就是啦。"

说话中间，他续奶奶由屋里出来，福八聊给他们母子介绍。本来是头一次相见，岳魁磕完了头说道：

"我给阿玛奶奶买了点儿饽饽来。"

福八聊说："你还花钱作甚么？"

岳魁说："明天您可准去呀。"

福八聊说："甚么话呢，将来要是好啦，可以有怎么个意思，我先打听打听。"

岳魁说："您不用打听啦，下宝是报的。（先搂他爸爸一个。）病还没治好呢，您就先打听行市。倒是有一件要紧的事，您要是去了，可得拿点儿架子，说几句大话。人家可是财主，别让人家瞧不起。"

福八聊说"你听好儿的吧，小子！爸爸外号儿叫福八聊，别的不成，聊上咱们成。你这儿吃饭吧。"

岳魁说："我得回馆，衣裳明天一早给您送来。"

福八聊说："下午一点我准去。"

老爷儿俩商量已定，岳魁辞别了父母，回到馆上。跟馆东一提，人家是表示欢迎。第二天一点钟，福八聊真到啦。这档子治奶疮的现象，要是细叙又得三回，没有多大关系，无须细叙，这不过是段过脉，没有这段福八聊父子不能和好。这可是真事，并非瞎聊。

老福来了几荡，韩家是特别优待：一来是师老爷家中的老太爷；二来是治病的先生，又是法师；三来福八聊也能虎；四来也倒真见好。十天之后，颇见大效，赶上福八聊放钱粮，说是过了初三再来。病人是很信服，馆东直求岳魁，还把老太爷请来，岳魁答应。那天放了半天儿学，又来到北城见着福八聊，请安已毕，说：

"阿玛，您是有两下子，人家所信服上啦，病也真见好。"

福八聊说："今天是晚啦，我明天准去。"

岳魁说："您精明了一辈子，怎么又糊涂起来了，见好就得拿捏他一下子。我就告诉他，说您上西山啦，绷足了再说。反正既然见好，非找您不行。越绷越有价值，将来到乏的礼物，必是丰厚的。"

福八聊说："小子，那可就损啦。常言说的好，'病人盼医如盼仙'，让人家着急，那不就是不对了吗！"福八聊还算不错。

岳魁说："甚么对不对的，管他呢。"

福八聊说："少爷，散了罢，咱们爷儿们留点有余地步吧，你早得个儿子，我早抱个孙子，比甚么不强吗。"

岳魁说："您又该犯迷信啦。"

岳魁那天，在福八聊这里吃的浇汤儿面，父子这天倒是尽欢而散。

话不烦叙。福八聊又去了十几荡，韩家少奶奶的奶疮，已收全功，韩馆东阖家是感念不尽，商量着要给道乏，究竟办什么礼物，不得主意。岳魁知道人家要道乏，故意的跟人春点，带给他爸爸吹牛皮，某王府的福晋的奶疮，是他爸爸治好的，某大人的搭背，也是他爸爸给治好的，每到三节，道乏道谢的踵接而来，袍褂料尺头家里是堆积如山，果席茶叶饽饽靴帽等票，家里存了九万多张，收买各票的杨瑞臣，求出人来上他家里趸过票，黄龙盒子，每节总得个八百多盒子。以上所说，不过是水礼，干礼道乏的更多，十两、二十两，那天都有个三档子、两档子的，百儿八十两，三百块、五百块，一千八百，那是常有之事。并说他爸爸好交朋友，又好行善，家里不指着这个，每年粥厂棉衣，把这些个礼物饶上，还得赔个一百二百的。可是有一样儿，至近分着内的，无送什么礼物，一定是不收。岳魁胡这一聊，闹的韩馆东不得主意，这分道乏的礼物，轻了不好，重了又不好。后来决定，是靴帽、果席、尺头等礼物，都是现开的票，格外有菲敬五十元。那天跟岳魁一提，要给福八聊道乏，岳魁说：

"那可不成，一来咱们通家之好；二来家严原有心愿，要普渡世人（老观音菩萨师付的。）一说我就领了，我替说就是了。"

他原是假拦，就是真拦也拦不住。后来他一想，草厂那处房儿，门户儿太小，怕馆东瞧不起，丈母娘家，虽不是走马大门，也倒是个半大过大门，家里也有老婆子底下人，倒能虎一气。于是他跟馆东说，现在他们父子同居，都在西城，草厂的房子，现在本家住着呢。馆东反正给他们道乏，爱在那里住不在那里住，人家不管。定好了日期，岳魁知照福八聊在何家坐等，馆东自然是同着他去啦。道乏一切的状况，不必细提。

馆东走后，老爷儿俩，研究分赃。福八聊说：

"礼物归你，五十两钱归我，不就完了吗？（老奸巨滑，主意不错。）按说礼物值七十多块呢，自己爷儿们，这就不能说那个了。"

岳魁说："这话不然，咱们爷儿俩，亲是亲财是财，交情送匹马，买卖争分毫。从先这档子事情，咱们就是啊哈无哇，无量佛呀，您明白不明白。"

福八聊说："定计化缘我再不明白，那还成啊。"

岳魁说："现在礼物金钱到手，我有个主意，我说出来您听。当初您给我捐这个官，所为什么？"

福八聊说："一来为增光耀祖，二来为发财养家我好跟着享点幸福。"

岳魁说："是呀，我这个官，好比咱们家一座买卖，非添股本，买卖作不起来，买卖要是好啦，大家享福。靴帽您用的着吗，尺头您也用不着呀，果席票我还请客跟人家折账哪，这些个东西，您也别要，我也别要，舍在三关庙。"

福八聊说："好小子，你跟我唱开了盗韩啦，就依着你，这五十块钱应当归我啦。"

岳魁说："您又绕住啦，眼看着我快起服啦，部里花费，盘川等等，四十五块未定够。我留下四十五块得了，这五块归您彩彩儿，还豁给您个便宜，您穿那身行头，我送给您啦。"

福八聊无法，只得认可。以后还有几档子可笑的事儿，反正跟治奶疮差不了多少，无须细叙。岳魁服满，由本旗给他一套咨文，自己拿着文书，到部投递，有四两银子花费。投文处投了文，交款处交了款，由部领了公事，辞别了福八聊，这就携眷起身。

按岳魁本传上说，起服之后，还去顺德府，作过一回幕。顺德新任太守姓崇，由同知明哲希君所荐。彼时桂小峰司马，已署永平府，后任同知，由内院笔帖式明君署理。明君是正白旗满洲的人，伊兄号彬扬，当过本旗印务，这些个事是班班可考，一点谣言没有，其中的故故典儿很多，也无暇细叙。如今干脆马前，就说他补了孟村实缺巡检。这个孟村巡检旧日隶于沧州，距州七十里。地方虽不甚苦，就是有一样困难，那里全是碱地，没有好水，有几个甜水井，距离很远，除去阔绅官场，可以喝甜水，剩下全得喝苦涩的劣水。好在人家喝惯了，也不理会。岳魁这次补缺，倒是给福八聊去了封信，至于官场禀谢辞行的俗套子，人所共知，不必细提。岳魁跟人打听现任沧州知州，此人姓刘号叫季和，是个官场油子，公事就是那个事，对于烟牌两门，素有研究。岳魁在省求了两封信，无非是求刘季和关照。岳魁起身先得奔沧州，禀见堂翁。旧日佐班称呼州县，各省大同小异，有称宪台的，有称州尊的，有称堂翁的。禀帖公事上，称大老爷，自称是晚生。应用官衔手本，也有使官衔帖的，反正不敢使大帖。从先有位小说大家，他也不是听谁说的，愣告诉巡检拜知县使片子，自称兄弟，那真是外道天魔的事情。官场兄弟之称，是上宪对于属员的口吻，属员没有跟上宪称兄弟的。这宗外行的怯话，嘴里说着就让人笑话，要是形诸笔墨，更为识者所笑。古人云："一事不知，儒者之耻。"又说："知之为知之，不知为不知。"要是妄作聪明臆说杜撰，朦白帽盔子行啦，花脖子都朦不下去。

闲话不提。岳魁到了沧州，跟刘季和相会，两个人倒是一见如故，十分投机。您猜是怎么回事情，刘季和在家，打过他妈妈两嘴巴。古人云："方以类聚，物以群分。"同类的人见了，相应相求，必然表示欢迎。至于刘季和的骨格尊容，略微得说一说。此人有四十多岁，小脑袋儿，小颧骨儿，狗蝇发子，薄片子嘴，拱肩缩背，连说话带乐，好像四十年前的黄三雄儿，大烟一天得抽二两，一肚子没别的，竟坏。那天跟岳魁很谈了会子，晚晌就请便饭。吃完了晚饭，刘季和问他抽烟不抽。岳魁说：

"晚生没出息，会抽一两口。"

　　刘季和哈哈一笑说："莨翁你别这么说呀，要照你这么一说，兄弟我也是没出息了。"

　　说罢彼此哈哈大笑。当时一榻双枪，喷云吐雾，大谈其心。在世俗的议论，都说吃喝嫖赌不好，我说这几样儿，比甚么都高，不信我说给您听听。平常拉不下脸来说的话，借着四五子，就能大说特说。俩人喝对了分量，就能倾心吐胆，无话不过。俗语有云，"喝酒喝厚啦"，一点儿也不错。平常又酸又狂，翻着白眼儿，不理亲爹（也得有准的呀），只要你跟他联络上，能够同游花界，你瞧罢，他是喜笑颜开，原形毕露，什么变的都能瞧得出来，酸狂臭美一概取消。你同他逛过两回，就能套上玩笑，一套上玩笑，就好办啦。不怕运动人情，借着玩笑就说了，甚至于求妓者帮个腔，事情就许成功。再说打麻雀这节，是高矮不等，男女合演，坐的一块儿就是赌友，借着红中白板，小则联络感情，大则运动个事，借着打牌得事的，很多很多。（可是看什么事啦，难说的事情也有。）抽大烟这节更不必说，第一先得躺下，借着烧烟的功夫儿，两个人一聊天儿，能够越说越对劲，就能成为知己。不信您考查，酒铺儿、耍钱场儿、花界里头，打架斗殴的都有，烟馆打架的很少。至近的朋友，在家里喝酒，搬大发了，还有起打的时候儿，朋友在里躺着抽烟，您见有抽着抽着拿上毛的吗？所以我说吃喝嫖赌抽这五门，到了如今，直可以说是国民道德，不可须臾离也，可离非道也。（别转啦。）不过记者家门无德，坟地里没风水，父母缺教育，自己欠造化，我对于这几门，实在没缘。因为这个不能联络，社会上自然是差了。所以我如今受穷，受穷我认了命啦，您瞧好不好？

闲话取消。刘季和向岳魁说道：

"孟村这个缺，一年下来，原是不错，只打前任赵某，把缺给作坏了。该要的他不要，一充好人。作了二年巡检，一个钱没剩，滚蛋走啦。最可惜的是，本处有个阔绅士姓张，家中有件事情，这件事我也不必细说了。要是给他们办好啦，我可以剩五吊钱，他也可以剩个一两吊钱，他会不点头？我劝了他两回，他跟我反抗，这件事到底吵散啦。我一抱怨他，他说官儿虽小不能坏良心。凭他这句话，这辈子也坐不了汽车啦，入阁更休想啦，等着入辕儿吧，入辕都拉不上俩灯的车，说话那份干脆就不用提啦。那样儿的人，如何能出来作官！老兄这样活动，比他强之万倍。"

岳魁说："宪台过誉，晚生实不敢当。"

刘季和说："荩臣，咱们以后把这个宪台晚生免了罢，等你接任之后，公事清闲的时候儿，上我这里住几天，咱们打打牌。"

岳魁说："晚生不会打牌。"

刘季和哈哈大笑，说："荩臣，咱们可不过这个，现在是个打牌世界，不会打牌不够国民资格。况且咱们在官场混事，打牌那是头行儿。你这们聪敏的人，要不会打牌，这话难信哪。"

说的岳魁也乐啦。后来刘季和传授心法，告诉他怎么联络绅士，怎么敲诈乡民。岳魁原是聪敏绝顶的人（就是没用正），一领儿就会。那天直谈至一点多钟，才回公馆。第二天禀辞起身，近〔够〕奔孟村上任去了。一切接印任事联络绅商不必多表，岳魁在孟村任上一切的故故典儿，真够说会子的，反正没有甚么高超警人的事情，也不必一一的细叙。

岳魁到任之后，本地绅商，联络的倒是不错。按巡检的责任，第一是劝农，第二是弹压地面，究其实说，是一宗冗员。偶然也有私受民词的，那可是犯疑。岳魁事情一松心，大烟更抽得欢啦，在本地又买了个丫头，伺候他们夫妇，晚晌抽大烟。丫头跪在地下，给他们扛腿，稍不如意，拿烟签子就扎，扎的这个丫头，狼嚎儿鬼叫。要说拿烟签子扎人，岳魁总算有世袭毕业的文凭。那天岳魁正在内宅抽烟，家人上来回话，说老太爷来了，岳魁就是一愣，心说他老人家怎么又来了。既然来啦，说不上不算来，只好出去迎罢。（倒没挡驾。）彼时是四月的天气，穿的是两截大褂儿，笑嘻嘻的进了衙门，岳魁迎头请安。福八聊说：

"这小子倒胖了。"

当着差役家人，岳魁脸一红，心里那宗不愿意大了。其实自己生身的父亲，叫他一句小子，那是亲爱的意思，他应当喜欢才对。老头子六十多了，就说叫你小子，还叫的了多少年，真是叫一天少一天。现在我愿意有人叫我小子，都会没人叫了。（别人叫我可不赞成。）来到内宅，何氏参见公公，福八聊说：

"大奶奶也胖了。"

岳魁说："您请坐，我让他们给您沏茶去。"

功夫儿不大，沏上茶来。福八聊喝了两口，直吧搭嘴。

岳魁说："您喝着茶叶不好呀？这还是龙井呢。"

福八聊说："这水太涩的厉害，又苦又咸，这是什么水呀？"

岳魁说："这此地周围都是碱地，就没有甜水。"

岳魁言还未尽，小丫头在旁边儿搭了话啦，说："怎么没有甜水呀，您那个小缸儿里，不是甜水吗？"（越这宗挨打受气的孩子，越爱多说话。）

好在福八聊说别的话，没有听见。岳魁过去给了小丫头两个嘴巴。福八聊说：

"你打他作甚么呀？"

岳魁说："您不知道，这孩子讨厌极啦。"

何氏怕老头子挑眼，当时拿话直岔，说："老爷子您饿不饿呀？"

福八聊说："我倒是不饿哪。"

何氏说："怪乏的，您歇一歇儿。"

岳魁说："外头花厅儿干净，您那里躺躺儿去好不好？"

福八聊遵命，当时来到花厅。屋子倒也干净，外头院子有几盆花木，摆着两个鱼盆，里头可没鱼，也没种荷花。岳魁说：

"您这儿歇着，我还有两件公事，得看看去。"

福八聊说："你去你的吧，公事要紧。"

岳魁来到宅内，又打了丫头一顿，嗔着他多嘴多舌。后来这个丫头倒底被他给打跑啦，后话暂且不提。

福八聊这里住了两天，岳魁倒是特备好菜好饭款待，只于岳魁抽大烟，算是奉了明文啦，福八聊也无法子干涉啦。就是一样儿，老头子受不了。这宗苦水茶，又碱又涩，实在咽不下去。上回书也说过，福八聊最好喝甜水，在北京的时候见天上西大院儿喝茶，就为喝上龙井的好水。再一说，在理的道亲们，都好喝好茶，好茶叶没有好水，也是糟心哪。福八聊听人说，苦水着太阳一晒，就能成好水，当时让当差使的，把鱼盆刷净，倒上水，自己没事在花厅小院儿里，赏花晒水，乏了在屋里歇一歇。这水一经日晒，虽然不甚甜，稍微的好一点儿，对付着能喝。岳魁给老头子苦水喝，就是拒绝政策，老头子受不了，也就跷啦。（好主意。）谁知道老头子能晒水，这下子得多早晚儿走哇。那天岳魁拜客回来，来到花厅儿一瞧，院子晒着了一碗碱水，倒在盆里啦。晚晌老头子一喝茶，更比从先涩的邪行啦，连说："怪道怪道，这水怎么越晒越涩呢？"赌气子也不晒啦。过了两天接着北京一封信，是本佐领下有点官事，得赶紧回去。老头子也真想回去啦，又舍不的儿子，揪着岳魁的手，哭了一场，说：

"你我父子一别，今生今世，不知还能相见不能？"

岳魁说："您这话有多么丧气，我要过班保知县，进京引见，怎么不能相见哪？"

福八聊擦着眼泪说道："孩子，你要真得了知县，爸爸我可更不放心啦。"

岳魁说："得了，您快请吧，您这个嘴真够瞧的。"

福八聊临走的时候，虽没亲身送，还派人送了一程，给了老头子十五两银子。福八聊这次来找儿子一来是想念岳魁，二来是为钱，一来的时候思想很高，心想他怎么不给个一百八十的，没想到他报了一大套穷，给了十五两银子，又不好跟他多争。这次探了，回到家中心里好不难过，手里又没钱，素日又好嘴馋，从先放的有点帐目，自己收回来，全都垫办啦，倒闹的挺大亏空。上山东打了回抽丰，因为登莱青道某君，是他们佐领下的人。想头原是不错，道台更会耍滑头，去了倒是好款待，提钱没有，爱住着你就住着去，有的是饭，见天还格外给你添俩菜，你多早晚儿走，反正送给你盘川，够你回去的，多少让你剩几两，可也没有多大意思。临走的时候儿，碰巧弄个三大件儿，给你送送行，让你也说不出什么来，这叫作文明的拒绝。久于外官场的，大半都是这宗法子。中国的习惯，只要你实缺够上县知事，局差够上总办局长，陈亲破友穷本家，属臭肉的，能把你踪上。你不必下帖请他，他自己就来，不是告帮，就是求事，够资格不够资格，有学问没有学问，先不必提，要是一一的满其欲望，简直的就办不到。如今挤兑的一得阔差缺，先登告白拒绝亲友。登告白也叫瞎掰，该去的还是去。不信你考查，无论那一省，上至督军省长，下至县知事衙门，大半都有官亲本家，在那里住闲。此外浮来暂去告帮的，那还不算，无论如何，也得点染点染。所以古人有两句诗是："亲友欢愉童仆乐，作官到底为他人。"这话是一点不错的。一来就说作官的滑头，真能连裤子都没有啦。

闲话不提。福八聊临走道台送了几个盘川，回到北京，满刨净了，剩了不到十两银子。老头子路上着了点儿凉，又勾起点劳伤，咳嗽带喘。始而还不甚理会，后来病暂增剧，请了几个大夫，有说是劳伤的，有说是肺病的。那天福八聊吃完了药，正在家里忍着，可巧把弟普三爷，号叫寿山，厢黄满人氏，住家金太监寺，此公心直口快，好管闲事，很是个外场交朋友的人，上次福八聊的姨奶奶，就在普寿山的家中，住了一年多，人家对待很不错，知道老把兄病了，特来瞧看。哥儿俩谈了几句，普寿山说：

"哥哥，这两天病体如何？"

福八聊喝了一声，说："贤弟呀（要来段二簧是怎么着？），我这病真算是病，白天轻夜里重，吐出痰来亚赛脓，两胁胀，心口疼，过午发烧，时常身上背着冰，饮食不很进，准是气结胸，中西医瞧也瞧不清。这个说杂劳，那个说肺病，大概阎王要把我来请。我弟设法救我这条命，救我这条命。"（没唱二簧，闹了一套数板。）

普三爷说："八哥你病的这样，也得给少爷写封信去呀。"

福八聊叹了一声，掉了几点眼泪，说："三弟，牛子这孩子。"点了点头，又不往下说啦。

普三爷说："我给你荐位大夫，不必给马钱，好了道个乏。"

福八聊说："三弟你就分心罢。"

福八聊在京患病，岳魁连影儿也不知道。那天忽然接着普三爷一封信，这才知道他爸爸有病，当时倒很发愁，对着何氏说道：

"老头子这场病，大概是不轻。"

何氏说："怎么知道不轻？"

岳魁说："病要是轻的话，普老三能够来信吗？"（背地里叫把叔都是普老三，足见没有教育。有规矩的人家，素日教训小孩子，背地里不准呼名道姓。提起来，应当是张的张叔，李的李叔，那才是道理。父亲的朋友，就是挚友，把叔等于亲叔叔，这宗称呼尤其的不对。岳魁这宗无道德，也不能怨岳魁，溯本穷源，还是福八聊的不是。）

何氏说："这怎么办呢？"

岳魁说："总是病好了好哇。假令要是不好，那不是麻烦吗？别的都是小事，我得报丁忧哇。咳，早不死晚不死，单这当儿要死，死都不得人心。"

何氏说："你这话又不对啦，这由的人吗？人家普三爷来了会子信，你先答封回信得了。"

岳魁连说："有理。"

过了几天，岳魁因公赴州，刘季和留他吃饭，就住在衙门里，连日在那里打牌。那天竹戏已完，岳魁同着刘季和，在内签押房抽烟。孟村当差的，送上一封快信来，是头天晚晌接到，何氏派当差的，起五更送来的。还是普三爷的亲笔，原来是福八聊已归道山。岳魁接着这封信，大哭之下，当时迸［蹦］下床来，给刘季和磕头。刘季和说：

"老兄烦恼啦。"

岳魁说："晚生罪孽深重，但是一样儿，晚生到任未几，就遭大故，这一来丁忧开缺，又得三年，即或另补，不定飞到何处，不知何日再能伺候堂翁。"

说罢痛哭不止。刘季和咂了咂嘴儿，说：

"这也真是想不到的事情，有甚么法子呢？"

岳魁说："堂翁宪台大老爷，可怜晚生，晚生是结草衔环感激不尽！"说着跪下又磕头。

刘季和说："荩臣，你先起来，你的意思我明白，你打算不报丁忧是不是？"

岳魁说："晚生伺候宪台这些时，蒙宪台一切裁培，逾格优待，如今也不敢跟宪台说假话。晚生这一丁忧开缺，简直的不得了。跟宪台说句私语，要能够变□□理，如同救了晚生啦。晚生就是报丁忧回去，晚生的父亲也活不了啦，晚生一着急，还得饶上一条命。晚生一死，晚生的女人也活不了，又饶上一条命。望求宪台大老爷，权轻权重，酌理准情，哀矜垂悯，是为切祷。"说着又磕了一路头。

刘季和说："荩臣你先起来，咱们慢慢的商量。你既说到这里，我也不瞒你。这宗变通的办法，从先兄弟也为过。（好德行。）我没说吗，外省的人容易办，你们京旗的人不容易办。你只要能弥缝好啦，我这里倒没甚么。"

岳魁说："那么晚生就跟宪台告假，回到孟村安置妥当，打算私自进趟京，过两天赶紧回来。宪台若肯施恩，晚生是感德无尽。"

刘季和说："就是那们着了，阁下就请办事去罢。"

岳魁谢了刘季和，连夜回到孟村，进了门儿抱怨何氏，说：

"这件事太太你作错了，不该把信送到沧洲，幸亏刘堂翁待我至好，换一个别的上司，岂不大糟？"

何氏说："事已如此，老爷也就不必抱怨我啦，你打算怎么办罢？"

岳魁说："没甚么说的，太太你得辛苦一趟了，回去探探消息，赶紧给我来信。我打算晋京去一趟，过了事咱们一同再回来。事不宜迟，明天就得起身，但能够不报丁忧，那是最好的事情。"

何氏当时答应，次日带了一个婆子一个男仆，由孟村起身，不必细提，一路无话。

到了家中，已然是第四天。头天接的三，一切的事情，都是普三爷办的。棺材鼓手家伙座儿等等，全是东直门义茂杠房的。这个义茂杠房带卖棺材，还有义顺轿子铺，都是连号的买卖，东家掌柜的姓张，号叫朗轩，人很热心，是个爽快交朋友的人。有老掌柜的在世，跟福八聊有点交情，这次又有普三爷的面子，不但暂时赊跨不给钱，一切人家都很见情。就拿这口棺材说吧，搁在别处准值一百银子，普三爷带着福八太太亲自去瞧的，普三爷跟人家一套交情，张朗轩说：

"死鬼福八叔，都是多年的交情，又有您老先生在头里，您就给八十两银子。"

普三爷说："若论价值实在不多，这们办吧，朗轩，我驳你十两银子给七十两。"

张朗轩说："三先生，有您在头里好办的事情，就说福八叔，这些年的交情也过的多。"

普三爷说："好样子，杠跟鼓手家家伙座儿，还说说不说呢？"

张朗轩说："反正够开分儿就得，柜上一个大不赚，零钱怎么样呢？"

普三爷说："岂但零钱，整钱也没有啊。棚、和尚、厨房、烧活等等，都是我给扛着呢。既然有交情，没有法子。没有什么说的，连棺材带杠，一切等等您先给垫着，莐臣早晚回来再说。"

张朗轩说："得了，就那们办了。"

简断捷说，这棚白事，就是张朗轩跟普寿山给办的。要说相好交朋友，这个地方儿，就瞧得出人来啦。平日呼兄唤弟，饮食征逐，那满叫瞎聊，到了患难地方，他不露了，那叫那道朋友？要说普张二位，可并不是拍岳魁的马屁，人家普寿山是个小小的财主，张朗轩开着好几个买卖，他一个区区的小巡检儿，人家没有拍他的必要。人家普张二位，不过是古道热心，尽其朋友之道。再说福八聊，在少中年，虽有些个不规则的事情，晚年很不错，交朋友偶然也掏点真的。为朋友的事情，虽不能流血，也能出汗，嘴上又滑顺，所以也重下儿个人。接三那天也很热闹，虽然有两个本家，没有正式的丧家，总算是个缺点。普三爷前前后后里里外外，总办丧仪，足催一气，除去不管倒泔水桶取烧活拿执壶，剩下全管。张朗轩也在棚里很张罗。何氏那天回家，正是接三的第二天，哭了一场。八太太问他大爷怎么没回来，何氏愣了一会儿说道：

"他可说是回来。"（这就不大像话。）

正这儿说着，普三爷来到，何氏给普三爷磕头道谢说："三叔一切分心。"

普三爷说："大爷没回来吗？他得报丁忧哇。"

何氏说："您侄子他打算……"

普三爷说："他打算怎么样？不报丁忧可不成，你阿玛病故，本旗已经报了。"

何氏说："谁给报的？"

普三爷说："大奶奶，你好糊涂哇，你公公是掌事领催的差使，不报行不行！"

何氏说："您侄子他说，打算不报。"

普三爷是个心直口快的人，当时冷笑了二声，说："岂有此理，亲爸爸死啦，那有不报丁忧的？要说移孝作忠，他这个小巡检儿不配，夺情他更够不上啦。本旗已经报啦，他不报算怎么回事情！"

何氏说："那么就求三叔给他打个电报罢。"

普三爷说："大奶奶，你就不用管啦，好在搁十三天，伴宿怎么他也赶上啦。"

话不烦叙，普三爷给岳魁去了个电报。岳魁接着这个电报，眼睛直啦，当时一路抓瞎，公事交代清楚，这才奔丧回京。岳魁回家，一进胡同儿就哭起，进了街门，叫了一声苦命的阿玛（跟前这样儿子，命也够甜的啦），一直奔到月台，来了一个掉毛儿（这回倒没捧壳子），大号了一阵，不必细说。见了八太太，母子又哭了一场。普三爷正在这里张罗，岳魁磕头道谢，三老爷子长，三老爷子短，叫的震心，说：

"侄儿不孝（也够了孝的啦！），罪该万死（太谦！），三叔一切分心！好在你们老哥儿俩，患难之交，过的多，谁都救过谁，我也不说什么了。"

普三爷说："得了少爷，你就别着急啦。"

普三爷脑筋简单，性情直爽，以为岳魁说的是好话，那里知道他是耍滑头呢。从先普三爷有件为难的事情，是福八聊给了的，他这个话是话里有话，意在言外，是不答情的意思。言其你糟心的时候，我爸爸救过你，待你有好处，如今你给我们爷儿们足催，是应当应份的。就说应当应份，你也得感激人家呀，他不但不感激，他还嗔着普三爷，把事情给他办大了。上回书也说过，这口棺材就一百多两银子，人家张朗轩，看着八面儿交情，要了七十两还是赊着，人家真算不含糊。他说棺材不值那们些钱，不但张朗轩不愿意，普三爷也炸啦，赌气子全不管啦，他给普三爷又磕了回头。这些个故故典儿，细说又得六回，如今咱们把他马前叙过。过事之后，普三爷跟他一算账，这棚事拢共是多少多少钱，这样不但给他省钱，还很作脸。棺材杠等等，都是张朗轩暂垫，不必细说。份子顶东儿，相差有限。棚铺烧活是普三爷暂跨，焰口是普三爷送的，经是普三爷垫的，此外零钱等等（办白事零钱最费），全是普三爷垫的。人家跟他一算账（可不是商会算账），他跟人报了一大套穷，假哭假笑假着急，提到钱，他跟人家摇脑袋。普三爷所急啦，他算拿出几个钱来，义茂号这笔棺材杠钱，要了七百八十多回，他也没给清楚。这些个事且不提。

共和之后，岳魁家居无事，满世界胡钻，又要开报馆，又要办北郊的学务，又要办某处的矿山，无非是敲竹杠撞木钟，东碰一头，西撞一头，始终也不得要领。后来提署在功德林开粥厂，他运动了一个放粥的委员。您想他这宗人，让他放粥，这不是打哈哈吗，见天往家里吊膳（仓上偷米行话叫吊膳）。晚晌回家，坐着洋车，车里老带几十斤米。福八太太是个胆小的人，见岳魁整天往家里盗米，恐怕闹原故，很劝了他两回。岳魁不但不听，反倒跟老太太炸啦说：

"您懂得甚么，偷这点米算了事啦？现在何官无私，何水无鱼？有官就有私，有私就有弊。您没看见他们卖国的先生们哪，想一个法子就是几百万几十万，永远也没犯过事。见天这几十斤米，不为之过，这算应有尽有的权利。"

八太太说："大爷，可不是我胆子小哇，究竟这个事情，是犯法的事情。再一说，现在是共和啦，比不得前清，前清弄点弊病没人管，现在不行啦。"

岳魁嘿嘿儿冷笑了两声，说："老太太，您是让共和给虎住啦，更是那个事，慢慢您瞧吧，比前清的弊病更大！"（倒让他猜着了，所以古人说："不可以人废言。"）

八太太说："虽然那么说，吃这碗饭，究竟我担心。"

岳魁说："担心您就别吃行不行？您可倒好，跟我爸爸的嘴一个样，要多丧有多丧，竟说这宗吉祥的。你们倒真是老俩口子，月下老儿没错配，这们大岁数儿，怎么好！"

　　八太太好意劝他，倒听了他这们一通儿，只好也就不言语啦。要说岳魁在功德林放粥，为日虽然不多，现像很出了不少，也不必一一的细述。

　　此公要活到如今不过四十多岁，死的那年整四十。生平的历史，小说真够叙二年的，不必砸浆对水，竟叙实事，就叙不清。本社很得了些个详细的稿子，又各方面细为调查，一点也不假。要是合盘托出，很有不合适的地方儿。其人已死，既往不咎，记者姑存厚道，该不说的也就不说了。至于人所共知的事情，也无妨说一说，以昭核实。这宗警世实事小说，原以劝人为宗旨，所谓见不贤而内自省也。记者跟岳魁，素无恩怨，再一说岳魁这个人，也并不是十分坏人，他是个小有才的人，自小娇惯性成，幼失教育，年长没挨着好人，变成一个贪利的糊涂人，越弄越糟，不可收拾，所以身败名裂。借着他这件事，正可以劝戒旁人，千万别跟他学，拿他当个榜样。借着他劝别人，正是给他免罪。这件事好有一比，比方某甲一时疏神，掉在河里淹死啦，他死了是不能再活啦，拿他可以警戒别人，说某甲因为不留神，掉在河里淹死啦，你们大家可别跟他学呀，跟他学可没好儿呀。某甲在九泉有知，他也决不能恼。借着他说法劝人，正是给他免罪。他淹死是人所共知的事情，何必给他隐讳呢。记者因为什么说这些费话呢，这里头有个道理。岳魁要是会干的，不贪小利，大处落脉，自然能有点好结果。或是先立名誉，慢慢的想法子吃，或是联络底面儿的人，大家同吃，见者有份，自然也闹不出什么原故来。岳魁计不出此，他是唯利是趋不暇他顾，所以到一处糟一处，至闹的身败名裂，一败涂地，说起来他实在是个糊涂可怜的人。就拿功德林放粥说吧，他就有好几个不对。按公德慈善说，粥厂是救穷人的，我们要有钱，还应当捐钱捐米呢，就说我们不捐，也不应该偷米呀。是可忍也，孰不可忍也，这是一个不对。再说他充当这个差使，是由他们亲戚某总兵的栽培，也弄这宗缺德的事情，对的起人家这份栽培吗，这是第二层不对。再一说，他且心里又爱作官当差，借着这个机会，好好的干一气，也许有点希望，何必因为小事耽误大事，这是第三层不对。再说，真要打算干这种事情，也不是这宗手续，这是第四层不对。还有一说，八太太以善言相劝，他就应当改悔，谁知道他不但不改悔，反倒来个家庭革命，这是第五层不对。总观这五层道理，足见他是个贪利的糊涂人了。他在粥厂待了日子虽不多，种种刻薄，一言难尽，招得底面儿人等，恨之入骨，有人憋着要打他，闹的老先生不敢去啦。后来粥厂也算完了事啦，他的差使也就取消啦。其实这几年，手里很有几个钱，人口又不多，又是自己的房子，慢慢的找个小事儿，每月挣个十块、二十块的，抱头一忍，倒是挺舒服的事情。谁知他贪心太大，欲望过奢，不是自甘淡泊的人，锁了两头，也不得门路。

那天正在家中熬睡，有一个陈街坊来访。这个人姓张行四，人称窑变张。因为他脸上跟脖子上，有几块白，所以叫窑变张，您就知道起外号儿的人，这个嘴有多们损啦，窑变张从先吃当行（有油破孔毕业的文凭），后来又跟官，现在竟拉纤。这次是往这们来有事，顺便来瞧岳魁。岳魁欢迎招待不必细说，谈了几句闲话儿。张四说：

"今天我找兄弟，我给你道喜来啦。"

岳魁说："嗳呀，四哥，现在国不成国，家不成家，先严见背，我是万念已灰（你听，这几句话又像志士又像高人，足见竟咱嘴里聊，是靠不住的），那里来的喜事？"

张四说："这话不然，黄巢造反的时候儿，也有大发财源的，尧舜在位的时候儿，也有拉洋车的。"（别费话啦，那时候还没兴洋车呢。）

岳魁说："四哥说的这们花稍热闹，倒底我喜从何来呀？"

张四说："有个朋友要见见你，他现在可回了家啦，过两天他上来，我约一局，你们见面谈一谈得了。"

岳魁说："究竟什么事呀？"

张四说："这件事今天不能提，等到你们见面再说吧，反正是好事就完了。"

岳魁再三的追问，张四一定不说，闹得岳魁犹犹豫豫的。张四走后，岳魁向何氏说道：

"那天赛柳庄给我相面，说我今年有特别的机会，不必我自己去找，能找上门来，如今总算应验了。"

何氏说："你先别喜欢，应验才算应验哪。"

过了几天，张四虽然没露，又有一件喜事发现。

上回书也说过，岳魁有位长亲，是提署的总兵，亲戚不甚近，他们走动的很热乎。岳魁是善于狗事，某总兵也很喜欢他，上次功德林放米，就是某总兵的力量。某总兵跟王京兆处的还不错，给他吹嘘了吹嘘，居然派了一个办事员，月薪虽不甚多，借着这股道路，还可以运动别的事。彼时王琴斋京兆，倚仗着跟总统是个旧人，自到任以来，是大卖不赊。手下有位秘书姓庞，号叫乃潘，在公署是一位大拿，王琴斋也很信服他。岳魁是个新来乍到的办事员，资望很浅，有心要狗老庞，一来没人介绍，二来庞乃潘的架子也很大，三来也不敢冒昧，可是憋着狗事不是一天啦。那天本科公请庞秘书，自然也有他啦，借座东兴楼，请的是下午六点。大家都到啦，直到七点多钟，庞乃潘还没到。打了三回电话，专人还请了两回，七点三刻，庞乃潘才到，进了门儿一路毛炸，说：

"有候有候，对不住对不住，今天有三处人情，两处饭局，尹宪还有件要紧的公事等着办，所以来得太晚啦。舅妈好哇？"

问的岳魁一愣儿，当时也不好搭岔儿。有位张科长说道：

"乃潘大概认错了人啦，这位是我们科里办事员，岳荩臣先生。"

庞乃潘说："嗳呀，嗳呀！眼拙，眼拙！我拿他当了我表弟了。老兄台甫是？"

岳魁说："晚生学名，字叫荩臣。"

您别瞧这点对答，这都受过高人传授的。比方说，上宪问属员，说老兄台甫，您说属员怎么对答？说我号叫什么，似乎不大对，说草字叫什么，"草字"俩字就没听高人说过。除去八角鼓儿上，问姓名的时候儿："来了？""来喽！""贵姓啊？""姓曹。""台甫怎么称呼?""有朋友送两个草字,叫作淡菊。"以为说草字,好像又谦又转,其实非常之俗。那么您说怎么答对呢?人家官场老混事的,这个地方儿都有研究。(乍出毛的可是不成,说话还害臊呢。)上宪要问台甫怎么称呼,他说学名叫甚么。中国旧日的习惯,一个人都有三个名字,乳名儿(俗说叫小名儿),大名字(俗说叫官名字),念书的时候,老师还要给起个名字,叫作学名字,甚至于就有拿学名字当号的。所以自称学名字,意在言外这就是号,又谦和又受听。不但对于上宪是如此的对答,就是对于长辈,也应当如此,别像我们那个街坊,人家问他台甫怎么称呼,他说:"我叫台甫叫什么。"您瞧那糟心不糟心。这些个应酬对答,也是最要紧的,您别瞧讲什么平等自由吧,又什么解除开放吧,化除阶级了吧,就是强盗山贼过激派,也得讲点儿规矩礼节。要是长幼尊卑没有,父子都论兄弟那成了哥老会匪啦。

闲话不提。庞乃潘见岳魁说话谦卑,当时喜欢,跟他很谈了几句。岳魁以为希世之荣,很觉得意。酒阑席散,回到家中,跟何氏说道:

"咱们可快抖啦,庞秘书是站着的尹宪,今天跟我很要好,明我得拜他一趟去,将来我的前途或者就在此人身上,也未见得。"

何氏说:"今天那位张四爷又来啦,说是跟你有要紧的话,过两天还来呢。"

岳魁哈哈大笑,说:"是人要走运,机会都能往一块儿碰,大概我许快得县知事啦。"

说着一阵困倦，将要一沉，就听有人直叫老爷，原来是旧家人张顺，由外头跑了进来，说：

"老爷您快穿衣裳罢！尹宪传见。"

岳魁心说："这必是庞乃潘的力量，尹宪相召必有好音。"

当时这就穿蟒袍补褂。张顺说："老爷您穿这个不行呀，现在是中华民国啦，不是前清啦。您这宗服色，去见尹宪，回头再说您是宗社党，那不是麻烦吗？"

岳魁说："那我们穿什么呀？"

张顺说："您穿大礼服哇！"

岳魁说："那里找大礼服去？"

张顺说："乙种礼服也行啦。"

当时打扮停当，张顺跟随来到门外，有一辆四轮大马车在那里停着。岳魁说：

"这是你雇来的？"

张顺说："我的老爷，这不是咱们宅里的车吗。"

岳魁恍恍惚惚，好像家里也有辆马车似的。这辆车也真快，将一坐上，转眼就是京兆尹公署，那里就嚷请。岳魁跟随执帖的来到客厅，大京兆降阶相迎，岳魁心说："我在官场也混过几年，上宪迎接属员，向来很少，或者这是特别给我面子。"细瞧这位尹宪，有五十多岁，高身量儿，长方脸儿，小黑须子儿，满面的笑容。当时送茶安坐，岳魁侧坐屏息，茶敬的了不得。尹宪说：

"现在清苑县出了一缺，要借重阁下署理，阁下是谅无推辞。"

岳魁连声唯唯，心里一想，这事有点不对，清苑县归直隶，京兆是特别区域，尹宪的权力就到二十县，怎么会委我署清苑县呢？正这儿思想，忽然尹宪不见，再一瞧正是西车站的候车室，好在张顺在旁边儿站着。岳魁说：

"咱们这是上那里去呀？"

张顺说："我的老爷，咱们上任去呀。"

将要上火车，后头有一个人直叫：

"回来吧，去不的。"

岳魁回头一瞧，正是他故去的父亲福八聊。岳魁这当儿心里明白，说他老人家不是死了吗？这不是托兆就是小显，趁早儿快走。当时上了火车，将上车就到了，有好些个人前来迎接，马上就接印任事。那天升坐大堂，忽听身后有人喊道：

"岳魁，你今天该死啦！"

岳魁回头一瞧，是一个大鬼，绿脸红头发，齿森森若锯。（老画皮师傅的。）岳魁一害怕，吓了一身冷汗，睁眼一看，残月半窗，漏声三下，原来是一场春梦。妻子何氏正在那里说梦话，说：

"好呀！你上任不带钱，将一得意，你就买姨奶奶，好没良心啦。"

岳魁一见这宗情形，又是可乐又是纳闷儿。当时把何氏叫醒，公母俩彼此述说梦境。原来何氏也梦见岳魁上保府，带着姨奶奶走了，把她扔在城里头啦，所以大哭之下。岳魁说：

"太太你不用哭啦，此乃大吉之兆。"

何氏说："你先别忙,我瞧这梦不大吉祥。"

岳魁说："何以见得?"

何氏说："第一,清苑县不归京兆尹管,他怎么会派你上那里去署缺呢?再一说,既然署缺,你焉有不带我上任之理?还有一节,死鬼阿玛既然不让你去,大概是去不的。"

岳魁哈哈一笑,说："太太,常言说的好,反梦,反梦。他老人家说去不的,一定是去的。"

何氏说："既然是反梦,那么你梦见署县知事,是不能署县知事呀。"(对呀。)

"唉,不能那们说(大凡利欲熏心的人,竟往好道儿上想,不好那条道儿,他就不想。语云"利令智昏",正此之谓也),反正我瞧透啦,我是快了。"

岳魁那天非常的高兴,起来正在漱口,老婆子拿进一封信来。岳魁拆开一瞧,原来是窑变张的信。大致说是造访不遇,十分怅怅,拟于翌日下午六点钟借座泰丰楼一叙,座中有至友张文甫君,久慕大名,极欲识荆,万祈勿却。后边赘了一行小字,是"有绝好机会,面谈细情"。岳魁来回念了几遍,满心里欢喜,话不烦叙。那天可正好是星期,岳魁在家里吃完早饭,天有一点多钟,心说我先听戏去。当时雇了辆胶皮,近[够]奔大栅栏儿。彼时庆乐茶园,有个新成的共和班,该班重要的人物,有吴铁庵、丁灵芝、黄润甫、穆春山等等。那天的戏还是不错,岳魁买了个下场大墙的坐位,三成听戏,七成心里盘算事,反正是官迷财迷的事情。后来快到六点,吴铁庵的《击鼓骂曹》，他也顾不得听了，忙忙的出了戏园，一直的往西。到了泰丰楼一打听，山东儿说：

"江、张大爷早来了。"

伙计当时把他引至后面，窑变张说：

"荩臣，来的真早哇！"

岳魁将坐定，山东儿又同进一个人来。这人有三十多岁，不到四十岁，黄净子儿，大眼睛，长袖马褂儿，如今叫作小礼服，文明缎的袷袄，也拿着根手杖。窑变张说：

"文甫也来啦，二位是前后脚儿，我给你们见见罢。这是岳荩臣，这是张文甫。"

俩个人彼此作揖，各道久仰。窑变张说：

"都是自己人，别弄客套。"

摘帽子脱马褂儿，喝茶抽烟聊着。张文甫说：

"荩翁也是刚到呀？"

岳魁说："是的，文翁贵处是？"

文甫说："小地方儿昌平。"

岳魁说："呕，昌平是好地方儿，那个县缺还不错罢？"

张文甫说："从先也还可以，早先霸昌道驻在那里，那个道缺还不及州缺呢。现在虽然改了公费啦，死店活人开，办的好也还有点道理。"

岳魁听着，大有羡慕之意。窑变张说：

"今天没有外客，咱们一边儿喝酒聊着好不好？"

岳魁认可，张文甫也赞成。窑变张就叫伙计山东儿说：

"摸（没）有外客啦。"

窑变张说："摆着罢。"

伙计答应。当时一计座，岳魁让张文甫在里。张文甫说：
"今天可不能那们坐，老父台总得往里请。"

岳魁说："老兄怎么这样称呼？兄弟实不敢当。"

张文甫说："当然是这样称呼。"

岳魁说："文翁你这不是开玩笑吗？"

窑变张说："大老爷，您就请坐吧，还有要紧的话说呢。"

岳魁说："四哥，你怎么也跟着起哄呀？"

张四说："并不是起哄，你先喝三杯，回头细告诉你。"

岳魁真喝了三杯，窑变张这才把一切的原委，细说了一遍，乐的个岳魁，手舞足蹈，连心缝儿里都是乐的。究竟怎么回事呢？得略微说说。

原来这个张文甫，跟窑变张是表亲，也下过小考。家里也有二顷多地，虽不是个大财主，在昌平本地，也称得起是个小康之家，巴巴结结的，也算个乡绅。至于此公的历史，与《忠孝全》小说无关，咱们且不管他。单说外州县普通的风俗，是绅士很占势力，乏点儿的州县，就能让绅士给抬了，可是厉害有势力的州县，也能收拾绅士。自打一入民国，绅士的刁风所起来呀。记者有个老同学，现当某省的知事。本县的绅士，向来刁钻，并且有两个议员。还有一两家子，在北京作〔坐〕汽车的主儿，听说每月都挣一千八百。您说这宗县缺就难作，本县出几个阔人儿，总算有风水啦。可是个人的家属，大半都倚

势欺人，类如西林岑家，合肥李家，项城袁家，这三家户大丁
多，弟男子侄，固然文明高超的，是很不少哇，可是人多了，
十个手指头，能够一班齐吗？您别瞧亲枝近派，爱惜名誉，倒
许不欺负人，越是远族旁枝，出了十六服的本家（反正同姓就
是了），他越借字号闹的厉害。记者随过两年任，这宗事情，我
是经过的。其实这宗碎催，整天借仙气儿欺人，真弄出楼［娄］
子来，本宅里未定准作情。可是听信一偏之言，也有作情的，
人不得一样。再一说，如今当议员的老爷们，也真糟心（文明
高超议员，能给同胞谋幸福的，那全是我大叔，我是馨香祝
祷，盼着他们下次还当选。我说的是那宗不够资格的议员。好
朋友不挑眼，光棍不多心），受父老的委托，这话说着好听，父
老多咱委托他来着，不是他拿钱买的吗？他也没钱哪，不是班
主拿的钱吗？应当多少谋点国利民福，好像才对，谁知大谬不
然。然不然的先不提，本县要出了二位议员，如同出了两位宗
室，可是专制时代的黄带子。如今的黄带子，拉胶皮的很多，
入了辕儿龙性可也就差了，倚势仗势带虎事，横完了三年，下
届选不上，算是完事，可是他正应时当令的时候儿，也闹的很
凶。本处地方官，真得特别的优待，格外的欢迎。议员要是回
家，本县必要请他吃饭，还不定赏脸不赏脸。遇见地方上的事
情，一句话真气死圣旨，亚赛命令，老县就得遵行。这宗议员，
可是比旧日的绅士又闹得厉害啦。旧日的绅士向分两派，城绅
跟乡绅，又有不同，往往互相攻击，乏人作地方官，往往竟受
他们挟制。敝同学他有主意，到任之后，把本县几个大绅家的

子弟，约在公署办事，都是科员的名目，每月都有几十块，你要肯帮着办理更好，你要不来，每月如数送薪水，就算干官的性质。此外各小机关，类如公款局啦，警察局啦，商会会长，学校校长，保卫团长，也都归他们掌管，买他们个嘴严，心不坏，三天两头儿请他们吃一顿，所以弄了个挺好。他们跟他们偶然起冲突，县长时常当和事老，跟绅士勾手，也很干点鬼鬼祟祟的事情，弄了三年，名利兼收。绅士们感念县长的好处，送匾立碑，拔靴为记。上宪说他措置咸宜，居然保了记名道尹啦。告诉您说，人家这是会作官的，又得名又得利，不信要换一个脑筋简单的四方脑袋，碰巧就许让绅士给刷下来。一来老骂官僚，你也当当官僚，也得成呀。拉洋车你也拉不着俩灯的。

　　闲话取消。单说昌平县的绅界，瞧不起张文甫，张文甫偏要往绅士里巴结。自己的势力又差，很闹了几回，不是面子，因此怀恨，心说："你们不用忙，我想个特别的主意，让你瞧一瞧。"要说张文甫，虽然没念过多少书，脑筋也够瞧的，他想了一个买知事的法子。并不是他自己买知事，是带地投主的主意，又好像卖身投罪，凑一笔款，专找官迷。有要买县知事的，他给拿钱，可总得是昌平县的知县，他好当大拿，让本处绅士们好瞧一瞧。奉天人有话，要露露意思。可是张文甫本人又没有多少钱，有两家儿亲戚，都是土鳖子财主，张文甫仗着能聊能虎，乡下人脑筋简单，都让他给拿上啦。这个出一千那个出八百，他自己也凑合了几百块钱，拿某姓的地作押，又借了一千多块，拢共有三千多块钱，打算要买大老爷。张文甫先进了荡城，寻找张四，因为张四跟过官，眼皮儿杂，认识人多，求他物色人才。张四说：

"兄弟你要办这宗事，总算你有心胸有志气，这比甚么买卖都强。弄好了真是一本万利，又得名又得利又有字号。"

张文甫说："就是这个人难找哇。"

张四说："现在倒有一个人，很够这个资格。"

张文甫说："倒底是谁呢？"

张四说："你先不用打听，反正有人，管保准行。我先探一下子去，过几天你听我的信，我约一局，有甚么话咱们觌面谈，你瞧好不好？"

张文甫说："我先得回去，钱财的事情，虽有八九，还得费些个手续，三五天来就是了。"

二人决定，张文甫回家，张四才找岳魁。要说张四认识的人也很多，为什么单找岳魁呢？这里头也有段历史。

张四跟岳魁原是陈街坊，发小儿长起来的。张四比岳魁大两岁，张四的父亲张古董儿（可不是李天龙的把儿），跟福八聊也很好。有一天，老哥儿俩带着小哥儿俩，去逛隆福寺，有一个相面的叫作鉴明子，是浙绍人氏，自称揣骨神相，其实也是搁念。张古董犯迷信，让他给两个孩子相了相。岳魁那年也就在十六七岁，穿着月白洋绉大衫儿，四镶云儿蝠子履鞋，摇着小毛扇儿，虽然是愁眉睡眼虾蟆嘴，倒是又白又胖；张四穿着新竹布衫儿，青缎子鞋，还套着一个青坎肩儿。（自来就是跑上房的像儿。）要说相面这件事，里头原有真的，根据生理学问很深，有诸内必形诸外，不能说他是迷信。可是扔在土地下，那是一点真的没有。（岂但土地下为然，旅馆也是他。）这宗生意人，向来是铁机缎眼（比库缎眼还亡道），瞧穿章儿说话。他先给张四相了相，摸了摸脑勺子（揣骨吗？），说了一大套生意口，临完了说：

"这位相公，将来奔正途怕不成，异路功名，出外帮人的事情，倒是能发财。"

后来又瞧岳魁，说：

"这位少爷好贵相呀。"

春了一大套点。临完了说道：

"这位少爷不到四十岁准得府道，不到五十岁准得两司，不到六十岁准得督抚，不到七十岁准得大拜。"

福八聊哈哈大笑说："先生你别聊啦，本来我就是有名儿的聊匠，你比我聊得还悬。"

鉴明子说："兄弟，这个揣骨神相，是一点也不错的。"

福八聊一高兴，当时给了他五吊票儿。鉴明子说：

"哎呀，老爷，我可值的多呀，这五吊票儿是不行的，你得给我一块才对呢。"（五吊票儿都不答应，三吊票儿是更不成啦。）

福八聊也会要，说："得了，我就开一块罢。"

这话一说，足有三十多年。张四记性很好，把这事就印入脑筋。那天张文甫跟他一提，忽然他灵机一动，就想起了岳魁。溯本穷源，岳魁这档子糟心，固然是他自己的不好，可是也是鉴明子把他害啦。

闲话蠲免。岳魁本来一心的官迷财迷，如今一听这档子事，真是肥猪拱门，心说："我岳荩臣，真是快走运啦（快走死运啦！），想什么真会有什么。"当时满脸堆欢，咧着虾蟆嘴呵呵的傻笑，说：

"文翁，四哥。咱们可不过米汤呀。"

张四说："这是那里的事情，这个事有打哈哈的？兄弟，我提回事你还记得？二十年前，有八叔在世，咱们一块去逛隆福寺，有个鉴明子给咱们相面，他说你不到四十岁准得府道，这话你还记得？"

岳魁翻了翻白眼儿，点了点头，说："四哥，真有你的，我想起来，好像有这们回事情。"

说到这里，山东儿催着想菜，说：

"东家敬菜是红闷翅子，冰糖莲子，老爷们就酒想甚么菜？"

岳魁说："自家人吃饭，四哥何必这们费事。"张四说："得了，大老爷（无愧吃过长安路，开口就是当爷们的口吻），将来您到了任，还短的了吃你的翅子席呀。"

岳魁说："兄弟真要到任，燕菜带烧烤你都由着性儿来。"

伙计说："燕菜您得早言语，马上可怕来不及啦。"

张四说："别听我们大老爷的，他老人家是取笑呢。"

岳魁当时要了两个菜，文甫跟张四，彼此要菜不提。后来文甫说道：

"荩翁要是有门路，赶紧设法。钱财的事情，您不用着急，三四千块钱，我这里现成。"

岳魁一听，乐不可支，说："门路兄弟是有的，不过现在办事，没钱是不行的。我说句话，老哥也别恼，老哥说有三四千块钱，这话靠的住呀？"

文甫说："那事一定的。"

张四接着说道："文甫是我的表弟，他向来办事是最有信用的，一切都在我身上，你就朝着我说得了。他也是为一口气，只要你上了任，多多关照就是了。"

岳魁说："那没有错儿的。文翁受过谁欺侮，只管言语，马上抓了来，先拘留他一个礼拜。"（真仿佛他拿上印把子啦，这宗口吻，就不是成气候的人。）

那天岳魁非常的得意，文甫跟张四又一拍马贴靴，岳魁简直的要疯，也搭着多喝了几盅，很说了些个狂妄无知的话。酒阑席散，文甫张四，又同他游了回花界，这些个事也不必细说。

岳魁回家已然一点多钟，何氏知道他今天聚会，有些个关系，自己没睡，敬候着他叫门。岳魁那天由前门雇了一辆胶皮，言明拉到草厂，二十枚铜元。这辆车也真快，不到一点钟，早到了门口儿。岳魁一高兴，多给了半枚。（谢谢您哪。）见着何氏，把这件事一说，老娘儿们听见当头人要升官，焉有不喜欢之理？

单说北新桥箍筲胡同，有一个关闭的首饰楼，买卖虽然收啦，内外欠账目不清，掌柜的王大，还在铺子住着。岳魁跟王大有个认识儿，那天由铺子门外经过，王大正在门口儿站着，说：

"岳大爷里头坐着，这们早上那儿去呀？"

岳魁说："掌柜的早喝茶去啦，我是上公署。"

王大说："那个公署呀？"

岳魁说："京兆尹公署呀。"

王大说："有位庞乃潘先生，您认识不认识？"

岳魁说："怎么不认识呀。"

王大说："我跟庞先生是吃喝不分，没事就上我这里来，回头碰巧还许来呢。"

岳魁一听，心说来劲哪。当时王大又直嚷，说：

"天还早呢，进来坐坐儿喝碗茶好不好？"

王大一嚷，正中下怀，当时来到铺中，谈了几句闲话儿。王大也爱谈，岳魁又拿话一引逗，王大是合盘托出。原来庞乃潘跟柜上至好，因为这个地方儿很清静，离着大街又不远，里头地方又干净，距离公署又不远，因此就借该铺作了一个外账房儿。说外账房儿好听，一半是烟牌俱乐部，一半是拉官事纤的下处。王大在这里，又是看馆的长班，又是招待员，又是总纤手，半俩邦账还带着半俩家人。岳魁一听，心说这倒是个机会，当时虽没说什么，从此可不短常去，跟王大很要好。请王大在致美斋还吃了回饭，听了回广德楼，晚晌还闹了回"西游"。您别瞧这个"西游"，关系至巨且大。从先记者也很说过，交朋友你请他吃饭听戏，那叫阴天晒被褥——白搭。总得一块儿取上经啦（老孙儿八戒师付的），感情也密啦，甚么话也都说啦。不怕素日假狂假傲，不理凡人的人，到了花界，就现原形，甚么变的，都能瞧的出来。素日跟谁都没乐过（跟谁就都有啦），到了花界，他能眉开眼笑，打哈哈凑趣儿，皮科儿笑话儿全来啦，不怕让姑娘儿骂两句，且心缝儿里都是喜欢的。（那叫贱。）朋友们借着玩笑，素日说不出口来，也可以说一说。借着这个，托人情拉官纤，运动官司全都来啦。这宗风气，在前清时代就是如此，现在殆尤甚焉。那位说了，你怎么说的这么详细呢？告诉您说，在二十年前，记者也不是个安份之徒，花天酒地，我也是足哄一气。庚子之后，就有点看破了红尘，共和之后，更不用说了。自打挂五色国旗之后，我就没上八大埠溜达过。人家新阔人儿，是挂五色国旗以后，开始才往那们溜达。所以我说的事情，人家不知道，人家谈的事情，我也不明了。

费话蠲免。岳魁跟王大，自打走了几荡，感情日密，从此是无话不过。要说岳魁运动县缺，以及禀辞赴任，被告私逃，归案判罪，末后死在清苑监狱，这些个事情，不必敷衍铺张，振笔大书据实直陈，还得五六十续，未定叙的完。这档子事情，溯本穷源，罪魁恶首，还是前京兆王治馨。他要不大卖官缺，也没人敢买。后来身败名裂，他老先生归了天啦，把人家也都害啦，岳魁就是被害者之一。可也不能竟怨王治馨，张文甫要不卖身投靠，窑变张要不找他，他总然官迷心盛，没有这宗机会，也不能马钱［前］速成作知事。万总归一，迷信家有云，这都是冤孽。最不该的，是岳魁上任，竟官亲幕友家人，带了好几十口子去。您想这群人，不是饥狼恶虎吗，他还能管作官的纱帽吗？再一说，岳魁不该用窑变张为大拿。可是饮水思源，不用他为大拿，也叫作不行。到任之后，弄的那些敲诈害人的事情，大半都是窑变张的主谋。后来民间鼓噪，绅士上控，岳魁潜入北京，在某庙内被获。由法厅判处徒刑，先在第二监狱。人家看他是个念书作官的，让他在印刷科作事，格外优待。岳魁到了这个时候儿，非常的后悔。回想从先，所作所为种种不对，自己立了个志愿，将来要是官司完了，一定率德改行，以赎前愆。后来解到保定清苑监狱，病故在狱中。有人说了，上天不加悔罪之人，岳魁既然觉悟改悔，不应当病故在监中呀。诸位不知，这里头很有道理。当岳魁头一次入法厅，系因控案，二次王治馨一犯事，发现贿买官缺的事情，二罪归一。同时犯事的，有个霸县姓刘的知事，就陪着王治馨排啦。（阴间伺候尹宪去了。）岳魁总算是善终，这就是他悔过的好处。至于有人传说，岳魁到清苑监狱，看守长可巧是个昌平人，颇有虐待的情形。这件事情或许谈者为过甚之辞，以证其原因结果，或者适逢其会也是有的。书说至此，《忠孝全》就算交卷。有人说了，五六十续的玩艺儿，你一回就叙完了，未免的太马前啦。诸君不知，其中有段原因，待我说与诸君听听。日前有岳魁嗣子登门叩恳，据言自伊父故去，家业雕零，现奉祖母继母，居住斗室一间。家徒四壁，地无立锥，饔飧弗给，豆粥难求。前见本报小说，阖家深滋惭恶。伊先充当巡警，后因伊祖母染病，现在仍欲谋一差使，以资糊口。伊父昌平之事，均属实情，惟求笔下仁慈，稍留有余地步，以保名誉云云。说着声泪俱下，情形极为可怜。记者见他人极老实，当时允将《忠孝全》小说，简单收束，以遂其请。既称警世小说，就含有惩恶劝善、感化人心之旨。但是报纸的性质，总愿意维持人，不愿意破坏人。岳魁的事情，有口皆碑，因果循还，也就不便细说了。他既来请求，以道德方面论，是不能不认可啦，以法律方面论，也有请求这一条。所以简单着马前收束，一切的详情，不必细叙。（大致可应有尽有。）对于阅报诸君，实在的抱歉，所有《忠孝全》小说，火速收束，未能详叙缘由，理合叙明。（要来公事调儿呀。）新小说明天贡献。

（《白话国强报》报纸剪贴本）

徐剑胆简介

　　徐剑胆，本名徐济，字仰宸（象宸），笔名哑铃、亚铃、涤尘、自了生、一笑、一尘、徐觉生等，长期担任《正宗爱国报》《爱国白话报》《天津白话报》《白话捷报》《京话日报》《小公报》《北京白话报》《实报》《实事白话报》等京津白话报纸小说等栏目主笔。关于徐剑胆的身世和生平，由于资料佚缺，我们知之甚少。其于 1907 年 9 月即作为小说家在《正宗爱国报》开辟《庄言录》小说专栏，当时是与蔡友梅齐名的京味儿小说家。1913 年《爱国白话报》创刊时，聘请徐剑胆为小说专栏《庄严录》的主笔，发布启事称其为"近世小说大家"，介绍说："先生理想绝高，笔力尤活泼跳脱，雅俗咸宜，所撰小说理趣饶多，耐人寻味，谅阅者必以一睹为快也。"其为《北京白话报》等报纸的小说栏目撰稿期间，时常两三部甚至四部小说同时连载，是小说栏目的主力，采用的是不同的笔名。1931 年至 1935 年，徐剑胆亦为《实报》《梨园轶话》栏目主笔。直至 20 世纪 40 年代初，其长篇小说《血手印》仍在《实报》连载，至 1943 年 12 月载毕，一生的创作时间达四十年之久。管翼贤《北京报纸小史》称其作为旗人小说家："三十年来在各报著小说，其数量不可计，堪称报界小说权威者。"石继昌称其："久居北京，在报界资格最老。"（《春明旧事》，北京出版社，1996，212.）据大略统计，其在诸多报刊上发表的小说总数约三百种以上，现今能见到的作品约两百部之多。

据有关资料整理，现所存徐剑胆小说如下：

《正宗爱国报》（附张）

《华大嫂》（1911）、《余小辫》（1911）、《张铁汉》（1911）、《李傻子》（1911）、《余茂》（1911）、《范希周》（1911）、《阿玉》（1911）、《麻希陀》（1911）、《黄普锡》（1912）、《王丽娟》（1912）、《唐大姑》（1912）、《凤求凰》（1912）、《巧循环》（1912）、《貌相奇缘》（1912）、《白鸽会》（1912）、《孝女复仇记》（1913）、《奇冤报》（1913）、《意外姻缘》（1913）、《吴太史》。

《白话捷报》

《金三郎》（1913）、《何喜珠》（1913）、《仇慕娘》（1913）、《劫后再生缘》（1913）、《李清风》（1913）、《康小八》（1914）、《元宵案》（1914）、《大报仇》（1914）、《张黑虎》（1914）、《杨莲史》（1914）。

《爱国白话报》

《胡知县》（1913）、《李银娘》（1913）、《魏大嘴》（1913）、《盗中侠》（1913）、《花和尚》（1914）、《赛金花》（1914）、《煤筐奇案》（1914）、《大报仇》（1914）、《张黑虎》（1914）、《孝义节》（1914）、《吴月娇》（1914）、《珍珠冠》（1915）、《白绫帕》（1916）、《赵总兵》（1916）、《金钱李二》（1918）、《贾斯文》（1918）、《恶仆害主记》（1918）、《陈烈女》（1918）、《锡壶案》（1918）、《杨结实》（1919）、《张古董》（1919）、《如是观》（1919）、《卖国奴》（1919）、《张烈女》（1919）、《小美人》（1919）、《珠玉缘》（1919）、《巧奇缘》（1919）、《偷生奴》（1919）、《恶讼师》（1919）、《抢婚奇案》（1919）、《生死鸳鸯》（1919）、《金阊艳案》（1919）、《眼镜博士》（1920）、《方观承》（1920）、《香界寺》（1920）、《夜游神》（1920）、《小连生》（1920）、《回头岸》（1920）、《虎口余生记》（1920）、《新房死尸案》（1920）、《风流所长》（1920）、《钓金龟》（1920）、《何喜珠》（1921）、《张观准》（1921）、《小五通》（1921）、《仇慕娘》（1921）、《恶妇回头岸》（1921）、《孝子寻亲记》（1921）、《蒲葵扇》（1921）、《妙判奇缘》（1921）、《猴美人案》（1921）、《毛阿贵》（1921）、《狗头六》（1921）、《李秃子》（1922）、《逆伦谋杀案》（1922）、《妓中侠》。

《京话日报》

《锔碗刘》（1917）、《贾脖子》（1917）、《张老西》（1917）、《董二楞》（1918）、《阜大奶奶》（1918）、《吴绛雪》（1918）、《巧循

环》（1918）、《蛮女招祸记》（1918）、《姊妹易嫁》（1918）、《黄五妞》（1918）、《花鞋成老》（1918）、《黑籍魂》（1918）、《衢州案》（1919）、《错中错》（1919）、《玉碎珠沉记》（单行本）、《皇帝祸》（单行本）、《新黄粱梦》（单行本）、《川路风潮记》（单行本）、《文字狱》（单行本）、《王来保》（单行本）。

《顺天时报》

《镜中缘》（1918）、《绿林豪侠记》（1919）。

《北京白话报》

《孽海循环记》（1919）、《孝女复仇记》（1919）、《白云鹏》（1919）、《玉碎珠沉记》（1920）、《同恶报》（1920）、《祸国奴》（1920）、《煤筐奇案》（1920）、《马车宋》（1920）、《英雄会》（1920）、《魏大嘴》（1920）、《美人祸水刘喜魁》（1921）、《花鞋成老》（1921）、《邓子良》（1921）、《张小仙》（1921）、《赛二爷》（1922）、《苏兰芳》（1922）、《关公演义》（1922）、《山海关》（1922）、《春明梦影》（1922）、《扁将军》（1922）、《美人与伟人》（1922）、《水阿玉》（1922）、《清宫十三朝秘史》（1922）、《大骗案》（1922）、《金刚钻》（1922）、《并蒂花》（1923）、《金少梅》（1923）、《家庭祸》（1923）、《新风流医》（1924）、《地藏庵》（1924）、《家庭惨史》（1924）、《赵妈妈》（1924）、《恶奴欺主记》（1924）、《方观承》（1927）、《义烈鸳鸯》（1927）、《黄姑娘》（1927）、《狡猾报》（1927）、《文字之孽》（1927）、《亡国泪》（1927）、《官场冤案》（1927）、《宦途风波》（1927）、《眼镜博士》（1928）、《花园饭店》（1928）、《葫芦梦》（1928）、《恋爱孽镜》

（1929）、《金钱祸》（1931）、《地藏庵》（1931）、《故都黄粱梦》（1931）、《新贪欢报》（1931）、《美人梦》（1931）、《奇巧循环》（1934）、《儿女英雄传》（1937）。

《北京小公报》

《恶监遭劫记》（1919）、《李五奶奶》（1920）、《石宝龟》（1920）、《义烈鸳鸯》（1920）、《杨翠喜》（1920）、《神术》（1921）、《自由潮》（1921）、《刘二爷》（1921）、《钟德祥》（1921）、《血军刀》（1921）、《七妻之议员》（1921）、《文艳王》（1921）、《白狼》（1922）、《梦中梦》（1922）、《逆伦惨杀案》（1922）、《闷葫芦》（1923）、《陈厨子》（1923）。

《实事白话报》

《金扁簪》（1923）、《傅胜氏》（1923）、《黑骚儿》（1924）、《三命奇冤》（1924）、《前世冤》（1924）、《白脸常》（1924）、《除夕之夜》（1925）、《七月生子》（1925）、《面包》（1925）、《齐大头》（1925）。

《实报》

《天桥》、《国贼》（1928）、《一念差》（1930）、《活阎罗》（1930）、《义合拳》（1930）、《红鬃烈马》（1931）、《旧京黑幕》（1932）、《苦口婆心录》（1933）、《贫女奇遇》（1934）、《新华忆旧》（1934）、《恶恋》（1935）、《迷途》（1936）、《报恩侠女》（1937）、《欢喜冤家》（1938）、《烟阀遭虐案》（《烟阀案》，1938）、《双龙门》（1940）、《鬼蜮社会》（1942）、《血手印》（1942）、《阔太监》（1935 单行本）、《迷途》（1937 单行本）。

《北平日报》

《宦海腥膻录》（1928）、《红粉骷髅记》（1929）、《满清亡国影》（1930）。

《新天津报》

《花国饭店》（1932单行本）。

《群强报》

《泥人志》（1935）、《可怜虫》（1935）。

《泰东日报》

《同性》（1934）、《姐姐的心》（1935）。

另有馆藏单行本如下：

国家图书馆馆藏

《川路风潮记》（京话日报社）、《文字狱》（京话日报社）、《王来保》（京话日报社）、《皇帝祸》（1919，京话日报社，缩微品）、《阔太监》（1935，实报出版部，缩微品）、《青年》（1940，华龙印书馆，缩微品）。

首都图书馆馆藏

《巧循环》（1912，《正宗爱国报》）、《赛金花》（1914，《爱国白话报》）、《贾孝廉》（1915，《爱国白话报》）、《妓中侠（警世小说六种）》（《爱国白话报》）、《杨结实（警世小说六种）》（《爱国白话报》）、《张古董（警世小说六种）》（《爱国白话报》）、《卖国奴（警世小说六种）》（《爱国白话报》）、《陈烈女（警世小说六种）》（《爱国白话报》）、《如是观（警世小说六种）》（《爱国白话报》)、《回头岸》(1920,《爱国白话报》)、《理学周　川路风潮记》(损公/徐剑胆,京话日报社)、《七妻之议员》(《小公报》)、《田德山侦探案:黑骚儿》(1924,实事白话报发行部)、《义烈鸳鸯》(《北京白话报》)、《新官场现形记》(1932,新天津丛书社)、《阔太监》(1935,实报出版部)、《迷途》(1937,实报出版部)、《皇帝祸》(京话日报社)、《文字狱》(京话日报社)、《王来保》(京话日报社)。

北京师范大学图书馆馆藏

《花鞋成老》(晚报附刊)《阜大奶奶》(晚报附刊)、《新风流医案》(出版项不详)、《苦男儿》(出版项不详)。

天津图书馆馆藏

《青年》(上、下集,1940,华龙印书馆)。

吉林省图书馆馆藏

《家庭惨史》(《北京白话报》)、《新风流》(《北京白话报》)、《醒春居》(《北京白话报》)、《新贪欢报》(民国铅印本)、《赵妈妈》(《北京白话报》)、《新毒计》(民国铅印本)、《无头案》(《北京白话报》)、《家庭祸》(《北京白话报》)、《川路风潮记》(京话日报社)、《文字狱》(京话日报社)、《无头案》(石印本,京华日报社)、《无头案》(铅印本,《北京白话报》)、《地藏庵》(1938)。

散文:

《泰东日报》

《C表哥的死》(1934)、《死活　尸体》(1934)、《为了一个

梨》（1934）、《哥哥走了》（1935）、《流浪》（1935）、《风雨之夜》
（1935）、《五一》（1939）。

《盛京时报》

《乡居的春晨》（1933）、《深夜沉思》（1935）、《晚霞》
（1935）。

徐剑胆作品

七妻之议员

正文

　　时届中伏六月，连朝大雨流檐。农夫农妇乐陶然，都道老天赏饭。

　　回□一般穷困，阖家少米缺盐。若遇泥泞道路难，讨要恐非时限。

　　幸有慈悲善士，博施广济衣穿。拯灾恤苦悯孤寒，功德诚哉深远。

　　这些闲言慢讲，借他古事今传。故将野史演遁远，聊与诸君评判。

　　昨天已将《血军刀》演完，今日说这段《七妻之议员》。

　　按说这位议员老爷，行年将至耳顺之期，犹复兴致勃勃，终朝东奔西驰，南迁北就，一天一夜，二十四小时，对于此七处之外家，皆得点名报到。有一处未到，必因此而生冲突。有见其日日操劳过甚，足无停止，席不暇暖，不但没有乐境，反倒生了烦恼。究竟所为何事，甚属难解。或有谓前世结因，今世还债者。

[此处作者另述一段因缘果报故事，由此段始至"二续"中的文字有所删节。]

话说国体改为共和，皇帝为总统，官吏称为公仆，人民称为主人翁，中国号称四万万人，自然是四万万主人翁。俗语说的好，"一家千口，主事一人"。主人翁四万万，若要人人主起事情来，一定要大捣其乱，于是设出一个法子，令大家举出一个有才学，有能为的人，给大家作代表，名曰议员，专议人民身上福利之事，故此议员薪俸要厚，尊崇要高，全国中的官吏，谁也遂［错讹字］不过议员矣。从此人人心目中，都想着当当议员，也不管自己学问如何，能力如何，只一味想着"升官发财"四个字。但在"升官发财"四字中间，又偏注重在"发财"二字，是以议员出席要钱，不出席要钱，开会要钱，闭会要钱，剌巴杰有话，大米饭不吃也要钱。总而言之，统而言之，不过是刘海的朋友，箭毛一党，永是在钱上站着，并且还费不着一点力气，就能成千成万的进洋钱。请想，这样便宜事，谁不抢在里头，拼命去干！

（三续）　昨天已将此段小说之楔子说完，应当归入本题，于是今天把一切闲文，尽皆蠲除，甘甘脆脆，就说这位七个媳妇的议员老爷。

此人姓侯名静山，号叫一瓢，系江苏无锡县人氏，上有父母，中有弟兄二人。静山行三，娶妻简氏，亦系本村的人，家有几亩薄田，一家数口，老老少少，都得下地作庄家［稼］活。侯大有膀子苦力气，能刨能种。侯二也可以挑挑水，作作地边上的零活。惟独侯三，生下来，就有点儿先天不足，后天缺奶，活到十五六岁，长了个细脖大脑袋，罗锅腰，连个笤帚把儿，似乎都有点拿他不动。幸而会写几个黑道道字，在本县高等小学毕了业之后，得了一张卒业文凭，就在家中一待，侯老夫妇，很不高兴。

一天老爷子向其发话道：

"咱们家里这个日月，就仗着大家七抓八挠，才能对对敷敷，吃两顿杂合面儿。如今你们两口子，全都在家中一蹲，任什么干不了，光等着茶来张手，饭来张口，那可简直的不行啊。"

侯三一听，遂说："俺的爹，你老不用着急，反正我总得出去，找个事情。种地不行，我打算到京弄个专馆教教，每月得个四五块钱的修金，身去口去，剩下钱，稍在家来，添补过日子，还不行吗？"

侯老爷子说："这个主意，也倒不错，但不知你多会儿起身，究竟奔到北京，投靠那一位去？"

侯三道："你知道县衙门三班郭头的少爷，不是我们在一个学堂念书，一期毕的业吗？他现时在北京，入了一年速成师范学堂，毕业后，派在北京公立小学堂，当了一名体操教员，每月二十块钱薪水。日前给我写了信来，说是现时宛平，又要招考师范，问我去不去，如果去，他就给我报了名啦！"

侯老头子说：“你怎么给人家写的回信呢？”

侯三道：“我说去呀，回信已然写了去。只是发愁这一去的盘川钱。”

侯老头子一听，把胡子嘴一撅道：“说来说去，闹了半天，还得叫我给你预备盘川钱哪！好孩子，你跑到爹爹跟前，弄这宗两长虫打架的事，诚心绕脖子呀！甘脆告诉你一句痛快话，自己去想主意，打算叫我给你满处去摘去借，那算是善会书白说了！”

语毕，拿上长杆汉烟袋，走出屋外去了。

侯三闹了个显道神掉在冰窟窿里，小名儿叫凉半截，无精打采，□着嘴，嘟嘟囔囔的说：

“谁家孩子，不是老人家栽培呀，我这个爹倒好，别提钱，一提钱两不来。”

一边嘟囔，一边往自己屋里走，岂知已被侯老头子听见，站在院中骂道：

“你那叫混蛋话！栽培你，我得栽培的起呀，那们你爷爷，又栽培谁了？反正有祖上遗留下这几亩薄田，你既不能种地，难道叫我把他卖了，专栽培你一个人，将大众全给饿起来吗，真真的有点畜类！”

侯三还紧用话折争，却被贤妻简氏，摆手拦回。

（四续）　且说侯老三听他爹说，不管上京盘费的话，他心中老大的不高兴，由不得嘟嘟囔囔瞎对弄。媳妇简氏，人甚贤慧，恐怕把老人家招惹，连连摆手，把侯三劝住，低低问道：

"要上北京，得用多少钱哪？"

侯三撅着嘴道："你问这事作什么？"

简氏笑道："我既要问，自然能给你想个法子。"

侯三道："至少也得二十块钱。一去火车费，就得八九块，难说不预备几块住店的房饭费吗，你想想，是得那个数儿不？"

简氏道："二十块钱实在不多，但则可有一样，我先斟问斟问你，比如我给你办出这二十块钱来，你到了北京，准能谋成了事？"

侯三咬着牙道："放心吧，准能谋成，如若谋不成，我就死在北京，也不回家，受这窝心气了！"

简氏道："那叫什么话，这一说，我暗含把你打发走，一去不回头了，光把我一个人抛在家里受罪！听你这自顾自的话，就得不着好事！"

侯三笑道："怎么？"简氏道："对于我你就丧了良心！"侯三道："我不过这们比仿，果真在北京谋不着大阔事，也可想个法子弄钱，要在这乡村里，连一顿窝窝头的主意，都不好打算。北京城这个地方，听人传说两句斗笑的话，说是一下火车，洋钱能没了人的颏膝盖儿，可就看这人会捡不会捡了，以此足见北京银钱之厚。你只管放心，我此番到了北京，必然可以把钱谋成，稍一宽裕，我就写信派人来接你，看看好是不好呢？"

简氏摇头道："自要你有好事，往家接长不短稍几个钱来，两位老人家，必然高兴，你到了年节，回乡一次，这就很好了。若是单接我一人上北京去过，未免说不下去。"

　　侯三道："此时定法不是法，空说会子闲话，当不了正经事，究竟你给我想个什么主意？"

　　简氏道："我爹当出［初］劝［应为"嫁"字］我的时候，给了三件玉器，叫我留着作念想，全在我小箱子里收着，永没给你看。如今为你，少不得偷偷拿出去，当他个三十块钱，俟你挣回钱来，再把东西赎出还我，你想这个主意怎么样呢？"

　　侯三一听，很是欢喜，忙点头道："很好很好，拿出我先瞧瞧。"简氏点头，爬□炕去，打开小箱，由里面拿出一个小绸子包儿，打开一看，原来是一个白玉烟壶，一个玻璃绿翡翠，一个珍珠镶金的一支凤头钗。侯三道，这三件东西不必都拿着，只要拿一件，就可当二十块钱。简氏道：

　　"随你的便，爱拿什么，就拿甚么。"

　　侯三遂将那个翡翠带钩拿起，看了看，是银托子，四面用珍珠镶着边儿，忙用一张红绵纸包加起掖在身上，走出门外，照直够奔就近竹杆镇富源当铺，走进去，当了二十块钱，拿回家。第二天便向他爹跟前扯谎道：

　　"我已然向朋友处，借了几块钱的盘川，明天就要上赴京一走。"

　　（五续）　且说侯三，把个翡翠带钩，当了二十元钱，作为盘费，遂向他父母跟前扯谎道：

　　"儿子于昨日，在朋友处，借了几元钱的盘川，明天就要上京一走。"

　　侯老头子点了点头，遂说："你走与不走，与我没有什么相干，只是你想着，给你媳妇往回稍钱，别把他扔在家里，算没了你的事情啦。"

侯三道："爹爹请放心，儿子此去，必然把事情谋成，每月往家中，带个三头五块，很算不了一回事。"

侯老头子，往下也没言语，各自走开。

书要简断。照直说，侯三于第二日一早，拜别父母兄嫂，辞了兄弟与自己媳妇大哥，竟自向北京而来。没有两天的工夫，到了东车站，下了车，就向西河沿一家小旅馆内，安下行李，遂洗了洗脸，换上一件新鲜衣服，叫了一辆人力车，拉往城内学部，打听郭老四在什么地方当教员。到了学部下车进去一问，给里面一位先生，把教员表拿出来，令他观看。侯三仔细瞧了瞧，见郭士伟三个字的名字，寓在□儿胡同，公立第八小学堂。遂用铅笔抄在日记本儿上，道声劳驾，拱手辞出，复又乘车，径往□儿胡同。

不大工夫到了门前一看，一个小庙，庙门口挂着一个长牌子，上写公立第八国民小学校。看毕，走至里面，正赶上郭老四在堂上交［教］笔算。学生值日长，见有客到，忙喊了一声立正。郭老四举目一看，是同乡侯三，遂拱了拱手说：

"老弟，先到对面小屋去坐，容我下了这堂，咱说再说［应为"再说说"］闲话。"

侯三道："治公，治公。"

说［缺"着"字］走到当街把洋车钱开发了，然后走入到西边小屋里，拉开风□，进内一看，［缺"收"字］拾得倒也干净，遂落坐休息。少时进来一个馆役，送上一枝洋烟卷，但是又没带着汉烟袋，只可把烟卷拿起，用洋火点着，慢慢的吸，觉着比汉烟，另是一个滋味。

少时听得摇了下堂铃铛，不大工夫，郭老四夹着一本书，进入屋中，彼此互相为礼，问个安好。郭老四把手中的一本算学书放在桌上，拿起一枝烟卷来点着，一边吸，一边问道：

"你先生，多会儿来的，住在什么地方了？"

侯三道："早间到的，住在西河沿宾乐旅馆。"

郭四道："吃过早饭没有？"

侯三道："吃过吃过。"

郭四道："府上都好？"

侯三道："承问承问，都好都好。"

郭四笑道："我已然替你报上名了，大约下星期就考，你来的还是时候，何不把行李搬到我这儿来住，明天考的时候，也方便些。"

侯三道："不，不，所差不远，岂可搅扰阁下呢。请问老哥，这回考试，都是什么资格？"

郭四道："只要中等毕业，或与中等毕业程度相当者，均可入考。听说两道题目，一个经书题，一个四书题，能完一卷，就算合格。"

（六续）　且说侯三向郭四问道：

"都是什么资格，可以入考？"

郭四道："中等毕业，与中等毕业程度相合者，均可，并且考的时候，很容易，共总两道论题，一经书题，一四书题，能完一卷，就算合格。"

侯三道："这可便宜的很了。"

说着郭先生又去上了一堂体操，练毕放学，就留侯三在庙内吃了个便饭。侯三也不客气，遂依实打搅，吃完告辞回店。第二天到宛平师范学校，去问考试日期。来了门口一看，已然贴出告示来，上写所有此次投考师范人员，着于本月十五日黎明，携带笔墨，来堂听候考试，且莫自误云云。

书要简断。照直说，侯老三到了是日，领卷入场，看了看两道题目，头一道是《四书》题，"温故而知新"；第二道，乃是《诗经》题，"寤寐求之"。遂心说："得，甘脆我就作这道题吧。"遂提笔在手，不加构思，居然一挥而就，缮清上前交卷，拿上笔袋墨盒，走出门外，自回店内。过了一天，发了长案，走去一看，自己名字高高中了第四名上，共总正取一百名，备取四十名。看完，甚是欢喜，于是从此入学，交三块钱的饭费，这就住在学堂里，念起书来。

光阴易过，一恍儿春夏来，秋过冬到，一年速成将满，定于十二月初八日，为考试毕业之期。侯三又取个顶高，列在最优等第十名。考试已毕，就有约他到海子红门地方，去当初等小学教员，每月薪金十两，合洋十五元。这一来，侯三居然抖起，除去每日吃两顿窝窝头，下余可以剩下十元之谱，遂留下五元钱，放在外国银行存着吃利息，下余五元，给家中寄去。那老郭看见儿子给家中寄了五块五块的大白洋，乐得嘴上几根花白胡子，直往上撅，笑嘻嘻同大儿子说：

"罢了，罢了，还是我这三儿子，一稍钱，就是大大五块，这要是月月准准稍来，积上一年就是六十块，十年就是六百块，好好置他二十几亩地。怪不得人说，侯三是好孩子，呈然是个好孩子。怪不得他小时在学房念书的时候，教书王老夫子说，是个有出息的，今天一看果然是个有出息的。这要叫你们两个人挣，给财主家扛活，五块钱，买你们一年。"说到这句向三儿媳妇简氏说：

"你爷们给家中寄了五块大洋，得啦，怪热的天，你不必烧火作饭了，快到一边休息休息去吧！"

简氏正在□火坑里，热得难受，听公公这句话，有了台阶，遂将手中拨火棍儿往旁边一扔，竟自起身而去，把侯大侯二两个媳妇，气了个脸白。两个凑在一处，交头接耳的说："喝，可了不得，千万别没钱，自要一有钱，连老家都有个偏向了。共总五块钱，就不叫他烧火了，这要是五十块钱，还不得给他下上一跪吗！"

正是：富贵途钱成骨肉，贫穷骨肉已途人。

（七续） 且说大二两个媳妇，见简氏走开，气了个脸白，遂凑在一处，低低说道："可了不得，共总五块钱，人家就歇着，不令烧火了，可见钱是好东西呀！"

按下不言侯老头子家中的事。再说小侯，在外边当了两年教习，忽然过到辛亥革命，武昌起义，学堂经费支绌，遂暂时停止授课。小侯三从此赋闲，打算回家，火车已然不通，没法子只可跑到郭老四那处公立小学堂内忍着去了。一直等到国体改为共和，袁世凯作了临时大总统，地面方觉平靖，然而小侯三手里积存的几块钱，早就花净了，还得想法托人谋事。

可巧有位旗人姓荣的，名爱堂，时常到庙内闲坐，与侯三谈得投缘，有意无意之中，他就恳求人家给谋个事情作，不论薪金多寡，只要身去口去，总比白闲着强多。这姓荣的一听，遂想了想道：

"您当个报馆校对，行不行呢？"

小侯三不知是怎么个行当，遂说："什么叫作校对呢？"

姓荣的说："就是专给对对错字的，没有什么难，只要通文就行。"

小侯三笑道："'通'之一字，咱们不敢说，然而还不至于鲁鱼亥豕之弊。"

荣爱堂："冲您这一句话就行！"

小侯三道："那们就请您介绍一下子吧！"说着深深一躬。

荣爱堂说："你明天听我个话儿，要是行，马上就得上任。"

侯三道："就是就是，您多多分心！"

荣爷一听，抹身走出庙外，不想去了一会儿，就跑回来笑说道：

"恭请恭请，有边有边，方才我给他们城外报馆打了一个电话去，说是请您这就前去接手办理。"

小侯三一听，连连拱手称谢，遂穿上两件干净衣服，问明地点，抓了一辆人力车，竟自乘车出城而去。

原来这处报馆，名字是天铎。文言两大张，总经理姓唐，名叫纪元，系旗族人。只因革命后，旗人都冠上汉姓。不知是怎么股子劲儿，领了某人一笔小款，开了这处报馆。主笔姓尚，名锡春，别号怨天，也是方字旁（指旗人），宗旨在谋求议员，专拍政府的马屁。

小侯三去了没有几天，宾东谈得很是对劲，过了没有两三个月，正遇这位主笔尚怨天闹脾气，天天拍桌子打板凳。唐纪元一瞧，不是碴儿，遂将所欠的薪金付清，请他另谋他事去了。但是一个大报馆，没了个主任人，如何能行，然而一时又物色不着相当的人物，遂令小侯三，暂时帮忙，发发稿件，每月多增二十元钱。小侯三这下儿，乐得鼻子眼里，都是笑容，有时自己也论个时评，叫总经理过目。老唐接过一瞧，虽不十分大好，却倒文理通顺，遂令其安上一个别号，就刊于报上。一来二去，居然他就是《文话报》的一位主笔先生，身上也挂了绸稍儿，衣服也往时样里打扮，金丝眼镜文明杖，戒指镯表博士鞋，每每一个人躺在屋中，自己摸着自己胸脯道："吾有三愿，今日才随了一愿，但不知那两愿，后日可以顺心。"

看官要问小侯三，都是那三愿，只可明天再表。

（八续）　且说小侯三当了《文话报》主笔之职，出门也挂了花稍儿，打扮成了个时髦，头戴博士帽，足登博士鞋，手拿博士杖，嘴留博士须，金戒指，金表，金丝眼镜，天津卫有话，小侯三所抖起来啦！每日自己坐在屋中，摸着胸脯，微微发笑，自言自语的说："吾生平只有三愿，现今才随了一愿，但不知后两愿，何日能够随心。"看官若问，这小侯三，生平三愿都是什么，原他第一，想带个金表，第二想坐个马车，第三想弄个小姨奶奶。目今算是带上金表了，故此他自己叨念着说，生平三愿，只随其一，即此之谓也，这且不言。

单说中国改建共和，举袁公为临时大总统，黄兴南派等一干人，心愤不忿，遂立了个国民党，专为收买议员，为是临时一年完毕，再举正式总统时，有所预备，好将项城（袁世凯，河南项城人）挤下台来，或举孙文，或举黄兴，或举宋教仁，反正得把［缺"北"字］洋派打倒，方才称心如意。北派人看，心说不得，遂遣心腹，将此事报告于临时大总统之前，谓临时一年将满，且莫轻看了议员，如不下手收买，倘或一开票匦的时候，比他人少上一票，则北洋派全体势力，犹如冰消火灭一般，趁着此时，赶紧下手办理，还不算晚。项城一听，恍然大悟，遂将手下心腹人等，叫至跟前说道："你们赶快去立个大党，不怕花钱，所有议员撒开卖，韩信用兵，多多益善！"大家一听，乐不可支，遂即日成了一个共和党，专收买两院议员，一票真卖到七千块，并且还许以特别职官。京中各大报的主任，都有了盼望。

唐纪元为项城旧人，遂领下一笔大款，一边组织政党，一边又要立两个报馆，三个通信社，遂委小侯三，当了一个报馆的经理。于是他便与北洋派一般阔人握手，时常会面，大众知道他是报馆经理，格外孜奉，也握着小侯三，福自［至］心灵，见人会说人话，见鬼会说鬼话，见了畜类，他也能龙龙［蒙蒙］，俗所谓"人有人言，兽有兽语"，小侯全能会说几句，每当会议机密之时，也不背着他，居然能与某某列席，议论朝政。

唐纪元一看小侯三，够上罡风，遂向其私下商议道：

"现在政府收买议员，你所见这十八位，都是目今要人。我给你拿出几个钱来，你同他们复在一处连络连络，碰巧大家一抬，儿夯就许举你作个议员。"

小侯三一听，半信半疑，又惊又喜。信的是唐纪元，与自己成为莫逆之交，他说出来的话，没有假事，必定可信；疑得是自己是个无锡人，焉能举我当议员呢；惊得是说出有音；喜得是果然能成，如今的议员，可算是作官的一个终南捷径了。想至此处，遂笑嘻嘻的说道：

"纪翁你这话当真吗？"

纪元道："我多会儿冤过你了，皆因我连日看你同他们几个人，说得投缘，所以我想叫你赶快与他们连络，倘若举你作个议员，真可称享不尽荣华，受不尽的富贵！"

（九续）　且说唐纪元，见小侯三够上罡风，遂借给他一笔交际费，令他与公府要人去连络。俗语说"酒肉的朋友，柴米夫妻"，那话说的很对。这一来，小侯三拿出钱来大请其客，更与诸要人成了心腹之交。

甘脆说吧，容到国民投票之时，上下里外，四面八方，给侯老三一运动，居然举为蒙古区的议员。容到举大总统的头一天，侯老三拼出死命，向各人述说、运动，东也拉拉，西也扯扯，也不论是那一党，那一会里的人，就同人家搞盘子，讲价钱。照直说，吸乎一吸乎，项城就不够票数，幸而侯老三，极力说项，到处乱拉，临时给拉了有二十余人之多，都是现说极大极大的代价，收买过来。就听说侯老三只在这一天，获利二三十万，简直说，发了老财啦！立刻花了五百块钱在洋行定买一辆了极好的马车，又花一千块钱，买了匹枣糖色伊犁大马。是日坐在里面，非常高兴，生平之愿，又随了一件。还有一件买小姨奶奶的事，说话也能办到，只是侯老三挑拣过苛，难以如愿。

彼时乃是民国二年，侯老三已然三十有六啦。因为前八年，事由不济，穷愁满面，把人的姿色老去一半，虽系而立之年，像已到不惑之境，又因近来昼夜辛苦劳累，得了一种喘病，常听人说，喘非善病，自己害了怕，心说："我的老天爷，千万留我这条命吧！生平之愿三件，尚有一件，容我把姨奶奶弄到手里，再叫我一命呜呼，还则不迟。"想到此处，遂令媒婆子，赶快物色人材："不拘银钱多少，只要我看着可心，就算成功。"媒婆子一听，连称是是，从此抹头走去，便给满处一铺张。

事被好友唐纪元听见，连忙跑到他的报馆里，来见侯老三，正赶上他一人坐在屋中发喘呢，看见唐纪元进来，喘的不能说话，只可立起身来伸手让坐，下人一看，连忙上前伺候。唐纪元向一张靠椅上坐好，大半天才见侯老缓过气来，说道：

"大哥，您这是从何处而来呢？"

唐纪元说："我从我们报馆来的，听说你要买姨太太，可有这个话？"

侯老三点头道："不错，有的，这是一生第三个心愿。怎么您有好看的人儿吗？"

唐纪元摇头道："没有没有，不但我没有，还是特来劝你，休要自促其死。"

侯老三道："哥哥这话从何说起？"

唐纪元道："你自己害的病，难说你还不知道吗？应当好好的治病要紧，怎么你反到贪色，岂不是自找其死呢！"

侯三："我看不要紧。"

唐绝［纪］元道："好个不要紧！"

侯三道："那们我吃什么药，可以治此病症？"

唐纪元低头想了想道："顶你抽抽鸦片烟，有一个月的工夫，管保此病若失，还能身体强壮，那时你要说几个姨奶奶不成呢！"

侯三笑道："人家都说抽大烟伤身子，您怎么说抽大烟反能强壮身体呢？"

唐纪元道："你没瞧见药铺挂的横匾，上有四个大字是［以下 22 字原文字迹模糊］。

（十续）　且说老唐对侯三说：

"你听哥哥我的话，管保有益无损。"

侯三点头道："好，好，就是就是。"

当下便叫人到外面，买了一分极讲究的烟具来，又托人买了一包顶上少搀面斤料子的烟土，一时全都安排好了，就将大烟买了一大缸子。老唐知道他自己不会烧，遂亲自给他打了几口。

侯三头一回抽，觉不出有什么好处，只有点晕晕沉沉，到了吃饭的时候，比起往日吃着香，并且还加了食量，再者喘也止住了点，心说有边。于是第二天，老早就给老唐打电话，请他过来烧烟，老唐回电话，少刻就到时，可巧这个当口，公府有电来到，着令速去，并且着他随便知会侯君，一同前往。唐纪元答应下来，赶紧走出，乘车到侯三馆里，忙忙合合每人赶三口，都没过瘾，但是公府里有急事相召，焉敢怠慢，遂一同乘坐马车，奔入公府。

那时一般〔班〕要人，正等得他们两个心急，见其走入，遂将一件急待宣布的公事，交给他们两个人，在报发表，务要明天见报，唐、侯二人一齐答应说"行，行"，遂起身告辞而出。来在居仁堂外边，上了马车，老唐就直打哈欠，恨不能车上来个捂哼，点灯抽上两口，才合式呢。侯三倒不觉得十分难过。

老唐忽的由玻璃窗内，看见长安牌楼，遂想起此地，离着福二奶奶家中甚近，何不到他那里，吸口烟去，忙令马车往北，够奔后河沿。侯三笑问道：

"您这是要上那儿去呀？"

老唐说："我带你找个极好极好的地方，去吃口大烟。"

侯三道："是不是上福二奶奶那儿？"

老唐一听，反到闹了一楞，忙说："你去过吗？"

侯三笑道："我没去过，但是这几日，同他们几位要人在一块，时常听他们说，上后河沿福家去看姑娘，并说他那儿，大烟麻将牌，无一不备。"

老唐道："你既没去过，今天领你开开眼界。"

说话间，已到福二奶奶住宅的门前。车夫将车停住，二人走下，侯三留神观看，见是路北一个广亮大黑油漆门，门上贴着朱笺纸，写着"福宅"二字，下边安着一个电铃。车夫上前按了按，不大工夫，里边有人把大门开开。侯三一瞧这个下人，有个二十来岁，打扮得极其干净，又极其规矩，长袍子青缎鞋，瞧见老唐，点了点头，便让侯三在前行走，那个下人，又向他请了个安，然后头前引路。侯三是乡下老儿，进皇城头一遭，处处都要留神，见大过道左右都有门房，上有一个铁丝大门灯，下边靠墙设着两大板凳，对面墙上，还有挂官衔的那个木框儿，正中放着一个鳝鱼青的大鱼缸，左右两旁摆着个青花白地，秧歌鼓儿的形式大绣敦［墩］，走进去往西，一溜长房，看那样子，却是个旧家。正厅抱柱下边，有两株老木海棠树，枝叶扶苏，非常茂盛。

（十一续）　且说侯三来至福二奶奶家中，留神观看，见这种形式好些前清一位道员宅子的派头。

进入垂花门，穿过正厅，来到后面，早见一位半老佳人。福二奶奶从上房内迎出，梳着一个旗头坐儿，鬓上插着一朵白鲜菊花，身穿一件半新不旧的青洋绉软夹袄，青洋绉散腿夹裤，足登一双旧色绣白花，改良坤皂鞋，淡扫蛾眉，轻施粉面，手托一支白银水烟袋，笑容可掬的说：

"唐老爷，这是从那儿来呀？"

老唐说："刚从公府出来，因我这位朋友，要到你这儿吸口大烟。"说着便为指到道：

"这是本届新选议员老爷，侯三先生，号叫一瓢，这是福二太太。"

彼此鞠躬为礼，让至屋中落了坐。福二奶奶向外叫道：

"顺儿，把三小姐请过来，就手给松宅打个电话去，就说请他们大少奶奶，合他们二小姐一块来，我这儿请他们吃晚饭，有人等他们打牌呢。"

那个下人站在里间屋帘外边，垂着手，恭恭敬敬，答应几个是，走出门外去了。这里有十四五岁一个小丫鬟，一面伺候烟茶，一面从炕儿底下，撤出一个烟匣子，把盖儿揭起，用洋火把灯点着，挑起一个磁缸内的大烟向灯上烧起。福二奶奶笑道：

"你们二位谁先抽？"

老唐便让侯三，侯三说：

"我没有什么大瘾，还是大哥你先用罢。"

老唐点首笑道："好，好，我就遵命了。"

说罢，走过去，倒身躺在下面，去过烟瘾。地下福二奶奶，就向侯三说：

"临时大总统，期限快满了吧？"

侯三道："有十一天的工夫。"

福二奶奶道："看这样子，总该还是推举项城。我前几天，听人传说，在私下试验投票，项城很是危险，您必是共和党内的议员，但不知诸公，怎样设法敌制？据我看，这是北洋派生死存亡一个大关键，不可不大加注意呀！"

侯三一听这位福二奶奶，别瞧他是个女流，居然能够谈吐风声［生］，并且对于目今实［时］事，很有些政治眼光呢，遂笑答过：

"您说得很对，昨天又在钓鱼胡同开议员茶话会讨论此事，业将异党中的议员，收买了三成之七，都是唐红翁同我两个人，来往奔走，代为说合的。"

福二奶奶笑道："这们一说，你们二位俟项城举出后，将来酬庸之典，必到前茅。"

正然说得这句，只见屋帘一揭，走进一个十八九的大姑娘，梳着一条如云似漆的辫子，是个净水瓜子脸，欢眉大眼，高鼻梁，小嘴唇，不笑不说话，一笑两个酒窝。先向侯三鞠了一躬，复向老唐施了一礼，笑嘻嘻一屁股，坐在老唐身后边，把一支手，伸在老唐怀内乱摸，说道：

"你给我买的东西，今天想必带了来。"

老唐一口烟，正然吃在肚内，也顾不得说话，只可把那姑娘的手揪住。这时福二奶奶从旁说：

"三姑娘，别同他闹，买来还不给你，老是这样孩孩气气的。"

侯三一听，知道必是福二奶奶的姑娘，刚才所请之三小姐也。少刻老唐一口烟咽下，这才翻身坐起，笑答道：

"对不住，买是业经买了，就是忘记给你带来了。"

（十二续） 且说福二奶奶的姑娘三小姐，向老唐身上一路乱摸，被老唐用手横住说：

"东西倒是给你买了，可惜忘记带来，实在对不住。"

说着便请侯三躺下过瘾，老唐躺在对面，低低说道：

"方才说，给松宅打电话，请他家大少奶奶，合他家的二小姐，少时来到你瞧吧，真是一对玉人，姑嫂二位，坐在一处，犹如江东二乔一般，可称是环肥燕瘦，如尽其美。"

侯三笑问道："也能真个销魂否？"

老唐道："怎么不能呢，不过钱少了办不到，却是真话。"

三小姐坐在旁边，把嘴一撇，用手指向老唐头上戳了一下儿说：

"小小人，你们损吧！"

老唐道："我这话是真是假呢？"

正然说至此处，忽听院外一阵笑语之声，福二奶奶抹头向窗外一看，忙起身笑着，迎出屋外，一边走，一边说道：

"喝，我干闺女来啦，你娘好哇！"

老唐赶紧坐起来，扯着侯三衣襟说："你来瞧，多半来了！"

侯三连忙把大烟枪放下，走至玻璃窗前，向外观看，岂知早已让到对面屋子去了。不大工夫，福二奶奶笑着走入，向老唐说：

"你们打牌不打？"

老唐道："怎么不打呢！"

福二奶奶道："既是打，我就把松家姑嫂一齐约过来，给你们引见引见，你看好不好？"

老唐说："怎么不好呢！"

福二奶奶一听，抹身而出。少时就见下人把屋门软帘揭起，福二奶奶在前引路，笑着说：

"来，来，我给你们引见。"

话言未了，由外面走进两个绝色美女，侯三举目观看，但见头前这个年有二十一二光景，丰肌玉肤，眉目含情，身穿湘色短袄。第二个，年有十七八岁，秀骨珊珊，眉目别有一种风韵，身穿青缎绣五彩花短袄，大红缎绣花带穗裙。两个人都向侯三起身上注意，彼此鞠躬为礼，一齐落坐。福二奶奶说：

"你们二位都裙子脱了吧，何必这样规规矩矩的呢？"

松家姑嫂一听这话，更不拘了，遂起身把裙子脱去，笑着说：

"要打，这就快打！"

福二奶奶道："那是自然！"

于是命人把牌桌搭过来，分筹按庄，挨次坐好，可巧松二小姐，与侯三坐了个对面，大可饱餐秀色。

照直说，侯三只顾了竟瞧松二姑娘，手里的牌，不知要怎样打好，一起手三个红中的暗摸，愣给斗出一个去。可巧松二姑娘，红中调单，一下儿碰了个两番牌。老唐说：

"我看看你手里，都有什么，为何要打红中呢？"

既至探头一瞧，侯三手里还有两个，招得众人一路大笑，侯三忙将牌往里边一揽。福二奶奶说：

"侯先生不会呀，快叫我们三姑娘给你瞧着，当个临时顾问吧！"

老唐说："为什么不会斗呢，皆因只顾了看……"

说到这句，连忙噎住。福三姑娘接口笑嘻嘻的说：

"对，对，侯先生他只顾两支眼睛竟瞧我素真姐姐，可就把手里牌打忘啦！"

一句话，把侯三说得满脸绯红，恐怕把二姑娘着恼，忙用话拦道：

"三姑娘，真是有点孩气，梦见什么说什么，岂有此理！"

（十三续） 且说侯三听福二奶奶的姑娘福三小姐说，他两支眼，竟顾看素真，所以把牌打忘，臊得满脸绯红，遂说三姑娘，是有点孩子气，梦见什么说什么。嘴里虽然这样遮盖，两支眼，却偷偷去看那位松素真，不但不僵，反到嘻嘻笑，这下儿把侯老三迷住，心说："若论这个人头，我们那一村那一县，全没有。如能要在手里，作个媳妇，续黄粱有话，平生之愿足矣！"心中只顾了胡思乱想，不料又包了老唐一个三副落地，清一色的索子，招得大家又复一阵哈哈大笑。

话休烦絮。少时四圈打完，老唐起身要走，侯三还想多待会儿，老唐爬［趴］在侯三耳朵上说：

"你要舍不得走，只管一个人在这儿，回头我给你托嘱托嘱福二奶奶，可以令你如愿以偿。只于我，必得回馆者，专为发布公府所交之文件。"

一句话把侯三提醒，忙说："是呀，我也得回去办这件事情！"

老唐说："不要紧，都归我给你去办，尊驾就在这儿享艳福。我明天午后一点钟接你，看这个主意，妙不妙呢？"

侯三一听，满心欢喜，连连拱手称谢，点头答应。于是老唐把大衣穿好，一招手把福二奶奶叫至跟前，笑着低低说了两句，就见福二奶奶，始而摇头，继而点首微笑，老唐方与众人作别而去，按下不必叙表。

单说侯老三见老唐走后，便躺在床上鼓捣大烟，忽见福二奶奶，向其招手，叫至对面屋内问道：

"刚才唐老爷走的时候，托嘱了我，说是你看上松二小姐了，是有这个话吗？"

侯三红着脸，笑嘻嘻的说："是诚有之，但求大姐，极力作成！"

福二奶奶道："这松家，比不得别人，他在前清时，曾作过湖北见缸道，目下本人还在，只因小辫没剃，不好出来作事。他的少爷，去年死的。这位二小姐，人极开通，羡欧西之文明，与唐佩文、申佩深为密友，朱三小姐，同他是金兰姐妹。不过目下家中，开销最大，净大烟枪就两三杆，松大人每天，得抽二两烟膏，下人，厨子，老妈，跟班，上上下下十几个，成天没事，如何得了！要说卖点东西过，还行，只是松大人又舍不得那样办。说也可笑，只因他交了一个朋友，名龟保三郎，彼此交得最近。这龟保三郎，是个小官，每月薪金，不过二十五六块，薪俸极薄，而彼之开销最大，每日出来也是马车，时常到饭店吃饭。松大人问他每月薪俸不多，何以你开销如此之大，必是另外还有差使。龟保三郎坦然答道，所以我这进项，都是船板胡同，快心堂里，有个叫小燕的那是我的夫人。在那里作生意，每月净赚中国人钱，不下四五百块，请想，作别的生意，都得用本钱，惟独作这宗生意，既用不着一文的资本，更可得吃得喝得乐得逛，世界上最便宜最上算，就是这项生意。松大人一听恍然大悟，于是同家中人一商量，可巧遇见他姑嫂二人，都是恋爱自由，实行解放。陈独秀的高足弟子，听松大人这说，是全体赞成。"

（十四续）且说福二奶奶，对侯三说：

"松家二小姐，是个恋爱自由，实行解放的主儿。你先生打算娶他为妻，原不是件难事，可得依他的条件办理。"

侯三道："娶媳妇，还讲什么条件，我们乡间，可没有这宗规矩呀！"

福二奶奶笑道："你先生别比乡间，要是一定比乡间，您当初挣多少钱，现在挣多少钱呢？"

侯三道："我先听听他都要的是什么条件。"

福二奶奶说："第一个最重要的条件，就是准其自由。第二个条件，是折聘银一万元。"

侯三听到这句，把舌头吐出老长，都亮的冰凉，好像沙肝似的，方才吞回去说道：

"喝，我的主哇，他怎么要那许多的钱呢！"

福二奶奶笑道："你先生没看看人头儿吗，可称是货高价必贵，但是其中有个诀窍，可以省钱。"

侯三说："什么诀窍？"

正然说到这句，忽见从外面，走进一个年轻小伙子来，生得倒也细脸白肉，并且一咧嘴，还镶着黄澄澄两三个金牙，捳着博士头，身穿一件青库缎大花夹袄，上罩一件蓝彰缎团花抉衿马褂，足登两支薄底官靴，好像是府门头一位花花公子，吓得侯三赶紧站起身来。那人也不言，也不招呼，直向福二奶奶跟前请了个大安，开口叫道：

"奶奶，我回头要上后门姑姑那儿去，您有什么话没有？"

福二奶奶一面向侯三说："你先生请坐吧！"一面向那个花花公子说：

"没什么话，就说姑老爷的生日，我可没有工夫给他拜寿去。"

那人点了点头，退出门外。侯三说道：

"是谁？"

福二奶奶笑道："这是我的小孩子。"

侯三说："怎么管你叫奶奶呢？"

福二奶奶笑道："我们旗人管着娘叫奶奶。"

侯三道："那么管着奶奶叫什么呢？"

福二奶奶说："叫太太。"

侯三道："现时他作什么？"

福二奶奶道："新从中学堂毕了业，但是据我们本家太爷考查他的学问，简直不行，故此又特请了一位老师，在家从新念书，目下刚学着作五言诗呢。"

说着便从书架上，拿过一本白摺子，递给侯三说道：

"这是新近写的字，你看好不好？"

侯三接过一看，临的是九成宫楷书，间架结构，非常齐整，好似当年八股时代之考试卷子，当下自觉汗颜，遂撇着嘴说：

"写得倒是不错，可惜目今用不着了。在新学说，此之谓美术，可有可无，有这个工夫，何不练点实业呢？"

福二奶奶笑道："先生是新人物，所以看不起旧学，然而先生都学了什么实业了？"

一句话把位议员老爷问住，遂结结巴巴的说道：

"要论我的实业，可非常之大呢。所有蒙古瀚海，一切游牧之事，统归我代表。"

福二奶奶微微一笑，往下不言语了。侯三接着前事问道：

"刚才你说有个诀窍是怎么个主意，可以省钱？"

福二奶奶说："这个诀窍，别名曰试婚。凡有试婚者，只出三百块衾绸费，就可为一宿之欢娱。果能说得投缘对劲，就可从此定正式之婚约，其一万元之聘金，可以不要了。其主权，专在松二小姐本人身上。你如果愿意先试试婚姻，只拿三百块钱衾绸费，我可以给你们两个作介绍人！"

侯三一听，满心欢喜，连说："好，好！"

正是：金屋欢贮娇羞女，仍须月老作冰人。

（十五续）　且说福二奶奶说出试婚的价值三百元，便可共入襄王之梦，侯三乐不可支，当下点头应允，复又连连作揖说道：

"就请姐姐作个居间介绍人吧！"

福二奶奶说："先将费用拿出，给他看了断无不允之理。"

侯三点头道："就是就是！"语毕，从腰中掏出皮掖子，打开一捏三张，便是三百。福二奶奶接过一看，满是正金银行的钞票，上面印着个"任重致远"的团章，遂笑了笑，往衣兜中一揣，走出屋外去了。这里老唐的相知福三小姐凑过来，给他烧烟说闲话，并拿过一本女子初等第五册教科书来，翻着篇找几个生字问他。老侯一边抽着鸦片烟，一边还当着一位国文教习，却也有趣。那福三小姐，正在似解不解，天真烂漫的时候，却有个意思，半靠半坐，依在侯三身边，举着书，斟问字义，复又给烧大烟泡儿，漆黑的头发，雪白的鲜茉莉花，一阵阵香风，扑入鼻端，老侯简直乐得不知那边是北。

看看不知不觉，外面已打了三更，心说："福二奶奶，怎么还没有回话，倒底那头愿意不愿意？"正在思想之际，福二奶奶走将过来，笑嘻嘻的说道：

"事情办成了，大概也快回来了。"

侯三说："怎么又走了呢？"

福二奶奶说："不是同他嫂子一块儿出来的吗，还得一块回去。多咱候着那位松大人归了自己屋子，他再偷偷走出，好遮众人耳目。"

说着就听窗户外边，有人低声叫道：

"二太太，松小姐到了！"

福二奶奶连忙答应，走出屋外，不大工夫向老侯招手道：

"来吧来吧！"

侯三这才放下烟枪，随在福二奶奶身后，穿过退堂，走出中院，进入西月亮门，有两间北房。就见屋中电灯明亮，松家二小姐，正在一张汽床斜歪着，看见福二奶奶同侯三进来，赶紧起身相迎，大大方方，向侯三鞠了一躬，侯三也还了一礼，分宾主坐定。此时侯老三脸上，倒有点羞愧之色，而松二小姐，却倒坦坦然然，毫无赧容。侯三心中很是纳闷，自念如今的女人，反比男子脸厚，假如我是他，简直连灯都不敢点哪。

正在心中思忖之际，忽听松二小姐说道：

"侯先生，方才福二太太过来同我说，阁下不弃陋质，与鄙人要谛结秦晋之盟，先行试婚，此举颇合鄙人志愿，故此当即允许。请问先生，当议员还是为民，还是为自身呢？必须掏出良心说话，我听听你的志向，便可以定我终身之大计划！"

侯三听他这一问，为了大难，不知怎样回答是好。欲说为国民造幸福，一者实在屈心，二者又恐他说我是用门面话冤他。欲待说，简直为搂钱而来，又恐他看不起我。这，这，这便如何是好！心中一转，计上眉梢，遂笑道：

"此种问题，一时难以回答，容我闲暇，得了工夫，作个说明书给你，自然就晓得我的心事了。"

（十六续） 且说侯议员听松二小姐问他，此次充当议员，是真正代表民意，与国民造幸福，还是由地宫就憋着卖国求荣，大搂洋钱，一脑子的楼阁车马，妻妾银钱呢。当下心中一转，计上眉梢，遂微笑答道："姑娘这个问题极大，非一两句话可以概括的来，容我得闲，详详细细作个说明书给你，自然就也表明我的心迹。"松二小姐一听，点头微笑，遂揭过一旁。

书要简断。照直说，是晚侯议员便在福二奶奶家中与松二小姐成为一双自由夫妇。在枕上松二姑娘问侯议员：

"家中都有什么人？我倒是想嫁，然而你必须把实话告诉我，可以将一万元的妆奁费免了去。"

侯议员一听，喜出望外，连忙大吹其牛，大撒其谎，说是家乡有水田三百顷，房产金店，大绸缎庄，都在上海、汉口一带。家有一位八十多岁老娘，现时还有病，大约今明年就可以吹台，并且也不跟着我过，归我舅爷家养活着呢。论我在北京，所交接的人，内而总次长，外而督军省长，全与我换帖磕头，呼兄论弟，自要把袁公举出之后，就放我为浙江省长，兼财政厅厅长。俗语说，"在京和尚出外官"，别听一般假充开通的人说，官是公仆，民是主人翁，那话全是冤傻子呢，究竟还是作官。目下虽然不如前清那样威武，但是一出门，洋枪队，军乐队，马队，走一处，一处欢迎，到一处，一处欢迎。住的是高楼大厦，吃得是海味山珍，银钱撒开手的花，够多舒服！你要嫁给我，与我作了正式夫妇，我是议员，你便是一位议员太太，我是一位督军省长，你便是一位督军省长的太太，请想，何得不喜，那得不乐呢！

松二小姐一听，信以为真，心中默默如有所思，想了有半个钟头的工夫，遂说：

"这话可都是真的？"

侯议员道："我要有半句假话，王八不是人养的！"

正然说到这句，忽隔邻的金鸡吱吱报晓。侯议员说：

"喝，可了不得，快天亮啦，明天我们报馆还有事呢！"

语毕同入梦乡。这一觉，直睡到第二天午后一点钟，还没苏醒。看看到了一点十分，侯议员正在梦中，忽觉耳根一痒，好像有人通[捅]他，由不得睁开眼睛一看，见是唐纪元老大哥，站在床前，嘻嘻笑道：

"嗳呀，辛苦辛苦！"

侯议员一听，这才明白，尚睡在福二奶奶屋中床上。连忙披衣坐起，一看松二小姐，不知什么时候去的，只遗下一个紫荷包，上扎玉佩一件，赶紧拿起，揣在腰间，将衣钮扣好，穿鞋下地，拱手道：

"老大哥到了，兄弟实在对你不起！"

唐纪元笑道："怎么样，得意不得意呢？"

侯议员正色答道："兄弟为子嗣计，特特物色一个相当高尚人物，好给议员老爷支撑门户。幸尔得遇松氏一娘，才貌兼全，四德具备，业已言定正式结婚，日期当在大总统选出后第三天，可否请老大哥你，作个证婚之人？"

（十七续）　且说侯议员，对唐纪元说：

"我与松女士，业已言定。正式结婚之期，当在大总统选出后第三日，可否请你老哥，作个证婚人？"

唐纪元点头笑道："就是就是！"

话休烦絮。到了大总统选出那一天，侯议员便遍发请帖，约请两院议员，给他作贺。一切礼节满用新式，皆因议员是人民之代表，凡事都得以身作则，好给人民看看，既可开婚姻之文明，又可为新式之指导，故尔不怕多花银钱，但求处处合乎新潮流，能够标奇立异便好。

先说这请客名片，本是院里庶务科科长徐老虎给他办的，用一百八十磅洋宣纸作片子，印着金字，系文明印刷局所印刷，上写："不佞侯宗，与松女士，谨詹于九月十六日午后八点，在中央公园水榭，举行正式结婚礼，歌冰镜于台前，仰玉盘于天际，礼开文明，事属盛举，敬乞乡谊、世谊、友谊、戚谊赏光，恭备茶点，敬聆大教（娶媳妇也要求教，可见其新也）。"下写着"介绍人：唐纪元、孙在礼、陆完甫、杨树宣。证婚人：格宏言、陈天华、范景华、胡天章"，后写"众议院议员侯宗，妇女某某会会长，女士松子平，同鞠躬"。所有两院五百尊罗汉，同时均有一份。

到了是日，中央公园正门，用松枝扎的彩牌楼，中以电灯缀着八个字的横匾，是"名媛硕彦，两玉一时"，左右对联是"乘龙有庆，知为坦腹之英；利凤多才，克中时屏之选"，并以两杆大五色国旗，作十字形，悬于正门之下。进入内门，便用两根绳子为引路线，都悬五尺宽之外国旗，一直悬到园内水榭之中。水榭正厅设着一个演台，左右列着两架风琴，上面悬着各国国旗，地下铺着大地毡，更饰以红毡，下列五十几支靠椅，不分男女，一律入座，谁愿意同谁挨着去坐，那都没有什么妨碍，皆因人生最重要的，是恋爱自由。又云，"不自由，毋宁死"，所以外国宴会，讲究跳舞，不论谁同谁，都可男女合在一处，乱蹦乱跳，也须男请女，也许女请于男，这就手拢手，腿碰腿，肩靠肩，并且还是脸对着脸，互相把臂，彼此抱腰。一般新人物，名之曰最文明之宴会，跳舞礼也，凡是久在社会上，惯于社交的人，总得豫先研究好了。听说跳舞这件事情，还是个专门学，讲究姿势态度，不即不离，有单人跳舞，有男女合舞，有群舞，要叫我这顽固脑筋一想，顽固眼光一看，简直是导谣，又好像小孩扯咕喽愿。侯议员先在福二奶奶家中，就与松二小姐商量明白，演习好了，打算要在人前夺贵，奥里夺尊，不如此，不算是新人物。更买了一本跳舞书谱，又开了一回跳舞电影，两个人瞧好，昼夜兼程排演，算是略有规模。

到了是日午后夜内，中央公园，非常热闹，汽车马车，一直卸到天安门外。至于接待员、纠仪员，又是一十六位，皆穿燕尾色大礼服，胸挂大红西番莲鲜花一朵，老远一看，好像是一群乌鸦，映日而红。

（十八续）且说侯议员娶第二个媳妇，满都用新式，仿照西洋成婚典礼，大办喜事，两院五百尊罗汉，均着西式燕尾大礼服，胸挂大红西番莲鲜花一朵，老远一看，如同一群乌鸦，各衔红果一枚相似。少时打发宝马香车，奏着西乐，向松宅迎娶。松二小姐款步登车坐好，车夫上去，亦将屁股稳了稳，这才将脚铃一踏，前边军乐队队长忙将教鞭举起，指挥大家，吹打起鼓号来。前面还有四匹对子马，皆穿前清官衣，靴帽袍套，在实青外褂上面，单披红袖，共是两对，骑在马上，却也好看。不大工夫，来在中央公园，一直拉在水榭山石之前。下了车，介绍人与证婚人，二十几位，全走至松二小姐面前，行了三鞠躬礼，代表新郎官，致欢迎词。词毕，松二小姐略略把身子弯了弯，还了一鞠躬礼，众人退下，这才将侯议员引出来，亲向松二小姐，行了三鞠躬礼，然后向前行新婚第一次接吻礼。大庭广众之中，真难为他们两个人，拉的下脸来。

接吻已毕，手拢手，一同进入大礼堂，男女来宾，一齐鼓掌欢迎，早有招待员纠仪员，将新人让入接待室，暂坐休息，略事烟茶。少刻证婚人登台，演说侯议员与松女士，文明结婚之原［缘］起，中谓侯议员为南人，作蒙古之代表，松女士为北人，作南方之新嫁娘，一系名媛，一系名士，吾辈得睹二人结婚之盛况，诚盛事也。语毕退下，即由纠仪员引新娘松女士登台演说，再次为侯议员之演说，次则来宾致颂词，次则新郎新娘，对于男女致辞谢词。诸事已毕，这才命人设摆茶点，时外面已交十点一刻矣。

茶点用毕，宣告散会，是晚竟收到贺仪，就有两千多元，除开销七八百元之外，尚剩一千二三百元之谱，松二姑娘，全都由账房要在手里，往身上衣兜中一掖，笑向侯议员说："这钱我留着明天回家作赏钱了。"侯议员一听，钦此钦遵，不敢违背，连连点头答应不表。于是一同乘坐汽车，同归新居，共成为百年之好合。看官记下，这是侯议员第二个媳妇。

过了一天，把党中奉总统一笔大款发下来，每人五千元，并说经元首指定，派某某某向南方湖口，暗查黄兴举动，就近用专电，报告本党，另外每月加津贴五百元，路费一千元，着即日起船南下。侯三把点派单子拿过一瞧，内中就有唐纪元，与他的名字，心中是又喜又忧。喜得是元首，拿自己当作了心腹，并且又多加一千好几百块进项；忧得是新婚在迩，恐松二姑娘不忍割舍。当下回至家中，把此事对松二姑娘一题，诚恐他不大乐意，谁知他竟自坦坦然然的说：

"男儿志在四方，岂可因儿女私情，消磨了先生的壮志！"

（十九续） 且说侯议员，恐怕松二小姐舍不得他走，谁知反倒□正言谢却道："男儿志在四方，岂能因为儿女私情，消磨了风云壮志。但，你走后，每月给我留下□百块钱作日用，少了可不够我花的。"

侯议员笑道："就是，就是。"

当晚松二小姐，给侯议员送行，大张盛宴。夜间嘱咐侯议员：

"到了南方，不许涉足花□，如要叫我知道，咱们两个人可是吵子！"

第二天早起，侯议员倒有些难舍难割的情象，岂奈松二小姐，落落大方，欢天喜地，闹得自己无可如何，只得强笑而别。

是日乘京汉车南下，到了汉口下车，早有本处当地官吏，将彼等□在一个极阔极阔阔公馆内住下，从此安闲无事，除了打牌，便在朋友处吃鸦片烟。有人约他出去游逛，遂以光明正大的□说道："吾身为国会议员，为人民之代表，岂能身涉花□，辱我中华民国国体呢！"众人一听，都很佩服。

时正民国二年季春之候，却是残红送雨，绿叶窥窗之际，一般阔人，都去□明花巷内碰相，以饯残春之景，独侯议员一人，只在公馆内看书解闷。一天本处商会，开储金大会，遍请中外名流男女学生，唐纪元与老侯，都在被请之列。是日到会者，不下二千余人之多，老侯两支眼睛，竟往女客中眺望，但见南方女子，个个长得都像天仙，也搭着打扮的素雅，比起北京，别有一种好看。

正在呆想，忽见讲台上当啷啷一阵响，却是振铃开会了，众人各就椅子上落了坐。先有本会主任，上去报告开会旨宗，须请男女名流，登台演讲。只见头一位，就上去一个女人，年纪约在三十开外，净□□，重眉毛大眼睛，说胖不胖，说瘦不瘦，身穿一件湖色绸夹袄，青库缎洋式黑裙，足登两支西洋博士鞋，□上梳□一个文明髻，光可照人。走上台去，向台下鞠了一躬，下边人一齐鼓掌。就听莺声燕语说道：

"敝人陈眉春，今天被储金会函约，本没有打算演说，故此也没有预备。那们今天来到，经会长再三恳我，没法子，暂诉我心中积蓄的意见出来，供献于到会诸君。如有不对的地方，务乞指教于我。"

说□□处，大家一路鼓掌。侯议员□向旁边一个□打听：

"这位是那一所学堂的女教习？"

那人把老侯上下打□一眼，然后说道：

"您会不认识这位先生？喝，这就是大名鼎鼎的女伟人，陈眉春，好学问，好见解，差不多的男子，都敌不过他。"

说话中间，陈女士下了讲台，大家又复一阵大鼓其掌。老侯一想，也打算到台上，说个三言五语，为是叫这位陈女士认识认识他，借此出出风头。想罢，奔至会场主任部内，报了名姓，然后挨次登台演说。自己也不知都说些什么话，反正大小总有人捧场。演说完了，走下讲台，只见唐纪元，与那个陈眉春女士，在一处谈话，这下儿有了台阶，连忙向前高声叫道：

"纪翁，□那处不找你，原来在此谈天！"复又向女士鞠了一躬，不熟假熟的说道：

"久仰大名，无缘拜识，今竟得聆教言，可称三生有幸！"

（二十续） 且说老侯对那位陈眉春女士，鞠躬说道：

"久仰大名，无缘拜识，今竟于此处，得领教言，可称是三生有幸！"

那陈女士，亦还了一礼，轻启朱唇答道："岂敢，菲材鄙劣，聊尽愚诚而已。"

唐纪元从旁说道："你们二位不相熟吗？原来是初次会面呀！好，好，待我给你们介绍介绍！"说着笑指侯三道：

"这位是共和党中的健将，蒙古议员，卯酉部的部长，现充临时约法会起草员。"复指着陈眉春说：

"这是女界的伟人，曾充北伐队副队长，白十字会会员，又在南京临时政府代二万万女同胞，上书求女参政权的。事虽未成，足见女士之魄力，非复泛泛者可比。你们二位，都是给苍生造万世之幸福的，彼此要多多盘桓！"

陈眉春女士微笑道："唐先生你这篇誉词，敝人实在承当不起！"

说罢启齿嫣然，这就把手伸过来，同老侯行了个西式握手礼。老侯乐不可支，心说："喝，比起松二姑娘，还透着开通。再者我来到此地，正愁无相契的女朋友，果能与他时常在一处谈谈天，倒也解闷。"遂笑问道：

"陈先生寓在什么地方，过天要专诚拜访！"

陈眉春说："鄙寓住在大钟街方巾巷二十四号。先生那天去，当焚香扫榻以待。"

侯三道："那可更不敢当了！"

说着大家陆续散出，于是点首而别。

唐、侯二人，看着陈眉春上了马车，他们才慢慢向十字街中西饭店而来。进了门上了楼梯，走入一间客屋内落了坐，茶博士过来伺候，把香茶沏来，放在桌上，走出屋外。老侯由烟盒内，抽出两支好雪茄烟，递给唐纪元一支，自己用火引着了一支，慢慢吸着，倚在一支躺椅上微笑说道：

"这位陈女士约摸着有三十开外的岁数了，大有徐娘半老，风韵犹存之概，想必早已有了夫家，但不知谁氏子，得此美妇，消此艳福。"

唐纪元道："目今他是独身主义，倒是没有配夫。在十年前，听人传说，是他母亲给定的婚，是前清旧官僚，名叫莫依昂，号叫日蝉，曾充户部员外郎，后升天津造币厂总办，很弄了几个银钱，买了七八个姨奶奶。陈眉春是慕西方文明，看莫某所为，不惬于心，业于五年前，正式离婚，专给女界谋幸福。他说男女夫妇，很算不了什么重要大事，况旧俗女子，从一而终的那句话，实实在在悟尽不少聪明女同胞，故此他首先打破这一关。并说夫妇有好几种解释，先以他自己本身说，有精神上的夫妻，有名义上的夫妻，有爱情上的夫妻，有血诚相见之夫妻。夫妻种类太多，一言难以概括！"

几句话说得老侯，只是嘻嘻的笑，遂说：

"叫他这一讲夫妻还要分种类呢，这也可称是闻所未闻了！"

唐纪元笑道："你们二位，亲近亲近吧。可有一样，尊驾要大留其言，否则恐怕你惹不了他。"

侯三说："冲着哥哥您这句话，我倒得试试，看他一个女人，有多大能力！"

唐纪元道："我说的是真话，你别当作我是吓唬〔嚇〕你！请想，汉口这个地方，多少青年阔公子，谁不想着他，竟自没一个敢去升堂入室。"

（二十一续）　且说唐纪元对侯三说：

"就以汉口这个地方论，多少青年阔公子，谁不想着他，竟自没有一个敢去升堂入室的。即此一端，足见陈眉春的手段如何了！"

侯三闻听，默默不语。唐纪元笑道：

"你大概不信我的话，请试试看吧！"

语毕而去。

过了一天，侯三刮脸修头，换了一身西服，雪白的硬领，鲜红的领巾，手上带了一对金戒箍，揣上烟卷皮匣子，披上名片，拿上文明手杖，在鼻梁上驾了一架水晶过光的眼镜，然后用洋火把烟卷引着一支，拿起手杖匆匆出门而去，打算拜望这位女伟人陈眉春。刚刚走出了大门，忽又想起一件事情来，连忙走回屋中，把一个小银匣儿打开，揭起一层软绵，从里面提出一个金光灿烂的议员徽章，挂在胸前，这才二返出了街门。

雇了一乘小轿，说明地点，抬往大钟街方巾巷，轿夫点头，搭起就走，跑了个飞快。

当下穿街过巷，走了两个街头，早进入了方巾巷。又走了没一丈多远，见路北一所高楼，房门口贴着"陈公馆"三个大字。侯议员命轿子停住落了地，由内走出，付了轿资，打发开了。遂走上台阶，一扣门环，忽见从门房里，出来两个男仆，年纪都在十八九岁，眉眼都生得俏丽，面皮也生的雪白，穿得也极其干净，由不得心中一动，自念陈眉春，自称独身主义，又什么夫妻可以分门别类，看来这两个人，一定是他的面首，爱情上之夫妻了。想罢，从身上把名片子掏出，递在一个人手内说："拜会陈先生。"那两个下人，把侯三上下打量了一番，复又向名片上瞧了一瞧，声也不响，走入门内，一去去了足有十几分钟的工夫，才出来一个人，说了一个"请"字。

侯三款步而入，随着那个下人，进入前面客厅内落了坐。见屋中陈设的倒还齐整，墙上悬着一个西法炭画自由神，又挂着孙中山写的一付对联，其文曰："愿学木兰从军义，休羡张敞画眉人。"余外还挂着大总统袁公照像。正在一人观望之际，忽见门帘高起，侯三转身一看，是陈女士走了进来，打扮的与前时所见不同了。梳着一条油黑发辫，穿着一件葡萄灰库缎大夹袄，手里托着个小银水烟袋，笑容满面，向侯三鞠了一躬。侯三亦赶紧向前，还了一礼，遂分宾主坐定。侯三道：

"自日前一别，转瞬两日暌隔丰仪，寝食皆减，故特踵门造访，借领清芬，以洗尘俗。"

陈眉春道："岂敢岂敢，荷蒙大驾降临，光我敝庐，诚属三生幸事！"

两个人谦词了会子，下人这才把烟茶送上。陈眉春见侯三所佩戴之议员徽章，遂笑问道：

"先生为蒙古代表，到此有何事故？"

侯三一听，遂扯谎遮掩道："敝人虽是蒙古议员，然我实实在在，衔恨袁氏所为，深赞西南诸公，能于护法，故此借事潜行来汉，遇机作一件惊天动地的大事情，方不负男儿之志愿。"

陈眉春极口称赞道："春初次会面时，自当君是袁政府手下私人，这们一说，与余之志愿相同，堪为知己。"

（二十二续） 且说陈眉春道："敝人与先生初次会面时，自以为先生是政府私人，这们一说，你也是位护法政客，与余之志愿□合！" 复又叹口气道：

"眉春从事革命，十有余年，一身幸福，大半牺牲，叔侄弟兄，多死国难，春百折不回，说不后悔。凡是与我同志的，没有一个不知道我的心。先生既然与春的志愿不谋而合，岂可不令阁下知道知道眉春十数年来所经营的事项呢。"

说着从书案上拉□一本蓝皮小册子，递给侯三道：

"所有我奔走革命，大略在此。"

侯议员连忙双手接过道："好，好，正要捧读捧读先生的事略呢！"

说罢，低头一看，册子上写"女伟人陈眉春之革命史"。翻开一看，里面有个六寸像片，是个武装打扮，手按宝剑，挺身直立，二目含情，樱口欲动，一种媚气，凝于眉宇之间，观之实在令人心醉，大有"叱咤时闻口舌香，霜矛雪剑娇难举"之态，上面横印一行小字是："陈眉春女士北伐队之武装摄影"。再向后翻，仍是他本人两张小像，一男子装，一女子时髦装，伏案作写字状，后有汤化龙、宋渔父、各大伟人的题咏，诗词歌赋，长者又□短者歌，比梅兰芳小说还透热闹。侯三心说："革命不革命，倒不去管他，只是这三张美人图，大可解颐！"遂连声称赞道：

"一篇煌煌诗文，容小子回舍，扫地焚香读之！"

说罢，揣在怀内。陈眉春笑问道：

"先生可曾娶有家室？"

侯三一听，立刻又扯起谎来答道："静山自幼，就立下一个志愿，第一须有革命事迹，深通汉文者；二要天足；三要与敝人年岁相当者。后二条倒有，只是前一条，总未能如愿，所以宁可不娶，是以居室尚虚。"

陈眉春笑道："先生志愿行为，怎么处处与我相同呢，我也是这宗打算！"

侯三故意问道："怎么，你先生也是独身一个吗？"

陈眉春笑道："诚然，诚然。"

正说到此处，外面又说有客来拜，侯三不便再坐，只可起身告辞。陈眉春道：

"无事只复过来谈天，我很愿有同心的在一处盘桓，不然也是很闷的呢。先生寓居何处，寓中都是什么人？"

侯三道："现住直隶乡祠。"

陈眉春道："过日必当回拜！"

侯三道："那可不敢当！"

说话答理，陈女士一直把侯议员送至门外方回。

侯三走出，另雇一乘小轿，回归寓内。进了门乐不可支，横身往床上一躺，由怀中掏出那本陈眉春小册子来，翻开前后，用现威〔显微〕镜，去放大他那武装小影，更觉得媚首天成，□不胜衣。看着看着，由不得自己噗哧笑了，心说："怪不得当初有人说，革命成功，乃袁项城一人所为，其余满是虚张声势，不过在报纸上，瞎造几个电报。就以此人说，名为北伐队之长，以这样风流妖媚的□队长，无怪乎北军要败。大概不□交锋，自然都得弃甲投戈，拜倒于石榴裙下矣！"想到此处，复又自言自说："我楞打回哈哈，向他求婚，看他怎么回答。"

（二十三续） 且说侯三打算同陈眉春，打回哈哈，求一求婚，看他怎样回答。想罢，起身走至写字台边，铺上一张花笺，提笔写了几句文词，封上口，又写了"候回示"三个字，粘好，交给下人手内，嘱令候他回信再来。那下人点了点头，拿起转身而去，一去去了一个多时辰，空手而回。侯议员问道：

"怎么没给你回信？"

下人道："老爷这信，拿进去好大半天，也没有人出来。是小的等急，才向他门房家人体问回信的事。那个家人，二返进去，又待了好大半天，这才传出一个口话，说是没有工夫写回信，就请您明天午后，过去一谈。"

侯三点头，笑了笑，着令下人自去，他便躺在床上，暗暗思想道："他叫我明天午后去访他，见面时有些不大得劲！"低头一想，计上心来，自言自语的说："有了有了，我何不再给他写个说片，请他明天在八国饭店吃饭，看他来是不来。"

主意打好，复又提笔向花笺上写道："前去一函，谅邀洞鉴。兹定于明日午后四点钟，准在甄市街八国饭店洁酌一叙。座无外客，务乞驾临，一谈积愫。"写毕封好，又遣人送去，也要回信。少时回来说："陈先生亲自把我叫进去说，明日四点准到。"侯三听说，把头点了点，竟自倒在床上，睡去不题。

到了第二天早起，侯议员便叫下人到八国饭店定好屋间。侯至壁上钟打了三点半，忙换了衣服，带了一名下人，够奔饭店而来。走至楼上一瞧，留的这间屋子，倒也干净。遂令茶博士，把窗户推开，放一放空气，又令沏壶南茶，焚一炉好香，一个人靠在皮椅上，一手举着一张当日新报纸观看，一面吸着一支上好吕宋烟卷。看看壁上钟，当当当当，打了四点，就听楼下茶博士走上来说道：

"八号房，有女客来拜！"

侯三一听，莫不自胜，连忙起身相迎。就见陈眉春从外走入，今日的打扮，又与前两天所见不同了。看官若问他是怎样打扮，听小子慢慢道来：头戴一顶西式紫海虎绒便帽，上钉着一个小夜猫子，连头带翅膀都有。身穿一件紫噜噜〔氆氇〕，周身镶金线的女风衣，内穿白卫生紧身，突露双乳在外，学西式女人之打扮，足蹬两支黑漆牛皮靴，脸上微微施了一点脂粉，大有"淡扫蛾眉朝至尊"之概。手里提着一个藤子编好的扁提包，满面笑容，毫无一点愠色。遂彼此凑到一块，握手为礼，一同搀入屋中落了坐。侯三亲自执壶，给陈眉春斟了一杯茶。陈眉春笑着接过说道：

"我来的是时候吧？"

侯三笑道："正好，恰恰是四点，连一分钟也不迟，连一分钟也不快。"

陈眉春笑道："我无论同谁定约会，总都按着时候到。所以咱们中国人，有一种毛病，实在当改。明明帖子写的是四点，八点钟都未必来的齐，越是阔人，越有这宗习气。"

侯三点头道："诚然诚然！"

陈眉春道："我们既自命维新之士，这种地方，须当以身作则，不落俗套才好。请问还有谁同席？"

（二十四续）　且说陈眉春，见过侯议员，便落坐吃茶。提起中国人请客，而无一定时间，我们既是维新人物，须当以身作则。（昨天则字，误成别字。）请问同席还有几人。侯三说：

"片上写明座无外客，就是你我二人，为是得谈得讲。"

陈眉春点头微笑。侯三趁势问道：

"昨去一函，谅邀青及，今日可有好音复我？"

陈眉春道："这事不比别的事情，可以在最短时间里，就冒冒然答复，必须从长计议。况我正然奔走国事的时候，老母现在北京未归。候等家母来京，禀知他老人家，然就可回复你先生，目下无轻自许婚之理。"

　　侯三一听他这话，是个半推半就，并非一定拒决，遂顺风转舵的说道：

　　"那们我们今天暂时作为朋友，过了几天，再谈此事。"

　　陈眉春笑道："此话甚属有理，况夫妇二字，不过是一种实际名词而已，现在并无此种名词。而□夫妇实际者，岂在少数，君何不达一至于此乎？"

　　几句话，说得老侯鼓掌而笑。当时两个人，借酒假心，说说笑笑，非常的对劲。一个是假作非常国会的非常议员，故此能与非常之女士，定非常之约会。说了半天非常话，喝了半天非常酒，吃了非常的饭，这才喜悦非常，各归寓所。

　　到了第二天，老侯公然到陈眉春家中，不给通报，竟自直达陈眉春女士寝室之内，正见男〔女〕士一榻横陈，在那里独自一个，吞云吐雾。看见老侯来到，忙欠身说道：

　　"请坐，你可不要笑话我，不知自强。要知我一生幸福，大半牺牲，如今奔走国事，全凭脑力强壮，方能容四万万同胞造幸福。这种东西，最能强我的脑力，所以我宁可牺牲了我这身子，都要给国民作事用。"

　　老侯一面落坐，一面说道："女同志，你不要把我看成槛外人，吾乃槛内人也！"

　　陈眉春道："怎么，你也会抽这宗好东西吗？好，好，那就请躺下吸口！"

　　老侯道："就是，就是。"

　　说着从身边掏出一个大烟盒子，足足抽了五六口，又容陈眉春女士上了了〔此为衍字〕两口，彼此对面躺着，一递一声的长吁气。

烟瘾过足，老侯又想起前事来，遂笑问道：

"昨天所谈之事，你先生，总以未禀老母为票，何其愚也。要知现在是个恋爱自由的时代，今天甘甘脆脆说句话，女士倒是肯与敝人结婚否，当下一言可以决定！"

陈眉春笑道："先生这句话，实在叫我不好回答，还是那句话，容我思忖思忖再说。"

侯三一听，陈女士，并无拒绝之意，遂放大了胆子，从炕上起来，下了地，冲着陈女士噗咚儿双膝跪倒说：

"目下你先生，既不是纯粹不愿意，准〔那〕们就请你给我两件信物，以待后约。"

陈女士笑道："议员老爷，你先起来，听我说给你。想这议员，乃是神圣不可侵犯，我一个女子兰〔此为衍字〕怎能受得国民代表这样大面！快快起来，快快起来！"

侯三道："叫我起来，倒很容易，只求你先生把像片戒指换给我亲行了！"

（二十五续）　且说侯议员，跪在陈女士面前道：

"定婚之事，俟等我岳母老大人回头再说，此时务请给我两件信物，好表示你我同志的爱情。"

陈女士笑道："你叫我给你甚么东西作信物呢？"

侯议员道："一要你桌上摆着的那张六寸像片，二要你手上带的赤金戒指！"

陈女士笑道：“你这是换约的法子，但不知你的像片戒指，可曾带来？”

侯议员笑道：“早已带来！”

说罢从身上掏出一张自身六寸像片，并一个镶宝石金戒指，双手举在女士的面前。陈女士一看，无法推托，遂将桌上相片拿起，又从二指上脱下一个金戒指，交在侯议员手中，来了个两相抵换。老侯接过，往胸脯子上一贴，冲着相片行了个西式接吻礼。礼毕，这才站起身来，重新躺下吃烟。当下两个人这份亲热，就别提啦。是日尽欢而散。

不想这事，早已喧传于一般女擦白党之中，如白芙蓉、红蝴蝶、黄菊花、黑牡丹、蓝眼镜，全都知道，有北京新来一位阔议员老爷，名叫侯静山，是个登徒之辈，坐拥厚资，日前迷恋上一位陈女士，大概被这位女伟人，大敲其竹杠矣！于是五个人，集在一处，开了一个秘密大会，约定进行手续。黑牡丹道：

“此人既是一位议员，银钱必然来得广，势力也很大，我们大家，当用一种柔软手段去引斗〔逗〕。其术为何，当在各游艺场、公园等处，候他便了。我们五个人，无论是谁，把他引上，均以电话知会大家，不怕敲出他一块钱来，也作为五股均分！”

大家点头称是，议论已毕，振铃散会，按下不表。

再说老侯，既将陈女士的相片戒指换来之后，放在自己屋中，非常满意。将相片供在茶几之上，面前放下几盘鲜果，更焚了一炉好香，余外还有清茶一盏，烟泡两个（好，老忘不了这样）。安排好了，自己穿上西服，佩上议员的徽章，冲着相片来了个三鞠躬礼，然后把戒指拿起，套在自己二指之上说道："妙哇，妙哇！"

正是一个人在屋中捣鬼，忽见门帘一闪，唐纪元从外走入，老侯赶忙要收，也来不及了。唐纪元看他这样，只当他要出门，有甚么要紧宴会呢，继而走至跟前一看，茶儿上供着一个小相片，乃是陈眉春女士小影，由不得哈哈笑将起来，遂说：

"你先生大喜了，听说你与陈女士都换了戒指。"

老侯一听，楞楞问道："你怎么晓得的这样快？"

唐纪元道："欲待人不知，除非己莫为！"

老侯笑道："我与女士换约，乃是一件光明正大的事情，何用隐瞒。"

唐纪元道："是呀是呀，既是不用隐瞒，我们自然要知道的，多会儿喝你们二位的喜酒呢？"

老侯道："过日必约。"

唐纪元道："船家不打过河钱，要请今天就请！"

老侯道："咱们哥俩儿，还提什么别的话，那天我都应当请你走走，上四马路大福栈就手逛一逛娱兴公园。"

老唐点头道："很好很好！"

说罢，一同起身，来至街上，溜溜哒哒，够奔公园。刚一进公园的栅栏门内，就见对面来了一个女子，穿戴的极其时髦。

（二十六续）　前两天本报错字，非常之多，实在无法更正，未免对不起爱阅诸君。至于错字的缘故，因为校对先生告假未来，所以才弄得乱七八糟，以此足见凡担任报馆中一切责任的主儿，打算偷懒投闲，那是绝对的办不到，非得担负完全任务，还得精心用意，庶可少出错儿。若要大撒手不管，您瞧吧，第二天什么笑话都有！好在校对先生，已然到馆，从此不至于再有看不清楚的地方了。

闲话儿抛开，书归正传。且说侯三同唐纪元，刚然进了娱兴公园栅栏门，就见迎面来了一个女子，打扮得极其时髦，鼻梁上夹着一个蓝色玻璃，托力克金丝眼镜，冲着他深深鞠了一躬，启朱唇，吐莺声，叫了一句：

"侯先生一向少见的很哪！"

立刻把老侯问了一楞，只可还了一礼，讪□答道：

"少见，少见。"

那女人凑至跟前笑说道："您大概不认识我了吧！"

侯三迟迟钝钝的说："实在眼拙，真忘记了。"

那个姑娘笑道："我就猜到您，必是把我忘了，俗语说'贵人多忘事'吗！本是大哥你此时作了议员，还把妹妹我放在心上？"

侯三一听他说的话，很是肉麻，打算走开。无如这们个当口，老唐犯了□迷，遂在身后，扯他衣襟一把，复又一咬嘴，为是叫老侯同他勾搭，倒底问问他，是怎么回事。老侯会意，遂笑答道：

"姑娘这句话，未免太把敝人刻薄苦了。非敢自大，只是记性不好，惟有恳求姑娘，指示指示！"

那姑娘笑嘻嘻的说："我在北京某学校念书，与您尊夫人同学,拜为干姐妹。我妹妹与阁下正式成婚的那天,我还曾充送嫁娘到了尊府走过一躺[趟]。怎么你就一点都想不起来呢?"

老侯一听,好像是有这们一件事情。那女子接续问道:

"刻下来到这儿,寓在甚么地方?"

老侯一听,心中暗暗思忖道:"听人传说,汉口这个地方,由上海输入,一般女子擦白党,专能敲诈初到外省的富商阔官僚,稍一不慎,必然堕其术中。今天这个女子,突如其来,一定是擦白党无疑了,我得防备一二!"想罢,遂扯谎道:

"现住我们敝亲唐先生府内。"说着向老唐身上一指,老唐趁势说道:

"侯先生目下在我家内住着呢。如蒙女士不弃,可以请到我家中去谈一谈。"

那个女人笑道:"好,好,改天必当过府拜谒。但是今天与侯先生,恰巧遇到一处,我还有几件事情,恳求恳求他,给我写几个字呢!"语毕,向前一指说:

"公园一品香楼茶社,倒还幽雅,可否请二君,前往一叙。"

老侯一听,迟迟疑疑的说:"要不——"

唐纪元连忙接口答道:"就是,就是!"

老侯一听,没了法子,于是说说笑笑,走入公园,向一品[缺"香"字]茶楼而来。

走入门内,上了楼梯,找了个洁净小屋落了坐,茶博士赶紧过来伺候。遂沏了两壶香片茶,摆了四碟茶点,如瓜子花生之类。

正是：时下风俗浇薄甚，女人之中也擦白。后事如何，明天再表。

（二十七续）　且说唐纪元、侯三两个国民代表，同定女擦白党，二返走入公园一品香茶馆，落坐吃茶。先说了几句泛常闲话，跟手就问唐纪元、侯三，可曾带来家眷，并说如不嫌弃，请到敝寓一谈。侯三一听，简直透出是插圈弄套，要揍活人。欲待设法脱逃，又恐大庭广众之下，闹翻了腔。说话中间，又来了五六个女人，便与这位蓝眼镜，略一点头，就入坐吃点心，瓜子撒开了一要，一个个伸出那纤纤玉手，大抓甜饽饽，往小嘴里塞，好像几天没吃早饭一个样。老唐瞧这宗神气，简直是约会好了吃秧子。一个女人家，同男子坐在一处吃东西，也不想想吃完了谁候账。越想心中越笑，暗暗向桌上看了看，二角一碟的甜包子，已然没了十二三碟，瓜子水果，也抓弄了不少，大约连几个人茶钱，算到一起，没有五块钱清不了账。心说："我可不能当此冤大脑袋，不是别的，饶花了钱，还叫他们一边笑去，楞说得着秧子了。三十六计，走为上策！"想罢，抽人不见，竟自溜下楼梯，走出公园以外去了。

侯三猛然回头一看，不见了唐纪元，由不得没了主心骨儿，自念："我唐大哥，这手来的可不对呀，怎么光把我一个人扔下不管了！钱物倒是小事，只这五个女人，我可有点缠绕不清。"蓝眼镜见走了一个唐纪元，这个侯三也要想法子逃遁，那可不能叫他跑了，遂向同党姊妹一递眼色，众人会意，遂将侯三围住了不放。侯三一瞧，心说要糟，由不得坐在那儿，一个劲抓耳挠腮，忽而站起，忽而坐下，直想不出一个躲避的好法子来，这且不表。

再说老唐，由公园走出，可巧迎头碰见了陈眉春女士。二人互相鞠了躬，陈女士道：

"您今天怎么没同侯先生在一起？"

老唐一听，遂心中思忖道："这陈女士，在汉口一带，是个著名女光棍，可是文明一派的人，我何不把老侯被围的事情告诉他，定可给他解去当时的困难。"想到这里，遂凑至陈眉春女士跟前，将老侯在公园一品香茶楼，怎样被几个女擦白困守一隅的话，从头学说了一遍。又说：

"这事非得先生你去，可以解围，别人简直不好入手。所以我趁势出来者，正要给侯先生设法搬兵，恰巧遇见先生你，真是五行有救了！"

陈眉春一听这句话，也不回答，三步两步，走入公园，照直够奔一品香茶社。步上楼梯一看，正见五六个女擦白，围着侯议员。又见侯议员穿着一身西服，并在外套上挂着一个金质灿烂的议员徽章，更见他脸红脖子粗，一种困难可怜情形，令人可哂。忙走过去，大声喊道：

"我那里不把你找到，你跑到这儿来作什么！"

一句话，把大家吓了一跳。老侯一瞧，是陈眉春女士，心中又羞又愧。蓝眼镜几个人一瞧，是党中祖师爷陈眉春到了，立刻伏首帖耳，不敢滋生事端。

（二十八续）且说女擦白蓝眼镜等人，正在收拾老侯，忽一抬头，瞧见陈眉春到了，立刻伏首帖耳，不敢滋生事端，全都借事溜开。陈眉春先自一把将老侯身上佩带的那个议员徽章摘下，揣在自己衣兜之中，正色说道：

"这是个什么地方，你是个什么人，岂可佩带此神圣不可侵犯的议员徽章，还不赶快随我回寓吗！"

旁边几个桌上，有认识陈眉春的，都掩口而笑，个个窃窃私议道：

"这蓝眼镜等人，唯见陈眉春来到，把已成之局，都不敢顾，如同一块肥肉，业已到嘴，又复吐出，可称是小巫见大巫了。但不知这个呆子，是个什么人，听其口音，好像由北方而来者。"

内中一人低声说："喝，这人可不是等闲之辈，乃政府特派员，现充众议院议员。你方才没瞧见他，身上带的那个金煌煌的圆东西吗？这下儿被陈眉春抓到手中，有个斧头砍一砍！"

不言大家在背下闲谈。再说老侯，当被蓝眼镜等人围困一处，正自无法摆脱，忽见陈眉春走入，蓝眼镜等辈，望风而逃，算是解了眼下之围，心中感激非常。后来陈眉春把他那个议员徽章摘下，数说他不该在此佩带，好像是夫妇的关系，面上颇现一种得意之色，遂诺诺连声，随着陈眉春起身就走。茶社的伙计一瞧，连忙走过来横身拦道：

"先生别走，你还没开销茶点之资呢。"

陈眉春低头一瞧，点心水果碟子，总有二十几个，全都空空如也，大约总在六七元上下，有点替老侯心疼，遂说：

"这是好几个人吃的，并不是侯先生一人吃的，你怎么单单横住他要钱呢，莫非欺负他是个北方人吗？"

茶社伙计说："您这话岂有此理啦，南方北方，同是一样！他先生同来的女朋友，我们焉能知道，是怎么回事，反正是谁在末了走，自然得向谁要钱。比如刚才那几位堂客，未走之先，你把话说开，谁吃谁给钱，我们自然就把他们拦住。你既不言语，我们何敢阻挡人家走去？"

几句话，把个陈眉春，问了个张口结舌，无话可对，遂向侯三说：

"得啦，什么话也不用讲，总算你是自找！你要不给钱，难说叫人家柜上替你候了这本账？"

伙计道："招哇，这位先生，真是明白话了！"

老侯道："你算算共总多少钱！"

茶伙走过点说道："糖包子十五碟。"

陈眉春笑道："喝，这几个人，几天没吃饭，今天可抓着大头了！"

又听茶伙念道："鸡丝面十五碗，水果两碟，白糖一碟，茶五位，共是六元零七毛，小账在外。"

陈眉春道："你就给他七块钱，就算完事！"

老侯遵命，点了一张五元票，一张二元票。茶伙道声"费心"，说声"多礼"，遂将碟拣起，净了桌面。陈眉春说：

"这你还不走吗？"

老侯点头，遂与陈女士一同走出了娱兴公园。到了十字街头，陈眉春道：

"我还到钱氏学堂，给甲班学生瞧功课，咱们晚半天家中会面吧！"

老侯一听，只可与其分手，各向东西而去。

（二十九续）阅报诸君请看，敝报这两天，错字实在少的多多了。不敢说半个错字都没有，比起前数日，真有天渊之别。以此足见给报上作事，须得用心，况负着报上校对责任，尤其更得加上一番用心了。侯后自当力求整顿，但能半个字都不错，岂不大妙。然而无论是谁，也不敢说没有错字，但是必得通文方可负校对的责任，而排字工人，亦应多多帮忙，互相维持，彼此皆有名誉，而生活能力，亦间接受其影响也。

闲话休题，书归前传。且说老侯三，与陈眉春分手之后，各奔东西。当晚侯三回到公馆与唐纪元见着，彼此噗哧一笑。老侯用手指着老唐说：

"你这手儿可真不够朋友，怎么阿哥的屁，暗溜啦！"

老唐说："我是给你搬兵去了，错非他，还是解不了围。你们怎么散的场，快跟我说一说吧！"

老侯一听，遂说："呕，呕，那们陈眉春女士，是您给找来的呀！"

老唐点头道："错非我找，他能够知道？"

老侯点头，这才将蓝眼镜等人吓跑，以及吃了七块大洋的茶点费，并陈眉春当众将徽章摘去，一切情形，从头至尾说了一遍。起初老唐，一个劲拍巴掌笑，后来听到陈眉春把议员徽章摘去，由不得闹了一愣，忙说：

"他既摘了去，临分手的时候，没还给你吗？"

老侯说："没还，那怕什么，少时叫我到他寓里，想来一定当面交还的。"

老唐微笑道："许呀。"

老侯听话碴不对，愣愣问道："怎么，莫非他还能不给我吗？"

老唐道："给是给，但不知在那一天上。"

侯三一听着了急，连忙起身往外就走，唐纪元横身拦住道："尊驾要到什么地方去？"

侯三道："我上陈眉春家中，要我那个议员徽章去！"

唐纪元说："你见了他的面，千万别透急踏，要是一透出急来，反倒不好办了。"

老侯说："急与不急，反正我那是要紧东西，明天不是又开国家储金会吗，我要不佩戴议员徽章，那算怎么回事呢，岂不叫众人质问！"

唐纪元道："我所以因为有此一层关系，才替你为难哪！"

侯三不等再往下说话，竟自走出门外，雇了一辆快车，飞也似的，够奔陈眉春寓内，不容通报，照直走入他的卧房。

陈眉春刚回来不大一会儿，在那里喝茶，猛见老侯匆匆而入，忙起身让坐。侯三点了点头，便伸出手来说：

"你把——"说了半句，想起老唐嘱咐他那一片话来，赶紧噎住，倒招得陈眉春噗哧一笑，一面叫下人拿烟倒茶，一面笑问道：

"你一进门伸手向我要什么东西？"

老侯结结巴巴的说："明天有个地方团体开会，我得出席，请你把那个徽章给我。"

陈眉春一看老侯这宗急迫的神情，料想必是有人对他说，恐我借此大敲竹杠，遂把脸儿一整道："什么徽章，我没见着。"

老侯一听，大着其慌，头上热汗，立刻倏的流将下来，红着脸，迟迟笨笨的说：

"大姐，你别同我打哈哈，快还给我吧！"

急得侯三语声也岔了，竟冲着陈眉春，双膝跪倒。

（三十续）　且说陈眉春女士，硬着头皮说：

"你的徽章，我不知道！"

侯三一听着了慌，遂冲着眉春，双膝跪倒，结结巴巴的说：

"女伟人，慈悲大士，你你你，真好意思，把我这吃饭的标式，拿去没收不给吗？那你真真要了我侯静山一条老命了！"

陈眉春一看，恐怕他犯了神经怔忡症候，只可慢慢答道：

"东西倒是在我手内，现下可不能给你。这是什么原故呢，只因我与你有了至切的关系，你要是行出辱国败身的事情来，我脸上也不大好看，故此我将此物暂时管领，俟后必当给你，何必如此着急。"

侯三道："并非着急，只因后天有人请我出席演说，若不佩带此物，诚恐言论不见重于听讲的人。"

陈眉春笑道："这话真有点强词夺理，演说好坏，岂在议员徽章之上。就以昨天说吧，你到茶楼喝茶，围着五六个土娼，旁人看你身上，带着个金煌煌的议员徽章，那够多们辱国辱身哪，所以我首先上前给摘将下来！再者说，我要不拿去，徽章入于土娼之手，你又该怎么样呢？现时在我手中，给你保存，倒找出你不放心来，真真岂有此理！其实这事，也不在你的身上，必然有人在暗地蛊惑你，说这徽章，到了陈眉春手内，必要大大敲你的竹杠杆，尊驾信以为实，马上就跑来逼迫出这件东西来。殊不知我们两个人，业已换了相片戒指，旁人不得干预。请问，比如这徽章被土娼掠去，当置国家体面、国会尊严于何地？似你这自堕品行，玷辱国会议员人格的人，实在对不起我陈眉春，今儿反倒跑来要徽章，未免欺我太甚！"复又冷笑两声道："你别倚着你是议员，有多少朋友，替你出主意。我眉春，要是下个帖子，约几个人，且比你认识人多！"

说罢，气忿忿的站起身来，在地下来回走溜儿。

老侯直挺挺跪在地下，一点台阶没有，只可自己站起来，羞眉燥眼，堵气走出屋外，径回寓所，一进屋门，一爬在一张小桌上，呜儿呜儿，放声痛哭起来，把个唐纪元吓毛。几个下人，也都楞楞的，不知道这位议员老爷，有什么委屈，心说必是接到北方电报，家中死了父母老家，否则何至于这样悲痛呢。

不言大家猜闷，单说唐纪元，当下心中略略测摸出个八九，遂挨到老侯跟前，悄声问道："你先别哭，我请问请问你，他不把东西给你，都说了些什么话？"

老侯不语，仍是一个劲的哭。唐纪元着急道：

"你不说，光哭当得了什么呢！若要说出来，我先听一听，大小给你想个法子，把东西要回来，你看如何？"

老侯一听，这才止住哭声，抬头把脸上眼泪擦了擦，遂将陈眉春如何起先不认，继而反说我玷辱了国会尊严，故尔暂时替我保存，复说我不要用议员势力来挟制他，陈眉春下帖请客，有个百八十位天势力的人，你听他这宗话语，简直是扣盖讹钱！

（三十一续）　且说小侯三把陈眉春所说的话，向唐纪元述了一遍，复又说道：

"听他这话样，简直是扣盖讹钱，这可怎么办呢？"

唐纪元哈哈笑道："我说什么，果然应了我的话了吧。这陈眉春可不比别一个女人，他是个高等擦白，与普通擦白不同。论势力，大小有点，论口齿辩论，慢说你我二人，就便是苏张复生，恐怕说不过他！"

侯三一听，急得自己打着自己的嘴说："真真怨我不好，真真怨我不好！"

唐纪元道："你光自怨自艾会子，难说这个议员徽章就放在他那里不要了吗？"

侯三急道："怎么能够不要，只因他不想给我，还说了些恫吓我的话，可叫我怎么办呢？"

一边说一边咳声叹气，不住的跺脚，看那样子，真从心里着急。当下激出了同居一位朋友，叫黎昂群，起了一种拔刀相助，大抱不平之心。瞧见侯三，实在可怜，遂走过来问道：

"先生，究竟你有什么短处在这人手内？"

唐纪元笑道："什么短处也没有，不过这位大爷，专好瞎摸海就是了。"

黎昂群说："一个老爷们，走南闯北，还短得了这些个瞎
□？都那们怕起来，还了得！走，走，你同着我，跟他要去，
就凭他一个女人，敢不给咱们徽章！"

唐纪元从旁边拦道："黎大哥，你是一番好心，我甚佩服！
怎奈这陈眉春，可不比别人。方才我已然说之在前了，论势力，
论口齿，大小都有点，若用硬碴对待，恐怕办不了。"

黎昂群说："我就不信，走，走！"

侯三一听，不好推辞，知道去也是白去，碰巧倒把事情弄
糟了，遂站在那儿，迟迟疑疑。

黎昂群是个武家子，心直口快的人，见侯三立而不走，有
了气，遂冷笑道："不怪那陈眉春，扣住你的东西不给，瞧阁下
这宗乏像，毫无一点丈夫气，那焉能给国民作代表！这要叫你
争外交，你也怕成这样吗？"

侯三被迫无奈，只可说道："走哇，走哇，我并没说不去呀！"

当下与唐纪元三个人，一同来在街上，照直够奔陈眉春寓
所门口。刚要上前扣门，唐纪元说：

"这事甘脆这们办吧，反正是打墙也得动土，动土也是打
墙。莫若先将此事始末原由，报告本地警察，随我们一同到他
家，取这议员徽章，想来陈眉春，必然无法隐匿。"

黎昂群一听，心中还不大乐意，自说："我们三个大爷们，
还说不过一个女人家，何必又去惊动巡警。"

老侯一听，却是正中下怀，连忙鼓掌道：

"对，对，这个主意很是有理！"

说罢先自够奔区所，唐、黎二人也跟着就进去。老侯便将怎样与陈眉春相识，不想他将我议员徽章摘走留下不给，实在无法，只可报告贵处，委派几个巡警，随我们到他寓所去荡，以免别生事非。巡警一听他是位议员老爷，自然格外注重，后听与陈眉春熟识，又都抿着嘴笑起来，皆因陈眉春的历史，巡警满都知道。当下派了四名巡警，一名巡官，随同他们前往。

（三十二续）且说唐纪元、黎昂群，与老侯同着四名巡警、一名巡官，直向陈眉春寓所而来。到了门前，大家立住脚步。老唐说："这事还得叫侯先生打门，然后我们再一同进去。"

老侯一听，有点发怵，怔了会子说："我打门好吗？"

唐纪元说："你不打门，别人更不能打了。尊驾不必害怕，冲冲的，有我们这些人，给你作主，那还怕的是那一门子呢！"

老侯无法，只可走上台阶，一打门环。

那时陈眉春，正同一位男朋友，在屋中开茶话会，听见有人叫门，忙令男仆去看，不大工夫，忽拉拉走进一大群人来，内中还有几名巡警。陈眉春在上房由玻璃窗向外看得明白，连忙把男朋友推入套间，挺身走出，迎至外面，正与老侯撞了个满怀。老侯只可往后退了一步，陈眉春并不答言，便向后面巡警问道："你们几位先生，是作什么来的？"

巡官上前答道："这位侯先生，在区报告你这里，勒啃下他的议员徽章，叫我们同他来索取，到底有这件事情没有？"

陈眉春说："他的徽章，不错是在我这儿呢，但我是他已定未婚妻，因他那天在外面，胡作非为，有失议员资格，恐怕极严重一个议员徽章，落于土娼之手，所以我摘下来，收在家中。这本是我们夫妇家务之事，何劳贵区，代为索要呢？"

巡官一听闹了个张口结舌，面面相观，对答不出，却抹身瞧着老侯。老侯抹头看着唐纪元，唐纪元看着黎昂群，心说："你吹了半天牛皮，怎么事到如今，全都不答腔了。"

黎昂群，被老唐这一瞧，有点蹩不住劲了，遂挺身走过说：

"这侯先生是我一个拜弟，他这徽章与本身前途，很有关系。你方才说，是他的未婚妻，乃夫妇家务之事，不必旁人来干预，实在不够一句话。请问你，侯先生家中有妻有妾，何必再弄三房，明明是欺诈手段，还要说这光明正大的话！趁早把东西拿出来，是两全其美了！"

陈眉春是个久经大敌的人，什么阵式都见过，遂冷笑道：

"好，好，你是侯某的拜兄弟，那我更有了抓弄啦！当初他同我说，家无妻室，向我求婚，我才应允的。如今你这一句话，可以证明他家中有妻，不但有妻，并且有妾，那就求你作个口头证人，我告他一个骗婚之罪！"复向巡警说：

"诸位请回，我们这事，不关乎地面，应当归入诉讼了！"

巡官一听，率领巡警而去，这里把个好多管闲事的黎昂群，给怵在院中了。老唐一瞧，心说要糟，一边是不好摘鞍，一边是不好下马了，忙走过去，带笑拱手道：

"陈先生，我们是个熟人，所以我同着侯三弟来，也不好答磕，这时我已然都把前后听明白啦。这点事何用经官动府，给大家招笑话呢。甘脆一句话，你把徽章给他，后天倒是有个出席会议的事情，带完再给您送回来，你看如何？”

陈眉春摆手道：“不行不行，当初你迎头要是这样说，立刻就拿出还你，这时可有点对他不起。”

（三十三续）　且说陈眉春，向大家说道：

“当初侯议员，独自一人跑来，我都没给他，皆因恐怕他失了国会的尊荣。谁知他不谅余之苦衷，挟着巡警而来，更不能够给他了。”

黎昂群当时无话可说，只得对老侯问道：

“究竟他是你未婚妻不是呢？”

老侯迟迟钝钝的说：“好像是吧。”

陈眉春一听有了气，把蛾眉一竖，杏眼圆睁，大气叱道：

“什么叫作好像是？我请问你，这相片戒指，是不是你那天，跪到在地下，要求着，要我两相抵换，放在我这儿的呀！”

老侯不答。黎昂群道：

“看这情形，你们二人的婚姻，似乎没有真实的同意。”

陈眉春冷笑道：“他不乐意，我还不乐意有此辱国辱民之丈夫呢！可有一样，我是个女人，不能拿着婚姻大事，供人随便闹着玩，必须赔偿我的名誉金，否则我到议院去告他！”

这一段话，把侯三吓傻，连忙作揖请安的说：

“你你你，千万别往议院去打麻烦，甘脆你要什么面子，我给你什么面子，还不行吗？”

陈眉春道：“就以今天同来的朋友，余外你再约几个有名之士，我也约请我几位男女宾客，好好借个酒馆当众给我陪一陪礼，否则不能轻饶于你！"

唐纪元道："好，好，就是这样吧！"

语毕一同走出，回归寓所，老侯躺在床上，紧皱双眉，心中非常的难过。老唐坐在那儿，只是嘻嘻笑，黎昂群木不吃的，坐在那儿发呆。楞了会子，向老侯说：

"你们这事，真真要叫人气死！我早知你是这们一个乏人，决计不同你出去裁这个跟头！俗语说，'癫狗扶不起墙来'，就是你！"

老侯正在一肚子闷气，无处发放，遂说：

"谁叫你替我去的呀，你自己吹牛皮，打抱不平，如今你说不过他，反来责罚我，这不是岂有此理的事情吗！"

唐纪元从旁笑说道："得了，二位不必瞎抬这宗杠，打这宗无味口架，倒是商量商量，怎么请客，怎样给他陪礼，定好地方日子，好知会他。那时在酒席宴前，同他要徽章，或是往回要戒指相片，他当着众人，自然许还给你。到了那时，你本人可得有个准备，不能随便充好人。"

老侯说："那我一定有主意，必将东西同他换回来。"

唐纪元道："得，得，就照这样办了，那们你说定那个地方的坐儿吧。"

老侯低头想了想道："拿破仑饭店，你看好不好呢？"

老唐说："亦可以吧，那们定规那一天呢？"

黎昂群说："明天是礼拜四，后天礼拜五，大后天是礼拜六。

晚半天下午六点，有差事的也下了衙门，在学校念书的，也放了课下了堂。"

老侯说："如是就定礼,拜六下半天吧。"

语毕命下人走出，去买请客的名帖。

（三十四续） 且说唐纪元、黎昂群与老侯把请客地点商议明白，定规在法租界拿破仑西洋饭店，下帖与陈眉春女士赔礼。

话休烦絮，到了是日，双方请的客人，全都来到。女客之中，有唐中英、方秀曼、郭延卿，男客之中，有任树毅、项天仇、戴父恨、卜无伦、等等伟人志士，坐了一圆桌。酒过三杯，陈眉春起立，首先发言道：

"鄙人从事革命，十有余年，一身幸福，大半牺牲，兄弟叔侄，多死国难，春百折不回，未尝或悔，凡在坐同志诸君，亦没有一个不知者。去年来到汉口，仍秉素志，为女界同胞求幸福，以尽天职。然不同调者，在背地造作蜚语，含沙射影，春皆一笑置之。今年上月初间，有北京国会议员，侯先生来汉。春在会场上，曾领略侯先生之言论风采，喜其宗旨，与春暗合。后经友人从中介绍，由此是常往来。不料侯先生，屡屡向春露出求婚的意想来，春以志愿在奔走国事，并且未奉老母之命，不敢轻自许婚，遂婉言推却。侯先生不谅余之苦衷，竟自跪地泣求。春见其意诚心恳，遂姑且互换戒指像片，作非正式之婚姻，约以后日二人间，有一人不乐为者，仍可将原件换回。计当时侯先生，拿去春珍珠项串一挂，价值三万五千余元（越多说越好！），宝石戒指一个，价值四千五百余元，这倒算不了什

么，不过要向大家面前，述说经过的事实。上一个礼拜日，侯
先生身佩议员徽章，在公园内，被土娼所窘，经唐先生告知眉
春，着我赶快前往解此难关。眉春连忙赶去，一面先将徽章摘
在我的手里，一面将土娼赶散，一同出了公园。当因眉春那天，
另有别项要公，故与之分手而别。谁知侯先生错会了意，也不
是又听了谁的坏话，硬猜眉春有心扣留他这议员徽章。"

　　说到这句，由身上把徽章掏出来，用手提着，叫大家观看，
把约在坐之人，一齐鼓掌，哈哈大笑。眉春接续说道：

　　"诸君请想，我要这宗没价值的东西，有何用处呢？谁知本
日下午掌灯时分，侯先生竟自同着巡警，到春寓所里追索这件东
西，当被眉春以正言将巡警叱退。但眉春一时气忿难出，遂对侯
先生说，你这样欺负女界，蹂躏女权，我□要到议院去告你。然
而我确确乎是当下之愤言。后经侯先生当面认错，约于今日在此
处设宴，给眉春赔礼，我们本是未婚夫妇，自当复归于好。"

　　（三十五续）　且说陈眉春，向大家说道："我们本是未婚夫
归，志同道合，自当言归于好。"

　　说着亲自把徽章，递给老侯三手内，弄得老侯面面相关，
不好再发生他项事故，只可一同落坐，张罗吃酒用饭。唐纪元
同黎昂群，眼睁睁看着，都替老侯着急，心说你此时当着众人
在此，该着分辩，还不快快分辩，若是一语不发，就如同默认
一样。两人在一旁空着急，无奈帮腔［缺"帮"字］不了台，
唯有听之而已。

　　话休烦絮。照直说众人入坐，大开啤酒，大吃面包，这下

吃个河涸海干，方才起席散去。少时柜上过来，付了一个账单，上写今日共用银洋，七十三块九毛五，外 [疑缺 " 加 " 字] 烟卷啤酒钱，八十九元八毛八仙 [此为衍字]，共一百六十九元儿，侯三照付。好在有的是国民身上刮下来的血汗钱，乐得这们花上一花，再者也可把钱流入外商手里去，这且不说。

单讲陈眉春女士，见老侯把钱付清，遂说：

"你可别走，我一人回寓很闷，请你送我回去吧！"

老侯一听，是连连答应几声 " 是 "，大有谨遵台命，不敢违拗的神气。唐、黎二人一瞧，彼此一咬耳朵，低低说道：

"走吧，咱们别耽误人家事，何必碍眼呢。"

说毕，竟自溜去。陈眉春一看，遂将老侯的手拉住，似笑不笑的说：

"我那未婚夫，你就送我回寓去吧！"

老侯当时觉得心内，不甜不酸，不糠不辣，直说不出是怎么一个得意了，遂含笑答道：

"走，走！"

于是携手揽腕，一同出了饭店，送陈眉春回至家中，来到里面落坐。陈眉春道：

"你听我告诉你说，咱们两个人的事情，无论到了那儿，只有咱们两个人自己料理，别一个人，万难挽越。别说你还带了巡警到寓所逼迫我，就是你托了总统的人情，我陈眉春也不能怕。据我想，这宗事情，万万不是你本身愿意，必有多嘴多舌人，给你出的主意，不但没办好，反倒又花了一百多块，就便你们议员老爷的钱来得容易，也不犯如此的糟害呀！目下就是我们两个没有外人，倒底说说是谁给你出的主意？"

老侯迟迟钝钝的说："那事还要我说，你猜也猜着了。"

陈眉春道："必是那个黎昂群吧？"

老侯不答。陈眉春道：

"好小子，容我走对了步儿再说！"

正然说到这句，下人进来回道：

"刘少爷来了。"

陈眉春一听，笑逐颜开的说："请进来，让到厢房暂坐。"

一面吩咐，一面抛下老侯，竟自走进里间，梳妆去了。

老侯一瞧料着不走，也要下那逐客之令，莫若自行走退，免得招人讨厌。于是立起身来，走出大门，一溜烟跑回自己寓所。进了门，奔入上房一看，唐、黎二人，坐在一处说闲话，略一点首，倒在床上，合眼睡去。老唐从旁笑道：

"美哉美哉，想不到你会与陈眉春携手揽腕而行，真真体面不小，将来成为正式夫妇，其名誉自当洋溢乎中国了！"

黎昂群亦跟着打趣道："要说陈眉春同谁都没这样要好，居然会同侯大议员如此的要好，可见天下事，真有令人不可思议者。"

不想几句话，会把老侯说恼。

（三十六续） 且说老侯熬心，躺在床上忍着，唐、黎二人，坐在地下，用话一路打趣，不想竟将侯三招恼，遂从床上爬来说起［爬起来说］：

"为人不可幸灾乐祸，我此刻正在火上浇油的时候，当朋友的，不说出一计划一策，竟自袖手旁观，还要用话奚落人，岂不有伤友道乎！"

唐纪元连忙陪笑道："老侯别急，究竟他把你拉到家中，又与你说了些什么话？"

侯三这才把陈眉春所说的言语，从头说了一遍。

唐纪元道："这事据我想，你甘脆挠鸭子，躲开汉口这个地方，看他还有什么招儿。"

老侯一想也对，遂点头道：

"罢了，罢了，这个主意，出的还是真正不错。那们这边有什么公事，暂请二君代拆代行便了。"

唐、黎二人说："那你只管放心吧！"

老侯点了点头。

于是第二天，收拾行李，要去够奔上海。谁知道这个风儿，早已有人给陈眉春送了去。看官若问是谁，当这宗快腿，陈眉春有何手段，能得着这样迅速之捷报，未免叫人纳闷。原来陈眉春，于前三日，将老侯公馆内，一个下人叫陈宣的，买付好了，嘱令给他作个侦探。所以无论侯、唐、黎三个人，一举一动，都说的是什么话，行的是什么事，陈眉春那儿，全都知道。每送一回信，给现洋一元。当下陈宣，又将老侯要去避匿上海的话，听在耳内，连忙在第二天早间，跑去送信。

那时陈眉春尚在房内拥被未起，一听这句话，突的吓了一跳，连忙起身亲自走出，向陈宣问道：

"这话你为什么昨天不来报告？"

陈宣说："皆因不得出来之故。"

陈眉春说："此时老侯走了不曾？"

陈宣道："我来的时候，他刚刚收拾行李，想来还走不了呢。"

陈眉春一听，不去梳洗，连忙穿好了大衣，乘车够奔老侯公馆而来。进了门，直着两支眼睛，便问：

"侯先生呢？"

下人说："刚走不大一会儿。"

陈眉春道："唐、黎二位先生呢？"

下人道："也都走了，公馆没人，只留我们看家。"

陈眉春一听，不便再问别的话，急急忙忙，抹头出来，乘车向火船码头而来，按下不表。

再说老侯，拉着行李，上了海船。唐、黎二人，亲自送至船内，看他把行李安置好了，由船上走出，约定月后再见，遂拱手辞出。

不料把唐、黎二人送走，忽见陈眉春慌慌张张跑上火船，向账房打听侯姓静山其人。船伙用手指道："在中舱十九号。"陈眉春一听，抹头由账房走出，正与老侯撞了个对面，一手揪住他的脖领说：

"好哇，好哇，你骗我的东西，打算跑哇，那可不行！走，走，咱们上会审公堂，评一评这个理去！"

一句话，招得船上人，都围了过来。老侯一看，来了个光棍不吃眼前亏，以柔克刚的主意，遂笑向陈眉春叫道：

"我的太太你怎么这样胡说起来！走，走，你我夫妻，到舱内慢慢谈论，何须这样着急！"

（三十七续）　且说侯议员，向女伟人陈眉春说：

"太太你不必着急，有什么话咱们舱间去说，免得贻笑外人。"

陈眉春道："也好也好。"

说着一同走入里面落了坐。看看外面，就要开船，巡丁进舱中查视，见老侯舱中多着一个女人，只可令其找补船票。陈眉春立起身来，气哼哼的向老侯说：

"走，走，咱们都下船去吧！"

船伙道："不行不行，船身已然离开码头了，甘脆补票，倒还省事。"

老侯一听，只可走到账房，又买了一张客票，转回房间，急得陈眉春，心里好像十五个吊桶打水，七上八下的，好不难过，遂向老侯问道：

"你这是打算什么主意！"

老侯笑嘻嘻的说道："我并无别的主意呀！"

陈眉春道："你既没有别的主意，为什么背我逃走？"

老侯笑道："这话真真岂有此理，难说我还不准出外有事吗？"

陈眉春道："甘脆这们办，你把东西还我，咱们俩作为没事，你看好不好？"

老侯道："但凭先生你。"

陈眉春道："凭我，你就把我那赤金镯子，赤金宝石戒指还我，我亦把你的东西还了你。"

老侯一听，笑说道："喝，我的奶奶，你怎么胡说起来。共总一个洋金戒指，一张四寸相片，都在我那小行箱里放着，多会儿有赤金镯子呢？"

陈眉春道："呕，呕，你打算隐匿我的银钱哪？那咱们等船到上海时，往洋界会审公堂去说理！"

老侯一听这句话，吓得不敢言语，肚中暗暗寻思道："那洋人向例是重女轻男，凡有诉讼事件，总要女人这边占便宜，对于男女婚姻夫妇问题，更是女人得意。果真那们一来，我岂不要被他讹上吗？"低头一想，立刻有了主意，遂用好言安慰道：

"你这人，是最慈悲，最疼人的，况你我虽然不曾正式结婚，而未婚夫妇二字，早已喧传于两院议员耳内了，倘在沪上一打洋官司，姑娘的名誉，岂不一落千丈，请三思之。"

陈眉春冷笑道："这话你冤那三岁□孩，你如今拿来冤我，那算白费心机了！"

说话间，船已到了沪岸，众人纷纷下船。老侯已提着手箱，从舱内走出。陈眉春一不留神，竟自不知老侯上什么地方去了，气得站在海岸，呆呆发怔，自念："这手他可来的真高，上海地方太大了，叫我到什么地方找他去呢。再者我身边一文钱都没带，少时住店吃饭，处处都得用洋钱，我又是个女人，这便如何是好？"遂怔怔站在海岸边，眼看船上行人，都陆续散尽，惟见海面一线日光，堪堪入于水平之下，呼呼海风，吹得人遍体生凉。本来追老侯上船时，原想把他揪回，谁知船已拔锚。越想越难过，一会儿咬一阵牙，一会儿狠狠骂上几句。

正在这个当口，忽见岸上，来了两个黑印度，看那样子，像是走来干预自己，吓得抹身三步两步，离开海岸码头。一般人力车夫，见他独身一人，都过来兜揽生意，陈眉春打算要奔那里，一时都想不起来，急的陈眉春，走头〔投〕无路。

（三十八续）且说陈眉春一出轮船，不见老侯，上什么地方去了，急得他抓耳挠腮，自念身边分文皆无，上海这个地方，没钱是不行的，连回去盘川都没有，举目无亲，岂不要撅朋友。想到此处，非常困难，大有走投无路的神气，正在呆呆发怔之际，忽听后面有人叫道：

"眉春先生，你这是从那儿来呀？"

连忙回头一看，乃是先时在北京开女子运动会，一位庶务员，小劳先生。陈眉春看见他，如同见着亲人一样，敢紧上前，伸手行了个外国洋礼，一面握手，一面叹口气道：

"我本是追逐一个人来此，不想一下火轮，不知这人上什么地方去了，这可怎么好呢？"

小劳笑道："你追的这位，是男人，是女人呢？"

陈眉春道："这话不是一句说完，容我慢慢的工夫，才能同你说呢。"

小劳笑道："那们上我店里去。"

陈眉春点头应允。

于是两个人，够奔马路，到了英界吉昌里路北，走至一家客店，来到二层楼上，第十一号房间，入内落了坐，便令栈伙泡茶拿点心。此时陈眉春，是又渴又饿，并不谦让，遂依实饱餐了一顿，然后各诉来到上海的原由。陈眉春毫无隐瞒，遂将与老侯一段情形，说了一遍。小劳先生说：

"我是在此地唱新戏，并无别项营生。如不嫌疵，请你暂且住在这儿，慢慢访查侯议员的下落。"

陈眉春一瞧小劳住的房间，只是一间，又想他唱演新戏这一行，多半指着擦白吃饭，若指着正当进款，寥寥无几。自己同他住在一处，于名誉上，大有妨碍。略一筹思遂答道：

"这事我得回头去找他，最好你给我凑个回去的盘川，容我到了家，必如数还你。"

小劳笑道："你先生今日，怎么说出这宗顽固话来。我们在外面作事，谁有钱谁都可花，多会儿提到这个还字上。既是你先生不愿在此久住，明天我给您打个船票回省去，您看如何？"

陈眉春道："很好很好。"

当晚陈女士，就同小劳，住在一处了。第二天小劳给他打了一个回去的船票，亲自送陈眉春到岸上，看他进了船舱，方才分手而别。

话休烦絮。单说陈眉春，乘船回归原省，到了家中，与本党中至近男女朋友见着，历叙前事，大家都抱不平。有的说：

"非上北京议院去告他，问问议长，一个堂堂议员，满处骗人妻女，诓人银钱，与擦白当何异，应当什么罪名！或是登报，以明是非，否则他那一党人，还要在背地造作咱们的蜚语呢！"

陈眉春一听，双方所出的主意都对，于是双方并进，这就命手下书记，打稿底子，一面送本地报馆登录，一面写呈子遣人送到北京议员去递，质问议长。这且按下不表。

再说老侯，到了上海码头，下了船，本是急中生计，故此往人丛中一钻，给他个溜之乎也。当下在避静地方，赁了一家客房住下。隔了一天，偶阅新闻报纸，忽有陈眉春致某报书一则，连忙仔细观看。

（三十九续）且说侯议员，住在店中，偶阅新闻报纸，见有陈眉春致某报启示一则。阅毕，又是可笑，又是可气。连忙提笔，写了几句，也给某报送了去，标名曰"侯静山之辩诬书"。那上海报馆，看见他两下的文字，极其有趣，乐得登出去，多销个几百分报，也可给报纸增一增声价。其书大略说：

"闻贵报，某日新闻，有陈眉春退婚原因一则，读之殊觉怪异，名誉攸关，不能不分辩分辩。陈眉春，系著名荡妇，人人皆知。况年近耳顺（好，快六十岁啦！），貌如肥羊。就便我喜欢猴儿骑羊，又何必骑此六十年之老羊！只因十三月四十八日，适友人招我到上林春吃洋点心，与陈眉春遇到一处。鄙人多喝了几杯，大有《聊斋志异》，蒲老先生那段《八大王》，醒则犹人，醉则如鳖之慨。谁想陈眉春甘心愿尽义务，扶鄙人到他家里，当时鄙人知所之莫亦，亦莫之所知（您瞧这个文够多好），至今尤为恨事。（恨着何来！）（不得，要唱《三娘教子》。）（可说呢，我也想问问他，不但我想问问他，料阅者诸君，亦想问问他。）嗣后陈眉春，借着这个碴儿，就屡次跑到鄙人公馆纠缠，余只好置之不理而已。不料陈眉春，竟敢捏词诬蔑，希图敲诈，特此声明，以明真像。"云云。

那陈眉春，瞧见老侯这一段辩诬，气了个死去活来，活来死去，由不得喘吁吁的说道：

"好哇好哇，老娘从事南北，二三十年，不料倒被这猴子骗了不成！"

于是又命手下书记，拟了个书底，再送至某报，恳为登录，简直两个人就照直打起笔墨仗来。

这们一闹不要紧，弄得南北四个议院，一百六十尊罗汉，全都知道。皆说侯静山不应如此行为，实在给议员老爷大泄其气。更有一般女子，亦说侯静山不对，意愿联合起来，先开一个联合会，后开一个后援会，要质问质问这侯静山，究竟是何心肝。这话传到唐纪元、黎昂群耳朵里，两个人直说不好，连忙一齐跑到上海，找在老侯所住店内，将此危险情形向他说了一遍，又说：

"若不设法挽回，恐将来事情越闹越大，一下儿女子参政权出来，还不把你杀了发魂，腔子扛枷吗？末了还得带你游历各国，如同庚子年，红灯罩的黄连圣母一个样。那时你的苦处，或者比黄连，还苦上十几分呢！"

两个人合词一说，把个猴儿哥吓得抓耳挠腮，满身直出毛病，遂用手抹着眼泪，噗噔儿一响，跪在唐、黎二人面前说道：

"我一时把事办错，后悔也是枉然，只好求二位哥哥给我想个主意，叫我怎么办，我就怎么办！叫我脚朝天走，我就头朝下，叫我咕噜着走，我就折跟头，二位哥哥救命要紧！"

唐、黎二人看他实在可怜，遂一齐说道：

"此事别无他法，只有你亲自出头，到陈眉春面前，跪地哀求，那可应了刚才你自己说的那话了，叫你往东，你别往西，叫你打狗，你千万别可去打鸡！"

（四十续）　且说唐、黎二人，把老侯劝回汉口，当晚在公寓内，修饰了一番，候到掌灯时分，亲自够奔陈眉春寓所而来，打算要唱一出《负荆请罪》。这且按下不表。

再说陈眉春，自与老侯在报上打这笔墨官司，所有他那些至近的男朋友，全都有点吃了杨梅，暗暗的就都不露面儿，大有善退的神情。陈眉春一看，自悔孟浪，不该一时急忿，压不住火儿，这们一来，鸡也飞啦，蛋也打了。想至其间，非常的懊恼，由不得一病恹恹，倒在床上。

看看掌上灯烛，忽见门帘一闪，走进一个人来，香风馥馥，照直噗噔跪在床前，用手揪住自己衣襟，气喘吁吁的说道：

"女志士，女伟人，你你你，高抬一抬贵手，把我容让过去吧！真个的，你总得瞧我个高落不成？"

陈眉春当时猛住，不知床下跪的是谁，连忙起身，下地把煤油灯捻亮一看，见是一个穿戴华丽，修饰整洁的少年。仔细一瞧，才瞧出是侯老三来，一时是又恨又气，又怜又疼，遂坐在床沿上说道：

"你这个人，怎么这样反复无常呢！既是在报上毁谤我一小钱不值，这时又不该跑了来，苦苦哀求。既是还肯下气来央告我，当初又不该那样毒狠，把我扔在上海。你想想这手，来的焦不焦？幸尔我认识的人多，不然我一个女人家，身旁分文皆无，举目无亲，岂不叫工部局印度，把我领到外国捕房去住吗？你自己想想，该是不该呢？"

侯老三一听，自己打着自己嘴巴说：

"姑娘责数的极对，实在是我一时糊涂了！如今我想起，后悔也来不及，有心再请出几位朋友，给咱们见见面，后来一想，与其那样费事，莫若甘跪〔脆〕我自己亲身来见姑娘，或是打，或是骂，任凭姑娘，岂不比托庇外人强的多吗？况且我们已然是未婚夫妇，无论谁把谁说的不像个人，徒给大家添笑话。我此时业已醒悟了，就请姑娘想个法子，挽回以前之错！"

这一套又柔软，又可怜，又亲密的话，把个能说会道的陈眉春，迷汤的没了主意，由不得叹了一口气，用手指向老侯头上，戳了一下儿说：

"你呀，你呀，真是害我不浅哪！得啦，快快起来，不必在这地板上跪着了！"

老侯一听，这才从地下爬起，对面落了坐。陈眉春道：

"别的事情都好办，惟独在报上，登的那些事情，总得想个完全法子，把他更正过来才好呢。"

侯三道："但凭姑娘出主意，我是百依百随！"

陈眉春低头想了想道："此事只可咱们两个人，双方在某报上，登个和解书。大略说，我们结婚一事，久已喧传人口，然个中事实，颇有言□人殊之叹，再将定于某日行正式结婚礼，以免外间多有误会，你看好不好呢？"

侯三道："姑娘怎么说，我怎么办！"

陈眉春道："那么你就照着我说的这个意思，拟个底稿我瞧瞧。"

侯三点头应允，忙走至写字台前坐下，拉开抽屉，找出两张信笺，提笔构思了一番，立刻拟好□段启事的文词。

（四十一续）　且说陈眉春把老侯拟的那篇稿底，拿在手中一看，却也编得很好，遂仍交回老侯手中，嘱令拿去，交原登报馆，请他务必代为刊录，是为至要。老侯点头答应，分手而别。过了一天，果然把陈、侯双方和解书登录出来，招□大家哭不得，笑不得。

今将陈眉春致南方教育部总长陈独秀先生书函一件，照录如下：

宗兄总长先生伟鉴：

眉春与侯议员静山，结婚一事，尤邀洞鉴，惟个中事实，颇有双方误会，故眉春敢以书直陈，总长先生之前。盖眉春与侯议员，虽然是萍水相逢，肇自汉口，然以彼此所论时事，以及自由潮流，可称志同道合，颇似陈独秀先生门下之桃李，是以深用倾佩。适侯议员系出伯房，以兼祧仲房，又复为叔房，代表季房，尚未缔婚，力托其友唐纪元、黎昂群作媒，遂于本年八月，双方商榷，十三日订妥婚约，十四日大宴亲友，叼在世谊、戚谊、年谊、友谊、学谊、乡谊、道谊，均请于八月十五日驾临礼堂观余等行正式结婚

礼。取其八月双清，天上月宫有嫦娥之美妇，人间地
上有男女之撮合。只因国家多事之秋，我们不敢事外
生事，更不敢没事找事，故此诸事□敢费事。乃外人
不察，谣诼繁兴，复经宵小从中播弄是非，不意双方
均有误解，几酿恶果。顷侯议员，述明一切，眉春为
爱护自由尊严起见，亦不更吹毛求疵，所有旧有之隙，
完全冰释，除订日大宴亲友，表明事出有因，事不遂
心之缘故。现在事已办妥，不事苛求，更不论他人是
是非非，只顾大事化小，小事化无，是诚幸事。今将
此□，表明衷曲外，谨此讣□。（好要开吊。）务乞拭
目观礼，转告同仁医院，诸位同学，更转知同仁堂，
速备膏药两贴，贴双方之疑病，俾释群疑，实为感盼。
此颂南方教育陈独秀总长先生议祺。

陈眉春谨启

下边紧接着，就是侯议员给报馆侯逢春主笔先生函一件，
亦照录如下：

逢翁执事先生公鉴：

　　鄙人与陈女士结婚一案，久已喧传人口，然个中
事实，颇有人人言殊之谨，故敢以书直陈。查陈女士
与敝人缔交，虽系由汉口凑合一处，然自由宗旨相合，
不啻有臭味相投之慨也。盖陈女士奔走国事，事事认

真，不管是是非非，与是是否否，总之，上可事天，下可事地，中可事人，才算事情办得实在，不避艰苦。虽所办之事，未见若何之大，然求诸今日我国女界中，似陈眉春女士之见事办事遇事生事者，可谓鲜矣。鄙人既崇拜其为人，力以兼祧仲房，代表厢房，不管厨房，尚未结婚。乃经众友之媒合，遂有邂逅之议。本年八月，双方商榷，幸而没事，于十三日，订妥婚约，十五日宴集亲友。因前方多难，罪在吾两人身上，不该在此时，生出这宗闲事，深滋愧赧，外人不察，谣诼繁兴，诸多误会，现已言归于好。（下同，不必多写今双方既是登报声明一切。）

于是侯议员，又娶了第三个媳妇。

（四十二续）　昨朝话表老侯与陈眉春女士在报上，双方登了合好的声明，遂于八月十五日这天，真个的就在汉口公寓内，悬灯结彩，成为临时正式夫妇。所来的宾客，男女都有，大开酒宴。就着那天上一轮明月团圆涌生时，携手与陈眉春，共入暖帐，同饮合欢杯。外面打了三更，众亲友散去，这才一同就寝。

到了第二天，系八月十六日，按着俗礼，乃是接姑奶奶的日期。陈眉春的母亲，到老侯公寓内，一面吃梳头酒，一面为接陈眉春回门，归宁父母。这系闲言，不必叙表。此乃侯议员，在汉口娶第一个媳妇之结果也。

正在这个当口，北京打来电报，催促老侯回京，有要事商议。于是向陈眉春面前，述说原委，就便斟问他，是在此处等候，抑系同我前往。陈眉春笑道：

"你我成婚，尚在密月之内，按照外国礼，应算作密月之旅行。莫若我就同你到北京逛上一荡，岂不两全其美。"

老侯一听，心中有些为难，恐怕被京中松二小姐知道，又是一场是非。当下不好开口，面上已现出为难景况。陈眉春是个玻璃心眼的人儿，早已了然他的心事，忙微笑答道：

"你不必为难，我知道你京中，必然还有家眷。我此番到京，暂住旅馆，给他个两不见面，你总该放心了吧！"

老侯一听，遂起身一个劲恭揖道："罢了，罢了，夫人真是个漂亮人物，果能如此一办，先去我多少烦恼！"

当下计议停妥，遂乘车与唐纪元，专返京师。没有两天，来到西车站，下车后一同到了金台旅馆，先将行李安下，然后老侯就向松二小姐家中而来。到了门前一看，闹了一怔，这是什么原故呢？原来门前，已另住了别家，门口上挂着一个胡汉章律师的铜牌子。老侯站在那儿，怔了足有一袋烟的工夫，心里这份难过，就别提了。自念："我为松二小姐，不知费了多少心思，花了多少银钱，只因奉公出外，竟会把个极美丽的媳妇，不知去向。可见天道好还，谁叫我在汉口，又说了个陈眉春呢。但是我一个堂堂议员，万不能白白的把个媳妇丢了，待我仔细调查调查。"

想罢，走上台阶，一扣门环，少时从里面走出一个下人来，笑问找谁。老侯道：

"我跟你打听一件事情，这门当初住着一位松二小姐，是众议院侯议员的外家，现时搬到什么地方去了？"

那个人一听，把老侯上下打量了一番说："你贵姓啊？"

老侯忘了思忖，冲口而出说："我就姓侯。"

那个下人摇头道："我们不知道，你再向别处打听去吧。"

语毕抹身走入，使劲把门叭的一关。老侯觉着没有滋味，只可退下台阶，无精打采，走回金台旅馆，心想要同陈眉春面前，诉一诉苦。不想进到屋中一瞧，陈眉春也没在屋内。忙向栈打听，栈伙道："刚同一位刘律师上醉琼林吃饭去了，少时便回。"老侯一听，又是一个扫兴，当下心中思念道："我何不也到醉琼林一走呢，借此窥探窥探这陈眉春的机密。"欲知如何，后天再表。

（四十三续）"风清此夜，河须管弦吹开。月朗当头，早称楼台雅兴。"这本是前人咏中秋赏月之佳句也。但是前夜之月，不甚明朗，却被浮云隐住，似乎对于一般赏月者，减去几分清兴。迨至后夜，簌簌下起小雨来，到了昨天早间起来，只觉单衣却寒，有些不甚适体。余静坐思之这场秋雨，对于苦百姓身上，实在是非常爱护了。何以言之呢？比如这场小雨，若下在前天夜内，或下在昨天白间，所有一般作小本营生，以及各娱乐场，都要大减生意。而上天却不前不后，在十五后半夜，下此一场小雨，该逛的主儿，也逛完了，各项应节景的［缺"生"字］意，以及小本营生，也都把钱赚在家内，何乐如之。余虽非耶教的人，是不能不感谢上天造物主之大慈悲也。这且不题，如今还是往下述说这段《七妻之议员》。

现在这位侯先生，连正妻，并松二小姐，与陈眉春，共是三个媳妇。下边还有四个，若要一一述说，未免令人生厌。日前本馆总理籍少荃君，交到"文艳王"新题一段，连日来，正在从事编辑，现已就绪，一□日内，即可刊登。以飨阅者。按这"文艳王"三字，本是现在著名女伶，金少梅的徽号。其中事故，有褒无贬，专纪其香艳风流韵事，此所谓关雎乐而不淫者也。于是鄙人，特特将金少梅数年来，唱戏的事迹，介绍于爱阅诸君，以及戏迷大家之前。要知男伶中，有个梅兰芳，女伶中有个金少梅。这两个角色，都是执戏剧界之牛耳的人。

闲话儿抛开，我就赶紧把这段《七妻之议员》，结束起来，好刊录下段"文艳王"。

话表侯议员，见自己住的这处房屋，已然另凭别家，只可扫兴而归。回至金台旅馆，打算要向陈眉春跟前，诉说诉说他的苦处。不料到了馆内，陈眉春也被人请走。据旅馆人说，被一个律师请走，是上醉琼林吃饭去。遂坐在家中，默默的思想道："怪呀怪呀，这陈眉春，将到北京，就有男朋友约他吃饭，怎么这样灵通呢，其中令人不无可疑。有啦，我何不趁此，也到醉琼林饭店走上一遭，就便侦查这陈眉春的事迹。"

想罢，走出金台旅馆，雇了一辆人力车，拉往陕西巷醉琼林。到了门前，付了车资，抹身走入，早有饭店伙计出来接迎，一让让在楼上一间屋内，落了坐。栈伙一面伺候烟茶，一面就问吃什么酒菜。老侯悄声说道：

"稍候一候，还等一个朋友。我同你打听一个人，有一位刘律师，在这是请客吧？"

栈伙点头道："有，有。"

侯议员道："现在来了不曾？"

栈伙道："业已来了，还等人呢，您同他认识吗？"

老侯连连摇手说："我不认识他，我认识他今天请的一位女客，现在那屋，求你指引指引，回头我多给你几个酒资。"

栈伙一听点头应允，忙说："那们您随我来。"

当下又上了一层楼梯，领至一个闲屋中，低声说道：

"您在这间房内稍候，定可看见这刘律师请来的朋友。"

（四十四续）　且说侯议员，对醉琼林伙计说：

"你把我引至刘律师请客的屋子旁边，只要瞧见所来的朋友，我临走时，必然多多给你酒赏。"

堂倌一听，点头应允，当下便将侯议员领至第二层楼上拐角处一间闲屋内，坐下说道：

"客人，您就在这屋用酒吃饭吧。"

说到这句，遂将声音低下，凑至老侯身旁，用手向前指着说道：

"这刘律师，就在隔壁两间，一开连的屋子里请客，您不论要偷看那位，顺着这隔断木板缝儿内，可以向外张望，管保都能瞧得清楚。"

老侯点头道："好，好，那末你就下去给我开三块钱一位的洋餐来，余外斟他两杯顶上的绿酒。"

堂倌答应，抹身而去，少时把酒菜摆到桌上，自到外边，照料他处客宾，不在话下。

单说老侯，把酒喝了两杯，吃了□片面包，遂起身走至隔断木板缝儿边，屈目向内张望。但见屋中坐□五个人，惟有一个穿西服的男子，脸正朝着自己这边坐着，上边电灯，用的是五十号码电灯泡子，电力非常之足，照得屋中，纤悉毕露。就见这个男子，面白似玉，重眉毛大眼睛，高鼻梁，年纪约摸就二十一二岁的光景，可称是个翩翩美少，又搭着雪白的硬领，鲜红的领巾，衬着那少年的脖项，益发娇滴滴，越显红白了。心中暗暗思忖道："莫非此人，便是刘律师吗？若果他是刘律师，与眉春为友，简直叫我不大放心了。"复又思忖道："我们太太在什么地方坐着呢？"一边□里叨念，一边向四外观瞧。见屋中五个人，到有四位官客，忽的一眼看见靠着板壁坐着一个女人，虽然瞧不见他的面庞，然而可以断定是陈眉春无疑了。只因女客，只有他一人，况且到金台旅馆时，店伙已然说是陈先生早已赴席去了，这时在坐，必定是他。

正在寻思之际，忽听那个少年，笑嘻嘻的说道：

"眉春先生，听说你已然与侯议员结了正式婚姻，为什么要在报上，弄那些笑话呢？"

就听眉春答道："此事不能怪我，实在是有人从中挑拨所致，错非我拿得住他，那可真成了笑话。"

又听那个少年说道："本人还可姑娘的心不，事事能够自由否？"

眉春答道："要说人品，实在与我不大趁合，至于自由两个字，还可作的到。怎么说呢，一者他是个新人物，又是个议员老爷，专给人民谋幸福者，自当以身作则，就如同陈独秀先生，研究女子解放，自由恋爱，所以他家的太太小姐，都是很自由的。老侯他是讲自由的人，焉能自己先顽固起来！二者有婚书，有条件，都在上面写得明白，错非那样，今天刚到了北京，岂能马上就打电话找你呢？"

老侯听到此处，这才明白不是刘律师请他吃饭，却是他给姓刘的打电话，找的人家。呕，呕，那就是了。正然想到这儿，忽听堂倌，在外喊道：

"松二小姐，同胡汉章胡先生，一齐到了！"

老侯一听这句话，立刻头上如同打了一个闷雷一般，差点一个跟头摔倒地板之上。

（四十五续）　且说老侯，爬在隔断木板缝儿边，屈目向内张望之际，忽听外边有人喊道：

"松二小姐与胡汉章胡先生，一同来到！"

老侯一听这句话，闹了一怔，忽一转念，天下人同名同姓者很多，这们一想仍然向里偷看。工夫不大，从外走入一男一女，那个男人，是个什么模样，老侯没有心思去看，满腹心事，都注重在这个女人身上。不看则可，仔细一看，哈哈，不是自己第二房太太松二小姐，却又是那一个呢！登时怒气冲冠，燥火按捺不住，遂抹身跑出屋外，直奔隔壁，大踏步闯至屋中，奔至松二小姐面前说道：

"哈哈，好哇好哇，你真真给我们当议员老爷的摔了牌啦！甘脆，咱们马上就叫巡警，非同你们这群讲法律的人，动动官事不可！"

房中男女多人，当时猛住，那松二小姐，也闹了个脸白，皆因连作梦都没想到此刻侯议员，会跑至此处来，好像从天而降，尤如后套《三国志》，邓艾偷渡阴平一般。心说："他在南省汉口作事，什么时候来到北京，再者来到了北京，怎么偏偏跑到醉琼林吃饭，可称是冤家路窄了！目今别无他法，只有跑开为妙，无论有什么事，明天再说。"

想至此处，趁着大家过来忙乱之际，顺着老侯胳膊肘儿一钻，钻出屋外，三步两步，下了楼梯出了大门，自向城内而去，按下不表。

再说那个刘律师，冒然见从外边跑进一人，伸手要抓松二小姐衣襟，并口口声声说，要与善讲法律的人动动官事，明明冲着律师二字而言，遂与胡汉章，齐起身把老侯横住说：

"尊驾你是什么人，怔〔怎〕敢闯宴□人！"

说着话，伸出五指，就照老侯脸上拍来。幸而陈眉春瞧见是老侯，赶紧走过横住说：

"诸君慢些动手，这是我的外子，回头再与诸君介绍。"

语毕，抹头向老侯说："你作什么，上这儿来了？"

侯三道："许你有客请你在这儿吃饭，就不许我有朋友在这儿请我吃饭吗？"

一句话，把这陈眉春问了个张口结舌，心说对呀，有理的很哪。楞了一楞说：

"那们这堂客，与你有什么关系，跑进来又骂又要打？"

老侯急得一个劲跺脚说："呦，我的太太，你你你，千万别问了，活活要把我气死！他他他，就是我同你所说的福三小姐。在未动身上汉口时，本是自由结婚，方才我到家中去看，谁知庙虽是庙，神儿可不是那个神儿了。最可气的事，门上挂了一个胡汉章大律师事务所的铜牌子，暗含着连人带屋中一切陈设家具，满都归了这个胡某。你想想，我在这儿看见他们，能够善罢甘休的完了吗！话已说清，谅大家也都听得明白，往下谁可也不许管了！松二娘们跑啦，我明天也有地方捉获他，只是这个姓胡的，我们今日非得一死相拼！"

说罢，抢身向前乱找，其实这个工夫，胡汉章早已溜之乎也了。陈眉春抓住老侯胳膊说道：

"先生，你何必着那们大的急。实告诉你，他们两个人，都早已跑的没了影儿，趁早坐下歇歇，消消气，不看气出病来，也是我的拖累。"

说到这句，用手绢一捂香腮，噗哧一笑。

（四十六续） 且说陈眉春，拉住义［老］侯的衣袖说：

"依我劝，不必生那们大的气，实告诉你，他们两个人，都早已跑的没了影儿，有什么话，明天再说。消消火儿，我好给介绍几位朋友。"

老侯一想，没了法子，遂站在那儿，呆呆发怔。陈眉春趁势说道：

"这是刘菊如先生，现今著名大律师，乃余幼年同学之良友。"

老侯一听，只可上前握手为礼，笑嘻嘻的说：

"方才失言，先生休得见怪。"

刘律师笑道："岂敢岂敢，又道是，不知者不作罪。"

陈眉春又向那几人，一一指引了一番，老侯遂也一一挨次为礼，然后落坐吃茶。刘律师笑问方才一段缘故，老侯从头诉出。刘律师笑道：

"按法律说，单夫独妻，乃是正道，否则动了官事，你老先生，一定失败。何以言之呢，皆因人民男女平等，酷爱自由，一个男人，只应有一个女人，一个女人，只应有一个男人，决计不许有第三人，掺杂其间，如有第三者，只好听凭男女自由而已。"

老侯一听，不好争执，惟有点头称诺。

书要简断。当晚这顿饭吃完，刘律师会了账，约着陈眉春到球房打球，并没代约第二位。老侯一想，莫若闪开一板，我先回店等候，免得那一个业已便宜了旁人，这个再挤的也被旁人所占。想罢，向刘律师拱手致谢道：

"我可不陪你们，自去打球，我先回旅馆，休歇去了。"

这一句话刚然说完，就见陈眉春与刘律师两个人，齐向他躬身说道：

"好，好，那你就请便吧。"

语罢，陈眉春把刘律师的胳膊揪过来，跨□走着那体操慢步，抹头向西而去。

老侯站在十字街头，眼睁睁瞧着自己媳妇同着小白脸走了，自己却一点主意都没有，呆了会子，由不得长叹一声说：

"嗳，这都是讲自由讲的，末路害到我本人的身上！"

　　一边想，一边往回走，无精打彩。来到金台旅馆，一头躺在床上，呼呼睡去。不想头一沾枕，竟会入了梦乡。当时梦见一个人，娶了七个媳妇，都是媒婆子王大脚，给拉的人纤，一共七个，满由湖北闹水灾、闹兵灾的地方买来的，共总花了不到一百块钱。据媒婆子说，顶好十五块一个人，不好四块大洋，就可人钱两交，准你手拉手儿领走。所有这七个，都是挑选最苗条，最秀器〔气〕的。老侯一听，喜不自胜，忙说：

　　"都与我领进屋来。"

　　媒婆答应，向外喊道："姑娘们，全来拜见议员老爷！"

　　老侯用手摸着小胡子，向外观看，但见七个大姑娘，环肥燕瘦，各极其妙，珊珊玉步，走至跟前，冲着自己微微而笑。瞧了瞧，全都有点面善，仔细一看，哈哈，满是自己家中妇女！气得拍□桌子，向王大脚骂道：

　　"好混账东西，那一个叫你把我们家里的，都给买了来呢！"

　　谁料王大脚一听骂□混账东西有了气，遂举起门后一根木栓照定自己头上打来，连忙往旁一闪，木棍落空，正正打在书案之上，只听叭礴一响，案上放的砚水壶儿，以及笔筒墨床，全都打碎，登时惊醒。睁眼一看，身卧旅馆床上，面前一盏如萤火之光的电灯，照得屋中半明半灭，默然一想，原是南柯一梦。

　　书说至此，明天另换新题。

（《北京小公报》警世小说）

徐剑胆作品

阔太监

自序
跋言

自　序

余滥竽报界卅余年，初因侘傺无聊，乃向笔墨中求升斗，无非苟全性命于乱世，既不存希名之心，故辄作辄弃，并无留稿。自《实报》问世以来，不佞忝附老宣、柱宇、醉丐、莲青诸大家文豪后尘，借有光荣，然而心实愧怍。此编《阔太监》说部，发刊单行本，系奉《实报》主人管君翼贤之意。因彼欲出几种丛书，凡在《实报》著作，择其与［于］世有补者，均刊印问世，借作永久纪念。管君并言，《阔太监》系萃家庭、社会、侦探，冶为一炉，事迹之离奇，情状之变幻，较前作其他小说，趣味浓厚。且其中叙述北平侦缉队办案手续，不以刑求，不以威胁，以及竭力为人辨冤，唯恐累及无辜，上下一心，谆谆以道德相勗勉，皆为当时之事实。此书若出，可使以前憎恶侦探之心，一变而为钦敬之念。其他如家庭妇女，咨晉无知而

罹祸，青年学子，旷阴浪漫而招灾，阐发主旨，指正是非，与
［于］社会人心，均有莫大利益。阅者当不以君文笔谫陋，而
弃置之也。余深韪管君之言，并望读此编者，胥能予不佞以充
分之原谅也。

　　是为序。

中华民国廿四年十一月毂［毂］旦
仁和徐剑胆序于北平宣南返朴斋

跋　言

　　夫其铸象形之镜，明察秋毫，然牛诸之犀，光腾海底，夐乎
尚矣，邈无俦焉。至若文阵雄师，说林妙手，求其能绘色雕声，
穷形尽相，古推四美，今得一难。施耐庵锦心绣口，《水浒传》
笔粲莲花；曹雪芹镂月斫云，《红楼梦》舌翻玉屑；公子多情，侯
郎逢青楼知己；文人薄命，韦生遇红粉怜才。近世则张恨水之《啼
笑因缘》，钟子民之《北平新史》，笔端有舌，腕下生风，味美纡
回，不同嚼蜡，亦足称矣。乃若对于世道人心，有启聩震［振］
聋之助，措词布局，极柳暗花明之奇，则以徐剑胆先生《阔太监》
小说尤足多焉。先生蜚声报界三十载，余闻名日久，识荆缘悭。
自厕身《实报》，方得屡亲清扬。时聆霏玉，深佩先生阅历有得，
见闻较多。兹者老友管翼贤谋将先生此编出刊问世，先生不弃余
粗窥，下顾糠秕，谊不容无一言。谨赘斑窥，用附骥尾。余知此

编出书，必至争先快睹。奇文欣赏，值菊黄梅绿之天，大气磅礴，看峰回路转之笔。

　　岁次乙亥夏历梅月初浣莲青郭锡炬跋于故都旅次

目录　　　阔太监　　　徐剑胆作品

徐剑胆作品

阉太监

正文

第一回　星海探河源茶前酒后话禾黍
　　　　阉官动春兴有名无实假鸳鸯

　　中国侦探二字，系由前清五大臣出洋时，火车上霹雳一声之炸弹案而始。原因南省革命党人，欲于咫尺间，以颈血溅五大臣出洋考查政治之迷梦。事发群相奔逃，乱后只见一西装少年学者，尸身横卧车内，左腿业已炸断，血渍模糊，惨不忍睹。负地方责任之官吏，遇此重大奇变，万难敷衍了事，乃一面派差多方搜查，一面将该尸装入木匣，灌以药水防其腐烂，上盖透明玻璃一方，陈于东车站，出入必经路口，任人参观。匣上并贴一说明书云，有识此人为谁者，路局立奖大洋一万元。但尸陈多日毫无效果，后由警察厅某办事员，探出此尸为广东志士吴樾也，由是内务部令某君为侦探长，另立机关，专司缉捕访查之责任，迄初至今将及三十余年矣。

著者今为此段侦探小说之意义，实因北平社会人民，对于侦探，向不重视，甚而造作蜚语，信口雌黄，不曰侦缉队为阎罗殿，即曰侦缉员是蛇蝎，此等污秽之词，实令善良者难堪。究其蜚语之来，厥有二因，一因彼时侦缉机关众多，彼一团体，此一团体，人数既繁，难免良莠不齐，害群之马，在所难免；一因先时缉捕责任，皆委于下差快班捕役之手，以往昔捕快之恶习，而疑今之侦探，此皆不明个中真像所致，故尔时造蜚语，颠倒黑白。

著者与队内诸公，均皆素识，深知北京侦缉队，实一替社会人民除暴安良，明冤伸屈之重要机关，且该队长官，对于属下时时以道德二字相勖勉，故著者特拣出十年前该队所办之惨杀二命一案编为说部，借以告诸社会人士，知北平侦探为吾侪小民之福星，更可明了侦探访案之艰难，与道德［疑缺"之"字］高尚也。

闲言道罢，书归正传。且说前清退位后，宫内太监一项人员，把向日的威风煞气完全失掉，类如某总管，某头目等，从前积蓄多，置有房产地亩者，还可不愁吃喝，其次当下等差使之太监，皆有冻馁之苦，是以有出外作小本生意者，亦有为富室作应门仆役者，说来甚属可怜，然追思彼等以前，仰仗皇帝权势，作威作福，又甚可恨矣，但是中间有令人不可思议者，即阉太监娶媳妇一事耳。按宫中太监，本皆割去生殖器，方能入内当差，无论其富贵达于何种程度，而人生夫妇房帏乐事，是无望也，故彼辈尝向外人嗟叹曰，凡当太监者，终久有两个后悔。原入此道者，皆由贪图富贵一念而起，其实割了老宫，也未必人人均得有富贵。如四十八处都总管李莲英者，就便是他，仍然后悔，所悔者，即如是之富贵，欲思房室夫妇之乐，是不能也，此一后悔；若是不能富贵，无非当一下等小差使，得以饱暖而已，乃自思曰，早知如此，悔不当初，此亦一后悔。总之当太监者，发财与不发财，归结都是后悔。更有一阉太监由后悔中，想出一个方法来，暗思吾辈固然没有男女房帏床笫之乐，难道就这样孤帏单枕，了此余生不成？我既有多金，偏要娶个媳妇，若遇那贫苦之家，贪图彩礼银钱，就许给我，纵不能生子继续香烟，亦可望屠门而大嚼，闻香吸唾，倚翠偎红之乐，还可享受得了吧！想到此处便发出话去，拿钱买媳妇，以重金求幼女。先是有些太监，所姘者多半暗娼合老寡妇，后来也有人，肯把其十八九岁大姑娘给太监当媳妇。于此可见，有钱能使鬼推磨的话，诚不虚也。

单表前门内北长街，地甚幽僻，一到日落，便无行人，早年在此居住者，皆系宫内有差使之人，盖取其进大内方便也。自入民国，皇城墙上业辟一洞，往来之人，可以穿城而出，但北长街偏西，仍无人向该地来往。这话叙清不提。只说街内住有一家小富户，姓黎名望，系陕西延安府人氏，七岁净身，八岁进宫，九岁扶保老王。这话好像法门寺，刘瑾那套白口，读者莫要发笑。照直说这黎望，是位前清的阉太监老爷，曾在内庭［廷］当过大总管，其富贵势力，虽不及李莲英，然而也可与小德张之富贵势力不相上下矣。彼时在民国二三年间，国体更改，而清室宣统皇帝犹居大内，内廷执事，仍如往昔。这位黎太监老爷，在宫内当差有年，颇称富庶，他老先生，便是用巨金，娶了一个美而艳的小媳妇，在北长街，并有极讲究的一所小四合房，早晚由宫内当差回归，享那家庭居室之乐。但是这个小媳妇娘家，不问可知，是个极穷苦，而又下三之家，不然万不会，把个十八九岁的亲生女儿，嫁给一个四十多岁太监去作媳妇。据那一带的街邻说，小媳妇娘家姓桂，是内务府包衣旗人，从先也很阔过，拴车走马，盛极一时。桂大爷吃喝嫖赌抽大烟，无所不为，把一份家私，花个罄净，只落得把亲生女儿卖了钱，去开洋车厂子。后来车厂子开赔，便入了胶皮团，时常到太监姑爷家中，起腻要钱。这位桂氏太监大奶奶，秉性啬吝，又因在娘家，受过很大的穷苦，自幼就没瞧见过洋钱，是个什么模样，如今嫁到黎太监，一进门便有多少仆从，称他为大奶奶，那箱子里钱柜里，所放的洋钱，数都数不过来，满归自己掌管。喝，这下儿，可把孩子给乐得不知道那一明是皇城根了，乃在心中暗暗寻思道："嗳呀，这钱真是好宝贝，从此我可得把他看住了，除我们两口子日用外，一个也别枉花它！"由是过了不到一月，就将所用仆从全都散去，只胜〔剩〕一个年轻小老妈。这小老妈姓宋，系三河县人，年纪不过二十一二岁，能说会道，善体大奶奶的心意，大奶奶说东，他就东，大奶奶说西，他就在西明去等，其而大奶奶喜欢谁，他就帮着敬奉，大奶奶憎恶谁，他立刻往外驱逐，见人下小菜碟，迎风打

旗、吹牛拍马的能为，算是让他一人考了优等，所以桂氏一步
也离他不得。是以黎太监老爷，有时入内该班，不能出来，家
中只有桂氏大奶奶，与小宋妈，青年主仆二人，闭门而睡，这
事时常不断的有，日久已成为惯例。

那黎太监，年纪已然四十九岁了，可是媳妇桂氏，才二十
多岁，所用小老妈，亦二十多岁，每日归来，坐对一双佳丽，
一男两女，说说笑笑，打打闹闹，挨挨靠靠，这个乐子，实在
不小。又兼衣食充裕，银钱顺手，两口子只吸点鸦片烟，又算
什么。这样说来，黎太监家庭和睦，从无勃谿，只是有一件事
情，时常招得桂氏大奶奶很不高兴，读者若问是件什么事，由
莫忙莫忙中，听不佞慢慢道来。

原是清宫大内，有一种下役，名称曰"苏拉"。"苏拉"二
字，按满洲语即白丁是也，旗人称汉人之无职业者，即谓之曰
苏拉，大白人。那时宫内一些阔太监，平日所用下役，即呼之
为苏拉。凡当苏拉者，多是穷苦无能之辈，其中满汉皆有，如
抬泔水桶溺桶，倾倒灰土垃圾污秽，以及茶役厨房，送文书送
信，小跑等等，统名之曰苏拉。白天一清早进去承差，一到晚
八点，拉了宫门的时候，这些苏拉，同通全得出来，一名也不
能留在里面。凡夜间在里面寝宿的男子，除皇帝一人，其外便
是太监合宫女，假如说若有一名男子，不是太监，被宫内查出，
立刻交慎刑司，便是砍头之罪，此清室宫中之定制也。那末当
苏拉的人，虽说是个下役苦差使，能干一点，也能养家肥己，
买房子置地，所谓行行出状元。以上所说，乃是前清未退位之

前，彼时已改民国一二年，皇帝虽然依旧住在大内，未曾移出，可是他那势力排场，业已缩减到十成之五六，那末进内当差的苏拉，也没从前那样多了，纵有大半年老无处可奔，只好仍在里边鬼混，苟延残喘而已。据久在内廷当差的人说，自清室退位后，只苏拉一项，失业者便有一千余众，若连家眷合在一起，约有三千有奇。因每一个家庭都有三口两口，平时并无积蓄，只仰仗爷们一人在大内当苦累差使，一旦失去生活之路，致使一家大小啼饥号寒，挤得走投无路，只好是寻觅自尽了残生。其外照常鬼混，苟延残喘者亦是不少。

内中单表一人，姓王名文泰，系直隶宛平民籍，年在四十多岁，生得粗面大麻，色似猪肝，身高足阔，鼠耳狮鼻，头角上有一片疤痕，腮下有一部连腮绕鬓，乱扎扎浓胡子碴儿，一望而知，是个愚拙鄙贱之夫。此人向在内廷充当苏拉，专给各首领太监，作菜作饭，充当司厨之任，住家亦在北长街，家中只有一个后续小媳妇。这小媳妇，家姓崔，是个贫家作小本营生者。彼时尚是宣统末年，王文泰忽然把老伴死了，便有人张罗给他续弦，提说崔姓之女。那崔老夫妇，一打听王文泰，是在大内给太监皂厨，很有银钱可赚，每天所剩下的，刀前刀后，鱼肉鲜虾，青韭白菜，以及油盐酱醋，零零碎碎的东西，拿到家里，漫说两口人够吃够喝，余外偷出来的物件，还能打总卖钱，若是太监们打牌请客，王文泰更是肥上加膘了。所以崔家，把王文泰营业财源，打听清楚，便有几分愿意，末后又听说是一个人，自当自过，上无老下无小，虽说是续弦，本人年岁大

点，架不住过了门，就可享那口头之福，故尔这门亲事，没怎
么费事，便说停当了。

娶的那天也很热闹，三间大北房，预先裱糊一新，搭大棚
挂红彩，八抬大轿，往上摆二十四件金执事，十六名鼓手，娶
亲的四位官客，都是内廷太监老爷，个中便有黎望。娶过来下
了轿，四位太监便蹿到新人房中，要看新媳妇是丑是俊。其时
屋中满满挤了一些堂客，什么张家大姑娘，李家小媳妇，好管
闲事的崔大二〔二大〕妈，没了牙的胡三姥姥，一些老少妇女，
正在夸赞新媳妇生得俊俏，忽见四位老爷们从外跑入，吓得大
姑娘小媳妇，东躲西藏。

这时好管闲事的崔二大妈开了口，连忙用手横住了屋门，
笑嘻嘻向大家说：

"你们小姐少奶奶们，不必躲藏！他们几位老爷，都是出家
人，你们若是一躲一藏，他们老爷最不乐意。由我这说，谁也
不准离开这屋！"

黎望等一听，这位二大妈所说的话，从心眼里就佩服，禁
不住都将大拇指一伸道：

"罢了罢了，到底是这位老姐姐！"

说着便凑在新人面前，仔细观看。此时有些面嫩的大姑娘
小媳妇，虽经崔二大妈，将屋门走路横住，没得躲出，究竟面
上有点讪讪之色。

读者要知，前清宫中一些太监，无论同谁交朋友，最忌讳
不让女眷出来见他，必须由他们性儿任意去向妇女丛中去蹭。

在他们自己心中想，我们虽系男子，业已割去了阳物，与女人无异，纵然与女人睡在一个炕上，也没关系，若是仍然注意防范，便算不是诚心诚意交朋友。不知底细者，时常因为这事，犯了隔阂。说到这位崔二大妈，他的爷们，便交有几位朋友，是宫内太监老爷，所以他深知太监老爷的脾气，诚恐姑娘媳妇，一藏一躲，恼了他们，岂不反给本家王文泰，得罪了主儿爷吗，故此首先发话，起身阻住了屋门。这一来，真把黎望四位太监老爷说乐，一个个挤在女人丛中，趋至新妇面前一看，见年纪至大二十几岁，粉颈低垂，香腮带赤，杏眼含泣，柳眉频蹙，虽不是头等佳人，亦可说是俏丽女子，都不禁拍掌笑道："嘿嘿，真好真好，想不到王麻子，会有这样艳福！"

正在说笑间，外边已摆了男客首席，当然先请娶亲老爷前去入座，黎望等趁此台阶，由新人房里相携而出，来到喜棚以内，经执客上前让坐，便将黎望四人请在一处入席，其外又让过两位行人情的小太监作陪客。六位太监老爷，也用不着谦让，便按着年岁师陡阶级分好，一同落了坐。本家过来斟酒□席，大家拱了拱手，王文泰走开一边，黎望等人，就互相执壶布菜，随便说些闲话。

少顷酒过三巡，菜上五味，忽听首座王老爷，微微叹了一口寒气，大家扭项一看，见他端着酒杯把头摇了摇，又复放在桌上，都摸不清，王老爷发此嗟叹，所为何事。黎望便向其笑问道："老大哥您因为什么忽然叹气呀？"王太监欲言又止，好半天才低声说道："以王文泰那一样，能比我们几个人强？可是人生第一件乐事，却叫他占去，我们便输他这一着了。"同座的人一听这话，全都对景伤怀，生了同情之感慨，均举着酒杯不能下咽了。正在凄凉难言之际，忽听茶房喊嚷，预备暖床酒，才将这事哄过一边。

以上的闲言琐事，本系王文泰在宣统年间正走红运的时候一场美满乐事。殊不料转瞬过了一年，便赶上南省革命党人在武昌起义，清室告终，宫内太监全都失了仗恃，凡那心中希望将来得大首领发大财，想与都总管李莲英那般福分者，满都绝了望。说到下边一些当苏拉，如王文泰这一项人，更是马翼巴串豆腐，简直提不起来，由此王文泰便走入倒霉时代。那时便有人在私下说，王文泰所娶的这个媳妇命运不佳，所以把他冲坏。有的说那叫放狗屁的话，这是国体改变，关乎天下大局，王文泰没钱可进，算什么屁事，连大内一些首领、大太监，也全都没处弄钱，俗语说"天塌砸众人"，与王文泰媳妇有什么关系。话虽如此，王文泰心里却也有点疑惑，由是夫妇感情便不甚投缘了。

那王文泰在有钱时代，又会抽大烟，又能喝大酒，现在没了那些弄钱之事，只仗着每天赚几个零钱，如何够用，况且养着一份家，更没钱过烟瘾与酒瘾了。是以把早先置做的衣服全都入了长生库以作烟酒之资，心里越不痛快越去熬喝，喝完了又去熬抽，所有北长街一带大酒缸，全都赊到，那一家都欠人几吊钱，那一带的私售烟泡烟膏之家，他也全都赊遍，一没钱花，便拉下厚脸皮去找黎太监跟前借用。始而三块两块，继而一元八角，三天两头到黎太监家中起腻。在黎太监心里想："王文泰早先在内廷，终日伺候有年，我想什么吃，他便变尽方法去做，俗语说'佞种是门上，孝顺是厨子'，如今他在里边弄不着钱，跑来同我摘借，好在所借不多，至大一两元钱而已，谁让我此刻比他强呢。再说一月之中，借个三两次，无论他怎么没脸，万不能天天跑来借钱。"有此一想，头两回说借多少，就如数给了他。末后弄来弄去，三天两头跑来麻烦，三吊也要，几毛也拿，借钱以外，还要烟灰，并且来时打开门，就往里走，照直登堂入室，打算告诉他不在家，躲他一躲，都没了主意。日久却把黎太监的小太太，恨在心里，只要一听见是王文泰来借钱，他便在里屋悄声数骂，有时嘱咐小老妈宋姐道："开门时如果是王厨子那个穷王八蛋，就别让他往里来走，迎头告诉他老爷不在家，上里边该班没有回来，有什么事，让他见了老爷去说！"那小宋妈本是见人下小菜碟的主儿，前文业经叙过，原系一名最势力眼的奴仆，这宗话何待桂氏太太嘱咐与他，他自己早就将王文泰看得泥钱不值了。每次王文泰来找黎太监，明是在家，也告诉他不在，并且鼻子不是鼻子，脸子不是脸子，一种傲慢下眼看人的神情，较桂氏大奶奶见面时犹甚，令人难堪。正是：途穷常受小人侮，告贷原思君子怜。

　　后事如何，下回分解。

第二回　闺房细事夫妻吵闹为金钱
禁地綦严宫监梦魂惊异兆

且说王文泰因为与黎太监多年相好，值此贫困交加，烟瘾难过，不断到他家中告贷，只是他家妇人与其所用之女仆十分可恶，故此把王文泰恨的牙疼，自在肚中暗暗说道："我借钱是借黎老爷的，又没借他小娟妇的，真他妈的倒霉便遇见了倒霉鬼！"

一天又到黎太监家中叩门，小宋妈隔着街门一问就听出是穷小子王文泰的声音，连门都未开，便说老爷没在家。王文泰道：

"老爷没在家，太太也没在家吗？"

宋妈道："太太刚睡下，有什么事回头再来，要不你到大内榻榻里找老爷去说。"

王文泰一听，无话再讲，气得怔怔站在门外想主意。偏巧这个工夫，黎太监乘坐人力车从外归来，一见是王文泰在门口站着发怔，只可跳下车来，先将车夫打发走了，遂向其绉着眉头说道：

"你又有什么事情找我？"

王文泰听黎太监这样一问，不禁满面生惭，讪讪说道：

"我找您还有什么新鲜事，实对您讲，这两天我简直有死的行市。房租两个月没给，一死撵我搬家，口外油盐店合猪肉杠，也都合我要钱。王老爷倒是应许借我几块，只是后天才能有钱。没别的，您今天总得救一救我，至少也得两块，先将油盐店猪肉铺两下沾补沾补，不然明天连王老爷他们的早饭、菜肉都赊不出来，那下儿更没人敢惹我了。好老爷，您再救我这一回吧！"说着请下安去。

黎太监被王文泰这样央求，实在不好驳回，禁不住嗐了声，绉着眉头说道：

"你，你怎么会弄成这般光景了！要说借给你一两块钱，原不要紧，但是棒捶接不起幡杆来，事到如今，难道你还不把鸦片烟合喝酒的嗜好，赶快戒了吗？"

王文泰只可顺口答道："我……业已戒了，只是得吃烟药，那烟药里不搁烟灰，仍难搪瘾，您有烟灰爽性今天也给我点吧。"

黎太监一听这话，把头摇了摇道："烟灰现时可没有哇，容我明天搜寻搜寻，如有，带到里头去给你。"

王文泰一听答应："是，是。"

黎太监遂从身上摸出两块现洋，往王文泰手中一入道：

"日后你不必到家来找我，有什么话，咱们两人在里头还见不着，说不了吗？实话告诉你说，你大婶嫌你来的忒贫了，只要你一来，我们两口子就得呕气，你想这我冤不冤呢！再者说，当初你伺候过的，也不是我一个人，你也可以找他们几位。"

王文泰道："他们几位都是自顾不暇了。"

正然说到这句，忽听对面街门吱的一响，黎太监恐其有人出来看见，赶紧向王文泰一丢眼色，俱各转身走开。那老黎便向自己住家门前行走，刚然一上台阶，还不曾拍环，两扇街门便哗啦一声分为左右。黎太监举目一看，是小宋妈闪在一边，禁不住从心里就高兴，笑嘻嘻的说：

"这倒巧，我刚然来到，你就出来开门，倒好像有耳报神，给你先送一信呢！"

小宋妈只是抿着嘴笑，并未答腔。忽听宋妈身后有人说道：

"虽然没有耳报神，倒有个耳报鬼呢！"

一句话说的小宋妈咪的一笑。原来桂氏小太太，亦来在街门过道屏门后边站着。黎太监并未留神，不禁在肚中寻思道："多半我给王文泰钱，他们主仆必是在街门里边听见啦。真糟真糟，回头又得因为这事拌嘴！"一边想一边扯着闲话遮饰道：

"什么耳报鬼，别说这话，我可胆子小，怪害怕的呀！"

桂氏道："你不用跟我扯溜子，回头趁早还给我那十块钱！"

黎太监嘻嘻笑道："还你还你！"

说着小宋妈把街门关好，三个人一同来到上屋。桂氏不容老黎落坐休息，他便张着手说：

"拿十块钱来！"

黎太监笑道："有有有，别忙别忙，容我坐下给你掏哇！"

原来黎太监前两天去内里赌钱输了账目，向桂氏手中要了十块钱走，言明前往捞稍，如果捞回原输之数，另外再若赢了钱，完全都给桂氏太太，作为本利行息酬劳之费。这本是家庭中无识妇女头朝里的主意。其实丈夫的钱，就是媳妇的钱，向来夫妇不分家，而且旧时妇女，却无在外挣钱之说，只要是爷们有钱，便得归媳妇掌管。俗语说"爷们是个耙子，娘们是个匣子"，丈夫在外搂了钱来，便归媳妇匣子里收起。可是钱一到了女人手中，爷们想再从他手内要出，那简直比登天还难。大约通同都是这宗脾气，所以弄得爷们没了法子，只可向太太说借，言其借走之后，仍得有一天照旧还回呢。如是那贪心的妇女，又出了主意，谓借倒可以借，不给利钱是不行的，老爷们为哄媳妇高兴，取个家庭中顺序起见，只可说好好，出利钱就出利钱。那黎太监所借桂氏之钱，便是以上所说的情形。

按说黎太监是早半天从桂氏手中借走的钱，何以爷们刚刚从外边回来，他便逼迫，这是什么缘故。盖因桂氏与小宋妈，都是在街门缝里张望，瞧见黎太监给那穷小子王文泰掏钱，至于掏给他多少，却没有看清，因此心中有气，所以不等老黎落坐，便立逼还钱。在桂氏心中想，那王文泰方才打门没给他开，业已将其杠走了，偏偏这个工夫，赶上老爷回来，你既慈心行好，趁早别拿我的钱，这便是桂氏小太太，逼迫黎太监还钱之原由也。

　　那黎太监心中早已了然个中的原故，是以任凭桂氏有多么大火儿，也不同他着急，只是满脸陪笑的说：

　　"有你的钱，你着什么急！"

　　桂氏沉着脸道："那是我得着急，你有钱给你的穷爹，没钱还账可不行啊！"

　　黎太监笑道："诚然是我的穷爹，但是可叫我有什么法子。"

　　桂氏仍沉着脸说："不必费话，拿钱来吧！"

　　黎太监遂将洋钱口袋从怀内掏出，往手心一倒，然后糙糙一数，连大带小，算在一起，将将十块零八角。暗暗在心里思忖道："便宜，幸尔今天赢了，究竟赢了多少，我并不清楚，这样一估量，除去十元老本，正正赢了两元八角，给了王文泰两元，还敷余八角，侥幸侥幸！假如给他两元下余不够我这太太十元之数，立刻又得哭闹！"

　　想到此处，便将手里大小洋钱，笑嘻嘻往桂氏太太手里一送道：

　　"得得，是多是少全是你的，你看可心不可心？"

　　那桂氏早已看清，是十元有零，当下接在手中，一数只余八角，遂撅着小嘴道：

　　"说了半天，王文泰这小子还是坑了我啦！"

　　黎太监道："怎么？"

　　桂氏道："你在门口递给他几块钱，快说实话！"

　　老黎笑道："反正够你的数儿还有敷余，你就不必打听别的事了。"

桂氏一听有了气，把钱往老黎跟前一扔道：

"我怎么就不许打听，莫非拿我当了外秧吗！"

语至此一屁股坐在炕上，呜呜哭了起来。黎太监赶紧用话哄道：

"别生气，我告诉你实话，只给了王文泰两块钱，皆因怕你听见有气，你到底还是抓我的歪盆子。得啦，下回我若再给他钱，王八不是人养的！"

一句话把桂氏招笑。这时小宋妈沏好香茶，端进屋内，抬头一看，正见太太笑嘻嘻，用衣袖擦抹眼泪，黎太监挨在身旁，讪皮讪脸，曲意央求着陪（赔）不是，由不得哧的一笑道：

"这才叫又哭又笑，两眼挤溺！"

刚刚说到"挤"字，却被桂氏把眼一瞪道：

"你还想说我什么！"

小宋妈一听，赶紧顺口编造道："又哭又笑，旁边挤着个李老道，这不对吗？"

黎太监一听，也由不得哧的笑了，于是转悲为欢，揭开这幕夫妻吵嘴，赶紧设摆烟盘，两口子对面倒下，一同过那大鸦片烟瘾。小宋妈站在地下，斟茶倒水，趁势说道：

"今天老爷赢了钱，按说应该赏给我几角才对，不想被王文泰这个挨刀的在门口给路劫去啦。太太还说是坑了他，究真是坑了我吧！"

桂氏刚刚把一口大烟抽完，便欠身说道：

"你别在这儿犯贫，共总就多着八角钱，我不要，就算是老爷赏给你的好不好呢！"

说着从炕上拣起八角小洋，向小宋妈跟前去送。小宋妈一看，倒有点怪不好意思，遂讪讪答道：

"我这是说着玩呢，您别信真算了吧，刚刚老爷把您哄乐，我可不敢再招您生气呀！"

桂氏道："我这生什么气？实在话，要不是王文泰那小子在门口遇见老爷回来，所余八角钱本应该是赏给你的。还是那句话，宁可叫那挨刀的坑我，别叫他坑你呀！"

说时仍然把钱向小宋妈面前去递。那黎太监素知小宋妈，是太太的心腹人，主仆最是投契，便从旁说道：

"既是太太赏给你，你就接着吧。"

小宋妈这才一边接钱，一边蹲身请安，说声谢谢。少顷小宋妈去给黎太监到厨房屋中预备晚饭，一会儿把饭弄好，开至屋中，请太太老爷放下烟枪，起来用饭。饭毕又抽了一阵大烟，然后铺床放被一同就寝，不在话下。

一夜度过，第二天早间起来，黎太监照旧到宫内去当差使。这天黎太监到了大内榻榻里，就觉心绪不宁，耳鸣肉跳，拿东忘西，周身都不合式，遂在肚中暗暗寻思道："嘿嘿，这是怎么碴儿，莫非烟瘾不曾过足？不能不能，每天早起一边四口，共是八口大烟，今天也没少抽一口哇。或者许是这回煮的烟不好，所以抽了白抽？有啦，我到刘总管屋里，蹭他两口再说。"想罢便对手下小太监道：

"如果万岁爷叫我，你上刘总管那里去找，其外无论是谁，只说我还没来呢。”

小太监连连答应："是，是。"

黎太监便从榻榻里走出，够奔刘总管榻榻而去。

说也真巧，黎太监刚刚走了，不到几分钟的工夫，王文泰就来到门前寻找。小太监一瞧是他，便迎着屋门齐声说道：

"没来呢，没来呢！"

王文泰一听，如何能信，遂怔怔说道：

"没来？天都快十一点钟，你们老爷会没来？"

一个小太监说："我们还能冤你吗，不信你进屋看看！"

王文泰真个迈进了屋门坎，向里探头张了一眼，果然屋内空空，这才无话可说，扭头走了出去。小太监见王文泰走远，恶狠狠的骂道：

"这小子早晚非让人把他毙了不可，告诉他没来还不信，必得亲自蹿到屋里瞧来，真他妈的可恨！"

说着，两个人把里间软帘爽性放下来，都到外间摆象棋解闷，借此等候师傅黎太监。待了有半个钟头，老黎从外归来，两个小太监赶紧站起，把棋子收到一边，进屋伺候师傅茶水，顺便告诉老黎说：

"方才您走后不大一会，王文泰就来找您，我们告诉他没来，他还不信，蹿到里间张了一眼没有，他才走去，这东西实在讨厌！"

老黎一听，绉着眉头道："昨天晚晌，他到家里找我借钱，业已给了他两块，怎么今天又跑到榻榻里来找，不怪你们师娘恨他，说他没有脸皮，看那样子，他一会还许跑了来呢。这们办，爽性把里间屋门扣上，你们俩在外屋去坐，等他再来时，还告诉他没来，要不就说刚走。"

两个小太监笑着答应是是，遂将洋布门帘勾起，将两扇屋门一带，扣上哗拉，二人仍旧坐在外间玩起象棋来，出车跳马。

两个人刚走了几步棋，又见王文泰从外钻将进来，探身一望，见里间门帘挑着，双扇合叶门由外扣着哗拉，不禁呆呆说道：

"怎么，还不曾来吗？"

两个小太监，装作不曾听见，仍然低头，去下象棋，王文泰只可抹身而去。少顷听得老黎在屋里拍门，两个小太监赶紧走过，把哗拉拨开，黎太监用手拉开半扇屋门，向外悄声问道：

"那小子走啦？"

小太监道："走啦！"

老黎道："你俩仍然把这门扣住，我这会心里不太舒服，想在里边炕上忍上一忍，好在已过了我该班的时候，如果王文泰再来，就说我回家去啦。"

说着自己把门对好，小太监依旧把哗拉一扣，坐在外屋接续下棋，不在话下。

那黎太监转身歪在床上把枕头垫好，闭上二目，暗暗寻思，王文泰为什么又连次跑来寻找，想了一会，忽然想起，不禁呕呕说道：

"是我昨晚应许今天寻找点鸦片烟灰，带到榻榻里给他，所以他急急慌慌，跑来跑去，一定是为这件事情。早知这事，从刘总管屋里包点给他，省得他急的转磨。看来鸦片烟这宗东西真真害人不浅，王文泰已然穷到这步田地，还戒他不了。"

想罢起身走出，又到刘太监屋中包了一包烟灰，拿回屋中，告诉小太监道：

"如果王文泰来你就这样说，我师傅回了家，可是留下点东西给你，他见了这包烟灰，自然就不来了。"

语至此又将方才所想起的话一说，两个小太监一听，撇着小嘴说：

"您真爱招惹他，管他呢，瘾得死瘾不死。"

黎太监道："小小人别那样损德，你们不会抽烟，不知抽烟人的难受。我是有烟瘾的人，知道这点难处，给了他就能把心里烟瘾治一治，好去作工，不然，连刘总管的晚饭都作不成了。他来千万给他。"

两个小太监淡淡答道："是，是，他只要来才能给，不来还给他送去不成吗！"

老黎道："不来自然就算了！"

说着走入里间，将门一关，又去歇觉，但是翻过来调过去，总是困忍不着，并且一身一身出燥汗，只可爬起来，坐在炕沿上，呆呆出神，心想："没〔莫〕非家里有什么事？要不我找人替我这个夜班，甘脆回家去睡，免得这样心悬两地。"想到此处，隔着窗向外一看，天光业已黑漆漆的了，正在犹疑，忽听外面已喊嚷拉门。拉门者即是关了大内禁门，是人不能出去，也不能进来。老黎一听这宗声音，便又倒在枕上，因为想走也不能走啦，只可死心塌地的该这夜班便了。如是一寻思，热血不似方才那样沸腾，倏的往下一落，立刻心思也不乱了，头也不昏了，二目一闭，迷迷忽忽入了梦乡。

当下胡梦颠倒，东一下西一下，也不知都是那儿的事情。一直睡到三更，猛的苏醒过来，睁眼一看，身子躺在宫内榻榻的床上，惟混身累的难受，只可翻了个身，面朝里睡。听得外面屋中吱吱床响，料是两个徒弟也刚睡醒翻身的样子，遂隔着屋子向外叫道：

"寿儿你们也刚睡醒了一觉吗？"

问了一句没人答腔，老黎也就不再问了。按他黑更半夜，何必隔着屋子喊叫徒弟，皆因老黎每月只在宫内该三天班，其外总是回家觉睡，今夜却因回避王文泰，故尔立意不去归家，所以睡在宫内自己榻榻床上。可是他一个人睡在里间，永远也没害过怕，惟独这夜，一觉睡醒，睁开二目一看，屋内漆黑，立刻犯了毛咕，心里有些吃惊骇怕的样子，当下又不好说，是以听见外屋床响，借词喊叫徒弟一声，为是叫醒了他们，说上句话，仗一仗胆子。谁想喊了两声，外屋竟自没人答言，所以老黎也就不再喊叫，一翻身躯合上二目，顿时又入了梦乡。

这回梦境，清清楚楚，好像有人在远处呜呜的哭，并且哭的非常凄惨，似乎很远很远，是由外边的风儿吹送到耳边一样。赶忙翻身爬起，披衣下地，打算走出去看看，但是下了地，只是开不开门，迷迷忽忽，又复退回，仍然倒在床上。再听时，哭的声音若续若断，仍然是风儿吹过来，心说怪的很。二次又复爬起下了地，坐在床沿上，望着外面窗户，只见有一微缝，那哭声是由那微缝中被外面冷风吹送进来，而且吹到自己脸皮上，觉得寒不可言。如是心里更是骇怕，这才打定主意，非到外屋去，叫醒两个徒弟，好叫他们赶快把灯点上。这样一想，不知不觉，却从屋内走出，身躯已立于屋门以外，再听哭声，比先时更加真切，禁不住抬头一望，但见天上斜月一钩，四围残星数点而已。正是：冷风吹面寒澈骨，深院悲声动心弦。

　　后事如何，下回分解。

第三回　星朗月明朦胧枕上梦
绣花绸带含蓄案中情

　　且说黎太监恍恍惚惚，觉得飕溜溜的冷风，吹得遍体打起寒噤，并且听出是两个女人的声音，遂即走下台阶往前寻找，却又听不见了，抬头一望，上面斜月一钩，残星数点，闪闪放光，那飕溜溜的冷风吹得遍身打噤，自想我回屋穿上件皮衣服去吧。刚要转身的工夫，只见从老远奔来一物，比狗还大，混身黑毛，被上面月光照得闪闪作亮，两只明星的眼睛，一张大嘴，露出利牙一对，恶狠狠扑向自己面前来了。黎太监嗳哟一声不好，赶紧转身向屋内去跑，但是一转身时，屋门关了个挺严，登时一急，豁然而醒。使劲睁开二目一看，光着身子，睡在被窝里，衣服全在身上搭着，面仍朝里。这才知道是一场恶梦，立刻出了一身透汗。侧耳听时，外面远远梆锣，正是四更四点，又听外屋两个徒弟向里屋叫道：

"师傅，您怎么啦，多半魇住了吧？好，我们听见您直哼哼，叫了这半天才醒。"

黎太监只可翻身向外答道："可不，你们谁起来，进屋把灯给我点上。"

两个徒弟一听，都不答腔，假装睡着。因斯时正在十月天气，睡的暖暖忽忽，谁也不愿披衣起来。老黎此时又怕又气，遂大声嚷道：

"寿儿福儿！你们这两个猴儿崽子，怎么这样可恶！趁早都给我滚起来，不然我可是拿鞭子抽你们去！"

两个小太监一听，师傅动了真气，赶紧一齐爬起，披上衣服，推开屋门，划着洋火，将桌子蜡灯给他点着。

老黎见灯已点亮，便不再说什么，只叫：

"寿儿倒碗茶来我喝。"

寿儿遂将暖壶由炕火旁边拿起，斟了半碗，递给老黎。老黎伸手接过，一声不响，呆呆出神。寿儿道：

"您还要什么不要？"

老黎一听，向地下看了一眼，见福儿寿儿披着衣服站在床前直打嗦，原来两个人都光着身子，谁也没顾得穿棉裤，遂说：

"得啦，都睡去吧！"

寿儿在嗓子眼里哼了一声，替师傅把烟灯放在床前，又给点了一支烟卷，便一同走出外屋，重新入桶睡觉，不在话下。

　　这时黎太监躺在被窝枕头上，一边吸着烟卷，一边想道："这梦可真出奇呀！先时迷迷忽忽，末后这梦，明明听见远远有人哭泣，我起来一次，没开开里间屋门。第二次想要走到外屋去叫寿儿他俩，不是怎么一来，会站在这屋门以外了。并且看见天上的半钩残月合几点疏星，如同我到了当院一样，怎么会依然睡在被内呢？怪得很，怪得很，莫非我家里出了什么是非？不能不能，关上街门，就是他主仆娘俩。再者，他们二人，最是投缘对劲，不会抬杠拌嘴，哭哭啼啼。那末这梦的哭声，应在何人身上呢？真真让我放心不下了。但是我住在宫里，说什么也得等到天亮，开了宫门，才得回家。"想到此处，又发狠的说：

　　"都怨王文泰这个东西！其实我早知他是来要烟灰，给了他就完事了。如今他也没能拿去，弄得我藏藏躲躲，也没得回家，好不样又作了这个怪梦。想来或者是，我在白天心里不干净，所以夜里才发生神魂颠倒的梦境？"

　　寻思至此，半只烟卷，业已抽到尽头，连忙向地下一扔，把头往被内缩了缩，打算再行忍上一觉。怎奈耗了半天的神，简直连眼皮都闭不上了。就这样一直醒到打了五更，到了大〔此为衍字〕天大亮，仍然不曾睡着，只可爬起披上衣服，坐在被窝里，等着外屋徒弟醒了，再行下地，走出大内回家。当下心里这份急燥就别提啦！耐着心性，好容易才听外屋有了动静，老黎赶紧穿上中衣，扣上钮绊，穿鞋下地。拉开屋门一看，见徒弟寿儿，刚刚从被中坐起。他一眼看见师父老黎由里间走出，遂说道：

"您作什么，这老早就起来呀！"

老黎道："我想回家瞧瞧去！"

寿儿道："外面可冷得厉害，依我说等我下地给您烧好火，您喝杯酒，御住寒，再行出去。"

老黎摇着头说："算了算了！"

说着披上斗篷，又拉开外屋风门，侧身而出，一回手将风门替徒弟带好，急急下了石阶，就觉清早冷风似剪，杀得面皮生疼，赶紧把斗篷往起一耸，把脖子往里一缩，就这样一直出了宫门，来到北长街内。

那时街上还没什么来往的车马，只有几个赶早市小贩营生，拱肩缩背在马路上来往行走。

黎太监无心观看这些事情，一直向家门去奔。稍一拐弯，就瞧见自己所住的房屋。三步两步上了台阶，用手将要去打门环，不料手将一扶门框，豁然而开。原来两扇街门虚虚掩着，并未插着门插棍。当下心中一动，暗想小宋妈这老早就起来，上街买点心去啦，否则决不会对着街门。赶紧迈进门坎，一回手仍将街门掩上，扭头走入院中，向上房而来。见堂屋风门也敞着，瞥见里屋灯火摇摇，似灭未灭的样子，赶紧向房里去走。猛闻一股血腥气味，冲入鼻端，不禁大吃一惊，连忙低头瞧看，见堂屋地上，爬伏一人，血迹模糊，看不出面目是谁。趋前一视，见身上穿的毛蓝布大褂，内衬旧红绸子小棉袄，这才辨出是女仆小宋妈来。当时把个黎太监吓得真魂皆冒，混身乱抖，两腿皆软，差一点一个前栽，摔倒在死尸身上。遂即颤声喊道：

"太……太太太！"

连叫两声，并无应者，老黎亦不敢向里间去进。慌忙返身而出，磕磕拌拌，跑出家门。拐过墙角，举目一望，见长街马路中间有一巡警正在那里来回梭巡。老黎从老远就一边向前奔驰，一边招手一边喊嚷道：

"巡警巡警！"

喊了两句，嗓子就霹霹拉拉，哑不成声了。那值岗巡警猛听身后有狂喊，赶紧抹身一看，见有一人披着斗蓬，两脚拌着蒜，从对方扑奔前来，忙将指挥棍举起一横。

读者要知，此系巡警防身之法，盖不知来者是什么人，有什么急事，设若是个疯汉，岂不要受他的打伤，故此先将指挥棍在面前一横，以防不测。

那黎太监，跄跄跟跟，奔到巡警跟前，已喘得上气不接下气，干张着嘴，只是说不上话来。那巡警仍然用指挥棍横在前面，向其问道：

"什么事？别着急，慢慢说！"

老黎手按磕膝弯下腰去，嗽了一阵，遂即抬身，望着巡警，结结巴巴的说：

"可……不好了，我……家的女仆，被……人砍死了！"

巡警一听是命案，赶紧一吹警笛。霎时来了一名巡长，四名巡警，当将老黎围住，问了姓名住处，及门牌号数，遂即一同向老黎住居跑来。少顷来到，众多巡警拥着老黎进入家门。

走至上屋一看，果见有一女尸，在外间地上爬着，鲜红的血满
处皆是。大家无暇细看，便从女尸身上越过，够奔里间。巡警
在前，一伸手倏的将门上软帘掀起，老黎先自急急一看，见自
己桂氏太太，已被砍死在床榻之上。黎太监见此，一恸而绝，
当时倒地，背过气去。巡警等人一看，赶紧上前撅叫，好容易
才见他缓过气来。某巡长向前劝道：

"黎先生，你不要这样着急呀！现在既是出了这样惨事，第
一要设法追获凶手，给已死者报仇雪恨要紧。你要是因为这事
急死，连我们地面，都无能为力，快不要这样才好！"

语至此，命人到街外去沏糖水。少顷有人将白糖水沏入一
碗，端至老黎跟前，令其喝下，稍微安稳安稳他的心思，然后
将其扶至西厢房坐定，慢慢向其询问昨晚之经过情形。老黎只
说："昨晚我在大内该班，不曾来家，今早回来，一推门就没
关。"说至此把当时所见情形又说了一遍。巡长等人一听，遂聚
在一起，计议道：

"要论昨晚他家都有什么人来，黎先生他是满不知道。本院
又没街房，四邻也都隔离甚远，原是个极僻静的地方。现在出
了这宗刀伤二命的弃凶案，真真有点搔头，实在无处去问底
细也。"

巡长寻思至此，只可赶紧用电话报知区署长官。长官接了
电话，乘车急趋而至，进屋巡视了一番，又赶紧致电地方检查
厅，请派稳婆速来勘验。少顷检察官率领法警人等一起来到。
遂将两个女尸由屋内搭出，依法检验。经稳婆验得，桂氏脑后

一刀致命，胳臂手指皆有刀伤。女仆宋氏，头部及手臂均金刃致死。

惟时是在民国八年，北京尚是政府，并枝机关均未裁撤。每一机关皆有侦探一项人才，如步军统领衙门（即明之九门提督大金吾，故又曰提督衙门也），京兆尹（即顺天府），又卫戍司令部、宪兵司令部，以及驻军各军署，无一处不有侦探。当时闻得出此弃凶重案，所有各处侦探皆往参加。惟时警察厅侦缉队，系国家所立机关，为北京人所公认。该队在内城外城，又分为左右二组，是案所出地点，为内城二队应负缉捕之责。二队队长某君，在队中任事，业有二十余载，论其才识与阅历，可称超众出群。此公素沉默寡言笑，遇事镇定，不涉张皇。是时因案系所属界中，较别处侦探特别用心，老早的就到出事地点，院中查看了一遍。

检查厅验尸时，二队长便立在一边，仔细留神，见已死桂氏妇，年纪至大二十一二岁光景，姿首颇具美艳，妆饰衣履，无一样不趋时，而腰间所系之裤带，系一绣花洋绸汉巾，并在外面飘曳甚长，一望而知，不是个居家安分的妇女。按这话想的有道理，盖因大凡安分守己，住家妇女，平常万不会这样打扮，而且裤带一项，是女人中衣上所系之物，规矩人家，万万没有扯曳在外者，由此一端，便可断定这人，是浪漫一流。

著者曾有一点小经验，每见青年男女，一讲究里边小衣服，便可知道这人有了外遇。因为浪漫男女，专在这裹衣上勾引人，男子借此博女人之欢心，女子借此引男人之喜爱。若无猥亵行为者，决不讲究里边衣服。此系著者三十余年所得之经验，而且是一准百准，万无一失。于此可见，青年男女装束上，与居家作人颇有关系，故朱夫子治家格言曰："童仆勿用俊美，妻妾切忌艳装。"别看是两句平淡文词，内中关系非浅也。

闲言少叙，书归正传。那二队长，既由已死桂氏装束上断定，他不是安分妇女，便往奸淫妒杀里去揣摩。是以站在大家身后，又留神那已死女仆宋氏。见这人亦不过二十来岁，虽然外穿簇新蓝布大褂，可是里边所衬，系一半新不旧桃红色绸子小棉袄，亦有点不伦不类。盖为人作佣之女仆，万不会穿红绸子小棉袄。固然或是上边太太不爱穿之旧衣服赏他，按理亦不应就这样穿在身上。况且又在年轻时代，一个作下人的，更不应平素就穿簇新蓝布褂，内衬桃红色绸子小棉袄。无论由那一边上设想，都透着特别新鲜也。由是二队长更往奸淫妒杀上去猜。

正在这个当口，忽听警官向黎太监问道：

"你查查还丢失了东西没有？"

那老黎正在一旁呆呆站立，滴滴的掉眼泪，一听这话，赶紧趋前答应一声，用衣袖擦抹脸上泪痕，哽哽噎噎的答道：

"我……还还没查呢。"

警官道："那你就赶快查去吧！"

老黎答应一声是，抹身走入上房里间一看，见这立柜门已开了半扇，趋前拉开两个抽屉一瞧，所蓄之金珠玉翠，以及银钱钞票，均皆一无所存了。复又想起，有一玻璃匣子，内藏古磁鼻烟壶数十个，赶紧伸手向柜堂里面去摸，当将匣子拿出一看，空空如也，连一个也没有了。老黎不住叹气道："嘿嘿，满都没了。"

看罢走出，报告巡长。巡长命其草拟了一张失单，呈给地方警官，警官略略看了一遍，即交巡长，嘱其带回署中备案。二队长忙向巡长手中要过失单，大概瞧了瞧，仍然还回巡长手，自在肚内寻思道，这案又不一定是妒奸谋杀，似乎带图财害命的情形。

正想着，听得警官向黎太监吩咐道：

"回头你赶紧到派出所，领取抬埋执照，先行将已死尸身装殓，寻地停放起来，却是要紧。"

黎太监答应："是，是。"警官即起身出了公位，率领巡长巡警而去，地检厅法官人等亦相率走出，各机关侦探人员均皆随众步至门外。那警官法官一齐登车，各归衙署，只留下两名巡警在出事处所暂行留守，不在话下。

单说黎太监，见大众走后，悲悲惨惨，站在院子里哭了一场，然后去到口外派出所领了抬埋执照，归家料理丧事。女仆宋氏之枢，暂寄在城外某寺中，俟其家人得信来京时，以便运取。如是五六天的功夫，事体稍定。

一日某探长到黎太监家中，向其探询道：

"时常来往你家者，都是什么人？"

黎太监道："皆大内多年同事人，或穷苦之苏拉。因昔时国体未变前，都伺候过我，现在大内里边，诸多裁减，用不着苏拉这一项人，是以他们知道我还在里面当差，少不得都来向我开口借贷。"

某探长道："你借不借呢？"

黎太监道："怎能不借，好在所借的都不多，时常要个三角五角，全都应酬过他们，倒没因为借贷不遂，生出什么恶感来。"

某探长又想了一想道："那末你那桂氏太太，有否时常外出，或至左右邻居，作那斗牌之事没有呢？"

黎太监道："这宗事情，偶尔有之。因他秉性非常啬吝，每赌必须赢钱，回来方才高兴，只是那有每赌必赢之理，所以他偶尔赌上一回，自要是输了钱，便不再去，并且凡来家找我求助告帮的人，多被他给拒绝出去。您想，如此啬吝，更不肯时常往赌博场中去耍钱了。"

某探长听黎太监说到此处，无可再问，遂告辞出来，到外面暗暗侦查其左右邻居。果有一老妈作坊齐大脚，时常在家，招聚妇女闲人赌个小牌，无非为抽几个头钱而已。某探长既然查询清楚有此小赌场，便进一步向里面侦查个中人，暗暗打听齐大脚在家搁这小牌局，有没有男人入场去赌。当有人有意无意答道：

"也有，不过很少。"

某探长道："也有，知道是谁不？"

那人道："有个姓张的很年轻，是天津口音，系随某军驻扎于此地者。"

某探长听至其间，不便再行往下追询，恐人起疑，遂用别的话岔开，借事走去。回至住所，赶紧派伙计出外探询，某军有无张姓其人。隔日回报，谓某军确有张姓其人，且该军业已移防他处，在未移防之前，那个张姓少年，已在该军自请退伍回籍去矣。"

某探长得此回报，觉此一番心思，恐将白白费去，说不得只可再到黎太监家中，向其说道：

"我业已探询明白，你那太太生前，时常到左隔壁齐大脚家中斗过小牌。"

黎太监道："不错，有这们回事。"

某探长道："我并且探询出这个小赌局内，亦有男子去赌。该男子姓张，是某军的书记，天津口音，你认识这个人不？"

黎太监一听，暗暗寻思。正是：无端遭此凄惨事，涉想遐思觅原由。

后事如何，下回分解。

第四回　濯旧衣染房铺指斑认血
寻线索侦探员审慎周详

　　且说黎太监，听某探员向其询问"小赌局有个姓张的男子，你识他不识"，当即低头想了一想道：

　　"有这们一个人，只来我家一次。据我那已死的太太同我说，这个姓张的没有赌品，赢了钱拿走，输了钱支账，总不想给，大概还许欠他的赌账钱呢。听那口风，很不高兴他，所以他只到我家来过一回，已后就没有再见来到，而且这个人早已就不在这一带恍了。"

　　某探长听黎太监这几句话，回想对于凶手，仍然没有什么牵连，只可告辞而去。不料这宗消息，却被提署侦探人员扫听在耳内，赶紧禀报上宪，请了执照，率领几名探兵，一同赴天津缉拿此人。没有几天，竟将此张姓少年，拿获押解来京，归到提署审讯。

　　读者要知，在那个时候，既是并枝机关有好几处之多，侦探一项人员，自然是各归各处辖管，每出一案，各去研究，可是谁也不让谁知道。因为各存争功妒嫉之心，便难团结一起，所谓门户之见者是也。类如提署侦探，把张姓捕着，便归提署审讯，若是为警察侦探队所捕，当然归警厅审讯。某探长在这中间，受此打击，心里很不痛快，盖因自己寻思了多日，好容易想出那已死桂氏出外赌钱，由赌场中探出有张姓少年，曾赴黎太监家中去过一次，正在慎重追寻，不料提署侦探人员，闻信捷足先登，将人捕去。假若凶手是张姓，那末以前所费的脑筋，岂不完全替旁人白尽了义务。所以某探长常因此一事，心里很不痛快。或有人说，某探长既是研究出有个张姓少年，为什么不早早带人到天津去捕，结果走在他人之后，那事怨着谁来？著者曰，否，盖警察厅侦缉队之捕人，却与其他侦探机关捕人，大不相同。其他侦探机关，只要听说某某与所访案件有些关系，不管实与不实，便去下手将人捕到。警察厅侦缉队则不然，每遇一案犯，在未逮捕之先，必多方考虑，再三审慎，侦查的确确凿凿，毫无一点疑义，才去下手。是以凡被捕者，无一屈枉，万不会捕来，询问一堂之后，方知错误，归结抓个别的错缝，罚几个钱，往外一放，使无辜之人含冤莫诉也。由此一端便可知，警厅侦缉队对于案中应逮捕者，是何等审慎周详，无枉无纵。

闲话抛开。一天，有人谓北长街有一拣煤核的小孩，在土坡后边拾得厨刀一柄，满刀沾有血迹，因此一害怕，便扔入土坡下死水坑内而去。当为提署侦探所闻，派人至土坡水坑内，将此厨刀捞出一看，果见上面凝有血迹。虽经水浸过一昼夜，却是丝毫未能去掉。乃仔细审视这把刀的形式，见上面镌一"西"字，其外则无特异之点，忙携归提署，指为案中杀人之凶器。某探长闻知，赶紧赴提署，看此所谓之凶刀。

当经该管人将刀拿出，递给某探长看了一遍。某探长也看见刀上镌一"西"字，忙交还该管人，急由提署出来，又复够奔黎太监家中。见面寒暄后，某探长即向黎太监问道：

"你厨房里共有几把刀，现在还有几把？"

黎太监道："厨房只有两把，现尚在厨中，并未丢失，阁下问此有什么用意？"

某探长不答，仍问道："除此大小厨刀两把以外，还有第三把没有呢？"

黎太监笑答曰："实告诉您说，厨房的刀，决计没有丢失，亦决无第三把。"

某探长听老黎这样决绝的答词，很满意的笑道：

"好，好，这我心里又明白一件事情了。"

黎太监怔怔问道："您心里明白什么？"

某探长道："现在外边有人说，凶手张姓已由提署将人捕到，凶刀也被提署由水坑内捞去，归了案。这件捕凶的功劳，当然归到提署人员的身上，其他机关侦探，似乎可以不必满处瞎张罗了。话虽如此，方才你说厨房既然不曾丢了厨刀，而厨刀只有两把，依然存在，其外就没有第三把厨刀，可见厨刀非凶器也。何以言之？因为目今提署既认张姓少年系杀人凶犯，那末那张姓少年系一军人，假如彼若有心杀人，他手中有枪亦有军刀，决不致拿笨重的厨刀去行凶。此理甚明，无庸揣测。张某果是杀人凶犯，厨刀决不是他杀人的凶器。厨刀果是杀人凶器，则张某必非杀人之凶犯也。再者，厨刀上有血渍，并不新奇，因为厨刀短不了宰鸡宰鸭，以及宰杀各样生物，那一宗生物没有血呢？"

黎太监听罢，不禁连连点头道："阁下说的很是有理。但据提署人说，经老仵作验过，刀上之血，实系人血。"

某探长道："还是那句话，如果这刀是此案之杀人凶器，则张姓少年决非此案杀人之凶手，可断定也。"

黎太监一听，默默想了想道："你这话也很有个道理。"

某探长笑道："您也想着对吧？"

黎太监又点了点头。

某探长遂即起身别去，来到外面，一边走一面寻思道："这把厨刀既非黎太监厨中之物，这刀面上所镌之'西'字，倒是颇有研究的价值呢。"想到此处，立住脚定了定神，便在脑筋中略略一转，暗想："我何不到刀铺中问问，西字刀系何铺所出之货，或者可以由此侦出此案之杀人凶手，亦未可知也。"

于是出了顺治门，到了东月墙一家刀剪铺，走至栏柜前边，道了一声辛苦道：

"借光，掌柜，这刀上镌有'东西'的'西'字，是谁家货物？"

柜内一人答道："是西城缸瓦市西德顺刀铺所造。"

某探长又道了一声劳驾，扭头走出铺外，便一直回归本队，立派一名探兵前往，并向其嘱咐道：

"你到西德顺铺中，问明西字刀系该铺所造，就便探询前数日，有没有上你这铺中购买厨刀之人。"

某探兵答应是是而去。

按某探长吩咐某探兵这几句，无非自己心意中，想此持厨刀行凶之人，将刀抛却后，或者再到该铺另购一把新刀，以补其所失。然而究竟能不能，依他所猜想者，还只是一个问题。此不过某探长姑妄言之，某探兵姑妄听之而已。

当下某探兵照直到了西城缸瓦市一找，果然有一家刀剪铺，字号系西德顺，忙走至门内，向旁边一条板凳上落了坐，向柜内笑问道：

"你们这儿制造的厨刀，可真出名啊！"

柜内伙计答道："敢自，本铺开张，是在同治年间，您想能不出名！"

某探兵道："凡刀上镌有'西'字的，便是贵铺所造吗？"

铺伙道："不错，不错！"

某探兵道："我有个朋友，是厨行人，他问我谁家的刀好，我就告诉他上贵铺来买。近个几天，有没有一个胖胖儿的人，来此购买厨刀？"

柜内的伙计，摇着头说："没有，没有。"

某探兵正与铺伙问答间，忽见一人从外走入，那铺伙见是熟主顾，忙向前招呼道：

"王师付好久不见了！"

那人道："可不！"

说着从一油围裙里拿出一把厨刀，满是铁锈，木质刀把，业已绽裂，似久未使用之物。那人把刀放在柜上说道：

"请你配个好刀把，再将刀打磨打磨。我可以几天来取？"

铺伙拿起看了看道："三五天就行。"

那人点头而去。

某探兵斯时坐在旁边，专向这人身上不住打量，见其面目颇俗，皮肤作红紫色，脑门上有一片疤痕，身穿油垢之蓝布大褂，却像个厨子的打扮。少顷见其留刀走出铺外，某探兵便向铺伙有意无意的问道：

"这人是你们宝号的熟主顾哇？"

铺伙道："是的。"

某探兵道："他在那个宅门佣工？"

铺伙道："您不认识他呀？这人当初很阔过，向在内廷老宫榻榻内充当厨役，在前清有皇上的时候，谁不知王四爷呀。现在可干了！"

某探兵道："他住家在什么地方？"

铺伙道："不远，住在北长街。"

某探兵一听"北长街"三个字，心中一动，遂又闲说了两句，起身走去。回归队中，禀报某探长知道，当将所见情形说了一遍。某探长听罢，沉吟半晌道："莫非此人，是该案之凶手，因行凶后将刀抛去，所以手下缺用，乃将旧刀找出，去至西德顺配把。"但是那能这样恰巧，就会被探兵遇上，可谓鬼使神差也。想罢，便令某探兵到北长街，踪迹其人。某探兵领命而去，少顷回来说道：

"不错，北长街有这们一家住户，是夫妇两口，姓王名文泰，向在内廷充当厨役。"

按所探与刀铺伙计所说，均皆相符，某探长即派人随时踪迹之。

一天王文泰从家中夹一包袱走出，暗探即在其身后远远跟随。少时见他来到大街路东一家染房铺，在柜上打开包裹，拿出一件旧布灰色的袍面，对铺伙说：

"仍染原色，要深灰才好。"

染房伙友将袍面提起，前后巡视了一番，见袍衣底襟上有一片血迹，即指向王文泰道：

"无论再染多深，这片血渍，恐怕无法盖上不露脏痕。"

王文泰点了点头，于是说明染价，写了染票，付给王文泰。王文泰接在手里，瞧了一瞧，往衣兜内一掖，走出铺外。探兵二人，一人仍追随王文泰，一名便又回队，报告所见情形。

某探长暗暗寻思道："厨子换刀把，不足为奇，染旧衣，衣上有血，亦不足奇。"何以言之？盖当厨子的，断不了杀鸡宰鸭，衣服上也不能说染不上血迹。至于厨子换个刀柄，亦是时常有的事情，决不能因此两事可疑，便将人捕来，认为与该案有关系也。固然有可疑之点，可是在未真正明了事实起见，不得遽然下手。遂仍嘱两探兵，时时踪迹之。

读者请看警察侦缉队某探长办事，是何等精细，是何等的公允。假如这事，若被其他侦缉机关知道，不管三七二十一，便派探将人捕来，一路乱敲乱打。果然是个凶犯，还算不屈，设若不是，岂不让这人白白挨了一顿非刑敲打吗？所以警察侦缉队人员办案，不但不缺德，而能积德，而能长久存在者，即是队内诸君，处处慎重，事事脚踏实地，心存道德，有以致之耳。

闲话抛开，翻回再说那位侦探长心中，虽然疑惑到王文泰身上，究因没找着什么确实犯案证据，不便下手捕拿，只有一面派出几名探兵，随时随地，严密跟踪，一面又另外思寻线索。

一天，某探长坐在屋中，又复瞑目寻思，忽的想起出案那天，在黎太监家中检查，见屋中床上摆着有鸦片烟具。暗想或者于私售土贩与私购烟土交际中，生出什么是非，或许有之。想罢即起身走出，又向黎太监家中而来。

当下叩门而入，与黎太监晤面寒暄毕，一同落坐，某探长道："我与君数次交谈，深知足下系一慷慨直爽之人。我有一事问你，千万不要隐瞒不答。要知我问君此事，并非侦查此事，乃由此别寻该案凶手之途径也，足下相信我这话不？"

黎太监听某探长言，慷慨的答道："是，是。"

某探长道："你都向何处购买烟土，经何人介绍而得，不妨说个详细。"

黎太监道："若提起买烟土，这多年可不是一个人了，若让我从头细说，连我自己都弄不清楚。但是我可以为君作一定论，你先生若想在贩卖烟土中搜索此案凶手，恐是徒劳神思。因我想着这些人，绝对与害人事无干也。"

某探长道："是，是，汝姑且指出几个人来，我们寻思寻思。"

黎太监道："就以左近言之，张三李四胡七，他们几个人，都曾替我买过几回烟土，或十两八两，或二三两不等，都是货到钱回，什么麻烦亦没有，所以说这些人，绝无可疑之点。依我劝您，姑舍此事，另向别路去寻，免得徒费精神。"

某探长连连称是，即起身辞出，来到街上，暗暗想道，这北长街一带，私营鸦片业者，已有某某数家。遂回队召亲信伙友数人，秘密商议道：

"在北长街一带，私营鸦片，据我所知道者，张王李赵刘陆潘崔八家之多，其中更有开灯供客在彼吸食者。那末既是为私烟窟，长来长往，难免良莠不齐，每每于此中发现重大案犯。黎太监家惨死两妇女凶手至今未能判定，汝等数人，何不分向此数处私贩烟窟中一侦查之。虽系海里摸锅的主意，或者就许由这里边寻思出一线之曙光来呢。"

众伙友连连答应，当下议出，某人查某处，某人到某家。计议停当，一同起身，分头而去，当晚便都回队禀报道：

"这八家小烟馆，我们都去到了，惟探得北长街中间，刘八所营之烟馆内，有某甲时常住在他那里，自黎太监家凶案发生后，该某甲即不到刘八烟馆来了，事有可疑之点。"

某探长道："那末你们没询问某甲的面貌什么样，有麻无麻，有须没须呢？"

某探兵道："问了问，据说此人长的很漂亮，似乎是个小白脸，年纪只在三十岁左右，惟其杳如黄鹤，实在无法去寻觅此人了，奈何，奈何！"

某探长听罢，想了想道："那除非把刘八拘到队上来，向其逼问，当能知道这人所在的地方。但是无缘无故去捕人，好像于理不合。再者陡然间，我们跑去多少探兵去抓刘八，定必吵嚷的到处皆知。一经泄露，我们所定的方针，岂不又被其他机关办案人员闻知，先我而下手，把一场功劳白白给人家占去。"左思右想，不得主意，忽的脑筋一转，想出一个遮盖众人耳目的计策来，乃以查烟馆为名派出若干人，在顷刻间将北长街一带私营鸦片者全都捕拿。

当下张王李赵刘陆潘崔等八家，均被抄办，所有烟膏烟土烟家具等等物件，满都抄出，连人一齐带到队内。某探长预先检阅了一番，见所搜私售大烟的证据，张王李赵陆潘崔七人皆有，惟独刘八，什么烟土烟膏烟家具一样也没有搜着。这事真真令人失望。正是：原想指鹿为马，谁知弄巧成拙。

后事如何，下回分解。

第五回　供词闪铄怯刘八自悔失言
　　　　眼角传情小田三心花怒放

　　且说某探长在心中暗暗叨念道："原是以查烟为名，所注重者，只在刘八一人身上。偏偏凑巧，单单没在刘八家内搜出烟膏烟土烟具，以及其他一切丝毫的证据出来。以情理论，既是抄办私售鸦片，而未搜出证据，自应赶快释放，方合法理的手续，但是注重的是刘八，怎能将其抛开，不得已只好押在下面吧。"于是乃将其他张王李赵等七家私售大烟者，该罚的罚，该放的放，通同了结完案，然后始把刘八由下边提出，带在中厅以内。所有某探长及一般大小人员，满都坐在一个屋中，团团围住，只叫刘八一人站在当中。某探长即向其开口问道：

　　"你在北长街私卖大烟非止一日，何以没抄出你的烟土与烟具呢？都藏在何处，趁早说出，不然我们可要收拾你了！"

刘八答道："小人早前倒是卖过几天大烟。但自上一个月，我已改作理发事业，故此把那些东西，归老包堆，全都打扫个干干净净，卖了出去。诸位老爷们，这时还叫我上那儿找去呢？"

某探长道："你好不样作什么，又想改行？"

刘八道："嘻，皆因私卖大烟不是犯着法律吗。后来有个烟户田三，时常在我家借住，人很年轻，交友倒很诚实，夜间对灯抽烟时，彼此谈心论事。我说我这宗私卖大烟，只因穷困无钱起见，但有一线之路，决计不作这耽惊害怕的营生。田三笑道：'你果能心口如一吗？'我说：'决不虚假！'田三点头道：'好，好，过个几天等我家中寄了钱来，我借给你，咱俩开个文明理发馆如何？'我说：'就是就是。'所以我特特把这些东西，扫地出门一卖者，原为对田三爷表示决绝，再不作此犯法之买卖而已。"

某探长道："现时田三呢？"

刘八道："日前忽然向我告别，匆匆而去。"

某探长道："他是那一省人？"

刘八道："直隶人。"

某探长道："他走时，是因为什么事情那样急促？"

刘八道："他没提。"

某探长道："他没提，难道你也不问上一问？况且你们俩，由交买卖而成为至好朋友，这田三突的向你告别，匆匆而走，虽然他不曾同你说出因为什么事情，但以你俩的交情而论，你也决计不能连问都不问他一声。市街上万万没有这宗情理！趁早说实话，不必隐瞒着啦！"

刘八听某探长如是追问田三，便扬起脸望着某探长道："诸位提我上堂，原是追问我的烟土与烟具。我既是业经歇业，改行不干这宗营生的话，说的清清楚楚，就算是没有私售鸦片的证据，应该请诸位开恩，把我一放就完了，何以将我羁留在这里，又追讯我家寄宿的朋友田三，请问这是什么意思呢？"

某探长道："那有什么深文大意，实告诉你，皆因这田三有些形迹可疑，我们负地面之责者，遇到这样形迹可疑的人，理应查察。他既然在你家住过，突然匆匆而去，又是由你家走的，不追问你问谁去呢？"

刘八道："要按你们老爷这样说话，是想从我身上追问田三下落？"

某探长道："是极是极！"

刘八道："干脆说，我俩是友谊关系。他上我家住，无非随来随往，没有一定。若是叫我交出田三，我没有地方去找。不过我认识这个人的模样，更知他为人的性情。要说总算是局面一路的朋友，虽然小有不检，决不是什么大干法律之事。诸位可以不必疑心调查他了。"

某探长一听刘八这话，连忙向下追讯道："田三有何事情不检？"

刘八一听，自知失言，立刻脸上陡现后悔的形态，当下抗言答道："诸位说这田三形迹可疑，理应查问。我实告诉诸位说，要想从我身上追究，让我交出这个人来，我简直没法子去找，只因他是个时来时走的。也许今天来明天就走，也许待个十天八天，都不一定。至于来自何处，走向那方，我从来未曾过问他的下落，当然是不知道了。"

说到这里，著者转过笔头，述一述田三。田三名田玉章，本是一个寄居异乡的青年。在学校肄业念书时，就是三天打鱼，两天晒网。一到了星期放假，更不能老老实实在学堂里待着了，遂与同学学友，三一群，五一伙，去到城外吃喝嫖赌抽大烟，无所不为，无所不干。一者因为那个时代，正在提倡自由，诸事平等之际，学生是中国将来之主人翁，人人心目里，都有当大总统的希望，志向高超一切；二者又都是富家子弟，谁的手里都有银钱。虽是来自乡间，如今到了这繁华的北京，处处尽是毁人炉。每到一个地方，都含有诱惑性。二十几岁的青年人，能有把握不坠入陷坑者，那算是祖上有阴功，父母有德行。

那田玉章如今被革，离了学堂，就搬在北长街一带旅馆闲住，一面往家里去信要钱，一面再设法投考其他学堂，作个进身之计。在这中间，无事可作，心里自是非常忧闷，每至夕阳西下时，独自一个，从旅馆出来，在左近一带闲绕，解一解心里愁闷。

一天进入北长街，东张西望慢慢散步，见路北一家门前，站着一个小媳妇，年纪就在二十上下岁数。瘦瘦一张瓜子脸，尖下颏，两道细眉，一双水泠泠的媚眼。鼻梁稍塌，脸皮倒很白皙。漆黑头发，并未剪发，梳着个搭拉苏的元头。前面留着刘海发，两鬓抿着两寸多长水葫芦，耳朵上带一对假钻石丁香钳子。上身穿一件极干净的毛蓝布衫，里边衬着花布夹袄，白布褂，因此项下显出一道极洁白的衣领来，下穿一条俄国标青地印白菊花布的夹裤。一双瘦小天足，蹬着白袜子，青缎皂鞋，站在门外杂货挑前边买东西。一望而知，是个小家碧玉。虽然穿戴不阔，越是这样淡素打扮，越显得处处可人。

田玉章一边走，一边打量，业已都过去好几步，还不住回头。那个女人似乎有点知觉，是瞧自己，遂在有意无意中，也曾抬头把田玉章看了一眼，依旧在挑上买些花生瓜子一类的糖果零食，便走入门内去了。在他往门里走的时候，田玉章却在远处伫立，向那边观瞧，那女人也回头這［yàn 迎］他面瞟了一眼，才走入门内。少顷又过来一些地痞围着杂物挑买东西，那女人始终没出来。

田玉章站的两腿有些发酸，才抹身慢慢走回了旅馆。当晚饭后，歪在床上，暗暗寻思白天所见之俏丽女子，心说，看这小娘们，足够十分美艳，可惜给个小户人家作媳妇，假如给个有钱富户，穿上一身绸缎时派衣裳，更要加倍好看了。惟不知他那丈夫，是那一界里作事之人。若是文明界有拦柜，什么纸店书铺，长袍短褂，作买卖生意者，其人温文典雅，还不亏他的姿色；设若是个下等，手艺厨子车夫一类的人，真正委曲了他的小模样。但是看他在门口买嘴吃的情形而论，或者还许是个车夫厨子一流人家呢。想到此处，不禁为旧式婚姻发生无限感慨。复又想起，日前看某杂志上，载着一段美女配拙夫的歌辞，乃朗吟道:"出荒庄,过路旁,见一美女碾黄粱。玉腕把棍托,金莲就地忙。汗流粉面花含露,尘着娥眉柳带霜。可怜这样娇羞女,夜间长伴拙夫郎。"(按:此段歌词,系清乾隆下江南过某处马上口占之作也。)

田玉章正在高声唱此词歌,忽听屋门一响,从外走进一人,哈哈笑道:

"田老三你又发什么狂想呢?"

玉章抬头一看,乃是同学学友崔乐典,赶紧一面站起让坐,一面喊叫店伙进屋沏茶。

那崔乐典,一屁股坐在床沿上,笑着问道:

"你家里还没给你寄钱来吗?"

田玉章道:"没有没有,你呢?"

老崔把眉头一绉,把头一摇道:"咱俩一样!我原想你家若是把钱寄来,可以通融我点用用,这一来真真糟糕!"

原田玉章与老崔,同是南宫县人,彼此相隔不过几十里地的远近。从前并不熟识,自从同去学校读书,彼此谈起闲话,方才知道,所谓他乡遇故,自比别人亲近三分。这老崔,是个浑浑闷闷的傻小子,长了个高身量,紫脸膛,一脸大麻子。亦因没交足学费,被革出来。不过他才到学堂念了一年书,而且这一年中,倒有半年不曾上堂听讲。成天在外面瞎跑,所有吃喝嫖赌抽大烟的不良嗜好,满都叫崔乐典占全了。先时是把家中寄来的学费不交,去作他的花费,末后家里寄不来钱,他却仍然胡花乱花。田玉章便觉得有些新奇。好在两个人,因为都成了无所不谈的莫逆朋友，老田便于无人时，问他钱的来路。老崔倒也剖心露胆，并不藏私，照直向其说道：

"实不相瞒，我这钱，乃系某某人，引我入了某党，让担当宣传股股员。每月给我三十块钱，不然我早就穷得连裤子都当了。"

老田一听，暗暗吃了一惊，只可向其劝说道："这个钱你可使不得，倘或一旦事变，岂不送了性命！"

老崔一听，怔怔望着田玉章道："那末我家老不往这来钱，我怎么活着呀！"

田玉章道："谁让咱俩是近同乡呢，往后如果缺了花用，只管向我来要，等你家中来钱，再行还我，好不好呢？"

老崔一听，自是依允，当时就借了十块钱走了，过了几天，家中把钱寄到，老崔便如数还了老田。可是由此，只要手中一瞥拗，就找老田来借。这时又是手里拮据，恰巧赶上田玉章家中亦没把钱寄来，急得崔乐典不住嗳声叹气的说：

"这可怎么办呢，真真糟乎其糕，糕乎其糟矣！"

田玉章笑道："不要紧，不要紧，我现在倒有个地方，可以通融几个钱花，只是我不好意思当面去借。这们办，我写封信你送去，立候回音，如果弄下钱来，咱俩平分一半，你可愿否？"

老崔一听，喜不自胜，连忙点头答应道："愿意愿意！"于是立逼老田，快快作书。

话休烦絮，当下田玉章便写了一封借钱的书信，送往城外某银号，借洋一百元。老崔持信前往，当时带回口信，少时必有人送到。原来这处银号老板，是田玉章的父执，与玉章的大

伯为至友，只为受过田家好大恩惠，所以信去如响，并没碰了
钉子。工夫不大，某老板亲自送到旅馆，当面交给田玉章大洋
一百元而去。这一下两个人全都大乐而特乐，遂商量着一同出
去，先吃个小馆，看看女招待，然后再找地方去抽大烟。于是
将钱带好，走出店房，嘱咐店伙锁门。

　　二人携手出来，步至街心，田玉章忽的想起，昨天在北长
街所见之俏皮女人，遂向崔乐典道：

　　"咱们由这往东去出前门。"

　　崔乐典道："不好不好，那够多绕远呢！"

　　田玉章笑道："我有点心思，看看你的造化如何。"

　　语至此一面走，一面把昨日所见说给老崔去听。

　　两个人说说笑笑，不知不觉已走入北长街，从老远一看，
见昨天那个门前却有两个女人。老田低声说道：

　　"快走快走，多半其中有那位美娇娘呢！"

　　老崔一听，向前飞也似的跑去。读者要知，凡事都得有个
陪衬，田玉章必要扯着崔乐典到北长街，去看俏皮小媳妇者，
也是个相陪相衬的心意。盖因没蒿子显不出狼来，没高山显不
出平地。这话从何说起呢，只因田玉章自知，己身不是什么十
分好看的美男子，若与崔乐典走在一行，比较起来，当然显出
自己是个又俏皮又干净的年轻小伙子，而崔乐典则成一个又拉
拖又呆滞的傻角儿了。若让那爱好的妇女见着，必然要多看自
己两眼，从此便四目相视，发生眼角传情的好机缘。这本是田
玉章肚中的打算，著者替为描写出来，好知道老田欲使老崔同

至北长街之用意也。

闲话表清,归入正题。当下两个人紧走了几步,已来到那两个妇女的面前。田玉章留神一看,见上首站定一个四十来岁的妇人,看着好生面善,下首站的便是昨天所见之俏丽美人。正在心中寻思,忽的想起,上首那个妇人,系时常到旅馆中兜揽缝纫洗涤衣服之王老太婆,一时乍着胆子,便向其点首含笑招呼道:

"王大妈,您吃了晚饭啦?"

那妇人一听,忙答道:"吃过了,吃过了,您这是出来散散步?"

田玉章借此止住脚步道:"可不,您明天得空到我们旅馆去,我有点洗的衣裳,求您。"

那妇人答道:"就是就是。"复又说道:

"先生恕我眼拙,您住在那一家旅馆,我真真想不起来啦!"

田玉章见问,便抹身用手向后指着说:"就是前边大街路北顺德公寓。"

那妇人连连点头,又问道:"您贵姓,住几号房屋?"

田玉章道:"我姓田,住后边四十七号。"

那妇人侧着耳朵,说:"什么,姓严,四十一号?"

田玉章道:"不对,不对!"

正要重述说,不料旁边那俏丽小媳妇,却笑容可掬,代为答道:

"呚,这位老太太,怎么胡给人家改姓啊!姓田不姓严,住顺德公寓四十七号房屋!"语至此,竟自转向田玉章问道:

"我说的对不对？"

田玉章见问，喜得心花怒开，赶紧点头答道：

"这位大姐说的极是！那末劳驾，就求大姐您告诉老大妈吧！"

那小媳妇道："不要紧，不要紧！"

说时向田玉章眯睎一笑，送了一个眼风。两人正要往下找辙，再行说上两句，忽见从前面走过两个歪戴帽斜瞪眼的地痞。那小媳妇，立刻抹身走入院中去了。田玉章一看，只可又向王老太婆说了一句：

"明天再见！"

便与崔乐典，一同步至街心，头也没回，进入路南小胡同而去。

那崔乐典傻头傻脑，跟在小田身后说道：

"这个小媳妇怎么没人引见，就同你一答一合说起话来呢？"

小田不答，仍往前走，少顷回头向后一看没人，这才慢慢走近老崔身旁，低声答道：

"你这话问的真有理。可说呢，没人当介绍人，居然就同我交谈，这样看来，小媳妇是个外交能手呢。"

老崔笑道："你可留神，打虎合仙人跳哇！"

小田笑道："咱们是穷命一条，又不是北京人，才不怕他弄把戏呢！"

两人说说笑笑，一直出了前门，找了个小饭馆，进去吃了一顿晚饭，饭毕出来，又找到一个朋友家里，借灯抽了一会大烟，复到石头胡同小下处里，花钱挑了个姑娘，瞎哄了一阵，方才转回城内，各归各人旅馆歇觉。临分手时，田玉章又借给老崔十块大洋而去，不表。

到了第二天，那兜揽活计的王老太婆，果然来到顺德公寓来找田先生，当由店伙，将其带至四十七号房前。正值田玉章在门前闲站，一眼看见王老太婆，赶紧让在屋中，请其落坐，复又斟过一杯热茶，送在老太婆的面前，笑着说：

"您真不失信哪！"

老太婆道："这叫什么话。我们是指着到各旅馆，各公寓里，兜揽洗作衣服，您叫我们来，焉有不来之理呢！"

田玉章道："好，好，等我给您去找。"

语至此，从衣兜中掏出一盒纸烟，抽出一支，派给老太婆。老太婆更不客气，接在手中，便找洋火。田玉章赶紧把自来火咯吧一声打开，代老太婆点着纸烟，遂即坐在床沿之上，笑着问道：

"昨天同您在一处站门的那位小太太，他家是作什么的？"

王老太婆一听，便嬉嬉笑道："你打听他有什么用意？"

田玉章知道这老太婆，也作那拉人纤马的勾当，便将身子向前凑了凑，低声悄语，将自己心事说将出来，又说：

"您要给我把事办好，定然重礼相谢！"

老太婆听完即低声答道：

"这小媳妇姓王，爷们是个当厨子的手艺。"

田玉章一听，不禁连连叹息的说：

"嘿嘿，真可惜，凭一个油厨子，会有这样一个媳妇，可称一朵鲜花插在粪堆上了。"

老太婆把嘴一撇道："那你可生不了这宗气。实对你说，此系月下老儿给配就的。"

田玉章道："是，是，往下说怎样吧！"

老太婆道："论他总算是好人家的儿女，并不是终日指着串店打野鸡为生者。不过我同他住在一个院里。他的丈夫，不但油脏有气味，而且丑陋不堪，年快半百的人。这小媳妇，时常在背地里，同我谈心掉眼泪，自叹命苦。每每看见街上走的学生小白脸，他便想着可爱，站街回头。我便同他打哈哈道：'刚才过去的那个人，够多漂亮，年貌品格，同你站在一块，恰恰成为一对。怪不得你看着他，他看着你呢！'说得他满脸飞红，便用手来打我。我说：'你不用打，凭良心说，你爱人家不爱吧？'他仍追着我骂我缺德。昨天你不是同我招呼说话吗，末后我走回院中，他又赞不绝口，夸你是个温和人。看来他也有心偷个嘴吃，解解平日的愁烦，一者怕他丈夫知道，是个乱子；二者也怕街房出言耻笑，中间给他走漏风声。有此两个原因，是以空有爱好爱美之心，只是胆子小，不敢一为尝试。如今你既托了我，回头以打哈哈为由，硬同他说出，看他是个什么情形。据我想一定翻不了脸。只要他低头不语，我便见机而作，保管绝对不能叫第三个人知道。可有一样，事情说好，咱们是先钱后酒，你打算谢我多少钱呢？"

田玉章正在心急似火的时候，一听这话，便充 [冲] 口而出道：

"只要能叫我们两个人到了一块，立刻谢您大洋三十元！"

老太婆道："不许说了不算！"

田玉章道："刀柄在您手里，您还怕我爬房？"

老太婆一听，却也有理，于是起身告辞，并说倒底有什么洗的，就手带了回去。田玉章笑道：

"我一个人的干奶奶，您怎么还不明白，由昨天就是借词找辙呀！"

老太太婆道："那你也得找一件东西，交我拿着，好像一回事情。不然我白白出来一趟，岂不叫旁人起疑？"

赶紧把炕上扔的一件白布汗褂，递在老太婆手内，复又再三叮嘱了一回，方始分手而去。

话休烦絮，照直说这挡子皮条纤，经这位王大妈从中三言两语，竟将两个人撮合到一处，男女各了心愿。说句迷信话，这也算是王文泰媳妇，前世前因欠下田玉章一笔风流孽债，直到这天方才一笔勾消了。当晚两个人就住在王老太婆的屋中，以闭［避］旁人耳目。再者遇王文泰来家，也可有个躲闪。故尔王文泰本人，始终不知自己的帽子，早已变了颜色。

那小媳妇，自与田玉章接交相好之后，简直两个人打的比火还热，时时刻刻，向田玉章跟前哭哭啼啼，总是让他想法子，把自己带走，不然有死而已。田玉章倒是个有情之人。从先原想解一解旅居之苦，当作过眼云烟，有如逢场作戏一样，反正黦出花几个钱，买一时之欢笑而已。万没想到，小媳妇与自己认了命，一时一刻都舍不得离开。末后闹的，一见面便是愁眉泪眼，意思是非叫田玉章把自己拐着一跑儿，从此海角天涯，那不自己去作活，给人缝缝连连养活爷们，都是情干〔甘〕意愿。田玉章一看这宗情形，不但为了大难，而且暗暗捏着一把汗。盖因小媳妇口口声声把丈夫王文泰恨得牙根痒痒，夫妇感情非常恶劣，诚恐将来弄出大毛病如何得了。而且一会不见，小媳妇便到四处寻找，弄得田玉章欲罢都不能了。

一天，田玉章在左近一家小烟馆内去过烟瘾，这烟馆主人便是老刘。老刘为人憨直，平日最不喜听男女狎昵言语，对于现下之男女自由恋爱更是逆耳。那烟馆里当然是什么人都有，虽然不能像早年，大开亮灯，横躺竖卧，那样乱烘烘，七言八语说个不休的样子，但是关紧了街门，三四个人围在一处谈天，势所难免也。故此，一般瘾君子到了老刘烟馆内，除将大烟抽完之后，便有流连不去，坐听大家谈些社会间的新闻。所谓张不长李不短，他人闲事休要管的话，很可解一解闷。

这田玉章，便为老刘烟馆中的顾客之一，每天必到，两个人说的很是投缘。正是：燕北之人多豪客，语言爽快有侠风。

后事如何，下回分解。

第六回　假意温存安慰情深女
真言流露恳求豪爽人

　　且说田玉章知老刘人性憨直，有燕北豪爽之风，老刘知田玉章青年多才多艺，说话又极和蔼，不带丝毫学生派之傲慢习气，是以两个人就算交上朋友了。那田玉章，自与王文泰媳妇有了勾搭，对于外人瞒得非常严密，而对于烟馆老刘面前，更不敢露出一点马脚。如今田玉章与王文泰的媳妇，弄得不可开交，进退维谷之际，便想向老刘跟前，讨个应付之方策。是以这天晚晌来到老刘那里，把烟抽完，候大家全都走净，屋中只有他们两个人，田玉章这才把近日接交情人的事，如此这般，向老刘面前说了一遍。

　　那老刘听完，抹着头沉着脸，半天也没言语。田玉章见此情形，明知老刘不高兴这话，只好又复继续说道：

"我晓得老大哥是最不喜听这些事情，所以我始终没敢向您面前提说。无如现下弄得进退两难，无法摆脱之际，迫不得已，才向老哥跟前讨个主意。事情是我作错了，后悔也是白饶。老大哥久住北京，社会人情，知之甚熟。请您给我想个办法，怎样才能向这娘们分手，分手后应该怎样，才能使他不来找我呢？"

老刘听田玉章说到此处，这才把头扭过来，向田玉章脸上望了一望道：

"你自己觉得这事我不知道，其实我早就看出，你在外边有了狭邪之游。"

田玉章笑问道："您怎么知道的呢？"

老刘道："嘻，这宗瞒事，你觉得瞒了个挺严，殊不知欲盖弥彰了。就以你近日来，一个劲儿的理发刮胡子，里边小衣服洗得白而又白，并且在上面洒了好些芝兰香水。你那天从外面一进来，屋中的人，全都闻见。等你走后，大家说田先生准有荒唐事了。我初意你许是在外边逛私门子，年青人势所难免，谁知你靠上了庆家。须知这是有夫之妇，再者王文泰这小子，凶得狠。俗说世上没有不透风的篱笆。假如一旦被他知道，试想这是闹着玩的吗？"

田玉章被老刘这番话说得倒吸了一口凉气，禁不住绉着眉头道："所以我就害这个怕呢。"

老刘道："这会才害怕，岂不晚矣！"

田玉章道："说正经话，老大哥给我出个什么主意，才可把此事摆脱个干净？"

老刘道："这时还有什么主意，只可给他个面儿不照的法子。"

田玉章接着又说："不行不行，我要一天不去，他就到四处寻找。我所住的旅馆，他都时常跑了去，所有店伙没有一个不识他的，并且他是满不在乎，真真要我孩子的命啦！"

老刘道："既然弄成这样，那你干脆同他说实话。就提男女这宗事情，不可过于认真，你既是跟我真好，总别弄出大毛病来为是。况且王文泰是用花红轿，三媒六证，将你娶来的媳妇，你作此事，业已对他不起了，再要想着同我逃跑，更是越礼。而且我家中有父母有妻子，我在北京是念书时代，一切用度得向家中去要，假如你跟了我去，别的话先搁在一边，没钱生活是一件大事！难道说坐对美人，去喝西北风不成？你要这样连说带劝，自然就把跟你逃跑的邪心给拦回去了。"

那田玉章还没等老刘把话说完，便又急急说道：

"不行不行！您这话，我也早都同他说的不爱说了。他说这事满不要紧，你没钱我有钱，而且我还有挣钱的能力。什么打毛衣，挑花线，缝纫，绣花登机器，作零活，无一不能，无一不会，无论走到那儿，也饿不着你，你就只管放心吧。您看他说话多们好听，所以我这才没了主意。"

老刘听田玉章说完这话，不由叹口气道："这也可算是你们两个人，前世前因应有之孽缘也。目今别无他法，惟有与之暂且敷衍，走到那儿是那儿，实在把你逼的无路可走，还是那句话，惟有给他个面儿不照。好在你又不是北京人，为事所迫，说不得，或是回归老家，或是远远一跑，什么上海天津，找个租界里一藏，他既没处去寻，自然也就死了那条子心。若说马上想什么一刀两断的主意，任是大罗神仙，也没有高妙之术。"

田玉章一听，低下头去，想了一想道："老大哥也想不出高着来了？"

老刘摇着头说："实在没有主意。"

田玉章道："那我只好把店房辞退，搬到您这儿来住，躲一躲他好不好呀？"

老刘又摇着头说："你可千万别往这儿来搬。不是别的，一下让那小娘们找到这儿来，那算怎么回事。知道的，是你的庆大把，不知道正像我这儿开了花烟馆，反叫旁人说，是我代拉皮条纤。我可不要这个名声呀！"

田玉章一听，不敢再行开口，是晚田玉章就住在老刘烟馆内，没敢回归客店。直到第二天吃午饭时方才归去。不料一进店门，伙计赵四便迎着头笑嘻嘻说道：

"田先生您昨天住在那儿啦？喝，好家伙，那位小太太，由昨天就跑来，找了您三次。今天一清早，复又来找。我们告诉他，田先生昨晚不曾回归，他还不大相信，好像谁冤他是的。我们让他只管进来瞧看，他真向各空房里找了一周遭，实在没有，这才走去。刚才又来找您，我告诉他仍然未归，急得他要掉眼泪。柜房李先生，诚心逗他，问他找您有什么急事，他说实实在在有要紧话说，您几位要知道田先生现时在那儿，只当是行好积德，快告诉我吧。语至此，一对眼泪竟自噗簌簌，由脸上滚将下来。您瞧您共总同他一天没见面，这个楼［娄］子捅的真不轻！"

说着便摘钥匙，给小田去开那屋门。田玉章听店伙这一套打趣的话，心里没了主意，站在柜房前边，向店伙赵四摆手道：

"你先别去开门，容我思忖思忖再说。"

语至此，便要迈进柜房门坎。不料就在这个工夫，忽听身后有人说道：

"得，碰上了，刚刚进门！"

田玉章回头一看，正是爱人小王太太。只见他头也没拢，粉也没擦，净水脸，蓬松着两个鬓角，两颊含着悲苦欲诉不得的神情。看在田玉章这宗怜香惜玉人的眼里，自是非常难过，好像一百零八个对不起，赶忙带笑说道：

"吆，真对你不住，方才听店伙说你来了好几趟啦。失迎之罪，我领我领！"

语至此，便叫店伙赵四快拿钥匙去开屋门。那王文泰的媳妇，此刻既然看见了田玉章，一心委屈，要向其当面申诉，但因碍着柜房里许多人之跟前，不好述说，只沉着个小脸问道：

"你昨天住在那儿啦？"

田玉章道："咱们屋里去说。"

于是两个人跟在店伙赵四身后，来在里面，将住房屋门的锁头通开，二人推门而入。

田玉章向着赵四笑着说：

"沏壶好茶，买匣粉包烟卷拿来。"

赵四点头含笑而去，少顷将烟茶送至屋中，抹身走出，藏在隔壁房里，窃听贼话去了。

再说田玉章与小王太太，挨肩坐在床铺上面，先将粉包烟打开，抽出两支，递给情人一支，拿起洋火，代为划着点起，复又欠身倒了一碗茶，放在小王太太面前，然后才自己拿一支烟卷，叼在唇边，划火引着，慢慢去吸。那小王太太，便向田玉章低声问道：

"你昨晚住在那里，怎么还不说呀？"

小田一见他脸上的神气，料着是起了疑心，疑自己不是住了城外小窑子，必是又有什么特别勾当，遂故意笑着说：

"我昨晚被一个女朋友拉扯不放，陪他打了一夜小牌，就住在他那儿了。"

小王太太一听，立刻呜呜哭起道："好哇好哇，你这必是又交了情人啦！干脆说我今天找你，原是有几句要紧话同你商量。如今你既是又有地方去住，当然有抛我之心！那末我就死在你跟前，倒觉痛快，省得你日后把我扔下不管！"说着哭个不止。

田玉章见此情形，很是后悔，赶忙向小王太太说道：

"我冤你玩呢。实告诉你吧，我昨晚是到老刘烟馆抽烟，几个朋友，拉不断扯不断的话。容到人家都走，业已到夜内一点多钟，我的胆子小，你是知道的，所以就窝窝囊囊的，在老刘床上睡了一夜。不信你去打听，冤你不得好死！"

王崔氏一听，始将眼泪止住。田玉章一看，忙用衣袖中小

白手巾，替他把脸上眼泪擦干，复又甜言蜜语说了些好话，这
才把小王太太哄得转悲为喜，慢慢用手将两鬓头发往后梳了梳，
揪着小田低低问道：

"你多半还没吃早饭哪吧？"

田玉章道："不错，不错。"

王崔氏道："那末你跟我家去吃葱花饼好不？"

田玉章迟迟疑疑的说："这大青白日跟你一同到家，倘或遇
见你们大爷回家，撞到一块可怎么了呢？"

小王太太道："我实告诉你说，这两天他不敢来家，只在大
内里忍着，万万不能大青白日露面出头。再者说，便遇到一处，
我都不怕，难道你还不放心？"

田玉章似笑不笑，呆呆问道："这是怎么回事，何以你会有
这样胆量呢？"

王崔氏把嘴一撇道："你听着新鲜不，等你到家时，我细细
告诉你其中的缘故，你自然而然，就明白是怎么一回事了。"说
着下地，步出屋外，催促小田快快锁门。

田玉章见他这样满不在乎的神情，颇为纳闷，心里仍是有
些犹疑。无如爱人护庇自己，十分亲热，若再推托不去，一者
无法措词，二者碍难出口。当下把心一横，暗暗说道：

"干哪，反正是身子掉在井里，耳朵也挂不住了，他都不
怕，我还怕些什么，及〔即〕或相巧与王八大爷遇在一处，我
可以往干妈李〔应为"王"〕老太婆屋中去走，只要能把当时搪
塞过去，便可趁空一溜。溜出街门以外，至于他同他媳妇，是

怎么样追问，怎样打麻烦，我是眼不见耳不闻，由他们去糟。或者从此他那爷们，将其看住不准出门，他也就不敢再来找我，我亦可脱去了这层虱子皮，不这样永远掰结不开。对，对，就是这个主意！"

一边想一边用手将门带好，喊叫店伙走过锁门。那店伙们，早在旁边，偷眼看见他们两个。一听田玉章呼唤，立刻应声走过，都朝着田玉章和小娘们发出一宗微笑。问道：

"田先生怎么刚回来又走哇？"

小田一听，反倒有些害臊，突的脸上一红，刚要想话回答，谁知小王太太，却倒大言不惭的，代为答道：

"我请田先生到我家里吃早饭，如果有人找他，千万代为瞒一瞒，只说不知田先生上那儿去了，劳驾劳驾！"

两个店伙笑着说："就是，就是！"

王崔氏道："明天我好好做个菜送给你们吃。"

两个伙计笑道："那……敢自求之不得呢，我们谢谢您吧！"

王崔氏道："不谢不谢，一卸就黄了！"

说时全都嘻嘻一笑而别。此刻田玉章羞的早已走出店门以外，那王崔氏，却一旁打着哈哈，一边走了出来。

话不烦絮。当下两个人回至家中，经街房李［王］干娘，将门开放，一同走入里面。那李［王］老太婆，回手关好街门，跟在他二人身后，笑着说：

"干女儿，你倒底把田先生给找着啦！喝，可不容易，我快去给你们沏茶！"

王崔氏道："干妈，您倒不必忙着坐水沏茶，干脆咱们烙饼吃饭吧！"

李〔王〕老太婆点头道："也好。"

说时王崔氏从衣兜内，掏出一元大洋钱，交给李〔王〕老太婆手内，让他上街办理打酒买菜等等。李〔王〕老太婆将钱接过，抹身出门而去。

这时王崔氏，跟出将门关好，回屋舀水霍〔和〕面，就便与田玉章说话。那小田此刻，终是有些自起矛盾，心里啾啾咕咕，遂站在屋门口，看着爱人操作，又留神外面的街门，更复怀着一团疑虑，乃即向前低声问道：

"你方才说到家便可告诉我，不怕你们大爷的事。趁此无人，请你快快告诉我听，倒底其中是个什么缘故？"

王崔氏一边霍〔和〕面，一边扭着粉颈，听此一问，便脸望着小田，呶了呶嘴，意思是让他走到自己跟前，不要站在老远之处。田玉章会意，赶紧将风门拉好，趋至爱人面前，听其说话。王崔氏仍嫌小田站的远些，乃一伸手，把他又揪上一步，这才开口说道：

"我说给你，你可不要胆子小害怕呀！"

田玉章一听王崔氏这句言词，只当他是随便打哈哈，同自己凑趣。但是仔细一瞧他那脸上神情，陡然变出一宗惊惧的状况来，好像其中含有非常重大的意味，也禁不住暗暗吃了一惊，呆呆点头答道：

"是，是，请你只管说吧！"

王崔氏道："你知道前两天，北长街黎太监家刀伤二命的事不？"

田玉章道："知道，知道！"

王崔氏道："那杀人的凶手是谁呢？"

田玉章道："你真问的奇怪，至今报上不曾指出，我焉能知道！"

王崔氏冷笑一声说："你不知道，我却晓得，这杀人凶犯便是王文泰！"

田玉章听到这句，差一点吓得昏厥了，由不得头上吱的一响，满身打了一个寒噤，口内牙齿立刻上下搓打起来。翻着两支眼皮，望着王崔氏，结结巴巴的说道：

"这……可是人命重案，你……千万不可胡说乱说呀！"

王崔氏道："是他自己告诉我的，怎么算得是胡说乱说呢。"

田玉章道："他……能够说出这样话来吗？可了不得，人命关天，非同儿戏，一下儿走漏了风声，慢说是他，连你都……不得了哇！"

语至此禁不住周身战抖，四肢无力，一时站立不稳，向前一扑，正正扶在王崔氏身上。

那王崔氏猛被田玉章一扶，身子往后一退，正坐在一个二人凳上，田玉章也就伏在王崔氏的怀中。这时王崔氏两手的白面，还未擢下，便支张着两支胳臂说：

"嘿，嘿，快起来，快起来！不要紧，没你什么事，你怕的是那一门子！"

田玉章气喘吁吁慢慢站起，悄声说道：

"固然没我什么事，那么他将来犯了案，岂不要将你连累在内？"

王崔氏道："就是这话，所以我三趟两趟找你者，只为同你商量一个主意。"

田玉章道："那……街坊李〔王〕老太婆知道这事不？"

王崔氏道："我还没同他说。"

田玉章道："依我想，你可以不必向他走漏了这宗消息。"

王崔氏连连点头称是。

正说着外边门响，王崔氏赶紧走出开门。田玉章这时站在屋中发怔，少顷见是李〔王〕老太婆打酒买菜归来，同着王崔氏，一齐进入屋内，便张罗吃饭的事。那李〔王〕老太婆高高兴兴，伺候田玉章喝酒，并在桌上摆了两双筷子，一个酒盅，笑嘻嘻向其打趣道：

"今天你们两个人喝个交杯盏吧！"

他说了这句，并没人笑，也没人答腔，不由抬头一看，见小田扬着脸，看着顶棚，好似想什么心事，未免有些纳闷，只可向其招呼道：

"嘿，嘿，我说你哪，菜都摆上啦，还不坐下喝酒吗？"

田玉章一听，这才扭过头来，答应道："好，好，一块吃。"

语至此，便先坐下，酒只喝了一杯，就去吃饭。工夫不大，将饭吃完，仍然坐在一边发怔。李〔王〕老太婆一看这宗情形，所猜不出今天小田是因为什么事这样无精打采。正要向其盘问，可巧有人来找，出外作衣服的事，便跟着来人走了。王崔氏赶紧将街门关好，回来两个人并肩坐在一处，田玉章只是怔怔看着窗户出神，王崔氏心不耐烦，遂用手揪着他的衣袖道：

"你看你这点胆子，早知这样，莫若不同你说了！"

田玉章绉着眉头道："并非我胆子小，皆因我与你十分要好，原是替你一人耽心呢！"

王崔氏一听这话，心里非常感激，忙道：

"你既然同我十分要好，我又何尝不把你当作亲人一般看待！是以王文泰所作之事，只有可以向你说出，为是让你把我救出这层难关。"

田玉章怔怔问道："你叫我怎样把你救出呢？"

王崔氏道："我昨晚直直想了一夜，简直没有方法可以脱去我的连累。惟找你同我携手一逃，他决计不敢声张。你想对不对？"

田玉章听了这话，便在心内暗暗盘算，脸上立刻现出犹疑不决的神情。那王崔氏没等小田回答，便又继续说道：

"你不必为难，我跟你走时没钱，往后缺少用度。实对你说，王文泰把黎太监家的一主一仆两个女人杀死后，即盗取他家财物甚多，全都藏在我娘家的水缸底下。好在我家住的地方，离此不远，我俩的事情，我娘家也微有耳闻，并不嗔怪。我若回家，向我娘家说明此事，拿他点银钱合东西，我父母必然准许。再者，他盗来的物件很多，连他自己都不知数儿，拿他一两件变卖变卖，就能值个千数八百块钱。因为多是最珍贵的物品，不但够走的盘川钱，而且还可作后日谋生之用，你看我这主意高不高呢？”

　　田玉章骤闻是语，心内暗暗欢喜道："这可是一件人财两得的俏事。"继而又一寻思道："王文泰刀伤二命，盗取巨大财物，日后必然犯案。他一犯了案，自是把一切一切都供说出来。那时侦探寻根究底，必然追寻到我的身上，这个罪命［名］可实在轻不了哇！嗳呀，老爷子烟关东杆，可不是玩的事情！"想到此处，立刻转变了心肠，遂向王崔氏面前，用话敷衍道：

　　"你这主意想的倒是不错，但是我也有我的苦衷，先得向你说开。皆因我家原有父母妻子，一大户人呢，突然间我把你带了回去，自是诸多不便。容我另外想个地方，安置妥当之后，咱们再走。好在你爷们这事，一两天决计犯不了案，我在这个工夫，赶紧去寻安乐窝。再者，你也得把本院李［王］老太婆买服好了，却是要紧。"

　　王崔氏一听，想了想道："此系急不能待的事情，若要瞻前顾后，如何来得及？"

　　田玉章道："是，是，我明白，回头就去找我们同乡，至多三天，准可办好。"

　　王崔氏道："你能早一天不？"

　　田玉章道："好，好，急不如快！"

　　说着抓起毡帽往外便走，王崔氏赶紧起身在身后追着说："你晚半天可回来呀！"

　　此时田玉章已然开了街门，听王崔氏在身后说了这话，便顺口答道：

"晚半天若不回来，你明天一早到店里找我。"

语至此三步两步，迈出街门以外，一直向马路中间而去，耳朵里还听王崔氏叫他回来的声音，只可装作不曾听见，匆匆忙忙迈着大步，够奔老刘烟馆。

来到里面一看，有两位烟客躺在床上过瘾，只可彼此点了点头。田玉章把头上帽子摘下来，满头是汗，便用手巾去擦。烟馆老刘笑着问道：

"怎么样，瘾过了劲啦？"

田玉章摇着头说："不是，不是。"

老刘道："就是瘾过了劲，等这儿腾下地方来再抽。"

田玉章道："就是，就是。"说着便在一旁坐下。少顷那两位烟客抽完都走了，屋内只有老刘一人。遂要了一钱烟膏，歪在床上，一边烧烟，一边把老刘唤至床前对面坐下，低声细语，把王文泰媳妇所说的话，从头至尾学了一遍。老刘听完，吃一大惊，禁不住扭头向外看了一眼，沉下脸来说道：

"我当初同你说什么来着，叫你赶快善退，你不听好朋友的劝，趁早别同我商量了！"

田玉章只可赶紧陪礼说道："老大哥别生气，并非我不听您劝，人不处到其间，不知其中的难处，但凡要退得了我早退啦！"

老刘冷笑道："好，好，你既是退不了，就跟着往下干吧，作什么又跑来同我说呢？"

田玉章道："这不是大祸挤在头上了，逼迫的我没了主意，才来求大哥指条明路。"

老刘道:"目今有什么明路,也恐怕难脱干净。我先问你,打算什么主意?"

田玉章道:"我此刻只有三十六着走为上策,您看怎么样?"

老刘低头想了想道:"也就只好是一走了。"

正说着又有烟客从外边进来,遂将两个人话头打住。田玉章心内有事,忙忙把烟抽完,起身向老刘耳朵旁边说:

"我明天早车就走,如果有人上您这儿来打听,您就告诉他没有这们一个人来。"

老刘点头答应,田玉章遂即抹身,急急而去。

欲知后事,且看下回分解。

第七回　侦缉队内命案大白
　　　　神武门前司厨落网

却说现在老刘被捕到警察侦缉队内，蒙某队长逐一审讯。问来问去，便问到田玉章在他烟馆内寄宿的话。某探长道：

"这人忽然辞去，你必然知道他走的原因。"

老刘道："队长如是穷诘，究为何事？固然这人小有不拣〔检〕，我可以断定他，决非大干法律之徒。"

某探长一听这句话，便急急向下追问道："他有什么小有不拣〔检〕之事呢？"

老刘一听，自悔失言，然而某队长一些人，向下苦苦追问，非叫他说出是作什么小有不拣〔检〕的话。老刘无法，便将田玉章与北长街住户、厨子王文泰媳妇王崔氏有染的事，供述出来。

某队长等人一听"北长街王文泰"这几个字，似乎与所访查之案有些关连，既而追问出以下的话，无非王文泰的媳妇偷人私约，并不与杀人事有所干连。一线曙光，又复中断。

某队长低头寻思了一会道：

"田玉章之无故辞去，其中定有原因。盖好色之徒，绝不能只爱一个媳妇，大半皆是看见一个爱一个，看见俩爱一双，恨不能天下美人，皆能供我片时之欢，方才如愿。你既与田玉章为友，当然不愿吐露其隐私，或者他走的时候，把原由告诉了你，你不肯说。这也难怪，因为交朋友，都应该有一信字存在心里，我们也很原谅你，但是你不肯说，待我替你把心里的话，说出来看是对与不对。你所住系北长街，与黎太监家相隔不远，黎太监家两妇被杀，你决定知道其中的缘故。据我猜想，田玉章性好渔色，时常到你那里去，路经黎太监门前走过，短不了碰上黎太监的小媳妇，又年轻又貌美，打扮的又极其时髦，看在田玉章眼里，必然又馋涎欲滴了。由此数点见之，借词与之兜搭，或者也许在最近斗小牌男女混杂凑在一处时，有了说话的机会，互相说上几句。那媳妇似有意似无意，同田玉章回答几句言词，至于该妇是否有心于人，田玉章尚难断定，惟这宗好色人，便一时不等，立刻要去施展他那采花手段，由是天天留心。一日侦得黎太监，入内值宿不归家内，又知道他家没有男子，只年青主仆二人，便身怀杀人利器，前往黎太监家，赚开街门，照直登堂入室，向妇调奸。不料为妇拒绝，那妇人当时必然连骂带嚷，田玉章虽系身带杀人凶刀，去的初意，无非向其威吓，并未想真个杀人。如今妇人一嚷，事迫至此，乃出刀砍之。这时女仆闻声，从外奔入，田玉章自知惹下大祸，遂起了斩草除根之念，故将女仆亦一刀了之，以灭其口。二妇当时既皆毙命，家中再无第二人，乃起意掳取柜里财物而逃。次日匆匆远行，原为避祸。这个话他告诉你，你当然不能给他说出，保守朋友之信义也。你听我这话，猜得对不对呢？"

谁知老刘听了某队长这一番言词，脸上并无一些惊惶之表示，反倒噗哧一笑道：

"长官所猜的这一套话，似是而实非也。"

某队长怔怔问道："怎么？"

老刘道："事虽相差不远，只是张冠而李戴，好像是这样，其实并不这样。我也看出诸位的情形来，倘不由我身上寻有所得，断不将我释放。好在我是一点干连都没有，我照直诉出，倒省得迁延时刻。实对诸位讲，我与田玉章皆与黎太监家弃凶的事毫无干连，要知杀人者，乃王文泰也。"

此刻屋中，自某队长及一般官兵，十几位听了老刘这话，都不禁精神为之一震。某队长道：

"不错，王文泰，我们这里，亦疑到他的身上，业经派人跟踪许多日了，只因没有确实凭据，不敢无故逮捕其人。你这时既然说出，王文泰是杀人凶犯，请你把其中曲折，详细说一说吧。"

老刘点头笑道："可以可以，只是说了这半日，口燥舌干，请诸位赏我一杯水，润一润喉咙，再往下讲。"

某队长道："行行行！"

语至此，便吩咐伙计，快快倒茶拿烟，并笑对老刘道：

"您能帮我们的忙，总算是朋友，万不可再作阶下囚，请为坐上客吧。"

于是命老刘坐在正面一把椅子上，跟着把烟茶送过。老刘含笑将茶接在手中，一饮而尽，又烦斟了一杯，也都喝完，然后将烟卷叼在唇边，划火引着，抽了两口，这才徐徐而言，把田玉章与王文泰的媳妇，如何情形，如何将他爷们的秘密，告知了田玉章，如何逼迫着要与其一同逃走，田玉章如何胆小，如何跑到烟馆来，同自己怎样商量，遂于第二天，急急而去的话，如此这般说了一遍。

某队长等人一听这话，方始恍然大悟，乃齐向老刘道歉，用话安慰道：

"您为此事，总算受了些惊恐不白之冤，今则蒙您把案中曲折，详细述出，与我等有非常之便利，感曷可言。按理应该放您出去，恢复君之身体自由，但是仍得请您在此暂留数日，一俟将凶犯王文泰捕获到案，再释君出。好在你与此案毫无干连，不必再作羁收之囚。不情之处，望您多多原谅！"说罢向老刘齐齐拱手不置。

老刘一听，料着非将真正凶犯拿到，被嫌疑者尚有待质之必须。当然不能凭我一面之词，就将我放将出去。想到此处，便起身跟随官差，到优待室中休息，不在话下。

翻回再说某队长等人，一面将老刘带出秘室，一面又复一齐落坐，共同讨论，获凶及搜取赃证等之辨〔办〕法。如是秘密商议了一番，便选出精干探兵数十人，分为两队，一队由某队长率领，照老刘方才所供之王崔氏娘家崔姓家中，搜取水缸下面埋藏之赃物，一面由某队长率领，往王文泰家内捕拿正凶。调遣已毕，分头而去。

读者要知，警厅直属之侦缉队中，主事人员办案，是何等慎重，何等精细。即以现下而论，经烟馆老刘，把案中曲折，业已供述得详详细细，丝毫不移。论理可以直去捕拿王文泰。但某队长等，仍恐其中有不实不尽之处，故先率一队到崔姓家中水缸底下去起赃，一队才去捕拿正凶。这宗先后的手续，都分得极其清楚。假如说到了崔姓家，起不出赃来，或起赃而不在水缸底下，其中仍然另有缘故。是以暂留老刘在侦缉队中，就为是此去落空，而正凶王文泰，尤不能认为有杀人掳财之实据，必须赃证俱明，然后捕之，决无冒昧误拿无辜之弊病也。于此一事，实令著者佩服的五体投地了。

闲言抛开，单表王崔氏娘家。崔老夫妇，本是个作小本营生的老实人，只因家贫才将女儿许给王文泰为妻。而且在前数年的王文泰，非近时之王文泰。先时是阉厨子，人称王四爷，现在业已穷得，连吃穿都有点顾全不上了。崔老夫妇，见姑爷落到这步田地，惟有叹女儿无福命苦而已。不料忽然王文泰，作出这么一件杀人掳取银钱财物，骇人的事情出来，纵然知道，他将来有不了之一天，但是看在女儿亲戚关系上，不得不替他代守秘密。此王文泰移赃至崔姓家中藏掩之原由也。

这天，老两口子刚刚吃完了窝窝头，想到外边去摆小摊，忽听外面一阵喧嚷，冲进二十几名官差与巡警来，只听有人说道：

"先将街门把住！"

跟着便一齐拉门进屋，吓得崔老夫妇抖衣而战。当前一人揪着老头子问道：

"你姓什么？"

老头子颤颤巍巍的说："我姓崔。"

那人道："王文泰是你什么人？"

崔老头答道："是我的姑爷。"

那人道："他藏的东西，都在那里？快说快说！"

崔老夫妇一齐说道："在水缸底下哪。这是他自己藏的，我们丝毫未动，并不与我们相干哪！"

那人一听，便指挥众人下手去拿。

或有人问于剑胆曰，那烟馆老刘业已在队内供述得清清楚楚，如今派队来到崔姓家中，何必再问，岂非自找麻烦？殊不知办案的手续应该这样。总然知道，东西是在水缸底下，也得让当事人从口里说出，再去下手。

当下一些探兵，七手八脚，把水缸底下的东西满都翻出，呈给队长观看。队长又向崔老头子逼问道：

"别处是否还有？"

崔老头子说："我们是穷苦老实人，不敢贪财。此系王文泰本人藏在这里，我们连看都没有看，只求诸位老爷们恩典吧！"

某队长一听其所说的话，与脸上神情，大料没有什么假话，遂说：

"你可要知道，他犯的这个案子很重。你要与他私相隐瞒，你们可得跟他是一个样的罪名！"

崔老夫妇道："不敢不敢。"

某队长道："那你们也得跟去过上一堂。既然与你们不发生关系，自然可以讨保释出了。"

崔老头子一听，没了方法，只可留下老婆子在家，随同办案人，去至队内听讯，不在话下。

抽空再说，那一队去捕正凶王文泰的探兵，先派人到他家中，假装送信，找他说话。斯时王崔氏走出来开门，只当是田玉章有什么消息送来，既而一看，来人身穿青布衣服，两只眼不住向自己身上打量，问王文泰在家不曾。王崔氏见此光景，又兼心中有病，遂说：

"他两三天没回来啦！"

那人道："上那儿去了？"

王崔氏道："他上大内里边当差，没有二个地方。您找他有什么事？"

那人道："找他作几桌便席。"

王崔氏道："您贵姓，住在那里？等他回来，让他前去找您。"

那人道："不必不必，等我见着他再说。"

语至此抹身而去。王崔氏步出门坎，向外探头留神观看，见墙拐角处，还站着两个穿青衣服的，那人走过去，低低说了两句，便一齐去了。王崔氏心中有些觉察，心说不好，别是他那一档子犯了吧。想罢走回屋中，暗暗骂道："可恨田玉章，这个没有良心的东西，怎么一去不回头了！"按下这话不提。

再说某队长这一班子，知道王文泰两日不曾来家，遂率队至神武门外左右街衢，及神武门对面北上门下，散布安排已毕，专候王文泰由大内走出。有连日跟迹探兵某某，都认熟了王文泰的面目，脑门上有一个大疤瘌，这宗标帜，最令人容易辨认。守候甚久，直到下午一点多钟，始见王文泰从神武门内，低着头走将出来。一探兵最认得清楚，忙上前向其招呼道：

"王四爷少见哪！"

王文泰一听，赶紧立住脚步一看，这人年有二十来岁，穿的很是干净，头上戴一顶青毡西式便帽，满脸的精神，笑容可掬，但是一时想不起，这人姓氏名谁，只可顺口答道：

"少见少见！您恕我眼拙，实在想不起您贵姓高名了。"

那人笑道："吆，您会忘了我牛二拉？当初您不是时常托我给您买大烟，怎么您会不认识啦，真是贵人多忘事！"

王文泰一听这话，满不沾边，遂怔怔道："实在想不起来。"

那人道："您想不起来不要紧，把欠我的烟土账还清，我们作为不是朋友，也没相干！"

王文泰一听这话有了气，心说这小子有点讹诈，不由怒气冲冲的说：

"我就不认识你，从那儿会欠你的烟土钱！"

那人一听，立刻翻了面皮，伸手照定王文泰脸上，叭的便是一个大嘴吧，使了个十足劲，把王文泰打了一个咧斜，跟手便去揪其脖领，口内大声嚷道：

"好吗，好吗，你饶抽了我的烟土，还不认账还钱，咱们是一场官司，我这卖烟土的，还是不怕犯罪！"

说着便大喊。巡警及四外安排的探兵人等，一齐围拢过来，将王文泰团团裹住。此刻王文泰无原无故，被一不识的人讹诈，而且语言又非常蛮横，不但嘴里不干不净，并又伸手打人，此事无论搁在谁的身上，也得气炸了肺。是以当下王文泰，忿火中烧，五内欲裂。一见那人前来揪他脖领，他亦往前够奔去抓那人的脖领，顿时两人扭成一团。四外围的都是队内便衣侦探，本地站岗巡警固然也赶到跟前排解，但是一眼看见揪人的是队内探兵，便知其中有事，遂挤在中间，假意向王文泰问道：

"怎么回事？"

那王文泰已然气得头晕眼花，上气不接下气，喘吁吁干张着嘴，只是说不上话来。那探兵即向前说道：

"他欠我的钱，我找他总见不着面。今天碰见他，不但不还钱，反说不认识，说我讹他，这简直是不讲理呀！干脆您带我们上区打官司，用不着别的话。"

旁边一些便衣探兵，也帮着说道："对对对！欠钱不认账，那就是同他官面去说！"

中间还有些看热闹茫然不知的人，便向王文泰问道：

"你倒底认识这个人不？"

王文泰这时才缓过一口气来，结结巴巴的说："我实实在在不认识他。大概你们诸位戚友也看见了，我刚说出不认识的话，他便照脸给我一个大嘴巴！"

语至此觉得嘴里咸津津的，料是被其打破，赶紧向地下一啐，果然是一口鲜血。旁边人道：

"那你就同他上区，反正你不认识他，他说认识你，你们两个人，在街上揪着扭着，也说不开呀！"

巡警在旁道："走，走，我送你们上区！"

于是一些便衣探兵，便簇拥着两个人往前行走。巡警道：

"你们都放手！"

那探兵道："不行，他要跑了，你担得起吗？"

巡警一听，没敢答言。此刻王文泰，忽然脑筋一动，暗想："不好！我身负刀杀二命之重案，焉能因为这点不要紧的事情，同此人上区！倘或勾问出那件案子来，岂不是自己把自己送入虎口吗！"想到这里，肚中忿火也没啦，赶紧止住脚步，向那人说道：

"你不是说我欠你烟土钱吗？也许我一时猛住，忘在脖子后头了。谅你不是讹人的主儿。咱们俩近日无冤，远日无仇，不过当时都有点急火，彼此言差语错，算不了什么大事，也值不的因为这事上区打官司。你说我欠你多少钱，我如数还你也就完啦！"

那人冷笑道："你这会想还钱啦，告诉你说晚啦，趁早跟我们走！"

语至此往前一扯，后边几个人，又向前一推，连架连搡，将王文泰扯过马路，一直向侦缉二队而去。

少顷来到，大家将其架至后面过厅以内，某队长等二十余人，全都落了坐，令伙计赶快倒上茶来，当下每人喝了一碗，假此略微喘一喘气。王文泰站在一旁，怔怔瞧着大家，见揪自己的那个人，也坐在里边，有人伺候他的茶水，看那神情，好像都认识，并且与倒茶人，毫不客气，仿佛应当责分一样，不由在肚里说道："怪呀怪呀，这是怎么回事呢？"正在暗暗寻思间，忽听坐上一人，向前说道：

"王文泰，你到了这儿，还不赶快供说你所犯的案子吗！"

王文泰听这一句，立刻头顶上如同打了一个霹雷，只觉由脑子内吱儿一响，立刻混身筋脉突突跳将起来。因为业经醒悟出，那人并非诚心讹诈要烟账，乃是侦缉队中一名办案的差官。无非借词把我逮捕至此，好追问那黎太监家中刀杀两命之弃凶重案也。明知身入罗网，万难逃脱，当下把心一横，自想目今别无他法，只有咬定牙关，至死不认的一个主意。盘算好了，便向那人装傻装呆答道：

"您叫我供说所犯的案子，我既到了这个地面，焉有不语之理。实不相瞒，我是因病抽上了大烟，一两二两断不了托人去买。"

某队长一听王文泰这几句话，气了个倒仰，没等他把话说完，就禁不住冷笑一声道：

"哈哈，你这个东西真真狡滑呀！我们倒是一番慈心，所以把案子都访查实了，才将你逮捕了来。按理你应该感激我们大家，把这杀人经过，痛痛快快一说，那才算得好汉子够朋友，怎么你反倒同我们装起傻来了？我可告诉你，要想买贵的容易的很！来，把刑具都拿了上来！"

一言发出，只听外面连连答应。少顷听得，唏呖哗啦，一阵铁链声响，只见好几个人，提着各种刑具，什么鞭子板子，铁锁铁镣，以及夹棍子等等，完全拿到，都往王文泰面前一扔。当时把王文泰吓得浑身打战，面色青白，准知道这通放拾轻不了。但是若不咬牙挺刑，必是个枪毙的死罪。想到此处，把心一横，朝着大家面前一跪，哭哭啼啼的央告道：

"诸位老爷们积德吧，我真真不知黎太监家弃凶的事。您诸位一定要用刑法追求我，我可又有什么法子，只有忍受的一个主意。若是叫我供认杀人，我没作这事，可叫我说什么呢？"

某探长等人一听王文泰这套供词，再一看他那宗骨酥肉麻怕受刑法的神情，又是可气，又是可恨，又是可笑。心说如此重大案件，你用那哭丧计，打算朦哄过去，如何能行！明知你是想要挺一挺刑，豁出皮肉受苦，打的没有口供，不能落案，日久也许遇见大赦，便可开门一放。那宗法子，乃前清时代，在刑部里熬刑挺刑，或可侥幸得免，现今是警厅直属之侦缉队，系早经侦查的确确实实。稍有一些不合，都在暗下跟随，且不能往下逮捕其人呢。既是逮捕下来，犯案的证据，满在手内。打算挺刑朦哄，简直叫作没用。正是：欲思挺刑逃国法，须知时代不相同。

后事如何，下回分解。

第八回　隐匿无从王文泰背述行凶事
　　　　虚实立见著书人完结惨案篇

某队长想到这里，便向王文泰冷笑一声道：

"你这套哀求的供词，好像你是被屈含冤。我们硬将你逮捕了来，用非刑敲打。所谓三木之下何供不得。不是你，也得把你屈打成招。你是这样一个寻思对不对呢？"

王文泰一听，仍是连连磕头，声声叫屈，苦苦求饶。某队长道：

"按你这宗狡猾的心理，实在可恨，应当叫你尝尝受刑的滋味。不过你白吃一阵苦，终久还得认供画押。如今我们仍然积一份德，不来打你，让你自己寻思寻思。"

语至此抹头向旁边说道："把他掳黎太监家中那些赃证，都拿来让他瞧瞧，看看他还有什么话说！"

两旁站的人一声答应，赶紧走出厅外。一会功夫，把由崔家水缸底下，起出之鼻烟壶、金银珠宝玉器等等贵重物品，满都放在王文泰的面前。复又说道：

"你再不承认，你那丈人崔老头也在下边呢，叫他上来同你对质。"

王文泰一看这些东西，又听说崔老头亦被拿到，可称是人证俱全。再要咬牙挺刑，实在是白受一番皮肉痛苦的罪孽了。想罢不禁长叹了一口气道：

"诸位老爷，的确是恩典我。我若再行狡赖，未免丧尽天良，对不起大家。但是我照实供说，只求诸位老爷开恩，不要再打我了。"

某队长道："你若据实供招，一点隐饰都没有，我们将你移送法院，何须用刑打你。倘你仍然胡拉胡扯，那就只好让你尝尝痛的滋味。俗语说：'人心似铁原非铁，官法如炉真是炉。'你要明白这两句话，自然就不想挺刑，希图无罪了。"

说得王文泰只是低头不语。某队长见他这样，便将手一拍桌子道：

"王文泰，怎么还不供招！"

王文泰登时吓了一个冷战，赶紧答道：

"我说我说。"

语至此，便将刀杀两命的前后情形，未敢隐瞒，一一诉说出来。

　　原是王文泰屡向黎太监摘借银钱，乃为黎妇所不齿，夫妇时常因为他吵嘴争执。此事王文泰亦知之，是以他衔恨黎妇不是一天半天了。黎太监因为太太不愿意借给王文泰钱财，故此对于他，不似往常那样慷慨，有时明是在家，也告诉他不在，只说上大内当差未归。王文泰知道其中原故，便到大内老宫榻榻里去找。黎太监亦对服侍他的小老宫留下话，如王文泰来找，就告诉他刚刚出去，多一半许回家了。这样一来，王文泰到大内也见不着老黎，是以他因穷生急，由急生恨，简直把黎太监家里这个小媳妇恨的咬牙切齿，实有用刀砍他的心肠。无识之妇女，只知啬吝，而不知结下穷人的深仇大恨了。

　　这天，王文泰又去大内榻榻里去寻黎太监，小老宫告诉他，实实在在回了家，其实黎太监因怕麻烦，躲到别处藏匿起来。那王文泰一腔气愤，暗想："我与黎太监，并非一天半天的交情。当初我们同手过事，不知川换过多少银钱。如今我蹩住了手，他们当太监的，虽说不及从前，究竟比我现时强的太多。况且他手里积蓄了不少银钱，房子地珠宝玉器，样样都有，若是同他借个三元两元，甘脆说很算不了一回事，而且也过的多。如今他对我面儿不照者，都因为他那小女人同其吵闹所致。看来这个娘们，是我前世前因的对头！"

　　愈想愈气，看看太阳已到平西，手里尚无一文钱，大烟由早半天就没抽了。无论如何，晚半晌总得掏几吊钱，买两烟泡过一过瘾，却是要紧，不然明天一拉稀，又不能作活了。嗐，真真要命！复又想道："黎太监既是回了家，我若找去，那女仆出来开门，必然告诉我不在，仍是白去一样。有啦，只要他开了门，我就怔往里走，好在我同老黎也有这宗交情。那时我一直闯入上房，黎太监自然无法躲避。人都有见面之情，我便向其诉苦告帮。不管他怎样不乐意，一块钱准可借到手里。"想罢提上买菜的柳筐，将所用之厨刀，及所剩之刀前刀后，零零碎碎东西，满都搁在筐内（读者要知，此系天天是这样，由大内出来，并不足异），急急走出大内，向北长街黎太监家中而来。

时已掌灯时分，王文泰走上台阶，用手一敲门环，里面问谁，果然是那小老妈的声音。少顷将街门哗啦一声开放，王文泰即大踏步照直走进院来，登了上房台阶。此刻小黎太太听见脚步，便在屋内问道：

"谁呀？"

王文泰答道："我。"

小黎太太一听，又是那穷小子王厨师，便赶紧说道：

"老爷没在家，请外屋坐。"

说着举着个煤油灯，掀帘走将出来。王文泰遂向上面下首一把椅子上落了坐，可是那个菜筐并未放下，仍然跨在胳膊肘中间。当下一抬头，看见小黎太太，心里的气，就不打一处来，沉着脸说道：

"怎么，老爷没在家？"

小黎太太道："吆，我还冤你，不信你到里屋来看！"

王文泰一听这话，虽未起身去瞧，可是两支眼睛却向里面望了一望，果系空屋没人。王文泰暗暗想道："一定是藏在外边茅屋，或者也许刚刚出去。"想至此处便说：

"我在大内榻榻里找他，小徒弟说他早就家来，莫非他又上别处去了？"

小黎太太一听，脸上带出很不高兴的样子，哼了一声道：

"今天是他在大内该班的日子，按说你不能不知道，怎么还说他是回家了呢？"

王文泰道："这真真是我倒霉。"

小黎太太道："你找他有什么事？"

王文泰正要开口，听这一问，便趁势答道：

"我同他通融几块钱，他应许今晚来家给我。"

黎小〔小黎〕太太淡淡哼了一声，往下便不言语了。王文泰道：

"没别的，只可弟妹先借给我两块用用。"

黎小〔小黎〕太太一听，立刻把脸一沉道："喝，我可没钱哪！"

王文泰道："你没有两块，借我一元也行。"

黎太太道："什么一元，我连一个铜蹦子都没有。"

王文泰一听这句，气不打一处来，由不得冷笑一声道：

"您真说得苦，凭您此时连一个铜蹦子都没有？"

黎小〔小黎〕太太道："你瞧，我们老爷向来不往家里搁钱，至多留下十个八个，打煤油合买炭用，难道给你，我们不点灯不烧火啦！"

王文泰一听死了情儿，只可说道："要按我们哥俩交情，敢说过的多，你是不知道。有知道的，在前个六七年随便通财，几十块几百块，他也从我手里借过，可是还了，并不欠少，然而总算有这交情。现在我是一时窄憋住了。好大嫂子的话，别说我还是张口同他借，就是彼此相形之下，也应该周济周济朋友。"

小黎太太道："那话我管不着，您方才说的话，在那会他还没娶我呢，我也不知道。现时我倒知道，近一年多，您同他借了多少回钱，那一回也没空过，交朋友怎么样，也得给人家想想。"

王文泰道："是，是，您说的有理，我这会是走背运，只求诸位老爷太太可怜可怜吧。"

小黎太太道："那话你更说不着了，就是求爷爷告奶奶，也得人家有才行，俗语说家有万贯，还有个一时不便呢。"

王文泰沉着脸道："您说的有理，钱既没有，您寻给我几个大烟泡，先把今天晚上搪过，明天好出门作事，不然一拉稀又动不了窝儿。"

小黎太太不等王文泰把话说完，便说："吆，近日烟禁甚严，谁还敢抽哇！我们老爷连烟具都送给朋友啦，那儿还有大烟泡儿！"

王文泰听小黎太太说到这句，登时忿火中烧，五内欲裂，暗咬牙关，冷笑说道：

"喝，你们胆子真小哇，连大烟都不敢抽了，那末大烟灰总可以给我找一点不？"

王文泰说这句话时，脸色气的已变了青白，说话的声音都发了颤。恰巧这时小宋妈从外拉门走入，看了个清清楚楚，又听太太说道，什么烟灰可不定。王文泰听了半句，陡然从椅子上站起，跨着那个菜筐，似乎要往外走的情形。小宋妈心中一动，暗想："今天这个碴儿，过于僵门了。王文泰他既然知道，我们上边，老爷太太都抽大烟，这会硬告诉他忌了，如何能信。倘他一恨，从这儿出去，报告本地面巡警，进来一搜，准得把烟土烟膏，一齐搜个罄净，岂不是因小而失大吗！况且他这会连瘾带穷快急疯了心，就许来这么一手。俗语说，'光脚不怕穿鞋的'，穷还不跟急斗呢。"于是急急向小太太丢了一个眼色道：

"您给他找找，或者许找得出来。"

黎小〔小黎〕太太一听小宋妈这句话，弄得不好再行驳回，当即抹身掀开软帘，走入里间而去。王文泰亦紧跟其身后，向前行来。但是挨到软帘，便立住脚步，屈身用眼向帘缝中偷瞧，心里想着黎太监，或许藏在屋中旮旯里闷着，不敢出声。不料他向内里一张望时，虽没看见黎太监，却正看见小黎太太面朝里，把靠墙之竖柜门开了一扇，见柜中金珠玉器鼻烟壶，以及若干贵重玩物，都在柜里堆集。又看见床铺上摆着大烟盘子，有两个洋玻璃缸子，内中满贮烟膏，晶盈透体，不禁馋涎欲滴。缸子底下压着红红绿绿一叠洋钱票。看到这里，登时气往上撞，心说："哈哈，好可恨的小娘们！银钱这样富足，珠宝这样之多，大烟膏又熬成了七八两，如今我同他借钱，他说连一个铜蹦子都没有，令他寻两个烟泡，他说全忌了，连烟具都送了朋友，找点烟灰都说不定有没有。这样看来，只知道有己，不知道另有旁人，别人饿死冻死，穷的上了吊，投了河，与他是丝毫都不关心。明明一穷一富，立于仇敌地位，惟有他死我才能活，否则有钱阔人，都是眼睁睁瞧着穷人去死，还讲什么恻隐之心呢！"（读者要知以上这些话，在王文泰脑筋中，无非一转瞬间，全都想到，决不能按我写时这大工夫。）由是顿起杀机。趁小黎太太面朝里用手向柜中瞎翻腾东西时，王文泰已然从菜筐内将那把菜刀拿在手里。

斯时之凶神，已附在王文泰的身上，胆力愈壮，愤气愈横。抢前哧的一声把软帘撩起，左腿向内一迈，右手所持之刀，早已举了起来，恶狠咬着牙，照定小黎太太后脑海，咯哧一声砍去。原是个十足劲，刀刃砍入头皮有一寸多深，骨肉皆裂，人便晕无所知，身子往后一仰，正正坐在炕沿上，由炕沿上又一侧，噗哧一声，翻倒烟盘上面，脑浆与鲜血，全都冒出。

这时小宋妈，因为看见王文泰掀开软帘，奔入里间，心中亦觉得，恐有与太太不利之举，然而还没料到他会举刀行凶。猛的瞧见这宗凶狠意外的惨事，吓得他嗳呀一声，抹身往外狂奔。王文泰一见，赶紧持刀追至外屋，照定小宋妈头上，又恶又狠哧哧几刀，小宋妈亦疼痛栽倒在地。王文泰恐其不死，复举刀连砍数下，登时毙命。再持刀进屋，看黎妇翻倒在炕上，尚有气息，又向其头上连砍几刀，亦复全魂气断。两条人命，同遭惨死。这时王文泰凶气尚未却除，举着刀朝炕上黎妇死尸，发出一宗狞笑声音说道：

"我叫你视钱如命！"

说着又在黎妇头上砍了一刀，鲜血溅在王文泰的脸颊之上，一股血腥气味，冲入他的鼻端，禁不住打了一个寒战。怔怔望了黎妇一望，又掀帘向外屋小宋妈身上一瞧，见他歪脸爬伏桌腿旁边，一动不动。忽的从风门外刮进一阵冷风，吹起小宋妈头上的一缕漆黑青丝，飘扬而颤，屋内院外，鸦雀无闻，顿呈一种惨淡凄凉的景况。

王文泰因景生怕，暗暗想道："我这时负有刀伤二命的大凶案在身上，如果此刻有人进来瞧见，报与地面官差，立刻将我逮捕到区，将来难免吃那一枪之苦！"想到此处，脑筋中把前门外天坛枪毙人的一幕情景映在眼前，好不可怕，立刻又打了一个冷嗦，遂在肚中，自言自语道："我目今不走等待何时！"继而又一看柜内的金珠及宝贵的鼻烟壶，以及炕上烟盘子的两缸子大烟，和花红柳绿的洋钱票，又起了贪取之心。忙往外看了一眼，赶紧抹头抽步就走回，将柜内所有的东西满都抓在菜筐以内，用一个大蓝布包袱蒙盖在上，复将两缸子大烟和钞票，抓起往身上衣兜中一塞，匆匆忙忙，走出上屋。到了过道，轻轻将门开放，探身走出。向左右一望无人，遂用手将两扇街门轻轻带上，贼眉鼠眼，向自己家门的路径去走。行经一土坡，便将凶刀向土坡坑内一抛。忽又想起，恐其明天，被人看见带血厨刀，疑到自己身上，赶忙走下土坡，蹲在土坑里，用脚驱着里边浮土，将刀掩埋在内，这才开腿顺路归家，把所作之事，向媳妇崔氏面前，一字不瞒，说个仔细。当晚便将财物携至老丈人崔老头子家中，亲手将许多物品埋于屋内后墙犄角，用水缸压在上面，借秘其私。

王文泰叙供至此，复自叹自怨道：

"悔不听吾妻之言，否则决不至遭官家逮捕。"

某队长道："你媳妇同你说甚么？"

王文泰道："他劝我速速远走高飞。我说突然间搬家远去，必启人疑。由是至今，看来，彼劝我速走一语，诚金石良言，惜我不听奈何！"说罢叹息不止。

某队长等人，听王文泰赞扬他媳妇崔氏，却在心里暗暗发笑。盖因王文泰此刻尚不知崔氏挨有情人。犯案被捕，原是由崔氏口中述出者也。好在队中大家，都极有道德思想，虽然听王文泰所说的话，愚的可笑，亦不便为之说破内中情形。当下取了口供，令其画押，按了斗箕，押入监内，派人上紧看守。

第二天办好文卷，移送警察总厅，又在执法科过了一堂。王文泰不惹老爷生气，照在侦缉队所供的言词，重复诉了一遍。案无遮饰，遂连夜修成文卷。隔了一日，由警察总厅备文派差，将王文泰全案人证解往京师地方法院。复经法官详细审讯了几次，王文泰仍照原供实话实说，遂按照谋杀二命条例，判为死刑。到时送往第一监狱中，用杀人新机将王文泰活活绞死。

一桩刀伤二命之弃凶重案，至此作一结束。正是：

　　妇女无知只惜财，那晓结仇酿祸灾。

　　凶顽毒狠王文泰，刀伤两命丧泉台。

　　囊括银钱希逃脱，逍遥法外费疑猜。

　　幸有侦缉如福尔，恢恢天网去复来。

著者按：此事发因极为微细。原系穷司务王文泰时常与旧主人黎太监摘借银钱，三元两元，以至一元不等，皆可搪塞过去。况黎太监积有房产地亩、金银财宝，极为王所素知。并且二人有相当之感情，无论如何不遂其心，决不致发生杀人流血的惨事。然而竟自酿出刀伤两命，掳去多数财宝，弃凶潜逃，如斯骇人的重大案件，岂非天意该当，抑前世中之冤孽耶？但揆其凶事未发之前，无非黎妇啬吝性成，视财如命。当晚王文泰来家借钱，不但一文不与，及寻少许之鸦片烟灰，亦靳不之给。言语形容，处处令人难堪。一时触起王文泰无名业火，乃抽刀杀之，席卷所有而逃。惟吾人平心论事，是日王文泰虽然于菜筐中放有厨刀，决非蓄意前往杀人所用者。只当时穷急，兼烟瘾未过，燥火上腾，愤火中烧。而黎妇无丝毫恻隐之心，王复思及往日仇恨，由是黎妇乃兆杀身。至女仆宋氏之死，系王畏其喊叫，不得已而杀之也。总之皆由小家妇女，不读书字，一味啬吝银钱而起。望读是段小说者，能警惕自身，以此事作一前车之鉴。对于穷苦亲邻，往时故旧，量自身之财力，而资助之，非但免去若干懊恼，默默中能消除无边灾难。朱柏庐先生治家格言内云"见贫〔穷〕苦亲邻，须多〔加〕温恤"句，正是免灾积福之要着。可惜世人，不去详查，皆当作老生常谈观看，真真辜负了古圣先贤一片积德救世之苦心矣！

此案，共编小说三次。第一次《厨中刀》，是当年破案之时，徐剑胆先生所著，在某小报上登载；第二次是《北平侦探案》，

杨兰坡先生著。文话小说《厨中刀》《北平侦探案》二种，与此
《阔太监》比较，属此最佳。

（《实报丛书》之十七"侦探小说"）

清末民初旗人京話小說集萃

第三册

◎ 張菊玲 李紅雨 編

◎ 作家出版社

上图: 穆儒丐《秋兴图》扇面，1926 年作。

下图: 穆儒丐照片。

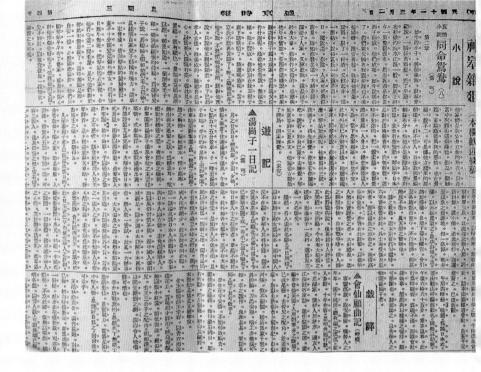

1922年1月至4月《盛京时报》艺文栏目《神皋杂俎》连载穆儒丐小说《同命鸳鸯》影印。

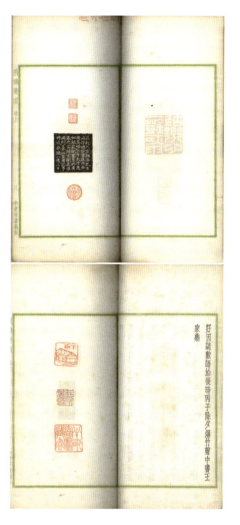

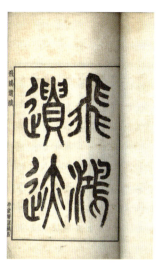

左图: 穆儒丐藏书印。

右图: 穆儒丐藏书。

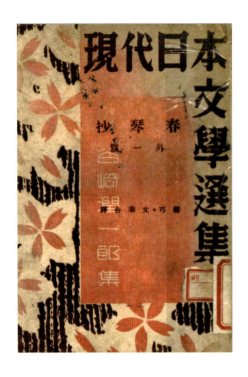

上图： 穆儒丐译作《春琴抄》。

左下图：穆儒丐小说《福昭创业记》扉页影印，1939年版。

右下图：穆儒丐小说《福昭创业记》插图影印，1939年版。

目 录

穆儒丐简介

穆儒丐（1884—1961），出生于北京西郊香山健锐营的满洲正蓝旗家庭。原名穆都哩，后更名穆笃哩。都哩在满语中的意思是"辰""龙"，因而也称为穆辰公，号六田，又号六一，亦号半亩寄庐、半亩老人，1945 年后改汉名宁裕之。

穆儒丐少年时期曾在虎神学堂接受教育，1903 年就学北京城里的新式学堂——宗室觉罗八旗高等学堂。1905 年从学堂毕业后，即被派往日本东京早稻田大学学习。1911 年，学成归国，正值辛亥革命，其仕途被封死，短期内从事过军官的秘书、教师等工作，继而在由旗籍人士、早稻田大学校友乌泽声所办的《国华报》和最初由满洲宗室恒钧（恒诗峰）创办的《大同白话报》当编辑。

在这期间，穆儒丐充分发展了对于京戏的爱好，撰写了《伶史》（1917 年出版），堪称创述。1915 年，其长篇小说《梅兰芳》

在京师《国华报》上连载，报纸因此被停刊，只得离开北京，
另找出路。1916年春，穆儒丐来到沈阳，在日系报纸《盛京时报》
任编辑，"卖文于盛京时报"，署名改为"儒丐""丐"，或以表
明求生的酸楚。

1918年1月《盛京时报》设立文艺版《神皋杂俎》，穆儒
丐任该版主编，执笔于此长达二十多年，广为发表小说、书评、
戏评、散文、翻译作品以及时事评论等，至伪满洲国成立后仍
未中断。《神皋杂俎》为日刊，颇受大众欢迎，读者几乎每天在
专栏上都能见到穆儒丐的名字，其遂成为知名的作家。

《盛京时报》为日本人中岛真雄创办，是一份大型的华文报
纸，为日俄战争之后日本在我国东北扩张势力，"经营满洲"过
程中的舆论工具。而《神皋杂俎》则是没有明显时代之分、政
治倾向的通俗性、娱乐性专版，20世纪20年代初期的东北文化
界并不活跃，《盛京时报》文艺版《神皋杂俎》的出现，极为引
人注目。穆儒丐在其中的笔墨生涯，也基本挥洒在文艺领域。

穆儒丐在北京时，即享有剧评家之名，到了沈阳后名声更
盛，除不断发表剧评外，还发表许多对于戏剧的独到见解，以
及有关京戏掌故、普及戏剧知识等文章。

穆儒丐以对老北京的熟悉，1934年连载《北京梦华录》于《神
皋杂俎》之上，在一篇篇如风情画般的短文中回忆了老北京的
生活，读来历历如见，是关于北京往昔风俗的珍贵记述。

主持《神皋杂俎》后，穆儒丐便致力于对包括日本的外国
文学的译介，翻译了不少作品，一时在东北文学界别开生面。

1919 年 11 月 18 日穆儒丐开始发表长篇小说《香粉夜叉》，
直至 1920 年 4 月 21 日才连载完，全书二十二章。对于穆儒丐
此部小说在现代文学史的地位，现代研究者极为重视，因为白
话文体《香粉夜叉》的问世，比新文学史通认的标志中国现代
长篇小说开端的张资平的《冲积期化石》和王统照的《一叶》
的问世，提早了大约两年。时人称："在满洲的各种报纸杂志上，
少见有人创作过小说，尤其是少见有人翻译过外国名著，只有
穆先生能创作，能翻译，更能在彼时纯文言势力之下，率直的
以白话文来写作，而开语体文的风气之先。"（翠羽：《穆儒丐先
生》，《艺文志》1944 年 4 月 1 日第一卷六号）

穆儒丐于 1922 年、1923 年连续发表了《同命鸳鸯》《徐生
自传》《北京》三部以北京为背景的小说。《同命鸳鸯》共十章，
名为哀情小说。故事就发生在穆儒丐家乡——香山健锐营，通
过写琴姑娘和景福这对青年男女的爱情、婚姻的悲剧，表现出
清王朝被推翻后，无数旗人家庭均遭遇到的民族悲剧。《徐生自
传》和《北京》，其实是作者的自传体小说，其中满怀了对民国
之后京城广大旗人生活无着的惨痛遭遇的无限同情。同时，这
两部小说也打上了穆儒丐对先朝的幻想、主张改良、反对革命
的种种思想烙印。

穆儒丐于 1941 年 7 月至翌年初，连载社会小说《如梦令》。
这是穆儒丐描写满族同胞生活的最后一部小说，从清末写到民
初，步步如实地写出了本民族落入衰落的窘境。1937 年 7 月至
1938 年 8 月，穆儒丐在《神皋杂俎》连载历史小说《福昭创业

记》。这是其文字最长的一部小说，长达四十余万字，以半文半白的旧式章回体的形式，对他心中崇拜的民族英雄清太祖、清太宗予以歌颂。从满族人自己写自己的历史来看，小说避免了过去一些汉族学者曾经出现过的民族偏见，反映出一定的历史真实，但同时这部作品也难免带上了过于偏颇的民族主义情绪。

穆儒丐从 1918 年 1 月在《神皋杂俎》连续刊登社会小说《女优》开始，一直到 1944 年 8 月刊毕《玄奘法师》为止，发表短篇、中篇、长篇小说四十余部，对中国现代小说史的贡献匪浅。

穆儒丐于 1945 年回到北京，由于难言之隐，更名为宁裕之。作为资深人士，与北京曲艺界关系密切。当时赵俊亭与好友桂润斋创办了近代著名的"朝阳庵"子弟八角鼓票房，常邀北京五城（东城、西城、南城、北城、皇城）八角鼓子弟票友参加排演活动和走局演出，应邀者大都是曲艺名家、社会名流、著名学者，宁裕之即为受邀者之一。他还创作过单弦牌子曲《荆轲刺秦王》等作品，并成为曲艺家荣培演唱曲目的代表作，可见出其当年的影响。

宁裕之晚年写作有《半亩寄庐子弟书》手稿本一册，"题签为'子弟书'，内容却是八角鼓（即岔曲和单弦牌子曲）"（伊增埙：《宁裕之其人其事》，《北京文史》2005 年第 1 期），他于新中国建立之初，还写过岔曲《敬爱的毛主席》。

宁裕之 1953 年在张伯驹先生的介绍下，被聘为北京文史研究馆馆员。1961 年 2 月 15 日在北京逝世。其生前住在北京新街口大四条 34 号，因胡同拆迁，原址已荡然无存。

据现有的资料整理，穆儒丐有关著述如下：

长篇小说

《梅兰芳》(1915 年报载，未几中断，1919 年载毕)、《女优》(1918)、《香粉夜叉》(1919)、《徐生自传》(1922)、《北京》(1923)、《财色婚姻》(1934)、《栗子》(1936)、《福昭创业记》(1937)、《琵琶记》(1940)、《如梦令》(1941)、《新婚别》(1942)、《玄奘法师》(1944)。

译著

《情魔地狱》(1919，德国，作者未详)、《俪西亚公主传》(1921，波兰，显克微支著，原名《你往何处去》)、《麒麟》(1924，日本，谷崎润一郎著)、《艺妒》(1924，日本，谷崎润一郎著，原名《金与银》)、《品性论》(1925，米歇尔·斯麦鲁)、《克罗得》(1925，法国，雨果著)、《哀史》(1927，法国，雨果著，原名《悲惨世界》)、《严窟岛伯爵》(1929，法国，大仲马著，原名《基督山伯爵》)、《古城情魔记》(1938，一名《父子逗智》，法国，作者未详)、《春情钞》(1939，日本，谷崎润一郎著)、《瘾君子自传》(1941，英国，作者未详)。

中短篇小说

《毒蛇樽》(1919)、《咬舌》(1919)、《海外掘金记》(1920)、《落溷记》(1920)、《五色旗下的死人》(1920)、《电灯》(1920)、《难女的经历》(1920)、《市政》(1920)、《奇案》(1920)、《笑里啼痕录》(1921)、《道路与人生》(1921)、《宜春里》(1922)、

《同命鸳鸯》(1922)、《战争之背景》(1922)、《锄与枪》(1922)、《猪八戒上任》(1923)、《他是个文学家》(1924)、《遗嘱》(1924)、《悲剧的开幕》(1924)、《四皓》(1924)、《一个绅士》(1924)、《财政次长的兄弟》(1925)、《春节的报告》(1926)、《牛与虎》(1926)、《建设》(1930)、《山药》(1931)、《新年五日记》(1934)、《离婚》(1935)、《一个生了子的妾》(1936)、《戏迷传》(1937)、《情狂记》(1939)、《冰房杂记》(1939)、《真的琵琶记》(1940)、《捕鹰》(1942)、《淘气歪毛识字记》(1943,未完)等。

戏曲著述、戏评

《伶史》(1917,仿照《史记》体例撰写)、《绮梦轩剧话》(1918)、《梨园小言》(1919)、《儒丐戏话》(1919)、《小舞台戏评》(1919)、《戏场闲话》(1920)、《第一楼观剧记》(1920)、《戏评小言》(1921)、《新戏与本戏》(1921)、《娱乐与人格》(1921)、《二柳庵论剧》(1921)、《旧剧新解》(1921)、《戏剧杂谈》(1922)、《说新剧》(1923)、《戏场小言》(1923)、《戏剧之教训》(1923)、《剧评家的品流》(1923)、《中国的社会剧》(1924)、《如何图戏剧的进步》(1924)、《梨园之趋势》(1925)、《戏剧之进化与退化》(1928)、《戏剧戏文必须经文人润色》(1928)、《新剧与旧剧》(1929)、《戏剧之概念》(1934)、《戏剧杂谈》(1936)、《戏剧杂谈》(1938)、《演剧杂谈》(1939)、《新春谈戏》(1940)等。

京剧掌故

《五种角色概说》(1923)、《我所选的皮黄戏》(1923)、《奉省梨园人才小志》(1924)、《戏园之变迁》(1924)、《中国的旧戏》

(1924)、《中国的社会剧》(1924)、《梨园回顾录》(1924)、《战后之戏团》(1924)、《中国与梅兰芳》、《捧角家小传》(1929) 等。

戏剧常识

《评汪笑侬》(1918)、《说禁戏》(1921)、《菊部闲话》(1921)、《戏词小言》(1921)、《扮戏的规矩》(1922)、《角色之变例》(1923)、《说新剧》(1923)、《提高顾曲程度》(1923)、《说本戏》(1924)、《说彩切》(1924)、《戏与背景》(1924)、《说转台》(1924)、《说卖力气》(1924)、《演戏不可予存成见》(1924)、《本戏的编制》(1924)、《说戏装》(1924)、《说新行头》(1924)、《应节戏》(1924)、《说闺情戏》(1924)、《说义务戏》(1924)、《说唱》(1924)、《说票房》(1926)、《说诨》(1926)、《说词》(1926)、《说装》(1926)、《说打》(1926)、《论音色》(1926)、《说戏评》(1926)、《再说戏评》(1926)、《戏式》(1926)、《自毛世来谈到听戏》(1941) 等。

短剧

《公理之失败》《悲剧的开幕》《马保罗将军》等。

文化艺术考述（1918—1931）

《文学之我见》《旧小说闲话》《美学史纲要》《南宗画史》《克罗得解说》《唐李北海真迹》《文化与国际》《新旧旗人》《汉石经考》《左传与经不可分说》《中国最近二十年概述》等。

杂言与随笔

《谨告辰生先生》《和辰生说话》《译妒译言》《春琴抄·译余赘语》《书场闲话》《儒丐宣言》《学书随笔》《逆耳之言》《天道与人事》《学书管见》《我近来疑惑和牢骚》。

《剧界偶感》(1920)、《乌呼背景》(1921)、《艺术之批评》
(1922)、《戏园与市民》(1922)、《北市场一夕游》(1922)、
《汤岗子一日记》(1922)、《新闻纸学浅说》(1923)、《〈一个老
学究的功德〉评略》(1924)、《水浒》(1924)、《介绍胭脂虎》
(1924)、《半亩寄庐说绘》(1924)、《得画记》(1926)、《学绘
一得》(1926)、《滴涎录》(1926)、《傻子传》(1926)、《古缘记》
(1926)、《二碑记》(1927)、《古印记》(1927)、《肩书》(1928)、
《犬与家庭》(1928)、《余之富》(1928)、《妻》(1928)、《儒丐
自课录》(1928)、《石花》(1928)、《反切浅说》(1928)、《病中
七日记》(1928)、《月饼》(1928)、《说龙》(1928)、《戏剧与民
众》(1929)、《知足之言》(1929)、《三省杂谈》(1929)、《说娱
乐场》(1929)、《介绍花火》(1929)、《颜书夫子庙堂记》(1929)、
《为治庸言》(1929)、《病后感言》(1929)、《古物去国之原因》
(1929)、《学书须见真迹》(1929)、《书法妄言》(1929)、《说
影》(1930)、《本末》(1931)、《犬记》(1933)、《读了赚蒯通杂
剧之后》(1933)、《同德坤社概观》(1935)、《盖草轩与同德社》
(1935)、《大捕鼠》(1936)、《过年杂记》(1936)、《侗将军》
(1936)、《章草一得》(1936)、《捻珠随笔》(1936)、《独立色
彩》(1937)、《汉学梗概》(1937)、《橄榄谭》(1937)、《新京七
日记》(1937)、《戏迷传》(1937)、《关于飞鸿遗迹》(1938)、《用
元曲来消夏》(1938)、《随感录》(1939)、《不信义》(1939)、《印
书难》(1939)、《非常时局下丧礼检讨》(1940)、《说八角鼓与
单弦》(1940)、《湖的怀想》(1941)等。

时事评论（1918—1931）

《论国家改组》《记者与新闻眼》《改良思想》《中国报纸观》《中山果死乎》《势利眼》《创造力》《维持金融》《言论可以随便么》《生活反樸说》（1943）等。

北京忆旧（1934）

《北京梦华录》（《北京之粥类》《北京之点心》《北京之饮食店》《大戏和杂耍》《奇巧手工》《骑射游猎》《风俗礼节》）。

曲艺（1945年以后）

《半亩寄庐子弟书》（包括单弦牌子曲：《屈原》《荆轲刺秦王》《汉文帝夜梦黄头郎》《雪艳娘》《三笑》；岔曲：《酒》《色》《财》《气》，《鲁智深赞》《李逵赞》《武松赞》等，《讽世》《自况》《自嘲》，《八怕》《八恨》《八乐》；七律：《自遣》）。

岔曲

《敬爱的毛主席》。

穆儒丐作品

同命鸳鸯

目录

穆儒丐作品

同命鸳鸯

正文

第一章

凡曾至北京者，莫不欲一观西山之风景，自颐和园经玉泉山，一直往西，真是四围山色，一派湖光，便是移在江南，也无逊色。可是自道咸以来，国家多故，三山园囿，多被洋人毁坏，风景减了许多。虽然这样说，西山名刹，依然完好的也不在少处，如同狮子窝、八大处、檀柘戒台，以至俗所谓碧云寺、卧佛寺等处，都是士林修禊之地。也有富商大贾，世家大族，在那里争置田园，广建别业，每到春夏令节，游人络绎不绝，都往西山一带去避暑，便是当初皇帝老官，每年也要到那个地方住上一半个月的。民国以后，时势变了，"旧时王谢堂前燕，飞入寻常百姓家"，经了这次变乱，当然免不了一大变迁，所谓"王侯宅第皆新主，文武衣冠异昔时"，真是一点不错的了。我见好些大坟地，都作了人家的别庄；有好些败井颓垣，也都建起华屋广厦。就拿西山静宜园说，"洪杨"乱后，本是清室一个废弃的园囿，庚子以后，简直成了一片瓦砾了，谁知民国以来，竟有人把他整理起来，里面也有学堂，也有慈幼院，也有电灯水道，至于新式的建筑物，更不必说了。每天游人来去不用提，只那电车马车，也不知有多少，真是西山一大名胜。但是凡往西山去逛的，眼睛里或者看见在静宜园左右，沿着山麓，仿佛有几处大村落，都很残破的，要拿西山一比较他，似乎静宜园是个貂冠狐裘的银行老板，这几处村落，却像悬鹑百结的乞丐，拱向静宜园哀哀的乞食。可是游静宜园的，电车如飞，他们脑子里，只有个静宜园，谁能特别垂青到这残破不完荒村里呢。

这几处荒村，那里是什么村落，正是八座营坊。看官没看过《圣武记》么，乾隆年间，绥服金川一大武功，就是这营子里人民的祖先拿血换来的。乾隆十二年，诏建这个兵营，练习云梯火器，赐名"健锐"，成功以后，这营子里的人，便世世当兵，习尚武事，至于农商等事，却不屑去为，国家也不许他们别就，直至如今弄得这样零落，他们也不明白是辈辈当兵的结果。

我开书以先，何必要提这些陈谷子烂芝麻呢，皆因我这篇小说的主人翁，都是营子里的人，自然得略加叙述，以后便没功夫叙一营的历史了。

景福是健锐营镶蓝旗的一个养育兵，自幼把父母没了。他的祖父是随着僧王爷出兵阵亡的，他的父亲，也是在庚子那年，守卫北京城阵殁的，那时景福不过两三岁。他的母亲死后，只凭伯父伯母把他抚养成人，他自有点知识，便没享过幸福。他知道他祖父和他父亲，都是阵亡的，他如今跟着伯父伯母，度这贫寒岁月，反倒很知足的，便是他伯父伯母，也很疼爱他，凡事老公母俩受屈，也要教这个侄儿丰衣足食。赶到景福十二岁上，他伯父便把他送入小学堂里读书，景福虽然念书晚一点，资质是极好的，所有的教习，没有不夸奖他的。一年半载的，自然也交了几个小朋友，内中有个叫荫德的，比景福大三岁，也是很聪明的，与景福感情最好，差不多拿景福当亲兄弟，有欺负景福的，他必然出来报复，每天必到景福家里去，邀他一同上学。景福的伯父母知道这个孩子与自家侄儿感情好，老公母俩时常嘱他们说，你二人便如亲兄弟一般，务要相亲相爱，将来大了，也好彼此扶持，当初咱们营子里老辈，都是这样，所以出兵打仗，彼此都有照应。你们便是将来不当兵，在这营子里当差，也须作个有始有终的朋友，不要把那些好说好听的事迹，都被老辈占了去。荫德见说，便道："大爷大大，不用嘱咐，我二人万不会犯心的，你们二位老人家自管把我兄弟交给我，决不能教他受一点委屈。"从此二人照旧去上学。

　　光阴很速，转眼景福十五岁，荫德十八岁了，二人都长成了人。景福眉目英秀，颊辅匀停，而眉梢眼角，似于先天已种爱恨，假使女子一见，芳心无不默动。荫德状貌魁梧，有英雄之慨，惜隆准而目少陷，似于英挺之中，而寓以惨厉之气，一望知为有为之青年。

　　饮食男女，人之至性，恁是如何腼腆的少年，在长上跟前，虽然很驯顺的，不敢说一句错话，若是小朋友到了一块儿，对于所知道的女子，没有不加以置论的，自然把自己希望的意中人，也要摆弄出来。景福、荫德二人，已然老大不小，各言尔志的事，自然免不了的，对于女子的评论，比别的学生，或者还加细腻，何况他二人自幼都有孩童斯守的女孩儿，如今也都不小了，那有个不注意的呢。一日二人散学回家，行在路上，荫德便问景福说：

　　"兄弟，听说大爷大大，要给你定婚了，你究竟有意中人没有呢？若凭你这仪表，粥粥群雌，当然有在你身上留心的，只是我今日要领教领教，你有无意中人，看看你的眼力如何。"

　　景福见说，早把小脸儿红了，却不作声。荫德见了，说：

　　"你这害什么臊，只管对我说，咱们营子里的姑娘你究竟喜欢谁？"

　　景福仍是不言语，一边走着，一边看西山的落照，松林的翠叶，受了太阳的余辉，染作绛红之色。这时，荫德又问他道：

　　"你绛的不言语，只顾往山上看，难道你的意中人，在山上么！"

　　景福被问不过，只得说道："我也没大什么特别的意中人，不过咱们小时候一块玩耍的琴姑娘，我以为很好，性质很贤淑的，我若娶她作妇，便为终身之大愿。"

　　景福一边说，一边望着西山暮霭，脚底下仍是向前走，乃至把话说完，却不见荫德答话，忙回头一看，只见荫德已然蹲在路旁，不知在那里作什么。景福忙追过来问说：

"你怎样了？"

荫德说："没怎样，适才只顾听你说话，不抵防被石头拌了一下，把脚尖戳的生疼。"

说着站起来，向景福说："你的话我听见了，佩服你，真有眼力，我一算计，知道你必在琴子身上注了意，只是你真有意娶她吗？"

景福说："我不过瞎望便了，再说婚姻大事，自有我伯母作主，那能便由着我的性儿。还有一节，此刻不过十五六岁，一点能耐没有，也不能这老早就提亲事，往后有了地位，自要她不嫁，或者我真能娶她。"

荫德说："你这话说得也不错，你看，日已落了，咱们赶紧家去吧。"

当下二人说说笑笑，各自家去了。

荫德虽然比景福大三岁，究竟还是个童子，虽然不解真正的爱情，但是爱少女的心，早已十分浓厚了。当他问景福有无意中人时，他早已有了意中人，所以故意去试探景福，假如景福所提出的，不是他心目中所念的人，他便安了心。谁知景福所希望的，正是他梦魂所系的琴姑娘，他听了这话，不亚如当头一棒，将他打倒，当时眼前一黑，便蹲身下去，及至景福问他怎样了，诡云为石伤足，遮饰过去，可是他心里难受极了。回到家中，胡乱吃了饭，点灯以后，也无心温习功课，独自一个，倒在炕上，捣起鬼来。他也不想景福说的话，是真是假，能否办得到，一心只想琴姑娘再不能归他，"怨不得有他二人近来益发亲了密，时常到景福家里去串门，却好久不到我家里来，我又没把她待错，怎的见了我，也不理我一声，难道我有什么不是，被她看不起了？"当下他越想越难受，自己却又没个措置，只没口子把景福暗恨，于是这两个青年，竟隐然成了情敌。

第二章

琴姑娘者，一可怜之女孩儿也，自幼把父母没了，本家的叔伯，都是自顾不暇的日子，只得归外祖家，却好和荫德、景福二人，同住一巷，小时候没一天不在一处玩。若论琴姑娘于荫德、景福二人的感情，却无厚薄轻重，差不多都跟亲兄弟一样。可是男女的防线，在中国是万不能免的，别看他们小时候那样一处玩耍，一点分别没有，一过十四五岁，便是大人不说，琴姑自己也要有点规避的。处他本心，实在没什么，生怕别人无是生非，妄加议论，说这么大姑娘，还跟那样半大小子一块儿玩。琴姑皆因欲免去大家口舌，只得渐渐与荫德、景福二人疏远，只是自小一同长起来的人，若说一天不见一面，未免有些不快。再说琴姑不是没有心的人，看一看自己，已然大了，不同跟着父母过日子，诸事反正有父母代为留心，如今在亲戚家里，那能有父母那样体会得到，只这终身归宿，便是一个极大问题。自己心里的事，舅舅家未必知道，自己又不好明言，只得中心藏之，从此益以荫德、景福二人为可亲，但是心中虽是十分亲密，形迹却益发隔阂，还有一件难解决的事，将来究竟嫁他们那一个对呢。若论二人，谁都可夫，天下的事，□没有以一女而嫁二夫者。若说于二人中，择事一人，则一人圆满，一人必至向隅，又为自己所不忍。踌躇良久，绝无良法，惟有委之天命，谁先见约者，吾即为谁妇矣。

老屋三楹，踞于高埠，前有高台，围以枣树，枣树丛中，有古槐一株，荫蔽半亩。此屋前门，正对巷口，每至夕阳西下，有一女子，立槐树下，不住往巷中观看，仿佛有所盼望，这便是琴姑娘于枣树丛中，半隐半现，以待荫德、景福二人之下学。他们三人近日碍于礼防，不能日日相见，但能遥遥相望，似乎彼此都慰。琴姑每于饭后，必至高台眺望，其实冀见二人。苟见彼二人相携而归，则琴姑一日大事似已完全办过。至于荫德、景福，也是这样，各人都有存心。他们下学归来，一入巷口，不看别处，先看高台。苟见绿树丛中，有粉红衫子，随风而荡，知道必是琴姑在槐下乘凉，二人虽彼此不说，心中各自大慰。若一旦不见树叶扶疏处，有粉红衫子的影儿，便是这日晚饭，也吃不香。假如有人知其底细，每日把琴姑的粉红衫子，挂于树荫，则大足以使此二青年，增其食量，益其体魄。即琴姑小有不适之时，不能御此高台，亦须将衫子虚悬树枝，则彼二青年者，必无忧愁之一日。惜乎琴姑贤女子，不忍以此戏之耳。

一日晚饭以后，琴姑娘看看日影，渐为西山所隔，斜光反射，加倍鲜丽，在此晚晴之中，山村景物，好看煞人，再有一女子，着粉红衫，徘徊于万绿丛中，便是西洋油画，无此好景。此时琴姑娘知道荫德、景福要下学了，便仍到那株大槐树下，隔着枣树林子，往巷里看个不止。看了半天，却不见他二人回来，正在狐疑，不抵防台下有人向上仰呼道：

"琴姑你在此作什么！"

琴姑往下一看，倒吓了一跳，只见荫德红头涨脸，二目灼灼有光，正自向上仰视。荫德之来，实在没怀好气，正打算要和琴姑分辩分辩，为什么和景福那样好，疏远了自己，来时坚握双拳，势甚不善。谁知一见琴姑，一肚子勇气，不知那里去了，可是眼睛里犹含怒色。琴姑见他一问，不好实说，便道：

"我饭后无事，在此乘凉，想着摘几个枣子吃，可惜没有熟的，只有一枝有几个熟的，我又够不着，正自为难，谁知你来了。你们今日下学怎这样早，想是与谁呕气，为何这等颜色不正？"

荫德说："今天功课早完一点钟，并没与谁呕气，吃饭时，我偷了我爸爸一钟酒喝，所以把脸弄红了。你不是要摘枣？我替你摘！"

说着也不许［须］寻台级，便攀藤附葛的，上了高台，问琴姑说："你要摘那几个枣？"

琴姑目顾手指着说："你没见那株较大的树第三枝上，有几个枣，都红了，我要摘他，可惜离着远一点，摘不着！"

荫德一看，说："这个容易！"

当下看了看那树枝，却横出台外，他便往上一蹿，两手已把住树枝，仿佛学堂练杠子一班〔般〕，往上一卷，身子已到树枝上了。底下琴姑连说慢慢的，不要摔下来。枝柔人重，颤魏了半天，方稳定住。然后荫德猛进，才那几个枣子摘下来，放在衣袋内，向琴姑说："你且闪一闪，我要下去了。"

说着，纵身一跃，跳在当地。琴姑见了笑道：

"真难为你，已然吓得我出了一身汗！"

荫德说："这算什么！"说着把枣子递与琴姑。琴姑分他一半说："这个与你酬酬劳吧！"

当下二人坐在槐荫下吃枣子，此时荫德得意非常，以为即获见役于美人，又颁厚觊，人生幸福，无过此矣。不一时二人把枣食完，荫德因问琴姑说：

"你舅舅舅母没在家么？"

琴姑说："舅母到街坊家斗牌去了，舅舅到庙里说闲话，只我一人看家。"

荫德说："只你一人，不害怕么？"

琴姑说："害什么怕？我自十一二岁上，便这样，有月亮时，我便望月，无月亮时，我便数星斗，心里觉得很静，早已不知什么叫害怕，倒是方才你一来，反把我吓了一跳！"

荫德说："我来得未免有些鲁莽，但是不能不来见你一面！"

琴姑听了，未免有些疑惑，当时心里一动，忙问荫德说：

"你有什么事么？"

荫德说："我倒没什么事，特来与你道个喜！"

琴姑听了，更加猜疑，须知一个女孩子，最怕人向她道喜，当下脸儿早已绯红了，若不是由小在一块儿玩的同伴，早是掉头去了，如今幸喜说话的是荫德，而且他心里有事，也要听个究竟。当下故作憨状，问荫德说：

"我有什么喜事，劳你来报告？"

荫德见问，望了望琴姑说："你还故作不知么？刻下你的舅母，已然把你许配景福了，岂不是一喜！"

琴姑一听，不觉得打了一个寒战，半天说不出话，移时才庄色问荫德说：

"这话你听谁说的？咱们一年大，二年小，虽然无话不说，至于这些话，须不是你小子家对我们女孩儿家胡乱说的。再说，这些事，我怎一点风声没听见，无论怎样严密，我也该知道，如今连我都不知道，你却听谁说的，你这不是瞎造谣言，拿我取笑，我劝你以后再不要这样胡说了！"

说着把小腮榔一鼓，樱吻也撅起来了。

荫德见琴姑生了气，自知孟浪，所可幸者，提起景福，琴姑却不见半点喜色，或者他们真没有成约，自己尚有几分希望，当下连连谢罪说：

"我说话太不检点了，但是我要不听景福亲自说仰慕你，我也不敢造次，妄加揣度。"

荫德说到这里，肺叶大张，几乎气喘如牛，连连向琴姑说：

"琴妹琴妹，今后求你爱我，不要去爱景福了！"

琴姑此时又气又恼，说："你疯了，你说得这都是什么话！"

说着气愤愤的站起来，三步两步，跑进屋中，把门关了。

荫德得了这个没趣儿，不敢在此逗留，生恐琴姑的舅舅回来，撞见不便。此时已是黄昏时候了，幸喜路径甚熟，一溜烟，跑回家去，兀自喘息不定。他母亲见了，疑他又与旁家孩子生事，被人家追回来了，便数说他道：

"你这孩子十七八了，一点心也不长，成天价教我不省心！你爸爸每日醉着，已然够我缠的，你又不是打架，便是吵嘴，教我怎好，你这又是跟谁闹来着？"

荫德说："并没跟谁闹，儿子有一件为难的事，要和母亲商量。你老人家知道上坡那个琴姑娘呵？"

他母亲说："知道，小时候常上咱们家来，如今出息的美人一般，等闲不出门，你提她作什么？"

荫德说："母亲有所不知，儿子很喜欢她，母亲若是给儿子提亲时，非她不可。"

他母亲听了，好生不悦说："这是什么事，亏你自家说得出。得亏跟我说，若是在你爸爸跟前说这话，不吃他臭骂你一顿！你只知你爱人家，你知道人家爱你吗？"

荫德说："她一定爱我！"

他母亲不等他说完，早呸了一声说："不知羞耻的东西，你怎知道人家爱你，便是女的爱你，还有人家家长呢，准保一说就成么，我劝你歇了这条心吧！你看看咱们家的日子，你爸爸终日醉生梦死，我又没能耐，竟指着你这一颗树，那有力量替你说媳妇。你不好好去用功，图个上进，先在女人身上注意，看来也是个没出息的，往后我还指着谁！"

说着眼睛里滚出泪来了。荫德见他母亲伤起心来，不敢再说别的，只说：

"刻下有人也要提琴姑娘，若是教别人提了去，儿子便活不了，所以求你老人家给在在意，省得被别人先占了去。"

他母亲富氏见儿子仍不死心，知他小孩子见识，未必有坚决的意志，过几天也算忘了，当下与他言道：

"你只管放心，等你父亲回来，我与他说，务必求人替你说去便了。"

一夜无话，次日吃了早饭，荫德仍旧邀了景福去上学，这里富氏一边服事丈夫喝酒，一边说道：

"孩子他爹，你看人大心大，咱们孩子昨天跟我要起媳妇来了，他还指名捉姓的，教我去提，你看，咱们家这个日月，还有力量说媳妇么？可也是，这件事也须早早的替他张罗下，便是说定了，多搁几年也不要紧，所以今天乘孩子没在家，我与你商量商量。"

荫德的爸爸此时把酒喝得也有七八分了，听老婆说了这一套话，端着酒杯，斜着被酒浸透了的半红不黄的眼睛，望了望他老婆说：

"你方才说些什么？我恍忽听说要给孩子说媳妇，但不知你们相中了谁家的姑娘？"

富氏说："上坡那个琴姑娘，今年十五岁了，跟着他舅舅舅母过日子，孩子出息的很不错，咱们不防提一提。"

荫德的爸爸不等老婆说完，早一口把余□喝干，把酒杯往桌子一拍，说：

"你怎这样没开过眼，我自当说谁，原来是那个黄毛丫头，横针不知竖线，说话野调无腔，若论容貌，还不及骆驼那张容长脸儿，自幼没了父母，少教失调，除了看枣园子，招引半大小子，那一样是他的长处，难道我的儿子就配说他吗？我的儿子在学堂里，那一门功课不是一百分，将来武备学堂招考，我便教他去，卒业出来，怕不是大将，那时说什么样的媳妇没人给，照琴子那样的，连使唤丫头都不配！我不管别人，自我便不赞成！假如今日说定了，孩子阔起来，必然后悔。我说的不是酒话，你别不信。如今的小子，那个像我！就拿尊范说，一脑袋黄头发，秃了半边，布衫破的海水江涯一般，脚底下终年一双整鞋没有，然而我还拿你当西子南威，他们成吗？如今说明白了，你们娘儿俩在我跟前谁也不准提媳妇，谁要再提，我和他滚蛋！"

说罢，斟了一杯酒，又饮起来。

这一席话，说得富氏一句还不出，半日，才说道：

"你瞧，人家好好与你商量，谁知你发出这一大络车话，薄贬了人家，又薄贬我。这是孩子终身大事，你我作父母的，也应与他平时留意，要照你这样说，将来难道教孩子独力成家，要你我父母作什么呢？"

荫德他爸爸说："无论怎样，我不赞成，你就别在我耳根子底下瞎歌啧了，我还喝酒呢！"

当下富氏不敢再言语了。

晚上荫德回来，他母亲不敢把他爸爸的话对他实说，只说他父亲很愿意，目下已然求人去提，准保成的。荫德自是放心，以为美人归我有矣，从此见了景福，很有骄色。景福也莫明其所以然，那里知道，一个醉鬼老子，和一个因循颟顸的母亲，焉能替儿子说一房媳妇。假如他们老公母俩，真能照自家儿子那样有魄力，这事一定会成。皆因琴姑的舅舅舅母，并不十分痛爱这个外甥女，但看每日无早无晚，把琴姑抛在家里，令他看守这二间老屋，足见他们对于琴姑有无恩义了。这时无论是谁，自要一提，必然满应满许。他们只顾琴姑早早有了婆家，那里有闲心替他择个佳婿呢。可惜荫德的父母见不到此，以后竟发生一段惨史，遂谓之天可矣。

第三章

　　却说琴姑娘，自荫德去后，兀自心里跳个不止。也不知荫德从那里得的这个消息，竟敢在我跟前直说。倘若这话属实，我未尝不乐意。第一景福年貌与我相当，人品也比荫德温秀，他家伯父伯母，也很慈善的，不照荫德的父母，一个是醉鬼，一个是脏鬼。假如荫德的话不虚，他家倒是我安身立命的所在，只是当中夹杂着这个荫德，倒是一个难题。若论荫德与我的感情，也合景福一般不二，可是据他方才来的那个样子，好不怕人，日后我与景福姻缘有分，怕他不是个障碍。

　　想到这里，未免有些惶恐。琴姑平日本是对于这两个青年，向无轩轾，这时不知怎的，把一般柔肠，尽都萦绕在景福一人身上，总想荫德这人可畏。当下思潮起落，好生不安。此时外面已有初更以后，他舅舅才家来，问琴姑说：

"你舅妈还没家来吗？"

琴姑说："没呢。"

他舅舅何三说："我困了，得先睡觉，你等着你舅妈吧！"

说着，到自己屋子去睡觉。琴姑直等到三更多天，他舅母方才散了牌局，回家睡觉。

次日琴姑起来，依旧作事，到了晚饭以后，也不到槐荫下去乘凉，一心只研究荫德的话，究竟为什么要和我说这些个。他若真心爱我，理应愿我终身有托，再说他是景福的朋友，诸事也应替朋友打算，怎的竟教我爱他，不许我再爱景福，这是什么话！大凡男女相悦，须出于本心，如今他竟出于要挟，还有什么意思。他也不想想他的家庭，他也不想想我的身世，还禁得住他不原谅，从中和我为难吗？假如景福也和他一样，竟来和我魔缠，教我应当怎样应付呢？唉，想我自幼没了父母，已然是茹苦万分，实指望将来有个出头之日，不想又遇见这两个魔难星，是福是祸，此刻尚不可卜，怎的身为女子，就应当这样难心呢？当下越想越悲，竟自隐隐的哭起来了。她也想不出一个自全之计，她也不知将来究竟作何结果，她自家的事，她自家竟自没个主张，环顾左右，也没有一个人能替他作主张的，不但没人替他作主张，连一个可以诉诉衷肠的人也没有。她满怀的心事，只有她母亲能体会，能知道，并且可以背地里说一说，可惜慈爱的母亲，已然没了，她有话欲说，只得到她母亲三尺断坟的跟前，痛痛的哭一场，也就罢了，归结她自家心里的事，还是得自家摆布，她已死的母亲，究竟不能替她出个主意。但是琴姑也没有摆布这个难题的能力，她此时实在没有排除荫德的能耐，也没有必就景福的毅力，她只知将来的事，很为难的，又不敢和舅妈去提。她舅妈是个好赌钱的，大凡赌钱的人，极其迷信，举凡《老妈妈大全》中一切运命之学，言之凿凿，据这些老娘儿们平日议论，不但赌钱全凭运命，便是女子□夫，也是运命注定的，人力不能强为。琴姑自幼习闻其说，虽有时不以为然，可是到了为难的时候，他也只好委之运命。今日他为难极了，没法子，只可去讲迷信，把自家的事，仍然托负运命之神了。

景福每日和荫德去上学，在路上也总没提起琴姑，不过下学归来，在枣林子里，并不见有琴姑的影儿，未免有些疑惑。一天不理会，连着三天不见他粉红衫子的影儿，真是不大痛快，暗道："不是她病了？"自己却又不敢去看看去，只是背地里自去狐疑。可是荫德便不然了，他越不见琴姑的影儿，心里越欢喜，真以为他的父母，把琴姑与他说妥了，琴姑已然得了风声，因为害臊，所以不便再到高〔台〕上去乘凉，生恐被我看见，反倒不好意思，这也是她女孩儿家应有的态度。

荫德只顾这一想，倒免去了许多波折。光阴迅速，转眼又是一二年的光景，荫德和景福早已升入中学，没有半年，可巧保府速成武备学堂，行文各旗营，教由中小学选送身体强壮的学生，来堂习学武备。荫德和景福，平日都是好体格，又加上家道贫寒，实在没有力量在文学堂里读多少年书，遇了这个机会，二人都很愿意。当下禀明堂长，入了册子，备齐文书，送了过去。选送的学生，到了保府，未免还要试验一回，荫德、景福都很合格，校令一星期后，到校受课。

在这一星期内，他二人赶紧跑回家去，报告一切。各人家长听了，也很喜欢，从此不但免了许多花费，而且二三年后，便是军官，这为难的日月，也就不用发愁了。尤可幸者，武备学堂，不许携带私人行李，一切军装被服，均由官办，更可省却许多钱财，不用求亲赖友的去借。在这预备期内，荫德和景福也到朋友家里看看，荫德还要去看看琴姑，倒是他母亲说："如今正求人提着她呢，你若去了，不大好看，依我说，你不便去了。"荫德信以为真，真个不到琴姑家里去。

单说景福，所有亲友，都抓着工夫看了，一心只想去看看琴姑。保府虽然离京不远，也有二三百地，此去学堂规矩很严，非卒业不能归家，乘着这两天有工夫，若不去看看他，便没时候了。当下禀明他们父母说，要到枣园子何三叔家里看看去。他们伯父伯母，已然知道他的意思，说：

"很好，多少年的老邻居，理应去看看人家。"

景福见说，高高兴兴的去了。

这时正是早饭以后，时正初秋，天气晴朗的很，景福迤逦上了那个高台，只秋天的枣林子，已然有点萧疏之意，十分熟透的枣儿，密排在疏枝上，被太阳照的血点一般红。枣树下的野草花兀自红紫相开，展然欲笑，在晶莹的空气里面，受那太阳的温曝。还有一只一只小蝴蝶，穿花乱飞，可是翅膀的力量，已然有些微弱。他们似乎已知秋天到了，等到凉风一至，花落花飞，他们也只好随着花魂，返归太虚。虽然翅膀有些疲倦，仍然勉强着飞舞，每至一朵花上，都要落半天，尽情吸那花香。当院那株老槐，枝叶仍是浓密的很，不过不照夏天那样青翠葱茏，已然有些黑绿之色。槐花开得正茂，满地都是花瓣。这时景福已然走近窗前，隔着玻璃往里一看，只见琴姑在窗下治女红呢。

景福此时在窗外微微咳嗽一声，屋内琴姑，知道有人来了，忙把针线放下，出来一看，却是景福，不觉想起当初荫德所说的话，不知怎的把脸一红，可是一瞥间，又复了原状，只如电光在她粉颊上一闪似的。若在头二年，或者不免羞怯样子，如今大了，不便再拿出小儿女的状态来，当下笑容可掬的，问景福说："我当是谁，原来是大兄弟，几时回来的，请吧！"说着把景福让进去。

景福说："自我们升入城里中学，回家的日子很少，如今却要到保府去了，所以给这里大爷大大和姐姐来请请安。"

琴姑一听，便是一楞，说："保府，干什么？"

景福说："如今我和荫德都考上保府武备学堂了，没有几日便去上学。"

琴姑说："是呀，你且请坐，我给你沏茶。"

说着坐上一壶水，取出一个盖碗，抓上叶子，不一会水开了，泡了一碗茶。景福在旁边偷看琴姑时，见她出落得仙人一般，鹅蛋脸，高鼻梁，眉黛弯长，春樱纤小，一对双眼皮的眼睛，在顶长的睫毛里，仿佛两汪秋水，头上油光水滑的挽了一个旗髻，身上穿一件新洗的雨过天晴的蓝布衫，脚下穿一双鱼肚白的袜子，青缎皂鞋，虽是家常布服，自己却浆洗的十分漂亮。在景福眼睛里去看琴姑，真是女子的模范，男子的爱神，家庭中的幸运，只不知自己的将来有福没有。便是自己没福，不能得着这样一个爱侣，也须祝她得着一个如意郎，一个良善家庭，不受翁姑的气，不受小姑子的挫折，和和平平的享受他的幸福，那便是我替他默祷的。

不言景福一个人暗自叨念，那边琴姑已把茶泡好，与景福倒了一碗，然后才坐在临窗那个凳儿上，问景福说：

"方才你说要上保府什么学堂？"

景福说："速成武备学堂。"

琴姑说："这个学堂好不好呢？"

景福说："实在说起来，不能说好，一个速成武备，也不能研究深奥学术，将来只能作个下级军官。姐姐须知道，兄弟目下跟着伯父伯母过日子，家里日月又不宽裕，供给我，怪巴结的，便是他们老公母俩很慈爱的，我也须赶早图个自立。"

此时琴姑无意中答道："你和我一样！"

把话说完，知道说的孟浪一点，赶紧站起来又给景福倒了一碗茶，遮饰过去。这时景福又说道：

"这个学堂，虽然不是什么高级军官学校，连排长却保准的。我每月挣几个钱，好教我伯父伯母，舒一点心，以后再遇机会，也须升一两步。"

琴姑说："你这个打算也不错，只是你们这次考上多少人呢？"

景福说："只咱们营子里，除了荫德，还有五个人，都是我们同学的。"

琴姑听了说："人数倒不少，又都是同学的，不愁没照应，只是这次到保府去，不同在京里，离着家近，第一交朋友一事，须要谨慎。"

景福说："姐姐嘱咐的是，我到外头，必然诸事小心。"

此时琴姑又要说话，忽又止住了，半晌才说道：

"我可不是妄加揣度，荫德的为人，你须留点神。小时候我还看不出他怎样，如今我却以为他很可怕的，只他那两只眼睛，便有些狠厉样子，恐怕他的脾气，都在两只眼睛里带着呢。我不能说他是坏人，但是他决不照你这样老实，所以我劝你不可与他太近，也别太远，将来作事，能不在一起也好。"

景福听了琴姑这套话，未免有些疑惑，暗道："荫德和我情同骨肉，诸事没有不偏待我的，怎么我们平日在一块儿的同窗，倒看不出他的毛病，他一个不出门的女子，倒能知道他的好歹么？或者琴姑知道些星相之术，看出他的弱点来了，这也未必，大概皆因荫德脾气有点强横，小时候爱和人打架，这或者是女子所不喜的，生恐他日后也要跟我打架，所以劝我留神他，适见其为女子之见了。"可是话由琴姑口里说出来，万不忍反驳的，当下顺口答应说：

"荫德那人秉性实在不好，我不惹他便了。"

这时外面时候已然不早了，琴姑的舅舅舅母，还不见家来。

景福说：

"这里大爷大大还不回来，我不等他们二位老人家了，回头回来，姐姐替我说吧，我要告辞了。"

说着站起来，与琴姑请个安说："您看家吧。"

琴姑说："劳驾了，可惜这里也没人送送你，但愿一路平安！"

景福说："借您吉言！"

说着辞了琴姑，循级下了那所高台。琴姑见他去了，在台上怅望了一回，仍回到屋中去理针线。

却说景福，一边走着，一边回头，不但舍不得琴姑，连那三间老屋，和那株槐树，并那枣树林子，在秋阳静寂之中，都有些恋恋不舍之意。枝头小鸟，啧啧乱叫，似乎讶此青年男女，趁此丽日晴和，何不绵绵情话，如小鸟之求其友声，顾乃分袂如此其速，宁非人间恨事！在景福也未尝不愿和琴姑多说会子话，但是没有老人在旁边，为礼法所拘，究竟不敢久坐，这正是人间不如小鸟的地方。可是人若真照小鸟那样自由，适成其为鸟，也就不能为人了。人之乐，鸟有所不能知，鸟之乐，人有所不能企，不过人间之乐，究有几许，得乐之人，究有几何？此鸟之所以能傲人，而人有时亦甚羡鸟也。景福这时，一片恋恋惜别之念，固然不是言语所能形容的，在路上只顾低着头走，不抵防有人拍他肩头一下说：

"你上哪里去了？"

景福抬头一看，却是荫德。

荫德笑着问他道："你上那里去了，怎的连人都看不见，我在这里看你半天了。"

　　景福说："我不瞒你，特意到琴姑那里看看，如今咱们要走了，那能不去看看她呢。"

　　荫德说："你上那里去，你伯父伯母知道不知道？"

　　景福说："怎不知道，我与伯父伯母说明了才去的。"

　　荫德听了，方才放心，暗道："他家一定没替他提琴姑，若是与他提着，当然不教他去的。"当下拉住景福说："你进来坐一坐，天还早呢。"

　　景福见说，便道："我也正欲给老伯老伯母请安。"

　　当下随着荫德到了家中，只见荫德的爸爸，坐在一张炕桌旁边喝酒呢，荫德的母亲，在一个小凉炉子上替他炒菜，一边炒着，一边向锅里用手指拣肉吃，好似是尝咸淡，实则是借以解馋，看那样子，许是老头子不怜下，一点残汁也不剩，所以逼得老婆子在油锅里染指。这时景福向他们老夫妇每人请了一个安，富氏只说了一句周旋话，仍去炒菜，荫德的爸爸早在炕上叫道："老贤侄，请坐请坐，你喝一盅呀！"

　　景福说："您请吧！"

　　荫德此时让景福坐下，与他斟了一碗茶。只见荫德的爸爸，端着酒杯，赞叹半天说："我每顿只喝四两酒，自打你们考上武备学堂，我已然增到半斤。论我这量每顿喝二斤也成，只是现在酒太贵，我光喝酒，谁能供我？如今你和你哥哥，总算有了出头之日，便是我拉点酒账，也不要紧了。好哇，武备学堂真能出息人，一转眼你们就都是统领了，统带也将就了。你们不知道，我可听人说道，当初咱们营子老前辈，时常出兵打仗，什么大金川、小金川、伊犁、准噶尔，发匪、捻匪，都征过的。大凡出兵打仗，总要一心，彼此救应。听说当初打发匪时，一位老前辈受伤甚重，躺在地下，不能行动，一个兵伴儿赶紧下了马，把这位受伤的驮在马上，然后自己才飞身上马。这时贼兵追得很紧，这位巴图鲁最精骑射的，翻身一箭，把贼目射死，那些毛贼，便不敢追了。你们看，当时的人，不但有勇而且很义气的，你们将来保得住不出兵么？勇敢第一要紧，朋友义气也要讲的。"

景福说："你老人家这片话，教训的是，将来我们哥俩，比此刻还得亲近呢。"

这时荫德的母亲，已把菜炒完，荫德的爸爸，未免加了许多品评，可是酒杯老没离口。景福因向荫德说：

"你也该吃饭了，我们家的饭，也该得了，我家去看看去，咱们晚上再说话。"

荫德的爸爸说："老贤侄，不用走了，就在这里吃吧。你们这一走，我也没法儿请你，你就在此吃饭，就算替你送行了。"

景福说："小侄领你老人家盛情！"

当下与辞去了，荫德把他送出去说：

"晚上见。"

景福回到家中，他伯母已把饭预备好了，当下爷儿三个把饭吃了，晚间无事，景福的伯父，把景福叫过来说：

"福儿，没有一两天你就要到保府去了，据我的意思，本想教你就个文途，把这万劫不复的旗人皮脱了，只是不能得够。咱们家已然阵亡两辈了，究竟又有什么好处呢，可是左思右想，终没法子教你改途。好在如今不论文武，总以学堂出身为高，你将来卒业，大小有个职分，比扛枪杆儿的大兵强多了，我也没什么不放心的。便是你走之后，也只管放心。你如今也老大不小，论理也该定亲事，只是前途没个指望，也不敢与你提。如今你不是一两年就毕业么，那时有了地位，正好结婚。我与你伯母，已然计议不是一次，论说媳妇，自然有愿意给的，但是姑娘也得说得过去，不三不四的，是不能与你去提。如今我们看着上头那个琴姑娘，近来出息的很，不但性格极安详，而且很能操作，大概你也没什么不愿意的。你走后，我们便与你去说。”

景福听到这里，心里感激极了，暗道："我心理的事，原来伯父伯母，早与我打算到了。如此看来，老家儿疼儿女的心，真是无微不至了。"当下又听他伯父说：

“至于到外头一切应留神的事，你也没什么不明白的，却不用我嘱咐了。”

此刻又听他伯母说："你到了保府，尽先与我们来信，一切鞋头脚面，只管写信问家里要。"

景福说："侄儿到了那里看，如果有应用的，必然写信问家里要。只是伯父伯母，诸事都替侄儿想了，侄儿反倒远离膝下，不曾尽得一日孝顺，思之未免有愧。"

他伯父说："你倒不必这样想，我们都挺健康，也用不着你服事，自要你要［日］后能成个人，虽不必光宗耀祖，大小能作点事业，这就是我们所期望的了。如今把话说完了，你外头去作事，我们在家里也是作事，一切分外的希冀，此刻全不必要。这不是天还早，你爱找你们的伙伴去说话，只管去，皆因只有一天闲头，后天就得起身了。"

景福见说，遂向他伯父说："侄儿方才到荫德家里，正赶上他们吃饭，也没得商量后天什么时候走。回头我们打算商量一下子，省得明天现忙。"

他伯父说："理应如此。"

当下景福又到荫德家里，同着荫德，去找此次一同赴保的学友，大家商量后天什么时候走。决定早吃早饭，一同进城，不在话下。

大凡人要远行，不苦于临去之时，偏是在要去未去的头一天，总是有些留恋不舍之意。不但平日喜欢的人，不愿意和他遽别，便是故乡一草一木，也觉得遽难割舍。景福在此一日中，总觉得忽忽若有所失，他自己也不知是怎回事。

第四章

　　在景福心里，第一所感念的，便他伯父伯母，这十几年，栽培将护，比自己生身父母，还加倍疼爱，一旦远违，那有不动感情的呢。第二个便是琴姑，不知怎的，脑子里总忘不了她。其实他也没涉什么遐想，仿佛这个人不应当与他远离，时时在他旁边，还可以隐然作他一个保护者。皆因他伶仃孤苦，寄人篱下，没有一个真正保护人。虽然伯父伯母，有这番美意，要替我委禽，究竟事之成否，还未可必。假如她舅舅舅母，见事不明，竟把她给个不成材的东西，不是把她断送了么？天下的事，每每出人意料以外，安知我卒业以后，她已然在别家受上罪，不是翁姑不仁，便是夫婿不如意，天下最痛心的事，还有比这个利害的么？景福者，最仁爱之少年也，在他自己，绝无必得琴姑之心，他也不承认，他自己堪充，琴姑的快婿。他越这样想，他越觉得琴姑后来益发没有好果，仿佛那样一个天人，怎的坠落在这样一个浊恶的世界里，环顾左右，真没一个人可以与他为偶的，任是落在谁家，总是屈杀这个天人。假使自己不走，还可竭尽智力，作他一个保护人，如有不德之家，无赖纨绔，前来提亲，我还可以从中破坏，或竟横加干涉，今则远逝他乡，无暇顾及。在他想着，仿佛一切人类，没有一个能有利于琴姑的。他这片痴想，固然出于一片热诚，其实可笑已极。试问人家女儿嫁人，自有家长为之处理，虽旁观者能知其美恶，断无横加干涉之理。在景福也未尝不知自己无干涉之权力，顾乃竟作如是想，虽云可嗤，亦适见其情之正大也。

到了晚上，景福益发无聊，一想明早就要登程了，怎的才能解一解这一夜的无聊呢，除了和二位老人家，说些闲散话，没别的法儿了。正自寻思着，忽听有人叩门，景福以为是荫德找我说话，忙出去一看，星月下，看得仔细，却是琴姑，手里提着一个手帕包儿。景福一见，忙往里让，在院中便向屋里他伯父伯母喊说：

"上坡儿琴姐姐来了！"

景福的伯母见说，早已迎出来说："大姑娘呀，你今天晚上怎这样闲在！"

琴姑向景福的伯母请了一个安说："可不是，今天我舅妈给我一会儿假，教我到这里看一看，听说大兄弟明天就要走了，我们也不能与他送送行，倒先劳他到我们那里看一趟。"

景福的伯母说："那不应该吗！再说姐姐对于我们也没短帮

忙，针线活计，也替我们作了不少，等你兄弟往后发升了，应
当教他特别酬劳你。"

说着把琴姑让到屋中。

这时景福的伯父，也迎到屋门，琴姑也请了安，这老公母
俩，把琴姑让到上首炕上坐下，景福忙着去泡茶。此时景福的
伯母，看着琴姑眼花儿似的，连连夸奖，又问琴姑：

"你舅妈还是天天斗牌去呀？"

琴姑说："可不是。不然在家白闲着，只是他老人家天天出
去，我到不能出门了，所以你这里我也总没来。"

景福的伯母说："往后你有工夫，只管上这里来坐着，咱们
娘儿俩说说话儿。这不是你兄弟也要走了，往后我也须时常到
你那去，省得你一个人看着那三间房子，怪闷的慌的。"

琴姑说："我如今也惯了，以后你老人家若能找我说话儿去，
那好极了！"

说话时，随手把那手帕儿打开，却是一手巾枣儿，因向景
福说：

"大兄弟，你这不是要走了么？我也没钱给你买什么。这是
我白天摘的几个枣儿，你带着在火车上吃吧。"

说着又由衣兜儿里取出一个纸包儿，说：

"这是我闲着时自己编的一个钱袋儿，你也带去用吧。皆因你
们到了保府，必然穿军衣，这个随便装在衣袋里，还轻便些儿。"

说罢，一总放在桌子上。景福见了，自然是满口谢不置，
便是他们伯父伯母，也都说教你费心。琴姑说：

"这是我一点微意，不过聊当与我兄弟送行。其实这点东西，不是小孩子玩艺儿么，你们二位老人家，千万别笑话，还拿我当小孩子事便了。"

看官，不要把琴姑这种行为，当作男女私赠表纪，或者其中有什么用意，他全没有的。不过在他心里，以为景福这一走，论理也当替他祖钱，可惜自己寄人篱下，作不得主，而且又是女孩儿，也没有请人吃饭的道理。幸喜她舅妈开恩，教他到这里看看，给景福谢谢步，便想送给景福一点东西，却什么也没有。好在自家园子里有的是枣子，摘一手巾给他，也可算一点薄礼。再说平日手制的钱袋，也是白放着，一总送给他，更显得好看一点，所以高高兴兴的与景福送了来。假如她若存别的心，也就不敢当着老人给了。她自己说是小孩子行事，正见其天真未泯，于此两件微物之上，琴姑对于景福真挚的感情，也可窥知一斑了。

天有初鼓，琴姑不能再坐着了，站起来告辞。景福的伯母说："大姑娘，你好容易得闲来一趟，多坐一会儿好不好？"

琴姑说："天不早了，若不是我舅妈给我一会儿假，教我到这里看看，我还不能来呢。早一点家去，她老人家，心里好喜欢。"

当下景福一家人，把琴姑送出门外，都与她道了谢，看着她已然上了那个高坡，方才进来。

这次琴姑来看景福，似有意，似无意，却发生两种影响。第一在景福的伯父伯母，虽有向何家提亲的意思，却不过是个拟议，还没打算事在必成。如今见琴姑言谈举止，无一不佳，而且出落得水葱一般，愈加怜爱。这头亲事，若不赶早议定，将来被别家先定了去，岂不落个因循后悔。所以这老公母俩恨不快到明天，便托媒去提。第二个影响，便是益发把景福恋爱琴姑的程度，给增加了一百倍。在这一夜，他翻来覆去，一心只想琴姑，暗道："他待我太好了，前日他叮嘱我许多好话，我已然感谢极了，今晚又特地来看我，还送给我东西，我自问有何德能，竟蒙她这样垂青，岂不是愧死人的事情！这点东西，在旁人看着原不值什么，可是出于琴姑，那价值便高极了。他平日一个钱也没有，买一条线，都得问她舅妈要钱，决不照富家之女，绸缎丝线，随便糟蹋的，不知她废了多少心血，才织成这样一个钱袋。论这个袋儿的价值，说什么和璧隋珠，据我看，他简直是用观音菩萨头上的青丝织就的，人间绝无第二个了。他教我装钱，我那里舍得，这样宝贵的物件，我万不肯教铜臭把他污了，从此当什袭珍藏，不许一时去我心坎，便是死后，也须用他殉葬。至于那些枣儿，绝不似人间凡枣，分明是仙园里的珍果。当他纤纤玉手，向枝上摘这果子时，我知道她一枚一枚，都是为我摘的。他虽不言，我却知道，这果子上不但每一枚都沾着他玉手余香，而且每一枚里都有他一颗赤心，分别是教我把他的心吃在肚子里。只看这枣儿，分明是心的形状，心的颜色，他把心已然送给我，比什么礼物不过！嗳呀，琴姑，你在我身上把心用碎了，我怎的才能答报你这一片纯洁无垢的真情！我惟有力图上进，教你看着如意，即或时乖运舛，我也当一死以报知己！"

这一夜景福展转反侧，那里睡得着，好容易盼着心里一糊涂，却入了梦境。仿佛他们已在武备学堂卒业，从着大军，不知到什么地方去出征，只见一片沙漠，渺无人烟，只有大营帐房，搭在土山脚下。忽然一阵狂风过处，紧接马蹄山响，转眼已至，却是敌人来袭营。当下大家应战，霎时兵火相交，双方已不知死了多少人。正在危急，只听有女子喊救之声，景福赶紧提了刀去看，却是琴姑被敌人掠了去。景福赶紧撒步赶去，敌人忽地不见，回顾大营，也没有了，脚底下只见琴姑的死尸，犹湿湿的卧在血泊里。

景福一见，又惊又恼，也不知杀琴姑的是那一个，正自抚着琴姑的尸首痛哭，只见荫德忽然现在面前。景福见了，忙喊了一声：

"大哥，你快帮我去报仇，我的琴姑，被人杀了！"

荫德也不理他，只冷笑了一阵，扬长而去。景福既恨琴姑被杀，又恨荫德不义，不觉大喊了一声，由梦中惊醒。只见窗户纸已然白了，檐前家雀，啾啾的乱叫，景福定了一定神，暗道："我却在此作梦，大概是我方才过于思虑，所以才得这样噩梦。每闻人言，梦境与事实，总是相反的，或者我与琴姑，日后真有一段美满姻缘，也未可知。今日且不要管他，时候不早，也应当起床了。"当下被衣而起，房屋里那老公母俩也起来了，升火作水，不消细说。

梳洗以后，忙着作早饭，景福自去打点东西。琴姑给他那个钱袋，固然贴身藏起，便是那一包枣儿，也包得严严密密，仿佛是一包珊瑚宝石似的。早饭吃过，荫德和其余的同学，已来约会他，景福的伯父伯母，把他们都招待进来，一一嘱咐，到了保府，务须和衷共济，彼此维持。荫德替大众答道："不须老伯嘱咐，我们一定各自要强，决不辱没健锐营的锐气！"说话时，大家每人给他老公母俩请了个安，提了包裹，出门而去。老公母俩，把他们送出去，只见接房四邻，都出来看，见这几个青年，活泼泼的，精神饱满，日后真是国家的干城，理应欢送他们。景福诸人也和老居旧邻，说了许多好话，求他们照应家里。

在这加当，景福、荫德，虽然和大众说话，四支眼睛，却不住往上坡看，只见那高台上，枣园之内，槐荫之下，分明琴姑在那里送行。在荫德想着，以为是送他，在景福也以为是送我，究竟送谁，便是作者也不知道。若说专送景福一人，荫德小时也和琴姑很有感情的，难道说从此不值他一送么，若真那样，琴姑的量也太狭了。不过荫德和景福二人，此时都有心事，自不能不往自家身上想，实则琴姑在昨天是专送景福，今天或者是公送大家，此时琴姑对于这几个青年，仿佛没有轩轾，纯以一片乡谊，送他们登程，祝他们成功，不过不肯一一和他们握别，所以只在高台上远远望着。及至他们走出村口，上了大道，这时琴姑一屡〔缕〕柔魂，始有专属，不知不觉，似已追逐景福而去。别家送行之人，都已进去，琴姑兀自在高台上怅怅立着，总想着景福必然忘了什么东西，一定回头来取，等他回来，二人还可以为暂时之对晤。可是等了半天，终不见景福回来，知他去远。此时槐树下，已有点冷气侵人，琴姑方才进了屋子，呆呆的坐在那里。

黯然消魂，惟别而已。不身经者，不能知其苦况，矧乃女子芳怀，是其天性。这时琴姑一片怅惘之情，自不待言。当景福二人未去时，虽然拘于礼法，不能时时谈聚，然登彼高台，犹可日望彼两青年，由学堂中携手同归，仿佛自己也加入他们群里，还不十分寂寞。如今心契之人，已事远征，从此没有可以晤对之人，自己也没心再到那高台去望，惟有寂寂寞寞，冷冷清清，作她那无味的生活，每日除了伺候她舅舅舅妈吃饭，便是勤习女红。幸喜景福的伯母，立践前言，不时到这里看看琴姑，她小心儿里倒得了许多安慰。

有一天景福的伯母，特意把琴姑的舅妈约到自己家中，说有话与她商量，琴姑的舅妈，已然猜着八九分，便如约去了。这妇人一见了景福的伯母，便笑着说道："大姐，你可别怪我，我天天上梁山（俗云叶子戏，曰上梁山）弄得有些疏亲慢友。前几日你们少爷走，我也没得来看看他，反倒劳他到我那里看一趟。他们大概早已到保府了，来信了没有？"

景福的伯母说："来信了，已然都入了学。好么，老长的天，斗一会牌，解解闷儿，也很有意思，可惜我不会，家里的两顿饭，又得我自己下手，总显得没有工夫，我那能照你这样有造化呢！"

琴姑的舅妈见说，叹了一声说："我这还算有造化呢，也是没法子，小名儿就叫没出息，那里比得起你，将来少爷卒了业，便是军官了，你还不省心吗！"

景福的伯母说："话虽如此，究竟他是我侄儿，可是我们没把他待错，他往后孝顺不孝顺，就在他了，难道还能教他勉强孝顺吗。"

说着，让琴姑的舅妈坐下，递给她一枝小鸡儿烟，老姐儿俩又说会子闲话，景福的伯母才向琴姑的舅妈说：

"大妹妹，我有句话，与你商量，依不依在你。我有心求别人去说，只是求不出相当的人，不如咱们当面商量倒好。现在琴姑也老大不小，理应有婆家了，我打听打听，此刻有人提着没有？"

琴姑的舅妈听了，把眼珠一转说："倒是有几家提过，不三不四，我也不愿意给。他虽然是我们外甥女儿，也得是根厚人家，我们才能与他定呢。"

景福的伯母说："既这样时，我和你启个齿，给我们景福提一提。好在琴姑娘是你外甥女儿，景福呢又是我们侄儿，他两个都没了父母，咱们既可以与他们主婚，又可以当他们媒人，不知意下如何？"

琴姑的舅妈说："大姐既有这番美意，我有什么说的。这样的小人儿若不愿意，我们还挑什么样的人。只是一样，我们家的日月，你是知道的，再过八年，也是这样，从此自有一天不如一天的，即或事情成了，我可不能陪送什么，挑开鼻子说亮话，我就是一个人。"

景福的伯母说："这样年头，咱们谁也别般配谁，便是我也得等景福卒业，才能办呢。将来你便是给姑娘打个软包，我也不笑话你。"

琴姑的舅妈说："既这样时，我回去与他舅舅商量商量，大概也没什么不可作的，可是，事成之后，我一定要喝你一盅喜酒！"

景福的伯母说："那是一定，我们必要优谢大媒，这碗东瓜汤，大妹妹，你算喝上了！"

说着与他请了个安，求他多多在意。琴姑的舅妈，一心想上梁山，便站起来说道："今天怎〔咱〕们姐儿俩一说，这事已有七八成了，明天听我的话儿吧！"

说着告辞去了，景福的伯母，也不便强留她，知她有牌瘾的。

到了晚上，琴姑的舅妈，等琴姑睡下以后，便和她丈夫何三说：

"方才下坡儿景福的大大，把我约了去，打算把外甥女儿给景福提一提，我想这事倒作得。第一小人儿往后有出息，虽然不是亲婆婆，他老公母俩人却很好，这件事我虽没十分应她，我却十分愿意。皆因姑娘这么大了，老也没人来提，大概外头话言话语，都不赞成我天天外头斗牌去，因为不喜欢我，也不来提姑娘，我兀自有气，怎的恁般看不起人，难道姑娘有什么毛病不成！接房四邻，都是老实人家，没有一个靠不住的小孩子，所以我才这样放心。幸喜如今有了看得起我的人，当面求我，总算我还有点面子，假如真没人来提，还须说我把姑娘耽误了，我应当跟谁诉委屈去！如今不是他家要提吗，你想怎样？"

何三本是个老实人，久在阃威以下的，见老婆顺意，那敢不赞成，再说小孩实在好，也没有反对必要，当下连连说道：

"这事可办，这事可办，机会不可错过，赶紧与他定了人家，也好了一条心愿。"

何三家的道："既这样时，我明天便回复人家去！"

一夜无话，次日吃了早饭，何三家的果然兴兴头头去找景福的伯母，相见之后，便给景福的伯母道了一声大喜说：

"这事成了！"

景福的伯母见说，脸上早已堆下笑来，喜欢的了不得说：

"大妹妹，你这人真响快，我万没想到这样快！但是姑娘的本家那里，你也应当与人家商量商量。"

琴姑娘的舅妈说："他们商量么，姑娘是他们养活大了的吗？自要我说成，谁也不敢说不字，过几天与他们送上一信，也就算对得起他们了。"

当下便把手续略微商量商量，无非是过帖、合婚、放小定，于是景福与琴姑娘的百年大事已成。

第五章

　　却说景福自那日同着荫德诸人到了城里母校，次日由校里司事，点了一回名，没有短人。是日由正阳门车站，送往保府，不消半日，已然到了，当即把他们送入武备学堂。这里职员把新学生导入宿舍，打发北京学堂人员回去，不在话下。

　　单说这武备学堂，和一般文学堂自不一样，完全都是军事教育，比在文学堂有趣的很。景福、荫德诸人，又都是键锐营的娃娃，自幼便是好马术，志愿入了骑兵科。每日除了内堂功课，不是剑术，便是马术，那消几个月，早都锻炼成了武士的资格。这日景福才下堂，早见有个夫役与他拿进一封信，景福接过一看，却是家里他伯父给来的，忙拆开看时，虽是一封平安信，里面却有一极大喜信。信内大致说：

　　"字寄侄儿景福知悉，你前次所来的信，家中已然都接到了。目下家里十分平安，我们也很健康，你切不要惦念。如今有一件事报告你，教你也好放心。据你伯母的意思，主张暂时不告诉你，我想这何苦呢，告诉明白你，或者更能使你加倍勉励。自你走后，我们已然把琴姑娘与你定妥了。他的舅妈，不大甚招［着］调，每日仍出去斗牌，我想姑娘是咱们家的了，每日教你伯母找姑娘去说话，目下娘儿两个亲近的很。我想你听见这个消息，一定喜欢的很。但是喜欢的里面，未免又给你加上一层责任，这也是没法子的事。你从此务须把身子锻炼好了，禁得苦，受得折磨，将来好负你的责任。你见了我的信，不要想将来结婚时怎样快美，须时时想念怎样继续这个快美，使他永远不变，幸福日加。这便是我所嘱咐你的，你须牢牢记在心里。伯氏手谕。"

景福把这封信看完，又是感激，又是喜悦，是日不知怎的，脑盘益发灵敏，身体益发轻健。不一会应上体操，盘杠子，平日使不上来的架式，是日不知不觉的使的很好。到了晚上，本想把这消息报与荫德，借鸣得意，既而想起琴姑说的话，只得小心谨慎起来，暂不教荫德知道。不过于无人时，给伯父伯母复了一封信，极述遵循教训之意，从此一心一意，在学校里用功，便是放学日子，也不出去胡走。旁人有时说他过于谨饬，他便一笑谢之。假使天相吉人，使景福卒业以后，一点风波意外没有，那不是很好的事吗。无奈天地间事，自有一定运数，造化初不因景福琴姑二人之可怜，而止其□行劫数，此天地所以不仁，而万物终为其刍狗也。

　　荏苒光阴，转瞬已到景福卒业的年限，正赶上禁卫军成立，没多少日子，他们这一起少年军官，都被禁卫军搜罗了去。荫德机会好，却补了骑兵连长，景福便在他这一连上当排长。自幼同学的人，同在一连，自然是和衷共济，没有什么难办的事。

　　论理景福新卒业，得了军职，便可与琴姑娘结婚，无奈他自己有他的心。这几年竟花伯父伯母的钱了，刚挣上二三十块钱，就张罗取媳妇，未免过于为己。再说办一件事，也不是一半个钱能了的，莫如再等一二年，如今先教伯父伯母舒舒心，填补填补亏空，俟手头有了富裕，再办也还不迟，安知我这一二年内，不再升一两步呢，到那时再和琴姑结婚，比这时一个小排长不强吗？再说我与琴姑的爱情，原不在肉体上，便是日后活到七老八十，我们少年时的影子，依旧不能忘的。何况身为军人，要轰轰烈烈作一场，老早在温柔乡讨生活，便没有丈夫气了。他存了这个心，所以他伯父屡屡给他写信教他回来结婚，他总婉言请缓时日。可惜他没有先知术，一心只图后来发迹，谁知宣统三年八月，武昌起了革命军，没有几天，清朝三百年社稷，完了，仿佛儿戏似的完了。在这革命期内，所有官军，都预备出发，秣马厉兵的时代，那里许人去结婚。这时荫德不但把琴姑忘了，预备去博个功名富贵，便是景福，也把琴姑置于度外，并且深幸见识不坏。假如卒业以后，便与他结婚，遇见这国破家亡的时候，岂不更多了一层牵挂。如今且幸聘而未娶，便是我幸喜得马革裹尸，不但我死得干净，便是琴姑的后事，也比真正孀妇容易办。在景福想着，禁卫军是国家劲旅，武器精良，到不得已时，只得背城借□，宁为玉碎，不为瓦全。谁知没有几日，隆裕皇太后的共和诏下来了，禁军卫改归冯国璋统帅，于是全军士气大沮，只得服从太后懿旨，解甲赞成共和。北京秩序不紊，也未必不是禁卫军深知大义的好处。

却说冯国璋，凭空得了禁卫军的兵权，一步升天。一方帮助袁世凯芟除民党，一方优买禁卫军将士，厚结自家势力，那消一年半载，作到江苏督军，组织了一个长江骑墙派，坐收渔人之利，把副总统也弄到手里，生生气死袁世凯，逼走黎元洪，□下真有七八千万财产。试问他的总统，他的财产、他的男爵、由那里得来，一言以敝之，禁卫军！禁卫军于民国于前清，都没什么好处，第一成全了一个冯国璋，第二成全了一个邹芬，可是禁卫军的全体官兵，都被这二人残害无余了。

话说冯国璋到了南京之后，禁卫军是他攫取督军的武器，当然要带往南边驻扎的。当下城内城外，把禁卫军分配停当，却教他心腹人王廷桢充当师长。这时马营便驻在城外二十里笆斗山地方，景福和荫德，便也随营驻在此间，每日除了例操出勤外，也没有什么特别累活。加以此地山明水秀，暇时还可以到名胜所在看一看，什么紫金山、雨花台等处，自然都要游览游览，不在话下，转眼一年有余，倒也平安自在，那些上级军官，纷纷都把家眷接了来，共享太平日子。

一日荫德看得人接家眷十分眼热，暗道："我也是堂堂连长，足以养活得起老小了，怎的人家都纷纷的有个人接，我却仍要光棍。家里近来也没封信来，不知把琴姑与我定妥了没有，难道我每月往家寄钱，一点正事也不替我办，竟喝臭烧酒吗？"想到这里，恨不赶紧飞回去，把琴姑娶到手里，带到南京，与那些同寅的太太们比一比。但是不见家里来信，也不敢冒昧回去，只得与他父母去信，询问琴姑的事怎样了，为什么这三四年的工夫，也没给我办好，难道你们把我的事忘了么。这封信写的很不驯顺，可怜他父母没一个认得字的，每逢信来，总得求隔壁二大爷去念。

这封信收到之后，公母俩很喜欢，以为孩子又汇钱来了，不等爷们发话，富氏赶紧求二大爷去念，谁知信内半文无有，却是责问他们为什么不惦记我的事，到底琴姑有了人家没有，你们为什么不给我说。富氏听了这信内言语，早已慌了手脚，忙向二大爷道："也难怪孩子这样，我们竟把他的事给忘了，这怎说呢，我跟他爸爸商量一回，他必骂我一回，如今儿子说起闲话，我看他还有什么说的。"

那位二大爷说："你们要提，赶快去说吧，我听说有几家提着呢。"

富氏见说，不敢耽阁，赶紧拿了信，跑回家去，跟他丈夫说道："信内没有钱，仍是教你我给他去说琴姑娘。"

爷们一听，又急了，瞪着眼睛说道：

"这准是孩子的主意吗？分别是你不开眼，又来气我！你想，如今不是前清了，凭白的一个大茶蛋，都能当督军，我的儿子堂堂学堂毕业，将来就不配当督军巡巡阅使吗！再说他在南京，什么好娘儿们没有，单单希望山沟儿里一个黄毛丫头？你再跟我提这些个，骂他不揍你的呢！"

一席话，把富氏数落的一佛出世，二佛涅槃，再不敢言语了。可是心里想着这事，究竟不可以，往下因循了，既是丈夫不愿意，我也得给他提一提，见个水落石出，也好给孩子写信。俗语说的好，"晴天不出门，直待雨淋头"，那因循懒惰的人，被这句话，简直形容尽了，此时富氏便是这个情形。平日得孩子寄家几个钱，和爷们臭吃臭喝，那里体会得到儿子是什么心。一味敷衍因循，直待孩子下了哀的美敦书，才有些吃慌，岂不晚了？试问一个小人儿说媳妇，是一半句话能办得到的吗？作父母的平日留心代访，那不必说了，还得求多少人，请多少安，说多少好话，花多少钱，还不定成不成呢。如今八百里加急，要说个媳妇，那就很难了。可也成，要是指名捉性，心满意足，非平日有预备不可了。最可笑的，荫德的母亲，倒是大门不出，二门不迈，平日只知伺候醉鬼爷们，连琴姑娘有人家的事，他会没听说，这妇人的因循颟顸，可谓到十二分了。

当下他背着爷们，赶紧去求二大妈为媒，到何三叔家里去提亲。到了晚上，二大妈来回话，见了富氏，便埋怨道：

"你们既有这意思，何不早说，原来姑娘已然有人家了。"

富氏见说，哟了一声道："怎么说，有人家了，给的是谁呀？"

二大妈说："你还不知道呢，早被对门景福的大大给景福说去了！"

富氏说："真的吗，我们怎没听说呢？"

二大妈道："人家没求媒人，他两家鸦默雀静的，把这事便办成了，所以外人多有不知。现下女家催着男家娶呢，大概今年就办，你们还提什么！依我说，你赶紧替少爷另提一家吧，这一头算老太太的哑儿死精儿吧！"

富氏一听，又是着急，又是后悔，说："这怎么好呢，这事耽误我身上了！二大妈，你老人家不知道，我们这孩子，可就挑拣大了，一般姑娘小姐，他都看不起，单单只看中一个琴姑娘。他从前在小学念书时，便跟我说过，我以为是孩子话，并没在意，加以他爸爸老反对，我便没有给他提。谁知他昨天来信，还追问这件事，我和他爹爹商量，又骂了我一顿，我没法子，只得独出己见，求你老人家去提，谁知已然走在人家后头。二大妈，我这是跟你老人家说，我这分为难大了！家里他爸爸这样揉挫我，孩子在外头又这样逼我，教我可怎么好，他们爷儿俩，一个教我省心的也没有呕！"说着，眼圈一红，流下泪来。

二大妈说：

"家家有本难念的经，你哭会子也不能办事，如何之处，你总该给阿格［哥］写封信去。"

富氏说："我当然得给孩子写信去，我一面再给他张罗着，没有什么说的。二大妈也得替我留点神，如有相当的，不妨替我们提一提。我不能再信他爸爸的话，若再信他的，孩子大概真要变心。"

二大妈见说，向富氏道："你既这样说时，我便替你留点神，有相当的姑娘们，我便与你送信。"

　　当下辞了富氏，自家去了。这里富氏忙着去买信纸，仍求
隔壁二大爷给孩子写回信。大凡替妇人写信，是一件最困难的
事，琐琐碎碎的，都得写上，写完了，还得念给他听，不是添
上那一句，便是抹去这一句，把写信的先生，指使的吐屎。幸
亏二大爷三本小书记的挺熟，还念过六言杂字，手笔委实不坏，
当下把富氏所命的意思，拉拉杂杂都写上了，又念给富氏听了
一遍，颇得嘉许。临完替他封好，写了地名，半天，这封信完
全成功了。富氏不敢耽延，忙拿到门头村邮局。这里哪里是邮
局，却是个小绒线店，经海甸邮局委托代理的，不但邮票卖的
贵，送信别提多慢了，还另外要酒钱。乡居的人，百事都便，
论到送信，真是天大难事。这富氏颟顸因循惯了，若不是怕儿
子革命，他真不愿下村子送这趟信。

　　他把信交给人家，催着快走，铺子人说，明天就到，他信
以为真，以为一天大事，我一个妇人家竟自办了，难道一天两
顿饭，我竟自吃了么。天底下的娘儿们，不办事的多了，那里
照我相夫教子，劳怨不辞呢！当下他自以为贤德极了，逢人自
夸的家去了。

　　过了一星期，荫德果然接着信了，他心里喜欢极了，他以
为这信里定然是一段极好的消息，必然家里把琴姑给他说好，
教他告假回家完婚。当下他把这信的封套，瞧了又瞧，不敢当
着人拆看，他以为这信里不但有极好的消息，碰巧连琴姑一缕
柔魂，一幅倩影，都随着这封信来了。我若卤莽灭裂的，把这
信拆开一看，这里都是长刀革靴的军人，岂不惊了我的琴姑。

我必得到花木荫繁、人迹罕到的地方，去看这信，庶乎琴姑能冉冉现在我的面前，仿佛在他家槐下枣林子里一样。

想罢，跨了刀，戴上军帽，把那信放在衣袋里，和听差的说道："我出营有点事，营部若传下什么官事，你去求景排长替我办一办。"说罢，自出营门去了。这笆斗山本是个乡镇地方，茂林修竹，到处都有。荫德出门之后，也不知那里堪可念他这封信，好容易才寻着一所竹林，里面一带土山，野花匝地，下面还有清溪绕着。

荫德来到这个所在，见里面碧森森的，甚是幽静，正可在此坐一坐，慢慢的看那封信。当下寻了一块石头坐下，由衣袋内取出那封信，却也怪，心内不住突突乱跳。竞竞业业的，把信拆开，以为好消息呈于眼帘了，谁知一展读时，与他心里所悬揣的，却是大相反。只见那封信内写道：

"字寄吾儿荫德知悉，你所来之信，我已然求隔壁二大爷念了。你的意思，我已明白。但是你爸爸起初就不赞成这件事，说你日后必得督军巡阅使，何必在山沟儿里说媳妇呢。跟我闹了不是一次，弄得我也不敢给你说。万一你得了阔差使，那里没有好妇人呢，所以我想你爸爸说的话，也须有见识。谁知你这回来信，还是要说琴姑娘，我只得又和你爸爸商量，竟又被他骂一顿。一个不许说，一个定要要，我在中间，有多为难。但是我宁教你爸爸骂我，也不教你怨我，当下我便求二大妈去提。哎呀，孩子，妈妈实在对不起你，不应当听你爸爸的话，把这事活给耽误了。人家二大妈去了一说，敢则姑娘已然有了婆家，给的便是你那同学景福。妈妈听了这信，已然凉了半截，这事虽然是你爸爸阻拦的毛病，我也不应当尽信他的话。如今事已至此，我只得与你另说一个。假如你在南京有相当的人，也不妨自由行动，光指着我作妈妈的，恐怕你一辈子也不能如心。你如果必欲在家□说媳妇，现在也有几个有出息的姑娘，不妨来信，我好给你说。这是我的意思，你爸爸并不知道。究竟怎样，来一信，我好放心。书不尽言。母氏寄。"

荫德读完这封信，好似一桶凉水浇在头上。他一心一咬，刻不能忘的心上人，到了没归自己，眼睁睁归了景福，如何不急。当下忽的由那块石头上站起来，不住的咬牙暗恨，不知不觉的，把那封信撕得粉碎，随风飘去了。他此时实在不能不埋怨他父母，为什么把这事竟给放在脖子后头，假如我说话时就给我办，焉有今日。但是父母无论怎样糊涂，也没有要合父母拼命的。荫德暗自埋怨一番，却把他父母那一头放下，一股恨怨之气，直移到景福身上去。暗道，景福虽为吾之好友，不应夺我心爱之人。想一想景福日后之得意，益显得自家失意无聊，当下仿佛有个恶魔，乘间钻入他的心窍，当时脸上陡现一种惨厉之气，宛然是个恶魔的肖像。只见他频频以门齿咬他的下唇，右手不住的去摸佩刀之柄。

这时荫德心里，什么思想也没有了，纯为一片嫉妒之心所驱使，把一切善念都抛在九霄云外。他小时候和景福的感情，以及如今的友谊，丝毫都忘了，只想景福是他的仇敌，不把景福置之死地，他心决不甘的。当他去摸刀柄时，他的杀机已起，恨不大踏步跑回营去，一刀把景福杀死。

此时忽的起了一阵清风，吹得竹林翠叶，刷刷地响，风声过处，仿佛有一种清晰的声音，向荫德说："景福是你的好友，你不说你二人绝不会变心么，今日怎的却想杀他！"荫德耳朵里听了个逼真，四下一望，碧森森的竹林里，一个人影也没有。这声音是由那里来的，难道这里有什么神鬼？他想到这里，不觉毛骨悚然，心里一机伶，一腔浑血都下去了，右手也离开刀柄，暗道："我何必这样鲁莽，人也不是容易杀得，我此时只得中心藏之。"当下慢慢的出了这个竹林，无精打采的回了兵营。

自此日起，荫德的精神，仿佛呈了异状，遇事好怒，一连的官兵都不晓得怎回事，不过背地里议论，都说荫连长近日脾气改的不象，他大概有什么心事。可是他与景福的友谊，依然如故，但是景福见他值不值的就要愤怒，未免时时劝慰他。荫德说：

"我自己也不觉得，只是心里烦闷的很，我总想痛痛快快的打几个仗，心里才舒服。白白在这里驻扎着，兀的不把人闷坏！"

景福说："天下纷纷，到处都伏着战机，我们当军人的，恐怕日后南去北来，要饱尝战争滋味。"

荫德说："如果那样，便遂了我的心！我们当军人一场，不在枪林弹雨里讨生活，终日在这里死守着，有什么意思！"

景福说："话虽如此，我们也不可以竟盼着战争，战争究竟是不得已的事，但得平和，我想还是不开战为宜。但是我们当下级官的，也没有什么权力，无论平时战时，也只可尽自家本分去作。"

荫德说："我不主张平和，我想天下的事，无大无小，都得战争，平和所得的，究竟靠不住。假如你主张平和，别人不许你平和，硬要夺你的，你便如何？你若不愿白白送与人家，临了不是还得战争吗？你若不战争，只可自认失败，你的利益，你的收获，能保得住吗？所以我近来很觉悟的，要保护自己所有，没有旁的法子，只有战争。战争不但能保护自己利益，而且还能夺人家的所有。假如日后我若有暇，我必然把我的主张，发挥一下，著一部战争哲学！"

景福说："你这种主张，我究竟不敢赞成。你若真著作一部战争哲学，我想世界更无宁日了。"

荫德说："在你个人地位，或者以平和为有利，你也没替全世界的人想想。不用说一个国家，一个党派，便是一个人，假如不日日讲战备，便有不能生存之虞。据我想，不但权利地位，是用战争得来的，便是狗马玩物，妇人女子，也得战争，才能如愿。你如果不战争，必落在人后。你别看女子不值什么，他真能作战争的导火线。当初我们老太汗以七大恨誓师伐明，其中有一条说：'俾我已聘之女，改适蒙古。'我想这一恨，最为真挚，此外亦恨，不过作为陪衬便了。可见因为一个女子，便是古来大人物，也不免惹起战争，形诸笔墨，甚于这个的更不必说了。人人心里都有个祸胎，不战怎的！不过战争的手段，存乎其人便了。"

景福听荫德说到这里，心理不禁骇然，暗道："这人思想如何变到这个样子，他一定受了什么感触，所以激起这一种误谬的思想，大概一时劝不好他了。"却万不想荫德这些狂妄之言，都是有为而发。假使景福是个机警人，也早料到了，可惜景福终想不到荫德要和他宣战，所以兀自与荫德辩论半天。及见他坚执己说，也就不便和他再论，当下站起来说：

"人各有心，士各有志，我也不能一定说你的主张不对，这个问题，且留在后日。正经你须看看官事，我也得到我那边看看去了。"

说着走出荫德的办公室，隔着窗户犹听荫德击着桌案自言自语的说"战争！战争！"这两句话，倒把景福吓了一跳，暗道："这人不是要疯，便是心怀叵测。好好一个人，何必故为惊人之论，使人骇怪呢！这就不怨琴姑嘱咐我留神他了。"想到这里，倒觉有些疑惧。此时已然进了自己屋中，把方才荫德说的话，细细研究，似乎与自己不无关系。他说为一个女子，也须战争，难道他要和我争琴姑不成？这事我并没与他提，或者他由家乡得了什么消息。便是我与琴姑定了婚，也不是夺取他的，也惹不起他的反感。假如他先我说妥琴姑，我也没什么话说，自会赞助他的，难道也和他争么。他如果为了这个，与我生了芥蒂，这人也特难相与了。何况这事原是出于家长所命，他为什么不原谅我呢？我但愿他别有所为，不涉及我，我二人的友谊，或者可以终保。即使以非礼相加，宁使他负我，我绝不负他。当下把这事置之脑后，一点也不想，仍以坦率的态度，对待荫德。

第六章

有一天景福接了家中一封信，教他回家完婚，信内大略说：

"你的功名虽然要紧，一生大事，也不可忽略。目下家乡景况，大不如昔，家家没有不日见穷乏的，女家屡屡催娶，不能再事耽延。见字后，赶紧告假回家，成了你们的大事，了却我们的心愿。目下诸事都预备好了，专待你回来亲迎。"

景福见了这封信，知道家里老人不容他不回来了，无论事体如意不如意，也得家去一趟，完了这宗事，好教伯父伯母安心。当下拿了这封信，去找荫德，求他具呈子请假。荫德问他说：

"你请假作什么？"

景福便拿出家信来，向荫德说："目下家里来信，教我回家完婚。"

荫德听到"完婚"二字，已然变了颜色。半晌，才向景福说：

"你回家完婚么，但不知你这新夫人是那一个？"

景福庄色道："便是琴姑。目下经两家家长合意，命令我们结婚。"

荫德见说，微微一笑，倒把景福吓了一跳。他那里是笑，分明把他惨厉的形色，都渲染到脸上来了。荫德笑完了，矫为静肃之状，向景福道贺说：

"琴姑么，我仿佛听你说过。不错，小时候你便在他身上有爱情，如今竟能如愿以偿，我真得贺贺你！我尤羡慕你的家庭，有好长上，替你办这件称心如愿的事，只是愚兄比你痴长了几岁，至今还是中馈无人，不图倒教老弟你着了先鞭。只是你要告几天假？"

景福说："半个月。"

荫德说："半个月，恐怕告不下来。目下我军有调动消息，过半月的假，大概请不下来，我且与你请请看。"

当下即教司书生缮呈，呈报营部。没有两天，由师部批下来，给假十日，事毕赶紧回营消假。

景福见了这假期，赶紧预备行装。无论怎样快，也不能当时就走，那些同寅诸友，又都给他作贺饯行，已自耽延了一天多功夫。好容易摒当清楚，才得登车。这时景福的心猿意马，比无线电全快，早已飞越到家乡里，仿佛琴姑家里那所高台，那株槐树，那片枣林，已然依希在望。那绿叶扶疏里面，仿佛琴姑仍穿那件粉红衫子，在那里徘徊瞻眺。又仿佛看见自己家里，高搭彩棚，鼓乐声喧的，将要发轿迎娶新人，一般看热闹的，无不啧啧称羡。这时景福心里，得意已极，知道这种幻想，不日也就实现了。可是一看火车所经的地方，仍是在江苏地界里呢，连山东还没到。屈指一计他的假期，只余八天，预计到了北京，连一星期都不满，这时他没口子埋怨那火车走的慢。

景福在火车里面，一会儿假寐，一会儿开窗远眺，总觉得火车马力不足，没有往日走得快。好容盼得到了天津，他的心才放宽了一些。自此换了京奉车，没有三小时，便到北京了。他也不敢耽延，看看时候，今晚可以到家，便雇了人力车，催着前进，中途换了几次车，才到西山故里。看看营子里的景况，果然大不如昔，因为革命以后，营子里已然没有进项了。

他到家时，已是掌灯时分，他伯父伯母，见侄儿家来，真是喜出望外。皆因老公母俩正为他的事着急，棚和轿子都讲好了，假如他不回来，又得费事。如今见景福如期家来，好不欢喜，便问他说：

"你为何不先给我们来一封信，省得教我们悬望！"

景福说："侄儿接着你老人家的信，赶紧告假，却好没有两天，就批准了。那时侄儿忙着治装，便没工夫写信，即或写信，还没我到家快呢。"

此时他伯母满面欢容的说："景儿，你大概还没吃饭，这一天一夜的火车，想是也乏了。你先洗洗脸，喝碗茶，好好的歇一歇，我便与你作饭去。"

说着这老太太自到厨下与侄去作饭。这里景福洗完脸，与他伯父说些别后的话。他伯父说：

"自你走后，营子里一天不如一天，除了你们在外有点事的，家家都没饭吃。你是知道的，你舅丈那里，日月本不强，竟指着那枣林子，一年能进几个钱，所以屡屡催我给你办事。我也委实不好推托，如今只好办了罢，家中有个人，也省得我二老寂寞。你虽然有志气，但是升官发财，也得有时运，何况如今诸事大不如昔。我想再教你干二年，也不必干了，正经须经营一个小买卖，安分过这一生，也就算了。军队终不是安身立命的所在，不同有皇上，死了还落个忠字，博个恤典，如今却为谁！这我知道的，咱们营子壮丁，近来在军队上的也死了不少人，谁又过问来着。凭白的抛下寡母寡妻，无人养赡，在前清时，万不是这样的。如今却好，章程条例都有，硬不按着行，人死了，简直不值蒿草，所以我平日很不以为然，不愿意教你们年青的再去当军人。可惜咱们辈辈当兵的方字边，向无恒产，真是欲罢不能。好在这几年你寄家来的钱，我都与你存着，没有妄费，我想先把你的大事办完，再图后来生计。军队可干，往下干两年，不可干，不如早请假［疑是衍字］长假。"

景福说："你老人这分意思，当侄儿的感谢极了！只是如今若改途，第一没有商工知识，二来也没有资本。好在禁卫军虽然改名十六师，待遇还是照旧，将来有什么变动时，侄儿一定要辞差的。"

这时景福的伯母，已把饭作好，打点好了，教景福吃，他们爷儿俩的谈话，一时中断了。少时景福把饭吃完，外间时候已是不早，爷儿三个又说会子闲话，便安歇睡觉，可是谁也没问景福告多少日子假，以为至少也得一个月二十天的。景福也没敢说，生恐说出假期短促，这一夜老公母俩必不得觉睡。

到了第二天早晨，景福才和他伯父说，此次才给了十天假，除了来往路限，已然没有几天，事情不知道是怎样预备的。他伯父伯母一听，已是楞了，说：

"这没有几天了，据你所说，大后天你就得走了，这事赶紧提前吧！我此刻便到喜轿铺去，教他们赶紧上家伙，搭棚，明天就娶！"因和老伴儿说：

"你赶紧到何三那里，给他们公母俩送一个信，明天就办！"

这老头儿把话说完，穿了衣裳，上街去了。景福的伯母，也不敢耽搁，嘴里叨叨念念说：

"军营里怎这样不讲情理，这大老远的，才给十天假！"

虽然埋怨个不了，却也无法，只得给何家送信。一见何三家的，便说：

"大妹妹，我来给你送信，这真是一件困难的事！"

何三家的一听，惊问道："不是我们姑老爷来了信，不能家来了？"

景福的伯母说："昨天晚上，他家来了，可是假期太短，大后天他就得回去！所以我们商量，明天就给他们办事，你趁早给姑娘预备预备，明天我们就来搭人。事到如今，也讲不得什么古礼，只得因陋就简，了〔潦〕草办了吧！谁教他们当军人的，赶上这个年头，家来一趟，实在不容易，若不给他们办了，等到几时才算太平呢！没什么说的，第一是对不起你，第二对不起琴姑娘！论理没有这样手忙脚乱办事呢，这不是没法子吗！"

此时，何三家的早已呆在那里，煞是为难。其实他也没给琴姑置什么东西，真应了他那句话，只有一个人，论理早晚似乎与他没关系，万无阻拦之理。谁知他心里自有他的鬼胎，连他爷们都不知道。原来他近来斗牌子输了，几十吊钱，偷着把琴姑的定礼给当了。如今听说人家明天要娶，若不把定礼给人家带回去，这个斛斗载的不小。他虽然好耍钱，却很阳面的，不肯落在人家话把底下，当下便和景福的伯母说：

"大姐，这事我可不能应你老人家，无论怎样，你也得容我一天功夫。姑娘的鞋头脚面，我虽然给他置备了一点，但是还有点琐碎小事，也不是咱嗟可以办的，那能说一声娶，立刻便能凑手呢，至早你也得后天娶。"

景福的伯母说："如今没时候了，你又何必挨到后天去呢？我没跟你说吗，咱们什么礼都不能讲了，姑娘没有什么都不要紧，我就求你允我们明天抬人！"

何三家的说："我心里的事，你也不知道，总而言之，明天办，不行！您先家去与大哥商量去，愿意后天，咱们就后天办，不然时，再等我们姑老爷下次回来也不迟。我们这几年都等了，难道这一两天，我就养活不起我们外甥女儿吗！"

景福的伯母见何三家的说话有些急躁，也不好与他裂决，只说："我只得回家商量去，能往前提，咱们还是明天办！"

何三家的说："你去家里商量去吧，我想明天决不成的！"

当下景福的伯母，自家去与老头子商量。这里何三家的，把景福的伯母挡走，那里敢怠慢，忙跑出去四下里去借钱，预备赎回那分定礼，不在话下。

却说景福的伯母，回到家中，只见老头子和侄儿在那正发愁呢，因问老头子说：

"你办的怎样了？"

老头子说："偏巧喜轿铺忙的厉害，娶嫁的有好几家，今天什么东西也不能上，非明日后半天不能有功夫，我想这事非后天不可了。"

景福的伯母说："你还不知呢，何家也不许明天娶，我此刻正来与你商量，究竟后天成不成呢？"

景福的伯父说："倒没什么不成，只是娶过来第二天，景福就得走，未免怪难为情的。"

景福在旁边说："二位老人家倒不必为这点着急，早晚也得走，如今只可了［潦］草娶过来，也不枉二位老人家忙了这些日子。若再往后挨，侄儿也说不定准什么时候能回来，你们二位老人家也一定不愿意。"

他伯父说："既这样诸事不凑巧，只可等后天吧！棚也不必搭了，只预备点清茶，恭候亲友便了！"

当下讲定，与女家送信，接房邻舍，以及亲友该知会的，也都知会了。忙了一天，方才就绪。

到了吉期那天，也来不少亲友，少时花轿已到，鼓乐齐喧的，先在男家门口停了一会儿，这时景福身穿少尉礼服，仪表堂堂，到女家谢妆亲迎。看热闹的无不喝彩，都说琴姑配了这人，真是一对璧人，月下老人，没错拴线！只是娶完之后，景福就得回南京去消假，这一点未免老天无情了，那么教这一双小夫妇度过蜜月，再事远征，也还令人心平气和，这热刺刺的一走，听着实在难受。不言大家议论，却说景福，皆因女家在一条巷里，也不坐车，也不乘马，只有一位邻居老人，引他到女家亲迎。何三夫妇，也求出许多邻居亲友，在那里迎接新姑老爷。

此时正是八月天气，这日却又晴明得好，远远早望见那所枣林，簇拥着那株老槐，与那年和琴姑话别时，正是一样景色。景福行至高台之下，不但何家亲友在那里欢迎，便是那槐枣无情之物，也似在那里迎风招展，欢迎这位新郎。这时众人簇拥景福到屋里，行礼如仪，然后退出，只听一派鼓乐，导引花轿，已然到门。论规矩，这时应有种种仪注，也都不必细说，何况这宝贵光阴，大家都替新郎新妇二人爱惜，一些不许浪费，比不得从容办事，应有尽有，这回喜事，是仓促办的，只得诸事从简。

不如简快直说，于是把琴姑娶到家里，照平日规矩，新人下轿之后，交拜天地，然后吃交杯酒，子孙饽饽长寿面，以及坐帐等等，都是当日办的。次早新人下地，开脸，梳头，娘家来吃两日酒，受双礼，三天回门，接六天，接十二天，种种仪注，不一而足，但是如今这些老规矩，渐渐都免了。皆因男子都在外面有事，那里有工夫讲这些繁文。加以兵马荒乱年头，凡隶在军籍的，除了旅团营长以上的阶级，一切下级官兵，那个又能享室家之乐。好容易告几天假，回家完婚，也不过草草了事，甚至有夫妇乍见一面，只度一宵，从此便黄泉永隔的。
"可怜无定河边骨，犹是春闺梦里人"，这两句在今日，不知有
几千几万人家的少妇，有此同情呢！景福今日结婚，便是无数
下级官兵的总代表，三天应完的礼节，都在这一天办了。

　　当受双礼时，景福的伯父伯母，想起一生操劳，抚育这个
侄儿，大是不易。如今幸喜他成人自立，好歹也与他授了室，
到了九泉，也对得起死去的兄弟。只是如今年头不及，好容易
盼得侄儿家来，娶了媳妇，明天就得登程归营，我二老得不着
他两小夫妇双双在膝下承欢几日，倒不要紧，只是他小两口中，
一夜之后，便是天南地北，未免有些难受。想到这里，二位老
人家，一阵酸心，都落下泪来。旁边亲友，只得劝说，今天大
喜日子，二位老人家不必伤心了。此时凡是受的着礼的，都受
了礼，半天，才忙完，娘家又来接回门，闹到日落以后，才得
消停，这些节文之礼，也算演完。晚间，老公母俩大示体恤，
教景福早早入了洞房。这时景福和琴姑，才得对面说，他二人
阔别好几年了，当初是十八九岁的人，如今都二十好几了，明
烛之下，自然都要对看看，虽是孩童厮守的人，到了今晚这时
局面，也未免有些羞人答答。

　　这时他二人心里都充满了异样的欣快，把世界一切所有都
忘了，仿佛空空洞洞的，只有他二人。他二人的肉身，也仿佛
溶化无有，单单余下两个结晶的爱情，融融泄泄的搅作一团，
觉得人生幸福，再没有比这时满圆的了。当下他二人于脉脉无
言之中，体会了一回上天的慈惠，又待了半晌，景福才问琴姑

娘说：

"琴姊，你我一别数年了，那年我上保府时，你特地给我送行，送给我一个钱袋，还有一包枣子，今日思之，犹仿佛昨天的事。可惜我在外头干了这几年，一些出息也没有，负了姐姐的期望。今日草草完了这段姻缘，大概你心里不大甚满意吧！"

琴姑说："你这话说远了，大凡男女结婚，不过是爱情结合，旁的都是假事，以你这样一个人，何必在这上头注意呢。我自有生以来，只在艰难困苦里度生活，早把一切都看开了，所不能解脱者，便是这个爱字。今既得人而事，我愿斯遂。再说这里二位老人家，都是很慈善的，便是你走后，我也不能受委屈，此较在舅妈家里强多了。你明天只管走你的，家里的事，你却不要惦念，我一定教你省心，绝不至教二位老人家说出闲话。"

景福说："姐姐能得如此，我还有什么不放心的！"

当下二人说完了过去，又计及将来，把时候也忘了，假使我若为司时之神，为这两小夫妻，必然使素魄停蹊，金乌回轨，大好秋夜，使如三秋之长。无奈作者没有这样回天手段，那月亮日轮，兀自依着他们的轨道，辗转不已。八月天气，犹是昼长夜短，不一会，鸡鸣了，东方拂晓了，二人呀了一声说，天亮了么，夜怎么这样短！当下不敢再谈，同衾睡下，一梦之后，晓日已然上窗了。

景福和琴姑香梦正浓的时候，外屋二位老人家早已起床了，把火升起来，与他们预备汤水。少时，景福和琴姑相携由里屋出来，脸上都是很喜欢的，每人给二位老人家请了一个安。二位老人一见，也很喜欢的，给他们悬了一夜的心，至此方才放下去了。只是欢喜之中，各人心里都怀着一种说不出的难受，正所谓须"须臾欢娱，少时何在"。景福回营消假一事，无论谁也不能替他展缓的，一家儿只得硬着心肠，预备早饭。好在一切礼节，都在昨日行了，今日便如平日一样，只添一个新妇。琴姑虽有些难受，却喜喜欢欢的帮着大娘婆作饭，替丈夫打点行李。

少时何三夫妻来看姑娘，兼送景福登程。早饭以后，景福雇了一头驴，辞了伯父伯母琴姑，以及何三夫妇，一咬牙去了。这里老夫妇见侄儿去了，怅怅无语，亏得琴姑善语安慰，方才喜欢。到了晚上，琴姑一人在枕上已然泪渍双颊了。

第七章

却说景福，在新婚第二天，便辞了家人，回南京去了。在他自己，固然很难为情了。无奈名列军籍的人，不能照别的职业，有个融通，何况他受了多年的军事教育，一切举动，有些军队式的习惯，说到那里，总要做到里的。他既告了十天假，一丝一毫，也不许愈限。他当日到了北京，不敢逗留，即时登车，到南京去了。

自从景福告假回家之后，荫德的脾气，更加恶劣了，值不值的，便要生气，不但一连的目兵，人人埋怨，便是同寅的僚友，也都不赞成他，其实他自有他的心事，属下官兵自然不知道的。一日他问连里司书生说：

"景排长的假期满了没有？"

司书说："明天满假，今天若回营，便不误事。"

荫德说:"好,今天他不回营,明天再说!"

说话时,频频捏拳。那个司书,也不明白怎个意思。到了晚上,景福如期回营了,荫德一见,又失望,又欢迎,忙问道:

"你回来了,我方才正盼你,今日若不回来明天便不好消假!这几天营里紧的很,我们师长有放弃察哈尔都统的消息,听说军统也要晋京,不定那天就有挪动消息,所以我盼你回来,比我自己的事还着急!"

景福致谢说:"多承兄长在意!"

此时荫德似有意似无意的问景福说:"你这新夫人好否?想你们从小便有感情的人,一旦结缡,自然意味浓厚,你这几日,温柔乡的况味,想已消受不少了!"

景福见说,撅着嘴,作出不满的意思。荫德见了,忙问说:

"你怎的不喜欢,难道你这夫人不从你的心?人生得一美人,可以无憾,旁的还问什么?"

景福说:"我并不是不满意琴姑,只是你方才一问我,倒惹我的牢骚。西洋人结婚,都讲究什么度蜜月,又是什么新婚旅行。我们没这风俗,先不必羡慕人家,只是中国人结婚,也得有个蜜月实在情形,就让事情忙,也须过个十天半月,也不罔〔枉〕夫妻一场。可怜小弟这回结婚,只一宵之后,便上阳关,怎得使人不闷!"

荫德见说,方才堆下笑脸说:"你才过一夜,就来了么,可惜可惜,但是你为什么就耽误了这些天?"

景福说:"你想想,来去已占去假期一半的工夫,偏生诸事不凑巧，二十那天才办的，怎能多住呢！"

荫德又笑道："这也好，你平日最讲究精神爱情的，原不在肉体上。注意，这一次也试验试验你的主张！"

景福说："得拉，你不要打趣我，便是我主张精神爱情，也不是说夫妻天南地北，漠不关心，随便以精神爱情解说的！"

当下他二人一笑而罢。

景福回营，没有几天，开拔的命令，果然下来了。全体官兵，听了这个消息，无不欢喜。他们在南方久成了好几年，谁不思归？听说这次往北京开，所以都喜形于色的预备开差。谁知道〔到〕了北京，没停住脚，又都开往张家口，连回家看看的工夫都没有。原来王廷桢已然得了察哈尔都统，兼领第十六师，只得随着他去。可怜这一师的目兵，在南京受了多少年的湿热，如今又开到塞北寒冷地方，好容易耐得热，如今又得去挨冷。加以这时兵火连年，财政支绌，各师军饷，多有积欠。冯国璋干了几天总统，钱也弄足了，他的运命也完了，听说他临死时，很舍不得他这几千万财产，但是一文自己也拿不了去，眼睁睁向他那千万黄的白的刷印鲜明的，掉了几点诀别之泪，便一命呜呼了。

自冯国璋死后，十六师只剩王廷桢一人，已然顶立不起。这位王师长，冰山既倒，才干又极庸懦，那消几年，把十六师穷的要死，他一个人却依然很阔。这时正赶上直皖战争，小徐不幸失败，他经营外蒙的成绩，自然随着他也都失败了。没有几日，库伦活佛勾串俄国旧党，突然起事，把民国戍兵，都杀败了。奉天张巡阅使，利用这个机会，打算向蒙古入手，攫得蒙疆经略使的头衔，组织征蒙军，声势好不浩大。其实他的军队，并未入外蒙一步，不过升任旅长邹芬为师长，使他接收第十六师，于是第十六师（禁卫军）遂归奉人之手。

此时十六师正当外蒙内犯之冲，早已奉调驻守滂江，那时在北边的军队多了，谁也不去征蒙，偏生十六师是个孤哀子一般，牺牲了不足为惜。这位邹师长，只知有张大帅，不知有同胞，把十六师虐使的要命，一个月饷也不给发，可是教他们去打前敌。最服从的十六师，只得依着军人本分，实行他们卫国的天职。他们临出发时，被服很不完全的，粮食也不足，那些目兵，只得忍着饥，耐着冷，去赴前敌。有几个工兵，偷着杀了蒙古人一只羊，充充他们的枵腹，被邹芬知道了，硬要枪毙工程营营长，若在真正奉军，恐怕杀了十头牛也不问了。他们的前卫斥候队，正是马二营，尖队正是荫德那连，官兵都是同乡，这回决死赴敌，大家已有觉悟。他们虽然被腹不完全，只凭他们健全的身体，和那塞外寒威战。荫德尤是好战的人，他憋闷了好几年，今日才得畅适。只见他骑在马上，率着一连人，在戈壁大沙漠里，疾驰而去。

他们在漠漠无垠的沙漠里，也很难辨方向的，但是也有很好的目标，便是直通库伦的电柱。荫德率着一连人，便沿着电柱，往北疾行，每到一个驿站，便作了报告，通报大营，却喜一路没遇见敌人。

非止一日，马二营全部到了滂江，择定地势，下了营寨。

无情的风沙，漫天遍野的吹着，军用帐幕，在外蒙是不适用的，一阵风沙，不是埋没无余，便是被风卷了去，只得寻觅土山，在山窝里露宿。

这里去人家极远，便是有几家蒙古人，和一两处喇嘛庙，也征发不出什么东西来，人马的给养，都很缺乏，只得调节减用。等了好几天，后方步队才到，但是后方输送，缓慢的很，许多马步军队，差不多困在这里。

此时库伦风云日紧一日，都说褚旅已然陷没，派往的援军，也不见消息。忽由司令部下个命令，着马二营派精明强干的一名排长，率领所部，往库伦探取敌情，便作前卫斥候队。营长得了这道命令，即命荫德派人。荫德接了这个命令，正中下怀，当即以公式召集会议，把营部命令向排长和司务长说了一遍，然后他却向大家宣言道：

"我们这一连，平日最有名誉的，今日这个任务，派到我们这一连，我们是很荣幸的，但是你们那一位愿意完此任务？"

说罢，没有一个言语的。荫德因目景福，景福见了，把手一扬，说：

"排长愿到库伦探敌！"荫德见了，忙上前与他握手说：

"怎么，景排长愿意担此任务，足见名誉心胜〔盛〕得很！但是此去不比往日，这个任务大的很，你须先有觉悟，不要坏了本连名誉！"

景福见说，冷笑道："什么觉悟，小弟早已觉悟了！今日此举，我真不知替谁去卖命！但是既为军人，也得发挥军人的气慨。我们孤军深入，已无幸免，当局似乎已然把我们牺牲了，不觉悟怎的！不但我一人应当觉悟，便是大家也应当觉悟的！"

说完这话，便与荫德去握手，觉得荫德手直颤。当下回到本排，把弟兄们召集齐了，说明就里，目兵咸为愕然。景福道：

"你们大家不必迟疑，命令急的很，就此出发。身为大丈夫，不在此时作一场，等待何时？何况此地十分危险，粮秣又不足，将来也是同归于尽。我们这一排，离开大营，倒可以自由向蒙古人征发粮食，不至冻饥而死了。"

一排目兵见他说得有理，当下都把精神振作起来，于是纷纷备马，把水壶干粮袋都装满了，且待出发。这时景福已然把武装整好，带了一排人，去作斥候动作。命令上说得明白，是派他们到库伦去的，分明不亚飞蛾投火。

在景福早已拼得一死，所以只有前进，绝不返顾。这日正往前行，只见前面尘头起处，来得非常快。目兵一见，连说：

"敌人，敌人！"

景福说："你们不要慌，且在那小丘后面下了马，听我命令！"

当下他用望远镜向前看了一看，果是敌人，内中有五六名俄国人，其余四五十名，却是蒙古人。这时他本排的人，都不敢下马，意思有些不稳。景福因晓谕他们道：

"你们为什么不下马？敌人我已看明白了，约有一连人。我们若和他冲锋，决不能敌的，若是后退，没人家马快，此地又没有可作掩护的森林，若被人家由后面追袭，我们这一排人不至尽殁不已，再说蒙古人的套马杆十分利害。为今之计，只有变成步兵，用这土丘，作了掩护，挨敌较近时，听我命令一齐射击，量他一连来人，禁不住我们一排人，和他用步兵式作战。"

大家见景福说得有理，长官既如此勇敢，目兵尚有何说。当下下了马，景福命令他们约隔五步一人，都在土丘后面卧倒，略一仰面，即可望见敌人。这时景福也下了马，教目兵把表尺定在三百密达以内，没有口令，不许放枪。

这时敌人五十骑，风驰电掣一般，向这里飞奔而来，他们以为一荡马，便可把这一小排人击为粉碎。皆因他们在库伦得了全胜，贪功的俄国人，带了数十名蒙匪，硬要内犯，这正是第一批前锋逆击队，却有十二分勇敢。偏生遇见景福这一个不怕死的，将骑兵变成步兵，镇镇静静的，在那里候着，这群强敌，兀自不知。

此时敌人已有五百密达距离，景福命令一声"预备——放"，一刹那间，敌人已到三百密达目标，景福忙命令一齐放枪。只听一阵枪声，敌人纷纷坠马，只十余人，兀自往前闯。这里目兵见一击之下，去了敌人十分之八，大家更安心了，这时不必用一齐射击的法子，只凭目兵人自为战，把所余的十几名敌兵，也都击杀干净。

当时目兵欢呼而起，查点自家人数，并无一人死亡，只有受有轻伤的五六人而已。众兵言道：

"若不是景排长从容镇定，我们今日不能得此大胜！当初我们以为你们学堂出身的，不能打仗，今天才显出来，比我们老粗强的多，胆量是胆量，智谋是智谋！"

　　景福道："你们虽有胆量，却不懂战争的法子。以我们这样赢马，焉能与人家的大马对敌！没法子，只得变成步队，以逸待劳。步队打马队，是百发百中的。但是你们若老早放枪，把敌人提醒，他们若由四下里一围攻我们，照旧惨遭覆没。如今我教你们不到三百密达不许放枪，这固然很危险的，但在三百密达以内，我们的枪决不能虚发，何况他是一拥而来，更容易射击了。再说我们在三百密达以内，猛烈轰击，他们打算散开包围我们，也来不及了。所余十来人，便是闯到我们跟前，他们的武器，不能接触我们，我们却仍有余暇击毙敌人。昔美国前大总统罗斯福，在斐洲猎狮，成绩比别人都好。他的法子，便是镇静不动，等狮子跑到眼前，举枪一击，无不立毙。今日此战，我便学罗斯福猎狮的法子，果有奇验。"

　　目兵听了，无不佩服。

　　当下检点，虏获军马五十余匹，马枪四十余枝，其余随身佩带之物，称是。景福草草作了报告，教目兵都换了敌人的好马，其余的，派头目一人，兵士二人，押送大营，他带着手下目兵，仍往前进。

　　离库伦不过百余里路，大家都加了小心。正往前行呢，只见前面又是一股尘土，大家看时，却是一辆电车，飞奔而来，少时已到。景福教目兵把电车挡住，上前查看，却是西北边防军，一个长官，已然吓得面无人色了。他在车里一见是本国军队，方才放了心，忙问：

　　"你们是那一师的？"

景福说:"我们是十六师的斥候队,特来探听敌情的。"

那长官道:"你们胆子真不小,刻下库伦完全失守了,你们赶紧回去吧!我们没出库伦时,恩琴已派一枝前锋队,南犯去了!"

那人说罢,教司机的开车,风驰电掣,往南去了。景福此时总算达到目的,不便到库伦去了,赶紧率领所部往回里走。

他离了涝江大营,已然有四五日工夫,大营方面的消息,他也不知道。及至回到原出发的地点,大家无不大惊,连个人影儿也没有了,却是满地死尸,被野鸟在那里啄食,还有许多破帐房锅灶等物,也丢在那里。再看那些蒙古人家,也都迁徙无余,还有一两处喇嘛庙,也被火焚了,余烬兀自未息。

景福一见这个情形,知道大营被敌人偷袭,但是他们撤在哪里,景福也不知道。可惜这一排人,与大营断了关系,没人管他们了,他们只得委之于自然运命,想法脱离了这危险地域。

自景福奉派出去以后,每日有许多蒙古难民,自言是由库伦逃来的,纷纷住在那几处喇嘛庙里,这里驻军,也未加细察。一日夜深时分,由大营四外,枪声似炒豆一般放起来,那弹丸便如雨点,好不凶猛,可怜一营兵士,方在梦中,受了这一大袭击,死了有三分之二,那未死的,也不敢应战,惟有四下乱窜。到了天明,敌人方才引去,事后查点,原来那帮难民,正是敌人假扮的,出其不意,把大营给袭击了。

这些没有被难的兵士,迁恨当地蒙民和那些喇嘛,事先不该容留匪党,显系与匪通款,暗袭官兵。当下一声呐喊,把蒙民和喇嘛都给追跑了,也有死于非命的。可怜几座著名的喇嘛庙，一炬之下，全成焦土了。

这时援库军队，没有一处动员的，十六师又在漭江失利，不能战，再奉司令部的命令，暂且调回原防。虽然失陷了不少人，而军装器具，依然完好，如马克新的机关枪、加农管退炮，都是德国克鲁伯工场造的。师长邹芬，体贴奉天意旨，当下把十六师全体官兵，一律撤换，都用奉天人补充，于是十六师完全消灭，奉天安安然然，得了一师的新式军械，其喜可知。

这些事与本书没什么关系，也不便说。只表荫德，他既然是个连长，当然在被撤之例，何况他也是在漭江战败的英雄，欲保位置，是很难的了。其实他心里自有一段秘密勾当，便是不撤他，他也要请长假的。当下收拾收拾私有的行李，与他十年来的军队生活长辞，打算要组织一个温柔醰蜜的居所。

他出营以后，在张家口休息两天，便趁了京绥火车，一日已到北京。由西直门车站，到他家里，不过二三十里地，当晚便到家了。他的父母，见了他，都吓了一跳，忙问他说：

"你是荫德么，你回来了？咱们营子的人，这回死多了，家家都有凶报，我们也不指望你活了，你却怎的能回来？"

荫德说："遭劫在数，大数难逃。儿子还有一件心事没办，那能就死？再说十六师虽然失败，我却战胜了！"

说着来了一阵狂笑。他父母一见，好生惊疑，他爸爸也不敢骂他了，暗道："这孩子一定在战场上受了什么惊恐，精神有些不对！"因和他老婆富氏说：

"你问他吃什么不吃，好给他做。"

荫德说:"我什么也不吃,我只是困,我先睡一觉,有什么事明天再说!"

他一倒头,躺在炕上,即睡熟了。这些日子,在战场上的劳乏,都找着了,死人一般,睡个不醒。他的父母,平日在他身上虽不十分注意,到了此刻,眼见儿子回来,真是虎口余生,焉能不疼,当下用被子给他盖好。他爸爸近来也老没犯酒疯,皆因十六师在蒙古开仗以来,家家都在愁烦里过日子,加以军饷不足,也不能往家寄钱。荫德的爸爸,任是怎样醉生梦死,到了这时,也要发愁的。他盼儿子比别人都盼得利害,别人盼儿子,只要有个信,便放心,他却日日盼钱来,好打酒喝。如今儿子回来,他固然放了心,可是不知儿子带回钱来了没有,乘着荫德睡熟,把他行李提了一提,觉得挺重,他却才放下十足的心来。

荫德整整睡了一夜,次日起来,脸上却觉得有些清瘦,两只眼睛,红赤赤的,仿佛有些肝火上拥。他爸爸见他睡醒,便问他说:

"你这一夜想已歇过乏来了,我有一句话,昨天也没跟你说。如今咱们营子,大不如前了,每月一个钱也不进,若不是有粥厂,大家都得饿死。你回头出去看看,营里的房子,都拆卖了。自你开到北边,总也没往家带钱,我知道你们不官[关]饷,也不怪你,但是我期望你日后一定当督军巡阅使的,所以原先你带来的钱,都被我喝了酒。但是这酒是我的宿嗜,如不喝,一定会死。你如今既回来,能供我酒喝不能呢?"

荫德说："你老人家只管喝，便是儿子也要喝的！"

他母亲在旁边看不过，便插言道："你们爷儿两个别竟说喝酒，听说咱们营子的人，在北边死了不少，你都看见了没有？便是对门景福，听说也死了，这事真吗？"

荫德说："景福么，此时敢怕已经又托生了！"

说完这句话，他不住往北看，仿佛有所伺察。他母亲见说，叹了一口气，说：

"怪可怜的，他把琴姑娘取过去才一天，就走了，谁知他已然阵亡了，此刻他一家儿每日哭天抹泪，正没主张呢。"

荫德说："那谁管的了，不是谁害的他。再说他死了，也不冤，究竟琴姑娘和他过一天。"

他娘儿两个这里说话，他爸爸已然把酒瓶子收拾好了，上街买东西去了。这时却见景福的伯父，在窗外咳了一声，进来了，荫德忙上前给请了一个安。细看这老人时，与从前大不相同了，发鬓雪白，好似八九十岁的人，两只眼睛深陷在眼眶里，颧骨挺高，下颚挺大，不但没有一点血色，一脸的肉都没了，乍一看去，活像一个连皮带发的骷髅。这老头子平日操劳家务，使心费力，已自伤了，近日北边一开战，侄儿音信不通，加以每家时不常的有人来信说，他们的人死了，留下寡妻，没有养赡，只供一供灵牌，便往前走了。这老头子每见一家供灵牌，他的心便要碎，已自好几十夜没睡觉，所以把老头子毁到这步田地。如今听说荫德回来，便赶紧过来打听景福的消息。一见荫德，便说道：

"老贤侄，这次危险的狠，可算是虎口余生。我如今向你打听你兄弟的消息，你却不要瞒我，使我提心吊胆。我今年六十多岁了，活着也无益了，我此刻只要知道你兄弟实在消息。他若阵殁在沙场，也是男儿壮烈之举，不为非命。但是传言不一，我却不放心，如今只求你与我说一句实话。"

在荫德自己，确信景福已是死了。当他派遣景福到库伦探敌时，他的本意，便是欲置景福于死地。后来虽然知道景福把敌人的斥候队击灭，可是从此便没接得他的报告。景福一小排人，深入贼窟，决无生望，他以为他得十二分胜利了。后来大营被袭，几于全军覆灭，他更以为景福不能活了。可是他见了景福的伯父那个样儿，生恐一句话，教老头子惊死在这里，便没敢说景福已死，当下和景福的伯父说：

"老伯，你老人家既问到这里，我也不能瞒您，但是我实没亲眼看见我兄弟死。当我们大营被袭的前五天，他已然派出去探听敌情，他在路上还打了一个胜仗。据我想，他若有毛病，必定在库伦一带，但是以后情形，我便不知了。"

景福的伯父听了，还是不见个确实，这心里愈加难受了。当荫德与他说话时，这老头子只闭目听着，深恐荫德说出景福一个"死"字，可是心里又欲听个究竟，他的心，几几乎提到嗓门来。此时荫德假如说景福已死，或是真没死，这老头子一惊或是一喜，都能要他的老命。无奈侄儿的死生，还不明白，他的心，仍是不上不下的悬在那里。只见他徐徐把眼睛睁开，问荫德说：

"你说的是实话吗？"

荫德说："实在情形。"

景福的伯父说："如此看来，这孩子的死生，此刻还不明白，我们只得再等两天，反正有个水落石出。"因向荫德说：

"你也该吃饭了，他们娘儿两个也盼着听个信，晚上再说话吧。"

说着去了。

此时接房四邻，已都知道荫德家来了，谁不欲打听北边的消息，再说营中子弟，在十六师的很多，那有不关心的，所以都纷纷到荫德家里来问消息。荫德虽然没耐烦，也得应酬他们，好容易才盼得少闲，他才得出门。出去一看，果然营子里拆毁的不像了，一条巷没有几间房子存着，其余的都成了一片荒丘，可是他一点感慨也没有。他看见那些破房子穷人民，只作没看见，只要琴姑尚在人间，他便以为大事尚有可□。

这天晚上，他腰里带上几块钱，鬼鬼祟祟的跑到何三家里，只见寻〔那〕株老槐，已不见了，却被何三家的锯倒卖了。那枣林子也不如从前茂盛，差不多都作柴火烧了，可是在荫德，也没个今昔之感。他走在院中故意咳了一声，只听何三家的在破窗户里面问了一声："那位？"随即迎了出来。细看了半天，才认出是荫德，他便哟了一声说：

"我当是谁，原来是荫大爷呀！我听说你家来了，这一惊受的不小，难为你会回来，真算命大！"

说着把荫德让到屋中。

这时将有掌灯时分，屋里黑漆漆的，什么也看不见。何三家的一边让荫德坐下，一边去摸洋火，好容易把洋火寻着，却点着一盏小三号的煤油灯，屋里陈设，都呈到眼帘了。只见两张破桌子，缺足短腿，兀自在那里摆着，想是他出阁时娘家的赔送，这几十年老朽了不堪了，但分能卖几毛钱，也要和这三间老屋告辞了。炕上的炕席，大窟窿小眼儿，露着精光的炕砖，棚顶十几年没裱糊了，黑糟的老纸，一块一块的在棚顶上吊着。再看何三家的时，穿一件破蓝布衫，补了有好几十块，脚下地皮一般的袜子，穿双破皂鞋，脸上都失了本来的肉皮，不知几日没梳洗了，那头发乱的也就不必问了。

荫德看看这屋子，又看看何三家的，暗道："他家怎的一寒至此，他家虽是小日月，怎能这几年穷的这个样子！当初琴姑在这里，这三间老屋，二亩小园，差不多是人间仙府，怎的琴姑去后，就这般衰落了。"他想到这里，忽然想起当年替琴姑摘枣儿一般情事来了，他不住怦怦心动，周身血脉也都奋张起来。他看着何三家的，非常讨厌，"为什么把琴姑许了景福，假如把琴姑给了我，这个世外仙源一般的地方，也不至沦为荒丘，我也不至受这十年痛苦，这不都是何三家的受了人家甘言，倾害的我么！"

想到这里，恨不一拳把何三家的打死！在这一刹那间，他的心神转变过来了，暗道："我如何这样鲁莽，今天不是求他来办正事么，先得罪她，谁与我办。"当下拿定主意，坐在那里。此时何三家的胡乱与他倒了一碗茶说：

"你喝碗现成的，我今天也没有升火。"

荫德说："大婶不必张罗，且请坐下说话，您这些日没斗牌么？"

何三家的见说，哟了一声说："人都要饿死了，还斗牌呢！我实对你说吧，我每日只仗打粥活着。可是我虽然穷，对于咱们老居旧邻，亲戚朋友，我依旧挂心，不愿人家有难心的事。我听说咱们营子的人，阵亡了不少，我实在难受。本就受穷，还遭这样难心的事，够多糟。如今你好好的家来，我们听着都喜欢，只是怎［咱］们营子糟蹋那些人，将来有个办法没有呢？听说我们姑老爷也有凶耗，可不实在，不过大家那样揣度便了，你们二人在一队上，或者知道底细？"

荫德说："你问景福么？他早死了！"

何三家的说："您这话当真吗？这事关系三条人命，你须仔细些！"

荫德说："我若没看见，我敢这样说么。"

何三家的道："我们姑爷若真有点好共歹，还真是一件麻烦事！"

荫德说："你不会把姑娘接家来么？以琴姑那个品貌，年龄又不大，另给人家，也不费难。"

何三家的是个乖觉的人，见荫德这样一说，早已疑了心，暗道："这小子不是有意图娶琴姑？他小三十岁的人了，为什么老不娶媳妇，或者他与琴姑有什么关系？若真有关系，这里头或者还许有什么祸事！唉，穷的这样子，管什么祸事，他若真有此心，我便真把琴姑接出来，多少使他几个钱，也好济济眉急！"因向荫德说：

"这往出接姑娘的事也不容易，第一男家不定许不许，第二接出来那里便有主？我夫妇二人，此刻还得现奔，那里养活得起一个闲人？再说我们姑老爷死活究竟不十分明白，我如今也顾不到这上头了，好歹随他们去吧！"

荫德说："这却不是法子，究竟还是接出来好，他年青青的，你为何教她守寡！"

何三家的说："那我也管不了，我嫁她一回已尽够我受的了，难道第二次我还管？一个再醮妇，谁要哇！"

荫德说："自要大婶你应着往出接，我便能替她为媒！"

何三家的见说，笑道："人家的姑娘，不想你这样挂心，你一定有什么心事。你与我说了实话便罢，不然时不要说这些个了。"

荫德见说，全不顾了，便和何三家的说："大婶，我实对你说吧，自小时候，我便与琴姑很有情的，不想后来被景福占了先。如今且幸景福死了，我仍不能忘情于琴姑。没什么说的，大婶你替我办一办，事成之后，必有重谢！"

说着由怀里取出十块钱，白花花的放在炕上说：

"这是十块钱，大婶你先拿去用，事情成了之后，我再奉送一百元！"

何三家的见了这十块钱，镂云刻月一般的精致，眼睛里久已见此物了，当下心里直跳，勉强和荫德说：

"你何必拿钱，也好，我先收下。第一我连一件干净布衫也没有，做一件新衣裳，盖一盖道儿，好与你去办。但有一节，景福可真死了？你切莫冤我，日后有个差池，须不是要处！"

荫德说："一定一定，他早已托生多时了！"说着站起来，嘱咐何三家的道：

"第一步你先往出接人，切莫先露出我来。"

何三家的说："这事我会办，你只管听喜信儿吧。"

凄凄的北风，由山后吹过来，树枝受风，乌乌的山响。天上的星月，都暗淡了，营子里除了风声，一点声响也没有。路上也没有行人，家家早都熄了灯。可怜那饿伤了的犬，在冷风里自卫他的残喘，一声也不吠。此时何三家的，由那疏落的枣林里，鬼鬼祟祟，把荫德送出来。在五年十年以前，此地尚可称为人间仙府，今日却变成了一个可畏的魔窟了！

第八章

　　景福的伯父，自荫德口中得了景福的消息后，心里仍旧忐忑不安，究竟不知景福是生是死，只得回家把荫德的话，和老伴儿及琴姑说了一遍，他娘儿两个更是不得主意，比往日反倒更加上一分愁。若说景福没死，他既和荫德在一队上，理应一齐回来；若说死了，又没人看见他的最后。以大势度之，景福既带着一排人向库伦作斥候，大概凶多吉少，不过没个确信，也不敢断定他必死，心里无论怎样难受，希望的念头，总不能绝。一家老少三口，每日茶饭懒吃，惟有盼着景福早早回来，既不然时，也须得一个真正消息，好把这条心去掉，另安排别的事。再说这两天各家供灵牌的很多，供完灵牌，年青的媳妇，不是改嫁，便是进城去与人家佣工，一天总有几起。那愁惨的景象，真是不可言喻，仿佛老天故意安排这老大一幕惨剧，作乱事末叶的一个点缀。

　　景福的伯父母，见了这家供灵牌，那家供灵牌，他的心比刀剜还难受，自料他家如此，我家也是不免。再说媳妇年轻，也难望他守着，便是他矢志守节，将来的生活，也是困难。可是他若去了，只剩我老夫妇，更没有活着的必要。仿佛死的安排，早已昏昏沈沈，现在眼前，绝无幸免。假如教这一家儿免除破灭，老的得保残喘，琴姑不至失所，除非景福这时由天上掉下来，还是完完全全的一个景福，这一场大祸，庶可免了。无奈景福这时，还在大沙漠里，是死是生，谁也不知，就在这死生不明之中，把他一家的命都要了。

　　景福的伯父母，此时虽然没死，也去死不远了。五六十岁的人，天天应当受颐养的，禁得住这样忧虑，这样痛苦么！民间这样的惨事，这样的横祸，我不知道驱民为兵使就死地的野心家，他们知道不知道，他们替人家想一想不想！没产业的人民，国家不给他们开生路，却张了无情的罗网，四下里罗致他们。无产的人民，除了当兵，仿佛没有别的路，其实生路也太窄了，只得往军队一途钻。一人阵亡，便是举家殉国，天下不仁的事，再没有比这个利害的了。

　　琴姑的心，早已横了。他自家觉悟他不是应着幸运来的，仿佛老天爷生她这人，专门教她充一个悲剧中的角色。他知道他一生的幸福无望了，不如悲壮淋漓的，随他那悲剧的最后。可是他在二位老人跟前，仍是百般承欢，借使老人得半时安慰。

　　这日何三家的来了，这妇人自从琴姑于归以后，他半年也不来一趟，却是天天去斗牌。后来穷了，一件旧衣裳也没有，更是不来了，他们的亲戚关系，差不多断绝了。今日忽然穿一件新蓝布衫，头脸梳洗的挺光，特来看姑奶奶。景福的伯父母，便是一怔，知他此来，不是寻常泛泛，或者有什么意外的凶耗，也未可知。皆因他每日去打粥，形同叫化，今日打扮的也是人儿一般，其中的消息，不问可知了。

这老公母俩把何三家的让到屋中，心中不知怎的，只是突突乱跳，何三家的一见老夫妇这个样儿，都走了人形，跟带气的活骸一样，所以不死，只凭他们那一线希望之念，在那里支着，假如有人把他们那条线割断，立刻就要身返太虚。虽在何三家的，也未免表些同情，可是荫德的洋钱，在那里直催他说话，也顾不得许多了。只见他略一裂嘴，表示他未言先笑的态度，其实丑怪莫名，令人好不厌恶。只听他言道：

"二位亲家，我今天与你们老夫妇商量一件事。"

刚说到这里，二老夫妇把眼睛都闭上了，颤颤的听他说话。只听何三家的续言道：

"自从蒙古开了仗，我们姑老爷总也没个信来，我虽然不知你们二位怎样，我的心里实在委曲不下，所以我逢人打听，都说不知他的下落。你们二位想想，这不知下落的人，还有希望吗？虽然这样说，或者老天爷保佑他，也可以不死，这也不过是自己解说罢了。前几天我即跟荫德打听，他却告诉了我实语，只不教跟你们二位提。我想纸里头包不住火，终归有个发现的，何必不说呢。你们二位也只可放宽一点，不必想他了，我们还是办正事要紧。我们姑娘，她年青青的，又没个一儿半女，可教他守什么。所以我特来与你们二位商量，我打算把我们姑娘接出去，另行择配，不知你二位意下如何？"

他把话说完，再看那二位老人时，只见那位老太太，眼里扑洒洒的直流泪，却一声也不言语，景福的伯父，兀自在那里合眼坐着。好半日，只见他忽的由凳儿上站起来，叫道：

"好！好！好！由你！由你！"

倒把何三家的吓了一跳。只见那老头子用干枯的嗓子，向东屋里叫道：

"媳妇！姑娘！你到这屋里。"

琴姑这几夜也没睡觉了，他正在他自己屋里打睡，忽听老人叫他，赶忙到这屋里来，却见他舅妈在炕上坐着，大娘婆在那里垂泪，大爷公在地下踱来踱去，琴姑已自明白了，因问道：

"老爷子，您叫我有什么事，大概我舅妈与你们二位老人家说了什么话，惹起老人家的伤心，不妨和媳妇说知，大家参酌。"

只听老人战颤哆嗦的和琴姑说："媳妇，我们如今家败人亡了，这不是你舅妈，他说你丈夫已死，特此来接你回去。想你年青青的，在我家守什么，你跟你舅妈去吧，不要管我二老！"

琴姑一听，早已呆在那里，脸上的颜色，比纸还白，半天，才向何三家的说道：

"舅妈，这话你听谁说的？"

何三家的道："你管我听谁说的，横竖景福死了，你年青青的，一天福也没享着，替人家守什么。再说你如今是姑娘是媳妇，还说不定呢，趁早走了，也好图个下半世生活。"

琴姑听了这话，又气又恼，因恶狠狠向他舅妈说：

"你乘早闭了嘴，难道你教我进一家出一家，随便听你摆布吗？不用说你是我舅妈，便是我的亲母亲，也不许这样！我与景福虽然没有几日夫妇事实，我们的情义却不是一日，我既嫁了他，便与他生死相依，有他便有我，他若死了，我便随他去，何必用你挂心！再说他如今是死是生，还没一定，你教我上那里去？这里不是我的家吗，这二位老人不是我公婆吗？我们活，活在一处，死，死在一块，好歹你不用管，你与我请出吧！"

说着，便跪在二老面前，哭着说道：

"公公，婆婆，不要听我舅妈的，他不是好人，他不懂人的价值，他成心来搅咱们，不知道他怀着什么鬼胎！媳妇如今同你们二位老人面前设个誓，无论有景福没有，我也要伺候你们二位老人家，养活你们二位老人家，至死也不出这门！等到你二老归西之后，媳妇自有办法！"

说着，哭个不止。他二老也是直哭，都拉着他手哭道：

"孩子，你的心足可警动神明，只可愧我们小门小户，如何得你这样一个贤烈妇人！你不要哭了，你且起来，咱们慢慢商量。"

琴姑那里听，仍在地下哭个不止，何三家的闹了这一场没趣，又羞又气，没法子，指着琴姑发狠道：

"好孩子！好孩子！你由三岁我把你养活大了，难道你就不听我一句话，却拿这两个死不了的老梆子当亲人，孝顺他们。我看你走不走，我不能教你年青青的守寡，将来坏我名誉。今天且不与你说，明天再理会！"

说着气愤愤的去了。这里二老把琴姑扶起来，教他坐在炕上，和她说道：

"你只顾这样贞烈，教我二老怎样对得起你！据我们想，景福或者真没了，你不如自奔你的前程，寻个安身立命去处。"

琴姑说："老人家，切不要这样想，孩儿自幼受苦，把死生早已看开了，何况衣食小事。再说孩儿日来屡屡作梦，都梦景福不会死。如今再等他几天，再作理会。"

说罢又咽咽呜呜的哭了。二老此时心如刀搅，没别的法子，只有赔她一哭。

［此处缺页。］

什么他自幼性情不好咧，又是什么孤高自是咧，又是什么守节不嫁，故买好名咧，都都念念半天，他都不以为然。最后又自言自语的道："你不是心高气傲吗，我倒要揉揉你，你不是要守节吗，我偏教你改嫁！胳膊拧不过大腿，咱们倒看看谁由着谁！"

自这日起，何三家的得了闲，便到琴姑家里去饶舌。始而琴姑还背着二位老人，把他支走，无奈何三家见的真把老脸拉下来了，差不多每日要来提这件事。此时景福的伯父母，已都病了，上了年纪的人，真禁不住这样难心的事，再加上何三家的时时来罗皂，致使这老公母俩，一天也不得安静。

一日这老夫妇把琴姑叫到床前，和他说道：

"媳妇，你舅妈每日到这里来麻烦，这也不像一回事，我们也不能养病，连你也不得安。只为我们老不死，倒就误了你的事。可是我们这口气总断不了，也是无可如何。在我们未死以先，你须想个法儿，不要教他来才好。我们知道你的心，你绝不肯抛下我们一走，我们也没有权力挽留你，只是也得想个法儿，不要再教何三家的来此扰乱人心。怎的杜绝她，才是个道理。"

琴姑道："二位老人家，只管好好养病，明儿，他再来时，孩儿自有法子答对她。"

次日，何三家的果然又来了，一见琴姑，便问道：

"那老公母俩还没死呢？孩子，你怎恁般傻，难道你该他们的么？舅妈说的话，你总归不赞成，还要拿话堵塞我。你照照镜子，你比从前差多了，为什么这样自苦哇？俗话说的好，'嫁汉嫁汉，穿衣吃饭'，如今汉子没了，衣饭没有想，另外还有两个不达时务的老朽，每日磨你，要吃要喝。孩子！你造了什么孽，受这样云南罪呀！据我看，你已然不亏负他们了，不趁青春年少，再寻个衣饭之源，哭着喊着，要守寡作什么呀！这寡要好守时，我二次不嫁你舅舅了。孩子！我是过来人，其中甘苦，我都知道，如今不能不替你打算。你如听我的话，往后好处多着呢！"

说罢，用眼去看琴姑，偷窥她的颜色。琴姑满心不悦，只得耐着性儿答点她，因说道：

"舅妈，你的话我明白了……"

刚说出这一句，早乐得何三家的手舞足蹈说："乖乖！宝贝！你明白了。你若早明白，何必教舅妈着这么大急，跑这些趟！好明白孩子！你且坐下，慢慢和我说你几时家去？"

琴姑说："几时家去，我此刻也说不定，你老人家每天来说这事，也不好看。我如今只得说一句痛快话，依我时，便这样办，不依我时，我便一死，那时看你怎样！"

何三家的道："你自要依我出去，什么要求我都能应你，好孩子你说吧！"

琴姑道："从此三个月以内，你不许再登我门！这三个月内，景福或是有信，或是回来，诸事便都罢论了。这三个月内，若仍无音信，或者他真死了，三月以后，再说！"

何三家的见说，作出不满意样子道："你们爷们他早死了，你何必还指望他回来！你多在这里一天，不是多受一天罪吗？"

琴姑说："依时，便这样，不依时，也就没得说了！"

何三家的无法，只得依了她说："到时候你可不许再有别的话说！"

琴姑说："到我应去的时候，我一定随你去！"

何三家的也无话再说，只得告辞而去。晚上把这话报告荫德，荫德大不谓然，说：

"不应当应他这老远的日子，假如这三月以内，有什么变动，我岂不落个人财两空？"

何三家的道："这三月你还嫌远么，他始而说三年后才嫁呢！是我死说活说，才应我三月以后。谁想人家为你说破了嘴唇皮，倒挨了你一顿埋怨。你若不依时，你另请高明吧，我实在管不了你这事！"

荫德无法，只得百依百随，在他那无聊的家庭中，耐他那无聊岁月。他家里本无积蓄，全凭他在军营里积下的几个钱，和这次打仗掳掠的几件财物，他父母不管好歹，只拿这钱臭吃臭喝。荫德多少也有点遗传性，每日也拿酒浇愁，仿佛这三月比三年还难过，他的精神，又仿佛在军队时一样，呈了一种异质。头发挺长，也不愿剪，两眼愈发深陷了，他少年时的精神，少年时面影，一点也没有了，假如再遇见一件特别刺激，他一定会发狂的。如今他发狂的现象，已然露出来了，不过他心目中还有一个简单观念，便是琴姑不久即归他了，他时时以此自慰，所以痼疾不至便发。可是接房四邻，都说荫德不好，他若不出去找点事作，恐怕自己要作践坏了，可是他心里这段隐情，别人兀自不知，所以人人都表同情于他，可怜他的不得意。

琴姑自打发何三家的去后，且喜耳根得了清静。可是在这三月以内，他艰苦备尝，心身两用，便是生铁铸的人，也要对于他表同情的。他除了伺候翁姑的疾病，便是盼着景福回来，把日常生活的茶饭，都视为末节，有时甚至一日之中，什么也不能下咽。假使景福如期回来，他也不能和景福久享幸福，皆因他的精神用尽了，心血熬枯了，只余一副无影无形的爱情，和一把可哭可怜的骨头，预备着教景福收拾了去。

第九章

在这三月以内，琴姑办了两宗大事，便是景福的伯父母，先后都物故了。这老公母俩，近来所处的境遇，没有一件能教他们可以多活几天的，他们实在自己不能维持他们的生命了，只可把这烦脑的世界抛开，去到无何有之乡，享他们的清福。琴姑一个弱女子，连遇这两件丧事，他如何办的了，便是平日过日子谨慎，衣衾棺椁，不用发愁，多少也得有人帮忙。好在接房四邻，怜他孤苦，诸事都替他去办，何三家的有亲戚关系，也不能不跑前跑后，从中取点小利，晚上便和琴姑一同宿歇，名为作伴，实则是在那里监视。琴姑虽然诸事看不上他，皆因也得有个人，所以不与他计较。

两棚白事办过，琴姑的心身，倒比从前疏散了些儿。大凡一个女子，男子不在家，他能把男子的职责，给代办了，每每有点自负的意思。琴姑此时虽无自负之心，然而两位老家儿，生事死葬，都经他一手办理，便是日后景福回来，也可以告无罪了，所以他觉得比前痛快了许多。

此时他的心里，没有别的余念，一心只盼景福。他绝没有随他舅妈一走的心，他从前所说的话，是一时权宜之计，他总想景福没有死，所以他的希望，老不会断。在何三家的，也窥破了他的心，知道此时不能跟他提往前走的事，假如一提，难免决裂，只得冷静冷静再说。好在他家老人没了，自己便是他的亲人，乐得与他同住几日，还有什么亏吃。主意拿定，不免在琴姑身上献了许多殷勤，姑奶奶长，姑奶奶短，把琴姑疼的要命，这是琴姑在家时，所没经过的恭维，但是真心假意，谁还不懂，也乐得他这样殷勤，却省了自己家许多事。

何三家的见琴姑安贴了许多，便乘机和她说道：

"姑奶奶，你别想不开了，你没见么，别人家的小媳妇，走的走，嫁的嫁，很多了，他们难道都是无廉耻的人？都不是为穷所迫，没有养膳，才这样么！假如有个指望，谁也不愿出一家进一家的。就拿你说，有什么指望呀，便是有点东西，当卖着过，终归有个了，等到花光了时，你还指着什么活着？你仔细想想，不趁这时往前走一步，等到没人要时，沦为乞婆，才算吗？须知道这时不是前清了，也没人给你请旌表，建牌坊，为什么这样执迷不悟哇。舅妈这话，不是为我，都是疼你的意思，你若一点回转没有，舅妈这心不白用了么？本我就穷，将来你再没人养活，教这作舅妈的看着，伤心不伤心！"

说着一撇嘴，由眼睛里挤出两滴泪来。

琴姑见他作出这样嘴脸，明知是假谜儿，早把脸沉下来说：

"我从前怎样与您说来着，如今还有一个多月工夫，无缘无故，又说这些作什么！出去不出去，反正由我，我若不点头，你也是瞎费唇舌。您不是怕我一个人怪孤的，所以来与我作伴，其实我一个人也惯了，没什么可怕的。您若愿意在这里，只管陪我作伴，不要多嘴多舌的；如不愿意在这里，请回你家去，也不要紧。"

何三家的见说，忙道："这又算我爱说话，我也是为你。你既不愿意我多嘴，我从此不说，等到了期限，看你再有什么说的。"

从此果然不与琴姑提这事。可是一个多月的光阴，转眼要到了，琴姑也有些发慌，暗道："无论怎样，景福也须与我来一封信，如今半年多了，怎的竟自言信皆无。这样看来，别人说的话，不能是假的了。他既死了，我白等他作什么，我也须及早打点我的事。"想到这里，把一切凄惶不定的态度都没了，反倒泰然自安，看他那样子，真要有往前走一步的意思，乐的何三家的，满面春风，暗暗自喜。

这日三个月的期限已然到了，何三家的一边笑着，一边屈着指头，问琴姑说：

"姑奶奶，今天是几儿了？你说的话须不会忘。"

琴姑故作愕然道："我说了什么话，怎的我一点也不记得？"

何三家的听了，焦灼道："你可不许这样呕人，你把我都快磨死了！我为你出了不少汗，受了不少热，那头催，这头磨，若再没个真章儿，我真活不了！你不说三个月以内，景福不回来，你便随我家去吗？如今三个月满了，景福连一点影儿也不见，须知不是大家冤你。他死了又托生，已然有半周了，如今人家与你一□，你反倒与人打差。你想，我是个暴性儿，禁得住你这样磨吗？"

琴姑见说，微微一笑道："我倒忘了。"

何三家的道："这是什么事，你忘了岂不坑了我，如今你大概没话说了么？第一景福已死，老家儿是又都去世，你一无挂碍，正可听我的话，另寻一个衣饭所在，才是正理，别人也不能笑话你！"

琴姑说："如今诸事依着舅妈，但是我有一件事不明白，你老人家何必为我这样忙，想必外间有人求您，不恁的时，你老人家也未必这样挂心。"

何三家的听了笑道："好聪明的孩子，若没人求我，我那敢出头！我每天打粥，把你接出来，拿什么养活？如今有一头好亲事，小人儿才三十来岁，也是个军官，他手里颇有几个钱，而且还是初婚。人家并不嫌你是个未亡人，只因平素仰望你的贤名，羡慕你的容貌，娶你作他一位掌家内助。"

琴姑见说，脸上未免有些惊疑，忙问道：

"此人是谁呢？"

何三家的笑道："我一提他，你准赞成！这人自小便与你有感情，你或者也不嫌恶他。"

琴姑着急道："到底是谁，何必这样罗嗦。"

何三家的道:"你别忙,横竖你听了喜欢。你知道那个荫德呀,他从口上回来多日了,很发几个财,你跟他去,岂不是一段美满良缘!"

琴姑不听则已,听了"荫德"二字,他的脸益发白了,由顶至踵,飕飕的颤起来。他心里蓦然想起一件事,一转眼间,他主意定了,因问何三家的说:

"荫德要娶我吗?"

何三家的道:"正是,他磕头请安的去求我,可见他对你很有情了!"

琴姑道:"好,我正欲见见他,我也要他见见我。我不想他此时还有此心,也很难得!但是舅妈去向他说,我虽是晚嫁,不比别人,一切仪仗,必须要加倍风光一点。当初我嫁景福时,诸事草草,我至今引以为恨,如今只得取偿于他。他不风风光光办这棚喜事,我是不嫁的。再者我当初有个志愿,景福若是回来,我便施与门头村粥厂一百石小米子。如今景福不幸死了,此愿只得他替我还。不恁的时,他只可死了心,我只得另寻能替我还愿的去嫁!"

何三家的听了,虽然有些为难,又不知荫德的财力究竟如何,就让有钱,一个当连长的,能有几何,若真应了他的要求,碰巧就得破产。这也是我不谨慎,为什么替他瞎吹牛皮,或者荫德手里真有几个钱,千八百元不算什么。当下笑嬉嬉的向琴姑说:

"姑奶奶,这两件事我都能替你去说,一则为大家体面,二则又是慈善事情，他有什么不乐意的。你只管在家等着，我此刻便去与你说，他不大大的作一个面子，我也不能答应。"

说着拭着她那根烟袋，得意满面的去了。

他一边走着，一边暗喜，不想琴姑竟自这样痛快，活该凑合我。这头既然有了把握，不免再敲荫德一个小竹杠。不一会到了荫德门前，把荫德叫出来，低声与他说：

"事体已然有了头绪，你且到我家里，我与你慢慢说。"

当下二人来到何三家里，何三已自出去勾当，何三家的由猫洞里取出钥匙，把屋门开了，二人进去，里面阴森森的，一点生人气也没有，荫德不禁打了一个寒战说：

"这屋里好似有鬼。"

何三家的道："鬼也许有，就是你我二人！"

荫德道："你快与我说，究竟怎的了？"

何三家的笑道："好教你喜欢，琴姑已然听了我的言语，与死鬼景福没关系了，这一百元你没白花吧！"

荫德听了，惨然一笑说："成了么，几时娶呢？"

何三家的说："什么几时娶？我从前没与你说明白？就管把他接出来，至于她嫁你不嫁，我不能管。如今你怎问我几时娶，你说妥人家了么？"

一句话问得荫德张口结舌。

待了半天，荫德瞪着他那一双红而且深的眼睛，向何三家的说：

"我花了一百多元，就买你这样一个不完全的报告吗？"

何三家的说："我从前没与你说明白吗，只管一接，你也答应了，怎的又说这话？须知办到这个分儿上，已经不容易了，若不是我，谁也不肯挨这个骂，怎么，你一百元还以为花的不值吗？"

荫德说："你既把他接出来，就能趁势与我提一提，何必又留后半截，成心窘迫我？"

何三家的道："在你想着很容易，你不知琴姑怎闹手呢！如今这第一步替你办了，这就傻难为我的，要进第二步，咱俩须另行交易，竟是两件事，你不要弄在一起。"

荫德听了，发狠道："罢了罢了，如今我只得听你捉弄，但是怎样呢？"

何三家的道："反正是公平交易，你拿钱来，我便有权力把琴姑给你！"

荫德道："好，不想太岁被小鬼困住了！你也须仔细着，你这卖人的干系，将来须脱不了！"

何三家的道："皆因有干系，所以不得不要钱。"

荫德说："你要多少钱？"

何三家的道："不多，极廉的价钱，还要一百元。难道你说别人家的姑娘，不谢媒不花彩礼吗？琴姑虽然是晚嫁，跟姑娘差不多，这钱你不白花。"

荫德道："没这些闲话，娶过来给你钱便了。"

何三家的说："不行，咱们先钱后货。老娘不同别人，办事总是这样认真。"

荫德这时虽是焦躁，却不敢与她决裂，只得应道：

"我诸事依你，你可不许再生枝节！"

何三家的说："那是一定，但是琴姑那边若有什么要求，你也须答应。"

荫德道："自要他亲口说的，我没有不应的，我如今为他一人活着，她说什么，我必立办！"

何三家的说："既这样时，你家去候着吧，可别忘了我那点东西！"

荫德见说，受了催眠术一般，怔怔的去了。何三家的好笑了一回，吸了一袋烟，把门锁上，转到琴姑家里。一见琴姑，便笑道：

"姑奶奶，你大喜，他诸事都应了，只是你也该预备预备，将来在那里上轿呢。这里究竟是你先夫家里，怎好在这里上轿，不如你还搬到我家去。这几间房子，虽是官产，你们老头儿在世，花了不少钱，收拾的顶好，不如把他换给人家，还能剩几个钱。这些家具，应当怎处治呢，莫如我给你卖了。你随手使的东西，也须收拾收拾，预先送到那边，省得临时着忙。你有什么唤我的去处，也只管发话，千万别没心眼儿，将来我还与你走亲戚呢！"

琴姑说："这都是无用宜的事，谁有心管他，等过后再说吧。正经我还没给景福供个灵牌，我也不喜叫许多和尚来瞎吵，回头舅妈替我买一对素蜡，一陌纸钱，也就够了。"

何三家的道："这点小事易办，回头我就上街与你买去。"

这晚琴姑果把景福的灵牌供起来，却也怪，他一声也不哭。何三家的知道她已决心嫁荫德，这个不过敷衍门面便了，却是暗喜。

次日何三家的抽暇，又和荫德会商了一回，把琴姑的要求，和荫德说了。荫德此时已不知自己手内有多少钱，他的精神，已然狂乱了，他已不能在钱上计较。他见琴姑有这个要求，反倒很快乐的。他说：

"我为琴姑，愿馨所有！"

可是一百石小米，也须几百块钱，再加上办事所花的，在他的身份，已然不亚如破产了。何三家的见荫德诸事应许，自是喜欢，以为他不定发了多少财，不然没这样傻的，难道为一个琴姑，将来挨饿吗?

话休烦絮。两头由何三家的撮合，把娶的日子也择出来了。荫德的父母，于此事虽不赞成，亦不反对。彩棚、喜轿、酒席、筵面，都依琴姑要求，要上好的。荫德于事前也不见怎样喜欢，可也见不出他的愁容，他什么事也不能指挥，他心里只简简单单，有个娶琴姑的日子。幸有许多邻居亲友，替他张罗，把诸事都预备好了。

这时外间都吵嚷动了，都说这倒是一件新闻，也有说荫德不该娶琴姑的，也有说琴姑不该嫁荫德的，也有说没法子的，也有说琴姑平日很明白，这件事办错了的。不管接房四邻，纷纷议论，明日后日，吉期到了。何三家的主张教琴姑到自己家里去上轿，琴姑不允，仍在景福的遗宅登舆。他没穿什么吉服，可是打扮的挺干净的。

少时，鼓乐声喧，花轿到了，何三家的，把他扶上轿去，紧闭了轿帘，抬起来便走。皆因是晚婚，轿夫也不郑重其事，胡乱在街巷里绕了一个圈，抬到男家。这时倾巷往观，谁不欲看看琴姑二次出嫁。再说荫德花了不少钱，仪仗等类，都很鲜明，所以轰动了不少人。花轿临进门时，也放了一挂鞭爆。荫德虽然是衣冠楚楚，却不像新郎的样子，一双深而红的眼睛，只呆呆望着那□喜轿，他十余年渴想的意中人，隔着轿帘，仿佛看见了，不一会便冉冉下来，与他交拜了。他的心，怦怦直动，□的他那神经质的脑筋，益发不安。

这时花轿卸了竿，抬到屋门口了，雇用的两个喜娘，不敢直前揭帘，据《老妈妈大全》上说，新人坐的轿子里面，都有一般煞气，甚是可畏，晚婚的□人，尤须格外小心，假如不留神，被煞气冲了，一生不会顺利的。

这两个喜娘，由两旁把帘子纽扣解开，往上一揭，不去携新人，都先闪开身子，半天，才去扶新人，忽听这两个喜娘大叫一声，双双跌倒在地。

第十章

却说那两个喜娘，把轿帘揭开，待了一会，意思是等煞气散了，再去搀扶新人。谁知上前一搀，新人动也不动，细一看时，可了不得了，当下大叫一声，往后便倒。屋内站的人，都吓了一跳，以为是这两婆子都中了邪。半天，才慢慢到轿前去看，只见□轿子都是鲜红血迹，琴姑咽喉之间，刺着一把裁衣剪刀，早已没有气息了。

众人一见，怪起来，那轿子把门口堵住，也跑不出去。有那胆大一点的妇女，只得把轿帘放下，向外面喊道：

"你们□且把轿子抬到当院，里面出了差儿了。"

外面亲友见屋里大惊小怪，知道必有缘故，又见这样一说，赶紧喝令轿夫把轿子移开。只见屋里几位妇女，一拥而出。那位新郎，却好，他也看见琴姑了，连惊带吓，他的神经病再不能潜伏了，当时发作起来。只见他狂笑乱喊的，由屋里跑出来，口里不住说道：

"我战胜了，我战胜了！"

一边说着，却一直往外跑去，谁也拦不住他，一溜烟，跑上山去。后面有许多人，追了他去。

这个不祥的消息，不一会儿，早已吵嚷出去了，看热闹的人，倒多添了许多趣味。原先不满意琴姑再嫁的，听他自刎在轿子里，莫不大表同情，甚至有替他挥泪的，有的说："这都是何三家的那个老婆干的好事，大家不把他撕了，不能给琴姑出气！"有的说："荫德处心积虑，□□琴姑，他太不该了！他不是景福的好朋友么，这一来，看他怎处！"当下舆论的攻击，都尽在荫德和何三家的二人身上。

这时看热闹的，越聚越多了，只听荫德的母亲在院里哭道：

"这不是天上掉下来的事！好容易盼着娶了媳妇，不管好歹，平平安安的过几天日子，也算没白养儿子，怎的会出了这样逆事呢！荫德也不知跑那里去了，你们千万给追回来！"

又听荫德的爸爸在院中喊道："我就知道琴姑是个祸水，你们偏要娶她，得了，我看怎么办！何三家的哪，他往那里去了？事到如今他跑了可不成！"

当下乱烘烘的，闹得马仰人翻。轿子铺的掌柜的，也抓了瞎，但是事体无论闹到多们大，也得有个完。早有邻舍接房，平日好管闲事的，出来与他们调处：琴姑虽然死得委屈，也不是荫德用强力逼迫的，再说婆家娘家，都没了正经人，不至经官。荫德一家，没有一个明白人，虽然娶琴姑，手段不正，但是荫德钱也花了，人也疯了，此间不为不重，也不必送官究办。琴姑的尸身仍抬回景福家里，由公众备棺，和景福的生辰八字，合葬在他老坟茔。这样办时，省得经官动府，大家还跟着受传讯。此议一提，荫德的父母，却是百依百随。

这样一调处，一件人命案子，未至经官动府，消消停停的化解了。当下赶紧买口棺木，把琴姑盛殓起来，超度掩埋。送葬之日，比前日那出悲剧，尤觉悲壮。大众都赞美他，怜悯他，把他的坟头，起得挺高，又给他立一个碣子，刻了几个字，题曰"烈妇琴姑之墓"，不在话下。

却说荫德，见琴姑自刎在轿子里，他受了一个极大的刺激，他当时发了痫疾，虽经多人由山上把他拉回来，他已然疯疯颠颠的，失了本性。他谁也不认识了，并他父母也不认识，终日只是痴呆呆的，有时发一阵狂笑，既而又沉默了，有时便说他那两句话："我战胜了！我战胜了！"除了狂笑和说这两句话，别的话一句也不会说，连饥渴也不懂。他的父母始而还给他请大夫医治，却一点效力也没有，再说他几个钱，在娶琴姑以前，差不多已花光了，实在没有多钱给他看病。其实他的痫疾，也真不能好了，在社会上只可作一个万人指摘的话把，好在他不打人，不骂人，没什么危险，只可听其自然消灭。

他的父母，平日没什么能耐，遇了这大一个不顺心的事，日日往黑暗一路上去，没有许久时日，那施粥厂贫民群里，也有了这难夫难妇的踪迹。他们打来的粥，还得分给荫德吃，他们黑暗的日月，不知几时才能度完。

何三家的，贪图小利，作出这一件不理于人口的事，他自己也很抱愧的。他许久也不敢出门，一出门人就打趣他，说："你把琴姑的血卖了，已经够受，你可不许盗琴姑的坟墓，卖她殉葬东西！"弄得她无地自容，每日在那三间老屋里，受那人鬼的谴责。

琴姑死了没有一个月，景福回来了。当他们由库伦作斥候回来，见滂江大营已然失守，他们一排人，既无接应，又无救援，他们已然陷入极危险的地位。他们既无粮食，马也没得喂，除了当癫小子（归绥以北俗呼马贼曰癫小子）没别的法子。可是景福不赞成这个法子，主张改了轻装，把马匹枪械弃掉，混在逃难的商民里，还可在蒙古人家，讨点吃的，不至十分危险。可是那强悍的，总舍不得他们的枪马，既然进退两难，只可沦而为匪。当下一大半，都归了绿林，只剩四五人，和景福同志，把枪马都分给那暴烈分子。他们把军装脱了，在附近迁徙一空的蒙古人家里，寻了点破烂衣裳，在被抢的喇嘛庙里，寻了点奶油奶饼等类，假作由库伦逃难的商民，在外蒙一带，周流乞食，苟延他们的残喘。

他们这几个人，在蒙古地流浪乞食，有时也替蒙古人作点杂役，其中也有不幸病死的。半年多的工夫，才辗转流亡，到了口上。他们与乞丐一个样，也没人认得他们，他们不敢再去投军营，假如他们投到军营，不但不录他们的功，碰巧还要治他们逃军之罪，他们只好还得做他们的乞丐生活。好在口上离京不远，他们在无穷的大沙漠里，都逃出来了，一到口上，便如到家一样。

景福在这半年以内，没一日忘了家，没一日忘了琴姑，只是没通消息处。他知道他的一家，必是以为他已经阵亡了，二位老人家，恩养我半世，听了这个消息，怕不急坏。琴姑更是可怜，或者他此时已然改嫁了，他如果改嫁，我也不能怨他，这正是他应当办的，他没了男子，又无进项，他不嫁怎的。景福虽然这样想，他究竟愿意他的伯父母健在，愿意琴姑没什么意外。天幸我能到家，必须慰藉他们这半年的忧伤，想个别的生意，也能教他们得着幸福。他想到这里，便不敢在口上逗留，他也没钱坐火车，每日走八十里，往京里来，三两日的工夫，他已然到家了。

他走的时候，营子里还不十分残破，今日却大不同了。他进营子时，已然是黄昏以后了，只见房子拆毁了有三分之二，疏疏落落的，有几家灯火，旧时的街巷，都认不清了。他一见这个情形，他的心已然突突的跳起来，他知道他的家不保了，他的腿已然颤起来，几乎不能行动。他勉强走到他的旧居，伫足一看，呆了！那里有什么屋宇，只剩一片瓦砾。原来他的房子，皆因没人住，已被官拆了，卖了钱分散穷人。

景福一见，他的家破了，知道他的人也必是亡了，他这一痛，几乎昏绝。他赶紧坐在地下，眼前沉黑黑的，仿佛落在万丈深渊，他的脑筋辘轳般真转，几乎失了知觉。半天他才有些清醒，他慢慢的站起来，向着这片瓦砾，簌簌的掉下眼泪。他不知谁教他家家破人亡，他便知道，他也不敢怨，他此时惟有自怨自艾，恨自家没什么特别能耐，怎的连一家都不能保。但是他们究竟那里去了，难道随着这几间房子，同归无有了么？抑或他们先都死了，别人把我的房拆了，抑或他们听见我不幸的消息，把房子折卖了，拿着钱，进了城，别谋生理去了，好教我不得其详。大概我听了他们的消息，和他们听了我的消息一样，但是他们的消息，无论怎样不祥，也须要打听。他想起对过不远，便是荫德家里，不知荫德生死如何，须到他那里看看。

景福当时凄惶惶的，走到荫德的门首，驻足一看，门还没关，屋里隐隐有一点灯亮。他轻轻把门一叩，里面也没人答应。此刻他很怀疑的："或者荫德一家，与我家一样，全破灭了，别人移到这里，也未可知，但是无论谁在这里住，既没人出来，我须进去看看。"于是移步来到屋中，就那半明不灭的灯光下一看，没有别人，只有一个三十来岁的男子，呆呆的坐在那里，头发许久没剪了，黑蓬蓬的直竖在头上，两眼挺红，已自深陷下去，腮边的胡子，绕成一片，加以一脸污泥，差不多跟鬼一样，身上的衣服，别提多褴褛了。看了半天，也不知是谁，倒把景福吓了一跳。那人正自呆坐，并不知有人进来，忽见灯光下一个黑影，惊得他怪叫了一声，往炕里便跑。景福此时忙通姓名道：

"我是景福，你不要怕我，你究竟是谁，我怎的不认识你？"

那人听了"景福"二字，似乎有些耳熟，当下狂笑了一阵，又说道：

“我战胜了！我战胜了！”

说罢，便不言语了。景福由他语声里听出他正是荫德，因问道：

“你是荫德？你是大哥？”

问了两声，荫德也不言语，和塑在那里一样。景福不得要领，心说：“这人怎的疯了，还不如死在阵上痛快！”也追念他的伯父母，追念他的妻，如今又见自小的朋友，得了这样精神病，他又糊涂，又伤惨，旁边也没个人，问个根源，他只得抽身出来，急于要明白是怎回事。

他知道去此不远，便是更房，也是营子里的官厅，他便决计到那里去。到彼一看，也大不如从前了，只有一个老更夫，在那值夜。一见景福，吓慌了手脚，忙问道：

“你……你……你是何人？这里是官所，须不是你乞丐进来的。”

景福说：“二大爷，不必害怕，我是景福回来了。”

老更夫见说，惊道：“怎么说，你是景福？”

当下借着灯亮，逼近景福的脸，细看了一番，不是景福是那个！只见老更夫把两腿一拍，咳了一声说：

“完了完了！你如何不早一点回来！”

景福道：“我们军队失利，进退两难，因而流落在蒙古，有心与家中通个信，可惜蒙地没有邮局，辗转乞食，才得回来。方才我一进营子，便是一怔，我们家怎的连房子都没了，难道他们搬走了？我只得到荫德那里去打听，谁知他父母都没在家，只有荫德一人，我乍见，竟不认识他了，他为什么得了憨痴的病，问什么也不说。你老人家必然知道我们事情，与我说知，也好明白。"

老更夫见说，把脸背过去了，用袖口直擦眼泪，抽啼着说：

"你且坐下，听我慢慢与你说。"

景福见说，拣了一个破凳儿坐下。老更夫把眼泪拭干，用极惨悲的声调说：

"自外蒙见了仗，你们家没一日不惦念你，后来听说十六师打了败仗，不但一家吃惊，凡有子弟在十六师的，都慌了。没有几日，不好的消息，都传来了，比电报还快，不是说，这个没了，便是说，那个死了。老汉常说，这个消息，不是轻易传的，便是真的，也须谨慎的，何况没有亲眼看见，何苦乱说呢。谁知这个消息一传，这家哭，那家号，也有供灵牌办白事的。大概也死了点子人，或者不至照说的那样利害，你呢，自然也说在阵亡之列喽。你的伯父母，听见这话，虽未十分信，可是急也着的不小。后来荫德回来了，大概也说你死了，你的伯父母，因为每日忧伤，相继物故……"

景福听到这里，已自泣不成声，那老更夫未免又陪他掉了几点热泪，既而又续言道：

"多亏你那位贤助，把二位老人家安然送到土里，谁不称赞，这时你若回来，却也免了后来一场大祸。不知是别人调唆，是荫德立意，竟把你那贤助说活心，嫁了荫德。"

景福听了这话，不哭了，霍地由凳儿上跳起来，问老更夫说：

"琴姑已嫁他么？"

老更夫说："你且坐下，听我说。我们起初也以为她是诚心嫁他了，谁知迎娶那天，琴姑已然自刎在轿内，我们才知她是贞节烈妇。"

老更夫还没说完，只听扑通一声，景福已然倒在地下。老更夫这一惊非小，赶紧把景福扶起，唤了数声，才醒过来。他的心和刀刺一般痛，他的眼睛里，已然没了泪，只问老更夫说：

"后来怎样？"

老更夫说："大家见琴姑是个烈妇，买口棺木，埋在你家坟地，还与她立了一个石碣。自那日起，荫德便疯了。这是以往之事，你如今既回来，还得自宽，重建家业才是！荫德已遭了天谴，也不必恨他了。如今快四更了，我得出去走更，你只管在此睡一睡，有话明天再说。"

说着拿了梆子去了。景福见老更夫出去，他那里能睡，他把这世界看得真成了讨厌的东西了。他用官厅的笔墨，就灯下写了几个字，揣在怀内，悄悄地去了。

老更夫走更回来，不见了景福，大吃一惊，以为他奈何荫德去了，暗捏一把汗。次日，并没什么新闻发生，他才敢向人说景福回来了，大家一吵嚷，无人不知，可是不知他那里去了。午后，有人寻到他家坟地，完了！只见景福自杀在琴姑的墓前，石碣子上，用石子压着一个线绳织的钱袋，里面装着十余枚枣核。

发现的人，赶紧报知营子里有责任的，验一验，委系自杀，又由他怀里得了一纸绝命书，写道："我们处在现在的国家，现

在的社会，又遇了这样的朋友，我们如何不死……景福。"当下
引起大众同情，把他和琴姑合葬了，另立石碣，题曰："义夫节
妇，景福琴姑之墓。"后来一般小儿女，改呼曰"鸳鸯坟"。

　　自这事发生后，何三家的已然立不住脚，迁进城去了。荫
德疯得更利害，一般小孩子，每每拿他取笑。假如你若向他作
自刎状，他便掩目而逃，怕的要命，直到今日，犹为一群小儿
耍笑之具云。

北京

穆儒丐作品

序　一

　　尝闻妙心实相，照取万万之恒沙，定慧止观，悯此沄沄之人海。非言无以寄言，乘本愿而托讽。必道乃可悟道，参慈力而应化。夫然则世情历阅，皆为精进之幢；习俗尽知，可云不退之毅。根不染乎六尘，道实符乎一贯。举凡祸福之倚伏、阴阳之消息、寇婚之恩怨、物我之成亏，皆可视同浮幻。解离贪着，发意树之空花，吐心莲之轻馥。宏启三涂，恢张六道，开金绳之觉路，为甘露之玄言。此其诱掖浮生，观感流俗，为何如哉？于吾友穆君儒丐所著之《北京》说部，有以知其然矣。君家世清华，义心卓越。洞彻微旨，镜洽前闻。备君子九能之才，而嚅不得施；悟风诗三百之旨，故朴以有立。夙感自然，黄中通理，素心淡泊，白望何尤。神剑万灌，甘藏宵敛之锋；唐弓九成，何必抉拾之试。固已韫匮自珍，抱璞而止矣。当其少年之场，豪气盖世，眼高四海，心醉六经。一舸乘彼沧溟，万里窥乎瀛岛。扶桑若荠，天风海水之声；渤澥如杯，净芥坳堂之感。既而读百国之宝书，采殊

方之风俗。子产博物,张华多闻。记远国遐乡之事,窥宛委琅环
[嬛]之编。尝诵五十万言,能作百六公对。性情所契,诗书成
缘。枕箙能勤,笔翰益肆。方意鹏搏扶摇,龙翔寥廓;得天衢之
亨道,会目下之群贤。文采声华,两臻其极也。孰意故国归来,
新局已变。沧桑满目,蒿莱棘心。悲歌燕市,残羹冷炙之场;狂
喜鸠居,卑赀[疵]纤[纤]趋之辈。昔日挚友已作宣明之面向
人,自有素心,何必范叔之袍怜我。驴材令仆,羊胃通侯。车赫
马耀,策高足而相凌;振色盱衡,犹雅踞以相对。修容入厕,视
为固然,望尘拜趋,恬弗为耻。以此夸天下而无靳颜,对故人而
有骄意。君既嫉之,色斯举矣,甘受顽颉之议,不耐酸咸之味。
求相知于风尘,甘此心于寂寞。口如碑阙,对俗客而无言;刺已
生毛,耻要津之干谒。鱼喧米哄,苦于周旋,豪竹哀丝,聊以
闲写。乃觉靡颜腻理之乡,差无俗意;娱光渺视之豸,别有会心。
倾情柔曼,触目琳琅。神疏笑浅,知余情之信芳;风语花言,令意
消而矜释。乱头粗服,弥觉清佳,玉筋石华,无非真挚。华琰苕
琬,亦有才杰之人;传粉熏香,不减英瑶之气。心乎爱矣,慨其言
之。所谓取人无方,初非弃位而姣也。然而十丈软尘,茫茫东市;
一抔香土,脉脉西冷。方知猥形俗状,一时之荣。艳骨芳魂,千
年不朽。于是所感既深,所知尤博。世事洞明,人情练达。激浊
扬清,发抒其宿志;苏世居正,固具乎素心。因之摛词纂思,清明
条达。洪笔丽藻,英儒赡才。或缀集乎异闻,或会粹乎旧说。考
方国之语,采谣俗之志;设言必近乎人情,隶事则周于世用。明是
非以宣教,厉清议以督俗。如禹鼎象物,魑魅莫能逢游;如秦镜烛

邪，肝胆无不洞彻。虽虞初之说部，殊洞冥之浮言。匪非藏情者，对之恧焉；抱伪怀奸者，望而惧矣。民彝天秩，其所关实深。世道人心，将借之以正，伏而诵之，爱莫能已。如以慧剑，破烦恼之贼；如获智珠，应不住之法。得三明，超九劫，而理苞圣愚，道济真俗也。

于其刊行，爱为之序云。

沈阳陶明浚拜序

序 二

考《汉书·艺文志》，小说家出于稗官，盖所由来久矣。其中所载小说家，凡十有五，都千三百八十篇。其书多属依托，词旨浅薄，故后世无传焉。自汉以还，代有作者，递衍递进，以迄于宋。而章回小说，于以盛行，著述浩如烟埃，偻指难数。迨及晚近，作者益众，文人学士，于吟诵之暇，出其闻见，著之篇章，以流行于远近。其书之繁，真可汗牛充栋，然而优劣交杂，雅俗相糅。求其有关世道，有益人心，足以增长智慧，诚寥寥不可多观。夫浅见寡闻之士，读书未多，积理未富，则逡巡退缩，而不敢为。敢为矣，而著述未工，何能传世而行远？彼读书多矣，积理富矣，著述工矣，而其所为虚妄怖奇之谈，导淫诲盗之语，各自矜许，以弋名利，借使播之远方，垂之异世。其淆人听闻，蠹人心志，蔽人聪明，流敝之大，宁有终极？吾以是横求之现今，竖求之往古，能传之小说，其数几何？在能传之中，而可读者，其数几何？在可读之中，而必获其益者，其数又几何？甚矣小说名著之尠，而为之之难也！余友穆子六田，工诗文，善书，才情高骞，理宜显贵。而乃温温无所试，一若与世无争者，居常撰述小说以自遣。所著如《梅兰芳》《落溷记》《香粉夜叉》等，皆脍炙人口，艺林重之。《北京》小说者，为其最近得意之作。书既成，将付印，朋侪多为之序，六田更索序于余。余意小说之于世人，其感化力为最大。世之人，往往囿于积习，是非混淆，善恶莫辨，则有人焉，将一切世态人情，皆笔之于书，如温犀烛怪，如禹鼎铸奸，如秦镜之照人肝胆也。为之指道于前，告以人生之正鹄，存其是而去其非，称其善而贬其恶。言者无罪，闻者足戒，是诚有移风易俗之功者也。贾生曰：移风易俗，类非俗吏之所能为。余则以为移风易俗，非可尽诿之在上者，读书人与有责焉。然读书之士，则有喜作浮靡之文、颓丧之诗，以无用为有用，又乌足以当斯重任。六田善为文，而不欲以文显；善为诗，而不欲以诗传；善为画，而不欲以画名世。独喜作社会小说，盖隐以移风易俗为己任，其抱负之大，固似如哉！六田之小说，与彼世俗之诗文集较，其优劣之相去，奚翅十倍百倍千万倍！更与彼世俗之新小说较，其雅俗之相去，奚翅十倍百倍千万倍！是书也，吾知其必传，吾知其可读，吾知其读必获益。愿以此言，质诸六田，并愿以此言，质诸读者。

如弟蝶生韩梦琦拜撰

序 三

小说者，所以警世励俗也，于社会教育，俨据一席。东西各国，每选有关世道人心之作，列入教科。是小说不第为社会教育，其有造于学校教育者，亦非浅鲜。顾利之所在，害每随之，不善读者，易滋流弊。于是侦探小说，每有诲盗之嫌；言情小说，辄遭诲淫之诮。未收其利，反蒙其害，此小说作者亟应力矫斯弊，而预为之防也！迩来魑魅朋兴，妖孽群起，大千世界，尚有几何净土？而小说作者，感环境之险恶，慨世俗之浇漓，于是社会小说，已于霜林落后之山，争相辈出。悬秦宫之镜，燃牛渚之犀，举凡社会之龌龊行为，罔不记叙描摹，巨细靡遗，似可寒奸邪之胆，收笔伐之功矣。究其实际，适以供若曹之参考资料而已。照奸烛怪，警世励俗，恨未能名实相符，此小说家之狃习，固无庸深讳者也。穆子儒丐，以长篇小说雄于时，《梅兰芳》一书，脍炙人口固已，其为《盛京时报》所著，如《香粉夜叉》《徐生自传》诸作，亦莫不风行海内，誉满寰中。最近之《北京》，尤为精心结撰之品，主旨所在，专注民生，写贫民之苦况，倡废娼之盛举。以余所见，晚近社会小说中，别具匠心而能确收补救社会之效者，当以是篇为巨擘。移风易俗，济世福民，儒丐之功，不亦伟欤！蕉影近十年来，迫于生计，从事说部，然只可谓为噉饭术耳。所著之长篇社会小说，若余之《黑幕》，若《华胥国游记》，若《觉后言》，虽亦志在警世，以视儒丐之《北京》，则相形见绌，顿增愧怍矣。儒丐近徇读者所请，另印专书，付梓之后，索序于余。惜余镇日忽忙，脑力衰退，原著曩昔分刊，阅后半多忘却。兹略揭其本旨，牟诸简端，实未能罄是书之所长也。佛头着粪，已愧荒唐；探骊遗珠，更惭挂漏。儒丐老友，当不斥余之唐突也。

中华民国十二年十二月

抚顺陈蕉影序于东三省公报馆

序　四

小说之要，厥有三焉，辞美足以怂动阅者，一也；旨趣足以惩奖人心，二也；刻画足以表襮真象，三也。自庸妄者为之，力不足以怂动，则构饰嫚亵以导淫；力不足惩奖，则比附道学以劝善：力不足以刻画，则讦发邪隐以骇俗。若是者，皆优良作家之所不屑为，而亦优良阅者之所不屑寓目也。儒丐之为小说也，有真美，不须嫚亵以导淫；有真旨，不须道学以劝善；有真力，不须讦发以骇俗。虽然，一与二，纵为儒丐之所长，而亦中流以上作家之所能勉；至其三，则根于恫瘝之性分，基之平生之经验，非可卒致力办、随人取求者，则儒丐之所独也。《水浒》《红楼》之所以江河不废者，以前者能传江湖桀犷之生活状态，而后者能传贵家华族之生活状态，而其所传者，则亦根于性分，基于经验，而非虚构而妄饰也。儒丐之为《北京》，亦犹是而已矣。抑又思之，今之涎慕夫宝雪维几主义［按：即布尔什维克主义］之新颖，而日津津以谈平民生活为时务，终以自身之生活，与所谓平民的拙距颇远，而言之多闻者，盍即儒丐之《北京》以求之乎？而儒丐则仍曰：吾为吾之小说云耳，无须缀谬附新主义以自标揭也。

中华民国十二年十二月

杨窠吾序

序　五

予耳穆子之名久矣，尝思拜谒杖履，与之纳交。而因二元当前，爝火失色；雷斗在近，布鼓无声，小巫见大巫，不觉废然思返。故虽心向往之，而终未获一见也。年来寄迹戎马，远戍关山，南北飘蓬，行踪无定，惟每日观其文章，以开茅塞，数年之间，如一日焉。观摩弥久，景仰弥深，盖虽未谋面，而神交已久矣。岁在癸亥，予弃戈归田，应《大北新报》之聘。《大北新报》者，《盛京时报》之所分也。始得与先生纳交，观其议论风采，汪汪焉，浩浩焉，不可量已，而后乃知其学问之深且远也。先生虽为当代文豪，而谦虚若谷，好奖励后进，不以予为椎鲁，时加辱教之，可不谓茫茫宇宙间，一知己也乎哉！忆予自弱冠以来，慈父见背，南北奔驰，依人作嫁，阅人何虑千百，而知己则寥寥。屈指计算，仅父执袁洁珊、吾家冷佛，及先生三人耳。甚矣，夫风尘中知己之难得也！今先生所著之《北京》小说，行将出版，问序与予，予喜其书之成也，而无辞以赞之。因叙先生之学问为人，与夫予之所以纳交者，以为海内人士告。至于其小说之珠玉满篇，脍炙人口，则为有目者所共赏，无须予之赞扬。故略而不言云。

中华民国十二年十二月朔十有九日

白眼狂生序于滨江大北新报社

序　六

穆子儒丐，负不羁清才。生当末季，悲悯有志，问世无心，不得已寄卓识于稗官，抒伟议于说部，所撰之小说多矣，悉关于世道人心之作。《北京》一书，其尤著者也。是中之主要人物，如伯雍以高尚学者，坎坷不遇；秀卿以淑慧女子，湮落以终；白牡丹以纯洁艺人，而醉心势力；李从权以侠义男儿，而甘蹈猥贱。虽或为环境所役，或为生计所迫，要之皆不良之社会，有以驱使之也。余所述官场之龉龃、教育之窳败、娼窑之污浊、民生之困疫，凡社会污点、风俗恶化，无不描写尽致，均于铺叙之中，隐寓讽刺之意。言者无伤，而闻者知警，有益于世道人心，岂浅鲜哉？今之世，社会小说汗牛充栋，非嫉世愤俗、激愤谩骂，即西抹东涂，记述琐屑。触人忌讳，厌人听闻，于世无补，且遗害

焉。较诸是书，直有大小巫之分也！余希读《北京》者，目为
恶社会之写照可矣，目为恶社会之针砭亦可矣，奚必以小说名
之耶？

中华民国十二年十二月

东莱劳福序于沈阳旅次

题　词

读《北京》说部

心血区区几呕残，形容妙处到毫端。

寻常著作知多少，难与先生一例观。

社会人人思改良，从无砭俗救时方。

知君说部装成帙，功德巍巍不可量。

徒手无从假斧柯，权将笔墨慰蹉跎。

维持社会饶生计，神圣功能一样多。

苦口能成救世功，正人心术挽颓风。

发明道德无余蕴，说部由来是正宗。

自适斋主拜识

奉题《北京》说部四首即呈六田兄郢政

惆怅中原逐鹿场，几番回首泪沾裳。

剧怜一代兴亡恨，付与伊谁话短长。

未肯蹉跎负此生，盛衰家国事关情。

只将一管生花笔，敢向人间削不平。

卷地干戈混马蹄，争城争野战云迷。

谁知国计民生事，一介书生掩泪题。

黑白纷纭涌万端，盲风怪雨乱如湍。

祝君保此春秋笔，好作中流砥柱看。

瘦吟馆主

题六田兄《北京》说部

三复瑶编感若何，燕京风物太蹉跎。

金吾桊戟无关锁，夜月楼台有笑歌。

罗刹场中新市阛，春明池畔古山河。

绘声绘影犹余事，一片婆心利济多。

爽气西山拂面来，江淹又见笔花开。

不教柱下窥新史，谁信昆明有劫灰。

风雅渐颓移俗志，文章久负拨天才。

燕台韵事凋零尽，多赖扶轮妙化裁。

怡园弟沈彭龄

题《北京》说部

滚滚长江浮白骨，茫茫燕市蔽黄埃。

伊谁轸念苍生苦，肯向人间说法来。

一部新词字字酸，忍教中夜起长叹。

看来世态都如此，何必人间有稗官。

太息人心多坠落，只堪说与有心人。

绝怜一管生花笔，惯向人间一写真。

万斛京尘洗不清，逃名无奈走边城。

知君笔底牢骚甚，写向人间总不平。

游龙馆王金韬氏拜题

自 序

文章之道非一，要在达性情、抒思想而已。性情不容乎伪饰，必出之以道挚；思想不假乎幽玄，必示之以切确。文学者何？表现真挚之性情，发抒切确之思想者也。一流于伪，虽有藻词，难兴情感。始吾为文，不务高远，惟择其情真而理确者，朝夕研诵，然文章之见乎真性、不假伪饰者，无如小说。《水浒》《儒林》《红楼梦》《儿女英雄》，皆天地之至文也，窃尝慕之。比年以来，稍稍研究外国文学，于英之迭更斯、法之嚣俄［按：法国作家雨果的的早期汉译］以及晚近俄杂［罗］斯之文学，尤所酷嗜也。乃舍向之为文之道，执笔学为小说。誉之者有人，毁之者亦不乏也，以为弃古文而不为，津津乎为稗官家言，是自暴也。噫！吾惟知以性情为文，以文宣吾之理，吾岂暇顾其他哉？使吾为墓表碑志之文，吾不得不谀乎冢中之枯骨也；使吾为献寿赞颂之文，吾不得不媚乎座上之权势也，违此则非其文，式其

文，则违其性，吾是以避伪而趋真，不以其为小说而小之也。是
篇，于读书之余，命笔直书者，都十四五万言，言非出于好恶，
事则取诸平凡，至其为情为理，则由吾心中所自出也。或曰：文
以载道，不闻易钱。小说者流，以文为货者也，乌见其有道理
哉？则见仁见智，又在读者。吾虽以是博微资，凡吾所言，亦未
尝无物也。书中如述被服厂女士之惨状、教养院贫儿之不幸，以
及下等娼窟之毫无人道，皆为历来作家所不屑寓目者，吾则以为
此等社会状况，诚乃小说必需之材料，亦作家所宜注意者也。
此吾所以乐为小说，以目之所触，情即生焉，因情生文，用抒
吾想，舍小说安能左右逢源、自由描写者乎？孰毁孰誉，非所
计也。

　　　岁在癸亥季冬穆辰公自序于沈阳半亩寄庐

穆儒丐作品

北京

目录

正文　｜　北京　｜　穆儒丐作品

第一章

　　民国元年三月，在由西山向青龙桥的道上，有一个青年，骑着一头驴，年纪约有二十八九岁，他在驴背上，态度至为闲雅，不住地向北山看那仲春的景色。在他所骑的驴前面，另有一头驴，驮着他的行李。驴后面跟着两个村童，手内替他提着小皮包，一边叱着驴，一边还玩耍。青年也不管他们，只顾看他的山景。

　　这时约有午前十点余点，前两天的春雨，把道路洒得十分洁润，一点尘土也扬不起。那山上草木，被雨沾润，都发了向荣的精神，一阵阵放来清香，使人加倍地爽快。那道路两旁的田间，麦苗已然长起来了，碧生生的一望无边，好似铺了极大的绿色地衣，把田地都掩盖住。驴子所经过的地方，时时有成双成对的喜鹊，由麦田里飞起来，鸣噪不已地飞到别的田地里去。赶驴的小童，见了这些喜鹊飞鸣，便由路上拾起石子，追击它们为戏。

那山麓间的农村，也有用秫秸围作墙院的，也有用天然石筑成短垣的，院子里面都栽着小枣、山桃、苦杏等树。那桃、杏树已然开了花，红白相间，笼罩着他们的茅屋，衬着展然欲笑的春山，便是王石谷所画的《杏林归牧图》，也无此风致。

如今利用这青年在路上行着，且叙叙他的家世。这青年，姓宁名和字伯雍，上有父母，下有兄弟，世居这西山麓下，虽无多余财产，却世世守着几本破书。伯雍幼时，由小学而中学而高等，受了几年良好教育，陶铸的品行学问，很有出人头地的地方，因为公家有考送留学生之举，他却考中，便送到东洋学了几年法政。如今他才卒业归国，没有半年工夫，便赶上革命的动乱，他无心问世，便在山林里，奉着他的父母隐居起来。伯雍为人，并不是不喜改革，不过他所持的主义，是和平稳健的。他视改革人心、增长国民道德，比胡乱革命要紧得多，所以革命军一起，他就很抱悲观。他以为今后的政局，不但没个好结果，人的行为心术，从此更加堕落了，所以他甘心隐居，不问世事。这时他的父母，见他已然老大不小，便把头五六年给他定的媳妇娶了过来。且喜这位娘子，倒也贤慧，能够体贴丈夫意思，上事翁姑，下和兄弟，家庭之间，总算幸福不浅。这时有近畿一旅军队，营长等中上级的军官，都和伯雍有乡谊，而且还有许多同学的，知他在家赋闲，便聘他来掌书记。

伯雍因为在家白闲着，终归是闲不起，没法子只得受了人家聘书。好在做幕的勾当，名义上还清高一点。当下禀明父母，择个日子，到军营里给人家做书记去了。他以为这些军官，除了同乡就是同学，自然容易处的。谁知这些老爷大人们，在军营里染了满身骄傲脾气，动不动以阶级压人。伯雍初到营时，多少还受点礼遇，过了二十天一个月的，也就不拿伯雍当事。有时大家一起闲谈，还指桑说槐的，把书呆子贬得一文不值。他们说念书好一点的，总要带一贴酸狂样子，看不起人，照伯雍这样纯厚端庄的，也太少了。可是如今看不起人的穷酸，要想当个司书生，都没人要。当初被他们看不起的人，如今倒大马长刀，当了营长、团长，还有当旅长的，这不上天睁开眼睛，无形中惩治他们一下子吗？说到这里，许多老爷大人总要哈哈大笑，并且有的说："这些穷酸也不能办什么大事！他们的材料，自能当个司书生，不致饿死，也够他们享受的了！"

　　伯雍听了这些话，自然有些不愿意。虽然目下念书的不值钱，也不应当这样作践。何况当初都是村学房圣人龛下一同长起来的，便是如今所业不同，有幸不幸之分，也不可因为自己地位一时比人家强，便这样肆口奚落，未免使人太难堪了。从此伯雍不愿在军营里做那会使笔的奴隶。有一天，他给营长留下一张辞呈，卷了铺盖，竟自回家去了。次日营长回营，知道伯雍已然辞了差使，还打发副官到伯雍家里挽留一次。伯雍婉言谢绝说："贱质不惯于军营生活，诸君抬爱，异日再补报吧！"副官无法，回复营长另聘高明去了。

　　这是还没改民国那一两个月内的事。转过年来，便是民国元年，伯雍依然在家赋闲。假如他有相当的不动产，于此大革特革时代，他一定不会出来的。在山里头侍奉父母，闭户读书，老老实实当一辈子山农，也就够了。无奈他房无一间，地无半亩，仰事俯畜，不能不另谋生计，长此家居，终非了局。可巧这时有同窗友人，在前门外开了一家报馆，定名《大华日报》。两个经理，正经理白歊仁，副经理常守文，都是新被选的众院议员，一个加入国民党，一个加入进步党，当初他们都是很有志气的青年，如今荣膺民国代表，在议会里很占一部分势力，由党部支了一笔补助费，开张了这家报馆。伯雍听说他们的报销路还不坏，打算在他们报馆里卖文为生，或者充任一员编辑亦可。于是他给歊仁去了一封信，说明所以。歊仁素日很知道伯雍的笔墨有两下子，假如得他来帮忙，于报纸声价不无小补。而且伯雍为人狷介，最不爱提钱字，较比他人，容易打发，一举两得，有何不可？何况他来求我，我没去邀他，日后的薪金大小，他不能与我争执了。主意拿定，便给伯雍去了一封信说：

"你命令我的事，已然和同人说好了，请你赶快到馆，襄助一切。"

伯雍见字，收拾进城。前面所述，正是他雇了驴子，进城上报馆的那一天。

伯雍一边催促着驴，一边看那山村景色，不知不觉，已然到了万寿山。他由驴上下来，付了驴钱，招呼了一辆车，言明雇到新街口，二十五枚铜元。到了新街口，他多给拉车的五枚，说：

"我多着一件行李，这五枚给你打酒喝吧！"

拉车的道声谢，接了钱，用条破手巾，不住擦他脸上的汗。伯雍在一旁看着，老大不忍，暗道："小二十里路，给他三十铜子，还很高兴。可见出汗赚钱，过于不易了。"这时伯雍方要再呼一车，到宣武门外去。那拉车的见伯雍还要出城，又知他肯多花钱，便说：

"先生！不必另雇车了，我送你去就完了。"

伯雍说："你已然出了一身汗，跑了二十来里路，再到南城恐怕你的力气来不及。"

这时那车夫已然把汗擦干，喘息定了，连说："行行！三四十里算什么，我就怕不挣钱！道路多跑，倒不在乎。先生，你上车吧！"

伯雍说："你既然愿意去，我仍坐你车去吧，省得费事。"

当下告诉他什么地名。伯雍方要上车，这时在街心上，早拥来许多辆车，一个个你一言我一语，都说：

"先生别坐他的车了，他已然跑不动了。"

这个拉车的见大众车夫抢他买卖，便大声说道："谁跑不动！有敢跟我赛赛的么？"

还是伯雍排解了几句，别的拉车的才散了。当下上了车，那车夫拉起来便跑。伯雍说：

"你倒不必快跑，我最不喜欢拉车的赌气赛跑，你只管自由着走便了。"

车夫见说，果然把脚步放慢了些。此时伯雍在车上问那车夫道：

"你姓什么？"

车夫道："我姓德。"

伯雍道："你大概是个固赛呢亚拉玛（按：旗人的满语汉译）。"

车夫说："可不是，现在咱们不行了。我叫德三，当初在善扑营里吃一份饷，摔了几年跤，新街口一带，谁不知跛脚德三！"

伯雍："原先西城有个攀腿禄，你认识么？"

德三说："怎不认得！我们都在当街庙摔过跤，如今只落得拉车了，惭愧得很。"

伯雍说："你家里都有什么人？"

德三说："有母亲，有妻子，孩子都小，不能挣钱。我今年四十多岁，卖苦力气养活他们。"

伯雍说："以汗赚钱，是世界头等好汉，有什么可耻！挣钱孝母，养活妻子，自要不辱家门，什么职业都可以作。从前的事，也就不必想了。"

德三说："还敢想从前！想起从前，教人一日也不得活！好在我们一个当小兵儿的，无责可负，连庆王爷还腆着脸活着呢。"

这时德三已然把脚步放快，他们二人已无暇谈话。伯雍抬头看时，已然到了西四牌楼。只见当街牌楼，焦炭一般，兀自倒在地下，两面铺户，烧了不少，至今还没修复起来。这正是正月十二那天，三镇兵士焚掠北京的遗迹。

伯雍看了这些烧残的废址，他很害怕地起了一种感想："这北京城自从明末甲申那年，遭了流贼李自成一个特别的蹂躏，三百来年，还没见有照李自成那样悍匪，把北京打破了，坐几

天老子皇帝。便是洪杨那样厉害，也没打入北京。不过狡猾的
外洋鬼子，乘着中国有内乱，把北京打破了两次，未久也就复
原了。北京究竟还是北京。如今却不然了，烧北京打北京的，
也不是流贼，也不是外寇，他们却比流贼外寇还厉害！那就是
中国的陆军，当过北洋大臣、军机大臣，如今推倒清室，忝为
民国元首，项城袁世凯的亲兵。项城先生是北洋派的领袖，国
家陆军多半与他有关系。如今他的兵，在他脚底下，居然敢大
肆焚掠，流贼一般的饱载而去。此例一开，北京还有个幸免
吗？哎呀！目下不过是民国元年，大概二年上就好了，二年不
好再等三年，三年不好，再等四年。四年不好，再等五年。五
年不好，再等六年。六年不好，再等七年、八年、九年……若
仍见不出一个新兴国家样子，那也就算完了。"伯雍一边感想
着，一边替未来的北京发愁。他总想北京的运命，一天不如一
天。他终疑北京是个祸患的症结，未来惨象比眼前的烧迹废址，
还要害怕得多。他终以北京是不可居的，还是在西山寻个无人
所在，韬晦起来，较着平安。但是他房无一间，地无半亩，仰
事俯畜，都得现抓。为饥所驱，遂把伯雍一个志行高洁、有意
山林的青年，仿佛用鞭子赶到猪圈里去。他明知道一入北京，
人也得坏，身子也得坏，耳目所接，一定不如涧边清风、山间
明月，但是无论怎样与志相违，终是不能不到北京城里去，他
的境遇也就很可怜了。

　　伯雍在车上不住感想，车夫德三在马路上不住飞跑。少时
已出了宣武门，进了西茶仓胡同，伯雍才把他的思潮打住。又

走了半里多路，进了一条僻巷，早见一个如意门，两边青灰墙上，写着老大白字：大华日报社。伯雍教车站住，下了车，教车夫把行李搬到门洞内，然后递给德三一张五吊钱的票儿，德三千恩万谢去了。伯雍来到门房，只见有三四名馆役，正在炕上躺着睡觉。伯雍叫了几声"借光"，才有一个由炕上爬起来，蒙眬着眼睛，懒恹恹地问伯雍说：

"你是做什么的？"

伯雍当时取出一张名片说："烦劳通禀白先生一声，就说鄙人求见。"

那馆役此时仍是懒洋洋的，仿佛再睡一会儿才好呢，所以他很愿意来客赶紧就去了，他好再睡。只听他打着呵欠说道：

"你要见总理么？总理没在报馆。"

说罢似仍然要去睡觉。伯雍见这馆役的神气，待理不理的，知他为睡魔所困，想是昨夜不曾睡觉，也不嗔怪于他，只得把自己来历说了一番，并不是寻常拜访，特来到社做编辑的。那馆役见说，少微把精神一振，说：

"你先生在此等一等，我去回一回账房的经理。"

当下他拿了伯雍的名片进去了。不多时出来，和伯雍说：

"请进去吧。"

伯雍随他进去，走入一个木板屏门里面，却是坐西五间正房，南北各有两间厢房，院子没有一巴掌大，被四面房屋欺得连太阳光也得不着。馆役把伯雍让到南厢房里，里面也有几件木器，最重要的是一个铁柜，证明此处是报社的"财政部"。随墙放着一张木床，上面放着烟具。早有一个极瘦的人，由床上站起来，向伯雍一拱手，做出笑脸来说：

"伯雍先生请坐请坐，我常听我们总理提你先生，兄弟很是久仰的，头几天总理跟我们说，已然把你先生约来帮忙。好极了！活该我们的报纸应该发达！"

这时伯雍一边还礼，一边问那瘦人说：

"阁下贵姓？"

那人说："贱姓吕，草字子仙。"

伯雍说："久仰久仰。"

于是二人就木床上对面坐下，彼此周旋几句。吕子仙烟瘾未足，仍旧躺下吸烟。吸了两口，问伯雍说：

"伯雍兄于此怎么样？"

伯雍说："倒是喜爱，还没尝试过。"

子仙说："不吃甚好。兄弟一生事业，便为这东西给耽误了。假若我不吃烟，内阁总理也敢去做。"

伯雍说："现在阔人，谁不吃烟？皆因吃烟才能做总理。照我们不吃烟的，也无非给人家卖卖胳膊。自目下看起来，究竟是没出息的人，吃大烟才能表示有做阔事的资格。"

吕子仙见说，不禁大笑说：

"伯雍你这样一个人，还会说笑话。如此看来，我这烟倒得足吸一气。"

他又连吸了五六口，精神比从前大了些儿。伯雍细看他时，虽然瘦得不成样儿，眼睛里却含着机警的神气。歆仁既然用他当账房经理，想必是歆仁的心腹，可以无疑了。

此时外面已有午后四五点钟，伯雍一个山居的人，起得绝早，自然早晚饭也早些。他此时因为行了三十多里路，虽然骑驴坐车，未免有些劳乏，肚子里尤觉饥饿，可是报馆里静悄悄的，一点声息也没有，厨房里也不见有什么动静。吕子仙把烟吃完，才叫馆役打水，漱口净面，原来他才起床不大会儿。伯雍无法，初来乍到，也不能便要饭吃，只得向吕子仙说：

"兄弟下榻地方，想是预备出来了？"

子仙道："头几天便预备好了。"

说着叫来一个馆役，把伯雍带到寝室，却是那五间上房，南套间里。伯雍到了套间一看，沿窗放着一张书案，案面上蒙的绿呢，已然看不出本色，一块黑、一块黄、一块红的，还有一圈一圈的茶污。那纸烟的烧迹，比马蜂窝还密。案头沿墙去处，放着一个书架，尘土积得有一钱多厚。挨着后檐墙，两条长凳，架着一张藤织床面。他的行李，已被馆役堆在床屉上头。此外别无陈设。惟有那墙上，因为潮湿，把糊纸霉得都变了颜色，一块一块的霉湿阴晕，蔽满了四壁，隐隐现现的，好似郭河阳云山的蓝本。

伯雍一见这屋子，也就明白他后来的运命了。他没法子，把行李打开，向馆役要了一把掸子，把案子和书架打扫打扫，把自己带来的几本破书，放在书架上，然后把铺盖就床上叠起来。他略微休息休息，又到外屋去看一看。外头四间，却隔成两间。堂屋临窗，也是一个大书案，上面放着文具，它那墨污的程度，比套间那张还厉害。挨着西墙，放着一张榆木擦漆的方桌，一边放一把旧式大椅。此外有许多报夹子，架着那些交换报。伯雍暗道："这间一定是编辑部了。"那北屋屋门上，挂着一张青布帘，下面犄角不知被什么烧去半边。上面的污垢，与书案上的绿呢面，可称双绝。此时伯雍知道屋里必然无人，因为过于寂静了，他遂把门帘揭起，到这屋里一看。两张床上，都放着油污的寝具，大概是底下人的。他一想："不能，底下人自有下房，这里明明是上房，怎能住底下人呢，一定是编辑先生卧榻了。"这屋窗前，也一样放一张书案，文具倒很齐备。伯雍把各屋参观已毕，他的感想，也不知是喜是伤。

只见他点点头，仍回到自己屋中。他此时饿极了，听一听厨房那里还没信，也没人来问他开饭不开饭。他暗想道："大概饭时还早，别教老肚埋怨我了，应当吃点什么才对。"想罢，取出二十枚铜子，喊了两声"来人"，却不见有人答应。他不由暗想道："我叫'来人'，他们或者不愿意，叫他们一声'馆役'试一试。"也不见答应。伯雍无法，又叫一声伙家，就短叫大哥、先生了，却仍不见有人答应，气得伯雍无法，暗道："他们真会欺负人。我新来的人，就不配使令你们么？我自己有腿，会外头去吃饭。"当下要出去吃饭。只听厢房里吕子仙喊了一声："来人！"遂听门房那边四五个人一齐答应了一群："是。"随着就听有一个人，连忙跑过去。只听吕子仙和那人嚷道：

"你们都干什么来着？上屋叫半天人，怎么一个答应的也没有，快过去问问什么事！"

没一会儿，果见一个馆役，到伯雍屋里问说：

"先生有什么事吗？"

伯雍本来有着气，要出去吃饭，如今见一个馆役跑了过来，当时把气减了许多。及见那馆役问说："有什么事吗？"只得把那二十枚铜子交给那馆役，说：

"求你到外头给我烙一斤饼，买一吊钱酱肘子来。"

那馆役见说，接钱去了。此时伯雍倒不禁好笑起来，暗道："这些馆役，怎这样不知自爱？我叫了半天，却一个答应的没有。账房经理不过哼了一声，五六个人，一齐答应。不用说他们心里就知有总理、经理，把别的先生自然看不到眼里。小人常态，大抵如此，姑且不必与他计较。等日后手内富裕，给他们几个零钱花，也就不能呼应不灵了。"

正自想着，那馆役已然把饼烙来，伯雍趁热，卷了酱肘子，饱餐一顿。因为他饿极了，在乡下时，哪里这晚吃过饭？他吃完了，电灯早来了，俗语说得好：吃饼，离不开井。他此时已然不敢教馆役替他泡茶，生恐碰钉子。幸亏他还明白，仍跑到吕子仙屋中。子仙一见他，便说：

"你自己买饭吃做什么？咱们馆里有的是厨子，饿了自管分付他。"

伯雍说："为我一个人，也没有开饭的道理。再说饭时未到，不可破例，此时我倒很渴的了。大哥！你教他们给弄壶水来喝。"

子仙说："那容易。"

只听他沉着声音叫声"来人"，门房那边又"嗡"的一声，有五六个人答应起来，比司令官的命令还有效呢。随即有个年青的馆役，年约十八九岁，面皮挺俏皮的，跑过来问有什么事。子仙说：

"你去给泡壶茶来，拿好叶子。"

那馆役见说，由一张抽屉柜内取出两罐茶叶，问用哪个。子仙说：

"糊涂！拿一包给总理喝的。"

那个馆役又由别的抽屉内，取了一包茶叶，拿了茶壶去了。少时，把茶泡来，给伯雍和子仙，每人斟了一碗，却站在一旁。这时子仙又躺在床上，弄他的大烟。伯雍乏了，也躺在对面，因问子仙说：

"馆里什么时候办事？怎么这时候编辑部里还冷清清的？"

子仙说："每日吃完晚饭才办事呢。这时候稿子也不能来，所以他们吃了早饭，便都出去瞎跑，有听戏的，也有看朋友的，待一会儿，就热闹了。串门子的也都晚上来，完了事，还可出去逛逛胡同，打八圈麻将什么的。你如今入了报馆很好，究竟比你老在乡下强得多。"伯雍一听，便有些害怕，暗道："晚间办事，已然是没益处了。办完事，还打麻将逛窑子，那一夜还有睡觉的时候么？"

他正自寻思着，早听院中有了脚步声音，也有不等进屋子，便喊叫开饭的。一阵说笑，都奔上屋去了。此时子仙因向伯雍说：

“你去看看去，他们都回来了。”

伯雍道：“兄弟与他们诸位还没会过面，求老兄给介绍一下子，我们好同手办事。”

子仙说：“好，我同你过去。”

当下吕子仙同着伯雍到了上屋的编辑部，先和二位住馆的编辑先生见了面。一位姓张名瑶，字子玖，直隶人。一位姓王名桐，字凤兮，京兆人。这二位都是三十上下的岁数，子玖先生还是前清的一位孝廉公，他们都彼此交换了名片。另有二位少年，一位是韦少卿，一位是讹若士。若士是江苏人，生得和女孩子一样。少卿倒是北京人，很有文名的，不过有些怪僻性质，人人都说他狂傲。他们二人，都在《民德报》当编辑，在这边也帮忙，所以先到这边来发稿子，完了再回那边去。少年人如此用功，也是很可佩服的了。

吕子仙一一替伯雍介绍完了，仍回自己屋中去了。此时他们几人初次对面，自然要说些久仰的话。虽然彼此闻名，当然不必拘泥，这时也不得不略事谦抑。可是十句话过来，他们便大讲特讲起来。张子玖此时得意扬扬地说他方才在茶室里挑了一个姑娘：

“别提多好啦！头是头，脚是脚，才十八岁。明天一定要去住局，皆因她待我太好了！头一天招呼，竟会有这样的劲儿。”

伯雍见子玖差不多有四十来岁了，身上的衣服，脸上的气色，在窑子里，似乎得不了什么待遇。他为什么这样入迷呢？或者他特别有此嗜好。这时只见韦少卿指着张子玖说：

“老张，你大概又提起你那窑案了。我一听这事我脑袋就疼！窑子里哪有有情的人？再说你逛窑子，也不讲什么品题，自要肯留髡的。在你就算遇了神仙，你不过恣行肉欲，在我们跟前卖弄什么，我们不爱听。”

这时讹若士方在据案大书，把十几张宣纸信笺，已然用秃笔给抹得不成模样。听了韦少卿奚落张子玖，他便把笔一投，鼓掌大笑起来。完了又附和着少卿说：

“老张逛窑子，跟猪八戒玩老雕一样，什么人玩什么鸟！”

此时张子玖脸上有些红了，可是假做笑容，和他们辩道：

“我天天逛窑子，也不是去言情，不过大爷玩乐，聊以解忧。我比不起你们，你们都是宝哥哥林妹妹一流人物，不妨彼此言情，我跟谁言去呢？只可到二等茶室里去物色知音。”

旁边王凤兮怕他们越说越深，只得从旁取笑说：

“算啦！算啦！子玖如不弃嫌，我当你的宝哥哥如何？”

大家不禁大笑起来。这时只见进来一个馆役问说开饭不开，凤兮说：

“快开吧！早就饿了。”

馆役见说，遂把外屋那张方桌放在当地，安了五个座位。伯雍已然吃过饭，只得陪他们坐一坐，凑个热闹。大家吃完饭，便去预备发稿。

伯雍头一天到馆，也不知做什么功课，只在旁边看他们做活。只见他们把通信社的稿子，往一块粘了粘，用朱笔乱抹一气，不够的，便拿了剪子，向交换报上去寻。不大工夫，新闻电报都算有了，交给馆役往印刷所送。他们腾下手来，又作论说时评，还要来两首诗。伯雍在旁边看着，却很惊讶的，这样忙忙乱乱的，胡抓一气，居然也能出两大张报，却是不易了。

伯雍正自参观编辑事务，只见进来一个馆役，向他说：

"总理来了，请您过去呢。"

伯雍见说，随那馆役去了。原来这报馆却是两个院子，由厢房旁边一个小夹道，便可以通过那边。那边也另有大门，因为欲图两院的联络，所以生辟了这一条小径，为是方便，可是总理过这边来的时候很少，都是由这边往那边叫人，所以这边的情状，总理很难赏下贵目的。

白歆仁每天到议院里去出席，散了会，还到党部去办公，最后才到报馆来。每天头一段紧要新闻，虽然关系国家大事，可是在总理看去，却是关系报馆的生死，也是他一身升沉之所系，所以等闲不肯交给编辑去做，总是他自己捉笔。他每天除了做第一条要闻，还要审查别的稿子，生恐有不谨慎的地方，所以他很觉得劳累。此刻他才由党部里来，知道伯雍到了，旧日老同学，当然要请过来一叙。

伯雍随那馆役进了夹道，忽的豁然开朗，只见五间厅房，前廊后厦，每根柱顶都装一盏电灯，照得院中十分明亮。各种花木的盆桶，已被花儿匠摆设停妥。东西各有三间厢房，也都带廊子。南面临街，却是连大门共五间草房。院内格式，虽然不是什么伟大的局势，却很整齐洁净。那五间厅房，都安着整扇大玻璃。屋内电灯辉煌，满壁书画，已然凭着灯光看见了。

这时那馆役把伯雍引到当院，自回去了。只见另有一个四十来岁的差役，气度很是不凡的样子，站在厅堂门前，预备肃客打帘子。伯雍暗道："派头真不小哇！这里与那边一墙之隔，居然是两个世界。"一边心思，已上台阶。那差役已把帘子揭起，伯雍躬身进去，只见四间一通连，只另隔一个套间。这大厅之内，壁上挂的，案上放的，架上架的，可谓满目琳琅。只那桌椅一项，极时髦和中国黑木的，共有四堂，恍然到了木器铺。伯雍正欲看看室内陈设，只听歆仁在套间内嗷了一声说：

"伯雍来了！请屋里来。"

此时那差役已然把那湖色绣花软帘揭起，伯雍到屋里一看，只见歆仁在一张钢丝床上仰卧着呢。见伯雍进来了，他才扎挣着起来，直咬牙皱眉的。他二人见了面，彼此对鞠一躬，然后逊伯雍在一把软椅上坐了，他却坐在他那把办公用的转心椅子上。差役献上茶，自出外屋去了。歆仁因向伯雍说：

"老同学，咱们有些日子没见了，怎么有些日子，简直又换了一个朝代。革命以前，你往哪里去了？我们也不知你的住址，大家都很念叨你。我们在去年八九月里，很替皇室奔走了许多日，打算仍然贯彻我们君主立宪的主张，无奈大势已去，我们只得乘风使舵，不得不与南中首义的人联络。目下经我介绍，入了进步党的很多。守文却做了国民党支部部长。当初次选举时，我们哪里不找你！只是找不到。你若在城里，也能弄到一名议员。不然我和蒙古王公说一说，什么蒙古议员、西藏议员，也能得一个。如今却被别人占了去。你的为人，过于因循，在政治方面，未免过于不注意，以后却很难了。在党里没有功，谁肯给你买议员。别忙，我先介绍你入党，然后我再向党魁替你说项。"

伯雍说："那倒不必。兄弟到如今，对于政党是抱一种怀疑，不愿人说我在哪一党。况且政变以来，我终日在山窟窿里住着，把性质养得益发疏懒。我的志愿，不过在社会上卖卖胳膊，聊博升斗，孝养老亲，也就够了。飞黄的事，我已不想。"

歜仁听了，微微一笑，说："你要替前清守节吗？你不过是个洋举人，还够不上遗老资格。"

伯雍说："不管够不够。我的性质，只是不愿意做官。我自己知道，便是勉得一官，也弄不到好处。既然弄不好，何必一定去弄？所以我只愿在社会上做事，较比做官仿佛自由一点。我所以给你写信，也是这个意思。论理，我向你们大家告个帮，也能够我活一年半载的，但是究竟没有自己挣的吃着舒服。我如今不过欲赖笔尖，卖几个钱，求你原谅这点微忱，给我相当的报酬便了。"

歜仁听了，连连摇头说："可惜！你在同人里面，很是有出息的。不想你弄成这么一种性质！你若老这样，恐怕你将来要穷死。"

伯雍说："那也无法。假如社会上不要我这样的人，我不死怎的。"

歜仁听到这里，似乎有点不愿意再和伯雍说话。只见他连连打呵欠，伸懒腰，不住地说："好乏好乏！今天可累坏了！"

伯雍见歆仁有些困惫，便说：

"我看你有些劳倦，你歇一歇吧。"

歆仁说："我真得睡一觉！今天在议会里，为了许多议案，累得筋疲力尽，完了又到党部办公，真是苦事。但也无法，回头还得编新闻。他们我谁也不敢靠，一不留神，就出毛病。有一天头段新闻我没管，总统府竟给圈出来，传谕注意。若不是有人维持，不但报馆禁不起，连我也老大不便，如今你来了，好极啦！你得多替我帮忙。我们的报，固然唯党魁之马首是瞻。对于老衰，一句话也别得罪。他不久要当中国大皇帝了。现在已有一群人想着那么办，不过不便明说，将来由宣传入手，先说共和不便于中国，然后再往帝制上做。这种风气，我已揣摩出来了。我们不可不先事预备，所以我求你替我帮忙，多多注意。将来免不了大买报馆，我们的报，不要落第才好。"

伯雍说："这事难极了。我新来乍到，怎能统御别人？你不要把难题往我身上加。你是总理，责任还是你负。你就给我一个责任，不与别人冲突才好。不过我不能坏你的事便了。要紧的东西，还是你自己办，较为稳健。"

歆仁说："也是。没法子，我还得累。有必要时，你得替我帮忙。目下咱们的报，文艺部太不好，明天你就替我办文艺部，与别人一点冲突没有。你看如何？"

伯雍说："那好极了。我就替你办办。别的不行，文艺部或者能多干两天。"

这时歆仁又打了两个呵欠。伯雍说：

"你歇歇吧！我到外屋看看你的书画。"

歆仁说："好！回头见吧。"

伯雍来到外屋，由头看去，虽无唐宋人的真迹，由"四王"吴恽，直到戴文节，以及成刘翁铁的墨宝，挂满了四壁。今人如吴昌硕、林琴南的东西，也都有几幅。案上的古玩，也有几件出奇的。伯雍看完这些东西，又想起方才他那间寝室和编辑部的污秽，暗道："人是平等的吗？平等不过是一句哑谜，不知冤死多少人了。智者、黠者、悍者、猾者，都能猜得破，说是假的。不过他们不肯说破，还拿着去冤人。人们一天不明白，还以为平等是真的，便一天一天地受人家的欺弄。他们要做不平等事，必得先说人家不平等，等到他们把人推倒，他们的不平等，比人家还厉害。不过口里还说是为平等、争自由便了。其实他们所说的话，还是愿意人家服从他们。不然，他们既为平等，何必自己要当总统，要当总长，要揽政权？怎见得就是你们配呢？这不是明明不做平等的事么？可是他们早早若说平等是假的，人也就不猜这哑谜了。他们由哪里如愿以偿呢？"

伯雍由后院过来，天已不早了，只见编辑部里黑洞洞，一点声音也没有了，惟有吕子仙那房里，一灯荧然，大概还在那里喷云吐雾。他以为别的先生完了事，都睡觉了，不便惊动，便到子仙屋里，果见子仙在床上吃烟呢。他见伯雍进来，由床上欠欠身说：

"在这里歇歇吧。"

伯雍便躺在他对面。子仙说：

"你见着总理了？"

伯雍说："见着了。"

子仙说："你们是老同学，他将来一定优待你，你只跟着他忍着，他不久要当总长了。他当了总长，咱们都能阔。咱们的报馆，原不为赚钱，现在的经济，也无力扩张，可是咱们总理手眼很大，凡是跟他做事的，将来都有个位置。所以我劝你极力帮他忙，先别求眼前的便宜，如同薪水什么的，可以不必跟他争多论少。再说你们是同学，原说不到这上头，有钱没钱，不是一样？话说回来了，这报馆跟你自己的一样。"

子仙说一句，伯雍答应一句，实则伯雍也无心听他的话，知道他的话，都是替歆仁在那里做宣传。他等子仙吸完一口烟，才问他说：

"编辑部都完事了吗？"

子仙说："都完了，就等总理头条新闻了。他们利用这点时候，又出去逛窑子去了。只有韦少卿和讹若士，天天这边完了事，便回他们《民德报》去，已然走了半天。"

伯雍说："天气大概不早？"

子仙说："早呢！也就十二点钟。"

伯雍说："若在家里，我早睡了。好在今天没我的事，我睡觉去了。"

说着辞了子仙，到他自己寝室，暗中摸索，把电灯捻亮，把铺盖放好，宽衣睡下了。他一个山居的人，平日早睡早起，鼻子里所闻的都是新鲜空气，哪里这晚睡过觉，哪里住过这样霉湿屋子？若不是他这一天的劳累，他真不能睡好。在伯雍为人，向持达观，人情世故，没有他不明白的，没有他没看透的，所以他尚能随遇而安。他看着世上那些形形色色，不是可笑，就是可怜，尤且对于方才子仙那些话，他以为可笑极了。至于欹仁的状态，他更以为可怜。据伯雍的意思，总不愿欹仁做一个滑头政客，如今自己既有相当力量，应当尽全副精神，经营报务，在社会上广求后援，成为言论界一个有名人物，何必利用报纸的空名，一心专想买收，做一二人的走狗，也未免过于没出息了！他竟在政界上揣摩风气，迎合意旨，将来究竟怎样呢？倒替他怪发愁的了。伯雍一边想着，耳边只听外屋壁钟，嗒嗒地响，忽地交了一下。他惊道："真不早了！"于是他打断思潮，渐渐入了黑甜乡了。

第二章

　　伯雍皆因一天的劳乏，睡得又晚，才躺下不大工夫，便甜甜蜜蜜地睡去。等到一觉醒来，晓色已然上窗，他有早起的习惯，已然躺不住，便披衣起来。值后夜的馆役，见他这早起来，却很惊讶，以为是一件奇事。幸亏馆里有值后夜的，不然他寻一碗水漱口都不能。当下他求那个馆役给他打一盆水洗脸漱口，别的屋子，却一点声音没有，都在那里睡得正浓。他不敢惊动人家，只得穿了长衣，打算到外面走走，吸点空气。皆因他在乡间住惯了，这里的气味，实在令他闷损。

　　他出了门，越了几条小巷，空气依然一般浊恶。最令人讨厌的，每家门口，放着一个马桶。有一个淘粪夫，用一担污水，拿把竹刷子，在那里挨个刷那马桶。不但这种气味，为伯雍所不曾闻过，连那腐败污秽现象，也是初次寓目。他暗道："南城外头，怎的这样浊恶？大清早晨的，都没有一点新鲜空气，反倒成了马桶世界。人类在这样空气里活着，还能有什么出息。"他一边想，一边掩着鼻子，紧紧地跑去。那个刷马桶夫役，看着很奇怪得直乐。

伯雍跑了半天，才把马桶阵跑出去，看了看，已到南大街。只见行人较众了，可是没有一个讲究的人，都是凭着力气吃饭的苦同胞，也有泥水匠，也有赶市的，也有卖苦力气的，也有做小买卖的，也有拉车的……他们都是精神百倍，在这清晨里，懒惰的富人高眠之时，去挣他们一天的衣饭。

伯雍在街上站了一会儿，见那边有卖豆腐浆的，他也杂在一群劳动朋友里面，买了两碗豆腐浆喝。他觉得非常甜美。他喝完了豆浆，看了看，前面却是粉坊琉璃街。他自思道："这里离陶然亭不远了，何不到那里看看，空气比这边强多了。"想罢，鼓舞精神，进了粉坊琉璃街。

这条胡同，在南城是很大的，虽然不十分清洁，比密排马桶的小巷，可谓差强人意。他走出东口，忽然空气又坏了。原来这里有几处大粪厂，放出臭气，把空气都污秽了。他堵住鼻子，闯过这个灾厄，才喘了一口气，痛快多了。只见龙泉寺的苍松古柏，带着朝烟，正在那里舒展它们的奇姿劲态。瑶台、花神庙和陶然亭，都在晶明空气里，现出一种奇古的姿态。那苇塘里的新蒲，已然有些生动的意思，有许多野鸟，在苇塘里叽呱乱噪，欢迎那轮乍升的晓日。

他顺着蜿蜒的土路，走到那所过街楼底下。只见有两个少年，在那里喊嗓子。一个十八九岁，一个十四五岁，那十八九岁的，生得丑八怪似的，面部至为可笑。那十四五岁的，却十分白皙，眉目之间，秀气流溢，好似一个女孩子。只见他穿一件半旧的青洋绉薄棉袍，系一条白洋绉褡包，脚下月白色袜子，穿一双青缎皂鞋。他的头发，四围剃得精光，只留一个刘海顶，手内还提着一个黄雀笼子。那十八九岁的，却是一身布衣。他两个向着那门楼的高壁，你喊一声，我叫一声，在那里喊嗓子。他们见伯雍站在旁边，却都不喊了。伯雍一见他二人的打扮，断定他们必是唱戏的。他们见了伯雍，也不避忌，那白皙少年，不住地直看伯雍。本来伯雍斯文儒雅，一见不是市井闲汉，所以他们一点也不害怕。那个丑孩子，反倒满脸笑容的，过来与伯雍扳谈，说：

"先生起得真早。大概也是好唱，来喊嗓子来了！"

伯雍顺口答道："可不是。你们大概是梨园行的人，你姓什么？"

丑孩子说："我姓庞，叫三秃子。他是我的师弟叫白牡丹。先生贵姓呀？"

伯雍告诉了他们。三秃子说：

"先生得暇，到我们家里坐着。"

伯雍说："好！将来去拜访。但是你们在哪里住？"

三秃子说："在长巷头条。"

伯雍说："离此太远了。"

三秃子说："可不是。我们反正每天早起绕一个弯儿不是金鱼池，便是坛墙，要不就到这里来。"

伯雍说："我离此不远。咱们可以常常在此相会。"说着又问那白牡丹说：

"你十几啦？"

白牡丹见问，小脸先一红才说："十五啦。"

伯雍又问他说："你去什么角儿？"

白牡丹说："唱小旦。"

说话时，又要看伯雍，又不好意思。他大概没见过什么正经的人，所以与他正式谈话，倒反觉着有些拘谨不安。可是伯雍一见，已然很喜欢他，暗道："可惜这样一个孩子，只因家贫，落在梨园里面。若生在富贵人家，不是一个少爷？可是少爷也没有什么可贵的，娇惯一辈子，也不过与草木同朽，反倒不如身习一艺，将来倒有个名儿。"伯雍从此有成全他的意思，因向他们说：

"我要到陶然亭那边看看去。你们去不去？"

他两个都愿意去。

于是他三个沿着苇塘边的大路，绕过瑶台，先到花庙，不过三间破房子，门还锁着。白牡丹说：

"听着这个名儿倒很好，却没有什么。"

伯雍说："什么景色名胜，也都是听着好，一见实在东西，都没什么。可有一节，中国的名胜，都有点诗和画的意思，先得心里以为是好，由意境里造出一个好景色来，便是三间茅屋，也算是好。没有诗的意味，就是高楼大厦，也是俗物。"

　　白牡丹听了伯雍的一片话，似解似不解，只拿眼睛直直地望着伯雍。那三秃子故做解人，听了伯雍的话，只望着花神庙连连点头赞叹。伯雍说：

　　"这下面还有两间古迹，我领你们看看去。"

　　说着把他二人引着到香冢和鹦鹉冢的旁边。只见一个小土坡上，有两个小小石碣。一个刻着篆文"香冢"两字，一个刻着"鹦鹉冢"三字，背面都有铭志。白牡丹一见，说：

　　"这个大概是两座坟。为什么又叫香冢和鹦鹉冢呢？"

　　伯雍说："你们没见背面都有字吗？"因把两道铭文念给他们听，他们也不明白所以然。白牡丹因说道：

　　"为了一个鹦鹉，还费这么些人事，又买地，又立石头，又作文章的。"

　　伯雍说："这便是文人多情的地方。俗人哪里会做这样的雅事呢？"

　　白牡丹听了，似有所感，半晌说道："我将来若死了，埋在这里倒不错，但是谁给我立碑呢？我还不如一个鹦鹉呢。"

　　伯雍说："你这点岁数，暂且虑不到这上头。可是你别看这个小土岗，打算埋骨这里，资人凭吊，实在不容易呢！"

　　这时只听三秃子在一旁问道：

　　"这里埋的真是一头鹦鹉吗？"

　　伯雍说："大家都那样说，铭文上也那样写着。可是据父老传说，这香冢所埋的是一个才子的文稿，因为他上京会试，不中，一有气，把他一生的诗文稿子，用火焚了，把灰埋在这里，起名香冢，以后便成了古迹。这鹦鹉冢，是一个士人纳了一位爱姬，可恨大妇不容，把姬人治死了，那士人没法子，把姬人埋在这里，立了这个石碣。所谓'浩浩愁，茫茫劫，郁郁佳城，中有碧血'就暗指这回事。这也是大家附会之词。还不如就认定是鹦鹉，又有何不可呢？"

白牡丹和三秃子听了伯雍这一解说，很觉有趣，自小仿佛知道陶然亭，这里有什么香冢鹦鹉冢，今天才明白所以。当下他们对于伯雍益加钦敬了。

他们在这里玩了一会儿，打算到陶然亭随喜随喜，刚下了土坡，往南一转，只见另一个土坡前面，有一座新坟，还有一个较大的石碣，在坟前立着。伯雍一见，惊道：

"这是谁的坟？来和香冢做芳邻，不是可怜的文人，定是多情的妓女，死后无依，被知交埋在这里了。"

赶紧绕到前面一看，只见石碣上大书"醉郭之墓"四个字，却是彭翼仲写的。转到后面一看，有林琴南作的《醉郭小传》。伯雍叹道：

"醉郭可谓不朽了！他不过是个卖报的，就皆因疯疯癫癫的，能勉人去爱国，自己却不留一钱，不过日谋一醉，也就够了。虽然是个畸人，却有过人的气节，所以一般阔人，虽然生前轰轰烈烈，令人侧目，若论身后之名，哪里及得醉郭万分之一！——除了他的家奴，或者能替他大吹一气。可见功名富贵，可以窃取。身后之名，万不是盗窃的，就使能盗，将来也有个评判。"

伯雍当时又把醉郭的历史，向白牡丹和三秃子说了一遍，他二人以为没什么趣味，不过说醉郭是个疯子便了。他们由此又到陶然亭里游了一会儿。他们都有些渴了，三秃子说：

"咱们到瑶台喝茶去吧。"

伯雍说："那里卖茶吗？"

三秃子说："那里便是王家茶馆，我们唱戏的到那里喝茶的很多。"

伯雍说："既这样时，咱们就去吧，我很愿意在野茶馆里喝茶。"

当下他们又折回来，由芦苇丛中，一高一低的，寻着干道，已然到了瑶台之下。这里是在一个大土台上，建造了一个小庙，有三间大殿，有三间西厢房，已就残破，年代是不可考的了。幸有王老夫妇，把它租过来，时加修葺，尚不至倒坏。他们夫妇就在这庙里开了一个小茶馆，卖点清茶，还有烧酒、咸鸡子、落花生、麻花、排叉什么的。当伯雍三人由野苇塘里往上来时，早见那小角门旁边，挑着一个茶招子，和一个小酒筛儿，在春风里荡着。台上台下，有许多古槐，已都发了绿芽。伯雍一见这地方，连说有趣，及至到了院中一看，大殿前面，摆着许多条桌，有许多人，在那里品茗。他们有认得白牡丹和三秃子的，都说：

"爷儿们来啦！这边喝！"

看那样子，大概也都是梨园行的人。当下他们找了一张闲桌，彼此坐下了。这里比陶然亭高得多，四下一看，南城一带的景色，都看见了。

这时那主妇把茶具给拿过来，问有茶叶没有，伯雍说：

"我们没带茶叶，给我们挈一包好的来。"

那主妇见说，去了一会儿，挈了一包茶叶，提了一壶开水，把茶泡上，自去了。三秃子很机灵，等茶闷得合了适，他却给伯雍先斟了一碗。伯雍喝这水时，非常甘芳，还是野外地方，比市内强多了。他们一边喝茶，一边听旁人说话，所说的都是梨园演戏的事，说得十分可笑。还有拉胡琴与人家吊嗓子的，虽然是个野茶馆，却十分热闹。

约有十点多钟，伯雍也觉得饿了，白牡丹和三秃子也要家去，伯雍替他们会了茶钱，一同出了王家茶馆，下了瑶台，他们分首，各回原路，白牡丹还嘱咐伯雍一定到他们那里看看。伯雍说：

"我有暇时，一定去看你。"

于是自己慢慢地往回走来，到了粉坊琉璃街，有拉车的问他坐车不坐，伯雍说："快到了，不坐车。"他想着："我到了报馆，差不多得过十一点钟，他们一定都起来了，我和他们说说我这段奇遇。"因为他一心念着白牡丹，也不觉乏，不大工夫，已到了报馆。

他进去一看，里边仍是静悄悄的，每屋的窗户帘，一个打开的也没有。原来他们还是睡得正浓。伯雍跑进屋子，喊道：

"你们还不起来，外面都一点多钟了！"

张子玖、王凤兮正在睡梦中，听得伯雍一喊，都醒了，忙问说：

"什么时候了？"

伯雍说："一点多钟了。我上一趟陶然亭都回来了。"

他二人见说，才由床上起来，叫馆役打水漱口洗脸。完了事，凤兮问伯雍说：

"你怎这早就起来了？"

伯雍说："我跟你们说也不信，我没等太阳出来，就起床了。我见你们都不起来，打算出去绕个弯儿，谁知跑入马桶阵里。我一直向南行去，竟到了南大街。我想从前曾到陶然亭游过几次，何不到那里看看？我便溜达到那里，有趣极了，我还得了一个佳遇。"

张子玖听了"佳遇"二字，忙问道：

"什么佳遇？告诉我听听。"

伯雍说："妙极了。但是我此刻太饿了，由黑早就起来，只喝了两碗豆腐浆，照你们这样俾昼作夜的习惯，我实在受不了。你们喊一声，教他们开饭。吃完饭，我说说我这段佳遇。"

子玖见说，真个一声喊道："开饭啦！"

他们大概没这早吃过饭，所以一声命令，连厨子带馆役都很惊讶的。厨房那里现忙，好容易才把饭菜做好，因为只三个人吃，开了半桌。吃完饭，张子玖记挂着伯雍那段佳遇，因向伯雍说：

"你该说了。"

伯雍说："你真没忘，我跟你打听，哪家戏园有个叫白牡丹的？"

子玖说："民乐园有个唱小旦的叫白牡丹，可是还没有什么名气，目下很有几个人捧他，我的朋友也有喜欢他的，天天去听戏。怎么？你遇见他了？这也算不了什么佳遇。我自当你见过什么莺莺、红娘的呢。"

伯雍说："你这人怎竟想这些个！怨不得昨天少卿和若士奚落你，差不多凌登徒而上了。怎见得白牡丹就不如姑娘呢？你也不想想，大清早晨的，谁家小姐去逛陶然亭？便是遇见，咱们一个读书人，也得回避人家。皆因是白牡丹，所以我才敢跟他说两句话。"

此时凤兮从旁插言道："你说这可望而不即的事，子玖最不愿意。你非得跟他说，哪个茶室姑娘最喜欢留髡，他听着必然眉飞色舞，一定去试一试。白牡丹无论生得多好，似乎跟他没关系。凡是不能成关系的，他都以为不好。"

子玖见说，向凤兮道："怎么着？连你也拿我打趣儿了。"既而又问伯雍说：

"你跟白牡丹说话了吗？"

伯雍说："怎的没说。这孩子很有点意思，我给他解说鹦鹉冢时，他说他死了也愿意埋在那里，他有这句话，可见没有俗骨了。"

子玖和凤兮见说，齐声问道："他说这话来着？不错，孺子可教。"

一边夸赞着，凤兮直捻他的小胡子，仿佛在那里构思，要替白牡丹作一首诗似的。

此时伯雍又续言道：

"我们在瑶台一同喝了半天茶，那里是个特别的社会，很有趣的，可惜从前竟不知道。如今无意中被我发见，真不亚如哥伦波发见新大陆一般。我们没事时，正可到那里去消遣、喝茶的。除了些乡农野老，便是些唱戏的，虽然言语举动，有些粗糙，我却喜欢他们都很率真。大概他们在戏界里都是够不上阶级的人，所以还没有习气。若成了名角，或者也就骄矜起来了。总而言之，那里却是一个解愁所在，以后我要拿那里做个避秦的桃源。"

张子玖听到这里，已然不奈烦地说："才提白牡丹的事，我已然有点意思。你又说起瑶台来，究竟白牡丹怎样呢？"

伯雍说："你想能怎样，初次见面，也谈不到什么，可是我们临分手时，他坚嘱到他家看看。他说他们在长巷头条住，他的师傅姓庞，有了地址和姓名，难道不能找去吗？只是一样，我看他们家里也未必怎样富裕，我们一去，不知他师傅愿意不愿意，什么茶水等项，不能不破费一点。"

子玖说："你这人过于顾虑了。难道一杯茶，就把他喝穷了？再说他们唱戏的，此时正赖人捧。报界的人，他们更是欢迎，因为能替他们吹嘘。此时已有许多人希望捧他，只是没有与他见过面的。假如因你身上，能与他见着，于他们未尝无利，有何不可呢？"

伯雍说："我打算先听他几天戏。假如将来不无出息，再替他出力，也还不迟。若是虚有其表，不堪造就，也就罢了。省得教人说我们外行，重色轻艺，瞎捧乱捧，也捧不起来，落个无趣。图什么呢？"

当下他三人把这话搁起。伯雍向凤兮、子玖商量起分担新闻的事。子玖说：

"昨晚歆仁与你怎说的？"

伯雍说："他教我担任文艺部。"

子玖说："正好这一部分正没个专人，得你担任，将来一定可观。"

伯雍说："你们先不必说这客气话，我现在还是外行，慢慢地学习吧。"

于是打开报，三人参酌，用朱笔画出格式来，分配定了，伯雍自任预备他的材料。这时忽见进来一个馆役，脸上笑嘻嘻地向伯雍和子玖、凤兮说：

"刚才总理来电话了，说今天晚上在陕西巷泉湘班请吃花酒，请诸位先生晚上务到，不必到旁处去了。"

子玖见说，先笑起来说："好好！多日没吃花酒了。"因向那馆役说："你去回总理，晚上我们都去。"

那馆役自去了。伯雍因问子玖说：

"歆仁还逛窑子吗？"

子玖说："现在当议员的，哪个不逛窑子？八大胡同，简直指着他们活着。照我这样五吊钱喊一个铺，两块钱住一夜，真是无聊已极。不承想还得个登徒子的徽号。照人家一两台花酒，便是一百多块钱，人倒说他不是色鬼。我倒想那样，没钱！"
既而又向伯雍说：

"还不错。他还看得起你，居然还请你吃一台花酒。"

伯雍说："别管为谁，我们晚上倒得看他的贵相知，或者是
很不错的。"

子玖说："我们早看见过了，还是清倌，倒是纯粹北京人，
名字叫什么桂花呀？大概叫桂花。十五六岁，好打好闹，还能
唱两句二黄。歆仁自从挑上她，差不多天天去，牌哩酒哩，不
知捧了多少次。这回利用你新加入本社，又做这一回场面，将
来他一定把她讨出来。"

伯雍说："他已有好几个孩子了，他的夫人也很贤慧的，何
必还想弄人。此话未必属实。"

子玖说："你还不知道，近来他的夫人，得了一种冤孽病，
总也治不好。他们的爱情，已然冷淡了。再说，现在当议员的，
有两件流行品，彼此夸耀，第一是马车，第二是姬妾。那当不
上议员的，看着他们如此快活，都有三个志愿。"

伯雍忙问："哪三个呢？"

子玖说："便是一车、一妾、一议员。他们见人家这样羡慕
他们，也就以此三项骄人。如今歆仁，议员有了，马车有了，
只短一个妾，所以每每引为憾事。他若不弄个妾，便是到在议
场里，也有点相形见绌。"

伯雍说："你这话我不信，简直是骂人。"

子玖说："真的。假如你当议员，若没有马车，没有妾，大

家真能不理你，说你是外行，还免不了田舍郎的呆状。他们已成了这一种风气。你不信，问他们当议员的，谁有妾？谁有马车？他们很高兴的，必屈着指头告诉你。因为他们每人都有一本统计册，没有马车和姨太太的，摈而不录。所以歆仁近来抓耳挠腮的，很为这件事发愁，他这样在桂花身上捧场，也是为得她欢心，省得为捷足者先登，不得不预为地步。论他很可以了，在议会里，虽然不是很红的角色，却能拉党，所以党魁很重视他。在经济方面，自然是不发愁的，慢说一个桂花，十七八个，也办得到。"伯雍道："话虽如此，他的妻党，很厉害呢。恐怕这个议案，不容易通过。"

子玖说："他所以抓耳挠腮，急得要命，大概也是对于这方面不无戒心。"

伯雍和子玖正谈得热闹，忽听凤兮在旁边说道：

"别瞎聊啦！正经把稿子归掇归掇，先发一点，竟等晚上由泉湘班回来再办，不知什么时候散，恐怕来不及，莫如先做点活计吧。"

二人见说，皆以为然，当下不谈天了，忙着去办稿子。晚上，少卿和若士也来了，帮着把稿子发了一大半。六点来钟，他们一齐出了门，雇上车，飞奔到泉湘班。这班子是北班中数一数二的。他们到了院中，只听跑厅的吆喝了一声，随即过来一龟奴，把他五人截住说：

"诸位老爷，恕眼拙，有熟人提一声，现在没有闲屋子了。"

大凡在窑子里得着一个资格，教全院姑娘都认识你，一切跑厅龟奴和掌班的都恭维你，不是称为某大人某老爷，就是某大爷某少爷，或是几爷，都煞是不容易呢。第一得有金钱，第二得有工夫。金钱的魔力最大，能教人脑袋上镌着字一般，使那些龟奴一见，就能认识。再加上工夫，一天也不缺席，那些龟奴比认他们家祖坟还省事呢。若是这两件不及，也就不必逛了。窑子中人的势利眼，比哪界都厉害，你若不常去，或者透点寒酸，他们明明知道你招呼过哪个姑娘，他能硬不认得你，不是问你有熟人没有，就说没屋子，要不就往柜房让你，甚至教你在院中站半天，没一个人招待。若遇见有几帮阔客，在此打牌吃酒，姑娘也忘其所以了，龟奴更是兴高采烈，简直不愿有普通客人来，不过不好关门就是了。这时若有不识趣的客人，一心要访他贵相知，火着心，同着朋友去了，谁知他认识的姑娘，打扮得花枝招展，正陪着阔客打牌吃酒呢。忽然你来了，姑娘也不愿意，跑厅的也不奈烦，把你们往冷屋子里一装，半点钟姑娘也不过来一趟。相形之下，有多么难以为情。虽然浇一脑袋冰水，还得掏一块钱，这一块钱的来历，先不必说，这肚子肮脏气应当怎受呢！作书的既没钱，又没工夫，多少也受过点这样的气，恍然大悟了，所以久已不敢作此想。至于现在好逛诸君，脸子是脸子，钱是钱，工夫是工夫，当然不能挨掩的，还请照旧去。别忘了说书，言归正传吧。

　　那跑厅的上前一拦子玖五人，致使五人好生不愿意。虽然在这里不认识姑娘，也有跟白歆仁来过的，怎就忘了呢！方要与他发作，可巧歆仁的那个管家大人，正由里院过来，一见子玖五人，便说：

"那是白大人请来的客。"

跑厅的见说，满脸赔笑道："恕眼拙。"

当下把五人引到后院桂花的屋子。只见三间较宽大的屋子，隔作两明一暗，桌椅床帐等项，都是临记洋行的舶来品，一见便透出红姑娘的气派来，却不知是谁给置的。或者是歆仁所赠，因为他二人关系密了，别人也不便再花冤钱。此时白歆仁还没有来，只把他的亲随派来，招待客人。这时屋内已然有几位客，气度都很骄矜的，可是一见桂花，五官便都挪位了，这个拉，那个跑，闹个不休。伯雍一见他们，都是国民代表、参众两院的议员，因为他们胸前都悬着金光灿烂的议员徽章。他们所以似乎有挺大的气度，异乎寻常的样子，也就因为他们胸前有这点东西。

伯雍五人，和那几位贵宾，彼此通了名姓。再看那桂花时，还是雏妓打扮，头上梳着极玲珑的两个抓髻，戴了满头的花儿，身上穿着花缎旗袍。因为身量矮一点，还穿着旗装的厚底鞋。眉目之间，生得倒很秀媚的。跟她的娘姨，年纪不过四十来岁，一张白瘦脸儿，微有几个麻子，虽然有了年纪，却仍带点少年时的风韵。她头上梳着一个小小的苏州髻，戴着一头黄簪子，穿着青缎半大夹袄，青缎中衣，脚下月白袜子，也穿一双七分底旗式青缎坤鞋，腕子上戴着极粗的金镯，指头上戴着五六个戒指，说话时飞眉使目，很有些满足的样子，人都管她叫老黄，桂花呼她作阿姨。她倒是桂花的亲姨，只见她在桂花身上很留神的，桂花天真烂缦，对于诸客，倒是一视同仁，没有差别的待遇。可是老黄，偏要叫她有分别，桂花若跟胸前没有徽章的来宾嬉戏时，老黄必然呵止他，说："别闹了！这么大了，老不会安静一会儿。"可是桂花一会儿又去跟戴徽章的老爷们去闹，撒娇撒痴的，教背着，教抱着，老黄便不拦她，还在一旁跟着凑趣儿。伯雍在旁边冷静观察，这妇人的肺肝，什么颜色都看见了。

老黄和桂花的母亲是亲姊妹，她的丈夫是街上无正业的一个光棍儿，桂花的母亲，嫁的倒是一个旗下当差的，生了桂花一个闺女。革命以后，桂花的父亲死了，家里日月，本来不富裕，自丈夫去世，更是柴米无着了。娘儿两个，天天在穷愁里活着。一日黄氏走来，帮助她娘儿俩一些柴米，她们娘儿俩很感激的。黄氏因和她姐姐说：

"姐姐！你们娘儿俩老这样，也不是个了手，怎的也须想个长策。"

桂花的娘说："我一个妇人，能做什么！天天想主意，也想不出个善法，除了我给人家使唤着去，又有这个坠头衔累着我的身子，一步也动不得。要不你把你外甥女儿带了去，暂且在你家住着，腾出我的身子，给人佣工。每月她的食费，我自己拿，就求你看管她，不至出什么毛病，我便感激你。"

黄氏一听，大不以为然说："你给人家佣工，每月能挣几个钱！现放着有个宝贝，可惜你不知道使用，成天抱着烙饼挨饿，你够多愚呀！"

此时桂花正在一边剪纸人玩，忽听她姨说她们家有宝贝，便从旁插言一说：

"姨呀！我们家哪里有宝贝？我怎不知道哇。"

黄氏说："傻鸦头，你懂得什么！快外头玩去吧。"桂花见说，果然找邻居的小孩子玩去了。

此时黄氏见桂花出去了，便往前凑了一凑，向桂花的娘说：

"傻姐姐，你看桂花出落得渐渐是个大姑娘了，吃香喝辣的，就在她身上。"

桂花的娘见说，惊道："你这话我不明白。她一个小孩子，每日只知贪玩，虽然十四五了，一点好歹也不知！我正愁她这么大了，不能分我一点忧，还指望她养活我吗？将来有对式的，给她找个婆家了，我这段心愿，也就是了。"

黄氏见说，笑道："我说你傻，你真傻透了！你也不想想，如今是什么时候？如今是民国了，你别想咔嘣硬正的当你那分穷旗人了！如今是笑贫不笑娼的时代，有钱的忘八，都能大三辈，有人管他叫老祖宗。你看，隆裕皇太后，若在好年头，不是老祖宗么，如今谁还理她！那窑子里的女掌班，差不多都是老祖宗了。当妓女的，竟敢起名叫龙玉，暗合"隆裕"二字的声音，听说是个议员替这妓女起的，寓着革命的意思。如今什么事都大翻个儿了，窑子里的生意，好不兴旺呢！好几百议员，天天都在窑子里议事，窑子便是他们的家，我看着别提多眼馋了！"

桂花的娘听了这些话，更是惊讶得了不得，说：

"妹妹！这些话你都是听谁说的？不瞒你说，这些话我听着都新鲜，照你这样说，将来天地都要掉换了？"

黄氏说："那指不定。马粪堆还有发迹的时候呢！你天天老在家里活挨饿，外头的事，你知道什么！现在八大胡同，了不得了，热闹得挤也挤不动。"

桂花的娘又不明白了，忙问道："哪儿有这么一个八大胡同？是不是石大人胡同呀，那里也不见得热闹。"

黄氏见说，倒好笑起来，说："你真是不出门的压炕头子货！连八大胡同都不知道。那里就是花界。你知道前门外的窑子呀，就都在那里。"

桂花的娘说："买卖人所居的地方呀？"

黄氏说："对啦！那里了不得了，大洋钱天天往那里飞，差不多都成了金山银山，比皇宫内院还阔呢。咱们何不到那里头享几年福，也能做个老祖宗呢！"

桂花的娘说："那个地方，虽然有钱，岂是咱们所去的地方。"

黄氏说："我说你没忘你的穷根。再也不错，怎见那里就不许咱们去呢？"

桂花的娘说："咱们究竟是皇上家的世仆。当差根本人家，虽然受穷，廉耻不可不顾。"

黄氏见说，把脸一沉，透着有点生气，咬一咬牙，指了桂花娘的脸一下，说：

"你呀你呀！可要把我怄死。我问你，锅里能煮廉耻吗？身上能穿廉耻吗？什么都是假的，饿是真的！如今没有别的法子，先得治饿。你知道我的来意么？我实在不忍你们娘儿俩这样无着落的，指引你们一条明路，日后发了财，我也好沾点光。谁知你还是这样不开通！别想再当旗人了。你只把桂花交给我，管保你坐在家里充老太太，使奴唤婢的。"

桂花的娘道："听你之言，敢么要教桂花下窑子去？"

黄氏说："谁说不是。除非如此，你们娘儿俩没有活路！"

桂花的娘道："孩子太小，我不忍教她操皮肉生涯。"

黄氏说："我说你什么都不懂，果是什么都不懂。你当一下窑子，便得留客呢？有一种叫清倌，光卖盘子，不留住客，于身体一点关系没有。就拿桂花这个小模样，收拾起来，焉能不招人稀罕！保管下车就红。不用说别的客，就是现在的议员，就够应酬的了。他们都是拿钱不当钱的，混他二三年，弄万八千，桂花依然是个黄花女儿。假如有对式的，未尝不可教桂花跟了人家去。清倌的价值更贵，至少也得三四千块钱。你没看见呢，议员逛窑子，跟疯了一样，他们都惦念娶个小老婆。自要人才出众，要多少钱给多少钱，机会不可错过呢。等桂花得了地位，在他们老爷跟前，说什么不成？你那时不知要怎样享福呢。恐怕到了那时，你就不认得你这妹妹了！"

一席话，说得桂花的娘，有点忘其所以了，仿佛后来的富贵，——摆在面前，迷惘了半天，才和黄氏说：

"听你之言，也有道理。如今我左思右想，除此亦无良策。但是孩子太小，我们不过为图糊口，不得已而操此业。我但嘱你一句话，我的孩子，可不能叫她留住客！挣几个钱，还是给她找婆婆家要紧。"

　　黄氏说:"这话还用你说,你的女儿,不是我的女儿一样?我哪能卖她的皮肉养家肥己呢!不过那里遍地是钱,不借重外甥女儿的鼎力,是拿不来的。只当我们使了一个美人计,发点财,也就不干了。"

　　当下姊妹两个商定,桂花的娘本来是外行,一应手续,都托黄氏代理。坐了一会儿,黄氏高高兴兴地辞去。回到家中,跟她男人一提,说:

　　"已然说降了。只是搭哪一个班子呢?你也该与你那群忘八蛋、三孙子、人牙子、皮条匠、鸡毛蒜皮把兄弟,说一说,总得先使几百块钱押账,给桂花置几件衣裳、首饰,剩下的给孩子的姨大大做用度,她好放心。桂花是我姐姐的闺女,你别以为是拐来的,你也须拿出点良心,替我尽尽心,办妥当一点!"

　　一片话数落得她丈夫老王跟大头蚊子一样,连说"我去我去"。没有几日,六百块钱的押账使下来了,黄氏替桂花做了几套衣裳,买了点首饰,装扮起来,不啻神仙中人,剩下几十块钱,给桂花的娘留着度日。从此黄氏便将桂花带到泉湘班,上捐营业,孩子既有人缘,老黄又长于应酬,没有几天,便成了泉湘班一根台柱。

　　歆仁招呼了桂花,每天总要破工夫去一荡。无论他怎样忙,心里总没忘过桂花。在议员里头,虽然有许多是桂花的客,他们已然是有了姨太太的,虽然这种东西不厌其多,可是在议员的地位,有一个姨太太,也足以自豪了,等到弄到国务员地位,再实行多多益善主义。他们皆因歆仁现在尚有向隅之叹,又见他在桂花身上这样尽心，知他必然有意了，所以都声明替他帮忙，谁也不许秘密进行，所以此时桂花，虽然没有脱籍，大家都拿她当歆仁的记名姨太太，差不多在参众两院声明保留案了。在桂花自己，天真烂缦，可是什么也不知道。不过她姨娘黄氏，已然看明白了，知道歆仁将来一定会领出桂花的，所以在歆仁身上，特别地留意。这次请客，要说歆仁不是为伯雍，也未免冤枉他，可是骨子里面还多一半为桂花，因为窑子里的姑娘，虚荣心比什么人都厉害，要是没人捧场，牌呀酒的乱闹一气，这个妓女，无论色艺多好，便不敢居个红字。有牌有酒的姑娘，便是无盐、嫫母，也就把架子摆得老高，仿佛一个院子都装不下她。那些无人捧的姑娘，也就不敢与她颉颃，小心儿里暗暗叫苦，埋怨她的客，都是些穷酸措大便了。

这时只见有许多同院姑娘，都搭讪着到桂花屋里来看，一个个都现出一种羡慕和嫉妒的颜色。这时便听院内一阵呼喊，那个跑厅的也说白总理诸位到，这个跑厅的也说白总理诸位到。老黄见说，赶紧往外迎接，桂花也笑着跑出去说：

"你们都来了。"

只见一个獐头鼠目、狼顾鸱声的人，年约三十来岁，微有几根黄胡子，上前把桂花搂住，连着就去亲嘴说：

"乖乖！几天没见你，更出息了。"

歆仁在旁边看着，心里想是十分不快，却也无可如何。桂花在那人腕里，支掌半天，才挣脱出去，鼓着小腮帮子说：

"我们不愿跟八爷闹！动不动挺臭的嘴就跟人要乖乖，什么毛病！"

那人见桂花奚落他，张着两手，要去抓他，吓得桂花"呀"的一声，如燕雀避鹰鹯一般跑去了，惹得大家一阵好笑，连忙往堂屋里让。一时连主带宾，有十几位了，说话的口音，哪一省都有，真所谓南腔北调，聚合一堂，吵吵嚷嚷，闹成一团。除了议员，便是各报的大总理。歆仁因问他那长随说：

"谁还没来？去催请催请。"

长随说："二爷不来了，三爷到别处有一局，胡总理、王总理都有电话谢谢。"

歆仁说："除了他们，大概都齐了，你分付他们摆吧。"

一声下去，龟奴四应。当下在堂屋里摆下两张大圆桌面，只听那个要笔，那个要纸片，纷纷写起传局条子来。歆仁说：

"你们别忙。谁叫谁，我给你们写。"

当下他一人代办，写了二十来张条子，有一个人叫两个姑娘的，不认识人的由歆仁推荐，写个借局，都写完了。歆仁笑着问伯雍说：

"你也得叫一个。"

伯雍说："我一个人也不认得，算了吧。已然够热闹的了，我只做个观花人便了，生拉硬扯的，勉强叫了来，她不认识我，我不认识她，也没什么趣味。算了吧。"

歆仁说："不行！一定得叫一个。"

别人也说："大家都叫，你凭什么不叫！不认得人，我们给你借。"

只见歆仁摇着笔，笑了半天，回头跟大家说：

"把秀卿给伯雍叫来怎样？"

大家拍手大笑，都说"好极"。于是把条子写齐，教人分头去叫。这里纷纷摆台，在伯雍心里，十分纳闷："怎么他们给我借条子，非常地喜欢呢？这秀卿不知是什么人？他们这回，一定拿我取笑了。"

这时台面摆好了，大家纷纷入座。不一时，所叫条子，陆续都来了，有肥有瘦，有高有矮，有南有北，一个个虽具几分姿色，不过仗着一身衣裳。满脸脂粉，堆成一个人，勉强只说是粉白黛绿罢了。她们一个个，都挨着叫局本人坐下。伯雍暗道："这里头一定有个秀卿。"谁知都坐下之后，却没有。别人都说：

"秀卿怎还不来！这个东西，可恶极了，软硬她都不吃，动不动就给人难堪。这时候了，她还不来。"

伯雍说："她既不来，不如辞了她。何必为她一人，致令举座不欢呢？"

歆仁说："你不知道，她也不是摆架子，简直有点怪脾气，谁招呼她，也不能合式。今天给你借了来，或者她能看得上眼。"

伯雍说："你这是何苦！你们都摆布不了她，她看我是个呆子，更不爱理了。你们不是跟她玩笑，简直跟我过不去。"

歆仁说："不能！她若犯狗食，今天咱们群起而攻。"

这时已然吃了几巡酒，那些乍出茅庐的妓女，都要献献她们的能耐，叫师傅拉胡琴，一个一个地赛唱她们的二黄。在众声欢动之中，只见进来一个姑娘，穿着一身布衣，脑袋上也没有多余装饰品，年纪差不多二十多岁了，两只天足，亭亭的身材，面皮倒很白皙的，不过隐隐地仿佛有点烟气，但是眉目之间，有些英爽冰霜之意，一看便是个不老实的人。这时大家见了她，都说：

"欢迎欢迎！只是来晚了，该罚的！"

那姑娘说："我认罚。但是你们谁叫的我？"

歆仁一笑说："我的朋友宁先生，要借你一个条子。"

说着把伯雍一指，这时伯雍已然不安起来，暗道："她就是秀卿，已然是个老妓。假如她若把我冷淡起来，实在不好看。"暗暗地把歆仁好骂："没有拿朋友开心的。"别人也都把眼睛送到秀卿身上，看她做何举动。

只见秀卿把伯雍看了一眼，半晌说道：

"是位老实先生。"

说着竟走到伯雍身旁坐下了。伯雍反倒不好意思起来，大家见秀卿竟挨着伯雍坐下，都很奇怪的，那獐头鼠目的老爷，笑嘻嘻地和秀卿说：

"你今天是怎么啦？向常不喜欢挨着老爷坐着，今天怎会挨着他去坐？你留点神，他身旁有锥子，看扎你一下子。"

秀卿说："我爱挨着人家坐着，你管得了吗？你大概被锥子扎怕了，替我瞎操心做什么？"

又有一个人说："宁先生是一身布衣，秀卿也喜欢穿布衣，穿布衣的当然要挨着穿布衣的。"

秀卿见说，立着眉毛，向那人道："穿布衣裳憨蠢吗？包子好不在褶儿上，你们倒都穿着绸缎呢，一般也见不出什么好骨头肉来！"

那獐头鼠目的人，见秀卿还出来的话非常厉害，便说道：

"不得了，她又该骂人了！我今天要跟你豁拳，非把你灌醉了不可。"

秀卿说："你先打个通关，完了我跟你豁。"

歆仁在一旁非常赞成，那人也最爱豁拳，当下挽了挽袖子，挨家儿豁起来，不一会儿应当与伯雍豁了。秀卿说：

"你跟他豁，我替你喝酒。"

歆仁听见这话，笑着向秀卿说：

"你这人究竟是怎回事？怎么才见面，你就在人家身上这样上劲，教我们怪疑心的。"

秀卿说："这有什么可疑惑的！我由心里头愿意替他喝酒么，你不会教你们桂花替你喝吗？"

这时桂花在旁边斜着眼睛向秀卿说：

"秀卿姐，我可没得罪你，你不知我不会喝酒吗，出这坏道儿做什么。"

秀卿说："没跟你说，小鸦头片子！"

那獐头鼠目的人，这时在那里直用力，不住把拳头挥上挥下地说：

"不管谁喝酒，反正你们俩人有喝的就行。"

秀卿在伯雍旁边，也极力鼓舞说：

"跟他豁！他是屎拳，不过瞎喊便了。"

伯雍平日也很会豁拳的，不过今日要在秀卿面前做个脸，未免有点心慌，连豁三拳，都输了。伯雍把脸微微一红，只见秀卿把伯雍瞪了一眼说：

"看着你很老实的，心里也够斗！你知道我替你喝酒，怎么一拳不赢呢？"

伯雍说："不是成心。你若不信时，我陪你喝三杯。"

秀卿说："算了吧！卖一个饶一个做什么！我不服气，跟老八先豁三拳。"

因向那人说："老八！我们老爷输给你三拳，我要替他挡一挡，你敢豁吗？"

八爷说："谁还怕你！来来来，不把你打回去，你也不知八老爷的厉害！"

这时伯雍也和秀卿说："你这向要输了，我也替你喝。"

秀卿说："你先别盼输，放心吧，这回用不着咱们喝酒了。"

说声到，二人便豁起来，一转眼间，秀卿连胜三拳，举座都鼓掌喝起彩来，伯雍心里尤为痛快。八老爷连输三拳，未免有点上火，硬说秀卿都是等拳，执意不喝酒。秀卿说：

"你不喝，我提着耳朵灌你！"

大家也都说："你明明输了，凭什么不喝！喝了再说。"

八老爷没法子，吃药一般，把三杯酒都喝了，接着又跟别人豁，互有胜负。一个通关完了，八老爷终不肯与秀卿罢休，还要与秀卿豁。秀卿说：

"你要豁，咱们换大杯，这一点的小酒杯，有什么意思！"

八爷说："好！"

当时换个大杯，两人一对拳，豁起来。秀卿的拳，虽然好，也有时输，端起杯来便一饮而尽。伯雍在旁边看着，暗暗替她叫苦。可是秀卿犹如无事人一般，再看那八老爷时，小脸儿红得跟猴儿屁股一样了，舌头根子也短啦，眼见就要往桌子底下钻，还在那里叫阵。幸亏大家怕他醉倒了，极力劝止，方才罢了。

这时叫来的条子，渐渐地都去了，来宾也有去的了，只有秀卿，还不曾去。不一时，饭都吃完了，她却拉着伯雍，问长问短，既而又问：

"你今天有工夫吗？可以到我那里坐一坐。"

伯雍说："晚上还得办稿子呢。"

秀卿说："你没工夫，就不便去了。"

歆仁诸人，至此更以为奇怪了，大概秀卿总没有过这样的态度，所以引起大家的注意。此时歆仁因向秀卿说：

"你若喜欢他，我放他一晚上假，教他跟了你去。"

秀卿说："不必。他自有职务，你能天天老放他假吗？"因又向伯雍说：

"每日事务办完，愿意出来，不妨到我那里坐坐。"说着自去了。

秀卿去后，这里大家却哄起伯雍来，有说他艳福不浅的，有说他年貌占便宜的，有说秀卿自命不凡、矫情立异的。伯雍也不管他们，不过对于秀卿萍水的知遇，不能不动点情感。

这时天不早了，伯雍和子玖、凤兮诸人，谢了歆仁，一同回去发稿子。这里歆仁不免要和他几个切要朋友，在桂花的寝室里，略事休息。老黄忙着去泡好茶，一切账，教长随向柜上去开付，连酒席带车饭钱，共享了一百余元。一个小编辑两三个月的薪水，八口之家的用度，在灯红酒绿、鬓影钗光里头，没有了。千金买笑，一饮万钱，原是大丈夫的本色，寒贱鄙夫、悭吝下士，当然是不足语此。可是天下事，都有个缓急先后，到了仁至义尽的时候，挥霍亦可，俭朴亦可。不过民国以来，有好多事，不但去仁义太远，并且有许多不足挂于齿颊的，自己以为很豪了，殊不知每每为识者齿冷的。有好多人，因为一时的机会，地位也有了，收入也多了，似乎可以行一点有人味儿的事，谁知却不然的，他们有钱买房子，有钱买马车，有钱置姨太太，花天酒地，真敢挥霍一下子，表面上透着豪华极了，可是对于他的苦朋友，却另有一根肠子去看待。

　　现在少微得意点的人，他们都不教他们的孩子上学堂，多一半要请个家庭讲师，不用说，当老师的自然是他们的朋友占多一半，一个人若给人家占了西席，他的境遇，也就不问可知了。当东家的，应当如何优待，才算尽了朋友本分？何况人家当老师的，也不是白吃饭白拿钱，谁知他们的办法，真有令人击节惊叹的。他们不但每月一文不出，而且还雇着顶好的老师，教育他的子女。他们使的是什么法子呢？却先跟一个没事的苦朋友去说："我看你太困难了，我打算在部里或参众两院，给你寻一个三四十块钱挂名的差使，但是你得应我一个条件，得在家里教我的子女念书。"你们看，这种雇老师的办法，有多么聪明！

欲不应他吧，现在正饿着，便是自己能挨饿，家里的老婆孩儿，也不答应。可是一应承他，却是挣一分钱，担着两副责任。没法子！为治饿起见，就得应他，可是从此人格损失，一辈子便是活奴隶了。假如他们自己拿钱雇，也不过是二三十块钱。你若嫌少，他们便有话说："当初雇个举人，才四两。进士也不过八两。如今白花花二三十块钱拿出去了，穷酸还不满意吗！"他们也不替人家想想，如今生活程度是怎样？八口之家，租房、吃饭、子女教育费以及衣履等项，一个月得多少钱！他们老不忘当初雇个举人只不过四两，他也不想当初是怎样生活！东宾之间，是怎个相得！学生出息之后，对待老师是怎个恩情！哪里照他们用种种机诈，骗取人的智慧呢。家庭讲师既这样，那报馆的编辑更可怜了，一个个俾昼作夜，弄得跟鬼一般，到了月终，连三十块交通票都舍不得给人家，不是说人家不卖力气，就是说人家懒，一般的肉体，谁肯牺牲身家性命，白给人家做机器呢。可是他们不是花天，便是酒地，念书的只为依人作嫁，为一个贫字所误，直不如当姨太太的一双鞋值得多。文人要打算吐气，便是海枯石烂，也没有指望了。

不言歃仁诸人在桂花屋里厮混，却说伯雍和子玖诸人，回到报馆，忙着把稿子发完，凑在一起，说些闲话。子玖提倡去看秀卿，因向伯雍说：

"你不去上个盘子？她今天在席上，特意跟你要好，你若不去，未免有负她的美意。"

伯雍说："我今天不去了。实对你说，这样闹法，我实在来不及，我得睡觉了。自从我到了报馆，与我的习惯是大相反，这两天了，我觉得浑身都不舒服。若不睡觉，恐怕要生病。你们要出去只管去吧，过两天我再奉陪。"

子玖说："你大概是没钱，不妨到账房去借。"

伯雍说："钱倒有两块。便是没钱，我刚到报馆没有两天，便去借，未免不好看。我委实乏了，得睡觉了。"

子玖说："既是这样，你睡吧！不过秀卿很巴结你，你不去圆个面子，未免太差。"

伯雍说："她若想巴结我，她真是可怜的人了。我在她身上，能尽什么义务！你们别看她今天晚上对我不错，或者因她脾气古怪，故意矫情。我就不信如今的妓女，放着应时当令的议员不巴结，反倒垂青一个寒士的。不用说没有，便是有一个，她不久也就要到南下洼去了。"

子玖说："你这人原来也是怪人。你管她怎样，她既喜欢你，你就去，等不喜欢时再说，岂不是因时制宜的老法子？何必替她想到后来呢。若必想想自己，想想人家，这窑子也就不必逛了。"

伯雍说："我就爱这样，所以我逛一回窑子，反倒着一回烦恼。"

这时凤兮在旁边说："这样看来，伯雍倒是有情的人。有情的人，可以不必逛了，不误人，也误自己。子玖！你不是要看你那个人去吗？我陪你去，教伯雍睡吧。等他把咱们的恶习惯养好了，再约他出去不迟。"

子玖说："伯雍有这么好机会，他不去，真教我怪不痛快的。"说着他二人去了。

少卿和若士早已走了，伯雍又到吕子仙屋里坐了一会儿，回到自己屋子，躺下了，可是脑海里有诸种思潮，一起一伏的，没个静止。方才的花酒局面，一色一色的，都攻了上来，仿佛那些议员、那些报馆总理、那些妓女、那些娘姨、那些琴师、那些跑厅，一个一个，走马灯一般，在他脑子里直转。他并不是羡慕。他对于这些人，很是怀疑的。他不明白这是怎一桩事。他暗道："歆仁花了一百多块钱，请了两台酒，说是为我，也许我刚到报馆，应当有这场接待，但是我在那桌面上，也不觉得怎样体面。桂花、老黄和许多龟奴、许多妓女，也不知道我是谁，不过仗着一百多块钱的面子，热闹两点钟散了。或者他们以为这两点钟，便是人生极大的意义，是一件不可免的要务，那我就不大明白了。再说假如是为我，在那两点钟里，把人热得要死。在我这间寝室里，又冷得令人不欲生。霉湿的屋子、渗漏晕成的画壁、油污不堪的桌椅、暗淡无光的电灯，我睡在这屋子里，哪一件配吃两台花酒？可是有人说，是为我花的一百多元钱。不问其是不醉翁之意，便千真万真，实在为我，他这一冷一热的待遇，也未免令人过于难堪了。或者这真是他们一种诚意，在我看来，此种闹法，适足证明中国人不调节的生活便了，说不到豪华，言不到酬应。"

一会儿他又想到秀卿那边去了。他不解秀卿是怎样一个人，既然当了妓女，不去甜甜蜜蜜地媚人、花花哨哨地打扮，做出这玩世不恭的样子，岂不是与妓业背道而驰吗？她大概有点精神病，有父母的遗传，虽然做了这样不幸的营生，她到底不能改她的脾性。哪天我倒得去看看她，看看她究竟是怎样一个人？这时他又把秀卿抛开了。他又想起子玖和凤兮的举动来，看他们那样子，收入也像没有多少，天天完了事，怎么连歇一歇都不歇，跟着就往外跑，就说逛二等茶室，每晚走一趟，也得块八角的，他们这样不辞劳苦，不是每月白赔精神，竟给无用益的干了么？他们的铺盖油污破烂，都没法收拾了。为什么不省几个钱，买一床被呢？反倒有钱胡逛。这不是跟歆仁的办法一样了吗？歆仁有钱吃花酒，可没钱修饰编辑部。子玖他们以钱而论，当然没有歆仁那样多，但是自己睡觉的被褥，也要干净一点，怎就没有这一点的支出呢？他在床上躺着，越想他们的行事，越是冲突矛盾，简直是错误到极点了。可是在他们决不以为这是错误，他们似乎都以为是应当这样。在歆仁呢，自要把他那边的屋子，另一个世界，收拾得干干净净，装饰得华华丽丽，便算达到他不枉为人的目的。闷了时，到桂花那里玩玩，就算他人生伟大的作为，得意的表现。至于编辑部这边，便是弄得和猪圈一般，似乎跟他也没有关系。因为这边都是雇来的人，劳工的工厂，没有装饰洁净的必要。他那边是资本家的客厅，当然要特别地讲究，但是他一肚子资本主义的人，固然可以那样，至于子玖，没有不把自己睡觉所在弄干净了，反倒竟逛窑子的，那真是不可解的事了。

伯雍这个那个的，胡想半夜，好容易睡着了。他这一睡，再不能照前天那样早起了，差不多有十二点多钟才起来。他看看日影，暗道完了，他从此与那宝贵的晨光，将要见不着面了。这里都是晚起的人，断不能容他一人早起。没有一会儿，子玖和凤兮也起来了，他们见伯雍也似才起来，两只眼睛还蒙眬着。凤兮便和他笑道：

"有点意思了，你怎么也不早起上陶然亭去啦？"

伯雍说："我没有那么大精神了，睡得晚，当然不能起早。"

凤兮说："往后还要起得晚呢！只是我们得了一个同志，北京又丧失了一个好青年，可惜得很。"

伯雍说："没什么可惜的，人没经过的社会，我也须历练历练。"

第三章

他三人盥沐以后，天有一点多钟了，便叫馆役开饭。吃完了，商量着到哪里玩玩。伯雍说：

"忙了这几天，也没听一次戏，我想听戏去。"

子玖说："既是要听戏，何妨看看白牡丹去。那里有许多朋友，天天为他包桌子，捧得不得了。你若加入他们那个团体，他们一定欢迎。"

伯雍说："自从那日在陶然亭我见了牡丹一面，总想看看他的技艺，咱们就去吧！"

说话之间，换了衣裳，出了门，安步当车地去了。穿街越巷，不大工夫，到了王广福斜街的民乐园。这里本是山西朋友一个公共会馆，里面有个戏楼，年代大概很久了，民国以后，才租给梨园，开锣演戏。此时正是正乐科班在此演唱。若论这个班子，却不十分完全，不过财主是很有钱的。他是前清一个大内监李莲英的侄子，拿钱起了这样一个班子，不过给管事的和教员多添几处房子，于班子打得并不见怎样，只有一个唱正旦的尚小云，唱武生的王三黑，还能敷衍。其余没什么可造就的人。本班角色，既然不够，不得不请外搭班，白牡丹便是外搭班的一个人。

他们到了园子里面，场上正演《荷珠配》，都是本班的孩子，演得十分热闹。这时那几位捧牡丹的先生们，已然看见子玖，便点首招他往前去。他们拥挤了半天，才到前面，只见那几位，都是极洒落的青年，还有两位衣装朴雅的先生。子玖一一给伯雍介绍了，一位是陇西公子，一位是古越少年，一位是沛上逸民，一位是东山游客。彼此落座之后，免不了一番久仰的话，照旧静坐听戏。这时《荷珠配》已然收场了，下面应当是白牡丹的《小放牛》。他们有摩拳的，预备鼓掌的，有润喉的，预备叫好的。少时去牧童的先上场了，伯雍看时，便是那个三秃子。既而绣帘揭处，牡丹上场，他的秀目、他的长眉、他的纤腰、他的凤翘，哪里像个男孩？便是极时髦的坤角，也无此扮相，好声早已起于四座。这出戏，虽然唱小曲，犹具古时歌舞之遗意。只见牡丹载歌载舞，惊鸿游龙，不足方其翩宛；穿花蛱蝶，不足比其轻盈。伯雍至此，亦不得不鼓掌击节，连连说好，暗道：“他的本来面目，虽然很清俊的，若比起他的化装来——彼犹浊世佳公子，此已天上跨凤仙了！这样的孩子，是舞台的钱树，也是人间的祸水，将来不知颠倒多少众生，他也未必能有好结果。"不一会儿，《小放牛》演完，下面是小云的《别宫》。大轴是八岁红的《金钱豹》。

他们看完了戏，约会到报馆去吃饭。回到报馆，伯雍取出一块钱，教厨子添几个茶，吃完了饭，大家商议怎样捧白牡丹，必得与梅党并驾齐驱，才能有趣。再有一节，便是如何到他家里去一荡，看看他家情形，他们好积极进行，将来有堂会戏时，他们也能替他介绍。若不见面，如有这样的事，跟谁说去呢？子玖说：

"若要到牡丹家里去，可以先教伯雍去一趟，皆因他二人已然见过面了。"

古越少年见说，便一把拉住伯雍说：

"怎么你在哪里见过他了？我们捧了他多少日子，也没与他谋一面。你倒先遇见他，只是你们谈话没有？"

伯雍见问，便把那日起早、如何在陶然亭遇见牡丹的话说了一遍。古越少年说：

"你真有幸福！这也是你起早的好处，今天我们公举你做代表，先到牡丹家里探望一下，看看他家里情形如何，有几间屋子？能容得几个人？假如我们都去了，他家没那大地方，拒绝也不好，招待也不好，不是教他们为难！所以先请你去一趟，就说我们有一个团体，打算捧捧牡丹，问他们愿意不愿意。他们可别疑惑我们有别的意思，我们不过借他人杯酒，浇自己块垒，以他为名，做个诗社文会便了。假如笔墨有墨〔按：似有误〕，能把他的声价抬高起来，也不枉赏识他一番。"

伯雍说："你们大家有这样美意，我想他们欢迎不暇，哪有个不愿意的？只是这个使命，也很重要的，我一个人不愿意去。你们要知道，将来要结社呢，牡丹便是社长，结党呢，他便是党魁。咱们虽然比不起人家政党，有好些党纲党规的，也不可以不慎重。咱们是初会，牡丹你们已然捧了多少日子，我为免除嫌疑，请你们里面哪一位随我同去一荡，好明明真相。"

古越少年见说，笑道："伯翁！看你很老实的，敢则还富于心计呢！"

伯雍说："不然。这样的事，不得不小心。"

古越少年说："既这样时，我们再推一位代表。"因向沛上逸民说：

"你辛苦一趟吧！"

沛上逸民对于牡丹最热心不过的，当下锐身愿往。

他二人便教他们在报馆等候，出门雇上车，飞奔而去。这时天已黑了，满街电灯辉煌，他们因有一个高兴的目的，在车上坐着，特别有精神。不一会儿，出了大栅栏，进了鲜鱼口，跑到东头。伯雍教车夫站住，付了车钱，因向沛上逸民说：

"他们跟我说，是在这条巷内。路西向东的一个小门，我们到那里问问。"

于是走入巷口，在一所大房的阴影底下，借着路灯的微光，果见有三间小房，后檐临街，东向一个拐角，随墙起了一个小门。他二人鼓着勇气，走到门前，啪啪啪把门打了几下。不一会儿听得里边有人出来了，一边走一边问说：

"谁呀？"

伯雍说："你们这里是姓庞吗？"

里边说："不错。"

说话时，哧的一声，门开了。借着街灯的余光，只见出来的是一位五十来岁的妈妈，一张油黑脸，倒很喜相的。脑袋上的头发，半黄不黑，已然揭了顶，身穿一件蓝布衫，前襟有些油污。只见她做出笑容和蔼的样子，问伯雍二人说：

"二位先生贵姓呀，是找我们的吗？"

伯雍说："我姓宁，这位姓刘。白牡丹不是你们徒弟吗？"

婆子说："是。既是找我们的，就请里边坐吧。"

他二人见往里请，才把心放下来，随那婆子进去了。却是一个极窄的院子，里面有三间正房，还有一间小西厢房。婆子把他们让进堂屋，进了左手的里间，只见纸壁有几年没糊了，地下也放着几件破桌子烂板凳，炕上放一张小炕桌，随墙放着几个圆笼，大概里面装着唱戏的盔头。屋门的两旁，挂着唱戏的马鞭，还有一个布套，露着一点红髯口，大概是唱《辛安驿》用的，怕被烟尘熏坏了，所以用套子罩着。另有几个较长的布套，还有一个大竹筒子，里面大概是刀枪雉尾之类。

这时婆子恭恭敬敬的，让二人在炕上坐下，连着喊一声丫头。只听磕得磕得的一阵响。随着进来一个小丫头，年约十二岁，脚下还绑着寸子，所以那样响。婆子因和那丫头说：

"去泡茶去！你爹和你哥哥他们呢？怎还不过来，来客啦！他们没听见吗？"

丫头见说，磕得磕得地去了。没一会儿，白牡丹和三秃子过来了，见了伯雍二人，鞠了一躬，三秃子仍是笑眯眯的脸儿，向伯雍说：

"那天咱们在陶然亭见了之后，我们又去了两趟。您怎没去？我们这里您也没来。今日怎有暇呢？"

这时牡丹却不住地望着沛上逸民。伯雍说：

"我们今天特意来看看你们。"因指着沛上逸民向他们说：

"你们认得这位先生么？"

白牡丹见说，笑了一笑，说："我们早就认得了，只是没说过话。"

三秃子说："他们几位天天捧我们，在戏台上已然看熟了。"

伯雍说："他们是捧你们吗？既不说话，怎会知道呢？"

牡丹说："那再看不出来得啦！前台听戏的，捧哪一个角儿，我们都知道。"

此时那婆子笑着向伯雍说："别看他们都是小孩子，可就明白着呢。一心一念的，竟盼有人捧，也是如今都改良了，唱戏的小孩子，也要报看。报上若说他们两句好话，乐得要上天。若说他们两句坏话，哭得不吃饭。他们时常跟我说，现在有几位先生，很捧场。怎的见见人家，也给他们登登报才好呢！"

这时沛上逸民向那婆子说："要登报，那不容易！"

因指着伯雍说："这位先生现在就在报馆做事。"

婆子说："可不是。我听他们说了，有一天在陶然亭去喊嗓子，说遇见一位先生，是报馆的，还在瑶台请他们喝茶。回家之后，念叨好几天。我说人家都很忙的，天天去听你们唱戏，热心捧场，就够感激的了。再求人家给作报，这话怎么说呢。咱们又不是多大的角儿，能耐还没学好，可教人家怎样夸你们呢？我就常跟他们说，咱们现在还没到那分际，你们自管好好学能耐，将来不愁没人捧。兰芳也由你们这个时候过，可巧就有你们几位见爱，没有什么说的，你们几位真得好好捧捧我们！"

伯雍说："我今天便是受人之托，有好几位都是很捧你们的，他们求我给你们送一个信，也打算照那些捧兰芳的先生一样，作点诗呀文的，将来还打算做一本书，把牡丹各种的相片，也印在里面。意思要跟梅党打对仗，不知你们愿意不愿意？"

婆子听了，"哟"了一声说："您这话可说远啦！这一来，不是我们的造化到了吗！哪有个不愿意呢！这是我们心里所希望的，只是不敢出口，向诸位先生去求，如今自己愿来捧我们，真是我们的福神。"

说着只见她叫着白牡丹小名儿说：

"词儿！你还不快谢谢他们二位呢，你这就要抖啦！"

牡丹果然满脸高兴样子，向他二人各鞠一躬，他的小心眼儿里，有千万感谢的话，只是说不出来。不过用他一双秋潭一般的眼睛，望着他二人，表示一种谢意便了。这时白牡丹的师父老庞，也过来了。他大概是在他屋里换换较好的衣履，所以这半天人才过来。他已有五十岁了，是个唱扫边梆子青衣的，幼时常给十三旦配戏，所以十三旦的戏，他看过不少，后来便以教戏为生。他所教的小旦戏，都很地道，全是老十三旦的规矩。大凡当儿子的，总爱述说父亲的盛德，老庞的历史，三秃子知道很多，他说他爸爸在戏班里所以不红，并非是能耐不好，实在被脾气闹坏了，最爱打架，动不动就红眼，所以人家给他起了个外号，叫"红眼旦"。因为这个外号，所以，一辈子没有混好。这个大概是实话，一个旦角，爱红眼睛，不问是怎样红法，他的运命也就可想而知了。

　　老庞有三个儿子，自然都吃戏饭，可惜一个成材的没有。大小子二小子，都是武行，在外县跑大棚。三秃子学了小花脸，跟牡丹配戏。白牡丹是老庞在天津时收的徒弟，如今已七八年了，还没出师，听说合同上写的不是九年便是十年。那婆子便是他的荆人，家中还有两个童养媳妇，他夫妇两个，带着三个儿子、两个媳妇、一个徒弟，可是八口之家。他两个大儿子，既然没有惊人本领，自然收入不多，不过是自挣自吃便了，三秃子也不能挣钱，方才那个小姑娘，便是第二的童养媳，不知谁家的孩子，竟来到庞家当童养媳。她家的景况，不问可知了。这孩子一边当媳妇，一边还得学戏。老庞夫妇，在她身上，很有希望呢。但是多怎才是挣钱日子，真可谓遥遥无期了。老庞虽然在科班里当一份教习，也挣不了几个钱。看光景，他一家的生活，似乎全在牡丹身上。牡丹不啻他家一棵钱树，所以衣履等项，也是牡丹比别人整齐一点。不过牡丹没有二年，便出师了。到了那时，牡丹一走，他的生活，立刻要受影响。便是不走，他也到了年龄，嗓子到万不能指了。这时老庞夫妇是很为难的，他们心里有两个打算：第一，怎的教牡丹认识两个阔人，趁他没出师，大大地敲一笔竹杠。虽然不必照梅兰芳那样有个中国银行总裁的老斗，那么送几件行头，置两件衣裳，贴补几个费用，也就不无小补了。他看见那个阔了，这个阔了的，非常眼馋。暗道："牡丹模样，不在兰芳以下，怎就没人招呼呢？"不想牡丹的色艺，虽然不错，只是名誉太小。一班遗老捧戏子，全凭耳食，自要大家一吵嚷，说哪个孩子如今不错了，报上时不常地再有两段捧场文字，他们一定要据为己有，从此便不许别人傍边了。他们的行为，简直是强奸名誉。幸亏牡丹此时一点名儿没有，还不至深入侯门。可是老庞却耐不得了，他以为这种像姑式的营业无望了，他又没钱装饰牡丹，他只得另想别计，好替牡丹的缺。他一方物色徒弟，一方赶着教他那小童养媳，将来好有个接续。谁知近来很有一群人来捧牡丹，差不多天天要包两张桌子。他的心又动了，但是他又不知这群人是做什么的。不过见他们的穿着打扮，似乎像有钱的，他又不好自荐，请人家到他家里坐一坐。他也知道他家里没个坐处，益发不敢自献殷勤了。可巧今晚伯雍二人来了。他听了听，知是为牡丹来的，他喜欢极了，赶紧换换衣裳，也过这边来周旋。

伯雍看老庞时，黑得与他老婆一样，不过他是个细高的身量，两个深眼窝子，他老婆却是矮个儿，眯缝眼。因为他二人的黑，益显得牡丹白皙无比了。这时老庞带笑向他二人鞠了一躬，说：

"多承诸位先生捧场，始终没到府上谢过！"说着便问：

"泡茶去了没有？买盒烟卷来！"

伯雍说："我们喝过茶了，不用张罗。"

此时老庞找了一个小凳儿坐了，大家暂时就沉默了一会儿。因为老庞不擅于辞令，他心里的话，一时却说不出，还是他老婆能言会道的，向老庞说：

"难得这几位先生捧场，他们从此还要特别帮忙呢！说还要给牡丹做什么书。这一来，天下都知道了。虽然是孩子的小造化，咱们的时运，借着他们几位的洪福，也快到了！这真是一件可感激的事。"

老庞见说，也做出感激的样子，不住两手互搓说：

"现在唱戏，全仗有人捧，戏码也能往后排，戏份也能长一点。再说唱旦角的，更是离不了人。若论我这徒弟，倒是学得不错了，有人帮点忙，不难起来。不过我认得谁呢？向常梆子班就不值钱，不能照人家徽班的人交际宽。论我呢，虽然唱一辈子戏，不过是糊口，家计就把我累住了，哪里还能应酬人！我这三个儿子，又都不成材，所以直到如今，我的日子还挺困难的。牡丹虽然是我的徒弟，既然教他唱戏，什么行头便衣等类，也是置不起。如今唱戏，又专门讲究行头，也很困难的呢。"

伯雍说："别着急。胖子不是一口吃的。如今不是有我这几位朋友要捧你们，准得有个办法。置几件衣裳，也不算难事。不过他们几位所期望的很高，非牡丹成了名，不算完的。你们自有挣钱日子。自要有了名，戏份多挣，不用说了。便是在堂会戏里挣一百八十的，也不难。"

老庞说："那就专仗诸位鼓吹了。"

　　此时老庞的老婆又发言了，她未曾开言，先叹了一口气，仿佛想起以前的困难，因说道：

　　"收一个徒弟，困难极了，就以牡丹而论，是我们在天津时收的，我们先生本打算不要，那时他才七岁，他的父母是东光县的人，委实穷得不得了，非把孩子认给我们不可，也是我看他们可怜，死说活说，教我们先生收下了。这时这孩子长了一身脓疖子，是我当我亲儿子一般，才把他对付活了。"

　　此时只见牡丹把嘴噘着，脸也沉得挺整，似乎不愿他师娘说这些话，他师娘也不管他，仍续说道：

　　"我们在他身上，费心费大了，七八年工夫，才有今日，往后若不孝顺师父，成不成？"

　　正说着，只见进来一个人，却是戏馆子催戏的。伯雍说：

　　"你们归掇归掇，该到馆子去了。我们坐的工夫已不小，也该走了。"

　　说着便和沛上逸民站起来，老庞夫妇说：

　　"再坐会儿吧，天还早呢！"

　　伯雍说："改天再来吧。"

　　这时牡丹说："回头不听戏去？我今天晚上是大轴子《翠屏山》。"

　　伯雍说："一定有人去听。"

　　当下他一家把二人送在门外，牡丹很满意地说："闲着只管来，总要多捧我才好。"

　　二人说："那一定。"自出巷口去了。

他二人由老庞家里出来，走到民乐园门口。只听里面锣鼓铿锵的，早已开了戏。他二人也没进去看看，雇上车，一直跑回报馆。古越少年见他们回来，笑道：

"你们怎才回来？不是被花王一番圣眷，你们迷了归路不成？"

伯雍说："我们才去了多大一会儿！我就怕担嫌疑，所以请沛上逸民同了我去。不料你还说这话，以后我不敢去了。"

古越少年说："伯翁！别着急，我说的是笑话。当真他们是怎样招待你们，没有不愿意样子？"

伯雍说："他们求之不得呢！哪能不愿意。"

这时子玖、凤兮都在那边办稿子，听见伯雍回来，也追到这边来问说：

"怎样？"

伯雍说："那有什么难的，这是于他们有利的事，还有往外推的吗？只是他家太寒苦了，若不想个积极办法，恐怕不能成全他们。不过一样，牡丹没有二年，就满徒了，应当怎样进行？我是门外汉，而且又是措大，实在不敢赞一词。你们大家商量吧。"

古越少年说："第一当用文字的力量鼓吹，第二再说物质上的援助，其实我们大家凑几百块钱也不难，不过那一来，他不是说我们是大头，便疑我们是老斗。虽然爱他，也须教他们知道，我们的身份，不是嫖像姑，是要成全他做个名伶的。"

沛上逸民说："这话固然是。但我看他唱梆子戏，究竟不能上达，须得教他改二黄才好。"

伯雍说："他师父就会教梆子。"

沛上逸民说："咱们花钱替他请教心习，大概一出戏有十块钱左右够了。"

古越少年说："这也是个主意，反正我们要栽培他的艺业，不是为胡乱教他们得几个外财的。"

陇西公子说："让他学二黄戏，我非常赞成。"

东山游客说："最要紧的须教他学做人，往后得了名，也别染梨园的恶习。"

当下你一个主张，我一个见解，反正都是于牡丹最有利的。伯雍说：

"你们别只顾说这些了！我们临来时，牡丹教我给你们带信，请你们听戏去呢。"

古越少年说："真的吗？"

伯雍说："不信，你问沛上逸民。"

古越少年见说，便如中了催眠术一般，向大家道：

"有话明天再说，咱们先听戏去要紧。"

当下他们都穿上马褂，纷纷地去了。

这里伯雍和子玖诸人，自办报稿，十一点多钟才完了事。子玖一定教伯雍邀他去看秀卿，说：

"此时去听戏，已然晚了。你花一块钱，请我看看秀卿去。"

伯雍说："我不是舍不得钱，你既这样说时，我倒得请你。"

凤兮说："竟请他不成！我也去。"

伯雍说:"那是自然,咱们三人都去。"

说着换换衣裳,出门去了。伯雍说:

"真个的,她在哪个班子? 我还忘了。"

子玖说:"我知道,你就跟我走吧。"

不一会儿,他们溜达着进了石头胡同,走了不远,只见路东一个如意门儿,一盏电灯,嵌在当中,一颗大金刚石似的,非常明亮。门楣和门垛上,悬满了铜和玻璃制的牌子,饰着极漂亮的各色绸条。那门框上另有一面铜牌,镌着"宣南清吟小班"六个字。子玖向伯雍说:

"你看,这个班子阔不阔,政界人来的最多,我们给它起了个别名,唤作'议员俱乐部'。你的贵相知就在这里。"

伯雍说:"你别改我,八字没见一撇,哪里说得起是相知。既是议员老爷们的俱乐部,我们当然在这里不能有相知了,不过我们也可以在此观观光,或者不至把我们挥诸门外。"

说着三人相携进去,早听房门里喊了一声,却是有声无字,不知喊的是什么。进了二门,早有一个跑厅的过来问说:

"三位有熟人吗?"

子玖不等伯雍说话,便说招呼秀卿。跑厅见说,忙往里让,另进一个跨院,正房三间,左右各有三间厢房。只听跑厅喊了一声"秀卿姑娘",只见秀卿由上房左手出来,一见伯雍三人,便说:

"你们来了! 跑厅的,给找屋子。"

跑厅的见说,在东厢房里找了一间屋子,倒还清雅,连着另有一个伙家打来三条手巾，他也不知谁招呼秀卿，胡乱上了一个盘子。秀卿说：

"何必上盘子，我这里不许你们坐怎的？"

子玖说："你不知道，自那日酒局上，伯雍很念叨你，你若不上他盘子，往后他不好来了。"

秀卿说："没得话。他未必念叨我，一定是你怂恿他来的。"

伯雍听了，很吃惊的，没法子，只得遮饰说道：

"你不要屈枉人哪！我若一定不来，谁怂恿也是不行。如今人家来了，你又说这话。你若不教我上盘子，我就走了。"

秀卿说："随你便，要走你就走，要上盘子你就上盘子吧。"

说得大家一笑，既而子玖因问秀卿说：

"我们总理没到这里来吗？"

秀卿说："他们一大帮，在这里闹了一阵，说上桂花那里去了。"

连着她喊了一声"李妈"，不一会儿进来一个三河县式的跟妈，年约三十多岁，人倒干净。秀卿因向她说：

"你倒拿烟卷来呀，也瞧瞧茶什么的！"

李妈一笑说："不是拿来了吗？"

说着变戏法一般，由袖内取出一筒三炮台烟，给伯雍三人，每人点了一支。秀卿说：

"你还是上那屋去吧。"

此时凤兮知道她屋里有客，便说：

"你若有客，自管去张罗，我们原不在乎什么客气不客气的，不过完了事，找你来谈一会儿。你若忙呢，不用管我们，我这老弟，也决不能挑你的眼。"

秀卿说："我伺候他们半天了，你们来得正好，我还可以歇一歇。他们总是一点好行止没有，不是嘴里胡说，便是动手动脚的，总以为自己是老爷，成心拿人当玩意儿，其实讨厌极了。"

伯雍说："无怪人说你脾气不好。你怎老看不起人呢？难道你没有好感情的人好吗？"

秀卿说："那里便有感情，少得很呢。"

伯雍道："照你这样说，嫖客跟妓女，究竟是怎个关系呢？若没有一点感情，那也过于无味了。"

秀卿说："虽说有滋味呢，不过是味着良心装假便了。你们想，嫖客一进门，他们是怀着感情来的吗？打茶围的客，都要买一块钱的乐。住局的客，要买八块钱的乐。横挑鼻子竖挑眼，总想赚回几倍的利益才算心满意足。这样的人，怎能与他生感情呢。倒是使点假意思，他倒乐得要命。"

伯雍说："这样的人，固然不少，也有不惜金钱，不辞劳瘁，在姑娘身上献殷勤的。就以我们总理白先生说，他跟桂花能说没有感情吗？"

秀卿听了，笑道："你说的是真话吗？你以为那样就算有感情吗？"

伯雍说："我看那样似乎能得姑娘欢心。"

秀卿见说，忽然把脸一沉，向伯雍说："你头一趟来，怎拿话敲打我！我告诉你，我若喜欢那样的人，我早当了一品的姨太太了。二十多岁了，我还腆着脸混什么？不是我不愿意吗！
论到感情，我可也说不上是怎回事，大概就是对心思。对心思
的人，也不必交多少日子，一见面也许投缘。不对心思，天天
在一炕上睡，也未必有什么感情，不过处在妓女的地位，各人
有各人的办法。终归一言，是手段，不能说是情。若真用起情
来，天天多少人，当妓女的还有活路吗？早都得劳病死了。"

　　子玖此时从旁说道："听你之言，你一定是过来人了，你从
前大概得过劳病，害过想思？"

　　秀卿说："从前倒没有，以后不知怎样，大概得害一场劳
病吧。"

　　说到这里，只听李妈在上屋喊说：

　　"秀卿姑娘！客要走啦。"

　　秀卿听了，站起来说：

　　"你们在此暂且坐一会儿，我把他们打发走了，回头上我屋
坐着去。"

　　说着，往上屋去了，只听她向那个客人说：

　　"你们忙什么呀，天还早呢！再坐一会儿不咱？一定要走
哇！慢待，明天早一点来。不然，我可罚你们。"

　　只听那几位客人，笑呵呵地出来了。伯雍三人隔着窗户一
看，四五个人，都有四五十岁了，穿得很公本，大概是哪铺子
的掌柜的。这帮客走了，秀卿催着李妈把屋子收拾干净，教跑
厅的把瓜碟茶壶移到本屋，打帘子让客，把伯雍三人让到秀卿
本屋。这屋子较厢房宽大多了，屋内床帐、桌椅、屏条、对联

等类，应有尽有，还不俗气。秀卿教跟人重新瀹茗，开了厨柜，另备四碟干果。这种办法，是手段是感情？伯雍也不明白，不过心里觉得非常安适，不觉得对于秀卿的优待，起了一种情感上的作用。他知道今晚这一块钱，绝没有这等效力，并且知道每晚一块钱，也未必买得来，然则她竟如此优待，可见不是为区区一块钱了。

第四章

伯雍三人在秀卿屋里，又坐了一点多钟，好在秀卿没有住客，还不至妨碍她的营业。外面有落灯时候，他们才回去，秀卿也不留，只说明天见吧。伯雍和子玖、凤兮，回到报馆。子玖非常羡慕伯雍，说：

"我逛了十几年，也没遇见这样一个人，你是哪里长了爱人肉，为何教秀卿这样倾倒呢？"

伯雍说："我也不知。或者她过于矫情，未必是自然发动的。天下的人，因为环境的刺激，成了一种矫情性质的很多。妓女生活，更是容易受刺激。秀卿不是孩子，自然免不了神经质的作用。"

子玖说："话虽如此，究竟你得了便宜。"

伯雍说："有什么便宜可得，无故又给我添烦恼，我很怨你们呢。不如听听戏，看看白牡丹。如今凭空添了一个秀卿，人有几个心，还够用的吗？"

子玖说："若照你这样用心，真应了秀卿的话，不久便得劳病了。"

三人一笑而罢，各自归寝。

伯雍于衾枕上，不免又把秀卿的性格，研究一番。次日起床，一看报，热闹了，关于白牡丹的记载，有好几条，都是前天古越少年诸人作的诗文，求子玖在报上发表的。从此他们成了一个团体，加入的人日多一日，不过多是无聊的文人，可是于白牡丹未尝无补。不第声价慢慢高了，戏份也长了许多，世家大族的堂会，也有了牡丹的戏目。伯雍乐得跟大家玩一玩，还可以把这寂寞生涯，提得有点兴趣。不过他的习惯，渐渐坏了，每天睡得晚，起得更晚。除了办稿子，不是听戏，便是到牡丹家里去。有时独自一个，也跑到秀卿那里，皆因他委实不能忘了她，所以时不常地要去。秀卿待他，只和至契的朋友一样，他二人差不多把形迹忘了，秀卿忘了伯雍是个嫖客，伯雍也忘了秀卿是个妓女。在伯雍这样清苦的生活中，仿佛有秀卿有白牡丹两个所在，大足以减轻他精神上的痛苦。他到白牡丹家里去，是图个排遣；到秀卿那里去，是图寄顿他一日的疲劳。可是他的收入，每月不过五十元，这是白歆仁顾念他是老同学，特别规定的一笔优越的薪金，还不教跟别人说，以示特别优待。但是他除了赡家，每月也就无多钱了。除了他在霉湿的房子里，埋头作文章，一步也别行动，把精神和皮肉全都卖给报馆，或者能把五十元全省下。但是一个活人，有自由有人格有思想的活人，怎能为五十元钱便把精神皮肉全卖在一间霉湿的屋子里呢？可是不肯全卖了，钱究竟不够用的，洗澡、理发、坐车、娱乐，都是有人格的人应当享受的，用自己的劳力，除了生活上必需的，这些费用也应当换得出来。可是日来伯雍很困难，他又不能跟别人那样有天无日地胡来，他的收入先得往家里寄，所以他手内余钱总不能维持合他身份的生活。他也不是有什么奢望，并不想分外的虚荣，不过既在社会上替人家卖脑筋，也得有相当的报酬，虽然不必照做官的和银行大老板发财那样容易，多少也须维持得了生活。若并生活维持不了，天天忍着极大苦痛，那人生的意义，也就没法说了。

他没法子，只得找歆仁去商量。晚饭以后，歆仁到馆里来了，他鼓着勇气来到后院。只见歆仁衔着雪茄，在一把安乐椅上不知想什么呢，见伯雍进来，连忙让座，伯雍随便在一把椅子上和歆仁对面坐下。歆仁说：

"这两天的报，很热闹了。他们真捧白牡丹。究竟好不好？"

伯雍说："孩子还不错。"

歆仁说："若真好，我多怎唱堂会戏时，也叫他去。"

伯雍说："那不一句话，你家里多怎有事，我们大家奉送牡丹一出戏。"

歆仁说："日子还早呢！反正今年我准唱堂会戏。"既而他又笑着向伯雍说：

"听说你跟秀卿很熟了。当初本打算拿她和你取个笑，不想倒给你们做了媒，真是出人意料以外。"

伯雍说："我就知你们不怀好意。我虽然到她那里去过几荡，离熟字太远，再说这是什么事，还不是我能做的。我今天要跟你商量一件事。"

歆仁见伯雍要跟他商量事，立刻改了一个面目，惊骇着问道：

"什么事呢？"

伯雍说："子为我之鲍叔，还不知道吗？简快跟你说，你给我这五十块钱，不够我用的。你还得给我想法子，不然我要另找吃饭地方，不能帮我的老朋友了。"

歆仁见说，连连地皱眉，说："这五十元，在本社就很为难了，你教我给你想什么法子呢？"

伯雍说："你不给我想法子，那末我自己就得想法子了。"

歆仁说："你先别着急，若教我由本社给你想法子，委实办不了。好在前天有个机会。他们跟我说，我倒忘了。你知道北京教育公所呀，他们多少跟我有点关系，近来他们要办一部杂志，求我物色一个编辑人。如今你既这样困难，我便荐了你，可是我的事，你也不许耽误的，两个地方合起来，你可以收入百元以上。这事若是成了，我知道秀卿也念我的好处。"

说罢笑了一阵。

伯雍见说，心里好生不悦，暗道："我皆因为饥所驱，才当了一名暗无天日的报社编辑，如今他又给我找个编辑，这真是一层地狱嫌浅，又给我挖了一层。他就知道从此我挣一百元了，他可不知我的笔墨债，又多了一倍。假如他要教我挣一千元，我就得当二十家报馆的编辑，钱没到手，心血也就干了。他们这手段，是跟谁学的，怎拿人的性命不当事呢？"欲待不就，表面上却是不好意思。若应允了吧，从此就得两头跑，不但身子劳碌，脑力也得加倍使用，想一想日后的苦楚，未免劳苦多而收益少。

其实以歆仁的力量，替伯雍筹百十多元钱，不是不可能的事。他少给桂花买一个戒指，也够伯雍一年的薪水了。何况伯雍并不是饭桶、赖衣求食的人，给他相当的代价，未尝没有相当的工做。即或自己找便宜，不愿意给公平的价钱，他认得的人很多，什么总长议长的，都是朋友，也未尝不可以替伯雍谋个相当地位。便是他舍不得伯雍，留在报馆办事，既不给相当薪水，给他谋个挂名差使，也可以挹彼注此维持他的生活。他为什么不这样办呢？这其中却有个道理。假如他给伯雍找一个不费脑筋坐在家里就来财的差使，他的兄弟、他的亲戚，应当做什么呢？譬如他将来娶了桂花，桂花的近支都找上门来，求点差使，桂花又撒娇撒痴地命令老爷，歆仁能教他们做报馆的编辑吗？又如窑子里的茶壶，借着桂花的光，也求白总理位置一个差使，他能教他当教育杂志的主任吗？不用说不能。便是他们能办，桂花也不许老爷给他个这样清苦的差使呵！所以什么税局呀、官公局所呀、县知事呀，自然是给一种费不着脑筋的人预备的。至若照伯雍这样的人，天生来的没有食肉相，自可以使他们绞脑汁、呕心血，用不了几个钱，就把他们送终了。

死了一个，还有干的，就仿佛牛马似的。多怎又有使绝了的时候呢？没有什么可爱惜的。至于自己亲族、姨太太的内家、同僚的子弟，都是宝贝一般的人，自幼也没见用过一天脑筋，出来做官，不阔、不体面、不来财、不省心，对得起他们吗？老天爷也不愿意呀！所以歆仁有的是势力，不过都在夹袋里偷着用，照伯雍那样的人，再转几个轮回，也不能入他的夹袋了。虽然伯雍没入他的夹袋，正见伯雍不幸中之幸，多少还有点人的滋味。

伯雍暗自思忖半天，究竟没有法子，除了脱然舍去，另谋别计，才能把这劳苦多收益少的勾当抛开。但是北京的社会，是怎个现状！伯雍一个穷书生，到哪里去能成呢？除了当教习和新闻记者，自有一定行市外，要打算谋个较好的事，非有绝大奥援，当然是徒劳无益。若说当教习去，和新闻记者有什么分别呢？都是用脑筋赚有数的钱，再说教习所受的气，更大了，差不多失了人格。伯雍更不愿意去做，没法子，还得归歆仁那条道。暗道："大丈夫有的是一腔心血，谁教穷呢。不必善价而沽，有买的就卖吧。"当下伯雍和歆仁道：

"你的好意，我很感激。于教育学，我也不算外行，自问不至出笑话，只是他们打算几时开办呢？如果他们真邀我去，我好预备材料。"

歆仁说："大概这几天就要办。他们已然催了我好几回，你既愿担任时，我告诉他们，当然没有问题。同时他们还要办一份教育画报。你听话吧，明天准有头绪。"

次日，歆仁果把伯雍请过来说：

"事情成了。这两天他们要跟你接洽接洽，好在这事跟你的时间不冲突，一个月报，不必天天在那里，自要每月有东西，也就成了。"

伯雍说："我明天去吧，到那里找谁呢？"

歆仁说："中学科小学科两科长，都是我的朋友。总务科科长，跟我更是莫逆。所长呢，不用说了，我们是老世交，但是你不过是他们另雇的编辑，算是衙门以外的人，不是所员。你不必见所长，到那里只见总务科长就成了。他必然告诉你一切，或者他能引你见见所长，但是所长很忙，不定能见不能，你只和总务科科长见见，也就是了。"

歆仁科长所长的闹了一大阵，伯雍听得脑袋都昏了，并且他言语之间，表示他们都是官，尊贵极了，以伯雍现在地位，不过是个平民，得见他们，应当引为荣幸，所以说得这样郑重。在伯雍已然是受不了，连忙问他说：

"这位总务科长大人姓什么叫什么呢？"

歆仁说："你连他都不认得！他是教育机关很有名的人，在教育部里走得很红，现在的教育公所简直是他的天下。你怎不知道呢？可见你太不留心时事了。"

伯雍说："我实在太不留心，竟务外了。外国的著名教育家，我多少还知道两个。怎么北京有这样教育大家，我会不知道呢？太该杀了。此公尊姓高名呢？"

歆仁说："大名鼎鼎的邹昌运，你不知道吗？"

伯雍说："邹先生。这我就不能忘了。你办公吧，明天我便去拜会这位先生。"

晚上完了事，伯雍染了夜游子的习惯，仍和子玖凤兮到外边跑跑。

次日吃了早饭，伯雍雇车进城。到了西单牌楼，进了一条大胡同，便是教育公所。路北大门俨然是第二教育部，大门两旁贴着许多牌示，伯雍无心去看，付了车钱，进了大门，取出一张名片，走到传达处，见里面几个听差的，正在那里说笑话，仿佛没有看见伯雍，连睬也不睬，皆因他们看伯雍那样子，至大不过是个小学教员。这里专门管他们的，所以这些听差的借着教育公所的派头，也仿佛比小学教员大着好几级，半天没人问，伯雍没法子，只得说道：

"诸位辛苦！我要拜会你们总务科长。"

只见慢慢地起来一个年纪较长的，把伯雍上下看了一眼，接了他的名片，说："这边来。"

伯雍跟着那人到了一间应接室，当地放着一张长方桌，铺着白布，两旁放着几把椅子。那人说："在此等着吧。"拿了伯雍名片，进了垂头门，往里院去了。待了半天，忽听窗外咳嗽两声，声音又尖又锐，方才那个听差的，把帘子一打，进来一人，年约四十来岁，细高身材，可是有点水蛇腰。他的脸也很长，微微有几根黄胡子。见了伯雍，一点头，微微一笑，牙全露出来了。他的笑却不自然，是假做出来的。既而问伯雍说：

"阁下是歆仁先生荐来的吗？"

伯雍说:"不错。阁下是邹先生?"

那人说:"承问。兄弟便是此处总务科长,久仰老兄文名,从此要多帮我们的忙。"

伯雍说:"兄弟的学业,荒疏久了,以后还望多多指教!"

伯雍自称兄弟,邹科长似乎有点不愿意,却也无可如何。此时伯雍又问道:

"贵杂志几时出版呢?内容如何?不妨大家研究研究。"

邹科长道:"大体已然筹备好了,但是本科长还不接头,将来这事由社会教育科主办。这样吧,阁下跟我见见我们社会教育科科长,他都明白的,完了再见见所长。大概所长关于此事还有主张,阁下既充编辑人,也不可不与所长接头。"

伯雍说:"也好。"

当下邹科长把伯雍引到里院,却是五间大厅,东西各有五间厢房,都带廊子,东北犄角另有一个小月洞门,却是东跨院。邹科长把伯雍引到跨院里,另有三间小正房,邹科长说:

"将来这里就是编辑部。"

说着,同伯雍进去,里面还没收拾好,堆着许多政府公报和种种被灰尘蒙着的案卷。幸喜有几把椅子,还能坐一坐。这时邹科长说:

"请先在此候一候,我去请社会教育科科长去。"说着去了。

半日工夫,只见邹科长同着一位老先生进来了,只见这位先生,童颜鹤发,身体十分肥硕,所着衣履,还是前清翰林的样子,不过仅仅短了一条小辫。这位先生倒是北京土著,也算有名的书家。前清时代，不知在哪衙门当过差，也挣了几个钱，但是他的钱，多一半由写字挣来的。他六七十岁的人了，当然不知什么叫新学问，旧学问也很有限，不过他却很好联络，他是在家里坐不住的人。他虽然有钱，却舍不得花，仍然是在社会上活动，每月总得有五六百元进门，他才喜欢。也幸亏他身体结实，天天在外面去联络。他所联络的人，第一是南纸店管事的，第二是古玩行，第三是官僚，他有这三项人替他做声援，所以他在绅士里是最有名望的，也似乎深通社会情形。论理，他没有资格入教育机关当科长，但是有许多人都说他长于社会教育，所以他能当教育公所的社会教育科科长。他每日上下衙门，不坐人力车，也不坐马车。他说人力车不是人坐的，拉车的也是人，不忍教他们拉着走。他的心有多么慈善哪！但是他总不想北京若没人坐人力车，好几十万人就都得饿死了。他虽然极力想研究社会教育，设立几处宣讲所、阅报处，他却不懂得什么叫社会问题。他就知道不坐人力车，便算对得起苦同胞，不曾拿他们当牛马。他看着马车费用太大，而且过于时髦，所以也不肯置一辆。他每日仍坐他那辆老骡子车，不知道的，都说他是个大夫，或者是个看风水的先生。

　　他膝下无儿，老伴已然死了，只有两个女儿。大的已然二十岁了，虽然没入过学堂，却很讲自由，每日梳洗打扮，非常地漂亮，他也不以为怪，爱得和掌上明珠一般。他总想替他女儿择一个快婿，无如总不当他的意，他也不管他女儿心理如何，只是慢慢地去选。其实学校的职教员和学生里面，很有顶好的青年，他都看着不好，老以为学堂出来的人靠不住。大族又没人跟他论婚，所以他把他女儿的大事，给耽误到现在，目下还在物色佳婿的时代。

此时邹科长给伯雍引见道：

"这位便是我们社会教育科科长，朱仁亭先生。"

伯雍见说，向他鞠了一躬。邹科长又指着伯雍道：

"这位便是白议员给荐来的宁伯雍先生。"

朱科长这时已然把他那副大花镜摘下来，向伯雍拱手带笑地说：

"原来是一位很年轻的先生。在哪学堂毕过业呢？"

伯雍说："从前在京里读书，光绪三十一年派到日本，去年才回来的。"

朱科长见说，叹道："留学很久了，可惜这些年光阴。家里几口人？有多少地？听说在西山住家，一定有田园的了。"

伯雍见他不说正经的，问起家常，心中不由暗笑，因答道：

"小生八口之家，别无恒产。"

朱科长见说，不觉地一摇头说：

"如此说来，家境很寒，苦得很！苦得很！寒门的人，能学到这样子，也傻难为的了。究竟不如富家子弟脑筋充足，因为他们饮食好。就拿老朽说，六十八了，若不是仗着饮食，哪能有这样脑力呢？别的我倒不讲究，滋养品是不能缺的。"

伯雍见他益发说得可笑了，没法子，只得向他说道：

"老先生先不必说这些，如何营养，等闲着时再领教。究竟贵杂志是怎样办法，今日能说个大体不能？几时才能出版，也须有个预备，我好来做事。"

朱科长道："哦。杂志，就是月报哇？预备好了。早已给各学堂去公事了，教他们供给材料，大约下星期材料便到齐了。你先生由明天起便可来衙视事。"

这"来衙视事"四字，倒把伯雍说得一愣，暗道："我又不是属员，又不是科长，又不是秘书，不过办杂志的一个人便了，何必装在衙门里呢。"他心里便有些不安，这时邹科长和朱科长道：

"请这位先生见见所长好不好？大概所长还有分派。"

朱科长说："也好。咱们同着到办公厅吧！"

当下他二人同着伯雍，到了办公厅。只见五间一通连，当中放着所长办公的桌子，以下是总务科、中学科、小学科、社会教育科，每一位科长科员，都有一张办公桌。看他们那样子，不是在那里办事，一个个懒洋洋的，在那里白坐着，简直是消磨光阴，竟惦记到了钟点好下班。倒是有几个录事，低着头不知在那里抄录什么。

所长年纪不过四十来岁，俊品人物，本是前清的一个纨绔，在官学里念过几年书，还当过驻日公使馆的随员，保了一个四品京堂。他天生来的是个官僚，再加上亲戚朋友官僚派的熏染，所以他除了会做官，别的长处一点没有了。他的手腕，非常灵敏；他的谈吐，非常官派；他的走动，非常宽广。在宦途中，无论到什么时代，绝不会没有他的事做。他由日本回来，便得了这个缺。虽然改了民国，他的地位绝不会动摇，而且较从前更稳固了。他的官，虽然不大，在北京也是个要紧的机关，除了教育部，就得让他。论理，他一个旧式官僚，怎能长得了？谁知他竟干长了。他的手腕有多大呀，不说他一己的运动力，由当局方面看来，也似乎留着他大有利益。北京中学以下的学生，也很多了，在政府［按：老袁］看来，将来都是有危险性质的，换个有思想的教育家，一定不免给政府添麻烦，现在的所长，他是以做官为目的的，其实他也不知什么叫教育，不过按着官事循例办公便了。并且他用的人自然都跟他同鼻味，万不会有什么振作，他们为饭碗计，每天只求无过，不求有功的，不过苦了一群莘莘学子，然而也是无法。无非在文明世界，不便取消学堂，也就算当局老大的恩典了。政府有政府的用意，不想这位所长，倒永保禄位了。

伯雍随着二位科长到了办公厅，那位所长见他二人同着一个不认识的人进来，明知必是约来办杂志的宁伯雍，他却假装糊涂，望了望，仍坐在他的椅子上，仿佛在那里看公事，很劳心的，等到邹、朱二科长走到他面前，说明所以，他才故作笑容，站起来，向伯雍一拱手说：

"久仰先生大才，请坐请坐。"

旁边伺候的人，早替伯雍搬过一把椅子，邹、朱二科长也在案旁坐下。此时所长很客气地向伯雍说：

"阁下是白歆仁先生的同学，我跟他是好友，上月我们商量打算出一份月报，这事也是不容缓的，因为我们的衙门也很大了，每天的公事也很多，不要紧的例事，就由报上发表，也仿佛政府公报似的，就算本衙门的一份公报。但是本衙门的人员都有专司，所以求歆仁先生荐一位主笔。你先生既肯帮忙，当然是热心教育的。"

伯雍说："既承不弃，惟有尽心，以后还求诸多指教！但是贵杂志究竟是怎个内容？什么体裁呢？"

所长道："官报不比寻常，第一项，是政府关于教育行政的命令、教育部的部令批示，以及本衙门的各项公事。第二项，是各学校的呈报。第三项，是各校校长教员的论文。他们散了学，无所事事，不是出南城，便是逛公园，殊于教育前途有碍，所以我勒令教他们作文章，作个考成。他们的文章，先生不必管，我已求朱科长老先生担任批选，差不多是个主考的责任。第四项，先生可以随便作点东西，或是翻译亦可。第五项，是杂俎，关乎教育的事，无论中外，都可选录，这是先生的事。至于全部责任，却由朱科长一人负责。先生有什么话，不妨和朱科长商酌。至于薪金呢，暂送五十元。先生须知本衙门的经费是有数的，日后款项充足，定有加薪的希望。"

伯雍说："薪水大小，倒不在乎，反正所长是公事公办的。不过一节，我如今是给歆仁的日报担任文艺编辑，日报当然是较月报忙的，据所长方才的话，贵月报已被公文和各学校的东西占了十分之八去，只剩二分，是我的责任。我想作文章和选材料，也不必天天到衙门来，反正我若有工夫，一定到这里看看。我的意思，是以不误事为主，可不能天天到衙门来画到。

假如我的东西，到期没有，是我的责任，别的我也就不管了。因为所长已然把编辑责任全部委之朱科长，发稿出版等事，当然是朱科长的责任。"

所长说："是这样的。先生也不必天天来，但是总须常来一点好。"

说到这里，算是个结论。伯雍辞了出来，朱科长嘱他明天必要来的。伯雍答应了。

他出了教育公所，仿佛半日没有吸着空气，不由得一舒展。可是他心里不痛快极了，暗道："这些人怎能与他们共事呢？他们所办的也不像个杂志呀，干燥无味，给谁看呢？最可怜的，是一般穷教习，一天一天地苦混，还得交卷子作文章，就凭朱科长一个顽固老头儿，懂得什么？不用说别的，便是选录各校文章，将来便不知倾害多少人。哎呀，造孽！这事我不做好吧。"伯雍回到报馆，晚上完了事，把教育公所的事，向歆仁说了一遍。歆仁说：

"明天你就去吧！不管如何，倒是先挣他们五十块钱。"

伯雍说："这五十元钱不是好挣的。我见他们都是外行，一切都归朱科长主办，我不能说他是坏人，他简直什么也不晓得！第一他先不赞成留学生。我说在外洋留学过六年，他很替我可惜，他不但不知道外国情形，大概连北京以内的事都不十分懂得，我在他手下办事，能有好结果吗？不如你替我辞了吧，省得将来决裂，也是一走。不如教他们另请高明吧。一个发表例事的月报，他们所里人，也能办了。我见他们都在那里白坐着，另雇一个人，不知是什么意思了。"

歆仁见伯雍把话说完，似乎有点不悦，口里衔着烟卷，默然半天，才和伯雍说：

"你不是说钱不够花的，如今给你找这样一件事，你又不愿意，将来谁还给你找事？你管他们怎样，你就做你的事，不要先瞧不起人，朱科长虽然什么也不懂得，他既然当科长，也必有长处的，万不能说他什么也不懂得。或者他所懂得的事，一定是洽合机宜的，所以能获得相当地位。你的学问，固然很好，但是非不及即太过，所以总得不了机会。我现在很悟出一点道理，也是我当议员在政界里活动的好处。"

他说到这里，郑重其事地问伯雍说："伯雍！你看我从前是怎样一个人？"

伯雍说："你从前是个温厚长者的青年，心地尤为纯正，在咱们同学里面，我很推许你。"

歆仁见说，微微一笑，因又问伯雍说：

"我现在是个什么人呢？"

伯雍见说，把头一低，半日也没言语。歆仁说：

"你怎不说话？你这默默之中，我知道你对于我一定有不满意的批评，你只管下个批判，我不恼的。"

伯雍叹了一声说："我见你民国以来，与从前判若两人。"

歆仁说："判若两人，就算完了吗？你一定不肯说，我告诉你吧，我如今成了一个要不得的人了，虽然是要不得的人，却有抢着要我的，这就是我解悟的道理。你要知道好人是过去或未来的事，现在绝其没有好人。现在的好人除了一死，万也表显不出怎样才算好人。图未来的令名，迂回且远，学古人的懿行，尤为无当于事。惟有能售于现在，是人生的要图，所以我如今也不管将来，也不管过去，惟有想法子适合现在的需要。比如政府要捣乱的议员，我就去做捣乱的议员。需要旧式官僚，我立刻也能来个官派。当路要人、南北政客，需要什么人才，我都能随机应变，够上他的要求。反正一句话，随着势力转移，不与势力反抗，这就是人生的要义。"

伯雍见歆仁说到这里，很惊讶地说："听你之言，人应当做乡愿了，应当同流合污了。"

歆仁说："还不是这两句老话所能尽的。乡愿，在古人虽说是德之贼，在现在却是很难得的人呢。我所说的意思，连假道德都不应当讲，干脆要在社会国家里，得若相当的地位。换言之，就是升官发财。官怎升，财怎发呢？我们自己的力量办不到了，那就得看谁能教你升官，谁能教你发财，谁就是势力，谁就是运命之神。当然就得崇拜他，供奉他，丝毫不可侵犯。譬如前清的皇帝，当路权贵，都是运命之神，我们当然替他办事。辛亥那年，他们的神威不灵了，另换了一种运命之神，就是孙文的革命派，我们就得崇拜他，替他放屁。如今他不成了，这运命之神，又移到袁大总统身上，我们不用疑惑，就得替他办事。若依旧想着老主儿，那就说不上是好人，真是愚汉了。以此类推，凡事都应这样做，虽然说是要不得的人，却真有出大价钱要你的，这便是我这几年体验出来的道理，非常有效。我的议员、我的马车、我的财产，都是由此得来的，所以我益觉得从前念书时，是个傻子，如今才入一点门。你的学问，难道不如我吗？就皆因你自己老怕成个要不得的人，越想自己是要得的，越没人要。为什么呢？譬如伯夷、颜渊，不孔子说他们要得，就让孔子由心里喜欢他们，又能怎样呢？伯夷叔齐饿死了！颜渊呢，短命鬼穷死了！我为什么说这些呢？从前我也要当要得的人，谁知反倒没人理，后来无廉耻的一活动，倒很有些人赞成，以至今日。所以我对于我的至近朋友，都要告诉他们这一点秘诀。你如今不是入了教育公所？正是你的机会。你若与他们好生联络，将来一定有个出路，他们虽然不入你眼，却是一部分势力，既加入一部分势力，自然有活动之余地。你若不为势力吸收，带着一点反对的性质，你这一生，可就完了。那没法子，你趁早不用在中国了。还有一节，他们这回办杂志，是由教育部请的一笔款，内中有一项是另聘编辑员的薪金，没个外人，这笔钱不好要。你这五十元，和白得一样，不过到那里敷衍敷衍，也就成了。若照你这样认真，假若你要兼好多个事，不累死了！依我说，你明天还是去，以得人喜欢为先，做事次之。"

伯雍听了歆仁这一片话，真是闻所未闻，比读奇书还可怪呢。但是他这篇肺腑之谈，也颇可感激，不由得起了一种怀疑的感想，不知道自己的对，是歆仁的对了。此时伯雍对于歆仁，不照从前那样不满意了，不由得生出一种研究的心理。暗道："大凡一个人，万没有自己承认自己是个坏人的，他如今一点不客气，承认他自己是个要不得的人，他的心真是开放到极点了。什么都不怕，什么都不羞了，他有这样的解脱，他必然是由一种冥想中得来的，忽然觉悟，便真个地去实行他的主义。往浅里说，他是甘心做坏人。往深里说，他这篇议论，未尝不可与杨子'为我'的学说相互参考。"他想到这里，他竟要试试歆仁的主义，或者他平日所想的，都不能实行。歆仁的主义，倒是今后的流行品了。当下便向歆仁说：

"歆仁兄！我听了你方才这一片话，我心里迷迷糊糊的，似解似不解，但是觉得里面多少有点滋味。今后也打算由夫子之道而行，但不知我的鲁质，能否实行得了。"

歆仁说："没什么难行的，就是见有官大于我、财多于我、势强于我者，不问其人之如何，媚之而已。有命不违，詈而不愠，挞则受之，其人之年，不可不知，以时行贿，好官好货，不难求之矣。"

歆仁这一转文，惊得伯雍都呆了，暗道："不知他平日怎样用功呢，自己都编成经文了。"既而又听歆仁道：

"你按着我的话行去吧，我管保险的。"

伯雍说："万般都是学问，我听你的话试一试，教育公所的事，不辞了。"

歆仁说："这便才好。"

当下在歆仁屋里坐了一会儿，自回编辑部去。

晚上，依旧在报馆做事，完了工作，子玖和凤兮仍邀他到秀卿那里去，说道：

"你这可以常去了，又兼上事了。"

伯雍说："当然去的，不用麻烦走哇，我从此也要改改良，在交际社会里出出风头。"

当下三人一同去了，秀卿那里，他们已然去了好几次，这回不照此前那样客气了。一见面，秀卿便说：

"你们刚完事呀！大忙的，往外跑什么，完了事也不歇一歇，我若是你们，我可不做这冤。"

子玖说："男子都照你似的，世界上没有妓女了，皆因刚完事就跑了来，这才算劲儿，而且舒服。"

秀卿说："未必舒服，忙的知道便了。"

伯雍说："你倒知道我们的心，但是虽然忙点，却也有个乐趣。"

说着往床上一跳，忽地仰面躺下了。秀卿一见，很觉诧异，说：

"你今天怎样了？一定心里有事。"

子玖说："他高兴了！我们总理给他找了一点兼差。"

秀卿说："是呀。我看着他不像高兴样子，倒像熬心。但是白先生怎会发了慈心，居然给他找兼差呢？"

子玖说："真找啦呢！每月五十元，什么事也不做，竟等领干薪。"

秀卿说："说好话，别放屁！这样的事，他等着给桂花的儿子留着呢。不定是怎样累事，教人干不干都不舒服。"

这时伯雍在床上躺着，听了秀卿的话，心里十分惊讶，打算要实行歆仁主义的热心，不由得受了一下打击，凉了半截，暗道："秀卿对于歆仁，为什么老是不满意呢？难道秀卿受过他的欺负，所以口头间，总是不饶他。"想到这里，由床上起来，向秀卿问道：

"秀卿！你对于白先生一定有什么恶感，不然，他好好给我找了一点事，你不替我鼓劲，反倒打破头心，是怎回事？"

秀卿说："谁给你打破头心！我与白先生也没恶感，不过我常听他们说话，我断定他们绝没有为朋友的心。你们可都是跟着他做事的，便是把话传过去，我也不怕，我不过是个妓女，也没有给人家做姨太太的资格，也犯不上迎合老爷的心理，蔑了自己良心，一句真话也不敢说。我见他们有时来到我这里，咕咕叽叽，不知议论些什么，有时也不避讳我。他们以为我不知道他们说的是什么，其实什么买收咧、阴谋咧、利用咧、条件咧，我听得都腻烦了。由一开国会，我这里就有议员，即或我没有议员客，别的姑娘还有呢，你们不知道，我们这班子，外号叫议员俱乐部吗？他们来到这里，无论是山南海北的人，我没听他们说过一句仁义道德为国为民的话，大概买收、阴谋、利用、条件这些话，老也没离开他们的嘴。我听说议会是能救国的，我一见各大议员的言论风采，我虽然是个妓女，对于他们诸位，也未免怪失望的，所以我对于他们渐渐的冷淡起来，还不如交两个老实商民，倒能说两句心里的话。他们不满意我，也就皆因我对于他们冷淡，如今我听说白先生给你找了兼差，所以我很奇怪的。又见你那个样子，明明是假高兴，还恐怕你的事，不是买，便是卖，不是利用，便是条件呢。"

秀卿说到这里，自己先忍不住笑了，引得大家也一阵好笑。此时凤兮捻着小胡子，又犯了酸气，点着头说道：

"秀卿秀卿，使尔多财，吾为尔宰。"

这时秀卿还带着满脸笑容，用她那双可爱的眼睛，望着凤兮说：

"你在那里说什么？你别看我会说利用条件什么的，那是我听议员老爷们说惯了。你跟我说话，千万别转文，还是老实大白话吧。"

大家又笑了一回，李妈伺候了一遍茶水。外面已然不早，伯雍说：

"咱们回去吧。"

子玖说："你住下吧，回去做什么。"

秀卿说："他又卖到一家了，明天交货，教他去吧。"

一阵笑声，三人一同回去了，到了报馆，胡乱睡下。次日伯雍打算早起，却起不来，午时左右才起来，吃点东西，他鼓着勇气，到教育公所去了。

伯雍到了教育公所，这回他不到传达处，便一直进去了。到了东跨院里，只见那三间小正房，已然收拾好了，门口上钉了一个《教育杂志》编辑部的牌子。到了屋里，有个三十来岁的人，正在一张桌子上，不知画什么图画，他听得伯雍进来，把笔放下，站起来与伯雍见礼。伯雍看此人时，面皮倒很白皙，可惜左眼略微有点毛病，除了这点毛病，长得倒很漂亮的。不过浮薄之气，溢于眉宇，不知哪里更有些卑鄙的样子。可是乍一看去，人倒是很漂亮的。伯雍忙问那人道：

"阁下贵姓？"

那人道："小弟柳墨林，兄台是伯雍先生吧，久仰得很，只是无缘，不曾拜识过，今日在一处做事了，还望多多关照。"

伯雍一边答述谦词，心里却很惊怪的，暗道："耳闻有个柳墨林，在南柳巷永兴寺里浮住着，听说会画几笔，也不见得怎样。但是他的行为，知道的很多，怎会能入教育机关呢？是了，怨不得邹科长说还要办个《教育画报》，柳先生想是《教育画报》的画手了。"他此时心里不痛快极了，他又不便形容出来，他想一想歆仁教给他的主义，他只得勉强与柳墨林周旋周旋。伯雍为什么不满意这个人呢？不得不表说一番。

柳墨林，究竟是哪里的人，直到如今，也没人知道。有说他老根儿是南边的人，有说他是北京土著的，总而言之，他是个没家没业的人。偌大一个北京城，直没他一个准住所。他以前的为人做事，也就没人知道了。他忽而打扮得齐齐整整，忽而就褴褛不堪，大概烟馆宝局娼窑下处的茶壶小跑，他都干过。他是很聪明的人，什么事业都限制不住他，他多少也念过两天书，由小时候就会画两笔，他的蓝本，除了广告上的人物画，便是杨柳青的草板画。前清末年，学风很盛，他便列入衣冠之林，见了人，也要高谈阔论，把许多老先生都蒙住了。革命以后，他在南城一带，也很出风头的，有时自己说是民党，有时又说自己是稳健派，其实他的材料究竟有限，或者因为时运不济，终没抖起来。最后他想了一个吃饭的法子，皆因永兴寺是各家报馆的发报所，他便在寺里赁了一间房，没事给各家报馆投一点稿子，画一点插画，但是收入能有多少？于是他异想天开，自己经营一个画报。

他这份画报，不敢明卖的，茶楼妓馆酒肆戏园中，有几个卖报的人，在怀里一卷一卷地揣着，你若慢慢地向他们买时，他们见你是诚意，便偷偷摸摸卖给你一份，这便是柳墨林先生的画报。他这份画报，很简单的，一个外人也不用，只他一个人就办了。白日他到外边闯他的事，他晚上却在他那间小屋里，鬼鬼祟祟，就灯底下画他的画报，凑成十二幅把戏，便袖到他所熟识的小石印局去印刷。这宗东西，虽然不能照日报那样畅销，欢迎的主儿也不少，所以那些报夫，乐意给他发售，皆因利钱是很大的。警察虽然知道市上有这宗东西，却不容易查获，因为报上没有编辑人的姓名住址，更没有发行和印刷所的店号，究竟不知这东西是哪里的来源。柳墨林自营此业，收入较比从前强多了，交游渐渐地广了。他遇见他的同类，口里无话不说。遇见高尚的人，也会说什么社会教育、公共道德等等的口头禅，所以有好些人很器重他。教育公所的朱科长，就是很器重他的一个人。他所以能来到教育公所主办《教育画报》，也是朱科长一力主张。

此时伯雍无精打采的，和柳墨林说些闲话。只见朱科长手里拿着一张图画，很高兴地由外面进来了。一见伯雍，便说：

"你才来呀！正好，你看看这张问题画吧，倒把我难住了。

这是柳墨林先生画的，心思够多么巧妙呀！我没猜对，拿去教他们科员猜，都说有意思，这样的图画，实在有益儿童的智慧。老朽佩服极了！"说着把图画递给伯雍说："你猜一猜，别看你是留学生出身，你要猜着，我请请你。"

伯雍不知是什么新奇的益智画，接过来一看，上面画着一株老树，树上栖着几只乌鸦，树下一个人，做执枪仰击状。旁边一行小字写道："设问，树上有十只老鸦，彼人一枪击落一只，树上老鸦，还余几只？"伯雍念完，已自暗笑了，心说："堂堂的社会教育科科长，怎么连这个儿童尽知的小问题画都没见过呢？也值得这样大惊小怪。"这时只听朱科长在旁边笑着问伯雍说：

"你猜你猜，打下一只，树上还有几只？"

伯雍毕竟是个忠厚人，虽然有心奚落他们二人一顿，生恐于面子上不好看，只得昧着良心说道：

"这张图画奥妙极了，比璇玑图还难解呢。小生孤陋寡闻，不敢妄测，请科长指教吧！"

朱科长此时笑呵呵地连连说道："你猜不着不是！你猜不着不是！打量你也猜不着了！柳先生这张图画，有意思极了。树上十只老鸦，打下一只，人人都得说剩下九只。方才我也是这样猜，谁知是一只没有了。你知是怎回事吗？"

伯雍说："不知道。"

只见朱科长比画着说："枪一响，打下一只来，那九只都吓飞了。你说妙不妙？这是柳先生画的。他将来不可限量呢。"

伯雍见朱科长夸了画又夸人，差不多要哭出来，只得忍泪，勉强笑着说：

"柳先生真是大才。北京的教育界，定然得他的裨益不少。"

朱科长道："我为教育界得这样一个人才，也可告无罪于社会了。"

这时伯雍偶然把柳墨林看了一眼，见他脸上一红一白的，大概他心里起了什么疑惧。当他画这张问题画时，实在没曾想教朱科长佩服得这样五体投地，不过既然被他邀来主持画报，自然得画点东西。皆因他画秘戏图画惯了，一时画教育上的事，急切想不出，所以没法子，由一种儿童画报里，选了这一张，重画一过，为是塞责。谁知竟令朱科长见所未见、闻所未闻。他知道朱科长胸中没什么了，所以很高兴的，自庆将来画稿不难敷衍了。及至伯雍到来，朱科长又把这张画在伯雍跟前大事卖弄，柳墨林真害怕了，生恐伯雍坏了他的事。伯雍哪是那样的人。可是他见伯雍也随着朱科长说好，他反倒益加疑惧，他不知伯雍心里究竟是怎回事，他终疑伯雍将来是无利于他的，所以他益发不安起来。这时朱科长和伯雍把编辑的事务略微说了一说，既而又嘱伯雍道：

"明天请你早一点来，我们上衙门都是午前八点钟，你今天一点钟才来，未免太晚了。"

伯雍见说，心里虽然不愿意，也只得答应。朱科长与他说完话，自到办公厅去了。伯雍随便编辑点稿子，看看时候不早了，他已然在此坐不住了，因和柳墨林说：

"你不走吗？我要走了。"说着，戴上帽子自去了。

这时天气一天比一天热了，伯雍每天由南城跑到西城，由西城又跑到南城，委实觉得劳顿，但是为多增一点收入，这些劳累，也就顾不得了。好在秀卿那里，还没有人禁止他不许去，有时到民乐园听听夜戏，或和古越少年诸人，到白牡丹家里串个门，把这一日的苦痛，还能减轻了一点。有一天他又到教育公所去，却不见柳墨林在那里，暗道："今天他怎来到后头了？"及至到自己那张桌子上一看，有两张红简，一份是朱科长聘女的请帖，一份是柳墨林成室的请帖，日子一个样，喜筵都设在天寿堂。伯雍一见，很奇怪的，忙叫来一个差役，问问是怎回事。那差役道：

"朱科长已然跟柳老爷做亲了，把大小姐给了他，如今他翁婿两个都告了假，预备喜事去了。"

伯雍见说，暗道："朱老头儿这个佳婿选着了，怨不得他那样夸奖墨林，原来早已中了东床之选。"这编辑室里剩他一个人，倒觉得空气流畅了。

第五章

西珠市口天寿堂的门前，交叉着五色国旗，配着簇新的彩绸，各种车辆，占满了半边街。有许多招待员，胸前悬着红色纸花，在那里招待来宾。

伯雍于是日也来了，他到了里面一看，来宾很多，因为这日是星期，所以益显得热闹。往四壁看时，喜联喜幛，不知其数。戏台那边，锣鼓喧天，正演中轴好戏《红鸾喜》。那些来宾，多半是教育界的人，此外也有各衙门科长左右的官员，一个个蓝纱袍、青马褂，都在席上坐着。有许多茶房，托着油盘，穿梭一般，在那里摆台面。这个景况，不用说，谁都知道是朱科长聘女的喜筵了。

每到一位来宾，朱科长都是满面春风，很和蔼地招待，他脸上的气色，比往日益觉得红润了。他真可谓人得喜事精神爽，得了这样一位快婿，他当然是高兴无比的。他见了伯雍，不似平日那样冷淡，因为今日是大喜日子，对于伯雍，特别表示一种极恭的礼貌。伯雍见了他，深打一躬，说：

"科长的喜事，小生预先不知道，所以没得张罗，殊觉抱歉。"

朱科长道："事情也过于仓促，好在我预先都给他们预备好了，再说小女年龄已然不小，凑合着给她办了，也完了我一桩心事。"

说着，叫招待员把伯雍让到席上，饮酒听戏。

朱科长平日最是省钱不过的，便是他的生日，也没做过一天寿，唱过一天戏。这次因为得了这个快婿，又因疼爱女儿，特别地要做做场面，为是在人前夸耀。他的思想本是旧的，打算仍用旧式结婚，可是他的女儿很文明，非要文明结婚不可。老头子虽然不愿意，因为是一种潮流，不便拂他女儿的意，再说他在教育机关做事，最怕人说他顽固，所以他也放开胆子，来个新旧参合的办法，教新郎新妇在大庭广众之中，用文明仪式结了婚，已然送归喜居，可惜伯雍来得晚些，不曾瞻仰这个仪式，胡乱在此听了两出戏，自己去了。

出了天寿堂，见天气已然不早，他心中怪闷的，不知往哪里去好。有心去听白牡丹的戏，大概已然唱过了。回报馆吧，馆中这时当然没有人，一个人回去做什么？大热的，不如到秀卿那里凉快凉快。想罢，叫了一辆车，到了秀卿那里。跑厅的已然认识他，送到里院，只见李妈和几个婆子，正在天棚底下说闲话呢。还有几个才起来的姑娘，在院子里，教梳头匠给梳头。李妈一见伯雍，"哟"了一声说：

"今天怎这样早？我们姑娘有点不自在，还没起来呢。"

说着把伯雍让到屋内，只见秀卿盖着一条红纱夹被，在床上躺着呢。头发乱莲蓬的，在枕边委着，脸上红扑扑的，仿佛发烧。听得有人进来，微微把头一抬。李妈见了，忙道：

"起来坐一会儿吧，伯雍先生来了。"

伯雍说："别叫她，就教她伏着吧。"

李妈说："真该起来了。大热的天，睡了一天了。"

秀卿听见是伯雍，果然起来了。伯雍说：

"你就躺着吧，何必起来呢！怎样不舒服？不是热着了？赶紧得吃药。"

秀卿说："没什么病，只觉得有点发烧。你今天怎这样早？"

伯雍说："到珠市口去行人情，便道，到你这里看看。我见你比前些日更瘦了，你自己须小心一点。你自己虽说没病，我看你这病大了。"

秀卿见说，叹了一口气，眼眶里泪盈盈的，向伯雍说：

"一个人做了这种生活，能保得住不生病吗？我此刻不过是在此耐着，家里若不是有个老人，有个小兄弟，我早自己打主意了。反正人活一世，终归一死。早死晚死，我倒不在乎。只是两个老小，指着我活着，无论怎样，似乎死不得，所以我有时胡作践，盼若早死。想起他们娘儿俩来，我又得自己宽慰自己。这两天我又犯了病，无缘无故地，自己烦恼起来。你来得正好，咱们说会子话，或者能痛快痛快。"

伯雍说："你们这一行，跟我们一样，活计都在夜里，本是毁人的行当。不过既然择术不慎，也是无可如何，谁教指着它吃饭呢？"

秀卿说："你们倒是比我们强。女子掉在这里头，不知道几辈子没做好事呢。"

伯雍说："你这话不对。女子操贱业，做娼妓，绝对不是伤阴骘和父母没德的问题，纯粹是社会国家和教育的问题。若是自己看不起自己，不是命不好，便是没德行，那简直就不能振拔了。假如我们国家社会，到了良好地步，教育事业，也很完美的，使内无怨女，外无旷夫，男女各色人民，都有相当技能、相当职业，国家无论多大，和一个家族一样，上上下下，全都以爱情和道德相处，哪能会有妓女一行营业呢？有妓女的国家，究竟是不文明的表现，社会组织不完全的破绽，没有道德的佐证。显见没有道德的人，反说当妓女的都是上辈或是本人没干好事，反倒以欺负妓女，拿妓女赚钱，仿佛是一种应当的事。其实当妓女的，都是贫寒人家的女儿，无论上溯几辈，敢说没有缺德的事，不过就因为贫，就因为弱，没人保护，没人教养，没人替她们想职业，所以富者强者，就拿她们当货物买卖起来，国家也拿她们当一种税源，仿佛行其固然，一点也不以为不合理，其实她们已然把人权蹂躏到家了。"

秀卿见伯雍说到这里，仿佛提醒了她一点事，她的精神也觉得振刷一点，因向伯雍说：

"我听你说这话，我似乎明白了许多道理。我当初很疑惑的，始终不知道贫寒人家的女子，为什么一到了没饭吃，就得下窑子？仿佛这窑子专门是给贫寒的人开的一条生路。除了走这一条路，再找第二条路，实在没有了。或者我不知道，你想，咱们北京好几十万人，好几十里的面积，除了有相当产业的，有一个地方能养活穷人吗？年轻力壮的男子，还可以拉车养家。贫弱的女子，可找谁去呢？再遇见家无男子，光有老弱，应当怎样呢？老老实实饿死，大概谁也不愿意。没法子，只得自投罗网，货卖皮肉了。当我未下窑子以前，我很为难的，也打算免了这个耻辱，另寻个生活所在。寻了多少日子，也寻不着，做个小买卖，又没有资本。即或卖点糖儿豆儿的，卖的差不多比买的多了，也不能维持三口人的生活呀！我实在出于无法，含着眼泪，做了这下等营业，心里头直到如今不舒畅。有时我暗自思想，或者这是我的命，或者我的父母缺了德，我又不敢必信，因为我的父母，都是很善良的人，我不信他们没有德行。我想这或者是富贵人的不仁，见我们娘儿三个这样困难，怎么一个发慈心的没有？谁也不救一救，看着我们下窑子。所以我对于有钱的人，起了一种恶感，我由心里头嫌他们，所以我混了这几年，仍是一点头绪没有。不过我母亲和我兄弟，不至冻馁便了。如今我听了你的话，我知道这种不良的勾当，不尽是富而不仁的罪，原因还在政治不良、社会腐败，当局的为什么不想法子，多设几处工厂？单单扩充八大胡同做什么？"

伯雍笑道："设立工厂，开发事业，没有钱成吗？现在有人正要搂钱买皇帝做呢，哪有闲钱替穷人谋生活呢。他们扩张八大胡同，多添妓馆，第一不费公家一文，还替穷苦妇女筹了生计，国家每月还增许多收入，何乐而不为呢？"

秀卿道："照你这样说，妓女在中国是不能解放的了。当局的人，还要积极进行。不如把北京变一个大窑子倒好，总统便是掌班，各衙门合［和］国会便是随活大了。我想他们不叫革命改良，益发往坏道儿做去了。"

伯雍说："你这话虽然是愤激之谈，将来会有这一日。你看着吧，北京完了。已过去的北京，我们看不见了。她几经摧残，她的灵魂早已没有了。我们脑子只可把她忘了，权当她被火山崩落了，被洪水漂去了。现在和未来的北京，不必拿她当人的世界，是魔窟，是盗薮，是淫宅，是一所惨不忍闻见的地狱。"

秀卿见伯雍说到这个份儿上，忙拦他道："你不要说了。你的话，怪教我害怕的。若真到了那份儿上，咱们北京人怎样受？"

伯雍说："不愿意受也得受着，这是不可免的运数。但是北京人也有自取之道，如今说话放着，我但愿我的话不应验。咱们还是说点别的吧。"

秀卿说："真个的，你们总理给你荐的事怎样了？你干得了吗？"

伯雍说："不干怎的？人和钱没有仇。再说，我们总理和我说了一大篇道理，破釜沉舟地劝了我一顿。他的话我虽然不赞成，我却信为不易的道理。在现在的北京，打算在社会上活着，非那样不可了，所以便是我极疏懒的人，也要从着他的道理行一行。除非人家不要我，那就没法子了。如今我是刚学来的乖便卖，我要劝劝你了，你的脾气，往后得改。你的年龄虽然大了，不过二十一二岁，还说不到年老色衰。你为什么不找几个阔客，好生应酬他们？惹得老爷一喜欢，把你接出去，岂不脱了这个火坑？傲慢不羁的行为，我们穷念书的还可以使使，当妓女的似乎不必要。因为当妓女的目的，便在吃、喝、穿、戴、玩、笑、乐七个字，傲慢不羁，跟穷字很近。你反倒染了这点毛病，所以我替你怪危险的。你不见现在汽车马车之中拿珠子和金子镶着的人，都是窑行出身，如今却都做了太太。那个姨字，谁也不敢往她身上加。胆子大的，也不过加上一个数目字，呼为几太太。外界嘴损的人，给她们起了一个徽号，叫作窑变，瓷器里的窑变，是很值钱的。人若下一回窑子，再当太太，比窑变的瓷器贵重多了。你如今还在家里，为什么不大变特变一下子，得个窑变头衔，岂不足以自豪呢？"

秀卿见说，由床上把伯雍瞪了一眼，说：

"人家才与你说好话，你怎忽然损起人来？"

伯雍说："这是实话，并不是损人。"

秀卿道："既不是损人，何必教我去当窑变！我固然知道当一辈妓女不像话，但是不对心思的人，我也不能跟他去过日子。从前我听朋友说过一段《聊斋》，叫什么嘉平公子呀，他们说的那四句话儿，我还记得，什么'何事可浪，花菽生江，有婿如此，不如为娼'。可见我们当妓女的，也不是都想胡乱当个窑变的。再说能讨妓女出来的，都是些暴发户儿，胡吃混穿，差不多是金盆贮狗矢，跟了他们算得了所天吗？算终身如愿吗？无情的无情，蛮横的蛮横，混浊的混浊，阴险的阴险，与其跑到人家里闹不品行的事，还不如我为娼自由呢！"

伯雍说："难道你一点打算也没有吗？"

秀卿说："怎没打算！愿意接我出去的，我不愿意。我愿意跟着走的，人家又不要我。"

说罢，两只眼睛，不住地望着伯雍。伯雍知她心里有话，只是说不出，不由得把头低了，暗道："人的性质和思想，凡带点病的状态者，多一半是不幸的人。秀卿大概是属于这类的，以她的容貌、她的地位，又赶上窑变盛行的时代，她原可以一生吃着不尽。为什么竟使醋拗脾气，落个老大伤悲呢？什么人跟不了，单单看中我这样一个穷措大，不能说她没有精神病了。但是我年来潦倒，白眼频遭，不图青楼中一个弱女子，反倒这样见爱，虽然昙花泡影，不能成为事实，她这知遇之感，是不能不报的。"当下忍住一掬酸泪，向秀卿说：

"咱们的话，说了不少时间了，我也饿了，你饿不饿？咱们吃饭吧！报馆这时大概开过饭了。"

秀卿说："你要吃饭，教李妈打发人叫去，我也陪你吃点。"

李妈在旁边见说，便道："对啦！该吃点饭啦。我们姑娘由早起到现在，什么也没吃呢。若不是您来，说这半天话，心里还不痛快呢。"因问秀卿说：

"吃什么呢？"

秀卿因问伯雍说："你吃什么？"

伯雍说："我随便。"

秀卿因向李妈说："你去叫去吧。我们吃米饭，一个汤随便配两个菜。"

李妈见说，到前面分付人去叫，不一会儿饭菜全来，秀卿陪着伯雍吃了一小碗饭，便不吃了。吃完饭，电灯早已来了，二人又说些闲话，院子里渐渐热闹起来。伯雍说：

"我得回馆办事去了，咱们回头见吧。"

秀卿说："若忙，就不必出来了，何必呢？"

伯雍答应着去了。

教育公所里的编辑部，柳墨林先生占了首席位置了，并且又添了两名书记。伯雍作的文章，朱科长看着都不入眼，不取得伯雍同意，竟自不发出去。伯雍虽然勉强忍受了，心里终是不快。有一天伯雍又到教育公所去，刚一进门，要往里走，忽由传达处跑出一个差役，忙喊道：

"宁先生！请您到画到室内画个到吧，所长已然分付下来，无论谁，是衙门里的人，都得画到。这簿子早就该拿进去了，就皆因你来得晚，又在此多搁了一点钟。老爷，请您画个到吧。"

伯雍见说，止住脚步，问那人道：

"这是谁的主意教我画到？我并不是所里属员，我画什么到！"

那差役说："这是上头分付的。"

伯雍说："虽然是上头的吩咐，我没有画到的必要。他们不是一定教我画到吗？我就一定不来了。"

说着一掉头出了大门去了，把那差役给木在那里。半天，才说道：

"没见过这样的人。"

只得拿了画到簿，到里面回禀朱科长知道去了。朱科长得了这个报告，虽不免生了一点气，颇幸伯雍中了他的诡计，从此不用外人，只他爱婿一个人，就可以办了。

不表他翁婿两个，见伯雍果然被他们气走，私自庆幸，不在话下。单说伯雍，回到报馆，也不与歆仁商量了，当时与朱科长寄去一个字条，写道："你另请高明吧，大爷不玩儿啦！"朱科长见了这个字条，不免又生了一回气，喊道：

"这是对长官说的话吗？"

当下拿了伯雍的字条，气哼哼去见所长说："咱们这个编辑，太不像话了。他辞职只管辞职，为什么写来一句市语，他竟不来了。这人太不敬了！所长非把他传来重办不可！"

说着把那字条呈与所长看，所长一看，不禁好笑说：

"这人太狂了。但是这也不算个辞呈，必有个缘故。不然好好端端，哪能这样辞职呢？"

朱科长道："也没有别的原因，大概我教他每天画到，他不愿意了。所长想，我们这里的人员，谁不天天画到呢？教他画到，也是我当科长的权力。"

所长见说，把眉一皱说："朱科长，你这事办得未免有点欠研究，即或我们不喜欢要他，也须好生把他辞谢。何况这里头有歆仁先生的关系，如今你竟教他画到，他的名义原不是咱们衙门里的官吏，教他画到，他如何愿意？他这一走，当然要与我们为难。假如他在日报上，把我们衙门里的事，登出几件，我们的事情，又不是不怕骂的，那时应当怎么办？"

朱科长见说，脸上忽然变了颜色，连说：

"是是。这事我办得未免有点孟浪，我只知他是个乡下穷念书的，我忘了他在日报里当主笔了。再说他在我们衙门里，做了两三个月的事，我们的内容，他尽知了。我如今把他气走，他一定要报复的，那时于我们都有些不便，不如我仍把他请回来吧。"

所长说："你与他有意见，他如何听你的话来。明日我求总务科长去一荡便了。"

朱科长此时出了一脑袋汗，向他爱婿请教办法去了。

午后五点钟，在煤市街致美斋雅座一间单屋里，有两个人对坐着喝酒，一位是教育公所的邹科长，一位是伯雍。只听邹科长说：

"伯雍先生，你不要往心里去。我们朱科长上了几岁年纪，办事有些糊涂，明天你依旧去办事吧。"

伯雍说："我不回去了，便是回去，也没有好结果，何必惹人厌烦呢？"

邹科长道："无论受多大委屈，也得回去，这是我们所长的意思。所长既然聘请阁下帮着办杂志，一定不愿意有始无终。"

伯雍道："所长有这番美意，小弟心领。至于再回去的话，绝对不行的，我不苦你们所难，你们也不必苦我所难便了。"

邹科长道："先生既不肯帮忙，我们也不敢勉强。其实以先

生大才，何所适而不可。惟有一事，小弟临来时，敝所长殷殷
告嘱说，先生乃道义君子，以后关于敝公所的事，如有所见，
不妨径行指斥，惟祈千万不要在报纸上有所评论。"

　　伯雍见说，微微冷笑道："贵所长未免过于看不起人了。兄
弟虽忝列舆论界，无非以卖文为生，自问于自家人格，尚知爱
惜，绝不敢以社会公器，用泄自家私憾。新闻界中，虽有少
数不良分子，动辄骂人，以遂其敲诈之欲，但是大多数的记
者，都很有道德的，哪能一点缘故没有，坐在屋里，生心骂人
呢。大概官界中人，与新闻界的人，根本上性质不同，所操互
异，于是官中人遂把一般新闻记者，都看成奸猾市侩一流人
物，无论他们说的话是好是坏，是有理是无理，都是由心里头
嫌恶，这就皆因两方性质不同，自然要生出这一种嫌恶的心理。
奉劝阁下，可以转告贵所长，今后对于新闻界的人，不要采取
一种嫌恶的态度，尤且须得拿新闻记者当人看待。我不敢说凡
是以新闻为业的人，都是没有毛病的好人，我也不敢武断地替
他们辩护，说他们都是好人。据我想，好的总占多一半。官界
中人，未尝不可以假以颜色，品品他们的学问道德如何，虽不
必照文明国家那样优礼记者，最低的限度，也得拿人看待，不
要一笔抹杀的，都把他们看作一种要不得的人，把人格硬给取
消了，自己也应当反躬自问。至于我呢，原不配辱没记者的美
名，我自己也不愿以新闻记者自居，因为记者二字，到了中国
可怜极了，不定怎样不幸的人，才摊上这个头衔，如今摊到我
的头上了，我还敢以此骄人吗？贵科长和贵所长，千万不要多

虑的。假如我不曾在贵公所做过事，我耳有所闻，目有所见，或者能依我记者的天职，有所评论。如今我对于贵公所，不能发言，无论我的话是否是社会上人人要说的，当然不能见谅于人的，一定有人说我的事被你们撤了，所以他才攻击起来，其实我自己实在不愿意干了，也不因为朱科长怎样薄待我。我的性质，实在不能享官衙的生活，所以赶早舍去，不承想反倒教贵所长多了心，实在出我意料以外。如今没有别的说的，烦贵科长上复贵所长，如信我宁伯雍是个人，不是没有品行的小人，我对于现在的教育公所，一定一句话不说，以免我的嫌疑。至于别人和别家报馆，我便没有权力干涉了，反正我一定保持我的静默态度便了。"

邹科长见伯雍把话说完，他做出一种笑容道：

"听了先生这篇言论，使我顿开茅塞。但是敝所长和兄弟，对于新闻界的人，是最钦佩的，常说新闻家是无冠宰相，职司木铎，高尚极了！阁下为人，尤为光明磊落。"

伯雍说："中国记者，哪能到这样的地位？将来的新闻纸，或者须有那一天。至于兄弟，混迹此间，无非作点小品文字，替阅报人助些兴趣，差不多和戏中小丑一样，不足挂于齿颊之间的。"

邹科长说："先生过谦了！"

当下他二人酒饭已毕，伯雍要会账，邹科长哪里教他会，拼命一般地拦说：

"今天一定不能教先生会账，些许小费，兄弟敬候了。先生若不赏脸，那就没有交情了。"

伯雍无奈，教他会了，又坐了一会儿，邹科长说：

"以后咱们要多联络，兄弟应当回衙门去了。先生的盛意，也应当向敝所长回禀一番，他一定感激的。"

说着，一同下楼，邹科长的自用车已然在门前候着。邹科长坐上车，一拱手去了。伯雍一个人，也不雇车，走进大栅栏，只见行人扰攘，车马喧阗，那些店铺的装饰和行人的衣服，把"奢华"二字，表显得十足。但是这些熙来攘往的人，穿着极美的衣服，坐着极好的车辆，究竟他们在社会上是做什么的？高高兴兴地出来，有什么目的呢？究竟他是有什么职业，做完了什么工作，劳累之余，特意出来安慰自己不成？社会上什么东西是他们创作的？社会上的文明，哪一样是由他们振兴的？他们在社会国家里，究竟是有什么意义？由伯雍看去，一点也不明白。不过看着他们的服装，很觉耀眼增光，男的女的，心里都透着很高兴，一点愁烦样子也看不出。他们的眼光，都注意到那些店头的装饰品，玲珑奇巧最时髦的女舄，在玻璃窗里罩着，颜色鲜艳，式样新颖，不第把那些太太小姐们的眼光勾引了去，便是那些漫无目的、任意闲游的少年，见了这一双一双的裙下物，也颇涉遐想，不觉得留恋观览，不忍舍去。洋货店的钻石手表、金珠店的腕镯指环、时衣庄的衣服、洋衣庄的西服、绸缎庄的彩缎、眼镜公司的克罗克司，哪一样不动人的心呀！青年男女，看了那个，又看这个，完了，又彼此窥视，心里暗自品评谁的装饰适宜，容貌艳丽。由大栅栏走到观音寺，谁不注意这些东西呢?

伯雍因为怪烦闷的,他一道地走回报馆去了,他想起方才邹科长的言语神情,他不觉地暗笑道:"人的言语和行为,怎这样矛盾呀? 我在那里,便那样白眼相看。我不辞而别,又如此殷殷慰问,还以小人之心度量我。人在社会上,处世接物,应当这样相率而伪吗? "伯雍这样一想,他对于进取的心,益发冷淡了。歆仁教给他的秘诀,他完全失败了,他觉悟他自己绝对不是在宦途能活着的人,不如把一切念头打消,把自己的思想,暂时搁起,纯粹做个卖文生活,实行一种消极主义,或者能把一切烦恼解除。于清苦中,寻一点乐趣,什么社会国家以内的事,一概给它一个不闻不问,仅仅由小说中,讨点生活上必需的费用。虽然费些脑筋,倒省得生了许多鸟气。从此他除了在歆仁的报馆供给小说,还在别家报馆,担任点小品文字,每月也能弄百十多元钱。歆仁见他把教育公所的事辞了,也不再替他找事,由他自己去活动。

伯雍每日除了办事,便到民乐园去听戏。因为现在捧白牡丹的人太多了,差不多要和梅党有并驾齐驱的形势,所以这民乐园特别地热闹起来,牡丹的名声,比从前大得多了。有许多阔人,见报上这样捧场,也都慕着名来听戏。牡丹的师傅,见牡丹这样大红起来,自然喜欢,对于伯雍诸人,自然表示一种敬意。这时牡丹的父母,也听着信了,夫妇两个,带着一个大儿子,由天津找上京来。他们见了牡丹的师傅老庞夫妇,当然是要办交涉的,结果如何,人人都知道的。因为梨园行,俗谓之无义行，别的行当多少都有点师生义气，唯独梨园行，师生之间，大半都是仇人。譬如一个伶人，收了一个徒弟，合同上写的年限很多，不用说了，甚至还有打死无论的话。年限之内，无论徒弟挣多少钱，徒弟家属，没有分润的权利。徒弟出师时，年限内师傅代置之物，概行扣留还不算，便只旁人所赠之物，也不能携去一件。徒弟若是嗓音不倒，有人帮忙，还能自树。不然出师之后，依然不能生活，所以徒弟对于师傅的恶感，非常深厚，一出师便算断绝关系，没有一个彼此相顾的，所以管他们叫无义行。难道他们跟常人不一样吗？就皆因他们内容、习惯不好，把人都教得一点义气没有了，完全唯利是图。这也是社会上一个问题，应当研究的。

有一天伯雍才起床，只见白牡丹和庞三秃来了，牡丹很有些愁烦样子。伯雍忙问他们说：

"你们来此做什么？"

三秃说："我父亲教我们请您有句话说。"

伯雍说："你们先坐一坐，等我吃了饭，咱们一同走。"

说着教厨子胡乱弄点饭吃了，穿了长衣，同着二人去了。到了老庞家里，老庞见了伯雍说：

"不恭得很！好在先生没短帮我们的忙，这次还得给我们办一办。"

伯雍说："究竟怎回事呢？"

老庞说："请您先坐一坐。"说着向他儿子三秃说：

"你把你荀大叔请过来。"

三秃见说，到隔壁那屋子去了，不一时，带过一个男子来，年约四十多岁，头上小辫还没有剃，一脸污泥，笼罩着他那一张黑紫的面皮，双眉被愁怨之气锁着，益显得他的相貌十分刚猛。他的身量很高，穿一身蓝布裤褂，想由上身便没洗过一次，已被汗泥污透了。他来到这屋里，一声也不发，挺然立在当地。他对于老庞，用一种不满意的神情怒视着。伯雍见了这奇怪男子，心里很骇然的，暗道："这是什么事呀，请我来办？"只听老庞先发言说：

"宁先生，这位便是牡丹的父亲，他找我不是一次了。"

伯雍见说，把那人看了一眼，暗道："他怎会有牡丹这样一个儿子呢？简直是个马贼的材料。"此时不禁把牡丹看了一眼，见他白皙的面皮、清秀的眉目，那样的父亲似乎生不出来这样的牡丹。牡丹见伯雍看他，把头益发低了，他小心眼儿里，见他父亲那样落魄，虽然有些惭愧，可是他见他父亲哺得那样可怜，达不到反哺的目的，他那小心眼儿里又十分惨痛，不觉得对于他师傅的刻薄，益发起了一种恨怨之感。此时又听老庞说：

"他叫苟凤鸣，他来搅我不是一次了。什么规矩，没有你先生不知道的。合同没有满，没有找到我门上的道理。他们若来看看孩子，那我还不许么？无奈来一荡就是钱，哪里有这样的规矩？今天他又来找我，说他儿子给我挣钱太多了，非要一百块钱不可！这不是穷疯了么？别说他儿子没给我挣多少钱，便是挣了千千万，没出师，我也不能给他钱。不过他大老远地来一荡，也不能空手教他回去，盘川是有的。"

这时苟凤鸣忽然大着嗓子用他的乡音喊道："你给过俺多少钱哪？俺来一荡，你就往外整俺，俺的儿卖给你咧呀？"

老庞说："你的儿子虽然没卖给我，但是有合同的。合同没满，你常来搅我，是怎回事？"

苟凤鸣说："什么合同，被你改了好几回哩。今天没钱，俺与你打官司，俺可不能怕你哩，不然你得把儿子还俺。"

老庞说："你要打官司，好哇！难道我不敢跟你打官司么？"

伯雍见两人彼此争执，终没个了局，因替他们调楚道：

"你们无论怎说，究竟是亲家，凡事好办，千万别吵闹起来。据我想，这事不是一半句话能了结的。"因和苟凤鸣说：

"你先回去，住在哪里了？"

苟凤鸣说："在贾家胡同一个小庙里面住着，但是没有钱，俺不能回去，俺的老婆还等俺给她买药。她腿上生了一个大疖子，疼得要命，已然不能下地了。"

伯雍说："无论怎样，你先回去，这事我能给你办好。"

苟凤鸣说："他不给俺钱，俺不能回去。"

老庞说："我凭什么给你钱！我欠你的不成？"

凤鸣说："你虽然不该俺的，不欠俺的，你的钱是俺儿给你挣的！"

老庞说："你的儿子不是到了我家就会挣钱的，我教给他艺业，我给他饭吃，合同没有满，当然给我挣钱。"

伯雍见他两人还是斗口，因向老庞说：

"你先给他几吊钱零花，先打发他走了，我们一定把这事给你办好。他时常来，也不像话呀！"

老庞见说，不得已取出十吊钱，交给凤鸣。凤鸣虽然抱着一百元的目的来的，但是见了这十吊钱，他已有些软化了，他不照先前那样怒目而视，他的眼神全移到十吊钱上，他把一百元钱已然忘了，他已然没有比较多寡的心思，他以为这十吊钱便是他生活上最急的希望、最适的物品，他由眼睛里流出一种欲火，伸手把那十吊钱接过去了。伯雍说：

"你拿这钱回去吧。明天我们把你们两家的事办好了，不要再这样无结果的纷争了。"

凤鸣向伯雍一躬身，果然拿了钱去了。伯雍因向老庞说：

"这事老这样也不好，他把十吊钱花完了，还是来，我哪有工夫替你们挡他呢！我想你们非有个改良办法，断不能安静的。"

老庞说："怎样办呢？我们这事是有合同关系的。"

伯雍说："据牡丹的父亲说，你们曾把合同改过。他若真告了，你们的合同如有毛病，法官是不能保护的。你们把合同取出来，我给你们看看，究竟定了多少年呢？"

老庞说："十二年，如今还剩一年零八个月。"

说着把箱子打开，取出一纸合同，用东昌纸写的，递给伯雍一看，白字连篇，简直不成说话。可是民间诸事，都用这样不完全的文约，维持着许多旧习惯，有心无心，在这样似通非通的文约里面，不知造了多少罪恶，倾陷多少好人。伯雍看这张文约时，添注涂改的地方很多，也没个图章押着。最惹人注意的，满师年限，原写十年，后改十二年，实在是个疑问。

伯雍看罢，向老庞说：

"这张合同，便是到了法庭，也有争执的。这事你们自己参酌。"

老庞说："虽然有改的地方，也是我们两家合意。"

伯雍说："虽然那样说，究竟你们手续不完全，但愿牡丹的父亲从此不来。但是他十吊钱花完了，没个不来的。到那时你们没有结果时，我再给你们办吧。"

当下在这里说些闲话，伯雍自己回去了。

却说苟凤鸣擎了十吊钱，回到破庙里，没有五天，又光了。他也不想个小生意，他抱定一个老主意，没有钱，便去找老庞。老庞家里，果然应付俱穷了，没法子又去请伯雍。伯雍已然把这事和古越少年、陇西公子、沛上逸民、东山游客诸人都说明了，他们都赞成替他们改约。大家既然捧牡丹，当然替牡丹家属帮忙。伯雍说：

"改约一定办得到，皆因那天我已替他们下了一个伏笔。再说他们的契约，实在不完全，非改不可。"

古越少年说："既这样时，我们公推你和沛上逸民兄，做我们的全权代表，怎办怎好，不怕我们对于老庞花几个钱也成。"

伯雍说："对于老庞，不用花钱。你们想法子维持牡丹出师之后，怎样生活便了。你们要知道，他如今倒仓了，梆子戏已然不能唱，二黄戏又没学几出，将来出师，非完全改成二黄花旦不可。"

古越少年说："上回没说过吗？我们替他另请极好的教师便了。你如今就负改约的责任便了。"

伯雍说："这点事我还办得来。若是教我对于外国办交涉，那我就敬谢不敏了。因为我有后援，外交总长哪里找后援呢？所以他们每每失败。"

古越少年说："别说闲话了，你和沛上逸民兄去一趟吧。"

伯雍见说，便邀了沛上逸民，到老庞家去了。

老庞见伯雍二人来了，仿佛没有主意的大帅，得了有智的参谋一样。因为荀凤鸣这几天，把他搅苦了。本来要和他打官司，又怕合同上的破绽，真被法官不认可，岂不落个败诉？所以亟待伯雍给他们说和。当下恭恭敬敬请二人坐下。伯雍说：

"大概荀凤鸣又来找你，这事非有个妥当办法不可，所以我和刘先生诸人商量，想出一个于你们两家都有利益的办法，你也别说合同上是十二年，他也别说是十年，我想把你们那张不完全的契约废了，由十二年内减去一年，所余的期限，再立个新约。不至满限，牡丹家属不许到你家来。你看好不好？是这样，我们替你办。不是这样，你们自己去办。爱打官司爱告状，那就随你们便吧。"

老庞见说，半晌无言，待了半天，才说：

"这样办时，牡丹只能跟我八个月了。"

伯雍说："这八个月我以为是最好的时候，第一，牡丹现在已不能唱梆子，学二黄戏，有人替他拿钱。第二，牡丹的戏份，较前陡增。过了八个月，他的嗓子能唱戏不能唱戏，还未可知。

所以这八个月于你最有利益。过了八个月，好坏全凭他们的运命了。"

老庞见伯雍说得有理，只得就了他的范围。当着二人面，把旧约毁了，由沛上逸民起草，另立两纸新约，一切内容，不消细说。伯雍道：

"明天我同着牡丹去找他父亲，谅他没有不答应的道理。"

老庞见伯雍把这事给他们办得挺公平，而且白占了八个月便宜。若是经官动府，真不知如何了结呢！所以对于伯雍非常感激，因向伯雍说：

"明天就求先生带着牡丹，到他父母那里，从此千万别教他来磨我了！"

伯雍说："那一定不能了。他的生活，自有人维持，一定不能麻烦你来。"

他们又说会子旁的话，伯雍便和沛上逸民兴辞去了，把这事告诉大家知道。

骡马市大街，贾家胡同紧里头，一个小庙里，和尚早已没有了。三间大殿，年久失修，已就圮毁，里面也不知供着什么神，门窗都锁着，灰尘和蛛丝，把那破窗棂都罩满了。檐下有几只灰鸽，自由巢在那里。廊子底下，堆着许多破烂东西，什么烂纸、散碎布屑、旧烂棉花，堆了好几堆。两边厢房，也都破烂不堪。却有许多换肥头子儿的、拣沟货的、挑水的，住在里面，俨然是个花子大院。北京没有一定的贫民窟，可是这种贫民聚居的所在，到处散见。什么废寺和公共所在，差不多都是我们的贫苦同胞自己经营的共同生活。如今穷人更多了，要打算照外国都市办法，划定一个特别区域，收容贫民，那实在是办不到，因为北京城全体，今日差不多成了一大贫民窟了。国家的首都，竟成了一个大贫民窟，也是世界一件奇闻，民国的光彩呀！

在这小庙的西首，另有一个小月洞门，却是一个跨院，里面没有三四丈大，起了一间土房，勉强可以说是一个跨院便了。在这间土房里，荀凤鸣带着他的老婆儿子，便卜定他们的旅馆。他们在这公共旅馆以内，是最惹同居人注目的，他们一家三口，由旁家眼里一看，在这破庙里，可称首富。又似外院那些人都是平民，单单他们是贵族了。因为别家都伙住一间屋子，大大小小、男男女女，都混在一起。惟有荀凤鸣一家，单独租了那间土房，占了一个跨院，所以外院那些人，见了他们的阔绰行为，又是惊讶，又是羡慕。对于他们，自然而然起了种种的议论。有的说他们是乡下财主，进城来打官司，却把钱花光了，西河沿的栈房，已然住不了，所以暂且搬在这里，打发人回家取银子去了。有的说，他们终归要穷的，他们不该进城来打官司，他们若是总统的亲戚那就不怕了。有的说，总统哪里有这样的亲戚。有的说，那也难说，总统是胎里红出身吗？古时候还有乞丐做皇帝的呢！薛平贵原先比我们还穷呢，怎会当了皇帝呢？这破庙里，平日不知有多少奇怪的议论，自荀凤鸣一家搬了来，又给他们添了许多谈助。

这日伯雍和白牡丹找荀凤鸣来了。他们到了这破庙时，外面不到一点钟，那些贫民方在院中吃饭，吃的是很难下咽的东西，但是他们吃得很香。他们见伯雍和白牡丹进来，大家都很注意的，把眼神都送在他二人身上。他们不解他二人是做什么的，不过他们以为伯雍二人这样齐楚的衣履、斯文的样子，似乎不应当进这破庙里来，也仿佛这里一辈子也没有他们进来的机会。他们对于白牡丹，尤为注意。此时伯雍很和气地问他们说：

"这里有个姓荀的吗？"

他们见问，一齐向西边那个月洞门里一指，伯雍和牡丹便向西跨院去了。这里一间小土房，门已破了，窗户用各样破纸糊着。伯雍拉开屋门，只见一部土炕，缺了半边炕席。一个妇人，头朝里在一床破被上躺着，以外没别人了。地下放着几件手使的破家具。伯雍因问牡丹说：

"这是谁？"

牡丹说："是我母亲。"

于是凑到炕沿边，唤了一声母亲。那妇人在睡梦中，听见有人唤她，便慢慢地坐起来了，睁眼一看，是她儿子，她由安慰的眼睛里不觉掉了两点泪。因叫着牡丹小名说：

"词儿来了！这位是谁呀？"

词儿说："这位是宁先生，很帮我们忙的。"

妇人说："怎好？这一点的屋子，也没个坐处。"

说着把她坐着的破被褥，往炕壁铺了一铺，请伯雍坐下。这屋里空气坏极了，熏得人头疼起来，但是伯雍向常没有阶级的思想，他以为人家能在此睡觉，我就不能在此坐一坐吗？他这样一想，他的脑袋立刻不疼了。牡丹见他母亲委顿的那个样子，因为孺慕之心还没有泯，不知不觉地也哭了。伯雍此时看那妇人时，比荀凤鸣强多了，她的面皮很白皙的，而且眉目很清秀，不像庄稼妇人。牡丹的身体相貌，多半是禀诸母性。

这时他母子对泣了半天，妇人才向伯雍说：

"先生带着我们孩子到这里来，一定是有事情的。我已听他父亲说了，说有几位先生正帮我们的忙，但不知老庞家打算怎办？依着他父亲，竟要打官司。现在我们一个钱都没有，哪里敢打官司呢？还是有人替我们说说好。"

伯雍道："这事不用你们发愁了！我们已然替你们办好。"

于是把怎样改约的事，和牡丹的母亲说了一遍。妇人见说，由她多年不曾展眉的脸上，露出一点安慰欣幸的笑容，很感激地向伯雍说：

"难为诸位先生，替我们这样费心。剩这八个月了，怎样也能熬出来！我这病身子，实指望不能享儿子一点福了。多亏你们几位扶持，我还能多活几年。实对先生说，我们当初也不是极穷的人。"

妇人这句话，在伯雍听着，是很信的。因为这妇人的举止和她的容貌，也不像向来受苦的人。此时妇人又说道：

"当初我们家里，也有点产业，足以过活的了。只因为我们当家的，就是词儿的父亲，生性不好，最爱赌钱，把一份家业都弄光了。我们在家乡里住不了，因为离着天津近，所以搬到天津去。词儿的父亲，若是好生干，也能混起来。无奈他旧染的毛病，总也改不了，有了钱就要赌，甚至把儿子典与人家学戏。幸亏我有病，年纪也大了，不然他还需把我卖了呢。"

说到这里，她的眼圈儿又红了，不住地用袖口抹眼泪，半天又续言道：

"一个妇人，摊上一个不成器的爷们，不定几辈子没干好事呢。为他发愁着急，所以终年闹病。若不是有这两个儿子，我也就早死了，跟他混什么劲儿呢！今天一早晨他带着大小子出去了，直到如今，没有回来。他简直一点章程没有。我常劝他，老庞家你不用常去，把他们得罪了，于咱们孩子没利，不如咱们想个小买卖，爽得孩子出了师再说。他终是不听，如今天幸有你们几位先生替我们维持，已然有了出头之日。这真是大可感谢的事！"

伯雍说："这也不算什么，因为这事是我们力量办得到的。若是办不到，便是你们求我们也未必成。再说人生在世上，应当彼此帮忙，替人说句好话，办点好事，究竟比除了自己，什么事也不管的人强得多。我们这样办事，有好多人看着很不满意，但是我们没有旁的事做，人家也不许我们做旁的事，照这样的事，虽然有些人看着不对，但是当我们这样办时，仿佛良心上很安适，很嘉许我们能尽人类的义务。我们不能把所有的穷人都救活，也不能教所有可怜的人都得其所，但是凡是我们遇见的，推不开的，我们应当想法子教他们脱离悲苦的境遇。譬如你们这回事，也费不了我们几个钱，便是花几个钱，绝不致破产，也费不了许多力量，不过舍得走几步路，舍得说几句话也就成了。"

词儿的娘说:"虽然这样说,你们几位替我们费了不少心,不要听别人的闲话,什么里头都有呼号待救的人,照你们几位所为的事,我想必定是老天爷所愿意的。"

伯雍说:"人所做的事,哪能就让天点头?不过各行其良心之所安便了。"

这时外面天气不早了,还不见苟凤鸣回来。伯雍便和词儿的娘说:

"你的丈夫既不回来,我们也不等他,回头你跟他说明白就是了。过两天,一定有人给拿钱,教他做个小买卖。"

说着带着词儿去了。

第六章

伯雍把牡丹仍送在老庞家，交给他师傅，并告诉他们："荀
凤鸣以后绝不再来找你们。"老庞夫妇与他道劳不迭，闲话一会
儿，自回去了。才到报馆，只见子玖诸人，正聚在一间屋里，不
知议论什么呢。一见伯雍回来，大家向他说道：

"你回来了！好极了，现在咱们总理要悬赏寻人啦。你别天
天替牡丹瞎忙去，这事要给侦探出来，歆仁说要请咱们吃一桌
燕菜席呢！"

伯雍说："谁失踪了？咱们也不是福尔摩斯，哪里去侦探呢？"

子玖说："桂花不知往哪里去了！方才歆仁特意过这边来向
大家报告，说桂花已然把牌子摘了，好几日不知去向。歆仁很
发愁地向大家说，如果桂花真失了踪，他的精神上一定要受打
击，所以告诉大家，替他找一找。"

伯雍说:"这事未必属实。因为桂花那里,歆仁没有一天不去,桂花无论上哪里去,哪能瞒得了他?再说他二人的程度,已然到了火候,不久就接出来,哪能有背着歆仁潜逃的道理?大概他与你们开玩笑呢。"

子玖说:"真的。刚才我们已到泉湘班去打听,果然没有了。遍询跑厅的,没人知道住在哪里去了,都说摘牌是实在情形,听说是不混了,这岂不是实在么?"

伯雍说:"这样看来,益发可疑了。据我揣测,歆仁于这案内,定有密切关系,打算给他满街寻人,徒劳无益,还不如立刻要求他请吃喜酒呢。"

凤兮听了伯雍这句话,捻着小胡子,连说有理。子玖说:"据你的意思,歆仁把桂花接出去了。大概不能。因为他还没得家庭的同意,再说他的亲戚朋友家里,有几位太太,很厉害的,她们近来组织了一个胭脂团,专门反对丈夫纳妾。不但对于自己丈夫不许有这样的情事,便是对于亲戚朋友家里的男子,也是横加干涉。较弱的妇人,管不了男子,她们能替打抱不平,所以近来她们的势力,一天比一天大,把那些老爷们管得笔管条直。不用说纳妾,便是听刘喜奎的戏,也得告谎假。设若查出来,真能罚跪半夜。所以这些老爷们,因为同病相怜,也组织了一个懦夫会,以资抵制。哪里是抵制,不过自行解嘲便了。歆仁对于他的夫人,倒能对付,所怕的是这群胭脂团。若真用武力干涉起来,他真受不了!所以说他此时能接桂花,还没到那程度,但是将来他一定接的。不想正在疏通酝酿时代,桂花忽然失了踪。歃仁发愁着急，也就不足怪了。"

伯雍道："这里面疑问很多。我终不信桂花于生意隆盛时代，忽然摘牌不干。若说事前歃仁一概不知，尤为欺人之谈了。"

他们正谈论着，歃仁由西院又过这边来了。编辑部这院，他近来总不过来的，今日却过来好几荡。他的举动神情，真与平常两样了。不过他的张致，多一半是假造的，虽然脸上带一种着急神色，他的眼里，却含着一种得意暗笑的意思。他一见伯雍，便说：

"你回来了。你替白牡丹跑得怎样？我把桂花丢了，你知道么？"

伯雍说："方才听说了。"

歃仁说："你得想法子替我找一找。"

伯雍说："我替你找着了。"

歃仁见说，一怔道："你在哪里找着的？你没有那么大能耐。"

伯雍说："你又求我替你找，你又信不及我的能力，益见你一肚子鬼胎了。你说实话吧！你把桂花藏在哪里了？使这样的诈语，打量谁看不出么。"

若是别人，被伯雍这一逼，真能说了实话。但歃仁真会装假的，他依然老着面皮，一点神色不露，仍然说：

"她真失踪了，我这几天为这事很着急。假如是我做的鬼，别人可以瞒，我瞒你们做什么？"

伯雍说："你既然不瞒我们，将来水落石出，你应当怎样受罚？"

歆仁说："何必将来，只就目下，无论谁得着桂花的消息，我都请客的。"

伯雍说："好。你留神吧！你的秘密所在，我一定能访着的。"

歆仁见伯雍说得这样决心，他真有些疑惧起来，不住地直看伯雍。半天，才说："便是福尔摩斯再生，也无从下手的。"

他说了这句笑话，又过他那院去了。

这里子玖和凤兮，见歆仁那样神气，知伯雍所料不差了。子玖最好起哄的，他说：

"咱们真得好生访一访，若得点头绪，咱们给胭脂团写封密信，看看这个笑话，倒不错。"

伯雍道："虽然这样说，也不容易侦得呢。你看歆仁，我已把他秘密猜着，他依然不认账。他若真跟我们说了实说，谁还能给他泄露？他自信他办得很严密，一点风也不能走，但是没有不透风的墙，何况这事！也无须乎秘密。若这样蒙席盖井，终归免不了一场笑话。他不如声明打鼓地往家里一接，胭脂团虽然大兴问罪之师，事已成熟，不过瞎闹一起，所谓反速而祸小。若在外头露了消息，虽然笑话较迟一点，恐怕胭脂团方面要提出条件来。"

子玖说："咱们不管。咱们就为看笑话。如今咱们须想法子，如何才能知道他把桂花藏在哪里？"

伯雍说："他一定各处都垫了话，谁肯给他泄露呢。最妙的法子，须把他赶马车的宋四买住。歆仁每天上哪里去，他哪有不知的！"

子玖说："有理！那小子脑筋非常简单，给他点酒喝，没有不说的。"

伯雍说："你若打算看笑话，你就想法子买收宋四，但是你的能力恐怕办不到。"

子玖说："我若办不到时节，我便把他送下来，教胭脂团拷问他。"

伯雍说："你未免过于好事了。"

由这天起，子玖果然留了心，时不常地向宋四打听，或是给他点小便宜。无奈宋四执意不肯说，子玖审不出一点基兆来。他真要执行非常手段，他打着哈哈，真给胭脂团写了一封匿名信。

那胭脂团的首领，却是歆仁的表嫂邓二奶奶。当歆仁不得第时，他的表兄表嫂，真提拔过他，便是他现在的夫人，也是他表嫂给说的。邓二奶奶，为人精明强干，简直是位不辫的丈夫。她原是大家闺秀，在四川随过几年任，她的语言和习惯，很带点四川派头。她的丈夫邓子如，也是个世家子弟，在前清度支部里当过差。民国以来，因为有点旧势力，依然在政界里活动得很圆满。虽然是个纨绔，所交游的，却是一群议员和些时髦政客。办报的那群人，也与他上得来，都管他叫邓二爷。邓二爷一出门，也是马车等等，仿佛是位政界里的要人。其实他的差使都是挂名的，不过他爱模仿一般新进政客的派头，把局面弄得很大。他看着人家今天置妾，明天弄人，彼此夸耀，他由心里羡慕。他的力量，也能弄一两个人，无奈他的夫人，特别厉害，阃令之严，比专制的军阀还厉害呢！邓子如慑于雌威，空怀着许多奢望，一件也不敢实行。为听刘喜奎的戏，不知被二奶奶罚了几回！二奶奶诸事大方不拘，尤且不怕人话她嫉妒。她常说："妇人不吃自己爷们的醋，吃谁的醋呢？再说竟教女人守贞节，男子在外面胡闹，置妾买人，就不算什么？天底下没有这样不公平的事！"她不但把她家二爷管得避猫鼠一样，她到处还宣传她的主义，广邀同志，非把有野心的男子，都管过来不可。她的同志，第一是歙仁的小舅子媳妇，蒋抗干女士，她是女子高等学校卒业的，很富于新思想，在女子参政运动会里，是位健将。邓二奶奶所发起的抵制男子不许纳妾的团体，在蒋女士，非常欢迎，她承认此事，是一种社会运动，不光为人家男子，从此务须把纳妾的恶制度打破，才算达到目的。所以邓二奶奶，得若蒋女士这样一个参谋，她的势力益发大了。此外还有刘太太、许太太、史太太、赵太太、王太太、张太太、何太太、宋太太、吴太太，许多位太太。都在她们团体里很有声望的。歙仁的夫人本是邓二奶奶的媒人，二奶奶特别疼爱她，本打算把她也拉进来。无奈歙仁的夫人，是个老实人，不愿意加入。但是只她们这十几位太太，已然镇住了许多男子，所以给她们起了个绰名，叫作"胭脂团"。

　　这日邓二奶奶正和蒋抗干女士议事，商量以后应当怎样进行。忽见一个小厮拿着一封信，在窗外探头缩脑，欲进不进的，自家转磨呢。邓二奶奶一见，忙在屋内问道：

　　"什么事？"

　　小厮说："太太来信啦。"

二奶奶见说，教婆子接进来，一看笔迹，不知是谁来的。忙拆看时，只见上面写道：

风闻令亲白歆仁先生，新买一妾，匿在某所，御者宋四主谋。可将宋四召来，一问便知。贵团宗旨，鄙人极端欢迎，为将来女权计，不敢不告。如何处治，责在贵团。拒妾一分子告密。

邓二奶奶把信看完，笑道：

"我就知这孩子将来要造反的，果然秘密着弄了一个人。"

说着把信递与蒋女士看，女士接书在手，俨然是个女政治家，从头看了一遍，向二奶奶说：

"这告密的人，一定是与我们表同情的，可见我们的主义，已然有许多人欢迎了。乘着此时，我们应当雷厉风行地干一下子，也好教冥顽男子，知道警觉。"

邓二奶奶道："这事应当怎办？"

蒋女士道："先不要声张。露了风声，他们有防备了。这两天须把宋四找了来，问明他们秘密所在，然后我们出其不意，把他们双双捉住，饱打一顿，教歆仁把那女子赶快遣去。你看如何？"

邓二奶奶道："正合吾意。但是宋四这小子，怎样找他来呢？"

蒋女士道："你给歆仁写封信，就说你的赶车的病了，明天有要紧的事出门，暂借宋四一天。我想这事从前也有的，他一定不疑惑。等宋四到来，他说了实话便罢，不然，咱们拷问他。"

二奶奶说："妙极！回头我便写信。明天吃了早饭，你来帮着我大审宋四。"

蒋女士说："大家的事，我必效劳的。"说着教外面套车，回她自宅去了。

赶马车的宋四，是歆仁的一个心腹，关于桂花的事，他真能替歆仁严守秘密。除了和歆仁一鼻孔出气的人，他绝对不泄一字。这天晚上，歆仁把他叫到屋中，说：

"邓二奶奶给我来信，明天求你给她赶赶车，因为她的赶车的病了。好在我明天也没什么事，你回来一直上那里接我去便了。"

宋四见说，暗喜，不但歇半天工，连二奶奶的赏，再加上车饭钱，总得个一两块钱。他很高兴地退出去了，他不知这次二奶奶借他，与往日大不相同。子玖的密信，二奶奶和蒋女士的法庭，他做梦也没想到。次日老早的，便到邓宅去了。一到门房，许多底下人见了他，都说：

"宋爷来了，有什么事吗？"

宋四见问，便是一怔，忙道："这里太太叫我来的，说今天出门，教我给赶赶车。"

一个年老的家人说："上头还没传下来，我给你回一声去。"

说着进内宅去了。此时二奶奶正与蒋女士议事，老家人在窗外嗽了一声，进来回道：

"太太今天出门吗？宋四来了。"

二奶奶见说，向蒋女士微微一笑。因回头向老家人说：

"把宋四给我叫进来，我问他两句话。"

老家人见说，答应一声"是"，退出去了。到了门房，向宋四说：

"太太传你呢。你要小心一点，今天的事，我看着透点奇怪。"

宋四此时已然有点不得主意，这一进去，不知是吉是凶，可是歆仁纳妾那段公案泄露，他还不会想到。不过他知道二奶奶不好惹，脾气古怪，不知因为什么，就要骂人，所以他见老家人嘱他小心一点，他已然不得主意，因问老家人说：

"二奶奶是喜欢着，是有气呢？"

老家人道："倒没有气。"

宋四才放点心，当下随着老家人进去了。

一到堂屋，呀！法庭已然设备好了。只见当地放一张长案，二奶奶和蒋女士并肩坐着，仿佛一位推事、一位检察官，后面站立四个仆妇丫鬟，每人手内提着一柄打马藤鞭。再看二奶奶时，满面秋霜，坐在上面，比大宋的包孝肃还觉怕人。宋四一见这个情形，两条腿不住颤起来，暗道："我的天爷！我犯了什么罪，怎么在此组织了一个特别法庭？这一定是要审判我呀！"只听座上二奶奶向老家人说：

"我们问宋四的话，谁若走漏一字，我便砸折他的腿！"

老家人此时也没脉了，只得答应一声："嘎！"二奶奶说：

"把宋四往上带！"

老家人只得吆喝着说："往上站！"

宋四此时跑也不敢跑，噘着嘴，上前一步，给二奶奶和蒋女士每人请了一个安，垂手站在当地。二奶奶用极严厉的颜色，问宋四道：

"宋四！你家主人，私自纳妾，密营外家，有人告发，说是你的主谋！你们主仆究竟怎样起意办的，还不从实招来？"

宋四一听，竟问起这个案子来了，便如晴天霹雳一般，惊骇极了，暗道："这是谁走的消息呢？"但是他此时于利害关系上，实在不能不替歆仁严守秘密，因往上回道：

"回禀二奶奶的话，这事恐怕是传闻之误，我们主人，每日除了到议会去，便是在报馆办公。完了事，一直回家，连八大胡同也不会去一荡。哪从有纳妾和置外家的情事呢？请二奶奶详查。"

此时只听蒋女士仿佛原告检察官口吻一般，向二奶奶说：

"这厮完全是遁辞！他说他主人不曾到八大胡同去过一荡，益见得事件是由此发生的。他真是欲盖弥彰了！"

邓二奶奶说："这小子到了此地，还不说实话。他一定要与他主人遮饰的！但是我哪能受他的瞒哄。"因把眼睛一瞪，问宋四说：

"你家主人给你多少钱，你为什么替他这样严守秘密？说了实话，没你的事。"

宋四连连请安说："回禀二奶奶，实在没有此事。"

二奶奶此时真急了，把桌子一拍，说："你当真不说？我要打你了！"

宋四不由得跪在地下，叩头说："实在没有此事！这不定是谁跟我们老爷开玩笑呢！"

二奶奶说："你真不说。你太怄人了！"因回头向那四名仆妇丫鬟说：

"给我打他！"

她四个得了命令，一齐跑在当地，把宋四困住，扬起手中马鞭，喝道：

"你还不说实话吗？我们要打你了。"

邓府丫鬟婆子，平日都受过二奶奶的教育，熏陶感染，对于男子差不多都有敌视的恶感。每逢邓二爷违了阃令，这些丫鬟对于二爷，都敢上手上脚地作践，何况宋四？她们更不怕了！所以一听命令，一窝蜂似的，把宋四围住，谁不欲乐乐手儿！

宋四到了此时，眼前亏要吃上了。他心中一想："我替他守什么秘密，反正他一个人舒服，与我一点关系没有。为他挨打，更不便宜了！光棍不吃眼前亏，我给他和盘托出吧。"当下一边拦着丫鬟说："先别打。"一边向二奶奶说：

"请二奶奶息怒！小的有招就是了。"

二奶奶道："快说！"

宋四道："在一年前，我们主人在八大胡同认识一个清倌，名字叫桂花。"

二奶奶听了"清倌"二字，因问蒋女士道：

"那里还有清官吗？在那个脏地方做官，也一定是个脏官了。"

蒋女士道："大概这句话，是那地方的市语，未必是官吏之官。”

二奶奶见说，又问宋四道：“什么叫清倌哪？”

宋四见问，憋得脸通红，也不好解释。半天，才说道：

“反正是个妓女。”

二奶奶说：“闹了半天是个妓女呀！后来怎样呢？”

宋四说：“后来我们主人每天去。”

二奶奶见说，怒道：“方才你不说你们主人一荡没去过，这时怎又每天去了？看起来就该打你的嘴！”

宋四说：“真该打的。但是方才我替他瞒着，如今是招供，自然得说实话了。”

二奶奶道：“往下说！”

宋四道：“一来二去，他们熟了。”

邓二奶奶和蒋女士听了这个“熟”字，都笑了。二奶奶说：

“男子真是贱骨头！这有什么可熟的呢？”

这一来，弄得宋四更不会说官话了，脑门子蒸笼一般，直往下流汗。二奶奶道：

“你说你的呀！”

宋四道：“后来桂花一定要跟我们主人过日子，因为磨不开面子，在两礼拜以前，把她接出来了。现在在小安澜营门牌六百零六号住着。这是以往从前的话，并无半句虚言。”

邓二奶奶见宋四把供状诉完，遂向那老家人说：

“把他带下去，别教他跑了。”

老家人见说，向宋四道：“跟我来。”便如司法警察带领囚犯一般，把宋四带出去了。

宋四到了院中，一身汗才落下去，向老家人道：

“人家高高兴兴想着来弄两块钱，谁知险被狮子吃了。这也不是谁使的坏，先捉弄我一场。”

老家人说：“她们耳目多了，准知是谁干的。这一来不要紧，连我们二爷都要受嫌疑的。唉！实在难说，若不是如今老爷们在外面破格胡闹，也惹不起太太们结起团体来反对。不过我今年六十多岁了，这样新鲜事，简直没见过。她们的闲事也过于宽了，管了自己丈夫不算，还管人家的。”说着到了门房，许多底下人都问：

“什么事？你们怎进去这半天？”宋四噘着嘴一声也没言语。老家人说：

“没什么事！你们不用打听。”

少时，只见出来一个婆子，向底下人说：

“你们谁去告诉张二一声，教他赶紧套车，奶奶教我去接白大奶奶去。”

说完话，进去了。这里底下人，忙着叫赶车的备车。不一会儿那个婆子换了一身新蓝布裤褂，头上戴一朵小红石榴花，出来说：

“车好了吗？”

底下人说：“好啦。”

她走出大门，只见一头菊花青大马，驾着一辆簇新玻璃马车，在门前停着。赶车的张二，在御台上高高坐着，姿势十分骄傲。他的心中，似乎比马车所有主还觉满足，仿佛全世界的人没一个能入他的眼。此时另有一个拿车的小伙儿，把车门打开，问那婆子说：

"上哪里去？"

婆子说："接白大奶奶去！"

说着上了车，"嘣"的一声，车门关了，那马抬起四只乌油黑亮的大蹄碗，嘚嘚地去了。

没有一个钟头，已然把白大奶奶接到。邓二奶奶和蒋女士，把她迎了进去，叙礼落座。白大奶奶是个极稳重的人，平日向常不爱出门的，今日见表嫂和兄弟媳妇派车去接她，知道必有要事，所以赶忙着来了。此时二奶奶向她说：

"你成天在家坐着，泥佛爷一般，什么事也不管，惯得你们爷们造了反了！"

歆仁的夫人一听，当时怔了，忙道："他天天到议会里去，怎会能造反呢？"

二奶奶道："傻妹妹！你的男子，背着你弄了一个人，你还不知道吗？"

歆仁的夫人见说，轰的一下子，头都昏了，既而打了一个寒战，不觉得乱颤起来。她的颜色，便如一张白纸，眼泪也落下来了，半天才说道：

"他真弄了！他真弄了！他跟我说了好几次，我始终没答应，无奈他天天磨我，我只得赌气和他说：'你爱弄便弄，别跟我说。'谁知他真弄了！他真弄了。"

说着便咽呜地哭起来。二奶奶见歃仁的夫人一哭，她虽然以为很可怜的，但是她见白大奶奶这样窝脓无用，又未免有些看不上，因说：

"你哭什么！这都是你惯的他。你不会打他吗？你不会骂他吗？他把弄人的事，敢跟你说，可见他眼睛里没有你，你被他降住了。"

白大奶奶委屈着道："教我也没法子。我总不肯抓破脸，再说他是好生央求我的，不是说同院议员都弄人了，就是说人家都说他惧内，竟奚落他。又是什么现在当议员的，都有妾有马车，如今他马车虽然有了，就短一个妾，与人家比上，未免相形见绌，仿佛不弄个人，他的差使不好当了。今日跟我说，明日跟我说，我听得都腻了，所以我赌气和他说道：'钱是你挣的，你爱弄就弄吧！'谁知他真个不客气起来了。"

二奶奶见说，冷笑道："还是你老实。若是我，他八个胆子也不敢。我就不解这群议员，都是由哪里赶来的？没有眼睛的国民，怎会举这样一群玩艺儿呢？"

此时蒋女士在一旁说道："就凭这群议员，弄得乱七八糟的。女子参政运动，更不容缓了。假如女子也有选举权，总比一般无知的老百姓强得多，万不至给二斗高粱就卖给他一票。"

二奶奶道："他们的议员，不定是怎来的呢。他们家里也未必有二斗高粱、一石小米，多一半是穷光蛋，仗着是学堂或留学出身，适逢其会的，被推得当了议员。论理一个男子，逢着这样一个机会，应当怎样为国为民，大展抱负。谁知他们八辈五没见过钱，小庙没见过大香火，一脑袋黄土泥还没洗干净，在北京城也要混叫字号。乍得几百块钱月费，烧得他们五脊六兽的。真是小人发财，如同受罪！一到议会，除了飞墨盒子做军阀政客的走狗，没有旁的能耐。一出了议院，便是花天酒地，胡闹一气，填补他们八辈五的穷根子。他们仿佛初世为人一样，下辈子不知又变什么，没日子乐了。你看他们胡吃混穿瞎吵嚷，哪里有一点大国民的气象？如今都有点钱烧的！袁世凯要做皇上了，不知每人给他们多少钱，所以又都竞争着置起妾来。其实他们都是山南海北的怯老赶，脑袋一个个生的就点范围的也没有，不是活活的笑话吗？"

蒋女士笑道："你的嘴也过于损了，也未必是人人这样。"

二奶奶道："问心无愧的，当然说不着他了。大凡骂人的效力，只及于可骂之人，譬如无线电，不是任一无线电台便接得着的？必得性质相合，程度相等，才受得了电波。我的话哪能人人都说在里面！好的当然不在此例了。"

蒋女士道："你先别骂人，究竟这事应当怎办？"

邓二奶奶因指着白大奶奶向蒋女士道："她是你们家姑奶奶，当着你问问她，应当怎办？究竟这事与她有利害关系的。"

此时歆仁夫人，仍眼是泪汪汪地说："事到如今，我有什么主意！你们替我想法子便了。"

邓二奶奶道："依我之见，没旁的法子，就以武力解决。因为我对于男子，有无礼的事情，没别的，只有一个字，打！不打，他们是万不怕的。"

蒋女士道："你的手段我非常赞成，对于男子，你要不打他，他慢慢地就要打你。平和手段，决回不了他们的心。"

白大奶奶见她两个皆主张武力解决，心里又颤起来，因说道："可别把他打坏了哇。"

二奶奶笑道："还没打呢，你就先心疼。难怪他不怕你了！我的男子，时不常挨打，也没见打坏他哪一经。打自己男人，当然有个打法，哪能打坏呢！再说此事是你生死关头，你今天也咬咬牙，长一点勇劲，这回饶了他，下回他又要弄一个，到那时，你干生气，活着不是，死了不是，那罪可就不容易受了。不如你今天也给他一个厉害，教他就了你的范围，以后诸事他皆随你手转了。何况有我二人帮着你，当然要占上风的。"

白大奶奶一听，由她那柔和的性质里面，竟会发生一种猛鸷的思想，仿佛鸦片烟鬼多日不曾过瘾，一旦扎了一针吗啡，精神十分畅旺了。她不由得把柔润的酸泪止住了，脸上忽然现出一种惨厉之气。她连连说道：

"我今天不能饶他了！你们须帮我一个忙。"

邓二奶奶说："那是一定。别说你自己觉悟了，不然时我也不能饶他，总能与你出气的。"

说着叫过一个婆子说道：

"你到外面，教他们把家里的车和蒋先生的车都套起来，另外叫一辆，我们这就出门。然后把宋四叫进来，我分付他话，快一点！"

婆子见说，出去分付。不一时宋四进来了，二奶奶说：

"你没走漏消息呀？"

宋四说："小的天胆也不敢！"

二奶奶道："谅你也不敢！我们这就找你主人去算账，回头你和张二赶一辆车，头前带路，到那里如果没有人，你抵防着，去吧！"

宋四低着头去了。这里二奶奶分派了六名婆子丫鬟，每人各带一柄藤条马鞭。此时外面车辆已然齐备，邓二奶奶、蒋女士、白大奶奶，带着六名女马弁，很有声势的，分乘三辆马车，出南城去了。不到两小时，已然到了小安澜营，车不能走了，纷纷地下了车，教宋四头前引路。那里左右邻居，见来了这三辆马车，许多妇人，以为是看亲戚的。有许多妇女和小孩子，都站在门前看。

歆仁自宋四去后，他由朋友处借来一个赶车的，吃了饭到国会去了。其实他叫一辆人力车，也可以去了，再说人力车不是他没坐过，皆因既置了马车，再坐人力车，便有些不舒服了。况且拿坐马车的身子，再坐人力车，恐怕和街上众人一样，显不出是国会议员，那有多可耻呀！所以他一定要坐马车的。将来他有了汽车，那马车又不爱坐了。他在议会胡混了半日，挨到散了会，又到党部里看看。这里有几位同志，一个是山西李酉民，一个是山东姜辛侯，一个是云南钱伯甘，一个是蒙古伯颜索图。这四个都是新纳的小星，他们每日虽然不得不出来一荡，毕竟都是忘八吞扁担，归心似箭。此时可巧在党部里都会着了，歆仁一高兴，约他们到他那新筑的温柔乡里玩一玩，可是都得带着如君去，他四人哪有不赞的。正要小小地开个窑变赛会呢！当下各自到了自家公馆，载了美人，和歆仁一同到了小安澜营。

桂花自被歆仁接出来，她的体态丰姿已然变了，童稚的孩气，渐渐揉搓没有了，成了一个极漂亮的少妇，眉目之间，把天生的憨意拭去，添上一种情波四溢的神气，而且有些骄矜之状，因为歆仁每每对她说："家里太太是有病的，她万活不长的。"所以桂花听了这话，很高兴，仿佛不久自己就声明是议员夫人了，而且能当总长夫人。她的年龄虽然不大，可是她的骄气，已然不可向迩了。随她服事的人，还是她姨娘黄氏。这个人尤能长桂花的骄惰，这个妇人她总不想她自己是什么身份，哪一样足以骄人？她纯粹以势力观人的，有势力有金钱，无论怎样，她也说他是好人。无势力无金钱，便是天好，她也说不好。对于妇女，尤是有她自己的批判，戴金镯子、穿绸缎的，她便说好。布衣的、守本分的妇人，或是贫寒的妇人，她正眼也不睬，并且有轻视凌践的意思。所以这条巷里住民，没有一个说她和气的，而又无可如何，因为她家总有坐马车的来，知道她家必定是个阔人的外家了。

歆仁和他的朋友，并姨太太们，到了巷口，便下了车，赶紧把车都打发走了。因为此时歆仁还以此地为秘密的所在，生恐有人注意，传到胭脂团耳朵里便不妙了，所以他谨慎的。他们慢慢地走进院中，黄氏一见便笑道：

"今天是什么风，怎的来了这些贵客？我们姑奶奶一个人正闷得慌呢！问我好几回，老爷怎还不回来？这可热闹了，快请进来吧。”

桂花这时真闷得慌呢，见他们大家来了，拍着巴掌乐起来，说：

“你们怎会凑到一齐？我正盼有人来呢。”

那几位姨太太也都笑着把桂花拉住说：“这些日子没见你，你倒胖了！”

桂花说：“还胖了呢！再这样圈着我，我就要瘦了。”

说着他们都落了座，歆仁教黄氏分付厨子备酒，完了又和大家说：

“咱们怎玩呢？”

有的说打牌吧，有的说打剖〔扑〕克，当下分了两场，不爱看牌的去按风琴，反正都是在窑子里学的那点能耐，依旧都施展起来。他们此时一心只有个快乐，把所有的事都忘了，而且他们不知道有个祸事，已然迫在眉睫。他们正在兴高采烈、赏心乐事之际，只听外面有人打门。这正是黄氏的小心，她每逢歆仁到这里来，一定要关门的。她正在厨房和厨子预备酒菜，听见有人打门，她便跑出来隔着大门问道：

“谁呀？”

只听外面答道：“开门！我是宋四，来接总理来了。”

黄氏听是宋四，才把门开了。谁知这一开门，她就怔了。只见三位太太，带着许多婆子丫鬟，来意很是不善。黄氏此时已然明白了，知道这几位太太，一定是为歆仁来的。她忙问道：

"你们找谁的？"

宋四说："总理走了吧？" 说着使了一个眼色。黄氏见了，忙道：

"刚才走的，这时已然到家了。"

邓二奶奶哪里容得他们捣鬼，不容分说，上前便给黄氏一个嘴巴，骂道：

"贱老鸨，说什么！走了我们也要进去看看。"

说着带着大家，一窝蜂闯进去了。黄氏见了，只在院中跺足，又问宋四说：

"怎回事？你这是由哪里带来的？"

宋四说："别说了！回头你自知道。"

这时上屋里已然打起来，又见那几位来宾，男的女的，便如雀避鹰鹳，纷纷地都跑了。歆仁也要跑，早被二奶奶一把抓住，说：

"你跑哪里去！"

忙教两个婆子把门把住。这时桂花可吓坏了，小脸儿焦黄，浑身乱抖的，站在室隅那里。歆仁见跑不了，只得大着胆子说：

"你们无缘无故地闯入民宅，张手打人，毁坏器具，是何道理！我要喊警察来，把你们索走，须知我们当议员的，要受法律特别保护。你们这些无知妇人，实在可恶极了！"

邓二奶奶笑道："你动不动就拿你议员头衔压人，须知无识的小民，受得了你们欺负，太太们却不怕你们！"

蒋女士也冷笑道："他还讲法律呢，宠妾灭妻，是法律所许的吗？狎妓赌博，是法律所许的吗？男女混杂，密筑淫窟，是法律所许的吗？我们还没告发你，你倒吓虎起我们来了！"

这时白大奶奶一见桂花，已然气得瘫软了，一个丫鬟，忙掇过一把椅子，扶她坐下。邓二奶奶此时正欲发挥她的雌威，因向歆仁说：

"你今天被我们捉住了，还有什么说的？"

歆仁说："你们捉住什么？这是我的自由！你们敢侵害人的自由权，真是要造反了！"

二奶奶冷笑道："你还懂得自由呢！民间自由，被你们侵害得一分没有了，你们管捣乱叫自由，管阴谋叫自由，管包办选举叫自由，管挑拨政潮叫自由，管贪赃受贿叫自由，管花天酒地、纵情恶煞叫自由，管自行己是叫自由。除了你们自己的私欲，你们还懂得什么叫自由！你们知道你们的自由不愿意受别人的侵害，你们知道别人的自由也不愿受你们的侵害吗？现放着你不管别人生死，在外面横行恶欲，难得你还说出自由二字呢！你的媳妇，有甚亏负你的地方？你不能上学，她典卖簪环供你上学；你没事做，她求亲赖友给你找事。你想想，你所以有今日，是不是你有贤内助的好处！古语说得好，贫贱之友不可忘，糟糠之妻不下堂。怎么？你如今才运动上一个议员，你就上天了！以前于你有利的，如今你看着都讨厌了，甚至帮助你成家立业患难相共的发妻，你都看不入眼了！不是嫌她老了，便是说她有病。她的病不是你气的吗？不用说，你们男子得志，都应当这样喽！这样一来，够多美呀！男子汉大丈夫，原来是为姬妾与马活着的。有了这个，便算达到人生目的吗？依我看，你们都不是载福之器。原没那大根基，硬要霸占伟人豪杰的地位，你们都是造孽呢！给旁人开道呢！你们将来都有大祸的，可惜还不醒悟。如今我也不跟你说别的，你既弄了这样一个人，你把你媳妇置于何地？"

此时白大奶奶已然哭得不成声，连连指着歆仁哭道：

"负义人，负义人，你干的好事！你今天把我杀了就是！我活着也没什么滋味了。"

歆仁究竟有点手段，不枉他在国会里当了一名议员，"奸猾"二字，总算会活用了。他原先本打算用几句强硬的话，把她们虎住，以为她们都是妇人女子，能有多大知识。谁知二奶奶和蒋女士，都是女界英雄，早有觉悟的人。蒋女士的新知识，二奶奶的旧阃威，都是很有程度的。他心里一盘算，今天要打算把她们战胜，那是很不容易的，而且环顾左右，都是娘子军的联军，连宋四都降顺她们了。至于黄氏和桂花，虽然是自己人，她们能有多大能力，不但不能反抗，免了她们的打，就算万幸了。不如用一种柔和手段，把她们哄走，以后再设法吧。歆仁想到这里，便拿出能屈能伸的精神，向二奶奶道：

"嫂嫂以大义责我，小弟虽然惭愧，却很感激。如今既把事做错，嫂子看应当怎样处治呢？我没有不从命的。"

二奶奶道："你既知错认错，我们也不为已甚，你先给你媳妇磕个头，认了错，然后听我发落。"

歆仁道："我已然认错就得了，当着这些人，我怎好与她磕头呢？"

此时那些婆子丫鬟都笑了，一个个打趣歆仁说：

"大爷舍得给旁人磕头，怎么舍不得给我们大奶奶磕个头呢？"

歆仁说："我给谁磕头，被你们看见了？这头我是不能磕的。"

二奶奶道："你既然不愿磕头，请个安也成，这是我最低的要求了。你要知道，我们的目的，是来痛打你一顿的。你若不赔罪，那是愿意挨打了。"

歆仁被逼不过，真给他媳妇请了个安说："太太别生气了，都是我的错。"

白大奶奶见他这样一溜哄，一肚子气，渐渐云散了。二奶奶方才给她打的无形药针，至此已然失了效力。二奶奶见歆仁已然给他媳妇赔了罪，因和他说道：

"你既然知错认错，我也不难为你。"说着用手把桂花一指说：

"那个丫头片子多少钱买的，明日把身价退回来。限正午十二点交到。我替你媳妇储蓄着，做她一笔零花。这事大概不能办不到！"

歆仁说："哪有身价？是朋友送给我的。"

二奶奶见说，把脸一沉说："明明是你由班子里讨的，怎说朋友送的。再说既是朋友，就不应送这样的礼物。究竟多少钱买的？快说！"

歆仁道："五百块钱。"

二奶奶摇头道："不对。我听说弄个人，都得万八千的。如今我给你做个公平价钱，三千元。明日要给我送到。这个丫头，就今日赶了出去，与她断绝关系。我天天总要派人查你。如再有藕断丝连的事情，那时我们就另有办法了。"

歆仁说："你的条件，未免太刻了！"

二奶奶道："一点也不刻！这还便宜你呢。"

歆仁说："就这么办。从此我也要学好了。"

二奶奶又命婆子把桂花叫过来，二奶奶的威风话白，桂花在一旁已然领教了。如今见二奶奶唤她，捏着一把汗，蹭了过来。二奶奶先把她看了两眼，然后把脸一沉。桂花不由得浑身战颤起来，只听二奶奶道：

"你小小年纪，不知自爱，为娼为妾，视为固然，天生来的是贱骨！如今我告诉你，你及早离开这里，再要拿出惑人的手段，我定要抽你的筋！"

桂花一听，吓得只有乱抖，一句话也说不出。二奶奶发落完了，和蒋女士道：

"这事这样办，对不对？"

蒋女士道："很对。但是以后还须随时调查，不然我们前脚走了，后脚他们依旧不改的。"

二奶奶道："那是一定，我们的主义，哪有不彻底实行的！"

此时外面天气已然不早了，歆仁又献殷勤说：

"我请你们吃饭去吧，不然就在这里吃。"

二奶奶道："我们不吃你的饭。你不要使这小手段，你打算拿饭堵我们的嘴么？"

歆仁说："没有那心，我怕你们饿。"

二奶奶道："我们回家吃去，你可记着，三千块钱，明日正午以前要送到的！"

说着分付婆子道："看车在门口没有，咱们走吧。"

一个婆子出去了，少时回来说："车等着呢。"

二奶奶便和蒋女士、白大奶奶，带着许多婆子丫鬟，似乎奏凯而归的大将，得意扬扬出门而去。宋四追过去问道：

"我还跟了去吗？"

二奶奶道："你跟去做什么！你从此别给你们主人出坏主意就是了。"

当下三辆车，一扬鞭去了。

接坊四邻看着她们来去的神情，很纳闷的。这里歆仁看着她们去了，又恼又恨，顶好一个欢会，被她们给搅散了。那些同志，也不知跑向哪里去了。若没别人，还好受一点，如今这个现象，都被朋友领教了去，实在难以为情。但是这个风声怎样走漏了呢？最可气的是宋四把她们领了来，我平日白恩养他了！想到这里，不由得气往上一撞，赶紧跑到屋中，只见桂花把头扎在黄氏怀里，咽呜地哭呢！歆仁一见，更难受了，连连喊了两声：

"宋四！宋四！"

宋四见喊，愁丧着脸进来了。歆仁一见，怒道：

"你为什么把我的事告诉那个夜叉？我白恩养你了！这点事

都不能替我瞒一瞒。"

宋四说："哪里是我愿意告诉她！我一到那里，二奶奶就教人把我看起来，少时便把我叫进去。她竟设了一个大堂，和舅奶奶把我好审。我执意不说，并且告诉她们我家主人决不会有这样的事，这不定谁造的谣言呢！她们哪里肯听，竟教许多婆子丫鬟，用马鞭子将我好打，一个牲口都怕那东西，何况是人？也是我受刑不过，只得告诉她们。此刻我屁股还疼呢。我本打算给您送个信，谁知把我监视得很严，一点消息也出不来。这里头我不但没使歪心，还挨了一顿毒打，我的委屈跟谁诉去呢！"

歜仁道："究竟是谁使的坏？"

宋四道："那谁知道？反正必然有跟你开玩笑的。"

歜仁道："今天晦气极了，弄得心里不痛快不说，还被她敲了三千元的一笔竹杠。"

这时只听黄氏由那边说道：

"大爷呀！你给我们一个主意吧，桂花已然吓坏，浑身直发烧。这样看起来，我们还是混事去吧。将来再跟着摊人命，我们可受不了。"

歜仁说："你们别忙别忙，我有办法。"

黄氏说："还有什么办法？现放着来了这一群太太们，你就无可如何，把我们娘儿俩，打的打，骂的骂，你也不会替我们出一口气，你是堂堂议员，连我们娘儿两个都不能保护，还不如在窑子里混着舒服呢！"

歜仁说："你这话把我想拧了！我今天所以不和她们计较，

正是为你们。假若我和她们闹到底，更没个了结了，所以把她们哄走，再商量咱们的事。"

黄氏说："依你怎办呢？"

歆仁说："你今天先把桂花带到你家。这里是住不成了，我在别处再找房子，然后我再求人说和，自要能把桂花接到我家，便不致有这样的危险了。这里头最捣蛋的是二奶奶，但是她已然敲了我三千元的竹杠，以后当然不至那样激烈的。至于我们内人，她差不多是个木头人，别人都拿她做傀儡，好敲我的竹杠。如今目的已达，当然没有第二次了。我就知道这件事省不了钱，果然是被她们察觉了。"

黄氏说："那末这里我们今天不能住了？"

歆仁说："不但你们，今天我也得回家的。"

黄氏说："既这样时，回头我们就走。这真是想不到的事！早知如此，还不如不出来呢！"因又向桂花说："好孩子，别哭啦！有姨跟着你，一点委屈也不能教你吃。"

在头些日子，这里何等火爆，名花美酒、麻将剖〔扑〕克，几位议员，在此时不常地开心取乐，真不亚如洞天福地。今日不知怎的，冷冷落落，一点生气也没有了。黄氏听了歆仁的话，果然把桂花带到自己家中，反正她有个老主意，五千元的身价，她已然使了，存在银行里，要想往出退，那是不能的。歆仁若是还要桂花，她便同着去受用。若是不要了，她照旧带她去混事，里外都没有她的亏吃。歆仁见黄氏把桂花带走，他益觉得这里一点趣味没有了。他便嘱咐厨子，好生看着这点东西，叫宋四把车赶来，自回报馆去了。

　　大凡一件好事，人总不注意的，而且也不愿意传说。至于
是一件笑话，知道得便非常快了。这件事由宋四口里，慢慢地
跟那些馆役说了，由馆役口里又传到几位先生耳朵里。大家听
了这个笑话，都鼓掌大笑起来，可是张子玖心里有病，若不是
他一封匿名信，也惹不起这场风波，所以他对于歆仁，非常谨
慎起来。可是歆仁也没疑惑到他身上。次日歆仁果然写了一张
三千元的支票，给邓二奶奶送去，又打发人在僻静所在，找了
一所房子，预备迁移。邓二奶奶见了支票，对于这事，未免有
些冷淡，竟自无形搁浅了。

第七章

　　在我的书中，总也没提秀卿了，但是她的性格，在一般读者，已然明白了。她虽然是个妓女，却与普通妓女不一样。她为什么坠落在火坑里，在前面我已然略微说过了。她多少是个有思想的人，可惜她没受过教育，想不出别的道儿，所以不得不飞蛾投火一般，掉在这里头。这也不怨她，第一她的家境寒微，无力去受教育。第二是社会国家的毒刻，连男子的教育还没人管，谁顾得到女子呢？再说自革命以后，北京土著的人民，一天比一天困苦，家里有女儿的，除了学戏便是下窑子，仿佛这两行倒是一种正常营业了。秀卿只有一个寡母，已然五十多岁，还有一个小兄弟，才八九岁。她若不想个法子，一家三口就得眼睁睁挨饿。她实在想不出别的法子来。北京的社会，也不许贫民清清白白地活着，非逼得你一点廉耻没有了，不能有

饭吃。秀卿生在这样的社会里，已是不幸极了。她不下窑子，
哪里还有挣饭吃的道儿呢？她自操了这个营业，没有一天不蹩
气的。她的性质，实在不适于这种营业。久而久之，她便自己
造成了一身大病，她简直成了肺结核的癀疾，她只用大烟提着
她那口气。论理，她的姿色和言谈，真是不可多得的，也有许
多人赶着与她要好，无奈她的脾气非常执拗，当她脾气好一点
时，她什么人也能周旋。不知何时犯了她的脾气，想起她的不
得意，她便把所有逛窑子的客人，都看成蛇蝎一般的人，由心
里头仇视。她每每地咒诅那一群人，对于议员和政客，尤为特
别嫌恶。她说："我到窑子里了，我失了贞节了，你们一个一个
地跟我瞎献殷勤做什么？钱也舍得花了，衣服首饰也舍得做了，
甚至几千几万地要往出接吧。当我母女走到火坑边上，失足欲
坠的时候，社会上怎没有一个人援一援手呢？假如那时有人周
济一下，我也不至坠往龌龊缸里面。如今人家一身清白没有了，
成了公共的玩物了，便是救了出来，已是不完全的人了。大凡
救人，须在没有失足以前救，掉在山涧里再救，便是不死，已
然摔得股折臂断了。何况他们原没有救人的心，只不过为图自
己快乐便了。哪有一个为人的人呢？"她每每这样想，虽然有
些偏激，她一肚子的苦痛，也可以想见了。她所以得了这样不
治之疾，和她事由不好的原因，都是由她这种偏激的思想造成
的。秀卿的思想，终是改不成了。秀卿的生命，在这不仁的社
会里面，也就很有限了。

　　自那日在酒席上，歆仁诸人把秀卿给伯雍架弄上，原打算

取个笑话。不想秀卿的怪癖脾气，竟尔把伯雍看中了。若论伯雍，也是个很韵藉的青年，不过生性诚实，免不了有点呆气。在一般的妓女，最不喜欢这样的人，多少须有点纨绔或官僚臭味，她们看着才中意。秀卿偏与那样的上不来，所以一见伯雍，便有些对眼。后来伯雍又到她那里去了几荡，二人一谈心，彼此的志向，都明白了。秀卿益发把伯雍看得重了，知道他万不是一个浮泛的青年，他是要在社会上做事，要给人类做事的，不过他目下一点能力没有，也没有识得他的人，所以他终不能不在社会上埋没着。但是他对于贫民，对于不幸的人，向来表示一种同情的。尤且对于娼优里面不幸的人，更是特别怜爱。他说社会上所以有这些不幸的人，都是社会自行暴露他们自己的罪恶，所以他恨不得把社会上不幸的事，一口气都吹没了，教社会上所有的人，心里都是风平浪静地过他们的太平日子，谁也没有一点不平的事，才称了他的心。但是他的力量，万是办不到的了，他不过怀着这个空想，在社会上送他的愁牢日子便了。伯雍这些意思，秀卿似乎都知道的，她所以不拿伯雍当众人看待。至于伯雍之看秀卿，不但可怜她，而且钦敬她。现在讲气骨的人，太少了！打算在现在的社会里面吃一碗饭，这"气骨"二字，谁还敢讲！恐怕你今日讲气骨，明日便入枯鱼之肆了。不想秀卿以一个坠溷的人，她到了不忘她的气骨。她天字第一号的姨太太，不是当不上的。马车汽车，不是坐不着的。珍珠钻石，不是戴不上的。以她的姿首，取这几样东西，真比穷醋措大卖几篇文字、挣一碗饭吃，太容易了。但是她竟不取，把能供应她这些东西的老爷们，都给得罪了。她这是什么意思呢？往坏里说，便算一种精神病。往好里说，这正是她的气骨了。伯雍对于她的气骨，虽然钦佩极了，可是又不愿她老持着这种态度，每每劝她及早打个主意，不差什么的，也可以随了去。无奈秀卿的性质，终是改不了。有力量的人，也都怕她不好驾驭，没人敢吐口话，她的前途益发暗淡了。她固然把伯雍相中了，但是她绝没有嫁伯雍的心，她知道伯雍已然娶了妻，而且知道他是力主一夫一妻制的人，再说他如今是自顾不暇的时候，勉强嫁了他，不但于自己没利，而且害了伯雍。所以她虽然有心，到了不会说出口来。

伯雍认识秀卿，日子已然不少了，但是他们到了是精神上的结识，绝没有买卖式的肉欲。伯雍到她那里去，无非是解闷，是谈天，彼此做个谈友。秀卿也知道他的心理，知道他的境遇，对于伯雍，向来不会说过一句秽亵的话。在旁人都以为他二人必定是俗所谓熟了，其实他两个无非偶然性质相投，成了忘形之交便了。

近来伯雍替秀卿很发愁了，因为每去一趟，秀卿的病态，仿佛厉害一次，不第血色没有了，而且瘦得很难看，咳嗽呼吸，都有些不利。伯雍知她病深了，劝她赶紧入病院。秀卿只说没什么多大病。其实她岂不知她的病是很厉害的，她不过只是挨日子，她把社会厌烦透了，她心里此时似乎以弃绝人世、长眠地下，倒是一件很干净的事。她的责任，她未尝不想，但是她以为人活着，可以有责任。死了，天大的事也管不着了，不过她活一天，对于她的老母幼弟，要管一天，死了之后，她也就不能管了。这种思想，虽然没什么，可是于她的病，很不利的。她这不是往开通里想，简直是自杀的决心。所以伯雍劝她看病，她只说不碍的。其实她正欲借着病症的毒手，了却她的残生，消灭她的烦恼。她的病也遂一天比一天沉重，甚至不能混事，回到自己的寓所。

有一天伯雍才吃了早饭，正欲和大家商量看白牡丹的戏去，忽见一个馆役进来向伯雍说：

"宁先生！外面有个妇人找您。"伯雍见说，一怔，暗道："妇人找我做什么？"因问那馆役道：

"像个做什么的？"

馆役道："像个跟人的。"

伯雍说："你把她叫进来。"

馆役出去了，不一时，把那妇人带进来。伯雍一看，却是跟秀卿的李妈。伯雍忙问她道：

"你来做什么？你没看你们姑娘去？她好一点没有？"

李妈道："更不好了！据我看，她挨不过一个礼拜了。"

伯雍道："这样厉害么？"

说着教她坐下。子玖诸人，听见李妈来了，也都来问长问短。大家见秀卿病得很厉害，也都很表同情。此时伯雍问李妈说：

"谁打发你来的呢，找我做什么？"

李妈说："我们姑娘教我来请您，到她那里，大概她与您有话说。"

伯雍道："这样看来，由她回了家，你依旧跟着她，你倒是很有义气的。"

李妈见说，眼圈一红，扑簌簌落了几点眼泪，用手巾擦着眼睛道：

"我不跟着她怎的？她并没把我待错过一点，她是血心热胆的人，我也得拿血心热胆待她。再说她的娘，现在只会哭，她已然落了炕，我不在跟前，谁服事她呢？我已然跟她说了：'你好生养着，你活一天，我跟你一天，谁教娘儿们好一场呢？'是她今天早晨跟我说：'我自觉着不成了，我很想伯雍，你把他给我请来，我有话跟他说。'我想她认识的阔客也很多，她都给得罪了。便是不得罪，也不好去请。您与她是最知心的，所以她直到临死，还不忘您。您能与我去一荡吗？"

李妈把话说完，依旧是眼泪汪汪的，伯雍此时已然呆在那里，他的心中，不知是怎样难受。他竟不料秀卿一病至此。旁边的子玖和凤兮，也不照平日那样说笑，他们听着也怪可怜的，忙教伯雍穿了衣服，随着李妈去看看，能治时，他们给她荐位先生。伯雍见说，才能动转，忙着穿好衣裳，向李妈说：

"走吧。"

这时正是八九月之交，秋意渐渐深了。他们出了门，伯雍因为心里发颤，觉得外面很凉。他们出了巷口，忙着叫了两辆车，拉到南大街，出巷入巷，都是李妈告诉拉车的。伯雍一见，都是素所没走过的道，栉比的小房子，不知其数。间或还看见三两处三四等的下处。伯雍暗道："这是什么地方呀？不是什么天桥西、大街南、河儿里头就是这儿呀。她为什么住在这里呢?"正想着,车又入了一条小巷,李妈教车停住了,伯雍给车夫每人一吊钱,车夫很感谢地去了。李妈指着巷口头一个门说:

"就是这里,请进去吧。"

伯雍一见,这个门比别家还整齐些,是个清水脊的如意汉门,却是倒下台阶,街上的地比院里足高三四尺,院内有面木头影壁,转过影壁一看,却是小小的一所合房,三间正房,带两间耳房,左右各有三间厢房。院内也有几盆草花,渐渐地都枯萎了。只是有许多妇人,有在院中洗衣裳的,有才起床,在院中晒被褥的。看那样子,大概都是做娼妓营业的,内中大概有领家,有跟人,有姑娘,因为天气尚早,还没到班子去。这院子虽然不大,住的人实在不少。这时李妈向伯雍说:

"我们在上屋住,请到上屋吧!"

原来这三间上房,是秀卿和一家同业的伙住了两间,秀卿占了一间。此时屋中似乎知道伯雍来了,只见一个小孩子,生得很清秀的,把帘子打起来,让伯雍进去。到堂屋里一看,一铺后炕,光着炕席,地下堆着许多破东西。左手另有单间,大概是秀卿的病房了。那个小孩子,很机灵地又去打里间帘子,里屋较外屋干净多了,桌子板凳,应有尽有,不过是旧破些,也是一个后炕。只见秀卿在炕上躺着呢,铺盖的倒是她在班子里用的铺被。在她枕头旁边炕沿上,坐着一位老妇人,是旗下打扮,不过发饰改了。她正在那里抹泪,见伯雍进来,赶紧站起来相迎,勉强把泪咽住了。李妈说:

"这位就是宁先生。"

老妇人道:"常听秀卿说,今日屈尊了,请坐吧。"又叫那小孩子道:

"崇格!看看水去。"

小孩见说,往外就跑。李妈说:

"你别去。看烫了手,等我去吧。"

李妈随后也出去,张罗茶水。

适时伯雍看那老妇人时,年约五十来岁,一点也不像乐户中人。伯雍暗道:"她一定是秀卿的母亲了。方才那个小孩子,想必是秀卿的兄弟了。"这时李妈已把茶泡了来,给伯雍斟了一碗。她们虽然在地下张罗伯雍,可是把心思眼神都注在炕上秀卿那里,便是伯雍,也不住往秀卿那边看。此时秀卿微微一动弹,似乎知道伯雍来了。只听她在枕上叫了一声:

"李妈,伯雍来了吗?"

李妈说:"来了。"

这时伯雍忙追了过去,斜坐在秀卿枕边,低声唤她道:

"秀卿,我来了。"

秀卿把眼睛一睁,看看伯雍,又闭上了。伯雍见她已然瘦得不成样儿,只有一张雪白的皮肤,包着一把瘦骨,腕子上还戴着她那对金镯子,圈口已然大了许多。她的头发蓬蓬的萎乱一堆,已然一点光泽也不见了。在伯雍还可以想象她的旧容颜,若在别人,一看,简直是个活骸,带气的髑髅。伯雍凄然道:

"这些日没见她,怎病得这样了?你们没给她请个医生看看吗？”

秀卿的娘抹着泪道：“怎么没看。无奈一点效验也没有。人家都说她是痨病，不能好了。唉！我们娘儿俩，都赖她活着，如今一病至此，眼看不中用了。倘若没了她，教我们老的老、小的小，怎样活着？”

说到这里，又哭起来，李妈也在旁边直抹眼泪。此时秀卿又把眼睛睁开了，有气无力地叫着她娘道：

“母亲，不用哭了，不碍的，我死了你们不能饿死。”

她歇了一会儿，伸出一只极白瘦的手，拽住伯雍的手说：

“你来了。这个地方我本不应当请你来，但是我信你一定肯来的，因为我再没有第二个地方请你来说话，没法子只得请你到这里来。这里是个极浊恶极污秽的地方，通共有一千余户，都是操皮肉生涯的。细想起来，怎能到这里来？但是这里虽然污秽，里面所包容的，不光是罪恶，而且有许多悲哀可怜无告的惨事。我深望有仁心的，及那些议员和大政治家，还有位居民上的人，都到这里来看一荡。但是他们这辈子也没有到这里来的机会了。即或他们来了，也未必能发见什么罪恶和可怜的事。他们的脑子，也不过说这里是下等地方，不可来便了。他们听得见这里有呻吟的声音吗，有叫苦的声音吗，有最后的哀鸣、半夜的鬼泣吗？大概他们在三海里、国务院里、象坊桥的议场里，做梦也梦不到这里，有许多不忍闻见的惨象。他们永远没有机会到这里来了……”

秀卿说到这里，呼吸已然有些不利，她竟咳嗽起来。半天，才咯出一口痰。李妈忙把痰盂递了过去，她娘在旁边劝她道：

"不用说这些了，歇一歇吧。这不是咱们应当说的。"

秀卿咳嗽完了，又歇了一会儿，因向她娘说：

"多说两句话不要紧，我还痛快痛快。"遂又向伯雍道：

"我在这里已然住了两三年，什么无人道悲惨的事，都听着看着了。我本打算搬开，无奈房子是很难找，他娘儿俩又没个住处，没法子只得将就着，不想我还是死在这里了。你知道阴曹有地狱呀，这里大概就是地狱了。不过阴曹地狱，专收恶人，这里却专收无告贫弱的可怜女子，这却是教人不平的很。"

伯雍道："天下不平的事多得很，这里仅仅是一斑，我劝你不必想这些个了，还是养你的病吧。"

秀卿道："我这病已然没有指望了。虽然是我自己作践的，也是社会杀的我。如今乘着我还能说话，所以把你请来。我要拜托你一件事，我想你能替我办的，若与别人说，也不过付之一笑便了。"

伯雍道："什么事？自要我力量来得及的，一定替你去办。"

秀卿道："论理不应当把我的事托与你，但是我信你或者能办。"说到这里，便翻着眼睛望了望她娘说：

"崇格呢？"

她娘道："在院子呢。"

秀卿道："把他叫进来。"

旁边李妈见说，来到院中，把崇格叫进来。这孩子见她姐姐叫他，便站在她姐姐的枕头前面。秀卿看了看她这兄弟，又指着她娘和伯雍道：

"我死之后，没法子，就以他娘儿两个累君了。"

伯雍见说，由眼睛里不由得流出泪来，说：

"你的病不至于死，你怎竟说这样的话呢！倘若你有个不讳，我必替他娘儿两个想法子。"

这时她娘和崇格，连李妈都哭起来。伯雍心里也是万感攒集，落泪不止。此时又听秀卿道：

"我这兄弟，今年才九岁，他很聪明的，若生在相当财产人家，好好教育教育，不但能成佳子弟，而且能成好国民，可惜投生不对，他的前途很危险了。我打算求你给他找个孤儿院或贫儿院什么的，把他寄顿起来，饿不死也就完了。日后你若有了地位，再照顾他便了。至于我母亲，身子倒还结实，你也给她找个慈善人家，做个佣妇，不至落在长街流为乞丐，就算了我的心事。这两件事，在我以为很麻烦的，但是我不愿麻烦别人，我愿意麻烦你，因为你决不至以救人的事当作麻烦事。可是你也不必过急，因为他娘儿两个一时不致饿死，我虽有点亏空，我一死也就完了。至于我这点东西，还能变卖三四百块钱。除了我的棺材，剩下的还能够他娘儿俩过些日子的。你自要慢慢给他们找着吃饭的所在，便是我死了也感激你。"

伯雍见说，流泪道："这事不用你托我，现在还有办社会义举的慈善人，我不过跑跑道便了。"

秀卿道："虽然这样说，你不受些麻烦，着些苦恼，也办不成的。如今你能慨然应允，你知道感激你的不是我一个人。"

　　伯雍道："用不着你们感激！若说教我拿出多少钱来，我此时实在办不到。若尽点人力，我似乎还来得及。你好生养病吧！不用胡思乱想。你说的话，我都记在心里便了。"

　　秀卿道："我的心事，已然托与你，我觉得很释然。这里不是你久在的地方，你还是回去吧。你也不必来看我，好坏总有人给你送个信。"

　　秀卿说了这半天话，她实在觉得累了，她也再没什么可说的。她的眼睛，已然不愿意睁着，似乎把一切世态，都看得厌烦了。她唯有闭着眼睛，才觉得心里舒服，所以她把眼睛闭上了。

　　这时秀卿的母亲、兄弟和李妈，兀自啼泣着。这间屋里，被愁惨、悲哀、失望、痛苦给充满了。伯雍被这些景象一围绕，他的心房震得要碎了，他的神经紧张得要断了，他几乎要发狂，他差不多要大声疾呼起来，他以为人类社会到了这步田地，再不容漠视了，所有的人们，都应当振作一下子了，都应当血战一场了。他又想道："事情不能仅会勉人的，须要自己觉悟，自己力行，社会上的事，是由个人单独做起来的。有了个人的单位，才能有群众生活。我由今日起，便要做我对于人类应做的事。这个老妇人和这个小孩子，便是我做社会事业的发轫之始。"他想到这里，他很毅然决然，仿佛社会上一切不仁黑暗的事，被他一下手，便立刻光明起来。他绝没想到他的能力是如何薄弱的，他似乎忘了他是没能力的人，他觉得仿佛有一种神通大力，附在他的身上。

　　这时秀卿又把眼睛睁开了，只见伯雍还在她枕旁呆坐着，她只得又催他道：

"你怎么还在此坐着？你走吧，你走了我倒舒服。"

伯雍这时似听见没听见地自言道："可恨人类的悲剧，演得够看了，怎不来一出火炽风光的喜剧，给大家展展愁眉，破破啼痕呢！"

秀卿又催他道："你走吧。我请你来就为这事，如今既已说了，你走吧，这里没什么大意思的。"

伯雍说："我走。我做我的事去。"

说着便站起来，又低下头去看看秀卿。秀卿也用极安慰的眼睛望了望他，口里仍说道：

"走吧。"

她说完这句话，把眼睛又闭上了。

过了一个多礼拜，在陶然亭的附近，南下洼那里，有三尺新坟。坟前供着许多鲜花，还有一个短碣，镌着"女友秀卿眉史埋骨处"。一个老妇人，带着一个小孩子，在那里哭了好几天，那就是秀卿长眠之所在。

第八章

　　自秀卿死了之后，伯雍益发觉得忙了。他天天总要出门的，及至回来，便独自一个，坐在他那间小编辑室里，不知想些什么。同事的人，也不知他天天出去办什么，问他时，总说没什么事。其实他这几天竟为秀卿的娘和她那小兄弟忙了，他打算把他娘儿两个，不要分开，总是教他母子相依着，还有点生趣，所以他这几天竟在外面给他娘儿两个找地方。他的立意，总想在公馆里给人佣工，较比女工厂等强一点。

　　伯雍自到城内，也认识许多人，还有歆仁给他介绍的朋友，实在不老少，但是他平常日子，都与人家很疏远的。他为给这娘儿两个找个安身立命所在，无论怎样，他得替他们去奔走。无奈他跑了好几天，一点头绪也没有出来，差不多他所求的事，都被人拒绝了，便是不公然拒绝的，也都说现在不能再用人了，有机会再说吧。更有以伯雍所为，近乎多事的，虽然未曾当面指陈，背地里也说他的举动不对，都说："在窑子里认得的人，死了便死了，还管她的遗族。要管就应当自己拢了去，自己不能管，却教人家管，他有多明白呀！"不这样说的，又嫌秀卿的娘，是在南城外住惯了的，她家既操贱业，品行一定不端，雇她当个婆子，恐怕于家庭妇女无益，所以也不敢用的。这倒难怪人家这样想。即或有不在乎细节的，就图一个干净会做饭的人，又嫌她有小孩子，雇一个人来两个，多赔一个人的饭，过于不经济，所以也是不愿意的。可是伯雍所跑的这几家，都是在政界里很活动的人，不用说，一个妇人和一个小孩子，就他们的局面言，再雇七八个人，也不嫌多，而且也有余力。不过他们不能不提出几件拒绝的理由，以明他家用人是很谨慎的。但是他们拿钱由窑子里接姑娘，就不管他们于家庭妇女有无利益了。他们也知道好人自是好人，不过自己用人，不愿意教人家行了一点志愿，所以明明有力量收容，而且有正当的使用，就皆因伯雍一说实话，事情便根本不能成立了。在伯雍的意思，以为把实在情形说明了，足以使人兴起好义之感，社会上有这样可怜的老幼无告的人，有点力量的，原可以收养他们。何况他们并不白吃饭，也是仗着自己劳力活着，绝不是不做事光吃饭的勾当。打量出去奔走两荡，一定有雇用的。谁知一连七八天，反倒头绪全无了，所以伯雍很觉烦闷。

伯雍为这娘儿两个，不能不改变方针了。他以为普通的人家，绝不能成功的了。他靠得住的朋友家里，又皆没有雇人的能力。他想着把他们位置在工厂里去，做手工，学实业，也是人类谋生的正途呀。所以在他理想中，以为这事是很正当而且很有道理的，但是他想了半天，始终没想出哪里有女工厂，尤且不知道哪个工厂对于女工是很优待的。他简直不知哪里有工厂。在北京，这种组织是极感缺乏的。但是他到了想起一处，他曾听说东城禄米仓，已经改了被服厂，里面雇的女工很多。他想这是很适当的所在，但是厂里内容，他一点不明白，也不知一个女工，每日能挣多少钱。他打算到那里先参观一荡，然后再想法子，把他娘儿俩送进去。

他主意拿定，吃了早饭，便往东城去了。他到了禄米仓，外面不过两点来钟。他到了传达处，取出一张名片，要见厂长。一个听差的说：

"厂长今天没来。"

伯雍说："别位执事也行。我是特来参观的，因为我是报馆的记者。"

那听差的见说，让伯雍在此候一候，很不满意地进去了。少时出来说：

"里面请。"

把伯雍引到一间接待室里，一个四十多岁、黑而且胖的人，正在那里候着。二人见面，彼此一躬，通了姓名。那人姓冯，字元甫，是这里的总务科科长。他很恭敬地把伯雍让在上手［首］。伯雍说：

"听说贵厂办理很善，所以特来参观。"

　　冯元甫道："还不到完善地步，而且又是官办的，经费很是不足，所以报纸上对于本厂，说了许多闲话，皆因他们不明我们的苦衷，所以误解的地方很多。你先生今日特来参观，我们是欢迎极了。"

　　说着请伯雍到工厂去参观。伯雍不看则已，一看了做工的那些女工，他益发地烦闷起来。他们这工厂，是利用旧有仓房因陋就简改造的，光线和空气，皆感不足。两三千女工，一个个都是形同乞丐，褴褛不堪，还有怀里揣着乳儿，在那里做活计的。她们都在当地坐着，现在天气已觉寒了，她们都觉很瑟缩的。她们每人手里都拿着一件军警的制服，手不停针地在那里做，她们使她们的针线，非常灵活而且敏捷，但是她们那可怜的窘态，实在令人不忍长久地看着她们，所以伯雍看了一周，也就同着冯元甫出来了，仍到那间接待室里坐下。伯雍这时却想起经济学上的原理来了，他以为这些可怜妇女，所得的都是忍苦报酬，因为她们忍苦的程度很大，她们的报酬也一定很优的了。因问冯元甫道：

　　"她们每人每日能挣多少钱呢？"

　　冯元甫很郑重地答道："铜元六枚。"

　　伯雍听他挺响亮地挺正确地说出"铜元六枚"四个字，很诧异地问道：

　　"她们只得六枚么？一小时是一天呢？"

　　冯元甫道："中国哪有按时给工资的工厂！自然是每日六枚了，而且还得交出相当的工作，最低限度，是制服一套。"

伯雍道："她们每日做几小时工，才能够上领工资的程度呢？"

冯元甫道："至少得十二小时。"

伯雍道："十二小时么？我看里面还有不及成年的女子和那些乳妇，十二小时的工作，不伤她们的健康么？"

冯元甫听伯雍问到这里，已然露出不喜欢的意思。他沉着脸问伯雍说：

"先生大概在外国留过学吧？"

伯雍说："在东洋留过几年学。"

冯元甫道："幸亏先生在东洋留学。若在西洋，更不知染上什么样的新思想呢！外国虽然有保护劳动者法律，焉能在中国施行！饶着十二小时，还累不怕呢。若教她们做八小时的工，她们准能上天了！"

伯雍道："虽然这样说。对于未成年的幼童，也应当特别待遇，她们都是后继的国民。再说十二小时的工作，苦痛不能说不小了，仅仅给六枚铜元，她们也不能生活呀！"

冯元甫见说，把他方才沉板的脸，忽一舒展，却变成冷然的笑容说：

"听先生的话，我们也很佩服的，但是未免偏重理想，不顾事实。先生以为做十二小时工，得六枚铜元报酬，是很不平的一件事。可是我们这厂子自开办以来，女工是一天比一天增加的，甚至有来托人情的。原先规定是只用五百女工，如今却增到二千多人，可是经费和工资，并没有添一文。我们这里抱定添人不添米的宗旨，庶乎可以无形限制一下，谁知希望来做工的，依旧踊跃。早先五百人的工资，如今却被二千余人分占了。当然是报酬不抵所苦了。我们为这事，也禀呈过陆军部，便是部里也没办法，只说她们既愿意做，只可听她们的自由。拿她们的骨头，扎她们的肉。增加工资，是办不到的。先生你看，不是我们不替她们想法子呀！她们如今倒拿义务当权利了，每天不知来多少人，甚至有出怨言的，说站门岗的巡警拣认识的往里放，我们没法子，只得备了一种号签，每日清晨在门外散放，领着号签的，才许进门。先生你看，她们这样抢着来做工，不是本厂有心虐待她们呀！"

伯雍道："她们为这六枚铜元，做什么这样竞争呢？哪里挣不了六枚铜元！"

冯元甫道："先生这话又是理想了。一个妇人女子，在哪里能给六枚铜元？如今穷人太多了！除了老天爷慈悲，把她们全收回去，算她们灾出难满。若打算由国家社会维持她们，那是很难的一件事了。"

伯雍道："贫民的生活，不由国家社会维持，谁还有这个能力？先生怎说出这样无责任的话呢！"

冯元甫道："先生，你是没在政界里待过，所以不明白里面内容。政界里每年所弄的钱，还不够内部自己用的，哪有余钱办民间的事！现在已然二千人吃五百人的饭了，再过几年，便要一万人分配一百人的饭了。穷人怎能不一天比一天多呢？就以本厂而论，每一个女工做十二小时工，才得六枚铜元。论理没人干的，但是每天还是很拥挤的，可见在北京挣六个铜子，是很难的一件事。她们得了这六枚铜元，先能买一斤杂和面，她家男人再拉一天车，挣一二十枚铜元，一家子可以不至挨饿了。所以六枚铜元，虽然不叫钱，到了一般穷人手里，也就不无小补了。”

伯雍道：“她们天天这样活着，也过于苦痛了。”

冯元甫道：“所以没法子，就得等天收了。”

伯雍此时呆了半天，一会儿又把头低下去，半晌，自言自语道：“这里这样难！也就不教他们来了。”冯元甫听他这话，似乎不是光来参观，还有别的目的，因问道：

“先生打算往厂里荐人么？不妨有个通融办法。”

伯雍道：“我有个朋友，新近故去了，遗下一个母亲、一个兄弟，我想把他们荐到这里来做工，不想这里这样困难。”

冯元甫道：“既是先生朋友家族，我们不妨优待，多给工资。”

伯雍说：“给多少呢？”

冯元甫郑重其事地道：“八枚。”

伯雍：“八枚么？”

冯元甫道：“正是。多增了三分之一。”

伯雍道：“多谢先生厚意！我与他们商量商量去。”

说到这儿，他道了一声“打搅”，兴辞去了。冯元甫把他送到门外，以为今天把这人应酬得很好，得意非凡地进去了。

伯雍由被服厂出来，他的烦闷愈加浓厚了。他原先还只为那两个无告的老小发愁，如今见了这些可怜的女工，听了冯元甫的主张，仿佛北京城所有的穷民，都成了他的心病了。他一边走着，一边想，也忘了雇车了。他想一想那些女工劳动十二小时，仅仅获得六枚铜元的报酬，而她们所制造的成绩品，便是一点生产事业不做，在国家社会里横行无忌军人丘八所穿的制服。当他们穿上这身制服，他们绝不想一想，这是无数可怜的贫女，为了六枚铜元的代价，替他们制成。他们穿了这身制服，居然跻登社会上最高的阶级。也就因为有了这身制服，他们便能把给他们缝制服的人，看得没有一条狗有价值。制服的效力，到了他们身上，便如给虎添翼。可是当那些制服在女工手里，挨着冷，忍着饿，含着眼泪，一针一针，给他们做成时，仅仅有铜元六枚的代价。

伯雍在路上走得觉着累了，他才雇了一辆车，拉到报馆。馆里已然一个人没有了，只有一个馆役看家。他们大概都听戏去了。因为这些日子，白牡丹很见起色，新学的皮黄戏已然有七八出了。可是这几天伯雍为了秀卿的事，他久已没听戏了。如今他更烦闷了，他也无心去看戏，他到了他那间小屋里，无精打采地倒在床上。自秀卿死后，直到今日，他为一个老妇人、一个幼童，奔走了半个多月，不但没一点成效，处处都失败了，是他不热心呢，还是社会冷淡呢？他简直不明白所以然了。但是他不因为他屡屡失败，灰了他的心，他决意依旧往前进行。他到底要发见一个足以收容他娘儿两个的所在，他不信偌大一个北京，就没有一个济贫慈幼的机关。他既萌了这个思想，他的精神立刻又振作起来了。

他忽然想起贫儿教养院来了。那是一所官立的机关，局面很是不小的。他每每听人说，那里每年用钱很多，院长一缺，是很美的差使。但是伯雍自到城内，还没到这里参观过一回。他想："这里一定是很适当的了。"他决计次日到那里去一荡。

次日早饭后，他仍照每日出门时间，雇辆车，到贫儿教养院去了。不到一个钟头已然到了。这里所占的地基，足有二三百亩，院墙非常地高，乍一看，好似一所监狱。坐北向南的一个天然石和洋灰造的大门，也是非常坚固，两扇铁门，下半是铁板，上半是铁栏，用黑油漆着，尤觉坚牢无比。那两扇门，并未开放，只用半扇虚掩着。一个巡警在门里荷枪站着，不时地由门上铁栅往外看，又往里看，仿佛防备人出入。

伯雍一看这个光景，他很觉害怕起来，因为他看这里总像个监狱，一点慈善意思也表显不出来。他以为拉车的把他拉错了，但是他细看门楣石上所镌的字，明明是"贫儿教养院"五个大字。他只得下了车，付了车钱，随着取出一张名片，走到门前。门里那个巡警，见他是要进来的意思，忙在门内喊道：

"找谁？"

伯雍赶紧止住步，由门缝把片子递进去说：

"烦劳通禀一声，我是到贵院来参观的，而且有个小孩子要送入贵院的。"

那个警士见说，又看了看那张名片，用力把那半扇铁门拽开，让伯雍进去，把他带到一个亭子式守卫兼传达的小屋里，向一位穿巡官制服的人说明伯雍的来意，仍去站门岗去了。那位巡官四十来岁，倒很和气的，和伯雍说了半天闲话，才拿了那张名片，进去回话。

这时伯雍站在当院，往北一看，却是一所洋式楼房，建筑得倒还体统。在楼房的右手，另有一带走廊，不知通到哪里。因为被五间中国式的厢房遮住，只能看见它的起点。此时那位巡官已然由那所楼房里出来，向伯雍一点首说：

"请这边来。"

伯雍见说，忙着走到楼房的门前。那巡官把伯雍让到一间待客室，当地放着一张长方桌，蒙着一块黑漆布，两旁共放八张椅子，此外别无装饰，不过渐就熏黑的墙上，贴着许多警察制度的图表。伯雍进来这半天，一个普通人还没看见，所看见的都是警察。他心很疑惑的，暗道，难道这里都是警察办事么？教职看护等人员，都是警察么？他正疑惑着，只听外面廊子里一步步革靴响亮，既而又咳嗽一声，门一响，一位穿高等警官制服的先生进来了，那个巡官忙向他一鞠躬，指着伯雍向那人道：

"这位便是来此参观的宁先生。"又向伯雍说：

"这位便是我们院长。"

说罢向二人各鞠一躬，自去办勤务去了。

这位院长是北京人，他为人很精明的，而且长于交际，深通宦情。在光绪时代，曾到东洋警监学校留学了二三年，归国之后，便入了民政部，是北京警界中的老人。他现在还在内务部和警察厅里有差使，而且还兼着贫儿教养院长。因为这个机关，是直隶于警察厅的，他既在警监学校留过学，所以他很迷信警察制度，尤且以为改良监狱的组织是很完美的，所以他无论办什么事，都拿点警察意味，不然便是监狱式的组织。因为他脑子里总是对于这两项观念特别深厚。他常说北京的警察，在世界总算是第一的，如果北京所有的事情都归警察办，那一定有特别的成效。诚然，北京的警察，真有令人可佩服的地方，但是若说所有的事情，警察都能办，那真是一种迷信了。

院长和伯雍一对面，便很和气的，而且带着满脸笑容，向伯雍说：

"久仰！听说您也在东洋留过学，是哪个学堂？我已然忘了。"

伯雍说："在早稻田大学留学过几年，近来因为奔走衣食，学业已然荒废了，不但不敢提起，连那留学的招牌也不敢挂了。"

院长仍是笑道："先生过谦！先生过谦！"

说着他二人对面坐下，这时有个十二三岁的小孩子，给他们倒来两碗茶。伯雍看那小孩子时，脸上油黑，眼皮红赤赤的，似乎害眼才好，身上穿一身灰布裤袄，尺寸很觉不合适。伯雍以为是他们雇的人，原来也是院内贫儿，每日轮流当差的。他二人在待客室里，说了一会儿闲话，伯雍才问到院里内容，院长很得意地说：

"我们这里收容约有一千余名贫儿，分学科和工科两种教育，教员固然都是外聘的，管理员我就不另聘人，因为什么呢，厅里有的是警察，反正他们也得出勤，我把他们调在这里做勤务，比在街上出勤强多了。他们既然愿意，而且又省许多管理员的薪水。再说管小孩子的勾当，最难有秩序，普通管理员，总失之于放任。你要知道，小孩子若不严厉取缔，他们万不会老实的。我的警察，他们都是惯于维持秩序的，所以我这贫儿院和别的私立的大不相同。他们一点秩序不讲，我这里是专门讲秩序的。不信回头你到那边去参观，足见余言之不谬。"

伯雍道："小孩子天机活泼，喜动不喜静，你先生把他们都诱导得有了秩序，真可谓煞费苦心了。"

院长见伯雍这样一恭维，他很高兴地说："小孩子的勾当，委实不能省心的。咱们到那边看看去吧。"

伯雍说："好！但是你先生没有公事吗？求别位执事带着到那边看看便了。"

院长说："不用。他们此刻正忙呢！兄弟同您去一荡。"

自从这里开院，大概参观的人很少，今天伯雍特来参观，所以院长很高兴的。说着他们出了这所楼房，顺着那个走廊，往西行去。

里面房子很多，他们先到学堂那边去看。讲堂有十几处，但是教员很少，讲堂里有有教员的，有没教员的，可是每个讲堂里，都有八九十个贫儿，另外有个巡警，在堂里维持他们的秩序。这个巡警班长，非常有权力，他能强制执行，所以那些小孩子都很听他的话。有教员来上堂，他们也是呆呆坐着。教员说的是什么，他们差不多都不曾领会。教员下了堂，贫儿依旧不许动转，那个师位，忽然便变了巡警的岗位。巡警一上堂，贫儿的秩序，益发整齐了。他们没一个敢离位的，他们便如一群猴子，被猴师用鞭子打怕了，他们除了眉眼敢动弹，浑身上下，都直塑在那里。他们的不自由，在未发育的身心所受的束缚，多么可怕呀！他们的灰色裤袄，没有一个穿着合体的。他们似乎都有一种共通的病症，一百贫儿里面，足有八九十个害眼的。他们的头顶上，长癣的很多，但是这院里是有一名医官的，这个医官，就是全院卫生的代名词。因为教人知道他们这里也知道卫生，所以雇了一名医官，薪金听说每月十五块钱，管两顿饭，所以这位医官，很感激的。贫儿多病，也就不足怪了。

院长同着伯雍，每个讲堂都参观了。那些贫儿见了院长，有什么表示呢？论理当然敬他、爱他、亲他，便拿他当作自家慈母才算对呢，因为全院儿童都赖他一人保护，吃饭、穿衣裳、受教育、学手艺，全是由他一人熨帖而安排的。他们离开他们的父母，孤零零地装在这贫儿院里，没人体贴他们，安慰他们，能体贴安慰他们的，惟有院长一个人，那些贫儿哪能不亲爱他呢！但是由伯雍眼睛里一看，他们见了院长，不但看不出一点小儿见了慈母的意思，反倒觉得悚然不安起来，一个个矜持的脸上都变了颜色。他们觉得院长是很有权力的人，能死人能生人的，而且他们又以他为极尊贵的人，少微有点轻慢，或是用不正的眼光一看，立刻就能得罪他。在一群贫儿心中，拿院长当作有超人的威力，是一个不可亲近的、不可轻慢的伟大人物，所以一见了他，他们的心理状态，立刻便起了变动。他们极力保持他们的镇静，但是因为心房震荡不宁，他们的态度是非常可怜。此时院长很得意地向伯雍说：

"您看他们的秩序好不好？不但贫儿院无此秩序，便是普通的小学校，也无此规矩呀！"

贫儿的秩序，大概是院长最得意之笔。但是越是他得意之笔，越是伯雍看了害怕的地方。他不解为什么都把儿童圈在教室里，一步也不许动？顶大的院子，顶大的操场，为什么不教他们自由游戏？这点用意，伯雍费了半天脑筋，也想不出所以然来。总而言之，伯雍到各处一参观，除了由警察的力量，对于千余名小孩子硬造出一种不自然的秩序以外，没一样看着不奇怪的。寝室的不卫生，传染病的流行，运动器具之虚设，没有一样以贫儿为前提的。除了寝室里长条大炕，是与贫儿有直接关系的。操场，他们不能自由进去。运动器具，他们不能自由使用。乐器，他们也不能自由吹弹。他们一天二十四小时，除了睡觉，便天天圈在教室里。他们急得害眼，丧失儿童的天机，消磨了他们的聪明，都是监狱式的秩序造成的呀。

约有一点多钟，伯雍把大概情形都看明白了，他已然不愿再往下看。他本打算把秀卿的兄弟送在这里，他一看这里的办法，他实在不敢把人家清白无罪的儿子送入监狱里来受罪，所以他心里的事，并没和院长说，便辞了院长出来了。他这次的失意和烦恼，比参观被服厂还觉不快。他对于那娘儿两个的前途，愈觉得没有头绪了。

第九章

伯雍由贫儿教养院出来，他对于官立的贫儿院，很觉失望的，他见了那些贫儿所受的待遇，他为后来的国民无端发生一种悲痛之感，他由贫儿教养院，联想到禄米仓的女工厂。他知道北京的贫民，一天比一天多了，由贫民制造出来的儿子，当然也一天比一天多了。虽然没有正确的统计，但见北京生活一天难似一天，贫民的数目，一天多似一天，而他们的生活，又未至于断绝情欲，自行制限生育，人口的滋生，是不能免的了。按着马尔萨斯《人口论》的定例，人口的蕃殖，非常快的。再过几年，北京的中产阶级，也都变成贫民编户了。到了那时，贫儿的数目，不更多了吗？贫儿的教育，不更困难了吗？到了这时，中下阶级都变成贫民，只有少数上级社会的人。不用说组织国家，便是北京一个都市，满街都是花子乞丐，只有少数富人，能做得起什么事业来？他们不想法子均贫富、兴教育，组织共同生活的国家，只不过定几条章程，创立一个有名无实的机关，收容几百几千贫儿，用警察看守他们，用警察抑制他们。他们在贫儿院里，不亚是个犯罪的小囚，知识一点没增，人格一点没有，一旦由贫儿院里放出来，于他们自己有利益吗？于他们家庭有利益吗？于他们的社会国家有利益吗？在当局的人，以为每年费许多公款，收养许多贫儿，已是天高地厚之恩了，在院里还想自由么，还想受完美教育么？但是贫儿院的目的，不是光为收容贫儿，使他们不致饿死便算达到目的的。须知他们也是国民，国家既然收容他们，就不应分出贫富强弱的观念，应当给他们当国民所应具的知识和职业。贫儿教养院，不是给官立的机关做事的，是给那些可怜的贫儿做事的。知道这个意义，那便是救世主基督的用心，不但贫民一天比一天少了，便是贫儿的教育，又怎见得不如膏粱文绣的纨绔子弟呢？

伯雍一边思想着，一边往回走。他走到东单牌楼底下，他要雇车，但是他因为一心的思潮，他把雇车的事忘了。他一直出了宣武门。刚一过桥，只见赶驴市那里有一圈人，不知围着看什么。他一时起了好奇心，走到近前一看，却是一个贫寒的老人，蹲在墙根底下，低着头，一语也不发。他的衣服很褴褛的，他头顶上还带着小辫，他的头发已然灰白了，脸大概许多日没有洗了，他的额纹由上面一看，便如一块小鱼鳞板，皱得很深。在那老人的左右，一边站着一个男子，各约三十来岁。在左边那个，一张黑黄脸，配着他鼠目狼腮，一望便知是个地痊，穿着打扮，带着一身土棍的恶习。右边那个，身量很是高大，十月天气，他还穿着一件灰布大褂，看那样子，仿佛是那土棍的跟人。这时只听那土棍模样的人，不干不净地问那个老人说：

"你是怎样？你到了没钱吗？你别不言语呀！你当初借钱时说什么来着？恨不得管我叫祖宗，如今真个装起孙子来了。今天有钱则罢了，如若没钱，我碎了你这老忘八蛋造的！你当是还在前清呢，大钱粮大米吃着，如今你们旗人不行了，还敢抬眼皮吗？你看你这赖样子，骂着都不出一口气，你是有钱没钱哪？你今天再没章程，我便教我伙计送你一个地方去！"

此时那边那个大汉，狗仗人势似的，也和那老人直发威。其实他也不过乍得一碗饱饭，竟忘了他身上的寒冷，与那老人只是一线之隔的，就皆因有个光棍在他旁避 [壁] 站着，他居然也有威严发作了。这时伯雍在人圈外边，看了这个情形，他是气极了，暗道："便是要账，也不许这样暴横！何况无情无理的辱骂人。"他不由得气往上一撞，分开众人，进到圈里，向那光棍厉声问道：

"你是要账呢，你是骂人呢？他该你钱须不该你骂，何况你又把旗人都拉在里头！旗人现在虽然没有势力，你有权力可以任意辱骂么？"

伯雍这一来，不但使那两个小子各吃一惊，便是四围站的人，也都一怔。

这时那个光棍舍了那个老人，立着眉毛，撇着嘴，向伯雍来了。他做出一种恶态，向伯雍说：

"我们向他要钱，你管什么！"

那大汉见主人过来，他也扑来了，伸手要抓伯雍。伯雍向他胸前推了一掌，瞪着眼睛喝道：

"站着！你还敢打架么？"

伯雍这一瞪眼，那大汉竟自馁了，再不敢动。伯雍回头又和那光棍道：

"你问他要钱，我固然管不着，但是你为什么涉及旗人呢？"

光棍见伯雍这样一问，他把伯雍仔细一看，他心里已然起了狐疑，他连忙改口道：

"我并没说什么呀！我当初也是旗人。"

伯雍道："你未必是旗人。你当初也不过认个干老，改个名，白吃一分钱粮的假旗人。如今钱粮没了，翻脸便要骂旗人。但是你也不过是个街溜光棍，放几个印子钱，欺负无能老实人，混一碗饭吃！我跟你理论什么，但是我看那老人很可怜的，他该你多少钱呢？"

光棍道："连本带利，算来已是两块钱。"

伯雍冷笑道："我当多少钱！两块钱，也值得动这个阵仗，还带着一个打手。"

说着由衣兜内取出两块钱，走到那老人面前说：

"老者！你是该他两块钱么？"

老人这时已然站起来了，泪眼滂沱地说："当初借他一块钱，两个多月还不上，如今他竟说本利两元了。"

伯雍道：“不管他，这是两块钱，拿去还他！”

光棍见了那两元钱，什么话都没有了，带着那个狗，进胡同去了。这里那个老人，对于伯雍千恩万谢，问在哪里住，姓什么。伯雍道：

“我是有忙事的，没工夫与你说话。我走了。”

说着分开众人，走了。那个老人，兀自追着他请安道谢的。围观的人，口里纷纷议论着，也都散了。旁人的话，说的是什么呢？他们自然有说伯雍办得对的，也有说多事的，也有说两块钱哪里花不了，竟被他们骗了去，他们简直是活局子，成心弄这把戏骗人的，年轻好义的人，一定会上他们的当。这种说法，究竟对不对，谁也不得而知，在伯雍不过自行其心之所安便了，何况排难解纷、救人周急等事，都是目击现状，忽然发生一种恻隐之心，或义侠的观念，刻不容缓要施行他良心的使命，哪有工夫还能判断事情之真伪和行为的细细呢？假如有一个人，对于一件悲哀可怜的事，自己无力管还罢了。若既不能管，而却说出许多深通世路的话，不是什么局诈，就是什么念秧，那不是奖励人居心冷淡，以不好义勇为为有识见了么？天下的事，骗人的很多，有专门欺君子的，有专门欺小人的，吾人宁为君子因义而受欺，勿为小人因利而受骗，何况悲哀可怜的人，愤懑不平的事，触目生感，立刻要行，哪能狐疑不定地判其真伪是非呢？自然要认为真而不为伪的，借使他们是一种骗局，我们原本就没打算贪图什么，自行其良心之所安，真伪也就不必计较了。

话说伯雍，回到报馆，他觉得少微痛快一点。他自问方才行的那点事，尚属他良心所许的，这点小事，若出在有钱的人，原算不了一回事。但是有钱的人，车马簇拥的，很不容易遇见这样的事。两块钱在富人，虽不拿当什么，可是他们只能抛在花天酒地，至于大街上耳朵不能听、眼睛不能见的事，他们一辈子不能遇见的。因为他们一出门，便装在汽车里，风驰电掣地而去。他们有多快的眼睛，能看见穷人的眼泪；有多快的耳朵，能听见穷人的哭声？所以贫富两阶级，直到天荒地荒，也是没有因缘接近的呀。伯雍是个极没钱的人，他那钱囊内，大约只有那两块钱了，他能罄其所有，替一个无告的老人还了一笔恶账，所以他自己觉得心里痛快了许多。

吃晚饭的时候，子玖和凤分诸人都回来了，他们一同吃了饭。子玖便和伯雍说：

"这几天你戏也不听，胡同也不逛，不知有什么事，忙得你这个样儿？有许多人直打听你。我们说他自秀卿死了，老没有逛。难道你真为秀卿不逛了么？"

伯雍说："哪有这个道理！我这几天有点旁的事情，把娱乐的事全忘了。这几天外头有什么谈料么？"

子玖说："别的新鲜事没有，我们的新闻，这几天也很缺乏材料。只有一件事，你应当知道的，歆仁已然把桂花接到家中去了。"

伯雍说："真的吗？刚闹完几天，能有这事吗？"

子玖说："可不是真的呢！平常日子歆仁回家多晚，这几天你没见他老早就回家么。他的目的总算达到了。"

伯雍说："这事也真奇怪，邓二奶奶和蒋女士，这回怎不帮白大奶奶的忙？前次兴师问罪，闹了一个马仰人翻，如今又许他接到家中，这不是虎头蛇尾吗？语云：女德无极，妇怨无终。论理妇女的行事，当然比男子有耐久性。怎么堂堂胭脂团，也竟弄成五分钟的热气了？"

子玖说："你不知，这回邓二奶奶无意中敲了歆仁一笔竹杠，听说不是五千便是三千，蒋女士大概也分润一点，所以她们都软化了。"

伯雍见说，笑道："这都是你那一封告密文书的好处，无端教歆仁受一下子敲。"

子玖道："虽然这样说，他应感激我。若不亏我，他敢宝马香车公然载着桂花家来家去吗？"

伯雍道："这样你倒是他的功臣了。可是你得抵防着，前回胭脂团大兴兵的纪念，他若知道是你的导线，他该怎样罚你？"

子玖道："他知道也不要紧了。因为有这一举，反倒把他的愿促成了。但是他原先为什么瞒着我们，还教我们替他做侦探？我所以捉弄他一下子。如今他已是公然纳宠，咱们还是得要求他请客。"

伯雍道："你直到如今没忘这顿饭。"

说到这里，凤兮因和子玖说：

"牡丹的事怎样了？你不是要跟伯雍说么？"

子玖说："对！几乎忘了。"因和伯雍说：

"牡丹这程子阔了，古越少年他们大家打听你竟忙什么，也是为这事，他们已然不得主意，是依旧进行好，是撒手不管好？"

伯雍忙问道："究竟什么事呢？"

子玖道："什么事？你们瞎热心把牡丹捧起来，又替他请先生学二黄戏，还替他改订合同，如今牡丹和他师傅的态度全变了。说句俗话，简直把你们甩了！你知北京有个伪君子维大爷呀，这人最是好名不过的，到处要立石头刻字，起了许多名字，有叫劝石的，有叫谏石的，有叫苦石、甜石、药石的，花了许多钱，没人正眼去睬。他关于北京市政的事和公益的事情，也都似乎很热心的，什么事都要挂一个名，唯恐人不知道他。其实他有的是财产，若打算留不朽的名誉，或是创立公民学堂，或是筹设贫民工厂，这些事业都是北京人民所需要的，他却一处也没办。不是立石头，便是到各机关上去奔走，恨不得教大总统都知道有他这样一个人才如愿呢！他的心意，简直竟打算在上的人知道他，绝不是实实在在教社会一般公众知道他的行径。也真算有料估，他那几块石头，虽然没博得公众市民一声喝彩，各部首脑和大总统真知道他了，如今他阔得很，大总统给他一个政治顾问，听说他将来有财政总长的希望呢！"

伯雍听到这里，忙拦子玖道："你说了半天，这维大爷是谁呀？"

子玖说："你连他都不认得？他是个基督教徒，兼着一个洋行买办，在交民巷一带，很出名的。他若本着基督的宗旨，纯粹以自家财力精神，办点社会上义举，真能留个小名，不必自己去立石头，将来一定有人替他立铜像。可惜他迫不及待了，而且又要尝尝政治舞台的滋味，所以千方百计地，发卖他的名声。如今果然仗着几块顽石的力量，他也算政界中一个要人了。"

伯雍道："是了，怨不得我看了许多石头，都刻着格言。我还记得有一块石头上刻着半句岳武穆的话，什么'文官不爱钱，武官不怕死'……下半截没有了。那时我很吃惊的，我想这首格言，力量全在下半截，如今单单刻上'文官不爱钱，武官不怕死'，这不爱钱和不怕死，究竟为什么呢？这位刻格言的先生，也过于荒唐了，可见'天下太平'四个字，他们是看得太轻，以为是不必要的。不要太平，天下真不太平了。当时我看了这半截格言，冠冕堂皇，刻在石头上，我很以为不是吉兆，谁知就是这位先生干的！但是你说了半天，难道他与白牡丹生了什么关系么？"

子玖说："不是他。他如今倒不干这样的事，他第一愿意人说他有道德，他无论怎样，也不听戏逛窑子，生恐人说他没道德。可是他有个兄弟维二爷，与他的性质便大不相同了，这孩子也曾追了些日子梅兰芳，但是他的势力哪里抵得过马二爷，他不得已而求其次，日来直追白牡丹。听说他已然入腿了，给牡丹做了几套衣裳。老庞家当然要拿他当财神爷，所以古越少年和陇西公子诸人，都很有气，说：'我们捧他，打算教他成名优，没教他当像姑。'他们这两天直找你，就为研究一个对待方法。"

伯雍听了笑道："这位维二爷也太不自重了。白牡丹在前些日子，是没人理的孩子。维二爷是北京著名富豪，拿一个富豪，追一个穷孩子，有什么意思呢？他不怕丢了他的身份么？"

子玖道："若在半年前，当然没有人理牡丹的。但是自你们不顾性命地一捧他，他的名声近来已很大了。你不知道北京近来出了两种人，是专门把持戏子的，第一种是文士派，第二种是纨绔派。文士派当初都是逛惯了像姑下处的，如今虽然没了这行营业，他们风流的习惯，依旧改不了，所以他们对于唱小旦的后起角色，但分有点姿质，他们便据为己有。但是他们哪里有工夫去物色人，他们也不懂戏，小孩没成名以先，他们绝对没有赏鉴的能力，不知道谁能成名。可是他们有个老法子，每天看报，他们见哪个孩子捧的人多，他们便按图索骥，到园子里一看，果然不错，他们便请人去说，愿录为弟子，或是认为干儿。他们都是老名下，又有钱，谁不喜欢拜他做老师呢！戏子一到他们家去，别人打算再瞻颜色，那就很难了。戏子从此也就知道有他们，再也不想想替他冒汗作文章的人，是由一个小泥孩子的时候，捧到这步田地的。梅兰芳、姚玉芙、程艳秋、小翠花、尚小云、白牡丹，不是都是这样起来的么？第二种纨绔派的人，更不懂得听戏了，可是他们非常喜欢戏子，他们的指南针，也是报纸上捧角的文字，他们纯粹是耳食，听见人说好，他们以为必是好的，便千方百计地想法子侵占。你们当初若不捧牡丹，说得那样天花乱坠，这位维二爷做梦也梦不到他身上。如今他已然不费一笔一墨，把你们的壁垒，用金钱的魔力打破了，所以他们几位很有气。难道你没个法子么？"

伯雍听了笑道："原来我们大家一片热心，反倒为渊驱鱼，为丛驱爵了，只是我也没法子呀。再说白牡丹也不是我们买的，我们也没有权力不许别人到他家去，所以这个醋，是不能吃的。如今虽然有个维二爷到他家里去，表面上也算是捧场，自要不妨害我们成全牡丹的苦心，使牡丹犹有饮水思源的感情，谁不可以引为同志呢？"

子玖说："你虽然这样想，恐怕别人各有一个心，再说这些事情，根本上便寓着竞争好胜的性质。结局，有钱的要占胜利，没钱的要干鼓肚子。"

伯雍道："财色虽然相连，也存乎其人。我想感情的势力，比金钱的势力大。这个证验并不远。你能说已死的秀卿，是个金钱势利鬼么？"

子玖道："你能说别人的心，也跟秀卿一样吗？"

伯雍道："这个……"

子玖道："哪个呢？人心绝对不一样的，譬如你以为秀卿孤行己意，是很可钦佩的。可是还有人说她该死，死得教人一点也不可怜。怎能说人的心理是一样的呢？小人无论到何时，也不以小人自居。可是他们总疑惑别人全是小人的。君子虽然不以君子自居，可是总以为别人也是君子。其实全都错了，小人心目中以为是小人的，未必是小人。君子心目中以为是君子的，也未必是君子。人心究竟不是一样的。何况捧娼优的勾当，那存不利于孺子之心的，一定先说别人不怀好意。我们穷书生，尤且招人忌恨，人家总以为一般穷念书的，一文不花，只凭一篇臭文章，要得大便宜，真是癞蛤蟆想吃天鹅肉。这样的诅咒，我想终不能免的。你保得住维二爷不跟牡丹一家说这样的话吗？他拿现洋和时髦衣服一招，你们的文章，便半文不值了。"

伯雍道："何至于此。你这话简直是骂人呢！再说牡丹也不至这样无良心。洋钱虽然可爱，也不至把我们全忘了哇。他此时正是求人帮忙时代，维二爷到他家去，自然在欢迎之列。若说因为一个维二爷，把我们全行弃绝，从此不理，天下没有这样的人！再说我们也没不花钱哪！请教习，改合同，安置他的父母，苦心也用得不少，这是富豪肯办的事吗？"

子玖道："你们所办的，虽是于牡丹很有利益，据我看，牡丹必不以为德，因为这些真正于他有利的事，他小孩子家如何体贴得出，自然以给他钱花、给他做衣裳的当好人了。至于牡丹的师傅，我想更不感念你们，或者拿你们当了汉奸，说是破坏他生意的坏人。你想牡丹不是他儿子，他能真心爱他吗？这二年正是好时候，你们把合同硬给缩短一年，他如何不恨？如今只有八个月了，他不指着牡丹挣几个外钱，等待何时？便是把牡丹牺牲了，也不足惜了。"

伯雍道："你这点见解我倒信，若说牡丹丧了良心，我万不信的。"

这时外面已然不早，他们应当办稿子了，于是便把话头止住，到他们编辑室里去办稿子。他们办稿子，真是轻车熟路，一点也不费事的。伯雍自到报馆，他的手眼较比快多了，而且他也把新闻记者操笔的秘诀，学会了许多。有个题目，便能敷衍一大篇，而且剪子使得非常利便，比理发匠不在以下。他自入报馆，简直学会了两种副业，预备将来可以改行：第一会使剪子，可以改理发匠；第二会使糨糊，可以改裱糊匠。也因为事繁人少，经济困难，迫得编辑先生不得不利用剪子、糨糊。

他们把稿子办完，子玖、凤兮邀伯雍出去走走，子玖说他前些日子在茶室里新招呼一个姑娘，请伯雍看看去。伯雍这几天烦闷极了，他也要出去疏散疏散，遂向子玖道：

"你依旧还是那个逛法？你认识的那姑娘，不是很好吗？怎么你住了一次，就不去了呢？照你这样逛法，差不多和渔色一样了。春风一度，即别东西，哪里会有感情呢？如今不知怎的，又挑识一个，过后又完了，教姑娘瞧不起呀！"

凤兮听了，在旁边笑着说道："子玖的脾气怪极了，他总以为人家认识的姑娘比他认识的好，真应了那句俗话：儿子是自己的好，老婆是人家的好。他自己又没眼力，譬如一个姑娘，人家不教他招呼，他偏要招呼的，及至别人招呼上他所不愿意招呼的，他也不知因何，又看着好了，他立刻能把他认识的姑娘下了。便是昨夜才住了局，到了第二天，便转眼若不相识，他变着法子要割朋友的靴腰子。便是同在一院，他也行得出来的。你看他这嫖品有多么低呀！"

子玖见凤兮说出他的毛病，笑着拦道："算了吧！算了吧！人家就有这一点毛病，总要给人家往外说，花钱逛窑子，谁不找好的？我不管是朋友认识的不是，什么窑宪嫖律等等，我一概不懂。自要姑娘教割，我就割，管别人痛快不痛快呢！"

凤兮道："那末人家帮着你挑人儿，你为什么老不认可？何必等着朋友招呼上了，出之一割，才有趣儿呢？"

子玖道："喜欢这样么。要不人家就送我一个梁山泊号，唤作'操刀鬼曹正'。我就喜欢割么。"

凤兮因向伯雍笑道："你听听！他自己承认他是操刀鬼。方才他说新挑的那个人，也是朋友认识的，他给割了。现在他正想法子住局呢。一局之后，也就没关系了。不定哪个不走时运的姑娘，又被他招呼上，他的德还没缺够呢！"

子玖说："别骂人了。正经咱们走吧，回头落灯了。"

说着穿了衣服，一同去了。

他们径到了全乐茶室。因为子玖是实行家，所以总逛茶室的。再说茶室与班子只差一级，近来室内装饰也很改良，经济困难一点的，自然都趋向茶室了。

子玖新认识的姑娘，叫金宝，是才下车不多日子，而且是个乍出手，是京北的一个乡下孩子，眉目很清秀，皮肤也很白皙。她的双足，转文叫双翘，或是裙下物，或是莲、瓣，名词很多，我就管它叫脚或足，不便用别的名词来渲染，省得教人看了肉麻。总而一言之，她的脚裹得很小，看那样子，不是被人拐来的，便是人贩子运来的货物。金宝对于招待上还很生疏的，但是她的脸上倒有些笑容。大凡乍出手的妓女，把惊恐过了，总是爱笑的。她所以好笑，一则是因为孩气未退，一则是因为看了许多客人，什么样子的都有，实在有教她发笑的地方。金宝这几天大概把惊恐时代过了，她看着谁都是笑嘻嘻的。不过有时由她那笑靥里，忽地一皱眉。她为什么要皱眉？也就不得而知了。

娼妓营业，我总想是人生最苦的一件事，尤且不是道德中所应有的事。人类不文明的事，当以此行营业为第一。可是在窑子里做营业的姑娘，似乎一点也不发愁，而且还嘻嘻地笑，我就不明白她们的心理了。据我想，她们究竟是苦楚多，乐趣少，甚至和囚犯一样，失了全身自由。若真犯了罪，投在监里，还无得怨。妓女究竟犯了什么罪，竟把人权给剥夺了？当事的一点也不以为怪，这真是人群社会里面一件很奇怪的事。

茶室的组织，和班子太不一样了，里面闹闹哄哄，一点也不见安静。不但游客乱吵，便是那些人肉的货物，能行动说话的货物，也是鸡猫喊叫地乱吵。他们男男女女，一点形迹也不拘，这大概也是自由恋爱的表显。所以不能认为自由恋爱的，大概因为当中有个金钱的关系。所以有钱的便能得着恋爱，没钱的仍不能自由。我说幸喜还有金钱上的限制，若是社会上男男女女，没有钱也能这样，那简直不叫自由恋爱，真成了混沌世界了。大凡男女的结合，第一须要有道德，第二要合法，第三要知识平等，第四要有单纯洁净的爱情，不这样结合的，都近乎有点野蛮。娼妓营业，究竟不能说不是野蛮的勾当呀。

金宝在我们这屋应酬一会儿，移动她的小脚，扭着屁股又往别屋去了。她的客似乎很多，也皆因她乍出手，所以挂上这些客，便似买鲜货一般，人人都要占先。这时子玖很得意地向伯雍说：

"你看金宝怎样？"

伯雍说：“不错。但是为什么不入班子？到茶室里来做什么？”

子玖道：“你这又外行了。乍出手的姑娘，不经过大阵仗，便入班子，那是不行的。茶室里什么客头都有，最能练习胆量和手腕。再说衣服首饰，也得完全，才能入班子。他们向常是这样办法，买来的人，都要经过这层阶级，就仿佛打过前敌的军马，经过大炮，后来就不害怕了。等她历练出来，衣裳首饰也有了，就该升级了。”

伯雍见说，笑道：“你倒成了老在行。但是老鸨的手段，也过于毒恶了。”

他们在此混了一会儿，外面已然不早，他们只得回去。不但他们回去，同时回去的人也不少。伯雍因为心里有他自己的事，对于这游逛的事，很觉无味了。他仍是要给秀卿的娘和秀卿的兄弟，寻着相当的地方。他打算再到一个私立的孤儿院，或者比官立的完全一点。他忽然想起龙泉孤儿院，是个和尚办的，近来很发达的。他决计明日到那里去看看，谁知他一夜不曾睡得安稳，次日一觉醒来，已然午错了。他吃了早饭，才要出门，不想古越少年和沛上逸民前来找他，一定和他商量白牡丹的事，他不能出门了，只得和他们打听牡丹近来究竟是怎个态度。古越少年说：

“大概靠不住了。我们白费心了！我从此要不管他的事！”

可是沛上逸民依然是一团热心，不主张撒手不管，因为大家把他捧到这个份儿上，也不容易，如今忽然决裂，未免为德不终。再说他们的态度，还未明了，也不能因为一个维二爷，便派他们一身不是呀。伯雍说：

"这话也对。不然咱们到他家里看看，这维二爷究竟怎样一位人物？也要知道，也不能以他是富豪子弟，便怀着无限野心。万一他是我们的同志，于牡丹出师后，也不无小补的。"

沛上逸民很是赞成这个意思，但是古越少年已然灰了心，终是不高兴，后半天，估量牡丹把戏唱完了，伯雍和逸民便到牡丹家里去了。

牡丹见了他们，向常是不客气的，今日不知怎的，有点客气了。或者是他长了两岁年龄，学着说客气话，或者他心里真有了别的意思，把平日真挚的心理掩住，也未可知。他说完了几句客气话，他的眼睛，却时时看他桌上陈设的自鸣钟和许多玩物。这些东西，都是头些日子没有的。

伯雍见他光看那些东西，便问他道：

"这些东西是你新近买的么？"

牡丹见问，低着眼皮，微微一笑说："我怎配呢，是个有钱的朋友送的。"

伯雍听了这话，把逸民看了一眼。逸民也一皱眉，这时老庞和他老婆也过来了，他们向来是粗布衣裳，那个妇人尤为污烂，她的袜子每每和地皮争色的，如今也是缎鞋洋袜子了。他们过来大概不是来应酬伯雍和逸民，不过为显一显他们已然大非昔比。老庞向他二人只一点头，很有老板的派头。坐下之后，不说别的，只说一声：

"二位没听戏去吗？"

　　倒是他老婆没滋没味地说了许多闲话，既而又说到维二爷怎样好，怎样舍得钱，虽然是词儿的造化，我们也跟着沾光。老庞虽然拿眼睛直看她，她仍旧说个不了，又是什么维二爷怎样喜欢牡丹，怎样送了许多东西，怎样请他吃饭，又是什么还要送给他一架铁床，床帐子也是什么材料的：

　　"我听说帐檐子上还有绘画题诗的，你们哪位明儿给画一画题一题。"

　　这时牡丹在一旁说："题画做什么？挺白净的，别给弄脏了。"〔妇人〕又道：

　　"不题也好，正经这几天应当糊糊棚，等床来了，好配合。二爷来一荡，就说道房子不好，他将来还须给咱们找房呢！梅兰芳芦草园的房子，不是说马二爷给置的么？这位二爷难道不能跟他赛赛吗？人家有的是钱，可不照小家子主儿那样啬刻。我说话放着，他将来一定给咱们买房的。"

　　这妇人只顾忘其所以这一说，几乎把伯雍和逸民给熏坏了。他们简直不能在此坐着了，他们觉得这屋里空气变了。他们正要走，只见进来一个车夫模样的人，说：

　　"二爷教我接牡丹来了，此刻在致美斋等着呢。"

　　老庞夫妇和牡丹一听，恨不一时就去才好，但是头两天古越少年和沛上逸民，也曾约牡丹吃饭，却被拒绝了。当天当着逸民的面，忽然维二爷派车来接，若是立刻就去，未免怕逸民多心。若是辞了，又恐怕得罪二爷。再说平常日子，二爷一叫就来，何以今天不去呢？这妇人到了这时，才悔方才说的话过于不检点，这时才明白过来，所以她只得教拉车的等一会儿。牡丹恨不得撺伯雍二人赶紧走，他好去陪侍他那二爷，没法子催人走，只得教他师娘给他拿衣裳。

伯雍还不明白这个意思？因笑着向逸民说：

"咱们走吧，别等人催呀！"

那妇人也溜哄着说："坐着吧，说哪里话！便是牡丹外头有应酬，我们也不敢催你们呀！"

伯雍道："你们不便催，我们只得自己催。我们真得走了。"

说着和逸民竟去了。

他们走在路上，逸民直发牢骚，愁得他什么似的。伯雍倒好笑起来，因与逸民说：

"逸民！我从此要改行了。"

逸民说："改什么行？"

伯雍道："书不必念了，学问也不必学了，诗文也不必作了。我打算要到黑河沙金场去，或是当两天马贼，非发财不可了。金子是现在最要紧的东西，有了金子，实在比肚子里装几车书强。书和金子，永远不能并立的，也是永远反对的。有金子，无论谁都喜欢你。肚子里一有书，那恨怨和嫌忌便招多了。我不算，就说你们，给他作了多少诗文，到了没一张铁床有价值！才说题题帐檐子，他恐怕脏了他的帐子，便是书画不值钱，何至抵不过一架铁床？还作诗作文作什么，赶快捞金子去吧！"

逸民说："现在的社会，真教人萌这种妄念，但是我们哪里会捞金子？哪里去当马贼？我们依旧还得仗着几本破书活着。

不过我心里所愁的，倒不在乎有钱没钱。我此刻很替牡丹发愁的，他对于我们变心，我也不恼，本来他没有学问，一定要见异思迁的。不过他这阵正当用功，二黄戏还没学几句，嗓子已然靠不住。如今再和这位二爷在外面一胡闹，他简直要坏。不想我们维持他这一年多，好容易有点起色，忽然被这位二爷给扰乱了，这真是牡丹的不幸。"

伯雍道："你既这样说时，我们有个反躬自问的见解，即使牡丹为这位二爷所误，也是我们大家过于热心的毛病。假若没有这些人捧，一定还是无名的孩子。既是无名的孩子，野心家便想不到他。他自然除了唱戏，没别的念头了。大家既然给他登了广告，便难免生意到门，已然为强有力的所得，你打算再说不要做像姑式营业，不用说别人不听，连他自己也要闻之生厌了。所以我想从此以不捧的为是。对于未成名的角色，更不必存一分奖掖后进的心，因为你一把他捧起来，反倒把他害了。"

逸民说："这倒是实话。我们由这件事上，也得了许多教训，对于牡丹的事，也只可置之不理了。"

不言他二人很不痛快地发着牢骚回去了。却说牡丹家里，自伯雍二人去后，老庞对于他老婆直埋怨说：

"你这人太没心眼儿！怎么当着他们，二爷长二爷短地说了这一套。他们都是小人，没有许多话跟他们说，来了让他们喝茶，没有旁的话，把他们赶走了，也就是了。何必跟他们说那些话呢？咱们又不是吃的他们的饭，很用不着他们。再说二爷也不喜欢那样的人，你倒跟他们瞎说起来，你还没有牡丹强呢！倒是他赶得他们很好。"

　　数落妇人一顿，又教她给牡丹换衣裳，打扮起来，果然很好看的，令人很想当初韩家潭的意思。牡丹到了致美斋，二爷同着几位朋友，都等急了。一见他来，心里才喜欢，问说：

　　"你怎这半天才来？"

　　牡丹说："别提了。家里来了两个讨厌的人，腻了半天才走，所以来迟了些儿。"

　　二爷说："又是那几个人吗？明儿告诉你师傅，不教他们进去，就说我说的。"

　　当下他们大家要菜，也教牡丹要了一个菜，兴高采烈的，吃喝完毕，他们一同到牡丹的下处，玩了一会儿，各自家去了，牡丹依旧到馆子里去唱戏。次日，古越少年诸人，开了一个会议，把捧牡丹的机关解散了，替他雇的说戏先生也解雇了。从此他们在学校里用心读书，不过一个礼拜出来听一回戏。

第十章

伯雍这几天虽然很烦闷，但是他在社会上打算奋斗的心，打算勇为的心，依旧是强烈的。他一点也没灰心，他也不因为他一点实力没有，抵抗不过社会上痹麻的心理，便息了他为人的念头。他的力量，虽然不能做出很大的事业，把精神体魄完完全全地牺牲给社会，但是他以为救一个老妇人和一个小孩子，使他们得着相当安身立命的所在，似乎是不算十分为难的事。在伯雍虽然这样想，但是他去一实行，他却感出许多困难，使他一团热心，几乎要冰冷了。这也皆因北京社会事业过于不完全，不但女子职业没处去学，没处去用，连养老济贫的事业，也是很缺乏的。虽然有几处官公私立的所在，多一半是有名无实，甚至有不拿贫民当人的。反利用他们的赤贫，使他们营一种人类所不能堪的悲惨生活。他尤且不愿使秀卿的母亲和兄弟，也沦在无情的地狱里面，所以他这些日子，把私人的家庭和官公的慈善机关，都走遍了。除了使人寒栗以外，一点要领也没得着，所以他觉得这事非常困难了，假使他是个有力量的人，何必如此麻烦呢？也就皆因他没有力量，所以才这样困难。但是他无论怎样困难，他还是替他们去奔走。他是傻子呢，是热心呢？也就在旁人的公断了。

伯雍在前天便打算到龙泉孤儿院去，因为旁的事没得去，今日他决定去了，所以忙着吃了饭，便雇了一辆车去了。这孤儿院是附属在龙泉寺里面的，规模虽不完全，却是纯粹慈善性质。一个和尚肯办这样的善举，也就很不容易的了。

伯雍到了这所孤儿院，取出名片，求门上禀了进去，这里倒是很开放的，一点也不麻烦，门上人便同着进去了。院中也很宽广，特别为孤儿盖了许多房子。因为龙泉寺是著名大寺，树木很多，又与陶然亭毗连，所以空气很好。

伯雍到了院中，只见一个老和尚，和几个媬母，正带着一群孩子，在院里游戏。还有一个小孩子，似乎是病了，那老和尚对于他加以一种很慈祥的抚慰。和尚断不宜有家族的思想和家庭的组织，但是这龙泉寺的方丈，他对于许多小孩，俨然是很慈爱的父母。他当真不图名利，果能真真切切地拿那群孩子当他的儿女？照他这样家庭式的组织，也是很难得的呀！比瞎念经固然强，比那些秘密组织家庭的和尚，其为功罪，更不可以道里计了。

此时那个门上人，走到老方丈面前，说一声"有人来参观"，并把伯雍的名片递过去。方丈接过一看，忙站起来，叫过一个嬷母，看着那有病的小孩子，连忙过来招待伯雍，让到一间接待室里。伯雍因向方丈道：

"久闻贵院办得很有成绩，今日一来参观，二来有个小孩子，是朋友的遗孤，要送入贵院，尚望大师慈悲收留。贵院如用嬷母，这小孩子的母亲，也可同来的。不知贵院应用如何手续？"

方丈见说，把伯雍看了一眼，慢条斯理地说：

"敝院完全是个私立，经费很感不足，全仗庙产和诸位善士布施，所以不敢扩充。收养的孤贫孩子，只限于真正无人照管的，方才先生说，这小孩子是你朋友的遗孤，你先生也可照管他了。"

伯雍说："话虽如此，现在我是给人作嫁、自顾不暇的时代，我的力量，实在不能养活人。我此刻若再养活别人，我的家族更得分着挨饿，所以我不能不求慈善机关替我帮忙。我为他娘儿两个的事，已然奔走半个多月，直到如今，不得要领，所以前来麻烦和尚。看如来的面上，收留了吧。等我别处有了机会，一定领出的。"

方丈见说，沉吟半天说："小孩子我勉强收下，妇人你给她去找旁的事，我这里已有五六个嬷母，暂且不能添人。是这样时，你把小孩子送来。不然时，你便另想法子吧。须知，一个孩子，一年费用已是不少，我这正是破格的办法呢。"

伯雍见说，连说："只可如此，这一来大师已然慈悲多多了。"

当下他求和尚带他到各处参观一遍，如寝室、教室、食堂、运动场等等，尚属合法，比贫儿教养院那种监狱式的办法强多了。

参观完了，伯雍辞了出来，他心里觉得少微舒畅一点，他虽然没打算给秀卿的兄弟寻个享福的所在，其实也没处寻，可是也不能教他去受罪。小孩子固不可老早地享福，但是也不能由小时便受罪，丧失他们的天机，这个孤儿院虽然说不上完全，幸喜空气尚好，和尚又是个爱小孩子的人，决不至拿人家孩子当肉卖的。而且在这孤儿院里住些日子，离了他母亲，还可养养他独立不羁的精神。所以他觉得很有理，心中未免痛快了些儿。

他由龙泉孤儿院出来，也没回报馆，便一直到秀卿的母亲那里。李妈已然不跟着他们了，因为她得自谋她的生活。秀卿的母亲，带着小儿子，有秀卿剩下的那点东西，虽然不至挨饿，也愿意赶紧有点事，就皆因有这小孩子，所以总没有相当的事情。他们也不知伯雍替他们忙得怎样了，今天伯雍一来，秀卿的娘便知道事情必有些眉目，忙把伯雍让到屋中，说：

"大短的天，先生又是忙身子，还为我们的事外头去跑，我们实在过意不去，您这是行好呢！将来我们变驴变马，也要填还的。"

伯雍道："说不到这上头，你们又没有亲的厚的，秀卿既然有一句话托付我，我便得替你们尽心。其实你们在这八大胡同以内，不能活着么？我想秀卿一定不愿把她兄弟沉沦在黑暗世界，将来也不过养成一个下流东西，那是于你们一姓将来很有关系的。为今之计，固然应当教崇格去上学，但是小学校都不寄宿，每年花费也不少，所以我打算给他找个工读两便而且是个慈善机关才成，把你们娘儿两个都送了去才好呢。"

秀卿的娘听到这里，接言道："是呵！非得有这样地方才好呢。"

伯雍道："可惜我去了几处，都不相当。今早我到了龙泉孤儿院，跟那里老和尚一说，得他允许，只收留一个小孩子。我见他那里办得还完善，倒是个慈善性质，里面也有先生，不如先把崇格送入院里，有他安身之处，剩您一个人就好办了。便是找个佣工的地方，没有孩子牵挂着，也容易找，所以我来与您商量，愿意这样时，明天我作保，便把崇格送了去。"

秀卿的娘见说，一想："这个倒是好机会。"忙道：

"我想这事倒很好，一则孩子有地方，腾出我的身子，也好求点事，就求您明天把崇格给送了去吧。"

伯雍道："但不知崇格离得开大人离不开，倘若离不开，那可麻烦了。"

秀卿的娘道："这孩子倒离得开我，再说那里尽是小孩子，他也不能闷得慌。"

正说着，崇格由外面进来了，他才与接坊家孩子玩腻了，所以回来看他娘。一见伯雍，笑嘻嘻地给请了一个安，他的眉梢眼角，有许多地方很像秀卿。伯雍见了他，不觉想起秀卿来了，心里一酸，险些落下泪来。这时崇格的娘，向崇格说：

"你不应当再往外跑了。宁先生已然给你找了一个学堂，明天把你送上学去了。"

崇格见说，用他一双很澄清的眼睛，望着伯雍说："真的吗？"

伯雍说："真的！你去不去呢？那里小孩子很多，而且还唱歌练体操什么的。"

崇格说："好极啦！我去我去，我就愿意上学堂。"

伯雍说："这个学堂比别处更好，许多同学，都在一处睡，不回家的。你离得开母亲么？"

崇格说："那也行，反正我的娘能看我去就成了。他们能不教进去吗？"

伯雍说："哪能不教进去！你娘自然有工夫便看你去，你如今是小国民，将来要做大国民的事业，不能老在妈妈怀里活着。"

伯雍这样一说，崇格更觉得高兴了，他恨不今日就去才好。伯雍说：

"今天不成了，明天早晨去。"

秀卿的娘见崇格如此踊跃，也很喜欢，但是自家儿子，一天没有离开过，如今为生活起见，竟至把他送入孤儿院里，也是一个不幸的孩子呀！想到这里，未免有点伤心。伯雍已然看出来了，因安慰她道：

"这不算什么呀。也不是从此看不着，中国人每每家族思想太重，一步也舍不得离开，那真是有害无利的事，家里有财产还可以，若是一点财产没有，还要求家族团聚，那实在是坏事。我有个朋友，他只有一个孩子，还不到十五岁，他竟求一位牧师，带到美国留学去了。他家里也有相当财产，难道说不愿意他儿子在膝下承欢吗？他只怕他儿子将来成个废物，所以把眼前的欢乐牺牲，教他儿子成一个有独立精神的青年。崇格明儿虽然离开您，连北京都没出一步，和在眼前不是一样吗？"

秀卿的娘见说，向伯雍道："我并非是舍不得他，这正是很好的机会，不过老娘儿们总有点想不开。等崇格大了，他若能自立，一定不能忘您的好处。"

伯雍道："一个小孩子，把他放在好地方，挨着好人，一定会好的。若是在八大胡同长起来，那就完了。顶好的思想，将来也不过是开窑子。"

一句话说得秀卿的娘也笑了，伯雍便乘这时告辞，嘱咐他们预备预备，明天便把崇格送了去。秀卿的娘答应着，把伯雍送到门外，才带着崇格进去。

次日龙泉孤儿院里，又多添了一个小孩子。不用说，自然是崇格了。崇格的性情，尚不顽劣，老方丈倒很疼爱他，他离开南大街胡同里的浊恶空气，另换一种向来不曾吸收的新鲜空气，他那未发育的心身，当然要受无穷的利益。这里此刻尚说不到使他成完全国民的顶好的所在，但是他借着这个阶梯，从此不至坠落，上帝给他的聪明智慧，绝不至被胡同里浊恶空气完全扫去了。

伯雍把崇格送入孤儿院，似乎完了他一点心事，也似乎对得起秀卿在地下的幽魂。他不是贸然给寻一个所在便算了的，他也是奔走了许多日择选的结果，才肯办的。但是他还有一件事没有完，便是秀卿的娘，应当往哪里安置了？他回到报馆，偶然见营业部收了一件广告，上面写道：

　　本宅欲雇佣仆妇一名，年龄在五十岁以下、四十
岁以上者方妥，但须性体和平，喜爱洁净，能做饮食
者为要。

　　庸资从丰。希望者，到圆恩寺胡同门牌零号来问。

　　伯雍一见这段广告，他心里一动，暗道："这事秀卿的娘可
以做呀。第一她的年龄合式，第二她很清洁的，至于做饭，她
大概没有不会的，但不知这家是个做什么的？怎雇老婆子做饭，
不雇厨子呢？他既登广告招人，又限条件，佣资一定相当的，
必是个中产以上的人家，人口必不多。我须赶紧告诉秀卿的娘，
教她明日随着广告登出日子，赶紧去问。如果把她收下，那好
极了。若是去晚了，恐怕被别人捷足先登。"当下他把广告上地
名门牌记下来，吃了晚饭，便去告诉秀卿的娘。

　　秀卿的娘见伯雍又来了，知道必然有事，还以为是孤儿院
有什么没办完的手续。及至伯雍说出招女工的事，她才放心，
而且她也以为这事很相当。伯雍说：

　　"明天您吃了早饭就去，别人便是见了那条广告，也不能这
样快，这事占八成是您的了。"

　　秀卿的娘说："要没有您帮忙，我哪里知道这些事呢。明天
我一定早些去，成不成我给您一个话。"

　　此时伯雍把住址条交与她说："寻不着时，可向警察打听。"

　　嘱咐完了，他才回到报馆来做事。他觉得这个担子将要卸
了，比昨天更觉轻快了。他单等明天秀卿的娘，如何报告，不

在话下。

次日午后两点来钟，秀卿的娘到报馆来找伯雍，她脸上很有点满意之色，伯雍一见，知她事体必然成了，忙把她让到自己那间屋子。坐下之后，问她说：

"您去啦吗？那里是怎个人家？事情成不成呢？"

秀卿的娘道："我去啦。事情已然说定，让我后天上工。因为我的零碎东西，也得归掇一天。那家只有夫妇两位，另有一个使唤丫头，老爷已有四十七八岁，姓褚，倒是本京的口音，说是在内务部也不是哪部当差。太太看去不过二十来岁，可是她自己说已然三十了，看那样子，还是新娶过来不多日子，好俊缥〔标〕致的一位太太呢。她说话也很和气的，她说就愿意人干净，脏了是不行的。她一见我，就说这位妈妈倒还干净，不是讨厌样子，她已然中意了，既而又问我家里有什么人，怎会知道这里用人，我说家里没人了，只有一个小儿子，已然送在孤儿院里，所以到这里来。是一位先生看了报，教我来的。她说：'你也是个苦人，你就在我这里忍着吧，每月给你五块钱。'当老婆子挣五块钱，在北京很不容易呢！她是特别体恤我。她还说：'老爷朋友很多，时常打牌什么的，每月零钱也能挣不少呢。'这不是一件极好的事么。"

伯雍见说，也替她怪痛快的，不想无意中，倒遇见这样一件俏事，因向秀卿的娘道：

"这事我听着倒很相当，您就去试试去。如果不成，咱们再想法子。"

　　秀卿的娘道："我小心伺候人家，没有不行的。再说那位太太一见我就投缘，哪里会有麻烦呢！我今天一来到这里告诉您知道，二来给您道道劳，这些日子为我们的事，您太费心费力了，不但为死了的，还为了活的，如今把我们娘儿两个都成全了，哪能不来道道谢呢。"

　　伯雍道："这又算什么，不过我多跑两趟便了。"

　　秀卿的娘道："虽然这样说，谁肯为我们跑道儿呢！您这里也怪忙的，我也该回去归掇归掇东西去了。等我日后有工夫，再来看您吧。"说着很高兴地去了。

　　说书的利用这点工夫，要把褚宅的事先说一说。在一个月以前，圆恩寺胡同里面，并没有这家人家。褚老爷究竟是做什么的，也没人知道。不过据他自己说，他是在内务部当差，究竟是科员科长，是司长参事呢，也没人知道。但是他很有钱的，他搬到这里不几天，就娶了这样一位太太。当结婚那一天，也没有多少亲朋，但是多少也来几位贺客。这位太太是孀居不满一年的人，听说还上过几天学堂，多少染一点文明气息，所以把中国从一而终的礼教，看得很不值什么。她前夫也是在部里有差使的，娶了她不几年便故去了。这妇人娘家姓田，如今已是没人了，当她由婆家出来，复归母家，她母亲还活着，而且也利用她再醮，好再得一份财礼。谁知还没寻着主儿，田氏的母亲已然死了，只剩田氏一人，还有个随使丫鬟，过她那单独日子。但是她绝不寂寞的，因为她手里尚有一点积蓄，是先夫背着父母兄弟给她的，她如今便拿这钱，在东安市场里走逛，一则开心，二则也要物色一个男人，即或自己物色不着，以她的容貌，还怕没人注意。可巧被这位褚先生见了，日子一长，未免向人打听她的身世，却好是个讲自由没有拘管的妇人。褚先生也是个没娶过亲的人，他以为娶田氏是很容易的，若是黄花女儿，而且还有家长，那就难了。他的欲念一萌，他的老婆真娶到手了。

他回到下处，赶紧求一位惯与他办事的婆子去提亲。媒婆子是有名的叫王铁嘴，无论说多少话，她总不吐一口唾沫。她受了褚先生的厚托，当真地去拜田氏。田氏日来的生活，虽然还觉着很阔绰的，其实她已然空虚了，她急于欲售，总没有一个相当的，她正暗自着急呢。不想王铁嘴来了，她与王铁嘴向来是不认识的，但王铁嘴是串百家门的人，她那张铁嘴，又是能说会道，几句话，早把田氏哄乐了。她说：

"太太没出门么？这几天怎么没到东安市场去逛？听说梅兰芳要在吉祥园露戏了，太太可以听听去。他近来排了几出什么古装戏，九城的太太们，谁不预备着去看！只是我们受苦的人，便一辈子也看不着梅兰芳了。"

田氏说："梅兰芳也不过卖他那几件行头，究其实也没有什么好看的。我倒赞成杨小楼，但是你素常没到我家来过，今日忽然而来，只怕是有什么事吧？"

王铁嘴见说，笑道："太太真好见识！目下有一头好亲事，有人求我向太太来说，但是据我看，他有点妄想，不过我说出来，成不成太太不要着恼。"

田氏见她为说媒而来。与她日来心事，有点暗合，忙教使女兰花去泡茶，既而又向王铁嘴说：

"这嫁人一事，我久已没有这念头了，因为我头一次嫁人，便是一个顽固家庭，一点也不得自由。目下不比从前，这嫁人一事，更得谨慎了。所以有许多人替我介绍，我都谢绝了，但不知你所说的是什么样人家呢？"

王铁嘴说："若论这个人，是很难得的。他不但有钱，而且还在内务部里有份差使。他现在虽然有四十多岁，还是初婚，这岂不是很难得的么？"

田氏见说，笑道："哪有四十多岁的人，还有初婚的？你这是冤人的话了。"

王铁嘴道："一点也不冤人。太太不信，过门之后，慢慢打听，他要娶过亲，老身甘心认罚的。他实在是个多情的男子，不然他早娶亲了。他看世上女子，都不入他的眼，也不知哪天，大概是鬼使神差，在东安市场，他看见太太，便如中了魔一样，害了一场单思病，派人四下打听，才把太太的底细打听出来，所以求我来说媒。这里头似乎有点天意，他虽然不免有些妄想，太太也须看破些，老这样也不像话，孀居不是孀居，姑娘不是姑娘，日子也不是容易过的呀。"

田氏道："虽然这样说，我箱底里还有点东西，便是再花五年六年，也不致挨饿。即或我日后嫁人，也不能全赖男人活着，我依旧保持我经济的独立。但是你方才说的那人，他姓什么？究竟有多少财产？家族有几个人？他打算娶我，他能履行我的条件不能？"

王铁嘴道："太太说吧，要求什么他也不能驳回。"

田氏道："第一，得有五万元以上的财产。第二，不但我不做妾，以后永不许有纳妾的行为。第三，人须文明，不要老腐败样子。第四，须另居，他家无论有多少家族，不能合在一起。第五，须允我自由，不许当奴隶似的防着。"

田氏说完这五个条件，因向王铁嘴道："你既与他来提媒，这几件事，你大概估量得出来，究竟他办得到办不到呢？"

王铁嘴见说，笑道："这些事尽在老身担保，不用本人答应，我敢替他画押。第一，他的财产，不敢说有几百万，三二十万，总该有的。第二，他半生没娶过亲，哪里有妾？他只看中太太一个人，别人都没看在眼里。无论到何时，万没有纳妾的非举了。再说男子纳妾不纳妾，全在太太们手段如何，以太太这样人物，还不能玩男子于股掌之间？他日后唯有拜倒于石榴裙下，还有心纳妾么？第三，他虽没出过洋，没留过学，人倒文明，他的辫子早就剃了。第四，他现在孤身一人，哪里有家族！这个不成问题。第五，他既然是文明人，当然主张男女平权，不自由的事，万没有的。这五件我都替他答应了。至于他的籍贯姓名，也不能不说明的，他的原籍，究竟是哪里，老身不曾问过他，也不便与他瞎造，他是北京生的人，目下只在他们铺子里住。他本身姓褚，名叫褚维宗。如果这事成了，他立刻便租房子，好事马上就办。太太想，哪里有这样通快事呢！"田氏道："听景不如见景，我二人究竟要对相一相。"

王铁嘴道："那更好了，我回头便告诉他。太太以为在哪里见好呢？"

田氏道："这样大事，在不及地方不行，你回去告诉他，教他先在六国饭店请我吃顿饭吧。"

王铁嘴说："那他求之不得呢。"

当下她二人又说会子闲话，王铁嘴告辞而去，把田氏的话都告诉褚维宗，乐得维宗眼睛连缝都没有了，他一生还没到过六国饭店吃一顿饭，他只知那里是极有趣的地方，而且也是极秘密的地方，只是他一荡也不敢去。不想这正在进行中的老婆，点地要在此处对相对看，而且要扰他一顿大餐，虽然不曾去过一荡，也要冒险去一次的，不然被这妇人要小看我的。他未免去打听吃六国饭店的规矩，都打听好了，教王铁嘴去邀田氏，他二人在此一饭，事情便成了，说话便娶了过去。二人对于王铁嘴都有赏赐，他们在蜜月期中，虽然都是轻车熟路，更有一番特别滋味。因为褚维宗，虽然零碎成过家，这室家之乐，究竟不曾享受过。他大有平地登天之概，对于田氏一切供应，无不尽心竭力。田氏见他于花钱上，毫无吝啬，也信他是个很有财产的人，这一点是田氏最满意的地方。他们登广告招女工，是他们结婚一个月以后，因为几个老婆子，都不随田氏意，所以才想出登报招佣的法子。

第十一章

秀卿的娘，在家中把破烂东西归掇归掇，把衣裳铺盖也都拆洗干净，喜喜欢欢地去上工。田氏见她比前天来时更觉干净许多，自是喜欢。秀卿的娘，关于一切饮食，伺候得特别周到。不第田氏很满意，便是褚维宗也以为这个老婆子雇得太好了。秀卿的娘，除了工钱，每日买菜还能剩个角八七的，再说褚老爷也有时约来几位同寅的打个小牌，零钱隔几天总得一块多钱，所以秀卿的娘非常高兴，于做事上，更形细腻了。不过有一点可注意的地方，褚老爷虽然有几个朋友，总不见有太太们来。她知道，如今的太太是很阔绰的。假如今天来老爷，明天来太太，那零钱不更得的多了么？怎么这几位老爷竟不带太太来呢？她也曾于伺候酒饭时，向那几位老爷没话找话说，哪天同着太太来或是说请太太来，那几位来宾只是笑，不然就说

以后一定来的，可是终不见来一荡。田氏也请过几次，总不见
有位太太来。她对于这几位老爷，又都不甚投缘，不但对于这
些人不投缘，便是对于褚维宗也有些讨厌了。好在结婚不多日，
不便在辞色之间形容出来，但是她也不便在家里陪着他们玩，
她自然有她的去处，什么东安市场、中央公园等处，天天要去
的。她有时教褚维宗同她一处游玩，维宗总不愿意与她同走，
田氏未免说他些腐败话，说："公母俩，同走同游，是世界的公
例，有什么不方便！"田氏虽然这样说，心里也有时利用他不
一块走，因为在公园或市场里，她近来很有点自由行动的勾当。
她怕维宗疑惑他，每晚对于维宗，加了许多殷勤，乐得维宗要
上天。他以为田氏对于他爱情深了，并且以为他这格局的住宅，
多情的眷属，真不亚洞天福地极乐世界了。便是秀卿的母亲，
也以为投着这样的主人，寻着这样的事由，实在是很幸福的了。
她每日计算她的收入，由一月推到一年，由一年推到十年，她
算计她于十年以后，能有二千余元的积蓄，她再托可靠的人放
一点债，十年以后，更不知有多少利了。她又想她小儿子崇格，
于十年以后，已是二十多岁的汉子，有宁先生替他维持，不但
有了学问，而且一定有事做。"我积下的钱，给他娶个媳妇，置
点产业，我就该养老了。"她如此一想，她觉得她的前途，非常
有希望，她也不觉得做事苦，也不想已故的女儿了。她如今一
意只预备她十年以后的事，她的本分，她的志向，实在是令人
钦佩的。

　　伯雍自秀卿的娘得着这样一个相当的事情，他这几日很觉

舒畅了，他以为虽然没给他娘儿两个寻得一个极有幸福的地方，但是他们也不至受罪。死鬼秀卿托付我一场，总算给她尽到心。以我这样一个没有实在能力的人，能够替一个老妇人、一个小孩子寻着这样的寄身所在，也算傻难为的了。在他娘儿两个没有栖止的时候，伯雍不第心里不踏实，仿佛肩上担着两件物事，总也放不下，连出门娱乐的心思都没有了。他必定给他们找着地位，仿佛才完了心事，才对得起长眠的秀卿。论理秀卿与伯雍并没什么特别关系，伯雍的境遇如何，她也不是不知道，便是伯雍真维持不了，或是松懈不为，难道还怕鬼责么？不过秀卿于临终时，特地把伯雍叫了去，托付一场，总算是个知己，绝不是利用。假使秀卿会利用人，她可以不死，而且也可以当一任一品的姨太太。皆因她不会利用人，所以才有那个结果。在伯雍也绝不多心她把困难的事情无端加在自己身上，反倒以为秀卿教他办这点为难的事情，意思是教他练习人类互助和社会服务的本分，所以他一定要替他们奔走去。如今幸喜娘儿两个都有了安身立命的所在，他卸了重担一般的舒服，也有了精神和子玖凤兮诸人去娱乐。子玖这几日又不到全乐部金宝那里去了，因为他已然达到目的，又到旁处胡闹去。伯雍虽然说他逛法不对，但是他的性质如此，也是改不过来的。

伯雍自到报馆，他每月总要回家一次，因为回家是例事，所以不会替他记述。但是他每次回家，都要使他发生一种不安的感情，并不是他家庭里有什么问题。他的家庭，实在是很完全的，不但他的父母是慈祥无比的人，便是兄弟姊妹，以及妯

娌之间，也都彼此情感相通，没有各怀心志的。所以使他不高
兴的，是他本处住民，生活一天比一天困难。他家乡的人民，
本来都没有恒产，全赖旗营生活。革命以后，旗营先不济了，
并附近的村民，也大受了影响。伯雍回家一趟，总是看见穷人
一天比一天多，早先很兴旺的村镇、很隆盛的旗营，眼看着凋
敝衰残。好几百年的大槐树，原先是成行成列，一眼望不到边，
如今都伐倒了，一株也不见。山上的树木，也都砍了，山林秀
气，一点影子没有了。山上到处露出红色的黏土，仿佛生了遍
体的疮瘢。那乾隆时代的建筑物，如同碉楼、教场、官衙，渐
渐地都被穷民拆卖了。不第官有的东西都拆毁了，连村间私有
的家屋，每一个月里，总要拆卖几十间。原先屋瓦鳞鳞，被多
年的古槐和稠密的枣树隐蔽着，远远一望，碧森森的，真有点
雄伟的气象。如今却不然了，到处都是破房基、碎瓦砾，仿佛
才遭兵燹，又仿佛被了极大的火灾。其实这个地方，一次兵灾
也不会受苦，只因为受了革命的影响，生活一天不如一天，不
必待大兵和土匪来烧掠，那地方上的人民，为维持他们暂时的
生命，不得不把多年的建筑物拆毁，来换几个钱。拆了公共的
不算，还要拆自己的，都拆完了，依旧不能生活。历来的革命
家，多半讲究破坏主义，究竟这"破坏"二字怎样讲，我直到
如今怀疑。据我想，破坏绝对不是破坏有形的东西，可是到了
实行的时候，便没分别了。譬如野蛮人，无论到什么时候，总
要发挥他们野蛮性质。当鸦片战争的时候，英法联军，乘中国
多事，闯入北京，把三山胜地全给烧了。他们的野蛮行为，在

历史上终归不能消灭的。革命党倡为破坏之说，其实腐败政治，不曾破坏一二，反倒教会了无业的人民，恣行破坏手段。顶好的建筑物，而且是历史上纪念的东西，你要说这个不应当拆，拆毁了也卖不了几个钱，他们一定不听你的话。他们唯一的理由，便是饿。只这一个"饿"字，比土匪和大兵厉害得多。什么应保存的东西，也保存不了。大凡革命的国家，都是由破坏而建设的，但是破坏很容易，一句话便破坏了，可是再言建设，就不能那样容易。一百年二百年，不定建设得了建设不了，甚至有终归不能建筑的，所以我说革命家是以少数人之激烈思想，向全国人民生活范围以内，故意地开一个大玩笑。他们和赌局的赌棍一样精神，红不红自己并没有把握，不过孤注一掷，好坏尽凭天命。所以革命手段，无论如何，总带点野蛮和匪棍的臭味，所以我认定革命手段不是人类应当极端崇拜的思想，因为办理国家社会的事，实在有比革命手段胜强百倍的。何况这种手段，最危险的毛病，无非叫人民都陷于破产的悲境，不得不向野蛮境域退化了去。于人类福祉和古物的保存上，实在有至大的关系。

伯雍所以每次回家，总有些不快之感，实在因为目击这样凋敝的惨象，使他忍不住唏嘘，禁不得浩叹，尤觉令他感慨不置的，有许多大田园、大茔地，旧主人都衰败了，所易的新主，尽是军阀中人。这一点，更使人不能忘革命家的厚赐了。

伯雍因为替秀卿的娘忙了些日子，这一个月里，并未回家。这些日子，因为把他们的事都办得有了成绩，身子也清闲点了，他便预备了几天稿子，告了两天假，回家望望老亲。他的父母见了他，自然是喜欢，他拿出由城内买的甘脂，教他嫂子打点好了。晚饭时率领他兄弟姊妹，陪着二位老人一喝酒，立刻几间破屋子，都充满了和平愉快的喜气。他的脾气，最喜欢家庭的和乐，他不但爱他的父母、兄弟、姊妹、子侄，连他家所饲的猫狗小鸟，他也对于它们各有一分感情。他说人生的幸福，以家庭的乐趣最为真挚，旁的乐趣，都是虚假漂浮的，没有一件是真乐。要享真正幸福，除了在家庭里找，哪里也寻不出，便是极有权力的执政者、极有财产的资本家，无论享用怎样厚，若是没有完美的家庭，终不算有幸福的人。因为人要得着极甜适的安慰，非有家庭不能安慰的。社会上无论做什么的人，他最后的休息，必得在家庭里才觉得分外安适。伯雍既有这个思想，他的家庭观念，比那些务外的人特别强烈。他见了他的父母，他觉得父母便是他幸福的根源，他觉得他父母喜欢，比什么宝贝都难得，也知道父母天天喜欢着，是家庭中全体人口幸福之所系。至于兄弟、姊妹、妯娌之间，也愿意他们天天喜欢着，各人尽各人的本分，无论什么事，都要以天真相处，不要互存一点心机。伯雍既然有这样的思想，他的兄弟、姊妹，与他是同细胞的，无论有任何不相同的思想，骨肉间的爱力，总是先天赋得来的，所以他们一点破裂嫌隙也没有，都是浑浑厚厚，依旧是父母中的幼儿一样。至于媳妇，也是德行人家的姑娘，所谓不是一家人不进一家门，都是家庭幸福中的要素。

伯雍每次回家，轻易不到哪里去，除了家人共话，便是在山顶上闲眺，因为他是山居的人，他总对于山水有感情的。他在城里报馆做事，实在囚拘得要死。他一回家，一定到山上饱吸空气。但是他原先登山，无论看哪里，都很高兴的，如今登山一望，反倒使他愁牢不堪。原先在山上往面前一看，目力所到，都是极茂盛的树木。由枝叶扶疏处，隐隐约约地看见几处屋瓦。好多的房屋，都隐在浓绿的树下。现在不但没有那些树，连房子都和大炮轰没了一样，一片一片的砖石碎瓦，竟望不到边。有那少微勤俭点的人家，就破房基内收拾收拾，种些谷类，还觉得好看一点。但是破房基内种谷，究竟是衰亡的表征。

伯雍在山上看了半天，这拆毁的遗迹，他的思潮不由一处而来。那万年不毁的碉楼，征服金川的纪念，如今都拆得七零八落了。那些伟大的建筑物，武功的标识，都是二百余年以前，有三千所向无敌的健儿，以汗马功劳和疆场上碧血换来的。如今他们的子孙，不第不曾博一点可纪念的东西，反把祖先的纪念拆卖了。他往西一望，旧日演武的教场，已被农商部占有，作为农林场了。他们派来几个废物，一事不做，专门地欺压平民。他们以为占了这一点地方，便是战胜民族的权利，而中国农林大业，也似乎兴办起来了。其实他们所占的不过巴掌大一点地方，内外蒙古的牧场，鸭绿江的森林，他们便不要了，他们也没工夫去要，而且没有胆子去要。他们占了一个教场，侵害许多贫民的产业，便算厉行农林政策了。

教场里的圆城、演武厅、马城、梯子楼，依稀还存着。尤且令伯雍感慨不忘的，是那碑亭以内的记功碑。洁白的石头，刻着满汉蒙藏四种文字，一部征服金川的历史，都在上面刻着。同时建设这样记功碑的，不知有多少地方！喜马拉雅山巅上，也有这样的记功碑。中国人于十八省以外，又多添了二分一的疆土，可以移植懋迁。如今人人都视为固有，也就忘了开辟这些疆土的、增大中国版图的是什么人了！伯雍睹物伤情，简直不胜今昔之感。他默默问那些纪念物说："你们没有一点法子救这些穷人么？"仿佛那些纪念物答道："我们现在还朝不保夕，哪里管得许多。"

伯雍已然不愿再看这些残破的遗迹了。他慢慢地由山上下来，幸喜他家后院，有一株大杏树，还有一株山桃。前院有一株槐树，一株榆树，还有一株茂盛的灵椿，还有他父亲手植的一株松树。此外还有几株枣树，依然是旧日模样，所以他不用费事，便认识他的家门。若照旁处一样，也拆毁了，连他自己也许不认得他的家了。他到了家中，很觉不痛快，因问他父母说：

"房子拆得太多了，将来上哪里住呢？"

他父亲说："这真是没法子的事。但是近来也有几位慈善家，提倡许多慈善济贫的事，每一贫户，可以得些钱米。再说静宜园已被一位慈善家由皇室借出来，打算开一个女学，办一个贫儿院，将来还要开办工场什么的。贫民有了工作地方，每日可以糊口，自然不至把房子拆卖了。"

伯雍道："房子立着才值钱的，他们为什么拆了卖呢？"

伯雍的父亲道："在城市里，房子固然很值钱，但是他们搬不了去。他们知道在乡村的房子，没有人租，不能指着它吃饭，只得把砖瓦木料拆下来，卖与人家。三间房子的材料，剩到卖主手里，不过四五十元钱，还有不到此数的。凭这样的房子，不管是官的私的，但是由老上辈到如今，已然住了二百多年，便是修理费，每间房子不知花多少钱了。如今一文不值半文，竟自拆卖了，真是可惜的事。可也难怪，谁教赶上这国破家亡的末运呢！幸喜出来这几位慈善家，虽然是杯水车薪，究竟不无小补。这里虽然有几处官立的小学，少大一点的姑娘，都不愿意去。她们听说西山园子要开女学，将来还有女工场，有许多姑娘愿意去，她们虽然受穷，向学的志气还没有颓丧。这位创办女学的先生，自号万松野人，是天主教会中人。他夫妇两个，都很信主的。教会中人，怎样不及，道德思想，也比没宗教的人强。何况他夫妇两个，都是很有学问很有道德的，多少有名的人，都肯帮他们的忙，所以他们一定要办这个善举。他们还要约我出来帮忙，反正我也是在家里闲着，帮他们办一办，也是我的义务。你的妹妹，虽然在家念一点书，究竟没程序。那学堂开了，我打算把她们也带了去。"

伯雍道："这是好事！你老人家就帮着他们办一办吧。"

老人家又道："他们此刻正在开办时代，明天你不妨到那里看看。这个园子，若不整理一下，做个废物利用，再过几年，园子里的树木，就要没有了。那些园户，见清室退政了，他们把这园子简直据为己有，每日不知盗卖多少东西。那多年的古柏，他们也一点不爱惜，天天要伐倒几株。势败奴欺主，世界上最要不得的人，便是这些有奴性的鼠辈。主人有势力，他们便倚势凌人。主人一衰败，他们便先下手分肥。他们的性质，不该杀么？当万松野人由皇室借得这个园子，附近园户，哪里答应，他们不管人家拿这园子做什么用，与地方上有什么关系，他们就知道不能自由盗伐树木了，群起和万松野人反对，甚至有拿刀在路上等他的，打算一吓他，他就不敢办了。谁知万松野人一点声色不动，向他们首领说：'你们若好好跟我说，山上柴草，依旧许你们打，因为我不得不体恤你们。树木，无论大小，一枝也不许动。如果不听我话，那我就没法子了，只得用非常手段，求游缉队把你们尽数驱逐，到那时不要后悔。'那些园户知道反抗是无益的，所以都就了他的范围。如今不第树木都保住了，而且还要把旧有的地方整理起来。你明天到那里一看，就知道他们的目的是很大的。"

伯雍说："这样办法，是很合理的。因为皇室的废园，在清室已没力量整理了。委之无良心的园丁，非毁平了不止。赠予民国，也不过被强有力者独占了去。最好借与民间慈善团体，办点社会公益的事，不但能把古迹保存，而且还有逐渐复兴的希望。清室此举，总算是很贤明的。不过慈善大家，得了这样有山有水、树木葱翠的离宫，真得兴办义举？若为自己享受打算，那就有负此园了。"

他一家谈了半天的话，天已不早，乡间不比城市，晚间没有可去的地方，惟有早睡。

次日晨起，伯雍要到西山园子去看。他吃了早饭，便溜达着去了。十月天气，小阳时候，又在山阳，暖和得很。这个地方，冬令不十分寒，夏天不十分热，由那太行山的余脉，成一个半环形。环口正向东南，把北京城环绕在内，仿佛做了个影壁。西山麓下，大寺名园极多，王公世胄的坟园不计其数。所以以风景而论，西山一带，为北京近郊之冠。静宜园与名刹碧云寺毗连。辽金时代大概就有这个园子，因为碧云寺是当初耶律楚材的墓地，前清康熙时代，除了圆明园、畅春园、净明园，以静宜园的风景最为有致。建筑物以布达拉一处，最为富丽宏大，形式一本西藏与印度之大寺，屋瓦皆青铜制，蒙以赤金。每逢四月柳絮乱舞的时候，前清皇帝必要向静宜园行幸，以避柳絮。慈禧太后时代，犹举行之。庚子以后，该园又被外兵所毁，无力经营，只有一颐和园为慈禧太后不时临幸所在了。

　　静宜园和圆明畅春两园，于咸丰年间，同时被英法联军所焚，京师人谓之火烧三山。清室精华，在这时代，已然付之一炬了。当时洋人烧这三处离宫，一点意识也没有，也不为抢东西，不过为报林文忠公烧他们鸦片烟的仇恨，故意毁了这三个园子，以遂他们野蛮人报复的恶欲。作书的小时候，常听老人传说，静宜园被洋人烧毁时，那布达拉大寺，烧了多少日子，不曾完全烧了，所以在庚子以前，那金瓦依然还有，每至朝暾甫上，照得金光灿烂，庄严无比。不曾烧毁时，可以想见了。当英法联军去后，这园子已成一片焦土，可是有许多樵人入园樵采，无意中竟发了大财。他们怎样发了财呢？因为静宜园被焚之后，这个园子已然废了，附近村民自由进去砍柴。他们在那蔓草荒烟之中，山风过处，每每听得草地上叮铃乱响，起初还不注意，后来有人拨草寻觅，只见有许多烧卷的铜片，被风吹得相击乱响。他们拾归家中，也有当碎铜卖的，也有存在家中不介意的，后来才有人知道那是纯粹的赤金。因为布达拉大寺的青铜瓦，包的都是一二分厚的赤金，被火一烧，金叶子与铜分离，烧成焦卷，滚了满地。它们不愿在荒草寒林里受那枯寂，所以都被人拾出来了。但是这布达拉一共有九九八十一间，工坚料实，所以不曾全毁，别的地方也有不曾烧的，以后重加修葺，依然是清室一个消夏的离宫。庚子那年，八国联军入京，英国人知道布达拉还有许多金瓦，他们带着印度奴隶兵，把布达拉的金瓦全拆了去。别的东西，也搬去不少。静宜园经这二次的浩劫，完全毁坏了。这里的禽兽，以仙鹤梅花鹿为最多，如今也都灭绝了。

伯雍到了静宜园，宫门还照从前一样，门前两个大铜狮子，兀自在那里做这荒园的守卫。围墙有许多处坍塌的了，只见好多工人在那里修补。伯雍走到宫门左手一个角门，只见门旁悬一块牌子，写着"静宜女校筹备处"，有几名香山汛守备衙门的游缉队，在那里守卫着。伯雍取出一张名片，求他们往里传达。他们把他引进去，里面旧有的亭台楼阁，多半剩了遗迹，实在不易复旧。只有一个小院落，还有几间较好的房子，大概是三山郎中办事的地方。静宜女校，就在此处筹办。

那位万松野人，见有客来，忙迎了出来，把伯雍让到屋中。他的夫人也出来款客，他夫妇两个，都是很和蔼的人。万松野人，身量非常魁梧，当初他练过武，能举三百斤的石头，后来弃武学文，到处访友求师，成了一个极有学问的人。他的性质，不喜仕进，可是有许多显达的人，都仰他的大名。他的事业，也皆因有许多显达的人帮忙，所以能行点素志。他在二十年前，于报界很著名的，如今报也不办了，专门要办慈善事业，而且还要阐扬天主教的真理。他从前就喜欢西山的风景，近来皆因静宜园一天一天地毁弃，附近的旗民人等，又非常地穷窘，所以他立志要在此处办一点事业。现在虽然是才入手，但是直接间接帮忙的人很多，将来一定能成功的。

伯雍是本地乡民，当然对于万松野人夫妇的热心，要道谢的。万松野人说：

"人类办人类的事情，不但没有彼此的分别，地方的界限更不应当有。不过有知识的人和有财产的人，总须把精力使在穷困的地方，不但教人有饭吃，是要紧的事，教人受教育学真理，比吃饭还觉要紧。目下虽国人不能吃饭的太多了，而不能受教育的尤为可怜。无奈我们有多大能力呢？也不过寻一个我们素所知道的地方，办一点小事业，尽尽心，也就是了。我的意思，本地方的人民受这样的困苦，我们当然救济的。这静宜园是中国名胜，皇室的离宫，也应当设法保存，所以我求几位王公，把这地方借过来，预备将来容易发展，但是里面过于残毁了。现在我把见心斋、韵琴斋、梯云山馆，都略加修葺，其余别的地方，慢慢地修理，只是苦于经济，将来是否能偿素志不能，就不可知了。"

伯雍说："先生的善举，实在令人钦佩。但不知预定的计画，办到如何程度，才算达到目的呢？"

万松野人说："预定计画，固然有，那就得看将来的经济了。

这静宜女校，是入手办法。将来还要设立一所慈幼院，贫民学校、贫民工厂，也要设立几处。目下女校已然筹备就绪，不久要招生。慈幼院，现正在募款项，将来一定成立的。至于工厂，便不能预定何日成立了。"

伯雍道："本处穷人，日见其多，大有朝不谋夕之势。虽有几处粥厂，也是有期间的。济贫的妙法，无如以工代赈，他们既得工资，地方上又兴办许多生产事业，年月一长，本地成了工业地，生计也就不必发愁了。所以我希望此地以兴办工厂为最大的急务，还求先生向诸位大资本家筹商，把工厂一项提前开办才好。"

万松野人道："工厂一定要办的。但是道德比吃饭要紧，先由女教入手，这正是根本的办法呢。"

伯雍听了这话，也就不敢多言了，因为自己一个钱没有，自己的志愿，勉人去办，不但讨人嫌，而且自己也觉惭愧，当然以"是是是"为谈话的终结了。万松野人很高兴的，同伯雍到重修的地方看了一遍。以全体而论，工程虽不过千百分之一，金钱大概已花了不少。

伯雍由静宜园回到家，他父亲问他说：

"你见着那位先生了？他夫妇都是很和气的，他们将来能把西山园子兴旺起来，加上现在物质文明，比原先还能好。"

伯雍说："一定。但是园子虽然好了，我们的营子村子，势必拆干净了为止。许多贫民窟，围绕一所别有洞天的名园，也是人世间一个奇观哪。"

第十二章

伯雍在家里住了两天，仍然回到报馆去做事。他到了报馆，歆仁正盼他回来呢。听说他回来了，教馆役把他请到后院。歆仁一见伯雍，便说：

"你又回家了！外面的事，你一点也不注意。现在要考县知事了，你为什么不去报名？你的资格是很合式的，所以我盼你回来，赶紧到内务部报名吧！"

伯雍说："这样的事，我哪有不知道的，但是我没意思考。现在袁项城虽然组织了一个强有力的政府，但是他倒行逆施的事情很多。这次考县知事，哪里是为百姓求亲民之官，不过为网罗无聊的小官僚，做他歌功颂德的奴隶便了。我的资格，只为留学生三字，不得不列入资格一项之内，可是向来与官场一点因缘没有，如今妄冀功名，难免自讨没趣。登庸试验，可以不便尝试了。"

歆仁说："你还是这样固执不是！便是在前清科举时代，谁也不敢说必得，无非撞大运。升官发财的事，无非是个撞。旁人为自己的事，一点门径没有，还要往里硬钻。怎么你有了机会，反倒不去做呢？你直到如今，所以不能阔，都是因为你过于不活动了。你想想，自有考县知事的消息，全国都轰动了。不但各现任知事，都来应考，凡是有相当资格的，不远千里，目下都麇集都门，比前清乡会试还热闹，就苦了没资格的人。你既有资格，为何不战一下子？"

伯雍说："现在求官，要打算由考试仕进，那真是可怜到家的人了。何况他们的考试，无非是一种手段，一点诚意没有。不然为什么要规定出保免的例外呢？"

歆仁道："这正是当局的苦心，现在军民长官，谁没有几个县知事？若是一律考试，未免要得罪人。项城是什么样精明人！他万不肯把旧部所用的人，全行入考。可是保免试验的，究在少数。试验及第的，才算正式的县知事。"

伯雍道："不然。据我看，试验是假的，保免是真的，照老袁这样会做人情，将来的县知事，还能有中央一个人吗？地方上我一点援系没有，便是侥幸中了，也是瞎闹。目下我在社会上卖几篇文章，也能挣几十块钱。民国的官，不做也倒罢了。"

歆仁说："不行。你的思想终归是挨饿的，弄个知事当当，一年至少可以剩一两万块钱。你此刻正是为贫而仕，所以我还是主张你去考。再说这次考试，是个特典。我们报纸上，也应当有极详细的新闻。你入场去考，不但为你前途打算，为咱们的报纸，你也应当辛苦一荡。因为新闻记者不许入场参观，你去入场，真是官许的访员了。"

伯雍道："你既这样说时，我还可以去一荡，中不中先不必管，咱们报上我管保有几天好新闻。但是报名费须得两块大洋，我此刻一文没有，怎办呢？"

歆仁说："回头你到账房去支，有我的话，总要多借你几块使。"

当下他二人又说些闲话。歆仁依然是懒洋洋的，觉得很劳倦，他有时竟神不守舍地说出许多无意识的话。其实他的脑筋，一时也不能清闲，他无论何时何地，总把精神飞越到政海里去。他非常善于揣摩，他虽然是有党的人，他绝不株守党一系。他的妙诀，无论哪党哪系当权，总要保持他相当的地位，所以他的心思，比别人特别地劳累。他一回到报馆，或是回到私宅，他的精神每每透着特别颓唐，甚至有时说谵语一般的自问自答。若不然突然问人一句话，他自己不知说的是什么。其实他的心思，没在此间，依旧在汹涛猛浪的政海里，一沉一浮地支撑。他二十多岁的人，弄得一点元气没有，足见他的精神体魄，是怎样消耗了。

他虽然有时迷迷惘惘，仿佛是很傻气的，但是他对于他自己利害的事，向常一点也不傻气的。他每逢透露傻气时，甚至自言自语地说谵语，那正是他用极缜密的心思，研究他自己切要之事。以他所办的报纸而论，每月比别家总要省许多钱，但是报上材料，却比别家热闹。因为他能用极廉的代价，雇用几个编辑，而且手笔都不错。再说他能临时求人，或是应常调查的事，编辑员不愿意去，他能想法子教他们去。比如这次考县知事，他知道伯雍有资格，他便愿意他入场去考。他的目的全在得新闻，好与别家竞争，至于伯雍是否得中，中了之后，他给维持不维持，都不是他心中切要的事。自要有了场内新闻，他便心满意足了，所以他盼着伯雍回来，好怂恿他入场，及至伯雍应许去了，他的心事，已然如愿了，所以他的精神，又飞到旁处去。伯雍与他说什么闲话，他也有时听不见了。

伯雍见他似乎寻思什么事，不便搅他，只得到前院编辑部里去。晚饭以后，忙完稿子，还是与子玖凤分到胡同里去溜达，仿佛成了习惯，因为不出去，也是在那间霉湿的屋子白待着，出去走走，困极了一睡觉，倒觉舒服。

他们一点钟以后才回来，街上行人已然少了，可是还有许多人力车。街灯底下，卖豆浆才出来，有许多车夫围着喝。小巷儿里卖炸豆腐茶鸡蛋的，一个跟一个，一声赶一声地呼唤。南城夜中，这是闻见熟惯的事。

次日歆仁打发馆役，给伯雍送来一封信。伯雍拆开一看，却是荐任官的印结。伯雍笑道：

"他真替我想得到，我还忘了这层呢！"

他吃了早饭，由柳条箱内寻出他那张有名无实、废纸一般的卒业证书，这种东西欲指着它穿衣吃饭，和缘木求鱼一样地难，可是到了官事上，没它又不行。官事的表面，向来是认文凭不认人的。但是官事的内幕，却反认人不认文凭。伯雍这张文凭，由东洋带到中国，也曾入了好几次官衙，被官中打了许多图章。除了在宣统三年，得了一个法政科举人虚名，直到如今一点效力也不曾发生。穿衣吃饭，依旧凭着人的劳力，才能换几块钱使，所以伯雍对于他的文凭，已然视同废纸。他的生活上必需的费用，倒是一支秃笔，很能帮忙，文凭却成了赘物。不过这张文凭也是二十年苦读换来的，不忍把它焚弃便了。不想这次因为考县知事，歆仁欲得场内新闻，怂恿伯雍入场，不得不假它做个护照。但是洁白无垢的文凭，一入内务部，又得打一个红印，未免替这张文凭可惜。

他收拾好了，便雇车到内务部去。到了那里，果见有许多热心功名的人，拥拥挤挤地，前来报名。伯雍杂在里面，自己觉得很可笑的，暗道："人家被保免的，或是有靠山的，打算做个官，何必这样费事呢？我看这些人，也都是穷骨头昏了心的人，大老远地来到北京，应考知事。自己准有把握吗？千山万水，不用说路费，便是在京里一住，一天也得一两块钱。没入场以前，每人都做那县知事的迷梦，恨不定制一把铲子，预备铲那肥美的地皮。哪里知道揭晓之后，立即破产的，不知有多少人！他们不想运动保免，奔走权利，单单地来买这县知事的彩票，他们可怜的幸进观念，比我尤觉可怜了。"

伯雍一边想着，一边随着众人报了名，呈验了文凭印结，领了执照，已然烦得他要不得。他的性质实在耐不了官场的烦琐，少一不如意，便发起他的牢骚。他说："人是在社会上做事

的，无论在公在私，都应并以做事为前提，用不着这些烦琐难
人的手续呀。怎么事情一到官场，就这等慢腾腾地把人要磨死
呢。中国衙门，不做事，专门讲究章程，白费光阴，那真是亡
国的第一真因。"

他牢牢骚骚，很不痛快地回去了。到了报馆，已然午后三
点多钟，谁知秀卿的娘，已然先一点钟到这里来找他。馆役告
诉她"宁先生出门了，不知什么时候回来"，那老婆子大远的来
一荡，不愿意来往奔波，馆役又不教她进来，她只得在门外墙
根下候着。伯雍一进巷口，便看见她，忙问道：

"你老人家做什么来了？"

秀卿的娘一见伯雍，仿佛见了亲人，但是她脸上失意的颜
色，并不因为她见了伯雍而可以掩饰的。伯雍见她那样子，知
道她必然有要紧的事，忙把她让进来。此时子玖和凤兮，已然
出门了。他们到了伯雍那间编辑室里，伯雍脱了马褂，教秀卿
的娘坐在一把椅子上，但是她依旧满面愁容。伯雍因问她道：

"您来找我有什么事吗？您的事怎样，可以干吗？"

秀卿的娘叹了一口气说："事情倒不错，我也很高兴。但是
我如今已然下来了，现在仍回南大街，住在一个旧识家里。因
为原先的房子，已然被房东租给别人，我只得在认识的人家里
借宿。好在我一个人，怎样都对付了。"

伯雍道："事体既然不错，为什么要下来呢？是他们辞的您，
是您自己辞的他们呢？"

秀卿的娘道："我们谁也没辞谁，他们现在打了官司，家里

没一个人了，我只得家来闲着。"

伯雍道："他们只夫妇二人，谁跟谁打官司呢？"

秀卿的娘道："就是他夫妇两个打了官司。"

伯雍道："这也是怪事。怎么结婚不到半年，就打官司呢？"

秀卿的娘道："提起来简直是个笑话。我起初也不知是怎回事，但觉得那位褚老爷，不像是做官的人。他的朋友，一个一个的尤觉登天。若照我宁为可怪的，怎么他朋友交得很近，为什么一个带着太太来的没有呢？"

伯雍说："或者他们有一点头绪，差使不大，无力携眷的。"

秀卿的娘说："起初我也这样想，但是他们都说是本京人，而且北京人当巡警的都有家眷，难道他们挺阔的老爷，没家眷么？原先我们太太，还很待遇他，虽然报了觉得他们讨厌，也就不爱理他们了，后来连老爷都不大香甜。她每日只是在外面游逛，好在事情又散了，与我一点关系是没有，又不短我钱，我管什么？她那样岁数，又是一个好逛的人，在外面难免有什么瞎闹的事情。这几天不知怎样，他夫妇忽然好得要命，临睡觉还要吃一顿夜消，喝点绍酒，忙得我半夜不得消闲，但是人家工钱给得不少，我也愿意伺候。谁知前天早晨，我们太太起床之后，便出了门，没有半顿饭时，便同来两名警察，由被窝里把我们老爷掏了去。究竟为什么，我还不知道。当时吓得我什么似的，便是老爷有什么不是，当妇人的理应替他瞒着，哪有帮着警察堵窝掏的！后来我听那个丫鬟说，'老爷不是老爷，是个和尚冒充的老爷'。若真是个和尚，那岂不是笑话呢？但不知他是哪庙和尚，怎这大胆子呢？"

伯雍听秀卿的娘说到这里，也觉得这事可笑。一个妇人，陪着和尚过了好几个月，一旦决裂，竟至成了一起奇案，这其间必有缘故，大概是念秧局诈之类。不知是谁骗谁呢？不过秀卿的娘，好容易有了这点事，忽然又散了，未免扫兴。因问秀卿的娘说：

"他们这一打官司，把您的事也搅了，但是他们没跟您说什么吗？短钱不短呢？"

秀卿的娘道："钱倒不短。我临走时，那妇人曾和我说：'这里不是我的家了，我受人骗了。你跟我这些日子，我也舍不得你，但是我不能在此住了，暂时也不能用人。你还是家去，等我官司完了，有了地方，你再来伺候我。'她也不过这样说便了，他们的官司，不知道打成怎样一个结果呢！只是我这一没事，又得坐食山空，秀卿给留的那点东西，差不多要垫办完了。我真闲不起。没什么说的，还得求您难心，仍是给我找个吃饭的地方才好。"

伯雍见说，未免地又加上一层为难，而对于这老妇人的贫困无告，又十分不忍，只是一时哪里给她找事？只得向她说：

"您先回去，我赶紧给您张罗着，如有事时，我必然给您送信。"

秀卿的娘见说，才有点放心，把现在的住所，详详细细地告诉了伯雍，告辞去了。秀卿的娘去后，伯雍默坐了半天。他忽然发生一种异样的思想，只见他把他右臂一挥，自言自语地说道："考县知事，非考不可！考上一个县知事，总比现在收入多一点，而且还可以行一点心里所志愿的事。老和现在一样，不但本身本家，一天比一天穷，连一个可怜的人也救不了，未免太辜负此生了。假如我若是得了一县的地盘，做个百里侯，那就有人管我叫监督，或是县长，平日求他们办点事不肯为力的，到了这时，必然喜欢与我办事。因为我宁伯雍，只是一个穷记者，所以没人信用。我若当了县知事，这'监督'二字，总比'宁伯雍'三字信用大得多。便是随便荐一个人，也有人喜欢用，因为是监督荐来的。若是伯雍荐来的，那就没效了。监督是最小的地方官，尚且有人监督长监督短叫得震心，无怪乎有不顾性命运动都督巡按使的了。至于大总统和总长什么的，那还用说吗？他们不但先得便宜，而且一句话就能使人一步登天。若照我宁伯雍，为了一个苦老婆子和一个可怜的小孩，使心费力，花了不少车钱，直到如今，依旧没有一点头绪，并且连一个帮忙的也没有。假如我若是个官，何必这样费事呢！这样看来，官是不可不做的了。"

此时伯雍的心理，与昨天大不相同了。昨天歆仁劝他考县知事，他还以为是瞎闹，绝没有诚心去考。他虽然报了名，他不过是为访新闻，他简直没有必得的希望，他也知道他不会做官的。如今见秀卿的娘事情又散了，他竟无力给她安置一个地方，便是自己家中，也不能多添一个人吃饭。他烦闷之极，以为当今之世，非做官万不会阔的，万不能养活别人的了。所以他把心理一变，非把县知事弄到手里。似乎有许多极困难的事不能解决，所以他把随随便便的意思打消，打算诚心诚意地去考，他把参考书也搬出来了，手录的课本子也拿出来。平日爱读的古文，也预备在手底下。他当真地用起功来，他以为这样一来，便可以如愿的。秀卿的娘和秀卿的兄弟，也不必求亲赖友的，往旁处寄顿。只我一人的力量，也足以养活他们了。因为县衙门里，多养几个闲人，不算什么，何况他们也不能吃我的闲饭。再说到了那时，朋友也多了，同寅也多了，一切人役仆从，尽可以彼此通融，总比我现在的地位好得多。因为同在官场，气类总是相投，在官的人，总拿不在官的当作异类，所以由各方面看起来，做官的人，无论官事私事，似乎特别方便。没官的人，怎样也不能比的。

他既这样一想，他便要达到这个目的，他为达到这个目的，他不能不用功。其实他的观察，一点也不错的，可惜他所用的手段，未免太迂阔了。他的师友、他的同学，虽没特别阔起来的人，单是在军政两界，也有很出色的人物。他早先若是有做官的意思，与他们联络联络，感情老和在学校时一样，没紧没慢的，总在一起厮混，便是有点讨厌的辞色，也不要起火，依旧追随着。到了此时，不但是平常的一个县知事，便是再大几级的官，也做上了。因为他遇的机会很多，他遇见能振拔他的人也不少，但是伯雍的性质，绝不肯由自己口里，和人要一个官做，而且他最初也没有做官的意思，他对于已经阔起来的朋友，尤不愿去访问。他虽然没有什么意思，不过为维持小时候的感情，但是人家都是有政务的身子，无端去访问，怕人疑惑有什么吁谒。俗语说得好："穷人心眼儿多。"他只顾一多心眼，他与他的师友同窗，益发疏远了。再说自革命以来，他在社会上以笔尖吃饭，已然养成一种疏懒的性质，既没人求他什么事，他也无多事求人，他在社交上更不好活动了。谁知为了一个已故的秀卿，竟逼他不得不就就业业地去考知事！既然官兴发作，就应当想个必得的方法，或是投降歆仁，或是赶寻门路，虽然运动不上保免，也应当求人先容，通个关节，才算道理，才能做官。谁知他的老性质，依然不改，仍打算仗着胸中所学和笔下力量，在场屋战胜。他的思想有多么可怜！由此一点，可以断定他一辈子仍是不会做官的。

　　不言伯雍每日用功，预备应考知事。利用这点闲空，且叙一叙褚维宗和田氏的事情。因为他们的事情，若不正叙一番，看官也不能明白。

　　褚维宗哪里是个俗家，也不是内务部什么科员科长，他正是广化寺的方丈，名叫青山。北京有句俗话，说是"在京和尚出外官"。这两等人，都是享尽人间幸福的。北京也有不少大寺，哪个方丈都是阔绰无比，享用过于王侯。他们不工不商，不知道由哪里得来这些产业。他们除了穷奢极侈，结交官府，做出种种声势赫奕的事，背地里暗养女人，败坏佛门的事，那就不用说了。这青山既无学问，又无修持，不过仗着寺产雄厚，恣意胡为，不知道造了多少孽了。可是在前清时代，人人头上有条发辫，僧俗还辨得出来。后来，虽有许多剪发的，僧人还不敢公然穿着俗家衣服出来。民国以后，强制剪发，遍街都是

秃头，这青山便奇想天开，暗道："我若换一套时髦衣裳，打扮
得政界中人的模样，谁敢说我是和尚？便是走走逛逛，也不必
拘泥。花天酒地，也可以任意而行。总比偷偷摸摸快活多了。"
他这样一想，真个的置了几套俗家衣服，每日在热闹场中乱窜。
有一天在东安市场茶楼上，遇见田氏，就仿佛遇见五百年前的
风流孽冤，险些动起磬棰，要放风流焰口。自此每天必到东安
市场，田氏也久饥思食，物色人物。她不但欲偿肉欲，对于钱
财上，更打算大大地下一网。可巧青山一直追踪她。再说青山
是个大方丈，脸上自然有一种酒肉和铜臭之色，能表示也是个
阔老。再说衣履讲究，俨然政界中的官僚。田氏一见，便知道
这人可以仰为外府的，未免对于他眼角留情，拿出拆白党的手
段。青山哪里经过这个，早已魂灵飞在半天。他明察暗访，又和
茶楼伙计打听田氏是做什么的。伙计说："不甚详细，但是这样的
人，不是暗娼，也与暗娼相隔不远。只要有钱，没什么难办的。"

青山一听，更觉心动。他回到庙中，只得向平日与他引港
的王铁嘴计较说：

"现在五族共和，男女平等，独我们和尚，还不许娶妻，太
不平等了。我也打算娶个老婆，开一个先例。你能替我办么？"

王铁嘴见说，笑道："方丈你这话未免是取笑了。从古至今，
也不曾听见和尚娶媳妇。你求老身拉个皮条，引个线，背地里做
点风流勾当，倒行。若说扬名打鼓的，给你保媒，娶一位太太，
那可办不到！凡是我给你介绍的，全是做私娼的。好人家儿女，
谁肯陪秃驴睡觉？你既有得解馋，何必又萌妄想。须知和尚娶

妻，不但你和尚吃罪不起，连我这说媒婆子，也难逃公道哇！"

青山道："王干妈！你老人家还没听明白我的意思，便先说这篇道理。我也不是要这样娶媳妇呀！我须扮作俗家模样，如今满街秃子，谁能单单说我是和尚呢？我暂且把我法名藏起，变个俗称，就说我是哪部的参事，谁还不信？那时我另租一处房子，不在庙里住了，从新组织一个家庭，也享几年夫唱妇随的幸福。倘若生一两个小和尚，也是你老人家的功德呀！我在庙里常当方丈，虽是有钱，就是没有妻子。虽然有几个小徒弟，和你老人家不时帮忙，救我涸鲋，究竟是不痛快的。我平日最生气难平的，他们那些官僚政客，动不动就是一个小老婆子，马车汽车的，一同坐着逛。我和尚一看，不由得眼蓝。怎么他们也是不工不商，一切享用，都是民脂民膏。每人弄七八个老婆，还以为不足。我和尚虽然是不工不商，这些庙产，是历代庙主相传的，也是善男信女乐意布施的，怎么我和尚就不配娶个老婆，享点家庭幸福，也好安心护法？到了无可如何之时，非偷偷摸摸不行呢？天下不平的事，无过于此，他们不是鼓吹革命，鼓吹解放么？我和尚今天非革命，非解放不可了。王干妈，我的急火要由顶门进出来了，你非救我不可！"

说到这里，饿虎扑食，往王铁嘴怀里一扑。吓得王铁嘴连忙往后便闪，说：

"你这和尚疯了！我这大年纪，怎样救你？"

青山定一定神说："干妈，你老人家慈悲，看在佛祖面上，给我说个媳妇，这便是救我。"

王铁嘴见说，复归原座，笑道：

"我说你疯了，果然还是疯话。休想！我虽然是个媒婆，给人家说媒行了，怎能给你说媒？这里头有好大干系。你想，好人家儿女，谁肯嫁你。那些私娼，又都认识你。不时来往成了，若说过日子，谁肯嫁你呢？你把这条心收了吧。无事生非，险被捉将官里去，连累老身，不是耍处。"

青山说："你老人家先不必张致，我并不是求你老人家去物色，我心目中已有一个人了。"

王铁嘴见说，斜着眼睛，瞅了瞅青山，做出一种怪笑说：

"贼和尚！满街相看小男妇女，我若告在当官，怕你吃不了兜着走。"

青山道："王干妈，不要只顾调笑小僧，正经须与小僧想个道理！"

王铁嘴道："究竟你的意中人是怎个人物？你知道点底细不知？难道你认出一个人，就教老身替你办去，怕不吃人打骂回来！"

青山道："这个人我虽然不知底细，我已打听明白，她是个寡妇，娘家已然没人，与婆家又断绝关系。她现在很自由的。你就说我是个文明而多情的人，兼有资财，足以供她挥霍。难道她不乐意嫁我吗？"

王铁嘴说："话虽如此，这事你求别人吧。你想纸里包不住火，日久没有不透风的墙，假如日后露了马脚，你受点科罚还不冤，我偌大年纪一个老婆子，图着什么来？犯不上与你吃罣误。"

青山道："干妈，你今日怎这样为难小僧？须知平日我没把你老人家待错，这点事怎就拿起桥〔乔〕来？你老人家平日不是这样人。"

王铁嘴道："平日那是什么事！一号买卖，有我应得的抽分。如今这是什么事？不但干系非小，你既有了家室，日后我也不能再给你介绍私娼，我指着什么活着呢？一句话要我去办，你虽然乖，须不要拿老身当个驴子使唤，吆喝一声便走的。"

青山见说，哎哟一声说："干妈，千万莫要怪我，我没拿干妈当外人，所以不曾想到钱上。这件事干妈与我做成，干妈的后半辈，还发愁没人养活！"

王铁嘴道："我若不说，你当然想不到。你们有钱的人，总是拿别人也似乎不等钱使，不跟你们说，哪里舍得拿出一文。我也不求你养活我的后半辈，咱们先小人后君子，我应着给你办这件事，慢说她是个寡妇，便是个坐家女，我也能给你说成，不然怎称得起王铁嘴？但是你许给我多少钱吧，我看你的赏格，若是拼不得这条老命，你便另请高明，只怕除了我王铁嘴，没人肯帮着你贼秃挨骂。"

青山一肚子恶欲，便是王婆怎样打趣他，他一点也不气急，只说道："王干妈，你老人家太厉害了。"说着打开他的红皮箱子，取出一百元花旗银行的钞票，说：

"干妈，先把这点薄敬拿去用着，事若说成，小僧另有四百元奉赠。"

王铁嘴一见这钱，两股目光，已然注到那簇新的外国钞票上，既而又笑道：

"方丈，当家的，老身与你说两句笑话，难道与你当真要钱？方丈平日待老身恩重如山，钱花了已然不少，何必这样的外道！这一来倒仿佛老身属箭儿毛的，竟在钱上站着了。"

青山道："干妈，这是小僧一点诚意，干妈只管收下。小僧办事自要出口，绝不食言。"

王铁嘴道："既这样，恭敬不如从命。那我就讨媿（愧）收下了。"

王铁嘴一边很小心地收那钞票，一边口里说道：

"这事交与我，管保方丈得大欢喜，但是哪天你到东安市场去，须知会我一声，我同你去一趟，把那妇人指与我知道，你就不用管了。"

青山说："那行，便是你当我老妈也不要紧。"

王铁嘴说："那我可不敢。"

当下他二人计议已定，王铁嘴告辞而去。谁知田氏竟上了他们的当，她若安分守己的，也不至吃和尚一个大亏。但是这妇人的欲望也莫不小，她这次再醮，多一半也是为自己打算。当他们乍一结合，多少有点新鲜意思，后来这妇人越看褚维宗越俗，他本是一个不守清规的大寺方丈，无论怎样装扮，究竟免不了他的俗态。这妇人已然不大喜欢他，好在他的供应很丰，"钱财"二字，一点也不发愁。田氏此时虽然不便声言离婚，已然与他貌合神离，每日乐得拿这不心疼的钱在外面胡逛。在中央公园里面，去实行自由恋爱。哪里有她的便宜？无非是几个拆白党，既得钱花，又逗肉欲。妇人生恐被褚维宗知道，限制她的自由，扣了她的花费。晚上回家，对于维宗未免使点手段。这和尚没别的思想，光有这一个目的，乐得他诸事皆忘，恨不叫田氏一声亲娘。

有一天夜里，田氏又在他身上使点手段，和尚便如驾云一般，因向田氏说：

"吾爱，你跟我过了这些日子，咱们的感情过于甜蜜了，我若不跟你说了实话，未免太对不起你了。你当真拿我当褚维宗么？"

田氏见说，心里便一怔，但是仍然不露神色，笑道："你不是褚维宗是哪个？便是不是，又有什么关系！我既然嫁了你，便认命了。"

和尚说："什么内务部，那都是假的。自我看，也不值什么。我却是广化寺的大方丈，钱有的是，足够你一辈子挥霍的。"

田氏一听，心里已起了火，暗道："他原来是个和尚，便是我怎不及，也嫁不到他身上。他居然敢欺负到我身上，倒要教他知道我的厉害。"本待发作，又恐三更半夜将他惊跑，倒不好办了，不如仍是稳住他，因腻声说道：

"和尚怎的，也是我的丈夫了。"

青山一听，更不得了，叫道："心肝，你太讨疼了。明天我便还俗，把庙产全卖了，索性与你过起日子来。"

田氏说："何必还俗，你此刻不与俗家一样？自要有我吃的有我穿的，咱们就这样过也倒罢了，只是便宜你这贼秃，老娘只得认晦气。"

他二人一个真心，一个假意，闹到天明，和尚困得不得了，已自沉沉睡去。

田氏慢慢起来，把她那使女唤醒，低声与她说：

"咱们娘儿们被人骗了。他正是一个和尚，你小心看着他，他若醒来，就说我登厕去了。"

田氏嘱咐完了那个侍女，她便悄悄出门而去。跑出巷口，到了分驻所里，便喊告了。她的理由固然很充足，而且她的言辞也很激烈。巡长一听，是个和尚以诈欺行为，骗取良家妇女，而且又是广化寺的方丈，不但违背法律，更属有伤风化。当时派两名警士，跟同田氏前往逮捕。可怜青山还在睡梦中，享受温柔乡中的滋味，不想由被窝中被人提醒，翻眼一看，却是两名警士，站在床前。贼人胆虚，当时吓得他魂不附体，忙由被中坐起，颤声问道：

"你你你们是做什么的？我又不曾违警，为什么大清早晨，闯入人家？"

警士道："赶快把衣裳穿上，随我们走，有人把你告下来了！"

青山说："我是内务部的员司，谁敢告我？我也不曾犯法。"

警士因指着田氏向和尚说："这妇人告下你，你还瞎说什么！快走吧。"

和尚由床上望了望田氏，说："娘子，我与你恩情似海，你为什么把我告下来？"

只见田氏怒愤愤地指他骂道："贼和尚骗我为妻！既败佛门，又干法纪，你还不承认么！这场官司我与你打了，有什么话等到堂上再说。"

青山一听，这一惊非同小可，险些出了大恭，不由得叫了一声：

"我的娘！你什么告不得，单单说我是个和尚，不想昨宵恩爱，今朝变为仇雠。好！这场官司我也与你打了，到了堂上须不至没我的话说。"

这时警士催他把衣裳穿好，俯从他们的请求，雇了辆车，把他们送到地方审判厅。依手续，由田氏补了呈状，定日开庭审判。京师地方，出了这样可笑的新闻，早已哄嚷得满城风雨。和尚也有许多同党，也替青山请了一位律师，出庭辩诉。

过了预审，正式开庭。这日旁听的人很多，原告田氏也不请律师，她的辩才都能使旁听的人很吃惊的。她不但要求法官重重地科罚这个淫僧，而且要求五千元以上、一万元以下名誉赔偿金。青山的律师辩道：

"民国以来，万民平等，青山也在民国法律之下，怎见得不能娶妻？而且有王铁嘴的媒证，绝对不能认为诈欺行为。"

但是王铁嘴非常乖诈，她为避免她的干连，不承认素常认识青山是个和尚。

各方面的辩论，法官已然听明，当日即宣告辩论终结，次日宣判，田氏完全胜利，由青山支给田氏名誉赔偿费八千元，青山科以二年半有期徒刑，许其按日折赎后，驱逐出境。广化寺另由公正僧侣主持。至于王铁嘴，图贿诱良，助僧淫乱，实为女界蟊贼，处以四年有期徒刑。这个案子至此完全解决了。

第十三章

田氏于胜诉后，小小地很得了一点声名，知道她的人很多了，但是她从此益发放荡不羁。高尚的人，没人敢娶她，平白的人，她又不嫁。她用和尚赔偿她的名誉金，在社会上做一种放浪生活，归结成了一个不幸的妇人，也就不必提她了。

县知事的考期到了，伯雍每日用功，把各门功课，已然温习得烂熟。他这次决心去考县知事，不但觉悟他自身的前途，应当把笔墨生涯弃掉，另换个来财较易的生活，便是为许多穷困的亲友，也应当及早改变方针，所以他此刻正怀着一个必得之心。

是日电灯还没灭，便起来了，略事盥漱，喝了一点豆腐浆，便携了文具入场去了。试验场所，借的是象坊桥的众议院。他花一吊钱雇了一辆人力车，进城而去。此时街上行人尚稀，间或看见几辆车，看那车上乘客，多半手内提着墨盒笔袋，还有照旧时科考一样，胸前悬着卷袋，抱着场篮，里面装着饮食等物。俗语说得好："不图名利，谁肯早起。"可见"名利"二字，真能把人指使得不成样儿。车进了宣武门，人便多了，车马也拥挤了，吆吆喝喝的，都往众议院灌了去。到了试场以前，下了车，只见人山人海，都是运命未分的候补县知事。这时那绿油的铁栅门，还没有闭，有许多警察，在那里守卫着。预考的人，都拥在门前大广场内，有看场规的，有彼此闲谈的，有就摊上购买食物的。

伯雍在人丛内，走来走去，也遇见几个旧同学的，他们也是来考知事的，内中当中学以上的教员的有好几位。他们都打算抛却这清苦的生活，钻入宦途。他们见了伯雍都说：

"你也来了！"

伯雍说："可不是。我在首阳山上饿不起了，又有许多人直逼我，打算弄个知事做。你们大概也要改途，但不知这彩票谁能中？你们看，这里俨然是个宝局，咱们红着心跑来，与市上那群赌鬼有什么分别？我想一星期以后的事，咱们此刻谁也不知道。"

说罢大家都笑了。这时日光已由城垣射过来了，那场门还不开。本就起得早，在此站了足有俩多钟头，大家都有了倦色，只得蹲在地下，三三五五地聚谈。有的说，做县知事在南省好，因为富庶有钱。有的说，在边省好，因为风气不开，知县说一不二。有的说，将来我分发到奉天。有的说，将来我分发在江苏。你言我语，真跟说梦话一样。

这时只听隆然一声，那铁栅门开了，大众狠命地往里拥，仿佛谁先跑进去，谁便是县知事了。那守卫巡警，早把大家拦住，说："不要挤！等着点名。叫谁，谁进去。"大众只得住步。但是好挤的人，或是不讲秩序的，依旧往前头钻，仿佛钻到前面，立刻便占许多便宜。

此时大门道内，也放着一张公案，座上一位官员，仿佛旧时科场的监临御史一般，在那里监视点名，发放卷纸。伯雍此时，心中不觉暗笑。他见景生情，不觉想起小时候，有一年在国子监考恩监，有一位御史老爷，高坐席棚之上，监放号签。伯雍和几个同学，见他呆头呆脑，坐着不动，竟绕到席棚后面，用小刀子把缚杉篙的绳子，寻那吃力地方，给割断一根，连忙跑到前面。那位御史，正自不耐烦地办他的公事，不想座下木板一沉，他的椅子也随着往后一倒，把这位御史摔了一个倒仰，惹得全场大笑。那位御史，是位有涵养的人，一点也不着恼，叫左右把椅子扶起，依旧放他的号签。小时候一味淘气，不顾道理，后来思之，实深懊悔。不想今日来考知事，已是知道利害，彼有家累的人，一点轨外行动，也不敢有了。再说前清时代，科考举子，任是贫富，都是衣冠中人，一个个真有神圣不可侵犯的尊严。读书种子，国家社会，都知道另眼看待。如今无论考什么，也见不出什么体面来，纯粹是饭碗问题。社会的组织变了，读书人自然没有从前有价值。

这时有许多职员，拿着花名册，点名，往里放人。按着卷子上号头，各归本号。场屋比从前讲究，要照从前贡院，那真比坐牢难受。点完名，外面已然十点多钟，题纸也下来了，大众正自揣摩，忽听外面一阵革靴佩刀之声，既而有一大队警察，穿着极新的制服，荷着枪。有一位长官带着，在各号场屋檐下，巡逻一周，气象至为森严。从前的号军，有名无实。如今的号军，是用精壮警士。文事武备，萃于一堂，也是一种奇观。外面安静了，屋内又吵起来，穷酸的恶习，无论到哪里总改不了，作文便好生作文结咧，偏要嘴里瞎哼哼。一个人哼哼也倒罢了，许多人同时哼哼起来，而且又是各地口音不同的人，实在难听得很。伯雍向来是低头作文，不会哼哼的。他也不管旁人，只顾去写。他有时停笔休息，也能看见许多可笑的现象，木板上的揭示，不到一点钟便来一次，无非某号某人，因搜出夹带，已被扶出等事。

没有两个钟头，伯雍已然完卷了，但是不能放他一个人出去，因为关防极严，门禁至紧，非至若干人，不能启关。他此时已然饿了，幸有场内发放的食物，两片面包，夹着一片咸肉，他吃完了，交了卷，不能再入试场，只得在指定地点彷徨。外面已然有四点多钟，才凑足人数，另由一股线路放出去。

他回到报馆，已然乏极了，睡了一个觉。晚上，应当办稿子，他详详细细地写了一篇新闻。歆仁一见，非常喜欢，晚饭时特别添了两个菜，给伯雍慰劳。次日一早，伯雍照旧去入场，他拿出奋斗的精神，期在必得，消极思想一点也不敢有。如此三场，一礼拜后，发榜出来，在京兆籍贯里面，他却来个第一名。同时看榜的人，都替他称贺。他看见他的名姓，高悬在榜上，不知是喜是忧，但觉得心中直跳。他回到报馆，去报告大家。众人于是都呼他作大令，别的朋友也听说了，还有给他荐人的。倒是歆仁明白官场情形，他说你们别看伯雍考第一，他中不中还在两可呢。这次县知事试验，重在口试，什么叫口试，便是相面和填履历。伯雍有资格没履历，这是他第一吃亏地方，再说年龄将够三十岁，老袁这回的意思，绝对不要新进青年去当地方官，所以他无论考多高，一到口试，便得跌下来。但是也未可定，笔试究竟是要紧的。这三场若不及第，那就算完全没希望了。

可是伯雍听歆仁这样一说，已然凉了半截，鼓着腮帮，向歆仁说：

"这些话你若与我早说，我便不费劲报考了。"

歆仁笑道："当时我若跟你说破了，你便不入场了，咱们的报哪里去得这样的新闻？"

伯雍也笑道："你这人可气极了，竟为你打算，一点也不为朋友打算。"

此时有主张教伯雍赶紧留胡子的，伯雍说："后天就口试了，现留胡子，哪里赶办得来。天生的没有做官机运，权当游戏便了。"

口试那天，比第一试还麻烦。伯雍到场一看，他竟自呆了。别人都是蓝袍红青马褂、青缎靴子、瓜皮小帽，伯雍依然普通衣履，一点官味没有。他连连叫苦说："坏了！我为什么不借一身常礼服呢！无怪乎老官僚看着不入眼。"这时主考官已然入了座，有许多职员和警吏，在左右伺候着。第一班已然叫进来受试。试场是个议事厅的形式，主考在讲台上坐着，与试的人，都在下面条凳上赐坐。叫谁，谁上去，便仿佛人市一般，一一经买主相看问询。

部位主考是现任内务总长，袁总统头一个信任的人。他在前清时代，不过是个文巡捕。革命以来，际会风云，一跃而为内务总长。他虽然没有什么政治手腕，但是专门会做官，也可以说他是个能吏，完完全全的是个官僚模范。这时有两位四川人，坐在条凳的末排，恰与伯雍挨着。他二人一边偷看那主考，一边很奇怪地小声道：

"他不是原先学政衙门巡捕吗？你忘了，有一回考童生，咱们去见学政，他竟百般地为难，勒索门敬，被许多秀才围上打骂一顿。你看他如今竟当总长了，而且是大主考！不想咱们活了半生，反倒考在他手里。"

一个说："今天的事，很危险呢。好在当日闹事的人多，他不能一一记住咱们的名姓，不然岂不被他暗算。"

其实这事主考早已忘了，而且事隔多年，以他现在的地位而论，他正做未来的梦。过去的痕迹，早已不复记忆。

这位主考，年纪不过五十来岁，论理应当很康健的，但是他的神态，觉得很颓宕。他的头发，在顶门上乱蓬蓬地立着，看不出是平头是分头来。脸上的颜色，枯涩青白，一点血色也没有。他的鸦片烟瘾，大概在二两以上。他的鼻梁很高，或者他得了他这鼻子的益处，胡须也很浓黑的。他的眼睛低着看各人履历，在前面看不见他的眼珠，只见两道眉毛，隐着一双极深的眼睛，似乎有点疲倦，不爱翻眼皮的意思。他所坐的一定是一把极大的安乐气椅，因为他的身子，差不多全沉在桌面以下，他差不多成了半躺半卧的形式。他身体的羸弱，由他的坐相上，可以看出来。有的说总长这几天正患痔疮，无怪乎他不精神了，但是他为袁总统考取贤才，任是怎样疲困，也得尽他典试的职责。

这时忽听座上叫到伯雍名次上，他答应一声，走到那讲台下面，循级而上，立在主考面前。那主考微微一抬眼睛，把伯雍看了一看，也不知他心里中意不中意。他大概没有伯乐一般的眼力，既而又低下头去把伯雍的卒业证书和简明履历看了一看，问道：

"你在东洋留学几年？"

伯雍说："六年。"

主考又问道："回国后做过什么事，未留学以前当过地方官没有？"

伯雍道："学生在宣统三年以前，所度的皆是学校生活，改革以来，只在社会上以笔墨为生，不曾做过地方官。"

主考见说，点点头，用朱笔，就伯雍名字上，画了一个记号，口试算完了，有人指引而出。

伯雍对于主考在他名字上所画的记号十分怀疑。他不解是什么意思，甲等乙等丙等呢，也不知道。或者是个落第的记号。

但在前三场，自知考得很优，这次若是落了第，何必汉文科学地考得那样严，临完只为目光不对，便把人摈斥，不如起初便不用考试，把相面的金刚眼聘作大主考——一经他相面，岂不简决呢？

伯雍一边怀疑着，一边出了众议院，雇车回报馆去了。他的运命此刻尚不能决，非俟大榜出来，不能明白所以。但就目下趋势言之，他的前途似乎益发暗淡，他依旧恢复了他不竞的主义，平淡地生活。知事的中不中，他简直不问了。

大榜悬出来了，是日看榜的人很多，垂头丧气回去的也实在不少。伯雍知道榜出来了，但是他懒得去看。若说他没有得失之心，他此刻还没有那样火候。再说他此次报考，多一半是受了秀卿遗族无人照管的刺激，他若真得了县知事，打量多少能行点救贫的事业，绝不至照现在这样有心没力，所以他必得的心很盛。既闻发出大榜，他心里不住地震动，生恐榜上无名，落个无趣，所以他懒得去看，只得求一个识字的馆役先去看看。少时那个馆役跑着回来，喘息还没定，便向伯雍说：

"宁先生，您您您中了！榜上有名字。"

伯雍说："真的吗？"

馆役说："将来我还求您携带，我敢冤您吗？"

伯雍说："这倒累你一荡！晚上请你喝酒。"

此时伯雍少微把心放下一点，胆子也壮了，自己穿上衣裳，出了门，忙叫一辆车，跑至象坊桥众议院前面。下了车，只见看榜的人实在不少，但是脸上透出笑容的，多一半是年老暮气之人。伯雍没工夫察看别人，先在榜上寻他的名字，甲等里面没有，他已慌了。只得去看乙等，依然看不见他的名字，暗道："我被那馆役冤了！"没法子，去看丙等，他的名字便在前几名内写着。他此时不慌了，他反倒生了气，暗道："不中就不中。为什么把我翻到丙等里面？什么气都能受，这个气受不了，大爷有两只手，有心思，有脑力，到处可以吃饭，不是一定指着县知事吃饭的。不玩儿了！"

当下他气愤愤地回去了。你道他为何这样生气呢？按着定章，凡考列丙等的，须入一年政治补习学校，然后才能分发出去。因为考丙等的，都是不曾做过地方官的，所以特别规定这一条。以伯雍的知识学问，便是当总长去，也不能说是外行。如今为一个县知事，教他入一年学，他觉得非常可耻，所以气得他很要命。再说这个政治补习学校，所聘的教员，多半是这次知事试验落第的先生们，落第的不能说是没学问，但是他们也是因为经验不足才落第的。拿没经验的人，要教人有经验，那简直是使不会说外国话的人教人深通英语。天地间哪有这个道理呢！可是这个学校，明明是为教人有经验的，照他的办法，不用说一年，便是在学堂一辈子，也不能有经验了。庞士元非百里才，诸葛孔明未出茅庐，判定三分大势，他们的才干，是由哪里经验的？也不过多读书，胸中有道理便了。只有经验，没有道理，也不过和油盐店掌柜的一样，便是勉强大小做个官儿，究竟见不出什么治绩来。所以用人行政，不必问这个人有经验没有，但须访问这个人有道理没有。再说猾吏的经验，在乎舞文弄墨，避害趋利，拿做官当作一种营业，虽有经验，也不见得有造于民。所以伯雍深知入一年学堂也未必得着经验，便使他得着经验，也无非是刻板文章，一天便会的。他决计牺牲了这个知事，仍然做他那笔墨生涯。

有好多人都替他可惜，怂恿他还是入学去好，也不必天天去，自要把学费交足，也就完事了。一年以后，分发出去，到底是个正途。伯雍说："我在学堂二十多年了，一个钱也不曾给父母挣过，如今又拿钱去上学，使父母受累，于心不安。算了吧！挣多挣少，还是自食其力，觉着平安。"倒是凤兮人很达观，而且也知道世路，他见伯雍不去入学，很表赞同的。他说伯雍：

"你这着我非常赞成。你想想，你的家计如何？"

伯雍说："食指十余人，一丝恒产没有。"

凤兮说："这不结咧！就让你考到甲等，立刻分发出去。你想想，行装路费，得多少钱？我管保还没到省，已有破产的危险了。何况你无产可破，在在必得出之于借贷，于前途渺茫之中，先须负许多债务。我们穷念书的，实在受不了。你再想想，二十余行省以内，你有一个亲戚朋友，较有优势，能援引你做县知事吗？大概没有。假如有这样亲戚朋友，你也不必考试，保免县知事早到手了。内无资斧，外无奥援，贸贸然分发出去，在省城一蹲，总也不给你挂牌。不用说一年半载，便是一两个月，你就得流为乞丐，所以你一考知事，我便替你为难，如今幸天教你考列丙等，自己牺牲不干，我很替你庆幸。假如你要闲在外头，任你这样脾气，一定懊恼而死，那时不是徒教朋友伤心么？你如今无论怎样，倒能挣几十块钱，不至挨饿。没把握的官，千万不要顾头不顾尾地胡钻。"

伯雍听了凤兮这套话，心里十分感激，几乎要落泪，因向
凤兮说：

"凤兮，你这话比金子值钱。我当初也没打算考，因为受了
一点感触，忽然萌了这个妄想。其实细想起来，便是弄个官做，
照我这样性质，也未必能发财。不但不能发财，甚或有家败人
亡之惨。还是凭着自己心思气力，挣几个钱，养活老小，似乎
对得起大地鬼神，便是寝食之际，也觉得安泰。"

凤兮说："你能这样想，将来你的幸福必然无量。须知我们
现在除了一个穷字，没有别的毛病，可是我们若尽心竭力地在
社会上去劳动，我们虽然不能转贫为富，我们确可以远贫的，
因为人自要在社会上肯尽心力，终归不会挨饿。至于做官，似
乎来财较易，但是由宦里得来的钱，究不算人类的正当收入。
除了由心思劳力，对于人类有所贡献，因而获得一种报酬，才
可以名为收入，其余差不多都是欺诈得来的，打劫得来的，按
着耶苏教义，不说有个最终审判，其实哪里等得到最终审判，
将来自然而然有一个大审判实现的。这种大审判，不知要杀多
少人。最初发生的国家，不是俄国必是德国……无论迟早，将
来必然溃裂，他们溃裂之后，传染到别的国，也要溃裂。到那
时，岂不是个大审判么？不过这个审判，特别激烈，有好多人
都要宣告死刑。世界成了一个惨淡无光的颜色，仿佛到了世界
末日，由这暗淡无光里面，渐渐露了一线光明，照满大千世界，
那才叫新世界、新文明。这事虽然不知何日发现，但据我看，

实现的日子已然不远。"

伯雍见凤兮说这一片话，很惊讶地说：

"凤兮，你平日不大谈这些社会问题的事，你如今怎会能发出这一篇议论，而且像个预言家？"

凤兮说："泰西的学说，关于社会主义的著作，我也会涉猎几种，但是我所服膺的，还是孔圣人所说的'不患寡而患不均'的圣训。泰西的学者，无论主张什么社会革命、均产主义，又是什么劳工神圣，没有能出我夫子的范围的。不过夫子所说的简而赅，意思救人自悟。就拿一个患字说，里面真有不可言喻的惨象。泰西学者，费了一辈子脑筋，著成极厚的书，一出版就要耸动世界，促成革命的思潮，其实还是演释孔子的经义便了。反正关于社会的不平，古人早有这种思想，不过古人言语含蓄，民智又不开通，效力当然浅薄，被小儒误解的地方也很多。今人思想激烈，民智大开，所以新思想的学说，能够不胫而走。"

伯雍说："新学说无论怎样宣传，我想中国不容易受传染，因为中国社会的组织，虽然有四千多年的专制，不过是个名目，一切有形无形的阶级，都仿佛是一种抽象名词，一点权力和威力的意思没有。譬如三纲五常等等，都是无形的阶级。其实长幼尊卑、男女有别的事，正是往理想国里造就的一种哲理。至于所有人民的生活，极力地要往水平线上做，如同古时的井田制度，那简直是均产主义。后来井田虽废，但是既为农民，大都有地可耕，一亩半亩，也能自己买卖。四千余年的国家，有多少皇帝，有多少贵族，始终未见中国有一个大地主，有一个大资本家。中国所有的土地农产，无论改多少朝代，依旧分散在人民手里。若在外国讲究权利的国家，哪里有这样的德政呢？以俄国而论，所有的耕地，多一半属于贵族和大地主。农人不叫农人，唤作农奴，对于土地，一点权利没有。贵族和大地主，役使他们，和牛马一样。所以俄国文豪托尔斯泰先生，于他所著的小说《复活》里面，极力主张无论何人，对于土地不能享受所有权，他说土地和空气海水一样，谁都能利用，可是谁也不能买卖占有。他这种主张，就皆因大地主的权力太大了，国家的土地，差不多都被他侵占了去，将来要置社会死命，所以他极力反对土地私有。中国自有史以来，我还没看见过这个现象，因为中国的君主，但分贤明一点，多一半要以圣人自居，一道谕旨，真能有利于民。中国的贵族，但分读几本书，都要以贤公子自居。他们的生活，都是很超逸的，对于土地的所有权，很不注意。譬如前清的王公贝勒，虽然有多少土地，日久天长，自己也不知有多少了，而且反都落在佃户和庄头手里。外国人拿农人当奴隶，中国却是佃户拿地主当大头，没有多少日，主子倒是奴隶，奴隶倒成主子了。这事虽然不平，足以证明中国绝没有大地主，亦绝没有资本家，所以照外国人所倡的学说，中国人一定不欢迎，因为此说一行，中国的农人，必然全体反对，所以我说中国社会的组织，还不至诱引危险学说之流入。"

凤兮道："你所说的远是中国以前的事，不是中国以后的事。你要知道中国的社会组织变了，中国以前讲究贤人政治，现在虽然共和，应当讲究庶民政治，却不想成了滑头政治、无赖子政治，而白又添了一种有枪阶级，滑头无赖子。有枪阶级，都是以发财为能事的，他们为急于发财，什么事都敢做，什么权利都敢贪。前清时代的光蛋，如今成了大资本家的很多，如同梁士诒，他怎就会当了财神呢？他的行为，若在贤人政治时代，早就应该查封的。可是现在不但没人查封他，而且有许多政客，仰他鼻息，都愿意给他做干儿子，袁世凯也要指着他做皇帝。他们又有钱又有官，将来他们必要垄断中国的金融，演成一种特别资本制度，于国民产业上，必加以十分危险的影响。因为他们垄断中国财源，第一要扶殖自己势力，第二要厚结党羽，他们的钱，一点也不能用到国产的开发，不过供政争之用。他们无论得势不得势，他们的资本主义，确是与国民经济有大害的。中国的经济能力，完全操在少数几个人。他们又不去做生产事业，将来若说没有社会革命党发生，杀了我也不信的。有权的武人，当初也是穷光蛋，他们见梁士诒一派这样有钱，谁不眼红？他们不但瞪着眼要敲他的竹杠，环顾左右，都是伏在自己威力以下的。他们有一省的地盘，便能致几千万的财产，甚至有管辖他们二省以上的，搜括的财产，能说少吗？以我们乡下而论，只为出了一位师长，全县耕地差不多都被他买了去。河间一邑，谁不知都属了冯国璋？我们知道的是这样，我们不知道的，更不知其数。现在不过民国二三年，便出了这些资本家和大地主，将来更不知演成什么样的局面？所以我很替将来的社会发愁。将来不但农民要吃老大的亏，便是我们士流，吃饭的机会也很少了。不出十年，中国必成政客和武人的天下，他们不但要遂政治上的欲望，而且也要做资本家、大地主，中国本来不照俄国那样黑暗，可是他们正往那条道上驱，他们简直在那里造就社会革命党，将来必然惹起极大的反动。他们只知优越的权力，足以压倒一切。他们不知人心溃裂以后，有多大危险。他们也不想外国思想之侵入，有多速的程度。假如我悬揣的问题，是一种杞忧，我想现在绝对不能是民国，一定还是前清的帝政。我想社会国家的组织，无论怎样完密，有时必定呈露偏颇不平的现象。那现象，被大多数人诅咒时，自然而然要起反动。黠者乘之，必至一发而不可收拾。所以'不患寡而患不均'一句话，真是古今中外为政者之天经地义，社会均产主义，便是'不均'二字的反动。"

伯雍道："你所推想的，也有道理。但是我想便是有这样现象，也是一时的，恐怕不至照你说的那样厉害。"

凤兮说："但愿不厉害才好。可是我现在非常害怕，你不见北京贫民，一天比一天多，这也是与社会问题有至大关系的。反正现象不好得很。所以我现在只抱一个消极主义，教我没心没肝地在政治家马后头去吹，我实在办不到。教我奋发有为做点什么福国利民的事业，一则没有实力，二则也没那大才干。我每日除了帮着子玖办办稿子，我只以作诗消遣。我的诗虽然作得不好，但是我乐此不疲，觉得摇笔吟哦的时候，什么忧愁都能忘了，仿佛我的精神，与天地俱化。除了作诗，再没有一个消遣法子。你别看我和子玖时常往外跑，我并不以为那是顶好的消遣法子，我但得老有作诗的机会，我这一生也就算很幸福的了。再说我在乡下，有几亩祖遗的薄田，老妻带着我的儿女，耕织自给，也用不着我补助他们。地价如今虽然贵，并且有势力的人，也有觊觎我那点田地的，但是无论他们怎样利诱威胁，我也是不卖给他们。我在京中不图挣钱，自要有吃饭的地方，也就成了。我想这样安分守己，不事竞争，虽然对于国家社会没什么补救，可是也断不至为国家社会之累。轰轰烈烈的事情，教他们自命为伟人的做去吧！"

伯雍道："我听你这篇谈论，我很羡慕的。究竟我不如你，你倒有几亩薄田，可以躬耕，我连立锥之地都没有，脚下踏的，头上顶的，都是人家的。我虽然打算迁居都不行，所以有时便萌妄念，妄念终归成不了事实，不如用用功，完全做一个小说家，以脑力换钱，每日竭力搏节，日子多了，自然能有成效。我常读外国小说家的列传，我很羡慕他们的生活，而且也有致万金产的。我想卖文二十年或三十年，也可以不为亲朋累了。不知我这个主意，你赞成不赞成？"

凤兮说："你如果这样的决心，不第可以常保名誉，以文为活，也可以自给的。你就不必想别的了。"

他二人谈到此间，便把谈话中止，伯雍的知事梦也醒了，但是他远有一件为难的事，他已然忘了秀卿的娘还等着他谋事。因为伯雍忙着考县知事，这老妇人也没敢来找他，但是老妇人的心中，很替伯雍祷告，盼他做了知事。谁知这些日子，也没见伯雍的信，她也不知他中了没有，但是这件事，她很关心，打算到报社打听打听。

第十四章

　　秀卿的母亲，现在住在一个相识家里。这一家原先与她是接坊，也是一个老妇人，带着两个儿子度日。她的小儿子才十一二岁，大儿子却三十多了。他们原先也在内城住，这妇人娘家姓张，婆家姓李，她的丈夫李海臣，在十年前死了。李张氏带着两个儿子，安分守己地过贫苦日子，因为自己没有特别能耐，也不敢有非分之想，每日只盼她儿子发迹。她这大儿子名叫从权，虽然小时候没念过多少书，很知道孝养他的母亲，但是他没有门径给人去做事，每日只做个小买卖，赚钱养家。他在街上每日要看见许多很阔的人，使他无故地发生许多妄念。清末的时候，当陆军的很有点起色，李从权忽然不愿意做小生意，竟跑到保府去当军士。他的身量很大，五官也很整齐，又认识几个字，没有几天，便补了头目。辛亥革命，他也曾到南边去打仗，后来共和成立，他居然变了两个人。他暗道："一封电报，清室就算完了么？这就叫革命。但是与我们当兵的有什么好处？我自己也应当打主意了。"没有多少日，他见新兴起来的阔人多多了，他依旧是个弟兄，他便有些灰心。后来在南京湖南各地，他从着大军，又打了几个仗，他便不照从前那样安分，有点儿自由行动了，他腰里也弄了几个钱，他告了退伍。其实他能有多少钱，因为他看出一号买卖，在被兵的地方，妇女很不值钱，他竟用几十块钱，买了七八个姑娘，但是货物虽贱，打算运到北京，是很困难的。他连送人，再运动旧伙伴，由军用车往回载，剩到他手里，才三个人，而且也不是出色的人物。所幸已然运到北京，他便在南大街以南，天桥迤西，租了两间房，把他母亲和兄弟也接了来。

他母亲一见这三个女子，便呆了。从权说：

"母亲，不要疑惑，这是咱们的衣饭，将本图利，也没什么。"

他母亲道："听你的话，我已然明白了。咱们不是做这行生意的，恐怕有伤阴骘。"

从权道："母亲，这不算事。旁人所做造孽之事太多了，儿子于枪林弹雨之中，给人家挣了不少功名。难道就这点事就不许做成？母亲只管随儿子吃饭。如今不比前清，什么事都得革命，自要有饭吃，也就顾不了许多。"

当下他把这三个女子，都寄顿窑子里，每一天要使几块钱，这是以前的话。

秀卿在世时，便与他家有来往，所以如今秀卿的娘，只得寄宿在他家。从权虽然是个粗鲁汉子，却很讲究外面，他对于秀卿的娘，很有敬礼，便如对待他娘一样，因为是老接坊，又与他母亲很投缘，他始终不敢薄待。但是秀卿的娘，在此住着，白吃白喝，总觉过意不去，话言话语之间，老有些抱歉。从权说：

"伯母，只管在此住着，便是一年半载我也养活得起你老人家，只是没有什么好吃的，你老人家一定过意不去时，我可以给你老人家找点事。只是我现在能给你老人家找什么事？也不过在窑子里跟个姑娘，每日可以弄几个零钱。"

秀卿的娘见说，虽然是个老太太，也觉得不好意思，半天才说：

"老贤侄，你的美意我很感激，但是有你妹妹在世时，我也不曾到那里头去过一荡，我的胆子太小。"

从权说："你老人家和我母亲一样，直到如今，还逼我改行。您想，我活了这么大岁数，一点别的能耐没有。做买卖，没有资本，小买卖赚不了几个钱。惟有当兵和当警察，仿佛是咱们北京人的生计。兵我已当够了，打了多少极激烈的仗，竟没阵亡，不必说我爸爸有德行，总算我捡一条命。若说教我当警察去，我更干不了，没黑日带白日，都得出勤站岗，每月只领八块钱，未免拿人太不当人了。如今我也不管什么道德廉耻，因为吃饭要紧，养活老人更要紧，所以我不当兵了，贩来几个人，教她们给我做买卖。我并不欺负她们，也不虐待她们。我想她们跟我到北京来，总比在她们家乡遭大兵的蹂躏强得多，所以她们如今倒很感激我。我常说好人是人人应当做的，但是如今做好人很难，除了一死，没法子能教人知道是好人。她们既不能死，就得想生活之道，把从前的习惯一点也不用想了。就拿你老人家说，身子还很硬朗，又很干净的，跟个姑娘，又算什么的呢？比在人家当婆子舒服多了。"

秀卿的娘道："我也不是没这心，如今有一个人应着给我找事，你兄弟到龙泉孤儿院去，也是他给介绍去的。他为我们娘儿俩的事，没短跑道儿。"

李从权道："这人是做什么的？"

秀卿的娘道："是位念书的，现在当一家报馆编辑。"

从权道："念书的么？恐怕靠不住。我也不是看不起念书的，他们多一半看不起人，而且很骄傲的，拿我们差不多不能当人看。他哪能给你老人家找事呢？依我说，不要信他的。"

秀卿的娘道："这个人好得很，还是你妹妹临死时托付他的。"

李从权道："那更靠不住了！嫖客对于姑娘，是一种交易行为，哪有真情！不用说人死了，便是活着，他也管不着哇。"

秀卿的娘道："这人不过上过秀卿几个盘子，可是秀卿很尊敬他，秀卿常跟我说：'伯雍除了穷，确是一个有爱力的人。因为他时时对于社会上不幸的人，很表同情，他绝不照旁人一样，顾己不顾人，可惜他也是在社会上困着，他若有力量将来对于不幸的人，必能想法子安慰。'秀卿时常这样说，我也不解是什么意思。谁知她临死时，一定教人去请这位先生。我想人家哪能来呢？谁知一请就到了。秀卿跟他说的话，我有好些不明白的，但是她不愿我吃胡同里头的饭，尤且不顺意她兄弟落在胡同里面，成一个游民。她求这位先生，给她兄弟寻个读书所在，给我也找个吃饭所在，人家都应了，而且替我们跑了不少次。他真是一个好人呢！"

从权见说，呆了半晌，说："我倒错怪了人家。这样的人，人都管叫傻子，便是由我看，也得说他是个傻人。但是我仔细一想，人家哪里是傻，或者人家有人家的志向，但是这位只在报馆么，还有别的事没有？怎的我也见见他。"

秀卿的娘道："头几天他考县知事来着，也不知中了没有。他说他如果中了，我的事便不必求别人了。"

从权道："他一定中的。这样的好人，放在哪一县，哪县有幸福。论理你老人家应该打听打听去，万一他若中了，他将来必带家眷到任，你老人家就服事他的家眷，岂不是顶好的一件事情？"

秀卿的娘道："我也是这样想，就看我的造化吧。"

他们说到此间，秀卿的娘，看看外面日影，因道：

"他这时该起来了，他们每天是夜里做事，他起得很晚，我这时去，他也就刚起床。"

从权说："你老人家就去吧。小心人家有别的事，若是出了门，您岂不是白跑一荡。"

秀卿的娘说："可也是。我此刻就去吧。"

说着换了一件新布衫，出门去了。

伯雍果然是新起床，秀卿的娘便来了。他一见这老妇人，他的心房不由得跳起来，因为这几天他实在把这老妇人的事忘了。

他赶紧把秀卿的娘让到他的屋中。秀卿的娘落座之后，眉开眼笑的，先给他道了一个喜。伯雍反倒一怔，说：

"您为什么给我道喜呀？"

秀卿的娘道："您此刻不是县太爷了么，为什么不喜呢？"

伯雍道："这件事呀，再不要提起。您的事我现在筹画着呢。我想城里头不好找，不如到乡下去吧。"

秀卿的娘一听这话，已自怔了，忙问道："您没中么？我想您一定中的。"

伯雍道："中倒中了，只是和没中一样，所以不愿意再提此事。你老人家的事，千万不要着急，我一定给您找一个安稳的所在。我如今想起一个所在来，我们西山目下来了两位大人物，把静宜园占领了，也皆因我们那些老乡亲多一半是没出息的人，所以地方上的事，只得看人家来办。这且不要提。如今他们在那里办了一个女校，还办了一个贫儿院，我想他们那里一定用女仆的。这个地方，山明水秀，不亚世外桃源。一个人若在那里住一生，也算很有幸福的了。我的意思，打算把您介绍到女校服事女生，也没什么困难的。崇格也不必教他在龙泉孤儿院了，一并也教他到香山去。你们娘儿俩在一个地方，总比心悬两地强，不知您愿意不愿意？如果愿意，我明儿回家，便和他们说去。"

秀卿的娘见说，当然是很愿意的，第一她的小儿子也能随了她去，这是她第一的心愿。当下她很感激地说：

"这事再好没有了。只是您这样为我们打算，我们将来怎样报答呢？"

伯雍道："这些话都用不着，须知这是死鬼秀卿的意思。她若一点思想没有，你们娘儿两个，也可以在胡同里混一碗饭吃，但是那就龌龊不堪了。崇格也就不知成了怎样一个坏孩子。秀卿既然不愿意你们娘儿两个坠落，我不过勉成其志便了。究竟我不过从旁帮忙，至于将来如何，就看你们娘儿两个怎样做了。"

秀卿的娘道："自要我们娘儿两个有吃饭地方，彼此常看得见，我们一定知足的。再说我们娘儿俩，一老一少，有什么倚靠？也不过求有能耐的人垂怜我们，我们自己也得往人里去。"

伯雍说："对了，无论大小人，自要自己往人里去，往后必然成人的。"

当下他又嘱咐秀卿的娘道："您还是在家等着。等我由西山回来，便有头绪了。"

秀卿的娘谢了又谢，自己回去。是日伯雍也不出门，预备出许多稿子，晚上交给凤兮，求他代理几天，次日他便回家去了。

这时已是初冬时候，一出西直门，已然觉得凉了。他在车上坐着，发生了许多感想。他竟不知道人是究竟做什么的，究竟做什么才叫人。他看见许多坐车的人、骑马的人、骑驴的人、步行的人，还有推车担担的人，还有许多村妇小儿，在道旁捡那些被霜凋落的柳叶。他不知道这些人心里，都是怎样一个目的，也不知道他们哪一件是人类究竟应当做的事。他也不知道他所做的事，究竟对不对。但是他见那些行路之人和道旁拾柴的人，仿佛一个人有一个人的心事，他们的心事，虽然不能明白，大概都是偏于一己的。拾柴的，拾了一筐柴，够他一天烧的，便算没他的事了。坐车的骑马的，也是这样，忙完了自己的事，便算达到今天的目的。他们各人忙各人的事，大概绝不想一想这熙来攘往的人，有没有共通的关系。他们只知各人奔走各人的衣食，所以在他们一己以外的事，绝对不能想一想的。譬如大家每天行走的这股通关大道，大家就知道在上面走，至于这条道路的好坏，他们不但心里头不想，而且眼睛也不看，道路已然坏了，车轮子一丈长的平路也走不着，可是他们一起一伏的，都同看不见一般，还在上面走。走这条道的人，不仅是没责任的平民，也有多少汽车马车，里面装着很大的官，但是他们的眼睛，也看不见这条路的坑坎，他们的屁股，也不觉得颠簸，他们所以这样没有感觉，就皆因他们办完了自己的事，每天吃两顿饭，那就是他们的目的。在他们以外的事，都算偏枝，可以不必枉费心机。

伯雍由这许多人身上，发生这种感想。他觉得后来的社会，益发危险了。各人奔各人的事，不能说是恶德，但是团聚好多人成了一个社会，各人就会图各人的利益，那真是自亡之道！譬如有一处树林，大家都进去砍柴，你也砍，我也砍，砍完了怎样呢？明白的人类，互助的人类，绝对不是这样的！必得由共通的利益，想出一种共通制限，教利益源源不竭，而且逐日地发达，那才叫人类社会。不是惶惶然各人侵占一点小利，就算罢了的。可是现在在大路上极坏的马路上行走的人，无论贫富贵贱、士农工商，哪一个又不是自要得着一己的利益，便算已然达到目的呢？他们只顾目前的微笑，哪管日后的苦痛。在伯雍心里，已然替他们悲不自胜了。

伯雍在路上行了三个钟头，才得到家。这次他回来，更使他吃惊了。家家房子，拆得更多了，这实在出他意料以外。旧时的路径，益发不易辨认了。他由山脚下一条小路，慢慢往家里走，只见那被创的冬山，连草根都没有了。山内红黏土，早先是不许露出来的，如今一片一片地在外面露着。山灵钟毓之气，已是发泄尽了，只余一处一处的疤痕，表示它的垂毙惨象，衬着那山村一片瓦砾。曾经看过它的盛况的，目击这种凋敝现象，哪能不为先民一哭呢！

伯雍一进街门，只见他父亲正在院中收拾菊花呢。院子扫得极干净，好几十盆菊花，都晒在夕阳底下，枝叶非常茂盛，花朵开得特别好看。伯雍的父亲，每日除了到野茶肆里喝一回茶，一到家中，必然把院子扫得干干净净。不下一百余盆的花草，天天都要按着太阳的方位，移动多少回。他老人家绝不教旁人帮忙的，一盆一盆的，都要自己搬。他老人家，第一爱的是秋海棠，第二爱菊花。如今秋海棠已然开了，把根子已然用土蒙好，收在不冻的屋子里头。目下专一地养活菊花，他老人家是讲究习劳的人，所以六十多岁了，腰腿的便，便是二三十岁的人也赶不上。

老人正低着头，玩赏他心爱的菊花。忽听脚步响，回头一看，是伯雍，便道：

"你回来了。"

伯雍赶紧上前给请了一个安，他见老人如此精神，他心里头喜欢极了。当下爷儿两个进到屋中，家人相见，自有一番忙乱，有泡茶的，有打洗脸水的。他母亲更是喜欢，原说是吃饭，如今见儿子回来，分付大儿媳妇：

"不用做别的菜，回头买点羊肉，吃火锅吧！"

伯雍的父亲，便有些不悦，说："何必吃火锅呢？他刚进门，一肚子火，也犯不上吃好的。"

但是老太太不听，还是吃火锅了。

晚饭以后，伯雍和他父亲闲谈，把秀卿的母亲的事，跟老人提一提，打算请求老人把他娘儿两个都荐到西山园子去。老人道：

"这事须早一点说。如今希望到那里做事的很多，倒是贫儿将来却容易进去，因为咱们这些乡亲，不知是怎个用心，说将来开办时，谁也不送孩子进去。硬给造谣言，说孩子进去，便出不来，将来都得卖给鬼子，用孩子的眼睛做药。你看他们穷得这样，天天拆房子，舍不得孩子也倒罢了，何必造这样谣言呢？所以现在虽然贴出招收贫儿的广告，大家都不去报名，甚至有已经报名的，听见这样谣言，都自行撤销了。气得我什么似的，我就问他们说：'你为什么不教孩子去？怎就知道卖给洋人呢？这是一种慈善事情，于你们的生计，不无小补呢。'他们说：'老大爷，你老人家不知道，天底下没有这样好人，凭什么把人家孩子招来，供吃，供喝，供衣裳，还请老师教给他们念书？其中若没有贪图，谁肯办这傻事呀！所以我们大家一研究，这正是一种利诱，将来他们一定把孩子赚走的。你老人家想一想，对不对？我们现在虽然没饭吃，将来有了皇上，依旧有饭吃的。我们不能眼睁睁教他们把孩子赚了去。'"

老人说到这里，很有气地向伯雍说：

"他们这些人，觉得自己很聪明。其实他们的性质，都是该杀的，乘着这机会，不教孩子去，若等着出好来，那不是晚了么？"

伯雍道："中国人办公益事，也有另有用意的，可不能说没有真正慈善家。照我们这些乡亲如此多疑，结果不过是挨饿，有什么法子能教他们明白呢？"

老人道："有什么法子？他们这辈子也不能明白了。他们须把猜忌和依赖的根性去掉，就能明白了。而且也能有饭吃，如今且不要提他们。你刚才所说的那可怜的母子，我明天到园子里跟他说去。不至于办不到，因为他们很信用我，我也不妄求他们的事。"

他爷儿两个说到这里，全家族说了一会子闲话，已到睡觉时候。

次日伯雍的父亲，老早地便到西山园子去了，吃早饭时，已然回来了。伯雍见老人很喜欢，便知道事情必然成了。果然老人坐下之后，便向伯雍说：

"事情成了。你哪天进城呢？再回家时，把他们带来就是了。"

伯雍见老人这样热心，他更不敢懈怠了。他说：

"儿子吃完饭便进城，把咱们的事办完，也就没事了。"

他父亲说："你明天再走也不迟。我还要问你，你不是考了一回县知事，怎样了？"

伯雍见问，把脸一红说："这事也是儿子一时妄想，试验试验看，不想到口试时，跌下来了，把我列在丙等，应当入学一年。我想，这一入学，多少也得耽误别的事情，将来还不知怎样，所以决计不去了。"

他父亲说："好。你的性质，也不是能做官的。再说做官也得有资本，家里如今指你挣钱，哪能有工夫等你做官再吃饭，再说你的年龄还不大，先拿发财的心去做官，那就要不得了。赔钱的官，咱们做不起。赚钱又不会，何必定得做官呢？你如今不去入学，很合吾意。你就老老实实地指着笔墨挣几个钱，我在家里过日子，寝食倒安，非分的妄想，以后千万不要再轻试了。"

伯雍听了老人的教训，知道老人是真心爱他，他只得遵着老人的教训，去求安分的生活。

次日伯雍进城了，当天晚了，不便去找秀卿的母亲。第二天，吃过早饭，便向大街去了。秀卿的母亲告诉他的地名，他略微明白一点，但是他不曾去过。他进了许多小巷，都是很湫隘的民居。走了半天，见许多门口，都钉着四等或三等下处的牌子，还有许多刚起来的娼妓，神头鬼脸的，在门口买物。他也不知哪一家是李从权的住处，他走出一条小巷，却是南北的一条街市，行人也较多了，但是在这条街上走的人，姑且不问他们的衣履，但看满脸的市井气和匪气，足以表示他们是另一个社会里的人。他们看见伯雍左右瞻顾的不知是找什么，大家都很奇怪的，仿佛这条街上，忽然来了这样一个人，实在是一件罕见的事。伯雍也不管别人看他，还在那里寻找门牌，却都不是，他不能不向旁人打听，又恐行路的人不知道。一抬头，见路南一个小饭馆，还是一间小楼。他遂到那饭馆门口，隔着破风窗只见一个吃饭的也没有，那掌灶的在灶旁一个小凳儿上打盹儿呢。一个系蓝布围裙的堂倌，在一张方桌旁站边，和两个男人、一个四十多岁的妇人，正说得热闹。伯雍一拉门迈步进了屋中，那堂倌自当是饭座儿呢，忙站起来让道：

"您来啦！请楼上坐。"

伯雍说："我不吃饭。掌柜的，我和你打听一个人。"

堂倌见说，把伯雍打量一眼，仍是很和气地说：

"您打听哪一个呢？"

伯雍道："这左近有一个叫李从权的吗？他有一个母亲，一个兄弟，他家另外还住着一个老太太。"

那堂倌见说，仰着脸，把眼珠儿一转，说：

"哦。是了，我知道了，您打听的大概是李大个儿，他当过陆军，前年由南京回来的。他有三个姑娘，都是由南边带来的，现在在四禧堂给他混事呢。"

伯雍道："这些事我倒不知道，我就知道他叫李从权，我找他也是为找在他家住着的那个老太太。"

堂倌道："是。一定是他。我们不叫他李从权，我们都叫他大个儿，也时常在我们这里喝茶。您跟我来，我指给您。"

说着把伯雍引到门外，向东指着说：

"您往东走，见胡同往北由南数，路东第三个门，就是他家。"

伯雍暗道："这个堂倌倒很和气。"因向他道声"劳驾"，自往东口去了。

行不多远，果见左手一条小巷。伯雍一直进去了，到了第三个门，一看门牌，果然与秀卿的娘说的一样，遂把木板门拍了两掌。却好，正是秀卿的娘出来看，一见是伯雍，她已然乐了，忙往里让。伯雍随他进去，院子里很潮湿的，堆着许多灰土及废弃的破烂东西，倒是三间正房，老得已然不堪。这时李从权知道有人来了，忙迎出来。他问秀卿的娘说：

"大娘，这位是谁？"

秀卿的娘笑着向他道："你不知道，这位就是我常与你提的那位宁先生。"

李从权见说，忙给伯雍请了一个安，说：

"哎呀！了不得！这个地方怎劳得起您来，快请进来吧。"

伯雍一边往屋里走，一边看从权，身量有五尺七八，浓眉大眼，顶高的鼻子，四肢头颅，都与他身量很相配的，若是穿上一身军服，真可以算是人样的好男儿，可惜坠落到这恶浊社会里头了。

他们到了屋中，只觉得一股霉湿之气，钻鼻刺脑。此时已是初冬天气，若在夏天，更不知怎样潮湿呢！他们的屋子，是一明两暗，从权把伯雍让到左手那间，大概这间是较干净一点的，棚上的纸，被雨侵得一片一片地悬着。四面的墙壁，也都被潮气剥蚀，露出黄土和碎砖。这样的屋子，便是妓女的一个领家住的，她们的生活，已可想见了。屋子里头，有四五个妓女，年龄都不过二十岁，已然梳洗完了。因为天时尚早，还没到下处里去。她们见伯雍进来，纷纷地走出去了。屋里也没多余桌凳，只有一张污油的桌子和两条板凳，靠墙另有一副铺板，上面放着一个污而旧的铺盖，那一定是从权下榻之处了。他把伯雍让在桌旁凳儿上坐了。他的母亲，也过来周旋，是一位很老实的人，还穿着很长的蓝布旗袍。伯雍让他们都坐下，两位老太太并排坐在铺板上，从权在桌旁下手那个凳儿上坐了，只见他微微把脸一红，向伯雍道：

"先生莫要笑话。我这是没法子了，做了这一种贱业。已然见不得亲朋，如今一见先生，使我又愧又感。"

伯雍道："这也没什么，反正是为吃饭。再说这宗生意，或者比别的生意容易一点。"

从权说："容易什么！人若是要吃饭，便没有一件容易事。这行生意，简直不是人干的。亏了是我，若换个别人，不但不能吃饭，而且还要受他们种种欺负。刚才您没看见，那四个妓女，有三个是我领着的，那一个来串门的。这三个人，也不用说怎来的，您大概也听说了，是我由南边买来的，钱也用得不多，因为被兵灾的地方，买人是很容易的。谁知到了北京，一做买卖，事事都不行了。开窑子的比我能耐大得多，简直是白给他们干。如今我背的押账，已有两三千元。好在人还没有飞。若是老实一点的，有几个人也得被人家拐了去，好在打架骂人，我全成。气急了，我便跟他们打架。如今我虽然有亏空，每日总有钱进门。我也把这里头的规矩都明白了，谁也不能再欺我。他们有什么事，也找我来议论。我也算本地一个光棍了。但是三个活人，在外头混事，我依旧混得这个样儿，连糊棚的钱都没有。您说干什么容易呀？还是照您这样的人，肚子里有书，拿笔能作文章，到处都有人恭维，也不受气，那真是神仙一样。"

伯雍道："一类人有一类人的苦况，究竟谁苦谁甜，非亲受的人不能知道。外头的人，都以为操贱业的人吃饭容易，谁知里面也是挺黑暗的。你既然吃这碗饭，你也得想个改良的法子才好呢。"

李从权道："娼业中的黑幕，没有改良日子，因为一改良，他们常掌班的或是当领家的，就不能发财了。再说地方上捐项也是很重，反正都得出在姑娘身上。譬如头等班子，一个盘子，姑娘才得四毛钱，那六毛倒归了班主。姑娘的四毛钱，还有种种花消，他们不借债怎的？若到了三四等，那简直就指着人肉换钱，反正还是开店的便宜。"

伯雍道："既是这样困难，怎么妓女反倒一天比一天多呢？"

从权道："来源不绝，哪能减少呢？再说生计到了现在是困难极了。没法子，慢慢地都得掉在这行。就拿我说，也是堂堂一个汉子，除了当兵，或是跑到口外去当胡子，仿佛世界上没有我的事做。但是我母亲寡妇失业的，我兄弟尚小，我若不管他们，一点活路也没有了，所以我不当兵了，也不敢去当胡子，怕是哪一天死了，教我老母幼弟失所。一抹脸，把羞耻没有了。

拿人家皮肉，养活我的老小，论理这不是大丈夫所做的事情，可是在民国却讲不得了。我见了许多没有道德的大官和在上流社会的人，我觉得我所做的事情，比他们所做的，似乎胜强百倍。比如我将来应当下地狱，我以为我的罪过，或者不至于上刀山下油锅，因为我没有学问，没有知识，而且没有饭吃，为养活老娘，做出这一点不道德的事，见了阎王爷，我也有话说的。我不解有权有位有财的，也和我们下流人一般见识，不做一点道德上的事，那我就没法说他们了。"

伯雍道："听你的话，也是有一肚子不平的，所以激得你变了性质，反倒往不好道儿里钻下去。其实是你想错了。一个人自有比赛做好事的，万不可比赛去做坏事，旁人没有道德，不做好事，我们应当替他可怜，千万不要想比我富贵的人，都没做出什么很漂亮的事，尽有由穷人上或是女子身上取财的，我们一介穷黎，讲什么道德？做出一点寡廉鲜耻的事，也就不算什么了。若是这样想，那不是教世界终无一个好人而后已吗？好事可以去赛，坏事万不可赛的。我们无论做什么事，总要存着一点道德心，存着一点为人的心，世界上的事，自然而然会好的，而且不平的事情，也就慢慢地少了。"

李从权听到这里，他大大地叹了一口气说："我从小时候也没听见过这样的话，但是我总以为一个人不应当虐待别人的，所以我对于我领着的那三个孩子，我并不虐待她们。"

伯雍说："这是你的好处，但是我希望你慢慢地把她们解放。"

李从权见说，愕然道："解放？是把她们都不要了么？"

伯雍说："是这个意思。"

从权道："这事恐怕难一点。因为我若不要她们，我便没饭吃了，她们也没法吃饭，还得住窑子。我弄来的人，岂不白便宜别人么？"

伯雍道："解放也是有办法的。比如你此刻若是仗着她们发了财，你就应当不取报偿地把她们嫁给安善的良民。你若未曾发财，你须改变你的生活。假如你现在每天有五元钱进门，你有两块钱大概都够了。你不要耍钱，也不要胡花，你储蓄到五六十元钱，你便买一架缝纫机器，或是织袜子的机器，你教她们每天少做两个钟头的卖淫生活，在家里头学习两点钟缝纫或织袜子。等她们手艺学成，便不致她们再营贱业，在家里安分守己地另营劳工生活，用自己劳力，供给社会上必要的品物，因而获得一种正当的报酬。我想这是人类最光明正大的生活，也是最神圣的生活。你若试办一年，管保有顶大的效验。恐怕你由此发轫，将来要成立一个很大的平民工厂，把女子职业也提倡起来了，她们见女子不是没事做的，也不是不会做事的，她们也就不想往窑子里跑，觅求悲惨的生活。我看你的为人，似乎很有毅力，也似乎很有忍耐。你为什么不在社会上奋斗一下子？指着娼妓吃饭，指着人肉发财，那都是社会之蠹、人类的蟊贼，龟奴恶鸨，不齿于人类的东西，堂堂一个汉子，何必与他们为伍？好小子唯有到社会上去奋斗，经营与人民国家有益的事业。龌龌龊龊的，弄两个娘儿们在窑子，一混事，简直不能算是光棍。那耻辱大了，便是以后发了大财，五辈以后的儿孙，也洗不掉这污点，所以我给你出的主意，我愿意你耐着性儿试一试。"

伯雍把话说完，再看那从权时，已然泪眼滂沱，哭起来了。半天，才抽啼着说：

"先生，我听了您的话，愧得我无地自容了。我怎做了这一件错事呢？从此我听您的话，不再和那些坏人比赛了。您教给我的主意，我越想越有理，我也不是办不到。我从前也很疑惑的，怎么中国人用的东西，都由外国来呢？如今听了您的话，我们自己走的路，实在都是不对的。富的不工作，贫的不工作，由哪里有货物呢？我由明天起，便实行您教给我的主义，不但教她们学着做工，我也学，教我母亲和兄弟也学。我想三年以后，我们一定不能这样龌龊了！您今天不是为我来的，是为我大娘来的，不想却由地狱里把我拔出来。"

伯雍见从权精神上受了感动，便安慰他道：

"你觉悟了，你的前途是不可限量的。如今咱们不要提这些话了，我应当和你大娘说话了。"

此时从权的母亲，微微叹了一口气，过来给伯雍倒了一碗茶，说：

"您先歇一歇吧，喝一碗茶。您所说的话，真是金石良言。我跟我儿子，吃这样的饭，心里真是不舒服呢。我也是养儿女的人，终日总以为这事不合理，但是我一个妇道，也不会说什么。今天您的话，真是救了他！"

伯雍说："您放心吧！您这个儿子，将来必能发迹的。皆因他是热肠的人，而且很有毅力，绝对不是安于卑鄙的人。我今天给他下了一服兴奋剂，他从此必要另换一个人的。"

从权的母亲道："要不是您，他也不能改悔，可见好人的话，是一定要听的。"

说罢，仍和秀卿的娘坐在一起。伯雍喝了一碗茶，因又向秀卿的娘道：

"老太太，您的事我给您办好了。"

秀卿的娘见说，谢道："这又教您分心了。"

此时他娘儿三个，都把耳朵的官能，向伯雍那边注了意。伯雍续言道：

"现在我们西山，创立一个女学校，还有一个贫儿院。我已求我父亲把您荐到女学那边，他们办学的，是有宗教的人，待人都很和平的。您到那里，一点委屈不能受。您的儿子崇格，也不必教他在龙泉孤儿院了。您可以把他带到西山，将来便送在那所贫儿院里。你们娘儿两个，到了那里，我想倒是个安身立命的所在。那里不亚如世外桃源，尽可以在那里养老。您这两天，把东西收拾收拾，哪天我同您把崇格领出来，等我再回家时，我就把你们娘儿两个带了去，您以为好不好呢？"

秀卿的母亲还没有发言，早见从权由凳子上跳起来说：

"好事。这事太好了，旁人打着灯笼寻不着。您知道么？西山园子是从前皇上家的地方，如今改为慈善机关，真是我们贫民老大幸福呢。但是没人介绍，哪能便进去呢？这事实在应当感谢先生的。"

秀卿的娘见说，满脸笑容，向伯雍称谢不已。伯雍道：

"您预备预备哪天领崇格去，我同您去。天不早了，我也该回去了。"

将要走，从权连忙拦道："您不能走！您既然肯到我家里来，您一定不拿我当畜类看待。自从听我大娘提起您的为人，我久已要见一见，今日既然见着了，我不许您就这样走，我总得请您喝三杯。再说这个地方，向常不见上等社会的人来，里面有许多外人不知道的事情，我也要请您看一看。您若拿我不当人，不可以坐在一起，您就走您的，那我也就不敢强留了！"

伯雍道："你既这样说时，我便扰你三杯完了。我要求你做个向导，在这里游一游。"

从权道："你肯赏脸，我乐极了。"

说着换一身较整齐点的衣裳，戴上一顶帽头。请伯雍头前走。伯雍说：

"这就走吗？"

从权道："天不早了。外面已有四五点钟，太阳已然落了。"

伯雍道："已然这时候了，天实在短多了。"

从权道："说话多了，不觉得耽误时候。您此刻必然饿了，走吧，我先请您喝酒去。"

当下伯雍向那二位老妇人道了扰。秀卿的娘感谢不绝的，同着从权的母亲，把他二人送出去，很喜欢地进去了。

从权引着伯雍，出了巷口，那条街市上的铺户，已有上灯的了。街上的行人，也渐渐多了，那左近的娼属，出入的人，

也觉热闹了。那些人很高兴地由这家出来，又进那家。他们都
是三五成群，口里说的话，没有一句干净入耳的。他们多一半
是年轻的人，还有许多像做买卖的人，他们的腰里多一半也就
有五十铜子，但是每人心里都怀一个狮子吃绵羊的雄心，他们
的五十枚铜元，也不能爽快就花了，总要跑过几十家，到处挑
点邪眼，讨会子厌，等到两腿跑乏了，然后才择肥而噬。但是
由伯雍眼睛里一看这些人，真不解他们为什么这样高兴。此时
从权和伯雍说：

"咱们不用上远处去了，就在面前那个醉花楼喝几杯吧？"

伯雍道："很好。方才我还在那里打听道儿，那个跑堂儿的，
倒很和气的。"

从权道："一定是小周儿，他最和气不过的。"

说着，已然走到饭馆门前。从权一拉风门，请伯雍先进去，
他也随着进去了，里面也点着几盏电灯，有许多饭座儿，在那
里吃饭呢。柜上的人，都认识从权，忙让道：

"李爷，请那里坐。"

从权道："楼上有地方吗？"

柜上人说："有。"

此时只见白天那个跑堂儿的噔噔噔由楼上跑下来了，一见
从权便笑道：

"李爷今天要请客么？楼上坐吧。"

当下他二人撩衣上楼一看，较楼底下干净多了。跑堂儿小周，
也随着上来，拣了一个闲座儿，请他二人坐下了，问道：

"还有别的客吧？"

从权道："没有别人。"

小周儿见说，给摆上小菜碟，两副杯筷，又问：

"喝什么酒？要什么菜？"

从权道："不要麻烦，你给汤［烫］一斤绍酒，配四个菜，我们先喝着，吃什么我再告诉你。"

小周儿说"好"，下面分付去了。从权因向伯雍说：

"这个地方太窄得很，不过做的吃食，还干净。您此刻慢慢想着，普通的菜都有的，可以分付他们。"

伯雍道："这里很有意思。吃饭的勾当，原不必到大饭馆。在这样酒馆式的铺子，倒能吃得饱。"

从权道："我知道先生不见外，所以只在此地尽点孝心便了。"

正说着，堂倌把酒菜拿来，从权饮得很豪，不住地劝伯雍饮。只是伯雍饮了几杯，已然不能再饮了。从权见伯雍酒够，他也不敢再喝，要了点蒸食干饭，陪着伯雍吃饭，教堂倌算了账，一共九吊二百钱。从权说：

"写十吊吧。"

小周道一声谢，忙着又给泡了一壶茶，每人喝了一碗。从权道：

"天不早了，我领您溜达溜达好不好？"

伯雍说："好。我正愿意参观参观，咱们这就走吧。"

说着下楼而去。

街上虽有许多灯火，较比八大胡同黑暗多了。伯雍也不知往哪里去，傻子一般，跟着从权走，他们串了好几个小巷，里面总有许多人，说说笑笑地乱挤，间或也有很冷静的地方。他们也到了好几个下处，院子里窄憋憋的，拥着好些人。他们的规矩，不往屋里让客，只凭一个龟奴一喊，那些失了自由没有人权的妓女，便都站在木屋的门口外头，任人观览。若到了四等，便不喊见客，一间间的小屋子，里面惨阴阴地点着一盏油灯，每一个窗户上，都镶一块一尺多大的玻璃。有客的，把玻璃帘儿放下来。没客的，便在炕上对那块玻璃坐着。院内游客，便从那块玻璃往里窥伺，如对眼，便知会龟奴，往屋里让，喝茶或是别的均有价格，那就听客人的自便了。伯雍来到这样的院子，他茫然不知所谓，他见一间一间的小屋，里面点着极阴惨的灯，他已然觉得毛骨悚然。他一想象这里面的罪恶和不道德，他简直不知人类的残忍性该当多大了。他听从权告诉他：

"您可以就着窗上的玻璃，往里看一看。"

伯雍见说，大着胆子，就一块玻璃往里一看，屋里也就容下两个人，还有一铺小炕，放着一张小炕桌，别的陈设便看不清楚了。小桌上放着一盏洋油灯，灯光舍不得捻亮，只有三成光。灯影下坐着一个妓女，只看她满脸惨白，也不知是本色是擦的白粉，年龄也看不清楚，或者也许十七八，也许三四十岁，因为在那森暗的灯影之下，实在不易辨她的媸妍和老少，便是极少艾的一个美人，在这屋里一坐，也要令人股栗的。那妓女见伯雍在外面往里看她，一则为招揽生意，二则若有人进来，可以带进点空气或是捻亮了灯，所以她向伯雍一笑，满嘴的白牙都露出来了。她这一笑，里面不知含着多少伤心和惨痛，原冀可以勾劝伯雍的心，却不想把伯雍吓了一跳，赶忙离开那玻璃，向从权说：

"你再带我到旁处看看去。"

从权道："您看着不中意么？"

伯雍道："不是中意不中意的关系。我的目的，只不过略事参观，明白此间现象便了。"

从权道："虽然这样说，咱们也得找一个地方歇一歇，若是这样跑，恐怕您累不了。"

伯雍道："看吧，咱们再走两家，若是有闲着的屋子，咱们也可以坐一坐的。"

说着出了这一家，又到旁处去串。

伯雍真有点乏了，只得寻了一家三等下处，他两个进了门，见院里却没许多人。从权说：

"这里清静，您可以招呼一个人，歇一歇了。"

伯雍说："别忙，先看一看。"

他们在院里绕了一周。只见离大门近的那间房子，门帘打着，里面一定是没有客的。及至往里看时，只见一个三十多岁快到四十的妇人，也打扮得妖妖冶冶的，只是凭她怎样装扮，也是不好看的，但是在一帮下等游客眼里，也许有拿她当西施的。伯雍对于她，并没注意，不过屋内有一件事情，足以惹起伯雍的好奇心。只见那妇人的炕沿坐着一个五六岁的小孩子，又瘦又黑，在这妇人怀下站着，委委屈屈的，意思要教这妇人抱抱他，但是那妇人两只手都没闲着。只见她拿一件蓝布破小棉袄，就那盏火油灯下，正拿虱子呢。大概那小棉袄，一定是那一个小孩子穿的，她所以为这小孩子如此尽心，不用问，那小孩子一定是她儿子了。伯雍看了这一幅图画，差不多要颤起来，因问从权说：

"这个妇人也是混事的么？"

从权说："是呀。我还认识她的男人，从前在本街拉车，一家四五口人，委实生活困难。不想她男人拉一个军人到南苑去，不但没给钱，倒挨了一顿打。回家来，便气病了，一家子立刻没饭吃了。没法子，使了一百五十块钱的押账，把老婆押在这里混事，但是她这年纪快四十了，恐怕也混不到好处。那个小孩子，便是她的儿子，在家里本是离不开她的，所以时常到这里来找他的娘。"

伯雍见说，更觉得心里发软，暗道："贫民是自己没有能力呢，还是国家社会不教他们有能力呢？怎么北京的普通人民，男的除了拉车，女的除了下窑子，就会没饭吃呢？"因向从权道：

"我看这里咱们倒可以坐一坐。"

从权见说，向伯雍一笑，也不好反对，便叫来一个龟奴说：

"这位先生要在这屋里坐一坐。"

那龟奴见说，把伯雍看了一看，忙着叫了一声：

"大金凤姑娘，有客。"

那妇人见说，把破小棉袄忙给那孩子穿上，又忙着到洗脸盆那边去洗手，又叫龟奴赶紧把那孩子抱出去，屋子里忙了一团。那个龟奴刚把伯雍二人让进来，抱起那孩子就走，那孩子舍不了他的娘，"哇"的一声，哭喊起来。此时雍伯忙道：

"不要把他抱走，就在屋里也不要紧哪。"

那龟奴见说，把孩子放下了，掇了一把茶壶忙去泡茶。妇人究竟不知伯雍是怎个意思，数责那孩子道：

"怎么一点也不明白！来客了，还是这样磨我。等我回家打你。"

但是那孩子如同没听见一样，依旧挨着他娘去了。

屋子小得很，勉强坐下了。从权因问那妇人道：

"你们爷们好了吗？"

妇人见说，把从权看了一眼，很奇怪地问道：

"你认得我们爷们吗？"

从权道："怎不认得，他不在本街拉车么？我也在本街住。"

妇人道："不用提了，他如今还没好利落呢。不睁眼的老总们，真厉害极了。若不是在南苑吃他们一顿打，他哪会病呢？他这一病，不但花了好多钱，把我也坑在这里头。不想我跟他半辈子，快老了，反倒当了娼妓，这有什么法子呢？我们家还有一个老婆婆，我又有两个孩子，若说给人家当老妈子去，谁肯先借给我们一二百块钱呢？我又得给男人治病，又得养活老小，除了这一着，实在想不出别的法子。唉，我们爷们儿这一场病，把我们一家害苦了。多怎中国才有王法呢！"

说到这里，眼圈一红，却不住地直看伯雍，意思有点后悔，不应当这样说话，因为她见伯雍坐在那里一声不言语，又见他的衣服很齐楚的，莫不成是个官，或者是个军界人？她深恐把伯雍得罪了，忙推开她那孩子，给伯雍斟一碗茶，勉强笑着说：

"请喝茶吧。"

但是伯雍实在不敢喝她的茶，只说：

"你坐着吧，不要张罗我们。"

可是那妇人终疑惑伯雍是官面的人，她有许多话也不敢说了，不过问她什么，她说什么便了。

坐了一会儿，伯雍的思潮一起一伏的，也没有话说。从权遂向伯雍道：

"您歇过乏来了吧，咱们再走一家好不好？"

伯雍道："好，你再带我走一走。"

说着开了钱，同从权出去了。那妇人还说"再来"，可是她心里头对于伯雍的误解，到底不会消释。

他们又到了一家四等，伯雍这次觉得明白一点了，他自己也敢到那小玻璃窗前往里窥伺。这种盗贼行为的问柳寻花，在伯雍觉得奇怪极了，而且卑下极了，但是众人行之若素，当局还由这种不堪的地方，货卖人肉、坠丧道德的地方，苛求一种捐税，那真是不可解的事情了！伯雍已然到好几个窗洞，都看过了，那阴森凄怪的景象，只能使人不快，怎能引起人的欲念呢？可是每日都是这样的，每日都有许多人疯子般往这里跑，究竟他们以为很快乐的事，是在哪里呢？

大凡野蛮未开化的人民，总以达到残忍目的算是一快乐。直到如今，所以有强奸的行为，也都只为人类的野蛮根性未退。下等娟窑，虽然不比强奸，但是人类的罪恶和残忍，实际上差不多在轮奸行为以上。可是人类的有权者和国家的法律，对于不常见的强奸和轮奸，虽然勉强规定几条法律，对于这公然以人肉为业，供给无量数的蛮民，每日到此实行强奸或轮奸的行为，不但不定出一种科罚，而反加以官许的形式，究竟法律是什么东西呢？道德又是怎样解释呢？社会上有好多事情，性质和行为原是一样的，可是一方为法律所不许，一方又为法律所优容，文明的法律，应当这样矛盾吗？应当这样不平吗？人类社会所以有这样的现象，还是不讲人权的结果。我们没有别的称谓，只好仍然加以野蛮的徽号。

伯雍最后又走到一块玻璃窗的前面，往里张望时，只见屋里尤觉凄暗。一盏半明不灭的油灯，旁边坐着一个妇人，约在二十左右，穿着一身花道布的夹衣，正在那里掩面啼泣。她为什么哭？在伯雍固然一点也不明白。不过看那悲惨的背景，配上一个妓女在那里啼哭，内容的惨痛，也就不问可知了。因回过头来向从权说：

“你认得这个妇人吗？你来看看，她为什么哭呢？”

从权见说，就那块玻璃往里一看。少时，直起腰来，向伯雍道：

“我认得她。她的男人叫王德，从前跟着一个营长当护兵，因为偷盗主人东西，被斥革了。这小子一点不务正，不但赌钱，还打吗啡，到了把老婆押在这里头了。至于他这老婆是怎来的，也不知道。大概也是拐来的。听说这妇人生意不甚佳，在这里头混事，多少也须有点运气才成呢。但是她哭的不知为什么。"

伯雍说："咱们进去坐一会儿。"

从权见说，喊过一个人，叫把帘子打起。那妇人见有客进来，便不哭了，随手把那盏灯捻亮，只见她依然泪眼模糊。从权因打趣她道：

"大嫂子，你哭什么，难道想起你的情人？"

妇人道："还想情人呢，都要死了！"

说着由衣兜内，取出一包茶叶，教龟奴去泡茶。此时她的脸上，已露出一点喜容，不照方才那样哭丧着了。从权依然问她道：

"你到底哭什么呢？我们在外面见你直哭，怪难受的，所以进来坐一坐。你做生意别哭呀！"

妇人道："怎能教人不哭呢？想起来真没个活头。这四等窑子，也不是谁与的。若在头二等，还可以彼此串屋子，我们便和囚犯一样，一出屋门，被警察看见还要罚。偏巧今天一个客也没有接，眼瞧着要落灯了，连灯油钱还没有着落。不睁眼的忘八，还要找我来要钱。一肚子的委屈，跟谁说去呢？所以越想越难受，不觉得哭起来。幸亏有你们二位，不然我今天就不能开张了。"

伯雍见说，暗道："听了这个妇人的言语，再证以方才那个妇人所说的话，凡是陷在此中的，不是因为男人养活不了，便是有一种无赖子男人，欲依赖老婆养活他，所以可怜的妇女，寻不出别的生路，只得飞蛾投火地，往这里硬跳。但是长此以往，北京社会究竟要成个什么东西呢？实在是不堪设想的事了。"

时间已然到了，表上的时针，催着伯雍得回去了。开了钱，遂和从权一同出门去了。到了街上，伯雍向从权说：

"你家去吧。外面已然十二点多钟，我也该回去了。"

从权道："我送您到大街上，这里的道儿，您不大熟识，走错了倒麻烦了。"

说着穿街越巷，经过好几条极黑暗的小胡同，才到了西珠市口大街。伯雍一见，脑子里清楚了，已然辨出东南西北，因向从权说：

"你回去吧。这我就明白了，但是我跟你说的话，你便牢牢记着。你若照我的话去实行，你在这极黑暗地方，定然要放出一个光亮来。有许多可怜无告的女子，也能借着你这点光亮，得着她们吃饭的正途。你想想，我们方才所看见的现象，惨不惨？我们也是人类，我们看见她们因为自己没能力，社会国家又不替她们想法子，不得已坠落在这人肉市场里。我们应当对于她们表示一种同情，想法子救济她们，我们哪里还有心肠蹂躏作践她们。所以我劝你不必避艰难困苦，在这悲惨无人道的地方，独树一帜，渐渐改变一种劳工生活，这便是你终生不朽的事业。"

从权见说，很入感地向伯雍谢道："先生的话，比金子值钱。无论怎样，我也要实行。好在你看得见我。"

说罢向伯雍鞠了一躬，自去了。伯雍呆呆地看了他半天，见他渐渐没入黑影儿里去。伯雍一个人暗道："他觉悟了吧？他若真个觉悟，他在这黑暗地狱里，可以算作一盏水月电灯了。"

夜气深了，西北的冷风，中在人身上，觉得很锐利了。大街上行人稀绝了，只有那拉不着买卖的人力车，兀自在街上彷徨。在黑暗的长街上，也看不见车夫和车身，只有那盏照路的车灯，在极冷空气里荧荧颤动。远远的还有几处豆腐浆摊子，由那热锅里，不时地往外冒蒸汽，这是冬天街上一个极佳的点缀。

第十五章

　　过了数日，秀卿的娘已然把行李冬衣预备好了，伯雍又同她到龙泉孤儿院把崇格领出来，她仍旧在本星期内，一同到西山去，先住在伯雍家里。次日伯雍和他父亲，带着她娘儿两个，到了西山，面见那两位大慈善家，开恩把他们收下了。伯雍的心愿，至此算完全偿了。伯雍不便在家里久住，过了两天，依旧回城里报社。他从此立定一个目的，什么与官场政界有关系的事，不但不愿去做，而且连想也不敢想它，知道他的性质和能力，绝对不是可以在政界里活动的。他索性把一切妄想都屏除了，一心要做一个文学家。他所研究的文学，是切于实际，于人生最有关系的。他于中国的文学，虽然有一点研究，他却不想做一个文章家和诗家。他虽然对于新文学未表示何等的欢迎，他也不专专守着旧文学的脑筋，一点也不知道改变。他利用外国文，读了许多小说，他看出小说的文章，比什么文章都有用处，而且在文学上，也真能有极大的价值。他实验的结果，他以为用桐城派的文体，写社会上大小事故，究竟不能发挥尽致，终不如小说家用一管秃笔，洋洋洒洒，写好几十万言，社会上诸般事情，都不能有逃形的。小说能够任意发挥自己哲学思想，也能替一群无告的人代鸣不平。大小说家的心思笔路，不是光写一个人的主观，他们锐利的眼光、深湛的思想、深刻的笔墨，能够一一刺入一般人的心坎，仿佛一言一句，都由别人心里掏出来，无论舍谁看见，也得表同情的。小说的功用大得很，小说的文章，也是不可纪极的，差不多和衣食住三项的要素同功。人们对于他的要求很切的，人的思想、人的生活，多一半用小说的力量来改造，所以他一心要做一个小说家。他对于中国的小说，第一佩服《水浒传》，第二是《儒林外史》，第三是《儿女英雄传》。《红楼梦》虽然也在他爱读之列，他却不十分景仰的。外国的小说家，他第一赞成法国的嚣俄［按：法国作家雨果早期的汉译］，第二是英国的迭更斯，第三是俄国的托尔斯泰，第四是苏格兰的斯格得。斯格得的思想，因他所处的时代关系，虽然旧一点，但是文章是极好的，可以与《水浒》并驾齐驱，写武士没有再比他好的了，而且他的种族思想非常热烈，所以伯雍很景仰他。至于伯雍的思想和要作小说的动机，完全受的是嚣俄、迭更斯、托尔斯泰的著书的感动。他每日除了研究文学，便安下心去作小说，腾出余暇，也能出去看看戏，访访朋友。因为秀卿的母亲和兄弟，有了安身之处，在伯雍觉得安闲多了，他也不敢再去发那狂热，假如他再要和秀卿的娘一般摊上一个，他非白白地累死不可。所以他把救济穷人的狂热心，一点也不敢萌。对于社会，完全持一种消极的态度。他知道对于社会用消极的心来对待，是万不应当的，但是他若不消极的自处，非殉葬不可了。所以他没法子，把社会上的事不敢问了，一心在文学上用点功夫。

如此又过了两三年，歆仁的报纸，仗着他的小说，销路很广了。伯雍常和歆仁说：

"咱们的报，近来很好了。你是当议员的，应当在政治方面去活动，你无论加入哪一党，谁也不能管你，但是你不要把你的报完全弄成机关的性质。北京的报，多一半是仰赖机关生活的，一点振作也没有。我们的报，若好生经营一下子，未尝不可以做一完全营业性质的民间新闻？若照你这样办法，你在哪党，教你的报也属哪党，不但我们当编辑的很感苦痛的，报务绝对不能发达的。"

歆仁口里虽然很赞成伯雍的意见，他究竟没有办报的诚心，他究竟吃过机关报的甜头，他绝对舍不得钱扩充报务。他每月所费的经费，绝对不许超过补助费，至多不许用到三分之二，并且他完完全全地要做一个机关报，所以编辑人没法子发展，只得敷衍从事。这时歆仁正帮着帝制派捧老袁当皇帝，天天有许多关于帝制的新闻，都是他自己做。他每日出去奔走，晚上回来做新闻，往往到两三点钟也不能消闲，但是他很高兴的。他说这回老袁的皇帝一定做成了，他还劝大家作请愿书，或是劝进表，将来都有好处的。怎么他这样精明的人，今日会迷到这个样儿呢？他不知道这回的帝制，是硬做么？不知道各地方都起了祸疱么？乱子眼看就到了，他怎说一定做成呢？其实老袁做了皇帝，于他有什么好处，也无非拿他的报当一种御用报，多给几个补助费便了。为这一点小利，便迷了利害关系，无怪袁家父子做了这一场沉酣的皇帝迷梦，直到临死还不觉悟。可见利令智昏，虽如项城之豪杰，也不能免的。果然洪宪的年号刚一颁布，各地反对之声，同时并起，没有几个月，昙花一现的皇帝，竟自升遐而去。办帝制的这一群人，都慌了手脚，一个一个地，纷纷亡命去了。且有好几家报馆，同时都歇业了。歆仁的报馆，也受了帝制的遗毒，把寿命葬送了。不但他的报馆不能存在，连他的生命财产，也很危险呢。因为反帝制派，把他也列在小祸首之内。他听了这个消息，他实在不能不躲避，他把这几年所弄的钱和金珠细软，赶忙存在交民巷外国银行里，带着他的爱妾桂花，一同蹿入使馆界，打算要在外国使馆里，暂避一时之难。但是外国使馆不知他是何许人，拒而不纳。他说：“我是中国的议员，因为受了政治的嫌疑，特求贵公使保护的。”外人回复他道：“贵国议员，人数太多，敝界湫隘，无法收容。且使馆界素重卫生，不能庇护议员，致使空气浊恶。先生还是自寻楼所吧。”歆仁受了这场抢白，无法子，只得带着他的爱妾到六国饭店去住。

　　过了几天，外面风声渐渐松了，歆仁又请出人来向各方面一疏通，算是没他的事，但是他的损失，也实在不小。报馆也开不成了，只得摘牌歇业，欠给编辑的好几个月薪金，他也硬不给了。伯雍不可惜别的，由民国元年，直到现在，一日也不曾离手的报纸，忽然消灭了，未免有情。但是他的力量，也不能把它复兴起来。没法子，只得暂归西山，享受几天闲日月。至于他后来于文学上造诣得到如何境地，成就了如何事业，那是后来的话，此书暂且不叙。

我们所知道的，北京的政治，似乎一天比一天黑暗。北京的社会，一天比一天腐败。北京的民生，一天比一天困难。可是北京上中下三等人民，每天照旧是醉生梦死，一点觉悟没有。梅兰芳的戏价，一天比一天贵。听戏的主儿，照旧那样多。茶楼酒肆，娼寮淫窟，每天晚上，依然是拥挤不动。禄米仓的被服厂女工，更加多了，工钱连六枚铜元都挣不到了。贫儿教养所，一天总要有多少贫儿送进来，但是传染病益发厉害了，可是监狱式的办法，依然未改。街上人力车的号数，一天多似一天，可是汽车的号数，也很增加的。教育公所依旧是那样烟不出火不进的，朱科长的权力，一点也没有动摇，他每日仍是坐着他那辆骡车，很高兴地去上衙门。他的脑子什么事也不想，他的眼睛什么事也不看，他就知道他是个科长，在社会上很尊贵的，凡此等等，皆是伯雍于五年中所目击的。他总想用小说的体裁，把他于此五年中所见所闻和心里所感想的事，详细地写出来，可惜他没有工夫去做。如今他正家居，他大概要从事这种著作的，但是他的书何日才能出来呢，这是我们所盼望的。

穆儒丐作品

如梦令

自序

自 序

我作了不少的小说，自己认为满意的很少。这部《如梦令》是我少觉惬意的一点小成绩，如不苛求的话，也许不是什么不堪入目的东西。

我的小说，向来不依傍门户，什么罗曼哩，写实哩，我都不管，只不过任意经营，任意描写，并且时作时辍，虽然预先也有个布局，究竟能不能照预拟的写下去，自己也是毫无把握。

现在的作家，大都崇拜写实派，对于罗曼派未免就有点菲薄。但是在文学尚称幼稚的国家，是不是要有门户之见？何况所谓罗曼写实者，其界限本来很难区分，嚣俄〔按：法国作家雨果的早期汉译〕是罗曼派，但是他的《哀史》又与托尔斯泰的《复活》有什么不同呢，我们不应当憧憬着好听的派别，而忽略了文章的实际。伟大的著作，有待乎伟大的精力和伟大的人格，我们若不确实的去修养，期期然有志于伟大，仅徒以口头禅曰某旧派某新派，虽于世界文学史言之烂熟，究于吾等之创作有何裨益乎？

　　铁轨是走火车的工具，究之铁轨不能自动。文学史以及文学上一切法则，充其量铁轨而已，一成不变，而日新月异，所谓豪华版者在客车不在铁轨，以是之故，伟大天才的作家，自有他人所不能追随的本务，绝不恤作筑路的职工。

　　我很有志于写作，困于天赋及人为的不良条件，再不能更有进益，何况垂者之年，虽努力，而意懒不欲前，衷心所切盼者，于白山黑水间，必有一日，当有伟大作家之出现耳。

穆儒丐作品

如梦令

目录

穆儒丐作品

如梦令

正文

第一章

事件是在三十年前发生的，可是结果却在三十年后的现在，我以为这事很奇怪，是我在二十来岁的时候所曾闻见的，不想在今日令人已然忘了的了事，又复重提起来，而且结了一个很意外的果子。社会是什么？伦理是什么？由于这件故事，真是很难解答的一个问题了。

黄昏将近了，卖炸豆腐的赵老二，向西北灰中带黄的天空看了看，怕是要起风，他的豆腐，已快卖完了，不如挑起担子，快回家去，把剩下的几块豆腐当酒菜，他想要喝几杯。

赵老二是京西香山人，幼年间也上过官学，长大了也当过差，不但能说，举动神气，还是文绉绉的，好像是很有学识的样子。其实他书也没念好，差也没当好，又屡屡经了许多事变，他已然入了老头子们的堆儿里，竟说以往的事，作以往的梦，好像英雄无用武之地似的，天天要发几回牢骚。这也难怪，当初在好年头时，在本乡本土中，也真露过头脸，谁家有了个红白事，都短不了他。可是现在不是那年头了，他又没多大积蓄，日子当然是一日不如一日，出外谋点事作吧，他倒有自知之明，准知道落伍的人，决其没人照顾的，所以他就携了妻子，搬进城去，打算作个小买卖。西直门内，房子较比贱的多，他一下子就租了两间，炸豆腐的挑子，也是在租房不久置办的。

因为他见那些劳动朋友们，多半是在露天吃饭的，才想了这样一个买卖，每日在新街口一带出挑子，自要不赔本，所赚的钱，够他一家三口糊口的，就收拾不卖了。因为他毕竟没大劳动过，时间太长了，他也是受不了的。

今天赵老二收挑子较比平日晚一点，将要挑了担子回家，只听由南向北，送来一声：

"晚报！"

这声音在赵老二的耳朵里太熟了。他知道是卖晚报的陶小三儿下街了，于是赵老二犯了报瘾，打算念一段新闻给大家听听。这时赵老二的担子依旧放着，眼巴巴只盼陶小三儿快过来。

"晚报！谁看晚报！"

陶小三儿的娇脆童子音，越走越近了。他是个十三四岁的小孩子，天气过了八月节，还穿着破旧的单衫，但分家里有吃的，恐怕也不忍教孩子出来卖报，可是小三儿却极精神活泼，一点瑟缩样子也没有，右肋下悬着一个蓝布袋，白月光上，写着"社会晚报"四个字。

"晚报！晚报来啦！"

还在喊着，此时赵老二向他一招手：

"小三儿！有什么新闻吗？"

"二大爷！您还没收呢？"

"没呢。把报给我看看，有什么好新闻没有？"

"今天没有桃色新闻，可是有件奇怪广告，有人找爸爸呢，您看吧！"

小三儿说着，早由报袋内抽出一张新闻纸。

"是吗？这倒新鲜！"

赵老二刚把新闻接在手中，附近那些拉车的，作小买卖的，便都围拢上来，都要听听这找爸爸的广告是怎回事，七嘴八舌，乱作一团。

"你们别忙，由我来念。"赵老二一边拦着众人别乱，一边展开新闻，寻找那广告，半天也没找着，还是由小三儿指给他，才找寻着的。

"不错！在这里呢。"

"老赵快念！"大家更紧张了。

"听着！我可要念了！"

赵老二说完这话，又咳嗽两声，才逐字读下去：

"悬赏寻访父母广告。"

"真有这事？这不等于拿钱买爸爸了么，也许另有文章，现在不会有王华的，有父母的讨厌还讨不够，天天盼着老人死，现在还有花钱买父亲的？我不信！"

大家又吵嚷起来。

"你们是开搅是听报？"

赵老二很不悦的向大家这样问。

"二大爷别生气，我们不吵还不成吗？"

"再吵我可不念啦！"

赵老二又把晚报横在面前，开始读下去：

"经启者，氏自幼被人掠卖，今已离开父母，约三十年。依稀记得，家在京西一个流山水的沟眼内，除了自己小名，父亲兄弟之姓名，皆不记忆。如有仁人君子，将氏父母，代为寻访，俾得骨肉团圆，情愿酬谢现洋一千元整，赠予以待，决不食言。如有知其下落，或书信或本人，请向下记地址接洽为盼。宣武门外，骡马市大街丞相胡同，六六三号，鹿宅主妇启。"

赵老二刚把这个广告念完，在前后左右围听的车夫们，又哄的一声吵嚷起来。

"一千元！"

"找爸爸的一定是位太太！"

"谁去冒充一下子？"

"那儿那么容易？"

"真认下了，就当一辈子太老爷！"

"这娘儿们也许有疯病！"

"焉知没有别的隐情，财发不了，也许教人抓了去！"

"据我想，天下就没有这样的事，奇怪的广告，真事就很少！"

"也难说，不过没名没姓的一个人，实在太难找！"

大家正在你一言我一语的批评这件事，只见赵老二拿着那张晚报直出神。

"老赵！你想发这一千元的大财吗？为什么直怔！"一个车夫在问他。

"不！咱们没那命！"

赵老二日常看陶小三儿的报，也无非借看看，今天他却由方盘上那个小钱箱内，取出一枚铜子，交给了陶小三儿。

"小三儿呀，今天我们看的工夫太多了，给你钱，这份报我留下了。"

"二大爷别给钱啦。"

"不，耽误你半天买卖，太对不起。"

小三儿接了钱，又扯开嗓子，吆唤一声"晚报"便向北教卖去了，许多拉车的，各自兜揽生意，也散了。赵老二又把那张报纸看了看，出会子神，才很精细的，把它折叠起来，揣在怀内，然后把担子向肩头一挑，便回家去了。

他在道儿上走着，好像没有往日那样踏实，两双脚仿佛在棉花上行走似的。脸上的神色，有时很满意，微微笑着，有时又似在失望，笑容立刻就没了，不知为何，又发起愁来。这是因为他心里正想着一件事，自己很以为对，又怕人家所要寻访的，和他所知道的不是一件事，所以他又想得到那一千元的谢礼，又怕他所知道的事，根本不对，虽然有个很沉重的担子，在他肩上压着，不亚如是起在云里。

"现大洋一千元！"

在他的脑子里，好像是一个白光一个白光的，很疾速的旋转着。他想着，照他这样一个卖炸豆腐的，恐怕干到归西那天，也积蓄不了一千块钱，这要是猫咬尿脬瞎喜欢一回，还不如压根儿就别看见那个广告好呢。他一路寻思，不觉已然进了自己住居的巷口，远远望见他的妻和他那未满十岁的儿子，正在门前待望着他。赵老二自言是个妨妻命，他先后娶过两房妻室，不幸那一位也没留下一男半女。相继着全都中道死别，他本想不再续娶了，无奈亲戚朋友，都拿"不孝有三，无后为大"的圣人之言，来敦劝他，并且为他作伐，又续娶了一房。可是他已早过了中年，又因为娶了三回媳妇，经济不充裕，那也是自然的趋势了。所幸这位赵二奶奶，性质勤俭，两年后，又给他生下一个儿子，赵老二虽苦无事可作，眼见坐食山空，可是一看见他的儿子，像一只山羊似的，胡乱闹着，就觉得前途大放光明，有了无限希望似的。他所以搬进城内，作了这样一个小买卖，在他以为这是大丈夫，为了妻子，义不容辞的事。

这时赵二奶奶，先看见赵老二担挑子进了胡同口，便一推那孩子说：

"丁柱儿，你看！你爸爸回来了。"孩子一见，燕儿似的，撒开两条小腿，就向赵老二那边迎上去。赵老二一见，把脑子里所想的事，顿时全忘了。右手按住扁担左手拉着丁柱子，笑眯眯的行至自家门首，先把挑子放下，丁柱子便去掀锅盖一看里面尚余十来块豆腐，闷得又香又烂，早已跳跃起来，伸手就想捞着吃，赵二奶奶怕他烫手，连忙拉住说：

"别忙！等进屋再吃！"

当下替赵老二开放了大门，容他把挑子挑进来，随后又把门关上，又帮着赵老二把家具什么的，搬到屋内。等赵老二洗完脸，休息一会儿，才到厨下去整治饭菜，把预先为赵老二买来的四两白干，也替他烫上。不一时饭菜齐备，一家三口，共桌而食。

赵老二一边喝着酒，一边由怀里取出方才那张晚报，乘着屋内还不大黑，又把那段广告重阅了一遍，并且很有滋味似的吟咏着。二奶奶一见，早已开口拦道：

"你怎么还买报看呢，这个瘾一上，灯油可就费多了，咱们不是看报的人，明儿你可千万别买了！"

"谁在看报？"

赵老二喝了一口酒，笑嬉嬉的，向二奶奶这样问。

"分明你在看报，还不认账，难道看邪了心？"

"不是的，这里有件事也许……"

也许底下，是"发财"二字，可是赵老二还没说出来，二奶奶早又反驳下去：

"也许什么，报上的事，全是瞎造谣言，反正我不许你上这瘾，耽误正事！"

"你们老娘儿们，总疑心报纸没好事，如我要由报纸上得一笔意外之财，恐怕你从此也要信服报纸了。"

"没的话，看报不但要花钱，而且还费灯油，那是给闲在人解闷的。我们想发财，非早起晚睡，苦卖力气不可，看哪一门子报！"

只顾他夫妇两个为报纸抬杠，丁柱子可就有机可乘了，一连把炸豆腐吃了五六块，不幸被二奶奶给发现了：

"哟！你这孩子，眼色不见，给吃了这么多，你爸爸还没吃饭呢，给他留两块！"

丁柱子哪里肯听，还是抢着吃。赵老二端着酒盅，看着他这晚生的宝贝儿子，眼花儿似的，太觉可爱，忙跟二奶奶说：

"别拦他，就教他吃了吧，现在我想问你一件事，原先咱们那个老邻居蓝老八你还记得不记得了？"

二奶奶见问，怔了一会儿，反问赵老二说：

"哪个蓝老八？是不是穷八站？"

"不错！就是他，他小名教大洪，因为老混不整，走到哪里都受穷，所以就得了一个穷八站的绰号，他大约也有五十多岁了。"

"你不好生喝你的酒，提他干吗？一个卖孩子的人！"

"你也知道他卖过孩子吗？"

"他那件缺德的事，已然成了历史，谁不知道呢！"

赵老二见说，又把那份晚报抄起来看，总以为他想得不差，神差鬼使，教他看见这份，报好像那一千块现大洋，一点儿不含糊的，非归他不可了。此时赵二奶奶又急了，抽冷子由赵老二手中，把那张小报给夺过来：

"你不好生吃饭，真要入迷吗？"

赵老二慌了，怕老婆把那段广告给撕坏了，忙道：

"你可别胡来，那上头有件要紧的事！"

赵二奶奶很以为奇，因为赵老二自从作了小买卖，就没买过小报看，今天必是有什么事。她也很精细，笑吟吟的看了看男人，又看看那张报纸，无奈她不认识字，遂向赵老二问说：

"到底有什么事，你这样着急？"

"与蓝老八有点关系。"

"蓝老八穷得那个样，还有人给他登报？"

"现在呢？"

"什么事？你念给我听听。"说着把那份小报，仍然交还赵老二，当下由赵老二把那件广告，又为二奶奶从新念了一遍，二奶奶听罢，很失望的说：

"这是一个糊涂题，没名没姓，你怎么说是蓝老八的事呢？"

此时赵老二喝了一口酒，又嚼了一粒花生豆，才跟二奶奶说：

"这里头有一句要紧的话，要不然我也想不起蓝老八那件事，你没听见那广告有这么一句么：'依稀记得家在京西一个流山水的沟眼内'，这句话就被我抓住根子了，一定和蓝老八那件事有关！"

"怎见得？"二奶奶似仍不解。

"你怎么这样胡涂！"赵老二猛然又喝了一口酒，便指着那条广告说："这里所说的沟眼，西边是三道沟眼，较比宽大，所以我们这边一个沟眼，就教小沟眼了。因为出入捷便，谁没由那里走过。难道你忘了，沟眼的石框，都磨擦得油光水滑的了，蓝老八当初不是住在小沟眼内沟岸东，头一个门么？"

二奶奶见说，把碗内余饭吃完，一撂筷子，又用麦袋子做的白布围裙擦擦嘴，才跟赵老二说：

"那我哪能忘呢，我也由那里走过，不过有沟眼的地方多了，怎么能就知道是咱们那地方呢？"

二奶奶为人又精细又本分，实在不愿意男子混想发财，耽误了买卖。赵老二一听，也对，也立刻凉了半截，呆呆看着那件广告出神。

"你别胡想了，快吃饭吧，三十来年的事了，那小丫头说不定不是走远了，便已另托生了。这指不定是有人瞎编，为是教人听着新鲜，好买报看。"

二奶奶说着，又教丁柱子快吃，别跟着搅了。可是赵老二都像没听见，依然呆呆出神。忽见他把饭桌子一拍，现出得意神情说：

"还是我见得对，这里还有'流山水的……'几个字呢，京西一带，就是咱们那里有山。春秋四季，那些沟眼总是干道，随便出入，仅在夏天有大雨的时候，才流几回山水。人家已然告诉我们，再说不对，可就对不起人家那一千块钱。我明天一定找蓝老八去，问问他卖得那小丫头教什么名字，他若一步登天，我这小买卖也就不用作了，你要知道，我们还是亲戚呢，我一定得帮他这个忙，成全他。饭凉了吧，你用豆汤给我烫一烫，今天咱们早一点睡，明天的买卖不作了，我起个早，就找蓝老八去！"

二奶奶只觉好笑，但是他既如此高兴，也不妨试试看，人不是劝明白的，得自己碰钉子。临睡以前，赵老二教二奶奶把他那件多年舍不得穿的灰色斜纹布大夹袍子给寻出来，把那份小报，也很小心的，预先插入一件半旧的青绒坎肩衣兜内。别看赵老二已然作了小买卖，一旦有事出门，多少还有一点旧谱儿，绝不肯示弱的。出门的工具，想得不大离，才张罗睡觉。可惜这一夜，他没有二奶奶睡得香，总觉得时间上有了变异，惟独今夜，竟特别长起来！

第二章

在德胜门内一个贫民窟的区域里，住着不少无职业的游民。早年教啄穷的，或是捡沟货的，又教换肥头子儿的，他们都是鹑衣百结，背后背着一个大竹笼，或是荆条筐，手里拿一根竹棍，尖端装上一根横出的钉子，在土箱或垃圾堆里啄寻纸片，凑足了一个数目，便卖与抄纸房，也有专门替他们代销的。少好一点的，不去捡拾，用肥头子绕街教换。因为在早先，妇女蓄发头，又都自己做鞋，肥头子，不仅为梳妆上所必需，分过的丝绒，使其成为细线，也非用肥头子的黏汁不可。当时妇女使用这东西，固然也可以到绒店去买，但多半是用弃的纸片和布屑换的。庚子以后，因为时局演变，生活样式以及风俗的趋向，也可与从前大不相同，肥头子的用途，逐日缩小，直至今日，晚生后辈，已然不知道肥头子是怎样一种东西了。于是"换肥头子"一种古典的声音，也就和没有发条的老旧八音盒一样，从此再不能发声，取而代之的一种声音，就是今日在大街小巷，一日之间，不知道听到几百遍的"换洋取灯儿！"

肥头子虽然被潮流淘汰得不知去向，可是教换纸片布屑的这种职业战线上的人，除了把肥头子改为洋取灯，一切全是旧样，并不见有什么维新或卫生的气象。最奇怪的，人员是与时俱增，除了老弱惫癃，还平添了不知其数的女战士，自三十岁以上至六七十岁的鲐背老太婆不等，每天背着大竹筐，提着破口袋，绕街大喊其"换洋取灯儿"！尤其在深秋以后、快入冬令的时候，这种声音往耳朵里一钻，真能使人毛骨悚然，遍体生栗。

这些职业战士比任何阶级都齐心，称得起"方以类聚，物以群分"。固然他们的同志，已然遍布于城里关外，但是若谈到开山本据，自然当以德胜门内外地区，为其最大之根本重地了。因为这里，有小市，有夜市，买卖破烂，销纳贼赃，天还不亮，交易便都完了，简快异常，绝无滞货。

便是第一等大古玩店，也不敢把这地方忽视。虽不必天天去，隔一两日，也得起个大早，到那里绕个弯儿。别看这里尽是贫民窟，除了破铺陈便是烂纸，可是宋元古画，三代铜器，由这里发现的，已然屡见而不一见了。

到这里来赶市的，多半是鼓担挑子和白钱贼梁上君子，市完了便一散，并不在这里住，真正在这里结营或开部落的，多半是换洋取灯的聚族而居。更因为时局关系，以及北京人的生活崩溃，到这地区里来加入战团的，逐年逐月，都有指数的升高。

在这一带，看不见一家较比整齐的住户，除了大杂院破庙，便是歪歪拧拧的小板房，一家挨着一家，曲曲弯弯形成一道极其异样的破烂街市。在这道主线以外，又散散落落开了许多支线，反正都是利用空地，用碎砖土泥或破板秫秸等类，所造成的临时小屋。这些小屋，也有自己搭盖的，也有资本家合资建造租与这些职业斗士来居住的。若拿每月所收的房租，和他们所出的资本一比较，所谓暴利的嫌疑，当然就不能避免了。"不杀穷人不富"，无论走到哪里，穷人永远被剥削的。因为救济和同情，在贫民阶级永远是可望而不可即，生活又是那么样永远受着威胁，所以他们除了自己扎撑奋斗，在他们的正当职业以外，有时不得不兼副业，他们的副业，倒不是出卖肉体的污辱勾当，多半是以身试法，偷或掏摸。

如果我们有机会，肯于到这区域来参观，就可以看见他们的宿营地是怎样一个情形了。除了他们那聊避风雨的矮屋，篱台、窗下所堆积的，不是整堆的烂纸，便是些麻绳布屑之类，间或也有一两口破缸或锈败铁器等等，也都是很不规则的，随处抛着。在这时有一所独住一家小院落里，可以看见一个六十来岁的男子，口衔小烟袋，正蹲在阳光之下，挑选一堆破铺陈，把那整齐一点，较比成块的，另置一边，不成样儿的布屑，就用木棍拨散，就地晒着。

他的须发，已然大部苍白了，颜色又黑又瘦，由横影去看，若不是他那天生的高鼻梁，还悬胆般在他的面上生着，真要疑心他是活着的髑髅了。他在小的时候，听说是俊美一流的人物，因为父母骄惯溺爱，竟把他养成一种好吃懒作的习性。现在他老了，青年时代的面影，久已和流水般的韶光，一同消逝了，只有他那悬胆鼻子，还为他留下几分昔年的记忆。他随乡入乡，既然到这里来生活，自然而然，连外表带习惯，以及思想行为等，全与这里的斗士，一模一样，绝无二致的了。他正一心不乱，在精选着布屑，猛听有人教了一声："洪哥！"这里教他洪哥的人太少了，所以他很以为奇。忙抬头隔着短篱向外一看，只见一位衣冠齐楚好似绅士模样的人，正在门外笑吟吟的站着。他懵住了，不知是谁，以为是找贼赃，可是为什么又教他洪哥呢？他没法子，只得去应门。刚开了那扇劈材棍编的破门，只见那人又哈哈向他一笑，他连听声带辩认，明白了，他已知道来人是赵老二，不觉在他的瘦脸上堆下笑容。

"原来是你呀？这真没想到，咱们已有六七年不见了，可是你搬进城来，我已听人说了，你不是作小买卖？看这样子，也许有了什么好事，请屋里来坐吧。"

名是屋子，其实还不如狗窝干净。除了一个土坑和几件破烂家具，大部分都是一捆一捆的破布条和些败絮麻袋之类。主人连忙搬过一把破凳子，擦了擦，请老二坐下。赵老二由袖筒内取出一块小手帕，摘了小帽，擦了擦额上的汗，才和主人说：

"这里真难找，我只知你们在这一带，绕了半天，逢人便问，好容易有人领了来，大约我要不跟那人说我们是亲戚，恐怕我打听八天也打听不着吧！"

说着两人都笑了。这赵老二一上场，不用说，这家主人一定是蓝老八了。他见赵老二走得有些热了，便由破桌子上，抄起一把黑眉乌嘴的茶壶：

"您先坐一会儿，我弄一壶水去咱们喝！"

说着匆匆去打水。此时赵老二把蓝老八的府上内外一打量，不觉得有些感叹。原因他小的时候，家道也很好，不想他不务正业，好吃懒作，才把家业全花光了。他还不觉悟，卖了女孩子也得吃，现在他已老了，一家子还是这个样儿，可见人若不知自立，活白了头发，依然不会发迹，他这是自业自得，难道还怨老天爷不嘉惠吗？照他这一类的人，不但已然卖出的女儿，不能再想他，就是在他跟前的两个孩子，既然得不到什么好教育，难道还能怎样孝敬他；他的老运，本来是太不堪设想了，怎么已经出手卖掉的女儿，会登报寻访他们？假如这件事，当真应在他的身上，天道可就难知了。赵老二正自一个人感想着，蓝老八把水打来了。别看茶具弄得那么样遍体油污，他真舍得喝好茶叶，斟出来香气扑鼻，大约是四大枚一包的双窨茉莉。赵老二喝了一口，咂咂嘴，点点头，笑向蓝老八说：

"大约你还改不了你的老脾气，弄壶水解解渴就成了，何必买这么好的茶叶呢？"

"唉！"老蓝叹口气，"不怎么我老混不整呢，总也不能教肚子吃亏，尤其是那口大烟，一不吃就得过阴，什么也干不了。好在你嫂子比我小几岁，她还能下街，你两个侄儿，也长大了，都能出去弄几毛钱。他们娘儿三，在外面办货，我在家里看堆儿，这就教混吃等死，再教我苦着肚子去干，我真不成了。"

说着又给赵老二斟了一碗茶，大有扪腹自得之概。

"不过你也不可老是这样得过且过的。"赵老二很郑重的跟他说，"一个人都有三部运，少运、中运、老运，所以也不可过于自暴自弃，我看你的老运来了，理应振作一下！"

蓝老八以为这是普通奉承语，忙笑道：

"我还走老运呢，自要你嫂子能跑街，你俩佺不革命，这就是我的老运了。"

"人家来跟你说要紧的话，你还是不着耳朵听！"赵老二把脸微微一沉。

蓝老八这才看出赵老二不是无谓的奉承，也不觉一怔，把老赵看了看，低声说：

"难道你真有了什么好事，想拉帮拉帮我？但是我馋懒惯了，岁数又这么大，受拘管的事我可干不了，倒是你那两个佺儿，都老大不小的了，你要能替他们找个位置，不是比胡抓强吗？"

"我哪能有什么好事。"赵老二马上还回去，"你要知道，照你我这样土埋半截的人，除了有好儿好女，自己压根儿就没有什么惊人的本事，还想有人照顾咱们吗？"

蓝老八一听，差不多如坐五里雾中，心说他到底来作什么，既说我要交老运，又自己直犯牢骚，好儿好女，还得有好爸爸呢，照我们这样的人，由哪里会有好儿女，也许他只看见一件好买卖，自己不作，请我来帮忙，但是我向来胆子小，况且又老了，孩子们只会偷鸡盗狗、扒张猫皮什么的，动刀动枪的，那不是苦人所难了么。人在什么地位上，思想一动，就与环境相应。蓝老八虽然想着，可不敢向赵老二这样问，只得用话引逗赵老二的真实语言。

"照你这样说，连你都没了指望，我不是更糟了，由哪里会走老运？"

"我说的话，你一定不信。"赵老二说着，由坎肩兜内取出张小报："你忘了三十年前，你干得那件事，现在有头绪了。据看，一点也不错，人家所找的，一定就是你！"

蓝老八见说，暗教一声苦，唉呀！天爷！这是什么事呀，三十年前的案子，会犯到我身上来，既登报而且又找我，明伙的事，我绝对没作过，哎呀天爷！什么事呀？当下他有些发颤了，忙向赵老二说：

"老……老……老二，你可别跟我开玩笑，三十年前的事，跟我有什么关系？"

赵老二见蓝老八如此一发毛，也觉得自己的话，说得没头没脑，照他所处的地位，焉能不发毛，应当先把报给他看看。

"洪哥！"赵老二很亲热的教着，"你先别起疑心，这是与你后半辈太有好处的一件事，假如人家所找的，当真就是你，你可就是老太爷了！"

说着，把小报递给老八看。老八的手，还是颤着，无意识的接过那张报，无意识的看着。因为他始终不知道报纸上毕竟载着跟他有什么关系的事，寻了半天，也不知哪一段字。若和赵老二比长较短，他可就差远了，感觉更不及赵老二那样锐敏，反正他知道是件寻人广告，大意还有不甚明了之处，这就因为有几个字，音意不明，句读于是也弄错了，当然不明所谓。

"这是一件寻人广告，没名没姓，你怎么说人家是找我呢？"蓝老八很不解的问老赵。

"不是你？你当初卖过孩子没有？这分明是卖出去的女孩儿，现在阔了，而且又很自由，才想起生身父母的，你怎么这样不懂事呵？"

老赵毫不客气的，替他揭穿了。老八见说微一红脸，嗫嚅着说：

"可是这人自己说是凉卖的，跟我的事，恐怕不一样。"

原来他把"掠"字读成"凉"字了，老赵不觉好笑道：

"什么凉卖热卖的，你太糊涂了。人家所以说是掠卖，好像说自幼被人抢走的，为是给生身父母留颜面，难道说写明了被父亲所卖，才与你那件事相合？何况她所说的流山水的那个沟眼，一定是咱们家乡那个小沟眼，这还疑惑什么？咱们一定得跟她接洽，我并不是希望得她那一千元的酬谢，假如你时来运转，我也就不必作我没有多大出息的小买卖了。"

赵老二把话说完，很热心的把蓝老八看个不止。老八想起当年卖女的事情，虽然有些愧赧，心窝中不觉荡起一缕热望，很温暖的，绕遍周身。因为赵老二所批讲的，太恰当了，这位登广告的太太，也许就是当年他所卖的那个女孩子。

可是他又一转念，便觉得这事有点靠不住。自己养大了的孩子，诚心孝养老家儿的还不多见，何况自幼卖掉的女孩子，这里头也许另有文章，指不定骨子里含着什么作用。蓝老八如此一想，不但把希望无形取消，反倒有些骇怕。本来卖人的事，是于良心有亏的，何况是卖自家女儿，他以为恐怕不能有这样的便宜事，所以他又踌躇不决的跟赵老二说：

"二弟呀，据你说的，这件广告，也许跟我的事太暗合了，不过我那孩子被我出手以后，不但没见过一回面，连落到哪一方，我都不知道，如今事隔三十年，也不敢说人家就是我的女儿呀，何况……"

以下的话，他就不肯说了。老赵见他又有点狐疑起来，忙把腿一拍说：

"这事于你没有什么可怕呀，我又不是教你一直去认亲，反正是不是我得先去趟，若这个太太正是你那女儿，那还有什么说的，她一定接你们老公母俩去享福，那我也就立刻报告你；如果不对，你又没出头，难道还有你什么不是？不过这里头有一件要紧的事，人家自己说，除了自己小名，父母姓名，已然不记得了，那么，你那女孩子的乳名，你还记得不记得了？咱们的事，成功与否，可就在这一点了！"

蓝老八一生虽然没犯过什么大罪，可是一行内省，多不可告人之隐，他所以不敢去见生人，生恐抽冷被人把他抓获。如今听老赵如此一说，惟有坐享其成，暂时不必出头露面，自然大放宽心。不过被他所卖的那个小女孩子教什么来着，他竟有些模糊了，准知道不把乳名提出，对方一定是不承认的，急得他直抓脑袋。

"我的记性太坏了，真格的她教什么来着？"

"你太没心了，怎么把儿女的名字都忘了呢！"

急得老赵干没办法。就在这当儿，蓝老八的老婆家来了。她自一早就出去作买卖，天还没晌午，鸡笼一般的大竹筐，连破铺陈带烂纸，已然换得满满的了。

她只得向家里背。若照一般家庭妇女而论，五十多岁了，勤，固然还可以，已然不能过劳，但在蓝老八的老婆，把这职业，已然干得烂熟，习惯成自然，还不见得怎样累，再说她若不去劳累，也真没有生活。男人老了，又馋又懒，两个孩子，虽皆成人也都没有正业，受了父亲的薰习，志气当然言不到，这妇人若想休息休息，除了躺在棺材里，恐怕在目前的家庭和社会里，实在没有她的休息之所。也许她自己觉悟了，也许是为环境所逼，她每天只得大街小巷，去喊"换洋取灯儿！"她不是怎样强健的人，既矮且瘦，和蓝老八一比，有其瘦无其长。她的头发，在年青时也很黑，现在上了年纪，两鬓已斑，加以天天被阳光、风雨露所侵，不但头发脱了三分之二，而且苍中带黄，黄里透红，干蓬蓬的具备着诸种颜色。她的容貌，在青年时代，是中常以上的瓜子形俊脸，可惜既没有什么教育，又没嫁着好男人，她也就以歪就歪，和蓝老八一同坠落着，没享过一天正常生活，有钱就吃好的，没钱啃窝头。至于衣服鞋脚，梳洗打扮，在她都以为是不急之务，而且也真没有心肠顾及了。自从搬进城去，又加入这形同乞丐的职业阵营之中，年齿、劳累、风霜之苦，在在都是与时俱增，把她更弄成一个极其不堪的穷妇的样子，所幸终日下街，脚步练得有野鸡那样快，因为处境关系，还习得不少一般妇女所不能有的知识和感觉。

她一进院，就知道屋内有人说话，她早把脚步放稳，轻轻的把背上的大竹筐放在墙隅，不敢公然就进屋，蹑足先到窗下偷听了听，又由破纸向里面窥伺一回。只见自家男人，坐在土炕上，正和一个很整齐的人对面谈心，可惜那人背朝窗，不知是哪个。她见她的男人，并无何等窘迫恐惧的神气，知道必和熟人说话，她这才大着胆子，走进屋中。

蓝老八一见老婆回来了，忙道：

"好了，你嫂子家来了，问问她也许记得。喂！孩子他妈，二兄弟来了，还给咱们带来一个好消息，咱们那丫头敢是还在北京呢，听说她正找咱们呢！"

蓝老八的老婆，见他把好些事并在一起说，更是摸不着头脑。此时赵老二已站起来，一回身几乎和老八的夫人撞在一起。他是大身量，又比他们胖，益发显得她又小又瘦。此时蓝老八老婆，倒退了两步，把赵老二一端详，即时认识了。

"哟！我当是谁，原是二兄弟呀！你可别笑话我们，地方太小了。他二婶子好哇？听说你们也搬进城里来，在西直门头住，对不对？你可发福了，买卖好吧？你瞧！我跟你哥哥总也混不整，这可怎么好！老来老去，反倒要饭了，这不跟要饭一个样吗，多怎才是了手呢？"

"这你们老公母俩，就要享福了。"赵老二和他的八嫂子，履行完了见面之礼，依然坐在那个小凳上。

"哟！我们穷得这个样儿，还会享福呢，二兄弟真会奉承人！"

蓝老八的老婆，这样说着，也和老八并坐那铺土炕上。

"孩子他妈！"这时的蓝老八好像关于那女孩子的乳名，已然有点印象，只是说不出，"孩子他妈，原先咱们那二丫头教什么来着？我怎一时想不起？"

妇人见说，恶狠狠把蓝老八瞪了一瞪：

"提起来我就恨你！"说着又转向赵老二说，"这孩子教环子，长的别提多爱人了，真发了财，也不枉屈了一回心，无非几十块钱，就教他给卖了。现在我想，起码已有三十四五岁了，这要嫁个好女婿，我们也不至落到这分儿上呀！"

任凭老婆怎么说，老八似乎一点也没有内疚，惟独环子这个小名，却与他似已忘记而一时不能呼出的那个乳名正合拍，便很兴会的一拍手：

"不错！是环子，她教环子，她走的时候，才七八岁！"

赵老二见说，更觉得有把握了，假如他们公母俩，一律都是模模糊糊的，这事还瞎喜欢了。他高兴之余，在小名之外，还想得到一点更确实的证据。

"八嫂子！你记清楚了？"

"一点也不错！"妇人只说了这么一句，遂换了一副疑惑不解的神情，把赵老二看了看说，"二兄弟！你来打听二丫头的小名，到底是为什么呀？不是我疑心，你也得把底里甚情，告诉我才是呀。"

老赵见说，不觉笑道：

"我太慌疏了，怎么不跟八嫂子说，就先问她的乳名呢！"

当下赵老二，把方才跟蓝老八所说的，又向妇人说了一遍。

"哟！弥陀佛这些年，我以为她不是走远了，也许就……这要真是她，不用说接我们去享福，就是每月接济我们几个钱，也就太万幸了。二兄弟，你就辛苦一趟，我还告诉你一个别人不知道的记号，她左边耳朵上，挨着耳朵眼儿，有一个朱红乌［瘩］子，如果带上疙疸钳子，可就看不见了。你问问她，要是有这乌［瘩］子，当然不是别人了！"

"呀！她还有这样一个记号呢！"蓝老八很惊异的说。

"谁像你，把孩子给卖了，连小名都给忘了。"妇人又夸示又恨怨的，复把老八瞪了一眼。可是赵老二没费事便得到这样一个意外的收获，满悦的几乎无法形容。

"二位哥嫂，我说什么来着，你们的老运太好了，事情就算有八成了，自要我到她那里一说'你的小名教环子'她就一点头，我又说'你的左耳唇上，还有一颗红痣！'她又一点头，我立刻就回来给你们道喜，喊万岁！天不早了，事不宜迟，回头我吃点什么就去，咱们明天见！"

赵老二说着，站起来就走，老蓝夫妇，也就不便挽留，把他送到破柴门以外。只见由北边走来两个衣履不整、皮肤污黄的青年，一个穿着一件灰布破军衣，手里提着两张猫皮，一个穿着一件捉襟见肘的破夹袄，肋下挟着一卷破麻袋，想是往家里走呢。他们就是蓝老八倚为长城、尚未革命的两个骄子。忽见父母向外送人，不敢露面，彼此一拉，早已钻入一条小巷。赵老二当然不认识他们，嘱咐蓝老夫妇一声静待好音，便由来路自去了。

第三章

　　由庚子以后，老蓝的生活便一落千丈，完全陷入难以支持的窘状了。所幸由老人遗给他们的生活之资，不仅是花着最容易的金钱，多少还有点不动产，以及家具衣服之类。无奈他不能利用，今日典，明日卖，没有几年，全被他弄光了，一直敷衍到辛亥革命，他已不属于一般阶级，很自然的，沉于赤贫的下户。固然时代弄人，极其殷实富户，也有一蹶不振、自侪于编氓的。可是老蓝之所以受穷，并不是因为经济力受了什么时局打击。他本来无所谓产业，自要勤俭耐劳，肯卖力气，便不至挨饿的。可是他的性质绝不懂得什么教未雨绸缪，有了钱不问怎么来的，也得先顾肚子，何况他又有阿片烟的嗜好，一个活钱也没有，先指着典卖过活，不用说他那样普通的人家，我们眼见许多世家都是由于坐食而卒至衰亡的。

随夫贵，随夫贱，是中国妇女一个传统的美德，同时也是许多妇女所以自误的一个痼疾。老蓝的老婆，为什么不早劝自己的男人，难道就听其如此坠落，一声也不言语吗？

殊不知道她的馋懒，也和蓝老八差不多。妇女若是受了穷，自暴自弃的精神，恐怕要比男人为尤甚，何况处在乡间，除了捡点柴火，什么能耐也没有了。她此刻惟有认命，好像她一点毛病也没有，家道所以弄得这个样儿，定全是由于没嫁好男人。

蓝老八所住的三间房子，已然拆毁了两间。乡间房子，无论盖的有多么好，也没人租，因为时局关系，乡镇逐日残破，打算卖房子，惟有拆着卖。砖瓦木料分开卖，也许包给一个人，所以乡间很好的房子指不定什么时候，就被运走，只余一片砾场。当蓝老八想拆卖他的房子时，他忽然想起大财主张家来了。张家怎样发的财，是他亲耳所闻，张家怎样败的家，又是他亲眼所见。老张家自发财到败落，不过三四辈，偏巧四房少当家的所分住的四个大宅院，怎么就没有一房能保住，把瓦窑一般的好几千间房子，竞争着都拆卖了。他以为就是老张家坟地里一棵松树，也比他一间房子值钱，一根椽子的油漆彩画钱，也够他花几天的，可是人家都不心疼，磨砖细做的房子，只因为落在乡下，就不得不零碎运走，尤其是靠近北山的那所大花园子，简直就是老张家的风水，花木深秀，遮了半山，春天是一片红云，夏季是一片碧海，现在不是连根都掘走了！

"自古没有不亡之国，不败之家。"这话蓝老八亲自听老张家二房里那位当家的所说的，他以为这话一点儿也不错，并且有一个亡的，一个败的，就很容易传染别人。他以为现在是亡国败家，正在流行着了，照他家那样的小局面，亡了也不足惜，何况以目前形势而论，也真没有挽救的办法，于是他所住的三间房子，便决心拆卖了两间。

三间连脊的房子，若是拆了两间，所余一间，真不如乡间的小庙那样安心了，孤零一间房子，一面又没了山墙，那实在不能住了。可是他一时又没处搬，为了安顿他的妻子，所以才留了一间，欲待把山墙砌起来。两间拆卖的房子，本来是有限的几拾元代价，除了酬谢介绍人和拆费，所余不足六十元，他一狠心，以为砌山墙是不急之务，遂把碎砖剩土堆了堆，又挡上一张破席，聊避风雨而已。

此时蓝老八的家族，已有四口人，他本人以外，有他惟一的妻和两个女孩子，大的八岁，小的六岁。这两个孩子，自从呱呱坠地，就赶上蓝老八把家业花光了。平常小儿女所应当享受的幸福，她们根本就不知道有那样的事，因为父母没有准稿子，她两也是饥一顿饱一顿。老蓝夫妇也不是不知道爱儿女，因为太穷了，有时候虽欲爱而不能。老蓝是一无所能的人，卖力气换钱，他当然是敬谢不敏的，他所恃以为生计的，只有老着脸向叔叔大爷、婶子大娘们来个变相的乞讨。有时抽冷子，也许偷人一只鸡，即或有人知道是他干的，也只可睁一只眼，闭一只眼。妇人的体性，也跟老蓝差不多，除了拣点柴火，正经事一样也干不来，有时心不顺，还说孩子是累赘。其实这两个孩子，一履人世，就没沾她一点恩光，冬夏长青，就好像两条红虫子，自从老蓝拆卖了房子，才给孩子换换衣履。

五六十元的房价，若在勤苦耐劳的人，也许恃为血本，经营一个小生意，那么买一头驴，还可以放放脚，从此或可免去冰饿之忧。老蓝可不成，他根本就没有多大力气，好像老天爷所以生出他来，最初就没把什么工作派到他的身上，光教他来吃喝的。习惯了馋懒，绝对没有法子来改正，所以钱是怎么来的，花完了又待怎样，在他都无暇计及的。现在手内不是有钱吗，现在就吃。不及半年，夫妻父女四口人，腹内身上，又都感受极大威胁。

加以天气要凉了，老蓝环顾室内，无再可以变钱者，除了再把现在存身的这一间房子拆卖了，可是一家四口到哪里去住呢，老蓝也未免发起愁来。他无意中四下一看，不觉脸上就堆下一种又可恨又可鄙的笑容："她两个虽小，大概也有人要！"

这时老蓝的老婆，到山坡砍柴火去了。老蓝一边想着，一边看着在炕上玩的两个孩子出神，他此时好像忘了这两个孩子是他女儿，已然和黄鼠狼眼睛里的鸡鸭没有什么分别；只可惜太小一点，若在十五六岁，也许大大的帮他一个忙。无奈远水不能解近渴，现在只可说现在的，万不可枕着烙饼挨饿。于是老蓝决心了，无论老婆答应不答应，他的主张，是不能不实现的。

这两个孩子的境遇，不用作者怎样繁叙，读者诸君也能想像得出来的。她们虽有嫡亲父母，所以为父母的责任，却一点也没尽，尤其是母亲，虽在本能的三年哺乳，也恐怕没有一般禽兽那样殷勤周到。假如他家若有一位较比明白一点的婶子大娘，也绝不至使孩子受这么大的罪，她俩简直是有着父亲的孤儿，饥寒饱暖，不但毫无保障，连一同玩耍嬉戏的小朋友都没有。因为天冷，不敢出去玩，即或出去，也很容易受别家小儿的轻视和欺侮，仅不过在夏季，姐姐和妹妹偷偷溜出小沟眼在野地上玩一会。她们既不容易得到父母的怜爱，同时又被别人歧视，得不到相当同玩的伴侣，姊妹俩只可相依为命。由于不幸的趋势，致使她们友爱之情特别浓厚，即或父母一天不回家，她俩也不想。那铺烧柴锅的炕，就是她俩的运动场，也就是学园，把炕砖被她们稚嫩的肉，都磨得油光，可见她俩与这破炕有多深的因缘了。

把人体当作商品，而肆行诱拐贩卖等行为，当然要以繁盛的都市和凋敝的乡村为最甚了。贩卖人口的党羽，是遍布于贫富两极端的，尤其是人口较多而今忽然衰落的乡镇，是最容易被人贩子所垂涎。在京西一带，无问旗民人等，当初都是很安乐的，过着他们的太平日子，甚至把人都太平胡涂了，什么事都是蹈故安常，不求进展，不但有钱有地的，没有虑后思想，没钱没地的平民，也都顽固性成。如果提到时局上的话，他们大抵不乐意听，绝不信有那样的事。假使他们所栖息的地区，真和武陵桃源一样，永远再没第二人来问津，也倒罢了，谁知自从北京没了政府，他们的西山，虽然不会沦为战区，可是那无情的政潮，向来不管三七二十一的，几经摧毁之后，西山一带，虽然不必名之为战区，灾区的徽号也是当之而无愧的了。天底下的现象，我以为没有再比"势"字更可怕的了。德意志电击，一下子席卷了全欧，就是"势"，未比以下各战败国，一下子，一蹶不振，虽有裴丹魏刚，而也无可如何，也是"势"。为此类推，兴亡盛衰，无一事不操之于势。西山一带，在乾嘉盛世，是何等堂皇殷富，今则一片荒凉，宛如大空袭后之废墟。其实拆房卖地，为人情之所深恶，然而时势一至，不得不拆，不得不卖，真不啻是一种破国亡家的流行病。平日无大过者，尚不能幸免，何况蓝老八一类，平日就没有出息的人，既然拆卖了房子，又想卖孩子，那也是势所必至。因为贩卖人口的爪牙，早已暗地侵入京西一带，他们的手段，无非寻问人们的弱点，而施以种种不同的诱惑。对于夫妻不和，或婆媳不睦的少妇，则声言为之介绍工作，省得在家受气，及至入彀，到了城里，便由不得你了。至于不顾廉耻，贞操已被破坏的下流东西，那更容易诱惑了。不问有无丈夫，以利诱威胁的方法，不出几日，就能被他们掠卖，指不定运到哪里，去出卖肉体。好人家儿女，在理似乎不易诱惑，殊不知在贩卖人口者，更不问门第品位之如何，自要有机可乘，好人一样上当，何况现在姑娘给婆家，实在是一件太难的事了，衰落被难的地方，不但家道中落的多，小人儿也多半没大出息。假如一个好姑娘正在待字，而一时又无相当人家，忽然有人提媒，说城内有个学生或是一个商人，人怎样好，家怎样阔而且还是初婚，自要你心里一动，打算教姑娘去享福，这个大当，就算上上了。关于未及岁的小孩子，在贩卖人口者，并不看成是滞货，自要孩子好，身价便宜，一样收买，因为她们是未来的钱树，自己带大的，实在比那半路出家的妥靠的多。不想西山一带，最规矩、最本分的太平地区，贩卖人口者，却在潜滋长着，他们的魔手，已遍于山之南北，形势太可怕了。

"四王府"虽然是个乡镇上的市街，可是在承平时代，也曾很繁盛的，形成一道极其热闹的商业中心地带。除了大戏园子，各种营业无不具备，如同茶楼酒肆，缎庄当铺，下逮日用所需，应有尽有，这就因为西郊一带不但为皇室离宫所在地，而文武衙署以及各旗营，亦多在西郊各地，人口之众多，生活之优裕，实为他处所不及。可是一毁于英法联军，再坏于庚子之役，西郊一带，已有□转的衰象，承平时代的面影，早已抹去三分之二。民国以后，变乱频仍，所余一分残骸，更是无法维持。这应当归罪于谁呢？黄色的蒙古利亚种系的民族本来是以沙漠为故乡的，任有多好的建设和史迹，也不大喜欢，"什么玩艺儿"？不但不景慕，还咬牙切齿的恨怨不随他的心。假如是一堆钱，一堆元宝，大家也可以分分，这么大的房子，有什么用处，不是宫殿，便是大庙，"拆！王八蛋！拆！"于是比爆击机还要厉骇十倍的手和口，把一切文化就夷为沙漠了，把地基为人家铲平了，好等着人家重新来建设。中国一部廿四史，所记载的，无非是由沙漠建为都市，复由都市变为沙漠的事，由北京西郊一隅来看，就是中国四千年来整个缩影。

此时四王府，真成了死街了，没有一家买卖再能继续下去，除了一家做柳木棺材的铺子和一家奄奄待毙的豆腐房，所有铺面都关了门。房子因为没人住，又没人修理，自然倾欹倒塌的，几于不知其数。如果不是本地人，乍到此处一参观，不是疑心正闹鼠疫就得疑心是爆炸以后的遗迹。人民早逃窜了，其实一点暴力也没受到，完全是时势造的，把本地居民所资以为生的财源，完全被那喜欢颓废的恶魔给吞噬了。居民们既无自助的素养，又遇不到有力的救援，骤然间失了倚傍，无论贫富，一下子便如感染瘟疫似的，一齐全被拉倒了。腿快而且有点先见的人，早都跑进城去，另谋新的职业；恋乡而一时又无法动转的，只得因循敷衍，希望有一日重见承平。殊不知幸福不是光有希望便能得到的，在没有商工的死地，执拗着安土重还的思想，那惟有一天比一天困难，穷死为止，最后把房子拆了，把孩子卖了，依然没有办法。此刻西山的各村落，到处都垂下阴惨的黑幕，几乎令人不忍看，不敢想。

　　在四王府尽西头，往北行的一个小胡同里，原先有很整齐的人家，是所极其静谧的小巷，可是现在却成了藏垢纳污的不良所在，赌窟秘密的烟馆，竟有几家，没有正业以及正趋衰败的乡农地主，大半混迹其间，终日言不及义的，胡说八道。地方上所有不幸的事，如同谁家夜里进去人，谁家坟地被盗发了，谁家的肥狗和鸡猪忽然失了踪，等等的事故，不问可知，下手人的大部分，无不以此黑暗的小巷为议事和消赃的本据。其实照上述的事，还是不上纸笔的小故，再进一步的，伤天害理，有了机会，也很优为之，本来时势和困难，有时很能激发天良，使人们益发巩固爱乡爱国的精神，就让全体就节赴义也在所不辞。可是又有时反到因为时势和困难的压迫，使人们丧失了意志，卑鄙无耻，无所不用其极，虽在家人父子，也复容易的变成寇仇，何有于乡？何有于国？因为强有力的，他们不敢惹，只可拿自己骨头扎自己肉，欺食自家人，掠卖自家人，好像说，"我们跟我们，二大爷您别管，等我们办不来时，再请您帮忙！"时势和困难，把人弄得这样讲外场，我以为田横五百人，死得真冤。

在一间半明不暗多年也没裱糊的老屋内，不好闻的阿片烟气正在薰腾着。在一铺顺山火炕上，躺着各种姿式不同的瘾士，由他们的衣履和面庞，就可以明白他们的家境，是极其显然的各有不同了。灿然的灯光，自烟雾中透露出来，好像雾天中的渔火，非常暗淡。东北犄角上有张小桌，桌后是个小蹲箱，既装东西，又可以当椅子坐，那里恐怕就是业主的柜台了。此时蹲箱上正坐着一个五十来岁的妇人，头顶已然秃了许多，把所余的苍而且红的头发就脑后挽了个紧巴巴的小圆髻，颜色黑中透黄，倒是洗得挺亮。眉毛大约自小就没生出来，硬使黛石，染成两条极细而又不好看的黑道。两双小圆眼睛滴溜放光，和她的年龄好像太不相符，精、悍、狠、辣诸德，由她这两个小黑窟窿，便都给流露无遗，无论怎样掩饰，也不像温存厚道的妇人。两个小耳朵，右边耳唇，不知怎样弄豁了，听说是跟人打架被揪豁的。鼻子倒很周正，可惜没有鼻梁，失之过矮，薄片嘴，黄牙板，无一处不带着奸狡凶悍的象征。身穿一件半旧的毛蓝布衫，腕子上约了两双很重的白镯子。她是本街上一个女光棍，丈夫早已没了，一般都称她为张三奶奶，跟她有往来的，无论谁都呼她为三嫂子。这时她正跟一个烟客隔桌对坐，商量一件事。那人连件长衣裳都没有了，只披一件不成模样的白布汗衫，大约因为天热了，长大衣服，不是卖了，就是押给旁人。读者诸君，也许想像得出他是老蓝吧？

"恐怕太小吧！"张三奶奶好像不怎满意似的说，"这年头自己孩子还嫌多余，谁还找这累赘，话说人家聘个童养媳，也得能作点事才成呵！"

蓝老八绝不以为她这是在拒绝，故意这样说，为是多占一点便宜，所以依然涎着脸向张三奶奶说：

"三嫂子，无论怎样，你得帮我个忙，反正我家那两个孩子，跟着我也活受罪，倒不如都把她们给了人。自要教我缓一步，还还账，我就往城里头一搬，弄个小买卖作作，不然的话，就说你这里的几块钱的大烟账，我也没日子还了，不如你帮我个忙，咱们好清账！"

妇人见说，不觉暗笑，心说："这小子还想挟制我呢，把骨肉求我随便卖了。"可是口里却很外场的向老蓝说：

"八弟，你这几块钱，嫂子给你垫得起，人不能老穷，等你发了财，别不理我就成了！"

"三嫂子，你真会拿我开心，求你这么一点事，你都不肯帮忙，快要穷死了，还发财呢！"

张三奶奶见说，向炕那边一努嘴，低声说："你先抽烟去，回头再说。"说着一拉抽斗，由里面取出一份大烟，交给老蓝，只见他很满意的，向烟榻那边，物色他的卧处去了。

凡是到张三奶奶这里来吃烟的，全是一丘之貉，说什么话，彼此都不避的。三奶奶所以留点心，因为昨天有个人，什么东西也没拿呢，先自跟她支借五元钱，她没答应，若是当着那人，把这事一商量，那人更要多借几块，所以才教老蓝不要再说。她打算明天先到老蓝家里相相那两个孩子，如果货色有出息，她就买，不然的话，就作罢论。可是老蓝却以为这事十拿九稳的算成功了，两个孩子，至不及，也得一百元一个，两个就是二百元，除了还账，还能有一百七八十元钱，往城里一搬，就让一时没事，一年半载的也饿不着。因为太高兴了，烟瘾也好像大了一倍，一份烟不一会抽完了，总觉得有些歉然，再来一份才觉有趣。可是他向来也没吸过两份烟，若是没有一只肥母鸡作抵押，三奶奶实际也不能赊给他两份烟，今日他觉得指恃很大了，由两个女孩子作担保，还不能多吃一份烟，他以为理由既充足而且正大，三奶奶决不致不开面。想到这里，很勇决的，放下烟枪，一翻身，下了炕，很快活的，跑到张三奶奶所坐镇的账桌前面，狗媚主人似的，胁肩谄笑着说：

"三嫂子！再来一个！"

说着，早把油泥滋满的右手伸出去。妇人一见早把脸一沉说：

"你烦不烦呢！有什么指恃又来要烟，不成！"

此时炕下边有人发言了：

"三嫂子，给人一个吧，人家不是求你给女孩子保媒，你还能白跑吗？"

"不成！多大小口蛋子，我不管！"

"得啦！三嫂子，面子事。"老蓝涎皮赖脸的央求着。

"不成，你不够，弄口灰得啦！"

炕那边又嚷起来：

"三嫂子，这你可不对啦，你为什么偏向老蓝？你要给他灰吃，我们把你的斗都掏空了！"

"你们这群东西真没脸，专门有法子会磨人，一烧香就引鬼，真没法子！"

说着又取出一份烟，递给老蓝。炕上的朋友，为老蓝祝胜利似的，又都笑了一阵。

第四章

　　老蓝的老婆，本来没有卖孩子的心，无奈她节制不了老蓝，在生活上，又不能离开老蓝而自行独立，所以老蓝的主张，即或她不满意，叨叨念念的反对着，可是也不能坚持到底，结局依然得软化。这次老蓝把跟张三奶奶所商量的事，乘孩子已然睡熟，便一五一十跟老婆说了，结论是孩子跟着咱们白受罪，不如使几个钱，早早的给了人，两有益。

　　"卖了孩子，街房四邻，可就不能拿咱们当人看了，咱们还能在这儿住吗？"

　　"不卖孩子，人家也不能怎样高看咱们，何况这不是卖，是求张三嫂给找人家，给人家当女儿或是童养媳妇。"

　　"不成，我心疼！"

　　"你既心疼她们，你就带着她们一走，我什么都不管啦！"

老蓝的老婆，但分有点志气，老蓝也许不至有今日，她和老蓝是天生的一双，当真离开老蓝，不用说她一己的衣食，这俩孩子，她就先没法顾。想了想，老蓝的话也是实情，孩子跟着他们，不但没福，所受的罪，反倒一天比一天厉害。今年的冬天，恐怕就是一个关口，孩子既无棉衣，又没有暖和屋子，岂不要活活的冻死，真不如早早的给了人。想到这里，遂叹了一口气说：

"我们娘儿们，跟着你实在没法子，成年论月的挨冷受冻，有今天没明天的，幸喜是夏天，这要一入秋，凉风一下来两个孩子可怎好，倒不如早早教她们逃了生！"

妇人这样说着，就忽然伤起心来，觉得自己很贤慧的，竟没遇到好男人，所以就不由得直抹眼泪。老蓝一见，不但不表同情，反倒教起来：

"你还哭呢，把家业弄得这个样儿，可不是肥了我一个人的肚子，如今把罪过都搁在我一个人身上，难道你就一点责任没有吗？"

"哟！我们一个老娘儿们，有什么责任哪，我们只知道随夫贱，随夫贵，嫁鸡随鸡，嫁狗随狗，你教我有什么主意呢？"

"你既然没主意，当然得听我的，明天张三嫂就来看孩子，你须跟孩子说，'这是你姥姥，明儿要接你们进城住几天去呢。'也免得孩子认生，不跟人家走。"

"可是这么着，我们虽然穷，大小也有点儿根儿派儿，我的孩子不能卖到窑子里！"

"唉！你太胡涂，这么点的孩子，人家也不要，自然是求三嫂子给寻个好人家！"

"能那样我才放心！"

也不独是老蓝的老婆，那一时代的乡村妇女，宁可受穷，一提到作妓为娼，不但是一己的奇耻大辱，所有一门一姓的祖先，也要连带摔牌现眼。从前的妇女，无论贫富，都这样顾惜廉耻，这是现代妇女，所不应当菲薄，理宜深加反省的一事件。

他夫妇说到此间，老蓝算是完全占了胜利，因为时候不早了，也就倒在炕上，各寻他们的睡乡。次早天将一亮，老蓝一古鲁爬起来，钻出小沟眼，先到人家的玉黍麦地里，偷偷摘了几个玉米棒子，用汗衫一卷，挟起来往回就跑，幸喜附近没有看青的。他们的早饭，算不必发愁了。天到近午，张三奶奶打着一把旱伞很神气的，果然来到老蓝家里来看孩子。两个孩子没看见过她，不住问她们的娘："她是谁？"妇人只得依着老蓝所嘱咐的话说："这是你老老，明儿还接你们进城逛去呢！"张三奶奶一看他家太难了，没有可以坐着的地方，只就炕沿前把两个孩子相看了一回，因问她们说：

"你们俩人谁大？都教什么名字？"

只听自己看着十分中意的那个小丫头说话了：

"她是我姐姐，我是她妹妹，她教钏儿，我教环儿，她九岁，我七岁。"张三奶奶一听，立刻就堆下满脸的笑容，不但这孩子口齿伶俐，声音娇响，而且小模样儿长的一点挑捡也没有。一脑袋黑头发，元宝耳朵，圆满而又清秀的脸蛋，杏核眼，长睫毛，菱角一般的丰腴小口。这要是生在富厚人家，锦衣玉食，应当怎样好看呢。可惜没投着好父母，一块美玉，给埋在粪土里了。惟有环儿左耳上，有个乌〔瘔〕子，她却没看见，因为是被污垢掩住了。再看钏儿，已然把嘴撅了，一语不发的坐在炕上，似乎是生了气，她小心眼儿里，好像觉得张三奶奶不像她的老老。谁知张三奶奶也正不喜欢她，因为她没有环子长得好，并且在左鬓边上，还留了一个鬓疙，这是作女子的老大缺点，所以张三奶奶决计取环而舍钏了。

张三奶奶，在老蓝家里不能讲买卖的，更不能多坐，货已看好，只得离去。临行时，特意跟环子说：

"好孩子，你等着我，过几天，老老来接你。"

老蓝一听，就知这买卖已有八九分成熟了，很高兴的往外送他这位大顾客。老蓝家的，却是不知所以的，心里怦怦直动，此时环儿早已从后喊道：

"老老您走哇，多怎来接我呀？"

钏儿依然没有一句话。到了外面，张三奶奶乘没人，因跟老蓝说：

"回头你到我那里，咱们再商量吧。"

说着，支开旱伞，自去了。张三奶奶，人人都知道她是女光棍，耍人儿的，她上蓝老八那里作什么，不是老蓝想卖老婆？不能，那妇人快有三十了；也许是卖孩子？这可不该，孩子没跟他们享一天福，提溜着腿子给卖了，他若真卖孩子，可不能再宽容他。村里人这样议着，就有人留了心。果然有一天清晨，小沟眼儿外头，忽然停了一辆骡车，张三奶奶以外，还有一个陌生男人，跳下车来，像在等着什么人。不一时，只见老蓝弯着腰，由小沟眼儿内，把环子给抱出来了，由头上至脚下，焕然一新，绝不像穷孩子了。先把环子放入车内，张三奶奶和那男人也都上了车，赶车的一摇鞭，车顺大道向东去了。老蓝左瞻右顾的也就进了小沟眼，他一定把孩子卖了，俩孩子为什么拉走一个，张三奶奶因为钏儿有毛病，不肯买，只买环儿一个。老蓝出于无奈，只得先卖环儿，等日后没落了再卖钏儿，实指望没人知道，却不想早已替他当新闻似的腾说起来。在平时，大家怜悯他，偷鸡盗狗，或是背地里偷点庄稼青菜什么的，也就不必深究，因为他也得养家。自从他把孩子卖了，人们的心理可就变了，毫不容情的监视着他，见了他的面，也是拿不好听的言语，尽情讥消，他知道已然不能见容于乡里。

听说城里头比西山这块死地，较比容易生活，好在手内尚余有百十来元的卖女钱，就跟老婆一商量，把所剩的一间房子，也拆卖了，便搬到西直门内去居住。本打算作个小买卖，无奈什么也不会做，夫妇两个没有一个爱干净的，卖什么都没有别人的漂亮，只得自己吃，没人买。这时钏儿因为思念妹妹，害了一场大病，他夫妇又不会看护，没俩月，钏儿死了。老蓝只把张三奶奶咒诅一阵，假如和环儿一齐买了去，不但孩子死不了，还可以多弄几十块钱，这老婆！她太狠了。虽然这样大发牢骚，他依然没办法，眼看又要没辙。听说有几家同乡，在德胜门一带，买卖破烂，换洋取灯儿，都混得不错，他就跟老婆一商量，天生的是这一行人，就很高兴的又搬到德胜门。两个人一干这一行，很得门，而且越不怕肮脏，利益越大，日久天长，把本行一切经典法门，俱都玩索纯熟。头一样，无拘无束，更不受人欺负，因为这一行人的外表，比乞丐高不了许多，无论谁决其没有跟他们过不去的道理。第二样，货物不必怎样细心处理，自要不糟不烂，凑成数目，就有一定商行收买。第三样，他们所居住的地带，无形之中，好像获得了特殊法权，即或偶然偷人家一双破鞋或是汗衫裤子一类，一行入了他们的根据地，绝对是寻觅不回来的。这些方便，都是老蓝夫妇所最为欢迎的事，何况他们的性质，本来是与这样的环境，最容易水乳交融的。不过他们乍入帮时，因为人地生疏，买卖不大好，尤苦于房租太贵，以后干熟了，才知道这里头有无穷的奥妙。一连干了十数年，虽说没有发财，自己却租了一段地皮，用破材料，压盖了两间房子。尤其使老蓝得意忘形的，到德胜门不久，蓝老八的老婆，便把月经劳动得通顺了，一连生了两个男孩。老蓝很觉意外，暗道：卖过女儿的人，还会得儿子？钏儿虽未出手，也因为想环子，才把小命儿送掉的，我对于她们太亏心，这俩小子也许是她俩托生的，前来跟我算账，但是我不过比从前少好一点，要算账也没有可算的，既又转念，把现在的思想，就自行取销了，又生出另一新的思想。他常听人说，儿女夫妻全是互为债权债务的，环儿一定该我的钱，所以我把她卖了，一点儿也不心疼；不但是一个小丫头片子，我的祖父母、父母和妻他们一定也都该我的钱，祖父遗产我卖了，妻三四十了，还背着大筐去换洋取灯儿，若不欠我的，她能这样苦干吗？我们家我看透了，无论老辈平辈晚辈，都是来还债的，惟有老子一人，是正南把北的债权人。这两小子，不用说，也是来还债的，反正长大了，他们得孝顺我，要想我对于他们有什么栽培，那可妄想了。老蓝这样一想，俨然就是父作高官子登科的老太爷，觉得前途太有希望了。

在一般作父亲的，无问贫富，自要有儿子，没有不疼的，没有不爱的。在疼爱以外，还必须加以栽培，至不及也得教他们念几年书，孩子日后如何，虽然不敢逆料，一己责任，究不可不尽。可是老蓝就不然了，他说作父亲的若是没有债权，即或把儿子供到大学卒业，他若不该不欠你的，同时你反倒欠他很多，他凭什么孝顺你呢？你哭你喊你给他磕头，他也是满不听提的，必得儿子来还账，即或你不管他，也不疼不爱，他也要认命当孝子的。他力持此说，所以对于这两个孩子，只当一笔债务看，反正每天他先得吃饱喝足，还得来一口鸦片烟，老婆孩子吃了没吃，他就不管了。大小子他命名曰"鱼格"，二小子他命名曰"水格"，他以为有了这两个孩子，就好像如鱼得水，他的后半辈算无忧矣了。这俩孩子，自从生后几个月就被老蓝家的揣在怀内，满街去教喊"换洋取灯儿！"

无冬无夏，常川揣着孩子作买卖，在大风道上，寻个地方就给孩子吃口奶。若在中上之家，谁也不肯这样养活孩子。可是小孩大人挨冻和受热惯了，皮肤黑紫，又粗又厚，反倒十分健康，何况这里头还寓有巧妙的生意经。人家妇女，出来换洋火，见她冬寒十冷的，怀揣赤子，不但不争多论少，碰巧额外赠她一些小儿剩衣，或是吃食钱财等物。所以那些换洋火的贫妇，凡有小孩的，多喜欢带出来，就因为内里有老大的便宜。鱼格水格，在六七岁上，便跟着妈串街，因为处境和习染，不但眼明手快，两条小腿跑起来，飞也似迅速，抽冷子，由过路的菜挑子上，就许偷两条黄瓜一把大葱。老蓝对于这样的事，不但不加申斥，反以孩子如此手快，认为是可造之才，由心眼儿里满意。老蓝的老婆，毕竟是西山素讲礼教地方的女子，脑子里多少还留一点老思想，见老蓝如此放任着儿子，一点儿也不像当爸爸的道理，未免就要碎嘴子，以显示她的贤淑：

"也没有照你这样做爸爸的，孩子身上的事，你一样也不管，这要在咱们家，孩子都应该上学了，谁像你总不跟孩子说一句人话！"

老蓝一听很奇怪，心说她一有点准落儿，就要滥充好人，遂哈哈笑了一声说：

"你又在作梦了，那是什么时代，教儿子念念书，写写字，等着戴翎子，现在没那事了！"

"可是我们干这行不是没法子吗，难道教他们长大了也干这个？不同没有儿子，既有儿子，就应当替他们想一想，附近也有私塾，教他们念几年书，将来好有出息。"

"别胡想！你这是饱饭撑的，所以才虑到儿子身上，教你天天挨饿，什么事也就没有了。俗语说得好，'楞养贼子，不养痴儿。'念书的儿子就能养活爹妈，光耀门户吗？再说我又不该他们的，为什么拿钱改［供］他们上学呢。勉强供给，因果报应必然紊乱，碰巧倒许被他们革了命，本钱我是不下的，心思，我也费不起。你天天带他们下街拿洋取灯换破烂，这就是教育，而且是奥妙无穷的教育，他们长大了，一定会比书呆子强的，别胡想，带着他们干去吧！"

"你这人，人一跟你说话，你就这样胡搅理，两个丫头，全被你弄没了，如今有了两个大小子，你这当爸爸的，还是照样没心，多怎才是了手呢，总算我们娘儿们命不强。"

"哈哈哈，我当爷们，当爸爸，就这么当，凭你怎么样吧！"

"你也就是跟我们娘儿们这样穷横，没了落了，指不定又要怎样缺！"

妇人不再理他了。老蓝又哈哈笑了一阵，觉得很得意。他近来不大下街了，在这换洋取灯的集团里，他颇有点资格了，除了把老婆孩子集来的破烂，整理送行，有时还收一点贼赃，没了事，衔着小烟袋，也到秘密的小烟馆走一走。他以为他现在和十年前太不一样了，当初有今儿没明儿，永远被经济压迫着，现在虽然还没离开穷的范围，究竟在生活上一点也不感受威胁了。最可喜的，鱼格水格那末点孩子，就知道把家，黄瓜大葱，真能往家里拿，老婆从前一无所能，现在却越累越结实，他们有接济我本钱的，有给我作牛马的，我还怕什么？老蓝这样一想，益发觉得他握有宿世债权，毫无疑义的了。

当赵老二发见这件广告，特地来寻蓝老八，老蓝夫妇已然没了壮年，双双入了老境。他们的事业，论理有二十多年了，也应有点起色，无奈老蓝根本不是创家立业的人，每日混个肚肥，人生大欲，就算完全达到了，何况他自不努力，仅恃妻子操劳，现挣现吃，当然是只维现状，绝不会有什么发展的。

再说他的为人，并不知道财是好东西，苦着自己，去经营财产，在他的哲学思想上，是绝对不相容的。他馋，可也不定非吃燕窝鱼翅不可；他懒，可也不定非老躺着不可。他的性质，不喜欢受大累，每天有酒有肉，有口大烟吃，他就以为人生幸福无过于此。他不懂得奋斗，也不懂得爱，他有祖产，他就花祖产，他有妻子，他就希望妻子来养活他，必不得已卖了女儿，那也因为实逼处此，没有法子的事。大凡捣弄破烂，一直干了二十余年之久，无论何人，虽不致富，也能小康。可是老蓝业此二十余年，依然如故。他不用心，他依然馋懒，明明他已有能力使孩子读几年书，可是他说"宁养贼子，不养痴儿"；他不懂得勤俭，贮蓄二字，自他有生以来就没有丝毫观念，不等钱花，应当买的货，他也不买，急用钱花，应当贵卖的货，也许贱卖了。比他后来的，现在有几家已然很殷实，老蓝的老婆，却依然背着大筐去串街，可是他们夫妇全都老了，但在老蓝，依然很乐天的，有恃而无恐，因为他那两个孩子，树桩桩已然长成了。

老蓝的孩子，如果要有出息的话，则关于人类的一切教育，可以屏弃不必讲了，不但他们没有天才，即或是天资很厚的美质，也得看生在什么样的家庭，处在什么样的现境。每天所比近的人物，尤与后日升沉，有着极密切的关系。一个出身微贱的人，所以成功了可传的事业，那不仅由于他的天才优秀，另外必有几多所以令他成功的条件，使他拔脱苦境，自致通显。老蓝的儿子，好像历来未被造化垂青，正当的智慧，一次也未受过注射，父母是那样馋懒因循，环境是那样卑鄙龌龊，他两个除了血气上自然的力量比他们的父母颇为优越以外，旁的行为，无一不是在自杀自毒。他们由小跟着他们的母亲串街换取灯儿，始终就不知道他们是哪一国的人，他们总以为一般人跟他们不一样，他们虽然不敢来确定，可是私心自揣，老是以为他们是一国，别人又是一国。后来渐渐大了，听他们那里老前辈一谈论，才认证出来他们的见解，一点儿也不错，不但他们不拿他们以外的人当同国人，原来他们这里，人人都不拿另外的人当同国人的。因为这个，他们永远拿别人当异族，不用说不可怜他们的人，他们要仇视的，便是素日怜悯他们时时给与钱物食饵的，一样也不感激。他们说这是用手段骗来的，并不是他们愿意给。他们眼睛里的别人，无一事不可羡，无一事不可恨。他们看见别人穿着新鲜华美的衣裳，虽然也知道羡慕，是用一种妒恨神情去看的："他们由哪里骗来的？我们为什么没有？"于是就想偷盗人家的，偷不到手，就另想法子打算给毁坏了，衣服以外的装饰品钱包，也都这样去看，甚至对于人家的高大房屋，不想偷，而竟敢想给烧了："他们家为什么不着火！着了火，一定会抢点什么！"看见人家的猫狗，或是骏美的骡马，也是一样由羡生妒，某家猫狗，皮毛怎样好，一张皮能卖多少钱，某宅的骡子，怎样肥，卖到汤锅，能得几十两。

这样的意念，在这两个孩子的脑子里，一日不知要反复几百遍。他们不知国有多大，人有多少，以及同国人相互的关系，反正不在他们一团里的，他们就认为异族异类，欺他们，骗他们，或是抢他们的东西，杀害他们的人，都是应该的事。无奈在这两个孩子的本身，每个都有一件难以辩护的遗憾，就是他们性根太劣，这不能不归咎他们的父母。嘴里虽然时不常的说横话，实际胆子非常小，始终也没烧过一间房，偷过一匹马，最大限度，也不过偷剥几张猫皮，杀过几条黄狗，连在电车上掏腰包，都太不够资格，因为他们恪守父母的风范，永远没穿过一件整洁的衣服。

他们的家规，是阳沟里的鸭子，只图肚肥。不想老蓝竟把这样的两个宝贝儿子，倚为长城，他的晚年，不问可知了。

老蓝夫妇，久已把环子忘了，若不是赵老二来报告像是环子有了下落，而且当了有钱的太太，他们也许至死也不提环子了。后来听赵老二一解说，这里头没亏吃，光有好处，老蓝未免又萌了一个极其豪华的新希望。他不甘于现在的局面了，他以为他的债权有的是，一笔一笔都在后头呢，两个儿子，一个老婆，无非是小债户，环子才是最大的债务人呢。"鹿家主妇！"一定所有钥匙，都归她执掌，这要把我接了去，即日就是老太爷，躺着吃，躺着喝，躺着抽，乐子大了。不过我不喜欢穿，他倒觉得有点怪为难的，反正乍去得拘束几天，以后也得由我的性。不对！当老太爷不穿，那儿摆呢，用金叶子作衣裳，也是他们还我的，给穿就穿。鱼格水格，也老大不小了，我本打算不管，教他们自己成家，这一来他姐姐不能白瞧着，一定先给他们张罗亲事，焉知道不另外有两个债户正在等着去提亲，那一来我们自己也有钱了，不一定都是女儿的。他越想越觉福分太大，指不定是天上谪下来的什么星君，他那两间破板房，立刻好像化为高楼大厦，卑湿污秽的土炕，也好像变为钢丝床。自从赵老二走后，他简直另换了一个人，换洋取灯的生意，决计由明天起就不干了，自要赵老二一报喜信，他就是老太爷！

"孩子他妈！你知道我是什么变的吗？"

老蓝忘其所以的这样问，妇人一怔说：

"我知道你是什么变的？"

"我是散财童子变的，虽然积不下钱，可是到什么时候，我也老有钱花，这要是准是咱们环子，在找咱们，我又得花一气好的了。哈，哈，真高兴，你后半天别出去了，看会家，我得到街上吃点什么，然后再吃口烟，有门儿！有门儿！老子的造化真不小呢！"

说着由他那破铺旧卷儿底下，摸出一个破钱夹，含着小烟袋，就出去了。

"怎么好！他若有心，日头得打西边出来！"

妇人这样说着，一屁股坐在小炕上，猛然想起当年老蓝卖孩子的事，不觉直出神。

第五章

　　赵老二由老蓝的家中出来以后，万分高兴的往回走。他想着坐电车回来快一点，不过还得绕道才能出停车的站口，因为喜欢，忘了乏，便抄小道，溜达着回来，却走了一身土。别看赵老二现在正作小买卖，好洁的习惯，仍然舍不得扔掉，尤其对于新换的衣履，更为爱惜，所以他很后悔，找老蓝去何必还换新的衣服鞋袜呢，这要弄坏了，再做就不容易了。既又一想无妨，事情若是如愿以偿，千元的现大洋，岂止做衣裳买鞋穿，租房子、开买卖的本钱也有了。这样一想，不免就大踏步走起来。及至到了自己家中，已然走得满身是汗，刚进门就要脱衣裳洗脸，二奶奶把他拦住了。

　　"你先别忙，落落汗再洗不迟，我给你先泡茶去。"

　　"对！对！别看不起一千块钱，影儿还没看见，就闹感冒，那才不值呢！"

"我说你怎么啦，打昨儿个一看见那张报，就犯起财迷来，我看你要疯！"

"要疯？擎〔赒〕好吧！回头我见着环姑娘，一五一十一说，她说不错，很对，咱们把小杂货铺就开起来！"

"你还说你没疯呢？那儿又来这么一个环姑娘呀？"

"环姑娘你都忘了，就是当初蓝老八卖的那个小丫头！"

"这多少年的事了，连她父母也许忘了，我哪能记得？"

"听呵！我跟你说，方才我不是找八哥八嫂去了吗，全问明白了，她小名教环儿，说左耳唇上还有个乌〔瘊〕子，你赶紧给我弄点什么吃的，事不宜迟，吃完了，我赶紧还得赶出城！"

"我看你和他们公母俩，都有点穷疯了，天底下哪有那么巧的事，准是她？"

二奶奶说着，自去给赵老二弄饭。赵老二乘小孩正在接房家玩，把衣裳扫扫挂在屋门上，这才洗脸喝茶，把应当说的话，先自斟酌一番。等饭好了，也没喝酒，胡乱吃了两碗，重新装扮起来，又自出门而去。二奶奶后面看着他那一种热心神气，不禁好笑。老二这回因为是出城，交通可就方便多了，便自新街口，登上电车，南行出了和平门，一直到了南大街，由此下车，复又教了一辆洋车，照那广告所开地址，教车夫拉了去。

不一时车入丞相胡同，在路北一个大门前头站下。老赵下车，付了车钱。只见这大门非常讲究，左右上马石，像是新有的，他先到门洞内，向门框上一看，门牌姓氏，一点也不错，他心里未免有些打鼓，这回头一见面，人家说，"我不教环子，左耳唇上也没有乌〔瘩〕子"，那我立刻就得向后转，天底下也没有便给人派出一个爸爸的道理。经得打佛口出，人家若说事情不相符，当然就得很失望的臊红脸出来，不但白花了车钱，还耽误了两天买卖，什么事，全是想着好，实际也这么难呢。他这样想着，便买着十二分的勇气，向门框上那个电铃钮，以右手食指用力一按，只听叮铃铃，由门房里传出一阵响声，觉得电铃响了多少秒，他的心房，也随着震了那么久。不一会，大门上的小门忽然开了，一个仆役似的人，在门里先把赵老二打量几眼，幸亏赵老二当过绅士，箱子里还有这么一套衣裳，不然的话，也许要吃闭门羹。

"干什么的？"

里头问出来，赵老二心说，大宅门的人，肝脏都不好，千万别惹他生气，因来个先鞠躬后说话。

"请问这里是鹿宅？"

"是呀。"

"宅里太太在社会晚报可曾登过一件广告？"

"不错呀！"

"广告上所说的事，鄙人少微晓得一点，劳驾给回一声，我想面见太太！"

门里那人见说，好像发动了好奇心，脸上立刻不那样板板的了，笑吟吟的，口里直叨念，似乎说没有不开张的油盐店，这样的广告，居然会有效。遂向赵老二说：

"请你候一候。"

关上小门，又进去了。不一会，陪出一位六十来岁的老者，同时把大门也开放了。只见那老者很精神，穿着灰色线春的软夹袄，白袜子，礼服呢皂鞋。因见赵老二文绉绉的，决其不像粗人，便拱手问说：

"先生贵姓，是为那件广告来的吗？"

赵老二看这位老者的气宇风姿，像是一位退休的老行伍，疑惑也许就是本宅的主人，可是主人无论怎样谦恭下士，也不能出迎一个素不相识的生客。他到底是什么人呢，一边疑心着，早也深施一礼。

他可不能说他教赵二，赵老二是他落品以后，一般人向他这样称呼的。他怕人家看不起，遂自道雅名向老人郑重其事的说：

"鄙人赵麟，字趾青，偶然在社会晚报上，看见一段寻人广告，觉得此事与敝同乡某人，似有关系，所以不揣冒昧，前来与贵宅接洽，如果认为事情确实符合，鄙人愿代寻访之劳。"

说着由坎肩儿内，取出那份小报，把加了记号的广告，指与老者看，意思是问老者，这件广告，是不是贵宅所刊登的。

老者见赵老二说话，又客气，又文雅，心里十分满意，忙道：

"不错，是这广告，请你先生到里面坐吧！"

赵老二心说"有门"，当下安贴了许多，便随着老者进了大门。只见大门道内随墙各放一条大型朱红懒凳，左为门房，右为回事处，有好几位仆役模样的人，都站在门房前，等待着招呼。正冲大门是个磨砖细做的影壁，当中浮雕"戬毂"二字。

倒下台级，北面是一带磨砖细做起脊筒瓦的长墙，墙根下栽着各种花木，正当中是座玲珑剔透彩画极精的垂头门，由此可通内宅。院子南面，是一带倒座的群房，另有一道南北界墙，中安四扇绿油屏门，红斗方内，漆书"齐庄中正"四字。由此往西，大概还有院落或花园马号等等。赵老二在西山也当过二三号的乡绅，固然不是没见过世面的老赶，照这样讲究的府第，也未免暗吃一惊，心说："这要没有几百万的家私，住这样大宅子不是几年就花光了么，可见人家财厚了。老蓝真有造化，这要一成功，该有多大幸福呢。"这样想着，老者执手，已把赵老二让至南房一个客厅里，就是一般所说的外书房，但是里面并没有一本书，无非是些花梨紫檀的家具，金银之气十足。方才那个仆役，受着老者的颐使，连忙整治待客的茶具以及烟卷之类。赵老二受宠若惊似的，万也没想到主人这样款待，没敢先喝茶，很恭肃的请问老人说：

"你老人家想是本宅的主人了，失敬！失敬！"

老者见说摇头道：

"你先生想是误会了。鄙人谭凤岐，跟随主人多年，倒很得信任，不幸主人在数年前逝世了（他的面色，像是有些伤感了）。所幸我家主母，又精明又慈惠，仍然教我管着阖宅事务，可惜我老了，大不如从前，这件事又是主母交下来的，怕这群小子，弄不清楚，得罪了客人，岂不有负主母一片孝心，所以才由老朽，亲身接待的，不恭的很，请恕！请恕！"

"原来是谭老先生，失认失认！"赵老二这才知道老者不是主人，乃是一位老管家。当下他又恭而且敬的问老者说："那么贵宅有几位太太呢？是不是有诚意，想照广告所说的那样办？"

老赵忽然起了疑心，他怕如果宅里太太多，为争遗产，也许有什么作用，所以才这样问。谭凤岐又说，也像早已明白了赵老二的心思，忙着就来解除他的疑心：

"赵先生，你可别多虑。我们宅里，内外是很严的，如今只有我们主母一人带着两位小主人执掌业，不用说事情有了圆满结果，一定要照广告言语履行，即或不能照所期望的如愿以偿，以我家主母那样慈惠，也万不至苦了送信人，关于此一点，就请你先生放心好了！"

"那么请问谭老先生，这件广告，一定是贵宅太太所刊登的了，可以不可以领我去见见太太？"

赵老二怕这老头子自己得不到什么好处不尽心，托故把他打发走了，为这么一件事，若是老远的瞎跑好几趟，不但耽误了买卖，有钱也垫不起，所以急于想见太太，对不对就在今天，明天绝不再来了。但在谭凤岐，又是别有用意，他对于他们主母这种访求生身父母的孝心，根本是不能反对的，不但不反对，而且很赞成，他说他也是父母生的，自己有父母，就不愿意人家有父母吗？所虑者事隔二三十年，人有没有，已不可知，即或现尚生存，他们到底是什么样的人呢？关于宅里主母的出身，他只知一半，小时候的家世，他当然不得而知，究竟这两位作父母的是什么人，自有此议，他就很关心。假如是老实乡农，孩子被人拐走了，自己无罪，那么把他们寻访着了，接到宅内，尽心孝养，那也是作子女的，义不容辞的事。假如这两位作父母的，好吃懒作，因为不务正业，把女儿卖了，这差不多等于义断恩绝。即或把他们寻访着了，不但处不好，碰巧倒闹一身麻烦，推不出，撵不去，到了那时不是干为难？再说目今人心不古，欺诈百出，万一再有设局撞骗的，知道一点影响，就来希图假冒，乱来认亲，那岂不是自找麻烦么？所以广告拟就后，他于赞成之中，又表示了自己的意见。太太说：

"你所虑甚是，我自有我的把握，谁也假冒不了去，广告不妨多登一月俩月的。这件事，城里人恐怕不能知道，多登些日，城外人也许能看见，反正如有为这件事来的，你们要好好招待，如果你认为言语正直，没有什么支离闪灼地方，就来报告我，我亲自问他，可千万别一见面，就把人搪塞走了，你们要体会我的心，成全我才对！"

这是鹿宅主妇，所嘱咐的话。不想广告续登一两天，就有人来接洽，不但一般下人，都是意料所不及，老管家谭凤岐，也以为太奇了。设局撞骗的，也得用用心，访问访问，才敢施行他们的计划，广告刚登出去，就有人来，自然是事件以内的人了，难道找上门来的，就是主母所要访查的人，自己前来认女？谭管家未与赵老二见面以前，本来是这样推想的，及与赵老二见面接谈之后，关于相貌声容，言谈举止，细心体察，又觉不似，他这才又转一念，这人也许与主母是同乡，关于主母母家的事，必是素所深悉。我倒得问问他，主母生父生母的为人，也好作一准备，想到这里，因向赵老二说：

"我们主母的孝心，实在太可钦佩了，不用忙，少时我一定回上去，主母也一定会亲自接见的。不过鄙人想抖胆先向赵先生问一声，您既然为了广告上那件事，前来有所接洽，一定对于我们主母的母家，是不无关系的了，请问他们老夫妇还健康吗？景况如何？家中现在还有什么人呢？可以不可以，先向鄙人，略微说个大概？"

说罢之后，很注意的，等待着赵老二的答言。赵老二一听，不免暗自盘算，这老头是什么用意呢，他先审我？假如我把话说错了，他就许给拆台，不但洪哥的事打啦，我那一千元的报酬，也如煮熟的鸭子，竟会飞了，好厉害，他也许在套我的话。

赵老二不枉高桌子、矮板凳，跳动过，从前所经验过的见识辞令，还没有穷掉，一瞬间，就把对方的心意看透了。说实话，若真是环姑娘，不但于她没面子，也显得洪哥太不是人了，当下故意叹了一声说：

"唉！人世不幸，实在是太难逆观了。我一家远亲，夫妇两个很老实，指着一点祖产过日子。不幸民国以来，地方多半残破，他们的生活，也就大受影响，后来我那亲戚得了疾病，女人得服事他，可就把膝前两个女孩，看不到了。有一天，两个小女孩，在小沟眼外头玩耍，竟被匪人给抢走一个，我那亲戚一见，偏偏把最疼爱而且长的最好的二丫头给抢去了，疼彻心肝，亚赛失了掌上明珠，因此他的病益发沉重，幸喜那时他在年青，不然的话，就心疼死了。可是等到他的病养好，他的家业，已然垫办光了，没法子这才搬进城去，打算一边作个小买卖，一边寻觅失去的爱女。谁知祸不单行，他那大丫头，为想念妹妹，竟得病死了，我那亲戚，又差点儿没病倒。他本来老实，没有多大能耐，又因为生了两个儿子，都得吃他一个，所以这些年，他累坏了，可以说是贫病交加，可是他们老夫妇，没一天把丢失的孩子忘掉过。昨天忽然看见这件广告，他不觉怦怦心动，逼着我，到这里来问问。天下事，父女一定是父女，自有真凭实据，谁也冒不来，这也许是天，教他们骨肉应当相逢了。如果一见太太说出两件事她就能明白，以后的事，她自己办，我就不管啦。如果我的话，她认为是误解，原先所丢失的不是她，我也立刻就走，这是什事，关系着人伦名教，我敢胡说吗？"

赵老二真有两下子，好像他所以前来接洽此事，是为人的美举，跟那一千元的赏号，绝对无关，而且说话之间，既于本宅主妇毫无轻侮的嫌疑，对于蓝老八，更显得是个有人心的慈爱父亲，陈说之际，又是一气呵成，不假思索，老者惟有耽听，更没有徒旁插言的工夫。及至赵老二把话说完，老者颇为入感，暗道：若照此人所说，事实也许是真是这样，因为乡间小孩，自来不少被人拐卖的，甚至作父母的，为了痛心过度，因而丧命的，也不乏其例。这人既能为爱女害病，可见是忠恕有情的人。不然的话，也生不出这样又精明又慈惠的女儿，就看主母有无确实的凭证了。以她那样能干，决不会糊里糊涂谓他人父，谓他人母的。想到这里，遂向赵老二说：

"听先生所言，此公因为爱女丢失，精神上受了不少的打击。请问先生，此人姓什么，大号怎么称乎呢？此刻可仍在本地？他有如此苦情，惠而不费，我们理应为他效劳，成全人家骨肉相逢见面。"

赵老二见说，知道口舌之力，已然奏效，这老头子，绝不至从中破坏了，因道：

"敝亲姓蓝，官印大洪，他一家此刻住在安定门内，无非以他小本经营糊口。"

他没敢说住在德胜门每日以洋取灯换破烂为生，错非赵老二随机应变，口若悬河，若是老蓝亲自来，此事一定会闹糟的。谭凤岐此时已深信不疑了，决定不是来撞骗，认不认，是不是，大权操之主母，他可就不敢预闻了。当下站起身来：

"好！一切我都明白了，请你先生在此屈坐一会，我到里面，回禀主母一声。"

说罢自去，隔着玻璃窗，只见他进了垂头门，向内宅去了。老赵别提多喜欢了，不由得暗暗赞叹起来，心里说："天下事无奇不有，拿老蓝夫妇来说，险些把人味儿都混没了，居然会生出这样一个好女儿，登报寻访他们，回头里头一传话，我跟她一交谈，她正是早先失去的环姑娘，赫！老蓝！一步登天，他还能看得起我么。想我老赵，哪一样不比老蓝强，老来老去，反倒直往下层坠，卖上炸豆腐。我那老生孩子，才五六岁，多怎才能孝顺我呢，不想人家卖出手的女儿，倒有如此孝心，真是那儿说理去。他正自感叹着，忽听帘板一响，谭老管家，复又来到外书房。老赵断思潮，连忙站起身来。

"赵先生里面坐吧，我们太太有请！"

　　谭凤岐不卑不抗的来肃客，老赵的心房，未免又自震荡起来。他倒不是怕见女人，生恐说出他人不知极其秘密的两个凭证，人家一摇头，那一切就完了。老蓝夫妇，还是照旧幺唤着换洋取灯，他和他的尊阃二奶奶，还得卖炸豆腐。

　　他不由得腿肚有些发软，好像干了什么亏心的事，只得振起十二分的勇气，随了谭凤岐，出了外书房，进了那极其美丽的垂头门。只见当面是四扇绿油洒金的屏门，密闭不开，由门道二龙抄水，分出左右两段廊道，廊干作得十分讲究，凡是有木头的地方，无不细施彩画。当院方砖海漫，甚觉宽大，摆设着许多花木鱼缸之类。凉棚的席，已然撤了，只余棚架，想是长年包用的，明年夏季，再上新席。此时谭凤岐，把赵老二让到西厢一个客厅内，俗所说的内书房，可是依然没有一本书。室内的装饰和陈设，比外书房又阔派多了，几乎使赵老二目迷五色。这里的坐具和几案等项，是中西合璧的，有太师椅、硬木床榻，也有最新式的沙发短几之属。老赵没坐惯沙发，怕沉下去起不来，所以仍择一把硬邦邦的太师交椅坐下。后面是张花梨大床，床前是张硬木八仙，桌之左右，就是两把太师椅。赵老二坐在下首，谭凤岐请他上坐，他不肯，只得罢了。此时有个三十多岁的女仆给来备茶，老赵的心跳，也平静了许多。不一时，听见院内有高跟的革履响，老赵的精神又紧张起来，方才倒茶的老妈子，隔窗留意，看见太太来了，忙跑出去启帘笼。只见进来一位年约三十来往的少妇，大约是因为居孀关系，脸上未施脂粉，可是天生的雪白粉嫩的皮肤，就让不施化妆，也没有一般妇女那等枯黄样子。没有脂粉掩盖着，倒使她本来肤色，一点儿不受屈的，发挥出来自然的腴润，好像盛开的杏花，白润之中，又微微带点粉红色。满头的黑发，不长不短的，剪成恭本而又大方的样式，并不照时下妇女那等胡烧乱烫的样子。眉毛弯长，只不过略加修整，并不是用墨染的，一双巴达杏核般的眼睛，水灵灵的，还保持着青年时代的活泼闪动的神气，一点儿也不浑，精强而富于感情的性质，由她那两支眸子，便可窥知一二。鼻子和口，也是和她的眉目，像是彼此有了协约，竞赛着生出来的，一个也不让一个，都是高矮大小，位置得别特得当，一点遗憾也没有。尤其是她的口，仿佛是西洋人所雕刻的女神像一般，不但形式美丽，色泽鲜艳，唇与面皮，也不是漫衍一平，微微起了一道棱线，益发显得口形特别好看了。两耳的上部，有时被发掩盖。老赵也不敢细看。最惹目的，在丰腴欲垂白像的耳唇上带着两个黄豆大的金刚石耳钳，闪烁发光，犹如两颗小亮星飞到她的耳边上。一身淡雅衣服，虽是家常装扮，却很整洁。赵老二当下必恭且敬的站起来，他不觉暗自惊讶，觉得这妇人不知什么地方，有些像蓝老八，可是又拿不准，究竟哪里像，他很注意人家的左耳唇，他以为如果她有个乌〔痦〕子在左耳，那就千真万确，毫无疑问了。无奈人家的钻石耳饰，本来大，又镶在白金胎子上，把耳唇掩了一大部分，焉能看得见？此时谭凤岐也站起来，先指着赵老二向妇人这边介绍说：

　　"这位就是我方才跟您回的赵趾青先生。"又向赵老二说：

"这就是我们的主母。"

赵老二很恭肃的向妇人鞠了一躬，妇人也很深的还了一礼，然后大方不拘的，让赵老二坐下，自己也坐在与老赵坐处相向的一个沙发上，因命婆子又献了一回烟茶，才跟谭凤岐说：

"我这里跟赵先生说几句话，我不叫，别教他们进来！"

谭凤岐答应一声"是"，他和那个老妈子，便都退出了。此时屋内的空气，好像雨后的庵堂一般，忽然寂静起来，两个人都有急于想说的话，只是谁也不知先说哪一句好。老赵在人家宅里太太面前，更不敢先开口，所以二人不约而同的静默了一会儿，才由妇人先开口了：

"赵先生，方才听我们管家说，您是为了社会晚报那件广告来的。不错，广告是我刊登的，最初我想无非尽心而已，分离了二三十年的人，究竟上哪里寻去呢？也没人能知道哇，谁想刚把广告登出来，您就前来和我接洽，这样看来，您不但知道我们的事，也许是我们的老同乡呢！"

主妇既在庄重而且语声很娇响的这样说着，口音完全是北京官话，并且间或和八嫂子的声音，一般不二，他更有底了，当下应口答言说：

"是的，我是京西人，太太如果也是京西人，那我们一定是同乡。"

"说来惭愧。"主妇说完这句话，略一停顿，既又叹息一声，才继续说下去：

"赵先生也许要笑话吧，我是个不幸的人，直到如今，不但不知道家乡住处，连父母的生死存亡也不知道。我仿佛记得我们的家，离城也不过三四十里，那里有个流山水的沟眼，我常和一个比我大不多的姐姐钻出沟眼去玩，这是我记得最清的。以后我就进城了，一年一年的长大，也就一年一年的把家忘了，可是现在我很想念他们，急于要知道他们的情形，但是茫茫人海，上哪里寻他们呢？所以我就不怕别人笑话，登了那么一件广告。万一有人知道他们的下落，或是他们自己能看报，也许意外有点希望，谁知才把广告登出去，你先生就来了，也许我们真要相逢见面了。不过这事关系也很大，实在不能模糊，赵先生广告上的要点，大概您早已看清楚了吧？"

主妇把话说完，很精细的端详老赵的神情。赵老二听她把话说完，似乎益发有了把握，当下不慌不忙的，由坎肩兜内，又把那枚小报取出。

"我一见了这广告上，有流山水沟眼的字样，我心里就一动，因而想起我那蓝八哥，曾说他把二丫头因为不留神，被人拍走了。（说到这里，偷眼一看鹿宅主妇，她的脸，已然有些苍白了。）因为我是西山人，也在那个流山水的沟眼里住，所以我就去找我八哥八嫂，把广告的事，跟他们说了。他们说，我们寻找她二三十年，差点儿没急死，这要是她，可真得谢谢老天爷。我说是不是也得有个真凭据呀。我八嫂子说，有凭据，她教什么，有什么标记，于是我们商量好了，才求我到这里来的。"

老赵真能说，他若当了外交家，也不失为俊才，真假虚实，敷陈得体。假如他把老蓝夫妇的真实行为，以及如何因贫卖女的话照实一说，不但于事无益，碰巧先把对方的感情伤了。所以他变了一个方式，比方才跟谭凤岐所说的，还要委婉，好像这老蓝夫妇，直到现在，还很悲痛的，在寻访着爱女。鹿宅主妇听老赵这样一说，怦然心动的已然呆坐在沙发中，觉得老赵所学说的事，仿佛也有她在内，同时赵先生所说的那蓝老夫妇，一定就是她的生身父母。可是她依然镇静着，把心里的悸动，也极力平抑，遂又向赵老二问说：

"我一听这两位老人家如此不幸，我的心就突突直跳，也许冥冥中，起了什么感应。请问赵先生，他们所说的凭据是什么，标记到底又是什么呢？"

老赵好像竟等她这样问。遂由太师椅那边站起来，向妇人坐处移近两步，郑重而又像很机密的，把声音放低些说：

"他们说他们所失去的爱女，乳名教'环子'，左耳挨近耳孔，有个'朱红乌〔瘩〕子'。"说罢，不住眼的注意这位主妇。是感受，是反拨，只见她眼圈一红，两股热泪断线真珠般，早已夺眶而出。老赵也心里一发酸，仍坐在原处。此时鹿宅主妇，用小手绢，掩住了脸，呜咽起来，二三十年以来的旧事，又复电影般，在她的脑子里，重行映演出来。

第六章

　　小孩也有记事早的，也有记事晚的。六七岁的小孩子，无论怎样聪明，长大以后，若说小时候的事，完全记得，那决其是不可能的事。环子被光棍张三奶奶和一个不知姓名的男子由老蓝手里诱买之后，便一直由小沟眼外头，用骡车把她载到前门外一个大养人的下处。彼时环子才七岁，一心以为是跟着姥姥舅舅到城里头来闲逛，此外任什么也就不知道了。

　　老蓝的老婆，虽然穷，而且又没有多大志气，可是乡间妇女一般通有的美德，在她的胸臆中，早已盘根错节，牢不可破了。有些地方的妇女，是笑贫不笑娼的，自要吃好的，穿好的，生活优裕，就不问她们的手段，群相羡慕。可是北方山地妇女，又是一种风气和思想，穷倒没人笑话，所最引为奇耻大辱的，就是不贞和为娼，妇女一有了这种行为，就别想有人拿她当人看。老蓝的老婆，因为穷，又干不过她的男人，虽然忍肚疼，也同意把环子卖了，可是她千叮咛，万嘱咐，跟老蓝说了，又跟三嫂子说：

"千万替环子找个好人家，别送到坏地方才好！"老蓝起誓发愿的说不能，三嫂子也横打鼻梁，教妇人放心，她说她决其不是那样作损的，有交情不能办出没交情的事来。其实老蓝才不管那样的事呢，使了钱，孩子既已归人家，一块一块的当骡肉铺卖了，他也不心疼，何况是下窑子，养大了迎宾接客。省得她瞎碎嘴子。张三嫂是女光棍，更会白花［话］了。可是老蓝家的，竟信以为实，以为环儿生得好看，小嘴儿又极聊人，将来一定会有好婆家，嫁着一个好的丈夫，所以她一直放心，直到她把环子完全忘掉，始终没疑心过环子会落到窑子里。

这家养人的陈七奶奶，也是南城外头一个大女光棍，不但自家养着许多姑娘，分送在各小班，上捐接客，还引诱良家妇女在家中大放其赌，手眼通天。凡是到她家去嫖赌的，最次级也得是国会里出风头的议员，常川的照顾主儿，多半是各部总长、军阀政客。她家里是销金窟、是温柔乡、是要人的俱乐部，同时也是秘密的议事厅。他们自承是忧国爱民的大人先生，各各都以当今之世舍我其谁的态度自骄自傲着，好像一旦没了他们，国家就不得安宁，国民也就没了饭吃。他们的仔肩，责任太重大了，所费的心机，也比一般人烦苦的多。因为这个，他们不得不休养，不得不游戏，留着有用之身，好为国为民，肩当大事。一般人民，还免不了听戏逛窑子、打麻将，何况是他们。不过名位到了，怎好屡进屡退的，和一般人民杂在一起去听戏，去逛窑子，不但有失身份，而且也甚危险。于是另关桃源，陈七奶奶的下处，可就应运而生了。钱越多的人，花着越不心疼。所以不心疼的原故，就因为他们的钱，不是祖产，也不是自己能力所获得，完全是由于适逢其会，国库或是借款，偶然归他掌管，并且还可以自由支配，于是侵占、影射、挪移，以及展转生利扣使用钱之类，皆可以使带着血腥或汗气的钱，密集成队的，向他们家里流。因此他们绝不爱钱，反倒把钱看成一种拖累，想尽方法，花销他们的钱。一掷几十万，在他们只如我们理发时，赏了一毛钱的小账。所以我说，凡舍不得花钱，诸事俭朴自守的，一定是没有钱；真有钱，而犹逢人说穷，不但不花，还要找点什么，那就另有说道了。他不是三辈子没见过钱，光为人作守财虏，必是钱来得不太品行，向不花钱，忽然花起来，也许怕人说"他改脾气了，不只是要死呀"，所以不如光取不予。可是在陈七奶奶的下处，绝对找不到这样一个啬刻鬼，他们怀里的支票用纸，真比一个电影圈子，一天所卖的入场券还多。在陈七奶奶的下处，他们一日要消耗多少金钱，也可以想见了。陈七奶奶每日既有这末多的财神捧她的场，她享受着什么样的生活，也就不难想象了。她的母亲夫家，原都是起家于娼优两途的，民国以来，由于有人唱高调，把像姑堂子取消了，于是陈七奶奶利用时势，犹自暗中活动，又以公娼，生意平凡，才组织了这样一个秘密的淫赌之窟。又为了世其业，使其衣钵绵远不绝，买卖人口的勾当，当然也是使事业源源不绝的一个必要手段了。成年的是现货，略施教育，即令其执行神女生涯。幼小的因人而施，不是留在自己身边使用，便是分给各门徒，实行见习。环子长得又好，又会说话，陈七奶奶别提多喜欢她了，把张三奶奶着实夸奖一阵，赏给她几十块钱，仍教她回京西去。临走时，张三奶奶跟环子说：

"你别想家，这里才是你真的老老家呢！"

一个小丫头，自从出生，就跟着父母受穷，虽有舅舅家，早已不走亲戚，谁知道谁是她的外祖母，可是在她的小心眼儿里，早已知道人人都是有老老的，老老最疼外孙女，住老老家，是小孩子最幸福的一件事。她虽然未曾实地经验过，可是这种梦一般最可羡慕的幸福，她也听别人家孩子述说过，有朝一日她如果去住老老家，所有不能想像的幸福，她一样要享受的。如今她穿着华美衣裳，果然到了这样一个很阔的老老家，她喜欢极了。她承认陈七奶奶就是她的老老，因为这吃大烟带金镯子的老太太，非常疼爱她。

另外许多花枝招展的小媳妇，老太太命环子教舅妈或是姨娘。她们没给她另起花名，因为太幼稚的原故，便沿袭着教她环子的本名，这不但不伤孩子的感情，同时也容易呼唤，使她不至误会在教别人。因此之故，环子以后长大，遗忘了许多事，独于小沟眼和她的小名，早已深印在脑中，绝对不会遗忘的。

陈七奶奶的家中，每天晚间，就特别热闹起来，门外的马车，来一辆走一辆的，差不多要闹一夜。因为胡同窄，没处停车，主人下车以后，赶车的就得把车停到车厂去，然后回来，大家凑在陈家门房一胡聊，干等着分劈头钱。哪一个赶马车的，跟着老爷出门的，每天晚上，都分几十块钱。可是他们也积不下，另有他们的途径，去开销他们那得之最易的金钱，吃、喝、嫖、赌、抽，靠人儿、扎六零六，都是他们的销赃的道儿。

自从环子进了陈七奶奶的门，七奶奶就跟诸位要人说："这是我一个外孙女儿，父母都病着，看不了她，所以我把她接了来，诸位大人多疼疼她吧！"

在座的衮衮诸公，谁不知道陈七奶奶是个大养人儿的，她的儿子和儿媳，自然也并不是什么守着规矩过日子的人，何况大多数的青年女子，不是买，就是诱惑来的，在一律接客，这小丫头的来历，也就不问可知了。但是她既然承认这是她的外孙女，大家也就得另眼看待。环子语音娇响，教她叫什么就叫什么，就好像一只刚出窝的小鸟，一点儿也不怕人，谁抱就坐在谁的怀里，烂漫天真，会玩会笑，没多日，她就成了诸位大人先生共有的一个活的布娃娃。凡是闲谈，没在牌桌上作竹战的，或是和大姑娘们玩腻了，就抱着环子玩。那么一点儿的小丫头，因为名义是七奶奶的外孙女，每晚也是一百二百的得钱，七奶奶简直请来一位活宝，七岁的小孩子，就成了一株多产的摇钱树。这虽是出于七奶奶的手段，孩子也真爱人，因此环子在陈家，俨然成了佛爷的眼珠子，谁也不敢触一指头。底下人，如有不谨慎招她哭，或是惹她生气，一定要被七奶奶骂一顿的。

一般民家的小孩子，讨人疼，可爱的太多了，便是极其富贵的，也不能天天得到长亲的馈赠。至于一般贫寒小儿女，终年得不到一包糖果的有的是。难道她们不可爱吗？就拿环子说，跟着她父母受穷时，除了没有穿的，一切都是她，并没两样，何以一到了陈七奶奶家，忽然就成了一颗小红星，人人都想挨挨她的脸蛋，或是跟她亲个嘴，虽然一百二百的给零花，也无非引她一笑，或是叫声好听的。假如这孩子，吃了些什么异样的荷尔萌〔蒙〕，忽然长大了，一万二万的，也许愿意给。

人心是肉长的，本来都懂得疼爱，不过真的干净的人间爱，总是没有多大势力，容易冷却，不容易燃烧；一感就燃的爱情，必得掺杂着疯狂和狠毒。所以人世上义侠而止于救人的爱，越来越少，卒至于看不见，加害而偏于为我的爱，反倒逐日盛行起来。看见人家姑娘好，只是太穷，于是就献殷勤，向人谈爱，甚至自告愿意借给多少钱，还不还没关系，因为他自己说是诚心帮忙，但是他又说那姑娘太可爱了，得给他作姨太太。又如一个阔小姐被人爱上了，接着就向人家去借钱，不借就是一场风波。这样的爱，能说是神圣清新，一点污垢也没有吗？他们无非假借爱名，以遂其加害的野心而已。就拿陈七奶奶的许多入幕宾说，哪个不是既贵且富，炙手可热的权势家，然而他们为什么不把一百二百金钱，去施给那些正在需要这样东西的可爱小孩，而单单很慷慨的给环子花呢？这种心理一点也不难解释。旁人的孩子，无论怎么穷，是有父母的，在风纪中是属于良家的，他们的心术，无论怎样残忍，自从有了"文明"二字新语之后，虽是恶霸，也不敢照高登或费德功那样明抢明夺了。所以在"文明"二字掩护之下，虽然抢夺、侵占、横领，在无时无地的肆无忌惮的干着，可是都极力避免强抢的形式使之文明化，自己既然用不着强抢的形式，才可以板起面孔，叱责旁人是盗贼，对于好人家儿女也是如此，若不用强，怎能随便搂搂抱抱亲亲爱爱呢，无奈又怕有玷于"文明"，于是他们就利用陈七奶奶的香窟粉市，藉以发泄他们对于一般市民所不能公然执行的恶欲。

"环子，你多大了？"

"我七岁啦！"

"好！快快长，明儿放你作姨太太！"

这是人话吗？简直是吃人的鬼。固然这群人里，也不能说没有真的慈善人，但其中因为钱和势，把本来一点灵明，熬煎化了的，也不乏其人。他们说：

"到这里来不是到大成殿和环丘去观礼的，应当放荡，应当享乐，甚至应当暴虐，为什么我们要花这么多的钱？没有报偿是不成的！"

为了真情实爱，而又不能美满生活下去，于是男女两个，相约情死，也不问她是妓女是小姐，也不问他是优伶是官吏，我以为这都是天生情种，正气中一个细胞，无论怎么说，自要他们双双一死，我相信，正直聪明的神，一定把他们接引到天堂的，与以三生的美满幸福。只图一己快意，假托"我爱你"的朋友们，老丐实在不敢恭维，何况这些大人先生，多半是为整个国家秉钧握枢的，既知何人贩卖人口，以人身当商品，现应执付法曹，科以重罪，但是他们明明知道陈七奶奶是在以人为货，为什么不加干涉，而反倒大帮其忙呢？也不外乎避免高登和费德功的形式，乐得利用陈七奶奶，替他们拐来诱来，好恣行他们鬼一般的兽欲。社会原来是这样，法律像太阳底下的电灯，幽暗处一点也照不到，在那一时代的北京社会，无非是如此，表面却装饰了"共和"两个字，满城墙上也写着许多蓝地白字的标语，但是实际社会，一点也没看见什么真实可感的文明，大多数的凶强奸狡之辈反倒很庆幸的感谢文明，不啻为他们制造了最妥善的假面具，把固有的"野蛮"用新来的"文明"很在意的油画装饰起来，于是文明的野蛮，比较野蛮的野蛮，更要使人不寒而栗，甚至想不出什么方法来抵抗他们！

陈七奶奶因为有各种各样的大力护符，益发肆无忌惮的干起来。诸大力者，又以七奶奶是老在行，爪牙多，甚至指名捉将的，要求她把某小姐、某少奶奶、某姨太太，给弄来玩一玩，钱是不成问题的。七奶奶既为财，又欲显显手段，凡是在北京好出头的交际花，不问是良家乐籍，她都有法子出招致，一时淫风大扇，赌风弥甚。日子一久，没有不透风的墙，早已被外城警察厅注了意。我不是阿好，私心要夸奖北京的警察，恐怕也是世界的公论，北京的警察，无论设在哪一国的都会里，也是公正的、人道的，他们好像是固穷的君子，多半受过孔子洗礼似的。北京的老警察，有由清末勤续到今日的，他们除了年纪已老，什么都没有加多，赌买和请托，绝对打不倒他们。"弊病"在他们脑子里好像就根本不知是什么东西，同时任何人也不敢跟他们谈弊病，他们好比宗教信徒一般，惟有苦尽职责，因此北京的警察，在全世界树立了不朽的令名。

　　他们不久把陈七奶奶的伤风败俗的勾当，完全调查清楚，因为内中关联着许多要人，不便直行检举，便由外城当局，秘密报告总监。总监虽然恼恨已极，又怕于国家面子，太不雅观了，没法子，自己去见总统。当时当国者是项城［按：袁世凯，河南项城人］，谛听之下，十分震怒，命令吴总监，立刻检举，勿得姑宽。总监将命，密令外城，严密中迅速办理。可怜这些花花太岁，嚣嚣群雌，于灯红酒绿纸醉金迷之中，意外由头上撒下一张无情法网，一个未脱，全都乘夜拘留起来，次日秘密解交法院。毕竟这事是风纪问题，对于诸要人予以取保释放，听候总统处罚他们。诱拐来的妇女，良家的斥责回家，不许仍前招摇，花街乐户中人，则科以违反章则罪，分别处以罚金，惟独陈七奶奶是个祸首，数罪俱发，科以七年有期徒刑。七奶奶不服上诉，我们不去管她，因为陈七奶奶这样一胡来，把好人家儿女可给弄坏了不少，纷纷落溷者不一而足，如同赵二姑姑、魏三姑娘，都是此案最著名的人物，不久都在八埠，高张艳帜了。

　　环子因为幼稚没人注意，法官真把她当作了陈七奶奶的外孙女，以为自有人领其回家，并未究问。不想这孩子，另被一个领家的买了去，当未来的钱树培养着。

　　项城失败以后的北京，和败落的王公府第一样，只有逐日残毁，绝无一毫建设的可能了。这不是因为老的气数尽了，病痕只在人心先腐烂了，自己的心，都没法救治，使其清新坚实，何况是古城。

新的建设，旧的保存欲使其蔚然光辉，形成新时代有历史有文化的古国，必得先使人人有清新不腐的好心，心都腐了，还想干什么？譬如北京的皇城，那是多末堂皇富丽，新时代的人们，要想以皇城为蓝本，重行在什么地方模拟一道与皇城一般不二的长墙，那绝其是办不到的了。因为不但技术的根本性质改变了，新时代的材料，也绝对建造不出古典的土木。听说不久以前，有位美国富豪，到欧洲去漫游，对于意大利的古建筑，很为羡慕。有一天他去看米兰大教堂，一问执事人说："现在要建造这样一个大教堂得多少钱？"执事人踌躇一会说："这是历史，恐怕不是金钱所能办到的。"富豪见说，脸一红，也就不敢再问了。许多历史，固然是以由文字记述的占大部分，但是既名为古国，若是没有了宝物的史迹，恐怕也不免要被人轻视，疑心他们和亚非利加［按：指非洲，Africa 的音译］的黑人差不多。因为文字的历史，毕竟是极少数人的宝典，一般的国光，全赖实物的史迹来发扬。美国的富豪，听了人家"这是历史"一语为什么要脸红，就因为他们是近百余年来新兴的国家，一切建设虽极新奇伟大，但是只能谓之科学，不能谓之为历史。由此看来，近世无论如何富强的国家，国内若无令人可羡的史迹，终不免要在人前脸红的。呜呼，四千年的古国！你们有什么？新的都是人家的，旧的自己都破坏了，你们现在只余一片黄土和一片沙漠了！

皇城十之八九，都被拆除了，宗旨是改良交通，目的是排除障碍，但是交通当真方便了吗？皇城的残基，直到今日，也不曾铲平，由后门一带，转到外西华门，再往南走，看看吧，有什么方便可见吗？人和车还得循着城根走，而且暴扬土沙，简直是才被爆击的遗迹，荒凉满目。最感奇异者，堂皇富丽，足以使北京增辉的古老红墙，已不见了，而易以另用破砖砌的短垣。听说是主其事者，以每丈七元的代价，卖给临城居民，重行砌起，作用院墙，因为彼此毗连，所以高墙变为短垣，古城化为残址。可是当他们下手拆除时，所立的题目未尝不正大，可惜利心太重，所以迹近掠夺，古城的历史，遂以"妈拉巴子"了之，无人再问了。

无论什么城市，好像都有它们的运数，恶运一临，恐怕什么人也难于挽救了。可是北京特别怪，你说她没走好运，大灾大难这二三十年她一次也没摊上，小的惊险固然也摊上几次，究竟没成大患。这三十年中，她老是像遭了土匪的大粮户，刚把土匪应酬走，官兵又来了，才把官兵应酬走，土匪又来了。固然房子也没被烧，人口也没被杀，但是无论谁来，就胡乱当起家来，临走时什么好拿什么。北京那位慈善老太婆，虽然有点心疼东西，看一看，没伤人，也只可叹口气"算了吧"，没杀人就成了，忍着吧！

自从主人翁退休以后，凡是有一匹马，有一杆枪的英雄们，无论山南海北，都想到北京当几天家，一则开开心，二则也许弄点什么，所以二三年以来，此出彼进，接续着出了不少当家的和掌柜的，可怜谁也没干长，谁也没干好。所以不能长不能好的东西原因，就因为他们没把北京看成是自己的家，谁都想来找便宜，他们看着什么都好，好可是好，是能值多少钱的好，皇城的砖，能卖多少钱一块呢，里面有什么宝物，大家一核计，有利！于是就喊一声"拆！"皇城就这样没了。后来的当家人，见皇城被拍卖了，就太嫉妒了，于是又去搜，献木、柏树，以及四牌楼单牌楼，甚至南海丰泽园中的楠小殿，也想给拆卖。他们所以一到北京，就这样胡想发财，不外乎他们是他们，北京是北京，他们家的一个酱斗蓬，或是一口破缸，或是一株芭蕉，或是什么什么，偶然被邻儿弄坏了，他们有时真能气红了眼，要求赔偿，惟独北京的东西，或皇室的私产，便任意摧毁，或是任意抵换盗卖。因为他们说这是北京的，不拆白不拆，不卖白不卖。我们不拆，别人也要来拆的，我们不卖别人也要来卖的，文化？口毛！二三十年以来的北京，就在如此互争当家之下，把她已弄得七零八落，新气象看不着，旧模样多破坏，尤其内脏已虚，只余残骸，北京的庐山真面，将来只可于故纸堆中想像得之了。凡此已往的事迹罪案，都是有目共睹，有耳共闻的事，我们也就无须详细述说了。

　　本书的女主角环子，就在这种种暗淡无纪的时代中，一年又一年的长大了。她的父母，她已不知是什么样的人了，她的家乡她也不知在什么地方了。她的领家黄四奶奶，虽然没有陈七奶奶疼爱她那样厉害，因为她聪明，资质好，也不啻珍珠宝贝般那样爱护着。乐户中人，固然没什么良好教育，可是自民国以来，有一特典，是历来所没有的，就是虽然伶人或是娼家子女，也许一律受国民教育，所以南城各学校，有不少娼家女，清早起来，挟着书包去上学。黄四奶奶因为对于环子希望很大，打算使她成为一个文明的红姑娘，将来出水时也有资格索高价，所以在环子十岁那年，也把她送入学校。可是回家以后，吃过晚饭，黄四奶奶，仍带着她到班子里去见学。上等的班子，是另有一种风气的，二三等下处那样胡打乱骂的鄙风是绝对没有的。她们招待客人，因人而施，文人墨客，别有所寄的，她们也能跟你谈几句；武人财阀，打牌吃酒，也能随机应变，屈意奉承。环子自小生长在这种环境之下，见她的长辈，举动行为，时时改变，简直没有准宗旨，虽然有时以为很奇怪，又不敢说出来。当她在十六岁时，黄四奶奶便不教她再上学，为她上了清倌捐，并且把个中意旨告诉了她，她才知道一切表情说话，所以必须因人改变，无非为的是买卖，她才恍然大悟。怨不得许多阔人常说什么手段手段，没有手段，买卖当然作不好了，于是她也就大耍其手段，究竟年龄小，不是不自然，便是因为弄手段，反倒得罪了人，于她很生气：

"为什么一个人要屈顶着自己说瞎话呢？"

她几乎不愿再听她妈的话，可是无论她怎样幼稚，不能发挥自如，她的声名，她的生意一点也不因这些而有所低贬。第一，她的容姿和她的直率，只能使人爱，绝对不忍讨厌她的；其次，人人都说她是陈七奶奶的外孙女，自七八岁时就有多少要人捧她的场，如今她挂了牌，为好奇心所驱使，好逛的人，都想看看她，好像陈七奶奶一案中人，无不特别珍异，另有一种难于想像之处似的。

黄四奶奶于是乎也就借风使舵，为环子大肆其宣传，硬说关于陈七奶奶的事，环子无一不知，因为有许多秘密的事，别人不能与闻，他们向来不避讳她的。这话也有几分真实性，无奈那时环子才七八岁，无论怎样聪明，也有许多不能了解之处。可是一般耳食之流，听说黄四奶奶班子里，有这样一位陈七奶奶的嫡亲姑娘，就以为除了逛，还能听到许多秘闻，因此环子的芳名一时大噪，黄四奶奶也就直认不讳的教环子姓了陈，特别为她做了一块极其美丽的牌匾，大书"陈玉环"三字。一时黄四奶奶所经营的"玉环别墅"几乎又有陈七奶奶复活的声势，所不同者，一公一私，又无法外的举动，所以很安心的看守营业，惩于陈七奶奶的失脚，一点也不敢妄为。

起初玉环别墅并没有什么阔人，除一般好游者，无非以绅商阶级为最多，后来军政界中要人，听人传说，也就渐渐有了阔人的踪迹。环子的归宿，也就由此时而开其端绪了。

北京的政治，始终就没离开过一天军人，换了一个势力，自然也就换了一班军人，但是民国以来的军人，自要有过一个相当地盘，或是掌握过优裕的权柄，无论在朝或在野，关于"财产"一事，别人就没法来拟议了。百万千万，那都是很寻常的事，反正天津、北京、上海，都有他们的财产，住居呢，多半喜欢在北京。因为北京自变革后，王侯宅第皆新主，文武衣冠异昔时，在他们花不到一掷之数，极其完备的宅第，就很容易的得到手中。在台上的，固然花天酒地，满不在乎；失势赋闲的，一样也是富拟王侯，恣情娱乐。反正社会无论在什么时候，都是泪病与笑的交流混合体，单看一面，是得不到社会实状的。现在我们知道常常到玉环别墅来玩的，便有一位卸职的军阀，他自己只作过军长，也兼过其他税务职责，可是他的兄弟行，在军政两界，都是煊赫一时的人物。在玉环别墅里，人人都称呼他为鹿六爷，以后再没有跟他足以雁行的人物，所以大家直呼之为六爷，姓与字，从此就不提了。随六爷来开心的，自然也有不少帮闲，也无非跟着吃喝，或陪着打打牌，怎样玩法，却一听六爷尊便。

六爷所喜欢的，大家也跟着附和，绝无异议，极尽帮闲之能事，因此六爷很喜欢他们。尤其是他们默揣六爷心理，像是很喜欢环子，对于别的姑娘，虽然也一律捧场，大摆其酒，好像都是在黄四奶奶和环子面前卖弄豪华，真正目的，似乎仍在环子。但是环子此时，是正南把北的清倌，坏的声气，一点儿也没有。大凡为清倌作面子者，多半是些老名士，借以消遣消遣。鹿六爷正在壮年，还有什么耐性哄小姑娘玩吗？或者他有野心，打算想给环子成人？又不像。不但向无表示，对于环子，也是一片正经，岂止粗暴行为不曾见他发露过，甚至连一句粗鄙的话也不说。岂但他自己庄重自持，便是作襄务的帮闲们，如果对于环子有什么动手动脚的行为，或是说两句玩笑话，他都有些不豫色然，甚至径行加以制止。帮闲们很以为怪，都以为环子使爷脾气改啦，他是最好闹的，怎么忽然道学起来？帮闲中有一人名教尹梅生的，关于六爷的事，较比详悉一点，他早已恍然大悟，便预戒大家说：

"没看见啊？小心一点儿吧！玉环姑娘，已然是六爷的'禁脔'了，我们应当冲他心眼行，替他玉成此事。"

尹梅生的见解，一点也不错。鹿六爷的原配林氏，向来身体不大健强，又以金钱方便，一年到头，不离医药，她不想什么有益的健身法，打算不用动弹，只凭医药，便能使她去病延年，殊不知病不去，身不健，反倒为药物所伤，益发虚弱，到后来爽得连鸦片烟也上了。她所以不惜金钱，请医吃药根本是为得儿子，不想十数年的茹苦含辛，不但毫无效验，把身子更弄坏了。当初六爷在军中，转战南北，太太的好歹，他倒不甚关心，反正走到哪里，还苦着有枪阶级？如今下野家居，又想久住在北京，太太的不健康，倒成了他一块心病。因为他年近四旬，尚不见一男半女，在一般贫寒无产的苦朋友，尚以乏子无后为人生一件憾事，何况他弄了这么多的财产，没人继承享受，岂不白白替人家干了？六爷很熬心，置姨太太在他固然一点不费难，但是他又太挑拣，人物不好不成，不能干不成，对于太太不低首下心不成。

一般良家女子，一时哪有这样合适的，不是他不乐意，便是人家不愿意屈就。不想在玉环别墅，无意中遇见环子，一切他都很满意。他见环子虽然是在乐户中长大的，一点妓家的轻狂下贱样子也没有，好像另有一种气度。若在当年，六爷本没心管这些事的，看谁好，就捧捧她，乐儿天，完了一扔。可是现在他也说不出所以然，对于环子由心里喜爱，好像这样一个姑娘糟踏在窑子里，未免太可惜了。他向来没有过这样情绪，怎样把环子赶快接出去的事，他都没工夫去想，一味的爱环子，捧环子，自要环子说出话来"六爷！请您捧捧我那一个姐姐吧"他立刻不拨回，传下话去就摆酒。他对于环子似乎为一种痴情所魅了。帮闲尹梅生，看透了六爷的心里，知道他的太太，正在病久不育，环子人物既漂亮，身体又强健，而且又是真的清倌，这要给六爷撮合了，岂不是奇功一件？有一天他红着心便去跟黄四奶奶办交涉。

"黄老板，你看六爷怎么样，是真心捧你们吧！"

"这个我知道，不但没犯过一回脾气，这么多日子也没改地方，这不能说是我们伺候得好，六爷实在是太可怜我们了。"

"你既然知道就好，但是他所以这样捧你们，一点邪眼不挑，完全为了一个人，你大概也看出来了。"

"是吗？这我倒没留心！"黄四奶奶作了一个假笑，眼珠直转，似乎在想什么。尹梅生一见，作色说：

"你不能不知道吧，你不知道这个还开班子吗？"

"可是……尹先生，我也不瞒你，玉环是老陈家的人，现在虽然归我领着，先不问我下了多少本钱，反正关于她的事，我也得跟老陈家去商量。不过六爷若想给玉环成人，那倒好办，但是……"

黄四奶奶的话还没完，尹梅生早已把她拦住：

"得啦！三句话不离本行，你们还以为他是十年前的六爷吗？这样的事，他早已不干了，现在我跟你打开鼻子说亮话吧，六爷想把玉环接出去，你要知道，过了这个村，可没有这个店了，昭［照］六爷这样慷慨人物，恐怕不易再遇见了吧！"

黄四奶奶见说，脸上的笑容立刻消失了，倏忽间又换了一副阴鸷的面孔。

"这个我可不敢就答应，得跟老陈家去研究。"

"你别使手段，什么老陈家？她们犯得罪还小吗？六爷因为玉环太可怜了，她一定不是老陈家的人，指不定自幼由那儿买来的呢？你要一定说她是老陈家的人，于你可太不利了。"

帮闲为什么白吃白喝白玩乐，人家还得拿他们看成朋友，不敢敬错，就因为遇了事，也得够朋友，不能吃里爬外。此时尹梅生拿话把黄四奶奶一逼，她的态度立刻就变了：

"尹先生，我这话是真的，七奶奶虽然犯了罪，还有她的儿媳呢！"

"卖什么得吆唤什么，别胡拉，玉环既然由你领着，自然得跟你说，反正六爷又不是舍不得钱，你就说痛快话好了。"

"孩子跟了六爷去，我能反对吗？但是尹先生，凡事瞒不了你我，这局面完全由玉环给支着呢，她一走我就如同塌了半边天！"

"话虽如此，可也不能指着一棵树吊死，假如出了什么意外，或是她自己飞了，你能说不算吗？"

黄四奶奶见说，叹了一口气，戚言说：

"尹先生，什么买卖都不好做，尤其我们这行，有人心不成，没人心也不成。就拿玉环说，我真没戳过她一指头，也是疼得宝贝儿一样，如果眼睁睁看着她一走，我能不心疼吗？"

说着不觉落下泪来。尹梅生一见，忙安抚着说：

"别价，黄老板！你既然讲情感，我一定跟六爷去说，他的钱码起来能够着日头，还能苦的了你吗？明儿你听信，回头我就跟六爷去说，要知道这是一件好事，若是等到玉环成人以后，给你混几年再放她，她不但不感激你，恐怕要恨怨你一辈子呢。"

"那么，这算我买鸟放生，积德了吗？"

尹梅生见说，不由得哈哈大笑一阵，就由黄四奶奶的屋里出来，另到一个跨院里去。

这里即所谓玉环别墅中最雅洁之一部，时为初春，这小院里已有些暖意了。檐前挂着几笼小鸟，发出不同的声音，噪着夕阳，正房三楹，两明一暗，装饰得窗明几净。花气袭人，所有陈设，都极清洁，少掌班玉环姑娘，便以此处招待客人。晚上落灯以后，若是无酒，便随同黄老板回家宿歇，清倌身份，摆得十足。此时六爷因为时间尚早，同玩的朋友，还不曾到齐，便和玉环对面躺在里间一根铜床上，闲聊天谈来谈去。谈到玉环的身世，她并不烁闪其辞，不过谈得太糊涂，可是六爷益发知道她不是陈家的人，对于她更为怜惜。此时只听跑厅一声吆喝，尹梅生进来了，见他二人正在谈心，便在外间坐了，可是六爷早从里屋教起他来：

"梅生，屋里坐，你上哪里去了，这半天没见你。"

梅生答应着，走进里屋，玉环便站起来，给尹梅生点了一枝烟，怕他二人说什么话，随即抓个题目自去了。梅生见玉环出去了，也不拦她，便一歪身，躺在方才玉环所躺的那一边：

"六爷！您心里的事我给您办了。"

梅生一点也没踌躇，很兴会的说了这么一句，鹿六爷见说一怔：

"什么事，我心里所想的？"

"就是关于玉环的事，我以为不可再耽延了，应当赶快把它办了。"

六爷见说一笑，倒很佩服梅生，心里的事，既然被他猜破，也就不便否认，因向梅生说：

"我以为此事不可太忙，因为我不愿她们有一点勉强。"

"不然，老黄那家伙靠不住，万一她暗中捣鬼，使了别人一笔钱，仍以清倌冤人，岂不要吃她一个哑巴亏，不如乘此时还没有那样野心的客人，你就别因循了，反正我跟老黄去说，但不知您肯出多少钱，可以不可以给我一个范围？"

六爷虽然豪华，花界的鬼祟事，他还有许多不懂得的，如今见尹梅生如此一说，心里好似受辱般，有些发颤。在他以为玉环反正是他的人了，迟早要接出去的，但是这里毕竟是班子，万一受人愚弄，此亏不小，当下深然梅生之说，以速为妙了。

"梅生，你的话很对，提了我的醒，你就替我跟老黄去办交涉，钱太少了，我对不起玉环，我也不是拿钱买她，因为我对于其他女人，向来没有这样用情过，你看着去办，多少钱都成！"

梅生见说，喜出望外，心里好像说："你的爱情不是历来所没有的吗？我这个优差，也是出世以来所没有的了。"他接受了这个差使，便准备着一鼓而擒。是晚六爷的朋友，又都聚集在玉环别墅，好像为六爷和环子祝贺婚礼似的，复又大张筵宴。这一次的豪华举动，实为以前所未有，玉环别墅的十几位姑娘，一位不剩，全都以合法手续，邀集出席，客人中除了六爷旧日同寅，以陪他天天玩的朋友为最多，直热闹了一夜，方才分头散去。可是次日玉环别墅中，已不见六爷踪迹，同时玉环也摘了牌子，撤捐不干了。大家莫明其妙，方自惊骇走告，不想一星期以后，六爷已然发出请柬，在会贤堂宴客，并说明纳某氏为小星，虽然不是正式结婚，可是一切形式也不亚于结婚了。到了明日，大家前往贺喜，才看见新的如夫人正是玉环，固然人人意中都相信六老爷将来必把玉环接去的，不过照这样的电击战，却是谁也没想到，羡慕和嫉忌的，当然不在少数，也无非向六爷要求罚几杯酒，这一场披露宴，便于来宾欢呼中而告终了。

　　俗语说，"有福的逼得无福的跑。"自从玉环进门以后，六爷的正室益发衰病得厉害了。按常情，太太快病死，是新来的姨太太所最希望的一件事，但是玉环根本就没有这样的思想，她就知道六爷很爱她，同时她也得爱六爷，不但应当爱六爷，凡是六爷的一切，她也应当爱。她不计较她的地位，所以她也就不计较利害。她不拿六奶奶当敌人看，因为她说她是六爷的夫人，而且又在病着，她若不爱她，她一定更生气，病也许更厉害了。于是她对于六奶奶纯粹以同情心，敬感她，援助她，但是六奶奶在事先虽然同意把玉环接出来，及至进门以后，心里未免就大难其受，生恐玉环恃宠而骄，她的地位一定与冷宫逐日接近了。谁知事实却不照她所想的，玉环不但不知道什么教姨太太，完全是个热心肠的青年女子，看见人家受罪，比她自己受罪还要厉害。

她不但富于同情心，而且直爽性成，六奶奶早把妒意取消，诸事倒得仰赖她了。六奶奶目下也有小四十了，娘家又不在京里，脸前又无一男半女，加以宿病缠身，已成多感性的神经质，谁都不易安慰她。如今忽有玉环这样一个热心人，陪侍左右，尽心事服，就好像平空得了一个知疼着热的亲女儿，心里别提多感激，甚至教六爷不许拿她当姨奶奶看待，底下人也不许称作姨太太，径以二奶奶或二太太称之。

过了二年以后，玉环竟为他们夫妇，生下一个男孩，这是求之多年而不可得的事。三天满月，都办得很热闹，从此六奶奶因为疼爱小孩，益发把玉环就看成自己的替身，同时她的病，也到了药石罔效的分际上了。在她临危的当儿，遗言给六爷，务以玉环承乏她的遗缺，千万不可再娶了。六爷也有此心，等到六奶奶逝世百日以后，六爷与玉环又举行一回扶正的形式，从此鹿宅的主妇，便由玉环升任了。因为她直爽，有同情，当然对于下人不会刻薄的，可是谁不正经干，或是说出她所不爱听的话，或是有心冤她，她也有精神破除情面跟他们闹，甚至立刻逐出，可是对于多年老管家谭凤岐，不但不加猜忌，更兴以许多方便，所以内外诸事，比六奶奶在世时，还要整饬的多了。

六爷自从把玉环接到家中，本打算开始一个新生活，不再往花界里寻开心了，无奈许多朋友照旧向外邀他，这于玉环太不痛快了，遂于没事时，把六爷劝谏了一番，大意说，自己不幸，自幼坠身花业，因为自己不知事务，也不能自主，可是现在一切都明白了，那里头根本就没有好人，并不是人准坏，是因为教育不好，把人都教坏了。头一样，她们没有真情，一味虚假，第二样，贪财自私，永远没够。一个人把有用金钱，花在那里头，太不值了，我想外头需要金钱的苦人太多了，宁可作点善举，也不可照从前那样胡乱花钱了。六爷很受感动，心说："她自幼生长在养人的家里，都自己能改变；我为什么改不了呢，人终是要忏悔的，不如及早悔悟。"自从六奶奶物故后，他当真改变了方针。听说诗里头有这么一句"英雄老去半为僧"，出家当和尚，他自揣是办不到的，可是念念经，学学佛，也能忏悔罪业，于是六爷把狂嫖的豪气一笔勾消。因为知友里有常上居士林和大庙里去听经的，六爷也求人介绍加入了居士林，并出高价请了一龛佛像，供养在静室。又托人物色了一挂极其古旧的菩提子的念珠，时刻不离身的盘着挂着，一出门就缠在左腕上。他觉得这种生活，很有意思，不但听人讲论能开耳界，心神也觉着很安泰，他此刻别的不求，只求菩萨恕他的以往，使他克享大年，便于愿已足了。玉夫人见他如此近道，也特别安心。此时玉环已是两个男孩的母亲了，夫妇闲谈时，玉夫人总免不了一件憾事，始终不知道谁是她的真正母家，老陈家老黄家，她怎么想也不像她的母家，幼小时的事情，她大部分都遗忘了，父母姓字以及家乡住处，她都说不清了，现在身享富贵，又生下两个孩儿，自己母家姓什么都不知道，这太太怎么当来着，将来也对不起孩子，是个没有外家的少爷，多么不好听呵！所以她为此事，每每伤心落泪。六爷也没法子办，因为她自己都说不出所以然来，在北京一百多万人口中，究竟上哪里寻访她的父母呢？当然是毫无办法。可是六爷自从在居士林中听讲经论，对于因果之说，颇有悟解，他以为玉夫人的父母，不是没名姓很难找吗？我将来指不定以何因缘，也许与她的父母，重行会面的，所以他只可劝慰着他的爱妻，别着急，有此心愿，日后自有机缘来到的。

一日复一日，又过了二年，六爷信佛，并没有改变，当初一块同玩的朋友，都说他脾气变了，又不是老，才四十多岁，就入了老人班，天天玩菩提子，大家都以为他和他以往的行事，距离太远了。有一天居士林提议，想在本年中元，为惨遭非命的各地老百姓，作个追荐法会，并对于新近逃难来京的一批难民，加以救济，这样善举，当然很容易的就通过了，拟定在西四牌楼广济寺中举办。

在开会以前，六爷听见许多关于难民的报告，他觉得很惊心，固然这些难民是新近由鲁豫各地逃来的，可是他忽然想起十数年前他当军长时的事，就好像这些难民，由十年前便已逃出乡井，久已夫无家可归。

当初他军权在握，也曾驱着几万虎狼之师，展转皖北鲁豫各地，因为那一时代的风气，军队差不多没有专属，今日南，明日北，今日归甲，明日也许隶属于乙，反正谁给的钱多，就是谁的军队，但是这也无非是一时权宜，真正目的，在于不伤实力，彼此牵制着。有了地盘，则一地之生命财产，为所欲为，有了政府，则发号施令，尽出于己，为国为民的大宗旨，只不过是口头禅，谁也没作到，结果是自掘墓穴，大小无数军阀，因为太贪私，全都纷纷自倒了，但是他们并不愧赧，虽然下了野，毕竟还有富家翁的资格。

但是下野多年的鹿六爷，不知为了什么，心里忽然兴起老大的感触。很悲伤的看看现在，想想当年，始终并没改样，依然乱七八糟，形势益发危险。在当初他以为自己有钱有势就成了，脑筋非常简单。现在他用事实作证验，已自恍然，一私人怎样豪富，也是无济于事的。由辛亥一闹，直到现在，已有甚多年了，为什么没有一点眉目，还在闹着乱子，一批一批的难民，依然背井离乡的逃着。说良心话，大家实在没作正经事，所以才弄得民越穷，国越弱，直到如今，不但难民无家可归，无论谁，也是弄得岌岌可危，最后只可往有限的租界里跑，托庇外人，自己有国不能太平居住，这还是人吗？太错了，我家不应当有这么多的钱，都是抢夺来的，我必得还给他们！

他越想越悲哀，自己心事，又无可告语，他以为惟有向佛忏悔，或可减免了他的罪恶。当中元之夕，在广济寺举行法会时，他一秉虔心去参加，一切经文唪罢，主座老和尚宣读疏文时，几乎声泪俱下，因为那篇文章作得太悲惨了，把人间罪恶由于嗔恨嫉妒贪残等毒心，所演成的阿鼻惨剧，形容尽致，我佛如来，如何救世的大慈大悲，也敷陈得极为痛切，会众听闻之下，无不饮泣。此时的六爷，他反倒不能哭了，就好像坠入水山之中，浑身都水冷得麻木了。法会完毕之后，他坐了自用的汽车，回到家中，倒把玉夫人吓了一跳，他的脸已然苍白得没有血色。

"你怎么啦？觉得不舒服吗？"

"不！只觉得有点冷，我想睡一睡。"

谁知一觉醒来，六爷又发了极度的高热，好容易耐到天明，玉夫人赶紧派人去请医师，认为是受了感冒，投以清解之剂，毫不见效，以后日甚一日，热总不退，玉夫人益慌，今日中医，明日西医，人言纷纷杂剂乱投，不到十天，六爷已然不能支持了。若说外感之病，北京有那么多的中西名医，不是手到病除吗？无奈六爷所以得病之由，完全由于心病太厉害了，心理先变，所以病势甚为复杂，虽名医只能见其一二。而不能窥见全般，因此难以奏效，六爷遂以四十七岁有待之年，与世长辞了。玉夫人疼痛万分，若不是有两个孩子，几乎想跟了去。白事办完之后，玉夫人很怀疑的问老管家谭凤岐说：

"我过门不到十年，关于你们老爷以前的事，一点也不知道，但是若按他近年以来的行事而论，他是不应当这么早就死的，何况他的身体本来是壮健的！"

谭凤岐见问，叹了一口气说：

"太太！这话我可不应当说，老爷因为年青，出息得又早，未免就不喜欢听人劝。当初我随着他老人家在营里，也曾劝过，大兵得严加管束，钱虽然是好东西，也不可不顾老百姓的生活，不想那时带兵大员，都疯了似的胡干，我们老爷自然受了他们的传染，对于我的话，总以为迂远，不合时宜。自从失脚后，在北京置下产业，我以为这就可以放心了，谁知老天爷不给寿数，不到五十岁便故去了。"

老管家说着不觉落下泪来。玉夫人见说，虽然不解什么高深的道理，却以为这样的死是万幸的，不过死者没法使其重生了，今后对于两个孩子，应当好生教养，可不能再作他父亲所作的事，有了那样权柄，无心中都能作损，何况是有心。从此玉夫人带着两个孩子过日子，一切都不愁，所最不如心的，旁人家的太太们，无问老少，都有娘家，没事时带着孩子到老老家串串门，每逢年节，娘家人也都接姑奶奶回家住几天，可怜自己既没有娘家，孩子们问时，也无法对答，这于玉夫人太为遗憾了。老陈老黄家，虽然把她养大了的，可是那样的人家，避之不暇，怎好还拿她们当娘家呢？但凡一个人，都是有过生身父母的，妇人更应当有名誉的母家，可是我，她自己想着，怎么自幼就离了母家，落到不作好事的人手里，这一定因为年头荒乱，没法生活，父母才把女儿卖了的。可惜我离开父母太早了，怎么连父母的姓名都不知道呢，他们要是都有，恐怕都是五六十岁的老人了，也许又有几个兄弟妹妹。玉夫人这样想着，把好几年欲要寻访父母的心情，益发浓厚起来，几次跟老管家谭凤岐商酌，也没有好办法，最后不得已，才以寻人广告的办法试试看，不想才把广告刊出去，就被赵老二给看见了。

第七章

　　玉夫人坐在沙发上，把二十多年的事，很疾迅的在脑子里
重温一遍，十岁以后的事，无不历历在目，只有关于小时在家
的事，大半模糊，已然记忆不清了，尤其是她父母的姓氏，以
及声音笑貌，好像退色的照片，不是完全没影，但是已然认不
清了。如今听赵老二说，不但自己乳名，人家说得很对，连别
人不知道的记认，都给指出来，这要不是慈爱的母亲，还在人
世，恐怕谁也顾不到这样细节。慈母！慈母！当我与她分别时，
正不知她是怎样悲痛呢。万恶的政争，盲从的革命，结局只不
过乐了少数的人，至使人家慈母，抱不牢可爱的孩子，被人掠
卖，供人调戏玩弄，他们的罪恶应当有多大呢？唉！可怜的父
母，这二十多年的苦痛，他们一定是很够受的了。玉夫人这样
一想，两眼就觉直流泪。在太师椅上端坐的赵老二，一见这里太

太伤心了，心说："这位太太一定是热心肠，这样看来，事情一点疑义也不会有了，父女还没见面，她就先哭起来。八哥八嫂子，这就算一步登天了。可是她所说的酬洋一千元，当然也不至有什么反悔吧？"他正胡思乱想，玉夫人拭去眼泪，因向赵老二说：

"将近三十年了，不想他们还在着。方才您所说的话件件都对，乳名他记认，一点儿也不错，若不是我父母，谁能知道这呢，这是天意，教我们骨肉团圆了。不过我这当女儿的这些年竟为别人忙了，一点也没对父母尽过孝。我最恨那些忘了自家的人，谁有钱有势力，便逢迎谄媚，甚至不要自家父母，反倒管外人呼爹教妈。我想我一定有父母的，为我的孩子，我也得把他们寻着，不想今天如愿以偿了，赵先生！我很感激您！"

老赵见说，虽然知道蓝老八夫妇，决其不照环姑娘所想像得那样慈祥仁爱，可是也得替他们美言着说，遂陪着笑脸向玉夫人安慰的赞扬道：

"这是您孝心感的，我有什么功劳。您要知道，您天天想他们，他们也天天想你。还告诉您一件可喜的事，您现在还有两个兄弟呢。"

"是吗？"玉夫人意外露出喜容说，"他们都多大了，能作事了吧？我仿佛记得，在我上头，像是只有一个姐姐，我们分别太久了，已然不得她的模样了。"

"是的，不错，你上头还有一位姑娘，但是自你失踪后，你这姐姐，因为想念你，得了重病，已然夭亡了。"

"是……？"玉夫人鼻子一酸，又落了几点泪珠，"哎！苦命的姐姐！"停了一会，玉夫人望了望老赵怀疑似的问说：

"赵先生！关于我娘家的事，你都知道，怕不是光是同乡吧？"

"提起咱们的关系，我可就应当称呼你为姑奶奶或是二姑娘了，咱们原是老姑舅亲，你应当教我作二叔。"

玉夫人见说，连忙站起来，给赵老二行了一礼，教声二叔，所以玉夫人不再客气了：

"二叔，我的父母和兄弟，他们此刻都在哪儿呢，我一直把他们接来好不好？"

老赵见说，未免有些作难。谈了这半天，准知道环姑娘是位热心人了，可是一下子就接来怕不妥当。头一样那爷儿几个连一件盖道儿的衣裳都没有；第二样野马似的简直没有一点规模，一下子弄拧了就没法挽救了。我必得想法子教他们换换衣裳，再教给他们几句话才可以见面呢。想到这里，才回答玉夫人说：

"据我的愚见，你应当先给他们见一面，谈一谈，因为我的话，毕竟是一面之词，你们若是睹面先说一说，也许更知道外人所不知道的事，再说有骨肉血关着呢，你们见面之后，也许能相互发见彼此相同之点，总比听我一个人说强。"

"二叔！你何必留个心眼儿呢，反正此时我已确认他们是我的父母了。"

"话虽如此，你们分别将近三十年了，还以先见一面为是。"

"既这样，就求二叔替我想个地方，在哪儿见好呢？"

"教他们出南城来，未免太远了，这样吧，回头我在西四牌楼大街，同和居，给你定一个座，你们在那里谈一谈好不好？"

"就这样，不过得快一点。"

"但是……"老赵忽然踌躇起来，沉默一会儿，才续言道，"没有您不圣明的，他们老公母俩，此刻混得很被累，衣履多不齐全，这要教他们出来，应当替他们换换衣服鞋帽才对。"

"二叔想得对！"

玉夫人这样说着，便一扭身，向院中喊道：

"你们来个人哪！"她并没想穷人不配作她的父母。

只见方才那个老妈子进来了。

"太太有什么事？"

"你到账房就提我说的，拿一百块钱来。"

老妈子去了，不一时，拿来十元一张的花旗票十张，交给玉夫人，夫人把钱递给老赵说：

"您把这钱拿去，先给他们换换衣履，定规在哪天跟他们见面，我听您的话。"

老赵见玉夫人如此痛快，乐得心花怒放，他不但为老蓝夫妇庆幸，好像他的下半世，也有了指恃，当下很谨慎的把一百元钱装在内衣衣兜内，因向玉夫人说：

"天不早了，我跟姑奶奶告假，明天就给您送信来。"

玉夫人向他道声"劳您驾"，送到二门自回上房去了。此时管家谭凤岐把他送到大门以外，才命人把大门关上（这是近年风气，从前大小人家，白昼并不关门）。谭凤岐送客回来，刚要到自己的房子去，只见一个老妈子来招呼他：

"谭大爷，上头请您有话说呢。"

谭凤岐见说，便不回房去一时直到内宅去了。玉夫人见他来了，很高兴的说：

"不想报纸有这么大的效力，你给写得这个稿子，真没白费心，我这几年的心愿，总算达到了。方才听那位赵先生说，我的父母像是很窘，所以我先给他们拿几个钱去，教他们换换衣履，打算在同和居先见一面。我想这是赵先生所留的心眼，怕我有不放心的地方，为使教我们亲自谈一谈，如有什么破绽，也就看出来了。其实方才我跟赵先生一谈话，已然确实知道他们是我生身父母了，因为我的小名，以及记认，他们说的都对。不过我因为一心想念父母，也许有见不到的地方，你须不时替我参酌参酌，提醒我才好。"

谭凤岐见说，沉默了一会，像在想什么，然后才说：

"据我想这件事，是作子女的所应为之事，何况主人的遗言，无论谁都应当遵守。他不是教我们一定要多作些好事么，一般的慈善事情，尚且不怕花钱，何况是关系着人伦大节。但是这事与普通救济可不一样，钱可以错花，父母是不可以错认的。方才听您说，他们所提出的证据，件件都对，尤其是女子的乳名和身体上的记认，绝不是外人所知道的，这一层既已确实不疑，当然已无问题。不过既是血族，形之于声音笑貌者，彼此必有相似之处，尤其是外甥多像舅舅姨娘。后天若在同和居见面时，您把二位少爷都带去，他家若有什么少的，也教他们都带去，彼此一印证，那是万无一失的了。"

"不错！赵先生也跟我这么说，可见聪明人心眼都是很细的。你下去吧，告诉大家，关于此事，先别跟外人说，等事情完全办好，我必然登报声明的。可是先打发一个人，把社会晚报那件广告撤销了吧，再来一份，不是笑话了吗？"

"那样的事，恐怕是没有的吧？"

谭老管家笑了笑，便由上房退出，吩咐大家去了。

此时走在道儿上的老赵，几乎有登仙之感，对于卖晚报的陶小三，不知怎样感激才好，若不是他说有这么一件广告，就让我借他的报看看，也未必留心到广告，等那一千元的酬谢得到手中时，我一定得请请他。这样想着，早已行到南大街，本应当坐电车回去，忽然想到怀内揣着一百元花旗票，这票若是不幸在电车上被小绺给掏了去，抄了他的家也赔不起。他一狠心，雇了一辆人老车破的洋车，好容易才蹭到家。外面已然上灯时候，丁柱子睡了，二奶奶一个人摸着黑，正等他吃晚饭，一见二爷回来了，才把煤油灯点上，只见他笑吟吟的很为得意。此时赵老二脱了长大衣服，团着就扔在炕上，这种行事，在以前是绝对没有的，他很宝爱他的衣履，因为不容易做了。

他每逢穿一次盖道儿的衣裳，回家时必要自己折叠起来，小心翼翼的收在箱子里，今天因为心里有底，不但现大洋一千元没跑儿，再加上以后跟环姑娘一走亲戚，什么衣裳作不了，这半新不旧的灰布夹袍，还算一回事吗，所以脱下来就往炕上一扔，嘴里还说：

"得！这我该做两套衣裳了。"

说着便命二奶奶打脸水，二奶奶莫明其妙，也就带笑问老赵说：

"你跑得怎样？没碰回来呀？"

"什么？碰？听你的就糟了，果不出我所料，正是八哥那个二丫头呢。"

"会有这个事？"

"你还不信？"

老赵说着，早由小衣兜内，把那一叠花旗票取出来，就灯前一晃：

"你看这是什么？若不是她，人家肯先给一百元钱？这你就不说我是混想发财了吧？"

二奶奶一见，惊喜非常，连忙问道：

"不是说酬谢一千元吗？"

"你当是这一百元是人家给我的吗？就是人家教八哥八嫂子先换换衣履的。"

"那么你那一千元呢？"

"那忙什么，我告诉你，等他和八哥八嫂见了面，就把他们接了去享福，我对于她有功，又是亲戚理道，最低限度，也能替我拿出一笔资本，开个买卖，看那样子，她的钱可厚了。不过蓝八哥太狗矢，这出戏他不定唱得好唱不好，万一把姑奶奶给得罪了，或是教人家看不起，也许坏醋。今天晚了，明天我一来给他送钱，二来得教给他几句话。那位姑奶奶是热心肠，慈善不过的人，尤其是好脸面，像是最讨厌奸猾小气，照八哥爷儿几个那种作样，她如何看得上，所以我必得大费唇舌，好好的指导他们一番。"

"管他们那么多的闲事，你把那一千元得到手，也就算了，还跟他们一辈子？"

二奶奶打点着饭，这样跟老赵说。老赵见说，摇摇头：

"不！这是千载难遇的良机，又不是设局撞骗，人家真是亲骨肉，一点儿也不含糊，他们处好了，咱们跟着才沾光！"

"你这想头可太大了，不过据我想，人还得靠自己！"

当下夫妻两个把饭吃了。在平日，二奶奶吃完饭还得炸豆腐，替老赵把明天的买卖，全都安置停妥，才能睡觉，现在老赵正奔那一千元谢礼的事，把买卖停顿了，二奶奶乐得清闲几天，也就早早休息。老赵睡不着，又把今天怎样和环姑娘见得面，他怎样替老蓝撒谎美言着说，环姑娘怎样长得好，可惜她现在已然居了孀，她的宅第怎样讲究，用着多少下人，这要老蓝有心，把姑奶奶哄好了，不是得享一辈子福吗？就好像讲故事似的，为二奶奶学说一遍，至于环姑娘在青少年时代的事，他既无从而知，也就没法讲述了。

次日早晨，他已然知道老蓝的住处，便没走瞎道，一径到了老蓝家中，这难夫难妇也因为正等老赵来报喜，妇人并没出去作买卖，只把两个孩子打发出去了。他俩一看见老赵，就知道八九分将来好消息。

"二兄弟为我们跑了两天了，真过意不去，若真是环儿找我们，这我们真得好好谢谢二兄弟！"妇人先这样说了，此时老赵故意把脸往下一沉说：

"还谢什么？糟了！"

当时老蓝夫妇都大吃一惊，立刻都呆在那里，半晌才由老蓝嗫嚅着问说：

"那么，不是找我们吧？"

老赵假装叹气说：

"找你们倒是找你们，可是人家要究根，问一问谁的主意，竟敢把亲生女儿给卖了，教我来问你们是谁干的？人家要打官司。"

老蓝见说，吓得直哆嗦，老蓝的老婆，早已埋怨起来：

"我说什么来着，不教你卖，这怎么好？"

"可是也不怨我。"老蓝颤声说，"不是因为穷嘛，钱也不是我一个人花了。"他夫妇正在互避责任，不抵防，老赵已然哈哈大笑起来：

"好玩！好玩！你们都教我给唬住了。"

"二弟！你这是作什么？可真把我吓坏了。"

老蓝仍在惊疑的问，老赵满面堆欢说：

"福是那样好拿的，坐在家里，逍遥自在的，就被姑奶奶接去，享受无穷富贵？我这两天，不但鞋完了，两条腿也跑得生疼，我太忌妒你们了，不吓唬你们一下子，太不甘心了。"

"吓！老头子！你这么开玩笑，我真受不了！"老蓝于放心之后，这样教着，同时老蓝的老婆，也笑着说：

"我们这里直说得谢谢二弟，怎么还这样吓唬我们呢！"

"因为你们太便宜了，我不警戒你们一下，你们也许不会当心！"

老赵说着，仍坐在昨天那个小凳上。老蓝夫妇，依然并坐在小炕上，首由老蓝发问说：

"到底是怎回事，你别先开玩笑呵。"

"唉！我真羡慕你们老公母俩，会生出那样一位好女儿！"当下源源本本、滔滔不断的，把怎样见的环姑娘，说的都是什么话，以及现在她家是怎个情景，大约能有多少钱，有枝添叶的，说了一遍。二人见说，惊喜得作声不得，好像听平词出了神，最后才由老蓝的老婆叹息着说：

"唉！这是怎么说呢，她既然那样热心肠，为什么老早就守寡呢！"

"混蛋！"老蓝忽然教起来，"她守寡你还替她可怜吗？假如她要有爷们，还能由了她的兴？恐怕也就不能找咱们了！"

"喂！喂！"老赵早已把他拦住，"我所以先吓唬你一下子，就为这个，你别以为她是寡妇好糊弄，她可不精明去了，因为我一见她的面，就知道她人极聪明，性格也好像极为高傲，所以我为你们编造许多好话，你们以后在她面前需要诸多留神，千万别说没有品行的话。她好高，你们得为她作面子，把你们的习惯，一切都得收起来，等把这出戏唱好，你们也都习惯了，一切幸福，你们可就享不完了。我那两个侄儿，由于她的栽培，从此也许青云直上。听见了没有，这是我的忠告，千万要当心！别碰才好！"

"亲戚要这么走，我可受不了。"老蓝很为难的说。

"你不是和她们不平等吗？门当户对的亲戚，当然随你的便，可是现在讲不起，你当然得屈从她，你当初怎么求人来着，难道你自己女儿就不能从权吗？"

"可是我卑微苟贱，怎样不是人，我从来没勉强过，这让我把一切习性都改了，另作一回人，装模作样的唱起戏来，我如何受的了呢？"老蓝很发愁的这样说。

"可是孩子他爸爸，"八奶奶说话了，"她不是姑奶奶吗？她喜欢什么我们说什么，她好面子，我们也陪着她好面子还有错吗？再说时常有二兄弟指教咱们，也不至于出什么岔儿的。"

"八嫂子说得对！"老赵赞成说，"咱们这是唱戏，比如说她热心肠，老是想念生身父母，明儿她见了你们，一定要哭，你们不会也把她抱在怀内，乖乖宝贝的、肉儿心肝的，是哭一阵。可是千万别说'爸爸对不起你！因为穷，才把你卖了'。要说'自你丢失以后，爸爸和你妈几次想寻死，因为希望有一日把你寻着，咱们还可以快活过着。不想二十多年，没有下落，为父的愁病交加，一分家业花光了，才落得这步田地。现在好了，我们应当谢神，教我们肉骨又团圆了，哈，哈，哈，为父的快活极了'。照话剧似的，你虽在笑，应当带出喜中带悲的声音，你明白了吗？你须感动她，她受了你的感动，自然要孝顺你一辈子了。"

老赵连说带作，引得八奶奶直乐。

"二兄弟！天天听无线电吧，真像！"

"可是二弟，"老蓝随手替老赵满了一碗茶，"你的话固然不错，不过我的思想跟你不同。我以为儿女要是来还债，无论多怎也得还，但是方才你说，见面之后，应当悲痛，不可说把她怎样卖的，这个谎，我会撒。可是一时半会我还凑合，处长了，教我挺着胸脯，好像又有钱，又有势，又有学问，又有知识的老而不似的，我可办不到，因为绝对不能像！"

"也不一定教你装绅士，诸事在点心，别招姑奶奶不欢喜。"

老赵说着，由里衣内，把那十枝花旗票取出来，老蓝一见，眼睛里像冒火似的盯在钞票上。

"这也是票子吗，怎么这么大张？"

原来他还没见过花旗银行的钞票。老赵一笑说：

"这就是花旗票，走到哪里都当现洋使。"

"妈的！"老蓝口里吐出脏字，"我们的票子，时时有变，有时含着眼泪花，人家有钱的，满柜里都是这玩艺儿，当然没亏吃，越有越方便，再没说错，妈的！"

"可是你若教姑奶奶接到府里去，享了福，不是天天花这玩艺儿了吗？"

"对，对，她孝顺爸爸，也许不给毛票！"

"这一百块钱哪，是姑奶奶交给我的。"老赵郑重其事的说，"姑奶奶的意思，本打算立刻就来接你们，倒是我留了一个心眼，第一，你们衣履不齐，第二，我怕你们说错了话，所以我才给姑奶奶出了一个主意，明天或是后天，你们大家先到同和居见一面。彼此谈谈离别之情，你们照教给你们的那样作，她见你们都很有热情的，并不是自幼把她出卖，她也就拿出血心来待你们了。这一百元钱，你们先换换衣裳，要体统一点，尽今日一天要办齐了，把俩侄也带去，教他们也给姐姐请请安，过后，好栽培他们。等明天我来接你们，陪你们一同去，听见了没有？好好的刀尺刀尺［捯饬捯饬］！"

"还是二兄弟，替我们想得真周到！"

老蓝的老婆，喜欢得眉花眼笑，老赵也就把钱交给老蓝，嘱他事不宜迟，为了前途，千万精神点，别懒！老赵把诸事交派妥了，知道他这里的饭是没法吃的，只好兴辞，回家去治饿。

这里老蓝和他的老婆，却为起难来了，穿衣裳，在老蓝是最反对的，一百元的巨数，若都置了衣履，未免太可惜了，不买两件，又怕姑奶奶看不起，反正钱既到手，就有主权处治它。于是他教老婆看家，便到后门大街一带去寻觅，在一家估衣铺内，把他和他孩子老婆的形［行］头，选择了半天，凡是正在时兴的，他都看不上眼。结局，在不时兴由当铺打出的滞货中，买了一件宝蓝色半旧的库缎夹袍，又配了一件红青缎子的马褂。给他的太太买了一件蓝绸子镶青边的女旗袍。给他的少爷挑了两件毛蓝市布大褂。又把里头穿得小衣裳，随便也买了几件。算了算，不到二十元。他很高兴，教人给包起来，在肋下一挟，又去物色脚下穿的。他说新的太贵遂又到挂货铺去找。试了一双已然作废没人再穿的青缎靴子，倒很合脚，又看见一顶假珊瑚顶的瓜皮小帽，试了试，戴得，也把它留下，又给他太太买了双八成新的家做旗式坤鞋。孩子脚大，没合适的，在旧皮鞋里一挑，有两双似乎凑合，算了算，不到十块钱，他也都买了。只有袜子，没处买旧的，没法子，在洋货摊上买了四双，便累兵似的挟着这些大小纸包，哼哼喷喷、似唱非唱的往回走。刚走到他们那特殊区域，他觉得有点劳乏，要打呵欠，"不好，瘾来啦？"他一为抽一口，二为显显豪华，便走进一家私烟馆，把大小纸包，满不在乎似的，往炕上一扔，随着，他也像一个纸包似的倒下了。

"老蓝！弄来什么好货？"一个烟客问。

"什么弄来的，买的！"

"那我得看看！"

那人说着，果然把那些纸包，都给打开了。

"呀！这是唱文明戏的行头吧！你那儿弄来的？"

"你买这些，有什么用处？当破铺陈怪可惜的，卖，没人要！"

"你们这种人，眼皮子太浅，这是买来为我们自己穿，要看一家亲戚去的！"

"怎么着？你有亲戚啦？这么多年，没见过你有什么亲戚呀！"

"他这话也许是对的。"另一人说，"前天有一位很胖的人跟我打听老蓝，说他们是亲戚，我才指给他老蓝的住处。"

"可是这么着，老蓝！"那人反跟老蓝说，"你若有了好事故由儿，你可别忘了老邻居！"

"那是一定，咱们好好的得喝喝！"

这才大家不跟他闹了。老蓝没敢露他的钞票，因为腰里装的关系，多吃了两个烟，昏昏沉沉的，在烟馆睡了一个觉，才回家去。老蓝的老婆一检点他所买的东西，有些不满意，想起当初她一过门时那些嫁妆，以及她婆婆那些衣裳，就未免伤起心来，埋怨着说："但分有点心，那么多的衣裳，也不能一件不剩呀，现在反倒买这样的估衣穿，人家都穿剩下了，并且也不合适！"

"你又在作老梦吗？"老蓝又对于老婆发起威来，"依着我就这样去见她，她爱认不认，不过赵老二跑前跑后，说得给姑奶奶作点面子，又先拿来一百块钱，我才买了这么几件衣裳，事情还不知道怎样，难道把这一百块钱，都买了衣裳？反正我得赚她点，别管怎样，绸缎里到底总比我们现在这样的打扮强的多。我的，你不用管，你的，若是不合适，你自己收拾收拾，这么大的老太婆，难道还穿没有袖子的大坎肩吗？"

妇人没法子，只得把衣裳试了试，衣肥人瘦，晚上在灯下把腰身杀了杀，才将就能穿起来，鱼格水格，自从降世临凡，也没穿过一件整洁衣服，不但没此欲望，也没有此项知识，如今由里至外全换了，而且穿上革履，自己以为很美，好看不好看，表现着什么职业身分，在他们是毫不顾及的。次早赵老二来了，报告他们说：

"我跟姑奶奶说好了，今天正午在同和居骨肉团圆见面，你们都预备好了吗？"

"二弟，你擎［赇］好吧！"

老蓝说着，把孩子喊来，先给赵老二见个礼，赵老二看他

兄弟俩，身体倒像很结实，大概因为胡吃，弄得又黑又瘦，一
点也不水亮，请安和鞠躬，一样也没弄对，毛毛姑姑的，又粗
又野。赵老二拍老腔，忙问鱼格水格说：

"你们俩人老大不小了，得懂得规矩，回头见了你们的姐
姐，你们得这样请安。"

说着作给他们看，这俩楞小子，惟有笑，一点儿也没往心里
去，老赵又教他们把衣履都穿好，有不是处好指拨他们。

老蓝把衣履现宝似的往外一拿，老赵便直摇头，心说："老
蓝可太难了，不如我替他们买了。我为明心，才教他自己办，
怎么弄这一些破烂来，那末是布的呢，也得是现在活人穿的，
这不成寿衣寿帽了吗？"没法子只得教他们穿上看，两个孩子
倒没什么，皮鞋、蓝布大褂，却像两个印度青年，新到北京来
留学的。八嫂子光梳头，净洗脸，穿上带青边的蓝绸夹袍，倒
好像一位旗装老太太。惟有老蓝，穿上这身衣服，应当仰卧床
上，等着大家给他来吊丧，满街一走，准得有人疑为尸变，现
买也来不及了，打算给他改一改。

"我说洪哥，你把这双靴子脱了，成不成？"

"怎么着？你跟我开玩笑吗？"

"谁跟你开玩笑？"

"那末，你为什么要给我脱靴子？"

"你这人那，没正经的，就会胡聊，你也没看看现在谁还穿
靴子！"

"不，靴子冠冕！"

"不成，赶紧把它脱了。"

"那我可得穿破鞋去，脚下没鞋，穷半截，不是更难堪了？"

老赵没法子，只得依他，等到外面快过十点钟，老赵便吩咐他们说：

"咱们走吧！别看姑奶奶先去了，她这回是来叩见父母，同和居就如同你们临时公馆，所以你们得先去才好！"

"对！对！"老蓝说着，跑了出去，求接房们替他看看家，这才回来。一家四口人，随着赵老二，就好像正月里跳秧歌的，很不自然的走出巷口，惹得这一带的贫民，蜂拥般跟着看，都说老蓝一家抖起来了，听说是有了好亲戚。在此时，这一带的人们，还不知道老蓝卖过女儿，更不知道他的阔亲戚，就是当初他所卖的女儿，可是在不久以后，人人都知道了，并且在老蓝的一生史迹中，又好像添了一座纪念碑似的，垂之不朽了。

他们走到哪里，都有人很奇异的跟着看，老蓝见了，并不以为人家是看稀稀罕儿，反倒向老赵自夸说：

"二弟！你看见了没有？这些人，怎么这样不开眼，看见我们穿两件好衣裳，就这样追着看！"

老赵也不能为他点破，心说，这可不好，赶紧雇车，无奈寻不见一辆骡车，没法把他装起来，只得招呼五辆洋车，告诉拉车的，快一点，多给钱。五辆车飞也似把他们拉到同和居，教柜上付了车钱。掌柜的有眼力，因为他看见过，急忙过来，先向老蓝鞠躬致敬，居然以"爷"呼之，他知道在二三十年以前，有爵有官的贵族，都是这样装束，不但老人，年青的也多有穿缎靴的，为是显得官派。看这位爷，也许是从前的公伯王侯，所以还是穿他的老衣裳。老蓝见掌柜的尊他为爷，更端起来了，迈着大步，走入后面雅座，他的老婆和孩子，都一言不发，只凭赵老二指挥一切。

老蓝虽然好吃，较比有名的馆子他可不敢尝试，如今在雅座中一坐，只见家具整洁，满壁书画，好像到了另一天地，他心里说：

"人人都有嘴，原来吃的地方却不一样，妈的！这回真教丫头接去享福，老子手里有钱，也把这一类的馆子吃一吃，别竟教他们乐！妈的！"

这时伙计打手巾，斟茶摆瓜子，拿烟卷，最初的过场伺候完了，伙计退下，赵老二因又嘱咐他们是说：

"再待一会儿，姑奶奶可就该来了，别忘了，照我所教给你们的话说，千万不要慌张失措，反正是亲族骨肉，虽然乍见面，越亲热越好，为是表示你们在天天想她！"

"二弟！没错儿，我会说！"老蓝吸着炮台烟，喝着香片茶，嗑着瓜子，毫不在乎的说。八奶奶和两个孩子，因为自来没交往过，连红白事都不会有一回实地经验，如今用衣履一拘，坐在台面上，未免有些不大好受，心里直打鼓。就在此时，只听前面发一声喊，忽有一个伙计跑来回道：

"赵老爷，客到！"

他们见说，都紧张起来。

第八章

　　玉夫人得了赵老二的信，说今天在同和居就可以和生身父母见面，许多年的宿愿，一旦克达，心里万分高兴，从此自己也有了娘家，孩子也有了外祖父母，没事时，携带着孩子，陪同二位老人，一逛东西两大市场，吃吃饭，听听戏，不但名义正大，而且还尽了孝心。自从六爷故后，她很觉寂寞，虽然走亲交友，很为自由，无人限制，究竟是侧室扶正，与六爷有来往的，皆知其出身，肯于和她平等交际的，也多属于姨太太阶级，她很不平："为什么当过姑娘的，就这样低微呢？"以她那样性格，当然不服气，何况她的意识中，准有生身父母，她在幼小时，必是被人拐卖的。有了娘家，不但为自己为孩子，能赚许多面子，住住娘家，陪着老人逛逛，也比胡乱应酬强。她长时间抱着这样念头，如今忽然听说自己父母有了下落如何不喜呢？

　　她在昨天晚上，就告诉了两个孩子，明天带他们看看老爷老老去，这两个小少爷，自来就没住过老老家，虽然鹿六爷的前室的母家，也就是他们的外祖母家，一则住得远，二来对于妾生子，究竟不如亲的外孙了，未免有点轻视，所以一向也没接过。对于续姑奶奶，简直就算没那回事。没有老老的孩子，常问妈妈，心里虽然难过，只得用话冤孩子，现在已然明明白白的告诉他们，明天看老老去，如何不高兴呢？起床以后，便催着玉夫人快走。

　　"傻孩子！也得吃点东西，收拾收拾再走哇！"

　　用话哄着他们，早饭吃过，玉夫人淡妆素服，教老妈子把两位少爷也打扮打扮。好容易才盼到巳分时，暗恨自己，不应当听赵二叔的，订那么晚，看看手表，已有十一时半，这才命人去教车。原先有六爷在着，他们原有自用汽车，自从六爷故后，玉夫人不大爱出门，便把汽车废止了，好在有熟识车行，一个电话就来。

　　不一时，仆人来说，车已来了。玉夫人和两个孩子，另外带个仆妇，教老管家谭凤岐也跟了去。出门上车，老管家和开车的并坐在前面，告诉开车的上哪里去。汽门一开，车动轮驰，没多大工夫，已至同和居。

　　玉夫人此时也有点心跳，下车和走进馆子里，都好像无意识，她不知她的父母是胖是瘦，是健康是不健康，因为这些，她都无暇悬揣。但是在她的脑筋里所想像的生身父母，必是极其慈祥，而且令人可敬的两位老人家。当她脚步不稳，心里突突，向后院走着，老妈子和老管家，带着两位少爷在后面默默跟随。此时赵老二早已迎了出来，只见玉夫人的装束，与前日在宅里所穿的衣服差不多，一见就知是一位极其有钱的青年孀妇，装饰品，并不见一块翠玉，一片黄金，可是她耳边那两颗钻石，已有二三万元的价值了。

"姑奶奶来了，请吧！"

老赵带笑，向她周旋，并且很恭肃的往屋里让，玉夫人因为心里发酸，喉中似有所梗，也没说话，只向老赵微一鞠躬，便先走进屋中。老蓝和他的老婆孩子，也早站起来，他们虽然听老赵说，环姑娘已然出落得怎样好看，只不过是想像，如今一见，俨然是位二十多岁的素美人，一点也不像三十多岁的人，他夫妇不觉一惊。同时玉夫人也一怔，她倒没管他们的服装，只一对面，便大出意料以外，只见他们又黑又瘦，面色眼神，不但没有一些慈祥样子，反倒有说不出来的卑俗之感，当时心下自问："这是我的父母吗？"在此刹那间老赵开言了。

"姑奶奶！这就是你的父母，也是你天天所想念的，他们为你把身子都想坏了。"

又指着玉夫人，向老蓝夫妇说：

"八哥八嫂！这就是你们寻找多年、毫无下落的环姑娘。今天是你们骨肉团圆的好日子，还不好好的谈谈心吗？哈哈哈！"

"孩子！"

老蓝的老婆先教了这么一声。这一声，不但把方在怀疑的玉夫人惊醒，不再疑心，连在院中等候的谭凤岐和老妈子少爷等，也都一惊，原来这妇人的声色，本来是和玉夫人一样。不过她老了，又在街上，时常喊着，自然粗了许多，可是天生音色，终归是不能淹灭的，何况她不是不疼儿女，忽然想起前事，便不觉悲痛起来，鼻子一酸，心里一痛，所出的声音，好像出自玉夫人之口，一般不二，这个理由，就因为玉夫人的声色，完全秉自母亲的遗传。这时候，不但是玉夫人，不再多心，连窗外的老管家也点头，以为绝无疑义了。

“孩子！孩子！”

八奶奶又这样连教着，底下的话，本想说“我对不起你”，忽然想起老赵的叮嘱，才改口说：

“孩子！这么多年，你竟在那儿来着？你可想死娘了，过来！娘看看你！”

但分有点儿社会常识的女人，丢失或被父亲卖掉的孩儿，那还用问，不落涸为娼，便是被恶势力所玩弄了，就好像鲜花，洁洁净净去献佛的也是花，烟熏气闷，圈在帐子里，供人玩嗅的也是花，花虽一样，运命各有不同，女子也是如此。可是八奶奶无此观察，也无此常识，她以为她这末穷，都没想过卖肉奔吃穿的事，从三十多岁便以血汗吃饭，何况女儿这样阔，更不会走过邪道儿了，所不知者，这多年竟在何处而已。这一问很教玉夫人难于答复，急得老蓝，拿眼睛直瞪她，此时玉夫人酸酸楚楚走近八奶奶：

“妈！反正您不用问啦，女儿这么多年，身体并没受罪，也天天享福，可是精神上，也感受很深的苦痛，所以时常想妈，人是不可以没有妈的，妈！妈！您抱抱我吧！"

这些话，八奶奶也不大明白，因为她根本不会说这样的话，但是她听着也很伤心，疑惑她受婆婆的气。

"孩子！你不知道吗？多年媳妇熬成婆，你这不是熬出来了吗？没拘没管的，好孩子！别伤心！"

说着伸出劳动惯了的又黑又瘦的手，把玉夫人一抱，坐在一张长椅上，玉夫人也就靠在娘怀，仰着脸，看着她的娘。八奶奶在从前是什么模样，她已完全不记得了，可是环姑娘的模样，由八奶奶一端详，小时候的面影，多少还能辨认几点。就让八奶奶怎样不成人，没有志气，乍见着离开自己多年的亲生女儿，也不能没有感慨。在这刹那间，她把谁穷谁富，早已置于九霄云外，只觉得这么大一个女儿，又归到她的怀抱，使她太喜欢了，不过又自惭，为什么当初不跟男人打架呢？抵死也不许卖，这么好的姑娘若是由自己养活这么大，为其嫁夫找主，生了外孙子，享了大幸福，我这作妈妈的，应当怎样体面有名呢。这妇人关于人生所有的道理，她并不是根本不知道，她能思索，也能讲说，不过在实行上，她的意志便不能自由作主了。这正如佛书所说的譬喻，自己没勇气，不肯实作，可是一心意想得好结果。她怕日后环姑娘不跟她一心，由现在她就拿定主意，环子日后若是跟她爸爸好，她就给他掘根，问问他这么好的姑娘，他为什么给卖了，这要始终不知道下落，岂不心疼死了人！她抱着环姑娘，正自这样胡思乱想，老蓝那边，已然等不得了。

"姑娘！爸爸在这里呢。你跟你妈亲热够了，也该看看爸爸呀。爸爸这么多年为你把一身肉都愁掉了，爸爸从前并不这样瘦，因为你一丢，爸爸几次不想活着。但是我若真死了，我又怕一旦你要有了下落，爸爸也就看不见你了，所以才勉强活到而今。好姑娘！你也来看看你爸爸，爸爸但能于有生之中，再能见你一面，虽然立刻口眼一闭，我也甘心了。哈！哈！哈！哈！我太喜欢了。好姑娘！你来看——看——爸——爸——吧！"

他当真照赵老二所教的，逼真演出来，在末了一句，真带出悲惨的哭音，老赵一听，暗自夸奖，心说"不错，有门儿"。这时玉夫人心房震荡，听见老蓝这样很凄惨的直教她，已然不能再跟母亲相偎着了，当下由八奶奶的怀中站起，走近老蓝：

"爸爸！"

只说了这么一句，便倚偎在老蓝的胸前，老蓝用左臂擎住她，遂用右手抚着环姑娘的秀发：

"姑娘！别伤心，咱们都应感谢神佛！使我们又团圆啦，爸爸喜欢，你也应当喜欢，这么多年，爸爸没一日不想你，果然就感动神佛，教你登广告找我们，这是你的孝心，你的孝心，一定长久不变，我们以后常常在一起，在一起，永远不再分离了……"

"爸爸！"玉夫人抬起头来，"女儿愿意孝顺爸爸妈妈，永远在你们的膝前，就请您放心，没人敢再欺负你们了。"

"是的！爸爸自你走失后，受了不少的欺负，甚至被土匪拆了我的房！"

赵老二见说，暗自骂道："亏心亏心！人家把房给你拆了？"此时在院中等着见外祖父外祖母的两位少爷，已然耐不得，那小的隔着窗户，教了一声"妈！"赵老二才把他们想起来，心说，"我就怕饭座多，才规定在白天，老蓝的嘴，指不定说什么，把人招来一看热闹，倒不好意思。"于是从旁劝道：

"姑奶奶！休息休息吧，你们的别情，已然诉过了，大家请坐，随便谈谈吧，少爷们在院中还等着拜见外祖父母呢。姑奶奶说句话，也该教他们进来了。"

老赵这样一说，玉夫人也想起两个孩子还在院中，可是她还没好好的看看她那两个兄弟，当下她止住悲怀，先请她父亲也坐在那张柔软的沙发上，和八奶奶一左一右的，平坐着，这时她才带笑指着鱼格水格问老赵说：

"他们就是我的兄弟吧？"

老赵见问，好像自责似的说：

"这是怎么说呢，我太忙了，把二位老贤侄给落下了。过来！快给你姐姐请安。"这两个小子，野蛮惯了，同情心根本就没培养出来，可是照他父亲那样作戏似的说假话，他们也不会，只不过漠不相关的看热闹，如今忽听老赵一教他们，倒有点遍体不安。若不是预先由老赵对于他们略施训练，这个节文之礼，所以表示文明人类者，他们真不知作揖请安或是鞠躬，到底是怎回事。没法子，向常也没听说过的姐姐到了，见见吧，老赵又直说"请安！请安！"他二人这才像是机器人似的，一齐向玉夫人请下安去。

也实不易，到底弯了弯右腿，姿势的美丑，也就无须苛求，反正在他们算是请了安了。其实玉夫人根本就没注意他们怎样请安，眼花儿似的，一心看着他们，又喜欢，又纳闷，不想和父母离别这么多年，家里又添了这样两个大兄弟，使父母晚年有靠，这是多么可喜的事呢。大凡作姐姐的之疼爱弟弟，乃是出于天性，不过这天性，是有限度的，就是兄弟可别娶妻。一旦弟弟有了妻室，因为其他小故，把对于弟弟的爱情，便逐日减低，甚至不爱，而改为诅咒，玉夫人恐怕也不能例外。这时她怎么想，怎么看，都觉得这两个兄弟，是母家两个活宝，也是她所应当疼爱的。尤其使她纳罕称奇者，这两人的眉目和口辅，有许多地方和她那两个孩子，极为相似，只不过这两个太黑，那两个是白的。

"你们俩人多大啦？"

玉夫人笑容可掬的向他们问。

鱼水二弟兄，怵怵怛怛，痴笑着，使了半天的劲，才答出来一个十九一个十七，其实鱼格已突破二十，这是老蓝故意教他们少报两岁，好容易得到姐姐的怜爱。

"你们都上几年学了，这是练体操练得吧，瞧！多黑，黑的皮肤，才是健康的表征呢，但是你们可别胡吃呀，瞧！你们俩人都不胖，得注意卫生！"

玉夫人误把他二人当作了现在中学读书的中学生，所以才这样不肯示弱的教训他们。这两个呆笑不答，关于学字，极端在厌闻，好像肚里骂着说："王八蛋才上学呢！"老赵怕他二人自露马脚，只得替他们解围：

"他们上过几年私立学堂，也不知道是怎么学的，老不爱说话，这就好了，等日后姑奶奶多栽培他们吧。时候不早了，别教少爷们候着了，见见老爷老老，好开饭那！"

玉夫人见说，这才向外面教道：

"你们都进来吧！"

鹿宅少爷真有规矩，听母亲发下话来，才敢进去，自然谭凤岐和老妈子也都随着来到屋中，此时老蓝夫妇端坐在上面，好像办寿的老寿星，等着家人们来参拜，这时玉夫人命令两个孩子说：

"植德修慧！快给你们外祖父祖母磕头吧！"

这两个孩子的名字很新鲜，像是和尚法名，原先他们叫得胜、全功，后来因为鹿六爷信奉了佛法，求人给改的。老蓝夫妇一看这两个孩子，细皮白肉，眉目之间有地方颇像鱼格水格，心说"这两个孩子是环子养的"，可是嘴里直拦：

"别磕头别磕头！"

两个孩子，奉了母命，已然磕下去；老蓝自来也没享过这种家人父子之乐；鱼格水格自有生至今，也没给父母磕过一个头。此时的老蓝，真不知置身何地，又是喜欢，又是拘束，不知怎样才好。二位少爷行完礼，管家和老妈子也要行大礼，卒被赵老二给拦下了，每人请了一个安，二位少爷又见了舅舅，这才大家随便谈话。老赵见时候不早，喊来伙计，收拾台面，命他们开席，姑奶奶特别喜欢，教开一桌燕菜全席。

论人数，固然够坐一桌席的，可是谭管家和老妈子，拘于

规矩，是不能坐下的，老赵怎么让他，他也不肯，结局是老蓝
一家四口，玉夫人带着两个孩子，还有赵老二，一共八人，围桌
而坐。老妈子照顾着两位少爷，还带伺候着八奶奶她的主母，
谭凤岐本可以退到柜房去随便休息，因为有心看一看蓝老八的
品行，打算在旁边假称伺候，冷眼观察观察，所以并未退去。
老蓝固然是想不到人家在伺察他，即或想到，美味当前，他也
就顾不了许多。何况他平日下作无比，见了好吃的，格外眼红，
加以今天自早晨起来，直到现在，并没吃什么，他早已饿了，
上个菜便匙箸交加，嘴里吃着，眼睛还瞪着，咂嘴鼓舌，状极
可笑。这些菜他多半不知名，只觉好吃，但也有时表示不满，
以为没有他所吃的驴马肉香。鱼格水格，自来胡吃惯了，有学
生之放肆，无学生之气概，吃没吃样，坐没坐样，这些都是谭
老管家默记于心，而认为大有研究之必要。蓝八奶奶身量小，
胳臂又短，袖子又肥，挟菜颇不容易，她只得承现成，好在有
环姑娘和老妈子常常为她布菜，虽然吃了不少，倒没显出怎样
下作。在玉夫人只图尽点孝心，举家快乐一日，除了欣快，更
无他意，所以在席间有说有笑，旁的事，她一点也没留神。

　　这一桌席，一共吃了两个来钟头才完，可是菜多人少，没
吃光，老蓝一见剩这么些菜，他有些不舍，偷偷的问赵老二说：

　　"二弟！你看，剩这么多东西，回头我们把它带走好不好？"

　　赵老二一摇头，没理他，却向玉夫人请求发话，教管家和
妈妈儿，也该用饭了，玉夫人这才教他们在别屋随便要着吃，
并没教他们吃残席。老蓝肚子里直鼓气，又不敢说，心里自估

计：“要是我，就教他们吃剩的。”不一时，管家们也把饭吃了，账，他也给算了，赵老二怕老蓝言多语失，才跟环姑娘说：

“姑奶奶！今天你们骨肉团圆，太可贺了，姑奶奶出来这么半天，想是累了，请回府休息休息吧，明天我到府上去请示。”

“二叔哇，您就多分心吧，本来我应当把我父母送回去，我又怕他们不肯，好在我回头就预备怎样接他们，您明天千万到我家去一趟！”

玉夫人这样向老赵说着，又转向老蓝夫妇说：

“老爷老老，我今天不陪你们回去了，我回家赶紧预备房子，办好了，就请二叔给您送信去。”

“姑奶奶！你别费心。”八奶奶要落泪似的说：“我们既然见着你就够了！”

老蓝没说话，只是直点头，好像赞叹环姑娘太孝顺了。此时伙计回说，车已来了，玉夫人这才带着孩子管家们，仍坐汽车回去。

“二弟呀，成功了！”老蓝差不多要打飞脚，立刻就脱他的行头。

“你受点屈成不成？”老赵忙着拦他，“再说你的地位与前不同了，家里外头，都得体统点。”

“不成！我受不了，连吃带喝，出了一身汗，这冤人虎事的行头，我非脱了不可！”

老蓝说着，到底把长衣裳脱了。

“咱们这就要走了，你还脱衣裳作什么？”

"我渴！"

老赵只得教伙计泡壶茶来，伙计一看老蓝，非常可乐，半旧的汗衫，真教汗给湿透，脚下可穿着两只缎靴，倒像刚唱完戏的名角，在后台休息着，老赵怕他这样一走，更得招人看，等他落落汗才劝他说：

"洪哥！你把衣裳还是穿上，咱们该走了。"

"走？还有事呢！"

"还有什么事呀？"

"那末多剩菜，就不要了吗？"

"那还管它吗？"

"不成！拿回去，教二妹妹和丁柱子他们娘儿两也开开斋！"

"怪不好看的，不要！"

"稀的，咱们不要了，拿干的，你别管！"

老蓝说着，扯开嗓子喊了一声"伙计！"

"什么事？"跑来一个小山东儿。

"喂！你把刚才我们吃剩下的烧鸭子、片火烧、鸭架装，还有些鲜果子什么的，都给我包上，最好用蒲包给包好一点，我想送礼！"

饭馆子管包吃剩的，也管送，可是拿吃剩的送礼，却是头一回听说，所以小伙计也笑了，连说"是！是！是！"给他照办去了。伙计去后，老赵直埋怨他：

"你这是何苦，教人家馆子，也怪可笑的。"

"不管他们，你要知道二弟妹成天跟你受累，赶多怎才吃一口烧鸭子，我这是拿善会面行人情，你还是别谢，这都是姑奶奶的。"

说罢，哈哈一笑。小伙计果然给他拿来一个头号的大蒲包，他这才穿上衣裳，教鱼格提着蒲包，然后又跟老赵说：

"趁着我们有行头，到你那里串个门，看看二弟妹，以后我能来不能来，就说不上了。"

"好吧！"老赵说，"这里离我家近，你们就到我那里歇一歇，我还跟你们有话说。"于是赵老二和老蓝一家一同出了同和居，北行不远就到了新街口。

老赵也黏出去了，有人瞧就有人瞧，他们滴达着到了老赵的家里。二奶奶万没想到他们会来，好在是老街坊，又是亲戚，没换衣服鞋脚，他们也不能笑话。其实二奶奶想错了，他们根本就不会笑话人鞋脚不干净，光着脚，拖着鞋，也没关系，他们彼此见礼之后，说几句寒暄，二奶奶问八奶奶说：

"姑奶奶好哇？这你们老公俩就要享福了！"

八奶奶还没答言，老蓝早抢过去：

"她好！赶多怎我带着她给二弟妹请安来！"

二奶奶微微一笑，老赵说：

"我忘了，你快给洪哥道谢吧，那蒲包是送给你的！"

"弟妹！你千万别谢，回头你吃的时候，别骂街就成了！"

二奶奶也不知是怎回事，此时老蓝忽然打了一个呵欠，忙就老赵耳边问了一句话，老赵一摇头，他早已跳起来，催着老婆孩子赶紧走，原来他喝多了，犯了大烟瘾。

第九章

　　玉夫人由同和居回到自己家里，高兴得不可以言语形容。因为这十来年，她受了不少的刺激，听了不少的坏话。当初她落到陈七奶奶家中，因为年龄小，什么也不懂得，连陈七奶奶所作的事，是好是坏，她都不知道，何况她本身的事呢。以后又落到黄四奶奶手里，虽然上了清倌捐，当了妓女，依然是一片天真，既不知自己怎样贱，也不知别人怎样贵，既无机心，更无诈术，老天爷所赋予她的一片热心，老是很炽烈的燃着，无论老鸨们怎样往坏里教她，她的天生本性，始终是改变不了的。

　　她嫁了鹿六爷以后，她也不以为是时兴的姨太太，理宜跟大太太干一下子。她只知她也是一个人，人家待她好，她更应当待人家好。可是一般人不照她那样率直无分别，老不免有偏见。尤其是走亲交友，显然分出许多不平等，许多品级来。一般都是富贵的，再不能拿钱势作比较时，未免就要考究出身家世，辨别谁高谁低。至于没钱的呢，甚至有不顾本族是否清白，一味追求营局。心里对于所逢迎的人，虽然在轻贱着，口里却是十二分的拍马恭维。至于人类相互的赤诚，却一点也不讲。玉夫人自从二十岁以后，作了鹿宅主妇，把不正当的人情，真是体得了不少，有六爷时一个样，没了六爷又是一个样。幸喜六爷的兄弟亲族等，都是马上创业英雄，各人都有千几百万的家私，不然的话，玉夫人还很危险。现在人家既没看起她的财产，更没看起她的出身，一个窑变太太连准娘家都没有，怎能跟她平等来往呢？就教她带着两个孩子，爱怎么过就怎过吧，好坏都由她。因为她那几位妯娌，好像都有相当母家，不是土财主的女儿，便是暴发军阀的小姐。惟独她是窑变，连准姓都没有。她受到这样无情的轻侮，如何不气愤呢？至于抢着和她有来往的，都是因为她有钱，安心想得点什么好处，希意承旨的诌媚。这在玉夫人的天性上，都是以为极不合理，而难以容忍。

"窑子里的姑娘就如此被人轻贱吗？"

她悲愤得几于无法遏制，尤其听见邻家某某太太某某媳妇又往娘家去了，几于使她要哭，想母父，想娘家，想兄弟姊妹，想了十多年，最后决定了登报寻访，都是由于所受刺激太深。她所以必欲得到她的真实娘家，固然不是希望她的母家怎样富贵，怎样有势力，自要父母慈祥，兄弟肯向学，由她的财力，把他们培植成人，在社会上有了地位，这就称了她的心，圆了她的颜面。现在她的理想初步，已然达到了，她如何不喜呢？

她到家以后，换换衣履，略事休息，即命人把谭凤岐请到上房，指着孩子，也称他为谭大爷说：

"谭大爷，我以为此事没有什么疑惑了，你以为怎么样？"

"我也这么想。"谭凤岐回答说，"方才我在馆子留心体察，有好些地方令人以为必是，尤其是二位少爷长相音声，简直和那二位舅爷差不了许多！"

"对！方才王妈也跟我说，我的声音跟我母亲的声音，简直是一样，我打算要把西院那几间房给收拾收拾，就把他们接来住好不好？"

谭凤岐见说，沉了一会儿，才回说：

"那末办也未为不可，不过亲戚是亲戚，本家是本家，打算望长久远，还以分住为宜，假如日后再由这里搬出去，倒觉不好看了！"

"我们彼此都想念了这么多年，难道还有什么生疏吗？"

"但是您要想，二位舅爷都那么大了，一旦成家授室，情形可就不一样了，不如最初就给他们找一处比较合适的房子，您带着少爷不时到那里串串门，我以为这就算情至义尽了，反正一切得由您照应他们，何必一定住在一起，您不是老以为没有娘家为遗憾吗？如果住在一起，一家不一家，两家不两家，究竟是不大甚对，您自己都得参详参详。"

玉夫人低了一会头，很以为谭老管家所言是对的，父母好办，兄弟媳妇是不好办的，遂即向谭凤岐说：

"不错！还是谭大爷想得周到，那么就教谁给找找房子吧，得像点样，最好在西单牌楼一带，我去着不远不近。还有一件事，广告上所开的一千元酬谢，我不能说了不算，何况赵先生也不像有钱的人。告诉账房，把那笔钱，给预备出来，等日后有机会，我再帮他一个忙，他的后半辈，也就不必发愁了。"

谭凤岐见说，退了下去。当日鹿宅内外，都知道了上头太太，访得了生身父母，据说，那位老太爷，在前清像是作过大官，直到现在，还爱穿缎靴呢，当下众下人都到上房给太太道喜。本来平日玉夫人待下恩宽，为了买服他们，不得不多花钱，如今见他们纷纷道喜，每人又赏了四块钱的喜钱。次日老赵来了，这次与前两次大不相同了，进来得很容易，门房上的人，都很招待他。没多时，玉夫人把他请进去，告诉他已然派人去物色相当的房子，务请转知那老公母俩，暂且屈候两天，房子有了，由家里再把不用的家具搬了去，一切收拾停妥，他们就可以搬进去住，也无非几天。说完这话，玉夫人教老妈子把备好的钱给拿来。

不一会，王妈直去直来，由上房给取来一个报纸包，交给玉夫人。玉夫人接过打开，老赵一见，眼睛里已然像灯烧似的要冒出火来，只见正是一搭现洋票，用白纸条束着，纸条上有铅笔字码，写得是"1000"。只见玉夫人把这束票子，略微看了看，带笑向老赵说：

"二叔！您太为我分心啦，这笔钱，我不敢说酬谢您，我若有兄弟妹妹什么的，您给他们买点心吃吧，好在往后日子长着呢，您若没钱花，只管跟我说话。您若想作买卖的话，也别为难，我给您拿本钱。这一千元，无非是我一点小意思，取个信息而已，请您把它收下吧！"

说着把钱放在老赵坐处那边的铁梨桌面上。老赵自从那天看见报，就没忘这一千块钱，今天一见，钱已放在面前，自要说一声"谢谢姑奶奶"就可以把钱揣在怀内，但是老赵的脑包，决其不是那样简单的。他由初次到了鹿宅，见了这位姑奶奶，他就把那一千块钱看淡了，他以为环姑娘大权在握，而且性极慷慨，要把她恭维好了，不教她讨厌，以后几个一千元得不到？如果由她给拿出一笔资本，我和洪哥合股作个买卖，下半世的生活，也就无须多虑了。何况现在他又听环姑娘说，这不过是小意思，以后还打算为他拿本钱作买卖，他更以为他的思想，一点也不错了。眼前的一千块钱，虽然有些难割难舍，有心揣入怀内，又怕环姑娘说他小气贪财，难托以大事；欲待一文不取，纯尽义务，自己手内又无富余，加以好多日没作买卖，又搭了不少车钱，就让好处在后头呢，目前损失，他也真够受的。没法子一横心，来个折中办法吧。

"姑奶奶！咱们既是这样亲戚，我是理应帮忙的，钱，实在提不到，不过近来我也有点亏空，好在不多，这样吧，您这钱我若说一点不要，未免辜负您的心，我拿一半吧，等我将来用钱时，再求您帮忙。说着，由那束钞票里，自行数出五百元，把剩下的五百元，仍然还给玉夫人。玉夫人一见，倒很佩服他的刚性，穷人不爱钱，可见把人格看得太重了，大约我父亲也是赵二叔这样一流人物，因为不爱钱，才穷得这个样儿。感佩之余，又把这五百元钱给他推过来。

"二叔！您都拿去吧，花完自管跟我说话，平常外人，我还一千八百的周济，何况咱们是至亲，您就都收下吧！"

"不！姑奶奶！我这就太爱财了，日后您肯拉帮我一把，比什么不强！"

"您既这么说，好吧，等消闲了，我一定给您想个办法。"

"那就求姑奶奶多分心啦。"

赵老二说着，揣了五百元钱，站起来，与玉夫人告辞。夫人把他送至二门，求他务要把方才所说的话，告诉那老公母俩，房子一好，就接他们搬入。老赵连连答应，独自一个，走进门房。

"赵爷，下来了，请坐，请坐。"门上人这样让着他。

"谢谢诸位！"

"怎么样？赵爷！一千元到手啦吧，王升！你给赵爷沏壶好茶去！"

门房头刘老二，这样说着，又把自己所吸的纸烟，敬了老赵一只。

"我们沾亲带故的，怎好收钱呢，你们太太非给不可，我出于无奈，只收了五百元，不信你们看！"

老赵说着，由怀内把方才的五百元，掏了出来，给刘二瞧，刘二一跺脚：

"你怎么这么傻呢，那是你应得的！"

"可是将来你们太太要帮我一个忙，给我拿点本钱，比这个不强吗？"

"话虽如此，你也得知道太太是什么脾气，心里顺当，比佛菩萨还要慈悲的多，心里一犯别扭，一下子就能把人恨得牙多长，永远也再不理你了。你不趁她正在高兴当儿，要她的钱，等什么将来，你太傻了！"

"可是我也惹不着她呀，反正给他热心办事。"

"你知道天上什么时候刮风，什么时候下雨，什么时候打雷吗？"

"我没那么大的能耐！"

"这不结咧！"

老赵有点后悔，既而又一想也不至于，她无论犯什么脾气是跟他们底下人，惹着她也许立刻算下去，我能说会道的，焉能独犯她呢？他这样自竟着，又喝了两碗茶，遂由五百元内，取出三张拾元的钞票，交与刘二说：

"这是鄙人一点小意思，诸位留下买包烟吃吧！"

"赵爷！这你可不该，咱们一见如故，可不过这个，罚你罚你！"

刘二不肯受，好像他们在钱堆里生活着，看不起这一点，赵老二说：

"您不收是嫌轻，因为以后我要常来，没早没晚，起动诸位，我于心也不忍那，要不然我也得给诸君买点茶叶什么的，这我无非图省事，还是赏收了吧！"

"你既这么说，我们倒得收下，可是下不为例，因为你已然吃了亏，为什么不把一千元都拿着呢。当初我们老爷，往庙里一舍，就是五六万，太太的慈善费，一年也不下万八千的，何在你这一点！"

"这已然不少了！"

老赵说着，遂与门上人告辞，仍然坐洋车回家，虽然拿回四百多元，卖炸豆腐，究竟赚不了这么多，所以也很满意；何况在不久未来，毕竟是有个大希望的。回到家中，跟二奶奶一说，二奶奶于喜欢之中，未免又有些不满意，埋怨老赵不该拿一半，她又不是没钱，万一她日后饱汉不知饿汉饥，黑不提，白不提，难道还能跟她当欠账要？老赵力说不能，她已然答应他，日后给他拿本钱了。老赵吃过午饭，把钱交给二奶奶收贮，反正是没事，不如去告诉老蓝，"姑奶奶正给你们找房呢"。行至新街口，打算雇辆车，不想多半是熟人，并且有许多人问他：

"老赵！这几天你为什么不作买卖啦，别人的炸豆腐，都不好吃，你为什么还不出挑子？打扮得这样文绉绉的，难道你真想得那天报上的一千元吗？陶小三儿说那广告已然撤了，必是那个王八蛋，走在你的先头了，我们还是得干我们的，别胡想发财呀！"

"谁管那个呢，我由京西来了一家亲戚，求我替他找房呢，所以这几天没作买卖，竟替人忙了！"

"你还想当拉房纤的呢，十纤九空，拉上一件就不轻，哈，哈，哈……"

"别胡聊啦，我就有卖炸豆腐的命！"

老赵不好坐熟人的车，走出多远才雇了一辆车，向德胜门小市一带去了。

老蓝自前日由同和居回来，他简直要反，把所有的破烂，一统都卖给一个同行。老婆孩子，他都开恩放了假，每日不是烟馆，足吃足抽，并且还大请其客；因为他把那一百元的衣履费，只花了一小半，腰里还有五六十元，为什么不吃呢？再说姑奶奶已然满应满许了接去享福，大批债权，日内便收回来了，这要不乐乐，未免太呆鸟了。常跟他一块吃的抽的赌的赵不肖、钱大黑、孙三拐、李老疤拉，见老蓝忽然暴富起来，莫明其胡涂，都一力苟着老蓝，想要得其根底，老蓝更不隐瞒，实话实说。

"喂！哥儿们，谁教咱们常在一铺炕上躺着吃烟，明儿二丫头把我接了去，你们只管找我去，别的我不敢说，吃、抽、赌，咱们是随便的！"

"但是，人家那么大的公馆，我们怎能进去呢？"

"无妨！我是老太爷，教门房那群小子小心点儿，凡是我的朋友，不许他们拦！"

"日子长了，恐怕不好，最好另走一个门！"

"对！二丫头那里有一万多间房子，我教她单给咱们收拾一个院子，另开一个门儿！"

"那可就方便了！"

老蓝在一个小烟馆里，正和一群投契的老朋友吃着，鱼格找来了。

"爸爸！你快家去，赵二叔来了，教我来找你。"

老蓝的儿子，就这样说话，连一个字的敬语也没有，幸喜知道了管老蓝教爸爸，管赵二叔教二叔，这还是老赵在前日预行训练之功，不然的话，他只会说"你"和"他"极简单的代名词。在名词或代名词上用什么敬语来修饰，或是使用什么相当表示敬意的动词或是形容词，一概都不懂。他永远不会把"你"改成"您"，"教"或"找"也永远不曾使用"请"字。这虽然由于老蓝的放任，不知如何教育所致，同时也由于所处的社会，所接触的人物，全不过如此如此而已。家庭怎么好，社会太低，也是徒然，何况家庭与社会，全是大糟而特糟，由哪里制造好青年呢？

"什么？你二叔来了？我抽完这口烟就回去。"

"快着点儿，他等着呢！"

鱼格催促着，先走了。老蓝用长的气力，吸完一口烟，瘦长的身子，由炕上挺起来，得意万分的跟他的朋友说：

"怎么样？二丫头打发人给我送信来了，我得回去看看。喂！老魏！今天吃了几个烟，给我记上！"

这样说着，依然衔了他那小烟袋，很美的家去了，后头早有人叫着：

"喂！蓝八爷！一步登天，可别忘了老朋友哇！"

"哥儿们！瞧着吧，我老蓝不会忘了老朋友的。"

他刚出去，屋子的人想起了前天他打扮得那个样儿，早已哄然笑起来。

这回老蓝的家利落了，屋子院子，全空了，纸屑和破铺陈，在昨天就被别人贱价运了去。鱼格水格，整天没事，正和一群野孩子在院里蹂躏一只小狗，极尽残酷之能事。孩子们笑，小狗哀嚎，乱成一片。八奶奶在屋里归掇东西，说他们，骂他们，他们只如耳旁风。在这时赵老二来了，看见鱼格那么大了，还是那样没心，竟带头一群鬼似的孩子虐待小狗，不觉点点头，心说，环姑娘和这俩小子，都是他们公母俩生的，竟会这样不一样。

孩子们正在兴会淋漓以残忍为娱乐的时候，忽见进来一位胖大绅士，他们觉得他似有无上权威，足以惩治他们，不由得都害了怕，谁也不管谁，来个鸟兽散。鱼格水格，一见是赵二叔，也都在忸怩着一笑，可是把请安也忘了，呆在那里。被虐的小狗，乘这机会，嚎叫着，一瘸一跳的逃了去。赵老二才向鱼格问说：

"你父亲在家吗？"

"没在家。"

屋内蓝八奶奶，已然听见是赵老二来了，忙跑出来说：

"二兄弟来了，这群孩子把我闹个头昏，您请屋里坐吧。鱼格水格你们俩人，谁到你魏大叔那儿，把你爸爸找来，就说你二叔来了，这么大孩子，还讨狗嫌，怎么好！快点儿去吧！"

这样说着，遂将老赵让到屋中。鱼格也就去找老蓝。屋里虽没见怎样干净，因为没了那些破烂东西，倒觉宽敞了许多。

"你们那些货呢？都卖了吗？"老赵问。

"可不是，您哥哥说这就要享福了，决计不干这个了，所以全兑给别人了。"

"忙着出兑，当然要吃不少的亏。"

"可不是，您哥哥就是这样屁神子脾气，有人给过两回大价钱，他都不卖，这可倒好，一天没见，全都教人拉去了。二兄弟！我这几十年真不容易呀，这不都是我挨冷受冻背家来的，他连问问我都不问，就都给人了，你说我难受不难受！"

"这您以后就竟享福了，姑奶奶一定格外孝顺您。"

"看吧！就看她孝心啦。"

父慈子孝，本来是相互对等的事，圣人并没说过一面理的话，后来的解释，违失本宗，把君父之权，弄得极重，遂有"君教臣死臣不死，谓之不忠；父教子死子不死，谓之不孝"之极端谕，好像不问治命乱命，自要教死就得死，申生和秦之三良，便是此等极端论者最确实的依据。可是在近代，此等极端论，不推自倒了，忽又生出一种片面的义务论，说作父母的既能生育子女，就有教养子女的义务，把天亲的慈爱，改为义务，自然是浅薄多了。但是一般凉德青年，遂依为口实，一己吃穿上学，恣情娱乐，皆谓是父母之义务，必须尽力资助着。至于子女成人之后，有无孝养父母之义务，便无人过问了，不但不过问，反倒极力攻击大家庭，把跟父母一块过日子种种无利不合适的地方，剖析得详详细细，群以带着自己老婆一走，组织小家庭最为美满。固然他们在年青力壮（其实他们在一刹那间也成了老人，老病的痛苦，一样得尝尝），无往而不可了。但是抚育半生，费心力的父母又将如何呢？不用说无产的必至穷困而死，虽有产者，痛子纷飞，精神上的苦痛，恐怕比穷困还要厉害。须知无皮毛，无爪牙，感情最重的万物之灵，一旦进化为人类，再使其还原为畜类，乃为至难之事。在禽兽失其爱子，尚有痛不能生者，何况是人。禽兽没有语言，子女失散，或被人类捕去，彼虽痛心，口不能言，也只索罢了，且久而能忘。人类于子女，绝其不能忘怀的，但是新的西洋思想，好像极力逼人作畜，子女一长，便各人干各人的，老的作何景况，可以一概不问。这种思想，是人类之福，是人类之祸，实在有重加检讨之必要。我以为艺术化、美感化的家庭社会，无过于孔孟思想，一部礼记，便是所以把人类艺术化美化的至高经典，神化活用，在于来哲。据我想，未来的人类，须走三条公路：一、以儒说治身；二、以佛说治心；三、以科学治生。三者不偏废，岂止人为完人，国家、社会、家庭，推而至于全世界，亦无不圆满和平矣。不过现在还谈不到，因为讲一面理的人，还没有死绝的原故。

　　蓝八奶奶的口吻，就未免太近乎一面理了，"看她的孝心吧！"可是作父母的也得自己问问，我拿什么接受子女的孝心呢？凡事都有个因果律，盼着子女反哺，虽是正当的要求，但在老蓝夫妇，似乎已然没有这样的权力。不但他们对于环姑娘不会以礼出聘，而且也没以父母的职责慈爱把子女教养过；换句话说，他们是由小把环姑娘卖了，然而环姑娘竟自登报寻访，很热心的想着尽点孝道，东洋人之所以为东洋人，于此也可以恍然了。八奶奶和老赵正闲谈着，老蓝家来了。

　　"唔，二弟来了，前天教你受累，可是姑奶奶跟你怎么说的，你看，我可把货底全兑出去了，这要一爬房，我可不答应你！"

"你放心吧！"老赵很喜欢的跟他说，"姑奶奶给你们找房呢，也不过三两天就有信，姑奶奶教我告诉你们多等几天，爽得收拾好了再搬进去。"

"好！"老蓝很满意的说，"我正愁和她住在一起不方便，另找房太好了。可是二弟，她不是说有一千元的酬谢，给你了没有？"

"可是我哪能要姑奶奶的钱？"

"你为什么不要？她的钱准是一滴血一滴汗挣来的吗？"

"可也不能那么说，姑奶奶日后若帮我一个忙，比这个不强吗？但是姑奶奶非给我不可，我出于无奈，只拿了五百元钱，还给了他们门上三十块。"

"哦！你是想着后手的，我可不能那么干，太费心了，假如我不该你的，或是你没有那样的命，她楞不帮你，难道你非教她帮你不可？要是我，还是图现在，一千元究竟算比五百元多着一半；可是你绕弯儿，使心眼儿，要想后来吃一个大馅馅，万一事不随心，看你怎么办！"

老赵见说，摇摇头，表示反对说：

"不对！谋事在人，成事在天，照你这样一天一个现在，不顾后来，无怪你老混不整了，你以后应当变变态度，别教姑奶奶厌烦你，那连我也沾你的光了，你要知道，这样的机会，不会再有了！"

"二兄弟说的对！"八奶奶发言了，"我们以后真的要点强！"

"再唱一回戏对不对？"老蓝笑嬉嬉的问。

"不错。"老赵说，"也就仿佛唱戏似的，在上台时，要充一个好角儿。"

"哈，哈，哈，咱们为享福，也得有前后台，你说对不对？在后台无论怎样缺德，上了台也得滥充好人。我明白了，反正咱们只冤姑奶奶一个人，为是多骗她几个钱花。"

"即或是这样，这个豆儿你不能咬破呀，你应当说，从此我要更生，开始一个新的生活了！"

"你那儿来的这么多新名词，反正我砸不了，你放心得啦。"

老赵口里虽然说"我放心了"，但是心里仍怕老蓝那种生活习惯，日后必定难得环姑娘的欢心，可也没法子，只可听天由命，万一他福至心灵，也许改变了态度。他和老蓝夫妇，又谈会子别的。

因为惦记着替老蓝找房的事，他已然坐不住，不如出城走走，便辞了老蓝夫妇，想着仍到鹿宅去，才出门，不觉暗自笑了。刚打那里回来，房子哪能那么快就有呢。他常听人说，东安市场很热闹，这几年竟作小买卖，总也没回去过，何妨到那里看看。他安步当车，好容易才走到。他很惊叹，为什么北京城吃窝头的那么多，会有这样阔市场？他进了半天，给丁柱子买了一个胶皮人儿，才回家的。

第十章

　　在两日后，老赵到底得到信了。鹿宅的家人，回禀玉夫人，在西单牌楼石驸马大街内，物色一所房子，是四合式，应有尽有，请夫人自己去看。夫人看过之后，很满意，当即租妥，派人收拾，并将家里用不着的木器以及应用之物拉去两车，冬天的洋炉子，也买了好几个。这所小房子，由玉夫人指挥一修饰，内外改观，十分阔派，门房仆妇，以及厨子打杂儿的全由本宅暂时拨去，以后有相当的再另雇。诸事安置停妥，才由赵老二把老蓝一家接来，他们没操一点心，便作了这里的主人。一进门就享福，一切都用不着自己分神，吃的玩的乐的，以至于无线电，话匣子，全都有了。老蓝夫妇的寝室中，安放一张舶来的铜床，鹅绒的厚褥子，俄国毛毡，三新的锦被，无不柔暖异常。蓝八奶奶又瘦又小，躺在床上，几乎沉在褥子里，看不出躺着一个人。她数十年来，光跟风雪和挺硬的炕砖打交道了，哪里意识到人世会有这样睡觉的地方。头一次躺下，便吓的她一跳，不知道要沉到哪里去，觉得身子飘浮浮没有一点倚靠，身子底下若是没有块板子或是炕砖，这觉可怎么睡呢？所以头两天，怎么也没有睡好，即或睡着了，也直作梦。老蓝满不在乎，他倒有随遇而安的精神。

"你别以为这是二丫头的。"老蓝跟他老婆说，"这是她还给老子的，我的也就是你的，别过意不去，也别以为新鲜。就拿这里当咱们那破板房一样，随便吃，随便睡，你一擎〔赜〕受不住，不但姑奶奶不乐意，连底下人也看不起咱们了。他妈的！这床也太软了，吃鸦片烟太不合适，一动弹，灯就要倒，明儿教他们真得弄一块板子来。"

"我说你从此把大烟忌了成不成？教姑奶奶知道了，她一定不愿意！"

"那可不成！我这烟也不是吃了一年半年了，何况我要不吃烟，二丫头也遇不着这样一个主儿，这教塞翁失马呢！"

他倒有了理了。八奶奶虽然气得干鼓肚子，又不愿跟他吵嘴，怕底下人听了去笑话，只得纳着气劝他说：

"你瞧！二姑奶奶，她连烟卷都不吃，最好干净，你这分破烟具，放在哪里，哪儿就一片油，这么好的屋子，若是被你弄脏了，她不生气呀？"

"你还说我呢，留神你那小样儿吧！"

他们夫妇虽然彼此攻击着，都怕有个人会把姑奶奶得罪了；

可是只在奶奶不来时，才敢这样互警告，玉夫人一来，他们真能按照老赵所说的行，唱戏似的，恭维着姑奶奶，姑奶奶喜欢什么，他们也逢迎着说。

老蓝的破烟具，也不敢露出来，藏在床底下，等姑奶奶带着孩子走了，他才敢吃。本来玉夫人这几年因为没处去，自己又拘着礼，已自很寂寞了。其实她有那末多的钱，怎么逛不成！无奈她已居孀，素日跟六爷的感情又很好，无论当初经验过什么生活，到现在也得谨慎，何况她的性质刚强好胜，教人戳脊梁，说出身不高的人，本来就是这样的事，她绝对不肯作的。可是现在她的寂寞，好像已然打破了，胸襟也开朗了，就仿佛受着束缚的人，一旦解除了桎梏那样轻快，向娘家去串门，陪着父母走走逛逛，那是最光明的事。所以自从老蓝一家搬到新居之后，玉夫人也许吃过饭去，也许就在娘家吃，再说出了胡同，走不远就是西单商场，路南又是卖菜的市场，她时常陪奉着二老，带着两个兄弟两个儿子，到西单牌楼一带去走逛。一高兴，也许不回去吃了，就在西长安街，挑选着饭馆吃，近处腻了，就到东安市场去，或是南北海、中央公园，再不然，就是白塔寺、东西两店，听戏或看电影，都是不消说的事。

玉夫人好几年的积想，好多年的刺激，好像非这样尽情娱乐一下不足取偿似的。但是无论怎样好玩的事情，天天那样作，终归要有个厌烦的，何况人的精力以及胃脘什么的，天天劳累，天天吃好的，未免也要受伤。玉夫人觉得有些劳乏了，两个孩子似乎也有点儿吃多了，所以走逛的事停止了。为了两个宝贝孩子，只得在家休养几天，老蓝夫妇以及鱼格水格，虽然不怕累，肚子也有点不舒服，由老蓝出主意，教水格由药铺买来一两生大黄，热了水，装在茶壶里，爷儿四个，每人喝了两碗，老蓝和两个儿子，出了两回大恭，居然好了。惟独八奶奶把肚子打坏了，直拉稀。这日老赵来看他们，只见八奶奶躺在那头号的大铜床上，益发显得小了，面色也很憔悴。问起情由，才知道是大黄打的。老赵很生气，因埋怨老蓝说：

"你太卤莽了，大黄是胡吃的吗？"

"二弟！不然哪，你看我跟你俩侄，也都吃了，怎么都不拉稀呢？肚子里把鱼翅、海参、鸭子、肘子什么的装多了，上不去，下不来，不拿大黄打成吗？"

老蓝好像很明医道似的跟老赵辩着说，老赵更生气了：

"你肚子里不是有烟灰吗，鱼格水格年青，所以禁得住，她成吗？而况又那么大年纪，吃点焦三鲜，也别吃大黄呀。我告诉你什么来着，倒教姑奶奶分心，刚来这末几天，就躺下一口！"

"老二呀，你别着急，她死不了，即或她死了，算她没造化，我教厨子给咱们炒俩菜，不如咱们喝两盅！"

"不！我先给八嫂子请大夫去！"

八奶奶在床上也直拦，老赵不听，一直去了。其实这里有底下人，老赵有心眼，不肯使唤他们，再说所谓底下人也者，谁给他钱，而且有实权能支配他，他才能听谁的指使，既于他不能多添一文钱的收入，而实际上又无权左右他的生活，他为什么听你的呢。这里在名义上，虽然是蓝八爷的公馆，实际上是玉夫人另辟的一所支宅，底下人全是本宅拨来的。玉夫人在这里，他们为了安乐清闲的茶饭，还像人似的献点殷勤；玉夫人若是不在这里，他们就不恤自贬人格，忽然变成无情的冷鬼，凑在门房一胡聊，一点也没把老蓝当主人。头几天尚好，以后就有点呼唤不灵，本来自己雇的人，有时遇坏东西，还不听使令，教你无可如何，何况是临时请来的老爷太太，两肩荷一口，任么没有，他们既然以为无油可揩，即或认为是主母的真的母家，既是任么没有的穷光蛋，便可以用不着怎样恭维，无非在玉夫人来串门时，面上当当差也就是了。其实他们想错了，如果他们当真拿老蓝当主人，由老蓝跟玉夫人一说，也不能亏负他们，不过阔宅门的仆人，总以为比主人还阔，穷而依人的人，别管是谁，由他们先看不起。老赵更事多，什么阶级都阅历过，自然不便求他们，何必招他们不愿意呢，所以才自告奋勇，替他八嫂子去请大夫。他刚走到门上，只听门房里有人教他：

"赵爷！刚来怎就走呢？请这里坐一会吧！"

老赵和气惯了，又不便得罪他们，便走进门房，只见连厨师父也凑在这里闲聊天，但他都教不上姓名，只有门上小王他认得。因为这小王，是宅里门房头刘二的外甥，那日赵老二孝敬他们三十块钱，他也分着了，所以很跟老赵有点面子。

"赵爷！这话我可不该说，你既然是他们的亲戚，也得劝着点儿，他们打来了，他们就胡吃，一个素肚子受的了吗？听说那位老太太已然把肚子吃坏了，躺下了，怕不怕呀！"小王笑着说。

老赵虽然听着生气，也没法还言，若是不还回去，心里又不舒服，只得变着方法骂他们几句：

"可不是，他们没跟姑奶奶团圆以前，也是跟主儿，无奈雇主家里，没有多少钱，天天只吃窝头，如今到姑奶奶这里一开斋当然要闹肚子的！"

小王说听，吸了口冷气，心说："老赵也这么厉害呢。"当下他不敢胡乱批评了，急忙又问老赵说：

"你不多坐会，又要上那儿去呀？"

赵老笑了笑说：

"天底下什么浑人都有，我那八哥他不通医，楞给我八嫂子灌了好几碗大黄汤，你说他浑不浑？我这得赶紧给她请位大夫去。"

"既这样，教别人去吧，何必您自己去呢。"

"不好意思，不好意思，诸位辛苦，这点小事我可以代办了！"

老赵说着，自到街上去请大夫。八奶奶本来没病，大夫说无妨只一剂药就好了。次日老赵又来看他们，听蓝八奶奶已然不拉了，他才放心。不过他一看那张床，就未免有点寒心，挺白的帐子，已然污染了好几块，并且还有被洋火或烟卷烧焦了的地方，床上所铺的布单，也是一片茶污、一块油渍的。老赵生平最好清洁，一看这个样儿，当然不满意，虽然这些东西都是环姑娘的，他也未免有些心疼，因向老蓝说：

"洪哥！你瞧见了没有？这才多少日子，你怎么把这屋子糟塌得不像样子？论理我不该说，这些东西跟我一点关系没有，但是你们也得在点意呀，姑奶奶一来，看着什么都干干净净的，她好再给你们添置东西呀，你瞧这儿脏一块，那儿烧了一块，也不像样儿呀！"

老蓝一听，心里虽然不乐意，一想起老赵跑前跑后，为他们享幸福也真不容易，只得纳着气跟老赵说：

"这也不能怨我，这群底下人太可恶，我教他们干点什么，也没好生干一回！"

"你别提那群底下人，人家是预备着姑奶奶来，临时当差的。姑奶奶不来他们一定要脱懒，再说当底下人的，能有多少好人，你们应当自己要强，底下人干不干由他们的兴！"

老赵因为昨天小王说话太没人格，又不好学给老蓝听，所以才教他自己要强，可是话未免说得太直率，老蓝不知就里，以为他是帮助底下人的。

"得啦！得啦！别说啦！二弟！再要说下去，以后我换过洋取灯的事，他们都知道了，以后我们要强就是了！"

老蓝这样说着，衔他那小烟袋，弯着腰，坐在一张椅子上直冷笑，把老赵气得什么似的，半晌没说话。此时躺在床上的八奶奶，听着不对，怕他们吵起来，忙从床上说：

"二弟说得对，幸亏这几天姑奶奶没来，被她看见也真不像话，也搭着我这几天直闹肚子，等我好了，我都能给洗干净了。"

可是老赵已然站起来了，脸已气得青白：

"你不是疑心我向着别人吗？你自己好生干吧，过后你自然明白！"

592   / 清 末 民 初 旗 人 京 话 小 说 集 萃 /

老赵说完这两句话，便掉头去了。八奶奶很是过意不去，埋怨老蓝说：

"你哪有那么说的，二弟为咱们可真不容易呀，跑了多少日子，说了多少话，才有今日，你怎么还气他呢？"

"他不容易？"老蓝带着气说，"不图名利，谁肯早起，他要不为那一千块钱，就能为咱们跑吗？他倚仗往姑奶奶家里跑过几趟，跟那群混账底下人熟识了，反倒帮着他们排挤我。他走了更好，这里是我的家，我想怎么着，就怎么着。他一开口就教训我，这个也不成，那个也不可，我是活人，大人，照小孩子似的限制我不成？一回两回我已给他作了面子就得啦，怎么着，要捆我一辈子？不成！我想自由，我得自由，不由着我的性儿，由着他的性儿？女儿是我的，他管不着，我不能屈着我自己央求女儿孝顺，她爱孝不孝，我就这样，不孝顺，我还是换洋取灯儿去，妈的！"

"你简直是作死！要照你这末说，要不别来好不好呢！"

"可是也不能住好房子，吃好饭，穿好衣裳，就教我另换一个人哪？除了认母投胎，你想生成的性质，还能改吗？享福？享福得由着自己的性儿，若是屈着自己，竟得听人家的，那还不如咱们仍然换洋取灯儿去呢。"

八奶奶差不多换了二十多年的洋取灯儿，一想起她所受的勤苦，真不啻是人间地狱。不同一点希望没有，仍然得干那一行，如今已然有了阔的女儿，睡过了鹅绒褥子的钢丝床，吃穿都不用自己发愁，过些日子，再给鱼格水格说上媳妇，她就真成了享福的老太太，怎么爷们这样嘎呢。无论在家里说得怎样好，到了时候，还得由着他，这要当真再回去换起洋取灯儿，他是满不在乎的，一切累活，还得我干，我已五十多岁了，难道我该他的，非把我累死不成，八奶奶越想越伤心，躺在床上，饮泣起来。老蓝也不管她，抄起他的小烟袋，自己去寻开心去了。

他们乍一搬来，不但日用一切，都是环姑娘的，每人还有月例的零花，老公母俩每人每月一百元，鱼格水格，每人每月五十元。

一家四口人，居然有三百元的收入，自己过日子也绰绰有余了，何况每月开销，全由环姑娘担任，他们这三百元岂不是干剩？无奈老蓝说他自己是散财童子变的，钱一到手，若不想法把它花了，他就觉得遍体不乐，好像得了什么奇怪病症，非得把钱花光，他才像服了清凉剂，立刻体泰神安，什么病也没有了。八奶奶一生勤苦，性质柔懦，根本没处花钱，除了爷们买家来她跟着吃，自己是不会花的，她这一百元，倒能收在箱子里，自己防荒。可是老八和两位少爷，有时也敲她的竹杠，使她干吃亏。这两位少爷因为自幼没受过一点教育，身心两方面，除了坏的习染，一点人道也没习学过，在小时候，他们生长在一个特殊的不良区域之中，总以为他们是一国，在他们以外，中产以上的人，又是一国。他们恨他们，老想着偷人点东西，或烧人家的房子，才觉痛快。现在他们反过来了，不但住好房子，穿好衣裳，吃好吃的，而且每月腰里还有五十元的现洋或是钞票。他们不了解这是环姑娘的友爱，给他们钱，为是不使他们露出寒窘相，第一可以交朋友，第二可以作点义侠之举，年青的人，若是净有相当的小费，很容易灰心，或是作出不品行的事。环姑娘又不是没有钱，孝亲和友爱，在此时好像是她一个天职。可惜这两个小子，既无那样常识，更无那样天性，他俩好像又是一国人了。他们老有他们的以外。原先他们没钱，老看有钱的，是另一国，是敌人；现在他们有钱了，又看没钱的是另一国，是敌人了。

他俩乍由北城搬到西城，本来一个朋友也没有，可是方以类聚，物以群分，无论什么样的人，万不会长久孤独的。没有几天，鱼格水格，也有朋友了。不过他们的朋友，都是些使父母兄弟天天为他们担心骇怕、无可救药的败家子。在街上或是在商场娱乐场中，都是很有名头的，无奈不是美名，是讨人嫌恶的坏名誉。

鱼格水格，在德胜门一带帮同他们的父母捣登破烂的时候，虽然在年龄和肉体上，已然对于性的问题有了自然的萌动。但是由于生活和环境，简直使他俩徒有苦闷，不敢有所实行。头一样，在他们那特殊区域内，女性人口实在和男性人口不成比例，女的无非占分三之二，多半又都是四五十岁的老太婆，年青的不是没有，无奈她们所以随着父母去换洋取灯，完全由于不怕穷，只怕丧了廉耻，为祖宗摔牌的原故。不然的话，她们为娼为妾，都能吃好的穿好的，何必到这儿来干这营生呢？别看他们有种种缺点，甚至手粘，敢于冷不防偷卖菜的一头大蒜，可是守身如玉，不以肉体换便宜，那实在是有可佩服的一件事。鱼水二弟兄，在本区域，既然无法巧遇对象，在区域外边，更没有他们的分，不用说没人爱他们，同时他俩也是自惭形秽，不敢有所举动，没法子只可劳累眼神热闹热闹嘴，真事，哪敢干呢！现在他俩不是原先穿着废军衣，挟着破麻袋的样子了，除了黑，一时白不了，满身已然换了土秧子似的时髦衣裳，加以有了糟不可问的投缘朋友，不但坏知识一天比一天多，胆子也一天比一天大。最初习得的是吃女招待，什么特一号咧、小一号咧，凡是西单牌楼一带有名的女招待，他们都搅遍了，钱不比别人花的多，骂却比别人挨的大。反正他们所到之处，空气立刻发酵，令人感受不安，嬉皮笑脸，口不择言，怎么讨人嫌怎么样作，使人急不得恼不得。女招待逛腻了，又到电影院或是商场，去追女学生，甚至带着暗娼去开房间，鱼格水格又不是真的阔少爷，几十元的零花，焉能禁得住这样抖。跟玉夫人要，他们不敢，跟老蓝要，白费话，狗嘴不能吐象牙，而且也跟他平日所持的哲学相反，他们只能磨八奶奶，八奶奶很惊讶：

"哟！你们那么多的钱都花了？这要教你姐姐知道了，可不得了哇，她一定要生气！"

"我们花钱，也是给她作面子呀。我们要是背上破筐去捡破烂，说是她的兄弟，她能愿意吗？给钱！有朋友在商场等我们呢。"

"我没钱给你们，别忘了你们在德胜门是怎样生活的！"

“那不成！你那一百块钱还没花一个呢，给钱！给钱！”

八奶奶被逼不过，每人给了一块钱，鱼格水格，几乎跳起来。八奶奶怕底下人听见，一共给了十元，他们才去了。八奶奶直落泪，心说这么好的机会，他们爷儿三个，怎这样无心呢！老的抽，小的胡跑，一旦姑奶奶寒了心怎么好呢！也许这两个孩子大了，不是因为没有事闲的，就是想着要媳妇了。偏巧赵二弟又被他给得罪了，不然的话，也可以求求他，先替两个孩子作作媒，大约他们一有媳妇就不至于胡跑了。这老东西，他一辈子也没作过一件正经事，孩子这么大了，不成家成吗！

这妇人思想很对，只是没法子去实行，说媳妇的事，她又不敢去求姑奶奶，只得等姑奶奶来串门，先求求她，替鱼格水格荐点事。

玉夫人所以这些日没来串门，头一样因为两位少爷有点不舒适，同时也因为有许多应清理的账目，如同地租、房租、银行利息之类，在秋节后应当收进的，都由老管家为她清理以后，一一报告她，按上图章，好收账。还有一件事，是她偶然听说的，心理很觉不愉快，可是过后她一想，也不能尽信下人们的闲言，老人抽口大烟，也不算没品行，年青的交小朋友，走走逛逛，也是应该的。这不定是谁，以为他们原先是受穷的，现在如此幸福，因而嫉妒他们，可是他们是我的母家，我无论怎样赡养他们，也不碍别人的事呵！玉夫人如此一想，就不把此事放在心上，仍然到娘家去串门，跟以前一样。

流言的散布，完全是门房小王干的。自从那日，他当着老赵讥诮老蓝一家是素肚子，乍一吃好的，岂不要拉稀呢，他很后悔，怕老赵告诉老蓝，再由老蓝跟玉夫人一说，他岂不要受申斥，也许把饭碗打了，所以他打算乘着自己的事还没坏，先坏老蓝的事，于是在回宅办事的当儿，直替老蓝一家大撒其薰香。不想玉夫人虽然间接听了去，并没怎样，他更发毛了。老怕老蓝在玉夫人面前，告他一状。其实他所说的话，老赵始终没告诉老蓝，他们两人反到弄拧了。

玉夫人每逢到娘家来串门，并不检察什么东西，她那样阔，东西既已孝敬了父母，当然也就不必过问。可是她既听说老蓝吃大烟，未免就要留点神，果见床上铺的单子有油渍和烧痕，自然就明白了一半。

有一天她笑着问老蓝说：

"爸爸，您吃大烟吧？"

老蓝偷着抽，当着环姑娘，他是不敢动的。忽见环姑娘居然问到这一层，他很骇怕，张口结舌，答不上来，急得他变颜色，八奶奶也直瞪他，他没法子，鼓了半天，才硬着头皮说：

"我不吃！我不吃！那不是好东西！"

"您何必瞒着我呢，瞧！那床上的样子，早已告诉我了，您到底抽不抽？"

老蓝没法子了，叹了一口气，他又在唱戏了：

"姑奶奶！事到如今，我也不能再瞒你，我在二十多年以前，种下一个病根，心口疼！吃什么药也不好，疼起来，比下油锅、上刀山还难受，有人劝我吃大烟，才把它止住。但是姑奶奶！我这病是怎么得的呢？就由打你一丢失，爸爸差点没心疼死，由那天起，我就种下这样一个病根，我并不是不想忌，但是老没遇见好药，我现在已是六十岁的人了，可怎么办呢！姑奶奶！我真对不起你呀！"

说到这里，不住的唉声叹气，若有无限的苦衷。

玉夫人一听，几乎又要落泪，心说，这是怎么说呢，要不因为我被人拐了去，他怎能种下这样的病根呢，当他自己生活，没和我团圆时，尚且有力吸烟，如今被我接来孝养，反倒不许吃了，情理说不下去，他还能活多少年，不如教他明抽吧，藏藏躲躲的，倒许出毛病。想到这里，因向老蓝说：

"您别想以前的事了，既然非抽烟不可，您就别背人了，明儿我给您买几两好土来，您有烟家伙吗？"

老蓝一听，差点没来个飞脚，心里十分感激老赵，若不是受过他的训练，这几句话，我怎能想得出呢？可惜我把他得罪了，明儿得给他陪礼去。当下老蓝一弯腰，由床底下取出他那分烟具。哎呀！扔在街上都没人敢拣，一个油污的磁盘，上面放着一个雪花膏的罐子，油泥多厚，罐子口面上，盖着一片自剪的洋铁片，用洋钉钉个眼，灯捻即由此处送入罐内，算是烟灯，另外还有个烧了半边的蜡纸罩，烟枪更好看了，是把一个小磁药瓶钻了一个孔，安在一根笔杆上，将就使用的。

玉夫人一见这份烟具恶心得直裂嘴：

"哎哟！您怎么用这样的烟具呢，太不成模样了。"

"但是姑奶奶，我不是没法子吗，这宗玩艺儿，现在不好买了。"

"明天我给您拿一份来吧，摆在床上，也得像点样儿呀！"

"那我就谢谢姑奶奶！"

老蓝的大烟，算是得了玉夫人的谅解，喜得他眉花眼笑，大烟的问题解决了。八奶奶心里可太难过了，她以为姑奶奶不应当这样纵容他，他要是不吃烟这二三十年哪能混得这样人不人鬼不鬼的呢。现在意外有了出头之日，姑奶奶不勒令教他把烟忌了，反倒为他仗腰眼子，这一来他更得反了。八奶奶想得虽然对，但在玉夫人也无非是出于一片至诚的孝心，一个老人，难道还能吃几年吗？至于老蓝如何缺德，她此时当然是不知道的。

八奶奶生了会子闷气，也就自己往开里想，老的，实在没办法了，求姑奶奶为顾为顾小的吧。

"姑奶奶！我早就要跟你说，你这俩兄弟也老大不小了，成天没有一点事，竟往外瞎跑。钱，花得很费，你虽然疼他们，也得给他们想个办法。我打算求姑奶奶给他们俩人找点事作，可以不可以？"

八奶奶没敢说求姑奶奶给说媳妇，委婉着先求找点事。玉夫人一听，这是正经事，自然不能反对，忙问老蓝说：

"爸爸！我这俩兄弟他们到底念过几年书，写算什么的成不成？"

这一问，在老蓝好像在头顶上落下一油锤，打得发昏，他不知怎么对答才好，迟疑了半天，才嗫嚅着说：

"这，这，这俩孩子太笨，我把心都使碎了，他们也不好生念，若论他们读书年数，已然有大学卒业的程度了，但是他们白白花了我不少的教育费，把书都就饭吃了。好姑奶奶！你别费心，他们作不了什么高等事，动力气的累活倒成！"

老蓝这样一说，把八奶奶气得直哼哼，心说，我跟你说什么来着，如果教孩子念几年书，这不是机会吗！难得他还说使过心花过教育费呢，哼！哼！哼！八奶奶马叫似的这末一哼哼，玉夫人也不解是什么意思，一揣度二老人的神色，知道这俩兄弟必是耽误了。

"如果有大学的程度，"玉夫人说，"那就不必发愁了，等回头他俩家来我考考他们，再想法子给他们找事，反正得慢慢的来，别着急！"

玉夫人说完这话，忽又想起那日赵二叔所说的话，说他们俩人只念过几年私塾，可是父亲今天又这样说，他们到底念过书，没念过书，恐怕还不一定。正这样想着，两个倒霉的兄弟家来了，他们因为没了钱，不得已回家来吃饭，正赶上玉夫人在这里，本想跑出去已被玉夫人把他们叫住。只得走进上房，玉夫人笑容可掬的，把两个兄弟看了看，只见他们神色不定，一脸邪气，学生的本色，一点也没有，可是身体比乍见时已然丰润了许多。

"妈教我给你们找事呢，省得瞎跑，但是我得先考考你们看谁程度高，给谁找好事。"

这俩黑小子一听，慌了，可是一点也不觉羞惭，他们一致的都这样想："凭你考，不知道就摇脑袋，能把太爷怎么样？"此后只见玉夫人打开她的手包，取出一枝铅笔，一张纸随便写了二十个字："春水满泗泽，夏云多奇峰。秋月扬明辉，冬岭秀孤松。"（按：此为陶渊明《四时》诗）教他俩念念，这俩人你瞧瞧我，我瞧瞧你，谁也不会念。

"难道你们一个也不认得吗？太难了吧！"玉夫人问。

水格说，"我认得一个！"

"哪个？"

水格一指"春水满泗泽"的"水"字。

玉夫人笑了："这个字，你再不认识，往后连你的名字都忘了。"

玉夫人耐着性，又写了四句："东平大海，西建阿房，南征五岭，北造长城。"

"这回该都认得了吧，是《宇宙锋》的戏词。"

这回鱼格先认得了五个字，水格不服气，又多认了一个"大"字，一共六个字，东、西、南、北、五、大，除了"大"字等于生而知之，余五字，都是他俩最近在麻雀牌上学的。玉夫人见他俩识字有限，又写了仅仅三位的四则题，教他俩给算算，不用说算，长这么大，他们也没见过这个玩艺儿，一个个把脸都憋紫了，玉夫人一见，叹息一声，因问老蓝说：

"爸爸！您不是说他俩有大学的程度吗？这也不能作事呀！"

"姑奶奶！我没告诉你吗，他俩都就饭吃了！"

玉夫人回过头来，又问鱼格水格说：

"你们俩人想要作什么事呢，不妨跟我说。"

兄弟俩见姐姐不考了，问起想作什么事，以为这不是什么难题，便直言无隐的说出他们的志向，鱼格是哥哥，他先说：

"我想当缉私兵！"

"有什么好处呢？"

"坐火车不花钱，可以任意检查行旅，打耳瓜子！"

"哦！"

玉夫人的心房，有些发颤了，颜色也有些苍白，又问水格：

"你呢？"

"我想当新闻记者。"

"什么？就凭你！你仅比你哥哥多认得一个字！"

"不在乎认字多少，陶小三也没念过书，还当记者呢！"

"但是怎样作稿子呢？"

"雇人作，我出主意！"

"你们俩人别气我啦，赶紧躲开我！"

鱼格水格，莫明其妙："她为什么生气呢？"两个人好像这样问，彼此谁也不明白。既是让躲开，就躲开吧，两人相互作了一个鬼脸，溜了出去。

自从老蓝夫妇和环姑娘重逢以后，惟见她喜欢笑乐，从没见她生过气，今天为什么气得这个样儿，脸都白了，他老夫妇也是一怔。此时玉夫人把铅笔装入手包内，回过身来向老蓝说：

"爸爸！您没教他们上过学吧？您听见了没有？他们说得都是什么话，一个要当缉私兵，一个要当记者，他们配吗？缉私兵是为保护国家税收，防止违禁品的公务员。可是他们竟敢说任意检查行人，随便打耳瓜子，这种假公济私，行同强盗的心术，是由哪里发生的呢？太怕人了，拿他俩这样心术，去为公家办事，商民行旅，还能活的吗？他们的话，太教我失望了，我不希望有这样的兄弟。水格斗大的字不认得一升，楞敢说当记者，他的心术，比他哥哥更坏，新闻记者民间喉舌，没有知识学问道德，怎么能当得了呢？他说什么？雇人作稿子，他出主意，以他那样存心还有什么好主意吗？爸爸！我问问您，您到底教他们上过学没有？"

"这个……"老蓝直抓脑袋，八奶奶也木在那里，"姑奶奶！我教他们上过学，但是他们天天逃学，竟跟老师打仗，我也没法子呀。"

老蓝把责任，转嫁给两个孩子。

"唉！"玉夫人长叹一声，"太失望了！太失望了！"

"姑奶奶！"八奶奶凄惶着说，"无论怎么说，你得为顾他们，谁教你是他们亲姐姐呢，你说句话，他们不但能听，而且还能怕你！"

"他们都这么大了，怎么管呢，据我的意思，还得教他们念书！"

"你就分派他们，他们不敢不听。"

此时快到晚饭时了，玉夫人也就不再说什么，今天他没带少爷来，想着在这里吃了再家去吧。当下吩咐下去，底下人们听说姑奶奶不回家吃饭，早已忙成一团，较比伺候老蓝一家，可就殷勤多了。吃过饭，太阳要压山，方才回去。

玉夫人走后，老蓝早又跟八奶奶吵起来：

"那不是你！给你儿子求什么事，瞧！把那俩混蛋也撅了，就皆因你多嘴。爷儿三个都现了眼，好容易我感动了她，应着给我置烟家伙，买烟土，这一来她许不干了，明儿她若不给我买烟土、拿烟家伙来，我跟你没完！"

"你就有能耐欺负我，孩子你给耽误了，大烟你老抽，有好的女儿也不成呵！你还说跟我没完呢，据我看，这就要都完了！"

八奶奶早又哭起来。

第十一章

　　玉夫人由老蓝那里回到自宅以后，对于她的父亲老蓝，未免太怀疑了。他到底是什么样的人呢？论说话，论知识，他决其不是什么也不懂的乡愚，可是若说他是北京城内一般的实在居民，他为什么不教鱼格水格读书呢？凡是北京人，处在如此困穷时代，没有不希望子女成人的。就让父亲是说书唱戏的，或是劳动拉车的，但分能供给孩子念几年书，也要忍苦供给几年。可是我的父亲能说会道，并且常说他原先是有房子有地的，为什么不教孩子念书呢？就拿鱼格水格那俩孩子来说，简直不像是念过书的。但是他们长这么大，竟干什么来着？方才我给他们写的那点东西，凡是小学生都能背诵，他俩竟会不认识，三位的四则题，不但不能算，好像是头一回看见算草；可是他们毫不自惭，还想出去作事，照他俩那样用心，完全是卑鄙、阴狠，打算利用官公势力，以遂一己私欲，杀别人，活自己，这是多么可怕的不良心术。他姐夫鹿六爷，比他们强多了，普通学堂、军官学堂都上过，只为不仁、贪私，把本性迷了，竟敢作出那样令人不忍闻见的事。身为男子汉、大丈夫，又不是被埋没老死牖下的人，他真有几万兵，掌握着很大权柄，然而他并没有轰轰烈烈的作一场，他这十几年的兵权，是有益于民呢，还是有益于国？他无非假借一时的权势，多弄一点造孽钱而已。他的身后，究竟有什么可歌颂的？假如他后来若不是因为信佛忏悔，正不知有什么横祸？也不是没有榜样，在朝在野的军阀政客们，哪一个死得很值，是为国为民而死？不同没地位权柄，有了地位权柄，令人不歌不泣而死，他们太可惜了，也太自轻自贱了。

鱼格水格，虽然不比军阀政客，照他俩那样的存心，那样的卑鄙动机，一样是祸国殃民的。没受过良好教育的人，心胸就这样可怕，怎么他们老公母俩直到如今，竟不闻不问，依然放任他们呢？这要是我不细心，预先考考他们，胡乱替他们找了事，这还了得吗？也许他们老公母俩素日就不大务正，所作所为，就没有好榜样，所以孩子们也跟着学样，卒至一无所成。可是赵二叔跟我说过，他们老公母俩，因为我丢失后，差点没心疼死，自从我们见了面，他老夫妇跟我所说的话，也是很近情理，但是他们既然那样疼爱女儿，为什么不疼爱儿子呢？一天书也没教念，这不是太矛盾了么？这老公母俩，到底是什么样的人呢？可惜我竟听赵二叔的了，理应先去看看二位老人家，

看看他们的生活，以及所作的事，跟左右邻居，都是什么样的
人，就可以得其大概了。可是现在怎么好呢？两个兄弟若是不
成人，日后必要受他们的累，花几个钱倒不成问题，所怕者是
由于他们的不名誉，致使我脸上也无光，求荣反辱。唉！我怎
这样命苦呢，自幼失身于娼家，幸喜离开火坑早，被六爷眷爱，
由侧室升为正牌的太太，本想两口子带着孩子平和过下去，谁
知天不随人愿，植德的爸爸，竟不幸中途与我分手。虽然家财
雄厚，一切不愁，但是我毕竟是年青的孀妇了。亲戚本家，虽
说没有什么显然的欺压霸道，可是消极的凌辱，不以平等待遇，
也怪够人受的。我为孩子，为解消我的悲愤，所以才想寻访我
的母家。我想我的丢失，竟致离开了父母，一定是由于变乱；但
看现在还有难民逃难，也许在革命时更为厉骇。这三二十年，
老也没得太平，我的父母，若是没有倚仗，仅不过是普通人民，
一定也免不了灾难，不用说是被人掠卖的，就让因为灾难，由
父母真把我卖了，也不是不得已？不过我所希望的，他们要有
人心，要有上进的志气，自己受过了，就不该再教别人受。我
愿意援助他们，我也愿意他们将来能援助我，谁知事情却跟自
己所想的不一样。他们好像没有伤痛，也不知什么是自强。好
像是只图目前，自要有钱就花，自要有衣食，就吃就穿。老的
不见怎样勤俭，只贪安逸，口里说好话，却不自己去实行；小的
失学荒废，天日不懂，可是心术特别恶劣，欲望特别深刻，甚
至恶魔般想要吞噬好人，肆行强横。他们到底这三十年来竟作
什么事来着，拿什么生活呢？连儿子都不能教育的人，难道说

单爱女儿吗？什么为我种下病根，什么为我受了影响，恐怕都是瞎话吧。可怕！可怕！这样的母家，使我太可怕了。我应当怎么处呢？最初真不应当这样干，我很后悔。可是亲亲热热的，刚把他们接了来，忽又赶了出去，不是笑话了么，我也作不出来。知道的说我怕受他们的累，不知道的，以为受了局骗，但是他们实在是我的父母兄弟，这可怎么好呢！

玉夫人翻来覆去的想，连觉都睡不着了，简直不知怎么办才两有益。本来是位妇人就愿意有好的娘家，不但能给自己壮脸，便是自己的孩子，也有多大倚靠。如果母家不能为出了阁的姑奶奶作颜面，地位、人品、行事，皆为人所不齿，作妇人的遇了这样母家，是应当怎样不幸呢。固然女子，也有为母家丢人现眼，使父母兄弟大受其累的，可是玉夫人虽然失身于娼家，可不能怨她，她那时才七岁，又是被父亲出卖的。所幸她有天赋的品质德性，所以能照莲华般，出于污而不染。但照世俗之见，总以为她是卑贱的。她孤愤，她不平，所以才想起她的母家。打算以她的财产，培植她的母家，不但母家得了意外的援助，无形之中，也为自己建设一个保障。固然她这种心理，也是一般妇女所同有的，可是不能完全认为是一种私心；因为她的地位，在老鹿家的亲戚本族中，太孤立了，虽然各拥巨产，谁也不明着欺负她，但是消极的反对者，却是大有人在。他们盼她快快坠落，或是作出什么没有人格的事，然后据为口实，责以败坏门风，逼其改适，六爷的遗产，自然就可得到手中。无奈精明聪慧的玉夫人，早已灼见其隐，所以自从六爷逝世后，谨慎异常，虽然有打算故人以罪的，也是无懈可击，只可白瞧着。自从她访得了她的母家，她是怎样称心如意呢，尤其是有了那样两个成了人的兄弟，这要是慢慢替他们设法，使他们有了体面差使，不是彼此互有照应了么？可是万也没想到，他们使人这样失望。

由她的眼里去看老蓝，简直不像作过事的人。鱼格水格那么大了，竟会没念过一天书，既没好品行，心术又是那么样的卑劣。照她所期望的事，如何能作得到呢？于是她寒心了，打算不如乘早给他们几个钱，还是教他们自己干去，算是没这么一门子亲戚，自当她没把他们访着。

玉夫人越想越睡不着，在另外一张床上并卧睡熟的两位少爷，好像不知道他们的母亲在很焦心的想事。他们很安顿的睡着，眉梢眼角以及口鼻，怎么看都像鱼格水格，玉夫人看看自己孩子，想想那俩兄弟，为什么骨肉相连，长相一样，结果却不一样呢？这两个孩子，比他俩小着好几岁，字，已认识了两三千，学堂的课程，也都很好，不久便中学。可是鱼格水格就那样不成器，什么缘故呢？也许他们太笨，可又不像笨拙的人，笨绝不会说出那样令人可怕的话来。可是他们为什么不学好，不念书呢？玉夫人想了半天，忽然明白了，心说，这也不能怨他们吧！穷人也许是没法读书的，我这两个孩子，不用说吃穿享用，单拿认字说，一个字差不多有一块钱的代价，一个人若想认识一万字，就得有一万块钱的资本，他们根本没钱，而且又生在京西，那里是什么样子，我固然早已忘记了。大约这二三十年也许被大兵，被政变，给捣毁了，根本就没有学堂吧，他们既然穷困没钱，又生在没有学堂的乡下，由哪里能上学呢？赶到来到城里头，可不是能混上衣食就成了，唉！可怜！从此不管他们，便算完了。衣食住拿钱买，学识和品位，也得拿钱买！应当下笔资本，还得教鱼格水格读书。玉夫人所想像的对于一般现象是很对的，对于老蓝一家未免就大错而特错了。

她于老蓝的说谎话，固然是很寒心了，可是她一想穷人要遮羞脸，也许不免要以谎话来塞责的；因为护短也是人情，他不愿意直说鱼格水格没念过书，正是怕人耻笑，所以才说他们都有大学程度。不过谎话也得看跟谁说，我是他们的女儿，何必跟我说谎话呢，难道我还能耻笑他们吗？人一穷，就这样可怜，以后我必得劝他们说真话，作正经事，就拿鱼格水格说，再由小学重新念起，已然不易了，可是若教他们极力补习，自要会写算，至不及我给他们开设一个买卖，他们自己能当经理也就成了。

玉夫人越想越以为有理，她以为她如果不遇机会，改变了环境，自小便跟着父母过穷日子，不是和鱼格水格一样么？既然无力读书，又没法子获得知识，其结果也不过嫁个拉车的，吃苦一世。现在我有钱，有形无形的利益，都能以钱买到，穷人可不能，那么以现在的见解去衡量他们，那当然是不对的了。我应当原谅他们，援助他们，使他们把一切抬高，自然而然也就能援助我。

此时玉夫人不但不照方才那样焦灼，反倒觉得体泰神安，好像援助她的母家，使他们达到社会上层的光明地位，是她一件义不容辞的事，所以她很平稳的渐渐睡熟了。

乘碰机会，我想对于所谓两条腿的人，说几句话。

人为什么有贤有愚，有贵有贱，有富有穷，有好有坏？有人说是教育问题，有人说是习染所致，有人说是命运所操。我以为这些说法，仅有一小部分真理，决不可以概括全般，根本问题，还得归到先天。砂砾决其不能变为金刚石，一块石头，无论怎样琢磨，仅能使其略有光滑，究竟还是石头。人在先天，若无好禀赋，后天无论如何教育，或处在什么环境，遇了什么机会，也是无济于事的。单说教育，假如它的势力，能够绝对的制造人才的话，那么每年由大学出来的人物太多了，依照教育行政的年度而论，全世界早应当是贤人的世界了，可是现在贤人不加多，一班卒业生中，有出息的仅不过一二人。且所谓出息者，也不一定是可喜之事，虽出息而使人大感其头痛者，也不是没有。教育到底怎么一回事呢？我以为教育和制造工场一样，无论什么原料，都能使用，有真原料更好，没有真的原料，代用原料也能将就，反正无问真料假料，制造出来的商品，都能随得上群，至于耐用不耐用，有没毒，则制造者也就不能管了。我常疑心一个大学卒业生，为什么反倒不如一个工读的苦学生有成就？一个很殷实的富家子弟，为什么直落得没饭吃？一个摆钱桌子的，或是一个小柜伙，反倒成了富商大贾，掌握着钱和物的大权？富家子弟没有不入大学的，小的柜伙，哪里来得什么知识，而结果不同。虽说所处的环境以及所凑合的因缘各有不同，探本穷源，不能不归结于天禀。就拿老蓝一家说，准是由于环境的压迫，而使他们穷乏的吗？鱼格水格的失学，准是由于父亲的不供给吗？我以为一个人如有好的天禀，就好像注射了极好的强壮剂，无论环境怎样恶劣，他也能努力打破，自行走到光明的途径上。一个人若是没有好的天禀，就好像注射了极其可怕的毒针，虽有良师益友好的境遇，也是无可如何。小则倾家荡产，一无所成，大则祸国殃民，身败名裂。至于老蓝一家，仅不过是人弃我取的，一个小小实例而已。

　　次早玉夫人起床以后，已把主意拿好了。头几天，她无非是高兴，从此很亲热的和母家走着亲戚，遇了机会，再给鱼格水格位置一个事由，使他们很幸福的过起来，所以寻访他们的目的，也就算达到了。可是现在她不是这个想头了，不费一番心思气力，对于那样无教育的人，是帮不起来的，她打算好好的监督她的兄弟，并且为他们聘请一位补习教员。好在她自己的两个孩子，都离得开她了，每天有人接送上学，她决心常常到娘家去，督催两弟用功，好像许愿般，立志想教两个兄弟成人。她又想起昨天已然许下给她父亲老蓝，买烟土跟大烟枪，这样的东西，本来是以不买为对，无奈她已答应了。何况她立意想矫正老蓝的说谎话，自己说了先不算，又怕于爱说谎话的人更有害，没法子，还得照办。她想了想，家里好像还有极讲究的烟具，只买几两土就成了。她家的烟具，据说是当年老太爷留下的，由六奶奶用了几年。也有说是六爷在台上时抄来的，他自己并不吸烟，因为看着那烟具太好了，打算留几件送给朋友的。私烟土什么的，自然也抄过。玉夫人看见过烟具，可没看见过烟土，她不爱这些东西，本打算及早送人，或是烧毁了，可是老没有实行。自从六爷逝世后，一向装在顶柜内，似已忘了。如今既然想起，便自登了板凳，开了顶柜的门，只闻得一股气味，很为清香，但又不是药或香料的味儿。她寻了寻，在许多纸包内，发现了一束烟枪，一包烟斗，三四盏烟灯，她喊了一声王妈，把这东西教她接下去，放在炕上。她又在剩余的纸包内寻了寻，除了些古玩以及精巧什具，已然没有吃烟的家具，可是最后她发现一个纸包，外面是东昌纸，里面是油纸，她打开一看，不知是什么，那东西香喷喷的，作黑褐色，好像切开的半个西瓜大。

"这是什么东西呢？"

她很疑心，仔细闻了闻，那种浓厚的香气，像是要往脑子里钻。

"也许是烟土？"

她不能断定，也教王妈接下去，然后关了柜门，加了锁，才由凳子上下来。

"王妈！你知道吗？这是什么东西？"

她打开方才那纸包问王妈，王妈一看，早已叫起来：

"哟！太太，这是人头大土，当初我婆家的老公公就买这东西吃，我还赶上过，这东西现在可没有了，多少钱也买不着，您好好收着吧！"

玉夫人一听是烟土，有些皱眉，当初六爷不抽烟，何必买这个呢。她哪里知道，这不是买的，也是抄来的，当初很多，除了交朋友，还被他的原配六奶奶抽了不少，这是剩下的，也许旁处还有，她就不知道了。她连烟卷都不吃，根本她不喜欢烟，她以为家里有烟枪，恐怕比手枪还要怕人。如今既然寻着了，就不宜再因循，这一包土，论理应当烧掉了，可是她已应许了她的父亲，不如就送给他老人家。等他抽完了，我再想法让他忌，天天吃人参，也不吃这个。她又把那几个包也打开，惊得王妈都呆了。只见五六枝烟枪，有香妃竹的、有犀角象牙的、有虬角菌陈的，不但尺寸好，制作也非常精美，盖花和碰头都是黄金美玉镶的。但玉夫人并不知一杆烟枪会有几千元的代价，也无非看着稀罕而已，又看看灯和斗，都是人间罕见之品。

"可惜人们的手艺，把心血消耗在这上头，太可叹了。王妈你看！这些灯斗，没有一样不是艺术品，但是上哪里赛会去呢？"

"真个的，这灯和斗是怎么作的呢，太好看了！"

"因为魅力大，艺术精，所以才能诱惑人，你要知道魔鬼的创造力，也正不亚于真神呢！"

王妈见说，咂咂舌头，表示赞叹之意。这时玉夫人在这些烟具中，为老蓝选了一只烟枪，一盏烟灯，两个烟斗，还有一些小家具，把剩下的，交与王妈说：

"王妈！你把这些东西给谭老管家拿去，就提我说的，这样的东西，是不可以存在家里的，教他随便处置，或烧或埋或送人，反正咱们是不要这东西的。"

王妈见说，心花怒放似的抱着这些东西去了，他们怎样办的，自有他们知道，我们当然是不能过问的。

　　在吃过早饭以后，这日正赶上星期六，两个少爷午后没有去学堂，玉夫人便把方才找出的东西，一总包好，带着少爷们去到老娘家去串门。老蓝吃过饭，正和八奶奶说烟土案呢。因为昨天他得了环姑娘的许可，并应着替他买烟土和烟家伙，他已奉到明文似的，不再偷着吸了，居然把他那分自造的烟具，很高兴的摆在铜床上。相形之下，床帐是那么富丽堂皇，烟具又这样简陋污丑，他自己看着也太不般配，"金盆贮狗屎"，他也觉得这样家伙是不应当放在这样的床上的。

　　"妈的，是不大受看！"他自言自语，他把腰弯的像大虾似的，就和着笔杆儿枪吸了一口烟。他很得意，因为不必悬心姑奶奶，公然躺在这黄澄澄头号的大钢丝床上吸起大烟，他的老太爷的幸福，算是享到家了。可是他一鉴赏他的烟具，虽是他什么也不在乎的人，也未免有点熬心，何况他没处买好烟。想起他在四十年以前，正作少爷的时候，六吊钱就买一两人头大土，比现在的烟卷还贱，并且那是什么味儿，抽一口真能上天，妈的，现在抽不着了，现在卖的是什么东西！可是比人血还贵，他说假如我躺在这样的铜床上，再抽一口人头大土，天之生我老蓝者，可谓厚矣。他这样想着，不觉翻起身来，看了看八奶奶，只见她正为鱼格水格补洋袜子呢。

　　"你太难了吧，坐在沙发上补臭袜子？"

　　"你老鸦落在猪身上了，没看看你那份烟具，还像东西吗？怎能和那铜床配得上，我补袜子，是妇人本等，俩孩子一点心也不长，两天就是一双袜子，姑奶奶的钱，也不是白来的，咱们也得替她省着点呀！"

"你说她的钱不是白来的我不信，她的男人干过军长，占过地盘，无论什么比咱们换洋火来得容易吧，穿几双袜子，连钱毛也动不着哇。"

"我不照你那样想，她是我的女儿。"

"好！她是你的女儿，你就崇〔宠〕她抵制我，昨天要不是你，她就把我们爷儿们考住了。这一露马脚，她也许变心，回头她要不给我拿烟土来，我还是跟你算账！"

夫妇俩，正自没事找杠抬，院子里童子音，很娇响的喊了声"姥姥！"

"哟！姑奶奶来了。"

八奶奶赶紧放下所补的袜子，迎了出来。

"哟！带着外孙子来了，快进来吧，对了，今天是半天学。"

老蓝虽然没出迎，也由床上跳下来，只见玉夫人拿着一件鼓囊囊而又横出细长的包袱，他就不住眼的直研究。等他们寒暄完了后，玉夫人把那东西放在桌上，他还直猜。不一会，他早已恍然包袱里不是赶面杖，一定是烟枪了。这时那名义上蓝宅的下人们，也都到上房来，对于玉夫人，表演他们那并非出于肺腑的殷勤。男仆问完安，都下去了，女仆阴妈，敬烟倒茶，在上房伺候着。可是两位少爷是闲不住的，问舅舅，没在家，磨着老妈子带他们玩去。老妈子正不愿意在这里规矩，乐得陪伴二位少爷，到商场逛一逛。

　　他们得了玉夫人的许可，并且要了几元钱，便到西单商场去游散。屋里已然没有下人，玉夫人才把那些东西现出来，老蓝一见，果然是一只烟枪，装璜样子，太阔派了！可是教不出是什么材料做的。其实这是一只整材料的地道犀角枪，据说，使用这只枪，永远不上火，不干不燥。其实是大材小用了，真的犀角，能解毒解热，治高热急病，可是把它做成烟枪，每日烟薰火燎，人手把玩，什么宝物也受不了，不出几日，必变凡材，哪里还有什么灵效。可叹抽大烟的人们，不明其理，拿上千上万的钱买好枪，谓之豪华，也许是一种消极自杀的豪华吧，跟那舍不得一刀断气，日以醇酒妇人，求于快乐之中而致死者，又有何殊？本来既是烟具，无论什么材料做的，也不能不上瘾，既已上瘾，便是服毒自杀，无论天上人间，或是天材地宝，就没有件东西能制服芙蓉仙子的，惟有一己横心，庶乎足使此魔女不扑自倒！使好枪便能祛病延年，那不是笑话了么？

　　老蓝的眼睛，已然瞪的溜圆，不觉喊了一声"好枪！"。

　　玉夫人把烟枪烟灯烟斗什么的，都摆在桌子上，最后打开那半个人头大土，托起来给老蓝看：

　　"您看，这是烟土吗？"

　　老蓝的心，几乎要醉。

　　"哎哟！孩子！你这是打哪儿弄来的？这是人头大土，万两黄金也买不到了，除了外国租界。你，你，你怎么有这个好东西呢？"

　　老蓝说着，忙将那块大土，接到手中，捧近鼻孔，左闻右闻，如同玩味禅悦似的那样喜欢，心里说："想什么，得什么，我一定是犯天星下界了，永远有人还我的债。方才我想起大土来了，二丫头就给我送这么大一块来。方才我正发愁我那分破烟具，与这大铜床不般配，二丫头就给我拿来那么阔一套烟家伙。人若没造化，强求，那不是自寻苦恼，硬钻犄角吗！看！老子有多大造化，全是天给的！"他正忘其所以的捧着那块大土，默夸其造化之非凡，只听玉夫人郑重其事的教了一声"爸爸！"他一机伶，这才把土放下，听听环姑娘要说什么。

"爸爸！"玉夫人庄色说："论理这东西我不该给您拿来，无奈我昨天已然许下您了，我想不信实说谎话，比吃大烟还厉害呢，一个人若是失了信，永远不说真话，就让他不吃大烟，他所中的毒也比大烟深多了；因为人若没了信义，所谓孝弟[悌]忠信礼义廉耻八德，无不受其影响，甚至一样全无，这样的人，就没有他不可以作的事了。论说大烟呢，在现在已是末路了，人人方在排它骂它，我怎好还拿这东西在您跟前取信呢？但是我怕您说'那么有钱的人都说了不算，我们撒点谎不是应该的吗？'所以我以为虽然这样的信，不必一定得履行，我也得实践前言，我就怕您不能谅解，反倒更有害。再说您已这么大年纪了，若是还年轻，我绝不敢作这样的事，您以后就别在外面私吸了，明儿我给您上个灯捐，您就在家里享福吧。无论有什么事，您只管跟我实说，自要是该办的，我必办，您听见了没有？"

"姑奶奶说的话，句句是良言！鱼格的爹，你以后真得听姑奶奶的！"

八奶奶还怕老蓝不爱听，照搪塞她似的一搪塞姑奶奶岂不又是一个乱子，所以才从旁这样说。其实老蓝奸透了，欺负八奶奶虽是他的拿手好戏，可是对于姑奶奶他天胆也不敢了，软的欺，硬的怕，是他天生性质。但是他口里虽然不敢公然表示自己意见，心里已然骂起来，"什么？别说谎？你倚仗你是有钱的寡妇，又没有什么乱七八糟的事，带着你那两个孩子闷头过日子，任什么干系也没有，所以你才主张说真话，讲信义，别人成吗？说真话，也许没饭吃，也许没事作，也许没有了这个，没了那个，人们所以不说真话，是有不得已的苦衷，人们不过是对冤对哄，说真个的还了得吗？人们为了生活，或是为了利益，便是妻子，有时也得瞒哄着。如果一个人对于一个人，肯于说真话，那必是利害相同，把性命拴在一个绳套儿上了，不然的话，谁肯开诚布公，供出他的肺腑呢？就拿我老蓝说，很自然的说了一辈子瞎话，虽然把女儿卖了，我还跟老婆说是给人家作童养媳，可是现在我敢把我的一切，跟环子直说吗？说了我的缺德，她不但不孝顺我，也许立刻就把我赶出去，这不用赵老二指教，我自己也明白。好么！说实在的，谁还拿我当人啦！"老蓝这样思想着，脸上却早已笑吟吟的跟玉夫人说：

"姑奶奶！听你之言，你一定疑心我是说了什么谎话了吧，也许我随便说的，姑奶奶以为是谎话，我决不敢，姑奶奶是谁呢！"

"那么鱼格水格，本来是失了学，您为什么跟我说他们上好几年学，已有大学程度呢？若论他俩程度，连初等也没上过呀，所以希望您以后跟我说真个的！"

玉夫人毫不宽容的紧跟着老蓝的话，这样追问着，老蓝有些发慌，心想：她为什么，老是追问此事呢？在她也许认为重要，还得逃避！

"不是！姑奶奶，你想想，他俩若照你这样聪明有志气，能念不好书吗？我不是没督催呀：'你们可别比爸爸呀，爸爸那时候，不兴念书，又没有学堂，现在你们得苦读哇！不然的话，没事作。'不是没督催，可是他们不干，这怎么好呢？"

"据我看，他俩是耽误了。"玉夫人叹息着说。此时八奶奶搭碴儿了：

"事到如今，什么话也别说了。就求姑奶奶想法子，怎样教他俩学一学吧。"

"那么大了，还能入小学？人家也不要哇，没法子只好教他们补习。"

"姑奶奶怎么好，我这土埋了半截的老太太，实在不懂现在的事。"

"常言说，'儿大不由爷'，姑奶奶就替我管你这俩兄弟吧。"

正说着，老妈子带着两位少爷由商场回来，还买了几件新的玩具。

"你们回来了。"八奶奶向两位外孙子周旋着说，"逛得好不好哇，都瞧见什么啦？"

"老老！"第二的少爷修慧说："我们还看见大舅二舅啦，另外还有两人，我们不认识，他们带着两个小媳妇，买生发油、雪花膏、洋袜子什么的，完了，又说到西来顺吃涮羊肉去，我要跟去，他们不带，我们就回来了。”

小孩子当然不会撒谎，不过鱼格水格直嘱咐他们，“回家别跟你妈说！”但是阴妈也跟小王是一党，故意教少爷这样说的。玉夫人当着老妈子，虽然没说什么，在街上胡交朋友的事，当然也不以为然，她常听说在街上，或电影院，硬跟男人上劲的女性，不是拆白，定是野妓，年青小伙子，哪有不上当的，他俩再一近女人，可更坏了。老蓝夫妇一听，更是挂不住，八奶奶不觉长叹一声说：

“孩子大了，没有相当的事作，再不成亲，实在太让人分心了！”

“你老说这话。”玉夫人焦急着说，“他们一无所能，不用说媳妇不好说，事情也不好找，非得教他们学点什么不可，那么学会了开车呢，倒是一分职业呀，但是据我的意见，还是教他们得先补习，万一他们有天资，也许能赶上上过大学的。”

“姑奶奶，你就多疼他们吧，错非你，我们老公母俩也实在压不住他们俩人了。”

八奶奶也是这样着急说，恨不得俩孩子立刻就成为德才兼备的孝子，她从此倚靠儿子，也就不再受老蓝的欺负了，说翻了，便个人干个人的，还怕男人横暴吗？死了都没关系！可是老蓝听见了鱼水二子的事，一点儿也没往心里去，好像说那是极其自然的事，胃饿了，要追求吃的，性饿了，也得追求女性，狗还在街上拿对儿呢，可以人而不如狗乎，所以他满不在意。

他衔着小烟袋,坐在一张靠椅上,两只越老越尖的眼睛,正不住竟端详那半个人头大土。心里说:看样子,这块土足有二三斤重,可惜没有烟锅,不然的话,今天就煮二两尝尝。明天找老魏去,求他先替我煮二两,顺便买回一分烟锅淋子。瞧!她们娘儿俩太不自爱了,简直是傻瓜,为鱼格水格,何苦着这么大急?人若有造化,还用得着使心费力学什么?即或学好了,你若没有造化,不是白给人家作奴隶吗?瞧瞧老子我!什么也不会,可是想什么得什么,鱼格水格若有造化,日后一定有八个姨太太,银钱过北斗,若是没造化,喂狗也应当,管他呢。他端详完了烟土,又相看那只枪:"什么做的呢?牛角?牛也不能有这么长的犄角哇,什么呢?"他想了一会,恍然大悟,"犀角!"他有些发颤,听人说在药铺里买一钱犀角,得好几十块钱呢,"这家伙足有二斤多,得卖多少钱!拿这么值钱的东西做烟枪,有钱的人真不得了,等明儿我到药铺问一问,若真值钱,我就把它卖了。"他简直忘了环姑娘正跟八奶奶商量鱼格水格的事,只听玉夫人说:

"我打算给他们俩人请一位补习先生,教他们一点国文算数修身什么的,过一年半载,我按照他们的成绩,再给他们张罗事。"

"姑奶奶说得是,为他们请先生,比给钱花还强呢,学会了能耐防身宝,他俩自有感激的,能不愿意吗?"

快开晚饭的时候了,鱼格水格还不见家来,这是因为他们已然看见植德修慧两个外甥,知道姐姐来了,他们倒不是怕见她，只讨厌她的考，更讨厌教他们作人。这年头，真要作人，还不如到庙里去当泥胎佛爷，她那一套，实在令人难受，若不是吃她、穿她、逛她，她再说什么就扑她。他俩为她留面子，所以以不见了之，始终没回家，乐得伴着两位女性，在外面多多的享乐享乐。

玉夫人等了半天，不见鱼格水格家来，少爷玩腻了，又想回去，不用取得他俩的同意了，反正是为他们好，于是玉夫人回去了。随着送出的阴妈口里说好话，心里却直骂，因为烟土和烟枪，她已然瞟着了："竟孝顺她这野爹，分给我们好不好？"夫人到家以后．便自拟了一件招聘教师的稿子，求谭凤岐给润色润色，就派人送到社会晚报。

所谓教员这一行职业，除了日本，在东洋诸国，本来都不大重视，但分有一线之路，或是有了什么相当的奥援，宁可去当店员社员、下级官吏，或是警察什么的，谁也不愿意充当那清苦的教员。尤其是北京的教员，简直不如一名车夫，他们在生活上，大可以用"朝不保夕"四个字来形容。诸君，千万莫要误会这里所说的教员，也许就是教授讲师之类，不，不！这里所说的教员，是专指小学教员而言，人数最多，年龄老大，差不多等于四民中之无告者，毕斯麦向小学教员致谢的光荣，恐怕他们作梦也梦不见了。他们没按月领过一回薪水，政府拖欠他们的生活费，自一年至十年不等，所以他们一边等着发欠薪，一边忍饿当教员，日月蹉跎，他们早都典卖一空，连障身的衣履，都显不上，有朋友求的，最好的挹注，也不过谋一席家庭讲师，或是补习教员之类，任你有多大抱负，永远也不离开本职，就好像误坠火坑的女同胞，再想拔腿，实在是不易了。

自从玉夫人的招聘广告登刊以后，接连不断的，来了一百多位，倒把玉夫人愁得没办法，目的仅不过招聘一位，一下子来了这末多，可怎么打发呢。论程度，都是最有经验的老教员，哪一位都堪采用，无奈僧多粥少，连政府都无法救济他们，一个家庭，哪能位置得了这末多人？老着脸把他都拒绝了吧，玉夫人又有些不忍，因为他们的薄衣，在深秋里太觉瑟缩了，简直是一群陈蔡绝粮的乞丐，夫人委决不下，只得跟老管家谭凤岐商量圆满解决的办法。谭凤岐说：

"这也没什么难办的，因为你太慈善了，官公地方，无论招考什么，都要报名费，借以敛财，你想，一个寒士，考不上已然太抱屈了，再花两元报名费，损失可太巨了。就拿这群人说，恐怕连车钱都花不起，夫人，你曷不反其道而行，不但不要报名费，凡是未被采用的，每人赠送两块大洋的车钱，他们也就不至太抱向隅之感了。"

"你说的很对！"玉夫人赞成说，"但是这百十来位先生，都是师范卒业的，并且还有大学出身的，应当采用谁呢？"

"这倒是一件难事，不如凭他们的运气，抓阄儿！"

玉夫人赞同了。结果是一位四十多岁衣履不大齐整的先生抓着了，他在这些应聘者之中，是一位最可怜的寒士，家里人口很多，虽然当了二十多年的教员，却是越当越穷，连妻子的衣食，都应不起了。他也是孔裔，号叫子固，久已夫想于正式教员以外，再兼一席家庭讲师，只是谋不到。他为人特别骨鲠，又不肯屈求人，作出损人利己的事来。一向忍着半顿饿去教学生，挨冷那更不用说了。昨天在学校的教员室内，看见玉夫人的广告，暗暗记下地址，今天就来接洽，不想比他还有眼快腿快的，竟有一百多人前来应聘，他太失望了；可是万也没想到西席一位，竟由他获得。大家无不替他欣幸，都说："他孩子多，他抓着了幸运，是再没有的了。"玉夫人也正可怜他的寒窘，阄儿由他抓得，也替他高兴，别人虽然落了空，每人却得了两元钱的车资，也只得各自归去。

玉夫人特把孔子固请到书房，谈了谈，不但新学很为通进，旧学也更渊博，遂把所请教师的原因，以及所教的是什么人，向孔子固先生说了一遍，务请他多多分神，不光是教功课，连作人的道理，也须讲给他们听，每日或早或晚，两个钟头也就成了，每月暂送薪金六十元，到了年节，另外还有馈送。孔子固一听，意外满意，他最初也不过怀着二三十元的希望，但不知这俩学生资质如何，如果可造，这也是求之不得的优馆了。想到这里，遂向玉夫人说：

"令弟若是天资聪颖的话，即或幼年间不幸失了学，若以书史启发，也能成为俊品，当初西汉窦太后的兄弟，都是幼而失学的乡村青年，可是由汉大臣为他们物色良师益友，到后来皆能比启贤者，幼而失学又何患？"

玉夫人一听，孔先生引经据典的说出教学的抱负，青年人若是得到这样的师友，可以说是幸运的了，当下极口称赞说：

"先生说的很是，足见平日对于失学青年，不但有同情，而且还有极大抱负。我的兄弟，能得先生为师，实在太可庆幸了，不过他们太愚鲁了，一定不免要教先生劳神费力的！"

"太谦了，太谦了！请问夫人，多怎上馆呢，就在府上吗？"

"不！我还忘了跟先生说了，馆址是在石驸马大街甲字五百号，我娘家家里，但是一切都由我负责，你自己可以挑选一个日子，反正在本星期内，哪天都成。"

"好！我后天上馆吧！"孔先生告辞去了。

玉夫人很满意，当日就到娘家去，把先生已然聘好的话告诉了老蓝夫妇，八奶奶别提多喜欢了，向玉夫人谢了又谢。老蓝口里虽也喊着"多谢姑奶奶分心"，但是心里大不谓然，他心说："花钱请先生，这都是大宅门的一种假派头，准学得好吗？即便学好了，又有什么用处，真不如在街上学点损阴坏德，倒有饭吃，当真念书，不傻必痴，那还有活路吗？也不知姑奶奶是怎么啦，为什么一死儿要教鱼格水格念书。看看！现在念过书的谁有饭吃？你的男人鹿六爷，若是真把书念好了的话，他能给你弄来这么多钱吗？何况鱼格水格已然用不着再念书了，他们无师自通的天才，以及在街上实习的法术，指不定在什么时候就用着，别看他们是小鬼，时运一到，就能变成阎王爷。念书作么呢，不是白花钱吗？无非我这话不好跟姑奶奶说，如果直言奉告，她又该说什么心术不好了，只可由她，反正这位倒霉的先生，没几天必被鱼格水格气走，也用不着管她了！"这是老蓝心里的见解，玉夫人自然无从揣知，她又问鱼格水格在家没有，老蓝早已撒开嗓子喊教起来：

"鱼格水格，你姐姐来了，还睡吗？快过来！"

昨晚鱼格水格，又在外面闯了一夜，天快亮才家来，差点儿没跟房门小王打一架，所以一直睡到现在，还没起床。他俩是住在东厢房，也是四白落地很款式的三间房，屋内有铜床，硬木家具以及新式写字台等等。但是被他俩糟蹋得乱七八糟，有时连铺盖都不叠，他们正在余睡未醒玩味昨晚的酒色财气，忽听上房直喊，好生不快。

"妈的喊什么？人家还没睡醒！"

哥哥说："他不知道人家一夜没睡，所以才这样讨厌！"弟弟也大为不满，不想老蓝叫了半天，不见他们答应，已自亲身来看他们。

"还睡哪！你姐姐早来啦！"

"为她还不睡觉吗？"

"不！咱们爷儿们现在不是正仰赖她？等你们揪住老虎尾巴，再跟她犯脾气！"

"真讨厌！"鱼格水格都起来了。

"你们俩人回头可别反对。"老蓝低声说，"她说她已把先生给你们雇妥了，后天晚上就来上课，爸爸信任你们，即便不念书，你们也能闯天下。不过念儿天书，识几个字，也有很大便宜。回头你姐姐要问：你们为什么这早晚还不起床？你们就说练习珠算来着。什——如一，一二如二的，胡乱一说，也就搪塞过去了，听见了没有？快着点，别砸了！"

　　老蓝嘱咐完了鱼格水格，依然回到上房，向玉夫人撒谎说：
"这俩孩子又可气又可怜，昨晚他们学珠算，又没人指教，
直搬了一夜的家，才把小六九打上来，天快亮才睡觉，所以起
得太晚了。"

　　玉夫人半信半疑，又待了一会儿，鱼格水格到上房来了，这
回跟上回大不一样了，弟兄两个，每人都穿上一身崭新的洋服，
很时髦的，合向玉夫人鞠了一躬。玉夫人很惊异：

　　"哟！你们都穿上洋服啦，真漂亮，哪儿做的？但是肚子里
若没有玩艺儿，也对不起这身洋服，所以我很希望你们先把书
念好了。"

　　"妈的！"鱼格水格一齐心里骂，"肚子里的玩艺儿，你三
个也不成，便是教书先生也得靠后！"

　　他们俩近来已然了不得，楞说是某军长的内弟，论理他们
有五十元的零花，什么衣裳都能做了，可是他们胡花滥交，甚至
有驾着他们的，乱虎情形。作买卖的为讨心净，说写上就写上，
反正人家打听明白了，他们不还，就找玉夫人去。

　　"姐姐教我们念书，我们也是求之不得，怎么念呢？"鱼格
水格问。玉夫人见他俩好像已然发生了求知之欲，很满意的告
诉他们说：

　　"你们俩这么大了，再上正式学堂，人家也不收，所以……"
　　玉夫人的话，刚说到半截，水格早抄过去：
　　"没的话，听说把学费交足，无论什么学堂都给文凭！"
　　"你又来气我吗？"玉夫人沉下脸来说。老蓝夫妇，也好

像家教很严似的说他俩："你姐姐跟你们说话，不许你们胡乱插言！"两个孩子彼此相视通意，好像说："这俩老梆子，也要菜了。"这时玉夫人接续着说："光要钱不教学的学堂，也不是没有，但是姐姐不乐意你们徒担虚名，总得学点真正有益的。现在我给你们请了一位先生，人家很有学问，品行更好，你们俩若是听人家的话，好处说不尽。好在在家里补习，比学堂自由多了，白天你们少出去玩，多在家里自习，晚饭后，先生为你们来上两点钟的课，自要你们肯向学，姐姐不怕花钱，一直请先生永远伴着你们也成！"

"永远伴着？不如给我们扛上枷！"鱼格水格心里说。

八奶奶乐得眉飞色舞，好像她这俩宝贝儿子，从此就成了书香子弟，没几天也许有人告着给媳妇。

"你们还不赶快谢谢你姐姐呢！错非你们得着这样的姐姐，光凭我和你爸爸成吗？好孩子！别辜负你姐姐的心，好好念吧，你爸爸不是因为没念好书，才……"底下的话，也许要说"才那样缺德"，又急忙打住，改为"才没发基吗"。老蓝从旁瞪她一眼，心说："若不是因为我缺德，你们就有今日了？"妇人又接着跟鱼格水格说："你姐姐既然乐意供给你们，也应当长心，别教你姐姐白花钱，白费心，那才算对呢。"

"你们要听妈妈的话，自要你们肯用功，姐姐绝不心疼钱！"

这俩小子，明面不敢反对，只得一弯腿，每人向玉夫人请了一个安说：

"谢谢姐姐！"

便相携退出，回到自己房内，商量怎样待孔先生，暂且不必管他。玉夫人又把门房小王教上来，告诉他已为二位舅爷聘妥专馆先生，教他嘱咐下人们要殷勤伺候。西厢房就作为他们书馆，务要每天派人打扫，先生的茶点，不可有缺，并且说："以后我要不时来察看的！"小王答应着下去了，玉夫人坐了一会，也就自回本宅。

第十二章

　　这名义上的蓝公馆，在最近已然弄得不像话了，无非瞒玉夫人一个人。玉夫人一来，上上下下，一盆火似的，都营苟着夫人，不知怎的谄媚才好，就让屈着心，也故意作出很殷勤的样子。可是玉夫人一回本宅，这里差不多就变为魔窟，很显然的分为三大势力：一是门房小王的势力，二是上房老蓝的势力，三是厢房鱼水二弟兄的势力。他们各有各的心思，各各的党羽，相互角逐，恣行所欲，主上仆下的分别，早已荡然无存。每日吃饱喝足，三方面各有他们开心的事。尤其门房的小王，心术最为卑劣，他倚仗是老鹿家的三世家奴，根本就没把老蓝放在眼里。他说不知哪里弄来的一群教花子，硬给宅里太太当爸爸，太太也不考察，居然信了老赵的话，这样优待他们，每月好几百，呼爸教娘的，这不是活笑话吗？她有买爸爸的瘾，我们可犯不上，什么玩艺儿！教我们伺候他，称呼老太爷，我们也太不值钱啦。小王自始就这样抱着屈。自从他当着赵老二，刻薄他们，他知道他说错了话，更怕赵老二拉舌头，告诉了老蓝，再由老蓝告到太太面前，他也许大受申斥，也许打了饭碗。可是玉夫人一向对于他没什么动作，这是由于赵老二根本没拉老婆舌头，小王不以为人家犯不上跟他一般见识，老蓝刚被环姑娘接来，怎好鼓动他小孩子似的告妈妈状呢？也只可劝他诸所留神，不想老蓝挑邪眼，倒把老赵气走了。但是小王自反省，以为老赵不能不说他的坏话，只是没发生效力。因为宅里太太对于老蓝一家，也许根本没有感情，完全为自己作面子，她自己也有了娘家，真的感情也许把我小王看得更重些。他简直起了邪心，忘了吃几碗干饭。

"别忙！现在是新鲜劲儿，等我把他们的一切，记了一本清账之后，他们都得滚！好么！跑这儿来混充爸爸和老太爷，我要□不出你去，你也不认得王小太爷是谁！"

他心里自行发狠叨念着，从此他好像跟老蓝一家结下深仇。据他本人的高见，玉夫人宁可管他教情弟或是丈夫，也不应当管老蓝教爸爸。真有钱有势力，倚仗他能干点什么，教声爸爸还不冤；一个穷光蛋，不知哪儿来的，就凭那姓赵的来回一说，这就是爸爸啦！当爸爸得有钱，没钱的真爸爸都不应当要，何况是冒充！人人都说他们的声音相貌，颇有相同之处，可是小王却极力反对此说。他说那是人们眼离了，耳朵小有了障碍，他怎么看不出来，他看着他们惟有讨厌和可恨，含口水把他们吞了才解

恨。可是你若问他："你为什么这样恨他们呢？"他自己也说不出
为什么，反正他没理由，无非是为恨妒而恨妒，并不因为什么！

不但小王恨老蓝，他还勾引别人，使之跟他一鼻孔出气。
厨子老妈子打杂儿的，通通受了小王的蛊惑，不拿老蓝当主人，
不过心里分，在表面上关系着玉夫人，尚不敢公然反抗。因为
他们也有顾忌，毕竟贪恋着他们的薪工，每日拿干的吃稀的，
当真闹大发了，玉夫人也许把他们都散了，哪儿还有这么舒服
的事由。他们虽然看不起老蓝，可是大抵都以为事情还可干，
并没有诚心辞工。不过他们假如真把老蓝一家攻击走了，玉夫
人还用他们不用？在他们都不曾思及，吃谁恨谁，也许就是这
种现象吧！

自从那日玉夫人给老蓝拿来一包烟土一份烟具，阴妈就有
点儿眼馋。她现在已有三十多岁，吃得又白又胖，她跟厨子刘
三很要好，没几天就回一趟家，什么白米白面，香油鱼肉之类，
多少总要带点。门房小王她也很圆滑的拿嘴哄着，但是小王的
野心，既谬且大，一个老妈子，他当然看不起的。这日她偷眼
看见那块人头大土，不知为了什么，竟自妒恨起来，心说："太
太作事太不公平了，那末一大块土，不分给我二两，找点外出
息，却都给了那个老头子，就凭他，配吗？"可是她又不敢明
要，只是心里暗恨，所以在玉夫人走后，乘晚饭已毕，大家凑
在门房间聊天的时候，也来参加会议，为是发泄她的牢骚。

"还是人家是骨肉！咱们怎样卖力气，也讨不出好儿来！"

阴妈剔着牙，一进门房，就这样海说着，小王忙问：

"阴妈！你这是说谁呢？"

阴妈一屁股坐在炕上，挑着眉毛说：

"还有谁？咱们太太竟知道孝顺爸爸，把咱们倒看得一个钱也不值了！"

"到底是怎么回事？"小王又这样叮问。

"你没见今天太太给他拿来一个包裹？原来是一份烟具，还有半个人头大土，二三斤重，现在得多少钱哪？要分给咱们，不是每人很好的做一件皮袄？……"

厨子和打杂儿的听了，也都直咂嘴，好像心疼这样的东西，却落到老蓝的口里。此时阴妈又补足一句说：

"人家不是亲的吗？咱们那儿摆！"

"什么亲的？"小王激昂着说，"她是上了那姓赵的当，指不定拿着了什么底，弄这么一家子来冤她。我们是会的，应当把他们赶出去，别教他们在这儿装蒜了！"

小王连太太都不教了，居然把"太太"改为"她"，大家也都赞成，问说：

"怎么办呢？"

"别忙！你们都听我的。"

这是头几天的话，现在玉夫人又替二位舅爷聘妥专馆先生，小王益发恨妒了，心里又是气又是恨说："那样的孩子还念书呢？搁着他们的！"从此他用上心。

他知道上回散布流言所以失败，是因为没有确实的证据给她看。这回应当由着他们的兴儿干，教那俩愣小子把先生打跑，教那老的胡往家里带人，一点儿我也不加干涉，如果一旦被她撞见伤了她的脸面，一定就得把他们赶走。小王太损了，好像跟老蓝有什么仇，所以才使出这"养其恶而使之成"的阴险手段。

老蓝作梦也想不到小王这样跟他作对为仇。本来他干他的，底下人干底下人的，他并没有一天使过家主的脾气。底下人有礼没礼他都不挑，反正既当厨子，就得作饭，男女仆人，也不能天天睡觉。至于日用品的开销，每月自有一本账，由姑奶奶开支，他也用不着怎样分心。因为他的习性，是只图眼前舒服，使心费力的去刻苦算计，他都办不到，每月不是有他一百元的零花，而且吃住都不用操心，他可不是更要图省心了。家里的饭好，就弄四两白干在家里吃，家里饭不可口，就到西来顺去充八老太爷。近日因为玉夫人孝敬他一分烟具，半个人头大土，他以为玉夫人的孝心算是毫无问题了，既有这样的好烟具和黄金难买的好土，独乐乐，不如与老朋友共之，也教他们看看蓝老八并不是说了不算的人。他越想越对，有一天他切了约有二两土，向怀里一揣，拿了小烟袋，荣归故里似的，来到了德胜门那个特殊区域，一直进了老魏的私烟馆。大家已然把他淡忘了，即或谈起来，也无非当笑话说，并没有一个人去打听他走后的状况，以为他的女儿，绝不能照他所夸张的那样豪富，多大的住宅，也万不至有一万多间房子呀。所以他一进来，大家倒都懵了。"谁呀？"正在怕出什么事，老魏先看出来了：

"呀！八爷！老没见，真发福了！"

躺着抽烟的赵不肖、孙三拐、钱大黑、李老疤拉诸人，也都认出是老蓝，早都站起来招呼他。

"八哥！""洪弟！""老蓝！""相好的！"众声杂举，你让他拉，把老蓝放倒在烟榻上。老蓝洋洋得意，早由怀内取出那包烟土：

"喂！老魏！快把这土给煮了，这是人头大土，回头大家尝尝吧！"

这些破烂小行头，真见老蓝掏出一包烟土来，那个提过来嗅一嗅，这个抢过来瞧一瞧，真是好土。

"好东西！八哥，你哪儿弄来的？"

"又是哪儿弄来的，姑奶奶家里的。有一天她请我去查库，被我发见好几箱子，来吧！哥儿们！够咱们抽几辈子的！"

老蓝忘其所以的又吹起来。大家都被他惊得呆了，你说不信，他真拿来这么好的二两土，若是没有几箱子，谁舍得这样交朋友呵！就拿这二两土说，至不及，也能卖二百块钱，老蓝真发了！得想法子弄他几两，买两间房子住吧。

大家这样胡想着，老魏在嘴唇上粘着半截烟卷踱过来了。他不信现在会有人头大土，如果有，二百元钱一两也有人要，因为有人求过他。他慢条斯理的接过那烟土，一看颜色纹理，便知不凡，又很细心的闻了闻，完了又用舌尖舐了舐，他那焦黄满带烟气的瘦脸，已然很异样的紧张起来，半截烟卷也扔了：

"金子！金子！八哥！咱们用不着吃这土，我给你卖了好不好？每两一百元！"

"不，这是我请大家尝尝的，你快煮来！明儿我另外送给你。"

蓝老八俨然是位"爷"，躺在炕上满不在乎的令着老魏。别人也都想尝尝，绝不能教老蓝把这号买卖作了去，七嘴八舌，都催他快煮。老魏无法，虽然二百元没赚成，少给弄一百八十的，老魏把土拿去了。钱大黑在后头顶他一句：

"喂！老魏！那是有分量的，回头灰是你的，膏子是不能少的，过过戥子！"

"没错儿！"老魏答应着，到后院去煮烟，这里老蓝和大家吸着老魏的卖泡，大吹其别后景况，现在他在哪里住，用着多少人，鱼格水格，有专管先生教着学，不久就要入大学了。他天天虽然享着无边幸福，心里老是想念老朋友，所以今天抽暇，特来与诸位弟兄话旧，回头抽完烟，还想请大家去喝酒。就好像汉高祖回到丰沛老家，置酒高会同乡父老似的。足这么一唠，把大家给虎得真有点懵头转向，都想着过后一定得专诚拜谒，能揩点油更好，不能揩时，白吃白抽，再哄他一赌钱，每回也能弄他几块钱。他们正谈得高兴，老魏急就章，已然把头淋给他们煮出来。大家得着了便宜烟，你挑一签子，他来一朵子，当时烟枪并举，云雾氤氲。

"好！好烟！真是人头大土！这是什么滋味！"

大家不约而同的夸赞着。老蓝得意万分，好像随着烟缕上了天。不一时老魏把烟完全煮好，老蓝也让他尝两口。老魏吸着烟，不觉想起以前的旧事，若不是非抽人头大土不可，何至把一份家业都抽进斗里去，现在只落得卖私烟，明不是正路，但是欲罢不能。他闭着眼睛玩着烟味，眼眶痒辣辣，像是要滚出泪珠。他想着明儿得劝劝老蓝，既有这样好土，不如把它换了钱，吃惯了好的，以后就难乎为继，不是干受罪？老魏的话，一点儿也不错，老蓝诸人，因为多少年没见着好烟，已然另成一种代用品的瘾，乍抽好烟，反倒受不了，没几口，大家都有点恶心欲呕，老蓝喊声不好：

"咱们快喝酒去吧！这烟劲真大！"

他替大家会了烟账，带着他们又去寻酒馆，直闹了一天才回家。只见八奶奶正跟鱼格水格闹呢。

"你们俩人又没钱了？也不想一百块钱是多少银子？这要在乡下，能买二亩多地，可是你们俩人一点也不心疼，随便就花光了。你姐姐现在不是给你们请好了先生，为是教你们读书上进，将来好有好事作，可是你们一天也不好生念，有时候先生都来了，你们还没家来，先生到了时候只得很不满意的回家去，书要这么念，不是白花钱吗？"

八奶奶这样数说着儿子，老蓝刚家来，也不知怎么回事，忙问八奶奶说：

"什么事？"

"你还不明白，没到半个月，他们又没钱啦，跟我要，这还不要紧，你问问他们自从孔先生来了，他们念了几天书？永远把人家孔先生干在书房，黑更半夜才家来，这要教姑奶奶知道了，可怎么好呢？"

老蓝见说，当爸爸的所应当生的气，不但一点也没发作，反倒笑嬉嬉跟鱼格水格说：

"你们这两小子也太没有智转了，没钱花，不会跟你姐姐要，磨你妈作什么？"

"可是月钱她给了，还怎么要呢？"鱼格水格撅着嘴说。

"你们糊涂呵！不会撒个谎说买书吗？你们别老不理那孔先生呵，看他那样子，比咱们在德胜门时还要穷得多，书呆子有财不会发，你们应当教导他，教他跟你们串通一气，多开几种贵书，我听说有什么'四苦全书''康喜字典'，教孔先生拉个单子，你们俩要求你姐姐买，等她把书价发下来，你们跟孔先生按成分。饶着你姐姐赞成你们，还把她的钱赚了。"

鱼格水格一听，喜欢得想跳回旋舞，连说：

"爸爸的主意真高！"

八奶奶早已叫起来：

"你作爸爸的，不教给他们好主意，先教给他们闹鬼，鱼格水格别听你爸爸的，那使不得！"

"什么什么！"老蓝综着鼻子，邪着眼，冲着八奶奶说："这年头谁不是这样干！单你又说使不得？顽固！顽固！"

"将来一定教你们给闹坏了。"八奶奶又哭了，两个小子却笑着跑了出去。

老蓝所以教鱼格水格去闹鬼，实在因为他也不好意思再向玉夫人额外要一个钱。一百块钱还不够花的吗？他怕玉夫人问，但是他在钱上，向来是毫无心计，不用说一百元，二百三百他也能流水般花出去，近来他吃、抽、赌，没有不干的，所以他也有些手短。他一寻思，忽然想起玉夫人的话："自要是应当办的我必办。"买书不是应当办的吗？万一环姑娘把钱发下来，一定交给他，他再从中抽他们的税，无奈想头虽好，可惜他们爷儿们没遇见和他们一鼻孔出气的先生。

孔先生人虽穷，既不肯误人弟子，又不肯拿着心去倾东家，一条死脑筋，和则留，不和则去，绝不想在此赖衣求食。近些日，他已然有些动怒，不想再干了。在没上馆以前，他很幸他的佳运已然展开了，这样的优馆，托人也谋不到，不想意外采用了他，不但束脩优厚，而且只有两位男生。虽然鹿宅太太说他们耽误失学，也无非是谦词，自要他们心地聪明，一定要尽心竭力，教导他们。所以孔先生红着心来上馆，头一天一看，两位高足，孔先生就有点失望。只见他俩满脸浮着卑俗之气，虽然洋服革履，却掩不住他们的寒陋粗野，一点英俊少年的气度也发见不出来。及至考问考问他们的程度，并不是太璞，完全是两块不中材的朽木，看样子，连国民学校都未曾上过。孔先生很发愁，如果是小学生，还可以从根本上施以初步的启蒙教育，可是他们俩这么大了，恶社会的习染，无一不是根深蒂固，牢不可拔，人间必要的道德、知识，已然没有再行注入的可能。这样的学生，不但先生没有能力教，恐怕他们也没有能力学，"教学相长"的格言，到现在算完全灭废了。

"怎么办呢？"孔先生暗自筹度，本想立刻辞席，又恐无以对玉夫人的一番盛意，人家希望弟弟成人，当先生的反倒不担负责任，畏难而退，说不下去！勉强干些日子再说吧，孔先生这样想着，遂向鱼格水格说：

"我看你们俩人耽误得太厉骇了,一直就念高等国文以及其他课本,当然是格格不入的,没法先得多识字,然后再念书吧!"

鱼格水格见说,心里都有些大不满意,若不是姐姐给聘请来的先生,也许当时就要吵架,

"先生!"水格很轻躁的说,"现在老的都不时兴了,并不是我们没念旧书,是因为我们不屑于念它了,我们现在希望认识新字,会作新的诗文,你明白了吗?"

头一天上学,先生还没教给他们什么,他们反倒把先生教训了一顿,把孔先生气得几乎要发抖,本想立刻不干,不教这样的学生了,无奈头一天就裂锅,恐怕教人说当先生的太没涵养,循循善诱,是先生的天职,怎好和他俩一般见识呢? 当下纳着气,反问鱼格水格说:

"新诗我明白,新字是什么呢?"

"新字你也不明白?"水格张牙舞爪的说,"新字就是不查字典就能认得,想怎么念就怎么念,没有平上去入四声,没有一东二冬三江四支等头脚,再加上许多圈点钩子什么的,不就是新字吗! 反正看着像什么就念什么!"

"字,还有想怎么念就怎么念的吗?"

"凡事不是都有个革命吗? 我们大家坐在一起闲聊天的时候,都说旧字太烦麻,简直不是玩艺儿,所以大家一致主张使用新字,比如一个字,你只认得一半,你就念一半,那一半可以不管,而且还可以自己编造。听说天下各省,已然降生许多新字圣人了,拿它作新生,是最方便无比的,几天就能成为诗

家，所以我们俩人也想试试看，先生！你能教吗？”

“我不能教给你们新字新诗！”孔先生似乎是动了怒，“要想学，就得听我的！”

“顽固先生，实在没法子。”鱼格水格彼此挤了挤眼，忍耐着敷衍了一个钟头，孔先生为他们开了一个初等程度的课程表，解字、习字、笔算，以后有了进境，再念国文，修身什么的。可是这俩孩子，三天打鱼，两天晒网，一天也没好生用功。孔先生乐得一个人在此喝点茶，吃点点心，看一个钟头的书，见学生不来上课，也只得回家睡觉。老蓝呢，既与先生臭味不同，孩子的功课，更是无法考核，既然由他嘴里，把他自己吹到云眼那样高，那些老朋友也就用不着再客气，都想到他的宅里来玩玩，如果真照他所说的，有好几十箱人头大土，不但白抽他的不必心疼，碰巧还要发笔大财。头一个便是私开烟管的老魏，一心想着前天那二两土，如果老蓝答应教他转卖，立刻就有二百元的赚头。那么好的东西，竟被他们瞎喷了，也不知老蓝说的是真话是假话，这么大价钱，不用说几十箱子，就让有几十两，也算发财了。“找他去！”老魏下了决心，把买卖教老婆看一天，便坐了电车来到西单牌楼，进了石驸马大街，老蓝所说的门牌号数一找，很容易的就找着了。

“讲究哇！”老魏上看这处宅子，就知道老蓝也许没说谎话，他对于老蓝自然没什么可拘泥的，可是就凭他那一身油污的蓝布衣服，也来叫这样铜钹油漆彩画的门，不知不觉有些羞涩起来。他很不安的轻轻把门钹一拍，门房的小王出来了，一看老魏衣履不整，满脸烟气，以为是求钱的花子，当下沉着脸问说："干什么？"老魏嗫嚅着说："我找蓝八爷说句话。"若照平日小王的恶习，一定不管他的事，说声"没在家！"也许把他堵走，但是现在他正蓄谋想坏老蓝的事，打算把老蓝的种种缺德，以及不品行的事，逐渐养成，再给他一宣传，玉夫人一个挂不住，那当然就得把他们逐出了，看他们还上哪儿去美。小王这样想着，立刻和悦了许多。

"你找蓝八爷吗？"

"是！我们是老朋友！"

"好！你先到门房坐一会。"

小王把老魏引进门房，很客气的让他坐下。老魏自思："这还不错，老蓝不是吹牛，底下人真给他招待客人。"内情他哪里能知道。

"贵姓？"小王笑着问，"找八爷有什么事呢？"

老魏报了姓名，但是所要办的事，他却有些迟疑。

"没关系！我是八老太爷的心腹，什么事都不瞒我。"

"听说他有一点好土，我打算匀两八钱的。"

老魏到底把心事说出来，小王暗喜，连说：

"这事呀！没什么，没什么，你在这儿坐一会儿，我给你回一声儿去！"

小王进去不一会儿，笑着出来说："里面有请。"他把老魏带进去，回到门房，咂着滋味高兴。

"好哇！卖起烟土来了，不把你赶走，不认得我是谁！"

小王万分快意的这样暗教着，真不知为什么他这样恨老蓝，可是在老蓝一方面，见小王居然进来回事，把多年老朋友给让进来，还十分高兴，心里别提多快活了。连忙出迎，一见了老魏，就哈哈笑着说：

"老魏！我没说瞎话吧，你看我的底下人怎么样？反正我的话，他们谁也不敢不听！自要是我的老朋友，他们谁也不敢拦！"

好家伙！只顾老蓝这样一胡吹滥唠，他的幸运就算交代了。老魏惊异万分，心说："老蓝会有这么大造化，居然能够使奴唤婢，也许不是这一辈子的事！"老魏惊羡着，随着老蓝进了上房，他一看那些中西豪华家具，更是意外骇叹了。

"老蓝！我不是作梦么？这是来到什么所在？"

"喂！老魏！别小店儿，这就是我蓝老八的家！来！躺下抽烟吧！"

八奶奶跟老魏虽然也很熟识，可是怕姑奶奶来了撞见，因向老蓝说：

"你陪着魏大叔到厢房去吃烟吧，姑奶奶若是来了，也好有个躲闪！"

老蓝见说，翻了翻眼睛，以为这话是对的，于是自己托了烟盘子，胁下挟了烟枪，又把老魏让到了东厢房。这里是鱼格水格的割据地盘，虽然没有上房那样堂皇富丽，也是围屏床帐，桌椅茶几之类，应有尽有。无奈床铺上糟踏的乱七八糟，桌面和地板，也像好几天没有打扫，瓜子和花生皮子扔得满地皆是，但是墙壁上却悬着许多张印版的裸体画，还有女人照片等类。

老魏直咂嘴，心说："鱼格水格两个屎蛋孩子，也成了阔少爷了！"老蓝把烟具放在一张床铺上，划了一根洋火点上灯，让老魏千万别客气的和他对面躺下。老蓝这宗举动，一方面是出于朋友的至诚，一方面也是为显一显他的豪富。烟膏子和前天的一个气味，自然仍是人头大土煮的，老魏吸了两口，赞美之余，遂把来意跟老蓝说了，蓝八爷毫不踌躇，很慷慨的跟老魏说：

"你先抽烟！那算什么，回头我给你包二两，爱吃爱卖由你！"

老魏见说，血脉奋张，比吃了大烟还觉舒服，赶紧向老蓝说：

"吃，我是吃不起，不过我若卖了好价钱，由八哥分我一点好处就得了！可是八哥，你到底有多少？我劝你别抽它了，不如把它换了钱，有二三十两，就能买很好的一处房子。"

"唉！那一点小意思，我也就不贪了，姑奶奶这么多房产地业，教我去经管，我都怕费心，何况拿烟土去换房？咱们现在都老了，得想法子乐一乐！"

他模仿着老封君的样子，又这么一吹，其实他不但不知道环姑娘到底有多少财产，连他自己那一百元的零花也不知道怎样支配才算适宜。反正顺口流，故意往阔里说，防备后来的心机，他实在一点也没有。假如他当真听了老魏的，也许不至复归他那间破木板房了。

抽会子烟，老蓝想留老魏吃饭，老魏不肯，说铺子没人看着，赶紧得回去。

老蓝真不含糊，由上房给他切了一块土，约有二两多重，老魏如获重宝似的袖起来，说声再见，老蓝也不送，由他自己出去。刚到门房，小王把他教住：

"给你了没有？"

老魏因他自言是老蓝的心腹，也就无须背着他，带笑说：

"给了！"

"多少？我看看！"

老魏由袖筒内把土取出来给小王看，黑褐色，楠木似的又硬又香，小王暗暗切齿，有心报警劫他，又怕自己受牵连，万一打了饭碗，倒不合适，不如给他上上账，还是教她驱逐他。想到这里，因向老魏说：

"你去吧！"

于是老蓝贩卖烟土的证据，被小王记录在账簿上了。没几天，赵不肖、孙三拐、钱大黑、李老疤拉许多卖破烂的，也都前后到老蓝家里拜访。有时一个人，有时两个人，也有时四五人，结伴来。门上小王，不但概不拦阻，还跟这些人套近边，毫无形迹的，都把老蓝的事打听明白。什么卖过孩子咧、拆过房子咧、换过洋取灯儿咧，一天说不完下次再接着说，才知道他是个有今儿没明儿的人。他自己夸他的造化特别大，他说他在青年时，有上两辈还他的债，年纪老了，又有下两辈还他的债，这不是命吗？实在比不起。小王听了这些话，喜之不尽，暗暗骂了一声"好家伙"，没事时，又一一给他上了账。这些人都是由老魏给招来的，他回去替老蓝足劲一吹，说他那里不亚如是天宫，这些人又羡又妒，谁不想敲他二两烟土。来长了，甚至在厢房大推其牌九，通宵达旦的干，急的八奶奶哭也不是，喊也不是，只得央求老蓝说：

"你快别这样干了，这要教姑奶奶知道了，她能不说话吗？等她发下话来，不是大家都不好看吗？"

"动不动你就拿姑奶奶来虎我，难道她就不交朋友吗？再说我交我的朋友，也碍不着她什么。她既有孝心，理应教我痛痛快快乐几年，事事都顾虑着她，我还活什么劲儿。你别管！都有我呢！"

"好！有你！"八奶奶叹息一声，不再理他了。

老的往家里一招烟友赌友，小的也满不在乎了。不但流氓秧子直往家里引，有时还带着女性，在厢房里公然大讲其爱情。夜深了，也不走，大方不拘的睡在这里，急得八奶奶心都要跳出来。

"哟！这是谁家的姑娘呀，真要把人吓坏了！"她不想想，谁家的姑娘敢在外边过夜，这分明是暗娼野妓，出来做生意，但在八奶奶的心里，根本不明白有这些事。既然不顾廉耻贞操，不是鬼定是妖精，所以她十分骇怕，怕小子坏了，更怕姑娘坏了，没娶没聘，男女就到一块儿，那完全是给祖宗摔牌的事，太怕人。她打算赶紧得求姑奶奶，快给鱼格水格说媳妇吧，再要耽延下去，鱼格水格准得被那些坏姑娘带累坏了。其实鱼格水格早坏了，不但不能再受带累，而且正在进行带累别人！

这样热闹的事，玉夫人还有不知道的吗？何况内中更有第五部队的小王。玉夫人的本宅，早已吵嚷动了："老太爷聚赌开灯，贩卖鸦片；舅爷狐朋狗友，窝宿私娼。"玉夫人听了这些消息，骇怪极了，心说，他们能有这么大胆子吗？每逢到那里去串门，也没什么可疑的事，怎么又出这样的谣言呢？就让他们从前是贱的，可是看我的面，也应当尊敬他们才对，为什么屡屡在我耳旁说他们的坏话呢？聚赌、窝娼、贩卖烟土，这是多么怕人的事，他们敢作吗？访访再说，不能听旁人的。所以玉夫人仍照平常一样，依然到娘家去串门。可是老蓝和小蓝的朋友，也不能天天来，什么也没看见。没法子，只得开诚布公，向老人打听打听，到底这谣言是怎么发生的，如果有赶快改，若是没有，更得小心过日子了。所以玉夫人郑重其事的先问老的说：

"爸爸！又有人给你们造谣言，你们知道不知道？"

每逢玉夫人一来，老蓝几乎另换一个人，老实无比，口衔着小烟袋，作出知足守分的样子，忽见玉夫人这样一问，不觉大吃一惊：

"什么？谣言？我又不招人不惹人的，谁给我造谣言？没有的事！"

"人家说您聚赌卖大烟！"

"这是没有的事！"老蓝几乎要跳脚，脸也有些发青。

"无风草不动，您必是赌过卖过，不然的话，谁敢瞎说呢？您不要瞒着我！"

"姑奶奶！我敢起誓！谁没有朋友呢，你给我拿来的烟土，我送给老魏二两，一个大钱也没要他的，再说就是当初几位老邻居，见我在这里享福，不免要来看我，我留他们玩一晚上，难道这犯罪吗？也不是谁，这样缺德，聚赌、卖大烟，这我受的了吗？"

老蓝一边说，一边直生气，本来是实情，也真没撒谎。玉夫人自然也就明白这是故意造的谣言，有心为难了。倒替老人很表同情，因向老蓝说：

"既这样，您以后多留点神，朋友也不可不交，也不可以滥交。"

这简直不是跟爸爸说的话，仿佛在慰勉鱼格水格。玉夫人对于老人的心，温雅极了，可是老蓝仍在气愤：

"知道了是谁，我想咬他两口！"

这时玉夫人又转向八奶奶：

"妈！这几天鱼格水格逃学了没有？人家孔先生太有品学了，别教他们俩人旷功才好！"

八奶奶既恨老的没心，又痛小的无知胡闹，真要把他们在环姑娘面前告下来，不但招儿子的恨，老头子受了连累，也要拿她扎筏子，心里无论怎样他们，还得替他们遮饰：

"姑奶奶！他们荒了这么多年，真跟没笼套的野马一样，现在依你的，也能认字念起书来，这就算不错，凡事得慢慢的来，你可别为他们太着急！"

"妈！"玉夫人说着，又向老蓝那边看一眼，"方才我说那些谣言，也有他两在内，既然每晚跟先生用功，就不应当再出去胡闹。怎么着，他们还往家带女人，留住过夜？真要如此，我可不能答应他们！"

八奶奶见说，不住暗暗教苦，怎么什么事她都知道了呢，若不是有人报告了她，她由哪里能知道呢？我就说他们爷儿们将来要作祸的，这要不是姑奶奶明白，听见风就是雨的，来了就一闹，可怎么好！她一边这样想着，一边跟玉夫人说：

"要听闲言，那可就没头儿了，这俩孩子，头一样因为没成家，第二样因为没事作，在外头交几个小朋友，倒是有的，若说他们往家带女人，我一回也没看见过。姑奶奶！千万别信旁人的话！"

八奶奶不得已为儿子编了这么一套假话，蓝老八感佩之余，也从旁唠叨着：

"好哇！这是跟我们爷儿们干上了，再过几天，也许要说我们时常出去明伙抢劫了，有什么仇，这样糟踏我们？"

玉夫人也有点挂不住，除了底下人谁能知道他们的事？但是当底下人的如果看出有什么不对的地方，理应加以劝阻，劝阻不听，也可以回去报告我，万不该给他们胡造谣言，这些人太可恶了，简直是看不起我。夫人这样想着，有心把底下人申斥一顿，谁造的谣言，又没凭据，不如等察明了，教他辞工一走就得了。于是纳着气，安慰着老蓝说：

"爸爸！您别生气啦，反正我都明白了，您瞧我吧！"

"姑奶奶！这不是没影儿的事吗？幸亏姑奶奶明白，不然的话，我们爷儿们不是吃不了得兜着走？"

老蓝好像抓着理，玉夫人倒怪过意不去的直安慰他。但是这件事，她毕竟放不下，打算弄个水落石出，究明到底是谁干的，所以不等开饭就回去了。到家以后，便命老妈子把老管家谭凤岐请过来。

"谭大爷！我所以寻访我的父母，并不是光图有地方去串门，谁教我有两个孩子，又有几个钱呢，这也是当子女的应尽的一种责任，怎么这群人就不体谅我的心呢！固然我的父母兄弟，有许多地方很使我失望，不是我理想中的父母兄弟；但是我若拿心力财力，把他们教育一番，也许能把气质变一变。可是他们不但不明了我的心，反打搅，破坏。宅里的人，我待谁都不错，为什么屡屡替他们胡造谣言，好像教我必得把他们驱逐了，方才甘心。而且所散布的，都是些可怕的罪名，就让我不再认得他们，也得另有别的理由，怎好说他们是犯罪呢？我不知您听说没有？什么窝娼、聚赌、贩卖大烟，这有多么令人可怕呀！到底是谁？您须告诉我，我也不怎样他，就问问他有没有凭据。"

玉夫人很躁怒的这样问谭凤岐。老管家见说，先叹一口气：

"唉！人的理想，实在是太难达到了，按直理说，您这番举动，是我们人类最优美一件事了，只可惜一方面程度太高，心情过于深厚；一方面程度太低，没法子融和攀跻，所以不容易达到圆满理想之境。那些谣言，不用问，自然是出于没有理性的嫉妒，事实绝对不是那样。但是照蓝老太爷以及二位舅老爷的习性，也绝不是光恩待所能感化，恐怕你越恩待他们，他们的恶，也要益发增高，因为他们是不会反省的，而且又根本没有好朋友，由哪里能够改过迁善呢？不如利用一个机会，吓他们一下子，他们有了悔悟，再以金钱接济他们，也就是了。"

"您说的很是，我也有这样的打算！"玉夫人渐渐安静了，"但是究竟谁撒的谣言，直弄得宅里无人不知，这要不明白是谁，将来底下人就没有顾忌了，想说什么就说什么，那还了得？"

"反正他也干不长，我正想把他算下去，您就不必问了。"

"不！先告诉我，他要有理由，我不但不算他，还要长几个钱！"

"明白人谁也不这么干，就是门房刘二的外甥小王。他说都有凭据，就说有凭据，也不是他所应管的，何况未必真。这样的人，心性阴狠，万不可用，所以必得把他算下去。"

"好！就是他！您下去吧！"夫人吩咐着，要不是正在饭时，立刻就要打发人去教小王。次日玉夫人想到小王太可恶，便派人去教他。小王才吃过早饭，忽见玉夫人差人来教，知道也许是他的宣传发生效力。有凭有据，不问便罢，如果问到此事，就给他合盘托出，人来客去，写在账上，也是当门房的责任。他并不着慌，衣兜内揣了他那本笔记，理直气壮的来见玉夫人。

他舅舅刘二直埋怨他："没事瞎嗡嗡作什么？见了太太别胡说！"

"楞给好汉子牵马坠凳，不给癞汉子当祖宗，那个样儿的我瞧不起！"

小王毫不在乎的喊着，里面传下来："小王！太太教你上去呢。"他很快的走进内宅。

"小王！我近来听见许多风言风语的，有人说你知道，你真知道吗？"

玉夫人很和平的问他。

"什么事？"小王问。

"听说少爷的老爷，贩卖烟土，真有其事吗？"

"真的！"小王一点也不踌躇。

"有凭据吗？"

"有！"小王由衣兜内取出一册蓝布皮的账簿，呈与玉夫人看。

玉夫人接过来，揭开一看，只见第一款写的是："年月日有魏姓来找老太爷，在东厢房吃了半天烟，说了半天话，走时，拿去烟土二两。"

以下紧接着写了许多人，如同赵不肖、钱大黑、孙三拐、李老疤拉等都一一记入，但是这些名字，尽是外绰名。人家当然不能告诉他，所以他只写"某日某时，老太爷和李孙钱赵诸人聚赌，还开灯供客。"玉夫人一看，就知道这小子是在成心为难，意欲中伤他们爷儿三个。若说这都是犯罪的，那么，人们彼此来往，无一事不是有罪名的了，何况老人的烟土是我送的，头一名贩私土的不是得先问我吗？这小子的存心太骇人了。夫人本想即时把他算了，头一样关系着许多人，他们若连合起来一下手，不知要丢失损坏多少东西，再说这本账写的太繁杂了，一时中看不完，所以依然不动声色的向小王说：

"你很细心！不过你写的这么多，我一时中看不完，你先下去吧，更要好好的作事！该管的再管，不该管的，也可以不管。"

小王很意外，他是豁出饭碗不要，来与玉夫人硬碰的，不想太太不但没怎样，反倒很和平的吩咐他好好作事，而且还夸他细心。不想他歪到邪道儿上去，以为也许太太为顾他的心，真比为顾老蓝父子的心还重。本来她这寡妇，还算青年，焉知道不是由老早就爱上他？小王一起魔障，不免很可怜的由无意识的嫉妒病，又陷入了不易医治的妄想狂，一心以为这绝世的美人和雄厚的财产，不久也许要归属于他，所以他好像刚由斗牛宫赴宴回来似的，昂然阔步，走进门房。他舅舅刘二，正为他提心吊胆，见他竟自得意洋洋的下来，忙问：

"太太没生气吗？"

"生气？"小王好像有什么精灵附体似的，只一跳，落在木炕的上首，比赶车的跨车辕还要利落的多，"她每逢见了我，不但净气，永远是意味深长的笑着，即便生了气，也就像云消雾散，什么事也没有了。"

刘二见他态度失常，说话太不检点，这总由于年青，心里不平静。听他所说，也许太太没把他算下去，但是不应当那末说，谁教是舅舅呢，只得劝劝他：

"当差有当差的规矩道理，千万不可想什么说什么，幸亏这屋里没别人，这要教别人听见，胡一嗡嗡，你受的了吗？往后什么都得谨慎！"

"人不能永远当奴才，难道老爷就没有我的分吗？您看着吧，反正会有那末一天！"小王说着，抓起来他的帽子就走了。

刘二一见，心说，"这是怎么回事呀！不是太太真把他算了？"当即托人到内宅去扫听，并没有把小王算下去的事。

今天玉夫人没到娘家去串门，晚上没事，便把小王的笔记披读起来，虽然对于小王的心术益发觉得惊骇万分，可是关于老蓝的一生行状，也由他的大作，细大不触的，全给记录下来，夫人越往后看，越发手颤心惊，几乎像中了寒似的那样打战。

"唉！早知他们是这样的人，周济周济，给几个钱也就是了，何必一定接了来呢，这倒害了他们。不但不学好，更把高等流氓的恶习，通通学会，再要回去负苦卖力气，恐怕都不能了。赵大叔万不该不跟我明说，即或说了，我也不能恨他们，反正帮几个钱，或是先教他们往人里去，也绝不至惯得他们这样子。现在怎么好呢？只得听谭老伯的，吓唬他们一下子。一狠心还得教他们去换洋取灯儿，教他们也知道知道，不学好，也只可干这个。只是苦了我的母亲，她已五十多岁了。不过不如此，他们爷儿三个是不能怕的！"玉夫人像是正在使用苦肉计的军师似的，虽已决了心，但是毕竟有些凄惶不忍，可是把眼睛一移到那册笔记上，又未免极其自伤的愤恨起来。

小王的笔记，由老蓝卖烟土，小蓝往家带暗娼起，以及老蓝那些过去现在的种种生活样子，很拉杂的，真给写了不少。论理关于老蓝过去的历史，他当然是不能知道的，架不住他跟赵不肖诸人假装的直套交情，这些人又全是气人有、笑人无的标准人物，越是老朋友一旦升官发了财，虽然天天受着人家的好处，遇了机会也想把人家的贫窭时代，故意当笑话说，不是该过谁的钱，借过谁的当，便是老婆穷的连裤子都没得穿；何况老蓝那样的一个人格，一旦住了府第似的房，吸着金子一般贵的烟土，那些人当然更要很快心的谈谈他的既往，借以炫耀关于他的事，他们无一不知。又搭着老蓝什么都不在乎，一高兴不打自招，凡是他所作的事，好像都不避人，因为他说他是犯天星下界，无论什么缺德的事，说了也无妨，反正他的儿女老婆，以及祖父前两辈，他说都来还他的债。所以便是环姑娘由小儿怎样卖的，他在最近，他像讲故事似的，说给他那些老朋友听。赵不肖诸人，也因为苟着小王，出入方便，有时也在门房跟这群底下人，讲评词似的，大谈老蓝的传记，小王当然是不能轻易放过。虽然不能很有组织的记述一篇传记体的文章，可是照每天所谈的，仿照小报新闻体，也凑合着说明白了。而且每日一条，是谁说的，都一一注明，他很有深心，怕是玉夫人问他："你怎么知道的这样详细？"他就说："您没看吗？这是老赵说的，老钱说的！"

玉夫人一夜也没睡好，自己很以为自己的命不强，为什么得着这样的父母？毁了我的人格，永远留了一点痕迹还不算，接到眼前来还这样不要强的现着。

拆房卖女儿，原来不是由于兵乱灾荒，完全是由于贪逸恶劳，好吃懒作所致。什吗，自己不去反悔、惭愧，倒说爸爸跟女儿都是来还他的债，硬不还怎么样？这样的人太凉薄寡恩了！一点亲族骨肉的感情也没有了，驱逐，驱逐他们，楞不管看怎么样？玉夫人由悲叹变为激昂。此时植德修慧醒了，要撒溺，见娘还没睡：

"妈！您怎么还没睡？"

植德这样问着，和他弟弟由被里爬出来，在洋磁的溺器里，每人撒了一泡溺，复又催着玉夫人："您快睡吧，明天您带我们看老老去。"仍旧很安静的躺下。玉夫人自思着："我为了这两个孩子，什么慈善的事都不惜钱，何况是父母兄弟，他们若照这两孩子似的有人心，我应当多么高兴呢。唉！为孩子，再看看他们，如果依然不可救药，就得厉行震吓的下策了！"她的心情又软和下来，只好听孩子的话，上榻安眠。次日是个礼拜，不想早饭后，底下人来回说：

"孔先生来了，说见您有话说，您见不见？"

玉夫人很佩服孔先生的品学，自就馆以来，虽然知道玉夫人在钱上是不在乎的，也没预先支过一块钱，夫人又不好问他用不用钱。这回来了，也许有什么事，正好问问两个兄弟的功课。

"请进来吧。"

夫人对了对镜，随便换了一件旗袍，等着底下人来说"客已请到"，便到客厅去见孔先生。很奇怪，屋子并不冷，只见孔先生像是畏寒似的直打战，也许因为穿的少，在外面冻的，但是孔先生也穿着很厚的旧灰布棉袍，夫人不解，让坐之后，便问：

"先生有什么事呢？您对于那两个没有根柢的学生，一定费了不少的心。"

"没甚么，好！"孔先生又颤了一会，"我今天来，是，这个，对不起，这个馆，我教不了，恐怕误了令弟们的前途，所以我来辞职！是的，实在教不了，教不了！"

玉夫人见说，才知道先生不是畏寒，像是气的直多索。当下也有点发急，忙问先生说：

"为了什么事呢？先生像是生了气，您可以告诉我，我可以申斥他们。"

"君子不言人之短，不说也罢！不说也罢！"

"先生！您告诉我，我好知道为什么，这也因为我事太忙，没照顾到，太对不起先生了。"

"没什么，求您许可我的辞职！"

"但是您得告诉我究竟为什么，我好有得申斥他们。"

"恐怕不是申斥的事，如果鄙人挨不起饿，一活心，一生名节，全糟踏了，险哉！"

孔先生好像又生气又骇怕似的直摇头，夫人益发着急。

"到底是什么事？请您说了，一点也无妨！"

"夫人！"孔先生颤着说，"这一个来月，令弟们一天也没好生用功，头一天，他们就把我教训一顿，我因为他们程度太低，理应教他们先识字。夫人！您听他们说什么？他们说旧字不是玩艺儿，太麻烦，教我教给他们随便念的新字，还要教我教给他们新诗。夫人请想，哪一国的文字，也没有随便念的，形、声、义，三者俱备，皆有来历，才是文字，怎能随便念呢。至于诗学，自三百篇以来的大家名叶，先不必说，便是欧美各国，也把韵文视作极其高深的文艺，非于希腊、拉丁的古典文字，极有心得，寝馈多年者，不敢问津。令弟字还不识，便要习此意境至深，情文兼备的优美艺术，不是太笑话了吗？在那天我本想立即辞馆，这样的学生其是没法教的，也搭着我为穷所累，这样的优馆，一时也真难以得到，再说令弟们所说的话，也未必是由于自己的意识，无非人云亦云而已呀！为了一点冲动就辞馆，未免太没责任心了，还是忍耐一些好吧，万一我能把他们领入正轨，也不负每月六十元的束脩！谁知道他们三天打鱼，两天晒网，总也没心用功。明明在家呢，却跟许多男女青年，流连忘返的说笑，我教人一催他们，他们说今天不玩了，算是我是陪他们玩的。我本想教满这个月，一定得辞馆了，万也没想到他们在昨晚，给我开了一个单子来，也不知是求谁给开的，全是大部头的书名，但是错了一大半。他们说：'先生，要求您一件事，等我姐姐来了，您拿这单子跟她说，这都是必得用的书，教她发下一笔书价，您说您替买去，等钱到手，咱们三七成劈账。是这么办，就在这里混饭吃，不办的话，滚吧！不要你了！'夫人，你想，这我再不辞馆，等待何时？本来我们这穷教书匠，素来就被人看不起，再要帮同学生，欺哄东家，骗钱使用，圣人的牌匾，我们更扛不起来了，何况这是犯罪的事。学生的气质，我既感化不过来，再不及早脱身，将来的责任，我也负不起，所以我今天特来辞馆。夫人，您另请高明吧！"

当孔先生述说他的辞职理由时，玉夫人很安静的听着，中间并没有什么询问，可是越听越生气，不知不觉，也和孔先生一样，恶寒似的发起颤来，及至孔先生把话说完，她的脸已然苍白得没有血色。本来小王的一本笔记，已然使她大起冲动，对于老蓝父子三人，已然沮丧寒心，几乎按纳不住的，就要施以非常手段，幸喜为了自己两个儿子，把气渐渐压下去。谁想紧接着孔先生又来辞馆，很意外的，复又听了一件小王的账上所没有的事，将次平熄的愤火，突然重又燃烧起来。不过当着孔先生，不便发作出来，只得极力隐忍，但是她的内心是痛苦万分了。

"先生，真对不起你，这样的学生，决其不是以口舌教育之力所能挽救的了！先生，我谢谢您，不必对于他们再操心了。"

"那么我跟您告辞！"

"您先等一等。"

玉夫人把王妈喊来，吩咐她由账房取来一百元钱，交给孔先生说：

"您上馆虽然不到一个月，也垫了不少的车钱，何况又分这么大的心，这钱不够酬谢您的，不过是补还您的车钱。"

"这不敢收，怎好无功受禄呢！"

"别客气，将来我的孩子由中学毕业，还要求您给补习补习诗文。"

孔先生十分满足的，谢着辞去了。玉夫人忍不住直落泪，空有这么多钱，想着维持几家亲戚本族都不易，完全是在养仇人，有钱尚且如此，一旦没钱，可怎么好呢？简直这社会不能住了。作孔先生，就得挨饿受穷，不作孔先生，就好像没有可走的大道。以前在老陈家玩的那群大佬以及现在小王和我的父亲兄弟们，到底都想怎么样呢？在这些人们里，要想心平气和，很幸福的活下去，实在太不容易了，必得走！

玉夫人独自一个默坐了多时，植德和修慧来催她看老老去。

"妈呀！今天礼拜，不是说到老老家串门吗？"

……

"妈！走哇！"

"好孩子！妈今天有事，你们两人还是看家，妈明儿带你们到杭州逛西湖去。"

俩孩子都高起兴来，因为他们不但听说过西湖，还看了不少的西湖照片。

玉夫人命人教来一辆车，谁也没带，便到娘家去了。她好像抱着极大决心来的，见面就得发作，数说一顿，立刻就驱逐，也教他们知道厉害，可是她一看见这老公母俩都是那么大年纪了，未免又心软了。尤其是八奶奶的苍灰白发，瘦小身躯，使她更不忍："这样的老太太再背上大筐去换洋取灯，太惨了！"但是满腹悲愤牢骚，若是不说出来，不是依然得惯坏他们吗？玉夫人这么一为难，来时勇气，早已消失大半。老蓝夫妇当然不知就里，只不过看着环姑娘的气色，有点不似往日，不是着了凉，便是生了什么气。老蓝早已留了心，八奶奶和环姑娘是母女，只有亲爱，根本没有什么机心，所以毫不措意的仍照往日那样招待她。可是阴妈和小王，都看出夫人的神色有些不对，当他们完了表面上的差使，便都退到门房去私议说："怕是太太要问那老头子什么话，他若不承认，反说咱们胡造谣言，那怎么好呢？"

小王很自负，极力主张无妨，说是证据早都在他手里，并且已然都给她看了，还怕什么？意欲去窃听，无奈夫人治家严，向来不许下人们窃闻私语，他们只恨没有那么长的耳朵，可是也都伸长脖子，想着要听听上房说的都是什么话。

夫人喝着茶，越想昨天小王所写的，方才孔先生所说的越生气，因问老蓝说：

"爸爸！鱼格水格呢？"

"吃过饭就出去了，有什么事吗？"老蓝窥伺着环姑娘的神色这样说。

"他们胆子太大了，简直不学好，难道我每月每人给他们五十块钱还不够花的吗？怎么着？还要编活局子骗我？您知道不知道？他们要求人家孔先生教我给他们买书，可是发下钱来，他们说跟先生三七成劈帐，人家孔先生已然辞馆不干了，我这不是养活狼？这样下去，焉知后来不勾串匪人绑我的票！"

玉夫人说着，已然很气愤的颤起来。老蓝一听，心说糟了，八奶奶那边也直瞪他，这案子里真有他，这是他给出的主意，不想遇见孔先生那样一根棍子似的人，没法子还得动之以情，跟她唱戏！万一把这一劫躲过，明儿真得教那俩小子谨慎一点，当下他浩叹一声，用袖筒直擦眼泪。

"姑奶奶！"他哭声说，"这俩孩子，真误了我不少的事，你要知道爸爸这几十年总也没走好运，自从你姐姐死了，你丢了，我的后半辈，当然得指着你这俩兄弟，但是他们天生的没材料，教我也没法子。就拿你说吧，由七岁就跟我分离了，你怎么有这么好的成就呢？你这不是天给的吗？姑奶奶，你这两兄弟若真有你这么一零，我也绝不至来磨你。只可惜我苦老头子，年已六十多了，不想儿子这样坏，闹鬼闹神的，怎么说也不能改，如今竟敢骗起姑奶奶来，这都由于我的老运不好，还连累姑奶奶生气发烦，这可怎么好呢？我的妈呀！"他说着说着忽然嚎教起来。

玉夫人见说，愤火不但忽又平熄，好像跟老人若是闹起来，就为不孝了。本来他当真有好儿子，何必被我接来呢？再说儿子女儿，具是一样，谁有力量，谁就应当养活老人，五六十岁的老人，既没有财产，又没有好儿子，从此不管他们，也真难为情。再说小王所写的，也未必都是真情，下等人随便闲谈，还有什么靠得住的话？也许是故意糟踏人。但是鱼格水格可太坏了，不好好管教一下子，正不知要闹出什么事。玉夫人的心，慈软了，把老蓝的好说谎话，早又毫无余剩的全忘了。眼前只觉老人说得太可怜，儿子没出息，他不指着女儿，指着谁？老蓝一边擦着泪，一边偷眼看环姑娘，只见她不但没了气，眼圈儿还有些发红，他知道这种手段又奏功了，爽得伤心到了极点似的，呜咽饮泣起来：

"姑奶奶！这俩孩子，将来一定不能孝顺我！我就指着你了，呜，呜，呜……"

"得啦！"玉夫人反倒劝上他，"您也别哭啦，不过鱼格水格，可太不像话，我得好好的管教他们！"

"对！回头把他俩拿棒子打出去，咱们不要他们了。"

可是在一旁生饱气的八奶奶，已然把老蓝恨的牙多长，心说，多好的儿子，得着你这样的爸爸，能往好里去呀？怎么着，你既给他们出了坏主意，又说拿棒子打他们？你要敢打，我就跟你拼命。她这样气愤愤的，遂向环姑娘说：

"姑奶奶！你兄弟虽说不好，可是当老家儿的，也不能说没有不是！"

老蓝见说，焦急似的问八奶奶说：

"听你之言，难道说我这作爸爸的，还有什么对不起儿子的地方吗？"

"哼！"八奶奶说，"多啦！不过当着姑奶奶我不便说。"

"别价！"老蓝教起来，"圈在心里是病，你说，你说！我有什么对不起儿子的地方？"

"呵！呵！"八奶奶冷笑着，方欲不顾一切的掘老蓝的根，只得又咽回去。但是环姑娘已然明白八九，因为这宗情形，足以证明小王的日记是不假的，她那愤怨的烈焰，又复高烧起来，然而她极力往下镇压。

"你说，你说！"蓝老八势将出武似的逼问，意思是："你敢实话实说，我就打死你！"

八奶奶不服气：

"你吃一辈子大烟，耽误了多少事，孩子这么大了，为什么没有一张学堂毕业文凭，荒着他们？"

"那能怨我吗？谁教他们天天逃学，人家才不要的吗！谁家大人，照赶猪似的，拿鞭子赶着孩子上学呀？"

"你也就是一张嘴，那么我问问你，孩子这么大了，你为什么不给他们娶媳妇？"

"你糊涂！儿子的亲事，爸爸能管吗？有了能耐，满街都是媳妇！"

"什么？满街都是媳妇？不三不四的，能娶来作媳妇吗？咱们虽穷，也有根儿派儿。"这些话玉夫人听着都很厌烦，但是她依然耐着。

"姑奶奶！"八奶奶理直气壮的说，"妈妈跟你爸爸混了这么多年，可真不容易，他这一辈子，简直没办什么正事。就拿鱼格水格说，一个二十多，一个十八九，这么大的小子，若是不成家，哪缕儿能不胡跑？我就说理应求求赵二叔，或是姑奶奶，赶紧给他们提亲吧，无奈你爸爸把我的话老当耳旁风！姑奶奶！你想想，树庄庄的大小子，若是不成家，怎么能不花钱，不胡闹？他们不能在家安心念书，也是应当原谅的，我想他们一有媳妇，就能收心了！可恨你爸爸总也不听我的话！"

"这不是当着姑奶奶，你求吧，谁给呀？"

老蓝从旁敲打着，玉夫人只得耐着性说：

"提亲的事，也不可急，没有相当的女家，咱们上哪儿说去呢？"

"着哇！"老蓝拧了一袋烟，这样附和着。

"姑奶奶！"八奶奶很焦急的说，"还别急呢？这俩孩子若

不赶快收他们的心，可就了不得了，现在他们已然往家里招了
不少没人管的野丫头了！"

"妈既这样为他俩着急，赶明儿我上一趟济良所，给他们俩
人挑两个好的。"

玉夫人耐着性，委屈求全的安慰着母亲，不想八奶奶已自
跳起来：

"姑奶奶！您快别这样办，窑子里的姑娘，我可惹不起来！
不要！不要！"

这两句话，好像在玉夫人的头上，连打两个劈雷，一缕电
光，已自引着了她那正在内心蕴蓄着的爆药，当时炸裂。老蓝
早已焦急的直跺脚，知道这一下子已然刺着了环姑娘的肺管，
这是她最忌讳的一个创痕，也是当爸爸的加给她的。为什么
五十多岁的老太婆，竟会心思不到，哪儿有卖出去的女儿，不
落在窑娼中的？老蓝干着急，知道事情不小了，已自无法挽救，
急得他热锅蚂蚁似的直打转。八奶奶说得挺痛快，及至一看环
姑娘，早已把她吓呆了，"怎么了，得了暴病吗？"只见环姑娘
面色惨变，中寒似的抖作一团，忽然很暴躁的跳起来：

"什么？不要窑子里的姑娘？有什么对不起你们的？既怕窑
子姑娘不好惹，滚哪，滚！"

上房这样一吵嚷，门房那一群恶鬼，当然听见了。由小王
以下，都跑到窗外来听，知道是玉夫人跟这老公母俩闹起来。
平日若是处得好，有感情，也应当替他们排解排解，但是这几
个人的心，早已死了，幸灾乐祸，是他们唯一的心事。尤其是

一己所不喜欢的人，更愿意他突遭意外，瞧他一个哈哈笑。他们蹑着足，彼此示意，刚到窗下，只见玉夫人怒冲冲，面色青白的，由上房走出来，她也不知站在她眼前的都是谁，气苦之余，便向这些人严命：

"教他们都走，一个也不留，都给我赶了出去！"

她留下这个命令，脚步很快的走出去，耳内还远的仍听得母亲八奶奶，在喊着：

"姑奶奶，我不是有心说的！好姑奶奶！"

小王这回可得理了。比小鬼奉了阎王爷的命令还要认真，他说不乘这时把老蓝一家赶出去，等她一后悔，也许老蓝还是老太爷，不是有她的话她也怨不上谁来。她若真有心驱逐他们，我给她办了，也许更要优待，焉知后来她不。小王就好像唱逼宫的华歆似的一个箭步，闯进了上房，冲着八奶奶喝着说：

"鸡猫子喊教什么？快滚！在这儿装这么多日子的蒜，够瞧的了，哪儿来的，还回哪儿去，听见了没有？我要雇车拉东西了！"

若是普通的小吵子，老蓝也许要玩命似的，跟八奶奶闹个没完了，但是事到如今，他知道埋怨老婆已是无用，何况环姑娘已走，跟小王是白说话的。别看他没心没肺，一点儿正事也不作，他那一种格别的乐天精神，对于什么不得了的事，也能处之泰然，这时他反倒乐了：

"哈，哈，哈，姓王的！你别狐假虎威，咱们走着瞧，不定有谁没谁呢？反正她是我养的，爸爸挨了饿，她也没光彩，你不过是奴才，虎什么情形？孩子他妈！这事也用不着哭，咱们有家，跟我走！"

蓝八奶奶哭泣着说：

"鱼格水格还没回来呢。"

"那俩奴才，用不着等他们，他们自己会家去的！"

八奶奶又要开箱子拿东西，小王不许：

"你们怎么来的怎么走，东西一点儿也不许拿！"

老蓝真急了，因为箱子里还有十几两人头大土，他三步两步，由厨房抄来一把菜刀，疯了似的指着小王说：

"你敢拦，我就先把你剁成肉泥！谁敢上前，我也毫不客气的杀了你们！"

小王和阴妈多人，真被他给虎住了。明亮亮的菜刀，削上就得开瓢儿，小王更怕死，只得远远的催逼着：

"快着点儿！不然我要喊警察去了！"

老蓝笑着，八奶奶哭着，各自把各自的剔析［体己］，归拢起来。妇人心窄，实在舍不得离开这华美的住居，单说那张铜床，好容易睡惯了，如今又要睡那挺硬水凉的土炕。

"走吧！这些东西，我老蓝一点儿也不稀罕，留着她再嫁人作嫁装吧！妈的！"

老两口子，一个满不在乎，一个哭哭咧咧，仍回德胜门他们旧居去了。

小王一见，真把这老公母俩赶走了，和阴妈等拍手哈哈大笑：

"到底把他们撵了，你们在这儿看着点儿，我去雇车，咱们立刻就把家具拉回去，她也就说不上不算！"

他以为他胜利了，其实老蓝还有地方回去卖破烂，更是一个职业；小王连家都没有了，他的阴狠蛮横，完全像恶狗似的，只因背后有个主人！

晚半向〔晌〕，鱼格水格再没钱在外面吃喝玩乐，打算吃了饭，再逼孔先生一回，因为他们尚不知先生已然辞了馆，万一他活了心，便能骗个百八十元的使用。不想才到大门洞，就看出情形不对。破纸断绳什么的，撒了满地，像是刚搬完家。进去一看，清锅冷灶，什么都没有了。妈跟爸爸，也不知去向。到自己的东厢房一看，一样四呇兒儿空，只有几张裸体版画，和他俩所报效的贵相知的像片，还在墙上挂着。他俩太惊慌了："人都那儿去了！为什么给抄了家？"他俩又找到厨房，只见一个不相识的老头子，正归掇吃剩的东西呢。

"他们都那儿去了？"

"谁知道哇，刚搬完！"

他是房东家里打杂儿的，连房东都不知怎么搬的，只得派他来看房。

兄弟俩，虽然不知就里，但是天生的特能，早已感觉这绝不是好离好散，也许是爸爸犯了烟案，他俩又有假装买书，合谋诈财的计画，还好在此问长问短吗？三十六着，走为上策。当下彼此一拉，溜了出去。上那儿去好呢？去问姐姐，当然没有那么大胆量，"回德胜门吧，爸爸跟妈妈，也许在那儿呢。"俩人核计着，便自西单牌楼上了电车。

老蓝和八奶奶回到故居，住房的和四邻都很惊异，八奶奶的哭天抹泪，更使人不解。住房的，本来是白住，一见房主回来，一边张罗搬家，一边问老蓝是怎么事。

老蓝气着说：

"吹啦！妈的，下过窑子的人，格别另样，你有脾气？妈的！老爷比你脾气更大！反正老天爷饿不死瞎家雀儿，老爷子有能耐，换洋取灯儿，捣登破烂，一样吃香的喝辣的，教他拿那些钱贴人儿去吧，忘八蛋！"

大家才知道他是跟姑奶奶吵架了，好在他们的家最好搬，把烂纸破布条什么的，捆上一绑就成了。到了晚上，点上破煤油灯，房里黑洞洞的又冷，味儿又不好闻。八奶奶不住落泪，老蓝满不在乎，躺在小炕上，依然抽他的大烟。不一会，鱼格水格也家来了，八奶奶一见，又哭起来。鱼格问他妈，到底是怎么事，老蓝把大概代答了。鱼格说：

"我妈简直是老赶，她本来是那玩艺儿，当着媒人说矮话，她能不窜吗？"

"你们爷儿们为什么不早告诉我呢？"八奶奶哭着说，"我恨你爸爸，我那么好的女儿，到底被他卖到窑子里了，祖宗都跟丢人！"

"你别糊涂了。"老蓝吸着烟说，"祖宗管不了这些事，再说她要不由窑子里打个穿儿，上哪儿嫁阔人去呀？这也是她的命！不过她还我这么一点就不还了，也教人怪熬心的，要不是你一句话，哪有这回呢？喂！喂！鱼格水格，你们俩人由明天起，把洋服脱了吧，这儿没有穿这个的，听见了没有？咱们爷儿们，还得拾起旧锅粥！把这回的事，只当一场梦！妈的，这炕真没有铜床舒服，除了抽烟不动弹，一点儿好处也没有。"

八奶奶早又哭起来，心说："拾起旧锅粥，你也是在家躺着，还不是我得累去？现在已是冬天了，五十多钱〔岁〕的人，还得自己奔，为什么呢？"她痛的几乎止不住她的泪。幸喜她有百八十块钱，只是不敢往外露，过了几天，谁都觉得不大得劲儿，屋子院子，吃的使的，样样都不像人间，仿佛到了鬼域。原先也不觉怎么样，很快活的活在这里，现在是怎么了呢？为什么全不对？鱼格水格首先受不了：

"爸爸！你不会求求我赵二叔去，教他把她给劝劝，也许还教咱们回去！"

"对！"老蓝沉了一会儿，"恐怕不成，我把他得罪了。"

"那末教我妈去！"

"对！你妈跟二叔有点儿感情。"

八奶奶出于无奈，只得去到新街口去找老赵。

老赵自从被老蓝气走，一向也没到老蓝那里去，他说这是他的香没烧到，刚过河就拆桥，反正给他们办好了，由他们想怎么样就怎么样吧，毕竟人家是亲的。不过照八哥和那俩小子的行为，终归令人怪骇怕的，不定哪天把姑奶奶得罪了，再有人一使坏，指不定要出什么乱子。他万也没想到，会由八奶奶的嘴里，坏了这么大的事。固然他所以为老蓝斡旋这回事，动机很简单，只不过为了那一千元的酬报。但是自他跟环姑娘见面之后，他看出环姑娘是慷慨的，而且对于亲族骨肉的情常，也很热心，这要跟她处好了，指不定有什么好处在后头。所以他不希图那一千元的酬谢了，虽然只拿五百，正是欲擒先纵，为后来作地步；不想他的心白费了，老蓝父子，不但没有他那样深心，双方反倒意外弄僵了。因为没有老蓝，他是不能单独跟环姑娘走亲戚的，可是老蓝若是没了他，也就成了没有御者的马车，迟早要翻的。谁知老蓝火燎眉毛顾眼前，始终也没去看老赵，以为没有他，一样当老太爷。老赵负气，他不再去看他，拿五百块钱作资本，就在新街口摆了一个饭摊子，还雇用一个伙计。虽然依然累着，究竟比光卖炸豆腐赚的多点。

这日他收了摊子，回家去吃饭，只见八奶奶在屋里跟二奶奶正说话呢。

"哎哟！八嫂子？您怎么这样闲在呢，姑奶奶好哇？"

"二弟！"八奶奶早已落下泪来，"别提啦！我说了一句错话，她把我们都赶出来了！"

"是吗？"老赵很意外这样问，一面解了他的围裙，洗洗手，和八奶奶对面坐下，"到底说了什么错话呢，至于生这么大的气？"

八奶奶学说一遍，老赵翻着眼睛想了想：

"我想这是她拿您作了鼻子头，另外必有缘故！"

"那谁知道呢？不过您八哥和那俩孩子，也作的不像，竟有好多董话，吹到她的耳朵里，可是她也没怎样，不想她竟挑了我的眼。二弟！您想，她的事我那儿知道呢？这要真不管我们，他们爷儿三还可以少天无日的干，我五十多岁了，不是又得满街去挨冷受冻吗？二弟！没什么说的，您哥哥无论怎样不是人，您就可怜我这苦老婆子吧，怎么样为难，您也得替我去求求姑奶奶，还得照应我们，那么我给她磕头，陪个不是呢！"

"早我就料到有今日了。"老赵叹息着说，"所以才那样很直率的教八哥好生干，不想他误会了我的意思，我虽跟姑奶奶见了几次面，可是她的脾气禀性，我已尽知了。您别着急，她万不会不管您的。"

"但是，二弟！"八奶奶又要哭，"我已把她得罪了，若是中间没个人给了一了，她怎么还能理我呢？"

"反正我替您去一趟，究竟她肯见不肯见，我就不敢保了。"

说到这里，二奶奶已然把二爷的饭预备好了，老赵留八奶奶吃了饭，备辆车，把她送走，二奶奶直埋怨老赵：

"你瞧！他们散了不是，为什么不把那一千元都拿来，现在算死心了，还管他们的事呢？"

"这也没法子，八嫂子也真可怜。"

二奶奶依然唠叨着。次早赵老二教伙计照料着买卖，便出城去了。

第十三章

那日玉夫人很躁怒的由石驸马大街出来，教了一辆车就家去了，虽然很气愤，还没到家，在道儿上已然有些后悔。在此以前，她也曾受了许多人的轻侮，时常使她悲愤，也就由于她是作过妓女的，别人不见谅犹可说，怎么自家母亲还这样看不起当姑娘的，当姑娘的就没好人吗？既然这样看不起姑娘的，当初就不应该把女儿出手。可是她忽然转了一个念头，怎么关于我的事，她为什么不知道呢？记得那天在同和居乍一见面时，我说"妈！您别问了"，她竟疑心我是受婆婆的气，也许她真不知道。事情完全是我那狠心爸爸干的，指不定怎样冤她，说把我给了什么人，好爸爸！他断送我一生，最后还被母亲给我这样一个打击，这能怨我太决裂吗？他们坏的太坏，不明白的太不明白，怎么样跟他打交道呢？唉！什么事也不能如心，作人也未免太难了。她这样思索着几乎忘了车在飞跑，忽然觉得身上有点发凉，她才知道已是冬天了，由于自己的凉，又感觉到别人的冷，未免又想到换洋取灯的老妇人们，那是多么艰难的一种职业。他们一走，母亲也许又得干那个，小王的笔记，或者是不假罢，五十多岁的老太太！没重逢，不知道也倒罢了，如今眼睁睁又看着她干那个，怎么忍呢？姑且教他们挨过这一冬，等明春，天暖了，再为他们另想法子吧，一下子赶出去，不活冻死？她一边想着，已然到了家，付了车钱，教开门，底下人并不知她已生了气，才跟老蓝夫妇闹着回来，可是她的颜色已然不大好看。她一进了内宅，王妈在做针线，植德修慧在温习功课，他们见了夫人，都很惊讶。

"妈！您不舒服吗？"

兄弟俩赶过来问。

"没什么，你们俩用功吧。我想躺一会，头有点疼，也许着一点凉。"

她刚躺下，门上人进来回说：

"小王和阴妈大家都回来了，说已把他们驱逐了，东西什么的，都雇车拉回来了。"

夫人见说，轰的一下跳起来：

"好！他们真能给我办事，这才是好人呢，真好！去教账房先生把东西都点收了，教小王他们几个人先候一候！"

底下人下去了。二位少爷和王妈全一楞，也不知所驱逐的是什么人，不一会门上人又拿进几张账条。

"回太太的话，外面来了几个买卖家的伙计，拿来这么几张账条，说是舅老爷欠的，请示您管不管？"

夫人接过一看，有洋服的欠账，有饭馆的欠账，焉有不管之理，遂即派底下人：

"教账房照付，不可短下人家的！"

她虽然极力镇静着，可是她的烦躁，已有不可按纳之势。

"王妈！你把老先生请来。"

老先生就是管家谭凤岐，不一会凤岐到内宅这边来了。只见玉夫人颜色煞白，鼻窝嘴角，都像在抽颤。什么事？没有这样过呀，管家还不明白她的事。

"您生气了吧，无论跟谁，也犯不上动真气，到底是怎么回事呢？"

"北京我不能待了，我想走！围绕我的人，都跟石头一般，没法把他们温热。但也怨我，不应当这样盲目的徇从理想。父母兄弟不作人，我已把他们打发了，但是小王他们那几个人更可怕，回头您教账房给他们算账教他们敢紧走！这家，我也不要了，我打算捐出去，开办一个学堂，完了我带着孩子一走，到西湖买几间草房去住。"

"太太！您别这样冲动，应当安安静静想一想，就让有这意思，也得从长计议。但是究竟为了什么，竟弄到这个分儿上呢？"

谭老先生一边劝慰着，一边问。

玉夫人毫无隐瞒的把方才的事，全跟凤岐说了。凤岐见说，不住点头：

"可是为了这些事，也用不着如此悲观。小王这几个人，当然不能要他们了。蓝老太爷那边，教他们知道，也许改悔。至于捐房子和外游的事，还应仔细想想，如果所托非人，不但无益，而且有害，不如等遇了机会再说。"

"不然！"夫人像是比方才缓和了许多，"我所以起了这个念头，不一定单由今天所发生的事，自从我一有了知识，简直就没遇见好人。小时候遇了那样的父亲，由七岁到十七岁，生长在娼家，我真看见过不少的人，听见不少的言谈行事。据我看，也无问是大人物、小人物，简直谁也没作过一件正经事，无非是自私自利，同类相残。幸亏我遇了你们六爷，也别管是谁感化谁，他毕竟悔悟了；可是他跟我虽然是不惜钱，时常捐些慈善费，究竟有什么好处呢？人还是这么坏，父母兄弟，以及我所使用的人，这样寒心骇怕，我花多少钱，不是白费吗？我以为人心所以坏到这分儿上，一点团结互助的精神也没有，完全是由于教育破产。有钱的人与其豪无目的的去施舍，倒不如自己去办学堂。我虽称不起有钱，就是我们娘儿三个，再有几世也花不光。我必得为人类帮个忙，同时也是为我儿子。至于目前的情景，我真有点懒得看，我想到外边走一走。

"太太！"谭老先生感叹着说，"您的用心，真是人类里头所最需要的了，但是办学也不是容易事，非有人不可！"

"这个我也想了，您知道那位孔先生？他乃是一文不苟的人，把事情托给他，足可以使我放心，再说他的朋友，也都是从事教育有年的人，他们尽心力，我出钱财，事情还有办不好的吗？”

“既有这么多有经验的人，事情可就不愁了，不过我是外行，您最好先把孔先生请来，听听他有什么计画没有？”

“那是自然，不过您走的道儿最多，天下许多好地方您都去过了，我问问您，西湖究竟去得去不得？”

“唉！”谭先生叹了一声，“西湖虽好，时至今日，恐怕也不能安住了！据我的愚见，您既有心办学，为什么不带着少爷到外国去留学，东西洋各国，哪一国都比中国有进步，将来学成归国，岂止我们的学校，益有进步，少爷们的前途，也必不可限量了！”

玉夫人见说，好像是顿开茅塞：

“你说的是，提了我的醒，我非这么办不可了。我想我的利息，连办学，带我们花，绝对用不了的，您回头替我拢一拢，我们究竟有多少收入。那几个坏东西，千万别再姑容了，立刻教他走！您下去吧！我也想料理料理我自己的事。”

老管家退下来，他很惊异事情会转变得这个分儿上，要不是老蓝父子不成人，小王擅作威福，焉能给她这么大的一个刺激。可是无声无臭的过一世，也未免太平凡，不想一个女子，竟有这样天赋奇气，可钦可敬！他自恨他老了，只能帮助她几句话，不然的话，为她粉身碎骨也应当！

谭凤岐到了自己屋中，便教账房给小王以下几个人算了账，立刻教他们卷铺盖。小王还等着擎功呢，不想下了逐客令，岂但满腔野火似的妄想，突被冷水浇灭，到哪里去觅衣食，也是毫无把握，他们没法子，又不敢撒赖，只得回家的回家，没家的去投小店。

玉夫人忙了两天，把自己的金珠细软都归拢在一起，很严密的收贮起来，预备将来在银行租个保险箱，把它们存放起来。管家谭凤岐也把每年的财产收入，给她开了来，银行利息，十万余元，房地租以及投资利益，也不下八九万元，每年收入，足有二十万元之谱；但是她每年开销，有一万多元便够了；可是她哪一年也得花三四万，这些钱，并不是照时下的阔太太，花在交际场里，完全由于一片慈惠心肠，施舍出去的。家里的局面，也由于沿习多年，不便过事更张，又怕一旦缩减，许多用人不免要失业，所以只得日复一日的敷衍着。现在她明白了，花这么多钱，不是为行好？但是好在哪里呢，连父母兄弟都成全不了，反倒因为给钱花，更坏了。再说就是这所住宅，占了好几十亩地，二百多间房子，主人止不过娘儿三个，其余的人，在这里吃，在这里住，每天所干的究竟什么事？可是每天为国家为家庭，教育儿童的教员们，倒没衣穿，没饭吃，没房住，这不是太荒谬了么？每年三四万元这样花，实在太没意义，三口人，用不着这么多人来伺候。有用的大房子，也犯不上教没用而坏了良心的人来居住，作速改为学堂，那是最合理的了。

她终于决定了。便立刻给孔先生写了一封信，约他前来有要事相商。

这位孔先生若是没有玉夫人一百元的接济，恐怕今冬的生活，他就很难支持了。学堂不发薪，孩子一大群，他怎么挺呢，所以他太感谢了。如今忽然又接到这样一封信，他虽然不敢忘〔妄〕想，可是知道夫人家里，现在两位少爷，也许不待来春，现在便要约他去教专馆，所以很高兴的去见夫人。谁知见面之后，夫人把自己所想办的事跟他说了，并且恳求襄助一切，将来学堂开办，他就是校长。孔先生见说，万也没想到是这样的事，既意外，又感慨，北京有多少阔人，不想看得重教育，看得起教员的，仅仅有这么一位女性，所以感慨无量的向玉夫人赞道：

"您真是新时代中最不可少的人物了。有钱有力的人们，若是都照您这样存心，何愁国家不富，我们也绝不至有今日了。我并不是奉承您，实际我也不会怎样奉承人的，因为您今天跟我所谈的话，若是单单为了维持一个寒士的生活，即或我不会说话，我也要设法，多多恭维您几句。无奈不是这小小的关系，我想全北京当父母的，将来正不知要怎样感谢您！所以我也就用不着说那些您多多关照您多多栽培的客套俗言了。"

"孔先生！"玉夫人很满意的说，"您说您没奉承我，实际您已把我奉承得不敢接受，我所以想办学，并不为求人感谢，也不为得什么名誉，关于这样的事，我以前实在不大明白，可是我近来完全了解了。我恨人们为什么不彼此互助，而偏要对恨对排对杀呢。明明是一家，怎样偏要分裂。明明是一国，怎么偏要倒戈。在列国环伺之下，我们一力团结，还怕难御外侮，怎么偏要分成五块，说他们是什么族，我们又是什么族呢？最可叹在五大块之中，又自割了无数小块，你杀我砍的，这二三十年以来，几乎没有宁日，把人心全给教坏了。满汉弄不到一块，南北弄不到一块，甚至连父母兄弟，亲友主仆，也都通通弄不到一块，这有多么可怕？左思右想，我以为是人们全错了，谁也没干正经事，把教育国民的一大事，完全置于脑后了。有许多人只不过像是热病患者，曾在梦呓狂嘶，可是结果是什么呢？也不过散放许多毒菌，致使人人都害了热病，干枯了血液，这再不由根本来，实在太危险了。所以我想办学，就求您替我计画计画吧！"

闻所未闻的道理，并不是什么高深的议论，也不必一定得出自学者或大人先生之口，自要情真理确，准是那么一回事，即便是常人说的，也能照闻所未闻的警譬议论那样感人。就拿玉夫人来说，她的知识学问，若跟孔先生一比较，当然相距太远了，可是玉夫人的这一席话，实在使他太吃惊了。他并不是说不出来，仅在今日才听了这样的道理，所寄者由于一位席丰履厚的妇人口中，竟能说出这样具有远识卓见的话，可见她所说要办学，不是由于一时的冲动，乃是由于有了真的认识，真的觉悟，才决心这样办的，他感佩极了，很肃然的向玉夫人说：

"夫人！您的话太对了，要不然怎么能有邻右为咱们锔锅，使心费力的到处捡碎碴儿呢，也不管是玉的，也不管是瓦的，如果真锔上，还不失为一件大器，就看谁的手艺高了。不过我们可以不必谈了，先说办学的事吧！当初也不是没人办学，但是所办的学堂，多半是为了制造破坏的锤子而创办的，无论什么事，都是一锤子的买卖，被他们破坏的事物，实在不知有多少！现在我们要办学，应当制造铜子，堪可使用的东西，无论什么，必得把它们铜起来，先求有得用，有得吃，再讲别的。我们的学堂，不务虚名，但求实际。更应当登高自卑，先招国民初级两班，每年逐渐扩充，焉知道将来不成为一时最名誉的私立大学，照日本早稻田大学是〔似〕的，我们如果把根基打好，所有计画，都不难达到了。"

孔先生说着，用笔开了一个方案，最初需要教员几人，除了临时费，每年有三四千元便足用了。玉夫人一见，很惊奇，她想着每年得花几万，这还不到她每年收益的四十分之一，于是很不解的问孔先生说：

"这能够吗？我办一回学堂，每年才花这么几个钱，未免太笑话了吧。"

"不！"孔先生郑重其事的说，"最初两班学租，教职员有五个人就够了，薪水每人至多不能过五十元，您自己的房子，不打房租，每年便省不少钱。再说学生既来上学，多少也得给点学费，我所开的经堂费不是绰有余裕了么。等以后班数增加，教职员多了，再向您要求增加经费，您无论如何有钱，也得按着规矩花，反正您既委托我办事，我绝不主张浪费余钱的。"

"话虽如此，"玉夫人笑容可掬的说，"凡是我办的事，我愿意比别人总要显明一点，教职员的薪俸，更得比别处优厚才对，教他们不能养家，还有什么心肠为国家教育国民呢？孔先生你听我的，校长可以定为一百二十元，级任教员一百元，庶务文书各一员，不妨为六十元。还有一件事我还没跟您说，最近我想带孩子到外国去留学，开办学堂的事，我委托您跟我们的老管家谭凤岐负责办理，等我由外国回来，咱们的学堂，已然有了可观的规模，我才高兴。您去先替我邀人以及到学务局办理立案的事，我这里赶紧修理房屋，置办学校用具，等明年招进第一批学生，学堂正式开办，我和孩子也就到外国去了。您务必多分心，从速办理才好！如果用什么钱，您千万不要客气，只管跟谭先生说。"

"现在没什么用项，以后如果有什么应当添置的，我必据实跟谭老先生去说，但是方才您说意欲同着少爷到外国去留学，这是很好的事，可是您打算去几年呢？"

孔先生很诚恳的这样问，玉夫人想了想：

"没预定，也无非五六年。"

"据我想，既留学，年限就得多，最好是奔科学，速预备，带入正式大学，前后非十年不可。从前许多留学生，无非妄担虚名，知识既不充足，气焰尤为嚣浮，所以国家不能得其用，反倒把国家弄得乱七八糟，几乎不可救药。夫人！您这回要把两位少爷督催好了，岂止一们［门］私立学堂希望无限，国家社会，也要依赖他们了。"

"先生说的很是，我的志愿能否成功，就赖大家鼎力帮忙了。您就去办吧，我听您的回话。"

孔先生告辞去了。一个受难的小学教员，几乎就算失了业，不想会得着这样一个机会，他高兴极了，仿佛全身血液，平添了好几升，一点也觉不得冷，步履也轻快了许多。

　　可是他忽然又出了一身冷汗："得亏那天没被那俩小子给惑乱了，这要把心眼一活，上了他们的圈套，焉有今日这个机会呢，名节也跟着坏了，唔！太可怕了。"他这样一起一伏的想着，未免对于玉夫人又行赞叹起来。固然自古以来，哪一时都有毁家纾难的英雄豪杰，一个阔太太，开支一部分利息，办一处学堂，也不算怎样奇特的事，但是你得看，现在有钱的巨绅大贾，所干的都是些什么事？人人所不愿意听，而且是最腻烦办的，她却很热心的办起来，固然她是有激而然，可是那么多有钱的人，为什么都激不动呢？她太可感佩了，她如果始终不懈的，把这件贡献人类的事，完全使之成功，她一定也不朽了。人们必当永久纪念她。孔先生这样想着，并没回家，一直去访他的投契朋友，报告他们有了这样一件好似作梦般的好消息。

　　在玉夫人正在进行她的事，门上有人回上来。

　　"回太太的话，赵先生来了，你见他不见？"

　　玉夫人猛住了，可是不一会，已然断定必是父亲又托出赵二叔来求情的，可是他当初为什么不明说，使我一点也不假思索的把他们接了来，如今闹出事来，他又来冤我吗？答应了他，他们还是改不了，不答他，又未免太冷酷，再说当初寻访他们，到底是为什么呢？一下子永远断绝关系，真成了虎头蛇尾，怎么办好呢？赵二叔比他们明白多了，他只不该跟我撒谎，说我怎丢的，他们又在怎么想我，若真那样，能有今日吗？我走后不如把父母兄弟托给他，好了是他们的幸福，不好，也就是这一回了。想罢，命人把赵老二请进来。

"二叔！您当初怎么跟我说的，简直一句真话也没有，他们不但不成人，还是由小把我卖出去的，我一切都知道了，您还来作什么？"

玉夫人余怒未息似的跟老赵说。真意外，老赵万也没想到她能知道以前的事。这样看来，她所以跟他们决裂，不一定是由于八嫂子说错了一句话。可是这些事是谁说的呢，除了洪哥本人，绝没有别人能知道她的事，这是谁把洪哥的秘密吹入她的耳内呢！老赵这样想着，又不好承认以前所说的俱是瞎话，依然得为他们辩解。

"姑奶奶！我哪能跟您说瞎话呢，反正天下当父母的，都是一样疼儿女，尤其是您的母亲。我的八嫂子，她每逢见了我，就跟我哭着提您，所以我见了他的广告，心里一动，才出头奔走此事，凡是我所说的，也无非替他们公母俩，跟您来学舌，我哪敢说一句瞎话呢，姑奶奶！您千万别听谣言，他们穷是真的，若说他们怎样坏，也未见得吧。"

"您还是替他们说，他们若是惟有穷，那我还能这样寒心吗？无奈他们太难了，我若不及早把他们赶出去，我的名誉财产，全得丧在他们手里，我这话您也许不信，你看这个……"

玉夫人说着，自到上房把小王所记的那本账拿来，给老赵看。

"您看！这上头都写着呢，卖烟土、往家里带私娼，这要日子长了，是多么可怕的事！这里还有没写的事，就是鱼格水格在外面赊了不少的账，我好心好意为他们聘请专馆先生，他们不但不好生念，反倒勒令先生来骗我的钱，我并不是不给他们钱花，爷儿四个，每月二百块钱还少吗？可是他们还这样胡闹，诖误官司，若真临到我的头上，我是死我是活？所以只得教他们是干什么的还干什么去吧。我没有那么好的命！只当我早已没了父母兄弟！"

玉夫人说到这里，眼圈儿一红，又像要落泪。

老头一看这本账，也不觉骇然："这是谁干的呢，写得这么详细？"他反复一研究，发现账皮上，有老蓝宅门房的一个本戳，印在上面，这无疑是门上那小王干的。怨不得那天他讥诮八嫂子，说是素肚子，原来他是安心与他们为难的，早知如此，还不如先告他一状呢。老赵这样想着，遂把笔记本，仍然还给玉夫人说：

"这本账，您也不能尽言，据我看，这一定是门房上那个姓王的干的，他当着我不但任意薄贬他们，话言话语之中，好像说姑奶奶您是上了当，这样的人不成人之美，专门幸灾乐祸，您赶快别用他了，他不是好人！"

老赵不再客气，爽直的把小王弹劾起来，因为他尚不知夫人已把他算下去。

"哼！"玉夫人冷笑似的说，"他固然是不可要，屈着心编造是非，但是别人也不比他怎么强，谁又跟我说一句真话？唉！这里我真不愿意再住了，必得到旁处散散心！"

"姑奶奶！您别这样说呀，他们到底是您的亲父母、亲手足，无论如何，您还得照应他们，您要一走，他们不是苦了吗？"

"他们苦？他们把我卖了，我苦不苦呢？幸亏……假如……"

玉夫人已是泪如雨下，老赵一看，心知这事要糟，既然受了八嫂之托，还得尽心竭力，进行最后之努力。

"姑奶奶！常言说得好：'他可以不仁，我不可以不义。'谁教您能呢。平常外人您还拉帮赈济，何况是您的父母兄弟，无论怎样委屈，您和我，还得帮帮他们。"

"不成！我太寒心了！您回去对他们说，人还得能自立，往后才能发基，光指着我，是有害然无益的，我已作错一回，这回不能再错，您走吧！我的头太疼了，不能再陪您说话！"

夫人说着，已自站起来，老赵无法，也只得告辞。他虽自诩能说会道，死汉子都能说翻身，这次的交涉，他自己已承认完全失败。没法子，家去吧，他很后悔，为什么心眼儿这么多，早知如此，真不如把那一千块钱都拿着，多好的事！八哥和那俩臭小子会弄不好，教给他们的曲儿，不会唱，怨谁呢？他没精打彩的回到新街口，也不高兴去报告老蓝，只得等他们谁来，把环姑娘的话告诉他们就得了。没财命的人，反正得累，所以他依然去张罗他的饭摊子。次日收摊以后，回到家中，二奶奶由抽斗内，给他拿出一封信。

"你看这封信是怎回事？也就在晌午十二点多钟听见汽车响，待了一会儿，就有人教咱们的门，我出去一看，是一位五六十岁的老者，打听你在家么，我说：'他出去作买卖，有什么事吗？我可以把他找回来。'老者说：'不必了，这里有封信，回头请您交给赵先生，他一看就明白。'说着把信交给我，坐上车就走了，谁呢？不是环姑娘打发来的呀。"

"也许。"老赵接过信，一看封皮，已知是由鹿宅来的。什么事呢？很小心的启封一看，赫！先看见了两张银行支票，一张一万的一张一千的。

"这是怎么一回事呀？"老赵的手，有点发颤，随着念起那封信，二奶奶在一旁听着。

赵二叔！

昨天太对不起您了，您也许疑心我没有骨肉，我若真没有骨肉，我能登报寻访他们吗？可是现在我明白了，他们实在使我太寒心，我所以寻访他们，难道说我是为过没有娘家的瘾吗？就让他们由于贫寒，不能达到我所以期许的境地，也不可天天欺骗我，一味的自私自利。人不是应当彼此帮忙的吗？有钱的使钱，没钱的使力，和气霭霭，大家很幸福的生活着，谁也不委屈，谁也不受欺骗、压迫，才能嚼得出人的滋味来。但是这三四个月，他们到底帮了我什么？不但不能帮我一点忙，连我使心费力的向上那样提他们，都像打坐坡似的不乐意接受，甚至灭着良心，欺我骗我，还拿不中听的话气我，我这是图什么呢？由于这件事，使我明白了许多不明白的事，人们太没有互助的精神了，天天生活的方法，无非是彼此说谎话，彼此欺骗，彼此欺凌残害，自要达到自私自利的目的，什么手段都不择，这使我太骇怕了。我实在不愿再看下去，我要带着我的孩子到海外去留学。我的房子，由明年起就改为学堂了，我若一声不言语的这样一走，您也许说我太狠，寻着了父母兄弟又不管了，尤其是您那一千元的酬谢，您只拿去五百，也必定免不了后悔、埋怨，所以我又送给您一千元，您拿它作本，开个小买卖吧。另外一万元，是我给我父母兄弟留下的，可不能立刻就给他们，您替我保存着，他们若真悔悟，往好里去，您再把钱给他们。反正我留了不少的人，谁是怎么回事，我都能知道，我希望人人都有幸福，人人都能彼此帮助，心口不能如一，决其是不许可的事。我愿意您的事由，一天比一天顺当，更愿我的父母和兄弟，作这洗心革面。"往者不可谏，来者犹可追！"这件为难的事，您也许能替我办好吧？

　　　　　　　　　　　　　　　　　侄女环拜

　　老赵把信念完，二奶奶都听楞了。夫妻两个，默默无言的呆了良久。二奶奶才说：

　　"环姑娘真是佛心人！少有！你必须帮她这个忙！"

　　老赵更不迟疑，像在起誓：

　　"我若坏了良心，不为她尽心办这件事，将来这笔账，由丁柱子替我算！"

图书在版编目（CIP）数据

清末民初旗人京话小说集萃：全三册 / 张菊玲，李红雨编.
-- 北京：作家出版社，2019.7
ISBN 978-7-5212-0540-4

Ⅰ.①清… Ⅱ.①张… ②李… Ⅲ.①古典小说—小说集—
中国—清后期 ②古典小说—小说集—中国—民国 Ⅳ.① I242.7

中国版本图书馆 CIP 数据核字（2019）第 112437 号

清末民初旗人京话小说集萃（全三册）

作　　者：张菊玲　李红雨
责任编辑：懿　翎　杨新月
装帧设计：孙惟静
出版发行：作家出版社有限公司
社　　址：北京农展馆南里 10 号　　　邮　编：100125
电话传真：86-10-65067186（发行中心及邮购部）
　　　　　86-10-65004079（总编室）
E-mail:zuojia @ zuojia.net.cn
http://www.zuojiachubanshe.com
印　　刷：中煤（北京）印务有限公司
成品尺寸：142 × 210
总 字 数：1122 千
总 印 张：56.5
版　　次：2019 年 7 月第 1 版
印　　次：2019 年 7 月第 1 次印刷
ISBN 978-7-5212-0540-4
定　　价：188.00 元